華麗なる一族

浮华世家

（上）

[日] 山崎丰子 著　　魏丽华 译

青岛出版社

图书在版编目（CIP）数据

浮华世家 /（日）山崎丰子著；魏丽华译 . — 青岛：青岛出版社，2014.6
ISBN 978-7-5552-0899-0

Ⅰ . ①浮… Ⅱ . ①山… ②魏… Ⅲ . ①长篇小说 – 日本 – 近代 Ⅳ . ① I313.44

中国版本图书馆 CIP 数据核字（2014）第 093146 号

KAREINARU ICHIZOKU Volume 1~3 by Toyoko Yamasaki
Copyright © YAMASAKI TOYOKO Copyright Management Association 1973
All rights reserved.
Original Japanese edition published by SHINCHOSHA Publishing Co., Ltd.

This Simplified Chinese language edition is published by arrangement with SHINCHOSHA Publishing Co., Ltd., Tokyo in care of Tuttle-Mori Agency, Inc., Tokyo through Bardon-Chinese Media Agency, Taipei.
山东省版权局著作权合同登记号 图字：15-2013-172 号

书　　名	浮华世家
著　　者	［日］山崎丰子
译　　者	魏丽华
主　　编	魏大海
出版发行	青岛出版社
社　　址	青岛市海尔路 182 号（266061）
本社网址	http://www.qdpub.com
邮购电话	0532-68068091
策　　划	杨成舜
责任编辑	杨成舜
特约编辑	初小燕
营销宣传	许璐娜　张乐燕　杨佳希　仇　魏　宫一帆
封面设计	今亮后声
照　　排	青岛佳文文化传播有限公司
印　　刷	青岛双星华信印刷有限公司
出版日期	2021 年 6 月第 2 版　2021 年 6 月第 2 次印刷
开　　本	大 32 开（890mm×1240mm）
印　　张	35.5
字　　数	886 千
印　　数	6001-12000
书　　号	ISBN 978-7-5552-0899-0
定　　价	169.00 元

编校印装质量、盗版监督服务电话　4006532017　0532-68068050
本书建议陈列类别：日本·小说·畅销

目　录

山崎丰子和她的作品(代译序)/ 1

第一章 / 1

第二章 / 73

第三章 / 158

第四章 / 220

第五章 / 294

第六章 / 343

第七章 / 395

第八章 / 437

第九章 / 488

第十章 / 601

第十一章 / 691

第十二章 / 773

第十三章 / 840

第十四章 / 909

第十五章 / 970

第十六章 / 1023

终 章 / 1081

后 记 / 1103

译后记 / 1105

山崎丰子和她的作品（代译序）

　　山崎丰子原名杉本丰子，日本当代著名女作家，1924年11月3日生于大阪，殁于2013年9月29日，享年88岁。山崎丰子是一位注重写实的批判现实主义作家，创作的题材、主题永远来自真实的事件或社会现实问题。日本称之为"社会派"，也有论者称她为"日本的巴尔扎克"。山崎丰子也是一位颇具传奇色彩的作家。1944年，山崎丰子毕业于旧制京都女子高等专门学校（现京都女子大学）国文学科。毕业后就职于每日新闻社的大阪本社调查部，1945年调至报社学艺部，在时任学艺部副部长的井上靖麾下任职，作为新闻记者受到了采访、调查与写作训练。在报社任职期间，她开始边工作边写小说。1957年发表的处女作《暖帘》，主人公是父子两代商人。翌年刊出的《花暖帘》，描写了一个女老板经营曲艺场的故事，获1958年度第39届直木文学奖。同期重要作品尚有《少爷》(1959)、《女人的勋章》(1960)、《女系家族》(1962—1963)、《花纹》(1962—1964)等。初期作品，多描写大阪船场附近的风土人情。1963年，她开始在《星期天每日》连载长篇小说《白色巨塔》，引起文坛轰动。山崎小说的首要特征在于典型意义下特定人物的塑造以及特定场景、特定行业中极端的现实性或真实性描写。中国文学界对山崎丰子并不陌生。"文革"结束后不久，国内就上映了其同名小说改编的电影译制片《浮华世家》。

此次一并翻译、出版的山崎名作除了《白色巨塔》,还有《浮华世家》和销量超过650万册的《不毛之地》。

长篇小说《白色巨塔》因探讨医患关系的尖锐内容而引起高度关注。为了创作这样一部典型化力作,山崎丰子身体力行,到大阪大学医学部做了长期深入、细致、艰苦的考察调研。作品中的人物给读者以强烈的感染力和冲击力,这与作者的创作理念、写作态度乃至前期做功有着密切的关系。主人公财前五郎是国立浪速大学附属医院第一外科的副教授,他在食道、胃部的吻合手术方面技高一筹,在手术刀的运用上甚至超越了首席主任医师东教授,还备受瞩目地频频露脸于医学刊物。财前五郎因此成为东教授之后继任教授的最佳人选。然而东教授讨厌财前那种锋芒毕露的性格,打算阻止其升任教授。财前五郎和他的岳父财前又一自然不想放过这难得的升职机会。财前五郎早年失怙,有过贫穷生活的痛切经历,靠人资助上了大学医学部,在成为妇产科开业医生财前又一的养子女婿后,才有了日后的地位。财前又一为了帮助女婿,不惜动用自己的关系网——医协会长岩田,岩田的大学同窗、医学院长鹈饲等,总之做足了台下功夫。东教授那边也有种种水下运作——试图将自己的东都大学校友、时任金泽大学教授菊川调至浪速大学。结果,鹈饲与财前的政治手腕略高一筹,财前以微弱票选优势成功当选。故事到此并未完结。相对于追逐声名、自信满满的财前,同期学友内科副教授里见修二是个学究型人物,他欣赏财前的能力,同时对财前的做法持批判态度。财前在出游前接手了里见科室转来的一个患者佐佐木庸平,为之做了贲门癌手术,不料酿成了重大医疗事故。里见曾一再提醒,向他提出忠告,过度自信的财前却置若罔闻。财前忽略了手术之后的肺部转移,事故发生后受到了责任追究——医生的处置不当或不力造成了患者的死亡。愤怒的家属将不负责任的财前告上法庭,通过民事诉讼追究其法律责任。财前竭力否认误诊且向证人施压,企图封杀不利于己的证词,而证人里见却不昧良心做了符合事实的陈述。最后,初审胜诉的财前还是被迫离开了大学。

在《白色巨塔》第五卷卷末,尾崎秀树①为山崎丰子写了简短的"解说词"。解说词中提到,山崎丰子1958年因《花暖帘》荣获第39届直木文学大奖时曾有如下一段感怀:

> 我无法也无意创作那种枝繁叶茂的盆栽小说。我喜欢造林,在秃山上一棵一棵地植树,是谓"植林小说"或"造林小说"。我的创作素材永远是大阪的天空、河流和大阪的人。对我而言,在生我养我的风土中观察、凝视人类,乃是最为切实的把握方法。

这段陈述显然发自肺腑,将山崎自身的资质禀赋、文学理念和创作方法揭示得淋漓尽致。从处女作《暖帘》到获奖作《花暖帘》,从《少爷》《女系家族》到《白色巨塔》《白色巨塔续篇》,山崎有她一以贯之的创作方向或风格,其社会性视野逐渐转化为明确的创作意识且大大扩展了素材的领域。尾崎秀树认为,通过《伪装集团》《浮华世家》《不毛之地》等鸿篇巨制的创作和发表,山崎丰子最终确立了在女性作家中甚为罕见的"社会派"小说家的地位。尾崎秀树也强调了著名作家井上靖对山崎丰子无可忽视的启蒙式影响。

---

① 尾崎秀树:日本文学评论家、作家,曾任日本笔会会长。20世纪90年代初率团访华,在北京的中国社会科学院参加了有关大众文学的国际研讨会。

他认为,《白色巨塔》在山崎丰子的文学世界中乃一分水岭,至此她跨入了一个新的纪元。《白色巨塔》以大学医院为舞台,触及的原本应为白衣天使的世界。医生本是神圣职业,面对的是人类生命,然而在山崎丰子的笔下,却显现为一个世俗的、被凡世欲望玷污的肮脏的世界。

《浮华世家》最初连载于《周刊新潮》(1970年3月至1972年10月),1973年新潮社出版全三卷,1980年刊出文库本,2003年又推出新版本。一般人很难触及这部长篇小说表现的领域。小说同样与现实保持着近乎同一的对应关系。——对应的人物、现实关系令人惊异。比如作品中的阪神银行正是现实中的神户银行,现为三井住友银行;财阀万俵家乃是神户的冈崎财阀(山崎本人予以否认);帝国制铁是所谓的八幡制铁,现为新日铁住金;大同银行是协和银行,现为理索纳银行。这些金融机构的关系乃至变化一般人弄不懂,一般人也没必要弄懂金融机构乃至相关权力机构的内部机微。山崎丰子基于自己的文学理念创作此等涉及专业领域或题材的作品,自然躲不过去。她必须了解那些机构的内外关联,诸如国家政策对金融业存续的影响等,她也必须了解机构内外人与人的关系。山崎丰子得心应手。作品的时代背景是日本经济高速成长期,主要关注权力结构中的非正当交易、特殊的人际关系与人性。有观点认为,《浮华世家》为之后的日本经济敲响了警钟。作品涉及的专业领域是银行与大企业,比起《白色巨塔》的医学领域相对易解,加之故事中的人物善恶分明,因此不及《白色巨塔》寓意深刻。但以《浮华世家》为代表的山崎小说最大的魅力,在于大潮一般的"虚构"展现的人间戏剧,源自现实又超越现实。一般认为山崎的小说排斥虚构,但是小说不可能完全地排斥虚构,山崎言及《浮华世家》时则说,这部作品的创作过程非常艰辛,作品的舞台是银行,基本的故事脉络却不是大银行吞并小银行,而是小吞大。《浮华世家》发表至今已有三十余年,日本的银行状况已经发生了很大变化,银行业界由过去规制严厉的时代转化为现在规制宽松的时代。说到底,这部小说并非单纯的经济小说,而是以根源性的人间血脉为背景,描写了以亲子葛藤关系为基础的人间戏剧。小说开篇点明了小说的背景、氛围和人物特征——万俵家在共进晚餐时说法语或英语,然而万俵家既非外交世家亦非外贸世家,就像万俵这个姓氏所表示的,万俵家祖上是大地主,在姬路播磨平原有十个米仓。第一次世界大战爆发时,万俵家第十三代传人、万俵大介的父亲万俵敬介在神户创建万俵船舶与万俵铁工两家企业。在船舶业发展到顶峰时,万俵敬介保留万俵铁工而将万俵船舶的所有船只卖出,用赚来的"第一桶金"创立了万俵银行。

万俵银行逐步吞并了周边的农村小银行,1934年前后已为今日的阪神银行打下了牢固的基础。万俵敬介创建的万俵财团包括万俵铁工、万俵不动产、万俵仓库在内。万俵大介继承先父事业,成为阪神银行行长,并将阪神银行从一家普通的地方银行发展为日本的第十大城市银行。当年的万俵铁工,早已更名为阪神特殊钢公司,发展为一家拥有现代化专业设备的特殊钢制造企业。

说到以亲子葛藤关系为基础的人间戏剧,毫无疑问,作家山崎丰子深谙人物的典型性、特殊性对于小说的凝聚作用。华丽的家族对财界、政界皆有影响。铁平是万俵家的长子、阪神特殊钢铁公司的专务。父亲万俵大介则是阪神银行行长,为实现自己的野心不断地进行联姻,通过自己的子女与政界、财界要人缔结姻亲关系,据说这是万俵家的传统。万俵家的地位在关西财界首屈一指。然而大介却心怀怨恨,疑神疑鬼地认为铁平不是自己的儿子,而是妻子与父亲乱伦所生。铁平计划建设高炉,大介的阪神银行却以种种理由削减贷款。虽有大同银行的鼎力支持,但铁平经营的阪神特殊钢公司还是因行业不景气、热风炉爆炸事故、资金链断裂而破产。在这个过程中,父亲大介非但见死不救,还落井下石,利用阪神特殊钢公司的资金危机,设计吞并由三云担任行长的大同银行。贷款给阪神特殊钢公司的大同银行,最终亦因阪神特殊钢公司不良贷款一事陷入危机,被万俵大介如愿以偿地吞并。以小吃大的吞并计划终获成功。父亲利用自己实现了吞并计划,铁平到最后一刻才彻底明白,被彻底击垮。万俵财团在阪神(大阪和神户)地区盘根错节,实力雄厚。作为万俵财团权力顶峰人物的万俵大介本有能力帮助儿子铁平渡过难关,但他为了自己心中莫须有的怨恨和贪欲,不惜将儿子逼上绝境。

万俵家的主要成员如下:户主万俵大介·妻宁子、长子铁平·妻早苗、次子银平、长女一子·丈夫美马中、次女二子、小女三子以及家庭教师兼管家高须相子(实乃大介的情人)。万俵铁平当然是这部长篇小说中最重要的人物之一,他是一个好男人,性格单纯,对工作、对家庭认真负责,夫妻恩爱。在小说描述的人心莫测、泥沼一般阴谋四伏的世界中,在银行重组、政财界大佬钩心斗角及华丽家族的爱恨交织中,处于核心位置的正是户主大介围绕长子铁平出生秘密的父子间的骨肉相争。有趣的是,唯有铁平一家给人以平和或平民化的感觉,仿佛生活在别样的世界中。作品中的许多描写精细入微,如妻(宁子)妾(相子)对立、二子与一之濑四四彦的恋爱、玩世不恭的银平的生活方式以及美马中的野心等。《浮华世家》中的特殊人物配置别出心裁,高须相子不仅画龙点睛地将万俵大介这个主要人物的典型性格勾画得淋漓尽致,也盘活了家庭内外的整个棋局——相子与宁子的矛盾、相子与铁平的对立乃至铁平与父亲大介间的尖锐对立等等,当然相子的最后结局略显悲凉。

小说中关于相子这个人物的如下描写形象而贴切。

万俵家这种强强联姻关系的建立,不是大介的妻子宁子的功劳,完全是大介的情人高须相子努力的结果。

宁子高贵典雅,出身名门,娘家是公卿贵族嵯峨子爵。相子出身一般,但才华卓越,巾帼不让须眉。她虽然已经四十多岁,但丰满的身材加上雕塑般的五官,其美貌常常让万俵家的女儿们也自愧弗如。

当晚与大介同床的不是宁子,而是相子。这在外人看来可能有些不可思议,但对于万俵大介来说,这是他十几年来的生活方式,没有丝毫的别扭与不自然。

简短的一段描写,挑明了高须相子的地位和重要性。

铁平在雪原中开枪自杀了。铁平的自杀极尽壮烈,用James Purdey猎枪的枪口抵住下颚,用右脚拇指扣动扳机,当场死亡。万俵大介此时了解的残酷事实却是——铁平的血型不是A型,而是B型。毫无疑问,铁平是万俵大介的亲生儿子!万俵大介精神恍惚地走向覆盖着白布的铁平的遗体,掀开白布,亲手为铁平拭去咽喉处惨不忍睹的血迹。这样的悲剧性结局颇具表现力,《浮华世家》打动了众多读者。

最后,初次翻译出版的《不毛之地》也是一部长达百万余字的皇皇巨著。小说的基本脉络如下:曾任大本营参谋的原陆军中佐壹岐正,1945年赴中国东北处理停战事宜,被苏军俘虏后扣押十一年。在这期间,他忍受着难以想象的饥饿,在天寒地冻的西伯利亚做苦役。1956年,他终于回到了日本。近畿商事的社长大门一三看重壹岐正的这段经历,邀请他到公司工作。壹岐正也决心在新的领域里,开始自己作为公司雇员的第二人生。于是,在地狱般拘押生活的伤痕未愈的情况下,他又投入到新的"商战"中。近畿商事公司在综合商社中实力雄厚,围绕总预算超一万亿日元的二次防①主力战机选定,几家大商社展开了"血腥厮杀"。壹岐正四下奔走的目的是想选定最优秀的战机。但实际上在那场商战的背后,却有着种种见不得人的明争暗斗——政界与防卫厅的利害关系错综复杂,壹岐正则在那种"黑色的商战"中展示了杰出的才能,当然也付出了很大的代价。壹岐正在第二次战斗机商战中获得了胜利,并抓住中东战争带来的商机,为公司赢得巨大利益。然而,此时壹岐正又提出改换公司的经营方针。首先,他力倡与经营不善的千代田汽车公司加强业务关系。此间,美国汽车业巨头福克公司总裁突然访日,对日本市场虎视眈眈。面对这样的挑战,壹岐正以美国近畿商事社长的身份,推进千代田汽车公司与福克公司的合作谈判。另一方面,他又为国际经济战过于严酷的现实而苦恼。在与福克公司虚虚实实的谈判过程中,壹岐正着眼于资源匮乏的日本的将来,摸索确保原油供给的方法与手段。他派遣心腹部下飞往伊朗和利比亚,克服文化和商业习惯的差异,探究油田开发的可能性。此时与福克公司的谈判、交涉也到了最后的阶段,但是对手东京商事一直私下活动,残酷的商战还在继续。壹岐正最终升任近畿公司的专务,成为公司的第三号人物。他认定油田开发是自己作为公司雇员的最

---

① 二次防:20世纪60年代的日本自卫队军备计划——第二次防卫力整备计划。

后一项工作,不顾公司内部的反对,将赌注押在伊朗的一个矿区。他顶住政界、官界的压力,终于在采掘权的竞标中中标。然而,被晒得灼热的大地丝毫没有喷油的征兆……小说的背景舞台是两处"不毛之地"——西伯利亚和中东。小说描写了彷徨于"不毛之地"的一个日本人的奋斗历程。

《不毛之地》创作于1973年6月至1978年8月,历时五年,连载于《每日周刊》。为了创作这部小说,山崎丰子进行了非常细致的前期调研,去了西伯利亚,也去了伊朗的石油地带。在这部鸿篇巨制的卷尾解说词中,权田万治认为,在山崎丰子诸多富于社会性的长篇小说中,《不毛之地》是最优秀的一部。这部作品的调查取材是非常彻底的,山崎丰子最大限度地活用了自己别具一格的小说创作手法,创造了一个充满现实感的世界。

《不毛之地》一方面塑造了一个有血有肉的典型人物壹岐正,刻画了人物紧密关联于二十世纪特定历史的生命历程,同时也向读者揭示了一个残酷的现实,即支撑二战后日本经济繁荣的国际商战同样是一个污秽不堪的世界——"不毛之地"。小说中描写的综合商社雇员的生活状态,可以说承载了经济大国日本的成长历程,作品从多个角度描写了特定的人物类型。主人公壹岐正是旧军人和战俘,始终背负着"死"的阴影,尽管他在有关飞机的商战中取得了胜利,尽管他曾升任美国近畿商事社长,尽管他当上了总社的专务和副社长,但他的内心深处永远无法拒绝一个伴随着死亡的时代阴影——不毛、荒凉的西伯利亚俘房收容所。

1999年,《不落的太阳》再度创下近650万册的惊人销量!该作揭露了航空业界鲜为人知的隐秘。令人肃然起敬的是,已届耄耋之年的"才女作家"笔耕不辍,创作中的批判锋芒不减当年,一直到垂暮之年,山崎丰子都在思考备受关注的社会问题。2009年推出的新作《命运之人》,以美国将冲绳行政权归还日本和日美密约为背景,描写、展现了媒体人对真相的追求和对社会正义的坚持。这部山崎丰子的晚年力作同样引发社会各界的热烈讨论,热卖突破百万册,持续高居日本最权威杂志《达文西》与日贩畅销排行榜前十名,并荣获第63届"每日出版文化奖"特别大奖。通过这部作品,山崎丰子再次展现了超人的观察力和预知力。日本前官员2009年底在法庭作证,承认确实存在所谓"冲绳密约"。

山崎丰子去世后,留下的长篇遗作是《约束之海》。此作的时代背景是冷战结束的1989年,主人公是一对父子——父亲是参加过珍珠港海战的旧海军士官,儿子则是海上自卫队队员、二等海尉花卷朔太郎。遗作追问的仍是"战争与和平"的主题。这部未完遗作已正式出版,大为畅销。日本有评论称:遗作体现了"小说鬼才"山崎丰子"壮绝的作家魂"。

魏大海
二〇一四年春于枚方穗谷关西外国语大学

第一章

夕阳西下,波涛拍岸。志摩半岛的英虞湾迎来了又一个华丽的黄昏。

湾内大大小小的岛屿享受着海浪的冲洗。极目西望,纪伊半岛的山脊线清晰可见。厚薄不一的云层,呈现着浓淡相宜的橘红色。短短几分钟之后,红彤彤的太阳芳影难再寻。那一刻,英虞湾的海天在火焰般的余晖中融为了一体。海面上漂浮着的珍珠筏宛如钢琴键般银光闪闪。湾内又开始涨潮了。

志摩半岛观光酒店傍海而建,落日余晖为窗旁的餐客勾勒出一幅幅红色的剪影。渐渐地,红色越来越淡。就在剪影即将被黑暗吞没的那一刻,吊灯唰地全部亮了起来。华灯初上的餐厅,正面装饰着六副金屏风,年味十足。屏风前摆放着朱红色的屠苏①台。身着新年盛装的人们围坐在餐桌旁。放眼望去,女人们或是和服打扮,或是礼服装束。里面窗边的一桌人,衣着尤为华贵。他们是关西财界大名鼎鼎的阪神银行行长万俵大介和他的家人。

万俵大介安坐于正中,头发花白,面容端正,浑身上下散发着贵族的冷漠与高贵。仔细一看,他双目炯炯有神,嘴唇饱满有力,全然

---

① 屠苏:屠苏酒,新年时饮用。

不似花甲之人。大介的妻子和女儿等,或是身着高档定田绞绸和服,或是身着华贵的晚礼服;儿子们则身着清一色的黑色西服套装。万俵一家正在享用正月三日的晚餐。餐桌正中的冷盘中放着冰块,冰块上是矢湾牡蛎。在一家之长万俵大介首先拿起牡蛎叉之后,其余人才开始静静地拿起牡蛎叉,熟练地享用鲜美的牡蛎肉;当万俵大介停下手中动作的时候,其余人也不约而同地停了下来。侍者们站在椅子后面适当的位置,在保证听不到客人们的谈话内容的同时,又能随时提供恰当的服务。一家人用完前菜后,侍者们适时端上了汤——日本龙虾奶油汤。全家人一齐拿起了汤勺。喝汤的时候,所有人上身挺直,身体与餐桌之间保持一拳的距离。汤唰溜一下悄无声息地滑入了每个人的口中。

"Mademoiselle comment trouvez vous la soupe d'aujourd'hui?(今天的汤味道怎么样?)"

"C'est excellent monsieur ca me fait rappeler Paris!(太棒了,让我想起了巴黎!)哎呀,爸爸,真讨厌,大过年的,说什么法语嘛!"

坐在尾座的小女儿三子,身穿淡粉色的晚礼服,青春靓丽,妩媚动人。三子先用法语回答了父亲的问话,又用关西腔的日语半是撒娇地埋怨父亲。

万俵全家共进晚餐的时候,今天说法语、明天说英语已经成了一种习惯。不过,万俵家既不是外交世家,也不是外贸世家。就像万俵①这个姓氏所表示的那样,万俵家祖上是大地主,在姬路的播磨平原有十个米仓。第一次世界大战爆发的时候,万俵家第十三代传人、万俵大介的父亲万俵敬介在神户创建了万俵船舶与万俵铁工两家企业。当船舶业发展到顶峰的时候,万俵敬介保留了万俵铁工,而将万

---

① 日语中"俵"是米袋的意思。

俵船舶的所有船只全部卖出,用赚来的"第一桶金"创立了万俵银行。后来,万俵银行逐步吞并了周边的农村小银行。1934年左右,万俵敬介已经为今天的阪神银行打下了牢固的基础。与此同时,万俵敬介还创建了包括万俵铁工、万俵不动产、万俵仓库在内的万俵财团。万俵大介继承了先父的事业,成为阪神银行的行长,并将阪神银行从一家普通的地方银行发展成为当今日本第十大城市银行①。当年的万俵铁工早已更名为阪神特殊钢公司,并发展成为一家拥有现代化专业设备的特殊钢制造企业。

"父亲,明天又是一年一度的新年致辞日。关西的经济记者们都非常关注您的新年致辞,我也得好好学习学习。"

说话的是万俵大介的长子万俵铁平,现任阪神特殊钢公司的专务董事,肤色微黑,面容精干,长得似乎更像其祖父万俵敬介。铁平毕业于东京大学工学系冶金专业,后到美国麻省理工学院留学,回国后就进了阪神特殊钢公司工作,年仅三十八岁已是公司的专务董事。身为企业经营者,铁平不便直接询问父亲今年的致辞重点,但对父亲的致辞内容十分感兴趣,毕竟父亲在关西财界一言九鼎。

"嗯,我已经吩咐秘书课做了个草案,顺便也让银平学习了学习,提了提意见。"

万俵大介说着,看了看次子银平。银平和父亲同样毕业于庆应大学经济学专业,现任阪神银行总行营业部的信贷课课长②。银平长得颇像父亲,仪表堂堂。

"爸爸有个能干的智囊团,要说学习锻炼,可能让我进别家银行

---

① 城市银行:日本的城市银行指将总行设在大城市,在全日本范围内设立支行、开展业务的银行。

② 课长:在日本企业里,一般具有独立管理职能的科室或部门被称为"课"。课长即一课之长。

更好。现在这个样子,在别人眼中,我就是个二世祖。"

银平刚一说完,一旁的二子接话了:

"那你干脆辞职得了!爸爸致辞的时候,银行哪个职员不得规规矩矩地站着听。爸爸喜欢新鲜的东西,把我们都送到国外去留学,接受西方的教育,但这不能否定爸爸有相当封建传统的一面。"

"但是,从阪神银行的创立者——你们的祖父那个时候开始,就立下了新年致辞的规矩。既然是规矩,就不是一朝一夕可以废除的。而且我作为城市银行的行长,一言一行都要符合行长的样子。"

说完,万俵大介端起葡萄酒问铁平:

"铁平,说说你今年的打算?"

"今年汽车产业仍会稳步发展。因此,我打算以轴承钢为中心,大力发展大型生产设备,以实现多产高产的目标。如果这一目标能够达成,那么我们的轴承钢市场占有率将达到第一。这样一来,作为特殊钢企业,我们的地位将更加牢固。"

铁平虽然是搞技术出身的,但说起企业经营策略来同样自信满满。听完铁平的话,万俵大介的脸上浮现出了笑容,说:

"看来,你是打算让我给你出个几十个亿了?当然,阪神特殊钢公司是你们的祖父创立的,是应该大力发展。但你不要忘了,包括阪神特殊钢公司、万俵不动产、万俵仓库、万俵商事在内的万俵财团的核心支柱,是阪神银行!"

满头银发的万俵大介说话时眼神十分锐利。晚餐继续进行。白兰地蒸加吉鱼、铁板鹅肝牛排陆续被端上了餐桌。

"哎呀,和巴黎马克西姆餐厅的菜谱一样呢。姐姐,你还记得吗?"

三子高兴地问姐姐二子。

"记得啊。咱俩在巴黎的时候,爸爸到巴黎参加国际金融洽谈会,带我们去马克西姆餐厅。简直太好吃了。咱们从前菜鱼子酱到甜点蛋奶酥全尝了个遍。等到结完账,爸爸兜里只剩下了五法郎,连坐车的钱都不够,只好步行回乔治五世四季酒店了。"

去年春天,二子大学毕业,三子还在读大学,两人一起去了趟巴黎。想起当时的情景,姐妹俩乐不可支。这时,铁平的妻子早苗说:

"要说公公付不起出租车费,可能全日本没有一个人会相信;再解释说是因为在马克西姆餐厅吃饭把钱都吃光了的话,那就更逗了。我也和我爸爸一起去过那家餐厅。不过那时候是大使招待的,倒没担心买单的事儿。"

早苗的父亲大川一郎早年当过通产大臣和国务大臣。今天的早苗身穿高档的疋田绞缬和服,腰带上装饰着祖母绿带扣;二子和三子都身穿晚礼服,颈间佩戴着亮闪闪的星彩红宝石金项链。在餐厅的枝形吊灯照耀下,三人尤为光彩夺目。

旁边桌上传来外国客人"wonderful"的欢呼声和拍手声,原来是他们在一道名为"珍珠汤"的菜肴中发现了一枚带有珍珠的珍珠贝。周围的客人纷纷转头向那桌望去,唯有万俵家的人严格遵守着餐桌礼仪,目不斜视地盯着自己家的餐桌。

万俵家的晚餐进入甜点阶段。服务员推来了一辆小推车,上面放有朗姆酒。两名甜点师当着客人的面,在餐桌旁熟练地制作着蛋奶酥。

"一子姐姐最喜欢这家店的蛋奶酥了,可惜有个'Mr. 大藏省'老公,新年伊始,就要忙着各处应酬。"

大姐一子的丈夫是大藏省主计局次长[①]美马中。志摩的全家团圆独独少了一子一家。看着蛋奶酥,三子想起了一子姐姐。二子接

[①] 大藏省主计局次长:大藏省是日本自明治维新后直到2000年存在的中央政府财政机关,主管日本财政、金融、税收。主计局的主要职责是编制预算并监督预算的执行、编制决算,把各部省厅提出的预算要求汇总调整后交内阁会议,在内阁通过以后,再交国会通过。次长是日本政府各省厅下属各局或各部的副职。

着妹妹的话说：

"大藏省事事都很麻烦，大过年的也要忙着招待，而且一个比一个讲究，以显示妻子娘家的实力。再说啦，姐夫的目标是大藏次官、大藏大臣①，新年哪有时间到志摩来团聚啊！"

"所以啊，我最讨厌嫁给高官了，搞不懂为什么银行家的女儿就要嫁给当官的！爸爸，我可不想像大姐一样，结了婚连过个年都不轻松！"

三子盯着父亲大介说道。大介吃完蛋奶酥，并没有听女儿们的聊天，而是看着一处什么地方发呆。

当万俵大介坐在他的两个女人中间时，时不时会出现这种恍惚的神情。两个女人中的一个，身穿镶有金丝的紫绫和服，胸前高高系着佐贺织锦胸带，传统的大垂发发型与她的脸型非常相配。这是一个美丽高贵的女性，她的和服袖口处隐隐散发着阵阵香味。再看一袭黑裙的另一个女人，她的领口随意搭配着珍珠水貂毛围领，穿着打扮如西方人般精练利索，全身上下给人一种浑然天成的感觉。

这两个女人似乎都对万俵家的儿子、儿媳、女儿们的谈话毫无兴趣，一句话也不说，只是面带微笑，时不时地点着头。当万俵大介拿出雪茄来的时候，打火机立刻就被放在了他的手边，同时桌上的烟灰缸也被悄悄移到他的面前。华丽的餐桌上，只有万俵大介身边的这两个女人沉默无语。虽然从年龄上看她们像是姐妹，但两人之间没有任何语言交流，甚至看上去有些"相敬如宾"。从座次来看，一家之长万俵大介的左侧应该是女主人的位置，她们俩却每天轮流坐在这

---

① 大藏大臣：大藏省的主要负责人，由内阁首相任命。大藏省设两名政务次官和一名事务次官协助大臣工作。政务次官一般从国会议员中任命，参与制定政策和实施计划。大藏省有关财政方面的重要政策和活动，均由政务次官负责与国会、政党联系。大藏大臣在出访或生病时，会指定一名政务次官代行其职权。事务次官辅助大藏大臣处理省内的事务，监督所属部局和机关的工作。

个位置上,十分引人注目。对此,酒店的老板和服务员们都已见惯不惊,但周围的客人们还是忍不住露出惊讶的神情。

万俵一家走出餐厅,来到大厅一看,到处都是盛装的人们在谈笑风生。一眼望去,基本上都是些熟面孔,他们三三两两地继续着去年新年时的话题或是聊着各自家庭成员的情况,仿佛关西财界名流的聚会一般。看到万俵一家走进大厅,素有才女之称的东亚化学公司的社长夫人微笑着走了过来。

"哎呀,万俵先生,新年好。今年你们全家再次齐聚一堂,共度新年,真是可喜可贺啊。听说今年令郎银平也要成家了,想必又是一段美满姻缘。"

这位夫人嘴上说着银平,眼睛却止不住地打量着万俵大介身边的两个女人。不知是没有感觉到还是完全不在乎她的眼光,两个女人客气地打完招呼之后,径直向中二层的休息室走去。

铁平、二子等人围坐在休息室的桌子前,喝着饮料。万俵大介独自回到了六楼的房间,坐在安乐椅上休息。这是间总统套房,两室相连,突出于外,似乎伸入到英虞湾内。这间套房是万俵大介新年专用套房。

黑乎乎的海面上,只有小岛上珍珠养殖户的小屋透着忽明忽暗的点点灯光。夜色分外宁静。从除夕①到正月三日的四天时间里,全家人一起在志摩半岛过新年是万俵家的惯例。平时万俵大介工作繁忙,孩子们也各有各的生活,一大家子聚在一起、共进晚餐的机会越来越少。因此,全家人在志摩半岛团团圆圆过个年,让万俵大介内心感到极大的安慰。对于万俵大介这种秉承传统家长作风、期盼家族繁荣的人来说,过年团圆是必不可少的新年仪式。

---

① 除夕:日本人把公历的12月31日称作"大晦日",也就是"除夕"。

大介脱去上衣,拿起桌上的报纸,看到经济版以醒目的大标题报道着金融重组的消息。

金融界终于迎来了重组的大潮。对于金融机构来说,规模越大,经营成本越低,规模效益越高。因此,通过合并、合作实现规模化重组尤为必要。

为了实现"金融高效化",大藏省正准备积极推进金融重组,将竞争机制引入银行业,将以往处于过度保护下的银行业暴露于竞争的血雨腥风中,让它们接受市场的考验。通过各银行间的相互竞争,达到优胜劣败的目的,劣质银行必将被淘汰,优质银行将吸收、合并那些劣质银行,最终实现以规模化为核心的金融重组。

为了促进"金融高效化",并在本年度内整理汇总出具体的金融制度改革方案,作为大藏大臣的咨询机构,金融制度调查委员会下设了"特别委员会"。该委员会将对金融重组起到策马扬鞭的作用。

大介正读到这儿的时候,电话突然响了起来。大介没有立刻拿起电话,而是又扫了一眼报纸。"将竞争机制引入银行业,将以往处于过度保护下的银行业暴露于竞争的血雨腥风中……劣质银行必将被淘汰,优质银行将吸收、合并那些劣质银行……"大介不高兴地动了动嘴角,拿起了听筒。

"喂,喂,爸爸,新年好。今年又不能去志摩,真不好意思。"

电话里传来了大女儿一子的声音。一子嫁给了大藏省主计局次长美马中。一子的声音细细的,带着些拘谨,就像她的性格一样。

"啊,新年好。今年过年还是挺忙的吧?"

"嗯,忙倒还是其次,就是没时间陪孩子,想起来有些心酸。"

"明年你把孩子们送过来。你妈妈她们在休息室,我把电话给你转过去吧。"

"不,等会儿,美马要和您说话。"

一子将电话转给了美马。

"爸爸,给您拜个晚年,十分抱歉。请您今年多多关照。"

听筒里传来了美马略带些鼻音、四平八稳的声音。

"哎呀,彼此彼此。你什么时候去给大藏大臣拜年?"

"元旦。大臣说什么时候都行。"

"是嘛。我正在看报纸上有关金融重组的报道。你以前说过,金融制度调查会要设立特别委员会,谁来当委员会的会长差不多定下来了吧?"

"没有,还没有定。以往只是口头上说说,今年不一样。大藏省已经确定今年开始具体落实城市银行重组一事。"

美马虽然在主管国家预算的主计局工作,但对掌控银行行政的银行局的大体动向也了如指掌。

"大臣和银行局局长他们已经有具体的实施规划了吗?"

"这个不好说,看不大出来。"

"哦。我总觉得大藏省急于实施重组。说起来大藏省是保护银行的,可在我们银行方看来,他们对银行别说保护了,简直是粗暴至极。"

大介的脸色变得像在行长室时一样严肃。虽说在关西拥有悠久历史,在业界也好不容易挤入前十,但对于阪神银行来说,金融重组意义重大,绝不可小视。为了在重组中立于不败之地,阪神银行必须先下手,走到其他银行前面去。

在这个关键时期,担任大藏省主计局次长的女婿的消息,对大介来说十分珍贵。

"委员会会长的人选什么时候才能定下来？"

"大概过完年一上班就要开始选人，最终还得由首相和大藏大臣商量决定。具体事情，等我和您见面时再细谈。"

美马的话让大介心有不甘。

"嗯，那你近期找个时间把孩子们带过来玩玩，到时候咱们再聊。"

大介不慌不忙地放下了电话。

美马中在勾起大介兴趣的同时，口风把得很严，在关键问题上滴水不漏，典型的官僚式作风。

但是，美马很快就会来关西，念及平日里自己给他的小恩小惠，权当回礼，他也会带些有价值的情报过来。想到这儿，大介严肃的脸庞上稍稍浮现出一些笑容。万俵大介再次认识到，自己苦心经营的强强联姻，正在慢慢地开花结果。

大介的长子铁平娶了原通产大臣大川一郎的长女，长女一子嫁给了有望成为大藏次官的美马中。一子结婚时，美马中还在银行局工作，一子带了大量陪嫁过去。婚后，大介对大女婿的经济资助从未间断过。眼下，次子银平的婚事正在紧锣密鼓地筹备中。二子和三子未来的婚姻，也必将促进万俵家的繁荣。

万俵家这种强强联姻关系的建立，不是大介的妻子宁子的功劳，完全是大介的情人高须相子努力的结果。

宁子高贵典雅，出身名门，娘家是公卿贵族嵯峨子爵。相子出身一般，但才华卓越，巾帼不让须眉。她虽然已经四十多岁，但丰满的身材加上雕塑般的五官，其美貌常常让万俵家的女儿们也自愧弗如。

今晚与大介同床的不是宁子，而是相子。这在外人看来可能有些不可思议，但对于万俵大介来说，这是他十几年来的生活方式，没有丝毫的别扭与不自然。

大介听到走廊里传来了轻微的脚步声,脚步在房间门口停住了,是宁子和相子。

"晚安。"

两人像往常一样互致晚安之后,相子走了进来。

神户元町的荣町大街的中间是电车道,两侧是一幢幢经受过战火洗礼的银行和证券公司的大楼。战后,新建的大银行都已经搬到新市政厅所在的江户大街一带,但这些保存下来的大楼依然显示着战前金融街——荣町大街的辉煌。

其中,古色古香的阪神银行大楼尤为引人注目。大楼共五层。正面玄关处耸立着六根圆形石柱。大楼外墙是由巴洛克风格的厚重石材砌成的,窗户又高又小,给人一种庄严感,令人心生畏惧。

早晨五点,万俵大介乘坐黑色奔驰车从志摩观光酒店出发。车刚到总行东侧玄关处,行长秘书和前台值班员就恭敬地迎了出来。万俵行长向他们轻轻点了点头,同时迅速瞄了一眼玻璃门内营业部里的情况。刚过九点,上下两层的营业厅内,已经可以看到顾客的身影,仪表整洁的职员们都在专心致志地工作,信贷课课长银平也已经坐在办公桌前。万俵大介走进营业部旁的电梯,在三层停下。值班的女职员毕恭毕敬地迎了过来。

"新年好。"

万俵大介微笑着打了声招呼之后,步履矫健地走在厚重的大红地毯上,向行长室走去。在被阪神银行的职员们称为"松之廊下①"的这条悠长而弯曲的走廊里,身穿晚礼服、脚蹬黑漆皮鞋的万俵行长的身影显得十分高大。在万俵行长到达最里间的行长室之前,要经

---

① 松之廊下:因 1701 年发生的忠臣藏事件而著名。

过董事办公室和董事专用接待室。这些房间全都大门紧闭,让人感觉不到里面是否有人。在同一幢大楼里,楼下人来人往、业务繁忙,楼上无声无息、一片静寂,简直让人难以置信。行走在无尽的米色墙壁与大红地毯中,初到此地的访客,会产生一种误入与世隔绝的迷宫的错觉。但透明的平板玻璃加铁丝玻璃的双层设置,又明白无误地告诉人们——此处是银行。

行长室在大楼东南角尽头,面积约五十平方米。大楼建于二战前,室内天花板很高,天花板上装饰着华丽的浮雕,墙壁上挂着法国画家雷诺阿①的风景画。灰地毯、柚木桌、黑皮椅,共同构成了黑与灰的世界。在这间低调而奢华的房间里,万俵大介那银白的头发和庄重的面容显得尤为引人注目。或许房间设计的目的就在于此。行长室外有接待室,即便是银行内部人员,也不可能随便进入庄严的行长室。用万俵大介的话来说,行长是统管着八千亿日元存款的阪神银行的象征,行长办公的地方,非请莫入。

一进办公室,万俵大介就看了看办公桌上的标示器。标示器的红灯都亮着,说明各位专务、常务均在位。

"所有董事都在位。"

秘书速水二英说道。速水年仅三十三岁,原来在调查部工作,两年前被提拔为行长秘书。

"今天的工作安排,请您过目。"

为了节约时间,秘书平时在电梯里就将日程表给万俵大介过目。今天的日程是:九点半开始新年贺词;十点至十二点接受新年祝贺;十二点至一点董事会餐;一点半至两点工商会议所新年名片交换会;两点半至三点半关西银行协会贺年会。平日里,每天的日程

---

① 雷诺阿(1841—1919):法国印象派重要画家。

都要安排到下午六点以后，紧紧张张的，但今天是正月四日，只排到三点半。

"快到时间了，我去一下。"

万俵行长看了看表，推开了墙边的一扇门。里面是行长专用卫生间。门一关上，把手旁边的橙色小灯就亮了起来。这盏灯和秘书处的告示牌相连。万俵大介在卫生间时，秘书处的告示牌上的橙色灯同时亮起。秘书可以根据情况接听电话，或是防止意外情况的发生。万俵大介从卫生间出来之后，秘书速水提醒他，新年贺词的时间到了。

秘书课课长在最前面引路。万俵行长的身后紧跟着两名专务，随后是四名常务，威严的态势宛如江户时代的将军带着手下在"松之廊下"巡查。一行人向五楼的礼堂走去。即便是一流大学毕业的后备干部，在刚进银行的时候，也要被发配到支行，从征集电影院或百货店的存款之类的基础业务干起，东奔西走拉存款，完成定量指标。熬过这一阶段，接下来转为为贷款而奔忙，并要时刻保持神经高度紧张，以免落入不良贷款的陷阱。总之，他们就像赛马场上的马一样，只有战胜了无数次考验的人，才能最终到达总行的终点。而在这庄严、冷峻的总行大楼里，还有黑洞般深不可测的尔虞我诈与帮派之争在等待着他们。因此，只有经历了血雨腥风的洗礼，坚持笑到最后的人，才有资格入住"松之廊下"。

五楼的礼堂被打扫得纤尘不染。礼堂正面的主席台上摆放着金屏风，左侧的花台上，白瓷花盆中的五叶松亭亭玉立，散发着新年的清新气息。面向主席台并排放着三排细长的条桌，六十多名课长以上的职员代表，恭敬地站在桌前等待着新年贺词仪式的开始。这是存款总额八千亿日元，贷款总额六千五百亿日元，总行设在神户，另在东京、大阪、名古屋、横滨、京都、广岛、福冈等地拥有一百三十家分行,职员总数达九千人的阪神银行总行的新年贺词仪式。

走廊里的脚步声越来越近。在秘书课课长的引领下,万俵行长带领专务等六名董事走了进来。礼堂里的气氛顿时变得紧张起来。六名董事分左右站在主席台下方,万俵行长独自稳步走了上去。在金色屏风的映衬下,满头银发的万俵行长更显威严。

"新年好。今年经济界的课题是如何应对资本自由化。随着资本自由化进程的加快,很明显,以美国为首的欧美国家的大型资本将不断渗透进我国。为了应对这种局面,日本产业界不得不进行合并、合作,这就是现状。而在我们金融界,从今年开始,金融重组的呼声将越来越高,银行自身的金融体制强化迫在眉睫。

"针对当前的形势,整肃贷款、提高经营效率等'质'的强化自不待言。但我要强调的是,今年我行工作的重中之重是'量'的扩大,即力争实现存款总量的大飞跃。鉴于此,新年伊始,我希望诸位,怀着必胜的信念,在新的一年里,为将我行的存款总量从现在的八千亿日元提高到一万亿日元而努力奋斗。为了达到这一目标,我们要毫不犹豫地将别家银行的优质客户抢夺过来。优质客户资源直接关系到银行间等级与上下的差距。存款量的大幅增加,直接带动了收益的提高与金融体制的强化。"

作为行长的新年贺词,这番话似乎过于直白,但另一方面也表现了万俵行长积极应对金融重组大潮的坚定决心。会场内职员们的神态愈发严肃紧张起来。

行长讲完话之后,桌上的酒杯里都倒上了啤酒。这时,首席专务提议道:

"为了阪神银行的发展,为了万俵行长的健康,干杯!"

众人齐呼干杯。万俵站在主席台上,接受了大家的敬酒。

当万俵回到办公室的时候,前来恭贺新年的客人们已陆续来临。

秘书速水将来客名单交给行长过目。

"行长,像往年一样,共有六十七名来客。没有特殊情况的话,请您每组控制在五分钟之内。"

万俵坐下来稍事休息之后,推开了旁边接待室的大门。

接待室里铺着藏青色地毯,中间摆放着大理石圆桌和银灰色沙发。看到万俵行长走了进来,身穿礼服的客人立刻站了起来。万俵接待的第一组客人是阪神银行的大额融资客户——平和 HOUSE 公司的会长和社长①。

"新年好。"

"新年好。承蒙二位亲临,不胜感激。"

万俵客气地打完招呼之后,在客人对面坐了下来。

"行长,过去的一年,承蒙贵行关照,今年还要继续麻烦你们。去年承蒙行长果断融资,敝公司才能扩增设备。如今我们公司单元房生产量已占业界总产量的 22%,市场占有率也达到业界第一。"

八十岁的会长是平和 HOUSE 公司的奠基人,他以关西人特有的行礼方式面对万俵大介深鞠一躬。这时,刚过五十岁的公司实力派人物,即第二代社长接着说:

"为了今年公司的更大发展,我们打算在业界首推预制装配式高层住宅。日本的住房建设受制于土地。我们认为,预制装配式高层住宅的时代将很快到来。我们打算尽早出手,还希望贵行能多多支持。"

在祝贺新年的同时,第二代社长将今年的发展计划也一并告诉了万俵。万俵大介跷着腿,上身保持笔直,掏出烟来递给对方,自己也吸了一支,随后轻轻点了点头,没有说话。作为银行行长的万俵大

---

① 会长:日本很多公司都是家族世袭的。一般来说,父亲年龄大了之后就让出社长一职,退下来当会长,相当于顾问。

介,惜话如金,不到必要的时候绝不会轻易开口。万俵大介今天要见的人,大部分谈的都是和融资有关的事情。因此,对万俵来说,沉默是保持双方距离的最好方式。踏出家门、身处公共世界中的万俵行长,和家中的万俵大介判若两人。虽然银发矜重的姿态和沉默寡言的形象,给人一种冷冰冰的感觉,但万俵行长心里清楚,只有这样才能让对方有敬畏感。

第二位客人是当地选举出的社民党议员中根。

"万俵行长就是不一样啊。我来的时候,已经有五六个人等着了。幸好都是些熟人,让我插了个队。不好意思当第一,就当了个老二啦。"

"真不好意思,我应该亲自去拜访议员先生的。"

只要选举区的情况允许,这位中根议员随时都有可能成为自由党候选人,再加上又担任国会大藏委员会委员,万俵对他十分客气。

"哎呀,经常麻烦行长,拜年是应该的啦。"

"您客气了,是我经常麻烦您。"

万俵一边恭恭敬敬地鞠躬行礼,一边暗中嘀咕着大藏委员会这个讨厌的机构。从准备金率到融资公司的破产、坏账、新开支行等问题,大藏委员只要想找碴儿,再小的事情都有可能成为把柄,被捅到委员会上去。一旦这种情况发生,对视信用与体面为生命的银行来说,就是极其危险的事情。为了防止危险的发生,银行除了对这些大藏委员会委员进行正常的政治捐款,暗地里还有很多改头换面的灰色捐款。万俵尽管对政治颇有兴趣,但内心十分瞧不起政客们。但企业离不开政府机关的认可,银行不仅无法摆脱与政界的关系,而且还要维持好两者之间的微妙联系。银行行长与政客之间如同包养与被包养的关系,但万俵大介从来都不露声色。万俵知道,只有不露声色,才能保持与对方的距离感,才能亲而不亵,近而不狎。

按照一组客人五分钟来算,两个小时就是二十四组。等到见完六十七个人回到办公室、独自待着的时候,万俵大介才终于放松下来,叼起一根烟,吐了个烟圈儿。回想这一天,早上五点从志摩观光酒店出发,九点刚过的时候进银行,一直到现在,一分钟都没休息。一踏进银行大门,在电梯里就不用说了,就是走在走廊上的时候,还得听秘书的日程汇报。等进了办公室,五分钟见一拨人,见完所有人之后,还有大额贷款的方针决定会、资金会议、营业网点的房产申请会等一系列会议在等着自己。万俵行长真可谓是日理万机。最为关键的是,所有事情的最终决定权都在行长一人手中,而行长的决定左右着一个公司的命运。

　　万俵站了起来,走到窗边,抬头看了看天。没有云,好像有些风,天空湛蓝湛蓝的。今天早上先是铁平和银平,然后是自己离开志摩。宁子和相子、铁平的妻子和孩子们、二子、三子他们分乘两辆车随后离开。万俵眺望着远处伊势志摩的天空,想到妻女等家人现正在回家的路上,心情放松了许多。对于万俵大介来说,抛开银行行长的公职身份,在一家人的陪伴下到志摩半岛放松身心,这样轻松的日子,一年之中只有从除夕到正月三日短短的四天。

　　敲门声响起,是秘书速水。董事会餐的时间到了。

　　万俵大介将身体惬意地靠在椅背上,坐车回家。从除夕到现在,已经四天了。中午董事会餐结束后,万俵又接连参加了工商会议所新年名片交换会和关西银行协会的新年晚会。尽管从年轻时开始一直坚持打高尔夫,但应付完一天中的各种会议,万俵大介还是觉得有些疲倦。

　　过了阪急铁路冈本站,车子开始上坡。前方是六甲山脉。小山们柔软的山脊线宛如风中飘逸的长裙,重叠之后又各奔东西。天王山是其中一座小山。万俵家拥有天王山山脊处的数十万亩山林。此时的六甲山山顶还有一些微亮,但眼前的天王山一带已经暮霭沉沉。万俵至今也不明白,祖上作为姬路城播磨平原的地主,怎么会出手购买大阪与神户间的这一片山林。但万俵知道,父亲敬介和祖父龙介都是野心家,绝不会安心做一个小地方的地主。于是在第一次世界大战的时候,他们将抛售万俵船舶所得来的巨额财富分散投资到各个领域,而这片山林也属于当时的投资项目之一。

沿天王山山脉上行六百多米,有一个可以俯瞰大海的小山岗。万俵家就建在此处。万俵家背靠天王山,郁郁葱葱的树木环绕四周,总占地面积三万多平方米。得天独厚的自然环境将万俵家里面的世界与外界完全隔绝开来。只有来到御影石[①]建成的大门口,才会发现原来此处是私家府邸。

车刚一停在门前,就远远地传来了热闹的犬吠声,打破了四周的宁静。门开了。

"老爷回来啦。"

住在门边值班室的守门夫妇出来迎接万俵大介。这时,三只身如小牛般的大狗从他们身后快速跑了过来,围在刚下车的大介的脚边,欢快地摇着尾巴。这是三只深得大介宠爱的大丹犬。大丹犬毛色金黄柔滑,体型高大威猛,身高约八十厘米,体重约六十千克,头顶延伸至鼻梁的线条标志着它们高贵的血统,而它们威风凛凛的样子也充分彰显了万俵家的威严。

从大门走到玄关大约需要五分钟。大介在门口下车,步行到玄关,权当散步,活动活动身体。大介带着三只爱犬,走上了缓坡。走到一半的时候,可以看到后山山涧中的山泉流了过来。过了山泉上

---

① 御影石:日本兵库县御影地区所产的石材。

的石桥,一栋西班牙式的红色屋顶的房屋和一座白塔式的房屋出现在眼前。大介在桥上停了下来,回头看着来路。爱犬们也随之停下了脚步。站在桥上,芦屋、冈本、御影等大阪与神户间的街市一览无余。远处神户港碧波荡漾,填海而建的滩滨临海工业区呈凸字形插入海中。工厂群中的烟囱一座接着一座。东侧那座特别粗大的烟囱属于大介的长子铁平所在的阪神特殊钢公司。大介看到烟囱正往外冒着黑烟。虽然这些景象大介已经非常熟悉,但每天出门和回来的时候,大介都会站在这儿,眺望着阪神特殊钢公司的烟囱。每当这个时候,三只大丹犬也会以凛然的目光看着同一方向,时不时还撒娇般地将小牛般的身体贴过来,并将冰冷的鼻头在大介手上蹭来蹭去。

　　靠近玄关处,可以看到院子里不仅有西班牙风格的西式房屋,隔着毛石墙,还有一栋雅致的茶室式建筑。二者形成鲜明对比。这套和洋折中的建筑加起来共一千平方米左右。大介喜欢西方的东西,基本只使用西式部分。突然,三只大丹犬奔跑了起来。

　　玄关处厚重的大门被打开了,门廊处人影隐约可见,那是大介的妻子宁子和情人相子。除非有客人来,一般情况下,每天都由宁子和相子亲自迎送大介。门廊两边贴着西班牙风格的彩色瓷砖。身穿素雅的淡紫色和服的宁子和一袭玫瑰色套装打扮的相子,一左一右,以不同的姿势和目光迎接着回家的大介。大介目不斜视地径直向门廊走去。从跨入玄关的那一刻起,万俵大介就卸下了阪神银行行长的社会身份,开始了远离公众视线的私人生活。

　　玄关和起居间中间是个大厅,两侧是客厅、餐厅。地板上贴着西班牙风格的雪花状彩色瓷砖,明亮而又绚丽,迥异于行长室黑灰色的风格。宁子紧跟在大介身后,说:

　　"今天您累着了吧?早上五点就从志摩出发了。我们不急不忙地一直待到中午才回来的。"

宁子的关西腔很浓,语速也比较慢,回来后好像还未换装,和服腰带系得很高。

"嗯,那就好,我倒是有点累了。"

回到家里的大介好像换了个人似的,声音轻松、明朗、充满活力。大介走进起居室。起居室天花板上架着粗大的西班牙松横梁,下面悬挂着精致的铁艺吊灯。房间正面是齐身高的大壁炉。壁炉边粗犷的皮椅、结实的橡木桌子、墙上的高档挂毯,都是大介的父亲在西班牙买了之后,用船运回来的。大介从暖炉上的烟斗架上取下一支登喜路直纹烟斗。这种烟斗纹理透明,一棵树只能做一支烟斗。这只烟斗是大介近二十年来的挚爱。但对于以五分钟为一个日程单位的万俵行长来说,在银行里根本别想有闲工夫抽烟斗。对于万俵大介来说,回到家,叼着心爱的烟斗、点上火的那一刻,是一天中最惬意的时刻。此时相子已经将套装上衣脱下来,扔在沙发上,穿着衬衫,指挥着女佣们端茶、添火。房子的地下室有个锅炉房。其他房间都有暖气,只有起居室,按照大介的喜好,采用壁炉取暖。等到壁炉的温度合适之后,相子绕到大介身后,为他脱去外衣,并顺便披上过年新做的丝质长袍。相子边利索地吩咐着用人们,边问大介:

"今天一天新年聚会挺多的吧。现在就开饭,还是等会儿?"

相子知道大介这一天的日程排得很满。

"是啊,我想先去泡个澡解解乏。过年该用扁柏浴桶啊。好久没用了。"

"可是,那边浴室会不会有点冷?而且今天还没有烧水。"

宁子话音未落,相子就接过话来了:

"不用担心。我估摸着您今天就有这个心思,早都给您准备好了,请吧。"

说着,相子吩咐用人们说,老爷要去泡澡了。大介身披长袍,走出起居间,穿过大厅,向日本馆的浴室方向走去。大介的先父敬介生前就住在日本馆,大介夫妇住在西洋馆。敬介去世之后,日本馆除了用来办红白喜事,基本不用。当初日本馆的建造充分利用了山脚处的地形优势,走廊处蜿蜒起伏,十分别致,但现在只有客厅、佛堂、浴室还偶尔用一下。

打开浴室门,一个年老的女佣为大介掀开浴桶盖。二十平方米左右的浴室间立刻热气腾腾起来。脱衣处也有电暖气,所以大介一点也不觉得冷。大介慢慢将身体泡在扁柏木做成的浴桶里,顿时觉得神清气爽。像今天这种疲惫不堪的日子,泡个澡之后,所有的疲劳都烟消云散了。这间浴室建在朝南的地势稍高处,可以俯瞰院内全景,若是天晴,甚至可以看见神户港的海面。第一次世界大战时,大介的父亲敬介通过万俵船舶赚得大桶金,建造了这间巨大的公馆,并特意将浴室建在稍高处,这样可以边泡澡边心满意足地眺望神户湾里进进出出的自家船舶。这一建筑构思正是父亲豪放的象征。大介正想到这儿的时候,听到了大丹犬的叫声。

大介朝窗外一看,两只大丹犬正向天王山方向飞奔而去。大介目送着夕阳中大丹犬飞扬的金色毛发和矫捷的身影消失之后,从浴桶中站了起来。六十岁的大介依然健壮、结实。大介将全身抹上香皂,视线又重新回到公馆内。浴室东侧水池那头的勒·柯布西耶①式的白色建筑亮着灯。那是大介的长子铁平夫妇的住所。铁平家所有房间的灯都亮着,看来铁平今天也早早回家了。但是,和大介一同住在西洋馆内的次子银平、女儿二子和三子的房间都没有亮灯。

大介泡完澡,回到起居室。壁炉的火势正旺。冰啤酒和凉菜已经准备好。宁子正和相子面对面坐着说话。大介身上只披了件长袍。

---

① 勒·柯布西耶:Le Corbusier (1887-1965),20 世纪著名的建筑大师、城市规划家和作家。

"谁的照片？"

大介看着两人中间的照片问。宁子为难地说：

"银平的婚事还没谈妥，相子又提起了二子的婚事。"

"哦，是哪家的啊？"

"是 ORIENT 电器岩野先生的长子，要说也是门当户对，但我觉得还是要遵循长幼的顺序，先把银平的婚事定了再说。"

宁子刚说到这儿，就被相子打断了：

"银平老是没有一个明确的答复，照这样等下去，二子的好姻缘都错过了，太可惜。不过，银平的对象基本已经确定在两位小姐中选一个。一位是大阪重工安田家的小姐，另一位是世界闻名的数学家、京都大学的教授三木的千金。现在就等着银平从这两位中选一位了。问题是银平一直磨磨蹭蹭的，没个准确的答复。要我说啊，他这样拖来拖去不是因为不喜欢，就是他那种讨厌的性格在作怪。"

"可是，从他考虑了这么长时间来看，是不是他自己有什么想法呢？"

看到宁子袒护银平，相子说：

"您说银平有想法，那他到底有什么想法？万俵家的婚姻大事可不是普通人家的儿女嫁娶。万俵家儿女的婚事，应该贯彻一个原则，那就是通过婚姻关系的缔结，扩大裙带势力的范畴；通过各种裙带关系，提高万俵家的地位，壮大万俵财团的实力。"

"哎，你这么说就……，你自己没有孩子，才会这样说话。"

宁子有些生气了。

"不！二子、三子就不用说了，包括铁平、银平，我把他们都看成自己的孩子。作为一名家庭教师，我全心全意地教育他们，将他们培养成优秀的人才。宁子你仅仅生育了他们，却把教育的责任推卸给别人。从某种意义上说，我比你更了解他们的性格。"

相子根本没有把宁子放在眼里,尽管宁子是万俵大介的妻子、孩子们的母亲。

"我先告退了。晚安。"

说完,相子站起身走了。今晚轮到宁子和大介同房。

万俵铁平在书房阅读轴承钢增产计划报告。报告是新年伊始技术部提交给专务室的。铁平是企业经营者,但更是技术专家。比起罗列了一系列数字的决算报告,铁平对各类设备方面的报告更感兴趣。还有十五页没有读完。铁平觉得眼睛有些累,于是将视线转向窗外。

在路灯的照耀下,宽敞的院子中央,欧洲公馆式的白塔型西洋馆显得轮廓分明。铁平突然觉得,白天看起来没什么不一样的白塔,在夜光中让人有种毛骨悚然的感觉。塔里面只有螺旋形楼梯可以上下,塔身上开着小圆窗用来望远。让铁平百思不得其解的是,祖父为什么要把房子造成塔状。铁平想:虽然祖上是地主,但到了第一次世界大战时,祖父已经靠船舶业积累了万贯家财,这种建筑风格难道是祖父这种"暴发户"喜欢的?再一想到1926年的时候,祖父就已建成如此规模、如此彻底的西洋风格的公馆,铁平不禁对祖父非同寻常的气魄深感敬佩。

有人敲门。妻子早苗为铁平端来了白兰地。早苗身穿双幅蓝色大岛绸和服,全身散发着娇兰牌古龙香水的味道。

"老公,该休息了。"

铁平有睡觉前喝白兰地的习惯。铁平回头看着妻子,问:

"孩子们都睡了吗?"

铁平与早苗有一儿一女。儿子太郎,已经上小学一年级;女儿京子,还在上幼儿园。

"嗯,从志摩回来坐了那么长时间的车,孩子们都有些累了,吃完晚饭,两个孩子就都睡了。"

早苗边倒白兰地边接着说:

"明年开始咱们别去志摩过年了吧?"

"为什么?"

"你看吧,每次都是西餐,孩子们好不容易去趟志摩,结果还得先吃饭,等我们开始吃饭的时候,孩子们只能自己在一边玩。到去年为止孩子们还没什么意见,可是今年太郎和京子看到别人家的父母和孩子一起吃饭,都羡慕得不得了。关键问题是,公公在中间坐着,婆婆和相子每天轮流坐在女主人的位置上,该不是因为不想让孩子们看见,才不让他们上桌的吧?在这个大院子里,正因为咱们不和他们住在一处,孩子们才能避免看见。"

听了妻子的话,铁平的脸色微微有些变。比起父亲,铁平长得更像祖父一些,肤色微黑,神情精干。铁平刚想再次拿起桌上的报告,却被早苗拦住了。

"老公,我真的觉得很难受。就说今天吧。芦屋医院的院长夫人和我关系比较好,她来和我说给二子做媒的事情。结果相子呢,横插一杠,说什么来提媒的人很多,所有和提媒相关的事情都由她来处理。结果她就撇开我,直接和院长夫人谈起来了。她算是万俵家的什么人啊?公公说是情人,可说白了,妻子之外的女人,不都是小妾嘛!说起来万俵家在用晚餐的时候,今天说法语,明天说英语,可这妻妾同居的生活算什么!变态!你们兄妹还真不在乎啊。"

早苗已经忍无可忍了。铁平将结实的肩膀靠在沙发上,说:

"不能说不在乎,可这种现象从我们小时候就存在,而且在毫不知情的外人看来,妈妈和她就像姐妹,或是表姐妹,别人也不会觉得有什么问题。现在再说这个问题……"

"你是不是认为现在没必要把她的存在当成个问题？不管怎么说，她们两个人没必要每天轮流坐在女主人该坐的位置上吧！我真不明白，为什么婆婆不能理直气壮地坐在女主人的专座上呢？"

铁平也无法回答早苗的问题。铁平已经记不清妈妈和相子是从什么时候开始每天交换座位的了。但是，长大成人之后铁平才明白：谁坐在女主人位置上，谁就要行使名副其实的妻子的义务。

"为什么你们就不能为了婆婆，把她从这个家里赶出去呢？我真不明白你们兄妹几个是怎么想的！银平是男人，可二子、三子还是待嫁的姑娘，她们也能完全无视这种妻妾同居的现实，见怪不怪？我真是想不明白。"

早苗的眼中露出蔑视的神情。铁平放下手中的白兰地，说：

"虽说是妻妾同居，可我不是跟你说过好几次嘛，我们家的情况和别人家不一样。妈妈的娘家是二战前京都的公卿贵族，妈妈是带着老用人嫁过来的，家里的事情什么都不会做。二战后，家里不像以前那样有管家和老用人了，只有一些女佣。高须相子才貌双全，又曾经在美国留过学，来到我们家做家庭教师。一开始她只负责我们几个孩子的教育，后来慢慢开始统管家里所有的事情。就这样，不知道从什么时候开始，我们有事要找爸爸，还得靠她通报才行。"

"所以，你们就默认了她的存在。作为你的妻子，我也得听从她的指挥！"

早苗明显话中带刺。早苗继续说：

"当然，像我爸爸大川一郎，可能也有小妾，但从没带回家过。要是我早知道你们万俵家这种情况，知道像相子这样的人在掌控着万俵家的婚姻大事，我就不嫁过来了。"

铁平和早苗已经结婚八年。作为嫁过来的媳妇，早苗似乎已经忍无可忍。诚如早苗所言，万俵大介这种妻妾同居的生活，外人是无从知晓的。因为万俵家公馆背靠六甲山脉平缓处的天王山。整座天王山基本上全是万俵家的地盘,外人根本无法窥视公馆里的情况。在这一点上,万俵家的生活可谓"与世隔绝"。万俵家全家老小与外人接触的机会每年只有一次,那就是去自家别墅般的志摩观光酒店过新年。

"真不知道那个女人是怎么和公公好上的,真是魅力无穷啊!"

早苗的语调中充满着女人特有的尖酸刻薄。铁平没有说话,眼光转向日本馆的浴室。刚刚还亮着灯的浴室,现在已经一片漆黑。刚才应该是爸爸在那儿泡澡。铁平忽然觉得,二十年前的那一幕,如今依然清晰。

万俵家规定的入浴时间有着特别的意义。一般从五点钟开始入浴。一到五点,孩子们就一起从西洋馆集中到日本馆的宽敞的浴室中来。这是铁平祖父在世时养成的习惯。浴室很大,是按照祖父的喜好建成的。让孙儿们在此一齐入浴,对祖父来说是一大享受。十五岁以前,铁平兄妹们会和妈妈一起洗澡。但是,妈妈仅仅是和孩子们一起去浴室,并不会帮孩子们洗澡。她甚至都不自己洗澡,而是像玩偶一样,先让秀丽的身体"漂浮"在扁柏木的浴桶里,然后由女佣帮助清洗从头到脚所有的部位,包括私处。孩子们也是由女佣帮着洗的。入浴的时候,浴室是整个公馆内最热闹的地方,其余的房间全都悄无声息,甚至连人影都很难看见,似乎全家所有人都集中在浴室里。对于铁平之外的孩子们来说,洗澡是一天中最高兴的事情。孩子们离开了各自的房间,摆脱了家庭教师高须相子的监督,在女佣们的引导下,从西洋馆出发,走过长长的走廊,来到日本馆的浴室。孩子们就像去游泳池跳水一样,欢呼雀跃,兴奋不已。

铁平一直记着那一天。那一天,弟弟妹妹们像往常一样大呼小叫着在浴室集合。铁平先洗完,穿着浴袍,回到了西洋馆,走到了爸爸的起居室门口。起居室里的一幕让年幼的铁平倒吸了口凉气。

爸爸的起居室平时只有爸爸可以进出,即便是铁平兄妹,没有爸爸的许可也不能随便进去。那天,房间的门开了条小缝,铁平可以看见房间里有两个人——家庭教师高须相子和爸爸在一起,而且,相子还坐在爸爸的大腿上,爸爸抱着相子,两个人的身体重叠在一起。在铁平的记忆中,爸爸还从未抱着自己或弟弟妹妹坐在他的大腿上。惊慌的铁平不由得往后退,却突然发现身后有人。回头一看,竟然是妈妈。妈妈的脸像死人一样煞白,毫无生气。那一刻的恐慌,铁平从未向任何人说起过。从那以后,高须相子对铁平兄妹们的要求越发严格,而兄妹们的教育、升学等的决定权也逐渐被相子掌控。铁平深感气愤。但是,妈妈宁子出身于公卿贵族家庭,既不具备与高须相子匹敌的管理家务的能力,又缺少教育子女的实际能力,只能忍气吞声,若无其事般地继续原来的生活。

铁平看着过去和父母们一起居住的西洋馆,看着那白色的墙壁和高耸的塔楼,说:

"不管我怎么解释,你也无法理解高须相子在万俵家存在的意义。但是,她也确实发挥着她的作用。何况,现在再说什么也无济于事了。"

铁平从沙发上站了起来,结束了和妻子的谈话。铁平努力抛开父子关系,尽量客观地思考这个叫作万俵大介的男人——在家是妻妾同房的一家之长,在外是庄重严厉的银行行长——这个冷酷怪异的男人形象,沉重地压在了铁平心上。

兵库县^①三木市的广野高尔夫俱乐部,坐落在一片平缓的原野上。星期天上午,人比较少。松林掩映间的球道,呈现出高级俱乐部

---

① 县:日本的行政单位,相当于中国的省。

特有的优雅与宁静。

万俵大介和女婿美马中来到十五洞的开球区。大介回头对美马说：

"这次你先来。"

"好不容易在十三洞杀出重围，现在又来到魔鬼十五洞。十五洞是我的软肋，这次要能 PAR① 就好了。"

美马看了看地形，研究了一下球洞周围的情况。一条宽大的山谷横亘在球洞中央部位，将球洞一分为二。山谷的对面有三个障碍。球穴区草地的前面有凹坑，草地四周有四个障碍。美马抬头望天。天空蔚蓝蔚蓝的，阳光灿烂，完全不像二月。松树的小树枝沙沙作响，看来是西北风，而且风不小。美马断定：在十五球洞，西北风会成为斜向的助力风。美马正视前方，挥动球杆。球借风力，落在山谷前大约二百四十码的良好区。

"哎呀，这可是今天最好的一杆，当真是风如神助啊。"

大介一边开着玩笑，一边站到开球区，拿起球杆。大介用的 KENNETH SMITH 球杆，是按照使用者的体重、身高、腕力特别定制的，上面还刻有大介名字的首字母。大介以敏捷的身姿，打出了第一杆。球落在了美马的球后面约四十码的地方。

大介和美马将球杆递给球童，向球落处走去。

"关西真暖和啊。估计孩子们正在岳父家宽敞的院子里疯玩呢！"

美马的语气中流露出难得的惬意。新年的时候，大介让担任大藏省主计局次长的女婿美马找个时间，带上外孙到家里来，顺便一起聊聊天。前一段时间，因为编制下一年度预算的事情，美马忙得没有

---

① PAR：标准杆。

白天没有黑夜,根本没时间休息,见面的事情也就一拖再拖。一周前,预算草案在政府临时会议上通过,现已进入内部公示阶段,美马也终于可以休息一下了。昨天正好是周六,下午美马就带着妻子一子和两个孩子来到了岳父家。对于美马来说,来岳父家并不是单纯为了休息或是尽孝心,而是银行行长和大藏省官员这一对翁婿之间有要事需要面谈。

"你母亲身体还好吗?"

来到落球点,大介以岳父的口吻关心地问道。

"我妈妈今年七十五岁了,托您的福,身体还不错,听我哥哥说,现在还坚持做短歌①呢。"

美马家世代在茨城县担任真言宗的住持。美马的父亲十年前去世,长兄继承了父亲的职位。大介之所以选择美马家的次子——美马中做大女婿,是因为当时美马中在大藏省银行局做金融检察官,负责金融机构的业务和财产检查工作。金融检察官共六人,具体工作是在检察部部长的指挥下,彻底调查各银行账本的具体内容。工作的性质决定了这些年仅三十岁上下的年轻检察官,足以让银行方面战战兢兢。美马检察官第一次到阪神银行来检查工作的时候,年仅二十九岁,皮肤像女人一样白皙,眼神却有一种与年龄不相符的傲慢与圆滑,这引起了大介的注意。大介将他视为女婿的候选人,并命人悄悄调查了他的家庭背景。

调查结果显示,美马中与现任大藏大臣、当年的银行局局长永田是同乡,且过从甚密。由此大介断定,美马中未来的仕途会一帆风顺。可是美马中自己对于这桩大藏省官员与银行行长的女儿之间的联姻似乎忧虑颇多,举棋不定。万俵大介足足花了两年时间才说服了

---

① 短歌:日本一种传统定型诗,共五句三十一个音节。

美马。

　　大介从落球点向前方望去,前方七十码处宽阔的山谷和障碍,似乎比在开球区看的时候要远一些,而良好区看上去只剩下一点点。在这种情况下,球手一般会采取长打的方式,瞄准对面的良好区,击球越过山谷。大介却剑出偏锋,改用九号铁头球杆击球。球在离山谷很近的地方停了下来。大介的本意是稳中求胜,平稳一击之后,依靠自己最擅长的轻打来取胜。面对自己的保守战术,对方很有可能会犯下冒进的错误而自掘坟墓。但是,今天的美马没有上当,而是最终依靠毫不逊色的球技取得了十五洞的胜利。

　　决胜局在十八洞。十八洞被称为狗腿形球洞,呈狗腿状弯曲。大介依然采用了十五洞时的战术,从球道外围迂回进攻,稳扎稳打。美马则选择了截断球道内侧的弯曲线路、将距离压缩至最短的战术。这种战术乍一看风险比较大,但如果成功的话,接下来攻球时将处于绝对优势。

　　大介的第一杆成功落在了预计的落球点,而好胜的美马因为用力过猛,将球打在了左前方的杂草地带。大介开始了第二杆。这次的落球点依然十分完美,站在落球点,球穴区的草地清晰可见。美马的脸上有些挂不住了,他似乎自尊心受到了重创,在枯草中的落球点处,赌气一击,将球击向球穴区草地。球带着杂草飞起,消失在远离目标的障碍处。那儿横亘着令高尔夫球手头痛不已的埃里森障碍。

　　"完了!"

　　美马有些窝火,转到球穴区草地后面,以草地上的红旗杆为目标,从障碍处的落球点挥杆一击。球深陷在障碍里纹丝不动。这时候,大介已经完成了第三杆,球顺利落在标志杆旁边。站在草地上,看着在沙尘中困兽犹斗的美马,身为岳父的大介,脸上浮现出与其身份不相符的嘲讽的神情。美马一共打了六杆,才将球从障碍里解放出来。

这一局大介完胜。

"这次我又输了,下次我一定要打个翻身仗。"

美马把希望寄托在下次比赛。

"哎呀,再下去两三年,压制住你还是没问题的。"

大介高兴地说道。满头大汗的翁婿两人,一边擦着汗,一边往俱乐部走。

冲完澡之后,两人躺在长椅上休息。大介点完啤酒,问:

"金融制度调查会特别委员会的会长人选已经内定了吧?"

新年在志摩打电话的时候,大介就想问这个问题,现在终于有机会问了。

"嗯,已经内定了,是日本经济联合会事务局局长小野山。"

"哦,小野山……"

在日本经济联合会中,小野山极力主张金融机构重组。他认为,作为金融体系中的一环,银行业的私心阻碍了企业重组的步伐,因此金融机构必须重组。

"这样一来,重组的脚步会更快啊。"

"是啊。可能比当初预想的要提前一年吧。不管怎么说,小野山在这方面相当积极。"

"听你的意思,小野山是主要推动力啰。我倒觉得,虽然特别委员会要对政府机关的咨询进行答辩,但实际上,做预案的是大藏省银行局,他们只是盖章的吧?"

美马口中含着啤酒,没有回答。

"可是大藏省为什么急着要金融重组呢?日本的银行的规模绝对不算小,看看去年 American Bank 杂志发布的世界银行五百强榜,前二十五强中,日本五菱银行、大友银行等四大银行都榜上有名,我们阪神银行也名列八十三。在这种情况下,推进城市银行的合并重组,反而会导致金融机构的寡头化,使其对产业的支配力越来越强。"

"哎呀岳父,您是阪神银行的行长,您这样说就有点不太好了!在日本,即便是现在存款额排名第一的银行,在全国银行业所占份额也不过6%上下。即便城市银行重组合并,也不至于形成寡头化。这一点您心里很清楚。"

美马略带鼻音的娘娘腔难掩其身为政府官员的冷酷无情。

"那你说为什么要这么着急搞金融重组?财界好像也不是特别积极。照我看,最热心的就是你的老板大藏大臣永田,以及首相那一帮自由党人。"

"岳父,我们不可能无视财界的意向而行动。"

美马话中有话地接着说:

"总之,重组是号称'合并家'的银行局局长春田一手推动的。在最近一次的大藏省省内会议上,他的态度也很强硬。他说,当今各行各业都在应对国际化大趋势,唯有金融机构留恋于以往过度保护的体制是不行的。可以说,春田局长打响了重组的第一枪。"

"什么意思?"

"虽然还没正式公布,但作为重组的第一步,马上就要在城市银行实施统一的会计准则。"

"但这只是财务方面的问题,和重组有什么关系呢?"

大介已经从银行财务主管专务那儿听到过相关汇报。

"这么做的目的,大家还没有意识到,应该说制定此方案的家伙相当聪明。实施统一的会计准则,意味着各银行的财务状况将全部公开透明。这才是此方案的真正目的所在。"

美马的话似乎戳着了大介的痛处。迄今为止,各银行的结算方式各不相同,在某种程度上,利润大小可以自由操作。这就导致有些银行即便没有四大银行收益高,也可以做个虚账表面应付一下,以获得客户的信任。但如果实施统一的会计准则,各银行就得按照统一基准来结算。财务内容的透明化意味着各银行间收益差额的公开化,而收益高的银行将会赢得更多的客户资源。

大介看着阳光下的草地,陷入了沉思。如果真如美马所说,各银行采用统一的会计准则的话,那么在不久的将来,利息、分红、营业网点的自由化也将一一实现。这样下去,存款利息和分红高的大银行将会吸引越来越多的存款人,而中下层银行的经营会越来越困难。想到这儿,大介不由得脊背发凉。

阪神银行虽说是城市银行前十强之一,但排名比较靠后。照此下去,阪神银行难逃被名列前茅的大银行吞并、合并的命运。为了规避这种风险,大介认为,现在就要动用包括眼前的美马在内的各种关系,多做政界的工作,花些时日,想方设法,推敲出一个万全之策,以保住阪神银行。

宽敞而暖和的起居室里,母女团聚的场面十分温馨。她和三子正围着母亲宁子和住在东京的大姐一子聊天。

"姐姐,Merci Beaucoup[①]!好漂亮的手包啊!看来法国的包包还得选 Hermès[②]。"

二子拿起桌上包装高雅的淡茶色仿麂皮手包说道。她用手轻轻抚摸着手包,好像在品味那柔软的手感。三子说:

"姐姐,我的 Perrin Paris[③] 手套也不错啊,可惜在关西买不到那款用白色小牛皮做成的长手套。要是有的话,配上晚礼服,立马就光彩照人了。前一阵儿我听说,宫里的也就用丝质长手套。但是在欧洲,

---

① Merci Beaucoup:法语,非常感谢的意思。
② Hermès:爱马仕,世界著名的奢侈品品牌。
③ Perrin Paris:法国著名包袋品牌。

穿礼服的时候,要是不戴白色小牛皮长手套,就不能算是贵妇。"

三子在壁炉前摆出贵妇的姿态说道。

"你要真这么喜欢,也不枉我在银座逛了半天。"

一子以姐姐的口吻温柔地说道。

"姐姐,买这么贵的包,会不会影响你们家的开支啊?"

二子怀中抱着名贵的手包担心地问道。

三子说:"没关系。爸爸每个月都会给美马中支票。这就算给我们的回扣啦。"

听到女儿恶作剧般的玩笑,妈妈宁子用浓重的关西腔慢悠悠地责备道:

"不要随便说这样的话。我会安排好,尽量不要给姐姐添麻烦。"

一子说:"没关系,妈妈。姐妹们已经好久没这么开怀畅聊了。而且您看,孩子们玩得多开心啊。"

从起居室往下看,院子里的草坪上,已经就读于庆应义塾小学的阿宏和还在上幼儿园的阿润,以及铁平的两个孩子在奔跑、追逐。孩子们都穿着短裤,嬉闹声一直传到起居室。一子陶醉地看着孩子们快乐的身影。在三姐妹中,一子和母亲长得最像,白皮肤、瓜子脸、丹凤眼、樱桃小口。青瓷色的和服对于三十五岁的一子来说微微有些老气,但反过来也为一子增添了一份清雅。

"我还以为这次能见到铁平哥哥呢。好久没见到他了,听说他出差还没回来。"

一子很喜欢铁平那种纯粹的技术人员的性格,热情似火,干劲十足。

"银平怎么样?"

一子又问起了银平的情况。母亲宁子似乎欲言又止。三子做出右手拿酒杯的样子说:

"银平哥哥白天是银行精英,夜里是花花公子,喝完一家又一家。到了周六,就喝一通宵,一直到第二天上午才回家。所以今天呢,他起码得睡到中午了。"

"那他还是老样子啊。"

一子的脑海中浮现出弟弟银平苍白的面容。在一子的眼中,银平和大哥铁平不同,似乎过于冷静,总是一副超脱的样子。

"他的婚事怎么样了?"

"大家都为他操心,他可好,好容易有个挺好的,他还没什么兴趣,但又不回绝,就那么拖着,也不知道他心里到底怎么想的,连咱们伟大的相子女士也对他束手无策啊。"

二子答道。

"相子又去遛狗了?"

一起用完早餐后,一子一直没看到相子。

"肯定是嘛。带着咱家的三只狗公子、狗公主在后山散步呢。据说俾斯麦就喜欢让两只名贵犬分守在壁炉两侧,说是财富和权力的象征。估计相子也是这么想的。"

三子不愧是西洋史专业的大学生,打起比方来都与众不同。

"真是个有趣的比方。她牵着大丹犬散步的时候肯定也是那种感觉。但是,高须相子的财富和权力是什么呢?她自己又不是大富翁。"

大学毕业后仍在学钢琴的二子,带着讽刺的口吻继续说:

"但她确实算得上是美女。应该过四十了吧,可怎么看也不到三十五。真不知道她是怎么保养的。是不是经常去做全身美容啊?不过,我总觉得她有种妖气。要我说,她整天忙着别人的婚事,还不如早点想办法把自己嫁出去。"

二子噼里啪啦刚说完,三子打岔道:

"哎呀,那可不行,要是她在我嫁出去之前走了,那我可惨了。"

说完,两姐妹相视而笑。高须相子的存在,曾经在少女时代的一子心中留下了难以磨灭的阴影。和一子相比,相子对二子、三子的影响并没有那么深。在二子和三子眼中,相子的角色十分鲜明,就是家庭教师兼女管家兼媒婆。

"走吧,孩子们都该等急了,咱们过去吧。"

二子和三子穿着休闲裤来到院子里。

房间里只剩下一子和母亲两个人。一子往壁炉里加了些柴火,又往壶里添了些红茶。

"妈妈,刚才说到银平,他到底怎么样了?"

"怎么样?我也不清楚。反正不是大阪重工的安田家小姐,就是京都大学的著名数学家三木教授的千金。但最后会定下哪个,我也不知道。"

宁子白皙的脸上露出不置可否的神情。虽然已经是奔六十的人了,但宁子的神情举止还像小女孩般纯真。一子不明白,妈妈的这种状态是公卿贵族的家庭出身使然呢,还是妈妈自身性格发展不完善的显现呢?

"妈妈,您为什么对子女的婚事没有一个明确的态度呢?我那时候您也是这样。"

当年的一子,在众多的求婚者中,特别心仪姑姑介绍的大阪某纤维公司老总的儿子,但最后遵照父亲的意愿,被迫在相子的陪同下,和大藏省官员美马中相亲。一子想拒绝这门亲事,但相子说:"你父亲这种地位的人,也需要银行局的关照。你想想,如果你答应了这桩婚事,你父亲该多高兴啊。"就这样,一子被迫和美马中结婚。当年的宁子,对女儿的婚事没有任何表态,只是以母亲的身份出席了婚礼,如同一件装饰品。

"我是个没用的人,什么都不会。"

宁子的语调中充满了哀怨和落寞。

宁子的娘家嵯峨家,空有一个子爵的名头,唯一的资本就是公卿贵族的血统。作为京都的贫穷贵族,嵯峨家将女儿嫁给富商,以此来苦苦支撑表面上的贵族生活。宁子三姐妹从小都有自己的贴身女佣,称自己的父亲为"家严",称自己的母亲为"家慈"。三姐妹在这种与众不同的环境中长大成人之后,像布娃娃一样被嫁到富商家。她们的婚姻所附带的巨额彩礼,绝大部分都被娘家用来维持贵族的体面。宁子的哥哥是嵯峨家现在的当家人,现任关西洋兰协会会长。这份工作既满足了他的精神需求,还可以带来一些物质实惠,聊以慰藉略显拮据的生活。

一子突然问宁子:

"妈妈,您去不去院子里看看孩子们?"

美丽而高贵的宁子正望着壁炉发呆。壁炉中的火快要灭了,黑黢黢的柴火,微微闪耀着黄色的火焰。看到妈妈眼神空洞地盯着那即将熄灭的柴火的样子,一子明白了:无论是现在还是过去,妈妈一直都被养在深闺,不谙世事。

万俵大介和美马从高尔夫俱乐部回来,吃完晚餐,一起来到起居室,享受了一下短暂的家庭欢聚。大介坐在离壁炉最近的一张大沙发上,女儿们围坐在不远处的桌边闲聊。大介叼着烟斗,回想着打完高尔夫后,女婿美马告诉自己的那些事情。

如果近期在大藏省银行局的统一领导下,各银行开始实施统一会计准则的话,那么各银行的财务状况将毫无秘密可言,银行间的差距也将一目了然。这样一来,像阪神银行这样的劣势银行,经营势必越来越困难,未来将难逃被四大银行吞并的厄运……想到这儿,身处家庭欢聚气氛中的大介,心中已经开始盘算明天召开紧急董事会商量对策的事情了。

女儿们高声大笑着。二子和三子围着姐夫美马在聊天。

"姐夫,别人都说大藏省的人最讲究缔结裙带关系,大藏省是裙带关系的圣地。真的是这样吗?"

三子问道。美马苦笑了一下。说起裙带关系,美马自己就是娶了万俵家的长女一子,成了银行家的乘龙快婿。不过话说回来,三子问这个问题没有丝毫恶意,完全是出于女孩子的好奇。

"结亲的圣地?这种说法有点夸张吧。不过也不能算错。"

美马依旧是略带鼻音的娘娘腔。

"什么样的人会嫁给大藏省的精英呢?"

二子一脸好奇地问道。

"最有可能的是实力派政治家的女儿。因为大藏省官员尽管精英意识很强,但是在国会审议会上,常常会遭到议员的责难。这时候如果有一个实力派政治家做岳父的话,估计对方可能会口下留情很多。"

"还有呢?"

"嗯,还有就是,实业家的女儿吧。因为要以大藏次官的身份参加选举,需要大量的选举资金。"

美马自己就是个证明。

"那么,在大藏省数量众多的裙带关系中,谁最厉害呢?"

三子手拿红茶碗,探身问道。

"应该是原主计局局长鹰野亮一了。他的父亲,三子你们都知道,就是十年前去世的鹰野亮辅首相。他夫人的娘家在东京财界也是超一流的。他们两家的裙带关系在大藏省内首屈一指。其他的不说,听说他当主计局局长的时候,去参加国会的审议会,在走廊里遇到当年受过他父亲关照的议员,他们都会问候他一声'少爷好'。"

"哎呀,都五十岁上下的人了,还被叫少爷,多不好意思啊!"

二子和三子忍不住笑了起来。

"这可不是笑话哦。大藏省的女职员,无论多才貌双全,也不会有男同事傻到和她谈婚论嫁。大藏省精英的目标不是自由党主流派政治家的千金,就是一流公司常务以上人家的小姐。怎么样,二子、三子?你们俩可是完全够格啊。我给你们在大藏省找个潜力股如何?"

"不要。我看姐姐过年都轻松不了。像我们这种在关西优哉惯了的,实在不适合当大藏省官员的妻子。我们家有姐姐一个就够了。"

三子的话让大家都笑了起来。同桌的宁子、一子,以及坐在稍远处沙发上的银平也苦笑了起来。只有大介没有笑。为了在座的全家老小,也为了在万俵不动产、万俵仓库、万俵商事工作的所有人的未来,大介必须好好谋划阪神银行的未来。大介觉得,一副沉甸甸的担子压在自己这个一家之长的肩上,压得自己在全家团聚的时候也笑不出来。

突然,一阵浓郁的JOY[①]香水的味道飘了过来。一袭酒红色连衣裙的高须相子走了进来。浓烈的红色在相子的身上显得非常自然。相子用母豹子般圆溜溜的大眼睛环视了起居室一圈,说:

"哎呀,壁炉的火不旺了!"

相子按铃叫女佣过来添柴之后,又以女主人般的神态问:

"美马,你过会儿才回去吧?再喝点什么吧。"

"是啊,还有一个小时呢。阿中,来点白兰地如何?"

一直沉默不语的大介突然开口说。

[①] JOY:香水名,由 JEAN PATOU 的调香师亨利·阿尔梅拉调制。这款独一无二的香水造就了 JEAN PATOU 最伟大的香水屋的地位,更使 JEAN PATOU 的名字跨越年代而成为永恒。

"好的,那我要干邑吧。"

美马答道。相子从起居室角上的洋酒柜中取出白兰地和酒杯,先为今晚的客人美马倒了一杯。相子正准备在一子她们面前也摆上酒杯的时候,一子连问都没问妈妈和妹妹的意见,直接就说:

"我们不要。"

气氛顿时有些尴尬。一子对晚餐时高须相子坐在本该属于妈妈的位置上一直耿耿于怀。一子觉得,自己作为万俵家的长女好不容易回趟家,相子应该知趣一点才对。但相子似乎对一子的反应毫不介意,说:

"那各位先生都去那边桌上喝吧。"

相子巧妙地将美马和银平引到大介的桌上,自己也加入其中,倒上白兰地说:

"美马一来,家里气氛更好了,就是铁平没回来,有点儿可惜。"

相子和美马都出身于经济条件一般的中等家庭,再加上相子促成了美马和一子的婚姻,所以两人之间有不少共同语言。

"今年的预算编制又比较头疼吧?这段时间的报纸上都登着各部委派人彻夜等在主计局门口的照片。"

"是啊,每年从十二月下旬开始第一次预算审定。从九月份开始,各省厅交上来的预算资料就多得一直堆到天花板。我们在经过资料研究、听取说明之后,只要没有特别的理由,第一次审定基本上只同意既定经费,其余一概免谈。这样一来,各省厅又开始了第二轮申请,要求重审被否定的那部分预算。之后是你来我往的纠缠。再次被我们否定之后,他们又会开始第三轮申请。这时候才开始进入决战的白热化阶段。也就是从这时开始,在主计局前的走廊上,白天黑夜都站满了等着交涉的各省厅的课长们,攻守双方均进入不眠不休的状态。无论如何都谈不拢的就交给大藏大臣去裁决。但即便大臣同意了,掌管国家财政大权的主计官们要是说不行也就不行了。话说回来,我真不明白为什么预算审定的时候,那帮人一个个都像乞丐一样卑躬屈膝的呢?"

主计局全权掌握着六万亿日元的国家预算资金,即便是大藏大臣,有时也不得不向他们低头。美马称呼那些希望增加预算的各省厅课长们为"乞丐",充分表现出主计局官员妄自尊大的精英意识。美马今天心情不错,喝得脸色微微泛红。这时,美马注意到一旁默默喝着白兰地的银平,问:

"银平,你的婚事怎么样了?你是阪神银行行长的公子、庆应大学的高才生,仪表堂堂,刚三十三岁,说媒的快踏破门槛了吧?"

"踏破了也没用啊。"

"你快点定下来不就行了吗?"

听了美马的话,脸色苍白的银平敷衍地笑了笑。

"你也该玩够了,是不是酒吧太吸引你了?"

"酒吧没意思。"

银平冷淡地答道。

"看来你是有喜欢的女人啰?"

美马故意用男人间随意的语气问道。

"对我这种人来说,即便有喜欢的女人,也是逢场作戏。"

"没有合适的结婚对象吗?"

"应该没有,反正即便有,爸爸也不会随便答应。但完全照爸爸说的去做的话,又太没意思。"

"这就是你一直没有一个明确答复的原因?"

大介狠狠地瞪了银平一眼。

"不是,也不能一概而论吧。"

银平没有看父亲,而是看了眼相子。

"银平说话总是这种口气,不管什么事儿,好像都和他没关系似的,从小就是这样,真让我头疼。"

相子似乎在自言自语,既没有特地说给美马听,也没有说给大介听。大介吸了口烟,美马看着银平。年仅三十三岁的银平,身穿高档西服,手拿白兰地,将身体深深地埋在沙发中。不远处女人们已经开始下象棋。美马没有看见一子,估计是去隔壁房间督促孩子们做回家的准备了。

"相子你真够不容易的,看这一大家子,个个都个性十足,谈婚论嫁的事儿,想必很辛苦吧?"

"但是,为了万俵家繁荣昌盛,银平的婚事意义重大。而且对方家庭的职业,可能也会和美马你有关系哦。"

"当然,银平的婚事,和我也有关系。"

美马中似乎理所当然地点了点头,起身做回家的准备。

相子和宁子站在玄关门廊处,目送美马、一子和孩子们乘坐的汽车亮着红色的尾灯,慢慢向院外驶去。随后相子和宁子返回玄关,穿过大厅,走到楼梯前的时候,相子像往常一样面无表情地对宁子道了声"晚安!"之后,径直上了楼。二楼走廊右拐,最里面的房间就是万俵大介的卧室。相子敲了敲门,没人答应。相子推开门走了进去。

卧室里铺着深玫瑰色地毯,优美的法兰西内装修风格与华丽的西班牙田园式外观形成了鲜明对比。梳妆台、床头柜、衣橱,全部都是象牙色。房间中央摆放着三张镶金边的象牙色床铺。中间那张双人床是大介的,两边的单人床是宁子和相子的。三人同床的机会一年中会有很多次。

卧室里有单独的浴室。相子察觉到大介在浴室冲澡。相子晚餐前就已经冲过澡了。相子脱下裙子,换上百褶睡裙,坐在梳妆台前,先往手中挤了些卸妆膏,之后是卸妆乳,最后是润肤液。镜子中露出相子的素颜。相子的脑海中浮现出刚才万俵家长女一子的高傲神情,心中有些不快。一子只不过是出生在万俵家,所以才这样目中无人。相子不由得想起了自己的童年时光。

相子幼年丧母,和父亲、弟弟三人生活在一起。相子上大学的时候,父亲是大阪府教育委员会的学事课课长①。因为只有专科文凭,所以父亲继续晋升的希望渺茫。为了减轻家里的负担,相子高中毕业就报考了国立奈良女子高等师范学校,专业是社会学。后来,相子得到了 GARIOA② 奖学金,到加利福尼亚大学留学深造。1948 年时的日本留学生生活根本不像现在这样轻松。相子在加油站、药店等地方边打工边上学。毕业后,相子没有直接回日本,而是和同为社会学专业的研究员理查德·金结婚了。金的家庭并不富裕,父亲是美国陆军上校,母亲是英国人,家风保守、严格。夫妻俩强烈反对金和相子的跨国婚姻,但最终拗不过独生儿子的要求,勉强同意了他们的婚事。婚后,相子成为金的家庭中的一员,却时常因为没能遵守严格的英国式礼仪而受到指责。当相子得知金的父亲对日本人怀有严重的种族偏见的时候,尽管心中难以割舍对温文尔雅的丈夫的爱恋,但她还是毅然决然地离开了那个家。

对于结束了短短一年的婚姻生活回到日本的相子来说,等待她的是意想不到的局面。二战后,日本废除了国家统一制定教材的惯例,而改为各学校自由选择教材。相子的父亲被卷入了当年的教材渎职事件,涉嫌从某教育出版社收受贿赂,虽然没有被判刑,但受到了罚款、免职的处分。当时,相子的弟弟刚刚考上大阪大学。因为父亲的问题,相子尽管拥有美国的大学毕业证,却被一流公司拒之门

---

① 学事课课长:相当于教务处处长。
② GARIOA:美国政府救济占领区拨款。

外。但相子又看不上那些中小企业。当相子正为未来发愁的时候，父亲的老友提起万俵家正高薪招聘有欧美留学背景的家庭教师。于是，急于找工作挣钱的相子，通过中间人，拜访了万俵家。

相子和万俵大介的第一次见面是在面试的时候。那天，相子在老管家的带领下来到一楼的书房。万俵大介坐在书架前的椅子上。相子知道万俵大介是阪神银行的副行长，已经有一定的心理准备，但看到大介与年龄不符的一脸冷峻时，相子不由得有些畏惧。大介浏览了相子的履历，告诉她工作的具体内容是担任五个孩子的家庭教师。相子回答说，已经清楚工作的具体内容。大介没有提及相子父亲的事情，而是问，既然在美国留学、结婚，为什么又要离婚？相子回答说，丈夫是个善良的人，但公公对日本人有着严重的种族偏见，令自己无法忍受，所以选择了离婚。大介点了点头，吩咐管家叫妻子和孩子们过来。过了一会儿，大介美貌的妻子和三个聪明伶俐的孩子进来了。大介说："还有两个孩子，保姆正带着睡觉。这是我的孩子和妻子。你能干得了这份工作吗？"相子觉得，眼前的万俵大介，虽然拥有娇妻爱子，而且亲自面试家庭教师，但好像少了些作为父亲和丈夫的温情。不过，相子最终还是接受了这份工作。

相子第二次和大介说话是在万俵家工作一个月后。在万俵家宽大的屋子里，作为家庭教师，相子很少有机会看见大介。那天，相子让一子和银平一起到铁平的房间里练习英语会话，练习内容是英国上层家庭中使用的敬语。尽管重复了很多遍，三个孩子的学习效果仍然不太理想。略微有些急躁的相子情不自禁地对三个孩子说："用马来打比方的话，你们就是毛色优良的英国纯种马。英国纯种马要成为名马，每天都必须接受严格的调教。在二十岁成人之前，你们也必须接受我的严格训练。"不知什么时候，房门悄悄地打开了，大介走了进来，炯炯有神的眼睛意味深长地看着相子说："我在二十岁之前,也一直受到祖父的严格训练,你的想法和我的一样。"从那以后,相子在对大介依然有些畏惧的同时,又感觉到一种莫名的吸引。相子开始主动和大介谈论孩子们的教育方法、升学事宜等等。那是相子来到万俵家半年后的一个黄昏,孩子们都去洗澡了,女佣们也都在浴室帮忙。除了喧闹的浴室,整栋房子里似乎空无一人。在异样的寂静中,相子被叫到了大介的书房。大介用眼神命令相子走到他身边。那一瞬间,相子有些头晕目眩,之后就水到渠成地躺在了大介的怀抱里。开始的时候,相子对两人的关系还有些后悔,但渐渐地,相子觉得,对于大介来说,自己绝不仅仅是情人,而是比妻子更重要的存在。这让相子越发自信起来。

大介的声音打断了相子的回忆。

"怎么在梳妆台前坐着发呆?是不是美马他们来,把你给累着了?"

梳妆镜中映出大介刚出浴的裸体。虽然已是花甲之年,可大介依然皮肤紧致,肌肉紧绷。这可能得益于大介自年轻时就一直坚持打高尔夫。白天的时候,相子偶尔会感觉到大介已经年过六旬,但在卧室中,相子从未感觉到大介的年龄。大介那强健的身体和旺盛的性欲,让相子觉得他正值壮年,顶多只有四十岁。大介没有穿睡袍,光着身子把相子抱上了床。

大介的手轻车熟路地滑过相子的脖子,爱抚着她丰满的身体,从头到脚。很快,相子的肌肤开始泛红,从乳房到脚尖慢慢渗出细密的汗珠。大介喃喃说道:

"今晚的指甲好漂亮!"

大介说的是相子脚趾上的银色指甲油。突然,大介的脑海中闪过宁子那从不涂指甲油的洁白的双脚。

就在这时,床头柜上的室内电话猛地响了起来。相子看了看时间,十一点。相子光着汗涔涔的身体,伸手拿起听筒,平静了一下呼

吸,问:

"哪位?"

话筒里传来宁子迟疑的声音:

"那个……对不起,这个时间打电话,今天早上千鹤来电话了。"

宁子停顿了一下,似乎是感觉到相子的呼吸不同寻常。

"她说等大介打高尔夫回来,一定要给她去个电话,我给忘了,实在抱歉。"宁子的语气有些慌张。

"谢谢你的提醒。晚安。"

相子放下电话。

"什么事,这个时候打电话?"

"说是你妹妹千鹤好像有什么急事儿找你,让你打个电话过去。怎么办?"

"太晚了,明天再说吧。"

说着,大介再次伸开双手,将相子丰满的身体压到自己下面。

早晨,当万俵大介的身影出现在玄关处,三只大丹犬已经端坐在门廊处欢迎他。

"早上好,老大、老二、老三。"

大介用德语中的一、二、三来称呼它们。三只大丹犬的耳朵立刻竖了起来,双腿并拢,欢送主人。

"您走好。"

宁子站在门廊处送丈夫出门。一旁的相子牵着三只大丹犬,跟在大介身后走了出去。相子每天都要把大介送到下面的正门处。宁子一动不动地站在门廊处目送着他们,直到他们的身影消失在离玄关二十米处的花坛中。相子似乎能感觉到身后宁子那默默追随的眼神。相子觉得,宁子表面上看上去面无表情、客客气气的,实际上像影子一样缠着自己。特别是在昨夜热烈的欢爱之后,这种感觉更加明显。

虽说宁子和相子每天轮流陪大介,但并不是每次大介都会和相子做爱。有时候两人之间只有身体的抚摸;有时候虽然同居一室,却分床而睡。大介睡在中间的大床上,相子睡右边那张床。对于相子来说,像昨夜那样,能够全身心地尽情享受高潮迭起的性爱的机会并不多。偏偏就在那个时候,电话响起来了。虽然相子稍微调整了一下呼吸之后才拿起话筒,但宁子肯定感觉到了相子不平常的喘息。尽管如此,早晨在餐厅用餐的时候,宁子依旧和平常一样表情宁静,和平常一样打完招呼,坐在大介的另一边用餐,和平常一样胸部高高系着和服腰带、背部保持笔直,静静地将燕麦粥放进嘴里。看着宁子,相子突然有种感觉:这十几年间,自己虽然和宁子过着共侍一夫的生活,但其实并不真正了解宁子。相子曾经以为,宁子公卿贵族的特殊出身造成了她与别人沟通的困难,但看到宁子面对孩子们偶尔流露出的母爱时,相子明白,宁子其实和普通女性没有什么不同。

花丛那边传来了打招呼的声音。

"早上好!"

是看院子的工人。相子看到,工人夫妇和五六个老绿化工一起在施冬肥。为了防止霜冻灾害,苏铁、丝兰等不耐寒的树上都绑上了稻草,工人们在检查稻草的情况。

"啊,早上好。辛苦了!"

大介问候道。相子也说:

"辛苦了。草坪上不仅要施上寒肥,还要压匀,这样才能长得更好。还有,餐厅前的喷水管好像有些问题,需要修一下。"

相子的口气宛如女主人一般。工人们似乎已经习惯了相子的这种口气,小心地回答道:

"明白。"

大介像往常一样,在即将下坡的石桥处停了下来,遥望着远处的阪神特殊钢公司的烟囱。烟囱依旧在冒着黑烟。对相子来说,这个景象和平常没什么两样。大介却明显感觉到,万俵财团的核心企业阪神特殊钢公司正在蓬勃发展。

"昨天晚上说的那件事,我会抓紧的。"

"嗯。"

大介点了点头。昨夜的欢爱之后,大介把从美马那儿听来的有关金融重组大潮即将到来的情况告知了相子。两人商量决定,选择阪神银行的头号大股东、大阪重工社长安田太左卫门的二女儿为银平未来的妻子。其实,无论是铁平娶妻,还是一子嫁人,所有的事情都是大介和相子两个人决定的,宁子根本没有参与。卧室中的大介和相子合力为万俵家织就了一张豪门裙带网。

"京都大学那位世界著名数学家三木教授的女儿,才华横溢,如果让这样优秀的女性嫁入万俵家,从优生优育的角度来看,的确是件好事,而且据说日本经济联合会原会长是她家亲戚。但可惜的是,未来金融界的形势会越来越严峻,目前最重要的是强化阪神银行的实力。安田家的女儿虽然比三木教授家的差一点儿,但和大阪重工的安田家结亲,对于现在的万俵财团来说是最好的选择。我会尽快把婚事定下来。"

说话时,相子的眼睛熠熠放光。在万俵家子女的婚姻大事上,相子的权力超过了宁子,甚至可以为所欲为。

"银平早晚会理解这种选择的,他就是那种性格。"

大介的话让相子想起昨夜,银平喝得脸色苍白,和美马谈起联姻时嘲讽的语气。

"我知道,我会和银平好好谈谈,尽快把这件事定下来的。"

"那好,那就交给你了。"

大介仿佛卸下了一个大包袱,快步向门口走去。三只爱犬在大介和相子的前面向大门跑去。这三只大丹犬全都毛色金黄发亮,威风凛凛,气宇轩昂,一副王者的风范。

"你看它们,无论是威风凛凛的时候,还是闲庭信步的时候,都好像你啊。"相子眯着眼睛说。

"你是说万俵大介是大丹犬?那你是想要驯养我、征服我,才让我买来大丹犬,给你牵着到处走的?"

的确,是相子先提出来买大丹犬的。

"哎呀,驯养的人不是你吗?把我和宁子同时……"

说着,相子笑了起来,露出了好看的牙齿,但眼中没有一丝笑意。奔驰车已经等在门口。司机恭恭敬敬地打开车门,相子也郑重地鞠躬道:

"请您走好。"

车子启动了,相子依旧保持着鞠躬的姿势。高须相子在公众面前表现出来的得体的举止和良好的教养,以及家庭教师的身份,巧妙地蒙蔽了周围人好奇的双眼。

这天上午,阪神银行的融资方针大会在三楼的董事会议室召开。

这是银行内最高级别的会议,主要探讨超过十亿日元的大额贷款的方针问题。万俵行长亲自参加了会议。行长坐在正中,左边是财务主管大龟专务,右边是总务主管小松专务,对面是融资主管涩野常务、业务主管荒武常务、国际业务主管舟山常务、事务效率主管新井常务。

本次会议的主题是讨论平和 HOUSE 公司申请十五亿日元贷款用于扩建新设备一事。这件事情新年之后一直没有落实。现在,该公司的贷款申请书与新设备计划书等相关文件都摊开放在会议桌上,董事们也都发表了自己的看法,只等行长的最后裁决。万俵行长戴着眼镜,目光敏锐地说:

"各位都知道,在不久的将来,预制装配式房屋业会取代家电业成为明星产业。我行一直在贷款给平和HOUSE公司。这个贷款方针是绝对明智、绝对正确的。至于我行的收益可以暂不考虑。换句话说,我们现在还处在浇水、施肥阶段,收益在未来。我认为,我们应该继续积极贷款,全额认同对方提出的贷款申请,并期待他们有更大的发展。"

万俵行长决定,同意平和HOUSE公司十五亿日元的贷款申请。至此,三个小时的审议终于结束,会议室里的紧张气氛也缓和了下来。这时,坐在行长旁边的大龟专务探出肥胖的身体,说道:

"行长下令贷款给平和HOUSE公司,应该是九年前的事了。当时大多数董事都对贷款给那么一家生产玩具般临时房屋的公司有些犹豫。说实话,当时我也拿不定主意。近年来,看到预制装配式房屋业的迅猛发展,我对行长当年的英明决定深感钦佩。"

大龟对万俵行长心服口服。小松专务也说:

"的确,行长能够高瞻远瞩地看到预制装配式房屋业的今天,这种从现在洞悉未来的敏锐的洞察力,或者说是果断的决策力,当然与行长平时的学习有关,但老话说得好,龙生龙,凤生凤,老行长能干,行长更能干!"

小松专务的奉承一点不逊色于刚才的大龟专务。万俵行长抽着雪茄,对两位专务的阿谀奉承接受得心安理得。

十二年前,大龟担任阪神银行总行营业部部长的时候,手下贷出大笔坏账,导致大龟欲引咎辞职。关键时刻,万俵行长大人不记小人过,对他宽容有加。从此,大龟对万俵感激涕零,废寝忘食地工作,最终升任专务。总务主管小松专务,是个名副其实的小个子,一副穷酸样。二战后的农地解放运动等令万俵财团命悬一线。当时,小松发挥了令会计师望尘莫及的本领,挽救了万俵财团。自那以后,小松就成了万俵财团的"保险箱",如今已贵为专务。虽然这两位专务在银行业务方面并没有过人之处,但万俵行长仍然将他俩安置在自己的左膀右臂的位置上,而将四名年轻些的干将任命为常务。

四位常务平均年龄才四十九岁。三年前,阪神银行以改善金融体制为名,将五名老常务免职,发落到下属公司。后通过能力考核,将四名年轻精英提升为常务。也就是说,万俵行长提拔的人有两类,一类是对自己忠心耿耿的人,一类是工作能力突出的人,其余的人全都靠边站。所以,阪神银行没有设人事主管一职,万俵行长亲自掌握人事任免,自由行使生杀大权。

"行长您累了吧?要不让人把午饭给您送过来吧?"

小松专务看着墙上的钟体贴地问道。大介说:

"不,我还有重要的话要和各位说,是关于统一会计准则的问题。"

众人迷惑不解地看着行长,财务主管大龟专务说:

"这个问题,以前我在董事会上汇报过两次。出什么事儿了?"

"这个我知道。但是,你们的报告只是关于未来在大藏省的行政指导下,如何改变银行会计方式的问题,也就是说,你们仅限于技术层面。但是,如果仅限于技术层面的话,将会引发银行经营方面的严重问题!"

万俵大介只字未提昨天在广野高尔夫俱乐部,从女婿、大藏省主计局次长美马中那儿听到的相关消息,而是批评了董事们的懒散无为。万俵说:

"大藏省提出统一会计准则的真实意图,并不仅仅是会计方面的技术问题,而是要以此为支点,谋求未来银行分红的自由化,促进银行间的残酷竞争,同时实现利率的自由化、店铺的自由化,从而不断推进金融重组。这才是大藏省的最终目的。"

董事们恍然大悟,全都沉默不语。万俵行长看了看大家,接着说:

"通过实施统一会计准则,大藏省将在呆账准备金、价格变动准备金、退职工资基金等几个方面实施新标准。其中最成问题的是呆账准备金。"

对于银行来说,贷款是最重要的资金。如果发生大额贷款无法收回的情况,银行收入就会减少,也就无法付给存款人利息,无法分配红利,将严重损害存款人的利益。为了避免这种情况的发生,银行方面需要预先评估贷款总额风险,准备好一定比例的呆账准备金。

负责融资的涩野,生就一副倒霉相,像是在嚼涩柿子,客户们背地里都叫他"涩贷"。听了万俵的话,涩野那与年龄不相符的苦巴巴的脸越发苦了起来。

"如果实行统一会计准则,严格规定呆账准备金的话,那么准备金率将在现在 1.5% 的基础上提高多少呢?"

"大约 0.3%,我行的呆账准备金……"

万俵刚说到这儿,涩野立刻接着说:

"现在我行的贷款为 6500 亿日元。按照 1.5% 的惯例,行内有 97.5 亿日元的呆账准备金。如果提高 0.3%,就必须追加 19.5 亿日元。考虑到我行现在的收益能力,这个数字相当残酷。而四大银行内部预留比较充足,可能已经贮备有 1.8% 以上的呆账准备金。"

听到涩野专业的分析,财务主管大龟专务点头说:

"大友银行、五菱银行等,已经有 2% 的准备金。也就是说,他们近 2 万亿日元的贷款,按照 2% 计算,准备金有 400 亿日元。"

大龟专务的语气十分沉重。作为业务主管,荒武常务一年到头奔波在各支行,监督拉存款的情况。因为要求严格,大家私下里称荒

武常务为"敢死队队长"①。此时他神情严肃,不停地抽着烟说:

"我行在十二大城市银行中位居第十。从表面上的银行存款总量来看,四大银行和我们相比,差不多是三比一的比例。如果将所有的内部预留资金都算上的话,可能是四比一,而且将来随着分红的自由化,情况会更加严重。现在,在大藏省的指导下,城市银行的分红统一定为9%。如果将来完全放开的话,那大银行提到15%以上也不是不可能。而在统一会计准则的制约下,即便是10%也会令我行难以招架。分红高的大银行势必规模越来越大。"

听到荒武一语中的地点出问题的本质,万俵接过话来,以命令的语气说道:

"问题就在这儿。因此,我们不能干等着大藏省正式出台统一会计准则,而应该从现在开始积极准备迎战。"

"明白了。要想在提高准备金后预留19.5亿日元,首先要提高存款总量。今后我会站在最前线,尽我所能,帮助银行吸收更多的存款。"

荒武的表态很有突击队长的风范。国际业务主管舟山常务,一身潇洒的装束仅次于万俵行长。继荒武之后,舟山常务表态说:

"外币兑换这一块儿,随着资本自由化进程的加快,最近一年收益同比增加30%。我们将力争继续保持这个增长势头。另外,我们还会配合国内市场部,全力以赴吸收存款。"

和同级别的城市银行相比,阪神银行的国际业务相对突出的原因,一方面是因为总行所在地神户的地理条件得天独厚,另一方面,舟山常务的能力不可或缺。因此,舟山常务表起态来从容不迫。这时,一直沉默不语的事务效率主管、最年轻的董事新井常务开口说道:

---

① 日语中的"荒武者"即勇士的意思。

"各位所说的提高存款总量固然重要,但我认为此次统一会计准则的最大要点在于提高银行的经营效率。"

年少气盛的新井接着说:

"所以,在提高存款量的同时,我行的每一家分行、每一名职员吸收存款的效率是否高于其他银行,是否能够减少经费投入、提高资金运用效益等等,这些工作效率问题是今后我们需要关注的重点。我们必须降低经费成本。我们工作效率部计划从现在开始,开展彻底的高效运动,将吸收一万元存款需要花费二百五十日元降低到原来的三分之二。另外,一年前我行购买的大型计算机正逐步投入使用,请各位关注计算机的使用成果。"

听完新井提出的提高工作效率的意见,万俵行长的脸色终于轻松了下来。万俵说:

"看到在座各位能够积极应对即将开始的金融重组,我就放心了。其他银行可能还没有觉察到统一会计准则的真实目的,还没有当回事。我行一定要紧张起来,要做到防微杜渐,坚决不能出一点纰漏。"

说完,万俵行长又看了看各位董事。

对于万俵来说,这六位董事,就像六匹车马。其中咬紧牙关真正起到牵引阪神银行这辆马车前行的是四位年轻的常务,而两位专务的作用是统一全员的步伐,队列最后、傲然安坐于马车之上的,自然是行长万俵大介。

周一下午一点之后的阪神银行总行营业部,进入一周中最繁忙的时刻。

神户元町一带的公司会计和女职员等,步履匆忙地在高大而厚重的门厅处进进出出。办理存款和兑换业务的人尤其多。

信贷课课长、万俵行长的次子万俵银平,坐在办公桌前,一边阅读着融资申请书和会签文件,一边盖着章。万俵银平手下有六个人,包括两名课长助理和四名员工,平均每个课员负责五六十家公司。电话声此起彼伏。员工们又要接待客户,又要接电话,忙得脚不沾地。就在这一片忙乱的气氛中,身穿灰色萨克森法兰绒套装配暗蓝色领带、埋头看文件的万俵银平给人一种超然物外的感觉,似乎周围的一切人与事都与他毫无关系。

电话响了起来。银平有些不耐烦地拿起话筒。

"喂喂,是万俵课长吧?我是涩野常务的秘书。太平超市的太平社长到常务办公室来了。常务说,劳烦您马上过来一趟。"

面对行长的公子,秘书的语气也大不相同。

"知道了。我马上过去。"

银平放下电话,对比自己年长五岁的课长助理说:

"又是那个太平超市的事儿。他在涩野常务的办公室,我过去一下,你帮我听着点电话什么的。"

课长助理一听说太平超市,就心领神会地说:

"明白。这回时间又短不了。"

太平超市是一家以经营服装为主的连锁型超市企业,拥有两亿日元的资本和九家分店,年贸易额为九十亿日元,总店位于大阪和神户之间的西宫。七年前,太平超市开始和信贷二课有业务往来。阪神银行是太平超市的主银行[①]。太平超市的太平社长是个传奇人物。据当地报纸报道,太平社长早年是大阪池纺织品批发市场的打工仔。

---

① 主银行体制:银行通过资金供给、参与经营决策及企业重组等手段,形成对公司的控制和监督的制度。在日本,从二战后一直到1980年代中期以前,主银行体制都是日本企业体系存在的强力监控机制,绝大多数企业集团是以一个主银行与大公司为中心,主银行不仅是公司的主要融资来源,亦是公司重要资金筹措提供者,即主银行兼有股东与债权人双重角色,可以透过公司账户资金往来情况,随时得知公司财务讯息,在适当时机介入公司的经营与管理。

后来通过自己的勤奋和努力,生意越做越红火,只用了短短十年的时间,就在大阪和神户间开设了五家超市,并深得当地民众的信赖。一年前,东京的富士 STORE 凭借雄厚的资本强势出击本地市场,并从去年秋天开始力压太平超市。信贷课对太平超市提出了预警。上个月的一月二十日到期的应付票据,太平超市出现了五千万日元的短缺。太平社长不得不向阪神银行申请紧急贷款。今天上午,太平社长再次来申请五天后,即二月二十日到期的应付票据的准备金补贴。鉴于迄今为止阪神银行对太平超市的贷款总额已近十亿日元,银平决定和营业部部长、融资部部长一起商量太平超市的问题。可是两位部长昨天去东京出差了,银平只好直接向主管融资业务的涩野常务汇报,并定于今天下午两点和涩野常务一起商讨今后向太平超市融资的问题。

银平拿着太平超市的资金筹措表和相关贷款文件向涩野常务的办公室走去。

太平超市的太平社长和财务主管专务无精打采地坐在涩野办公室的沙发上。一脸苦相的涩野常务坐在他们对面。

"我来晚了。"

银平刚在涩野常务身边坐下,太平社长就直起腰来,低头致歉道:

"今天再次冒昧拜访,十分抱歉。"

太平社长花白的脑袋低得快碰到桌子边了。太平社长长相穷酸,却戴着副金边眼镜,俨然一副暴发户的样子。银平没有说话,默默地从烟盒里拿出登喜路香烟点上。银平这样的人,天生对太平社长这种草根暴发户没有好感。一般情况下,银平都是一个冷眼旁观者。唯独对暴发户,银平有种莫名的厌恶感。在银平眼里,他们得意时目空一切,失意时又低三下四,实在令人作呕。

太平社长并没有察觉到银平对他的看法，矮胖的身体向前倾。虽然太平社长的年龄足以当银平的父亲，但他还是从椅子上站了起来，对着银平深鞠一躬。

"两亿日元的准备金补贴可不是一句话的事情，主要是你对这个问题的解释，有些地方我无法认可。请你再解释一遍资金短缺的原因。"

银平吐着烟圈说道。

"那我来说明一下。"

一直站在太平社长旁边、毕恭毕敬的财务主管专务开始解释说："就像我一直以来解释的那样，去年，我们在宝塚和川西的新住宅区开了两家分店，可是土地的收购价比我们预想的要高很多，严重影响了我们的资金运转。这是造成我们资金短缺的最大原因，绝对和什么经营状况不佳没有任何关系。希望贵行能够理解。"

这时，太平社长赶紧接着说：

"现在，我们上个月的月销售额是七亿三千万日元，略微低于平均值七亿五千万日元，主要原因在于今年冬天是暖冬。但马上就到春装销售季了，销售额肯定会回升。而且，半年后，尼崎和明石的两家店都要迎来五周年店庆，销售情况肯定会越来越好。今年可望达到年销售额 100 亿日元的目标。还请贵行无论如何再帮我们一次。拜托了。"

太平超市的社长和专务极力辩解说，资金短缺只是暂时的问题，明显是希望阪神银行能够同意两亿日元的准备金补贴。

"那你们拿什么做担保？"

涩野常务问道。

"担保的话，现在土地价格飙升，我们以前用作担保的地价比当初涨了很多，希望贵行能考虑到这一点，这次就……"

"你的意思是没有担保?那就没法谈了。我看要不你就找你们的副银行①神户相互银行②吧。"

听到涩野这样说,一直保持着低头鞠躬姿势的太平社长一下子怔住了,金边眼镜下的小眼睛眨巴个不停。

"我们和贵行的合作已经七年了。在贵行四十周年行庆的时候,你们负责吸收存款的人找到我们,当时我们千方百计克服困难,尽全力帮了你们。希望你们这次能考虑到以往我们之间的友好合作关系,帮帮我们。如果你们仅仅因为一两次小问题就说这样的话,那未免有些太不近人情了!"

太平社长再次恳求道。

"别这么絮絮叨叨的了,好好说说吧。"

银平的声音非常冷淡。太平社长一时没明白银平的意思。

"你们有事瞒着我们吧?希望你们赶紧说清楚!"

银平的语气很客气,但毫无商量的余地。太平超市的专务神情有些不安,但太平社长立刻说:

"隐瞒?怎么可能呢?什么意思?"

太平社长一脸无辜的样子。

"是吗?那我问一句。东京的富士 STORE 抢走你们的客户,导致你们营业额大幅下降的情况存不存在?"

银平若无其事地问道。从兵法上来说,银平采用的是迂回战术,从外围开始进攻。

"不存在。富士 STORE 再怎么低价倾销也没用。我们是十多年的老店,当地的客源被我们牢牢抓在手中。虽然上个月因为暖冬,销

---

① 副银行:在日本的主银行制度下,和企业之间的业务关系没有主银行密切的银行,本书中译为副银行。

② 相互银行:针对中小企业的专门的金融机构,1989 年转为普通银行。

售额暂时下降,但我们整体上一直呈上升态势。"太平社长说得唾沫星子乱飞。银平竭力压抑住内心的厌恶,说:

"那你解释一下为什么你们账户里的进款额越来越少了。从这半年你们的进款额来推算,你们的月销售额别说七亿日元了,顶多六亿日元。"

"万俵课长您算错了吧?贵行给我们的贷款占我们总贷款量的60%。也就是说,我们只需要把月销售额七亿五千万日元的60%存到贵行的账户上。我说的对吧?"

说着,太平社长看了看旁边的专务。专务使劲儿点着头。看着他们,银平的眼神越来越冷,说:

"您说这种一点就透的谎话有什么意思呢?我们这儿的资料很齐全,我甚至知道你们报的营业额有水分。还有,你们的供应商都在传言说,最近太平超市突然付款不太顺畅了,说不定出什么事了,咱们在供货的时候得多加小心。这话你听说过吗?"

继销售额问题后,银平直击应付账问题。

"一派胡言!肯定是富士STORE在故意散布谣言!"

"但是,现在你们应付票据的金额比以前增加了是事实,而且票据的结算时间也越来越长。从以上这些现象来推断,你们汇报的进货价是不是比实际情况要坏很多呢?"

太平社长狭窄的额头上已经渗出了细密的汗珠,嘴唇一个劲地蠕动着想要辩解。太平社长知道,这件事关系到太平超市的生死存亡,所以绝不能说真话。看到太平社长困兽犹斗的样子,银平面不改色地继续乘胜追击,说:

"而且,最不可思议的是,我们调查了这一年来贵公司应付票据收款人的名单,发现有一些和进货完全无关,而且款额相当大。你们用这么多钱到底在做什么生意?"

银平步步紧逼,直捣黄龙,暗示对方存在信贷票据问题。太平社长和专务的脸色开始发白,身体开始颤抖。对于一名企业经营者来说,如果被人发现存在信贷票据、可转让票据问题,就等于小偷被抓了现行。因此,如果没有十分的把握,一般人不会轻易指出这一点。

太平社长恼羞成怒,面孔扭曲,似乎银平继续说下去的话,他就要跳起来卡住银平的脖子。正在这剑拔弩张的时刻,行长秘书速水敲门进来了。

速水似乎感觉到了气氛的紧张,说:

"不好意思打断了你们的谈话。因为行长临时有些事情,有名客人需要涩野常务来接待。"速水简短地说明了事由,拿出了客人的名片。

"哎呀,我现在脱不开身,能不能让他等会儿?"

"好的。我会向客人说明原因,让他在别的房间先等一会儿。打扰了。"

说完,速水很快走了出去。这个小插曲稍稍缓和了房间里的气氛。涩野常务也松了一口气,说:

"不好意思,可能刚才的问话有些让你们为难。但我们作为主银行,必须要尽全力对你们负责,所以就问得多了一些,绝对没有别的什么意思。不过看来你们还没有做好充分的心理准备,我们银行现在也很难有明确的结论。请您二位今天先回去,咱们以后再谈如何?"

涩野常务尽量温和地说道。太平社长一直颤抖的肩膀终于停止了抖动,在专务的陪同下出门而去。

涩野常务抱臂沉思了一会儿。银平将桌子上摊开的材料收拾起来,说:

"常务,明天尽快让营业部开始紧急调查,彻底查一查他们的账目吧。请您立刻给调查部下命令。"

说着,银平从沙发上站了起来,根本没有把太平超市的命运当回事。

昏暗的"Moon Light"夜总会热闹非凡,不时可以听见小姐们和客人们的欢声笑语。万俵银平一只胳膊支在柜台上,独自喝着闷酒。

每天晚上都泡吧的银平,不喜欢坐在桌边喝酒,喜欢随意走进一家酒吧,坐在柜台前,喝完想走就走,再换另一家。银平已经取下了外套上的行章,但套装袖口处Hermès的白金袖扣依然隐约可见。这个拿着高脚酒杯的男人,在任何人的眼中都不会是一个朴素的银行职员。

"双份的,再来一杯。"

银平开始喝第二杯。

"万俵!"

听到叫声,银平回头一看,原来是行长秘书速水。速水长得眉清目秀,一副聪明相,穿衣打扮也十分得体。速水和银平同时从庆应大学经济专业毕业,同时进阪神银行工作。在行内,两人分属于信贷课和秘书课,平时很少有机会交流。但在业余时间,两人是好朋友,见面的时候总会亲切地聊上几句。

"今天又是一个人啊?"

"嗯,我是独饮主义者。"

行长公子的身份让银平很不舒服。作为三十多岁的信贷课课长,银平的工作能力超过了一般人,但行长公子的身份影响了别人对他的正当评价,很多人都是口头上恭维,心里面蔑视。银平对此心知肚明,因而不愿意和别人一起喝酒,而是自斟自饮。

"速水,你也是一个人吗?"

"不是,我在陪客户。"

速水用眼神指了指里面的包桌。速水指的是阪神银行的大客户东亚化学公司秘书室的主任,阪神银行的秘书课课长也在作陪。银平看到一群小姐围坐在他们周围。旁边的桌上也都是些熟客,都是阪神一带的大公司的干部们,一个个看上去都酒气熏天。

速水边看着那边的客户们边说:

"今天那件事,你如果站在对方的立场上考虑一下是不是更好?"

"哪件事?"

"就是那个去找涩野常务的太平超市的事。"

"哦,那件事啊!"

虽然银平建议涩野常务从明天开始尽快彻查太平超市的财务状况,但是一出银行,银平就把这件事情忘得干干净净,尽管事关一家公司的生死存亡。走出银行大门,银平就将自己的银行职员身份忘到了九霄云外。对于银平这种彻底的理性主义,或者说是冷漠,速水本想说几句的,但最终还是说了句:

"不好意思,我又说些无聊的话了,告辞。"

说完,速水转过身,向客户那桌走去。

又剩下银平一个人独饮了。刚才的交谈,让银平再次感觉到自己和速水的不同。银平和速水英二同龄,又是同一所大学毕业,但在人生观和为人处世的态度方面却完全不同。银平觉得,速水虽然智商和情商都很高,却未必理解自己。银平又要了一杯,看了看表。白天高须相子来电话说,今晚有重要事情要商量,希望他下班后直接回家。可现在已经十点多了。喝完杯中酒,银平离开了夜总会,把车存放在停车场,打了辆出租车回家。

出租车停靠在玄关门廊处。银平按响门铃,小女佣过来开门。

"您回来啦,相子先生正在等您。"

银平没有回答,穿过大厅向楼梯走去。

"哎呀,你回来了。我一直在等你呢。"

高须相子站在楼梯处,嫣然一笑说。

"有点应酬,到我房间来谈吧。"

银平先上了楼。银平的房间在走廊的另一侧尽头处,与父亲万俵大介的房间遥遥相对。这个房间原本是铁平的,书房兼起居室大约十五平方米,里面的卧室十平方米左右。银平坐在相子对面,中间隔着一张桌子。银平默默地点了支烟,相子也优雅地点上了一支,说:

"银平,我就长话短说。关于你结婚对象的事,关西财界大名鼎鼎的大阪重工安田先生的千金,和京都大学世界著名数学家三木教授的千金,你选哪个?这件事已经拖了两个月了,你也没个回话。今天晚上你一定要把你的真实想法告诉我。"

相子和大介已经决定选择大阪重工的安田太左卫门的千金,但面对银平,相子只字未提。

"又是那件事啊!哪个都行。"

银平依旧是一副事不关己的样子。

"真的哪个都行吗?"

"嗯,都行。"

看到银平翘着下巴满不在乎的样子,相子眼睛一亮,说:

"那就大阪重工安田家的千金吧。安田家是财界名门,不管出身还是资产,三代之内、五服之中,都无可挑剔。而且选他们家你父亲也会很满意的。"

相子抓住时机亮出大介的这张牌,以防银平有别的想法。

"随便,怎么着都行。看来你在帮助万俵家缔结姻亲关系方面又可以加分晋级了。先是哥哥姐姐,现在是我,接下来该是二子、三子了。你隔几年就为万俵家缔结一份姻亲关系,你的快乐就是把我们的婚姻玩弄于股掌之间。"

"玩弄?我看你未必真的想找个门不当户不对的人结婚吧。难道你是因为某种甜蜜的伤感,才想否定豪门姻亲关系的?"

银平的脸上浮现出苍白的笑容。

"哪儿的话。我也认为豪门姻亲关系是混迹于精英社会不可或缺的有效支票,我只是对你签发这张支票有些不舒服。"

"你怎么能这样说呢?我尽心尽力地这么做还不是……"

"你想说是为了万俵家的繁荣是吧?这是唯一理由吗?我倒觉得,你自己可能都没有意识到,你热衷于这件事的真正原因是……"

银平的声音有些阴冷。

"你为什么要这样说话呢?我刚来这儿的时候,你是有点儿神经质,但还算是个纯真、开朗的孩子。你是从什么时候开始变成这样的呢?"

"是啊,我也在想这个问题!"

银平心里明白,从母亲自杀未遂那天起,自己的性格就发生了彻底的变化。

那是个寒冷的冬夜,北风呼啸。少年银平从梦中醒来,感觉到家中有些异样。银平来到走廊里,看见有人向妈妈的卧室跑去。银平觉得妈妈肯定是得了急病,因为这段时间妈妈异常沉默,也不怎么和孩子们说话。银平立刻向妈妈的卧室跑过去。当时的管家松井挡在门前说:"你妈妈心脏病发作,医生已经来了,没什么问题,回你自己的房间去吧。"随后赶来的姐姐一子等人也没能进入妈妈的房间。没办法,孩子们心神不安地回到了自己的房间。焦急的银平想到,如果从客卧的阳台下到一楼屋顶,趴在爸爸书房上面,就可以看到妈妈房间里的情况。于是银平在睡衣外面加了件毛衣,一直爬到能看到妈妈卧室的地方。透过玻璃窗，银平看到妈妈的样子非常奇怪。

松井说妈妈是心脏病发作，但银平看到妈妈仰面躺在床上，鼻子里插着胶皮管。胶皮管一头是护士手中筒状的玻璃器皿，透明的液体不断从玻璃器皿中流入妈妈的鼻孔。当护士降低玻璃器皿的高度时，黄色而又浑浊的液体就从妈妈体内逆流至玻璃器皿中。看到这一情景，银平知道，妈妈肯定是服用了毒药或是安眠药之类的东西，护士正在给妈妈洗胃。银平还看到，爸爸和高须相子站在一动不动的妈妈身边。当医生、护士、女佣们忙于抢救妈妈的时候，相子悄悄靠近爸爸，手中拿着个药瓶状的东西，和爸爸窃窃私语着什么。随即爸爸厌恶地将那个药瓶扔到地板上，冷冰冰地看着妈妈，如同在看一个陌生人。银平忽然觉得，爸爸变成了另一个自己不认识的人。那一刻，银平差点从屋顶上掉下来。从那天开始，一直到后来的很多年，每当寒风呼啸的夜晚，银平都会从阳台下到屋顶，悄悄爬过去看看妈妈。看到妈妈安然入睡，银平才能睡得着。银平将那晚所见深藏在心底，没有告诉任何人。也就是从那天开始，银平渐渐将自己的心封锁了起来，不再轻易表露自己的感情。银平觉得，就连爸爸也不可相信。银平成了一个彻底的旁观者。

银平再次看了看眼前的高须相子。虽然那件事情已经过去了很多年，但银平觉得，岁月的流逝反而增加了这个女人的艳丽。这个女人在万俵家的影响力正与日俱增。

"你们好像有点太急了吧？是不是美马姐夫过来，又谈什么急事了？"

"到底是银平，眼光就是不一样。美马说金融重组的步伐会加快。你父亲考虑到这个问题，决定选择阪神银行的最大股东大阪重工的社长安田的千金。"

"也就是说，很快就能见效果啦？那就加紧办吧。"

银平的语气听上去像是在处理银行业务。

太平超市的总店在阪神电车西宫东口站台前。周围二战前的老房子和二战后的住宅区、公寓等混杂在一起，附近还有商业街和食品市场，生活气息十分浓厚。

总店有十间门面，店门口贴着各种醒目的广告，从外套到内衣、袜子、牛肉、蔬菜、牙刷等，各种降价商品名目繁多，特价日的氛围十分浓厚。但因为是早晨，购物的主妇并不多。

一辆车在店前停了下来。车上下来三个男人。他们是阪神银行总行调查部的两名工作人员和营业部信贷课课长万俵银平，因为昨天两亿日元的票据问题来突击检查太平超市的账目。三人进入超市，扫视了一下冷冷清清的店面之后，来到了二楼的社长办公室。

"哎呀呀，劳烦你们百忙之中抽空过来，您看这乱七八糟的，这边请！"

昨天傍晚，阪神银行已经通知太平超市今天要来检查。太平社长一脸谦恭地迎了过来。社长办公室大约二十平方米，待客用的人造革沙发亮闪闪的，装饰柜中各种盆盆罐罐的工艺品也都闪亮亮的。

"打扰了，这是我们总行调查部的工作人员。"

银平一副公事公办的口气。

"实在不好意思给你们添麻烦了。你们阪神银行这样的大银行能为我们评估经营状况，实在是我们莫大的荣幸。工作完之后，我们略备薄酒，还请各位光临。"

太平社长拉拢他们的用意非常明显。

"请不要客气，能不能把账本赶快给我们拿过来看看？"

万俵银平客气地催促道。一旁早已恭候多时的专务和财务课课长将厚厚一摞总账簿和辅助账簿拿了过来。按照阪神银行的要求，太平超市拿出了两年来所有相关财务账簿。

"不好意思,我还有一个行业集会必须参加。我们的专务和财务课课长都在这儿。有什么问题的话,尽管问他们。"

说完,太平社长对专务和课长说:

"你们俩要实话实说,不要藏着掖着,有什么就说什么!"

太平社长煞有其事地吩咐完之后,匆匆忙忙地走了。社长作为最高负责人留下来的话,万一遇到什么不好回答的问题,又不好顾左右而言他,因此找个借口走人是最好的选择。

太平社长走后,两位调查员坐到早已准备好的桌子前,脱下外套开始检查。

"先从总账开始吧。"

年长一些的调查员对太平超市的专务说。调查员打开厚厚的一摞账本,对照着超市提供给银行的资产负债表的具体数字,一本一本逐页检查。万俵银平坐在沙发上,又重新检查了一遍两年来的资金周转表。

总账查对花了一个半小时。

"下面开始检查辅助账簿。"

调查员没有休息就接着开始下一步的工作。在一旁待命的太平超市专务和财务课课长按照要求将近三十册账簿放到桌上。两位调查员开始分头按照现金、存款、借款、应付票据、采购等类别逐项检查具体明细。检查开始进入核心阶段。如果太平超市在账上做了什么手脚的话,一定会被查出来。无论是调查员还是太平超市的专务与财务课课长,都紧张了起来。除了账簿的翻动声和双方简短的语言交流,办公室里鸦雀无声。

午饭后,调查员接着检查这三十册账簿。时针指向下午两点。埋头于账簿间的两位调查员都卷起了袖子,手指也变黑了。银平依旧西装笔挺地坐在沙发上,翻看着尚未检查到的账簿。在成为总行营业部信贷课课长之前,银平曾经在调查部工作了四年。这样的检查,对银平来说可谓是驾轻就熟。

"请把暂付款账本拿过来。"

年轻的调查员吩咐道。

"嗯……啊,是这个。"

财务课课长从堆得像小山一样的账簿中找出调查员要求的那本。调查员熟练地翻动着账簿,问:

"这项三千五百二十一万日元的暂付款是干什么用的?"

"这是,那个什么,随着经营规模的扩大,我们觉得应该把各分店自主进货改为统一进货,这样可以降低成本。于是我们决定在附近的国道沿线建一个配送中心,这三千五百二十一万日元就是建设配送中心的定金。"

"哦?我这个信贷课课长怎么不知道这事呢?"

银平抓住机会问道。

"这就有点奇怪了,我还以为社长已经告诉过您了。"

"我一点都不知道这件事,你把和建设公司签的合同拿来我看看。"

"那个,那个合同,应该是财务部部长保管着吧?"

专务问财务课课长道。

"是,但是部长现在正休病假呢。"

"刚才我去洗手间的时候,偶然听你们店员说,你们那个财务部部长上个月辞职了?"

银平一下子就抓住了专务的把柄。

"到底是怎么回事?这三千五百二十一万日元干什么用了?"

银平追问道。

"实在抱歉,这钱花在社长的私事上了。"

"也就是说,这是社长的借款啰?"

银平嘴上说着,心里并不相信专务的解释。通过上午开始的四个小时的调查,银平等人明白,太平超市的账目不仅有问题、有水分,其负债额也被大大压缩,各项支出存在两本账的可能性非常大,而财务部部长这一关键人物上个月辞职也证明了银平等人的怀疑。银平看着专务说:

"昨天你们来我们银行的时候,我提到了应付票据的可疑问题。当时你们社长有些激动,我就没有再往下问。现在我想问的是,这本应付票据账本上登记有门胁商事的名字。这个门胁商事和你们有什么业务往来?"

正在这个时候,门开了,太平社长慌慌张张地走了进来。看来太平社长虽然一开始找了个借口躲开了,但想到自己辛苦大半辈子打下的天下,忍不住又回来了。太平社长感觉到气氛有些紧张,故意装疯卖傻地问专务:

"怎么啦?看你愁眉苦脸的样子。"

"没,没什么,刚刚说到门胁商事……"

专务为难地答道。

"啊,那个呀,那个你们怀疑也情有可原。门胁商事这个名字是有点古怪。它是一家两年前新成立的公司,和京都的纺织厂合作进行和服的成衣制作,产品最适合在我们的纺织品超市销售。自去年开始,我们之间就不断有业务往来。"

太平社长一反昨天的慌张,非常沉稳地答道。

"哦,是和服成衣公司。和服的话,从去年九月开始到今年一月,交易额达到近七千万日元也是可以理解的。非常畅销吧?"

"那是。现在是成衣时代嘛。"

"好的。那进货账上也有门胁商事啰?"

银平回头问两位调查员。如果进货账上没有门胁商事的话,那就意味着这笔应付票据不是用于商品交易的。

"有。进货次数和应付票据的次数一致。"

调查员看着账簿回答道。

"看,完全一致吧!不过,你们把你们认为可疑的地方一个个弄清楚了,对我们来说也是件令人高兴的事情。"

太平社长满脸堆笑,兴奋之情溢于言表。银平瞬间甚至有些怀疑自己的判断,但还是接着说:

"那我们就恭敬不如从命了。麻烦你们把进货凭单和订购单拿来看一下吧。"

太平社长脸上的笑容顿时消失得无影无踪。原来进货凭单和订购单上都没有门胁商事的名字。

"怎么回事?这里堆着的是不是都有两本账?"

"怎么可能呢?瞧您的口气像是税务局的。"

太平社长的语气严肃了起来。太平社长心里明白,自己辛苦大半辈子打拼下来的事业,现在到了生死存亡的时候。银平步步紧逼,说道:

"银行是信用交易,如果你们恶意隐瞒的话,那我行只有撤资了。"

如果主银行阪神银行撤资,太平超市将无法支付二月二十日到期的二亿日元的支付票据,结果就是破产。太平社长满脸的皱纹开始有些扭曲。

"实在抱歉,的确如你们所料,门胁商事是一家高利贷公司。"

太平社长终于承认了太平超市存在借贷票据问题。

"实际上,自一年前东京的百货系富士 STORE 进入本地市场以来,我们的经营就受到了很大的冲击。他们不仅挖走了我们的员工,还到印传单的人那儿打探消息,窃取我们的特卖信息,等我们特卖日的时候,他们和我们的特卖商品完全相同,而且价钱更低。他们利用强大的资本背景,使尽各种卑劣的手段,导致我们的销售额直线下降。这一年赤字就达到近两亿日元。为了填补这个亏空,从去年九月份开始,我们顶着风险,从高利贷那儿借来了约七千万日元,用于资金周转。"

太平社长一口气把事实都说了出来。一旁的专务和财务课课长也低下了头。

"利息多少?"

"日利七钱。"

"你们真是找了个黑心高利贷啊。"

日利七钱,算下来年利就是25%。阪神银行给太平超市贷款的年利是七分七厘。可见太平超市资金匮乏之严重。

"我们查一下库存。商品账本上的账面价值也有些问题。"

两位调查员刚一站起来,太平社长就哀求道:

"不好意思,能不能麻烦你们穿上店员的工作服?店里都是客人,还有供货商进进出出的,如果让他们看到我们在接受银行调查的话……"

两位调查员都露出不耐烦的神情,不情愿地穿上了藏蓝色的工作服。银平只取下了衣领处的银行徽章。

外面天已经开始黑了下来。灯光下的卖场里,下班的公司职员、购物的主妇们进进出出,但在特价日,这点顾客并不算多。

"没时间检查全部商品了。服装类就查外套和狐毛围巾,食品类就查拉面和罐头。"

在银平的吩咐下,两位调查员径直向外套卖场走去,开始点验挂在衣架上和放在下面柜子里的库存品。银平双手插在兜里,一眼就看出卖场中放置了很多模特来填补商品数量的缺失。很明显,账本上的商品数目与实际数量之间存在着很大差距。

银平叼着烟走到玻璃窗边,看到对面漂亮的霓虹灯——大红的"富士 STORE"几个字闪烁不停。五百米外的甲子园附近的富士 STORE,看起来仿佛就在眼前。银平毫无表情地看着霓虹灯,思考着检查结束后该对太平社长说些什么。其实,无论对方怎么死缠烂打地问,银平都会回答"回头再说"。

第二章

濒临神户港的滩滨临海工业区一大早就烟雾缭绕,石化厂、机械厂、造船厂等排出的烟雾,在西北风的作用下,不断吹向大海上空,在天空中画出了无数道线条。

在众多的烟囱中,明显高于其他的那座烟囱属于万俵财团旗下的阪神特殊钢公司。公司位于大阪东南端,占地八十多万平方米,有炼钢车间、轧钢车间、钢管车间等近十个车间。海岸边停泊着运输废铁的船舶。废铁是制造特殊钢的原料。

早上八点,工厂里响起了上班的汽笛声。身着卡其布工装的工人们一路小跑着或是骑着自行车赶往车间。

万俵大介的长子、阪神特殊钢公司的专务万俵铁平,白衬衫外套着工装,头戴黄色安全帽,快步从办公大楼玄关处的楼梯上下来,大步走向炼钢车间。万俵铁平和父亲万俵大介一样身材魁梧,但微黑的脸庞及精干的姿态更像祖父敬介。虽然铁平年仅三十八岁,但威风凛凛的样子完全符合一名拥有六十亿日元资产和三千名员工的大型企业领导的身份。

"专务,早上好!您刚出差回来,今天怎么不休息休息?"

铁平回头一看,是厂长一之濑。一之濑下了吉普车,快步向铁平走来,看样子好像已经到各车间转了一圈。

"早上好！走了五天，你也知道，我哪儿放得下心休息啊。"

铁平微笑着，露出洁白的牙齿。为了和通产省重工业局炼铁课协商工作，铁平在东京待了五天，顺便拜访了公司的大客户，今天早上刚刚坐第一班飞机回来，在伊丹机场一下飞机就直接回到了公司。对于铁平这样的技术型企业经营者来说，离开公司五天足以让他寝食难安。

"你还是这个脾气啊。不过正因为你有这样的干劲，咱们公司才有了今天！"

比铁平年长一轮的一之濑，眯缝着忠厚的眼睛，说起话来一口九州腔。

"你这是要去炼钢车间吗？"

说着，一之濑看了眼电炉车间的方向。包括拥有六十吨级电炉的电炉车间在内的各个车间，都离两人还有相当一段距离。低沉的电炉震动声，以及轧钢制钢管时尖锐的金属声，在铁平和一之濑听来，显得极为亲切。

"今天看来不错啊！"

铁平睁大了眼睛，侧耳倾听着各个车间传来的声音，大步向前走去。一之濑紧随其后。

铁平从东京大学冶金专业毕业之后，就去了麻省理工学院留学，1955 年回来后进入阪神特殊钢公司工作。当时，公司的一部分生产车间已经搬迁到现在的厂址。一战时，铁平的祖父敬介收购了神户市长田区的一家小铁厂。二战爆发后，小铁厂搭上了军需的便车，迅速发展成为阪神特殊钢公司。二战结束之后的十年，是公司最困难的时期。一方面没有了军需，另一方面，特殊钢主要消费行业——汽车工业和机械工业又尚未进入兴隆期。

铁平在美国留学期间，亲眼看到了汽车工业的发展，看到了轴承原料——轴承钢的发展前景。回国后的铁平,主张大力发展轴承钢。公司里习惯于中小企业化思维模式的董事们认为,应该坚持生产高级钢的发展路线。在当时的情况下,只有炼钢部部长一之濑支持年轻的铁平。在一之濑的支持下,公司终于引进了一些现代化的大型设备。等到汽车工业迅猛发展的时代来临的时候,大批特殊钢厂因为落后于时代而被淘汰,而阪神特殊钢公司却能傲视业界群雄,先是和姬路特殊钢厂并驾齐驱,后成功问鼎业界老大的宝座。

"喂,厂里在用这些废铁吗?"

走到第一炼钢部六十吨级电炉车间前,铁平指着露天堆放着的废铁问道。废铁堆中不仅有铁块、厚铁板等一级品,还有汽车压缩薄板和车床下脚料等二级品。铁平这样的技术型经营者,坚决反对使用二级品。

"是的,没办法。光用一级品的话,远远不够啊。"

一之濑解释道。一之濑一直维护着铁平对钢铁的热情,支持着铁平如火的干劲,同时巧妙地弥补着铁平重技术、轻成本的缺点。

"我知道了。但是最近铜的比率好像有些上升,得好好看看分析值了。"

说完,铁平就向六十吨级电炉车间走去。

车间构造如同一座列车的终点站。天棚很高,中间摆放着一台高四米、直径七米的大电炉及附属设备,近四十名工人正在作业。这台电炉一次可以生产六十吨钢液。除此之外,还各有三台三十吨级电炉和十五吨级电炉。电炉车间的生产流程是,按照产品种类,将原料废铁加上生铁、碳、硅、镍、铬等特殊合金,依靠电炉的高温熔解成钢液之后,倒进模具中,浇铸成两吨一个的钢坯。这也是整个制造流程中最重要的一步。特殊钢顾名思义就是特殊的钢,成分的合成、杂质的混入等都直接影响到特殊钢的质量,一点点纰漏都有可能造成汽车、飞机、机械产品的重大缺陷。普通钢只需要熔解原料浇铸成型，而特殊钢的原料非常重要。这也是称特殊钢"养不如生"的原因。

"好！出钢！"

炼钢部金田部长洪亮的声音回响在车间里。钢经过了电炉熔解，已经达到规定的温度。出钢的时间到了，所有人的注意力都集中起来，再也没有人关心专务或是厂长的存在。工人们开动百吨起重机将钢水包移向电炉方向，开始浇铸作业。

"稍等！"

突然，铁平大喝一声，所有人都停了下来。

"温度可以了吗？"

铁平大步走到金田身边问道。包括金田在内的各工程部部长都是铁平亲自从母校——东京大学的冶金专业挑选出来的优秀人才。

"是的，已经达到1600度。"

"分析值怎么样？"

听完金田对分析值的说明，铁平接着说：

"我原来有点担心铜，看来没问题。但硅0.18%有点少，提高到0.25%。"

在铁平干净利落的指挥下，工人立即对电炉里原料的成分进行了调整。

"再分析一下。喂，做个样片！"

金田对一旁的工人命令道。一个手上有烫伤痕迹的头发花白的老工人，拿起铁制的长勺，从电炉口中舀出一些红彤彤的钢液。十五年前，何时出钢是由技术熟练的老工人通过看钢色来判断的。现在先由工人制成样片，通过气送管送到分析室，两三分钟后机器就可以算出分析值来。

为了听取分析值结果，铁平和一之濑厂长、金田部长来到了中二层的管理室。两分钟后电话就打过来了。金田拿起话筒,在黑板上写下了分析值。

铁平瞄了一眼说:

"可以了,出钢!"

指令一下,直径六米的巨大钢水包被起重机送到电炉前,闪着灼热白光的高温钢液被灌进钢水包之后,又被倒入脱气槽,再被浇铸到电炉旁的模具中。钢液从钢水包中涌向模具的那一刻,发出了炫目的橙色光。在热气腾腾的车间里,工人们一个个满脸通红,汗流浃背。

铁平顶着热浪,站在二楼的楼梯处观察着工人们的作业情况。出钢时减少钢液中的氧含量最为关键。在低氧化脱气技术方面,阪神特殊钢公司位居世界前列。

浇铸结束之后,铁平和一之濑走出电炉车间,向锻造和轧钢车间走去。

"专务,等会儿!"

刚进轧钢车间,炼钢部部长金田就追了上来。金田平时是个比较冷静的人,此时却满脸怒气。

"怎么了?出什么事了?"

铁平和一之濑厂长停下了脚步问道。

"刚才帝国钢铁公司来电话说,今天生铁还送不过来,可是算上今天,他们已经停了五天了!"

因为财力不足,没有自己的高炉,特殊钢厂的大部分原料都是废铁。为了提高钢的质量,钢厂只能向有高炉的大型钢铁企业购买生铁加入到原料中去。阪神特殊钢公司就是从离他们最近的帝国制铁尼崎制铁所购买生铁,平均每个月三千吨左右。

"怎么又这样?"

铁平锁紧了眉头。以前帝国制铁也时不时地以所谓迫不得已的理由单方面停止供应生铁,让阪神特殊钢铁公司吃了不少苦头。

"什么理由?"一之濑厂长问道。

"和以前一样没有解释。这帮家伙仗着自己是大公司,简直蛮不讲理!"

"说得对!没有高炉的中小企业总是被这帮家伙耍得团团转。"铁平气冲冲地说道:

"我现在就去找他们所长去!"

说话时,铁平双眼喷着怒火。

"是不是先和石川社长商量一下?"

一之濑说道。石川社长即铁平的姑父石川正治。

"和他商量,他就会说再看看,再等等,还不如我现在就去。你通知他们我这就过去。"

说完,铁平转身快步向办公大楼走去。

帝国制铁的尼崎制铁所,占地五百六十多万平方米,是阪神特殊钢公司的七倍左右。制铁所里,十几栋厂房整齐排列,三台高炉高耸入云。

万俵铁平和尼崎制铁所所长面对面坐在豪华的接待室里,透过眼前的窗户,可以清晰地看见高炉。所长是搞营销出身的老钢铁人,此时跷着二郎腿坐在沙发上,衣着整洁利落。

"今天劳驾您大驾光临。我时常在聚会上遇到万俵行长。万俵行长依然是财界的风云人物啊。"

所长的语气殷勤有余,在表达了对阪神银行行长公子的尊敬之后,转入正题问:

"不知您突然造访,有何贵干?"

"也没什么别的事。这五天来,贵公司都没有给我们提供生铁,我来问问是什么原因。我们和贵公司签订了每个月三千吨生铁的合同，我们也是照着这个合同来制定生产计划的，希望贵公司能考虑到这一点。不然，我们的生产就要受到影响了。"

铁平以一个技术专家的口吻直截了当地说明了自己的来意。

"哦，是这回事啊。我把工程部部长叫来问问。"

所长虽然语气客气，但在明白了铁平的来意之后，明显流露出不屑一顾的神情，好像在说：这种事情哪儿用得上我这个董事兼所长出面，由工程部部长出面解决就足够了。

"阪神特殊钢公司因为生铁的事情很头疼啊，你给他们解决一下？"

当工程部部长进来的时候，所长很大度地问道。

"问题是，高炉又罢工了，我们也没办法啊。"

高炉罢工的意思是，高炉的内部炉壁上堆积了太多杂质，无法正常工作。铁平觉得，这位工程部部长说起话来不仅一点不发怵，反而有些故意使坏的味道。

"但是，你们有两台两千立方米的高炉、一台三千立方米的高炉，一共三台大型高炉。即便有一台出了问题，也不应该无货可供吧！希望你们想想办法，从日产的一万五千吨中，调拨区区五百吨给我们。"

看到铁平态度坚决，工程部部长微微笑了笑，说：

"区区五百吨？这说法我们可接受不了。我们和你们不一样，我们有十四个车间，每个车间有八百到九百人，全部加起来有一万两千名工人等着开工资吃饭呢。虽说高炉问题的责任在我们，但我们实在顾不上你们了。"

若是别的中小企业，看到对方把话说到这个份上，怕得罪大公司，只有忍气吞声的份了。但铁平毫不畏惧，反而态度更加强硬地说：

"也就是说,你们要单方面毁约了?"

"哎呀,不要这么急嘛!你刚才不是也说了区区五百吨嘛。我们刚才也解释过了,我们有很多车间和工人,我们也很为难。你如果不想让你们的生产计划出问题,那为什么不建个自己的高炉呢?以前你不是说过想建高炉嘛。你们和别的小厂不同,有阪神银行在后面撑腰,而且你自己又是行家,还在麻省理工学院留过学。"

所长明明知道筹措高炉建设费用非常困难,却假装和事佬充好人。铁平拼命忍住心头的怒火,带着挑衅的语气说道:

"看来,我们公司虽小,也得努力建造自己的高炉了。到时还请多多关照。"

铁平接着又语气强硬地说:

"另外关于生铁停供的问题,希望你们能有一个有诚意的答复。明天我还会再来的。"

说完,铁平愤然转身离去。

铁平离开帝国制铁回到公司,和一之濑厂长、金田部长一起商量了对策之后,独自驾车来到位于猪名川的多向飞碟射击场。

猪名川多向飞碟射击场是开山建成的。下午四点之后,天色开始昏暗起来。子弹穿过空气,发出阵阵回响。

旁边的三四个人已经完成射击,正把珍爱的猎枪装回皮套中,准备返回。射击台上只剩下铁平和另外一个人。

铁平架好手中的勃朗宁立式双管猎枪,瞄准前方十五米壕沟中发射出的飞碟,开始射击,没有击中。偶尔也有擦边的,枪声过后,飞碟残片散落在草地上。射击场的规则是发两枪换一个射击台。弹壳散落在铁平的脚边。铁平共打了两圈五十发,还不到六十点。为铁平数点数的工作人员对铁平比较熟悉,看到今天这个成绩,工作人员很惋惜地说：

"你今天状态好像不太好啊！"

铁平还在想着和帝国制铁公司之间关于生铁供应问题的争执。

铁平对枪的喜爱源于祖父。祖父喜欢打猎。上学的时候，铁平就经常陪着祖父去北陆打野鸡，或者去丹波山里打野猪。父亲喜欢打高尔夫，对打猎没什么兴趣，但时不时祖孙三代也会一起去打猎。说起来，铁平酷似祖父，更喜欢打猎，而父亲和弟弟更喜欢打高尔夫。宁子虽然不赞成铁平去狩猎，但对于钢铁迷铁平来说，狩猎是他唯一的爱好，做母亲的也不好阻拦。

咚！

旁边那位五十岁上下的绅士，与铁平相隔三个射击台，此时一击正中飞碟。看到别人射中，铁平愈发烦躁起来，不想再打下去了。但想到回到射击俱乐部休息室还要和一群身穿高档射击服的富豪们打招呼，铁平又打消了这个念头。铁平看了看远方绿色的山，装上子弹，深吸一口气，把枪架至胸口处，冷静地扣动扳机。

咚！

飞碟应声而碎。铁平转到下一个射击台，继续瞄准。此时，秒速七十米的飞碟在铁平的眼中犹如一块块生铁块。铁平浓眉倒竖，双眼圆瞪，连射连击。这次的连击非常漂亮，铁平再次体会到追踪猎物时热血沸腾的感觉。铁平突然下定决心：争取得到父亲的支持，将已经酝酿三年的高炉计划付诸实施，建造属于自己的高炉。

第二天，万俵铁平去见姑父石川正治社长的时候，脸色十分难看。

帝国制铁尼崎制铁所已经停供生铁六天了。上午，铁平再次去交涉之后，回来向社长汇报情况。

"帝国制铁的理由和昨天一样，坚持说是高炉出了问题，而且原因还没有查明,产量降到原来的三分之二,连维持自己公司的生产都有危险,没法顾及我们。既然是高炉的问题,我们本来也打算让让步的。可是我们不去找他们,他们就一句解释都没有,而且还没有一句道歉的话。我们催他们的时候,他们反而趾高气扬地说,你们要有意见,今后就不要买我们的生铁了。"

铁平气呼呼地说道。石川社长瘦削的身体靠在转椅上,听完铁平的诉说之后,委婉地问道:

"你的心情可以理解。问题是,昨天你去帝国制铁的时候,是不是说了什么伤感情的话?"

阪神特殊钢公司虽然在业内属于一流,但在超大型企业帝国制铁眼中,不过就是个中小企业。石川社长有些担心铁平的态度。

"什么意思?"

铁平抬眉问道。

"没什么,那个,对方今天也不是故意停止供应生铁给我们的吧?"

石川社长慌忙掩饰了过去。石川家祖上是明治维新时期的功臣。石川正治是万俵大介的妹夫,名为阪神特殊钢公司社长,实际上并没有什么特别的领导才能。对于万俵大介的长子、阪神特殊钢公司的技术专家兼专务铁平,石川正治还是要礼让三分的。此时的铁平却对姑父的消极态度恼怒不已,说:

"不仅我们,一般的中小企业都太软弱了,导致他们那些大型高炉企业所谓'钢铁即国家'的特权意识越来越浓,而咱们也就越来越被他们瞧不起!"

铁平站了起来,继续说:

"我考虑再三,如果咱们再不制定出根本性的对策,今后就别想有大的发展。我决定,今年一定要将讨论了三年的高炉建设计划付诸实施。"

"建高炉？这种决定公司命运的大工程，即便是你铁平，也……"

石川社长正支支吾吾的时候，内线电话响了起来。

"我是秘书课。常务碰头会刚刚结束，有事情想向您汇报，请问您方便吗？"

"我正和专务说事儿呢，过会儿再说。"

石川社长说完，刚想挂电话，铁平对着话筒大声命令道：

"等等，我有事要说，请三位常务一起过来一下。"

财务主管钱高常务、营销主管川畑常务、设备主管兼厂长一之濑常务三人走了进来。石川社长坐在客用沙发上，三位常务也都坐了下来，只有铁平依旧站着。他说：

"紧急召集各位过来，是想请各位就目前正在研究的本年度的设备规划再深入探讨一下。"

厂长一之濑好像已经猜到了铁平的想法，温厚的表情没有什么变化。钱高和川畑的脸上都露出了惊讶的神情。

"刚才我和社长探讨的问题是，帝国制铁至今仍然没有任何答复，他们这种无故违约的情况今后还会经常出现，从市场来看，废铁价格变动的幅度很大。鉴于以上种种情况，我觉得，如果我们不能解决原料来源不稳定的问题，咱们公司就不可能有飞跃发展。因此我决定，趁着这个机会来个根本性解决，将咱们酝酿已久的高炉计划真正付诸实施！"

常务们惊讶地面面相觑。铁平毫不介意他们的表情，继续充满热情地说道："我们公司已基本完成从钢坯到最终产品的现代化生产。因此，我们现在应该倾全公司之力，建设从高炉冶炼生铁、转炉精炼、浇铸成型的一条龙生产设备体系。当然，这在特殊钢业内也是前所未有的大工程。但我认为，我们这种规模的特殊钢企业，原料还要依赖别人提供,这种现象本身就有问题。"

说到这儿,铁平看了看在座的各位。脸庞瘦小、留着小胡子的钱高常务平静地陈述了自己的意见:

"正如专务所说,拥有自己的高炉、自己生产原料是所有钢铁人的梦想。但是,不管怎么说,即便是中等程度的高炉,加上附带设施,也需要二百亿日元以上的资金投入。因此我觉得这件事不能着急,需要假以时日,慎重研究之后再定。"

"当然,我提出建造高炉,绝不是因为今天的事情而一时冲动做出的决定。这三年来我一直在考虑这件事。特别是去年年底,我和以炼钢部部长金田为中心的技术小组一起,研究了技术上存在的问题,并让他们大体计算了一下利益得失。我自信,高炉将给我们带来充分的好处。"

"是吗?这件事我可是一点都不知道啊!"

石田社长有些不快地说道。财务主管钱高和营销主管川畑也露出了意外的神情。在阪神特殊钢公司,以铁平为核心的技术人员占主流,重技术、轻行政的风气比较浓。

"那么,技术小组的成员应该已经将计算结果报告给专务了吧?不管怎样,高炉不像电炉那样,能够按照产量自由决定关停。高炉一旦启动,只要不发生故障,三百六十五天,天天都会有生铁生产出来。那么,有足够大的市场可以消化那么多产品吗?我觉得,没有充分的思想准备的话,是不能轻易决定这么一项投资数倍于公司资产的大工程的。"

钱高是三年前阪神银行方面派到公司来的常务。一说到建高炉,钱高首先想到的是高炉的负面影响,从一开始就持反对意见。

"这种担忧两年前我也听过。但是请各位回忆一下,两年前通产省提出的目标非常高,可是咱们公司的业绩一直高于通产省的目标。汽车产业的特殊钢需求占我们产量的一半以上。从长远来看，为了应对资本自由化，汽车产业将会继续加大设备投资，大幅提高产量，我们的轴承产量就会供不应求。另外，咱们公司还一直致力于特殊钢棒的出口。综合以上情况，我对市场需求完全有信心。"

铁平强烈坚持自己的想法，浅黑色的脸上神情严肃。

"如果建造完高炉、实现了一条龙生产的话，原料成本究竟能下降多少？这一点如果不周密计算的话……"

营销主管川畑常务插话道。

"具体数字回头我会让他们向董事会报告。从铁源来看，每吨大约节约五千日元；如果将最终产品考虑在内的话，则每吨至少节约一万五千日元。"

"如果真像专务您说的这样的话，那咱们的销路将非常广。但业内的市场份额相对来说比较稳定，咱们的销量能增加两三倍吗？"

作为一个老营销，川畑认为只要产品好卖，计划就可行。

"只要有市场需求，产品就越便宜越好卖，市场份额也就相应越来越大。这就是市场经济的根本法则。"

听到铁平语气如此坚定，财务主管钱高常务摸着小胡子说："问题是现实并不这么简单。如果咱们在没有绝对把握能够畅销的情况下就贸然建高炉，要是遇上1964年那样的经济危机，其结果可想而知。即便有了高炉，产品成本可以稍稍降低一些，但考虑到可能出现的经济危机，以及庞大的设备投资的利息、新增加的人事费用等等，我们做财务的总觉得这个计划有点玄。"

钱高的话，既批评了铁平不熟悉市场营销的缺点，又彰显了自己作为一名财务人员筹措资金的不易。铁平看了看一直沉默不语的一之濑厂长，问：

"一之濑，你怎么看？"

"我心里时常在想,如果我们能有台高炉,哪怕小点也好啊,但是一想到建造高炉的技术问题,说实话,我又有些犹豫。"

听到一之濑中肯的发言,石川社长赞同地点了点头,说:

"一之濑说得很有道理,这件事需要慎重再慎重。我想不明白的是,全日本的特殊钢厂都没有自己的高炉,为什么偏偏我们公司要冒险建高炉呢?"

石川的话让铁平的眼神变得更加坚定。铁平说:

"各位的担忧,更坚定了我建高炉的决心。现在的问题是筹措建设资金,这一点我这个专务会全权负责。我会在向主银行阪神银行申请贷款的同时,向副银行大同银行寻求帮助。幸运的是,刚从日本银行①调任大同银行行长的三云先生,是我在麻省理工学院留学时结交的好友。当时他是日银驻纽约参事。三云行长对基干产业非常支持,我估计问题不会太大。"

话已至此,没有人再反对了。剩下的就是资金问题了。

万俵家草坪旁边,有一间洋兰温室,采用的是锅炉取暖。近一百平方米的温室中,有卡特米兰、大花杓兰、米尔顿兰等近百个品种,紫色、红色、淡桃色、黄色、蓝色,百花争艳,温润如春。

午饭后,宁子让护院工夫妇为兰花分盆、分株,自己则拿着小镊子一根一根地小心除去兰花根部的杂草。

"太太,您没事儿吧?新镊子尖儿有些锋利,您小心不要伤着手了。"

听到护院工的话,宁子歪过头说:

"没事儿,兰花我还对付得了。"

---

① 日本银行:日本的中央银行,在日本经常被简称为日银。

宁子面容白皙,看起来不像五十多岁。虽然家务事一点也不会做,但在培植洋兰方面,宁子比一般人都要出色。自古以来,洋兰就是王公贵族的宠物。宁子的娘家——嵯峨家二战前就热衷于洋兰培植,家里还有专业的园丁。宁子自小耳濡目染,对兰花非常在行。

　　透过玻璃窗,宁子看见了铁平的妻子早苗。早苗穿了件颜色鲜嫩的毛衣。似乎外面有些冷,早苗将毛衣领竖了起来。一进温室,早苗就脱下了毛衣。

　　"妈妈,您又在摆弄花呢。每次进花房的时候,我都觉得到处生机勃勃的。"

　　宁子也有同样的感觉。在万俵家,从一般的家务事到家庭生活的方方面面,都由相子来处理,宁子能做的就是练练日本鼓和养养兰花了。特别是像今天这样,大介去东京出差了,宁子可以一整天悠闲地待在花房里。

　　"铁平这一段是不是很忙啊?"

　　"是啊。好像又要开始什么大项目了。没办法。"

　　作为一个政治家的女儿,早苗说起话来简单直接。

　　"铁平又该辛苦了。对了,你觉得这花儿怎么样?喜欢哪个就拿走吧。"

　　听到宁子这样说,早苗一盆一盆仔细地观察着架子上的兰花,目光最后停留在一盆纯白色的大朵花上。

　　"听说皇太子夫妇去访问夏威夷的时候,美智子妃特别喜欢这个品种,由此得名 Crown Princess[①]。是不是很清雅?你拿走吧。"

　　"真的吗?太高兴了。"

　　早苗小心地抱起这盆纯白色的卡特米兰,说:

---

① Crown Princess:皇太子妃,将继承王位的公主。

"对了,妈妈,刚才我在主屋的时候,接到了芦屋的千鹤姑姑打来的电话,说上个星期天让您捎了个口信,但一直没有回音。她好像有点不高兴呢。"

说完,早苗离开了花房。宁子不由自主地停下了手中的小镘子。上个星期天,千鹤打电话过来找大介的时候,大介和美马去打高尔夫球了,于是千鹤让宁子转告大介给她回个电话。结果宁子一不小心忘了,直到夜里睡下才想起来。宁子赶紧打电话到大介卧室,从话筒里听到相子不同寻常的喘息声。宁子慌忙放下电话。回想起那天夜里的场景,宁子再次认识到,正是这个叫作相子的女人的存在,导致了自己当年的自杀。

宁子十九岁嫁到万俵家来的第一个夜晚,丈夫大介对她说,你太幼稚了,以前就听说皇族和贵族的女子,做完爱后什么事都得让别人处理,什么都不懂得,看来你也一样。不过,那时候的大介好像非常享受宁子的幼稚,手把手地教她性爱的技巧。但在宁子怀上铁平之后,大介突然对宁子的身体失去了兴趣。其实在和宁子结婚前,大介就在外面有了女人。宁子后来知道了这件事,但并没有大吵大闹。陪嫁过来的老保姆告诉宁子:万俵家已经延续了十四代,嫁到这样的人家来做媳妇,遇到这种事情是无可奈何的,何况大介的性欲比一般人要强,今后这样的事情还会有很多,宁子应该做好这方面的思想准备。渐渐地,这种事情在宁子眼中就成了理所当然的了。

当高须相子作为孩子们的家庭教师来到万俵家的时候,宁子就有种强烈的预感:总有一天大介会和相子发生关系。但是半年后,当宁子亲眼看见两人亲热的场景时,还是有种痛不欲生的感觉。因为这次和以往丈夫在外面找女人不同,今后,自己不仅要和这个与丈夫有肉体关系的女人住在同一个屋檐下,而且自己的大儿子铁平也亲眼看到了丈夫和这个女人亲热的一幕。但即便如此,宁子还是什么都没有说。作为一个公卿贵族家庭培养出来的女人，宁子就像一个洋娃娃，性格软弱，不会和别人争抢，不会声张自己的主张，缺乏强烈的自我意识。因此，在公公敬介去世之后，当大介和相子的关系彻底从地下走向地上的时候，宁子依然没有反抗。在那之后，原本属于宁子和大介夫妇的卧室旁边，又新增了宁子和相子的卧室。晚餐时，宁子和相子每天轮流坐在大介左侧女主人的专座上；夜里，宁子和相子轮流伺候同一个男人。一开始，宁子也曾拒绝过，但相子说："要不你自己教育孩子、管理家务吧！"当时，陪嫁过来的贴身老保姆已经去世，宁子独自一人根本无法对抗相子，只有选择忍气吞声。

和一个侵犯自己人妻地位的女人每天生活在同一个屋檐下，还要装作若无其事的样子平静地交流，即便是与世无争的宁子，也时不时会产生离家出走的冲动。但是除了铁平，其余的几个孩子都不知道母亲的变化。孩子们无忧无虑、健康成长的样子，宽慰着宁子的内心。宁子没有想到的是，自己内心仅存的这一点点安慰，也会被残忍地撕得粉碎。

那是宁子和相子轮流坐在女主人专座之后的第二个新年。按照惯例，万俵全家一起到志摩半岛观光酒店过年。那天夜里，全家刚从志摩回来，该宁子陪大介同房。宁子像往常一样，换上白色丝绸睡衣，来到大介的卧室。刚一进屋，宁子就不由自主地停下了脚步。卧室里的两张旧床不知什么时候换成了三张豪华的新床。中间是张双人床，两边是单人床。相子玉体横陈在其中一张单人床上。宁子呆呆地看着大介。大介说："从今天开始，咱们是不是可以三人同睡？"话音刚落，宁子的身体就被大介拉到了双人床上，同时，旁边床上的相子也同样被拉了过来。大介双臂各搂一个女人。宁子拼死反抗，相子的身体贪婪地和大介的身体缠绕在一起。这不堪入目的一幕令宁子羞愧欲哭，却最终被迫加入动物般的交欢中去。宁子觉得身心备受屈辱和折磨。当这一切结束的时候,宁子下定决心离开万俵家。以前,宁子一直忍受着妻妾同居的生活,但是现在,宁子实在无法忍受妻妾同床的屈辱。宁子女主人的尊严已经被撕得粉碎。

第二天早上,宁子回到了娘家。但二战后的嵯峨家已经没有能力接纳宁子。宁子被大哥强行送回了万俵家。在第二次被要求妻妾同床的时候,宁子抗议道:"夫妻之爱不是动物性的。"大介却残忍地警告她说:"你有资格说这话吗?要不咱们离婚吧!你应该记得我完全有理由和你离婚吧!"那天夜里,宁子服安眠药自杀。

无家可归又不愿妻妾同床的宁子,只能选择自杀。不过宁子弄错了安眠药的剂量,最终自杀未遂。想到自己连自杀的能力都没有,宁子从此彻底放弃了对大介和相子的反抗。

宁子突然听到身后传来护院工的声音:

"太太,今天就到这儿吧?您是不是有点累了?"

"好吧。已经四点了。二子和三子也该回来了。"

宁子叹了口气,放下手中的工具,走出花房。

上午八点三十分,万俵大介的车离开东京麹町行邸,穿过代官町,沿皇宫护城河右侧,直奔丸之内的阪神银行东京分行。

在万物萧瑟的冬季,倒映在护城河中的皇宫的常青树,给人一种特别清新的感觉。万俵大介每个月要来东京好几次。从麹町行邸到东京支行的这条路,清晨最为清爽。不一会儿,车子从 Palace Hotel[①]旁向左拐,进入日本的金融大街。大街两侧是大友银行、富国银行、第三银行、五和银行等日本著名银行。一辆接一辆的汽车都在等待着上午九点银行开业时间的到来。各银行的工作人员正步履匆忙地

---

① Palace Hotel: 可译为"皇宫酒店"或"宫殿酒店"。

走向自己的目的地。即便坐在车里，万俵大介依然能感受到这个日本金融心脏强有力的跳动节奏。这是一个充实的早晨。

万俵突然想到世界金融大街——纽约的华尔街。鳞次栉比的高楼大厦遮挡了天空，在终日不见阳光的道路两旁，纽约证券交易所、摩根银行、大通曼哈顿银行等世界性大银行给人一种超越人世的压迫感。只有上午九点左右，络绎不绝地走出地铁的白领们，给华尔街带来了生机和活力。

车子穿过丸之内大楼旁的时候，就可以看到斜对面的五菱银行。万俵大介到达阪神银行东京分行的时候已经九点。分行正对着马场先濠①。和建于二战前的神户总行庄严的巴洛克风格不同，阪神银行东京分行大楼是座现代化的建筑，线条轻快，壁面呈奶油色，一楼营业部的玄关处如旅馆大厅般明快而华丽。

"行长，早上好！"

秘书拿着日程表到玄关处迎接万俵，并在电梯中向万俵报告了一天的安排。和总行一样，从电梯口通往行长室的楼道上铺着大红色地毯。万俵边走边瞄了一眼电梯对面的房间。房门上写着"阪神银行东京事务所"。

"您是不是有什么事？"

秘书问道。万俵回答说没有，径直走向行长室。站在正对着马场先濠的五楼行长室，不仅可以看见二重桥，还可以看见更远处新宫殿的铜绿色屋顶。每当看着眼前的这一切，万俵都感觉到一种平静与慰藉。金融大街那些排列整齐的大楼威严庄重、精致现代，却充斥着无形而又惨烈的硝烟味。每次来东京，万俵都能感觉到一种强烈的竞争意识在不断地驱使着自己，而这是在关西完全感觉不到的。

---

① 马场先濠：位于东京马场先门和田仓门之间的一段护城河名。

正是在这种竞争意识的驱动下,上周万俵才给女婿美马中打了个电话,让他找个机会,安排自己和大藏大臣永田见面。

万俵离开窗边,让秘书通知东京事务所所长芥川常务到行长办公室来。东京事务所是关西各银行必不可少的联系机构之一,不仅统管东京地区的业务,还负责与中央政府各部门之间的联系。东京事务所的主要工作对象是政界、财界各部门,工作重点是收集各方面的情报信息。作为东京事务所所长,首先必须在政界、官界拥有广泛的人脉,能够提前拿到正确的情报信息。鉴于此,有人将东京事务所称为"忍者部队"。

东京事务所所长芥川常务来到行长室。芥川体形消瘦,身穿暗灰色西服,戴无边眼镜,似乎有些装腔作势的味道,幸亏鼻梁右侧的大黑痣改变了其整体形象,让人意识到眼前是个精干、机灵的银行职员。

"行长,早上好。昨晚您连着参加了三个晚宴,想必非常累吧?"

万俵大介的确有些累。昨晚五点半到七点半宴请客户,七点半到九点接受大客户的宴请,九点半到十点半出席经济记者招待会。

"你也够辛苦的。十点半之后我先回去了,都让你应付了。"

"后来的二次会我们又去了两家银座夜总会,一直喝到十二点多。今天早上我还在小金井陪人'晨训'了。"

所谓"晨训",指的是早晨陪人打高尔夫。有事密谈的话,一般从六七点就开始"晨训"。结束后各自去上班,什么都不耽误,别人也看不出来。

"和谁?"

"还是那个社民党的中根正义议员。"

这位大藏委员会委员、社民党议员每年都会到阪神银行总行来拜年。只要选举地盘情况允许,此人随时都有可能成为自由党的候选人。芥川接着汇报道：

"其实今天也没什么急事，就是前一阵我听说，中京银行对东海车辆公司的不良贷款引起了大藏委员会的注意。我就想借着早上请他打高尔夫，探听一下这件事的真假。听他说不良贷款是真事，不过也就十亿日元左右，这次之所以引起大藏委员会的注意，主要还是因为平时关系没处好。所以我觉得，只要是大藏委员会委员，别说是执政党的议员了，就是在野党的议员，也得多加小心，平常就得小心伺候着才行。"

芥川明显在向行长展示自己作为东京事务所所长的能力。实际上，对银行来说，从客户倒闭到不良贷款、新设营业点等，只要大藏委员会想找事，任何鸡毛蒜皮的小事都有可能成为把柄。在这一点上，芥川非常精明，每个环节都精打细算。看到万俵行长虽然没有说话，但脸上露出了满意的神情，芥川抓住时机问道：

"行长，今晚能不能和永田大臣见上面？"

"可能吧，大同银行的新任行长就职晚宴结束之后，或许能见到。美马已经提前做了安排。"

"近期咱们的新事务所要开张，对永田大臣表示多少比较好？当然，我也打听过了其他银行的大体数目，但我觉得还是和美马商量一下更好，就是老联系不上他。要送就得尽早，得赶在别人前面。要不还是像以前那样汇到一个空账户上去？"

"永田大臣和我们不是一般关系，这些事情千万要做到滴水不漏。"

万俵点了一支雪茄，继续说：

"对了，说到东京地区的业务，咱们在埼玉大宫开设新营业点的许可证快下来了吧？"

大藏省银行局每年只批准一家城市银行开设一个新营业点。阪神银行在关东地区的基础比较弱，因此打算申请在人口增长较快的大宫地区开设一个新点。

刚才还神采飞扬的芥川，一提到许可证的事情，一下子就有些蔫了，说：

"别的银行也瞄上了大宫，竞争可能会比较激烈。"

在强调完困难之后，芥川接着说：

"但是，既然行长您已经下了死命令，我们就找了家比较厉害的建筑公司暗中做了调查，得知东京的富国银行和大阪的平和银行在偷偷收购车站前的那块地。我们通过银行局赋闲的内线关系进一步得知，果然是富国和平和两家银行在和我们竞争。后来我们通过查看他们两家银行的申请书得知，除大宫之外，富国银行还申请在川崎开设新点，而且他们的重点好像放在川崎。这样看来，咱们的对手就是大阪的平和银行了。"

每开设一家新营业点，就有可能多吸收大约二十亿日元的存款，因此各家银行都杀红了眼，各种争夺战不分昼夜竞相展开。

"那你有什么办法没有？"

芥川把手放在脸上的黑痣处，眨了眨眼睛说：

"我认为，当两家以上的银行竞争的时候，最重要的是申请书的内容必须合情合理，若非如此，大藏省也不好向其他银行解释。就咱们银行来说，因为关西代表性的家电制造商 ORIENT 电器要在大宫开设新工厂，所以作为他们的融资银行，我们也必须在大宫开设新营业点。在强调这一原因的同时，我们还要加强下面的沟通工作，争取让大藏省建议平和银行更改申请顺序。"

芥川的意思是，做通大藏省相关负责人的工作，由他们出面进行行政指导，劝平和银行改变申请志愿顺序。换句话说，大藏省的人会告诉平和银行，如果新营业点的第一志愿填报大宫的话，得到批准的可能性会比较小，而如果将第二志愿的其他地方换成第一志愿的话，很快就能得到批准。

"平和银行在大藏省的根基也很深，咱们绝不能轻敌。马上就要开始金融重组了。哪怕只增加一个有前途的营业点，也会提升银行整体的实力。当然，事情最终还得通过政治层面的商谈来解决。接下来就看你的了。"

万俵似乎想借此考验一下芥川的能力。

大同银行新任行长的就职晚宴在大仓饭店的平安厅举行。

在入口处的金色屏风前，大同银行前任行长和现任行长带着专务等高管一字排开，迎接各位来宾的光临。万俵大介对大同银行的专务、常务等微微点头示意，在新任行长三云祥一的面前停下了脚步，说：

"恭喜您就任行长。"

三云行长看上去很年轻，面色红润，不像五十六岁的样子。

"谢谢。今后还请多多关照。"

说完，三云行长郑重地低头行礼。一旁的前任行长也以前辈的身份说道：

"请多赐教。"

万俵大介进入会场一看，各银行的行长以及政界、官界、财界代表近五百人齐聚一堂，场面非常热闹。

虽然没有看到首相和大藏大臣的身影，但政界以通产大臣为首，众参两院实力派议员及大藏委员会委员均有出席；官界以大藏次官为首，主计局局长、银行局局长、理财局局长等也都大驾光临。日银更重视此次晚宴，从副行长到理事，一个不少地来到了现场。因为新任行长三云是从日银空降下来的。各大企业的社长、专务们作为财界的代表，汇聚一堂，尝一口凉菜，喝一口鸡尾酒或者威士忌，相谈甚欢。其中,利用这个难得的机会,四处联络感情的政治家、企业家也不在少数。

万俵大介注意到,全国银行协会会长、富国银行行长严,五菱银行行长鹈川,正和大藏次官、银行局局长一起,手拿酒杯,有说有笑。富国银行和五菱银行都是日本国内名列前茅的大银行。可是,富国银行严行长的名字曾经赫然出现在二战后一桩大贪污案中,而五菱银行的鹈川行长也曾受到某政治献金问题的牵连。但不可思议的是,他们竟然都没有被追究责任,依然稳坐行长的宝位。与他们相比,万俵大介在金融重组的大潮前,利用各种裙带关系、使尽各种政治手段以确保阪神银行的利益这件事,实在有些"小儿科"的味道。就连平时对银行颐指气使的大藏省次官和银行局局长,在严行长和鹈川行长面前,都显得那么和颜悦色。对万俵大介这种含着金勺子出身的人来说,因为阪神银行位居城市银行第十位,自己就不得不屈尊于严和鹈川之下,实在是一件令人郁闷的事。但万俵大介还是满面笑容地走到严行长等人的身边。

"哎呀,万俵,昨天多谢了。"

昨天,在全国银行协会的理事会上,就修改长期利率的问题,万俵提出了说服信托协会的具体方案,大力支持了严会长的工作,严会长特意表示感谢。

"哪里哪里,小事一桩,何足挂齿。"

万俵说着,和大藏省重藤次官以及银行局春田局长打起了招呼。

"你来得正好。我们正在谈论'日银保育箱'问题。像日银这种只管发行货币、别的什么事都不管的安逸自在的地方培养出来的人,到城市银行这种真刀实枪、竞争激烈的地方来工作,不就像让保育箱里的婴儿直接吃饭一个道理吗?还不得拉肚子?"

平时就戏称日银为"纸币发行局"的重藤次官,说起日银来,口气相当狂妄。

"以前曾经有传言说,大同银行的新行长要由大藏省推荐,那又是怎么回事呢?"

万俵微笑着问道。

"是吗?还有过这种传言?"

银行局局长春田意味深长地笑着反问道。

在空降官员的问题上,大藏省和日银之间的竞争异常激烈。只要日银出身的行长在某家银行失势,那么大藏省的人就会立刻填补空位。

入口处出现了日银总裁的身影,鹰鼻豹目,面容冷峻。

"瞧瞧,那句话怎么说的,说曹操什么就到了?看看,'日银神宫'的神官驾到了吧!"

重藤次官揶揄道。日银到现在一直保留着一个习惯,在下午三点业务结束时,郑重地敲一下梆子,宣告当天停止营业。听了重藤的话,万俵大介不由得苦笑了一下。严和鹈川两位行长也相视而笑。日银出身的银行行长们,全都恭恭敬敬地迎接着总裁的到来。总裁来临之后,三云行长站到会场正面的麦克风前,准备开始就职发言。三云白皮肤,细长脸,由内而外散发着"日银人"的高贵气质。三云掩饰住内心的激动,平静地说道:

"此次我荣幸就任大同银行行长。在我五十六年的人生中,日银曾是我的全部。城市银行一向竞争激烈,现在又面临金融重组。就任城市银行行长,我深感责任重大,使命艰巨。希望各行各界能一如既往地给予我指导和帮助。谢谢大家。"

三云的致辞简短而谦虚。实际上,三云祥一在进入日银之后,先是在核心部门秘书室工作,后又被派往国外,之后又在调查局任职,最后成为理事,走的可谓是精英路线。二战后,日银首次发行国债的时候,正是在三云的努力下,大藏省和金融证券业界才达成了共识,使得国债得以顺利发行。当时三云风头强劲,甚至一度传闻有可能晋升日银副总裁。不过三云的成就并不仅仅源于其自身的实力。三云的父亲是二战前贵族院的议员,母亲是旧财阀出身。这种家庭背景对三云的发展也起了很大作用。

大同银行在城市银行中排名第八,其前身是储蓄银行的联合体,架子比较大,但内部要动大手术的地方还很多。大家都明白,未来有很多困难在等待着这位新任行长。但日银出身的银行家们,对又一位同门出任行长还是非常高兴。他们齐聚到三云行长身边,联络感情。而那些土生土长的城市银行行长们似乎对此十分不屑,有的甚至准备打道回府。此时的三云行长开始向每一名来宾致意。

刚刚和万俵大介在一起的严行长、鹈川行长、重藤次官、春田局长等,在三云致完辞之后就回去了。万俵留下来没走。三云来到万俵身边,由衷地说:

"我原本想在关西的就任晚宴上问候您的。您今天能大驾光临,非常感谢。"

三云接着问道:

"您的长子铁平还好吗?我在纽约做参事的时候,他在麻省理工学院留学,我们时常在一起打桥牌。他那时候就已经开始规划阪神特殊钢公司的美好未来了。"

"是啊。他组织了一支年轻的技术团队,这个技术团队成了阪神特殊钢公司的中坚力量。铁平多亏了您的帮助。今后还请多多关照。"

万俵不是以阪神银行行长,而是以铁平父亲的口吻说道。

"哪里。是我应该请您多加指导。大同银行在关西比较弱,我想尽快派一名主管常务过去强化一下队伍。还请您多多关照。"

从三云真挚的眼神中可以看出,这绝不是单纯的客套话。万俵暗中思忖：派一名常务过去就能提高融资排名吗？日银出身的人就是不知天高地厚！但表面上万俵依然微笑着说：

"告辞。等您来大阪的时候，咱们再慢慢聊。"

说着，万俵看了一眼手表，像是有什么安排似的。这时，系着蝶形领结的领班悄悄走到万俵身边，告诉他有电话。事先万俵曾经吩咐过领班，有电话时一定通知自己。万俵快步走出会场，拿起衣帽间前的电话。

"喂，爸爸，刚才大臣的秘书回话说，今天预算委员会最后一个提问大概五点半结束，六点以后可以见面。"

电话是女婿美马打来的。

新桥料亭①"金田中"的入口到玄关处的地上刚刚洒过水。走廊里弥漫着熏香的芳香，艺伎们身着艳丽的和服走来走去。除了包间里偶尔传来的打招呼的声音，整个料亭鸦雀无声。

料亭深处一间不到四十平方米的房间里，万俵大介和大藏大臣永田似乎聊得非常开心。一旁服侍的艺伎将整个房间装点得光彩照人。

"很久没有聆听过您的教诲了。"

仪表堂堂的万俵端起酒壶，为背靠壁龛的永田大臣斟上酒。

"哎呀，谢谢了。"

永田大臣高兴地接过万俵手中的酒杯，回敬了万俵一杯。永田大臣又瘦又矮，皮肤黝黑，作为一国的大藏大臣，长相似乎有些寒碜。但他那白眼珠多、黑眼珠少的三白眼自有一种让人不寒而栗的威严。万俵喝了一口永田大臣为自己倒的酒，说：

---

① 料亭：高级料理店，其料理、器具、装饰、庭园设计等十分考究，通常用作商业应酬、政要会谈等较私密活动的场所。

"我听美马说,大臣这段时间刚刚晋级围棋五段。美马也喜欢围棋,但有点华而不实。他特别羡慕您啊。"

万俵表面上说很久没有聆听大臣的教诲了,开场白自然得从一些无关痛痒的话说起。

"哎呀,行长,您可不要再说了。大臣这段时间动不动就提这件事。奇怪的是,上了五段之后,大臣突然不怎么下棋了。难道大臣的目标就是五段?"

深得永田大臣宠爱、年轻漂亮的艺伎眨着水灵灵的大眼睛说道。

"桃太,就你多嘴。下次再说,看我不用针扎你的宝贝脸蛋儿,让大家看看是不是一扎就仙水乱飞。"

永田大臣似乎忘记了自己的年龄,眯着眼睛戏弄着艺伎道。

"啊哈哈哈,桃太的脸蛋儿,那仙水估计能飞十米远吧。"

年长的艺伎趁势说道。

"不,能飞二三十米呢。怎么样,桃太?要不要试试看?"

桃太似乎还不到二十岁,脸蛋像水蜜桃一般滋润。大臣高兴地伸手过去的时候,大家都笑了起来。来这儿之前,芥川常务悄悄告诉万俵大介说:"最近,大臣喜欢上了一个小艺伎,今晚我把她也叫来了。"对于这位常年关注政界、关注大藏省一举一动的阪神银行东京事务所所长来说,除了心中有本政界、官界的人脉地图,在宴请这些重要人物的时候,哪位大臣喜欢哪个艺伎,那个艺伎的姐妹又是谁,诸如此类的信息都要提前了解清楚。

嬉笑过后,永田大臣松开艺伎的手,一脸严肃地问万俵大介:

"听说你去参加了大同银行的晚宴,对三云新行长的印象如何啊?"

"非常好。在日银出身的行长里面,他算是很少见的干劲十足的一类。"

万俵只字未提晚宴上看出来的三云行长的弱点,语气中表现出私有银行行长的从容大度。万俵用眼神提醒艺伎们退下,艺伎们乖巧地离席而去。

房间里只剩下万俵和永田两个人,万俵开始进入正题。

"借此机会,我想听一听大臣您的意见,希望您能直言不讳。"

万俵平静地笑着,慢悠悠地说出了今晚设宴的真正目的。

"哦,意见?什么事这么正式?"

永田大臣身体靠着凭肘儿,喝着酒问道。看着眼前永田背靠壁龛高傲自大的样子,万俵大介想起了当年永田落魄时的样子。永田从大藏次官进入政界后不久,因为反对首相的经济政策而遭到排挤。永田和美马是老乡,而且美马打心眼里尊敬永田,预言永田将来有可能成为大藏大臣。还记得那时候万俵和美马一起去永田家,在那间榻榻米的边都快被磨破了的房间里,瘦得皮包骨头的永田火气非常大,开口第一句话就称当时的首相是"没有财政理念的文盲"。在那之后的六年时间里,永田一直坚持自己的看法,并且成功登上了大藏大臣的宝座。万俵也一直坚持通过美马,给予永田经济上的援助,算是为未来提前打好了经济基础。如今,永田这个掌控国家经济大权的实权派,正傲慢地盘着腿坐在万俵大介面前。

"这段时间有关金融重组的议论突然多了起来。据说金融制度调查会特别委员会也正在酝酿报告。我想知道的是,大臣您对此有何看法?"

"怎么说呢,现在日本的银行的数目比实际需要的多很多啊。"

永田大臣叼着烟说道,三白眼中闪过一丝微妙的笑容。永田的话让万俵深受刺激。永田大臣吐了口烟,接着说道:

"而且现在是大型企业合并的年代,为大型企业提供资金援助的银行业也需要相应地扩大营业规模,不然就会出问题。关于银行重组、合并的问题,政府的态度也很积极,这是今后政策的基本出发点。"

看在万俵的政治捐款的份上,永田大臣说话还比较谦虚,但时不时会有些耀武扬威、高高在上的味道。

"但是,大臣,如果以这样的名义来进行重组的话,那么小企业必将会被大企业吞并。像我们这样资本微薄的小银行就要被资本雄厚的四大银行吞并。如此推论的话,现在的金融重组,是否可以理解为四大银行与大藏省的合谋呢?"

"阴谋也罢,促进经济发展也罢,立场不同,说法也就各异。但关于银行重组问题,从上一任大藏大臣的时候就开始讨论,只是一直没有落实。这一方面是源于长久以来国家对银行的保护,另一方面也是因为银行重组比企业重组的难度要大很多。举个例子。如果大友银行和第三银行合并,就会出现一家超级大银行。而日本两大橡胶公司中的一方以大友为主银行,另一方以第三银行为主银行。所以这两大银行的合并,意味着他们对制造汽车轮胎所需的橡胶的市场占有量达到57%。换句话说,一家超级大银行即可左右整个橡胶市场。如此一来,消费者必将提出严厉的指责,而整个国家的产业政策也将难以为继。"

"也就是说,银行的合并并不完全是由规模决定的啰?"

万俵打断大臣的话问道。

"是这样。各家银行都有自己的特点。重组就是要统和不同银行的特长,以争取最大的市场效果,否则就没有任何意义。换句话说,银行的整合既有规模大小的问题,同时也有质的问题,根本不是纸上谈兵就可以解决的。"

听到这儿,万俵的眼睛突然亮了一下。大臣提到"纸上谈兵",是否意味着大藏省正在起草银行合并的草案呢?永田大臣的话让万俵

不寒而栗,但是万俵依然平静地问道:

"如果像大臣您所说,银行之间的合并并不仅仅是由规模决定的,那么,根据各银行的业务状况,也有可能出现小银行吃掉大银行的情况啰?"

万俵仔细观察着永田大臣的反应。永田的三白眼转了转,看着万俵,像是在思考万俵的话意。永田说:

"嗯,这也不是不可能。但是,存款总额排名至少是个个位数吧!啊哈哈哈……"

大臣突然大声笑了起来,很少大声笑的万俵行长也随之笑了起来。不过,两人的眼睛里都没有一丝笑意。

永田大臣一直对万俵大介有所戒备。从当年坐冷板凳至今,永田已经从万俵那儿得到相当数量的"经济援助"。作为回报,万俵大介很有可能要求得到永田的帮助。而此刻的万俵大介,虽然已经摸清了大臣的想法,但刚才大臣提到存款总额排名至少是个位数的说法,让万俵有些忐忑不安:大臣的意思,难道是在十二家城市银行中位居第十的阪神银行已经没有希望了?还是只要阪神银行努把力,提高存款量,排名进入前九就可以了呢?万俵大介不知道答案是什么。

车内小灯关着,万俵大介将身体完全靠在座位上,眼睛盯着前方的车窗。不知什么时候,外面开始下雨了。

虽然有些累,但万俵的思维非常清晰,不断地回想着大藏大臣永田那令人恐惧的三白眼,以及从薄薄的嘴唇中吐出来的每一个字。

大藏大臣积极支持银行合并的态度对阪神银行的未来影响深远。万俵心中渐渐产生了一个清晰的想法——通过两代人的辛苦经营,阪神银行才从先父时代的地方银行发展成为如今的城市银行,怎么能轻易地就让那些大银行打着所谓的金融行政的旗号吞并呢？即便今天没有得到什么确切的消息，但毕竟永田知道了自己的想法，接下来要做的就是，在尽可能采取一切手段防止阪神银行被大银行吞并的同时，暗中加紧寻找有利的合并对象。

大介的脑海中浮现出父亲敬介的面容。性格豪爽奔放的父亲想必也经历了严酷的历练，才为今天以银行为核心的万俵财团打下了牢固的基础吧。想到这儿，万俵突然感到自己作为万俵财团的统帅、阪神银行的行长，肩上的担子沉甸甸的。

雨点打在车前窗上，大介看着窗外。车子已经驶过砧街，马上就要到世田谷成城的美马家了。美马提出，等大介和大臣谈完以后，去麴町行邸见大介。大介觉得，还是自己去女儿家比较好，正好好久没来女儿家了。

美马家四周篱笆环绕，占地六百多平方米，是一栋和洋混合的建筑。车子在门口停了下来。司机打开车门，抱起副驾驶席上放着的礼物，先去摁门铃。门开了。

"爸爸，我们都等着您呢。"

身穿和服的一子为父亲撑起伞。

"外公，欢迎！"

是可爱的阿宏。阿宏已经是庆应义塾的小学生了。

"这么晚了，你还没睡啊？阿润已经睡了吧？这是给你们的礼物。阿润的那份，你明天给他吧。"

从未抱过孙辈的万俵，从司机手中接过礼物交给了阿宏。

"谢谢。这是说好的给我的遥控汽车吗？"

"是啊，是你想要的德国的。"

"真的吗？太好了！外公和爸爸有重要的话要说吧。我去房间玩了。"

阿宏说起话来像个小大人,和外公告辞后,拿着礼物,穿过走廊,向自己的房间跑去。

　　客厅里暖洋洋的,酒水和水果都已备齐,但没有看到美马的身影。

　　"美马刚刚打电话回来说,有个宴会实在脱不开身,可能要晚三十分钟左右到家。他让我向爸爸您致歉呢。"

　　"阿中是比较忙啊。不过作为高级官员,晚上没有饭局也不行。他总是这么晚吗？"

　　"嗯。夜里都要十一点之后才能回来。星期天还要陪人打高尔夫,一个月只能陪孩子吃两三次晚饭。"

　　一子平静地答道,语气中并没有什么特殊的不满。虽然万俵每个月都要来东京几次,但因为工作忙,万俵一年来美马家也就一两次,平时根本没机会和女儿一子聊天。在三个女儿中,一子长得最像妈妈宁子,白皮肤、瓜子脸、单眼皮、樱桃小嘴,和年轻时的宁子简直一模一样。

　　"阿中这么忙,孩子们又要上幼儿园和小学,光靠小女佣的话,可能不行吧？"

　　"还行吧,忙是忙点,但孩子还是得母亲亲自照顾……"

　　一子话说了一半又咽了回去。再说下去的话,就变成一子埋怨妈妈当年没有亲自养育他们兄妹几个,而是将教育孩子的事情完全推给了家庭教师高须相子。

　　"爸爸,您吃点什么吧？"

　　"不用了,等美马回来吧。我就喝点冰水。"

　　一子拿起桌上的冰水壶,边为爸爸倒水边说:

　　"前一阵儿在家里和妈妈、妹妹们聊天,好久没有那么放松地聊天了。孩子们也说外公家的院子好大,特别高兴。"

　　"要是咱们离得近的话,就可以常常见面了。这个房子就是有点挤了。"

大介环视着一百多平方米的房子说着。房子是一子和美马结婚的时候,大介送给女儿女婿的婚房。客厅有近二十平方米,另外还有五个房间。

"还行啦。在主计局,我们家是最宽敞的。一般人家都住着三室一厅的公务员宿舍。有的人即便有自己的房子,也不过是在三百平方米左右的地基上建个一百平方米左右的房子。而且别人家都没有用人。"

主计局次长每个月的工资十四五万日元,属于一般水平。

"你不用介意这些。你看,客厅的地毯都旧了,应该改成北欧风格的。还有这幅画也一直没有换过。下次我带幅 Bernard Buffet[①] 的或是别的过来换掉。"

万俵像是在布置自己的家一样。

"但是,爸爸您操心太多的话,美马会不高兴的。"

"为什么?爸爸为女儿操心有什么奇怪的吗?"

万俵大介这种出身的人是无法理解美马这种"凤凰男"的复杂心理的。美马的父亲是茨城县农村寺庙的住持。美马从东京大学毕业后进入大藏省工作,又娶了银行行长的女儿,时不时还受到老丈人的物质资助。

外面传来停车的声音。用人去开门,一子赶紧迎了出去。万俵听到美马急促的脚步声。

"爸爸,让您久等了。今晚和大臣谈得怎么样?"

一进客厅,美马就担心地问道。

"嗯,大臣好像在很认真地考虑银行重组的事情。"

[①] Bernard Buffet(1928-1999):法国著名画家,可译作"伯纳德·巴菲特""贝尔纳·布菲",也可译作"伯纳德·毕费"。

"是啊。在他的任期内,哪怕达成一项合并,也是一大政绩啊!"

"大臣提到纸上谈兵的问题。银行局制定的银行整合计划是怎样的?"

万俵大介问。美马原来是银行课课长,后历任近畿财务局局长、理财局次长,现在是主计局次长,对银行局的情况比较了解。

"大臣这么说了吗?看来,银行合并的具体措施相当保密啊!"

美马稍微停顿了一下,接着说道:

"基本上是以五菱、大友等财阀系银行为核心来吞并非财阀系银行。问题是,如果非财阀系银行和财阀系银行合并,即便表面上说是对等合并,但对方后面有大财阀支持,大树底下好乘凉。非财阀系银行的董事、职员等由于不安,容易产生仇视对方的心理,双方将无法和谐相处。"

"的确如此。如果银行合并等同于财阀强化的话,金融重组的意义将荡然无存。"

"是的。让非财阀系银行中的强者,比如东京的富国银行、大阪的五和银行等,与一家相对合适的中下级银行整合在一起比较好。我听说准备让富国银行和埼玉相银行合并、五和银行和第三银行合并。"

听到这儿,万俵喝了一口一子端来的热焙茶,问:

"换句话说,完全是弱肉强食了?"

"嗯,差不多吧。"

美马满不在乎地说道。美马的这种漠然的态度,反映出和永田大臣同样冷酷无情的官僚气息。美马接着说道:

"至于那些所谓的'大藏银行'或是'日银银行',即行长原来是大藏省官员或日银干部的城市银行之间的合并问题,还不好说。"

"城市银行中会是哪家银行首先出头呢?今天大同银行的晚宴

上,银行局局长和日本汽车公司的专务一直在窃窃私语,似乎谈得很投机啊!"

"嗯。春田局长力推声势浩大的金融重组,他老婆是日本汽车公司社长的侄女。五菱银行是日本汽车公司的主银行,所以他绝对不会做不利于五菱银行的事情。"

"是啊。银行合并中裙带关系也是个非常重要的因素。"

万俵是在提醒美马,不要忘了自己是万俵家的女婿。美马虽然喝了些酒,但脑子十分清醒。美马接着说:

"话虽如此,但他也不能做得太露骨。大藏省银行局这么大的机构,是不可能以一两个人的意志为转移的。"

美马斩钉截铁地说完这句话之后,问:

"爸爸,您是不是有什么想法?"

美马看了眼万俵,知道万俵迫切想要将银行局有关银行合并的具体计划弄到手。

"哎呀,也没什么想法。"

万俵觉得还没到和美马说心里话的时候。

"阿中啊,今后你可要睁大眼睛,千万不要错过银行合并方面的任何信息。"

"您说得很对。您放心,我早有准备。"

美马的回答合理合体。

万俵行长结束了四天的东京之行,回到阪神银行总部已是下午一点。

刚一回来,万俵就接见了两组客人。结束之后,万俵在行长室稍事休息,接过秘书速水递过来的水杯,服用了维生素片和消化片。

"我不是找了个医生的儿子做秘书吧。怎么连吃药都纳入日程了?"

万俵边说话边擦拭着嘴角,似乎对速水的细心非常感动。

"注意行长的健康也是我的工作之一。"

速水落落大方地回答完后,又汇报说:

"行长,涩野常务有急事要向您汇报,是关于太平超市的事情。"

这时,融资主管涩野走了进来。

"调查结果怎么样?"

万俵从雪茄盒里取出一支雪茄问道。涩野答道:

"负责信贷的万俵课长和调查部的两名职员一起去了太平超市总店,彻底查了他们的账簿。调查结果表明,从去年五月到今年一月,包括滞销商品在内,太平超市共有五亿日元的赤字。他们通过做假账来维持账面上的利润不变,以骗取我行和神户相互银行的贷款。"

"从去年五月开始做假账?怎么到现在才发现?负责人都在干什么?"

因为贷款直接负责人是自己的儿子银平,万俵特别生气。

"您批评得对。太平超市的社长就是那种人精,在财务方面一向把得很严。即便是情况好的时候,他们也从不说真话。不景气的时候,就更不会说实话了,编一大堆谎话骗人。幸亏这次万俵课长发现了他们借高利贷的证据,否则问题会更严重,咱们更难发现他们的真面目了。我倒是很佩服万俵课长的细致。"

涩野不仅没有说万俵银平有失误,反而强调说万俵银平有功劳。万俵大介毫无表情地抽着烟,没有说话。涩野继续说:

"这五亿日元的赤字,我大体算了一下,其中经常性损失大概三亿日元,库存滞销商品约两亿日元。我行和神户相互银行贷了两亿日元给他们,他们自己又找放高利贷的借了七千万日元。前一阵他们借口说二月二十号有一张应付票据到期,求我们再借两亿日元给他们。这加起来差不多五亿日元。实际上他们准备用这些钱蒙混过关呢。"

涩野说到这儿的时候,楼道里突然传来了沙哑的叫声:

"行长在,让我见见行长!五分钟,十分钟就行!不行!我要见行长!"

是太平超市社长的声音,听起来速水正在一旁劝说。行长室里鸦雀无声,楼道里的叫声显得尤为刺耳。两亿日元的票据结算迫在眉睫,太平社长已经没有退路。万俵的脸上显出厌烦的神情。

"我去看看吧。"

涩野站了起来。

"不用,速水会处理好的。"

万俵平静地说完之后,接着问涩野:

"你准备怎么处理太平超市的这个问题?到现在为止,咱们已经贷给他们十亿日元左右了。"

涩野瞄了一眼好不容易安静下来的楼道,说:

"虽说咱们发现得还算早,但问题已经非常严重了。即便二月二十号帮他们解决了,也只是救一时之急,所以我觉得应该趁着这个机会彻底解决这个问题。我的第一个方案是,二月二十号的票据决算资金让他们从别的银行想办法,如果不行的话,就采取强硬手段拒付。这样做对我行来说牺牲会比较大,但他们的担保还比较充分,最终把贷款收回来还是有可能的。第二个方案是,尽管太平超市现在出现经营不善的问题,但当地人还是比较认可他们的牌子的,而且九家店中半数以上店铺的地理位置相当好,有一定的价值,咱们可以再注入一定的资金,帮助他们重整旗鼓。第三个方案是……"

涩野的声音突然低了下来。

"第三个方案是,借此机会,让太平超市彻底贴紧东京百货系的富士STORE。业界都传闻说,富士STORE仗着在西宫新店的成功想大举挺进关西市场,对太平超市的地盘一直垂涎三尺。我们恰巧可以利用这一点,把太平超市十亿日元的贷款转嫁到富士 STORE 头上。这样做的话,我们虽然失去了太平超市,但一来可以保全债权,二来可以开始发展和东京系富士 STORE 的交易。我个人认为这个方案最佳。"

作为融资主管,涩野的方案十分重视债权保全。

"太平超市的重建是不是没什么希望?"

万俵再次追问道。

"经营三要素是人、物、钱,其中最重要的是经营者的能力。太平超市恰恰在这一点上存在致命缺陷。太平超市的社长从大阪丼池的打工仔奋斗到今天,其才能的确有目共睹。但他本质上是个传统型商人。今天的量贩式经营,需要出众的销售技巧和灵敏的商业感觉,而这正是他所欠缺的。现在的大型超市,为了对抗国有家电厂家,以低于国内成本价的价格购入香港生产的电风扇并大量抛售。另外,大型超市还自办牧场,实现了生鲜食品的自给自足。"

"的确如此。现在的超市行业日新月异,再让那个社长重整旗鼓看来已经没有任何意义了。"

万俵吸了口烟继续说:

"那就照你说的,趁此机会彻底抛弃太平超市,贴紧富士 STORE,这可能是对我们最有利的方案。票据决算是在本月二十号。在这之前,先不要急于下结论,再讨论讨论。"

看到万俵似乎想寻找到更为巧妙的办法,涩野欣然表示同意。

"好像还有点时间,我去东方酒店①的地下理个发。"

万俵将烟熄灭,从转椅上站了起来。涩野赶紧去了斜对面的会客室,客人还在等着。

---

① 东方酒店:Oriental Hotel。

吩咐司机准备好车之后,万俵腰板挺得笔直,踱步向外走去。无论旁边是否有人,万俵一向注意保持自己的良好形象。刚转过董事接待室,万俵就停下了脚步。太平超市的社长正急匆匆地从对面走来。

"啊,行长,果然是行长!"

太平社长的声音回荡在楼道里。又矮又胖的太平社长跑到万俵身边说:

"太好了!我终于见到行长您了!昨天、前天我都来了,今天也是,他们说您有客人。实际上我……"

太平社长站在楼道中间就说了起来,脸色暗淡而憔悴,表情十分激动,全身上下似乎只有代表暴发户形象的金边眼镜还闪着奇妙的光芒。

"哎呀,我听说了,是二月二十号票据的事情吧。我现在有个重要会议要开,车在下面等着呢。咱们回头再说。"

"等,等等!我们做假账骗你们确实不对,但是这里面是有原因的。拜托二十号的融资您一定要帮忙!"

太平社长恳求道。万俵没有回答,而是说:

"假账的事我觉得非常遗憾。至于你们公司的未来,我们会尽量考虑到你们的立场,妥善处理。如果你们有什么想法,可以和我们的相关负责人联系。"

万俵礼貌地甩掉太平社长,向电梯走去。

理完发后的万俵更加神采奕奕。万俵右手端着一杯黑咖啡,站在窗边向外看。远处神户港长堤处的红色灯塔清晰可见。因为对面建筑物的遮挡,现在只能看见灯塔了。当年阪神银行的第一代行长万俵敬介在世的时候,站在窗边可以一直看到停泊在远处海面上的外国船只。

万俵慢慢将视线转向窗户对面的墙上,那里挂着第一代行长万俵敬介的肖像照。万俵敬介是播州地主的十三代子孙,浓眉大眼,仪表堂堂,锐利的双眼傲视着室内的一切。

桌上的直通电话响了起来。万俵拿起话筒,耳边传来相子清澈的声音:

"您回来啦!累了吧?非常抱歉在您工作的时候打电话给您。关于大阪重工的安田家,有点急事要跟您说。"

相子小心翼翼地说道。万俵在银行上班的时候,一般情况下相子不应该打电话过来。

"我现在正好没事。什么事?"

"媒人刚才来电话了,问下周六见面如何,还问见面的地点怎么定。"

万俵看了一眼计划表。

"如果银平没事的话,下周六我没事。地点的话,女方打扮比较花时间,就让安田定吧。"

"那我马上和银平联系,问完银平之后再给那边回话。"

相子利索地说完之后,声音突然变得温柔了起来:

"您今天还是老时间回家吗?"

"嗯。"

"想吃点什么?"

"随便,你定吧。"

万俵的声音也柔和了许多。透过电话,万俵仿佛能看到相子在为银平的婚事四处奔忙,在忙着处理家中大大小小的事务,那灵活而丰满的身体似乎就在眼前。

挂断电话,万俵大介喝了咖啡。

"爸爸,打扰了!"

阪神特殊钢公司专务、万俵大介的长子万俵铁平走进了行长室。

"啊,铁平啊。这阵儿一直没见你,你好像还是很忙啊。"

万俵用眼神指了指自己面前的沙发,让铁平坐下。铁平肤色浅黑,神情精干,牙齿洁白。

"说到忙,爸爸您也一样。我想占用您一点时间,有点事想和您谈谈。"

"可以。要不一起去随便吃点儿?"

"不了,一会儿六点,我还有个宴会。今天我主要是来和您谈贷款的事的。"

铁平的口气变得正式了起来。

"还是今年增加设备的事吗?"

万俵在铁平对面的沙发上坐了下来,重新从父亲变成了行长。

"嗯。我们经过多番讨论,决定今年开始建造高炉。两年前我曾经跟您提过这个计划。"

"什么?建高炉?你不是已经放弃那个想法了吗?和两年前相比,现在建高炉,建设资金要超过二百亿日元吧?"

听到铁平突如其来的请求,万俵有些惊讶和不快。

"是啊,包括附属设备在内,预计二百五十亿日元左右。希望阪神银行能支持一半。当然,说是一半,也是分三年支付。我刚刚在下面把工程计划书交给营业部部长了,希望您回头能在百忙中抽时间看一下。"

铁平厚实的肩膀向前倾斜着,脸上充满了热情和向往。

"但是,你如此着急地决定这样一个关系到公司生死存亡的计划,是不是有点太鲁莽?其他人的意见如何?"

"财务主管和营销主管有些消极。但是,随着汽车、飞机、机械行业的发展,今后特殊钢的需求量会越来越大。要达到批量生产的水平,只有建造高炉一条路。"

铁平继续阐述着兴建高炉的必要性。说着说着,铁平就从沙发上站了起来,开始在屋里走来走去。这是铁平兴奋或是焦急时的习惯。这一点父子俩完全不同。父亲大介从来都是喜怒不形于色;儿子铁平莽撞、鲁莽,身体动作与内心感情一直保持同步。铁平走到屋子正面的行长办公桌旁,坐在大大的皮转椅上,撕了张便笺纸,飞快地写下高炉和附属设备所需的建设资金及生产量等数据。

"按照我的计划,基本上就是这样一个规模。"

正要接过便笺纸的时候,大介突然倒吸口凉气:眼前的儿子铁平和墙上的父亲敬介似乎重合在了一起。浓眉大眼、浅黑色皮肤、厚实的肩膀,铁平和敬介如出一辙。铁平将两臂放在转椅上,一边解释着设备的规模,一边转动着椅子。大介恍惚中觉得父亲敬介正坐在办公桌前工作。

大介又想起了父亲生前的样子。父亲每天早上起床后,第一件事就是到池边拍手召唤锦鲤。听到父亲的拍手声,三十多条锦鲤会一起游过来,抢夺父亲扔下的鱼饵。有一条产自吉野川的锦鲤,体长约八十厘米,父亲唤作"将军",已经活了五十多年了。"将军"总是在鱼群聚集之后才慢悠悠地游过来,直接从敬介手中获取鱼食。吃完鱼食,"将军"会等敬介伸手抚摸其背之后再沉入水中,之后无论谁拍手都不会再出来。不可思议的是,当铁平拍手的时候,"将军"也会如约而至。莫非不仅长相、性格,就连拍手的声音铁平也和祖父一模一样?大介暗忖:难道铁平是……?一直困扰着大介、折磨着大介的铁平出生之谜再次涌上大介的心头。

"爸爸,您在听我说吗?"

铁平声音很大,大介却几乎没有听见他在说什么,只是默默地点了点头。

"好了,爸爸,请您多多关照!"

铁平急着赶时间,说完就大步流星地走了出去。大介呆呆地看着铁平的背影。

在万俵家的餐厅里,全家人围着从东京出差回来的大介,共进晚餐。

近四十平方米的餐厅中央摆放着一张大橡木桌,天花板上挂着枝形吊灯。大介坐在桌子正面,左侧是宁子,右侧是相子。宁子旁边银平的位置空着,二子和三子面对面坐着。两个女佣端来了晚餐。

"哇,太好了!难得今晚吃西班牙大餐。"

三子欢叫着,相子说:

"是啊。今天先上来的前菜是鳗鱼苗哦。"

想到大介天天在东京赶饭局,整天吃的都是日本料理,相子特意嘱咐用人今晚做西班牙美食,给大介换换胃口。所谓炖鳗鱼苗,就是将小沙丁鱼大小的通体透明的活鳗鱼苗放锅里焯一下之后,再用橄榄油稍微炒一炒,加上胡萝卜和辣椒即可。西班牙料理中的鳗鱼苗是风靡世界的三大美食之一。

鳗鱼苗被分装在西班牙风格的精美青瓷盘中,大家开始正襟危坐地享受美食,饭桌上安静得连叉子的声音都听不见。三子吃完后用餐巾轻轻擦了擦嘴角,看着爸爸问:

"爸爸,您有没有告诉大姐银平哥的事儿?"

"嗯,我告诉她说是大阪重工安田家的女儿。你姐姐说,她和你们是同学,互相之间比较熟悉,挺好的。"

"是啊,安田万树子和我同在英文系,我俩很熟。她滑雪非常棒,上学的时候,一到寒假,她就会去法国的勃朗峰滑雪,很与众不同。"

二子说到这儿,三子也加了一句:

"是啊,很漂亮,不过有点潮。"

相子打断了姐妹俩的话,说:

"你们不能光看打扮来评价别人。据媒人芦屋的伊东夫人说,万树子看起来比较爱打扮,但她母亲的娘家是大阪的世家,家风还是比较传统的。上流家庭缔结婚姻必需的五大条件他们一个也不缺。"

"哪五大条件?"

三子好奇地问道。

"三子,借这个机会你们好好记住。五大条件是门第、世系、资产、父亲的履历和社会地位、本人履历。安田家三代名门,至于大阪重工的规模和效益,你父亲作为阪神银行的行长比谁都清楚,自然没有问题。"

说起婚姻问题,相子总是两眼放光,丰满的胸部上下起伏。诚如相子所言,大阪重工创建于1895年,是一家以造船和机械为主体的一流的重工业公司,资本金九十亿日元,年产值两千亿日元,红利达10%。相子接着说:

"我看,就按照白天我给您打电话时说的,下周六双方见面。至于地点、双方出席的人数、服装等等,明天我和伊东夫人商量后再决定。"

"银平今天怎么这么晚?"

大介拿着葡萄酒杯,不高兴地问道。宁子正在熟练地掰开盘子中西班牙海鲜饭的文蛤和虾壳,听到大介的问话,看了眼银平的座位,说:

"肯定又是工作比较忙吧,这段时间他一直说比较忙。"

宁子明显在袒护儿子。大介想,银平有可能是在忙太平超市的事情。大介接着问相子:

"白天你给银平打电话时他怎么说的?"

"还是那样,他说,他什么时候都行,在哪儿都行。"

"那么,接下来的事情你决定就行了。"

看到大介和相子撇开妈妈宁子决定哥哥的婚事,二子和三子并不像一子和铁平那样有什么疑问或是反感。

三子问大介:

"银平哥哥终于要结束花花公子的生活了。他结婚后住哪儿呢?"

大介回答道:

"这还用说吗,当然是在这个院子里啰。正好日本馆那边一直没怎么用。只要把客厅、佛堂、澡堂留出来,其余的改成西洋式的就行。"

"嗨,我还以为他们会住到御影或是芦屋那边的高级公寓去呢。"

三子像是在说自己的事情,似乎有些失望。

"怎么可能呢?就像你爸爸说的那样,万俵家的儿子,怎么可能去住公寓呢!这个院子三万多平方米,还是在这儿造栋房子比较稳妥。"

相子接过大介的话说道。

"还是做女孩子比较好,男孩子一辈子也别想离开这儿了。"

说完,三子和二子相视而笑。吃完晚饭,姐妹俩离开了餐厅。

餐厅里只剩下三个人,静悄悄的。窗外的夜色更浓了。茫茫夜色中只有一处灯火通明,那是水池东侧铁平的家。看着铁平家的灯光,大介心中再次浮现出白天铁平到行长室时自己的疑惑。

当时,铁平坐在行长的转椅上,兴奋地谈论着建造高炉的计划。就在铁平转动转椅的那一瞬间,大介的心略噔一下:墙壁上先父敬介的肖像画和眼前儿子铁平的面容重叠在了一起,仿佛父亲敬介正坐在行长办公桌前办公。大家都说铁平像祖父胜过像父亲。从铁平上小学的时候开始,他走路的姿势、说话的声音、拿筷子、叉子的手形等都酷似祖父。但像今天这样,铁平坐在祖父曾经坐过的椅子上,头顶上方挂着祖父肖像照,祖孙俩的面容合二为一的情景,对于大介来说还是第一次。

"哎呀,已经十点啦。"

相子说道。大介站了起来。

"晚安。"

今晚轮到宁子陪大介。相子随意打了个招呼,目送大介离开。

大介一只手插在棉袍的口袋里,叼着雪茄,走出餐厅,向二楼的卧室走去。宁子身穿和服,脚上穿着白布袜,静悄悄地跟在大介后面。

进了卧室,大介脱下上衣,穿着睡衣,将眼镜放在床头柜上。摘下眼镜,大介的面容不像白天那样冷峻,双眼变得温和了一些,嘴唇也似乎更有力了一些。大介仰面躺在中间的双人床上,感觉到一旁的宁子开始脱衣服。大介将目光转向宁子。宁子背对着大介,似乎有些害怕暴露自己的身体。宁子脱下和服,换上了白绸睡衣,问:

"可以了吗?"

之后,宁子静静地躺到大介身边。从不主动示爱,这一点从宁子嫁过来那天开始就一直没有变。宁子那玩偶般白皙娇小的身体,被动接受着大介那庞大的身躯,没有任何技巧可言。即便在床事结束之后,宁子也不会收拾。对于宁子在这方面的幼稚,大介有些不满足。但另一方面,自己能够随意摆弄这个不会动的活人玩偶,大介又感到一丝得意。宁子在性技巧方面的空白或者淡漠,历经几十年,一直没有任何改变。大介至今仍然被宁子那白嫩的、三寸金莲般的芊芊细足吸引。宁子常年穿和服,即便夏天也穿着单层布袜,脚部的皮肤特别白,脚上的静脉都像是透明的似的。

大介玩弄着宁子的脚。宁子的脚被大介握在手中,光滑,柔软。大介游戏着这双玉足,并用它来安慰自己身体的每一个角落。宁子没有像相子一样扭曲身体,呻吟,呜咽,而是静静地闭着眼睛,任凭大介的摆布。大介在玩弄宁子的脚的同时,脑海中浮现出相子那涂着亮闪闪的银色指甲油的双脚。那是双会主动勾引男人的脚,而宁子的双脚无疑是被动的。大介放开宁子的脚,将她娇小的身体拉入自己怀中,说:

"铁平越来越像他祖父了。"

"嗯。"

宁子在大介怀中点了点头。

"连讨厌高尔夫、爱玩枪、喜欢打猎这些都像。"

"嗯。"

宁子又点了点头。

"好像比起我这个父亲来,他更像是继承了祖父的基因。"

说到这儿,大介作势要拿床头柜上的水杯,突然打开了灯。大介看见宁子蜷缩着,似乎害怕裸露的身体暴露在灯光下,胸部微微起伏着,半是害羞,半是恐惧。

高须相子英姿飒爽,走起路来和服的下摆似乎在跳跃。相子从山手沿东亚大街向海滨大道走去,身后是高耸的摩耶山,天空蔚蓝清澈,阳光灿烂暖和,完全不像二月。好久没外出的相子,每一步走起来都那么轻盈欢快。

东亚大街的两边,是神户最高级的西服店、珠宝店、进口商品店。越是高级的商店,门窗装饰越低调。店门关着,店里铺着豪华的地毯,有种沙龙般的感觉。

相子推开其中一家店门,店内装饰以灰色和金色为主色调。老板娘走出来招呼道:

"太太,您好!您今天穿和服啦,真漂亮啊!"

老板娘称呼相子为太太,对相子蓝色蜡染和服配深蓝色腰带的装扮赞不绝口。相子知道,自己更适合穿洋装,之所以今天穿了和服,是因为要去银平的媒人伊东夫人家拜访。"高须夫人"相子落落大方地接受着老板娘的奉承,说:

"今天我时间有点紧,不知道上次说的比尼丝绸到了吗?"

意大利比尼丝绸,是世界著名的"丝绸女王"。

"还没到货呢。到了的话,我们会首先为太太您留着的。"

"那就拜托了。"

优雅的相子说完之后离开了这家店。在漂亮洋服与外国人众多的东亚大街,身着和服的相子非常惹眼。蓝色系列的时髦和服配上蓝宝石水貂披肩,相子看起来颇有外交官夫人的风范,回头率颇高。相子来到三宫中心街DONQ店门口,径直上了二楼茶室。这家店店面不大,但咖啡很好喝。

相子喝着咖啡,想着即将去拜访的伊东夫人。伊东夫人是大阪一家名为伊东商事的大公司的会长夫人,出生于船场①世家,每天过着优哉游哉的贵妇人生活。伊东夫人将与自己同样出身的太太们集合在一起,成立了"贵妇会"。在阪神②一带的上流社会中,"贵妇会"与由芦屋的社长夫人们组成的"芦屋会"分庭抗礼。用伊东夫人的话来说,"'芦屋会'的那些人,说是大企业老总的夫人,不就是嫁给了高级打工仔嘛!看看我们,都是家族企业的社长或是会长的夫人,是正宗的船场出身的贵妇人"。而用"芦屋会"的夫人们的话来说,"所谓的'贵妇会',既落魄又老旧,她们还好意思自称为贵妇人。什么家族企业的社长,不出两三年,统统都得被实力派企业家代替"。总之,她们相互瞧不起对方。但是,关西上流社会的夫人们基本上不属于"贵妇会",就属于"芦屋会"。那些

---

① 船场:地名,位于大阪市西部的商业、金融中心。
② 阪神:大阪和神户。

儿子、姑娘到了结婚年龄的母亲们，两边都不敢得罪。在万俵家和安田家的亲事问题上，大阪重工虽然不是家族企业，但安田夫人是船场的世家女，伊东夫人也就顺理成章地成了媒人。

在相子的眼中，无论是"贵妇会"还是"芦屋会"，都是一些闲来无事的上流社会的太太们聚集在一起的脆弱的小团体。对于相子这种以强化万俵家的裙带势力为己任的人来说，这些夫人们的小团体只不过是一个婚姻名片的交换所罢了。

喝完咖啡，相子下了楼，将手工蛋糕装入礼品盒，坐上早已等在停车场里的出租车，向山芦屋的伊东家方向驶去。

山芦屋一带，一座座百米长的围墙里是一栋栋精致的宅邸，一棵棵老松树更增添了这个高档社区的幽雅宁静。其中，那栋被御影石和杉树围绕着的茶室式建筑就是伊东夫人的家。

相子在离伊东家五十米左右的地方下了车，整了整和服的衣领和下摆，将礼盒抱在怀里，一改方才走在东亚大街上英姿飒爽的样子，慢步谨慎地走到门口，按响门铃。一个老用人出来开门，并为相子引路。院子很宽敞，大大小小的假山和水池错落有致，每一个角落都经过了精心的设计。面向庭院的客厅点着香，壁龛上挂着与谢芜村[①]的画。

走廊上传来轻微的脚步声。隔扇门开了，身着青黑色和服的伊东夫人走了进来，坐在相子对面，两人中间隔着一张小茶几。看到伊东夫人的打扮，相子心里有些后悔，虽说是谈论银平的婚事，但还是应该穿素色和服，这样才显得更正式。船场贵妇对服饰礼仪的挑剔相子早有耳闻。去年夏天以来，相子已经和伊东夫人见过五六次面，每次都能感到船场式严格的服饰规矩。

---

① 与谢芜村：日本江户时代中期著名的俳谐师、画家。

"非常抱歉,我今天的衣服穿得不太合适。昨天麻烦您打电话过来。多亏了您费心,下周六万俵银平才能和安田家小姐相亲。见面的地点,万俵说请安田家决定。"

为了迎合对方,相子说起话来都像是变了个人,小心翼翼的。头发花白的伊东夫人梳着檐发型①,插着玳瑁簪子,俨然一副贵妇人的打扮。

"你们太客气了。安田家觉得,有栖川宫②舞子别墅的舞子海滨别墅度假酒店虽然稍稍有些远,但非常有档次。"

伊东夫人用柔和、悦耳的船场话说道。

"双方参加人员的装束等怎么办为好?"

相子又礼貌地问道。

"你考虑得很周到。当天除了当事人双方,还有双方父母和媒人出席。安田家小姐穿晚礼服,府上公子也穿晚礼服即可。"

"双方父母的服装呢?"

"父亲方穿黑色丝绸套装,母亲方的和服用不着三个家徽的,一个家徽的就可以了。"

说到这儿,伊东夫人突然担心地问:

"冒昧地问一句,听说府上太太是公卿贵族出身,基本上不和外人来往,不会有问题吧?"

"这个……"

相子有些犹豫,不知道怎么回答才好。

"之前府上长子和长女相亲的时候是怎么办的呢?"

"她不怎么习惯待人接物,一般是我……"

"这样的话,你一定要出席。"

---

① 檐发型:一种前发、鬓发蓬松的女性传统发型。
② 有栖川宫:有栖川宫威仁亲王(1862-1913)。

"可是,安田家会不会……"

看到相子有些顾虑,伊东夫人慌忙说:

"不会不会,你要不出席就麻烦了,我会和他们解释的。相亲会上男士们又不会说个不停,还是需要女士积极参与。"

"那我就恭敬不如从命了。"

相子谦虚地点头说道。伊东夫人也终于松了口气似的,说:

"这次的亲事从去年夏天开始谈起,大家都有些累了。大阪重工安田家的小姐,无论门第、资产、世系都无可挑剔。而京都大学三木教授家的小姐天资聪颖,才貌双全。真是可惜啊。"

伊东夫人似乎有些惋惜。相子说:

"说实话,像三木教授这样享誉世界的数学家的女儿,如果嫁到我们这种做实业的人家来,确实有些委屈了。而且您也知道,银平三十三岁了还一直单身,性格有些任性。"

相子将这场联姻关系的缔结解释为银平自身的性格使然,隐藏了通过联姻扩大家族间裙带联盟的真实目的。大阪重工成立于1895年,资本金九十亿日元,公司主要业务为造船和机械等。这些情况相子早已深谙于心。

喝完茶后,用人端上水果。伊东夫人突然小声问道:

"听人说,府上的太太头脑有些不太灵光,所有的事情都由你来负责?"

对于这个问题,伊东夫人似乎有些顾忌。相子的脸上浮现出残忍的笑容,故意装作袒护宁子的样子,说:

"没有这回事。可能是家庭出身给外界留下了这样的印象。若非如此,我再怎么努力,孩子们也考不上一流大学啊。"

"你还真是能干呢。年轻时留洋,后来又做了万俵家的家庭教师,现在管着一大家子的事情。用过去的话来说,你就像是鸿池、住友家的大掌柜啊。"

"大掌柜"这个词听来有些过时,但被比作鸿池、住友家的大掌柜还是很令相子开心的。更令相子高兴的是,在别人眼中,自己并不是万俵的情人,而是万俵家能干的管家。相子的脸上浮现出温柔的笑容,谦逊地说:

"哪儿的话。我这样的人哪承受得起您这样的夸奖。"

相子不禁心中暗喜:伊东家在阪神的上流社会中很有势力,现在伊东夫人将自己比作鸿池、住友家的大掌柜,这对巩固自己在万俵家的地位有着积极的意义。

在阪神银行的董事会议室里,六名董事正以万俵行长为中心,召开名为"圆桌会议"的董事例会。各部门主管董事围坐在圆桌旁,提出各方面的重要议题,在共同商议之后进行最后裁决。每次会议前,各位董事都会精心准备,否则会遭到万俵行长的严厉批评。

财务主管大龟专务、总务主管小松专务发言之后,针对茨木、千里一带的土地即将被世博会征用的问题,荒武常务主要就如何说服附近农民将手中的土地赔偿款存到阪神银行的问题进行了发言。荒武常务发完言之后,融资主管涩野常务开始就太平超市的融资问题进行说明。

"太平超市的问题,上次的融资方针会上我已经向诸位汇报过。后来我们又经过了再三的研究讨论,最终决定停止向太平超市贷款。"

涩野常务的语气比较坚决。大龟专务问:

"这是不是意味着咱们从此不再给他们贷款?咱们现在这样做的话,会不会有什么麻烦?"

大龟专务担心的是社会上对阪神银行此举的议论。小松专务也说：

"那位太平社长被媒体树为励志典型。如果太平超市因为咱们垮掉了的话，可能会对咱们银行的信誉产生很大的影响。"

小松专务对此比较敏感，似乎担心影响行长的面子。

"当然，这一点我们也充分考虑到了。从债权保全这一点来看，我们也绝不能让它倒闭。我认为，现在应该让富士 STORE 彻底吞并太平超市，这样富士 STORE 就全盘接受了太平超市的负债，同时我们可以顺理成章地开展和富士 STORE 之间的业务合作。我觉得这是上上策。"

听到涩野的解释，业务主管荒武常务说：

"这是个好主意。实际上从三年前开始，我们就在琢磨怎么和东京系的富士 STORE 开展业务合作。但他们的主银行是富国银行，要和他们搭上线很难。现在能够和富士 STORE 开展业务往来的话，咱们银行立刻就会有十亿、二十亿日元的存款进账。这可真是个一石二鸟，不，一石三鸟的好主意！"

一贯严肃的荒武此时也禁不住笑开了花。

"我不这样认为。"

万俵冷不丁的一句话让出席会议的董事们非常吃惊。

"我觉得，哪怕是像超市这样的小企业，只要它有发展潜力，我都不会轻易放弃。太平超市就由万俵商事接下来。"

接管一家企业，在万俵口中就像是捡东西般轻松随意。万俵商事隶属于万俵财团，以前一直作为阪神特殊钢厂的商业公司，致力于机械、金属等领域的贸易活动，四五年前开始往综合性商社的方向发展。万俵继续说：

"万俵商社一直想进军流通领域，但从时机上来说有些晚了，正在头痛怎么办呢。这次借着这个机会，好好干一番，哪怕赤字五亿日元,咱们也一定要把超市的经营权弄到手!"

万俵是银行的行长,同时也是万俵财团的统帅。万俵的一席话让董事们全都沉默了。这时,万俵财团的"保险箱"、外号"管家专务"的小松专务开口道:

"行长看法就是不一样。太平超市的经营状况再差,在阪神一带还有九家店铺,在当地也很有名气。所以,趁着这个机会廉价买下太平超市,将其归到万俵财团旗下,实在是个好主意。"

听到小松专务这样说,荒武常务歪着头表达了不同意见。

"行长的想法我可以理解,但是在市场竞争如此激烈的情况下,让毫无超市经营经验的万俵商事贸然接手太平超市,这能行吗?坦白说,我觉得有点勉强。"

荒武常务直截了当的说法,让小松专务有些不高兴。但万俵点了点头,说:

"你有这样的担心是理所当然的。涩野常务也担心这一点,希望我重新考虑。但这件事我是经过深思熟虑之后才决定的。万俵商事接手之后,资金方面由万俵商事来负责,但采购、销售等经营方面的问题,由万俵商事和富士 STORE 合作完成。我让涩野常务去富士 STORE 的东京总部,询问了对方的合作意向。他们非常乐意与我们合作。"

说到这儿,万俵用眼神示意涩野接着说下去。

"我们和富士 STORE 现在还处于非正式接触阶段。我方提出的合作条件是共同持股和共同采购两点。对此,对方提出要持有太平超市三分之一以上的股份,并由他们安排一到两名董事。经过多方协商,只要我行同意对方的条件,这件事就可以谈成了。也就是说,通过共同持有股份,万俵商事可以将业务延伸至富士 STORE 这样一个大舞台,而我们银行方面也可以乘机吸收存款、发放贷款。"

"哎呀,真是小计划、大运作啊!到底是谋略家涩野常务,果然与众不同!"

听到国际业务主管舟山常务的赞赏,大龟专务说:

"涩野常务当然足智多谋,但还是万俵行长深谋远虑啊!"

大龟专务似乎对这个方案心服口服。其余的董事们也纷纷点头。但万俵行长一脸严肃地说:

"太平超市的两亿应付票据的期限是今天吧?太平社长来了吗?"

"早已经来了,正等着呢。行长您亲自向他宣布咱们的决议吗?"

涩野问道。

"不用,这种事由你出面就可以了。"

万俵冷冰冰地说道。

太平社长已经在会客室等了涩野常务两个小时。这些天,太平社长愁白了头,金边眼镜下的双眼明显凹陷了下去。阪神银行一直拖到应付票据兑现的最后一刻才通知结果,让太平社长忍不住抱有一丝希望,总觉得阪神银行还在尽力挽救太平超市。但在经过了漫长的等待之后,太平社长坐立不安起来,双腿开始不停地哆嗦。太平社长看了看钟,已经过了三点半。想到那些盼望着自己早点回去的专务和各级职员,太平社长决定,一分钟也不能等了。太平社长正想站起来找行长秘书速水的时候,涩野常务和信贷课课长万俵银平走了进来。

"怎么样?今天是支付票据的最后期限。副银行神户相互银行对我们说,如果你们主银行阪神银行不支付的话,他们也不管我们了。拜托了!"

太平社长一上来就哀求道。涩野常务没有说话,在沙发上坐了下来。万俵银平也沉默地跷腿坐在沙发上。

"怎么了?难……难道……"

太平的声音有些颤抖。涩野避开太平社长的眼光,低着头说:

"这话很难说出口,但我还是要告诉你,刚才会议讨论的结果是,既然事情已经发展到这个地步,你作为社长要承担管理不善的责任,希望你引咎辞职。否则,这次两亿日元的支付票据我们就不管了。"

"混……混蛋!你们以为太平超市是谁的?!是我花了一辈子的心血发展起来的!你们有什么权力决定?!"

太平社长大声叫骂着,叉开双腿挡在万俵银平身前。

"就是你!你带着人像税务局一样查我的店,然后整出个毫无人情的报告,让他们把贷款给我停了!"

说着,太平社长抓住了银平双手的手腕。涩野赶紧站到两人中间,说:

"太平,冷静点!现在是关乎你的公司生死存亡的重要时刻!"

听到涩野的警告,太平突然回过神来,瘫倒在沙发上。万俵银平的脸色一直没有丝毫变化。银平平日里对暴发户就有种与生俱来的厌恶感,刚刚手腕被抓,使得银平的这种厌恶感更加深入骨髓。

等太平稍稍平静之后,涩野继续说:

"无论如何,我们银行都在想方设法帮助你们渡过难关。但经过财务审计,你们有五亿日元的赤字,让我们想帮也帮不了。我们银行董事会内部主要有两派意见:一派认为和你们这种做假账欺骗银行的公司必须一刀两断,还有一派提出借此机会让你们和富士 STORE 合并。今天下午会议开的时间有点长,就是因为两派意见争执不下。"

听到涩野的解释,太平抬起头来,脸色发青,问:

"我辞去社长职位就贷款是什么意思?"

"我和信贷课万俵课长倾向于想方设法使太平超市保存下去。因此,作为银行方来说,我们能做到的,就是和与我们银行关系密切而且值得信赖的商社——万俵商事进行交涉,由万俵商事接管太平公司。可是你们毕竟还存在五亿日元的亏空,万俵商事也不可能轻易答应。他们提出,如果富士STORE能够在经营方面给予一定的指导和合作的话,他们可以接手。不知你对此有何想法?"

明明是在为阪神银行和万俵财团的利益考虑,可涩野说得冠冕堂皇。

"富士STORE!让他们介入还不如倒闭呢!你们银行方出什么人都可以。请再让我试一次!我一定玩命干!拜托了!"

太平两手合十坐到了地板上。看到太平这副样子,连涩野也不知道该说什么好了。

"太平,现在已经不是说这话的时候啦!你要么全身而退,帮帮你们的公司和职员;要么坚持到底,和他们同归于尽。两个选一个。"

涩野平静地催促着太平。

"我,被银行骗啦!"

太平双肩剧烈颤抖,撕心裂肺地叫起来。

"银行欺骗你?这种话你最好想好了再说。我们银行已经仁至义尽了。"

"不!你们从一开始就想吞并我们公司,故意拖到最后一刻才给我答复,把我逼上绝路,然后你们乘势进攻。上次我在走廊里抓到行长求他的时候,他还骗我说会想一个万全之策。哼,穿得人模狗样,干的都不是人事儿!"

太平从地板上站起来,语气越来越激动。这时,一直沉默不语的万俵银平打开了桌上的文件,说:

"请你看看这个,盖个章。"

万俵银平礼貌地把文件推到太平眼前。太平狐疑地看了看文件。文件是打印稿,抬头是"声明书"三个字。主要内容是：太平超市的全部股份转让给万俵商事,社长立刻引咎辞职为顾问。

　　"你们是要我在这个声明书上画押吗？这等于是让我去死！我还能做社长！我想做！"

　　太平咆哮着,银平依旧面不改色地说：

　　"这十年来你也一直挺辛苦的,就先休息一段时间怎么样？"

　　"辛苦？……休息？……你们这是要把我的工作夺走,让我回家看孩子去啊！"

　　太平好像虚脱了一般,整个人都瘫软了下来。

　　从神户走高速,经过须磨浦到舞子海滨只需十分钟左右。

　　万俵家正赶往舞子海滨的别墅度假酒店和安田家相亲。万俵大介和宁子、相子坐在后座,银平坐在副驾驶位上。大介身穿黑色套装；宁子身穿象牙色和服配佐贺锦腰带,背上绣着家纹；相子一身淡绿色的会客和服,系着丝质腰带。相亲主角银平身穿晚宴服,系着领结,衣着无可挑剔,整个人却显得无精打采。他把胳膊撑在车窗边上,没有一点儿相亲的兴奋。

　　进入舞子海滨,窗外,淡路岛似乎近在咫尺。左边是海。车子沿着山路向坡上开。坡很缓,树木郁郁葱葱的。坡道的尽头就是被称为"VILLA·舞子"的原有栖川宫别墅。

　　从门口沿鹅卵石路向里走,有个桃山式破风型停车廊,侍者迎了出来。房屋由整棵扁柏建造而成,房间中的隔扇拉门已全部被卸下,地毯也代替了原先的榻榻米,而贵宾席大厅被改成了前厅。正面约三米长的壁龛和壁龛架天棚处的金箔依旧保持着原样。壁龛前摆放着铺有丝缎的大沙发和桌子。围绕着贵宾席的外廊以前是走廊,今天和大厅一起被出租给相亲见面会使用。

万俵大介走进贵宾席,看了看表。两点四十五分,比约定的三点提前了十五分钟。

"今天是周六,原以为会堵车,没想到还早到了。"

说着,万俵大介眺望着院子的景色。院子有三万多平方米。刚刚三月上旬,草还是枯黄的,老松树的树枝没有向上长,而是低垂着张开呈半圆形,如小绿岛一般。松树后面是碧蓝的大海,远处的淡路岛依稀可见。淡路岛和蓝色的大海、绿色的庭院浑然一体,呈现出一种和谐之美,风格迥异于依山而建的万俵家的庭院。

"好漂亮的院子!这儿和其他的酒店不同,低调,有品位。作为万俵家和安田家相亲的场所,真是无可挑剔。"

为了这门亲事一直奔忙的相子,对于安田家定下来的这个见面场所,似乎非常满意。

"安田家的眼光就是不一样啊。"

大介悠闲地坐到椅子上。大阪重工的社长安田太左卫门和万俵大介不仅是大股东公司社长和交易银行行长的关系,还同是扶轮社①成员、关经联的董事会成员,私交甚密。银平也认识这位自家银行最大的股东公司的社长,和今天的女主角安田万树子也在晚宴上见过一两次。当然,相子作为万俵家的联系人也已见过万树子。换句话说,万俵家的四个人中,只有宁子还不认识安田家的人。宁子白皙的脸上露出紧张和不安的神情。

不一会儿,安静的大厅里传来了脚步声。安田家的人和媒人伊东夫人来了。伊东夫人仍然是檐发型、银灰色晕染和服,俨然一副贵妇人的打扮。

---

① 国际扶轮社(Rotary International):始建于1905年,是世界上历史最悠久的服务性社团组织。

"哎呀哎呀,你们来得真早啊!我这个媒人来得比万俵先生还晚,实在是不好意思。"

说话间伊东夫人催促着大家入席。万俵家和安田家在大厅正面桌子两侧依次坐下。万俵大介对面是安田太左卫门,宁子对着安田夫人,接下来分别是万俵银平和安田万树子,旁边高须相子和媒人伊东夫人相对而坐。伊东夫人从腰带间拿出礼扇来,说:

"承蒙各位抬爱,今日我有幸为媒,主持双方的相亲仪式。衷心祝福双方能由此缔结一段美好姻缘。"

伊东夫人照旧是一副船场式的老套致辞。

"下面请允许我介绍一下双方家人。当事人双方曾经在晚会上见过面,我就介绍一下第一次见面的人员。安田社长旁边是夫人佳江,万俵行长旁边是夫人宁子,银平旁边坐着的是万俵家的管家兼家庭教师高须相子。"

当伊东夫人介绍相子的时候,宁子的眼睛低垂了下来,相子则郑重地行了个礼,银平的眼角浮现出苍白的笑容。安田家的人也郑重地对高须相子还了礼。

侍者用纯银的茶具为大家倒上了红茶。万俵大介说:

"缘分真是不可思议啊。没想到我和安田在儿子的相亲会上见面。"

看到万俵大介有些不好意思的样子,安田太左卫门也尴尬地点头说:

"是啊。"

乍一听安田太左卫门的名字,会误以为他是个粗鲁的高个壮汉,实际上他却是个礼貌的小个绅士。三年前,五十六岁的安田太左卫门当上了大阪重工的社长,属于实力派企业家。安田佳江是大阪重工创始人的侄女,举手投足洋溢着船场世家的古风。二十三岁的万树子和父母都不像,非常时尚。漂亮的晚礼服是在巴黎高级时装店定做的,硕大的项链和耳环是用大颗的南洋珍珠做成的,手表表盘周围还镶嵌着闪闪发光的钻石。万树子的眼睛和嘴唇都非常靓丽,但过于奢华的饰品反而给人一种轻薄感。

"贵公司的日本第一大船坞预计什么时候竣工?"

万俵问道。

"五月中旬。最近船坞的发展不断走向大型化,过半年就会出个比五十万吨还要大的。"

"的确如此,油轮越大经济效益越高。但另一方面,万一出什么事的话,损失也会相当惨重。"

万俵大介谨慎的意见非常符合银行家的身份。在和安田交谈的同时,万俵大介也在观察着万树子,而安田太左卫门则同时在观察着银平。

媒人伊东夫人不断为双方的交流制造着话题。伊东夫人说:

"众所周知,安田社长祖上是冈山的庄园主,兄弟三人都非常有出息。大哥是中央制纸的社长,小弟是五井地所的社长。他们的儿子、女儿们也都和一流企业的社长、董事的子女结了婚。若是往远了说的话,和皇家也有姻亲关系呢。"

到底是家庭与家庭之间的利益婚姻,媒人开口就谈两家的裙带关系。婚姻带来的利益毕竟是双方考虑的首要因素。对于万俵大介来说,在金融重组的大潮前,和本行最大的股东大阪重工的社长、关西财界有头有脸的人物安田太左卫门结成儿女亲家,是一件有百利而无一害的事情;另一方面,安田重工作为一家需要大量设备投资的重工业公司,贷款银行也是越多越好,能和阪神银行这家城市银行的所有者兼行长万俵大介结成亲家,对安田来说具有很强的吸引力。

谈了一阵两家的裙带关系之后,伊东夫人巧妙地问道:

"万树子的爱好是滑雪和音乐吧?"

伊东夫人想把话题转移到男女主角身上。

"嗯。一下雪我就忍不住想去滑雪。但是现在日本的滑雪场乱七八糟的,根本提不起我的兴趣,我就去瑞士滑雪。正好我姐姐的husband 在日内瓦当外交官。爸爸帮我发个电报,姐夫无论多忙都会来机场接我。到了圣诞假期的时候,我和姐姐一家一起去勃朗峰滑雪。今年过年我是和哥哥一家一起过的。"

万树子的哥哥是大阪重工的营业部部长。万树子是兄妹三人中的老小。说得好听一点,万树子性格比较大方,是个"白富美"。实际上她说得越多,越暴露出对生活一无所知的浅薄。

"万俵你滑雪吗?"

万树子好奇地看着比自己年长十岁的银平问。

"不。我天生比较懒,这种上上下下的运动我实在不行。"

银平说得比较委婉,但带着些讽刺的意味。万树子好像毫无察觉,继续问:

"你不喜欢运动吗?"

相子微笑地接过话来,说:

"也不是这样的。比如打高尔夫,银平跟他爸爸一样是十五差点①,而且银平还会驾驶游艇。"

"哇,游艇!我在上学的时候坐过朋友家的游艇,太有趣了!我求爸爸让我学,但爸爸不同意。"

"等天气暖和一些,银平邀请万树子去玩游艇怎么样?"相子提议道。

说到冬天拴在西宫游艇港的游艇,银平开始默默地抽起烟来。

---

① 差点:高尔夫球员(不管是职业球员还是业余爱好者)在一家球场或几家球场打球后被给予的一个评比数字。

银平身材修长，面容英俊，高档晚礼服穿在身上显得格外潇洒自如，但神情中总是带有一些冷漠。这种男人必然是"少女杀手"。

看到两个人的谈话卡壳了，伊东夫人又巧妙地改变了话题，说：

"这家VILLA·舞子是有栖川殿下的别墅，听说整栋房子全部是用木曾的御用林中的扁柏建造而成。等会儿咱们用餐的餐厅的天花板，是仿照京都皇宫紫宸殿的天花板建成的，是宫廷式格子建筑。"

这时，安田佳江看着一直沉默不语的万俵宁子问：

"听说太太娘家是嵯峨子爵。不知亲王在别墅的时候，太太是否来访过？"

宁子侧头想了想之后，回答道：

"我曾经有幸听过有栖川王妃殿下的声音。那天，我陪着父亲来到这间别墅，听到王妃殿下弹奏筑前琵琶。那时候，车子刚才经过的那个山坡，刚好够两辆马车并行。我还记得我们是坐马车来的。"

作为母亲，宁子对儿子相亲一点都不操心，回忆起当年拜见亲王的场景倒是很投入。安田夫妇对宁子的表现有些惊讶，相互对视了一下。伊东夫人赶紧说：

"银平和万树子先到院子里去散散步怎么样？"

伊东夫人想让他俩单独待一会儿。

"我倒没什么非得两个人单独说的……"

看到银平有些不情愿，万树子天真地说：

"啊呀，我想去院子里散步。坐在这么昏暗的宫殿一般的房子中，好没意思啊。"

万树子用手提着礼服的裙摆站了起来。银平和万树子从大厅走下去，并排走到院子里。

看着他们的背影，相子想起了暗中让私家侦探公司调查安田万树子品行的事情。通过调查，相子得知，万树子表面上看起来是个奢侈任性的千金小姐,实际上豪华的服饰掩盖了她并不纯洁的身体。不过,这件事不仅媒人伊东夫人,就连万树子的父母都不知道,只有相子一个人知道。知道这件事之后,相子并没有改变推动两家联姻的积极态度。相子知道,在金融重组的浪潮中,阪神银行行长万俵大介需要密切和银行头号股东大阪重工之间的关系,所以,相子必须接受安田万树子的这一缺点。这是家与家之间、企业与企业之间的联姻。再想到结婚的当事人银平一直看不起自己,相子更加坚信:万树子的纯洁与否根本无关这门婚事的痛痒。

万俵铁平和银平从神户海滨大道邮船大楼的地下酒吧出来,想找辆出租车却没有找到,只好沿着大路向三宫方向走去。弟弟银平还穿着相亲时的礼服,外面套着驼丝绵外套。身材魁梧的哥哥随意披着件风衣。兄弟俩无论是长相还是性格、服装爱好都大相径庭。

"相亲完了你就直接和爸爸他们一起回家不好吗?你也真是个烦人的家伙。"

铁平今晚在酒吧犒劳阪神特殊钢公司的技术人员。酒吧非常安静,陈列着来自世界各地的珍奇名酒。铁平偶然发现了相亲回来的银平独自在柜台边喝酒,于是催促银平赶紧回家。

"你才是呢。好不容易和手下一起喝个酒,你就这么中途跑了不好吧?"

"和他们聊起钢铁来是没个完的。而且今天我还要回家查个资料,没事儿。对了,今天相亲怎么样?"

"不怎么样。能怎么样?还不是和你那时候一样!"

银平有些自暴自弃地说道。铁平无言以对。铁平想起自己的婚姻也是由父亲和相子全权操办的,他们为自己选中了时任通产大臣大川一郎的女儿,所谓的相亲只不过是个形式。

"安田家的女儿,你满意吗?"

"没什么满意不满意的。"

说着,银平想起了两人在"VILLA·舞子"的院子里散步时的情景。院子很大,银平觉得没什么可聊的,所谓的散步既无聊又可笑。当走到一棵大松树的树荫下时,银平赤热的目光紧紧锁住了万树子性感的双唇。万树子既没有害羞,也没有生气,而是用眼神回应着银平。那一刻银平隐约感觉到,万树子有过男人。但对银平来说,这根本不是什么大问题。

"你以前那个女人的问题处理完了吗?"

铁平有些担心地问道。

"你指的是哪个女人?"

"那个叫什么小森章子的。你不都是逢场作戏的吧?有时候也有例外吧?"

"早就结束了。"

"是嘛。我还……"

铁平看了看弟弟,说了一半的话又咽了回去。一般情况下,银平都不会轻易让别人看懂自己的内心。但此时,在疾驰而过的汽车车灯的照耀下,铁平看到银平脸上分明写着悲伤和苦涩。

五年前的夏天,银平与小森章子邂逅在六甲。每年七月下旬到九月下旬,万俵家会到六甲山庄去避暑。因为从上班的距离上来说并没有什么大的变化,大介、铁平、银平都住在山庄。周末父子三人会一起到六甲的乡村俱乐部去打高尔夫。

那天,万俵家刚到六甲没多久,天空阴沉沉的,球场上看不到什么人。铁平和银平在场地转悠的时候,看到有个年轻女子在独自打球。于是兄弟俩邀上她一起玩。这个女人就是小森章子。长相清爽的章子笑着告诉兄弟俩说,自己是滩区一家小酒坊老板的女儿,一直在东京学油画,刚开始学打高尔夫。章子一头短发,和银平同岁,二十八岁,单身,个性十足。银平和章子从那天开始了交往。对银平来说,那时候的每一天都那么新鲜有趣。夏天快结束的时候,两人已经十分亲密。因为画画,章子行动比较自由。两人的关系持续了三年。因为个性比较强,两人偶尔也会发生摩擦。但离开银平身边,滑下床,面对画布的章子,在银平眼中永远那么清新。如果说银平曾经有过结婚的念头的话,那么那个人就是章子。但是,看到父母亲的婚姻生活,银平对婚姻一直不抱任何希望。在银平眼中,结婚就是两人住在一栋房子里,门口挂着两人的姓名牌。银平懒得主动提出结婚的要求。章子了解银平内心的想法。在两人交往的第四年的夏天,章子突然对银平说:"我要去巴黎了,我要让我的人生回到四年前的方向。"章子走了,离开了银平。

铁平和银平都没有说话,继续往前走。依然没有空出租车。

"婚礼什么时候办?"

铁平回到一开始的话题。

"那是由咱家的婚姻设计师相子女士经过充分考量之后决定的啰。"

银平好像在说别人的事情。

"让她忙去吧。男人除了婚姻,还有事业需要奋斗。"

铁平和银平不同,想事情比较乐观,做事情比较积极。说话时,铁平目光坚定地看着对岸大阪湾临海工业带的烟囱中直冲夜空的浓烟。

"银平,阪神特殊钢公司也快要建设自己的高炉了。作为一家资本金六十亿日元的公司,我们要建设八百立方米的高炉一台、转炉两台,加起来总投资约二百五十亿日元,是资本金的四倍左右。当然建成之前还会有很多困难,但我会坚持下去的。拥有自己的高炉,不管规模多大,能够完成从生铁开始的一条龙生产,是我长久以来的梦想。"

"哥哥你真好,能够全身心地投入到工作中去。"

"你又在讽刺我?"

铁平问。

"不是,不是讽刺。银行里的人,都像生长于阴湿地带的隐花植物一样,见不得阳光,这和我的个性不符。只有像父亲那样的人才能做银行行长。表面上谨严公正、品行端庄,将被压抑的个性释放在远离公众视线的家庭中,妻妾同居,荒淫无度。在这一点上,我和父亲完全不一样。"

银平冷酷地批评着自己的父亲。

"的确,父亲把妈妈和我们几个的生活弄得一团糟。但作为一名实业家,父亲是成功的。继祖父之后,他将阪神银行从一家地方银行发展成为位列全国第十的城市银行,将万俵铁工改名为阪神特殊钢公司,并使之发展成为拥有现代化设备的特殊钢生产企业。这些都是父亲的功劳。无论父亲有什么缺陷,我们都应该承认他作为一名实业家的才干。刚才我和你说的建造高炉的事情,也已经得到了父亲的同意。今后你也得从侧面帮帮我。明天我要去通产省见重工业局局长。"

铁平突然停下脚步,傲然看着尼崎的帝国制铁方向,挑战般地说道。银平毫无表情。

经过国会大厦,车子从霞关三丁目向右拐,前方出现了一栋八层高的大楼。这幢大楼似乎有些煞风景,除了大,没有任何特点。这就是统管日本产业行政事务的通产省办公大楼。万俵铁平坐在车中,目光坚定地看着通产省大楼。铁平已经和重工业局局长约好十一点见面,商讨阪神特殊钢公司建造高炉的事情。

"重工业局局长答应见二三十分钟也很不容易。要是没有大川先生在政界的影响力还真不行。"

阪神特殊钢公司东京分社的调查部部长广冈边说边做着下车的准备。铁平也深有同感。

阪神特殊钢公司虽然在特殊钢界是老大,但和帝国制铁等大型钢铁企业相比,只能算是一家中等规模的企业。从这个意义上来说,重工业局局长能亲自接见铁平,商讨阪神特殊钢公司的高炉建设计划,本身就是个特例。一般情况下,重工业局特殊钢业务课的课长或是课长助理接见一下铁平就算是不错的了。当然,通产省的课长和课长助理也都是精英官员,他们对企业所拥有的权力,是一般公司的课长和课长助理根本无法比的。至于局次长或是局长,普通人根本别想见到。而阪神特殊钢公司的年轻专务万俵铁平能够和通产省的骨干——重工业局局长见面,完全是铁平的岳父大川一郎斡旋的结果。大川一郎是自由党党人派的领头人物,曾经担任过通产省大臣。

车子在通产省正面玄关处停了下来。没等司机开门,铁平就直接下车大步走向电梯。大臣、次官、官房长的办公室都在二楼。重工业局在七楼。

铁平准时来到重工业局局长的会客室。一名女职员将铁平带到局长办公室。办公室里空荡荡的,似乎显得过于简朴。石桥局长正站在办公桌前打电话,看到万俵铁平进来,三言两语匆忙结束了通话,对铁平说:

"让你久等了。请!"

铁平在局长面前坐了下来,随行的广冈坐在门口附近的椅子上。石桥局长似乎根本没有注意到广冈的存在,双手搁在沙发肘上,跷着腿坐着。去年,年仅四十八岁的石桥担任重工业局局长,是通产省最年轻有为的干部。石桥局长魁梧的身材与自信的神情给人与年龄不符的威严感。

"非常抱歉百忙之中打扰您。"

铁平郑重地致意道。

"客气了。前天,次官告诉我说,你希望和我见一面,你这个要求比较突然,我这边实在安排不开,后来大臣命令我一定要安排一下。不好意思,我只有二十分钟。"

石桥的意思是:看在铁平的岳父大川一郎的面上,勉为其难地安排了这次见面。

"非常抱歉。因为提交高炉建设计划书的截止日期是三月三十一日,我想在这之前先征得局长您的同意。"

铁平低头行礼,坦率地表达了自己的想法之后,接着说:

"我们公司因为没有高炉,原料来源一直得不到保证。考虑到五年乃至十年之后的市场需求,我们决定,哪怕现在比较困难,也要进行根本性的整改,计划建设一台八百立方米的高炉及转炉,再加上阿塞尔轧管机及附属设备,总投资二百……"

铁平刚说到这儿,就被石桥局长不耐烦地打断了。石桥局长对铁平的话并不感兴趣,而是居高临下地建议道:

"大体情况,钢铁业务课课长已经告诉过我了。你们就建个转炉怎么样?"

"光建个转炉?光有转炉的话,最关键的生铁生产怎么解决?"

铁平生气地反问道。

"生铁从你们附近的帝国制铁购买不就行了。你想想,你们即便花巨资建了高炉,又有多少好处呢?今后高炉会越来越大型化,动辄两千立方米、三千立方米。如果建不了那么大的高炉的话,钢铁这种东西的利润会越来越小。"

"您说的是普通钢厂。我们公司考虑的是建造高炉以保证公司的原料需求。如果只有转炉的话,那生铁还得依靠别人,原料的不稳定状况有可能会更严重。"

这时,陪同铁平来的广冈越发忧虑,因为铁平的口气十分强硬。石桥目光尖锐地看着铁平说:

"既然你们建高炉的决心如此强烈,那我们重工业局也无权阻止你。等你交上计划书,我们受理就是了。但你也知道,最终能否认可你们的计划,在于行业内的自主对话,也就是自主调整。所以现在的关键问题在于,你如何说服他们。"

铁平知道,行业内的谈判从来没有顺利过,总是纠缠不清,最后还得通过通产省的"仲裁"来决定。换句话说,通产省的意见起着至关重要的作用。而通产省给人一种为帝国制铁和富国制铁等大型钢铁企业代言的感觉。铁平虽然觉得石桥局长的话有些过分,但又不好发作,毕竟事事有求于通产省。

"我们公司会向他们说明我们的情况,请求他们的支持。但是,如果得不到局长您的理解的话……总之,下周我们会将设备、生产、资金等方面的计划书提交给钢铁业务课,到时还请您多多支持。"

铁平再次低头行礼。

"大臣的意见,我会告诉课长和课长助理,让他们慎重处理。"

石桥的回答很有官方味道。

铁平来到位于 HOTEL·NEW JAPAN[①] 八楼的大川一郎事务所拜访。事务所占了两间屋,非常豪华。外间摆放着两位秘书的桌子和待客的椅子,里间是大川一郎的办公室。

秘书刚一进去通报,铁平就看见了大川一郎精力充沛的大胖脸。

---

① HOTEL·NEW JAPAN:可译为"新日本酒店"。

前段时间,大川一郎受苏联外贸部的邀请,对苏联进行了两周的访问,五天前刚回日本,现在正忙着看桌上的文件。

"爸爸,谢谢您。今天早上我去通产省了。您出国刚回来,劳您费神了。"

铁平向岳父表示了感谢。见到铁平,大川一郎锐利的眼神一下子变得柔和了许多。

"哎呀,这点事儿就累了的话,就别当政治家了。苏联对西伯利亚地区的开发一直延伸到了贝加尔湖东。他们觉得,如果从欧洲运建设材料的话,成本太高,希望能从日本进口物资。日本财界也希望借此和苏联开展进一步的经济合作。"

可能访苏的兴奋劲儿还没过去,大川一郎一口气说个不停:

"你来得正好。回国后天天赶饭局,我正好想今晚放松一下。你跟我回家吃饭吧。好久没见你了,你岳母会很高兴的。"

大川一郎虽然在外面有女人,但是在女婿面前还是一副老泰山的样子,邀请女婿回家吃饭。

翁婿两人坐上克莱斯勒向小石川茗荷谷的大川家驶去。路上大川一郎看着车载小电视上的新闻节目,读着来信,和铁平说着话,一刻也没有休息。

"听说银平的婚事定了?"

"托您的福,定了大阪重工安田社长家的千金。"

"太好了!大阪重工实力很强。安田社长是实力派人物,据说安田体制还将持续十年以上。太好了!"

大川虽然没有明说,但是铁平听得出来,这门婚事一定下来,大川又增加了一个有力的资金后援。

车子来到大川家门前,司机摁了两下喇叭,从门口以前下人住的地方跑出来两个门卫,打开大门。当车子开到玄关处时,铁平看到大川一郎的妻子和代、四名书生①和两名女佣跪在门前台阶上,俯首迎接大川回来。虽然这在大川家是很平常不过的事情,但是铁平有点无法接受。大川一郎虽然是地方船主出身,但二战前是一名和权力斗争的报社记者。今天的大川一郎,却心安理得地享受着这种老套的迎接方式。

"铁平,欢迎。早苗来电话说你要过来,我一直等着呢。"

有道是"糟糠之妻易显老"。和代看上去比丈夫老了很多,微笑着在前面引路。大川家占地面积超过一千五百平方米,是传统的二层茶室式建筑。从玄关通往里屋的走廊正对着院子,院子里摆放着地方议员、生意人等送来的漂亮的院石和灯笼。

"怎么样,那个灯笼不错吧?假山前的那个是利休形②灯笼。"

精通茶道的人都将利休形灯笼视若珍宝。大川边得意地介绍着,边换上家居棉袍,隔着小茶几和铁平相对而坐。和代指挥着女佣们端上饭菜,为铁平和丈夫倒上酒。大川一口喝完杯中酒,说:

"怎么样?今天和重工业局局长谈得如何?"

"多亏您,我才能面见石桥局长。但他一上来就认为我们建造高炉有些勉强,说光建转炉就行了。我还是坚持建高炉。"

石桥那盛气凌人的样子再次浮现在铁平的脑海中。听到铁平这样说,大川举酒杯的手停在了半空。

"什么?光建转炉?真是个自大的家伙!直接向他提意见!都说这帮家伙是帝国制铁和富国制铁的驻中央特派员,和那两大钢铁公司的关系非常密切。我做通产大臣的时候就知道,只要一召开制

---

① 书生:工读学生,寄食学生,在同乡、前辈或有势力的人家中边看门边学习的年轻人。

② 利休:千利休,日本著名茶道大师;利休形类似于枣形,因为千利休喜欢而得名。

铁方面的会议，一个小时之后，消息就全传到帝国制铁和富国制铁的耳朵里去了。其他大公司得到消息要三个小时，而那些中等级别的公司三天之后才能知道会议内容。因此，我做通产大臣的时候，就打算狠狠治治那帮和两大钢铁公司关系密切的家伙。我本打算进行彻底的人事调整，但最后还是没除根。幸好我当大臣时的手下，还有五到十个现在手上还有点儿权。咱们绝不能便宜了他们。阪神特殊钢公司的高炉建设计划的许可证，一定要办下来。"

大川一郎剑一般尖锐的目光和着低沉的嗓音，给人一种无形的压力。实际上，现任通产大臣是官员出身。大川一郎当大臣时进行的恐怖的人事调整，让通产省官员至今想起来仍然心有余悸。虽然大川影响不了现在的大臣，但是其残存的心腹势力还是相当强大的。再说，一旦举行总裁选举，大川一郎派有三十四名议员，掌握着最终决定权。因此，不管大川是否在位，其影响力不可低估。当年中国[①]纵贯铁路建设公司收购万俵家在姬路的农地时，大川一郎找建设省的人打了个招呼，万俵家就大赚了一笔。另外，在阪神特殊钢公司进口机器的问题上，大川也帮了很大的忙。当然，大川绝不是"甘于奉献"才做这些事的，从中也得到了相应的报酬。

和代起身去换酒壶了。大川伸出右手的小手指，猥琐地笑着说："女人那方面怎么样？早苗像她妈一样没劲吧？"

"还行，还行。现在我没心思想那个，光想着高炉了，我都想抱着高炉睡觉了。"

铁平哈哈大笑起来，露出了雪白的牙齿。

"抱着一台二百五十亿日元的高炉睡觉？你可真行啊。"

大川眯着眼高兴地调侃着。这时，一名书生小心翼翼地走了进

[①] 此处的中国是日本的中国地方。

来,将记录本递给大川。

"有个电话,等一下。"

大川站起来到隔壁房间拿起电话。大川是个大嗓门,说话的内容铁平听得清清楚楚。

"嗯,来了,但没谈成,包裹太小了……嗯,再过四五天还会来吧……是的,根据金额决定冻结还是涨价……"

听起来像是熟人间的交易,但明显有着利益之争。所谓的"包裹"应该是装钱的包。大川很快就打完电话,若无其事地坐下问铁平:

"你爸爸怎么样?这段时间一直没见到他。"

"挺好的。他还说最近想见您呢。这段时间金融重组的问题叫嚷得比较厉害,今后他也不会轻松。他好像在和美马商量什么事儿。"

听到美马的名字,大川皱起了眉头,说:

"那家伙很烦人,典型的大藏省官员的两面派作风,表面一套,背后一套,整天跟在大藏大臣永田的屁股后面。因为这点亲戚关系,他对我更是敬而远之。只要有可能见到我的场合,他都会故意错开时间。真是个阴险的家伙。"

说起美马,大川很不高兴。铁平明白,为了预防万一,父亲万俵大介才与美马中和大川一郎同时结成了亲戚关系。美马中与混迹官场多年的大藏大臣永田关系密切,而大川一郎则把控着党人派主流群体。所以,无论哪一派失势,万俵大介还有另一派可以依靠。大川举起杯来说:

"铁平,你知道双保险这个词儿吗?一个保险不行了,还有另一个。你们家老爷子现在搞的就是双保险。不管是官僚派不行了,还是党人派不行了,他都不会受损,因为他有双保险啊!当然,不仅阪神银行行长万俵大介这样做。在财界,绝不会有人将自己的命运交到一个人手中。我经常信口开河地将财界中的人等同于商人,因此遭到他们的嫉恨。哈哈哈……"

说着,大川高兴地笑了起来。可能是因为从苏联回来一直比较疲劳,大川的嗓门虽然比较大,但酒气散去之后,整个脸看起来有些浮肿。铁平不禁有些担心。

第二天是阪神特殊钢公司东京分社的销售会。会议结束之后,万俵铁平高兴地走出了会议室。近三个月以来,公司的销售业绩一直处于上升态势。

透过东京分社办公室的窗户能看见东京站。东京分社位于八重洲大楼的三层,包括分社长在内共有六十名员工,设有营业、技术、调查、总务等部门。宽敞的办公室内充满了活力和干劲。铁平大步从员工们的办公桌间穿过,进入专务室,目光停留在墙上的招贴画上。招贴画上,一名威风凛凛的钢铁工人,头戴安全帽,目不转睛地看着日出。整个画面动感很强。当然,这种张贴画在神户总部的办公室也随处可见,并不是什么新鲜玩意儿,只不过此时此刻铁平的心情不同于以往。回想起昨天在通产省见到重工业局局长之后,又和岳父大川一郎见了面,铁平觉得,建造高炉的梦想正一步步向前推进,一步步走向现实。这幅严肃而充满激情的张贴画深深打动了此时此刻的铁平。

"专务,已经过了三点十分了,该去大同银行了。"

昨天陪同铁平去通产省的调查部部长广冈提醒铁平道。分社长赶紧命令总务部备车。

"啊,已经这么晚了!"

铁平急忙坐上电梯来到地下停车场。对于阪神特殊钢公司来说,大同银行是仅次于阪神银行的第二大融资银行。铁平约好三点半和大同银行行长见面,商讨高炉贷款的事情。

坐上车之后,一脸忠厚的广冈将厚厚的文件袋放在铁平的包旁边,说:

"您辛苦了。"

厚厚的文件袋中装着贷款申请表和项目计划书,和已经递交给阪神银行的一样。

大同银行的新行长三云祥一是铁平在麻省理工学院留学时偶然结识的好友,但是在筹措高炉建设用巨额资金的时候,铁平觉得自己不能像请求父亲——阪神银行行长帮助一样,请求三云行长的帮助。

穿过拥堵的车流,车子向日本桥驶去。到了本石町附近,就可以看见威严耸立的日银大楼了。大同银行总行就在日银的斜后方。大同银行的八层大楼,如其行风一样,拘谨而又踏实。大同银行存款总量为九千二百亿日元,在城市银行中位居第八。大同银行是在二战后,由在各地有一定影响力的十几家储蓄银行合并而成的,在管理型人才储备方面存在一定问题。从成立之日起到今天的二十年间,大同银行的历任行长都是由日银指派的"空降兵"。

当铁平来到大同银行二楼的董事接待处时,女职员郑重地对铁平鞠躬行礼道:

"欢迎光临。您是来和行长见面的阪神特殊钢公司的万俵先生吧?"

说完,女职员带着万俵来到行长室。

"哎呀,好久不见!真的是好久不见了啊!"

三云行长鼻梁挺直,面容端正。看到铁平进来,三云行长高兴地从转椅上站起来,准备和铁平握手。铁平赶紧伸手说道:

"好久不见您了。祝贺您就任行长。"

两人分别已经十几年了。

坐到沙发上,三云看着铁平问:

"咱俩已经十三年没见了。你现在还打桥牌吗?"

老友重逢,勾起了三云对往事的回忆。当年的铁平还是个留学生,而三云是日银驻纽约办事处的参事。两人不仅年龄上有差距,而且相距也比较远。但阪神银行在纽约有分行,一到休息的时候,铁平就会去纽约,每次都会待上一些日子,一来二去就认识了同在银行工作的三云。两人都喜欢打桥牌,不喜欢打高尔夫,所以每次见面都会一起打桥牌。因为铁平会边打牌边滔滔不绝地聊起有关钢铁方面的话题,所以三云戏称他为"热情居士";而对于喝多了必哼唱若山牧水①诗歌的三云,铁平则为他取名"纯情居士"。在孤独的海外生活中,两人互为知己,惺惺相惜。

"说起来还真怪,一回到日本我就不怎么玩了。我现在忙得恨不得一天有四十八个小时。您怎么样?日银和这儿有什么区别没有?"

铁平看着窗外耸立着的庄严的日银大楼问道。

"是啊,在日银的时候,每天忙于基准利率的升降、经济政策的调整等政策性工作,需要有掌控日本经济全局的长远的战略性思维。而在城市银行,仅仅存款、贷款这点事儿,说得通俗些,就天天斗得你死我活的,而且斗争的结果很快就以数字的形式冷酷地反映出来。我已经深切地体会到其中的严酷无情了。不过,目前我最操心的是,尽快习惯大同银行的行风,早日和职员们心灵相通。不管怎样,大同银行作为城市银行已经走过了二十年。在这二十年间,从储蓄银行时代走过来的中坚干部、年轻职员们都逐渐成长了起来,他们开始对日银空降式的人事安排产生反感。这是我目前最担心的。"

三云没有再往下说。尽管三云的语调非常平静,但铁平还是隐约感觉到,就任行长一个月来,三云在内部人事关系的处理方面不太

---

① 若山牧水(1885-1928):二战前日本的和歌家。

顺心。

"您这段时间挺不容易的。这个时候麻烦您实在不好意思。我们公司本年度准备兴建高炉,现在正在争取通产省的支持。今天我来就是为了高炉工程贷款的事情。"

说着,铁平从文件袋里拿出了六七厘米厚的贷款申请书和项目计划书,递到三云行长面前。

"哦,你们要建高炉?"

三云惊讶地问道。

"是的,我们无论如何都想拥有自己的高炉。我认为,从今后的市场需求来看,随着汽车产业和机械产业的发展,特殊钢会越来越供不应求。等到那个时候,像现在这样,从外面购买原料废铁和生铁,再靠一台小电炉来生产的话,原料不足的问题永远也解决不了,公司永远不可能实现规模化生产。要想彻底解决这个问题,实现大批量、规模化的生产,只有兴建自己的高炉。正好我们公司以前有一块填筑地,可以将其作为高炉建设工程用地以及运送矿石、焦炭等的船舶停泊地,这样可以减少一部分建设费用。一台八百立方米的高炉、两台转炉、一台阿塞尔轧管机及其他附属设备,预算总共为二百五十亿日元。"

三云将铁平的设备计划书和收益清单摊开放在桌上,认真看着上面的数字。过了一会儿,三云抬头问:

"高炉计划今年六月开工建设,明年六月完工,那么,实际投入生产是什么时候?"

"顺利的话,半年之后完全可以投入生产了。"

"这样一来,产品销售量将从原来的三十三万吨一下子提高到六十八万吨,超过现在的两倍,生产成本将大幅下降,销售价自然也会下降,问题是会比现在下降多少呢?"

"高炉、转炉建好之后，每吨钢材成本大约下降一万五千日元。如果将新设备的投资返还、贷款利息、新增人事费等因素考虑在内的话，每吨成本大约下降五千日元。当然这种生产合理化引发的价格下降会冲击原来的市场平衡，给业界带来一段时间的动荡。但为了增加国际竞争力，我们必须这样做。生产出优质低价的产品是企业家共同的社会使命。"

铁平用一名年轻企业家的理想回答了三云行长的提问之后，继续说：

"最关键的是资金问题。我们打算公司自己解决五十亿日元，其余二百亿日元中的 40% 由主银行阪神银行提供，30% 由准主银行大同银行提供，剩下的 30% 由长期开发银行、信托银行、信用金库来共同承担。您觉得怎么样？"

铁平坦率地表达了自己的想法。

"对你们阪神特殊钢公司的贷款比例，我们银行一直是 25%。现在你们希望增加 5%。我想知道的是，你们的主银行阪神银行是否已经答应了那 40% 的贷款。"

三云问道。了解主银行的意向对三云来说非常关键，因为主银行是最了解企业的经营情况的。

"我还没有得到阪神银行最后的答复，但我已经向父亲详细解释过高炉建设计划，并且得到了他的理解。这一点是毋庸置疑的。不过，尽管父亲是银行行长，但 40% 以上的贷款对阪神银行来说还是有些困难。阪神银行本身比大同银行规模要小。因此，恳请大同银行此次能够以平行主银行的身份，在贷款方面发挥更为重要的作用。拜托了。"

三云考虑了一会儿，说：

"你的意思我已经明白了。你知道，我们大同银行存款总量在城市银行中名列第八，营业点也比较多，但说句老实话，大同银行规模虽然还行,但缺少优质融资客户。作为新行长,我也想多发展一些优质客户,以提升银行品质。刚才你陈述了自己的想法。作为日本基干产业的一环,强化特殊钢产业是一项公益性的事业。你对事业的热情和勇气深深打动了我。当然,只有等到我们银行的审查部对你们的贷款申请书和项目计划书进行审查之后,我才能给你正式答复。但作为我个人来说,我非常希望能够帮助你实现你的梦想。"

三云的语调非常平静,但是充满着鼓励与温情。看到当年的留学生如今已经成长成为一名锐意进取的企业家,三云感到由衷的喜悦。

"谢谢。您的一席话,更加坚定了我建造高炉的决心。无论有多困难,我都会义无反顾地走下去。谢谢您的鼓励。"

铁平深鞠一躬,表示感谢。铁平觉得,三云和蔼可亲的行长形象,完全不同于冷峻的父亲。

麻布六本木二丁目附近一角,聚集着一些私宅,非常幽静。其中有一家茶屋[①],四周是纯黑色的墙壁,院子里种着花草树木。

铁平坐在这家茶屋的里间屋里,浴袍外披着短和服外套,正在练习清元曲《保名》[②]。

青丝乱

无人怜

蝶舞油菜田

---

① 此处的茶屋即待合茶屋,是日本传统的游艺、饮食场,是观赏艺伎表演、招艺伎玩乐的场所。

② 清元:又名清元曲,是日本一种传统的三味线音乐,主要用于歌舞伎的伴奏。《保名》是其名曲之一。

弹奏三味线①的不是艺伎,而是"鹤乃屋"的小老板娘芙佐子。芙佐子四十岁上下,眼角上翘,面容清秀。

"不行,不行,节奏全错了,要是《保名》这个样子的话,就完全不是情浓意迷,而是情淡如水了。"

芙佐子毫不客气地说。

"我这么个粗人,能够像祖父一样学习清元,已经很不错了吧?"

铁平似乎有些累了。

"今天就练到这儿吧。想吃什么?"

"我就随便点了,咸鲑鱼和佃煮②。"

"好的,没问题。你不把我当外人,我最高兴了。"

芙佐子把手中的三味线放好,接着说:

"等会儿你会见到一个人。不要太惊讶哦。"

"谁?惊讶?"

"嗯,等着吧,眼一眨人就变了哦!"

芙佐子调皮地开了个玩笑,走了出去。屋子里只留下铁平一个人。铁平仰面躺了下来。每次到东京出差都忙得团团转,每次都想一忙完就赶紧飞回神户。只有看到厂里的那些铁疙瘩,铁平的心才会平静下来。今天,时隔十三年后,与大同银行三云行长的重逢令铁平激动不已。铁平难得没有赶回神户,而是来到了熟悉的"鹤乃屋",准备在这儿放松一下。

突然,铁平听到了静静的拉门声。

"哎呀,小少爷!一向可好!"

原来是芙佐子的养母。老太太身着和服,虽然年近六十,但后颈处的皮肤依然十分白皙。老太太曾经是大阪新町的艺伎,后来成了

---

① 三味线:日本的一种弦乐器。
② 佃煮:咸烹海味,日本佃岛地区特产。

铁平祖父的外室。因为担心在神户引起别人的注意,祖父就为她在大阪安了个家。有时候祖父也会叫她去冈本那边的家里,所以铁平从小就认识她。

"哎呀,老板娘。真难得见到您啊!"

铁平赶紧站起身来笑着说。

"嗯,这段时间我很少去大阪那边,倒是在东京女儿的店里见到小少爷,真是太稀罕了。好久不见了。看看,越来越像故去的老爷了。浓眉毛,大眼睛,简直像一个模子刻出来的!"

说话间,铁平拿起筷子开始品尝女招待端上来的咸鲑鱼和佃煮。

"瞧瞧,连拿筷子的样子都一模一样!"

老板娘出神地看着铁平,继续说:

"小少爷您刚出生的时候,老爷那高兴的模样,我永远也忘不了啊。连我这个外人,都尝到了庆祝长孙出生的红豆饭和一尺长的加吉鱼。据说,在您出生后第七天给您取名字的时候,家里上上下下热闹极了。老爷说金在银前面,想给您取名金平。小少爷您父亲说,金平这名字听起来像说戏的,后来才决定取名铁平的。"

听到老板娘说个不停,铁平盯着她说:

"好啦好啦,我耳朵都听出老茧了。还有啊,以后别再叫我小少爷了。我都三十八啦!不是小少爷啦!"

铁平的眼神让老板娘继续沉浸在对往事的回忆中。老板娘说:

"不对。不管您多大,在我眼中,您还是那个在老爷膝下嬉闹玩耍的小少爷。对了,对了,第一次过男孩儿节的时候,老爷说要给您树一面日本最大的锦鲤旗。跟三越[①]订货了,但是老爷看不上店里最大的那面,竟然跟人家店长说,想要三越屋顶上的那面旗。最后老爷

---

① 三越:三越百货。

成功地让那面旗飘扬在你们家的屋顶上了。总之啊,只要是小少爷的东西,老爷都觉得必须是日本第一的。老爷就是这么疼您的。"

老板娘的话也勾起了铁平对祖父的回忆。老板娘边絮絮叨叨边给铁平斟着酒。

奇怪的是,在铁平对祖父的回忆中,没有祖母的影子。祖父一直活到铁平二十二岁时才去世,而祖母在铁平十岁的时候就离开了人世。这只是原因之一。铁平对祖母的记忆比较模糊,主要是因为祖父在家中过于强势。祖父肤色浅黑,身材魁梧,性格豪放。不仅祖母,连父亲大介都生活在祖父的阴影下。铁平记忆中的祖父,每天坐着印有家徽的专车去银行上班,每到赏花节来临的时候,都会在院子里铺上红色羊毛毡,邀上众多亲朋好友,热热闹闹地举办游园会,同时向大家夸耀长孙铁平。这让铁平十分害羞。上了中学之后,一到游园会的日子,铁平就会故意晚回家。这时候,祖父首先会怒斥铁平,然后又心疼地看着他,第二天再买回一堆奢侈品,让银平和一子他们羡慕不已。说起奢侈,祖父对妈妈宁子总是另眼相待。祖父总是说"因为你妈妈是贵族出身"。只要妈妈喜欢,无论多奢侈,祖父都不会拒绝。祖父甚至为妈妈建了个洋兰温室。这种温室以前只有王侯贵族家才有。在祖父活着的时候,无论爸爸大介还是高须相子,都不敢对宁子为所欲为。即便铁平偶然发现了爸爸和相子的关系,但在那以后的数年间,在祖父去世之前,他们只敢偷偷摸摸地来往,妈妈的地位也一直很稳固。

一天早晨,祖父像往常一样,起床后去给池子里的锦鲤喂食,突发脑出血,倒在了池边,三天后去世。守夜的那天夜里,有三个女人围着祖父的遗体痛哭。那三个女人都是祖父的外室。看到那些失声痛哭的女人,铁平也禁不住流下了眼泪。当时,爸爸作为丧主跪在祖父枕边。铁平记得,爸爸的眼睛也湿润了。唯独妈妈,不知为什么,一动不动,直直地盯着祖父,没有掉一滴眼泪。铁平不明白,妈妈是万俵家最善良最容易受伤的女人,为什么祖父死了,妈妈却一滴眼泪都没有？这个谜团一直留在铁平心中。

"小少爷,您怎么了？"

老板娘问道。铁平露出洁白的牙齿笑着说:

"我想起了祖父去世那天的事情。那天的三个美女中的一个,就是现在满脸皱纹的你啊。"

"哎呀,讨厌！那都是快二十年前的事儿了。那时候我还年轻。来,再来一杯。"

老板娘又给铁平倒了一杯,问:

"要不要找个姑娘来陪你？"

老板娘很体贴地问道。

"是啊,今晚怎么办呢？"

"小少爷您这么棒的身体,除了太太没有别的女人的话,会流鼻血的。"

就像老板娘说的那样,铁平经常找艺伎来发泄自己旺盛的性欲。但今晚铁平没这个心思。昨天先去通产省,然后又去岳父大川一郎家,今天参加完公司的销售会议之后,又去大同银行商量贷款的事情。两天来马不停蹄的奔波,让铁平觉得有些疲惫。除了身体上的疲劳,更主要的原因是,和三云行长谈话之后那种神清气爽的感觉依旧萦绕在铁平的心头。铁平不想破坏这种感觉。

"今天就算了,我还是坐日航的最后一个航班回去,还有大事要办。"

看着疑惑不已的老板娘,铁平放下酒杯,准备离开。

第三章

新职员入行仪式在阪神银行总行的大礼堂举行。

礼堂里鸦雀无声。正对主席台左侧是万俵行长及六名高管,右侧以人事部部长为首的十二名部长一字排开。中间是一面巨大的湛蓝色行旗,蓝色象征着神户港,旗上三条清晰的曲线象征着海上的波涛。

主持会议的人事课课长郑重地宣布:

"下面,欢迎行长讲话!"

新职员们端正仪表,迎接万俵行长。一头银发的万俵行长站在行旗前面,不言自威。看到万俵行长,新职员们为能够进入视信用与品位为生命的银行业工作而备感荣耀。万俵行长当然明白新职员此时的心情,严肃地说道:

"祝贺各位加入我行。在各地学生运动风起云涌的时候[①],各位能顺利完成学业,并再次从入行考试中脱颖而出,成为我行的一员,对此,我表示衷心的祝贺!你们选择银行职员作为自己的职业,并将为此发挥你们的才华,作为行长,我想送你们几句话。"

说到这儿,万俵行长停顿了一下,看了看会场中的新职员们。在

---

① 本文指的是20世纪60年代末至70年代初日本的学生运动高潮。

二百名新职员中,有八十名是大学毕业生,一百二十名是高中毕业生。对于人才即资本即生产设备的银行来说,新职员的质量关乎银行的生命。

"银行出售信用,购买信用。人们认为金钱仅次于生命。银行管理人们的金钱,并通过有效利用金钱来获取信用。因此,银行的经营首先必须扎实稳妥。但我个人认为,扎实稳妥的同时还需积极进取,稳妥性与积极性并不矛盾。过于稳妥的话会畏缩不前;相反,过于积极的话则会破绽百出。所以,我认为兼顾稳妥与积极才是银行经营的要谛。

"最近金融重组之势愈演愈烈,银行间的竞争日趋激烈。面对这一趋势,我们更应该稳中有进,这样才能在竞争中立于不败之地,才能在不久的未来提升我行在银行界的地位。这是我行所有职员的使命。因此,如果你们中有人认为小有所成即可的话,那是不符合我行的行风的。如果有人真有这样的想法,现在退出还不晚。但是,对于那些期待在今后金融界的竞争中,能够作为本行的一名职员,磨炼本领、发挥才干的人,我们绝不会吝惜对他们的褒奖。在我行,学历、门第等统统毫无意义。我们坚决奉行的是实力精英主义。在此,我保证:业绩突出者必有嘉奖!我期待各位都能有所成就!"

行长的一席话深深吸引了所有的新职员。

仪式结束,万俵神情轻松地回到行长室。虽然举行这种仪式是每年的惯例,但对于领导,尤其是万俵这样的私有银行的行长来说,每年选进新人才、扩大人员规模,会带来巨大的充实感和自信心。

万俵行长放松地坐在转椅上,拿出雪茄来点上一支。过了一会儿,秘书速水走了进来。

"速水,今天各单位都在举行新职员入行仪式,没有来客,行内也没有会议。下午我想去打打高尔夫。好久没打了,你把工作给我安排好。"

万俵抽着雪茄,轻松地说道。速水清秀的脸上露出柔和的笑容,说:

"那我就谨遵您的指示。不过,行长您还有一件事要完成。《每朝新闻》的榎本记者来采访新职员入行仪式的事情。"

"哦,榎本?那就见见吧。"

《每朝新闻》的榎本记者是和万俵行长比较熟悉的经济记者之一。媒体方面对于万俵的评价还是不错的。万俵优秀的领导素质固然是一个原因,但更主要的原因在于,万俵一直重视和政客、官僚、媒体搞好关系。万俵坚信,只要摆平政客、官僚和媒体,所有事情都能够通行无阻。接见一个经济记者,有时候还能收获一些意想不到的企业情报。

榎本记者匆匆忙忙地走了进来,说:

"行长,不好意思贸然打扰您。今天的晚报要推出一个特集——社长名言集,刊发各位社长对今年的新职员的寄语。我刚刚听速水讲了行长训话的主要内容。在以扎实稳妥为座右铭的银行界,你作为阪神银行行长,提出'懦弱者走开',是吗?"

"可以这样说。你那个特集里的银行家除了我还有谁啊?"

万俵随意地问道。

"还有富国银行的严行长。严行长每年都喜欢引用一些德国哲学家的高深的话语。不过,一想到这位政治言论较多的行长引用康德、叔本华的话,我就有点倒牙。"

榎本记者的话非常尖锐。榎本接着问:

"行长,您不觉得近来富国银行在关西的举动比较奇怪吗?"

听起来好像榎本认为万俵已经察觉到了这方面的情况似的。万俵刚想问问是哪方面不正常,却又欲言又止。在金融重组的关键时

刻,同行的举动,特别是四大银行的信息,无论多么细微,万俵都想做到心中有数。榎本记者接着说:

"东京金融界有消息说,富国银行近期要吞并其下属的地方银行。但根据我的直觉,这只是个表象。他们实际上是想要实现城市银行间的大型合并,所以才会不停地物色关西系的银行。"

榎本记者很有把握地说道。榎本的话让万俵非常震惊。

"榎本,你对自己的推理相当自信啊。那你认为富国银行会找哪家银行配对呢?"

万俵假装平静,故意慢悠悠地问道。

"这个嘛,现在还不好说。他们要是瞄上哪家的话,会花上个两三年,用温水煮青蛙的方式,慢慢实现吞并的目的。"

说完,榎本记者笑了起来。万俵没有说话,看着窗外。这时桌上的电话响了起来。电话不是由秘书办公室转过来的,而是外线电话。榎本记者乘机说:

"快到晚报发稿时间了。告辞。"

榎本快步走了出去。万俵把门关好之后才拿起话筒。

"喂喂,我是芥川。"

是东京事务所所长芥川打来的电话。

"哦,是我。"

芥川负责和政界、官界打交道。因此,在和芥川通话的时候,哪怕屋里没有其他人,万俵的声音也会压得比较低。

"这事按惯例下午告诉您也行,但我想了想,还是早点向您汇报比较好……"

电话中芥川的声音很低,停顿了一会儿又接着说:

"昨天在城市银行协会的恳谈会上,我和富国银行的竹中常务坐在一起。会议结束后,我们随便聊了会儿天。他问我,富国银行和阪神银行两家今后能否在存款收支业务方面进行合作。"

刚刚听榎本记者聊起富国银行的动向问题,芥川的话让万俵下意识地换了只手拿话筒。芥川所说的存款互收互付的业务合作,意思是富国银行和阪神银行两行如一行,合作使用营业网点。

"咱们银行在东京的店面比较少,而富国银行在东京的营业网点星罗棋布。如果能让我们用那岂不是太好了。可是话又说回来,富国银行这样做似乎没什么好处。这一点怎样理解?"万俵问道。

"问题就在这儿。这事听起来对我们太有利了,所以我特地探了探竹中常务的话。竹中常务说,富国银行最近正在向阪神一带发展客户,但他们关西分行的能力有些薄弱,客户颇有微词,因此他们想通过合作,利用阪神银行的网点,实现双赢。他说,眼下正好富士STORE和太平超市在进行合作,两行互相拥有股份,应该借机进一步加深关系。"

芥川压低声音解释道。万俵点了点头,说:

"他们已经提出在信用卡业务方面进行合作了。最近富国银行有些胡搅蛮缠啊!"

万俵想了想又接着说:

"刚才每朝的榎本记者来了。他告诉我说,富国银行正在考虑与关西系的城市银行的合并问题,现在正秘密地物色对象呢。你知道真实情况吗?"

"看来这事儿不是空穴来风啊!这个情况我也是三天前才听说的,现在正让人调查核实呢。昨天富国银行提出存款互收互付的业务合作邀请,说实话,当时我心里吓了一大跳。当然,我这边会加快调查进度,我建议总行方面也密切关注客户是否有异常动向。富国银行如果瞄准了我们,一定会想方设法接近我行的大客户的。"

芥川的声音越来越低。

"嗯,这件事我会尽快让涩野常务去办。至于存款互收互付的业务合作问题,你就跟富士银行回话说,总行正在讨论。"

说完,大介挂了电话。

刚刚结束的新职员入行仪式给万俵大介带来的充实感已经在不知不觉中消失殆尽,一种不可名状的压迫感悄悄从身后向万俵袭来。金融制度调查会特别委员会的意见还未出台,四大银行就已经开始悄悄寻找合并的对象。如果这一情况属实的话,问题将十分严重。大介明白,像阪神银行这种容易被四大银行瞄上的银行不能再按兵不动、坐以待毙了!是时候叫美马来商量对策了!先下手为强,得赶在被吃掉之前先吃掉别人!

大阪皇家酒店①十五层的 Royal Top 舞厅,正在举办名为"香颂②之夜"的朱丽特·格蕾科③专场音乐会。

舞台周围共有近三十张圆桌。身着黑色套装和华丽晚礼服的男男女女们围坐在桌旁。万俵银平和安田万树子坐在离舞台很近的地方,喝着鸡尾酒,享受着美妙的音乐。

演出的第一部分已经结束,开始进入第二部分《爱的赞歌》。在双色灯光的交相辉映中,朱丽特·格蕾科身着一袭黑色闪亮长裙登场,栗色长发垂在肩头,双手将话筒拿在胸前,开始了低声吟唱。

"太棒啦!就像在巴黎的夜总会一样。"

万树子边喝鸡尾酒,边将身体慢慢靠近银平肩部,低声耳语道。相亲已经过去一个月了,今天是两人的第二次约会。相亲过后,万树

---

① 皇家酒店:Royal Hotel。

② 香颂:来自法语"chanson"一词,本意为歌曲,是法国世俗歌曲的泛称,也是法国流行歌曲的代名词。

③ 朱丽特·格蕾科:法国著名歌唱家。

子三天两头给银平打电话,约银平见面,但银平每次都以工作忙为借口拒绝了。银平并不讨厌万树子,只是和靓妆艳服的万树子走在一起感觉十分别扭。今晚的万树子同样是炫服靓妆,银丝花边晚礼服配着银色的靴子,相当惹眼。另外,作为一名二十三岁的未婚女性,她身上的香水味儿有些过浓了。

银平将目光转向舞台。在蓝色的球形灯光中,朱丽特·格蕾科唱起了《枯叶》。朱丽特·格蕾科瘦削而知性,发自心灵的歌声让听众们如痴如醉。银平突然想起了身在巴黎的小森章子。整整三年,小森章子和银平如胶似漆,却没有提过一句结婚的事情。直到有一天,小森章子对银平说了句"我要去巴黎找回以前的自己",就去巴黎学习绘画了。当年银平出于对婚姻的不信任,以及为了避免和滩区小酒坊家的女儿谈婚论嫁可能带来的麻烦,最终和小森章子分道扬镳。但现在和安田万树子以结婚为前提的交往,同样令银平痛苦。

球形灯光中已不见朱丽特·格蕾科的身影,"香颂之夜"在热烈的掌声中落幕。人们称赞着朱丽特·格蕾科美妙的歌声,纷纷散去。

"万树子,你好!"

一位声音爽朗的年轻女子向万树子走来,突然看到一旁的银平,赶紧抱歉道:

"哎呀,不好意思,打扰你们了。"

"没关系。我来介绍一下,这是我的未婚夫万俵银平,这是我在女子大学时的同学吉野春子。"

万树子为双方做了介绍。

"初次见面。我是万树子的铁杆滑友。对了,你结了婚可别忘了老朋友哦!"

高个子的春子朗声笑着说。

"我是万俵。请多关照。"

银平冷淡地打了个招呼之后,躲开了女人们的唠叨,径直向地下停车场走去。

银平驾驶着爱车 Mercury^① 在车流中灵活地穿梭。当车子到达高速路口的引桥时,外面开始下起了小雨。高速路上的橘色灯光在雨中显得有些昏暗。万树子靠在副驾驶位上说:

"太棒了,今晚的朱丽特·格蕾科,还有 LOYAL TOP 的气氛!"

万树子心满意足地说完之后,又接着问道:

"刚才我向你介绍我的朋友的时候,你为什么爱答不理的呢?"

万树子对银平在闺蜜面前的表现有些不满。

"你啊,总是一副冷冰冰的样子。"

"我的性格就是这样,没什么特别的原因。"

"但你也太冷淡了吧。你有过女朋友吧?"

万树子似乎要打破砂锅问到底。银平提高了车速,说:

"要说没有的话,那是骗人。"

"那你为什么没有和她结婚呢?"

"你不也一样吗?你可能和我一样,以前也有过恋人。但一提到结婚,你父母不是一样要挑挑拣拣,像挑大餐的原料似的吗?"

银平目视着前方说道。万树子低下了头,不过没多久就盯着银平的侧面说:

"你有种说不出的冷酷。"

"冷酷?我冷酷吗?冷酷主义者可不适合做重视实际利益的银行职员。"

说着,银平咧嘴笑了笑。这时,车子突然打了个滑,银平赶紧踩了刹车。车子横在高速路的转弯处,差点撞上护栏。

---

① Mercury:水星,美国福特汽车公司唯一的自创品牌。

"没事吧？你好像没怎么喝酒啊。"

万树子吓得脸色煞白地问道。

"是我开得太快了，刚才到一百二十了。"

银平把车速降了下来。

当车子开到西宫的时候，零星的小雨已经停了，距离安田万树子在芦屋的家也不远了。

"离咱俩的婚礼还有两个半月。咱们要在东京和大阪办两次婚礼，共有六百多个来宾。我最近天天忙着准备呢。"

万树子的语气中充满了期待。

"太夸张了吧！没那个必要。"

"但你父亲和我父亲，他们的事业跨东京和关西。而且我父母说，我的哥哥姐姐都结婚了，就剩我一个了，要多请点客人。"

万树子眨巴着大眼睛，毫不退让，继续说道：

"而且你们家的高须女士也说，万俵家和安田家的婚礼在东京和大阪两地都得办。她可真是又聪明又漂亮又能干。最重要的是，她十分爱护你。你们家像有两个妈妈一样。"

万树子天真的话深深刺痛了银平的心。但银平依旧平静地说：

"总之，我十分讨厌举办两次婚礼。你看看最近财界那些豪华婚礼，个个使尽浑身解数，非得比个高低上下，简直太可笑了。"

说完心里话之后，银平再也没有话说了。

车子沿着芦屋河河岸下行，来到安田太左卫门家门口。

"你不进来坐坐？爸爸好像也回来了。"

万树子撩起裙摆，边下车边邀请银平。

"上次送你回来的时候见过了，今天我就不进去了。"

"好不容易来一次，顺便进去看看嘛！不行吗？"

万树子站在高高的门柱旁哀求道。银平猛地一把拉过万树子，将万树子的背抵在门柱上,双手捧起万树子的脸蛋,双唇紧紧压在万树子那丰厚性感的嘴唇上。万树子似乎早就渴望这一刻的来临,嘴唇和身体全都迎合着银平的爱抚。

过了一会儿,自认为得到爱的证明的万树子,心满意足地说:

"再见,晚安。"

万树子的声音甜蜜诱人。银平启动车子,刚转过拐角,就用左手从口袋里拿出手帕,使劲擦去嘴角的口红和唾液。

看到银平驾车离开,万树子心神荡漾地摁响了门铃。

和银平的第一次接吻让万树子心花怒放。

"您回来啦!"

"辛苦你了。"

好心情让万树子破天荒地和开门女佣打起了招呼。万树子哼着格蕾科的《玫瑰色人生》①,从玄关走到父母亲的起居室,晚礼服的裙摆仿佛随着歌声在跳舞。万树子唰的一声打开拉门。爸爸太左卫门穿着宽松的和服坐在妈妈佳江对面,两人正在喝茶。

"我回来了。爸爸,你今天也挺早的嘛。"

万树子将漆皮手包放到一边,在爸爸对面坐下。太左卫门身材矮小,面容温和,满面笑容地对女儿说:

"好不容易今天没有饭局,可以早点回家。你今晚开心吗?"

父亲和蔼地看着刚和未婚夫听完音乐会的女儿问道。

"嗯。格蕾科已经两年没来日本了,太棒了!而且今晚银平心情也非常好,和我说了好多话,好开心啊!"

万树子好像还沉浸在和银平的拥抱中,连声音都透着兴奋。

"是吗?那个小伙子也会高兴地和别人聊天啊。"

---

① 《玫瑰色人生》:《La vie en rose》,法国浪漫香颂名曲。

太左卫门的脑海中浮现出万俵银平的身影。无论是家境、学历还是智商,银平似乎都无可挑剔,但太左卫门总觉得他身上缺少点什么。银平和父亲大介一样面容端正,头脑聪明,具备未来成为银行家的潜质,但太左卫门总觉得他身上有种莫名的冷漠。太左卫门是大阪重工的社长,每天要接触很多员工,万俵银平却让他有种挥之不去的"雾里看花"的感觉。太左卫门请私家侦探对万俵银平的所有情况进行了暗中调查。结果显示,银平本人的履历、收入、资产、健康状况、品行、交友、思想、信仰等方面都没什么问题,只不过在品行一栏中写着"喜欢泡吧,偶尔和小姐有肉体交易,但都属于逢场作戏,没有特定的交往对象"。作为阪神银行行长的公子、三十三岁的单身男人,玩女人根本不是问题,没有这个"缺点"反倒有些不正常。太左卫门看到,在银平本人的家庭关系一栏中,记录着其家庭环境、生活状态、父母及兄弟姐妹等情况,这些也没有什么问题,和那些绅士录、年鉴上记载的内容大同小异。尽管如此,太左卫门还是有些拿不准这门亲事,但万树子在相亲回来那天就决定要和万俵银平结婚。

"万树子,你要不要喝点茶?"

妈妈佳江问道。

"不用了。"

万树子看着三米多宽的大壁龛上摆放的订婚聘礼说道。白色的原木台上摆放着缀有金银流苏的礼品单、长礼签、礼金包、扇子、友志良贺①、海带、乌贼鱼干、木鱼、酒樽等九种华贵的物品,它们尽显主家的门第与财产。万树子又看了一眼自己手上的订婚戒指,三克拉的蓝白宝石熠熠生辉。在关西财界,万俵家的门第和财产屈指可数,而万俵银平本身又风流潇洒。这一切让万树子对未来充满了期待。这

---

① 友志良贺:一种糕点,象征白头到老。

时,妈妈佳江也看着壁龛说:

"这些订婚聘礼真的很不错。到底是世家,每一步都做得合理合规。我也很满意。"

佳江是船场出身,说起话来也是船场话夹着普通话。突然,佳江像是想到了什么,担心地问:

"订婚还有以后的婚礼日期和会场布置、客人人数等等,都不是那家太太定的,而是那位叫高须相子的女管家一手操办的。这是不是有些奇怪啊?"

"奇怪?什么意思?"太左卫门问道。

"当然,他们那样一个大家庭,有个女管家也没什么奇怪的。但是从她和她家太太的言谈交流来看,我总觉得她家太太有些小心翼翼的。这让我有些担心。"

"那是因为,她家太太是公卿贵族出身,深居简出的,而高须管理着家中大大小小的事情,所以在别人看来有些奇怪。"

太左卫门不以为然地说道。但佳江说:

"那位高须就像是银平的母亲一样,从头到尾都是她在策划、处理,总觉得有点儿……"

"有点儿什么啊?"

太左卫门反问道。佳江回答说:

"我这样说可能不太礼貌,但她能在那个家里掌握实权,难道……和万俵……"

佳江吞吞吐吐说到这儿的时候,太左卫门原本温和的眼神突然变得尖锐了起来。

"不要乱说话。银行行长和其他企业老总不同,他们保管的是别人的身家财产。他们和从事教育行业的人一样要为人师表,社会对他们的私生活要求非常严格。作为城市银行的行长,不可能存在生活作风问题。一旦出问题,就必须立刻引咎辞职。桃色新闻对银行家来说是致命的。如果像你担心的那样,那个女人和万俵行长有什么关系的话,世上不可能有不透风的墙。可是据调查机构的调查,银平的家庭环境没有任何问题。"

"如果是这样的话,那就像媒人伊东夫人说的那样,在孩子们小的时候,她是教导他们的严厉的家庭教师,等孩子们长大了,她就成了统管家中所有大小事务的大管家啦?"

佳江似乎还没有完全消除心中的疑虑。这时,万树子插嘴道:

"妈妈您为什么要这样说啊?高须相子是个非常棒的人。说实话,比起他们家那位在温室里长大的贵族出身的太太来,我更喜欢既会说英语又会说法语的高须。她既漂亮又能干。"

在接收订婚聘礼的第二天,万树子在媒人伊东夫人的家中见到了高须相子。在商量完晚礼服和鸡尾酒礼服的事情之后,万树子完全被高须相子的学识与风度倾倒了。想到银平在这样一位深谙西方文化精髓的家庭教师的教育下长大,万树子对银平的好感又增加了许多。但是刚才在车中,当自己无意中问起银平过去是否喜欢过别人的时候,银平那句"你不也一样吗?"的回答,让万树子有些耿耿于怀。

不过,万树子坚信,绝对不会有人知道自己和尾形贤一的事情。

万树子认识尾形贤一是在大学时代。一次,万树子去志贺高原参加滑雪俱乐部组织的集训,在山中小屋偶遇大阪某大学的尾形贤一等滑雪爱好者。尾形贤一身材魁梧,滑雪服包裹下的身体给人一种很强的肌肉感。当尾形贤一在雪雾中从急坡上飞驰而下的时候,那充满男人味儿的胆魄与风姿彻底征服了万树子。那时候的尾形贤一经常在大学生滑雪赛中得奖,是众多女生追逐的目标。尾形本身比较沉默寡言,性格也比较随和。不论谁请教他滑雪的问题,他都会耐心地辅导。好出风头的万树子在让尾形辅导自己的时候,忍不住想象着,如果尾形这样的大众情人能够成为自己的恋人,那该多有面子啊!于是万树子主动向尾形大献殷勤。而在尾形眼中,万树子就是个有钱人家的娇小姐。虽然娇滴滴的万树子让尾形时常哭笑不得,但尾形对万树子还比较有好感。那是学生时代的最后一次滑雪集训。在那个冬天的某一天,当其他队员都去了滑雪场的时候,在静悄悄的山间小屋里,万树子和尾形的身体自然而然地缠绵在一起。万树子至今还清晰地记得,雪后耀眼的白光透过窗户,照在尾形强健有力的背上。寒假结束后,万树子和尾形还悄悄保持着关系。可是,当尾形大学毕业应聘一流企业失败,最终在一家二流食品公司上班之后,万树子眼中那个在滑雪场上光彩四溢的尾形瞬间变成了一个平庸的小市民。再加上经济条件差距明显,两人之间的矛盾越来越深。这一切让尾形非常痛苦。但是万树子一开始就知道,自己的婚姻是由父亲的财力与社会地位决定的。万树子极其干脆地选择了和尾形一刀两断。万树子觉得,万俵银平说"你不也一样吗?"应该是出于他一贯的自嘲与讽刺。真正让万树子担心的是,高须相子会不会从某种渠道打听到了又故意佯装不知。

　　万俵家宽敞的庭院一角灯火辉煌。工人们正加紧施工,将日本馆的一半改造成南欧式的西洋风格,以用作银平婚后的新居。敲打钢筋的声音和水泥搅拌机的声音回响在寂静的夜空中。
　　高须相子站在自己的房间窗边看着施工现场,衬衣配长裤的打扮显得干净利落。相子拿起桌上的电话,给阪神特殊钢公司的社长、银平的姑父石川正治打电话。
　　"我们从今天上午开始制作银平的婚宴喜帖。光亲戚、熟人、朋友就多得不得了。公司方面的客人是不是还在增加?……嗯,我明白。这边家里的人数也不少,所以,根据情况还要……"

政界、官界、财界的来宾以及阪神银行、阪神特殊钢公司、万俵商事、万俵不动产、万俵仓库等相关企业的来宾名单由石川正治负责,而家里的亲戚朋友的名单则由相子负责。

放下电话,相子脚步轻松地走下楼。银平婚礼的准备工作和新居的建设进程都很顺利,这让相子心情大好。

走进起居室,相子看见桌上放着刚开始制定的名单,却不见宁子的影子。刚才在餐厅吃晚饭的时候,宁子告诉相子,饭后就开始制定名单。但现在已经八点多了,宁子还没有出现。相子看了看一旁的大厅,发现了宁子的身影。宁子从装饰架正面放有聘礼收据、礼签、扇子等物的原木台子上取下写在奉书纸[①]上的收据,正出神地看着什么。收据上写着,安田家收到万俵家经由媒人伊东夫人转交的彩礼——五百万日元和三克拉的订婚戒指一枚。

"宁子!"

听到叫声,宁子惊讶地回过头来,将收据放回到原木台上,走了过来。

"已经八点多了,亲戚方面的名单你想好了吗?"

白天的时候,相子让宁子先草拟一份亲戚方面的客人名单。

"还没有想好呢。我不知道该麻烦谁来……"

"白天我不是告诉过你了嘛!银平的老师和朋友的名单我已经都梳理清楚了。亲戚方面理应由你来负责吧,而且你娘家那边的人我也不认识。"

相子的言下之意是:你娘家除了个贵族的头衔还有什么呀?既没有企业家也没有名人,最好一个都别请。宁子不急不忙地说:

---

① 奉书纸:一种高级日本白纸。

"是啊,你做什么事儿都那么干脆利落。我怎么就这么不行呢?"

宁子歪着头,沉思着。

"现在不是歪头想事情的时候!婚宴不仅在关西,在东京也要举办。到时候,大藏大臣等政界财界各路要人都会参加。石川正治带领着银行秘书课的人正在忙着那方面的名单。家里这边的,就靠你和我了。"

婚宴定在东京帝国饭店和大阪新大阪宾馆举办。

看到宁子对着亲戚名单发呆、无所事事的样子,相子禁不住怒火中烧。

"麻烦您稍微干点活儿行吗?有铁平和一子的先例,这已经是第三次办婚事了,看都该看会了吧!"

"话虽如此,但我和那些亲戚平常也没有什么来往,即便看了这个名册,我也不知道是什么亲戚关系。"

宁子无奈地接着说:

"幸好不用像贵族结婚的时候那样,连宫内省① 都要通知到。"

宁子的话说起来没头没尾,不着边际。过了一会儿,宁子注意到相子责备的眼神,没话找话地问道:

"送给来宾的礼品是银茶壶吧?"

"是,是银器,但没有皇族徽章。"

听到宁子提及宫内省,相子故意挖苦道。这时,三子走了进来。

"哎呀,看你们真忙啊,像在办公一样。到底要招待多少人啊?"

"大阪有三百人,东京有三百五十人,所以光做人名册就够忙的了。三子有空也帮帮忙吧。"

相子挽起袖子,在名册上的姓名前一个个做上记号。三子则翻

---

① 宫内省:日本律令制下太政官管辖的八省之一,负责一切宫内设施、用品等的调度。

看着桌上银行方面的客人名单,说:

"哇,都是些大人物啊!简直像是阪神银行行长万俵大介的婚礼!关东关西的财界名人全来了,简直群星闪耀!"

三子不断发出惊叹声。阪神银行虽然在城市银行中排名第十,但是以私有银行行长万俵大介的财力和人脉,万俵家的婚礼完全配得上这样的阵容。另外,这次之所以要把银平的婚事办得声势浩大,目的是通过和大阪重工的安田社长结成亲家,强化万俵家原有的裙带势力,以便向财界显示万俵大介的实力。这也是相子一切行动的准则。

三子又看了一眼妈妈面前的亲戚名单,说:

"大川伯伯作为铁平哥的岳父,东京和大阪的婚礼都要参加。那位伯伯的确不是一般人,说起话来超逗。有一次来咱们家,他滔滔不绝地教导我说,'你爸爸虽然风度翩翩,但你去世的爷爷更有趣,幸好我这个女婿像他爷爷,和我合得来,三子你将来也要找个像你爷爷或者像我一样的人'。"

听到这儿,宁子批评三子道:

"不准乱说。"

相子认为,万俵家的确存在着"大介型"和"敬介型"两种不同的性格类型。银平像父亲大介,仪表堂堂,风度翩翩,而铁平那微黑的肤色、精干的眼神、魁梧的身躯都酷似爷爷敬介。特别是当铁平盯着自己的时候,相子总有种胆战心惊的感觉。铁平和银平不同,性格豪爽,一般不会找相子麻烦。但因为铁平长相酷似逝去的敬介,所以当相子的眼神偶尔与铁平相遇的时候,相子会不由得想起敬介当年蔑视的眼光。在万俵家,相子一直对铁平敬而远之。在相子眼中,银平的冷漠只是一种虚无的脆弱,根本不值一提。

"银平还没有回来吗?"

相子正在给银平的朋友名册上做记号,这时停下手中的笔问道。

"还没呢,今晚要和万树子约会。真不知道银平哥哥会是一副怎样的表情来装模作样地约会呢。"

三子开玩笑地说道。门口响起了车声。不一会儿,银平从起居室门口经过,径直向二楼走去。

"哎呀,你回来啦!今晚怎么样啊?"

相子问道。

"没什么。"

银平冷淡地答道。

"银平,有关你朋友方面的情况还有问题要问你。"

听到相子这样说,银平走了进来。刚一进来,银平就像突然想起什么事儿似的,表情变得十分僵硬。

"你怎么了?我正和相子为你的婚礼做准备呢。"

宁子说道。看到妈妈宁子和相子两人为自己的婚事而忙碌,银平的脑海中浮现出刚才安田万树子说自己有两个妈妈的情景。

"朋友怎么都行,你做得过于周到了。"

银平冷冰冰地对相子说。

"你说什么呀?为了你的婚事,我这么辛苦……"

"那只能说你越帮越忙。怪不得安田万树子说我有两个妈妈。"

"什么两个妈妈?"

宁子说着,伤心地低下了头。相子得意扬扬地笑了起来。

虽然已经是四月上旬,但六甲山的早晨依然寒气逼人,地面霜柱清晰可见。

万俵大介身穿山羊绒毛衣,外披羊毛大衣,悠闲地在山庄内的杂树林中漫步。脚下霜柱嘎吱作响。四周除了野鸟的振翅声和叫声,一片静寂。整座山还没有彻底从冬眠中醒来。

黄莺的叫声让大介停下了脚步。大介将目光转向左手的深谷。虽然不见黄莺的身影,但其叫声听起来却比夏天还要澄净、优美。这些年六甲山的自然环境也不如以前了,野鸟少了很多,但万俵家山庄所在的圣道一带,自然景色依然十分美丽。万俵家山庄所在地是大介的祖父龙介以低廉的价格买下来的。据说龙介买下这块地的时候,不是以亩论价,而是以一座山论的地价。万俵家山庄包括山谷和溪流等在内绵延近二百亩。六甲山大部分的野鸟和植被在这里都可以找到。

大介继续在山庄内的杂树林中漫步,顺便看了眼手表。已经过了十点半。今天是周日。早上七点半大介从冈本的家中出发,坐车来到久违的六甲山,并不是为了休息。大介今天特地把女婿、大藏省主计局次长美马中从东京叫过来,在此秘密见面。两人约定的见面时间是十一点。美马现在应该已经从大阪伊丹机场出发了。大介穿过杂树林,回到山庄前院。

"老爷,您快进屋吧,别冻着了。"

正在院中用铁锹培土的管理员老远对大介说道。

"没事儿,我走得快要出汗了。美马差不多该到了。"

"是啊,我们家那口子正在屋里点炉子呢。"

管理员已经在这儿工作了十五年,说话非常质朴。

大介从阳台来到朝南的客厅,一屁股坐在壁炉前的摇椅上。客厅的墙面上装饰着扁柏木板,天花板上横着一人粗的松木梁。整个房间充满着山庄野趣。

当大介往烟管里装烟叶的时候,外面传来了车声。透过玻璃窗,大介看到车子从下面的门口处沿 S 形道路开了上来。

"哎呀,大礼拜天的,还让你跑一趟。"

大介手拿烟管,以老丈人的身份迎接美马。美马一身轻装,连包都没有带。

"您等了好久吧?飞机晚点了二十分钟。"

说着,美马在大介身边坐了下来。

"山庄现在虽说是淡季,但非常不错。外面早已樱花盛开,这儿冷冷清清的,靠着火炉听黄莺的鸣叫,真是妙不可言啊。"

美马轻轻摇着摇椅惬意地说道。大介往红茶中加了些白兰地,说:

"冈本那边也不错,但最近忙着准备银平的婚事和改建新居,有些吵,静不下心来。永田大臣能出席东京的婚宴吧?"

"嗯。秘书说会尽量安排,应该没什么问题。那天也请富国银行的严行长吗?"

美马女人般白皙的脸上浮现出微妙的笑容。

"我们虽然不想请他,但他是全国银行协会的会长,请他会起到锦上添花的作用啊。"

大介苦笑着,将手中的茶碗放到侧桌上,继续说道:

"上次咱们在电话里谈到,富国银行提出双方在存款收支业务方面进行合作的要求,你是怎么考虑的?如果仅仅以对我们过于有利而认定此举是对方为了吞并我们而下的诱饵,是不是有些太草率了?"

举行新职员入行仪式那天,当东京事务所所长芥川常务电话告知大介这件事情的时候,大介顿时觉得后背一阵发凉。但是现在,大介看起来非常平静。

"在提及存款互收互付业务合作之前,他们应该先谈到信用卡和新型存款的业务合作了吧?"

作为曾经的银行局银行课课长,美马对这类事情非常内行。

"是啊。二月份的时候,刚刚被万俵商事吞并的太平超市和以富国银行为主银行的富士 STORE 两家进行业务合作的时候,银行之间也相互拥有了 2% 的股份。自那以后,我总觉得对方给予我们的方便远远超出了平常标准,好像有种过于献媚的感觉。"

"那融资方面如何?是不是他们也考虑到了?"

"我让融资主管涩野常务调查了一下。上月末,富国银行以法定利率的低利息,一下子投给我行一手扶植了九年的平和 HOUSE 公司七个亿。听说对我行其他大客户,他们也表现出积极的融资意向。而且据芥川报告,富国银行的竹中常务故意向媒体捏造我行和富国银行的亲密关系。"

在表面推进业务合作的同时,富国银行对阪神银行的大客户实施"微笑外交",加强业务往来,目的是使阪神银行和富国银行的亲密关系成为既成事实。根据搜集到的这些材料,大体可以断定富国银行正筹备吞并阪神银行。一直在侧耳倾听的美马说:

"富国银行把握政策一向比较准,与政府部门的关系也比较密切,吸收了大量存款,一直稳居城市银行首位。但最近大友银行和五菱银行发展迅速,其霸主地位受到威胁。所以富国银行想尽快完成城市银行间的大型合并,以彻底拉开与其他银行的距离。这一点是毫无疑问的。在这种情况下,他们瞄准既非财阀银行,又非日银系列和大藏省系列,且为私有银行的阪神银行,实在是高明之举。但是您如果不理他们的话,就没什么好担心的。"

美马好像在说:这点事儿还用得着叫我过来吗?大介看着熊熊燃烧的壁炉,回想着五天来内心的煎熬。在得知富国银行令人不安的举动之后,万俵将所有的担忧独自深藏在心中,没有让任何人看出来。大介沉思了一会儿,说:

"实际上今天我有件非常秘密的事情要和你商量。之所以在你这么忙的时候,让你大老远地从东京到六甲山来就是为了这件事。"

大介直盯着美马的眼睛,说:"这件事就是,我打算在最短时间内,为阪神银行找一个合适的'女婿',实现合并。这件事要做成,必须借助你的智慧和能力。因为你原来是银行课课长。"

"找女婿?不是媳妇,是女婿?"

美马似乎被大介的气势给吓着了。

"是的。我想和一家比阪神银行大而不是小的银行合并。当然这种合并,并不意味着我们被吞并,而是一种对等的,或者说是我们处于主导地位的合并,换句话说就是以小吃大的合并。通过合并,扩大业务规模,实现分红、利息以及网点的自由化。"

说起这些,万俵情不自禁地双眼放光。

"但是,爸爸,说句实话,这种好事儿,如果没有什么特殊情况,一般是不可能实现的。您心中是不是已经有什么打算了?"

"没有,还没有具体的打算。但是二月份,我在'金田中'和永田大臣见面的时候,他曾经说过,规模大小并不是银行合并的唯一决定因素,质量也是影响因素之一,也就是说,按照业务发展的具体情况,有可能出现'小吃大'的局面。而且大臣好像察觉到了我当时的心思,特意意味深长地补充了一句说,条件是存款量的排名必须是个位数。"

"哦?那天你们已经谈得那么深了?"

美马似乎有些不高兴,接着问道:

"那么阪神银行是否计划好在短期内提高存款量呢?"

"我们现在和第九位的平和银行相差五百亿日元。如果我现在命令全行上下九千名职员废寝忘食地拉存款的话,完全有可能超过他们。"

运筹帷幄之中,决胜千里之外。大介的声音中洋溢着自信。大介接着说：

"问题在于吞并谁。当然，我们没有能力吞并大友银行、五菱银行等名列前茅的大银行。那些银行我们就不考虑了。重要的是十强中排名居中的那几家银行的业务情况，你能不能帮我查清楚？听说大藏省对银行讲评的各行业务情况，和大藏省留存的那一份有很大的差距。我就想知道那一份的情况。那正好是银行局管的，所以……"

大介的言下之意是：平常我养着你，现在该你出力了。

"岳父您说得很对，各银行真实的业务情况只有银行局掌握。但是这在银行局里也是绝密信息，没法直接弄到手。要是强迫别人干的话，可能会给自己惹来麻烦。"

美马平静地答道。沉默了一会儿之后，美马接着说：

"这件事很着急吗？"

说着，美马从上衣内袋中掏出记事本，上面写着密密麻麻的日程安排。

"嗯，非常着急。最好是这个月内，你能将从第六位的中京银行到第九位的平和银行的四家银行的业务情况告诉我。只要这个情报弄到手，金玉其外败絮其中的合并对象就会自然浮出水面了。"

说着，大介又往熊熊燃烧的炉火中加了些柴。象征着阪神银行合并计划的第一把火，已经在大介手中点燃。

高须相子开车从六甲山驶向大阪的伊丹机场。

皮大衣配上丝巾，相子显得比平常更为年轻，和美马坐在一起，像是一对周日出游的恩爱的中年夫妻。在大介与美马的密谈结束之后，相子来到山庄，从六甲山宾馆叫来饭菜，招待完美马之后，又送美马去机场。

回想起大介托付自己的事情，美马显得心事重重，一言不发地抽着烟。相子主动搭讪道：

"好不容易有个星期天，真不好意思麻烦你。今天是不是还有人邀请你打高尔夫啊？"

美马终于打破沉默说：

"哎呀，彼此彼此啦。你最近也为银平的婚事忙得够呛吧？"

"是啊。这次的婚礼包含着很多意义，所以准备办得隆重一些，实在不容易啊。说起来还多亏了你，东京那场婚宴才能邀请到政界、官界的很多大人物。安田先生对此也非常满意呢。"

车行到一个陡坡上，相子的驾驶技术相当出色。

"安田先生家的千金和银平处得还好吗？"美马问道。

"她倒是一腔热情，但银平还是那个样子，不冷不热的。万树子三天两头给银平打电话，他倒好，基本上不理人家。据说前天两人刚进行第二次约会，一起去听了格蕾科的专场音乐会。但我总觉得不太顺，两个都不是省心的主儿。"

"听你的意思，安田家的小姐也……"

"我找了家私人侦探调查了一下，万树子在上大学的时候就已经有过男人。银平以前也有过一个叫小森章子的女人。所以说他们算是半斤八两吧。"

相子边向左打方向避开对面的车边答道。

"对这种家庭的千金你还找人调查？嗯，这种做法倒是很符合你的风格。话说回来，如果对方也动用私人侦探调查我们这边的情况，银平搞女人的问题就不用说了，说不定你和我老丈人的关系也……"

美马说到这儿的时候，车窗外的风吹起了相子丝巾的一角。

"银平也就喜欢泡吧，顶多和一些不特定的女人发生过关系，并没有固定的对象。这就是他们的调查结果。至于我嘛，在你和一子结婚的时候、铁平结婚的时候，都没有出任何问题。你说是不是？私人侦探不是警察,什么都不是。他们也就是把社会上的风言风语和从公司方面、朋友方面打听到的情况综合在一起而已。只要平时在这些方面多加防范就不会有问题。"

"这么说,你认为侦探不如演员啰?"

"好像是啊!呵呵。"

相子笑了起来。

不知不觉中车子已经来到六甲山的登山口,从这儿可以看见下面像带子般细长的神户街道与港口。这里的气温也和下面差不多。四月的风吹来,十分宜人。

在大臣办公室开完部务会议之后,主计局次长美马中看了眼墙上的挂钟。上午十一点开始的会议,加上午餐时间,直到下午四点才结束。本次会议的主要议题是讨论如何削减各机关既定经费问题。如果各机关的经费不受限制的话,那么经费的增加将无休无止。今天以大臣、次官、主计局局长为中心,官房长、主计局次长及主管主计官都参加了会议。

大藏省统管全国的财政,其中主计局有严审各机关预算的权力。因此,即便是在精英荟萃的大藏省内,也没人敢小瞧主计局的官员。将近五个小时的会议让美马觉得有些疲劳,但美马没有直接回办公室,而是往银行局方向走去。为了完成昨天岳父嘱咐的事情,美马要先去银行局探探风。当美马从大臣办公室门口走过,快走到楼梯口的时候,听到身后有人叫自己。

"美马!"

美马回头一看,厚生大臣在秘书的陪伴下正向美马走来。厚生大臣好像是来拜访大藏大臣的。

"还是医疗保险那件事。下一年度的预算,还得靠你多多帮忙啊。"

厚生大臣小声说道。

"自上一年度预算以来的情况，我已经比较清楚了。我一定会尽我的微薄之力的。您放心。"

美马殷勤地回答道。厚生大臣又叮嘱说：

"那就拜托了。"

厚生大臣离开之后，美马的脸上浮现出得意的笑容——因为自己是左右预算的主计局次长，所以连大臣对自己说话都很客气。美马整了整崭新的灰咖色西装和同色领带，以完美的姿态向四楼的银行局走去。

银行局各办公室依照局长办公室、财务审议官办公室、总务课、银行课、中小金融课、检察部的顺序一字排开。回到自己的老地盘，美马熟门熟路地敲了敲检察部部长办公室的大门。秘书告诉美马，部长出去了。其实美马找检察部部长并没有什么特别的目的，只不过觉得，去找头号金融检察官田中松夫之前，不先和部长打个招呼的话，似乎有些不自然。美马看了看检察部办公室，大部分人都去银行检查工作了，稀稀落落的只有十名左右的金融检察官在办公。美马看见田中松夫弓着背坐在办公桌前，就径直走过去，从背后啪地拍了一下田中的肩膀。田中惊讶地回头一看，发现是美马，刚想站起来。

"坐着吧。今晚有空没？"

美马假装随意地问道。为了避免别人怀疑，美马表现得很自然。听到美马的问话，田中的脸上露出半是惊讶半是警惕的神情，问：

"您找我是不是有什么急事？"

虽然比美马大四五岁，但田中是个长年坐冷板凳的一般职员，而美马是前程似锦的精英公务员，两人之间有着天壤之别。田中对美马说话就像在对领导说话。

"方便的话,到弁庆桥的'染八'。六点左右。"

田中怕被别人听见,赶紧小声答道:

"明白了。我一定去。"

美马点点头,离开了银行局。

当天晚上,当美马来到弁庆桥的小饮食店"染八"二楼的时候,虽然离约定时间还有十分钟,但田中松夫早已等候多时了。田中四方脸,戴着副圆边眼镜,身上穿的衣服好像是在百货店买的普通成品,领带大概是哪家酒吧的老板娘送的,看上去一点品位也没有。看到美马进来,田中立刻盘腿坐直说:

"刚才谢谢您了。太突然了,我有些吃惊。"

当年美马在银行局检察部工作的时候,两人同为检察官。但十六年后的今天,美马已经贵为主计局次长,而田中依然是检察官。两人之间的差距越来越大。一般东大毕业的精英官员,顶多在检察部担任两年金融检察官,之后晋升的速度就如同坐火箭一般,从课长到部长,再到次长。但私立大学毕业的田中,就像坐上了一辆见站就停的慢车,最终熬成了检察部的"老人",可谓"万年金融检察官"。

"咱俩这样坐在一起,让我想起了当年在检察部的时候。那时候你帮我很多忙。银行的账簿很难懂,不是那种看看就能会的。多亏你帮我啊。哎呀,咱俩好久没在一起喝酒了。"

美马很快点好了酒菜。上酒之后,美马支开了女服务员。

"最近工作怎么样?"

美马边问边为田中倒上酒。田中诚惶诚恐地接过酒杯说:

"还是老样子,就像上山下乡的演员。您知道,一去各地的城市银行检查工作,一个月回不了家。"

田中无奈地说道。所谓金融检察官,就是按照检察部部长的指示,突击检查城市银行、地方银行、相互银行、信用金库等各种金融机构。检查一次一般需要一个月左右。如果检查报告提到银行存在不良借贷、存款导入等问题,银行将受到银行局的严格监督,有时候甚至会影响到新网点的开设。鉴于此,银行方面使尽浑身解数力求账面天衣无缝。检察官则需要精通银行会计方面的各种流程。田中松夫凭借二十多年的经验与体会,成为检察界的专家,被誉为"检察界的左甚五郎[①]"。面对牵一发而动全身、一处数字变动影响四十多处的复杂如天书的银行账簿,田中如快刀斩乱麻般精准迅捷。美马在检察部的时候,曾经和田中一起去城市银行检查工作。表面上美马是精英领导,实际上是由田中这样的专家为美马把关。田中是加古川人,当地有阪神银行的分行。为了表示感谢,美马常关照田中,并经常请好酒的田中喝上两口。过去的这层关系应该说是今晚的铺垫。

"最近去哪儿检查了?"

"名古屋的中京银行,眼下正在整理评估报告。"

外出检查的时候,一般六七名检察官一组,耗时一个月左右。从查对发票到贷款情况、存款动向、资金内容、贷款对象等,检察官们都要逐条逐项仔细检查。回到大藏省之后,还要花费大约一个月的时间整理调查结果,做成评估报告汇报给上司。大银行先不说,对于中小银行来说,评估结果有时甚至关系到银行的生存。美马听到田中提到中京银行,神经立马紧张了起来。昨天万俵大介让自己调查的银行中就有中京银行。

"结果怎么样?最近银行是不是都对合并比较敏感啊?"

"是啊,稍不留神就会被别人吞并了。最近下去检查,总觉得杀气腾腾的,真的可以这么说。"

田中喝完杯中酒,回敬了美马一杯。美马接过杯问:

[①] 左甚五郎:江户初期著名的雕刻家,后成为"名匠"的代名词。

"你今年多大年纪了？"

美马是明知故问。

"我啊，稀里糊涂的已经四十九了，明年就五十了。"

"哦，那你该考虑考虑退出岗位之后的去处啦。"

"是啊。可是，我和您不一样啊。像我这种私立大学出来的一般职员，哪有什么好去处！只是孩子们到了上大学的年龄，家里正花钱呢。我也很着急，想找个稍微好一点的地方。"

"孩子上哪个大学？"

"去年、今年都没考上东大。有我的前车之鉴，哪怕打工复读，我也要让他们考上东大，否则一辈子都出不了头。现在正努力着呢。"

受排挤的父亲和复读的儿子的形象，在美马的脑海中重叠在一起。

"说起来你也知道，我老丈人的阪神银行下属的白鹭信用金库，缺少一个能干的常务。他们正为此发愁呢，还让我帮他找找。"

美马故意吊田中胃口，果然田中表现出了明显的兴趣。美马故意不动声色地继续说：

"我这个老丈人啊，想知道在城市银行中排名第六到第九的四家银行的业务详情。但我现在又不在银行局，详细情况我也没办法知道，真是头疼啊。"

美马说得很轻松，但田中的表情立刻紧张了起来。业务详情就是评估报告。田中立刻明白，对方要的是复印件。需要说明的是，检查结果以评估报告的名义通知给被检查银行，但其他银行也可以了解到。也就是说评估报告是个半公开的文件。不过，大藏省内还有一份内容更详尽的检查报告。那份报告不仅记载着该银行的经营内容，还有诸如"行长的贷款态度随便""行长的私生活有问题"之类的信息。大藏省银行局拥有任免行长的权力，而记载这些信息的检查报告自然成为银行局的绝密文件。美马想要复印的正是这类文件。

"但是,那个……详细检查报告的复印件,您知道,属于绝密类文件。"

田中吓得脸色都变了。美马不失时机地为田中倒了杯酒,说:

"当然,站在你的立场上来说,这件事是挺难的,失手了有可能连饭碗都会丢掉。但话说回来,你的饭碗六年前就差点丢掉了吧?"

美马冷酷的话让田中低下了头。六年前,美马还是银行课课长,田中松夫差点因为贪污被免职。按照银行局的惯例,金融检察官在银行检查时,除了咖啡和红茶,其他东西一律不得接受,就连中午的盒饭也得自己交钱,晚上则住在当地财政局的宿舍里。也就是说,检察官是绝对不可以接受银行方提供的吃喝和住宿之类的招待的。那次田中去大阪的某银行检查,结识了某夜总会的小姐。田中和那个小姐的开房费由银行方买了单。这件事让那家银行的竞争对手知道了,就写信向银行局检举揭发了这件事。当时的美马课长帮田中把事情压了下来。看着田中脸色苍白、一言不发的样子,美马边冷笑边假装亲切地说:

"那件事只能怪你运气不好。不说了。你也到这个年龄了,要是能在老家安享晚年倒也不错。"

美马的话触动了田中。田中的表情放松了一些,沉默了一会儿,一口喝完杯中酒,说:

"从第六位到第九位的城市银行的检查报告复印件我那儿不全,我会找相关负责人全部弄到手的。"

田中的声音听上去有些沙哑。

"那就太谢谢你了。如果在这一个月内收集齐了的话就太好了。和我在的时候相比,现在银行局对银行的行政管理宽松了很多。但对银行来说,银行局仍然拥有绝对的权力。对我们来说不值一提的擦鼻涕纸,银行方面都挤破头想要弄到手。你说是不是很可笑啊?但是,你和我,我们都是超脱于这种可笑之上的。好了,既然说定了,咱们就轻松地喝酒吧!"

美马不再考虑田中的心情,大声拍手叫女服务员加酒加菜。

晚上十点之后,成城一带静悄悄的,只有街上的车声依稀可闻。

一子让孩子和小保姆先睡,独自坐在客厅的沙发上绣法国刺绣。一子常常以刺绣打发时间,等待夜夜晚归的丈夫。

听到玄关处车停的声音,一子赶紧起身开门。

"你回来啦。今天还挺早的。"

"今晚上不是忙我自己的事情,是帮老丈人跑腿。主计局和银行局的事都得管,真让人受不了!"

美马发着牢骚,换上一子准备好的拖鞋走进起居室。

"孩子们都睡了?"

无论心情多糟,美马都会问一问孩子的情况。

"嗯,早就睡了。阿宏明天要参加学校的郊游,去多摩,兴奋得不得了。阿润的扁桃腺炎好多了,热度也降下来了。两个孩子都早早睡了。"

"是嘛。在主计局工作,连家都顾不了。我自己都不明白自己的身体是怎么受得了的!你想想,平常我们开省务会议或局务会议,经常从上午十点一直开到傍晚,中间就吃顿午饭,没有休息。好不容易开完会了想松口气吧,下面的会签文件又交上来了。忙完这一堆事儿下班就该七点半、八点了。之后又有饭局,有时甚至要赶两场。同样是在大藏省工作,主计局从局长到基层全都过的不是人的日子。"

美马酒气熏天地抱怨着。这样的抱怨在美马身上并不多见。可是一子对美马满嘴的"忙,忙"已经麻木了。

刚结婚的时候,美马还是银行检察官,经常以去地方银行检查工作为借口,很少回家。一子一直信以为真。直到半年之后,一子才知道美马在外面有别的女人。一气之下,一子直接回了娘家。本来一子想和千鹤姑姑推荐的大阪某纤维公司社长的儿子结婚的,但父亲大介看中了美马的"潜力",和相子两人硬是促成了这门婚事。美马在婚前就和一家酒吧的老板娘有关系,婚后经常以出差的名义住在老板娘家。一子知道真相的时候已经怀孕四个月,但还是坚决要求离婚。美马追到了万俵家,向大介辩解说,是老板娘勾引自己,自己绝没有用大介给的钱在外面养女人。

在高级官员中,大藏省的人都是未来掌管大钱的人,因此在花街柳巷很受欢迎。这是公开的秘密。万俵大介还听说,有的大藏省官员甚至花老丈人的钱在外面养女人,反正老丈人有钱。

听完美马的辩解,大介说:"这不是钱的问题。如果你和我女儿离婚,那么作为万俵家的女儿,她就失去了作为女人最重要的东西,而你也必须放弃你最重要的东西,辞去大藏省官员的职务。"这番话让美马对大介感到一种从未有过的恐惧。美马用大介给的分手费和那个女人一刀两断。后来长子阿宏出生,之后又有了阿润,表面上看起来夫妻关系和睦,但一子心中的疙瘩一直没有解开。只不过一子像妈妈宁子,性格平和,感情不外露。看到丈夫比平常醉得厉害,一子便问:

"要不要我拿点凉水来?"

美马点了点头。费尽口舌说服田中松夫搜集绝密信息之后,美马自己都觉得有点后怕,于是一醉方休。美马解开领带,仰面靠在沙发上,抬眼看到的是老丈人新送的 Bernard Buffet 的画作。画上,落叶满地的巴黎街头,光秃秃的树枝直指天空。整幅画的线条感非常强。画刺激了美马的醉醺醺的神经。一子端着凉水过来,以为美马

在欣赏画,说:

"画得真好啊。巴菲特那直指天空的美丽线条,让人情不自禁地联想到哥特式建筑环境。"

一子的语气特别温柔。美马喝了一口凉水,说:

"按一号①十五万日元算的话,十五号就是二百二十三十万日元……和老丈人吩咐的事情比起来,绝对不算贵啊。"

一子看着眼前醉醺醺的丈夫。虽然经常接受父亲的接济,但是哪怕父亲拜托美马做一点点小事,美马都会以施恩者自居,现在连一幅画都要换算成钱。一子深切地感受到一种门不当户不对的悲哀。

美马又喝下去一杯凉水醒酒。

"好啦!该向老丈人汇报今天的收获了!"

美马拨的是万俵大介书房的直通电话号码。

"喂,喂,爸爸吗?是我。昨天谢谢您了。您嘱咐的事情,今天晚上我就找了个人谈了谈。但事情比较难办,既要慎重又要精确……没事儿,后面的事情就交给我吧。我会尽力的。"

美马边看着墙上巴菲特的画,边打着电话。虽然已经和田中松夫谈妥,但美马还是故意夸大了事情的难度。

大介身穿大岛绸和服,脚上穿着木屐,站在高处,俯看着正在建设中的银平新房。

大介所站处的右下方,是大介居住的西班牙风格的红顶白塔的西洋馆。正中间是敬介原来住的茶室式日本馆。东侧,隔着一个大大的水池,是铁平住的勒·柯布西耶式的白墙洋房。三幢建筑各有风雅,错落有致。现在日本馆的一半正在改造中。带十三米长的横

---

① 号:计算油画画面大小的单位。

梁的客厅、佛堂、茶室、衣物间以及全扁柏浴室都保留了下来,只把以前敬介夫妇住的那部分房子改造成南欧风格的新房。

这栋钢筋混凝土的二层建筑约一百五十平方米。屋外的脚手架还没有拆除,但主体工程已经大体结束,只剩下外墙粉刷、内墙贴砖以及水电作业等。工人们进进出出,忙着进行最后的收尾工作。

对于新房的改造,银平一开始看了一眼设计图,后来基本上就撒手不管了。周末不打高尔夫球的时候,大介一大早就会过来看看。

工地的负责人注意到高处大介的身影,赶忙跑了过来,说:

"哎呀呀,行长,早上好。非常抱歉,我刚才没注意到您来了。"

"没关系,麻烦你们加班加点的。"

"哪里,哪里。周末一大早就吵着您,真是不好意思。说起这个日本馆的改造,您看这大梁、这整板,这么多,太可惜了!"

工头惋惜地说,大介却很高兴地看着这一切。当年父亲敬介花钱建了这座日本馆,现在大介花钱拆掉其中的一半,给儿子翻盖新房。

"这可是新房啊,工期千万不能误了。"

说完,大介转身向池边走去。昨夜美马的电话给大介带来了今天的好心情。大介觉得自己没有看错美马,做起事来有头绪又利索,还自信满满地说,"后面的事情就交给我了"。大介从未像现在这样深刻地体会到把一子嫁给美马的好处。

大介在水池前停下脚步。每次站在这儿,大介就想起父亲敬介每天早上拖着木屐,拍着手,给三十多条锦鲤喂食的情景。

这时,大介看到铁平从池子东侧的家中走了过来。

"爸爸,早上好。"

"嗯,早上好。今天休息还起这么早,是要去厂里吗?"

大介看着一身西装的铁平问道。

"厂里一年到头都不休息,我去看看。"

对于铁平来说,去厂里是最高兴的事情。

"爸爸我顺便问您一下,您同意给我们公司贷款吧?"

铁平想要确认一下父亲的态度,大介却没有立刻回答。

"大同银行的三云行长非常积极。通产省方面,岳父也为我做了很多工作。剩下的就是爸爸您的'行长裁决'了,希望您能大力支持我。"

大介凝视着水面,依然没有说话。朝阳下,大介闪光的银发和端正的侧脸让铁平觉得,站在自己面前的不是父亲,而是一位冷峻的银行家。大介缓缓地将视线转向铁平。

"以阪神特殊钢公司现在的规模建造高炉,会不会遭到业界的一致反对?"

大介慎重地问道。

"这一点,我也有充分的思想准备,而且……"

"好了,你要说什么我都知道。但是,社会不是那么简单的。你是不是有些过于自信了?大同银行的三云行长恰好是你在纽约时的知己,大川一郎又是你妻子的父亲,我就不用说了。如果没有他们两人的帮助,你能干什么呢?奋勇向前固然不错,但我建议你冷静下来好好考虑一下。"

铁平没有说话。

"有了通产省的认可,有了资金,高炉就能开建。但是接下来怎么办呢?你以为接下来的事仅凭你一个人的力量就能行吗?"

"我一开始就没有做不盈利的打算。"

"是嘛。有这样的想法就行。要做就要成功,企业就要有利润。你能做到吗?"

"高炉、转炉建成以后,每吨钢的成本平均可以降低一万五千日元。刨去新设备的折旧费、贷款利息、新增人事费等,每吨也能减少成本五千日元左右。"

铁平坚定地说道。

"那我就照会行内相关人员,在调查部调查之后决定最终贷款金额。但我丑话说在前头,银行贷款是件冷酷的事情,其中不存在父子兄弟关系。"

这种事情不用父亲说铁平也明白,父亲特意提出来反而让铁平觉得有些怪异。

"这是当然。我明白。"

铁平回答得很干脆,心里却觉得父亲似乎话里有话。

铁平不知道阪神银行是如何评价阪神特殊钢公司建造高炉这件事的。既然同意贷款,那阪神银行肯定觉得完全能够收回资金。不过铁平觉得,父亲的话还是有些过于严厉。铁平甚至觉得,过度拘泥于公私关系的是父亲,而不是自己。

"对了,最近好像看不见'将军'了。"

铁平换了个话题。"将军"是祖父敬介最喜欢的一条体长八十厘米的吉野川锦鲤。

"嗯。"

大介含糊地应了一声。

"是不是死了?"

"不会,肯定是在哪儿待着。你要是拍拍手的话,它就会出来。"

"我拍手?为什么?"

"你连拍手都和你爷爷一模一样。"

"怎么可能?"

铁平笑了起来。

"你拍拍试试。"

"不了,没意思。以前曾经有过这种事,但那是偶然的。"

"是不是偶然的,试试就明白。"

大介像是在抬杠一般。铁平虽然觉得很无聊,但还是蹲在池边,向着水面拍了拍手。过了一会儿,水藻静静地摇动起来,三十多条锦鲤不知从哪儿游了过来。

"你看,不是来了吗?"

大介有些兴奋地说道,但是"将军"还是没有现身。锦鲤们成群结队地翻腾着游过来,争抢着鱼食,沿着池边游来游去。铁平又一次大声拍了三下。铁平记得爷爷也是拍三下的。池面泛起微小的波澜。就在波纹慢慢散开的时候,"将军"那黑色的身影悠然浮现在水面上。"将军"是锦鲤中"墨流"类的变种,黑色鱼鳞浓淡不一,鱼背处如黑漆般闪闪发光。在红、黄、红白等形形色色的锦鲤中,这条鱼龄五十年、体长八十厘米的仪表堂堂的"将军"可谓名副其实。"将军"的头露出水面后,向铁平的脚边悠闲地游过来,展开竹筒般的大嘴,吃掉铁平手心里的蚕蛹,再次消失得无影无踪。

"你看看,来了吧!"

"真的啊。为什么呢?"

铁平百思不得其解。

"因为你是爷爷的孩子。"

"是啊,我真的是爷爷的孩子。好像只有我被爷爷抱在膝上过。"

大介称铁平为"爷爷的孩子",是因为大介怀疑铁平是父亲与自己的妻子所生;而铁平所说的"爷爷的孩子",是出于对宠爱自己的爷爷的思念。同一种说法,却有着两种完全不同的心境。

"如果仅仅是这样的话……"

大介看着水池低声自语道。

"什么?仅仅是什么?"

"没什么。总之,你真的是爷爷的孩子啊,连拍手叫鱼的声音都一模一样。"

大介又重复了一遍。铁平却已经没有时间再纠缠于锦鲤的问题了。

"我该走了。"

铁平打完招呼就向车库方向快步走去。

铁平驾车来到厂里,径直向办公大楼里的专务室走去。正在上班的办事员们看到铁平都有些惊讶。不过,周末的时候,铁平让司机休息,不通知下属,自己开车来厂里也不是一两次了。办事员很快为铁平准备好了工作服。

"你们很不错啊,我去车间转转。"

套上工作服,戴上黄色安全帽,铁平干劲十足地大步向车间走去。

周末,只有一些工人在加班,大路上看不到什么人,噪音也不大。当铁平走近车间时,电炉低沉的振动声、轧钢管时发出的尖锐的金属声让铁平逐渐兴奋起来。对于铁平这种搞技术出身的管理人员来说,工厂就是他们身体的一部分。他们能够从厂里的声音判断出当天的生产情况。

铁平来到了轧钢车间。轧钢车间像电车库一样呈细长形,面积很大。轧钢机的声音震耳欲聋。电炉加工完的钢坯,需要经过加热炉的再一次加热才能进行滚轧。当加热炉中的钢坯达到一千六百度的时候,通红的钢坯就被传送带运到初轧机前,实施远距离轧钢作业。在机器的轰鸣声中,灼热的钢坯被从上方加压,之后再从侧面加压,从纵向和横向进行使劲捶打。这样,重达两吨左右的长方形钢坯就像坐上了红色新干线一样,以每秒五米的速度被滚轧成型。被烟熏得黑乎乎的车间内,通体灼热的钢坯闪耀着橙色的光芒不断延长、伸展,展现着别样的美。

铁平正仔细观察压延负荷适度的时候,听到身后有人说话。回头一看,是一之濑厂长。

"今天你也来了。"

一之濑比铁平大一轮多,技术老练,性格温和,明里暗里都支持着铁平的工作。

"你不也一样嘛。"

"彼此彼此,咱们都是一天不来车间一趟就放不下心的人。炼钢部金田部长也来了。"

一之濑自嘲地说完之后,又接着问道:

"通产省的答辩算是圆满结束了,这下放心了。多亏了大川一郎先生吧?"

铁平点了点头。阪神特殊钢公司向通产省提交了高炉的设备计划书之后不久,通产省就召开了答辩会。所谓答辩会,即通产省重工业局钢铁业务课课长、制铁课课长等七八位技术主管官员,听取提交方对设备计划书各个项目的说明。在指定的时间内,提交方负责人要回答技术官员提出的问题,整个答辩会历时三小时左右。在答辩过程中有时会出现一些意想不到的情况,比如技术官员故意刁难、捉弄申请方,甚至要求提交详细数据等等。因为有大川一郎的斡旋,阪神特殊钢公司上周顺利通过了答辩会,接下来就等着由专家和大企业代表组成的产业构造审议会的审议了。

操作员从远距离操作室向平台处跑了过来。

"专务,办公大楼来电话了,说是东京打过来的,转到远距离操作室了。"

铁平跑到操作室,拿起电话。果然,话筒中传来了大川一郎沙哑的声音。

"是我,刚打到冈本那边,丫头生气地告诉我说,你礼拜天也去工厂了。我跟她说,这样挺好的,男人就得这样。还是通产省那事儿。我让那个狂妄自大的家伙,那个说什么光建转炉就够了的家伙,同意了你们的高炉计划。……哎呀,没关系。刚才我在通产省的手下来电话说,正式通知要一个月后才下来。接下来就看你的本事了。特别是筹措资金的事情,你一定要好好求求你老爸。我这儿一大早就有五组客人在等着呢。不说了。"

大川叽里呱啦地说完就挂了电话。听完电话,铁平抑制不住内心的激动。两年前开始规划但一直没能实现的高炉之梦,现在终于看到曙光了。铁平放下电话,走出操作室,对平台上的一之濑大声叫道:

"高炉建设OK了!刚刚我老丈人大川打电话来了!"

"是嘛!高炉终于可以见天日了!"

一之濑也非常感慨。铁平说:

"咱们赶紧讨论技术方面的问题吧。叫上炼钢部金田部长到我办公室来。今天谢绝一切访客和电话。"

说话间,铁平向办公大楼走去。

一之濑和金田来到专务办公室的时候,铁平已经把高炉设备计划书铺在桌子上。一台八百立方米的高炉、两台六十吨的转炉、一台阿塞尔轧管机及其他附属设备,总投入大约二百五十亿日元。这份计划书,三人已经反复斟酌、修改过无数次。

"首先是高炉交给哪家企业来做的问题。我觉得专业制作高炉的五菱重工不错,得尽快让五菱重工进行详细的估算。"

铁平提议道。年轻气盛的炼钢部金田部长说:

"炉底直径七米、炉高六十米的八百立方米的高炉,从规模上来说属于小型高炉,所以我觉得可以引入最新的设计理念,在炉顶部装高压装置，通过加压到一定磅数，提高出铁量。咱们需要引入这项技术。另外，为了提高炉内的通风性，提升还原率，减少燃料费，还需引入大量吹氧和重油的设计理念。至于矿石的传送，当然要采用量大又安全的传送带式。"

"这是自然。高炉建好了，每吨钢就能节约成本五千日元左右。所以，为了从根本上改进阪神特殊钢公司的生产，我们也要引入最新的设计理念。下面的问题就是原材料。我们一年需要七十二万吨的铁矿石、二十五万吨的焦炭、三十一万吨的煤，这些原材料大部分需要从澳大利亚和巴西进口。我们自己直接购买的话比较困难，最好是和某家高炉企业协商，采用合作进口的方式。"

铁平发表了自己的意见。一之濑喝了口办事员端来的粗茶，润了润嗓子说：

"问题是高炉的操作技术该怎么解决？"

"高炉操作者必须有经验。要不拜托帝国制铁进行技术指导，要不从别的公司物色专门人才。这方面我心中有数，交给我吧。"

铁平自信地说道。

"剩下的就是资金筹措的问题了。阪神银行会和我们一条心吗？"

一之濑深知铁平容易忽视资金问题的缺点，所以特意提醒铁平。

"这件事，今天早上，我来公司之前又问了父亲。父亲对咱们的高炉计划似乎还心存疑虑，但既然通产省都认可了，父亲肯定会支持我们的。"

铁平的语气中充满着对父亲的信任。

阪神银行的行长室竟然还亮着灯。

万俵从刚才开始就一直吸着雪茄，一言不发。万俵把大龟专务叫来了,现在却好像忘记了大龟专务的存在。房间里鸦雀无声。大龟知道,万俵行长肯定是在思考什么重要的问题。从秘书课课长干到现在,大龟已经为万俵服务了二十多年。当年在担任营业部部长的时候,因为手下的大额不良贷款问题,大龟也曾"败走麦城"。但是万俵行长高瞻远瞩,大人不记小人过,肯定了大龟废寝忘食的工作态度,后来还将大龟提升为专务。因此,大龟对万俵行长忠心耿耿、死心塌地,对万俵的一举手一投足,甚至一声咳嗽都倍加关心。现在的大龟,通过一个小动作就可以读懂万俵行长内心的想法。

万俵顾长的身体随意靠在沙发上,夹着雪茄的指尖时不时神经质地抖动着。

"要不要来点儿茶?"

大龟想帮万俵放松一下心情。

"不用。"

万俵摇了摇头,视线转向天花板上的浮雕。万俵犹豫不决时,常会看着浮雕沉思。这种浮雕只有在二战前的老建筑中才可以见到。看着古典、华丽的浮雕,万俵就能心静如水了。想当年,万俵敬介行长还健在,万俵大介还只是个年轻董事。跟随在大介董事身边的大龟秘书就知道,大介仰头看天花板上的浮雕,不是在思考工作,就是在为女人烦心。在大介和公卿贵族出身的嵯峨宁子结婚之前,大龟就为大介处理过一些见不得人的女人问题。当年大介因为花边新闻被三流小报敲诈的时候,是大龟瞒着敬介行长,动用了大笔资金,为大介解了围。换句话说,大龟专为大介"擦干净屁股上的屎"。重要的是,大龟不仅口风严,而且从不居功自傲。在工作上,大龟先后主管了秘书课和业务部两大银行核心部门。综合以上各点,大龟和被称为"管家专务"的小松专务完全不可相提并论。小松只是因为对万俵家资产守护有功才荣升为专务的。

"行长,您是不是在想什么大事儿?"

万俵转动视线说:

"大龟,我在考虑咱们银行合并的事情。"

万俵第一次向本行的人透露了合并的意图。

"合并?和哪家?有具体意向了吗?"

大龟倒吸了口凉气问道。

"还没有,我正在考虑。"

万俵取下嘴中的雪茄。

"行长,我说句不该说的。的确,我们银行的业绩算不上超群,但现在还不至于到了要和别的银行合并的地步。我一想到万一合并不好可能出现的悲惨结局就……比如,过去和大友银行合并的南大阪银行,到第二年的时候,原来的职员只剩下了三分之一,第四年只剩十分之一,现在七年过去了,一个都找不到了,所有职员都被彻底淘汰了。合并行和被合并行不是一字之差,而是天堂和地狱的差别。"

因为目睹了太多的被吞并银行的惨状,大龟的声音在发抖。

"因此,对于像我行这样大银行垂涎欲滴的合并对象,与其坐以待毙,不如先下手为强,主动进行同等合并或是主导合并,以小吃大。"

"您这种想法是不是有些过于轻率了?从以往的例子来看,表面上说是平等合并,但实际上还不是大银行支配小银行?最重要的是,城市银行之间的合并时机还没有到。"

"时机未到?已经不早了!前些日子,富国银行就提出信用卡业务的合作,接着又提出存款互收互付的业务合作,让咱们感觉像是捡了个大便宜似的。但是同时,从上个月开始,富国银行就以法定利率的低利息贷款给咱们辛苦培养多年的平和 HOUSE。综合以上情况,很明显,富国银行已经悄悄地把手伸到咱们银行来了!"

大龟终于明白了万俵刚才沉思良久的原因,明白了万俵内心的不安与焦躁。但是,大龟依然坚持以防守为主的思想。

"话虽如此,但急着考虑合并的话,是不是有点早?我觉得咱们应该稳扎稳打,保住咱们一贯与阪神经济圈密切合作的银行定位为好。"

对于大龟的意见,万俵摇头表示否定。

"我觉得这不是性急,也不是时机未到。今年年初我就决定要合并。我让女婿美马联系了大藏大臣永田,并在二月份和他见了面,悄悄告诉他我们的合并意图,想借此探探永田大臣的反应。最近我又让美马帮我从大藏省把排名第六到第九的四家城市银行的绝密信息弄到手。"

大龟惊愕地看着大介将自己的计划一步步道来,但还是不能完全同意万俵的想法。

"说实话,我还是觉得这么做异常危险。行长,您要是决心合并的话,找一家比咱们弱的银行,这样至少安全一些……"

大龟刚说到这儿,万俵就打断了他的话说:

"如果找一家比咱们弱的银行搞一个半吊子的合并,那么不久以后咱们会再次面临重组问题。既然要做,就要做到一步到位,至少找一家和我们同一个水平的,这样才能一劳永逸。"

"那我最后问您一句,万一失败了,九千二百名职员的未来,以及自您的父辈开始就苦心经营的阪神银行行长的地位该如何是好?您是否充分估计到这一危险后果才决定合并的?"

脸色苍白的大龟严肃地问道。听完大龟的这一番话,万俵暂时也不知道说什么好了。过了一会儿,万俵说:

"想到日夜辛苦工作的九千二百名职员的未来,和我自身的行长地位,万一失败的话,结果将非常可怕。不过话说回来,无所作为、坐以待毙的话,更让人……"

万俵说不下去了,神情变得不安与软弱。万俵的这种神情绝对不会在美马面前表现出来。只有在大龟面前,万俵才能放心地表现出常人的软弱。面对芥川、涩野、荒武等干将,万俵无法流露的弱点,在大龟面前却暴露无遗。当作为企业领导不知如何决策的时候,当忐忑不安的时候,当作为银行行长名声有可能出问题的时候,万俵一定会找来大龟,一吐心中的郁闷。说完之后,大介会有种如释重负的感觉。打个比方:人要是感觉肚子不舒服,就会赶紧去找厕所。对于大介来说,大龟就像"厕所"。对此,大龟十分清楚。但大龟的性格决定了他很乐意充当这一角色。

万俵站了起来,目光越过对面的楼群,眺望着夜色中神户港的海面。金融界的重组,就像这夜空下的海面一样,表面上波澜不惊,在肉眼看不见的地方却暗流涌动。作为行长,就要敢为天下先,抢在别的银行前面,先一步发现问题,然后当机立断,决定本行的发展方向。想到这儿,万俵回头看着大龟说:

"我绝对不会因为合并而丢了行长一职,这种傻事我绝对不会去做。银行合并最终是顶层力量的角逐,谁有实力谁掌权。在这一点上,我和那些打工行长不同,我是私有银行的行长,我有充分的能力和自信置对方于死地。而且我还通过美马一直和永田大臣保持着联系。我会尽量考虑周全的。大龟,你一定要帮我!"

话说到这个份上,大龟明白,万俵已经下定了决心,绝不会动摇。既然这样,作为万俵的心腹,大龟只有挺身而出,全力配合了。

"行长,我已经明白了您的决心。请让我为您尽自己的绵薄之力吧。"

"好的,我现在就给你布置任务。五月份召开的全国分行行长会议的中心议题就定为大干快上、吸收存款,争取将我行的存款总量从现在的第十位提高到第九位。你要记住,增加存款总量的目的是为了提高合并资本这件事,目前只有我和你两个人知道,以后我会再找机会告诉芥川和涩野等人的。"

叮嘱完这件事,万俵接着说:

"还有一件事。要和那些政客、官员搞好关系,需要钱,像捐款之类的,账面上不能体现出来,你想办法操作一下。"

这种活动经费一般被称为 B 类账。大龟小声说:

"这件事您尽管放心。"

说完,大龟又小心翼翼地问道:

"那高须怎么办呢?"

万俵家高须相子的真正身份只有大龟一个外人知道。在银行业开始大规模合并之后,媒体的活动也必将活跃起来。在这种情况下,作为银行家,万俵最需要忌讳的私生活问题很有可能被媒体曝光,而这将是万俵的致命伤。万俵的脸色难看了起来,不耐烦地说道:

"不要管得太宽了!"

万俵又变成了平日里那个凛然不可侵犯的大行长。

关上起居室的电视,二子瞄了一眼钟,已经晚上九点半多了。

"银平哥哥不会又要到明天上午了吧?"

二子似乎在自言自语。

"他订了婚也不见有什么变化,每天晚上出去泡吧,是不是在外面有女朋友啊?"

三子开玩笑地说道。相子责备道:

"这种事情不要乱说。银平虽然没有告诉我们,但实际上经常和万树子约会。今晚上说不定也有约会呢。"

听了相子的话,宁子放心地说道:

"那太好了。离婚礼还有一个半月,真希望什么事情都没有,平平安安的。"

尽管宁子是个只管生不管养的甩手妈妈,但儿子另立家庭,还是让宁子有些感伤。

"你说什么呢!不是还住在这儿吗?听起来好像你儿子要去很远的地方一样。"

听到大介这么说,相子也说道:

"是啊。日本馆不就在旁边嘛。而且那种南欧风格的设计,真的很棒。纤细,明朗。室内装饰我也和设计师谈过了,已经全部下订单了。就剩照明灯具了。没有好的灯具设计,这一点倒是挺烦人的。"

相子将银平新房的建设情况向大家汇报了一下。

看着相子,大介想起大龟说的那句"高须怎么办呢?"万俵家背靠天王山,占地三万多平方米,家庭生活可以说完全与世隔绝。铁平和一子结婚的时候,相子的事情都没有暴露出来。但世上的事情就怕万一。银行重组大潮即将到来,大介也不得不小心谨慎。话虽如此,大介丝毫不打算放弃相子。像大介这种人,在外面越是冷峻严肃,在家里越追求身心的放松与愉悦。比起白净、娇小、被动的宁子,主动挑逗的相子更能满足大介的快感。特别是今天,和大龟谈了半天银行合并的事情,神经正处于异常兴奋的时候,大介渴望和相子"大干一场"。就像外科医生在有大手术的日子会性欲勃发一样,越是在工作累了的时候,大介的性欲就越强。但是今晚轮到宁子和大介同房。大介不好直接提出让相子代替宁子。这十几年来好不容易形成的妻妾同房的平稳局面,大介不想随便打破。

"怎么了?我给您拿点白兰地吧?"

"我们先回屋了。"

二子和三子先回房间睡觉去了。

相子刚要为大介倒白兰地,大介说:

"先给宁子倒上。"

大介表现出了少见的温柔。相子注意到了大介微妙的眼神,神情随之变得邪恶起来。他立刻给宁子倒了杯白兰地。

"请品尝。"

宁子虽然不大会饮酒,听到相子这样说,还是顺从地端起了酒杯。

"我也给您倒上一杯吧。"

说着,相子走到大介身边。

"今晚上你也一块儿吧。"

大介悄声说道。看着静静地喝着白兰地的宁子,相子眼中闪耀出妖艳的光芒。

很久没有三人同床了。宽敞的卧室中放着三张床,大介在正中间,宁子和相子在两边陪侍。这种异常的性生活曾经导致了宁子服用安眠药自杀。自杀未遂之后,宁子更加明白了自己的软弱无能,明白自己连死都做不到。不过,宁子虽然放弃了反抗妻妾同床的屈辱,但仍然不愿意接受这样的行为。因此,大介和相子尽量不让宁子察觉到两人的诡计。

"十点半过来。"

大介翻看着报纸,小声告诉相子。

宁子身穿白绸睡衣来到卧室。大介仰躺在中间那张双人大床上,宁子习惯地问了句:

"可以了吗?"

问完,宁子静静地挨着大介躺了下来。

"老公,银平是个很恋我的孩子。一想到银平要结婚了,独立了,要离开我了,我就觉得自己的身体像被撕裂了一样。"

宁子说得泪汪汪的。

"做父亲的也一样啊。男人只不过没说出来罢了。来,过来。"

大介将宁子娇小的身体拥入怀中。这么多年来,宁子对大介的身体只是被动地接受。但今晚,因为对银平即将结婚有些感伤,所以当被大介强壮的身体包裹着的时候,宁子顺从地接受了大介的爱抚。宁子双脚雪白,静脉清晰可见。大介玩弄着宁子的双脚,用宁子的纤纤玉足摩擦着全身。酒后的宁子很快兴奋了起来。

房间里突然飘来一股浓郁的JOY香水的味道。宁子一下子坐起身来。蒙眬中,宁子看见身穿睡衣的相子就站在床边。

"你让我十点半来,我就来了。"相子对大介说。

"你从一开始就算计好了,才让我喝白兰地的?"

宁子脸色变得煞白。

"是啊。"

相子来到床前。

"你,连你也……用这种方式欺骗我!……讨厌!"

宁子回头责问着丈夫。刚才那个体贴的丈夫现在满脸淫笑。

"好久没有三个人一起了……"

说着,大介用右手摁住无力反抗的宁子,同时将相子丰满的身体揽入怀中。

宁子夹在汗津津的大介和相子丰满的乳房中间,越反抗越不自由。而大介同时享受着宁子的反抗和相子的挑逗,享受着不同的欢愉。

"停下!"

宁子不断地叫着,反抗着。大介的手稍稍松了一下。乘着这个间隙,宁子翻身下了床,匆忙裹上睡衣向门口跑去。

"喂！别傻了！要是让用人看见了怎么办?!"

大介恶狠狠地叫道。相子也冷笑着说:

"您一直那么高雅,别破坏了自己的形象!"

宁子停顿了一下,没穿拖鞋,光着脚冲出了卧室。

宁子用白色丝绸睡衣裹住胸部,飞快向房间跑去的时候,看见昏暗的走廊对面站着个人。不知道那个人是什么时候站在那儿的。宁子只看到他站在玄关上楼处,一动不动地看着自己这边。宁子不由得停住了脚步。人影轻手轻脚地向她走来。

"妈妈。"

是刚刚回家的银平。银平站在妈妈的面前,凝视着妈妈慌张的样子。连大夏天都从不脱袜子的妈妈,这时候却没穿袜子,光着脚站在走廊里。

"哦,是你啊。回来啦。"

宁子似乎害怕见到银平,勉强打了声招呼就想赶紧回房间。

"妈妈,您怎么了?"

"没什么。我本来在你爸爸房间的,可是突然觉得有些不舒服,就想回自己房间。"

"那我送您回房间吧。"

说着,银平为妈妈打开了房门。宁子的房间由一间不到二十平方米的起居室和一间略小的卧室组成。虽然整座建筑是欧式的,但宁子的房间装有横框①,铺着榻榻米。

"我好多了,你早点去休息。"

宁子冷淡地拒绝了银平的关心。宁子觉得自己身上还沾着大介和相子的汗水,不想让儿子看见灯光下的自己。

---

① 横框:日式房间门口地上钉的木横档。

"可是,妈妈,您的脸色好像有些苍白,您最好早点休息。"

银平不顾妈妈的劝阻,紧紧抱住妈妈柔弱的身体,正要走向卧室的时候,突然闻到妈妈身上有一股浓郁的JOY香水的味道。毫无疑问这是相子身上的香水味。银平低头惊讶地看了眼妈妈,宁子却条件反射般地侧过脸去。这时候,银平彻底明白了妈妈身上发生的事情。想到美丽高贵的母亲在妻妾同床的兽性游戏中被玩弄、被压迫,仿佛自己被侮辱般的憎恶之情涌上银平的心头。但是银平明白,现在对母亲最好的安慰,就是假装什么都不知道。银平压抑住心中的痛苦,问:

"妈妈,真的没事儿吗?要不要我给您拿点儿药来?"

宁子低着头说:

"谢谢,什么都不需要,那个小抽屉里有药。"

宁子的声音十分微弱。

"这么晚了,你怎么才回来?"

宁子终于恢复了母亲的平静。

"我去喝了点酒。男人的交际总是比较多。"

"和万树子的婚礼越来越近了,你还是要注意自己的言行。唉,我也只是想想,什么也帮不了你。"

"妈妈,这不能怪您……"

银平想说都怪相子,但是话到嘴边还是忍住了。这时候,银平和妈妈都不想提到相子。

"妈妈,您休息吧。"

说着,银平让妈妈在铺有三层缎面褥子的床铺上躺了下来,却发现妈妈的右手指有血渗了出来。

"妈妈,您的手……"

银平没有往下说。银平能够想象出,肯定是三个人扭在一起的时候,相子的长指甲划破了妈妈的手。宁子想把手藏到被子里,但银平没有让妈妈那样做,而是用自己的双手握住妈妈出血的手,仔细地看着。银平觉得,妈妈可能至今都认为,孩子们并不知道自己十几年前自杀未遂的事情。银平有种冲动,想要告诉妈妈,那件事情只有自己知道。银平想要安慰妈妈,也想得到妈妈的安慰。

但是告诉妈妈又能怎样呢?只要爸爸爱着高须相子这个女人,只要这个女人还在万俵家,那么妈妈就会在这个宽敞的房屋的一个角落里,被蔑视,被欺侮。银平从抽屉中取出双氧水和脱脂棉,轻轻为妈妈拭去血迹,一遍又一遍,像是要把高须相子的痕迹彻底清除掉似的。银平一直盯着双氧水的洁白泡沫,平日里毫无表情的冷漠的双眼中,此刻似乎要喷出火来。

第二天,相子说要去大阪的心斋桥购物,实际上是去心斋桥的MIGNON美容院做全身美容。三人同床后的第二天,为了防止纵欲后容颜衰老,相子都会悄悄去做个全身美容。

至于为什么要特地去大阪,原因只有一个——MIGNON美容院的全身美容出类拔萃。推开美容院外面的玻璃门,里面是一间沙龙式的接待室,宁静而且华丽,特别适合关西上流社会的太太们聚会使用。在这家美容院做美发美容都需要预约,绝对不会出现拥挤的情况。专职美容师一看见相子,就连忙招呼道:

"高须小姐,我们正等着您呢。"

专职美容师热情地将相子带到单人贵宾间。房间里贴着大瓷砖,配备有蒸气浴和按摩用的美容床。相子依次脱下外套、胸罩和内裤,一丝不挂地站在镜子前。身高一百六十三厘米,腰围六十五厘米,臀围八十七厘米,胸围九十厘米。体形十分完美。唯一美中不足的是,因为昨晚纵欲过度,大眼睛周围有了黑眼圈。

"请。蒸气浴已经准备好了。"

专职美容师让年轻助手为相子卸了妆。相子戴上浴帽,进入箱形的蒸汽室中。蒸气浴时,只有头部露在外面,蒸汽作用于全身,使得全身汗如雨下,毛孔完全打开。蒸气浴后,美容师会用含有香水的浴液为客人擦拭身体,再用温水冲洗,之后再进行全身按摩。

相子裸身仰躺在床上。专职美容师和助手为相子全身抹上润肤霜,然后按照脸、颈、胸、腹、手、脚的顺序按摩,历时一个小时左右。不管脸蛋多么漂亮,化妆后看起来多么年轻,脖子和指甲、脚后跟处都会暴露女人的真实年龄。相子已经人到中年,这几个部分需要重点按摩。年轻的助手按摩脚后跟,美容师则在相子的脖颈处抹上身体专用精油并反复按摩。如果遇上一个差劲的美容师的话,会感到自己像被搓衣板揉搓般痛不堪言。而一个技术娴熟的美容师,则会带给人一种发自肺腑的舒服与放松。相子在美容师熟练的手法下舒适地闭上了眼睛。

"高须小姐,您真年轻啊。您的肌肤比实际年龄至少要年轻十岁。我为您做按摩都觉得很自豪。"

美容师说道。

"哎呀,你真会说话,我都四十岁了。"

"不是我会说话,您看您的皮肤多细腻,多有弹性,即便是三十多岁的人,有的皮肤还不如您呢。你看看,这弹性……"

按摩师捏着相子颈部富有弹性的皮肤说道。在全身按摩结束之后,美容师打开了床上的振动器开关。舒适的震动感顿时传遍全身。相子放松身体,想起了昨夜卧室中的情景。

大介原计划先用白兰地灌醉宁子,然后享受三人同床的快乐,不料宁子在关键时刻跑了出去。不过,这并没有影响相子和大介之间的疯狂。可能是经常打高尔夫球的原因,大介依然保持着四十岁的体力,昨夜让相子高潮迭起,"性"满意足。与宁子相比,相子觉得自己有种莫名的优越感。

振动停止了,按摩也结束了。相子下了床,冲了个澡,擦干全身。一度失去光泽的肌肤又重新恢复了生机,润润的,散发着樱花色的光芒。

"辛苦了。我觉得身体轻松了很多,真舒服啊。"

相子高兴地说道。穿上玫瑰色套装,相子再次看了眼镜中的自己,脑海中闪过宁子那白皙的肤色。相子觉得,宁子的皮肤只是比自己白些而已,别无长处。相子满意地离开了美容院。

走在心斋桥的人群中,相子突然有种神清气爽的感觉。在大阪,相子不用像在神户一样介意别人的眼光,更何况大阪还是相子的故乡,有种天然的亲近感。

相子想喝杯咖啡,看到眼前就有一家 B·C 咖啡屋,于是推开门。店内是统一的温莎风格的桌椅,客人以男性为主,看起来多为常客,只有角落处的一张桌子是空着的。相子坐下来,点了杯乞力马扎罗咖啡。

"不好意思,你是高须吗?"

旁边座位上的男人突然问道。相子觉得好像在哪儿见过这个人,但实在想不起来名字。这个男人穿着一件常见的藏青色西装,装模作样地戴着副眼镜,高矮胖瘦都属中等。

"您是哪位?"

"加纳啊。你忘了?以前我老去你们家。"

"以前?"

"你们家在天王寺的房子被战火烧毁之前。那时候你还在上学。"

相子记得,那个时候,爸爸在高等师范学校的那些年轻学生常来家中,而且相子能感觉到,他们并不全是来看爸爸的,有的是为了见自己。或许眼前的加纳就是他们中的一员。

"老师去世多少年了?"

说着,加纳没有征得相子的同意,就自来熟地搬到相子桌上来了。

"已经十五年多了。"

"听说你去美国留学,后来在那边结婚了?"

相子喝着咖啡,脑海中浮现出前夫理查德·金知性的面容。相子已经很久没有想起过理查德了。

"听老师说你在美国结婚了,说实话,当时我还挺失落的。"

看到自己轻率的话语明显引起了相子的反感,加纳赶紧说:

"哎呀,这种话就不提了。对了,你现在在哪儿住呢?"

加纳偷偷观察着相子右手的绿宝石戒指和刚刚美容后年轻漂亮的脸蛋问道。

"我住在阪急电铁[①]沿线附近。"

"那边好像发展得不太好啊。你又结婚了吗?"

相子摇了摇头。

"为什么你们这样的人,都不再结婚了呢?"

"大家的问题都一样啊。"

相子打断了加纳的话。加纳暧昧地笑着说:

"那你现在一个人舒舒服服地住在高级公寓里了?"

相子没有回答。

"实际上我也是一个人。现在在大学教书。和女人不同,男人一个人不太方便。"

加纳自顾自地说着,拿出一张印有大阪某私立大学文学部副教授的名片。

"您太太去世了吗?"

---

① 阪急电铁株式会社:日本一家大型私营铁路公司,运营线路连接大阪梅田、神户、宝冢、京都等地。

问这个问题,相子仅仅是出于礼貌,可加纳显然期待已久。

"没有,那个恶女人,幸好没有孩子,分手了。"

说着,加纳探过身来问:

"你弟弟还好吗?好久没见他了。"

相子的弟弟在高中当老师。

"托您的福,挺好的。"

"是嘛。我常想,老师要是还活着该多好啊。"

"爸爸要是活着?"

"是啊,你的事情好歹能帮上点忙了。话说回来,在这儿能遇见你也是缘分啊。"

相子知道加纳在想什么。相子一方面觉得十分可笑,一方面又想道:父亲如果活着的话,说不定会劝自己和这种男人结婚。如果嫁给一个大学的文学部副教授,过着平凡的家庭生活,说不定自己也会在某个学校教书呢。

在到万俵家做家庭教师之前,说实话,相子并没有什么梦想。结束了和理查德仅仅一年的短暂婚姻回到日本的时候,等待相子的是父亲受到上司贪污罪的牵连,遭到免职。相子本想回国后重返母校——奈良女子大学的研究室,走学术研究这条路。对于被婚姻伤害的年轻的相子来说,这是她唯一的心愿,但是就连这唯一的心愿也因为受到父亲的牵连而破灭。在那个时代的日本,填饱肚子就不是一件容易的事情。摆在相子面前的路只有两条:要么工作,要么再婚。可是因为父亲的原因,相子无法找到心仪的工作,而和外国人的婚姻经历又成为相子再婚的一大障碍。

万俵家招聘家庭教师的时候,正是相子的自尊心被撕得粉碎的时候。相子觉得自己并不适合当家庭教师,之所以应聘,完全是看在高额报酬的份上。当时,二万五千日元的月工资相当于一个一流企业课长的工资。相子想,有了这笔收入,弟弟就可以上大学,就先忍到弟弟大学毕业吧。这是相子当年内心的真实想法。

但是,到万俵家之后,相子的人生发生了巨大的变化,完全背离了她的初衷。相子看到了以前从未想象过的巨大财富,并亲眼看着这巨大的财富随着裙带关系的缔结而不断膨胀。这一切让相子头晕目眩。在和万俵大介有了情人关系之后,相子的野心被点燃了。相子希望依靠和万俵大介的关系,成为万俵家的总管。

看着眼前这个男人不怀好意的眼神,相子想说:我这种女人怎么能和你这种男人交往?

"我先告辞了。"

相子站了起来。加纳也赶紧站了起来。

"那我也……"

相子觉得这个男人简直像块牛皮糖。

"我现在还有点儿事,不好意思。"

相子用蔑视的眼神拒绝了加纳,下楼离开了咖啡馆。走到外面,相子突然想去看看刚才加纳提到的弟弟一家。好久没去看弟弟了。如今,弟弟是相子唯一的亲人了。

弟弟的家在高楼林立的"千里新村"住宅区中部C17楼。相子看着楼号,下了出租车,上了电梯。

身穿玫瑰色套装、头戴玫瑰色无檐帽的相子站在四点过后的电梯中有些鹤立鸡群的味道。手提购物筐的主妇们,将视线齐刷刷地聚集在相子刚刚美容完的光洁的皮肤和高雅的服装上。八万日元的纪梵希套装和七千日元一次的全身美容,对于这些住在公营住宅中,依靠丈夫一个人的工资养活一大家子的主妇们来说,如同神话般匪夷所思。

相子来到五楼,找到走廊中部写有"高须彻"的房门前,按响门铃。

"哪位？"

是弟媳的声音。门上的小窗开了。

"哎呀，姐姐，稀客。有什么急事儿吗？"

幸江穿着围裙，对两年没见的大姑姐的来访非常惊讶。

"没事儿，没什么事儿。"

坐在客厅小桌前，相子注意到幸江警惕的眼神。那是普通主妇特有的一种眼神，好像在说"无论什么事情，最好离我远点"。相子敏锐地感受到了弟媳的警惕。

"我正好到这附近有点事，顺便过来看看。富子和悦子呢？"

这时候，一直在隔壁房间偷看的姐妹俩，拿着铅笔走了出来，站在妈妈身后，害羞地看着相子。姐妹俩一个上小学六年级，一个上小学四年级。

"跟姑妈打招呼。"

幸江摁着孩子们的肩部说。

"姑妈好！"

姐妹俩向相子鞠躬。

"有一段时间没见了，两个人都长高了。这是给你们的礼物。"

相子将红色丝带包扎的点心盒递给姐妹俩。看着点心盒，六年级的富子眨巴着和爸爸一样的大眼睛，高兴地问道：

"这是糖渍栗子吧。我最喜欢了，就是没怎么吃过。"

富子仔细地打量着相子漂亮的衣服，问：

"姑妈，你是做什么的？"

相子顿了一下说：

"家庭教师啊，就是在别人家里教书。"

"那个孩子几年级？"

富子眼中充满了好奇。

"是大学生。"

相子说的是三子。

"噢,上大学了还要姑妈教,她学习也太不行了。"

"是啊,就是。"

"不过,姑妈好厉害啊,教大学生。我爸爸才教高中生。"

四年级的悦子天真地说道。姐妹俩像是看着什么伟人似的看着相子。对于相子来说,只有弟弟和两个侄女是自己的亲人了。两个侄女惊讶的眼神让相子产生了一种莫名的悲凉。

弟媳幸江知道相子住在万俵家,但并不知道相子具体干什么。对于幸江来说,这位高雅的大姑姐离自己的世界太远了,她不知道该谈些什么,脸色明显有些尴尬。

"那个,他说今天会早点回来。"

"我没什么急事儿。"

"姐姐还是挺忙的吧?"

"你不用管我了,你不是在准备晚饭吗?忙你的去吧。"

听到相子这样说,沏完茶的幸江终于松了口气,继续去厨房忙晚饭去了。孩子们也有些不太自然地拿着点心盒去了隔壁房间。相子喝着茶,看着对面的公寓。主妇们都在忙着收衣服、打扫卫生。幸江把锅放到煤气灶上,边煮东西边说:

"竹笋这段时间比较贵,但我们全家都爱吃。"

相子想起爸爸最爱吃竹笋。在妈妈还活着的时候,每到竹笋上市的季节,爸爸都会就着竹笋喝上点小酒。爸爸非常自律,有些过于谨慎,相对来说妈妈比较时尚,热心孩子教育,有点像现在的"教育妈妈①"。尽管在大阪府厅学事课工作的爸爸薪水微薄,但妈妈还是省

---

① 教育妈妈:专心致力于子女教育的日本主妇。

出钱来让相子学钢琴。可惜在相子十六岁、弟弟十一岁的时候,妈妈因结核病去世了。如果妈妈还活着的话,爸爸作为课长,说不定不会受到上司贪污罪的牵连,说不定可以顺利地渡过那个难关。可惜的是,在被免职之后,爸爸每天借着廉价的烧酒排解心中的不快,最终因为脑梗而猝死。

门铃响了,是弟弟阿彻回来了。

"回来啦!我在等你呢。"

相子对弟弟说。

"呀,姐姐,好久不见!你怎么突然来了?"

弟弟惊讶地问道。

"什么突然,不行吗?"

"不是这个意思啦。姐姐你又不常来,现在没打招呼突然过来,我就以为是有什么重要的事情了。"

"没有。正好好久没来大阪购物了,今天过来转转。刚才在心斋桥的咖啡馆,我遇到一个叫加纳的,好像是爸爸以前的学生,据说现在在大阪的某个私立大学做副教授,聊起爸爸过去的事情,他还问了问你的情况,我就想顺便来看看你。"

只有面对弟弟的时候,相子才会如母亲般温柔。

"哦,加纳啊!他曾经在我们语文老师主办的'母亲读书中心'做讲师。他可是这方面的专家呢。"

相子终于明白为什么那个穿着土气西装、戴着眼镜的加纳,给人一种明显的装模作样的感觉了。

"要是没什么事儿,今晚就住在这儿,好不容易咱们姐弟俩一起吃顿饭。"

弟弟随意的话中包含着纯真的亲情。相子正想留下的时候,听到正在厨房切着什么的幸江突然停顿了一下。

"不用了,别忙活了,和你说会儿话我就走了。"

"怎么啦?有那么忙吗?"

"嗯,这段时间他们家的二儿子银平快要结婚了,财界就不说了,政界、官界的请帖、回礼等各种琐事,我都快忙死了。"

姐姐的回答让弟弟脸上浮现出诧异的神情:既然这么忙,又没有什么特别的事情,为什么会来我们家呢?

"姐姐,来阳台一下。"

阳台非常狭窄,一边放着洗衣机,剩下的空间只够放得下五六盆花。在这间两室一厅的公寓中,姐弟俩能说悄悄话的地方只有阳台了。相子和弟弟靠在铁栅栏上。弟弟小声问相子:

"姐姐你为什么不结婚,光是照顾别人?"

相子没有回答。

"将来你打算怎么办?我一直想问问你,你不可能一直待在万俵家吧?"

弟弟对姐姐在万俵家的情况似乎有些不放心。

"你为什么这么说?"

"幸江说姐姐可能是来商量再婚的事情的。"

想到幸江背着自己偷偷跟弟弟说这种话,相子心中有些不舒服。

"所以你才问我为什么不结婚?你是不是担心我找个什么人结婚,再给自己找一堆麻烦?你们不用担心。我现在报酬又高,过得也很开心,不用你们担心。"

相子不想让弟弟知道自己在万俵家和宁子分坐妻位的事情。

"你和我们的生活完全不同,我也说不了什么。可是在我看来,姐姐你并不幸福,你光照顾别人。我希望你能够多考虑考虑自己的未来,能够有幸福的婚姻生活。"

弟弟的话让相子有种空虚感。虽然和大介一直保持着情人关系,但相子从没怀过孕,没有自己的孩子,一直照顾着宁子的孩子。

"我一直都在按照自己喜欢的方式生活。今后也一样。"

相子一口否定了弟弟的担忧。

"姐姐你可能是在按照自己想要的方式生活,但是在我看来,姐姐在美国离婚之后,就失去了一个女人真正的幸福生活。至少我是这么看的。"

"是吗?那是你多虑了。"

相子冷淡地说道。昨晚的疯狂再次清晰地浮现在相子的脑海中。相子如果只是一个名副其实的家庭教师的话,早就被万俵家炒鱿鱼了,或者说早就来和弟弟商量今后的生活了。但是现在的相子,和万俵保持着情人关系,和宁子分享着女主人的权力。相子是万俵家裙带关系的缔结者,拥有着和万俵的妻子宁子同等的甚至超越其上的权力。作为大介的"贤内助",相子与大介一道为万俵家的繁盛而奋斗着。但是听完弟弟的一席话,相子突然觉得:即便自以为大权在握,实际上也只是个被大介操控的玩偶;即便自己为万俵家的兴盛尽心尽力,也只不过是对大介没有任何能力的正妻宁子的嘲讽;自己作为女人,梦想得到大介的爱、梦想"扶正"的心思实在是浅薄而可笑;机关算尽,自己只不过是在大介的手心里翻跟斗罢了。

"怎么样,姐姐,在这儿吃完晚饭再回去?"

天黑了,对面的公寓已经亮起了灯。

"不用了,我还有好多事儿。以后再说吧。"

相子想起了万俵家的餐厅,今晚该轮到自己坐在女主人的位置上了。想到这儿,相子恨不得马上坐上出租车,赶在晚饭前回去。

第四章

阪神银行全国分行行长会议在总行的大会议室召开。

会议室正面墙上悬挂着行旗和日本地图。行旗上碧蓝的大海和白色的波涛象征着神户港,地图上标记着阪神银行各分行网点所在位置。万俵行长坐在正中间,大龟、小松专务及芥川、荒武、涩野、舟山、新井等五位常务分座两边。领导席对面,以总行营业部部长及东京分行行长、名古屋分行行长等重量级分行行长为首的,来自全国一百三十多个网点的负责人正襟危坐,神态庄严。

分行行长左侧是总行的部长级领导,右侧是监察干部,平均年龄四十五岁。一色的黑色西服使得大会议室里的气氛庄重肃穆。一年一度的全国分行行长会议对于银行发展的重要性毋庸置疑。可以说,会议本身比其他任何日程规划都重要。阪神银行规定:除因病缺席外,任何人不得请假。今年的分行行长会议,更让人有种黑云压城的感觉。

一个月前,在万俵行长发给各分行行长"亲启"的通知中,明确将本次分行行长会议定义为一次"存款总量突破一万亿日元的特别会议"。本次会议的大部分时间都将用来讨论如何提高存款总量。各分行行长深知此次会议意义非同寻常。会议开始时,万俵行长在致辞中强调,一定要实现存款总量突破一万亿日元的目标。财务主管大龟专务和总务主管小松专务的致辞也与往年不大一样。

接下来，主要负责收集各省厅情报和信息的"忍者部队队长"芥川常务发言。芥川常务是东京事务所所长，常驻东京，每个月只在总行露两次面。今天，继行长及专务之后，芥川常务再次强调了提高存款总量的重要性和必要性。芥川讲完之后，人称"敢死队队长"的业务主管荒武常务，意气风发地站在麦克风前，开始了连珠炮式的发言。

"正如刚才行长及各位董事反复强调的那样，今年是存款总量提高年。回顾过去，去年我们实现了八千亿日元的目标，远远超过了城市银行15%的年平均增长率。但是，八千亿日元之后，咱们的脚步多少有些停滞，业绩有些不尽如人意。刚才行长在致辞中已经指出，今年是金融重组全面展开的关键时期，我行同样面临着生死存亡的危险。因此，无论如何，今年都必须再增加两千亿日元的存款量，争取突破一万亿日元的大关！为了达成此目标，希望各位分行行长齐心协力，共创辉煌！"

荒武洪亮的声音响彻整个会议室。荒武一口喝完桌上的水，一气不歇地继续说：

"首先说一下这两千亿日元的月均指标问题。上半年度，即到九月份为八百亿日元；下半年度，即到明年三月份为一千二百亿日元。希望你们各分行按照这个指标制定自己的月目标。当然，两千亿日元的目标增长额度相当于上年度的两倍。你们今年报上来的目标增长额度离两千亿日元的目标还差很远。所以各位需要重新制定目标，重新上报，重新审核。希望各位在制定目标的时候，不要有等和靠的思想。一百三十多家分行要荣辱与共、共渡难关，齐心协力把这两千亿日元拿下。

"下面谈谈本次存款大战的战术问题。这次咱们要展开彻底的人民战争。具体来说就是撒网战,每家分行包量到户,以分行为圆心,半径五百米之内的老客户要一个不漏地吸收进来。为达到这一目标,我们需要拜访的客户总量将是原来的两倍。各分行行长要亲自在这五百米的范围内走访调查,一家都不能放过。这样一来,我行的客户量必将上升。打个比方,分行行长和客户的关系,就像猎手和猎物的关系。作为猎手,你们这些分行行长需要不停地围剿猎物,同时,在各营业网点,包括次长在内,所有优秀职员都要充实到一线窗口,牢牢抓住每一名客户。"

荒武常务以自己独特的语言来重点强调客户和银行职员的关系。荒武常务接着说:

"最后,我希望各位分行行长对此次大战有充分的心理准备。各位首先要彻底摒弃以往对自己的职责的错误认识。如果你们当中还有谁认为,九点十五分之前到行里,开完早会,接待完来客,查阅完票据之后,四处转一圈,没事儿就打道回府,这就是分行行长的工作的话,那就大错特错了!分行行长没有固定的工作时间限制。各人按照自己的才能来工作,有能力者七个小时也可,八个小时也行,能力差一点的,可能就需要二十四小时连轴转了!当然,己所不欲勿施于人。既然如此要求各位,我本人首先会严格要求自己,彻底放弃我的个人生活,只要体力和时间允许,在一万亿日元的目标达成之前,我将和各位一起,像老黄牛一样任劳任怨,努力工作!"

一通咆哮之后,荒武没有忘记动之以情、晓之以理。荒武刚开始讲话时,胆小的分行行长被荒武的冲锋号和两倍的目标额吓得脸色苍白,而那些走精英路线的知识型行长则一脸不耐烦地埋头记着笔记。但是,荒武最后几句感人至深的话语和令人动容的表情,深深地打动了所有分行行长,就连坐在正中央的万俵行长也频频点头。

荒武又倒了杯水,一口气喝完之后,接着说:

"对于以上的计划和方针,各位如果有异议的话尽管提出来。今天不是一般的分行行长例会,有什么疑问的话,大家一起来讨论。"

荒武说完之后,没有人敢第一个举手。荒武打开手边的分行行长名册,点名问:

"下关分行行长,你有什么意见吗?"

正为如何拉存款而痛苦的下关分行行长,忽地一下从中间站了起来,走向麦克风,双腿哆哆嗦嗦的,一句话也说不出来。在一百三十多名分行行长中被第一个点到名,让这位行长感激涕零;但另一方面,在众人面前接受行长及各位领导的考核,又让他不堪重负。这种心态并不是个例。往年在会议上第一个被点名的分行行长都会觉得十分光荣。所有参加会议的分行行长都处在渴望被点名但又怕被点名的矛盾心态中。

"不,不好意思。"

才四十多岁的下关分行行长已经有些秃顶。为了让脚不再发抖,他索性脱下鞋子,穿着袜子站在地板上开始发言。

"刚刚荒武常务的讲话,让我深感大战在即。正好我们分行对面是比咱们阪神银行排名高一位的平和银行的下关分行。我分行一直以对方为假想敌,对他们实施歼灭战。方法是重点攻克老客户。对方去三回的话,我们就去五回;对方八点上班,我们七点半。晨会的时候,我们播放《军舰进行曲》以鼓舞士气。我分行的女职员们也和男职员一样风雨无阻。经过大家的共同努力,我分行战果显著,当地人都认为我们阪神银行是服务态度最好的银行,人称'下关的阪神'或'阪神的下关'。"

下关分行行长的腿终于停止了抖动。他变得激昂、亢奋,唾沫星子不时飞溅到麦克风上。他的工作狂思想以及播放《军舰进行曲》的"创意",让在座的分行行长们忍不住想笑,就连万俵行长也禁不住露出了笑容。下关分行行长并没有注意到行长的表情，而是怒视着周围的分行行长说：

"你们笑什么笑！我一直谨遵行长的指示，没有什么可笑的！无论是现在还是过去，银行都不是靠脑袋挣钱的，而是靠脚挣钱的！对此我深信不疑！"

下关分行行长的这句话让万俵行长的表情重新变得严肃起来。万俵行长转向旁边的大龟专务，可能是在询问下关分行行长的履历。打开大龟专务递过来的分行行长名册，万俵行长边看边点头。这一瞬间，所有分行行长的脸上都露出了紧张的神情。

前排有人举手。原来是毕业于一桥大学的三十九岁精英——东京新宿分行的行长。

"刚才下关分行行长的发言，可谓英勇。我认为第一线的气概就该如此。但是，冷静地思考一下，存款量能否增长的关键在于职员质与量的综合，在于贷款的规模，在于经费。而综合以上各项因素，我认为，我行过于重视经营效率，在提高存款量的手段方面稍显不足。在此，请允许我谈谈我分行的问题。在所有分行当中，我分行所在的地理位置得天独厚。但是无论是人员方面还是资金方面，我行的预算分摊都非常少。如果不能为我行重点性地增加分摊的话，恕我直言，我们很难达到存款增量倍增的目标。"

新宿分行行长从一名日夜战斗在一线、精神高度紧张的分行行长的角度，阐述了自己的看法。荒武立刻抓过麦克风说道：

"的确，在你们分行周围有七家城市银行、地方银行、信托银行等，竞争非常激烈。以前我也曾经担任过大阪难波分行的行长，完全能够理解位于市中心的分行行长的辛苦。既然资金、人员有限，当时我想到了象棋中变兵为将的方法，将前任分行行长定为C级的职员当作A级来用。我认为，不管是钱还是物，关键在于使用方法。你再好好想想,在这方面是不是还有什么好方法。如果还有问题的话,本周内我就去你们分行,彻底查找问题点,一起讨论对策。"

不愧是久经沙场的吸储专家,荒武不仅不允许空谈和牢骚,而且行动极为敏捷高效。新宿分行行长灰溜溜地走下台。之后又有两三个人举手发言。有关增加存款量的讨论逐渐白热化。

最后,坐在最前列的总行营业部部长站了起来,代表分行行长,表达了总行和分行团结合作,力争实现存款总量增长目标的决心。当他开始讲话的时候,总务部部长与芥川常务低声耳语着什么事情。芥川听完之后又小声向万俵行长汇报,然后匆匆离席而去。

总行营业部部长发言过后,上午的会议就结束了。按计划,下午是分科会。这时总务部部长突然说:

"行长有紧急事情要告诉大家,请各位注意听。"

万俵慢慢将话筒拉到自己面前,说:

"刚刚从有关方面得到紧急情报,上个月,平和银行京都分行的行长违规融资六亿日元,现警方已介入调查,今明两天媒体将会报道此事。"

鸦雀无声的大会议室立刻喧哗了起来。六亿日元的巨大金额,而且还发生在比阪神银行排名高一位的老对手平和银行身上,并且没等银行方隐瞒就被警方发现,还将被媒体曝光!所有这些对阪神银行的人来说,无疑是个"天大的喜讯",尽管有些幸灾乐祸的味道。但是万俵行长继续严肃地说:

"最近,银行违规事件频发,不仅存款人和警方,就连我们这些银行内部人士都胆战心惊。这个时候,各位更要好好检查一下,你们管理的部门是否可能成为犯罪的温床。所有部门要严格落实双重点验体系。刚才荒武常务发出了热情激昂的作战指令,我想诸位已经深受震撼。现在正是我们赶超第九位的平和银行的绝佳时机。我希望各位能够坚决完成一万亿日元的存款量。我再多说一句,今天我能在这儿对大家提出这样的要求,是有相当的自信和胜算的。我相信,只要达成目标,诸位的未来将更加美好!"

万俵行长结束了讲话。万俵谋求银行合并的计划,除了大龟专务,在场的其他人都不知道。恰逢老对手违规融资事件被曝光这一千载难逢的机遇,在奋发图强,一举改变银行排位的冲动和热情之下,"不达一万亿不罢休"的高呼声回荡在阪神银行全国分行行长会议现场。

下午的分科会结束后,阪神银行在会馆举行了晚宴,犒劳各位参会人员,万俵行长及各位领导均出席了晚宴。其间,万俵和芥川在晚宴大厅的隔壁房间密谈。万俵向芥川询问了平和银行京都分行违规融资事件的详细情况。

"也就是说,事情比想象的要复杂?"

"是。这件事去年春天开始初露端倪。京都分行行长在不到一年的时间里,向资本金两千万日元的京都土地开发有限公司违规贷款六亿日元。上个月月初,在事情快要暴露的时候,京都土地开发的社长和那位分行行长突然去向不明。听说警察随即搜查了分行行长家,发现了他可能从京都土地开发那儿收受的约二百万日元现金及进口汽车等物。但是,这么一大笔巨额资金,单靠一个分行行长是做不到的。据我所知,本次事件的根本原因在于平和银行行长的'人情贷款'。平和银行行长和政客们走得很近,而地方议员最容易染指土地开发这种事。这些因素综合在一起,最终导致了如此严重的结果。"

"嗯。我想知道为什么会被曝光?"

万俵不动声色地问道。说起来,每家银行多多少少都有呆账问题,都有自己的难言之隐。银行为了声誉,一定会想方设法防止不良信息外传。即便不得已被大藏省知道了,大藏省也唯恐承担监督不力的责任,绝不会将事情闹到警察那儿去。这是银行界的常识。因此,万俵无论如何也想不通,平和银行怎么会被曝光了呢?

"问题就在这儿。我也对这个问题进行了深入的调查。据说,平和银行在两个月前就知道了这件事。他们也采取了各种手段,努力确保债权。但这中间牵扯到土地问题,有地方黑势力介入其中,如果继续隐瞒的话,不仅不能够保全债权、冻结抵押物品,还有可能被敲诈殆尽。没办法,只有报警了。"

"土地问题? 土地开发融资容易和政治牵扯在一起,是最难最危险的。这种金融犯罪问题以往很少有,近来有频发的趋势,一定要提醒咱们银行的各位董事多加注意。一旦发生这种事情,费尽心血拉来的存款全部都得打水漂了。"

"说到存款,行长,这一个月来,富国银行一直在提存款互收互付业务的合作问题,总行是不是该给他们一个正式答复了? 一味地拖延也不是上策。"

"嗯。这件事我也让荒武常务和涩野常务好好商量了一下,我们的最后结论是同意合作。"

听到万俵的回答,芥川的脸上露出不可思议的表情,问:

"可是,行长您不是最担心富国银行的小动作吗? 尽管在存款方面对我们有一定的好处,但是,存款互收互付这件事在城市银行中没有先例,咱们这样做会不会正中富国银行的下怀呢?"

"看来你也没有看透我的真实想法啊。我就乘这个机会告诉你吧。在咱们被迫同大银行合并之前,我计划先吞并别人。"

"什么? 咱们吞并别人?"

芥川有些震惊。

"是的。在全国分行行长会议上,咱们提出了一万亿日元的奋斗目标。无论是拉存款大战还是和富国银行合作,说实话,都是为咱们下一步的吞并计划积蓄能量。晚宴结束后,换个地方我再慢慢和你说这件事。"

说完,万俵若无其事地回到晚宴现场。

晚宴大厅的桌子上,凉菜、寿司品种繁多。一百三十多位分行行长似乎都从白天紧张的情绪中解放出来了,喝着啤酒、威士忌,和难得见面的同事轻松地聊着天。在吹响拉存款大战的号角之后,今晚各位银行高管也一改平常一本正经的样子,走到分行行长中间,频频举杯慰问,或是拍拍肩膀表示亲热。万俵注意到人群中大阪池田分行行长角田的身影,径直走了过去。

"角田,世博会土地征用补偿款就全靠你了。就剩一个月了。"

为了争夺这项存款,角田分行长数日来一直没白天没黑夜废寝忘食地工作着。听了万俵行长的话,角田憔悴的脸上浮现出感激的神情。

"行长,我一定不辜负您的期望,和职员们一起,日夜努力,完成目标!"

"嗯。与世博会相关的存款是各家银行争夺的重点。我非常看好你哦。"

万俵行长拍了拍角田的肩膀以示鼓励,之后又微笑着和周围的分行行长逐个碰杯。

上午八点三十分,阪神银行池田分行的活动门还未打开。大厅里,六十七名职员聚集一堂,开始晨会。

刚刚参加完历时两天的全国分行行长会议的角田分行长,表情严肃地看了看在场的职员,开始训话:

"通往世博会会场之路,我们必须牢牢控制住。当然,各位一直非常努力。但是,在'不达一万亿不罢休'的口号下,作为昂扬全国分行士气的第一战,我们池田分行的世博大战只能赢,不能输!总行对我们的期待比以往任何时候都要高。这次,行长拍着我的肩膀亲自嘱咐我,一定要完成任务。两年来,为了世博的土地征用补偿款,十几家银行展开了激烈的混战。各位忘我工作,甚至积劳成疾。作为分行行长,看到你们辛苦的样子,我不知道有多心痛。但是,这场持久战已经到了最后的一个月。六月二十号,土地征用补偿款就要发下来了。胜败在此一举。让我们以'我行必胜!回报行长!'为口号,向着五亿日元的目标奋勇前进!"

世博会会场的土地征用工作已经结束,而大阪府从两年前开始征用土地,修建会场周边的道路。从世博会中央大门到宝塚的大阪中央环线要横穿池田市南的农村。围绕着这五十亿日元的土地征用补偿款,这两年时间里,十几家银行一直处在你死我活的激战中。

角田分行长堪称悲壮的训词,不仅令奋斗在吸储一线的业务员深感压力,就连那些负责内勤的职员也都如临大敌。九点整,玄关处的活动门打开,职员们各就各位。角田分行长回到办公桌前,叫来了主管世博业务的冈村。

"行长,您叫我吗?"

已经晒得黑黝黝的冈村,快步走到角田的办公桌前。冈村高中毕业后来银行工作十八年了,一直负责拉存款业务,早已是这方面的行家了。在世博道路建设用地开始征收之前,冈村一直在姬路分行工作。因为老家临近此次被征用土地的村子,两年前冈村被选调到池田分行来,主要负责吸收被征地农民的存款。

"你最近从早上六点到夜里十二点多,一直在挨家挨户地做工作,肯定已经非常疲劳了。再忍一个月,坚持住!"

角田鼓励道。冈村一副娃娃脸,看不出已经三十六岁。冈村说:"和农民打交道,要不一大早,要不等天黑以后,不然说不上话。

幸好今天下这么大雨,大部分农民应该在家待着,我估计今天能转四五十家。"

尽管睡眠严重不足,但冈村还是强打精神,开心地笑着。

"今天我坐你的车和你一起转,准备点礼物带上。"

"那再好不过了。我现在就去准备,在便门那边等您。"

说完,冈村转身就走。角田走进办公室,迅速脱下西装,从衣帽柜里拿出叠得整整齐齐的裤子和工作服换上,鞋子也换成了长筒胶鞋。角田这身打扮是为了拉近和农民的距离。西装革履的行长会让农民产生抵触心理。角田看了看镜中的自己,深感疲惫不堪。虽然一再告诫职员们要坚持到底,但到了最后的冲刺时刻,角田觉得自己已经是强弩之末,身体快要坚持不住了,心绞痛的老毛病越来越严重了。这些事情角田没有让手下知道。前天全国分行行长会议后的晚宴上,万俵行长特意走过去拍拍角田的肩膀以示鼓励。就在万俵走后不久,角田的心绞痛就发作了,他赶紧跑到洗手间,蹲在地上很长时间都起不来。

角田摆了摆头,振作精神走出办公室。工作服,长筒胶鞋。在所有人眼中,角田都是个冲锋在前、勇猛无敌的分行行长。

冈村在大雨中驾驶着小车,穿过站前的国道,右转驶向目的地北轰木和宫前方向。国道旁,大友银行、五和银行、池正银行、浪花相互银行等银行林立。不一会儿,泥泞的乡间小道就代替了柏油路。道路两边都是秧苗。秧田里全是水,秧苗宛如一座座绿色的小岛。

进入北轰木后,道路越来越窄,旧式的茅草房也越来越多。冈村将车停在一家大门已经半塌的农户前。这家近三千平方米的土地将被征用,用于建造池田高速公路立交桥。按照每坪[①]八万三千日元计

[①] 坪:日本面积单位,1坪约等于3.3平方米。

算,他们家将得到约七千五百万日元的土地征用补偿款。

两人冒着雨跑到门边。看门狗龇牙咧嘴地大叫了起来。要在平时,冈村早就捡起石头扔过去了。但想到这家主人的那笔巨额补偿款,冈村一边嬉皮笑脸地看着恶狗,一边推开摇摇欲坠的大门,和角田分行长一起走了进去。

"早上好。我是阪神银行的冈村。"

冈村的大嗓门可以让整个屋子的人都听得到。屋主从里面探出头来。角田分行长赶紧打招呼说:

"多谢你们平常的关照。真是春雨贵如油啊。今天的这场春雨预示着今年一定会是个好收成。"

到池田分行工作之前,角田对农业一窍不通。现在的角田,和农民打起招呼来头头是道,轻松自如。

"哎呀,行长,这么大雨,您还亲自过来,赶紧进来。"

中川留市看到分行长亲自到自己家来,脸上露出了得意的笑容。在请冈村进屋的时候,中川留市不停地瞅着冈村手上的礼盒。角田注意到中川留市贪婪的眼神,赶紧从冈村手里接过罐头礼盒,准备放在门口的横框上。这时,角田突然下意识地使劲眨了眨眼睛。刚进屋的时候,光线比较昏暗,角田没看清楚横框上的东西。现在角田发现,中川家门口右手横框上的物品可谓琳琅满目:五瓶清酒,礼签上的落款是浪花相互银行;一个煤气灶,赫然标注着轰木农协;多家银行、信用金库送来的生活用品,如调味料礼盒、浴巾礼盒、罐装洗洁精、洗衣粉、毛巾等。屋主将这些物品一件件摆放整齐,毫不掩饰显摆之意。

"哎呀呀,真是壮观啊!中川家就是不一样啊!"

角田分行长边感叹边拿出罐头礼盒递给中川。

"谢谢,您还这么费心。嘿嘿嘿。"

中川嘴上客气着，手上心安理得地接过礼盒，放入各行送来的礼品堆中，让老婆为客人倒茶。

"哎呀，您别客气了。补偿款再有一个月就要下来了。你们家有七千五百万日元吧。但是田地没了，还是挺烦人的。您决定好今后怎么生活了吗？"

角田没有一上来就拉存款，而是从对方最担心的事情开始谈起。

"是啊，说的就是这事儿啊。我一生下来就在这儿，就是个农民，其余的事情什么都不会。就算能拿到一大笔补偿款，也不知道该怎么花才好。五和银行和大友银行的人给我出点子说，建公寓，或是土地置换什么的，倒是挺为我考虑的。"

中川抬眼看了看角田说道。狡猾的中川十分清楚，在阪神银行前提起大友银行和五和银行会令角田心里不舒服。

冈村赶紧插话道：

"但是，就像昨天我说的，公寓大家都会建。至于说土地置换，您想想，虽然不用交税，但从征购令下达的第二天开始，这周围的地价一下子就涨了二三倍，您算算是不是没什么甜头？"

冈村间接否定了大友银行和五和银行的方案。这两年来，哪怕为了一千日元的存款，冈村都会开着摩托车立马赶过去。听说客户的母亲因为风湿病住在池田站前医院，冈村还忙前忙后地接送。在这个关键时刻，如果让别的银行坐收渔翁之利的话，那可真是欲哭无泪了。角田抓紧时机附和道：

"冈村说得很有道理。您现在千万不要被眼前的小利益蒙蔽了，匆匆忙忙地就进行大笔投资。您想想，您有五个孩子要上高中，您应该先考虑清楚孩子们的前途，再决定你家未来的生活方式。我觉得您应该先把钱存到银行里，看准时机了再投资山林或耕地，这是最稳妥的做法。我们阪神银行和万俵不动产同属一个财团。只要是阪神一带的土地,我相信,我们能帮您物色到最适合您的。至于税金,我们银行有原来在税务署工作的人员,他们会和房地产方面的人一起,为您量身制订最有利于您的计划。等您方便的话,我让房地产的人亲自到您家来谈谈怎么样?"

听到这儿,中川留市露出贪婪的神情,探身说道:

"这好啊。多交一百日元税也操气啊。你一定要让他来一趟。"

"我知道了,最快明天过来。那补偿款的事情,还要麻烦你们多多帮忙。"

角田鞠躬拜托道。拉存款的十分钟,只有最后一分钟是用来谈存款的事情的。这就是技巧。冈村也说:

"麻烦你们了。插秧那天,我会带女职员过来帮你们的。请放心。"

说完,两人亦步亦趋地走了出去。屋外的雨小了一些。角田和冈村接下来要去的那家将获得一亿两千万日元的补偿款。

来到那家门前的时候,两人看到一辆满是泥浆的车。

"这车是大友银行的。"

冈村正说着的时候,大友银行池田分行的行长和分管业务员撑着伞走了出来,穿着和角田他们一样的长筒胶鞋。

"怎么样?收获不小吧?"

"哪里,不怎么样。"

冈村含糊其词地答道。

"哎呀,彼此彼此,还有一个月,继续加油。"

对方皮笑肉不笑地擦身而过。看着他们的背影,想到要打败一家又一家银行才能实现五亿日元的存款目标,角田顿觉呼吸困难。

金融检查官田中松夫为了和主计局次长美马见面,比平常略早一些离开了大藏省。向溜池方向走出两百多米之后,田中才坐上出租车,赶往弁庆桥的小饭馆"染八"。

两人约好六点见面。一个月前,美马请田中将城市银行中排名第六至第九的四家银行的绝密业务资料复印一份给他。把所有资料弄到手之后,田中难掩内心的兴奋,等不到约定时间就早早离开了大藏省。美马要求的资料,和公开发给银行的评估资料不同,是由大藏省直接保管的另外一份资料。这份资料中不仅有对银行经营内容的评价,还有对行长的融资态度、能力的评估,有的甚至涉及行长的私生活问题,是一份名副其实的绝密报告,其有可能影响一行行长的职位去留和银行的未来前途。尽管如此,田中依然斗胆将这份绝密资料悄悄带了出来。田中之所以这样干,是因为美马暗示他说,"我老丈人的阪神银行下属的白鹭信用金库,缺少一个能干的常务"。田中知道,办好这件事,以后的日子就可以衣食无忧了。

出租车停在"染八"门前。下车后,田中松夫紧张地看了看四周,掀开帘子,直接来到二楼的小包间。

"欢迎光临。正等着您呢。"

还是上回的女招待。女招待走到田中身后,为他脱下外套。

"不用了。客人快来了。"

"哎呀,您不也是客人嘛!您先歇会儿,喝点啤酒。"

看来美马已经打过招呼了。女招待让田中坐在壁龛前,拿来啤酒,为他倒了一杯。细看之下,这位女招待三十五六岁,胸部到腰部非常丰满。六年前,田中因为接受了大阪某银行的性贿赂,差点被开除公职,幸亏美马为他摆平了那件事。田中觉得,眼前这个女招待和当年那个夜总会小姐的身材有些相似。

"你是哪儿人?"

快五十岁的田中,一见女人,眼神立刻就变得色眯眯的。

"我?我是滋贺县的,就在琵琶湖附近。"

"说起来咱俩还是老乡啊。我也是关西的,兵库县的。你在这儿很久了吗?"

"嗯,已经三年了。"

"你还挺稳定的,以后我会经常过来。我一个人来的时候,就在下面柜台那边喝点儿,怎么样?"

看着田中垂涎欲滴的样子,女人娇滴滴地答道:

"您可别光说好听的,一定要来哦!我等您。"

田中凑近女人,握住了女人的手,女人也轻轻回握了一下。这时,拉门突然开了,美马走了进来。田中慌忙假装正经坐到一旁。美马敏感地察觉到气氛的异样。田中这样的下级官员,一点小酒就色胆包天,美马打心眼里瞧不起这种人,但嘴上还是亲热地打着招呼说:"哎呀,让你久等了。我陪次官去国会大藏委员会了。迟到了,抱歉啊。"

田中正经端坐,用手扶了扶眼镜边。女招待走了出去。

"那个东西弄到手了吗?"

听到美马的问话,田中拿起桌旁的皮包,小心地放到腿上。

"嗯,让您久等了。在十二家城市银行中,您知道,排名第六到第九的银行分别有专人负责。我找了个借口,说要对这几家排名中后的银行做个比较。他们谁都没有怀疑。我把复印件拿过来了。"

"比较排名中后的银行,真是个好借口。"

美马满意地说着,将田中放在桌上的四家银行检查报告的复印件拿到手中。复印件打开大小和大学讲义相当,一份文件的厚度约一厘米。所有文件的左上方都有块不自然的白斑。因为银行局保管的限量文件都有编号,为了预防万一,田中特意将编号抹去,故而留下了一块白斑。美马以曾经的银行课课长的职业眼光翻看着手中的文件,逐一阅读了经营概况、存款状况、资金地位等项目,之后又翻回到贷款关系那页,仔细核对了四家银行不良贷款的具体数据。

	存款额（日元）	贷款额（日元）	不良贷款额（日元）
中京银行	13539 亿	12049 亿	301 亿（2.5%）
第三银行	12895 亿	11863 亿	415 亿（3.5%）
大同银行	9610 亿	8196 亿	173 亿（2.1%）
平和银行	8502 亿	7226 亿	361 亿（5%）

大藏省中也仅有极少数人知道各银行的不良贷款额。这一绝密数据是各银行最大的耻辱，一旦被公之于众，不仅银行信用扫地，就连大藏省的监管能力也将受到质疑。

看完文件后，美马抬起头来，用女人般白嫩的手为田中倒了杯酒，说：

"这份资料先借我一两天。有了这份资料，这四家银行的实际情况就全清楚了。这下你可帮了大忙。"

说着，美马热情地劝田中赶紧喝酒、吃菜。

"对了，还有个关于不良贷款具体内容的特别调查表，就是那个包含呆账贷款、呆滞贷款、逾期贷款三部分内容的特别调查表。那个我也得看看。"

美马压低声音说道。田中吓了一跳，眨巴着镜片后的眼睛说：

"那个在局长手里，我这种人恐怕……"

"我还得拜托你这个检察部的老大啊。你看，到现在为止，我也就和你说这事儿了，一般人我还不敢说呢！"

美马嘴上奉承着田中，心里却在嘀咕：那份不良贷款的具体材料，说不定就在田中松夫的办公桌抽屉里，甚至有可能就在田中随身带着的旧黑包里。田中之所以故意吊自己的胃口迟迟不拿出来，不过是想以此为砝码多交换一些东西。这种下级官员的小心思，美马根本没放在眼里，但嘴上还是说：

"田中,既然这件事我只拜托你了,你可不能甩手不管啊。上次跟你说的那个白鹭信用金库常务的事情,就等你同意了,这边已经虚位以待了。那儿离你的老家加古川也很近。在老家度晚年多美啊,你说是不是?"

美马故意拿话钓田中。果然,田中眨巴着小眼睛说:

"您再给我两三天吧。"

"不行,时间很紧。明天下班前必须给我。"

美马特意恳求道。

"您这样说的话,那……我尽量试试。"

田中说道。这时,美马从上衣内兜里拿出一包钱,从桌子下面放到田中的膝盖上。

"这可使不得,您太破费了。"

田中想推回去。

"行了,就当是调查费吧。"

美马故意轻描淡写地说道。

"那我就恭敬不如从命了。"

田中赶紧把桌子下面的钱收了起来。可能是因为心中有些不安,田中提出自己得赶紧告辞了。美马并没有特意挽留,而是说:

"咱俩一起出去的话太显眼了。你先走,我叫车送你回家。"

"让您叫车太不好意思了。我自己打车回去。"

田中推辞的时候,美马已经叫好车了。车来之后,田中跟美马打过招呼,夹着黑包匆匆离去。看着田中的背影,美马想象着他在车里喜滋滋地打开手中的"百宝箱"数钱的样子。美马给了五万日元,可能田中会觉得有点少。美马认为,要是自己这种高级官员做这种事的话,那辛苦费至少得五十万日元。像田中这样的下级官员,五万、十万就足够了。给得太多的话,就过于抬高对方、贬低自己了。

第二天晚上,美马带着田中松夫给的材料来到位于麴町的阪神银行行邸。 打开绝密资料的复印件,万俵的注意力就全部集中在了文件上,连烟斗熄火了都没有注意到。

美马无聊地喝着威士忌,打量着会客室的摆设。宽敞的室内,墙上挂着布拉克①的画作,桌上摆放着希腊黑绘陶,纤尘不染。这个房子可能因为一个月只用十天左右,所以总给人一种阴森森的感觉。这儿平时只有管理员夫妇和两名书生。除了到玄关处迎来送往,或是按照嘱咐送东西过来,他们都在自己的房间里待着。整个屋子静悄悄的。

架子上的座钟响起了威斯敏斯特钟声②。已经十点了。当余韵幽远的钟声即将消失在寂静中的时候,万俵终于抬起头来。

"辛苦了。尽快让这个拿出材料来的检察官到白鹭信用金库上班。"万俵吩咐道。

"嗯。这件事我已经和他谈过了。您放心,我会在出现任何奇怪的谣言和猜测之前安排好所有的事情。"

美马觉得做这些事情就像移动棋子一样简单。

"您觉得怎么样?这份资料对阪神银行选'女婿'有很大作用吧?"

虽然明知这份材料的价值,美马还想在万俵大介面前炫耀一下自己的能力。

"嗯,这些材料虽然不全是第一次看到,但现在面临银行合并,还是非常有用的。这份不良贷款的具体内容,对于了解各家银行的实

---

① 布拉克:Georges Braque,乔治·布拉克(1882-1963),法国画家。
② 威斯敏斯特钟声:又名威斯敏斯特旋律、西敏寺钟声,是英国伦敦威斯敏斯特宫大笨钟报时用的乐曲,也是国际通行的一种报时音乐。

际情况有着重要的参考价值。"

大介享受着美马倒的威士忌,用眼睛指了指桌子上单独装订的一份资料。这是昨天美马让田中今天下班前一定要弄到手的材料。这份材料不仅将不良贷款细分为逾期贷款、呆滞贷款、呆账贷款三部分,而且对每一笔大额不良贷款的对象和金额都做了详细的分析,属于绝密中的绝密。

"这份资料只有银行局局长和检察部部长才有,所以他很害怕拿出来,我也多少有些为难。仔细分析这些分类数据可以发现,距离我当银行课课长虽然才过去了六年,有的银行的业务状况却恶化了许多,真让人吃惊啊。"

"是啊。特别是第三银行,完全想象不到啊。那可是旧财阀系的银行,有强有力的企业做后盾,而且据说贷款也控制得很严格。现在看来,他们的不良贷款总额为四百一十五亿日元,其中三分之一以上是呆滞贷款和呆账贷款,而逾期贷款现在看来也呈停滞状。看看这些贷款对象,大部分从事的是夕阳产业和利润比较低的行业,其中相当一部分会沦落为无还债能力企业。"

大介对眼前的现实非常震惊。

"您看他们的主要融资对象,这些年来很多企业疏于技术革新和产品更新,经营情况不佳,这样下去,过去的名门也会衰落啊。"

听到美马这样说,大介镜片后的眼中闪过一道锐利的光芒,但他立刻装作若无其事地说:"中京银行的不良贷款暂时少了些,但还是不少。这说明,他们内部日银派和元老派的斗争还没有完全消停。"

对万俵的这个看法,美马点头表示同意。在派阀斗争激烈的银行,各派会和大股东、大融资企业结盟,以获取他们的支持,增强本派的实力。他们的常用做法是向老客户进行特惠人情贷款,这就严重扰乱了该行的贷款秩序。

"大同银行一直保持着精致的优等生形象。平和银行不存在中京银行那样的派系之争,但最近其京都分行六亿日元的不良贷款被曝光,说明平和银行的人情贷款依然很多。看来,平和银行的审查部形同虚设。"美马分析道。

"但是,如果把平和银行的问题完全归咎于行长人情贷款,是不是也不大合适呢?在这份资料的'行长融资态度'一栏中,的确写着神田行长的融资态度有问题。但是平和银行起家的时候是大阪三大银行之一,在和大友银行及五和银行你死我活的竞争中,资本就是硬道理。当平和的业务出现急速下滑的时候,神田行长扩大业务规模的欲望不断膨胀。不管怎么说,平和银行是神田行长说了算,他主动采取的措施效果不太好,好像一直比较背,最终到了今天这个地步。我觉得这么看才符合实际情况。"

同为城市银行中排名较靠后的银行,大介完全能够体会到平和银行行长的焦虑和苦恼。美马嘴角挂着冷笑说:

"爸爸,您好像非常同情平和银行啊。可是,对于大藏省来说,平和银行是最没用的。"

美马无情的评价让大介后背发凉:平和银行既已如此,那排名落后于平和银行的阪神银行岂不是……

"你说没用是什么意思?"

"银行局在考虑金融重组的时候,首先会考虑到地域重组。比如大阪,就会交给大友银行和五和银行负责。平和银行已经无法独立生存,就会被重组掉。"

"哦?那它会和那两家中的哪一家合并呢?"

"这个嘛,曾经有过一个方案,就是让平和和您的阪神银行合并。不过,春田局长还不知道您的合并意图。前两天我正好有机会和春田局长一起喝酒,顺便探了探他对金融重组的看法。他说,大阪就交给大友银行和五和银行,阪神地区就让大阪的平和银行和神户的阪神银行合并。所以,如果您也有此意的话,这事儿做起来倒也不是不可能。"

美马建议道。

"多谢好意。我不愿意。"

大介一口回绝了这个建议。大介的傲慢让美马有些意外。美马凝视着大介。大介接着说:

"我觉得,让我们银行和平和银行合并,纯粹是那些对银行合并一事没有任何实际感受的当官的人的想法。我们两家合并,先不说没有好处,弄不好两家都得倒闭。这样的合并怎么可能呢?"

"那么,这四家银行中,您打算和哪家银行合并呢?"

"我打算好好研究一下这份资料再定。总之,合并的话,首先网点的地域互补性要高,第二是经营效率,第三是资金收支的互补。但是决定合并的最关键因素在于以行长为首的管理层的能力。这就不是纸上谈兵的了。"

大介的意思是要慎之又慎。说到这儿,大介换了个话题问:

"阿中啊,金融制度调查委员会特别委员会成立也快四个月了,都具体审议了哪些方面的内容了?"

"议题主要集中在网点、利率、分红的自由化这三大方面。"

"网点的自由化包括新设网点的自由化吗?"

"不包括。新设网点的自由化,可能最后才会讨论。但是,合并之后如果出现重复网点,好像允许置换。"

听到这儿,大介的表情明显有些变化。在以往的银行合并中,如果出现重复网点,必须在大藏省的指导下合二为一。如果今后重复网点可以置换,那么对于那些迫切想在市口好的地方多设一个网点的银行来说,诱惑力是相当大的。大藏省之所以能高抬贵手给予这种政策方便,明显是为了推进金融重组。这一点非常清楚。

"阿中,当官的为了实现自己的目的,有时甚至不择手段。同样,企业为了追求利益的最大化,也会拼死奋斗。哪怕自己瞄准的对象本来是吞并方的,或者说是主动进攻的大银行,也要想方设法让它臣服。虽然我不知道自己能否成功,但是我将以此为目标,推进阪神银行的合并。"

万俵意志坚定,他的话表明:阪神银行的合并对象已经确定。

车子已经准备好,大介一直将美马送到玄关门厅处,管理员夫妇和书生也一并到玄关处相送。正在这时,走廊深处传来规规矩矩的脚步声。美马回头一看,原来是相子。相子身穿深藏青色套装,朴素而又美丽。

"哎呀,是你啊。上次多谢了。"

美马惊讶地说道。

"好久不见。为了协调银平在东京的婚宴事宜,我今天早上来东京,刚从外面回来。怕打扰你们,不好意思。"

眼前的相子和一个月前开车将美马从六甲山山庄送到伊丹机场时判若两人。美马明白,相子故意在管理员夫妇和书生面前表现得谨慎、客气、彬彬有礼。

"银平的婚礼还有一个月就要举行了。这段时间想必你很忙吧?家里有你安排,大家都放心了。"

美马的回答也非常符合万俵家女婿的身份。美马在惊异于万俵大介对相子安排之巧妙的同时,更加钦佩大介的城府。十几年来,万俵大介享受着妻妾同居的生活,却没有走漏一丝风声,就连金融检察官的评估报告中也没有提及万俵的私生活问题。美马系完鞋带,告辞道:

"爸爸,我回去了。您好好休息,别累着。"

万俵手上拿着烟斗说：

"哪里，倒是你累了吧？辛苦了。谢谢。"

相子从万俵身边经过走下玄关，站在管理员夫妇和书生前面，目送美马离开。

"再见。请代问您夫人好。"

相子说着，深鞠一躬。美马微笑着点了点头。车子穿过夜色中的树丛向远处开去。

一直等到车子彻底消失在视野当中，相子才回到客厅。万俵一直在等着相子。

"今天的事情办得顺利吗？"

看到书生在，万俵故意一副公事公办的口气。

"是的。上午我去了婚宴举办地帝国饭店，查看了孔雀厅的桌子摆放和客人的座次表，下午拜访了大川一郎先生家和东京的亲戚们，询问了服装的大体情况，以免出现花色重复的问题。"

"大川怎么样？前段时间铁平因为建造高炉的事情还麻烦过他，我这段时间太忙了，一直没空去看他。"

"大川先生不在家。我只见到了太太。她告诉我说，和服的事情直接和她女儿说就行了。"

相子言下之意是：大川家的回答如此冷淡，完全是因为铁平的妻子早苗在其中搬弄是非。

"我听石川正治说，大臣、次官们都带夫人出席东京的婚宴。他们这些人公务都比较繁忙，日程会不会有变动？"

"是的，这一点我也考虑到了。我想明天去大臣、次官和局长们的家里拜访一下，顺便问候夫人们。您看合适吗？"相子恭敬地请示道。

"嗯，这样好。他们都带着夫人出席的话，只要和夫人们说好了，一般就没有什么问题了。只要大藏、通产两位大臣和次官、局长们能来参加婚宴,就没什么可以挑剔的了。"

万俵满意地点了点头,对正在收拾桌上饮料和杯子的书生说:

"明天,高须要代表万俵家去拜访大臣、次官和局长家,你和秘书课联系一下,让他们派一个熟悉情况的司机。"

"明白了。您还有别的吩咐吗?"

"把那个常用的安神片给我拿来。没别的事了,明天你们还要上学,早点睡。"

万俵亲切地说道。这两个在东京上学的书生都来自万俵的老家姬路。这时,相子也乘机说:

"那我也告辞了。晚安。"

"辛苦了。明天就拜托你了。"

说完,万俵向二楼的卧室走去。

万俵躺下来却怎么也睡不着,四家银行的业务情况深深地刻在万俵的脑海中。万俵为即将迈出银行合并的第一步而激动不已。

卧室的门被悄无声息地打开了,整个房间立刻香水味儿四溢。

"相子吗?"

"嗯,我想,你可能睡不着……"

为了预防万一,相子依旧服装严整,但脸上难以掩饰偷情的兴奋。

"过来。"

听到万俵的邀请,相子脱下外套,穿着衬裙滑进了大介的被窝里。今晚的相子,没有了在冈本家中的那种激情,而是静悄悄地躺在大介身边,乖乖地挨着大介,因为今晚不用提防宁子、铁平、银平、二子、三子的眼神,不用精神高度紧张,随时准备投入战斗。相子只想躺在男人的臂弯里,放松一下疲惫的身心。

"朝我这边。"

像往常一样,大介想和相子"大干一场",但相子将脸埋在大介怀中,说:

"就两个人,这儿只有我和你两个人,就这样,就像一般的夫妻一样。"

说着,相子又想起了和理查德的婚姻生活。那时候,相子夫妻和公婆一起住在加利福尼亚郊外一栋不大的房子里。傍晚,当理查德从大学研究室下班回来的时候,相子会在玄关处迎接丈夫。晚饭后,卧室里就只有相子和丈夫两个人。那时候,相子安心享受着丈夫的爱抚,没有怪异,没有淫荡,因为不用和另一个女人分享同一个男人。此刻,在东京这间冷清的卧室里,相子再次体会到了那种难得的安心。

"好了吧?"

大介还是想做爱。

"今天我有点累了,就想这样待着。"

相子撒娇地说。相子轻轻闭上了眼睛,心想:如果能永远这样宁静、安心,该多好啊!

从京都皇宫的建礼门到堺町御门的葵祭①特别观礼席上,挤满了来自东京等地的游客以及身挂相机的外国人。

万俵宁子和二子、三子受宁子的哥哥嵯峨静吕的邀请,坐在观礼席的最前面,等待观看从皇宫出发,去往下鸭神社和上贺茂神社的祭典队伍。

"舅舅,真慢啊!已经十点了。我们今天早上八点就从家里出来

---

① 葵祭:每年 5 月 15 日在京都举办的大型祭礼。

了,我都困了。"

三子说道。二子也说:

"而且,我们还听妈妈的话穿上了和服,好难受啊。"

二子身穿嫩绿色宫廷式花纹和服,系着黑底金箔织锦腰带。三子穿了一件不同颜色的宫廷式花纹和服,胭脂色腰带高高系在胸前,腿上放着佐贺锦的手包。舅舅嵯峨静吕以公卿贵族的稳重眼神,看着两个娇艳如花的外甥女说:

"有一阵没见你们姐妹俩了,越发漂亮了。你们俩穿和服的样子,和宁子年轻时简直一模一样。赶紧照张相亲照,我这儿也放一张。"

"那到时候就拜托您啦。但是银平哥哥之后,按顺序该二子姐姐了。"

"不用,不用拘泥于顺序。你要是急的话,你就先来吧!"

二子和三子说笑的时候,传来了哒哒哒的马蹄声。装扮成古代卫士模样的先遣队从宜秋门方向骑马过来了。

先遣卫士之后是检非违使、山城使、内藏使[①]等,身着直垂或束带[②],威风凛凛地骑在马上,身后跟着卫士和舍人[③]。紧随其后的是装饰有嫩葵叶和紫藤花的孩子们与女官们,他们身穿绯红色、紫色、姜黄色、明黄色等各种颜色的平安时代的服装,慢慢地走了过来。皇宫的柏木门、夯土墙搭配优雅地行进在鹅卵石道路上的祭典队伍,宛如一幅徐徐展开的王朝时代的画卷。

"不管什么时候看,葵祭都是京都三大祭里最漂亮的一个!"

二子她们附近的观众发出了京都味儿十足的感叹。观众席上按

[①] 检非违使、山城使、内藏使:古代官名。

[②] 直垂:一种上衣下裙式服装,武家礼服的一种;束带:平安时代以后,天皇和官吏的正式礼服。

[③] 舍人:皇族的近侍,驾驶牛车的人,执缰的人。

照相机快门的声音此起彼伏。

不一会儿,骑着白马的钦差出现在人们眼前。钦差身后是斋王的轿子。终身侍奉神灵的斋王,身披十二单小忌衣①,坐在黑漆金箔的轿子上,在卫士们的簇拥下缓缓前行。轿顶上也装饰着嫩葵叶和紫藤花。轿子前后,四名舍人手上撑着由多种颜色的鲜花装点的风流伞②。整个祭典队伍优雅而庄重地行进在五月蔚蓝的天空下、飞扬的花瓣雨中。黑牛牵引的牛车,吱吱嘎嘎地跟随在轿子后面。

众人都被华丽的风流伞和斋王乘坐的轿子吸引住了。只有宁子,从牛车出现的那一刻起,就一直盯着它。牛车在大黑牛的牵引下吱吱嘎嘎地往前走。车上没有人,只有一幅低垂着的古色古香的帘子。宁子不知道,为什么其他的车上和轿子上都坐着盛装的人,唯独牛车上没有人,只有晃晃悠悠的帘子。宁子盯着牛车,恍惚中感觉自己坐在了牛车上。宁子想起了《源氏物语》中,葵上和六条御息所因为牛车而发生的争端。

光源氏的正妻葵上和情人六条御息所乘坐的牛车,在一个庆典上相遇。两辆车互不相让。在争斗中,六条御息所的车座被撞坏了。六条御息所非常心痛,由此开始怨恨葵上。在能剧《葵上》中,灵魂出窍的六条御息所戴着鬼面,穿着象征银蛇蛇鳞的白色上衣,无数次疯狂地向葵上发起攻击,最终导致葵上气绝身亡。宁子眼中浮现出六条御息所那恐怖的形象。强烈的女性嫉妒心冲击着宁子的内心:自己到底应该支持哪一方?现实中的自己虽然是正妻,却频频遭到丈夫的情人的侵犯,甚至被迫接受妻妾同床的耻辱。因嫉妒而疯狂而灵魂出窍的,难道不正是自己这个正妻吗?宁子仿佛看到了自己内心深处不为人知的一面。从来喜怒不形于色的宁子脸上,呈现出

---

① 十二单衣是平安时代贵族女性的正装。
② 风流伞:一种长柄伞,祭礼时使用。

一种无以言状的疯狂之色。

"妈妈,您怎么了?您脸色好苍白啊。"

耳边三子的声音,让宁子一下子回过神来。这时候宁子才发现,汗水已经湿透了衣裳。静吕也惊讶地问道:

"怎么了?不舒服?到旁边去休息一会儿吧。"

"嗯。我平时也不出门,今天人这么多,有点儿难受。"

"妈妈,到车里休息一会儿吧。"

二子建议道。宁子点点头,在哥哥的搀扶下离开了观礼席。

兄妹俩穿过人群,向与祭典队伍相反方向的蛤御门走去。由长长的皇宫围墙环绕的鹅卵石广场上几乎见不到什么人。

"没事儿吧,宁子?"

"嗯,离开人多的地方,舒服多了。"

宁子眺望着皇宫方向说:

"哥哥,以前过年的时候,爸爸带咱们来这儿看过舞乐呢。我记得那时候,天皇和皇后还行幸到此呢。"

宁子说起话来还是以前的公卿风格。静吕也说:

"是啊,因为两位陛下行幸,爸爸穿上了大礼服,咱俩也穿着带有家徽的和服去晋谒天皇和皇后的。"

哥哥的话语中充满着对二战前公卿贵族生活的无限留恋。说到这儿,哥哥换了个话题,问:

"大介怎么样?"

"最近一直在出差,今天在东京。"

"那,那个人呢?"

那个人当然指的是相子。

"也在东京,为银平在东京的婚礼做准备。"

宁子慌忙加上了后半句。

"是嘛,还是……？宁子,让你受苦了。"

静吕安慰着妹妹,同时也为自己的不中用而羞愧。当初妹妹宁子因为难以忍受妻妾同居的生活而回到娘家,可是静吕觉得家中已经落魄不堪,最终还是将宁子送回了万俵家。

"哥哥,家里怎么样？"

宁子避开了这个话题,抬头看着哥哥问道。宁子觉得,和大介同岁的哥哥,看上去比大介老了很多。

"不用担心家里。我好歹还是关西洋兰协会的会长、京都文化财产保护委员会的委员,总会有办法的。"

作为曾经的公卿贵族,哥哥似乎不在意生活的困窘。但宁子已经注意到,哥哥身上的仙台绫质地的裙裤,带子的边缘已经磨破了。

"现在也挺不容易的吧？银平的贺礼就别勉强了。"

"你不用管我,多考虑考虑自己的幸福。这个时候,如果老爷子还活着该多好。以前他最疼你了,他要是活着,你也就不会像现在这样了。"

静吕对敬介没能多活几年表示惋惜。宁子没有答话,低头向车的方向走去。

阪神特殊钢公司的码头上停泊着一艘八千吨级的大型货船。工人们正在热火朝天地装运出口美国的产品。

大拖车从附近的仓库运来轴承钢和结构钢。这些钢材根据种类不同,被十根、二十根一捆地挂到钢缆上,然后用五吨起重机吊起来堆到船舱上。钢材比较重,而且长达六七米,作业起来并不简单。夕阳西下的码头上,二十多名工人已经忙得汗流浃背。

在仓库内忙活的是阪神特殊钢公司的员工,但码头装货的是雇来的专业装卸工。这些人干起活来很利索,但是有些鲁莽。本应该水平吊起的钢材，斜着就被吊了起来，眼看钢材就要掉下来了，让人不禁捏把冷汗。

"喂！危险！重新勾！"

看到起重机将轴承钢倾斜三十度吊了起来，阪神特殊钢公司的运输课课长不禁大声叫了起来。钢材如果斜着吊起来，有可能从起重机上掉下来，撞到船舱边缘还有可能造成损伤。而轴承钢只要有一点点瑕疵，都有可能被客户索赔，引发不必要的矛盾，因此必须慎之又慎。可是，起重机装卸工对于运输课课长的怒吼充耳不闻，起重机斜吊着钢材继续工作。

"喂！停下来！"

运输课课长对着吹哨的信号工怒吼着。起重机终于停了下来。

"吵死了！这么热的天，在耳朵边汪汪汪地叫个不停！"

刚刚五月中旬，汗流浃背的年轻装卸工明显是在指桑骂槐。

"你说谁吵？别废话，赶紧重装！"

同样满头大汗的运输课课长指着卸下来的二十根轴承钢不客气地命令道。年轻气盛的装卸工，皮肤被太阳晒得黝黑，恨恨地盯着运输课课长，大声说：

"你要不满意，重装啊！六点出船，还多着呢！慢点儿装！装不完也没人怨你！"

听到装卸工这样说，运输课课长无言以对。这个月阪神特殊钢公司要向美国出口一千吨轴承钢和两千吨结构钢，总计三千吨。正常情况下装船需要两个整天。但因为仓库货物整理得比较慢，出货时间整整晚了半天，这就相应增加了码头作业的难度。为此，运输课课长亲自上阵监督作业，无论如何也要赶在六点开船前，将货物全部装上船。如果整艘货船都是由阪神特殊钢公司包下来的话，赶不上开船时间，公司只需交纳相应的滞纳金。但是区区三千吨的货物根本用不着包下整艘船。在商社的协调下,阪神特殊钢公司和其他两家企业合租了一艘船。也就是说,在装完一处的货物之后,船还要去另外两个码头装别家的货物。因此,各家的装货时间都有严格的限定。如果在预定时间之内不能装完的话,剩下的就只能放弃装船了。而下一趟开往美国的商船,至少还需要等两周的时间。对于企业来说,不能在合同时间内交付商品就意味着失信。因此,任何一家企业都绝对不允许出现产品装不完的情况。

"怎么了?说到装不完就脸色发白,哑巴了!接着说呀!"

不依不饶的装卸工抓住了运输课课长的软肋,嘴巴开始不干不净起来。在他的煽动下,已经工作了一天一夜的装卸工们个个情绪激昂,将运输课课长团团围在中间。码头上的气氛骤然变得紧张了起来。

"喂,你们都怎么了?!"

万俵铁平专务头戴安全帽、身穿工作服,边喊边大步跑了过来。看到万俵铁平,运输课课长终于找到了靠山,说:

"工人们干起活来太不注意了,我提醒了他们一下就……"

"你说什么?!你撇开自己的问题,想把问题都推到我们头上吗?!混蛋!"

说话间,一个工作服下露出黄围腰的粗暴男子,突然抓住了运输课课长的前胸衣服。

"不准胡来!"

铁平怒喝道。

"你是什么东西?!"

男人唾沫星子乱飞,冲着铁平就过来了。但是,当他看到一身正气的铁平满脸怒火的样子,举起的拳头不由得落了下来。铁平目光坚定地看了看四周的工人,说:

"离开船还有两小时,赶紧干活!"

听到铁平的命令,刚刚还杀气腾腾的工人们立马变老实了,各自回到自己的岗位上,重新开始了紧张的工作。

"哎呀呀,我吓了一大跳啊,专务。"

一之濑厂长站在铁平身后,脸上浮现出温和的笑容。一之濑厂长和铁平刚刚参加完高炉建设工程用地地质调查的钻孔实验,因为担心码头的装卸工作,又马不停蹄地赶了过来。

"有什么可吓的?真不像话!"

铁平不高兴地说。

"不是,是太像了!"

一之濑厂长的笑容越发温和起来。

"和谁像?和建筑队的工头像?"

"不是,和创办咱们公司前身万俵铁工的老主人像。"

"又说我和爷爷像?你能不能偶尔也说点不那么实在的话啊?"

"又说?我没记得说过几遍啊!你在面对那帮粗人时,眼睛一瞪、不言自威的力量,我觉得在整个万俵家,除了老主人,再没有第二个人有了。现在的行长,怎么说呢,属于那种用脑子使唤人的类型……"

说到这儿,一之濑厂长可能觉得自己有点多嘴了,转过头去看着作业现场说:

"进展很顺利啊。照这个样子,肯定能按时装完货。咱们走吧。"

"我再看一会儿,你先走。"

铁平抬头看着起重机上吊着的轴承钢,仿佛在依依不舍地看着另一个自己。

"我还得去炼钢车间。我先走了。告辞。"

一之濑厂长坐上吉普车走了。

为了不打扰工人作业,铁平走过长长的船身旁,来在船尾处,点上烟,看着眼前的神户港。

这一带是石油厂和重工业、化工业工厂相对聚集的临海工业地带。虽然无法大口呼吸清澈的海风,但生机勃勃的景象让铁平心潮澎湃。身旁,在八千吨的大型货船上,阪神特殊钢公司的出口产品正在装船。一千吨轴承钢和两千吨结构钢的三分之二将出口到公司的老客户——芝加哥的美国轴承公司,其余的三分之一出口到旧金山的机械制造厂。阪神特殊钢公司的主要出口对象集中在美国和东南亚,年出口总量约十万吨,是日本特殊钢界的老大。按照惯例,产品内销时,售出之后一个月,对方会现金支付总价的20%,其余的80%在三个月后用票据支付,因此公司必须考虑这期间的资金周转问题。但如果做外贸的话,在出货之前,对方就会用贸易票据以订金的形式支付总价的80%,这笔钱很快就可以变成现金,而且在出货后对方也会立刻用现金支付剩余的20%,因此资金周转相对比较简单。铁平想用这笔钱来建造日本特殊钢界的第一台高炉。

不知不觉中已经日落西山,装货工作也结束了。工人们检查完船内货物放置情况后就可以开船了。

夕阳中,八千吨大货船的侧影轮廓分明。想到公司的产品要坐上船,漂洋过海,组装到汽车零件中,行驶在世界各地,铁平不禁为自己是一名工程师而感到骄傲。不过,现在最重要的是尽快建造高炉,早日将阪神特殊钢公司发展成为日本第一,不,世界第一的特殊钢公司。为此,铁平需要筹措二百五十亿日元的资金。眼下,铁平已经从非官方的渠道得知,通产省已经批准了自己的申请,眼下就等主银行阪神银行最后的融资决定了。

阪神银行的融资会议在董事会议室召开。

本次融资会议将讨论阪神特殊钢公司提交的高炉建设计划书，决定最终融资额度。万俵行长坐在正中间，大龟、小松两位专务加上融资主管涩野常务围坐在一旁。坐在最下位的融资部部长正对厚厚的计划书进行说明。

"正如我刚才所说，设备主要包括一台八百立方米的高炉、两台六十吨的转炉、一台阿塞尔轧管机，预算总额为二百五十亿日元，计划 1968 年、1969 年两年投入二百三十亿日元，1970 年投入二十亿日元。至于资金筹措，公司计划前两年从银行贷款一百八十亿日元，第三年通过增资和留存利润返还五十亿日元。在一百八十亿日元银行贷款中，我行作为主银行占 40%，即七十二亿日元，副银行大同银行占 30%，即五十四亿日元，长期开发银行占 15%，即二十七亿日元，剩余不足部分请五菱、大友、新日本信托等十几家银行共同帮助解决。"

融资部部长对阪神特殊钢公司提出的七十二亿日元的贷款申请做了进一步说明：贷款一年后开始还款，四年还清，利率为 8.5%，以新设备作为担保。最后，融资部部长对融资部的意见进行了总结：

"我们融资部认为，此次高炉建设是特殊钢界前所未有的大事。我们依据阪神特殊钢公司提交的项目计划书，从今后特殊钢的市场需求、经济动向、设备资金的筹措能力、高炉建成后的利润预算等多方面进行了慎重的调查研究，反复论证，得出的结论是：虽然个别地方仍需做略微修改，但该计划整体上比较妥当，因此我们决定接受阪神特殊钢公司七十二亿日元的全额融资申请，支援这项大事业。"

这时，融资主管涩野常务也使劲点头说：

"我也认为，阪神特殊钢公司要想在激烈的市场竞争中实现长远发展，就需要拥有自己的高炉，实现从生铁开始的一条龙作业，这一点非常重要。但是，高炉操作需要特殊技术，这方面公司准备得如何？还有，高炉生产出的大量生铁经过转炉的精炼，虽然每吨的成本大幅下降,但能否像现在电炉制造出的产品一样品质优良?这个问题同样令人担忧。因此,我们一直期待着通产省能够有一个慎重的技术审查结果。最近听内部消息说,通产省已经同意,那么我们融资部也就不需要再担心什么了。现在正值金融缓和期,这虽说是长期的设备资金,但我们仍然决定按照以往的融资比例进行贷款。同时,作为主银行,我们打算尽量协调其他融资银行,希望他们也能积极帮助阪神特殊钢公司。各位觉得如何?"

涩野常务就此次阪神特殊钢公司的设备资金融资申请表现出了积极的态度。听到涩野常务征询大家的意见,坐在万俵行长身边的总务主管小松专务说:

"拥有高炉的企业原来仅限于大财阀的下属企业和旧国营大厂,现在阪神特殊钢公司能够拥有高炉,实现一条龙生产,实在可喜可贺。而且阪神特殊钢公司是我行的支柱企业。既然接受他们的贷款申请,我们理当积极扶持。"

小松专务明显想借此拍万俵行长的马屁,表现"管家专务"的与众不同。

"大龟专务,你怎么想?"

万俵想听听大龟的意见。又高又胖的大龟专务双臂交叉在胸前,有些不知所措地说道:

"怎么说呢,我对特殊钢今后的市场需求还有些疑问。的确,在未来的一两年内,汽车业、机械制造业将持续发展。但是,今后的市场将发生什么样的变化,这个问题很难回答。按照刚才融资部部长的解释,这次建高炉是突击作业,计划一年后完成。我觉得能否按计划如期完成还是个问题。不管怎么说,这是第一次,谁都不知道会出现什么问题,说不定工期就会推迟。我觉得一年的工期好像有些太乐观了。这个问题你怎么看?"

大龟将问题抛向融资主管涩野。

"的确,按惯例,建高炉一般需要一年半的时间。关于这一点,我让融资部部长再次确认了一下,情况是这样的。阪神特殊钢公司的高炉建设工程用地是以前就有的,用于停靠运送焦炭和铁矿石的大型货船的码头也是现成的,这样工期就可以相应缩短,一年时间完全没问题。而且,我觉得万俵专务带领的优秀技术团队完全值得信赖。"

听完涩野的解释,大龟点头表示同意,并偷偷瞄了一眼万俵行长。万俵行长依然保持沉默。大龟搞不清楚万俵催着自己发言的真实意图,接着说:

"但是,新设备又不能马上投入使用,完成后全方位启动至少需要半年的时间。的确,眼前的市场需求量很大,经济形势一片大好。但是正因为现在已经进入繁盛期,以后会不会很快走下坡路呢?要是市场下滑时间和高炉启动时间重合的话就麻烦了。高炉一旦启动,可不像现在的电炉一样可以随意调整生产量,有可能造成产品过剩,价格下滑。万一真遭受到这样的打击,对我们主银行来说,问题就严重了。"

大龟揣测着万俵行长的心情,语气更加慎重。涩野回答说:

"的确如您所说,经济形势的一点点变化都有可能影响钢铁市场的变化,您所说的危险情况不是不可能发生。但是,就特殊钢的市场需求来看,按照今年通产省的市场预测,估计年增长率为8%,而且整个世界的需求量非常大。只要有周转资金,即便有一些小小的经济波澜,我想他们也能闯得过去。"

对于涩野的回答,其他人都没有表示异议。阪神特殊钢公司的七十二亿日元贷款申请即将获得全额批准。就在这时,万俵行长发言了:

"我完全能够理解你们的想法,但是我不同意七十二亿日元的融资申请。"

万俵继续说道：

"关于高炉建设计划,我很早之前就听他们的专务谈过很多次。但我一直抱着一个态度,那就是全部交给融资部审查,在融资会议之前不发表任何意见。刚才我听了诸位的发言,明显可以感觉到,各位都认定,我肯定 OK 没问题。在这儿我要强调的一点是,在融资问题上不存在任何血缘关系,哪怕是我儿子领导的公司,融资的时候也绝不能掺杂任何的亲情。"

万俵的态度非常严厉。

"在此,我认为,需要重新研究对阪神特殊钢公司的融资方针。第一个理由是,统一会计准则从今年九月份开始就要进入准备阶段,银行间的收益竞争将会越来越激烈。因此现阶段的银行贷款,应该尽量向周转快、利润高的项目倾斜。哪怕是面向本集团下属企业的贷款,也应该控制低利率长期大额贷款。第二个理由是,随着阪神特殊钢公司规模的扩大,资金需求量会越来越大,说白了,会日益成为我们银行的负担。这次高炉计划的设备投资数额巨大,绝不可以沿用以往 40% 的融资比例。"

万俵的语气非常坚决,所提出来的理由也全都合情合理。以前,万俵行长从未以某种理由否定过对阪神特殊钢公司的融资,众人一时都摸不清万俵行长葫芦里卖的是什么药,全都陷入了沉默。

过了一会儿,涩野开口问道：

"那么行长,您认为本次对阪神特殊钢公司的融资,多少比例合适呢？"

"顶多控制在 30%,也就是说减少近二十亿日元。"万俵答道。

"这样的话,他们的资金筹措计划就需要进行大幅调整了。但问题是,作为主银行,我们从 40% 削减到 30% 的话,高炉很可能就建不起来了,而阪神特殊钢公司从工程用地规划到高炉订购,已经做了很多前期的准备工作,专务本身也是一名非常执着的技术专家。如果现在让他们修改计划,或是终止计划,不太可能吧?"

夹在万俵行长和万俵铁平中间,涩野不知道怎么办才好。

"他们在事前没有征得咱们主银行的同意就开始做那些准备,说融资就融资,是不是太自私了?不管阪神特殊钢公司说什么,咱们30%是上限,剩下的让他们找副银行大同银行和协调融资银行等解决,让他们再想别的办法多找几家银行贷款。这个资金计划整体上都太不靠谱了!"

很少感情用事的万俵行长,今天的发言明显表现出一种感情导向。涩野无言以对。大龟专务偷偷看了一眼万俵行长的眼睛,插话道:

"如果我们主银行降低对阪神特殊钢公司这项开创性事业的融资比例的话,那么副银行他们会不会有所警惕并按兵不动呢?我们是否应该有这方面的心理准备?如果高炉计划受阻,最终承担责任的还是我们主银行。"

一个月前,万俵向大龟透露了银行合并的意向。大龟认为:万俵之所以在向阪神特殊钢公司贷款一事上一反常态,故意阻拦,其根本原因是为了实现以小吃大的银行合并计划,不想承担丝毫的贷款风险。

"这是当然。所以对外我们可以说,我们依然保持原来的融资方针不变。而且现阶段这么说,无论是对阪神特殊钢公司还是对我们银行,都是件好事。"

万俵行长的基本方针是,今后阪神银行要悄悄控制对阪神特殊钢公司的融资比例,同时要让其他银行放心大胆地贷款给阪神特殊钢公司。融资会议历时三个小时才结束。

会议结束后,万俵大介回到行长室,命令接通阪神特殊钢公司的电话。铁平一直在等着融资会议的结果。

等电话的时候,大介坐在转椅上,抬头看着墙上父亲的照片。阪神银行的首任行长万俵敬介,播州地主的第十三代子孙,鼻直口方,目光灼灼,似乎正居高临下地俯视着整个行长室。大介盯着照片上的父亲,忽然觉得,将父亲额头深深的皱纹和嘴角漂亮的胡须去掉,再将白发换成黑发的话,活脱脱就变成了儿子铁平。

电话响了。

"让您久等了。阪神特殊钢公司万俵专务的电话接通了。"

女秘书刚一说完,话筒里就传来了铁平的声音。

"喂喂,我是铁平。"

大介继续看着父亲的照片。

"啊,是我,融资会议刚开完。"

"申请全额通过了吧?"

铁平的声音充满了期待。

"没有。由于种种原因,我们银行不能按照以前的比例给你们贷款,要削减10%。你们想要建造高炉,想要发展成为从生产生铁开始的一条龙生产企业,就要再多找几家银行贷款。"

盯着父亲犀利的双眼,大介告诉了铁平这个决定。

"什么?削减10%!爸爸,这太过分了!二百五十亿日元的设备资金数额的确比较庞大,我知道,40%的融资比例对阪神银行来说也是个相当大的负担,但是这是特殊钢行业划时代的创举。在这个关键时刻,主银行都不积极融资的话,其他银行怎么可能响应呢?通产省能够同意我们的高炉建设计划,一方面是碍于岳父大川的面子,另一方面,他们也认为阪神银行会积极支持我们,也就是说他们看重了我们的集团背景。"

"要真是这样的话,这种不靠谱的计划你就别干了。咱们先不说对产品需求量的预测,就看看资金筹措计划这一项,既有我们主银行,又有以前有过来往的银行,还有新合作的银行,什么都有。你的这个计划太不靠谱了!你认为主银行就理所当然地应该在资金上帮你,我倒认为,企业首先要想办法自己筹措资金。"

大介凝视着照片上的父亲——一个高傲自大、野心勃勃的好色之徒。

"这一点我明白。但是,关于这次融资的事情,前些日子我已经跟您说过好几次了。而且我也见了融资部部长和融资主管涩野常务,说明了我的计划,他们也承诺积极支持我们。我不明白为什么今天开完融资会议就突然说要削减10%。这是爸爸您的意见吗?爸爸您是不想让我建高炉吗?"

铁平怒气冲冲地问道。此时的大介也愤怒地盯着照片上的父亲,就像在盯着铁平,说:

"你是在和主银行的行长说话吗?即便我是你父亲,但我现在是在行长室给你打电话!你要分清楚!"

"对不起。电话里说不清,我现在就去您那儿。"

"我下午要去见一个重要客户,没时间。这是最高决定机构融资会议决定的,没有商量的余地。"

大介冷漠地回绝了铁平的要求,啪的一声挂断了电话,告诉秘书课说:

"我去外面吃饭,一个小时左右回来。"

大介站到镜子前面。每次外出前,大介都会面对镜子整整衣冠。镜子中的大介,面容端正,潇洒挺拔,完全不像六十岁的男人。大介下楼的时候正是午饭时间,到处都是职员。看到行长,职员们都恭恭敬敬地鞠躬行礼。大介微笑着,严厉而不失温和。刚走出东玄关,大介看到了吃完饭回来的银平。银平穿着白条纹套装,身材修长,面容俊朗，无论身高还是长相都酷似大介，但神情有些冷漠。银平看到父亲有些不好意思，刚想转过头去的时候，大介大步走了过去，说：

"这套衣服不错啊，是定做的吧？你跟我一样，都爱打扮。"

大介眼中满是父亲的慈祥，和刚才与铁平通话时判若两人。

万俵银平驾驶着Mercury沿六甲山公路向山顶驶去。夕阳西下，漫山遍野的暗红色的杜鹃花，像一团团燃烧的火焰。

"哇，好漂亮！没想到六甲山的傍晚会如此美丽。傍晚兜风真好啊。"

安田万树子坐在银平身边感叹道。银平没有说话，左臂架在车窗沿上，右手把握着方向。婚礼就剩一个月了，万树子也忙了起来，很少有时间给银平打电话了。不过，今天一大早，万树子接连打了两个电话约银平见面。五点过后，银平离开银行，带上万树子到离神户三十分钟车程的六甲山宾馆吃晚饭。

穿过丁字形杉树丛、快到六甲山宾馆时，万树子突然说：

"你家的山庄就在这附近吧？我想在吃饭前去山庄那边转转。"

"那边倒是有管理员，可现在是淡季，这么贸然过去不大好吧。"

银平似乎不太乐意。万树子撒娇道：

"我还是想去看看，又不用准备什么的。"

"那就去吧。"

虽然觉得有些麻烦，银平还是将车转向了圣者路方向。车停在正门口，银平摁响了喇叭，管理员惊讶地从后门旁的小屋里走了出来。

"哎呀呀，少爷，您怎么突然来这儿了？"

"没事儿，你赶紧把门开了，再把山庄的大门也打开。"

"我老婆正好在山庄那边打扫卫生，门开着呢。"

管理员说着,将松木大门向两侧打开。银平将车驶进门内的杂树林小道,停在了山庄前面。管理员的老婆出来迎接他们。

"欢迎。刚才他在对讲机里告诉我你们来了,这儿什么都没有准备,实在抱歉。"

"不用了,我们一会儿就走,只要点上炉火就行了。"

说着,银平下了车。跟在银平身后的万树子和管理员老婆打招呼说:

"我是安田万树子,以后请多关照。"

万树子非常大方。管理员老婆知道原来是银平的未婚妻来了,赶紧说道:

"祝福你们。今后还请您多多关照。"

管理员老婆郑重地鞠躬行礼之后,将他们带到有壁炉的大房间,熟练地折断壁炉旁堆着的枯枝点火生炉。这时候,万树子饶有兴趣地打量着天花板上一人粗的大梁和室内装饰的扁柏木板,银平则惬意地坐在沙发上,看着壁炉里的火苗,点燃了一支烟。等到壁炉中的柴火充分燃烧起来之后,管路员老婆说了句"我去沏茶",就准备去厨房。

"不用了,我自己来。你只要把水烧好就行。茶壶是在厨房的柜子里吧?弄完了你就可以下去了。"

万树子很快就进入了女主人的角色中,准备泡茶。银平对憧憬着新婚生活的万树子有些厌烦,伸开腿,躺在沙发上。窗外不知什么时候暗了下来。银平想起今天的融资会议决定削减对阪神特殊钢公司贷款额度的事情,觉得非常意外,不禁有些担心哥哥铁平。

"茶泡好了。我还倒了点白兰地。"

万树子把茶杯递给横躺着的银平,自己则坐在地毯上。

"真幸福啊!在安静无人的山庄,靠着壁炉,只有咱们俩,静静地喝茶。这屋子好棒啊,简洁又充满野趣。我们家在轻井泽的别墅,太西洋风了,反而没意思。不过,这个夏天咱们一起去一趟吧。我们家隔壁是五菱商事会长石山的家,对面是原外务大臣藤川的家,附近还有日银总裁松平的别墅,正好方便你和他们交往,而且我爸爸也……"

万树子一个劲儿地说着自家的别墅和周围人的情况,性感的厚嘴唇像是在跳舞。银平时不时地回应一声,脑海中却浮现出当年在六甲山第一次和小森章子做爱时的情景。那是五年前的一个夏末,小森章子要写生,两人一起骑车到奥摩耶,结果遇上了暴雨,于是赶紧到外国人的空别墅中躲雨。就在那栋别墅的一个房间里,当两个湿漉漉的身体靠在一起取暖的时候,在温热的体温的诱惑下,两人贪婪地结合在一起。章子的身体像猫一样柔软,温暖,富有弹性。

"讨厌,又不作声了,听我说话时你总是心不在焉的。"

万树子将上半身靠在银平躺着的沙发上,撒娇地将两人的手指缠绕在一起。壁炉中的火苗发出噼噼啪啪的声音。火越烧越旺了。银平放下水杯,一把拉过万树子,使劲吻了下去,手却绕到了万树子的身后。

"等等……很快就举行婚礼了。"

万树子似乎想拒绝,但银平粗暴地将万树子压在身下,拉下她背后的拉链,扯下她的内裤。仰面躺在沙发上的万树子虽然才二十三岁,但身体玲珑有致,性感迷人。银平熟练地抱起火光下万树子那娇艳欲滴的身体。

当两人身体分开的时候,万树子有些害羞地垂下了眼睛。

"应该没事儿吧?"

银平有些担心万树子会怀孕,冷静地问道。

"大概没事儿吧。"

"那太好了。我怕麻烦。"

银平害怕万树子未婚先孕,那样的话会带来很多不必要的麻烦。

"不过,你应该不是第一次吧?"

听到银平的问话,低头穿衣的万树子突然停住了手说:

"对不起,我……"

万树子努力想要解释。

"可以理解,但我没兴趣听你和那个男人的故事。"

银平抽着烟冷淡地打断了万树子。万树子泪汪汪地说:

"我结婚后一定会好好持家的。"

"好啦,彼此彼此。"

在异常的家庭环境中长大的银平,早已失去了营造健全的婚姻生活的意愿,觉得自己只能拥有一个扭曲的小家庭。不过,一想到婚姻归根结底是一场互利互惠的交易,银平就觉得,扭曲不扭曲也无所谓了。

"咱们该走了。太慢了的话,管理员会觉得奇怪的。"

银平催促着,站了起来,穿上外套,按响对讲机。

"我们走了,开开门。"

管理员回答道:

"已经到吃晚饭的时间了,要不要我让六甲山宾馆做了送过来?上次美马先生来的时候就是这样做的。"

"美马来过?我们去宾馆吃,不用了。"

挂断对讲机后,银平心头掠过一丝疑云:为什么父亲大介要瞒着大家邀请美马到山庄来呢?

万俵家的起居室里静静流淌着勃拉姆斯[①]钢琴奏鸣曲。晚餐已

---

① 勃拉姆斯:Johannes Brahms,约翰奈斯·勃拉姆斯(1833-1897),德国作曲家。

经结束,二子正在弹琴,宁子和相子在客厅与和服店老板讨论银平婚宴时和服颜色的事情,只有大介陪着二子。不过,大介还在回忆今天通知铁平,融资会议决定削减阪神特殊钢公司高炉建设贷款10%的事情,并没有在专心听二子弹琴。

琴声停了。

"爸爸您在听吗?"

"嗯,在听。但是,你的勃拉姆斯有些太激烈了。勃拉姆斯是不是应该情感更丰富一些、更柔和一些才好啊?"

"哎呀爸爸,您又来了,和上次说的一样,说明您根本没好好听。"

二子盯着爸爸说道。大介抽着雪茄苦笑着说:

"二子,你也不要光弹琴,该想想嫁人的事情了。"

"银平哥哥的婚礼还没办呢,您就开始催我了。我可不会像银平哥哥那样,不管爸爸和相子推荐的是什么人,都没意见。我要自己选择。可以吧?"

"你这是在威胁我呢。二子,你觉得什么样的男人比较好?"

父女俩刚要开始难得的畅谈的时候,门开了,铁平走了进来。

"哎呀,哥哥,回来啦!爸爸正问我喜欢什么样的男人呢,我喜欢铁平哥哥这样的。"

听到二子天真的话语,铁平露出洁白的牙齿笑了。

"你这样说吓我一大跳。对了,爸爸……"

铁平正要往下说,大介察觉到铁平要说什么,站起来说:

"哎呀,我该去睡了。"

"爸爸,我有点事要跟您说。"

"又是工作上的事吧?明天吧。"

"可是我今晚无论如何都得说。"

铁平坚持道。二子盖上琴盖,悄悄走了出去。

"什么事?"

"爸爸,直说吧。今天削减贷款的事情,希望您能重新考虑。"

铁平直截了当地说道。

"不行。没有重新考虑的余地。"

大介冷冰冰地摇头道。

"为什么?融资部部长和融资主管常务都答应了的,为什么爸爸您要反对呢?我不明白。"

"这个问题,白天在电话里我已经告诉过你了。"

"但是,以前阪神特殊钢公司的贷款申请,你们一向都是支持的。为什么偏偏这回要削减呢?我不明白。"

铁平再次问道。

"你可真啰唆。因为特殊钢企业建造高炉不合适!"

"这个计划绝对不存在不合适的问题。前些日子我就向您解释过很多次,这个计划是我们在对未来的特殊钢市场进行预测的基础上制定的。只要渡过了最初的难关,以后我们还可以再增加两台、三台高炉,到那时候,阪神特殊钢公司就会跃升为世界第一的特殊钢企业。这不是不可能的。"

"什么?两三台高炉?你可真够能想的。"

"爸爸,您将从爷爷那儿继承的地方银行发展成了城市银行,我也想将爷爷创设的阪神特殊钢公司发展成拥有高炉的大型钢铁企业!"

铁平满腔热情地说道。

"你不论说到什么都会联系到你爷爷。当年你考大学的时候,我让你学经济,将来继承我的银行业,你却说银行就交给你弟弟了,你要发展爷爷创下的钢铁业,就选择了工科。比起我这个当爸爸的,你更尊敬你爷爷。的确,你爷爷很厉害。阪神银行的前身万俵银行,阪神特殊钢公司的前身万俵铁工,以及这个庞大的万俵家,都是你爷爷万俵敬介建起来的。"

大介冷冰冰地说着,眼睛里闪烁着异样的光芒。

"是爸爸您有些过于拘泥于爷爷的存在吧?我从来没有说过自己更尊敬爷爷,是您嫉妒爷爷!"

"什么,我嫉妒你爷爷?混蛋!"

一向喜怒不形于色的大介,此时满脸怒气。爸爸的反应让铁平有些目瞪口呆。铁平解释道:

"我的意思是,即便是亲父子,作为实业家,有时候也会嫉妒对方高超的经营手段。我绝没有笑话您的意思。"

"作为实业家,我也从来没有嫉妒过你爷爷!你说的嫉妒这个词,让我很不舒服。"

"您如此纠结于一个词是不是有些可笑?"

"你到底还想说什么?!"

铁平的这句话如同火上浇油一般,让大介火冒三丈起来。

"铁平,你跟你爸爸说什么了?"

相子不知什么时候走了进来,责备铁平道:

"你祖父在的时候就不说了。现在,有你父亲才有万俵家。你父亲是阪神银行的行长,同时也是包括阪神特殊钢公司在内的万俵财团的统帅,责任重大。他的决定自有他的道理。你不应该服从你父亲的决定吗?"

相子刚说完,铁平就眼神犀利地盯着相子说:

"你闭嘴!父子争吵的时候,只有妈妈可以说话。"

铁平的话像打了相子一个响亮的耳光。相子说:

"随便你怎么想。我教育了你们几个,还为你们操办婚事。"

"那是你作为家庭教师和女管家应该做的!拿这个来表功,你搞清楚自己的身份没有？"

相子一下子说不出话来了。"搞清楚自己的身份"，过去万俵敬介健在的时候，也曾经对相子说过同样的话。相子不由得气馁了几分。这时，大介拿下嘴里的烟斗，说：

"铁平，不准胡说！你妈妈什么都不会，是相子管理着万俵家，抚养、教育你们兄妹，还为你们选择了优秀的配偶。这些都是相子努力的结果。"

"我承认相子所做的这些事情，但是同时她也是爸爸您的情人，这也是事实吧！您在社会上是品行端正、德高望重的行长，一回到家里就过着妻妾同居的生活。爸爸您就是个欺世盗名的伪君子！就是您的这种家庭生活，导致了银平今天的冷漠！"

铁平将心中压抑已久的所有愤怒一股脑儿地发泄了出来。铁平盯着相子说：

"你是不是也应该考虑考虑自己的未来了？"

"由我亲手抚养、教育的二子和三子的婚姻问题还没有解决。在某种程度上，我比你妈妈更爱你爸爸。"

相子平静地说着，话语中有种不可动摇的力量。

似乎有人进来了。是银平站在门口。看到铁平回过头来，银平说了句：

"哥哥，干得不错！我和未婚妻约会完高高兴兴地回来，看到家里这个样子，有些震惊。我先告辞。"

说完，银平转身向楼梯方向走去。

"银平，在这个时候，你没有什么要说的吗？！"

铁平生气地质问道。银平两手插在裤兜里说：

"哥哥，和爸爸争吵没有意义。作为实业家，他的见识、财力、社会地位，所有这些我们都没法跟他比，所以没有任何胜算。"

说完这句话,银平继续向楼上走去。

"不管有没有胜算,我都要试一试。从此以后,我不会再求您。"铁平挑战般地说道。

在东京大手町日本产业银行的董事会客室里,万俵铁平和融资主管五十岚常务面对面坐着。

这十天来,铁平基本没有去阪神特殊钢公司,而是奔波在各家银行,为筹集被主银行削减的十八亿日元贷款而东奔西走。协调融资银行和新兴的生命保险公司各出了一点,加起来有八亿日元左右,但还有十亿日元无论如何也找不到出处。铁平只能向长期设备资金银行即日本产业银行提出援助申请。铁平已经通过日本产业银行神户分行,和相关负责人商讨过此事,但分行只要求阪神特殊钢公司提供了相关的书面文件,关键的具体融资磋商一直没有进展。于是铁平决定亲自拜访总行的融资主管常务,直接面对面会谈,彻底解决问题。

铁平从技术人员的角度对高炉建设计划做了专业的解释。

五十岚常务坐在铁平正对面,身着西服套装,面容瘦削而精练。铁平讲完之后,五十岚常务说:

"您说的我都明白了。但我们的问题是,高炉操作技术是否就像您说的那样?你们的技术人员驾驭得了吗?即便操作没有问题,那是否真能制造出优质的产品?而且销售渠道有保证吗?如您所知,针对同一个审查对象,一般银行调查两周,调查结果报告十页左右;而我们银行需要调查半年,汇总成二百页左右的报告之后再进行审查。如果你们急着要一个结论的话,我们没法答复你们。"

五十岚常务一副公事公办的样子。城市银行、地方银行等普通银行的资金都是职员们用汗水拉来的存款,而长期设备资金银行根本不知道拉存款的辛苦。他们将普通银行拉来的存款以金融债券的形式收上来,用于产业资金的分配。因此,他们的融资态度既有不重视资金成本的宽容的一面,但又难免官僚主义的高傲自大。

"这我明白。我们公司的高炉建设,不仅仅是我们单个企业的问题,同时也是国家基干产业的一个组成部分。扶植日本产业发展是贵行的使命,希望贵行能够理解我公司的心愿,多多给予关照。"

"听您的意思,我们银行作为公益性银行,理所当然应该贷款给你们。但是从国家的角度来讲,应该扶植的企业不止你们一家。"

"我一点都没有觉得这是理所当然的事情,但是通产省内部已经通过我们公司的高炉建设计划,我们制定计划也绝非草率之举。为了将来高炉的建设与企业的发展,希望贵行这次能够多给予我们一些帮助。以前我们在贵行只是设立了一个账户,没有什么资金往来。现在冒昧地向你们申请如此大额的贷款的确有些自私,但我们还是衷心希望贵行能够为我们解决十亿日元的贷款。"

铁平眼神坚定地请求道。五十岚瞄了眼铁平说:

"十亿?你们不是有阪神银行做后盾吗?你们和我们银行又没什么交往,还不如拜托阪神银行顺便帮你们把这点钱全部解决了,那多好啊。"

五十岚似乎没有把十亿日元的贷款当回事,但同时又在仔细观察着铁平的反应,想看看这十亿日元是阪神银行真的拿不出来还是有什么别的理由不愿拿出来。

"阪神银行现在正是金融缓和期,他们也说了可以拿出来。尽管我爸爸是银行行长,但如果进一步提高主银行融资比例的话,那我们公司事事都得听从主银行的了,就没有任何自由了。"

铁平努力解释着。五十岚盯着铁平,似乎想证实铁平的话的真伪,继续问道:

"商场无父子,你说的也对啊。问题是,如果你不想被主银行束缚,不是还有和你们长期合作的长期开发银行吗?你去找他们也可以啊。"

"当然,我们也向长期开发银行提出了提高融资比例的申请。但是我们公司希望将来能够有进一步的大发展,所以希望贵行作为日本最具代表性的设备银行,能够给我们提供贷款。"

作为设备资金银行,日本产业银行的实力超过长期开发银行。

"这次长期开发银行给你们贷款多少?"

"我们申请了三十亿日元。"

铁平前前后后去了三次,前天长期开发银行终于答应,将贷款额从一开始的二十七亿日元提高到三十亿日元。

"噢,长期三十亿日元,我们十亿日元。这一点我们也得好好研究研究。"

五十岚的话中带着讽刺的意味。按照五十岚官僚主义的想法,银行规格的高低应该和融资量的多少成正比。

"这件事就先谈到这儿。另外,关于高炉建设的问题,为你们提供生铁的帝国制铁意见如何?"

五十岚郑重地问道。

"这个问题我曾经说过。我们不是帝国制铁的下属公司,不需要征得他们的同意。"

"按道理是这样。但是,我们银行是帝国制铁的主银行。帝国制铁是高炉一条龙生产企业的排头兵,问一问他们的意见也是应该的。不管怎样,后天我再给你们正式答复。"

五十岚的言下之意是,帝国制铁的意见起着决定性的作用,贷款的希望非常渺茫。

"我好像找错门了!"

扔下这句话，铁平起身离开。

走出日本产业银行，铁平告诉司机去日本桥的大同银行。铁平靠在座椅上，想着自己费尽口舌想从日本产业银行获得十亿日元贷款，事先甚至请阪神银行方面打了招呼，结果对方还是不同意。看来协调融资银行及新合作的银行不能提供的那部分贷款，最终只能恳请副银行大同银行帮助解决了。但是十亿日元的数目有些偏大。一向天不怕地不怕的铁平，此时也难掩心中的不安与踌躇。

下午四点多，车子穿过拥挤的车流来到日本桥的本石町。威严耸立的日本银行的斜后方就是大同银行总行大楼。

铁平在这栋八层大楼的玄关处下了车，快步走向二楼的董事接待室。因为事先已经约好，工作人员立刻带着铁平来到行长室。

"欢迎，来，坐。"

三云行长让铁平坐在客用沙发上。铁平站着说：

"前几天一直麻烦您，今天又劳烦您在百忙中抽时间见我，实在不好意思。"

铁平郑重地打过招呼后才坐了下来，似乎少了点往日的闯劲。

"怎么了？你今天好像和平常不大一样啊，像只被拔了牙的狮子。"

三云行长故意开玩笑为铁平打气。三云行长的话让铁平感到心头暖暖的，同时，铁平不禁犹豫起接下来要说的话。阪神银行方面暗示铁平：在向副银行大同银行及各协调融资银行申请增加贷款的时候，不要提及主银行阪神银行削减10%的资金的事情，而要将原因归咎于预算超过了二百五十亿日元。因此，在向长期开发银行、五菱银行、大友银行、新日本信托银行等银行申请贷款时，铁平的申请理由都是预算超支。在今天和三云行长见面之前，铁平准备以同样的理由来面对三云。但是当铁平见到三云、看到三云关切的眼神的时

候,铁平不禁为自己的谎言而感到内疚。铁平一时不知道该如何开口。一直等到女职员送完茶走出去之后,铁平才下定决心说:

"行长,十分抱歉。以前我们估算有误,实际高炉预算超了十八亿日元。"

"作为技术专家,你也太不严谨了吧!"

三云一针见血地指出了铁平工作态度的不严谨。

"实在不好意思。贵行能否为我们解决十八亿日元中的十亿日元?"

铁平恳求道。三云立刻回答说:

"十亿日元?这个数字有些奇怪啊。这十八亿日元中,你们主银行阪神银行准备增加多少?"

"阪神银行规模不如贵行,他们说能够维持原来40%的融资比例就不容易了,再多就拿不出来了,所以让我们拜托其他银行。"

铁平的额头上渗出了汗珠。

"铁平,即便咱俩关系不错,我也不能答应你的要求。贷款金额先不说,我觉得首先要讲道理。你们将预算超出的部分强加给其他银行,是一种非常自私的行为。你可能因为阪神银行是你父亲的银行,有些放不开。但我觉得你们更应该做做主银行的工作,让他们承担更多的责任。"

三云语气严厉,完全不似平常。但是铁平觉得,三云的严厉完全不同于父亲的冷酷,也不同于五十岚官僚式的冷漠,是一种合情合理的严厉。房间里一下子安静下来。沉默的气氛让铁平觉得喘不过气来。欺骗三云让铁平倍感痛苦。铁平突然抬起头来,说:

"对不起。实际上不是预算超了,而是主银行阪神银行将原来40%的融资比例降为30%。"

"主银行削减了10%?到底是怎么回事?"

阪神银行的反常做法让三云十分震惊。

"他们说，阪神特殊钢公司既然觉得自己有能力建造高炉，就不用老是依靠阪神银行了，应该和更多的银行开展交易。而且如果我们光是依靠他们的话，他们也会觉得负担过重。但是，主银行削减10%的资金的事实一旦公开，就会影响眼下高炉工程资金的整体调配，我自己也同样担心这个问题，所以一开始没有说真话，欺骗了您。请原谅。"

铁平深鞠一躬，表示歉意。三云没有回礼，而是从沙发上站了起来，走到窗边，看着自己以前工作过的地方——日银大楼。过了一会儿，三云问：

"就这个理由吗？你是不是还有什么别的事情瞒着我？"

"没有，就这个。您认为我还有什么别的事瞒着您？"

"我说不清。阪神银行是你们的主银行，而且行长是你的父亲。仅仅以你刚才说的理由就削减10%的资金，这实在违背常理。如果果真如你所说，那我们银行只能认为，要么你的高炉计划有相当大的漏洞，要么你们公司自身存在着只有主银行才知道的某种重大缺陷！"

三云行长语调平静，却字字如针。

"您这是误解。如果真有您说的那种缺陷，我绝不会向您——我留学时代亲密交往的知己，申请超过主银行的巨额贷款了。"

铁平坚决否定道。三云抬头看着日银高耸的青铜楼顶，好像还在考虑着什么问题。铁平坐不住了，走到三云身边说：

"行长，高炉工程的用地规整、码头加固、高炉订购等工作都在一步步扎实推进。我们现在已经不可能再回头了。请您帮帮我，让我建高炉吧。"

铁平将得不到父亲理解的高炉情怀一股脑儿地倾诉了出来。三云好像还在思考着什么，背对着铁平，过了一会儿才慢慢转过身来，说：

"只要再追加十亿日元贷款,你就一定可以按原定计划建造高炉吗?"

"当然。"

"那我就尽快召集董事会,尽量争取他们的理解。迄今为止,还没有一家优质企业,特别是从事基干产业的大型企业选择大同银行作为自己的主银行,这与大同银行现在的地位与规模不相符。我想趁着这个机会,改变现状,请求董事会同意贷款。这样算下来,上次的五十四亿日元加上这次的十亿日元,总额为六十四亿日元。在高炉工程上,我们银行比你们主银行——阪神银行下的血本还要高。铁平,你要记住这一点!"

三云像是下了很大决心,叮嘱着铁平,同时也在提醒着自己。

铁平坐在六本木"鹤乃家"的包间里,一杯接着一杯。

"怎么了?喝这么多!"

小老板娘眼角上挑,目光清澈,盯着铁平。以前来"鹤乃家"的时候,铁平必定会先学一会儿清元。可是今天铁平一反常态,不仅没学清元,连端上来的饭菜也一口都没动,光是一个劲儿地喝着闷酒。

"好了!再怎么能喝,乱喝也不行啊!"

小老板娘想从铁平手中抢过酒杯。

"别管我!今晚我就想一个人喝酒!能喝多少喝多少,喝醉了就睡觉。你走!"

铁平之所以能在这儿想干什么就干什么,是因为这家店的老板娘是铁平爷爷的爱妾,现在负责经营的小老板娘是老板娘的养女。

"哎呀呀,今晚你可真让人头疼的。我让妈妈来伺候你得了。"

"老板娘来了?又从大阪来了?"

铁平终于放下了手中的酒杯。

"哎呀,看你!一下子就变得温柔了。从你上次过来的时候开始,她一直在这儿。妈妈也喜欢和你在一起呢。妈妈都快六十岁了,比我还受欢迎,真让人嫉妒啊。"

小老板娘瞟了铁平一眼,拿着空酒壶出去了。

屋里只剩下铁平一个人。铁平四脚朝天地躺在榻榻米上。刚才喝得太多,胸口有些不舒服。白天发生的事一件件地浮现在铁平的脑海中。铁平亲身体会到筹钱的不易。父亲曾经说过:办企业首先就得有钱,筹不到钱的企业家,算不上一个合格的企业家。现在,铁平深刻体会到了筹措资金的困难。不管因为什么,欺骗一直关爱自己的三云,这种卑劣的行径让铁平自责不已。不过,父亲为什么要将融资比例从40%削减到30%呢?是为了锻炼自己,还是因为别的什么原因不想让自己建高炉呢?又或者是银行内部有什么问题不得不削减呢?种种问题缠绕在铁平的脑海中。铁平忽然觉得,从自己提出建造高炉的那一刻起,父亲就有种说不出的冷漠。

走廊里传来了细微的脚步声。拉门被打开了。

"小少爷,欢迎!"

身材矮小的老板娘弯着腰、拖着脚走了进来。铁平坐起身来问道:"你的脚怎么了?"

"唉,年龄不饶人啊。被院子里的石头绊了一下,连腰骨都受影响了。没办法,大阪的店就交给女领班了,幸好她已经在那儿干了二十年。我就一直在这儿养身体。"

老板娘虽然年近六十岁,但脸上并没什么明显的皱纹,皮肤仍然十分白皙。老板娘笑着说:

"听说小少爷今晚心情很不好。心情不好了,就找点乐子,散点财,过去的老爷就是这样做的。"

老板娘好像很怀念当年万俵敬介散钱时的豪爽。铁平又想起身材高大的爷爷将自己抱在膝上的情景。在铁平的记忆中,爷爷好像从没有抱过弟弟银平和妹妹一子,唯独特别疼爱自己,总是单独给自己买玩具和礼物。

"老板娘,爷爷为什么光疼我一个人呢?我上小学的时候,爷爷还把我抱在腿上,弄得我很不好意思。"

"因为啊,小少爷您是长孙。而且,不管是长相,还是体形,连盘腿坐的样子,您都和老爷一模一样。当然老爷最疼您了。"

"可是,我和爷爷相似的地方太多了,导致爸爸最近不太开心。"

听到这儿,老板娘的手抖了一下,酒洒了出来。

"为什么?我不会是爷爷和你的私生子吧?"

铁平开玩笑地问道。老板娘顿时扫兴地看着铁平说:

"傻瓜!开玩笑也要有个度啊。说这种傻话,是不是因为工作太累了?"

老太太断然否定了铁平的猜想。

"可能吧。我今天一天都在为筹钱东奔西走。"

"要是这样的话,就向您爷爷学习,今晚散点财。"

老太太拍手叫来女招待,高兴地吩咐道:

"把麻里子、小玲、千春她们几个年轻漂亮的都叫过来!"

池田市南郊的宫前、北轰木村的村民们正忙于插秧。水汪汪的稻田里,六月的骄阳下,村民们干得热火朝天。

因为人手不足,弯腰驼背的老太太们也来到了田间地头。在中川留市家的田里,除了他老婆,阪神银行池田分行的业务员冈村以及两名女职员也都一身泥浆地忙活着。两名女职员还算好,中午刚过来。冈村从早上七点一直干到现在,午饭也是随便凑合了一下。冈村站在齐膝深的水中插着秧,满脸分不清哪是泥水哪是汗水。冈村他们如此辛苦的目的只有一个：从世博会会场到宝塚要修建中央环线，政府需要征用中川家近三千平方米的土地，为此，中川家将获得约七千五百万日元的土地补偿款，池田分行希望中川家能够将这笔钱存到自己这里。

"喂！这不行！就你那样，苗都倒啦！"

田埂上传来中川留市的叫声。冈村回头一看，一名女职员的白衬衫上沾满了泥浆，正眼泪汪汪地站着。冈村立刻走过去道歉道：

"非常抱歉，女职员们和我不一样，不是农村长大的，不会干农活儿。"

中川自己没有下田，而是盘腿坐在田埂上抽着烟。

"光来凑人头，不会干活也不行啊！不好好干，等于没干哪！"

晒得黑乎乎的中川阴阳怪气地说道。这时，一身田间劳作打扮的中川老婆赶紧插嘴道：

"老头子，你说什么呢！人家这么帮忙，你就算了吧。来，冈村先生你们上来，歇会儿，喝点儿茶。"

"你给我闭嘴！想来帮我插秧的银行又不只这一家！"

中川敲着烟管，一副趾高气扬的样子。冈村讨好地说：

"请您别这么说。刚才插得不好的地方，一会儿我返工，重插一遍。您看，咱们干得好像比预想的要快啊。"

"那是当然。东边三千平方米的水田都被世博会征用了。喏，看那边，每坪八万三千日元，总共七千五百万日元。"

中川用下巴指着远处，小眼睛里满是贪婪。冈村环顾四周，插秧已接近尾声。呈带状横穿村落的杂草地明显就是被征收的土地。中川留市的那块土地附近将建成池田高速公路立交桥，所以征地范围相对要大一些。中川留市心满意足地望着那片地说：

"哎呀，即使那片地没了，这片地还留着。但也就今年插插秧喽！

等七千五百万日元补偿款下来,谁还会像个傻子一样,一身汗地插秧啊!对了,你们上次说的那个,没问题吧?"

中川留市尽量将身体靠近正在插秧的冈村问道。"那个"指的就是巧妙利用七千五百万日元补偿款的问题。

"当然没问题。就像前一段我们集团万俵不动产的人跟您说的那样,我们计划邀请大型超市'富士 STORE'在阪急沿线的萤池开家新店。那时候还会再征收土地,您就又能挣钱了。您想想,超市建成了的话,周围的地价不是会跟着涨嘛。您把钱先存到我们银行,然后在萤池买块地等着涨价。这是钱生钱的最好办法。"

听到冈村着重强调"钱生钱",中川留市凑得更近了。

"但是,五和银行说建公寓好。大友银行也很和气,说再给我找块好地。嗯,我得好好想想,补偿款下来,还有一个礼拜呢。"

虽然池田分行来人为自己插秧,但狡猾的中川留市还是没有给他们一个肯定的答复。冈村不由得怒从心起。但一想到围绕着总额五十亿日元的土地补偿款,各家银行都在使尽浑身解数,骄阳下的冈村只好强颜欢笑地说:

"您可能会有很多种想法,但请您看在这两年咱们交往的份上,把补偿款存到我们银行。我们分行长一会儿也要过来见您。"

冈村站在齐膝深的水田里对中川留市频频点头鞠躬。想起冈村接送自己患风湿病的母亲去医院,还有,为了区区一千日元的存款,冈村开着摩托车跑来跑去,中川留市沉默了一会儿,但接着又说:

"今天早上,佐桥首相到这附近来视察,还对我们点头微笑呢,特别亲切,真不错。你们阪神银行的行长就从来没来过。"

中川留市似乎越来越得意忘形。冈村一时无言以对。就在这时,路上传来了停车声。

"中川先生,天气不错啊。我们银行的人干得如何?"

角田分行长边下车边问道,走到田埂上的中川留市身边,将礼物交给他。

"仅剩一周时间了。还请您多多关照。"

"哎呀总是让您破费。补偿款的事情,我正在考虑中。"

角田分行长蹲在田埂上说:

"希望您仔细斟酌之后,选择我们银行。您有什么问题,我们都可以为您服务。"

说完,角田回到车边,叫来冈村。冈村走到田埂上来,满是泥污的脸上淌着汗水。

"冈村,辛苦了。我刚从总行回来。总行的要求越发严格了,说猪名川两侧的池田一带都是阪神银行的地盘,总行下了死命令,目标总量五亿日元必须达到,而且作为银行'不达一万亿不罢休'运动中重要的一环,所有事情都必须落到实处。我知道你们已经非常辛苦,但还是希望你们能坚持到底。当然,我也会和你们一样战斗到底。"

面对浑身泥浆的冈村和两名女职员,角田分行长的语气十分沉重。冈村深切体会到分行长的难处:总行下了死命令,分行长只能指使手下人按命令去做;夹在上司和手下之间,分行长也已经疲惫不堪。此时的冈村已经累得直不起腰来,但是听了分行长的一席话,还是使劲点了点头。

明天,五十亿日元的土地补偿款将下发。

阪神银行池田分行的角田分行长,不仅派出了所有业务员,连银行的内勤也全部派了出去,到各个农户家中拉存款。角田和冈村开着车去拜访补偿款在一千万日元以上的农家。晚上九点多,田间小道上已经人影稀疏,只有那些一看就是银行的汽车和摩托车穿行在其中。总额五十亿日元的补偿款中的二十五亿日元归地方农协所有,剩下的二十五亿日元由阪神银行、大友银行、五和银行、池正银行、浪花相互银行及其他信托银行等十几家银行分享。

角田分行长和冈村在北轰木村的中川留市家门口停下车,走进土屋昏暗的玄关。中川留市的老婆微笑着迎了过来,中川留市也从里屋走了出来,衣服上满是补丁。

"啊,是分行长和冈村先生啊!明天终于到了,今天早上我也和冈村先生说过了,村里定好了,七千五百万日元中的两千万日元要存到农协,剩下的五千五百万日元我就全部都存到你们那儿。不过,你们上次说的话要算数哦。"

尖嘴猴腮的中川留市满脸堆笑地说道。围绕着中川留市家七千五百万日元的补偿款,十几家银行展开了竞争。小到一盒火柴,大到一台电视机,各种礼物纷至沓来。同时,针对这笔补偿款的使用问题,有的提出为他们再找一块地,有的提出低价为他们建公寓。结果,与阪神银行同属一个集团的万俵不动产公司拿来一个投资计划,说近期在阪神沿线的萤池将建一家大型超市,中川家可以先买进那一带的土地,等超市建成、地价上涨之后再高价卖出。这个方案最终打动了中川留市,促使他下定决心选择了阪神银行。中川留市高兴地眯着小眼睛说:

"还有,买地时逃税,不,节税的方法,你们总行的原税务署工作人员还要帮我出主意呢。我这样做很对不起送我们家电视机的银行啊,但我也不能抛弃你们阪神银行。这样大家都好,都好啊。"

说完,中川留市开始兴奋地谈起其他家补偿款的情况。角田分行长和冈村边听边附和着,惦记着赶紧去下一家。半夜十二点之前,两人还有十几家的工作要做。

"不管怎么说,七千五百万日元呢,取钱的时候,我要把祖先的牌位裹在腰上带着。冈村,到时候你要来接我啊。"

中川留市吩咐道。冈村趁机说：

"当然。明天早上七点左右，我来接您，陪您去近畿建设局事务所取钱。"

中川留市笑眯眯地点头同意。角田分行长说：

"然后顺便带您去我们银行，把钱存好，再送您回家。拜托了。"

两人终于离开中川家，来到外面上了车，向将获得一亿两千万日元补偿款的河森富造家驶去。等他们来到三百多米外的河森富造家门口的时候，已经有一辆别的银行的车停在门外。冈村拿出电筒看了看那辆车。

"好像又是大友银行的分行长。咱们等会儿吧。"

冈村把车开到对面路口停下。两人坐在车里等着，忍耐着成群结队的蚊子的进攻。但是十五分钟过去了，还是没有人出来。

"分行长，咱们先去别家吧。时间太紧了。"

冈村有点着急了。各家银行都削尖脑袋想把农户家的钱争取到手，一点差错都有可能导致多日来的辛苦颗粒无收。角田本想再等五分钟，但是屋里似乎有些过于安静，角田觉得有些不大对劲。这时，农户家正上高中的儿子走了出来。

"呀，晚上好。你们家的客人还在啊？"

因为常来，冈村认识这个孩子。

"没有，银行的人早就回去了。没人在啊。"

孩子愣愣地说着，向对面的屋子走去。

"没人？也就是说……"

角田恨恨地咬着嘴唇。看来为了防止别的银行来做工作，大友银行的人故意将空车留在门口，走着去附近的农家了。明天就是存款大战一决胜负的日子了。各家银行都费尽心机，做法越来越不可告人。角田和冈村赶紧下车，可是玄关处大门紧密，怎么叫也没人答应。冈村绕过院子,咚咚咚地敲着雨棚,仍然没人答应。侧耳倾听,可以听到屋里的电视声。很明显,屋里的人还没有睡。冈村放开嗓门叫了起来:

"河森!晚上好!河森!"

"什么事啊?"

屋里终于有人答话了。

"我是冈村。冈村啊!"

冈村想着,自己几乎每天都来,报上名字对方肯定会开门。

"什么?冈村?谁啊?"

对方生气地大声反问着,站了起来,咚地打开檐廊的雨棚。

"这么晚了打扰您实在不好意思。我们是阪神银行的分行长和冈村。"

河森富造好像喝了不少酒,臭烘烘的酒气熏天。

"阪神银行?银行的啊。太多了。从一大早开始,你们是第十三个了。我好不容易晚上喝点儿酒,看会儿电视,你们该上哪儿上哪儿吧!别烦我了!"

河森富造非常不高兴地说道。角田慌忙说:

"非常抱歉,在您休息的时候打扰您。我就想问一下,您前天答应的两千三百万日元的存款,明天什么时候方便,我们来接您去办手续?"

角田站在院子里,恭恭敬敬地问道。

"算了。"

"什么?算了?为什么?"

角田和冈村的脸色都变了。

"理由很简单。农民要是没有了土地,就像上了岸的河童①一样,

---

① 河童:日本民间传说中的水中妖怪。

什么都干不了了。人家大友银行的职员为我着想,决定做我女婿了。昨晚上定了。除了农协和地方银行的那部分,我们家其他的全部存入大友银行了。"

很明显,这桩婚事是一亿两千万日元换来的。但是对于阪神银行来说,眼看着明天就要到手的两千三百万日元的存款突然没有了,这个缺口实在太大。角田忍住心头的怒火道:

"恭喜您了。但是,请您看在咱们以往合作的份上,多多少少,请您再考虑考虑。"

虽然已经发过无数次名片了,但冈村还是将自己和分行长的名片放在雨棚边。这时,河森富造突然勃然大怒道:

"每次都是一样的屁话!"

河森富造将两张名片叠在一起,撕个粉碎,扔到院子里。碎纸片散落在院子里的石头上。角田和冈村不由得倒吸了口凉气。冈村蹲在地上,将散落的碎片捡起来说:

"您把这么干净的院子都弄脏了。明天早上我们再来。请多关照。"

冈村努力说完这句话,与角田走了出来。刚走到外面,泪水从三十六岁的冈村眼中止不住地流了出来。角田也默默地停住了脚步。

"分行长,做银行职员真是又难又苦!刚才这事儿,简直就是拿自己做买卖啊!一个银行职员,为了一亿两千万日元的存款,去给人家当女婿?!想当年,我特别羡慕这个职业,才进了银行。这两年,为了世博会征地的事儿,哪怕高烧三十九度,我也照样上班。星期天为了和客户联络感情,带着老婆孩子,拎着礼物,求爷爷告奶奶。一天又一天,一天又一天,忙着拉存款,跑存款。我坚信,用自己的汗水拉来的存款,将成为银行的重要资金来源;我认为,我们一线工作人员是银行的支柱!正因为有了这个信仰,我才坚持了下来。可是今天,我彻底失望了。"

冈村沮丧地垂着头。角田分行长安慰冈村说:

"你心里的苦我完全能够理解。但是,咱们还要坚持到明天早上。加油!把剩下的几家转完。"

角田拍了拍冈村的肩膀,上车向下一个农家驶去。

两人回到银行已经过了半夜十二点。分行长办公室里灯火通明,提前回来的职员都在等着他们。

"分行长,总行的电报。"

次长兴奋地将电报交给角田分行长。

五亿目标 加油 加油

角田反复读着电文,脑海中浮现出业务主管荒武常务以及在分行长会议后,拍着肩膀鼓励自己的万俵行长的面容。正因为行长亲自拍着肩膀激励自己,自己才会让手下人不堪重负。现在,十三名业务员中已经有四名病倒了。而自己夹在上司和手下之间,虽然心梗数次发作,也只能瞒着大家,坚持工作。就剩下最后九个小时了!只要坚持到明天早上九点,近畿建设局事务所下发补偿款就可以了。

"是总行激励我们完成五亿日元存款的电文。从现在开始,咱们进入最后冲刺!"

角田忍住胸口的不适,强打精神说道。

办公桌上摊放着世博会道路经过的宫前、北轰木、丰岛三个村落的地图。大大的地图上,各家各户的门牌号和姓名都标注得清清楚楚。各业务员将自己负责的存款预定额标注在每家每户上面。

"中川留市五千五百万,松本吉太郎一千三百万,山田花三百二十万,野原和次四千九百万……"

用斜线划去一周前预想的金额,重新填上了最终确定的金额。

"下面,丰岛……"

读到这儿的时候,角田分行长突然身体向前倒,整个人顺着椅子滑了下来。

"分行长!您怎么了?您要挺住!"

冈村跑过来,想要扶住角田。角田的脸色眼看着变得越来越苍白。

"难……难受!胸口!"

角田挠着胸口,身体像虾米一样蜷缩着倒在地板上。

"救护车! 119[①]!"

次长松开角田的领带和皮带,冈村飞奔到电话机旁,拨通了119急救电话。这期间角田的症状不断恶化,嘴唇开始发紫。

"救护车,快!快!"

冈村叫着,年轻职员们又一次拨通了119。终于,远处传来了救护车的声音。

"分行长,来了,再忍耐一会儿。"

大家在耳边轻轻鼓励着角田。角田似乎不再痛苦。救护车还没有到,角田却已经停止了呼吸。五亿日元的存款大战夺走了一名分行长的性命。

万俵二子驾驶着昨夜银平放在神户元町停车场的 Mercury,向滩滨的阪神特殊钢公司驶去。二子并没有什么特殊的事情要找铁平。在神户的法国老师那儿上完法语课之后,二子帮银平取完车回家,路上突然想顺便去哥哥铁平的阪神特殊钢公司看看。

---

① 119:日本急救电话。

这一带工厂林立。傍晚,工人们完成了一天的工作,陆陆续续向车站走去,间或也有骑着自行车或摩托车的。披着醒目的地中海蓝头巾、驾驶着高档外国车的二子,似乎与周围的氛围格格不入。工人们羡慕、嫉妒、恼恨地看着二子。

二子开着车通过阪神特殊钢公司大门的时候,守卫怒喊道:

"喂!你等等!"

二子忙踩刹车道:

"我是万俵二子,来看我哥哥。"

守卫听了,战战兢兢地鞠躬道歉说:

"对不起,十分抱歉。"

二子没有回答,而是恶作剧般笑了笑,一踩油门就进去了。夜班的工人们正辛勤工作着,烟囱里浓烟滚滚。二子将车停在办公大楼的玄关处。

二子走上二楼专务室。已经过了五点的下班时间,走廊里静悄悄的,连秘书课也没有人。二子想到哥哥可能也不在,敲了敲门,屋里却有人答应。

"哥哥,打扰了。"

二子探头看到屋里客人的背影。

"哎呀,不好意思。"

二子转身想走。

"进来吧,没关系。是一之濑四四彦,昨天刚从美国回来。"

"啊,是一之濑啊。好久不见。"

二子走了进来。一之濑四四彦是一之濑厂长的四儿子,在东京大学工学部冶金专业上学的时候,就经常来找铁平。当时还在上大学的二子见过四四彦。听哥哥说,大学毕业后,一之濑就进了阪神特殊钢公司,但工作没多久就辞职去麻省理工学院留学深造了。一之濑四四彦也站起来打招呼道：

"好久不见。两年没见,二子小姐变化好大啊。"

一之濑惊讶地看着二子说道。眼前的二子卷发披肩,身穿香奈儿套装,女人味儿十足。

"你也变化挺大的。穿起黑西装来像模像样的。"

二子印象中的一之濑,头发乱蓬蓬的,一副不修边幅的样子,一看就是个学生样。可眼前的一之濑,一身黑色西装,精明又干练。

"那边的斯巴达式教育怎么样？以前我老听哥哥这样说,现在还是那样吗？"

"嗯,一点儿都没变。每次课都让我们读一堆参考书,一个月一次考试,而且还有期末考试,天天都累得要死。要是期末考试在平均分以下,还要被叫到教授办公室训话,说你的成绩不适合本校的教学要求。"

一之濑浓眉大眼,目光炯炯。

"和我上学那会儿一模一样啊。"

一之濑的话让铁平想起了十三年前留学时的情景。麻省理工学院位于剑桥市安静的一角,查尔斯河从市南流过,河对面就是波士顿市。那里聚集着来自美国的优秀大学生和世界其他国家的留学生。

"那你们怎么才能挤出时间玩呢？"

二子调皮地问道。四四彦认真地回答说：

"没时间玩。美国研究生大多已婚,他们让太太帮着打论文,甚至让太太去图书馆帮着查资料,而太太们也是满腹牢骚。"

"那是当然。要是我,早就和那样的丈夫离婚了。"

"不能这样。你要是有这种思想的话,怎么嫁得出去？"

铁平担心地插嘴道。

"哥哥,你别瞎说。"

为了防止哥哥继续说下去,二子赶紧转换话题问一之濑:

"你有没有去过查尔斯河对面的波士顿?那儿的美术馆很棒吧?"

二子在巴黎待过半年,回国时曾经绕道美国。四四彦答道:

"去过一两回,但我对艺术一窍不通。"

"可是,波士顿美术馆不是有广重①的作品吗?"

"说实在的,我是到帕克教授家参加茶话会时才知道的,后来我又去看了一次。"

四四彦毫不隐瞒地说道。二子身边的那些男生,开口闭口就谈音乐呀美术呀,并且十分熟悉社交场上的规则。四四彦在这方面和他们完全不一样。

"帕克教授还好吗?"铁平问道。

"嗯,教授已经六十五岁了,依然精神矍铄,每天都早早到实验室,风雨无阻。"

"教授已经六十五岁了?我去的时候才五十刚出头呢。"

铁平非常怀念当年的留学生活。

"不过说的也是,这么多年了。对了,二子,你找我有事?"

"也没什么事儿。银平哥哥昨天晚上在酒吧喝多了,把车放在元町的停车场,现在又去东京出差了。我去帮他取车,顺便办了些别的事儿,既然已经走到石屋川了,就顺便来这儿了。"

"是嘛。你来我公司,我想要不就是不好意思跟爸爸开口要零花钱,跑来找我,要不就是偶然路过这儿,一时兴起想让我请你吃饭。是不是当着四四彦的面不好意思说出来啊?"

看到自己的小心思被哥哥猜中,二子有些脸红了,索性撒娇地

---

① 广重:歌川广重,日本江户时代的浮世绘大师。

说道：

"既然你这样想，正好四四彦刚回国，咱们为他接风怎么样？"

"可是，三天后就是高炉奠基仪式了。我六点钟还有个碰头会，太忙了，今天你就乖乖回去吧。"

"快要动工仪式了！哥哥心情怎么样？高兴吧？"

这时，二子突然想起哥哥和爸爸大声争吵的事情。

"当然了。高炉工程终于要正式开工啦！四四彦回来的正是时候。"

铁平回头看着四四彦说道。四四彦正专心地看着桌上的高炉设计图。二子觉得四四彦专注的神情和哥哥一样，充满着对钢铁事业的热情。四四彦与哥哥一样，是"钢铁人"。

"那我就告辞了，但我想参加你们的奠基仪式，可以吗？"

二子请求道。

"年轻女性不适合参加剪彩、开工、进水仪式等。在钢铁界，女人禁忌的观念还很强，还很排斥女性，不行。"

铁平断然拒绝了二子的请求。一之濑四四彦也赞同地点了点头。

昨夜的雨终于停了。天空清澈无云。

阪神特殊钢公司的高炉建设工地面向滩滨，面积三十多万平方米。翻斗车和卡车留下的深深的车辙印，就像田间小道上的田垄，形成了一个又一个水潭。面向大海的一角搭起了一顶大帐篷，这是用来举办奠基仪式的。帐篷入口处悬挂着的日本国旗和公司社旗，在海风中哗哗作响。旗下，阪神特殊钢公司的员工们身着礼服排列整齐。经历了与通产省的冲突以及资金筹措的考验，今天终于迎来了高炉奠基仪式，万俵铁平难掩内心的激动，满面春风地迎接着来宾。

地方议员、县议会议员与相关省厅、金融机关、钢铁厂的来宾们纷纷乘车到达。铁平和姑父石川社长向每一位来宾鞠躬行礼。当通产省重工业局局长乘车到达的时候,铁平的神情变得有些僵硬。这位石桥局长一开始坚持认为,阪神特殊钢公司只要建个转炉就可以了。后来多亏了铁平的老丈人、原通产大臣大川一郎从中斡旋,石桥局长才勉强同意。当石桥局长带着钢铁业务课课长走下车的时候,接待人员向他们致以最高的敬礼,并为他们别上了徽章。铁平也快走数步迎了上来,说:

"上次我有些失礼了。多亏您的帮助,今天终于可以举行奠基仪式了。"

说完,铁平深鞠一躬。石桥说:

"哪里,恭喜。"

石桥随意敷衍着,正想侧身而过的时候,身后传来了沙哑的叫声。

"石桥,好久不见啊!"

铁平的岳父大川一郎满脸堆笑地叫住了石桥。石桥惊讶地回头,看着他说:

"哎呀呀,大川先生!没想到先生您日理万机还亲自光临,实在失礼。"

石桥像变了个人一样,殷勤地和大川打着招呼。

"哎呀,我是忙得脚不着地啊。但女婿的高炉奠基仪式,我这个当老丈人的,再忙也得来啊。倒是石桥局长这么忙还亲自过来,不好意思啦。以后还少不了麻烦你啊。"

说着,大川一郎半带感谢半带拜托地拍了拍石桥的肩膀,和石桥一起走进会场。

上午十点,主持人宣布仪式开始。高炉工地周围圈着稻草绳,前面设了一个大大的祭坛。阪神特殊钢公司的社长、专务等领导和各界来宾一起面对祭坛,郑重地坐在折叠椅上。高炉建设总部的员工们头戴安全帽,身穿工作服,整齐地排列在帐篷外。

三位神官举行了庄严的祓禊、降神仪式。神官们挥动白纸条,进行了祓禊,随后,奠基仪式正式开始。

首先,身着常礼服、手戴白手套的石川正治社长作为祭主,走到祭坛前,击掌合十,在祭坛左侧地面上培了两锹土,将安放奠基石的任务留给了铁平。

"安放奠基石仪式现在开始!"

主持人庄严地宣布仪式开始。铁平紧张地站了起来。仪式开始之前,安放奠基石的土坑已经挖好。铁平象征性地挖了两下之后,将三十厘米见方的奠基石拿在手中。花岗岩奠基石上刻着"雄翔"二字,字迹雄浑,一看就是铁平的笔迹。此时,铁平感到手上的奠基石沉甸甸的。一想到此刻亲手安放下高炉奠基石之后,高炉工程就要正式开工,从制造生铁开始的一条龙生产计划即将迈开第一步,铁平不禁热血沸腾,心潮澎湃。铁平忍住眼中激动的泪水,放好奠基石。厂长一之濑常务也无限感慨地拿起铁锹,与铁平一起为奠基石培土。

安放奠基石之后,通产省重工业局局长等来宾,恭敬地进献玉串①。阪神特殊钢公司的工会主席也代表所有工人,脱下头盔,进献玉串。接下来是社长致辞。最后是万俵铁平专务致辞。铁平走到祭坛旁的麦克风前,向众人深鞠一躬后开始发言:

"衷心感谢各位的光临。毋庸置疑,今天是阪神特殊钢公司发展史上值得纪念的日子。本次高炉工程开创了特殊钢界的先例,同时也与我们公司未来的命运息息相关。今天,我们能够在此举行高炉工程奠基仪式,离不开相关省厅、金融机构等方方面面的鼎力协助。我想说的是,高炉工程任重而道远。今天,我们仅仅迈出了第一步。

---

① 玉串:用带叶的小杨树枝缠上白纸条,作敬神之用。

回顾过去,我们充满感激;展望未来,我们如履薄冰。我们公司成长为一家拥有现代化设备的特殊钢企业已有十余年。在这十余年间,公司得到了飞速发展。公司的每一位员工都坚信,凭借自己的努力,团结一致,定能创造世界第一的特殊钢企业。今后我们将团结一心,共同创造高炉工程的辉煌!"

说到这儿,想到过去的种种困难,铁平双拳颤抖,看了看坐在最前列的大川一郎和三云行长他们。大川一郎边听边频频点头;坐在大川身边的大同银行的三云行长,意味深长地看着铁平;而铁平的父亲万俵大介,一直面无表情。

铁平接着说:

"在此我有个不情之请。希望各位在奠基仪式结束之后,能够在百忙之中拨冗参观我们的工厂,看一看我们的高炉工程计划书。计划书陈列在高炉建设总部。对于各位的光临,我们将不胜荣幸!"

铁平说完,台下响起了热烈的掌声,大家都被铁平真挚的发言感动。最后来宾共同举杯庆贺。历时一个多小时的奠基仪式顺利结束。

铁平大步走在前面,来到帐篷外。头戴安全帽、身穿工作服的工人代表们热泪盈眶地迎接铁平。工人代表中既有万俵铁工时代就已经开始工作的老工长,也有和铁平一样优秀的技术人员。一之濑四四彦站在最后。当铁平从工人面前走过的时候,一名老工长突然喊道:

"专务,干了!"

老工长眼角饱含着泪花。走在队伍前列的铁平不由得停住脚步,说了声:

"拜托了!"

所有工人都使劲点着头。虽然只有短短的几个字,但现场的技术人员都深受感动。

第五章

位于东京麹町的阪神银行行邸前所未有地热闹。

万俵家已经在大阪为万俵银平举办了婚礼与婚宴。为了迎接在东京帝国饭店的婚宴,万俵全家又一起来到了东京。行邸平常非常安静,只有管理员夫妇和两名书生。今天,客厅、起居间、卧室全都用上了。宁子、二子、三子、铁平的妻子早苗和相子五个人,正忙着准备婚宴着装。

婚宴从下午五点开始。吃过午饭,五个人就在专程从大阪赶来的形象设计师的帮助下,开始做发型、化妆。

房间里挂满了五个人的豪华的和服。宁子的和服黑底金边,配以吉庆花纹的筒状腰带;二子是嫩草色桃山风手绘友禅印花宽袖和服①,配尾形光琳②绘菊花花纹的筒状腰带;三子是淡桃色匹田绞缬染③宽袖和服配金丝线绣筒状腰带;早苗和相子都是贴金刺绣黑色小袖和服配佐贺丝锦腰带。

起居间平时基本不用,雨棚一般都关得紧紧的。现在雨棚打开

---

① 桃山:日本历史上的安土桃山时代;友禅、友禅染,是日本特有的染色技巧。
② 尾形光琳:日本江户时代著名画家、工艺美术家。
③ 绞缬:又名撮缬、撮晕缬,在民间通常称之为撮花,是一种把布料的局部进行扎结、防止局部染色而形成预期花纹的印染方法。匹田绞缬染是一种称作匹田斑点染法的绞缬染法。

了,起居室里非常敞亮。和服衬衣清新的色彩、女人的味道、系腰带时丝绸的摩擦声,所有的一切都让人心旷神怡。形象设计师动作十分麻利,只剩下宁子和二子了。

瘦小的宁子站在镜子前,任凭设计师为自己打扮穿衣。如果窄腰带不够或是腰带前幅过窄的话,从冈本家中带来的女佣会飞快地跑去卧室取过来。已经打扮完的早苗和三子也在一旁帮忙。相子则在为二子做准备。

修长苗条的二子已经穿上相子为她挑选的嫩草色宽袖和服,黑底朱红色光琳绘菊花花纹的腰带打成文库结①的模样,朝气蓬勃又不失富丽堂皇。设计师打完结后说:

"哎呀,比大阪婚礼时还要漂亮!嫩草色富有朝气,非常适合您。"

设计师对二子漂亮的服装和美丽的外貌赞叹不已。相子仔细检查着二子的着装,盯着镜中的二子说:

"衣服可以了,但脸上的粉底要用赭石色。嫩草色和服配上白脸蛋儿的话,一点个性也没有。口红也要换成时尚的橙色。"

相子以命令的语气说道。设计师折服于相子内行的眼光,赶紧为二子重新化妆。

"对了,这样就可以了。这样就令人惊艳了。"

相子终于满意了。三子撒娇地插话道:

"为什么您光对二子姐姐这么上心?不公平。"

"你说为什么?下一个就该二子结婚了。所以今天咱们要特别用心,趁这个机会好好向东京的亲友们展示一下。"

相子的话让镜中二子的脸色有些变化。

"不要。要是为了这个目的而打扮的话,我才不要呢。我是因为

---

① 文库结:和服结的一种。

参加银平哥哥的婚宴才乖乖打扮的,要是为我自己的话,我才不想这么麻烦呢。因为我根本就不会办这么夸张的婚礼。"

二子断然拒绝道。相子没有理会二子,而是说:

"今天来宾的人数和规格比新大阪酒店婚宴时要多、要高,你们一定要注意自己的言行,不要给客人留下不好的印象。宁子夫人,没问题吧?"

相子特意问了问还没有打扮完的宁子。宁子没有回答,而是有些担心大女儿。

"一子怎么样了?"

"一子在成城她自己的家中化妆,找的是她熟悉的形象设计师。化完妆之后,她会和美马一起直接去帝国饭店。另外,我已经在帝国饭店准备好了房间给千鹤姑姑他们休息。您不用担心。宁子夫人您只要在入口处的致礼中不要出错就可以了。"

说到这儿,相子想起五天前,在新大阪酒店的婚宴仪式上,和万俵大介一起站在新婚夫妇身边的宁子,根本分不清来宾是谁,只会像木偶一样不停地机械地鞠躬致礼。相子看了看镜中的自己,确信自己是五个女人中最艳丽、最具个性美的一个,又看了眼钟,已经三点多了。

"我去看看男士们的准备情况。这边弄完以后,你们就到客厅来。"

说着,相子走向接待来客的大客厅。万俵大介、铁平、银平三人在书生的帮助下,应该已经收拾好着装。

客厅门大开,父子三人坐在沙发上。万俵大介和铁平都身穿黑色礼服,新郎银平穿的是灰色的燕尾服。父子三人都在抽烟,姿势各异。大介悠闲地抽着雪茄;肤色微黑的铁平神情坚定地抽着香烟;银平叼着支烟翻看着报纸,可是烟并没有点燃。

"哎呀,你们等了很长时间了吧?马上就好了。就剩宁子了。"

相子故意将矛头引向宁子。果然,大介说:

"每到这种时候宁子总是拖后腿。不是从大阪带了两个形象设计师过来嘛,怎么还这么磨蹭?"

看到大介不高兴,相子又装出息事宁人的样子感叹道:

"今天大藏大臣和通产大臣,两个省厅的次官、局长等都将出席,另外,政界、财界数得上的名人也大部分答应出席,婚礼嘉宾阵容之豪华近年来都不常见。真是太好了。"

"嗯。新大阪酒店的婚宴上,大阪、兵库的知事①以及各界名流,特别是关西财界名人纷纷出席,也算是盛况空前。但东京还是不一样。大臣、政界及官界的大人物都来出席的话,这一点是大阪无法望其项背的。我想今天的婚礼一定比我们想象的还要热烈。"

说起这些,大介又变得心满意足起来。这时,楼道里传来了热闹的声音。

"爸爸,不好意思让你们久等了。"

二子三子在前,宁子和早苗一起走了进来。大介看着和大阪婚宴时不同装束的女儿说:

"你们两个的漂亮不亚于新娘子。要好好注意自己的言行。走吧。"

大介站了起来。相子也赶紧起身,向玄关走去。突然,铁平挡住了相子的去路。

"今天的婚宴,希望你回避。"

铁平的话让大家都惊呆了。相子瞪着眼睛回击道:

"你说什么?是我养育了你们!是我代替你们的母亲教育了

---

① 知事:相当于中国的省长。

你们！"

相子说得斩钉截铁，但铁平毫不示弱。

"我知道。但刚才你说妈妈的话太过分了！你经常这样拎不清自己几斤几两！在大阪的婚礼上我一直忍着，今天希望你回避一下。作为万俵家的长子，我……"

铁平刚说到这儿，就被大介打断了。

"万俵家的一家之长是我。我允许相子出席。"

大介斥责道。这时，宁子慌忙说：

"不要说了，铁平。相子代替我做了很多事情，怎么能……"

宁子含泪欲哭，整个气氛变得沉重起来。这时银平说：

"算了，哥哥，什么结婚仪式、婚礼之类的，不过是耍猴戏，何必那么认真呢！"

说着，银平率先向玄关走去。大介以前所未有的厌恶眼神瞥了一眼铁平，走向玄关。相子面不改色地跟在大介的身后。大家分坐三辆车。车子向帝国饭店驶去。

孔雀厅隔壁的休息室里都是些政界、官界、财界的名人。夫人们艳丽的着装让整个房间显得富丽堂皇。

万俵家和安田家安排专人在休息室入口处接待来宾。万俵家的接待人员分成三组，负责接待政界、官界、财界的来宾和亲朋好友。政界、官界的来宾由熟悉情况的阪神银行东京事务所的总务课负责，金融界及企业方面的来宾由总行秘书课课长牵头负责，亲戚朋友由万俵财团各公司东京分公司的秘书负责。

来宾们在等待婚礼开始前的短暂时间里，品尝着服务生端来的美酒，谈笑风生。万俵大介仪容端正，额头上渗出了细密的汗珠。万俵大介首先和大藏省的来宾打招呼，美马紧随其后。刚和银行局春田局长打完招呼，万俵大介突然看见斜前方站着首相秘书井床治郎，赶紧走了过去。因为首相不能出席今天的婚礼,改由官房长官保谷代读贺词。这一安排多亏有井床治郎的帮忙。万俵大介听说,此人已被内定为银行课课长,七月份即将走马上任。

"一向多有麻烦。恭喜您即将升任银行课课长。今后还请您多多指教。"

虽然对方比自己的女婿美马还要年轻,但大介依然表现得彬彬有礼。井床说:

"哎呀,真是有缘啊。没想到我还能帮你牵线。"

井床一副公事公办的表情。

"官房长官来了。"

井床用眼睛指给万俵大介看。保谷官房长官正和大川一郎等四五名自由党实力派人物边说着什么边向这边走来。万俵赶紧迎了上去说:

"官房长官,非常感谢您在百忙之中拨冗光临。"

保谷官房长官答道:

"哪里。首相一再嘱咐我一定要来。"

保谷的脸上浮现出政治家标志性的笑容。这时,大川一郎用他沙哑的大嗓门说道:

"保谷,作为万俵家的亲戚,我也十分感谢你啊。还有万俵家的这个女婿阿中,不久也会走向政界,到时候还要你多多关照啊。"

大川一郎的话让站在万俵身边的美马中神情有些不自然。美马作为官僚,非常忌讳别人提到自己和党派人物、个性鲜明且政敌众多的大川一郎有亲戚关系,因此在社交场合也尽量避免和大川一郎见面。大川一郎对此心知肚明,却偏偏以亲戚的身份亲热地叫着"阿中,阿中",故意让美马心里不舒服。万俵大介和政界、官界的来宾打完招呼之后,又马不停蹄地去和各银行行长、大客户公司的社长们打招呼。当然,大龟专务、芥川常务等阪神银行的高管们也在帮着迎接客人,但是很多事情万俵大介还得亲力亲为。

安田太左卫门和哥哥中央制纸公司社长安田长兵卫、弟弟五井地所社长安田三卫门,人称"秀才三兄弟",此时正带着手下接待日本经济联合会会长、通产大臣等政界、官界要员。安田家的嘉宾阵容丝毫不逊于万俵家。双方忙于接待的情景,让人感觉不是在参加婚礼,而是在参加阪神银行和大阪重工的联谊会。此时的高须相子,代替闷坐在休息室里的宁子,以万俵家女管家的身份,在忙于迎接万俵家来宾中的夫人们的同时,也没有忘记推销二子,似乎完全忘记了刚才的小插曲。

休息室的入口处热闹了起来,原来是大藏大臣永田来了。大介和美马一起快步迎了上去。

"大臣,承蒙您于百忙之中拨冗光临,不胜荣幸。"

说完,两人深鞠一躬。永田眨了眨三白眼,说道:

"哎呀呀,难得你们家长子结婚嘛。"

永田误以为今天是万俵大介长子的婚礼,但谁都没有把大臣的误解当回事。毕竟,永田大臣出席,足以证明阪神银行行长万俵大介的实力。

看到大藏大臣到来,身穿礼服的主持人大声宣布道:

"万俵家和安田家的婚宴即将开始。请各位来宾按顺序入场,并尽快按照您手边的安排表找到自己的位置就座。"

听到主持人宣布婚宴开始,来宾们赶紧放下手中的酒杯。在宴会厅入口处的金屏风前,新郎新娘站在中间,媒人夫妇、新郎新娘的父母站在两边,迎候来宾入场。大藏大臣走在最前面,来宾们依次入场。新郎新娘向每一位来宾鞠躬致意。从某种意义上说,今天的三百五十名来宾,都是两家精挑细选出来的精英人士。随着来宾入场,照相机的闪光灯闪烁不停。万俵家和安田家的花烛盛典从一开始就洋溢着华丽的气氛。

婚宴的司仪由民间广播公司的主持人担任。来宾和双方的亲朋好友等三百五十人全部就座完毕之后,司仪宣布:

"现在请大家热烈欢迎新郎新娘入场。"

乐队奏响了婚礼进行曲。银平身穿燕尾服,与身穿白无垢①的万树子一起缓步走了进来。来宾们的掌声越发响亮起来。银平的脸上没有一丝笑容;万树子有些激动,脸色潮红,略带羞涩。新郎新娘走到前台正中,媒人——伊东商事的会长夫妇站在新郎新娘两边。在仪式性的致辞过后,官房长官首先代表首相宣读贺词,接着大藏大臣永田站起来发言。

所有人都静静地听着永田的发言。永田大臣用与瘦小的身体不相称的洪亮的声音讲述着近期的经济形势,并将经济繁荣与金融部门、重工业企业联系起来,使得万俵家和安田家的联姻具有了锦上添花的意义。永田在讲话中根本没有提到银平和万树子。永田的讲话,让人有种万俵大介和安田太左卫门结婚的错觉。接下来的贺词也大多是强调万俵家和安田家的联姻,人们似乎已经忘记了新郎新娘的存在。

在政界、官界重要来宾的贺词结束之后,司仪说:

"感谢各位的精彩发言,你们为新郎新娘开启崭新的人生提供了很多宝贵的教诲和经验。下面进入宴会阶段。"

伴随着柔美的钢琴声,服务生们端来了丰盛的饭菜。

每桌有六名宾客。大藏大臣等重要来宾坐在主桌,近亲被安排在末位。每桌都装饰着大朵洋兰,非常符合孔雀厅的华贵气氛。二子、

---

① 白无垢:日本女子传统的婚礼礼服。

三子和铁平夫妇、美马夫妇坐在一桌；相子和石川正治、千鹤夫妇及宁子的哥哥嵯峨静吕、大川一郎夫妇同桌。大川一郎吃饭的时候总是很健谈，一边享受着美味，一边自顾自地用沙哑的声音和石川正治讨论着阪神特殊钢公司建造高炉的事情。相子默默地吃着饭，回想着刚才阪神特殊钢公司专务铁平对自己说的话，一种无法言语的愤懑涌上心头。这场聚集了众多政界、官界要人的盛典的幕后策划者明明是自己，铁平却要求自己回避！相子暗下决心：一定要让敢于蔑视自己的铁平吃点苦头，让他知道自己的厉害！险恶的报复之念占据了相子的内心。

万俵万树子站在房间的窗边，百无聊赖地俯视着宽敞的庭院。

高大的枫树叶和榉树叶已经变红。源自天王山的小河的水，在红色树叶的映照下，也闪烁着美丽的红色。万树子和银平的新房是一栋南欧风格的二层小楼，白色墙壁，典型的南欧式窗户，室内摆放着色彩鲜艳的南欧式家具。但是眼前的一切并不能让万树子提起什么兴趣，万树子难以排遣心中百无聊赖的感觉。

结婚已经四个月了，家里有个小女佣，打扫卫生、洗衣服的活儿根本不用万树子动手。万树子想亲手做晚饭，但丈夫银平几乎夜夜晚归，说是忙于应付饭局；万树子想去购物，但刚结婚，又没什么需要添置的东西；聚会倒是经常参加，但今天什么活动也没有。万树子觉得时钟像是停止了转动，整个屋子安静得可怕。这种安静让万树子烦躁不安。

万树子离开窗边，来到洗漱间。洗漱间在浴室隔壁。洗脸池和墙壁是粉色的，地板上贴着黑色的瓷砖。房间三面都是大镜子。万树子看着镜中的自己：身高一米六一；身材匀称，绿色紧身针织连衣裙勾勒出迷人的曲线；八十七厘米的胸围在一呼一吸间散发着难以抵御的魅力;明亮的双眸和性感的双唇看起来比结婚前更加妩媚动人。万树子呆呆地看着镜中的自己,对银平的冷淡愈发不满。结婚之后,如果万树子不主动,银平碰都不会碰万树子一下。而且每次做完爱之后,银平都像陌生人一样抽着烟,没有丝毫的温存。心灵的空虚让万树子愈发焦虑。万树子又看了眼钟,还没到午饭时间。想到又要一个人孤独地吃午饭,万树子决定约上二子去神户吃饭。

当万树子穿过草坪,走近隔壁主屋的露台时,耳边传来了凶猛的狗叫声。金黄色的狗毛在秋日的阳光下闪闪发光。三只狗都蹬着腿,昂着头,使劲地叫着。

"哎呀,烦死了,你们什么时候才能和我熟起来啊!老大!老二!老三!"

万树子叫着狗的法语名字,可是三只狗依然警惕地叫个不停。

"二子!二子!"

为了吓唬三只狗,万树子站在露台冲着二楼二子的房间大声叫着,但是没有任何回音。看到窗户开着,万树子再次大声叫了起来。这时,一个打扫庭院的工人跑过来说:

"少奶奶,二子小姐一大早就去学法语和钢琴了。"

"那相子呢?"

"刚才还在这儿给狗梳毛呢,现在不知道去哪儿了。太太的话,现在可能在楼下的客厅。"

婆婆宁子不管什么事都没有自己的意见,只会点头,和她聊天实在无趣,只会让自己更加无聊,万树子说:

"我去相子的房间看看。"

说着,万树子从露台向二楼走去。万树子嫁过来已经四个月了,家里人曾经带她参观过二楼。当时万树子被告知,二楼是各人自己的房间。从那以后，万树子总有一种"二楼闲人勿入"的感觉。记得当时参观的时候，唯独二楼东侧尽头那间屋，结实的柚木大门关得紧紧的，没有打开给万树子看。那个房间在万树子新房洗漱间的斜对角方向，房间的窗帘基本没打开过，连窗户也很少开。万树子随口问过一名老用人。老用人说："那是上辈人用过的房间，现在不用了。"但万树子总觉得里面好像有什么事情瞒着自己。万树子也问过银平。一向无动于衷的银平当时没好气地说："这跟你有什么关系！"从那时候开始，万树子就有种预感：那个房间里可能隐藏着万俵家见不得人的秘密！

万树子来到二楼。楼道里一个人也没有，两侧的房间也都静悄悄的，不像是有人的样子。无论是走廊的宽度、天花板的高度，还是楼道两侧门板的装饰，如果不是二战前的富裕之家，是绝对做不到如此奢华的。万树子来到相子门前。

"相子，你在吗？"

万树子敲了敲门，没有人答应，房间里也没有声音。当察觉到二楼没人的时候，万树子突然产生了去偷看一下那个锁着的房间的冲动。万树子蹑手蹑脚地走到房间前，停住脚，侧耳听了听，轻轻推了下门，门竟然无声地打开了。万树子把手放在把手上，探头朝里面一看，不由得倒吸了口凉气。

房间地面上铺着玫瑰色地毯，法式蕾丝窗帘把窗户遮得严严实实的，中间并排放着三张豪华的床，而且三张象牙色、镶金边的床铺都没有罩床罩，看起来都有人用。万树子震惊之余，想要探究一下三张床并排放置的意义。中间那张床上的羽绒被是淡茶色的，两侧床上的羽绒被是深玫瑰色的。很明显，这三张床分别属于一个男人和两个女人。那么，在远离世人视线，甚至连家人也无从知晓的这个房间里，每天晚上都在发生着什么事情呢？眼前的一切让万树子呆若木鸡,茫茫然如同白日做梦般。

突然,万树子看到窗户上有个黑色的人影,感觉有人悄悄走了过来。她回头一看,是一袭黑裙裹身的相子。相子啪的一声关上了房门。

"万树子,你在干什么呢?"

万树子一下子不知道该怎么回答。

"悄悄打开别人的卧室偷看,你这种爱好不怎么光彩啊!"

相子的声音冷冰冰的,寒气逼人。万树子被相子冰冷的眼神吓得倒退了几步,说:

"我上楼来找你,在这个长长的楼道里走着走着,不知不觉就打开了这个房门……"

万树子说不下去了。

"三张床并排放在一起,是吧?你知道为什么三张床并在一起吗?"

身穿黑色长裙、抱着胳膊的相子,像黑色雕塑般阴冷恐怖。万树子低下了头,平日里傲慢的神情消失得无影无踪。

"银平没对你说什么吧?"

"嗯。"

"什么都没有对你说,是对你这个新媳妇的关心。可是你却不礼貌地偷看别人的卧室,知道了本不必知道的事情。"

相子的话字字如针。

"知道了之后感想如何啊?"

相子嘴角挂着冷笑问道。

"我……我无论如何也不能相信……"

万树子双肩颤抖着,一个劲儿地摇着头。

"哎呀,这可不像你啊!活泼大胆无所畏惧的万树子,怎么成了一个胆怯的小丫头了?不管怎样,你现在可是亲眼看到了这个房间里的情况!"

相子用眼神指着三张床,说:

"这下你该明白,为什么万俵家晚餐时,我和宁子每天轮流坐在女主人的位置上了吧。我在万俵家的地位你也该明白了吧!我和宁子分享万俵家女主人的权力!"

相子骄傲地说道,语气中充满了对万树子的蔑视。万树子双手捂住耳朵,蹲在地上,近乎崩溃。

"但这件事你绝对不能告诉任何外人,就是对你娘家父母,也绝对不能透露半个字。这个房间的卫生是由一个老女佣专门负责的,其他人谁也不知道。如果你向别人透露了这件事,那么我会让你离婚,离开万俵家。我可是知道你结婚前的事情的。"

相子虎视眈眈地盯着万树子,如同蛇盯着青蛙,残忍、贪婪。

万俵大介在行长接待室与今天的第十二名客人相对而坐。客人是东亚化学公司的岛崎社长。东亚化学公司已经在一部[①]上市,为了扩充设备,社长来阪神银行请求贷款援助。

万俵依然神情严肃地坐在沙发上,跷着腿,上身保持笔直,默默地听着对方讲话。等对方讲完之后,万俵说:

"贵公司的计划我已经大致了解了。但是,以前我们和贵公司并没有深入的资金往来,所以你们恐怕得等一段时间,回头我们的融资主管会给您答复。"

万俵委婉而冷峻地结束了两人的谈话。万俵非常清楚,东亚化学公司已经落后于时代,业绩不断恶化。他们提出的贷款申请,万俵根本不想答应,甚至指示融资主管涩野常务,尽快收回原来的贷款。

---

① 上市企业分为一部上市企业和二部上市企业。一般先成为二部上市企业,再成为一部上市企业。一部比二部的审查更为严格。

岛崎社长一离开，速水秘书就进来汇报说：

"下一位是原副知事。还是以前提过的向世博会捐款的事情。"

万俵说：

"速水，十二点在东方宾馆有一水会的午餐会，看来我去不了了，你帮我通知一下他们。"

一水会是神户财界人士的联谊会。因为每个月的第一个星期一①聚会，故得名"一水会"。

"行长，副知事是今天上午的最后一名客人了，安排的时候我已经考虑到一水会的午餐会。要不您还是去参加一下？"

速水有些不明白万俵的意思。速水觉得，万俵和副知事的会谈十分钟就可以结束，而万俵是一水会的召集人，如果没有什么特殊的事情，还是去参加为好，更何况在聚会开始前三十分钟请假，显得不太礼貌。

"我说了去不了，取消！找个合适的理由，赶紧去联系！"

万俵再次命令道。

速水把副知事带到行长接待室之后，回到斜对面的秘书室，给一水会事务局打电话，礼貌地为万俵行长请了假。可是速水还是有些想不通万俵行长的决定。作为万俵行长的秘书，速水一直负责安排行长的一切公共活动。但是从五个月以前开始，速水觉得有些事情变得无法理解，变得不透明起来。在万俵银平和阪神银行的头号股东大阪重工的安田社长的二女儿结婚之后，也就是两家联姻之后，速水心中的不透明感越来越强烈。就在五天前，一家从未与阪神银行有过联系的料亭打电话来说，行长有东西忘在那边了，结果送来的是行长的雪茄盒。那天行长原定和业务主管荒武常务一起宴请客户的，

---

① 星期一在日语中称作"水曜日"。

可事到临头的时候,行长推说身体不舒服,取消了原来的安排。现在看来,当时行长一定是偷偷去见什么人了。另外,傍晚的时候,行长常常不开灯,独自站在昏暗的办公室里,一动不动,不知在想什么事情;有时桌上的书摊开着,行长却坐在那里发呆,等到速水进去的时候,赶紧装作看书的样子。而且大龟专务出入行长室的次数明显增多,就连平常不怎么被叫到行长室的调查部部长、人事部部长,现在也时不时被叫了过来。

"速水?速水在不在?"

速水回过神来的时候,大龟专务已经站在门口。

"行长的客人是不是还要很长时间?"

"不,刚刚副知事来了,要谈的事情也比较简单,我想很快就会结束的。"

"那我们就在行长室等着。等这边会谈结束,你就去告诉行长,即将担任姬路白鹭信用金库常务理事的田中松夫求见。"

大龟说完,走到楼道里招呼道:

"田中,让你久等了。这边请。"

大龟亲自打开行长室的大门。速水惊讶地看着来人。只见此人不胖不瘦,微微有些驼背,好像怕别人看见似的,默默地站在一边。速水虽然有些惊讶,但还是礼貌地鞠了个躬。来人表情僵硬地点了点头,匆匆忙忙地跟在大龟身后进了行长室。

速水看着他的背影,明白了万俵行长临时取消出席一水会的原因。可是万俵行长为什么要亲自和阪神银行下属的白鹭信用金库的常务理事进行就职谈话呢?而且还是人龟专务陪同谈话?况且以前这种相互银行、信用金库的理事,要不由阪神银行直接任命,要不由近畿财务局退休的人担任。这个田中松夫明显不属于其中任何一类。这个人到底是什么来头呢?速水突然想起来,在大藏省银行局检察部有个同名同姓的人。作为阪神银行的行长秘书,速水对大藏省银行局的人基本熟悉。但是田中松夫这个金融检察官,从未来过阪神银行。如果是和阪神银行比较熟悉的金融检察官的话,今天的事情还比较好理解。问题是这么一个陌生的检察官为什么会突然出现在这儿。速水觉得,这件事肯定和万俵行长那些令人捉摸不透的行为有关。速水正想到这儿的时候,接待室的门开了。

万俵吩咐速水把副知事送到电梯,自己转身进了旁边的行长室。

"行长,这是即将担任姬路白鹭信用金库常务理事的田中先生。"大龟介绍道。四方脸、戴着圆边眼镜的田中松夫赶紧说:

"这次麻烦你们了。非常感谢。"

田中说话带有浓重的姬路口音。

"哪里。作为大藏省的精英检察官,你能够来我们这儿,真是三生有幸啊。随便坐。"

万俵一边微笑地说着,一边仔细观察着田中。万俵通过女婿美马中找到田中,让田中偷偷将位居第六到第九的四家城市银行的绝密级资料从检察部偷出来,交给了美马。今天田中可能是想表现得正式一些,特意穿了一身黑西装,结果显得更加土气,一看就是一个常年靠边站的下层小官员。不过话又说回来,正因为没有了升迁的希望,为了退出现职后能有个好去处,田中才胆大包天地从大藏省里将绝密级资料偷出来。万俵今天之所以让大龟陪同,目的是想要撇清自己与此事的关系。当然,大龟也完全明白万俵的心思。大龟说:

"田中先生已经在检察部门工作了二十多年,绝对是专家。田中先生主要负责城市银行排名居中的四家银行。我听说,这四家银行的人听到田中先生的名字,都会吓得发抖。听说田中先生最后发威是在第三银行。大家开玩笑说,田中先生一声吼,第三银行抖三抖啊。"

"是啊,干这行二十多年,相当厉害啊。"

万俵似乎很钦佩地点了点头。田中检查第三银行的事情,万俵早就知道。万俵心中想要吞并的目标银行有四个选择:中京银行、第三银行、大同银行、平和银行。当时美马找田中把只有大藏省才掌握的这四家银行的绝密数据信息偷拿出来的时候,万俵曾经叮嘱美马,要赶在别人察觉之前,安排好田中的去处。后来,万俵得知田中要去第三银行检查,就指示美马,让田中将退出现职的时间推迟到检查完毕之后,等写完检查评估报告之后再提交退职申请。正好田中的老家加古川离姬路很近,田中对检察部部长说,原来的老上司美马拜托自己担任白鹭信用金库常务理事一职。检察部部长不仅没有丝毫怀疑,反而非常感谢美马帮自己解决了一个大包袱。

万俵取出雪茄说:

"离开干了这么多年的机关,可能你也是感慨万千吧。不过能够在最后,在检查第三银行这样的老牌银行的时候,让他们领教一下自己的厉害,田中先生也没什么遗憾的了。"

说着,万俵透过雪茄的烟雾盯着田中。看到万俵盯着自己,田中谨慎地眨了眨小眼睛,说:

"话是这样说,但是,第三银行虽然是老牌银行,但业绩低迷已成定局,就连与它同一集团的企业,也认为第三银行不足以依靠。"

田中揣摩着万俵的表情说道。田中在作为金融检察官面对美马的时候,总是要点儿下级官员的小聪明,即便是自己知道的事情,也只吐露一点点,绝不会全都说出来。现在,田中已离开大藏省,并被许以阪神银行白鹭信用金库常务理事一职。对于万俵想要知道的事情,田中努力让自己的回答令万俵行长满意,投其所好,以博得万俵行长的欢心。

"第三银行业绩下滑的问题,我也时不时地听经济记者们说起过。看来是真的啰?"

"是的。我感觉第三银行已经是苟延残喘了。这次的检查规模其实并不大。他们集团企业中的两家主干企业已经更改了主银行,就连他们的兄弟企业——第三物产的主银行也即将变成富国银行。当然,作为兄弟公司,为了保全面子,第三银行还在拼死挣扎,但能不能坚持住还不好说。无论如何,这是事关银行经营的大问题,日下部行长好像也非常头疼。"

田中手扶着圆边眼镜,小心翼翼地说道。万俵的眼中闪过一道光,但很快又露出了亲切的笑容,说:

"没想到第三银行已经如此麻烦。金融检察官就像国税方面的监察官一样,对银行来说,是一种令人恐惧的存在啊。话说回来,你即将任职的白鹭信用金库,随着姬路市的开发,这些年获得了飞速发展,和我们银行的关系非常密切。我觉得你做起来会得心应手的。希望你好好利用以前在大藏省的工作经验,能够有一番大作为啊。"

说到这儿,万俵转向大龟问道:

"田中先生有没有什么不满意的地方?"

万俵表现出对田中的格外关心。

"对,田中先生还有没有什么意见?"

大龟回头看着田中问道。

"没有,没有。你们已经为我考虑得非常周到了,受之有愧,受之有愧。"

田中松夫慌忙答道。在大藏省做金融检察官的时候,田中松夫每个月拿到手的工资是九万两千日元。田中松夫要抚养四个孩子,大儿子高考失利,还在复读,经济上比较拮据。现在,田中松夫当白鹭信用金库常务理事,到手工资近十七万日元,远远超过了信用金库常务理事一职的工资标准。当然,这中间包含了万俵给的"封口费"。田中的表情告诉万俵:他不仅十分满足,而且有些感激涕零。

"那么,为了你即将开始的新人生,好好加油!"

面对万俵行长的鼓励,田中诚惶诚恐地深鞠一躬。

田中松夫走后,办公室里就剩下大龟专务和万俵行长两个人。万俵默默地抽着雪茄,刚才面对田中松夫的轻松表情消失得无影无踪。他紧张地盯着天花板上的浮雕,夹着雪茄的指尖在神经质地颤动。

万俵将燃尽的雪茄放到烟灰缸里,转头问大龟:

"这几个月,我从各个方面收集了合并对象的信息。经过仔细思考,我的结论是,选择第三银行为目标。你觉得如何?"

"第三银行?第三银行和我们行是……"

大龟似乎不敢相信自己的耳朵。

"你是不是认为目标太高了?"

"说实话,我觉得对方好像有些过于强大。我虽然才疏学浅,但也反复思量了这个问题。我深切地感觉到,银行联姻比人和人结婚要难得多。比方说,我们觉得可以,但银行本身有很多限制,有的甚至必须从候选中排除掉。"

"你认为排除的基准是什么?"

"说到排除的基准,有这么几个:第一,银行经营基础强大,换句话说,那些绝对不会被合并的大银行,比如城市银行的前四大银行,不可能成为咱们的候选目标;第二,银行本身有些脆弱,但有强大的企业做后盾,合并事关整个集团的荣誉,这种银行也不可能成为合并对象;第三,银行带有一种乡土性,或者说是地方性,这类银行对于当地经济发展来说是不可或缺的存在,当地企业离不开他们,这也得排除掉;第四,所谓的大藏派、日银派银行,大藏省和日银的人把持着这类银行的主要职位,他们断然不会轻易同意合并;

第五,那些已经开始走下坡路的银行,即便他们同意合并,也迟早会把咱们拖垮。"

大龟的分析一如既往地严谨细密。

"你如何看我行待选的合并目标——中京、第三、大同、平和这四家银行呢?"

"首先中京银行,尽管他们内部不和,咱们有机可乘,但名古屋财界不会答应;其次,大阪的平和银行,和他们合并没有任何好处可言,内部亏损太大。这两家银行先得排除掉。接下来是大同银行。大同银行的日银根基比较深,从行长到下面的董事,好多是日银空降下来的,让他们和我们合并根本不可能。剩下来的就是行长您说的第三银行了。就像刚才田中松夫说的那样,就连第三物产的主银行都快成其他银行了,可见他们在经营方面出现了大问题。但即便如此,第三银行也是老牌大银行,是大泽家族创建的历史悠久的大银行,咱们绝对不可小视对方同一集团内的企业的凝聚力,在关键时刻,他们会以第三银行为金融中心,紧密团结在一起。我认为第三银行不会轻易和排名第十位的我行合并。"

"要是像你这样,什么都按照常理来分析,这也不行、那也不行的,合并对象一个个不都被排除掉了? 以你这种消极姿态,怎么可能实现以小吃大的合并目标!"

万俵皱着眉头,怒气冲冲。万俵的愤怒与其说是针对大龟,不如说是源于其内心的焦虑。的确,诚如大龟所言,按道理来说的话,以小吃大的合并面临的全都是些不利条件。万俵调整了一下心情,继续说:

"不管怎样,我们已经综合收集了这四家银行的各种数据信息。今后我们要以第三银行为目标,进行更彻底的信息收集工作。告诉芥川常务,让东京事务所总务课动起来,开始收集第三银行的相关情报。"

"那么,现在要考虑告诉那些进行专项信息收集的调查、融资、业务、人事、会计部门的相关人员关于银行合并的事情,并考虑让他们和东京事务所联合组成'特别行动小组'吗?"

"不,现在还不要告诉他们合并的事情,最好先瞒着他们。这种事情一旦说出去,该成的都成不了了,一定要继续慎重行事。"

说到这儿,万俵想到,是时候将自己的真实想法告诉秘书速水了,就告诉速水一个人。虽然速水到现在也没有多嘴多舌地乱打听,但是凭着他的机敏和敏锐的洞察力,万俵知道,速水肯定已经察觉到了一大半。

速水英二独自坐在海岸大道邮船大楼的地下酒吧里,靠着吧台,喝着加冰威士忌。喜欢洋酒的人,可以在这家酒吧,在没有女人的干扰下,静静品酒。很多人像速水一样,坐在吧台旁边,默默饮着酒。

"再来一杯。"

速水将空酒杯推给调酒师。沉默寡言的老调酒师看着速水担心地说:

"别喝醉了。"

速水平时喝酒比较慢,但今天喝酒的速度明显很快。

"没关系,没问题。"

速水的额头和脸颊处已经泛红,唯独眼神越喝越亮。速水端起调酒师递过来的第三杯酒。冰冷的液体通过喉咙流向胃部的感觉简直妙不可言。今晚的速水,有种从未有过的兴奋。放下酒杯,速水再次想起了几个小时前,万俵行长告诉自己的阪神银行的合并计划。

速水虽然感觉到万俵行长在酝酿某件大事,但无论如何也没想到,阪神银行竟然准备以以小吃大的方式,吞并比自己排名靠前的大银行。不是对等合并,是吞并!是主动吞并!并且目标是排名居中的四家银行之一的第三银行!更令速水震惊的是,在不知情的情况下,自己已经在为阪神银行搜集四家目标银行的信息。每次出席关西方面的行长秘书碰头会,速水都要完成一个任务:从总行在大阪的平和银行的行长秘书口中,套出神田行长对金融重组的看法,并试探对方下任行长的人选。就在三天之前,按照万俵行长的指令,速水还和某位股东会上的混子[①]见面,讨论下月股东总会的话题。那次会面的另一个目的是获取第三银行业绩下滑的内部信息。对于万俵行长作为领导人的敏锐的决断力和精确的行动力,速水再次感到一种深深的敬畏。

"好久不见,没想到在这儿见到你。"

听到招呼声,速水感觉到有人坐到自己身边,回头一看原来是万俵银平。速水没有说话。刚才万俵行长一再叮嘱自己,这件事对银平也要保密。

"你怎么了?好像很惊讶似的。"

"哪里,就是喝得有点多了。"

速水赶紧掩饰地笑了笑。

"你也有喝多的时候啊。也是,看你今天喝酒的样子和平常不大一样啊。"

银平瞥了一样喝得脸色泛红的速水,默默端起老调酒师为自己调好的 Cutty Sark[②]。这是银平最喜欢的酒。为了缓和气氛,速水问银平:

---

① 股东会上的混子:持有少数股票出席股东会并进行捣乱,或从公司方面领取金钱以阻止股东正当发言的人。

② Cutty Sark:顺风威士忌。

"万俵,今天我听涩野常务说,东亚化学的贷款要收回。这样一来,这段时间你会比较忙吧?"

银平身穿白色条纹衬衫,显得非常潇洒。听到速水的问话,银平撑着胳膊说:

"是啊,今天开会一直开到刚才才结束。其他银行好像还相信岛崎社长的夸夸其谈,以为他真的要扩大设备投资。实际上他是周转资金出了问题,想以设备投资为名骗取贷款,用于资金周转。"

"原来是这样啊。"

速水端起酒杯,有种想把合并的事情告诉自己的同学银平的冲动。银行合并决定着双方所在银行未来的命运。此时的速水特别想和同龄的银平好好交流一下对阪神银行未来的看法。但是行长明确禁止自己告诉别人,他只能严格保守这个秘密。速水感到一种想说不能说的焦虑。为了保守企业的秘密,有时候必须抹杀、牺牲个人的感情、欲望、友情等等。速水再次深切感受到生意场上非人性的一面。

速水想换个轻松的话题,于是突然没头没脑地问银平:

"你太太的感冒好了吗?"

银平像是没听清,放下杯子反问道:

"嗯?你说什么?"

"什么什么呀。你太太一周前,好像因为什么事情给我妻子打电话,据说当时感冒了,扁桃体发炎了。我妻子就向我爸爸打听了一下,我爸爸是医生,他建议你太太使用吸入法治疗。不知道她现在怎么样了,顺便问你一下。"

速水作为朋友出席了银平的婚礼,后来夫妻俩还一同去拜访了银平的新居。两位太太随后成了朋友。可是银平对万树子感冒、扁桃体发炎的事情一概不知。

"反正也没什么大事儿。可能无聊才给你太太打电话的吧。我不知道。"

银平冷漠地答道。

"你还是那副老样子。即便不指望你成为女权主义者,但作为丈夫,至少该对妻子多点关心啊。"

速水以一贯温和的语气说道。

"你说的也对。但是仅仅在一起生活了几个月,就要考虑什么丈夫妻子的问题,我觉得很烦。"

银平似乎觉得很扫兴,一口气喝完了杯中酒。看着银平,速水觉得,婚姻没有给银平带来任何改变,反而让银平变得更加冷漠了。

银平开车将速水送回家后才回到自己家。

车子驶进大门的时候,银平看到,寂静的夜色中,父亲住的西班牙式房子、自己住的南欧式新房、哥哥一家住的勒·柯布西耶式房子,全都灯火通明,华灯绽放。银平沿着院子的缓坡将车开到自家的玄关处。玄关处的灯光显得尤其明亮。银平停好车,按下门铃,万树子出来开门。万树子身穿绿色针织长裙,带着长长的项链。银平觉得万树子不像以往那样在等着自己回家。

"回来了。"

万树子简单地打了声招呼,吩咐一旁的女佣先去睡觉之后,进了起居室。起居室里的白色墙壁极具南欧风情,地板上铺着纯黑色的地毯,产自意大利的红、黄、紫、绿、蓝五色沙发,将整个房间装点得多姿多彩。往常,万树子会享受着房间里的气氛,拿出红茶或是白兰地,叽里呱啦地对银平说个不停。可是今晚,万树子显得格外沉默。

"刚才我和速水一起喝酒,听说你问速水的太太扁桃体发炎的治疗方法。身体不好的时候,你就不用等我了,先去睡吧。"

银平边脱上衣边说。

"那个早都好了。"

万树子嘟囔了一句,又不说话了。要是平常,闷了一天的万树子会把这一天发生的所有事情都一一告诉银平。若是有聚会的话,万树子会从参加的人员一直说到他们穿的衣服。但是今天晚上很奇怪,万树子什么也没有说。当然,对于银平来说,不用听那些无聊的事情,正好落得耳根清净。银平解下领带,打开晚报正要看的时候,万树子突然歇斯底里地叫了起来:

"我被骗了!我和你的婚姻,纯粹是家族联姻的工具!全都是欺骗!"

说话时,万树子瞪着水汪汪的大眼睛,性感的嘴唇有些扭曲。

"冷不丁地说什么欺骗啊被骗啊的,到底是怎么回事?"

"你别装蒜了!今天我实在无聊得不行,去了你爸妈那边的家里。"

"那又怎么了?"

银平头都没抬,敷衍地问道。

"还想再骗我吗?你们家二楼的那个房间,你什么都不告诉我!我无意中打开了门,都看见了!"

"看见什么了?"

银平手上的报纸使劲地抖动起来。

"是的,我都看见了!我无意中推了一下门,门就开了。我正被吓呆了的时候,被相子看到了,她亲口告诉我那三张床的含义!"

银平的面部表情变得极度痛苦。

"还有万俵家晚饭时女主人的座位每天轮流坐的原因!还今天说法语明天说英语呢!表面上仁义道德,暗地里男盗女娼!我完全被高须相子的花言巧语给欺骗了!"

白天,在毒蛇般的相子面前,万树子如同青蛙般瑟瑟发抖。现在,在丈夫面前,万树子终于可以将压抑了一整天的感情毫无保留地爆发出来。

"万俵家疯了！这个年代不仅妻妾同居,而且妻妾同床！可怜我那个公主般的婆婆,竟然能够忍受这种兽性的生活……"

万树子刚说到这儿,银平就像伤口上被人撒了一把盐,忽地一下从沙发上站了起来,大声叫道:

"住口！不准再说了！你敢再提我妈妈的名字一次,我决不饶你！"

银平像疯了一般。

"你看见万俵家的什么事情、知道什么秘密、如何蔑视这些都没关系,我不会辩解。但是,我绝不允许你侮辱我妈妈一个字！"

银平愤怒地、憎恶地看着万树子。万树子被银平的激烈反应吓得说不出话来。过了一会儿,好不容易平静下来的银平低声说道:

"既然你已经知道了万俵家所有的事情,如果想回娘家的话,你就回去吧。"

"男人可以这样做,但我是女人！我找什么理由回去？你告诉我！"

万树子突然改变态度问道。

"我的一生就这么被毁得乱七八糟！在别人眼中,我嫁入了名门,成了万俵家的少奶奶。可是在这个家里,每天我都会目睹妻妾同床的兽性生活！这里简直就是地狱！你明知道这件事,结婚前却一字不提,把我生生拽到这个地狱里来！胆小鬼！你们为什么不敢把那个女人赶走?！懦夫！"

万树子哭着,叫着,骂着。万树子当然不会理解在这样的家庭中长大并且一再受伤的银平此时的心情。

"你爸爸是个恐怖的伪君子！在家里过着这样的生活,在外面还装出一副公正严肃的行长样子！你们万俵家的人,一个个若无其事地享受着伪君子的生活！你们全都是伪君子！我是被你们欺骗的无辜的牺牲者！早苗嫂子也跟我一样！我还真想问问早苗她是怎么看这个问题的！"

银平无话可说。早苗嫁到万俵家已经八年了，不可能不知道这个秘密。而且哥哥铁平是那种心直口快的人，可能早已告诉过早苗了。看到银平不说话，万树子的声调越来越高：

"但是让我和早苗一样也不行。她是那种谣言比较多的政治家的女儿，而我是各方面都规规矩矩的安田家的女儿。她能忍，我是绝对不能忍的！"

万树子瞧不起嫂子早苗。

"既然这样，为了你的幸福，你更应该回娘家去。"

银平又变得冷冰冰，毫无表情。万树子突然沉默了，想起了相子说过的话——"我可是知道你结婚前的事情的，根据你的表现，我会……"。相子的话不仅让万树子恐惧，而且像块石头一样重重地压在万树子的心上。

"我还是不能回去！我即便想回去，也没法回去！"

说完，万树子抽泣起来，并渐渐转为号啕大哭。银平冷漠地看着万树子。万树子不仅丝毫体会不到自己的心情，而且还一味地哭泣。基于家境、出身、双亲的社会地位而缔结的这场婚姻，是如此空虚、如此凄凉！银平甚至有种感觉：万树子的任性和不体贴，对于自己来说，反而是一种拯救。

相子走进三张床并排放着的卧室，打开里间浴室的水龙头。热水喷涌而出，转眼就放了一浴缸。浴室里顿时热气腾腾起来。今天早上大介出门前，告诉相子说，"今晚我和大阪重工有个饭局，要晚点回来，你先洗澡睡吧"。

相子往浴缸里滴了几滴 JOY 的古龙香水，浓郁的香味四散开来。

相子陶醉在浓浓的香味中，舒适地躺在浴缸里，想起晚饭后和宁子、二子商量帮二子找对象的事情，不禁有些懊恼。难得别人为二子介绍了在东京财界也数得上的大正电工林社长的长子，可二子却说什么"我喜欢像铁平哥哥那样的人"。二子的话让相子耿耿于怀。想起银平婚礼那天，铁平对自己大放厥词，说什么"希望你回避"，而二子竟然以铁平为偶像，这让相子忍无可忍。从婚宴那天开始，相子和铁平之间好像有了一条看不见的鸿沟。住在一个院子、平常并没有什么来往的两个人，从那以后越发疏远起来。但屈辱感与憎恶感在相子心中与日俱增。

大丹犬叫了起来，相子听到了由远及近的汽车声。从大丹犬撒娇的叫声中，相子听出是大介回来了。相子赶紧把满身的泡沫冲洗干净。就在此时，卧室的门开了，大介走了进来。相子探出湿漉漉的脸庞说：

"哎呀，不好意思，我马上就好。"

"不用，你慢慢洗。我今天喝了点酒，不泡了。"

"那你先看看床头柜上放着的照片和简历，那是别人给二子介绍的对象。"

相子高兴地说着，用浴巾擦干身体之后，穿上浴袍，在镜子前面坐了下来。镜子前满是化妆品和香水。相子抹上爽身粉，从镜子里看着大介。

大介身穿睡衣坐在床边，仔细地读着那份简历。相子看着大介，想起白天银平的妻子万树子偷看这个房间被发现时惊慌失措的样子，不禁有些幸灾乐祸。相子知道，这件事不能告诉大介。大介将看完的照片和简历放在床头柜上，看着夜里还精心化妆的相子，张开手臂说：

"过来！"

相子顺从地穿着浴袍滑到床上,浴后的身体散发着浓郁的古龙香水的味道。大介抚摸着相子的后背。

"你觉得介绍给二子的这个人怎么样?"

"嗯,简直无可挑剔啊。大正电工林社长的长子;东大法学部毕业;在日本银行工作;年龄正好比二子大三岁,二十六岁。二子怎么说?"

大介边问边亲吻着相子的颈部。相子撒娇地扭动着身体答道:

"二子说她没兴趣,关键是她坚持要找像他哥哥铁平那样的男人。"

"什么?像铁平那样的男人?"

大介有些不高兴地继续说道:

"那种单纯的小女生理想中的男人形象。女孩子容易迷恋那种头戴安全帽、身穿工作服的男人。对了,你怎么看?"

大介的嘴唇已经从相子的颈部移到了丰满的乳房。相子享受着大介的爱抚,说:

"作为婚嫁的对象……真的是无可挑剔,但是……你上次把美马叫到六甲山庄……考虑到你们当时商量的那件事……二子将来的婚姻对万俵家……除去官员、政治家的话,哪种最好呢?……你说是不是?"

相子已经有些汗津津了,呼吸越来越急促,说起话来也时断时续。在卧室中筹划万俵家的裙带关系让相子有种莫名的兴奋。大介把脚缠绕在相子弹性十足的腰部,说:

"你的意思是,除了官员、政治家,下面就是媒体方面的,也就是报社的老板或是社长了?只要暗中掌握了政治家、官员和媒体,大部分事情就比较好办了。相子,你看中哪个了?"

大介一边享受着性爱,一边和相子讨论着女儿的婚事。激烈的性爱让相子香汗淋漓。相子说：

"我……我觉得……既然要找……索性就找……佐桥首相家……"

说到这儿，相子的身体如蛇般扭动起来，身下的床垫开始剧烈起伏，吱呀作响。说出了自己心中大胆的想法之后，相子越来越兴奋，大介觉得自己快要被相子吞噬了。想到日夜操心的银行合并问题最终还要征得首相的同意，大介突然有种冲动，想要告诉相子银行合并的计划，但最终还是没有说出来。

"能和佐桥首相结成亲家，那当然是最好的了，问题是是否有合适的人选。不过相子，你还真属于那种擒贼先擒王式的人物啊。"

眼光独特、肉体丰满的相子让大介性欲勃发，越战越勇。大介吻遍了相子全身的每一寸肌肤，连脚指头也没有漏掉。大介和相子在床笫之欢中，筹划着让万俵家的裙带之树越来越枝繁叶茂。

阪神特殊钢公司的秘书和一之濑四四彦，一起到伊丹机场迎接去美国出差十天回国的万俵铁平。铁平的妹妹二子也一同前来。早晨天气预报说，台风正沿四国海岸北上。地方民航时刻表一片混乱，不过东京和大阪之间的航班依旧正常。

二子抬头看着彤云密布的天空说：

"哥哥要比台风到得快一些吧。"

铁平乘坐泛美航空的飞机到达羽田机场之后，再换乘飞往大阪航班。年轻的秘书也轻松地说道：

"要是东京到大阪的航班取消的话，就得换乘新干线什么的，那就麻烦了。专务能坐上飞机比什么都好。"

这时，二子看着一之濑，开玩笑道：

"哥哥这种人，一回到日本，别的什么都不会考虑，首先就会去厂里。要是台风把哥哥困在东京的话,哥哥不得急得直跺脚啊。你说是不是,一之濑?"

一之濑四四彦正好到阪神特殊钢公司的大阪营业所出差,提前完成了工作,就一起来接铁平。一之濑答道:

"冶金专业毕业的钢铁人,大部分都这样吧。"

一之濑觉得这么做非常自然。

"那一之濑你也是这样的人啰?也是啊,你好像总是在思考工作上的事情。对了,今晚上你来我哥哥家吗?我还想和嫂子一起,让你们尝尝我们的手艺呢。"

"要是能享受一顿大餐当然好。但看今天的样子,台风快来了,高炉工地不知道会怎么样呢?"

一之濑心不在焉地听着二子的邀请,看到天空越来越暗、乌云翻滚的样子,禁不住担心起台风登陆后高炉工地的情况。看到一之濑的样子,二子失望地低下了头。二子之所以今天特意来接哥哥铁平,一方面是为了早点看到铁平为自己在美国买的胸针,另一方面也是为了见一之濑四四彦。

不一会儿,机场广播说,铁平乘坐的航班已经到达。飞机在乌云笼罩下的跑道上着陆,二子一行赶紧到出口处等待铁平。乘客们从摆渡车上走了下来,铁平大踏步走在最前面。看到秘书向自己挥手,铁平精干的脸庞上浮现出了笑容,看不出一丝疲惫。

"哥哥,欢迎回来!"

二子高兴地叫道。

"怎么,你也来了?啊,一之濑也来了。"

说着,铁平将手上的行李单交给秘书,问一之濑:

"台风怎么样了?"

"登陆后的轨迹还不清楚,好像是沿四国海岸北上向阪神间移动。"

"是吗？那咱们赶紧去工厂吧。行李真慢啊。"

铁平已经等得不耐烦了。

"哥哥，你有没有记得帮我买 Tiffany① 的胸针？"

"嗯，买了。"

"什么样的？好想早点看到。"

"回去再说。太忙了，太忙了。"

铁平没时间搭理二子，看到秘书拿着行李出来就对二子说：

"你跟早苗说我已经安全回来了。还有，如果风力越来越大的话，今晚上我可能就不回家了。"

对于铁平来说，去美国出差十天和平时去东京办事没有什么区别。说完，铁平就和一之濑四四彦以及秘书一道，坐上车向工厂驶去。

车子一开动，铁平就打开收音机，收听台风广播。根据气象台的消息，台风现在位于距离室户岬海岸三百千米的海面上，中心气压为九百六十百帕，中心附近最大风速为每秒三十五米，最大风速半径为二百千米，为中型台风，估计下一步会在西日本一带登陆，四国沿海一带已发出海浪警报。

"十月份台风比较少见。照这个样子，滩滨一带也比较危险啊。"

铁平浓眉紧锁，关掉收音机，看着身边的一之濑四四彦说：

"你找个理由特地来机场接我，是想早点知道我在美国的谈判结果吧？"

一之濑四四彦害羞而直率地点了点头，问：

"购买阿塞尔轧管机的事情怎么样了？"

在铁平去美国之前的最后一刻，阪神特殊钢公司一直在通过日本某大型商社的机械部和阿塞尔轧管机的制造商 BLOW-KNOX 公

---

① Tiffany：蒂芙尼，蒂芙尼公司是美国著名的珠宝和银饰公司。

司交涉,希望购买其设计图。但对方坚持说,阿塞尔轧管机的核心部分只卖成品,其他附属设备的设计图可以出售。阪神特殊钢公司迫切希望购入整体设计图。无奈之下,铁平亲自飞往美国进行交涉。

"嗯,光是设计图的话,他们要三十万美元;要是整套机器全买下来的话,要二百四十万美元。我和BLOW-KNOX公司的技术主任进行了长时间的交流,向他详细介绍了我们公司的技术水平和设备情况。谈话最终起了作用,他答应出售图纸给我们。"

铁平高兴地拍了拍包,包里放着合同。一之濑说:

"那您到底是怎么说服BLOW-KNOX公司的呢?他们的态度一直非常强硬。"

"我首先向他们介绍了咱们公司拥有享誉海内外的真空脱气法,解释了如何通过真空脱气法有效清除钢铁中的杂质,提高钢铁的纯度。后来我们又一起讨论了冶金和塑性加工的关系问题,正好这是我的专长,对塑性加工的理论,我比他们的技术人员懂的还多。听我说完之后,他们重新认识了我们的技术水平,并最终同意出售设计图给我们。"

铁平兴奋地说道。

"还有一件事,我谈成了一笔大生意。美国轴承公司每年购入的轴承原材料占我们公司出口总量的三分之二,这次,我和他们重新签订了长期合同,在价格不变的基础上,他们每年增加20%的购入量。"

"什么?增加20%?"

一之濑听说,公司原来决定让业务主管川畑常务负责和美国轴承公司重新签合同一事。此时铁平的话让一之濑有些吃惊。铁平露出洁白的牙齿笑了。

"你是不是也觉得我这个搞技术的对销售、业务这一块完全不懂啊?我抓住了他们的采购部部长,告诉他们说,我们日本人心灵手巧,利用我们公司现在的阿塞尔轧管机,生产速度比他们美国人快50%。也就是说,他们美国人一小时生产十吨的话,我们公司一小时十五吨,而且我们有真空脱气法,所以我们将来生产出来的钢的品质会比原来更高更纯。听到我这样说,他就决定签订长期合同,并增加20%的购入量,希望我们多生产些好产品呢。"

说到这儿,铁平看了看窗外。天已经开始下雨了,雨滴打在车窗上的声音越来越密集。铁平再次打开收音机。天气预报说,台风在阪神间登陆的可能性更大了。

夜里九点过后,在滩滨的工业地带,随着台风的临近,肆虐的大雨敲打着工厂的屋顶。狂风怒吼着,咆哮着。台风横穿四国在阪神间登陆,风向稍稍比预计偏西一些,估计凌晨一点左右会袭击兵库县。

阪神特殊钢公司立刻成立了应急指挥部,指挥部主任是今天刚刚从美国出差回来的万俵铁平,副主任是一之濑厂长。电炉、轧钢、钢管车间的各车间主任及保安课所有保安员都聚集在指挥部办公室,头戴安全帽,身穿作业服,随时待命。

下午六点,指挥部已经向各车间发布了一号警戒令,并分发了雨衣、苫布、沙袋、照明器具等。工厂上下警备有序,继续生产。

电视上又报告了新的台风信息。

"大阪管区气象台晚八点五十五分预报,今年第二十三号台风现位于距离室户岬海岸两千米的海面上,正继续向北移动,风力依然强劲,中心最大风速为每秒三十五米。预计台风将穿过四国东部向播磨滩移动。在此提醒附近居民务必提高警惕。大阪湾可能有巨浪,请相关人员密切关注今后的海浪预报。"

听到天气预报说台风将伴有巨浪,铁平立刻发布了二号警戒令:

"各车间停止作业!为防止浸水,立刻给发动机、计量仪等罩上苫布,吊到高处!为防止停电,立刻测试备用发电机!"

安全员骑着自行车飞快地将铁平的指令传达到各车间。十五分钟后,工厂里所有的机器都停止了工作。

看着电视上播出的室户岬海岸六七米高的巨浪,铁平想到高炉奠基仪式才过去四个月,高炉工地就要遭受台风的洗礼。铁平回想起这些日子以来,在克服了通产省和融资方面的诸多困难之后,为购买压延设备的设计图和重签出口合同,自己在美国东奔西走了整整十天,好不容易有所收获,一切都在向好的方向发展的时候,高炉工地却偏偏遭遇台风的袭击,这实在让人心痛不已。

"高炉工地没问题吧?我去看看。"

看到头戴安全帽、身穿作业服的铁平套上了雨衣,一之濑厂长也站了起来。

外面狂风肆虐,瞬间风速已经达到每秒二十米。铁平和一之濑在暴风雨中驾驶着吉普车向高炉工地驶去。在三十多万平方米的高炉工地上,八百立方米的高炉已经有二十五米高,三个热风炉也已完成约三分之二的高度。紧挨着高炉的是高约六十米的起重机。最让人放心不下的就是这台起重机。为防止起重机倾倒,工人们用铁丝缠绕住起重机顶部,系到地面的桩子上,从四面八方固定住起重机。即便如此,在夜色中仍然可以清晰地看到起重机的摇摆幅度有一两米。

"喂!不仅机身,吊臂处也要缠上铁丝!"

铁平对周围建造高炉的工人们命令道。如果起重机倾倒,高炉将前功尽弃。亲眼看到工人们加固之后,铁平正要去巡视其他设备的安全情况时,一辆卡车从材料仓库方向飞速驶来。

"出事了!"

一之濑紧张地说着,晃动电筒让卡车停下。

"怎么了?"

"高炉排水口……"

暴风雨中,说话根本听不清楚。

"排水口坏了吗?"

"是的,现在炼钢部所有的工人都在那边防止决口!"

"知道了!我们现在就去。"

铁平说着,开车跟在卡车后面。

铁平来到码头边排水口的工地现场一看,两辆卡车的头灯照着即将决口的排水口,三十多名工人满身泥泞地在堆沙袋。眼前的大海波涛汹涌,惊涛骇浪不断冲击着海岸。沙袋一次次被冲松。运沙袋的人、堆沙袋的人、照明的人的喊声交织在一起。

"喂!加油!沙袋会不断运过来的!"

铁平大声喊着。

"专务吗?再弄一车来!"

站在沙袋上的一之濑四四彦动作非常麻利。

"知道了!危险!不要滑下去了!"

铁平小心看着四四彦的后面。四四彦脚部稍微滑一下,就有可能被下面的怒涛吞没。

又来了一辆运送沙袋的卡车。车一到,人们就赶紧卸货,运送。电筒光随着沙袋、人影不断移动。海浪越来越高,水位已经涨到码头警戒线,排水口坡顶处再次面临坍塌。

"喂!把沙袋集中堆到坡顶旁边!"

四四彦一边指挥,一边开始搬动沙袋,脚下时不时有些打滑。铁平能够感觉到,四四彦的每一次脚下打滑都牵动着一之濑厂长的心。一之濑厂长此时不能因为危险而阻拦儿子,但在不熟悉的码头上堆沙袋的确是件极其危险的工作。

"再堆！这边！"

四四彦边说边改变身体方向的时候，身体突然摇了摇，一只脚从沙堆上滑了下去。

"危险！"

铁平叫着，却看到一之濑厂长不知什么时候已经到了四四彦身边，抓住四四彦的脚，防止他滑落。就在那一瞬间，四四彦的安全帽掉到海里，消失得无影无踪。看到儿子再次在沙袋上站稳，一之濑厂长说：

"集中注意力！小心点！"

说完，一之濑厂长将自己的安全帽递给了四四彦。看着一之濑父子，铁平心中一热——这才是血脉相连的父子。可惜万俵家丝毫看不到这种亲情。

"不好意思让您担心啦。这家伙不行还逞强。"

一之濑对铁平表达了自己作为父亲的歉意之后，和铁平一起坐上吉普车回到了指挥部。

凌晨十二点十五分，涨潮时间。大雨滂沱，疾风呼啸，惊涛澎湃。停电了。转为应急发电，保持灯亮。工人们正启动排水泵防止海水倒灌车间的时候，电话线断了。指挥部与各车间之间的联系彻底中断。在大自然的淫威面前，人们束手无策，只能等待台风过去。突然，远处传来令人恐惧的轰隆隆的声音。保安员正想卸下门闩出去查看，被铁平严厉地制止了：

"危险！不准出去！"

听声音不是起重机倒了，就是吊臂落了。铁平能想象到外面铁皮屋顶和人造石板乱飞的情景，但此时出去非常危险。

过了一会儿，风开始平静，精通气象的保安课课长看着天空说：

"已经从南风变成西风了。台风好像走了。"

指挥部里紧张的空气一下子放松了下来。铁平立刻命令各部门汇报受灾情况。

"电炉车间、配电室等没有受灾。"

"轧钢车间只有玻璃损坏,发动机、机器等没有问题。"

接二连三汇报上来的都是些小问题,铁平担心的还是起重机。就在这时,炼钢部金田部长慌慌张张地走进来说:

"专务,刚才的响声果然是起重机出了问题,吊臂处的铁丝断了,吊臂也断了,前端砸在旁边的铸钢车间的屋顶上。"

得知起重机主干部分没有出问题,铁平终于松了一口气。各个部门的汇报结束后,铁平独自驾车来到高炉工地。

工人们都撤了,一个人也没有。铁平从车上跳了下来,仰头看着起重机。高约六十米的吊臂断了,其前端掉在刚建好的车间屋顶上。周围的钢筋结构厂房也被震得有些倾斜。幸运的是,一旁的高炉没有受到丝毫损害,张开大嘴望向日出前寂静的天空。铁平来到高炉旁,仰望天空,内心无比喜悦。东方的天空微微有些发亮。台风过后的朝阳特别柔美。天格外高,云格外淡,码头边宽阔的大海格外宁静。几小时前汹涌的波涛如梦境般消失得无影无踪。

铁平把专务室的厚窗帘紧紧拉上之后,裹着毛毯躺在长椅上,沉沉睡去。和工人一起与台风奋战了一夜之后,今早铁平又亲自指挥了高炉工地的复原工作,并让电炉车间、轧钢车间等各车间进行了认真的复工检测。疲惫不堪的铁平在听到八点钟的开工汽笛声之后,连衬衫都没脱,倒头就睡着了。

睡梦中铁平翻了个身,一只脚差点掉到地上。铁平猛地睁开眼睛,下意识地看了眼钟,十一点二十分。

"让他们一个小时后叫我的。"

铁平掀开毛毯站了起来,突然脚关节疼得他直皱眉。铁平这才感觉到,不仅脚,全身的关节都在疼。铁平打开窗帘,秋日的阳光顿时洒满了整个屋子。台风过后,风平浪静,秋高气爽。电炉车间旁废铁堆里的铁骨、铁板等飞得到处都是,昨夜台风的威力可见一斑。铁平摸着仿佛一夜之间长出来的浓密的胡须,不禁又担心起高炉工地起重机折断的吊臂。今天一大早,高炉生产商五菱重工的工程负责人就赶过来了。据他说,修好吊臂再快也得三四天。一想到高炉必须停建三四天,铁平决定不理这名负责人,直接派一之濑厂长和五菱重工大阪分社的领导交涉。

铁平拿起工作服正要穿上,姑父石川正治社长走了进来。

"哎呀,昨晚你刚回国,就忙着抗台风,忙了一夜,真是辛苦啊。幸好没什么大事儿。"

瘦高个的石川站在铁平面前,似乎有些心虚。昨晚六点,铁平发布了一号警戒令后,建议石川回家,石川也不客气,赶紧回家避险去了。再次看到铁平,石川似乎有些过意不去。

"姑父家没事儿吧?"

"唉,你记得我们家门口那棵百年老松树吧?权根那儿断了,好可惜啊。"

石川十分惋惜地说道。石川正治安于做个有名无实的阪神特殊钢公司社长。对于他来说,家里的松树断了根枝比厂里的起重机折了吊臂更让他心痛。铁平打心眼里瞧不起他。

"我现在得去高炉工地了。"

铁平不想和石川交谈下去了。

"我也得去参加扶轮社的聚会了。我担心你太累了,过来看看你。你去美国出差的报告,下午董事会的时候我再好好学习。"

石川奉承了一句之后就走了出去。

铁平穿上工作服正要出专务室的时候,迎头碰上财务主管钱高常务和大同银行神户分行的桥爪行长。小脸小胡子的钱高常务对铁平说：

"专务，大同银行神户分行的行长特地来慰问我们，看看我们的受灾情况，您看是不是……"

看到铁平急急忙忙要去工地，钱高拦住了铁平。桥爪分行长赶紧客气地说：

"很抱歉打扰您，给您添麻烦了。"

想到筹措高炉工程资金的时候，大同银行比主银行阪神银行出力更多，铁平自然不能不把大同银行的分行长当回事。

"听说你们和台风战斗了一整夜。这是我们的一点小心意。"

说着，桥爪分行长拿出三瓶清酒。

"太谢谢了。分行长您还亲自过来，让您费心了。"

"哪儿的话，贵公司是我们的老客户。客户有难我们帮，这是我们银行一直以来的行动宗旨。"

桥爪分行长是大同银行的元老。当大同银行还是一家储蓄银行的时候，桥爪分行长就已经是大同银行的一员了。桥爪分行长搓着手继续说：

"你们的受损情况怎么样？"

"托您的福，车间只停工了十一个小时，谈不上什么损失。高炉工地上起重机的吊臂断了，砸到旁边的铸钢车间的屋顶上。我们一大早就通知了五菱重工，让他们派人过来修理，估计不用返工，损失能控制在最小范围内。"

"是吗？那太好了。对了，既然来到这儿，我顺便说一下，实在不好意思，前些日子我行的办事员拜托贵公司财务部的那件事，一直没有回音，能不能麻烦贵公司重新考虑一下？"

"那件事？您指的是……"

铁平不明所以地反问道。这时,一旁沉默不语的钱高常务说:

"专务,您去美国之前比较忙,我还没来得及向您详细汇报。半个月前,我们接到大同银行神户分行的申请,他们希望将我公司的大客户——日本汽车公司的进款转账银行从阪神银行总行变成大同银行神户分行。"

听到这儿,铁平想起在去美国之前,钱高常务曾经提过这件事情。日本汽车公司是一家大型汽车企业,其总部在东京。该公司和阪神特殊钢公司之间的贸易额每个月有一亿五千万日元左右,其中大部分都存进了阪神银行总行的阪神特殊钢公司的账户里。现在桥爪分行长提出,将这笔钱转存到大同银行的账户里。

"我们银行和日本汽车公司的总部都在东京,交往的时间比较长。以前,因为我行对贵公司的融资额不如阪神银行,日本汽车公司的转账大部分都存入了阪神银行,对此我们只能表示羡慕。但在此次贵公司的高炉工程上,我行承担了阪神银行应该承担而没有承担的融资比例,我们希望以此为契机,与贵公司并肩战斗。恳请贵公司能够同意我们的申请。"

桥爪分行长着重强调了在建造高炉这件事上,阪神特殊钢公司的主银行阪神银行削减了10%的融资比例,在铁平的恳求下,这部分资金缺口由大同银行承担下来了。铁平觉得大同银行有恩于自己,就想答应桥爪分行长的请求。这时,钱高常务说:

"您说的都是事实。在建造高炉这件事上,贵行对我们的帮助,我们感激不尽。但是现阶段,不管怎么说,阪神银行对我公司的融资比重,与其他银行相比,还是明显要胜一筹的。这一点毋庸置疑。阪神银行是我们公司的主银行这件事没有任何改变。而且本来这种指定转账银行的事情关系到主银行的利益,我们也无权随便更改。希望分行长能够理解我们的难处。"

钱高常务原来是阪神银行总行的融资部部长。三年前,在万俵大介的授意下,钱高常务被派到阪神特殊钢公司担任财务主管董事。钱高的话说得很客气,但眼神中明显流露出不屑,对桥爪的请求表示拒绝。桥爪分行长依然不温不火地说:

"这是当然。但是,刚才我也说了,我行被万俵专务的热情感动,明知主银行是阪神银行,我行还是答应帮助贵公司,融资额超过了主银行。如果连这点小事贵公司也不答应的话,我们将备受打击。但是,如果在这件事上能够看到贵公司的诚意的话,那么我们神户分行作为与贵公司直接打交道的窗口银行,办起事来会更顺畅,而且三云行长也会非常高兴。"

桥爪分行长满面堆笑地说着,特意抬出三云行长,俨然一副主银行的姿态,要求对方答应自己的要求。桥爪说,你们答应的话,行长会很高兴。言下之意就是,你们要是不答应的话,行长会很生气。行长一生气,今后贵公司的贷款会怎么样就不好说了。桥爪的话明显有些威胁的味道。钱高以一个老银行人的直觉,断定桥爪分行长提出这个要求,完全是出于个人业绩的考虑,于是说:

"如果三云行长能为这点小事而高兴的话,那我公司理当配合。但是我公司一直以来的主银行都是阪神银行,考虑到今后的营业方针,阪神银行无论如何也不会同意我们更换日本汽车公司进款转账银行的。如果在其他事情上有我们公司可以帮忙的地方,你们尽管提出来。你们也知道,阪神银行行长是我们万俵专务的父亲,所以也请你们能够理解我们的难处。"

钱高从头到尾都说得客客气气,不料他的话被铁平大声打断了:

"不,这次应该让阪神银行让步。我会去向阪神银行解释。即便阪神银行不同意,改变转账银行的事情我们公司自己也可以决定。我们应该同意大同银行的要求。"

"但是,专务,这件事……"

钱高想拦住铁平。但铁平没有理会钱高,而是真诚地说道:

"为了报答在高炉工程融资一事上三云行长的深情厚谊,我有责任做这个决定。"

钱高再也无话可说了。桥爪分行长立刻抓住时机承诺道:

"十分感谢。万俵专务您刚才的话,我回去后会第一时间转达给总行,转达给三云行长。"

说完,桥爪似乎刚发现铁平穿着工作服似的,问:

"专务,您这是要去工地吗?"

"嗯,我刚才说的换吊臂的事情,他们该来人了。"

"如果不麻烦的话,我也想去工地看看。我们这些在银行工作的,一天到晚都在担心钱,做的都是吃力不讨好的事情。去充满干劲和活力的高炉工地,可以帮助我培养浩然之气。"

其实,桥爪想去工地,一是为了确认昨夜的台风是否真的没造成大的损失,二是高炉开建已经有四个月了,桥爪想亲眼看看工程是否进展顺利。铁平根本没看出桥爪的真实想法。

"咱们赶紧去吧。"

铁平站起来,桥爪跟在铁平身后走了出去。钱高哭丧着脸,独自留了下来。钱高想:为了扩大阪神银行在东京的影响力,万俵行长正想强化和日本汽车公司之间的业务合作,要是听说了这件事,难免会和铁平产生矛盾。矛盾还在其次,重要的是,钱高对铁平在财务管理方面的单纯产生了前所未有的担忧。

宽敞的浴室里热气腾腾,铁平正高兴地和两个孩子一起洗澡。

"爸爸,好疼,您搓得太使劲儿了!"

太郎已经上小学二年级了。爸爸刚从美国出差回来,好久没和爸爸一起洗澡了,太郎特别兴奋,大声地和爸爸撒着娇。

"没用的家伙!这就叫疼,像个男子汉吗?来,搓背,转过来!"

搓完小手腕,铁平继续用香皂为儿子搓背。

"啊,爸爸,我的小狗快淹死了,救救它!"

这次是上幼儿园的京子叫了起来。京子的玩具胶皮狗掉到浴盆里了。

"好的,好的,我开小船来救它。"

铁平把玩具狗从盆里捞了起来。

"Thank you veru much."

可爱的京子双手抱起玩具狗,用刚学会的英语向爸爸致谢。

"笨蛋!是'Thank you very much'。是这么说的。对吧,爸爸?我的发音好听吧?"

太郎得意地说道。今年夏天太郎刚开始学习英语会话。

"嗯,不错,不错。"

铁平微笑着点着头,为儿子冲去背上的泡沫。这时浴室的门开了,早苗探头问道:

"你们这是要洗到什么时候啊?看你们一个个都泡得像胡萝卜了。"

"他们俩都洗完了。来,你给他们擦擦。"

铁平像抱小狗一样,轻松地一边挟一个,交给了早苗。早苗用毛巾为两个嬉闹的孩子擦干身体之后,让女佣帮他们穿衣服。铁平也很快洗完了,从早苗手中接过浴巾,擦拭着结实的身体。

"哈哈,今天你回来时的样子,真是逗死了。全身上下哪儿都是煤呀油的,脏兮兮的像刚从洞里爬出来似的。不过,刚从美国回来就去抗台风,肯定就得成那个样子。"

"没办法啊,这是厂里的头等大事啊。"

"我知道。帮孩子们洗了半天澡,累了吧?"

"一点儿也不累,原来的疲劳全都烟消云散了。我喜欢和孩子们一起洗澡,要是你也一块儿就好了。"

"你在家陪孩子的时间不多,是不是想通过和孩子一起洗澡减少内心的负疚感?不过话说回来,这一点你倒是和你爷爷一模一样啊。听说你爷爷也喜欢在日本馆那间大浴室里,带着你们兄妹几个一起洗澡呢。"

"嗯。"

铁平突然沉默了。回想起和爷爷一起热热闹闹洗澡的情景,铁平必然会想到那不堪入目的一幕。那天,铁平照例在一子和银平他们几个前面洗完,先回到西洋馆那边,结果从书房虚掩的门缝中看到,父亲正和高须相子亲热。

"老公,你怎么了?还是有点累吧?二子刚才就来了,在客厅等着看你给她买的蒂芙尼胸针呢。要不,你现在就去睡吧?"

早苗有些担心丈夫的身体。

"不行。昨天二子就为此去机场接我,我得赶紧给她。"

说着,铁平离开浴室,换上干净的内衣,披上了宽大的大岛绸和服。和服薄如蝉翼,质感柔软。铁平不禁想起这种和服是祖父的至爱。

这种泥染龟甲纹大岛绸有两百道横纹,属于珍品,现在已经很难买到。这件和服是祖父的遗物。当年祖父特地将和服留给了孙子铁平,而没有给儿子大介。彻夜坚守工厂之后,回到家中穿上这件和服,铁平深深体会到了祖父和自己之间的血脉情深。

铁平在和服外又套上了一件外罩,来到起居室。二子急忙地迎上来问:

"哥哥,刚才吃晚饭的时候,我听爸爸说滩滨的工厂那边挺危险的。"

"嗯。高炉排水口的坡顶差点被海浪冲垮了,多亏了一之濑四四彦和炼钢车间的工人们及时发现。他们顶着暴风雨堆沙袋,好不容易才堵住了。"

听到一之濑四四彦的名字,二子的神情突然灿烂了起来。

"一之濑到底是钢铁人的儿子,关键时刻站在岸边的沙袋上一边指挥工人,一边亲自动手堆沙袋,差点脚下打滑掉到海里去。"

"那他受伤了吗?"

"一之濑厂长抓住了他的脚,没事儿。对了,你的胸针!"

铁平在外套兜里翻了翻,取出来一个小包。

"你可别不满意。我把你给我的那个目录给蒂芙尼的女店员看了,她给我找了一个最像的。"

铁平特意解释道。二子将白金镶红玉的几何状胸针放在手掌上,兴奋地说:

"哥哥,谢谢,就是我想要的。"

正在这时,电话响了。早苗拿起话筒。

"嗯,她在这儿。有什么事吗?"

早苗的语气似乎不太热情。

"二子,电话。那个人的。"

"那个人"指的是相子。二子接过电话,话筒里传来相子强硬的声音。

"定好了今天晚饭后和你爸爸谈你的婚事,你怎么就跑到那边去了?"

相子质问道。

"因为比起婚事,我对铁平哥哥买回来的胸针更感兴趣,所以我就在这边多待一会儿啦。"

"你说什么?赶紧回来!"

说完,相子挂断了电话。二子耸了耸肩说:

"那个人最近又提什么婚事。我就说,我要等铁平哥哥从美国回来和他商量,结果她说什么,'万俵家的婚事是由爸爸妈妈和我三个人决定的,和铁平商量没用'。我没理她就过来了,结果她就把电话打到这儿来了。"

听二子说到这儿,早苗的脸色有些变。

"她这是怎么说话的啊! 上次芦屋医院的院长夫人来找我,想为二子介绍对象。结果那个人说什么,'为二子介绍的人多着呢,所有的事情都由我来决定',把我完全撇到一边,简直就是不自量力! 老公,上次银平婚礼的时候,你让她回避是绝对正确的。"

"是啊,先不说家里的事情,连决定我们未来的婚姻大事都得听她的,真让人受不了。铁平哥哥你们那时候的事情我不太了解,但看银平哥哥结婚时她指手画脚的样子,我就觉得毛骨悚然。我是绝对不会任她摆布的。和谁结婚,我自己决定。"

二子想彻底反抗相子。铁平没有接茬,问二子:

"这次提亲的是谁啊?"

"大正电工林社长的长子,在日银工作,和哥哥您一样,是东大毕业的。"

"那也就是说,在家境、社会地位、本人履历等方面都无可挑剔啰?"

"哎呀,讨厌,没想到哥哥您也这么说! 我还以为哥哥会说,万俵家出个叛逆者也挺好的呢。"

"但是最好还是不要勉为其难地叛逆,婚姻在某种程度上还是需要门当户对的。"

铁平明白妹妹的心情,但他不想让不知生活困苦为何物的妹妹去冒无谓的风险。

"可是我对那些公子哥真的没一点儿兴趣。我觉得像哥哥这样努力工作的男人,比方说,为钢铁事业而献身的男人,特别有魅力。"

虽然二子没有明说,但铁平分明感到,二子已经被一之濑四四彦深深吸引住了。

浮华世家
（中）

[日]山崎丰子 著　　魏丽华 译　　青岛出版社

第六章

阪神银行东京分行位于丸之内金融大街上，对面是马场先濠，周围汇集了各大银行。

五楼的东京事务所总务课里，芥川所长正和四名总务课课员开晨会。对于那些总行不在东京的银行来说，总务课就像"东京探题[①]"，负责搜集政界、官界等方面的情报，俗称"忍者部队"，与银行核心部门有直接联系。因此，总务课课员必须具备银行忍者的三大条件，即头脑灵活、行动敏捷、人脉宽泛，必须是绝对的精英中的精英。总务课中，负责搜集政界情报的黑井课长今年四十三岁，负责搜集大藏省情报的伊佐早五郎、负责搜集日银情报的冠收、负责搜集金融同行和媒体情报的平松云太郎都只有三十七八岁。

在每天的晨会上，大家先交换前一天到手的情报，然后一起商讨、测评情报的准确性。晨报的分析结果将用于指导下一次情报搜集工作。

"据说原来的堂野滋次官，现在正瞄着下届日银副总裁的位置，现任副总裁明年五月任期就要满了。这个消息是不是真的？如果是真的，那对咱们银行来说，问题就严重了。"

[①] 探题：室町幕府最重要的地方职制之一，总领地方军政大权。

作为直接统领"忍者部队"的东京事务所所长,芥川在听到日银副总裁候选人中出现了原大藏省事务次官堂野滋的名字时,眼睛突然亮了一下。芥川对半年后日银副总裁的人选非常关心,对于风传的候选人的情况也倍加关注。因为对于各民间银行来说,光靠存款资金是远远不够的,不足的部分需要从日银借入。

"据我所知,这个消息没有任何问题。两年前,堂野从大藏次官的位置上退下来。堂野是原池山首相的心腹,曾经提出过高度增长论,在大藏省可谓如鱼得水,却突然宣布退出、休息。他的这一行为成了当年金融界的七大谜之一。从那之后,他果真既没有参加选举,也没有空降到企业中,而是每天打打高尔夫,读读书,过着逍遥自在的日子。现在看来,两年前,他就瞄上了三年后的日银副总裁的位置。"

说话的是号称"政界通"的黑井课长。芥川问:

"果然是大藏省的怪物,看来堂野这个当代拉斯普金①野心勃勃啊。政界是怎么看这个问题的?"

"佐桥首相和永田大臣这一派系的力量在不断强化。永田大臣应该会阻止这件事。但前大藏大臣田渊干事长暗中支持堂野,希望借助堂野卷土重来,报复永田。情况比较复杂啊!"

"是吗?那 MOF② 的意思呢?"

芥川问的是负责搜集大藏省情报的伊佐早五郎。高个子的伊佐早止襟危坐,身体略前倾,说:

"以银行局春田局长为首的永田派早就明显表现出反对的意思,问题是佐桥首相派的重藤次官会怎么办还不清楚。据我了解到的情

---

① 拉斯普金(1872-1916):被认为是最具代表性的恶魔巫师,具有不可思议的力量,并在幕后操控俄国宫廷。

② MOF: Ministry of Finance,大藏省。

况,堂野正努力通过重藤次官向永田大臣示好,力求和平共处。"

伊佐早五郎说起话来干脆利索。伊佐早说完之后,负责搜集日银情报的冠收开始发言。冠收和伊佐早完全相反,说起话来慢条斯理。

"日银中,局长以下的中坚层倾向于让营业主管笹原理事当副总裁。但是,日银的人和大藏省的人不一样,不轻易表露自己的意见。如果外力强行进行人事任免的话,大概他们不会坚持自己的意见吧。"

"这个问题,再给你们两周时间,各自搜集完情报后汇报给我。你们要密切关注堂野的动向,从白天和谁打高尔夫到夜里和谁见面、吃饭,都要调查清楚。要是堂野当上日银副总裁、总裁,咱们银行一辈子都别想翻身!"

因为阪神银行与永田大臣关系密切,所以芥川对此事特别重视。

"下面我们谈一下三天前,在富国银行新宿分行与我行的存款互收互付业务中,发生了误付三百万日元的事情。昨天的《银行日报》把这件事捅了出来。我和富国银行的竹中常务一起,第一时间去春田局长那儿做了检讨。现在的问题是,到底是谁把这件事告诉了媒体。这中间的缘由你们搞清楚了吗?"

芥川问负责搜集同行及媒体情报的平松。平松云太郎脸色黝黑,似乎改名为"蜘蛛太郎"更名副其实。

"五菱银行告密的可能性非常大。"

"你这个消息是从《银行日报》弄出来的吗?"

"是的。昨天晚上,我和富国银行的负责人一起,把他们的主编请到了筑地的一家酒馆,想方设法套他的话。最后他承认说,是五菱银行新宿分行的行长告的密。那个分行长是总务课课长出身,这种事对他来说是小菜一碟。"

同行间相互检举揭发是银行业的特色。

"那你已经想好了对付媒体的万全之策了吧？一定要滴水不漏。"

"明白。富国银行也同样,对两三家想来采访的报纸和杂志,施加了一定程度的贷款压力,听说已经没事了。"

"是嘛。那这件事就到此为止。"

对于"忍者部队"来说,这种事情已经司空见惯。

晨会结束后,黑井课长以及负责大藏省的伊佐早五郎、负责日银的冠收、负责同行及媒体的平松云太郎不约而同地拿起了电话。打电话是为了找人一起吃午饭,目的是搜集情报。每天晨会结束之后,忍者们都会四散出去找人吃午饭,晚上再瞄准不同的目标继续吃晚饭。所有行动的目的只有一个——完成银行核心部门布置的情报收集任务。

芥川一声不响地看着四名手下忙着打电话找目标。虽然这些总务课课员都是在银行核心部门的秘密指挥下工作,但是他们当中还没有一个人知道万俵行长的银行合并计划。

回到楼道尽头的所长办公室,芥川点上一支烟,陷入了沉思。

一周前,万俵行长告诉芥川,合并目标是第三银行。万俵行长命令芥川彻底调查第三银行的营业状况。芥川首先调查的是第三银行和第三物产现在的关系以及未来的走向。如果第三物产更改主银行的话,那第三银行将分崩离析。对于阪神银行这样排名靠后的银行来说,那将是千载难逢的机会。为此,芥川命令负责搜集日银情报的冠收,到日银营业局调查第三银行上半年的筹款计划。

芥川想,还得找人设法到大藏省银行局打听一下,了解包括行长在内的第三银行主要领导对银行经营出现严重问题的想法。因为,作为监管部门,银行局绝不会对第三银行出现如此严重的事态坐视不管。

芥川拿起桌上的电话，叫负责大藏省的伊佐早五郎过来见他。

"您找我？"

伊佐早身材修长，穿着讲究，兼具力量与智慧，绝对是银行忍者的优秀人选。

"你等会儿准备干什么？"

"和平常一样，去大藏省银行局的银行课露个脸，然后约理财局重藤次官的一个心腹吃午饭。"

伊佐早没再往下说。芥川知道伊佐早是在追踪堂野滋的动向。

"是嘛。那你去银行课的时候，顺便打听一下，最近第三银行包括日下部行长在内的领导层，对他们银行出现的严重事态有何想法。还有，银行课的态度也要弄清楚。"

芥川像平常一样吩咐道。伊佐早五郎回头看了眼芥川，下意识地想弄清楚这个指示的目的所在。如果真像芥川说的，只是对第三银行的经营情况进行一般性分析的话，那么芥川应该在刚才的会议上下命令才对。现在特地把自己叫到办公室来，肯定有什么特别的理由。但是，伊佐早不能问理由是什么。就像德川时代，看守、忍者们不允许向将军提问，否则会受到严惩一样。作为忍者，即便不知道行动的真实目的，也得做到心中有数，否则就不是一名合格的忍者。

"这件事什么时间报告您好呢？"

"你多花些时间，好好调查。"

"明白了。告辞。"

行礼之后，伊佐早快步离去。

进了大藏省正门后，伊佐早五郎直接来到四楼的银行局。拐过昏暗的走廊，东侧是银行局的办公区，局长办公室、财务审议官办公室、总务课、银行课、中小金融课、检察部等一字儿排开。银行课在检察部的对面。不管有事没事，伊佐早每天都要来这里露一下脸，打声招呼。伊佐早担任这项工作已有两年，对这里的一切已经熟悉得不能再熟悉了。

推开银行课的大门，伊佐早瞥了眼最里边的井床课长的座位。七月份人事变动之后，原佐桥首相秘书井床成为现任银行课课长。伊佐早看到，井床课长正坐在L型办公桌的靠窗一侧，和大友银行的总务课课长悄悄说着什么。五和银行的东京事务所所长带着手下坐在不远处的长椅上。伊佐早五郎又看了眼目标人物——课长助理小田的办公桌。小田不在，但文件摊放在桌上。看来是临时有事出去了。伊佐早看到一名熟悉的女职员正打开门口的文件柜，就走了过去。

"挺忙的啊。在找资料呢？"

伊佐早站在女职员身后问道。

"哎呀，你今天迟到了啊！"

"离开银行的时候正好有点琐事。对了，这是你说过的手套。"

这双西班牙手套是伊佐早特地在和光百货买的。转眼间手套已经滑进了女职员的兜里。

"你还记得？谢谢。"

看到伊佐早竟然能记住自己随口说过的话，女职员非常感激，继续翻看着文件柜里的资料，说：

"小田助理去总务课了，很快就会回来。在你前面还有中京银行的人等着呢，我安排你先见。"

"那太谢谢了。今天我可能要挨批，不想被别人看见。"

"呵呵呵，我知道。"

女职员会心地笑了起来。讨好女职员也是忍者的必杀技之一。小田助理一从总务课回来，女职员就为伊佐早安排好了见面。因为昨天误付事件被媒体曝光，伊佐早忐忑不安地走到小田的办公桌前，说：

"对不起，昨天的事情非常抱歉。"

伊佐早没有做任何解释，而是很诚恳地低头致歉。小田助理和伊佐早同是东大毕业生。小田比伊佐早高一届，年仅三十九岁，但可能是鹰钩鼻的原因，看上去有些显老。小田面无笑容地说：

"你今天是来道歉的？昨天，竹中和芥川一起去局长那边道过歉了。就这样吧。我今天很忙。"

小田的语气十分冷淡。对于两行存款互收互付这件事，以小田助理为代表的行政人员一直持反对意见。后来，在富国银行方面的政治压力下，春田局长才勉强同意。对于这种以上压下的命令式做法，年轻的精英官员们相当反感，而且这种反感不会轻易消失。由此可以想见，直接和这些官员打交道的伊佐早，处境不可能轻松。

"您说得很对。昨天他们向春田局长详细解释了事情的来龙去脉，并开始制定严防这种事情再度发生的双重保险机制，得到了局长的原谅。局长表示，对这次的事既往不咎。"

伊佐早恭恭敬敬地说道。

"既往不咎？我们这些行政人员要是不了解你们所谓的双重保险机制的话，不会简单地既往不咎。明年春天审查你们两家银行新设营业点的情况时，我们可能会更加谨慎。"

小田助理以上级监管部门官员的身份威胁道。小田的意思是：接下来的事情取决于两行今后的表现；表现不好的话，明年新营业点的审批就有可能出问题。要知道，能否开设新营业点直接关系到银行的生存。

"您这么说，我们也非常难受。我们两行的营业部门已经开始探讨双重保险机制的问题，制定完成后我们会第一时间向您汇报，还请您多提宝贵意见。春田局长也说,要我们多多听取井床课长和小田助理您的意见。"

伊佐早想尽量舒缓小田的情绪。可能伊佐早的最后一句话起了作用,小田的表情柔和了一些。伊佐早赶紧抓住时机问:

"最近有传闻说,因为经营不善,第三银行的领导将提出辞职。这事儿是真的吗?"

刚刚还低三下四的伊佐早,语气突然变得随便了许多。为了完成芥川布置的任务,伊佐早故意捏造了这个谣言。

"不知道。我还是第一次听说。"

小田助理靠在椅子上,似乎对此毫无兴趣。

"啊,是吗?"

伊佐早故意不再多言。这样一来,小田助理反而来了兴趣,问:

"这事是谁说的?"

看到"鱼儿上钩"了,伊佐早假装平静地答道:

"我是听一个和第三银行的某实力派高管关系比较好的经济记者说的。日下部行长是第三银行创建者大泽家的公子。即便第三银行和第三物产的关系有什么变化,日下部行长也不会那么轻易地辞职不干吧?要追究责任的话,那也应该是营业主管常务来负责吧?"

"不好说啊。那位可能要引咎辞职的常务和平和银行的常务,一起在局长室前前后后待了近一个小时。"

小田意味深长地说道。一般情况下,银行常务和局长见面顶多十分钟。如果见面时间长达一个小时,那就意味着两家银行之间有什么特别问题需要谈。想到这儿,伊佐早按捺住内心的激动,故意傻乎乎地问道:

"我虽然做这行时间也不短了,但还不知道第三银行和平和银行关系如此亲密呢。是不是有什么事儿啊?"

"我看,你是打着富国银行和阪神银行存款互收互付问题的幌子,乘机想干点别的什么吧?"

小田讽刺地说道。

"我刚说过了,今天我很忙,你还有什么事吗?"

小田想结束谈话了。

"没有了。不好意思,打扰了。"

伊佐早站起身来,暗下决心继续深挖这个情报。伊佐早决定赶紧将这件事报告芥川,晚上再去趟小田家,争取套出有关那两家银行的更多情报。

阪神银行东京事务所所长芥川和部下伊佐早五郎离开包间,来到隔壁的空房间里悄悄商量着什么。隔着拉门,长歌和三味线的声音清晰可闻。芥川虽然已经满脸酒气,但大脑非常清醒,仔细地听着伊佐早的汇报。

"什么?你说第三银行的日下部行长和平和银行的神田行长上个月在罗马见面了?没错吧?"

"《东都新闻》的记者亲耳听第三物产的会长说的。听说了之后,我赶紧调查了他们去国外出差的情况。日下部行长是和第三企业集团的董事一起,绕道美国去的罗马,九月二十号从羽田机场出发的。而神田行长九月二十五号从北边直飞的欧洲。两位行长都想得很周到,还带上了夫人。我又问了日银总务部的人,好像他们两家合并的可能性非常高。"

"嗯,而且他们两家的工会干部接触得也比较频繁。越来越麻烦了。其他银行和媒体注意到他们的动向了吗?"

"没有。《东都新闻》的那个记者好像也没有注意到他们会合并。所以我才决定,今天晚上一定要抓住小田助理问个明白。"

"他现在真的去参加大藏省的聚会了吗?"

"是的。明天永田大臣要在国会上就金融制度调查会一事进行答辩,今天晚上他们先碰个头,估计要到九点左右。我这就去他家守着,今晚上一定得等到他。"

"就这样。你走吧。"

说完,芥川走到楼道里,装作刚去完洗手间的样子。伊佐早沿楼道向后门走去。伊佐早正准备悄悄从后门口离开的时候,一个熟悉的领班小声对他说:

"车来了。"

"谢谢。"

伊佐早笑了笑,上了等在茶屋后门的车,告诉司机去西荻洼的小田助理家。

伊佐早在距离小田家十米左右的地方下了车,观察了一下周围的情况,来到门前按响了门铃。小田的妻子打开门上的小窗,看见是伊佐早,就打开了门。

"不好意思,这么晚打扰你们。"

伊佐早弯腰快步走了进去。

"我丈夫还没有回来呢。"

小田的妻子看到伊佐早直接走了进来,有些吃惊。

"我知道。再过三十分钟左右他就该回来了。不好意思,我等他一会儿。"

伊佐早像回到自己家一样熟门熟路。

"不好意思?这话说起来还真是轻巧。伊佐早先生您这么能说会道,我也不好拒绝啊。"

"哪里。这么晚了来打扰你们,非常抱歉。但上面安排的工作,我也没法拒绝啊。我们这种职员现在想想就后悔啊,当初上大学的时候好好学习的话,现在就能像学长一样在大藏省当官了。"

"哎呀,你这套感人的话早已经过时了。喝点茶吧。"

小田的妻子笑着,为伊佐早倒了杯红茶。找到目标之后,直接去目标家,和目标的妻子聊家常,这是忍者必备的基本功之一。为此,中元节、新年等固定的节日就不用说了,目标人物的家庭成员、年龄、生日等等,银行忍者都必须牢记在心。从目标家生孩子到孩子上学、婚丧嫁娶,忍者必须利用一切可以利用的机会送礼上门。在这方面,伊佐早从不敢掉以轻心。

外面响起车喇叭声。小田回来了。伊佐早赶紧到玄关处迎接。

"怎么回事?有事情到办公室说。"

小田助理下意识地警惕地看着伊佐早。

"非常抱歉。白天听您说起的第三银行和平和银行的那件事,我又听到了一个新消息,今天晚上无论如何得来听听您的意见。"

"哦?什么事?"

小田严肃的表情稍稍放松了一些。

"离开您那儿之后,我去了记者俱乐部,在那边探听到一个消息,说是那两家银行的行长带着夫人,以旅游观光的形式,在罗马悄悄会面了。我好像明白了白天您想说什么。"

"这是真的吗?"

"应该不会有假。但是,知道这件事的,除了当事人,只有您和我了。所以请您一定把真实情况告诉我。我会把在日银总务部规划课听到的消息全部告诉您。"

伊佐早一针见血地说道,和刚才与小田妻子聊天时判若两人。直觉告诉伊佐早:小田不会明知那两家银行的动向却装作一无所知;白天小田之所以吞吞吐吐地不说,可能是为了试探自己的反应;或许小田还想从自己这儿探听一些内幕消息。伊佐早决定,告诉小田一些银行课官员了解不到的内幕消息,以换取那两家银行的动向和大藏省上层的态度方面的情报。

"日银方面怎么说的?"

"他们非常赞成第三银行和平和银行的合并,好像就是日银牵的线搭的桥。"

"牵线搭桥的人是谁?"

"是日下部行长的堂兄笹原理事。"

"原来如此!那合并后谁当行长?"

"这个,好像是第三银行的日下部行长吧,但平和银行的神田行长不愿意被夺权,两家还没有谈妥。还有,根据我行自己的调查,听说第三银行的工会干部非常反感和平和银行这样排名靠后的关西派银行对等合并。第三银行虽然业绩不行,但从上到下的名门意识比谁都强。"

伊佐早说到这儿的时候,小田的眼睛微微动了一下。

"嗯,这样一来,还是……实际上,我只是在揣测上面的意思。第三和平和的常务回去后,局长让我把他们的资料送了过去。"

"资料?什么内容?"

伊佐早咽了口唾沫问道。

"哎呀,没什么大不了的,就是两家银行各自的营业点分布情况。"

小田故意轻松地答道。伊佐早知道,营业点分布情况是银行合并时必须考虑的重要问题之一。

"我很快就从局长室出去了,后来他又把检察部部长叫过去了。"

"哦,检察部部长?"

伊佐早感觉到心跳明显加快。伊佐早接着说:

"从他们两家的动向来看,这就是在准备合并呢。不过这个组合有点奇怪啊。这两家分别是关东地区和关西地区不良贷款最多的银行,而且风格也大相径庭。"

伊佐早故意给两家银行的合并泼了点冷水之后,接着问:

"小田先生是怎么看这个问题的?"

"我基本赞成整合城市银行中排名居中的银行,他们的业绩最不稳定。"

小田一般会积极提出自己的意见,但考虑到事态发展,小田巧妙地避开了伊佐早尖锐的提问。

"这件事进行到什么程度了呢?"

"我感觉到局长那一级了。"

"春田局长对此事态度积极吗?"

"不清楚。你们为什么如此关心别的银行的动向呢?"

伊佐早顿了一下,回答说:

"这不是正好听说第三银行的领导因为业绩下滑要辞职,我想搞清楚是真是假,白天又在您那儿听说那件事,自然就放在心上了。"

伊佐早表面上装作毫不在意的样子,心里决定:该结束今晚的谈话了。

"不好意思打扰您这么久,改天我再来拜访。"

和小田告别之后,伊佐早又郑重地和小田太太道了晚安,然后不紧不慢地离开了小田家。一到外面,伊佐早就开始狂奔。六七分钟之后,伊佐早跑到了车站,飞奔进了站前的公用电话厅,给一直在赤坂酒馆里等消息的芥川打电话。

"喂喂,常务吗?还是第三和平和合并动向的问题。……不,绝对没错。……嗯,当然,这方面的情况我都打听清楚了,不会有错。万幸的是,听说现在只到了局长那一级,还没报到次官那儿。其他情况确实已经超出了课长助理了解的范围。"

听到这儿,连芥川也有些激动了。

"干得好！辛苦了。剩下的我来办。"

芥川接手了以后的工作。

成城町美马家的起居室里，一子正在做法国刺绣，这还是跟妈妈宁子学的。两个孩子早已睡觉了。一子让小女佣也去睡了。屋子里静悄悄的，只有滴滴答答的钟声。一子已经习惯了每天夜里等待晚归的丈夫。

美马张口就说忙，从来没有在夜里十一点前回过家。一子有时能感觉到丈夫在外面有别的女人。丈夫早上换下来的衬衫上面，时不时地会沾上别的女人的香水味儿。

电话响了。一子慢慢站起身，拿起床头柜上的话筒。

"您好，我是阪神银行的芥川。您是美马太太吧？您丈夫在家吗？"

"没有，他还没有回来。有什么急事儿吗？"

"也没什么特别的急事。十二点左右我再打电话。不好意思，打扰了。"

说完芥川挂了电话。放下电话，一子琢磨着：现在已经是夜里十一点了，对方说十二点会再打过来，肯定是有什么急事儿；既然是阪神银行的芥川打过来的，一定是爸爸银行里的事情，可能是托美马办什么事情。美马每个月都会从爸爸那儿得到金钱上的帮助，但是只要爸爸求美马做点儿事，美马就立刻以恩人自居，连对一子也趾高气扬的。想起这些，一子不由得有些烦闷。

门口传来停车的声音。一子看了眼钟，十一点五十，打开门一看，美马正从出租车上下来，浑身酒气熏天，根本不像是整天关在主计局忙着编预算的样子。

"你怎么又穿着和服系着腰带出来接我？先睡去啊！"

为了掩饰自己的醉态,美马故意表现得很不耐烦。一子默默地转到美马身后,边为美马脱下外套边说:

"刚才芥川来电话了,说十二点左右再打过来。"

"又到了老丈人下命令的时候了。现在是主计局最忙的时候,我哪能光应付他老人家的事情啊!"

美马满口不乐意地说道。美马脱下领带、解开衬衫纽扣的时候,电话响了起来。美马拿起了话筒。

"啊,我是美马。哎呀,我刚到家。有什么急事?"

美马不冷不热地问道。芥川战战兢兢地小声说:

"深夜打扰您实在抱歉。我有急事要面见春田局长,希望您能帮我安排一下。"

美马的脸上浮现出"果不其然"的笑容。

"你知道,主计局现在正忙于审查预算编制,天天加班到深夜。要见银行局局长的话,你这个阪神银行的东京事务所所长自己去见不就行了?"

"但是事情非常紧急,夜里到料亭去又太显眼。我想约局长早上一起打高尔夫,这样不会引人注意,而且谈起来也比较轻松。您和春田局长比较熟悉,麻烦您帮着打个招呼。"

"你准备和春田局长谈什么?"

"我们收到消息说,第三银行和平和银行有可能合并。"

美马装作第一次听说这件事。实际上作为前任银行课课长,美马对这两家银行的动向已经有所察觉。至于之所以没有向岳父大介报告这件事,美马有他自己的理由。

"你的消息来源可靠吗?"

"嗯,是从日银的总务部以及大藏省银行局得到的消息,应该没有错。所以我们想在这一两天试探一下春田局长的想法。"

芥川的语气越来越急迫。美马沉默了一会儿,心想:与其自己亲自去问春田局长,还不如让芥川去问,可能了解的情况更为详细;而且官员之间一般有所顾忌,有时不愿意向同事透露的消息,反而会透露给与利益相关的普通人。

"那我明天去见春田局长,请他尽量找个时间。明天晚上这个时间你再打这个电话,到时候我再给你回话。听你刚才一说,再忙我也不能推脱啊。"

美马的语调突然缓和了许多,似乎非常乐意为阪神银行效劳、为万俵大介效劳。看着丈夫的变化,一子明白,爸爸和丈夫之间有着强有力的利益关系,与之相比,自己和丈夫之间的关系要脆弱得多。

放下电话,美马点上烟,翻看着床头柜旁边信箱里的信件。

"相子来信了?"

"嗯,下午送过来的。"

一子爱答不理地答道。美马立刻打开了信封。虽然是女人,但相子的字铿锵有力,十分漂亮。

美马中君

（前略）

久疏问候,想必您一直比较忙碌。我们这边大家都挺好,银平的小家庭也完全融入了大家庭的生活。现在我们已经开始考虑二子的婚事了。当然,财界也有很多上佳的选择,但考虑到未来的发展,这次我要让万俵家的联姻树开出特别的花朵。您对政界、官界的事情比较熟悉,近期有空我会去东京拜访您,详细面谈此事。还望多加指教。

谨上

高须相子

虽然只是一般的问候信,但美马从中看出了相子的野心以及对二子婚事的非凡热情。

"相子的信里说什么了?"

"二子的婚事。这次好像想找个大人物。你看吗?"

"不用了。"

一子脸上露出明显的厌恶的神情。在那个妻妾同居的家里,兄弟姐妹们的婚事都由相子来决定,这已经是一种深深的屈辱。

"睡吧。"

美马伸着懒腰,向卧室走去。

二楼不到二十平方米的卧室里放着两张床,分别属于美马和一子。床头朝东,床上铺着雪白的床单,纤尘不染的床头柜上放着晶莹剔透的水晶玻璃杯,整间卧室整洁得让人有种寒意,同时也反映了夫妻关系的冷淡。一子对夫妻关系并没有任何不满,反而觉得被美马那白嫩的女人般的手抚摸是件令人恶心的事情。今夜,美马如往常一样换上睡衣就钻进了自己的被窝。一子也换上蓝色的睡袍,静静地躺在自己的床上。

突然,美马的手伸了过来,一子下意识地躲避了一下。

"不好意思,不是要碰你。"

美马冷笑着,拿起床头柜上的茶杯一口喝干,关上了灯。

清晨,朝露下的草坪还有些湿漉漉的,小金井高尔夫俱乐部里已经有三个人在打球了。俱乐部八点钟开始正式营业,现在才七点。除了这三个人和球童,依稀能看到远处有一名草坪维护员。武藏野特色的杂树林一带,时不时传来野鸟的鸣叫声。

在俱乐部开始营业之前来打球的人,一般都是为了避人耳目。

俱乐部设施一流,离市中心也只有四五十分钟的车程。对于那些为了避嫌、晚上不能凑到一起的"永田町[①]"和"霞关[②]"的政治家和官员们,以及"丸之内[③]"一带的企业忍者们来说,这里是进行政治交易的最佳场所,利用率颇高。

今早的三个人是阪神银行东京事务所芥川所长、大藏省银行局春田局长和该高尔夫俱乐部的职业球手村上寅七。

"局长,今天一开始状态就不错啊。"

一号洞打完之后,芥川对正在往记分牌上写成绩的春田局长奉承道。

"嗯,在村上的专业指导下,球感好多了。"

春田局长抬起头高兴地答道。春田局长高鼻梁、大眼睛,嘴唇微微有些薄,一看就是个圆滑的官僚。万俵行长电话指示芥川,早上请村上为局长做个"特训"。此时,芥川由衷地感觉到行长的这个主意实在高明。芥川曾经担心请村上陪练是否会显得过于殷勤,春田局长是否会怀疑自己的动机,但万俵行长说,春田打高尔夫的时间不长,差点保持在二十杆,作为银行局局长来说有点拿不出手,所以春田会很乐意接受村上这样的专业人士的指导。村上寅七最初是在关西广野高尔夫俱乐部打球。在他当球童的时候,万俵就发现了他的潜力,曾经给予他不少帮助。因此,能请到村上这个级别的职业球手为春田局长做单独指导,也算是阪神银行的"独门绝技"。

三人来到二号洞。春田铁杆击打失败了。这时,一直默默观察着春田打法的村上开口说:

"铁杆击打的时候,不要抄球,要相信自己能打进去,像这样。"

---

① 永田町:日本的政治中心。
② 霞关:日本政府机关集中地。
③ 丸之内:日本著名的商业区。

村上打了一个梦幻般漂亮的向下击球。春田羡慕地看着,又打了一次,结果还是漏球了。

"看来您是老问题了。木头球杆还过得去,但铁杆击打的时候老是漏球,得不了分,所以你也就突破不了差点二十的局限。"

到底是专业选手,村上在很短的时间内就看出了春田的优点和缺点。

"以前朋友也这么说过。我还以为自己已经改过来了,现在看来还是不行啊。"

"过来,到这边来。对面那棵松树,看见了吧?使劲一击,让球穿过最下面那根树枝。瞄准果岭①击球!"

春田盯着眼前的那棵松树,想象着球穿过最下面那根松枝的情景,使劲一击,球却碰到树干弹了回来。春田遗憾地用球棒头敲打着草坪。

"不要着急,多练几次,一直到球穿过树枝为止。"

村上严肃地说道。这时候,芥川表面上装作在练习沙坑击球,心里却担心村上因过于追求完美而惹恼春田。

突然响起清脆的"啪嗒"声,春田击球穿过最下面的松枝,准确地将球打上了果岭。

"NICE SHOT!"

芥川忍不住叫了起来。春田也露出了会心的笑容。芥川赶紧走到春田身边说:

"哎呀,和刚才判若两人啊。这是因为教得好呢,还是因为学得好呢?"

芥川一句话讨好了双方。村上说:

---

① 果岭:高尔夫球运动中的一个术语,指球洞所在的草坪。"果岭"二字为英文"green"音译而来。

"用这种方法纠正抄球不是我的发明。以前英国的爱德华八世在当皇太子的时候,无论如何也改不了抄球的毛病,美国的一名著名的职业球手就让他瞄准树枝练习,果然帮皇太子改掉了抄球的毛病。我只是模仿了一下。春田先生和皇太子谁学得快我就不知道了,但春田先生还是学得很快的。"

村上的回答非常直白。不过,春田对村上的比喻非常满意,高兴地说:

"以后我要是再忘了这个技巧的话,就到这棵树下来练习。"

趁着春田心情好,芥川赶紧说:

"村上先生,到时候还要拜托您对'春田皇太子'多加指导啊。"

看到自己今天的教导有成绩,村上也点头表示同意。今后春田来的时候可以随便找村上指导了。芥川发现,这个约定让春田喜笑颜开。

两人继续刚才中断的二号洞,过了一会儿就打到了七号洞。春田每次都得击打三下,很快就累得满头大汗了。

"局长,咱们在这儿休息一会儿吧?"

芥川看准时机问道。春田也点了点头。

"那我先去八号。"

村上说着,带着球童,先下坡去八号洞了。芥川和春田走进圆木亭子,坐下来休息。

"您觉得村上怎么样?"

"嗯,的确是一流,善于在发现别人缺点的同时,帮助别人快速改正缺点!"

春田高兴地边擦汗边说。

"您这样说太好了。对了,今天我还有件事想请教一下局长……"

芥川说话的时候,春田边俯瞰着八号洞处村上潇洒的击球姿势边说：

"美马昨天一大早突然来我办公室说，你想约我早上在小金井'特训'，我就找时间过来了。说吧，什么急事？"

"我想问一下第三银行和平和银行合并一事的真实性。两家银行是真的在合并吗？"

芥川单刀直入地问道。

"听美马说的？"

"没有。这个消息是我们银行自己调查来的。"

"嗯，可能是吧，从最近的动向来看。"

听到这儿，芥川的眼睛闪了一下。

"是吗？从最近的动向来看？"

春田说"最近的动向"，等于承认了两家银行的确在谋求合并。芥川知道，能得到银行局局长的亲口承认已是大收获。芥川又问道：

"局长，您对这件事是怎么看的呢？是想给他们一个绿灯？还是黄灯？红灯？"

"现在这个阶段还不好说。这个话题就到这儿吧。"

春田觉得，承认那两家银行的动向，就当是还了美马的人情，也就不想继续深入往下谈了。可是芥川并不愿意浅尝辄止。

"春田局长，您对金融重组的看法没有变化吧？如果是这样的话，那么是否可以认为，您积极支持这场合并，并想以此打响金融重组的第一枪呢？"

芥川千方百计想套出春田的话来。

"这些都是你们的想象。"

春田的言下之意是，自己不可能如此轻易地上钩。芥川碰了个钉子，顿了顿，接着说："那么，撇开第三和平和的合并问题，局长您怎么看排名居中的几家银行的重组问题？是被比自己强的银行吞并好

363

呢,还是和比自己差的银行抱团好呢?"

芥川迅速将话题转到宏观范畴。

"今后的合并如果以弱肉强食的形式进行可能不行吧。我觉得,程度差不多的两家或是三家银行联合在一起对抗大银行,这样合并的现实性更高些。"

"我明白了。也就是说,第三和平和的合并正好体现了局长您的想法。那么是否可以认为,大藏省即将一路绿灯放行呢?"

"但是,理论是一回事,实际操作又是另一回事。银行这个东西非常复杂,我们和那些负责预算呀税务的机关还不同。"

春田局长到底是实力派,说起话来滴水不漏。但芥川还是从局长的话里感觉出一些疙里疙瘩的地方。

"您是想说,问题在于牵线搭桥的是日银吗?"

"日银?我们根本没把它当回事。"

春田彻底否定了日银的因素。

"那是永田大臣有什么难处吗?"

"嗯,那个人一直在活动啊。"

春田说的"那个人",指的是永田大臣的政敌、前大藏大臣、现干事长田渊円三。

"哦,是这回事啊。不过话说回来,哪家银行那条线上的实力都不弱,您说是不是?"

各家银行都有执政党实力派政治家在背后撑腰,银行和政治家之间存在一个资金渠道。

"问题是,他在第三银行后面。"

"那大藏省是在等这个的指示啰?"

芥川竖起大拇指,指的是大藏大臣永田。

"随你想吧。"

春田和刚才一样支支吾吾了起来,那微笑的眼神却透露出肯定的意思。尽管力主银行合并,但如果合并导致自己老板的政敌田渊干事长的资金渠道大为充盈,春田绝不敢轻易表示支持。

"十分感谢您今天的教导。万俵也会对您深表谢意的。"

芥川言下之意是,万俵一定会重谢春田。两人一起向球场走去。

银平和万树子两人很少到父母家用晚餐。今天,万俵家餐厅里的大橡木桌上放着一个大银盘子,盘子里是别人送的鲜牡蛎,下面放着冰块。正中照例是大介的座位。大介在书房接电话。宁子今晚坐在左侧女主人的位置上,相子坐在大介右侧,相子旁边是三子。二子去东京参加音乐会了,还没有回来。

"哥哥和嫂子呢?"

坐在餐桌边,万树子觉得有些不自然,于是问三子,铁平一家为什么没来。

"铁平哥哥最近因为建高炉的事情特别忙,听说基本上都住在厂里。嫂子就说她也不来了。"

三子说话带有明显的大阪调。

"嫂子一个人来也没事儿啊。"

万树子似乎有些遗憾。万树子这样说,并不是因为和早苗关系好,而是看到周围全是万俵家的人,觉得自己一个人比较孤单。尽管丈夫就坐在自己身边,万树子仍然觉得有些压抑。可惜此时的银平丝毫体会不到万树子的心情,正和多日没见的妈妈宁子聊着天。

"让你们久等了。来,吃吧。"

大介终于打完电话坐了下来。一身白裙的相子笑盈盈地对大介说:

"看,是志摩半岛的的矢牡蛎噢!多吃点儿!"

大介拿起一个大牡蛎,边用叉子分开牡蛎壳边问:

"好久没和银平你们俩一起吃饭了。生活都习惯了吧?"

大介看着万树子问道。

"是的,托您的福,家里的情况基本都熟悉了。"

因为很少和公公说话,万树子回答起来有些生硬。

"是嘛。有什么问题尽管说。"

"新房很好。没什么问题。"

婚后不久,万树子就看到了二楼卧室里并排放着的三张床,知道了万俵家妻妾同房的事实。这让万树子无论如何也做不到从心里尊敬公公万俵大介。这时候,相子好像猜到了万树子的想法,特意问大介说:

"后天是安田先生六十大寿,邀请我们过去。您有空吗?"

"嗯,万树子父亲过生日,我再忙也要去啊。"

说到这儿,大介想起了芥川的电话。芥川告诉大介,在第三银行和平和银行合并一事上,大藏大臣永田的政敌田渊干事长是背后的主导力量,银行局春田局长对此非常警惕,正在等待永田大臣下一步的指示。大介觉得,大阪重工是第三银行的老客户,后天去参加安田社长的生日会,或许可以打听到一些通过官方渠道打听不到的消息,甚至还可能发现第三银行放弃平和银行、接近阪神银行的苗头,这也正是强强联姻的好处。想到这儿,大介的嘴角现出了一丝笑容,问银平:

"银平你也去吧?"

银平端着葡萄酒杯说:

"我就请个假吧。"

"那可不行。你和万树子一起去庆贺,对安田先生来说比什么都高兴。是吧,万树子?"

"嗯,但他这个人总是这样……"

听得出来,两人关系不是太好。看到气氛有些尴尬,相子找了个轻松的话题说:

"安田先生的生日贺礼我已经准备好了。他肯定会高兴的。"

相子拿出了自己挑选的礼物。

"哎呀,是什么?"

三子好奇地问道。

"保密。对万树子也保密。"

万树子发现相子的眼神有些异样。相子说"保密",既有让万树子保守三张床的秘密之意,又有对万树子婚前性行为一事的威胁。万树子有些害怕,身体不由得向后倾,餐巾从膝盖上滑了下去。万树子悄悄弯腰捡餐巾的时候,桌子下面的一幕让她倒吸了一口凉气。

桌下,大介和相子的腿紧紧缠绕在一起。万树子觉得一阵头晕目眩。桌面上,全家人在一起吃饭,其中还有未出阁的女儿;桌面下,一家之长大介和情人相子的腿缠绕在一起!这简直是禽兽不如的行为。万树子捡起餐巾照旧坐好,看了眼公公。万俵大介依然端坐正中,仪表堂堂,尽显一家之长的风范。万树子从公公身上再次感受到人性之扑朔迷离、深不可测。

安田太左卫门的六十大寿庆典于当天下午在其芦屋的家中举行。

太左卫门身穿和服礼服,外罩红色短外衣,端坐在里屋客厅正中央,其妻子和长子夫妇分坐在两边。这间客厅由两个相邻的和式房间组成,一间约十二张铺席①大小,另一间约十张铺席大小。今天的客人都是太左卫门的亲戚,包括来自东京的太左卫门的兄弟等共

---

① 铺席:榻榻米,长约一百八十厘米,宽约九十厘米。

三十余人。万俵大介和银平、万树子夫妇代表万俵家出席。虽然是近亲之间的小聚会,但还是摆满了从"柿繁"订的各种怀石料理①,场面十分热闹。

"穿上红外衣,爸爸今天看上去像个慈祥的老爷爷了。"

说话者是太左卫门的长子,现任大阪重工营业部部长。这时,身穿素色单纹和服的太左卫门夫人佳江也略带遗憾地说:

"要是戴上配套的头巾就更棒了。"

"外套还是你们硬让我穿的,要再戴上开花爷爷②的头巾,那我就真成了年老昏花的老头子了。"

和蔼可亲的太左卫门坚决否认自己已是花甲老人。这时,中央制纸社社长安田长兵卫说:

"万俵,你看我这个弟弟还真不服老呢,连花甲大寿也想逃过去,全家上下费了好大劲才劝他做这个寿。看看我,三年前就乖乖地穿上了红外衣,还戴上了头巾。"

这时,太左卫门的弟弟、五井地所社长安田三卫门揭开盖碗的盖子,笑着说:

"刚才大哥的话也有不可信之处。不过看着两个哥哥都已经是花甲之年了,我觉得六十岁这个年龄,有些事还是无法彻底割舍啊,包括女人。"

老三安田三卫门比两个哥哥长得要粗犷一些。万俵接过他的话说:

"你们三个号称'秀才三兄弟',每人都有一两个小嗜好,我算是

---

① 怀石料理:"怀石"指的是佛教僧人在坐禅时,在腹上放上暖石以对抗饥饿的感觉。怀石料理极端讲求精致,无论对餐具还是对食物的摆放都要求很高。高档怀石料理价格不菲。

② 开花爷爷:日本著名的民间故事《开花爷爷》的主人公。

攀上了一个厉害的亲家。"

听了万俵的话,大家都笑了起来。整个生日宴会的气氛非常融洽,但是银平和万树子夫妇好像与整个气氛格格不入。

"喂,万树子,今天怎么不像往常一样拍照片了?美和子在日内瓦还想看爸爸穿短外衣的样子呢,说是让我们一定要把照片给她寄去。"

大哥对万树子说道。美和子是万树子的姐姐,嫁给了外交官。以前全家团圆的时候,喜欢摄影的万树子总是当仁不让地负责照相,还经常抓拍一些滑稽的镜头。

"好的,我来拍,照相机给我。"

万树子伸手接过相机,竖过来将爸爸的脸框在正中,镜头中的爸爸和蔼而又宁静。万树子按下了快门。太左卫门注意到万树子在为自己拍照,侧过脸来对万树子笑了笑。

"爸爸,再笑笑。真棒。拍啦!"

作为父母的小女儿,万树子好久没有对爸爸撒娇了。万树子挪动身体,调整相机,想尽量多拍些爸爸的正面。突然,万树子停了下来。镜头里出现了公公万俵大介。万俵大介正和新亲家——万树子的爸爸以及叔伯们谈笑风生。镜头中,万俵大介的脸部丰满,充满立体感。万树子又想起两天前的晚餐时,餐桌下万俵大介和相子的腿像蛇一样缠绕在一起的场景。

"万树子,你怎么了?"

看到万树子的手停在快门处、眼睛盯着万俵大介,太左卫门有些惊讶。

"我有点儿不舒服,可能是腰带系得太紧了。我去整整。"

说完,万树子将照相机塞给哥哥,转身离开了房间。不明白万树子心理变化的人,觉得婚后的万树子像以前一样任性浮躁,只有银平察觉到了万树子心情的起伏。但是,银平对于万树子的举动完全无动于衷,转头看着院子,抽着烟,丝毫不想掩饰被迫来参加宴会的不耐烦。

万树子离开客厅,跌跌撞撞地奔过走廊,冲进了一间面向中庭的房间。这是万树子结婚前的闺房。床、衣柜、梳妆台都保持着原样,依旧散发着少女特有的慵懒而明快的气息。万树子紧张的神经彻底崩溃了,倒地痛哭。

就在这时,走廊里传来了脚步声,好像是妈妈追了过来。万树子擦干眼泪,赶紧照了照镜子。

"怎么了,万树子?"

妈妈佳江走了进来,担心地问道。

"就是有点不舒服。"

说完这句,万树子就紧咬着嘴唇不敢再说话了。因为万树子害怕自己会忍不住告诉妈妈万俵大介卧室里的秘密、万俵家妻妾同房的事实。不过,一旦万俵家的秘密被曝光,相子就有可能曝光万树子婚前的性关系。

"真的吗?怎么了?你看上去没精神,妈妈还担心你有喜了呢?"

面对女儿,妈妈自有妈妈的担心,但万树子摇头说:

"没有的事儿。即便有了,我也不想生。我想回家!"

"什么,回家?你说什么呢!是不是和银平闹矛盾了?"

"没有,什么也没有。只是我非常讨厌万俵他们家,我想待在这儿。"

说着,万树子用双手捂住了脸。

"万树子,可能有些事情不如你意,但是你公公他们一家人都那么出色,你这么说他们有点太任性了。你结婚以后,你爸爸和万俵的来往比以前更密切了,刚才还说两人有事要单独谈,现在正在茶室里谈事儿呢。"

佳江用眼神指着中庭对面的茶室说。隔着篱笆,对面的茶室非常幽静,让人感觉不到一点人气。茶室门口整齐摆放着两双木屐。

秋日的阳光透过纸拉门照了进来。榻榻米擦拭得非常干净,每一条纹路都清晰可见。屋里只有咕嘟咕嘟的水沸声。万俵大介和安田太左卫门相对而坐。

安田太左卫门坐在炉子前面,先用小绸巾熟练地擦拭枣形茶叶罐和小茶杓,之后手拿长把木勺,缓慢地从茶釜里舀出热水。

在整个过程中安田一言不发,万俵也一直正襟危坐,默默地看着安田点茶。壁龛上雪舟①的枯山水②画轴为茶室的寂静增添了几分幽邃。

安田将热水倒入茶碗中,用竹刷点茶,然后将茶碗放到万俵面前。

"承蒙招待。"

万俵按照茶道礼仪,双手接过茶碗慢慢喝完之后,仔细地端详起茶碗的烧制工艺和形状来。这是一件青织部③陶器,青绿色碗身上装点着白色的菊花。

"好漂亮的青织部!"

万俵转动茶碗,边仔细欣赏边感叹道。

---

① 雪舟:日本室町时代的著名画家。
② 枯山水:日本式园林的一种,但也是日本画的一种形式。一般是指由细沙碎石铺地,再加上一些叠放有致的石组所构成的缩微式园林景观,偶尔也包含苔藓、草坪或其他自然元素。枯山水顾名思义为"干枯的景观"或"干枯的山与水",通常出现在室町时代、桃山时代以及江户时代的庭园中。
③ 织部:织部烧,是日本桃山时代出产于美浓的一种陶器。按照表面釉药的不同,分为黑织部、青织部、红织部等多种,其中青织部最为著名。

"谢谢。再来一碗吧？"

"不用了，谢谢。"

"那么咱们接着谈刚才的话题。"

安田边往茶碗里倒热水边说。

"很抱歉，在您生日宴会上谈这个问题有些不礼貌。"

万俵表示了歉意。刚才在安田太左卫门的兄弟们还没有来的时候，万俵把生日礼物——一件红色高尔夫背心送给安田之后，直截了当地问："听说第三银行和平和银行准备合并了？"万俵的问话让安田有些吃惊。安田说："等会儿咱们到茶室边喝茶边慢慢聊。"等到宴席进入高潮之后，安田给万俵使了个眼色，两人悄悄走了出来。

"您怎么这么快就知道这件事了？您是我女儿的公公，我也没想瞒着您。不过，我本想过些日子，等条件成熟了再告诉您。"

"我理解。但他们要合并的事情连大藏省都知道了，看来也不是一天两天了。"

大阪重工既是第三银行的大客户，又是大股东。安田太左卫门作为第三银行的头号编外顾问，对合并一事应该了解颇多。

"我是一个月前才第一次听第三银行的日下部行长说起这件事的。那时候行内还没有为此事正式召开董事会，日下部行长和平和银行的神田行长也刚刚进行完会谈。所以我觉得这件事进行的时间不会很长。"

"那日下部行长的合并动机是什么？"

安田像刚才一样为自己点了杯茶喝了下去。万俵依然正襟危坐。这是一场利用裙带关系进行的事关顶级商业秘密的会谈。

"我觉得直接原因在于，现在事态比较严峻，第三银行难以保住自己兄弟企业第三物产的主银行地位。但要说仅仅因为这个，日下部行长就急急忙忙地想要合并也不对。您也知道，日下部行长是城市银行中最年轻的行长,理论功底很深。很早以前他就在考虑银行未来的发展。他认为,随着金融制度的自由化,银行收益将会缩减,而资本自由化将会促进产业结构的调整,银行也将随之重新组合,以对抗外国银行。正是考虑到这些,日下部行长认为,在城市银行中位居第七位的第三银行,从财务情况和客户情况来看,市场竞争力有些不足,因此才下定决心进行合并。与其坐等经营状态持续恶化、最后被强势银行吞并,还不如趁着现在作为旧财阀系银行的余威犹在,寻找一个合适的伙伴,形成对等合并,以保留第三银行的血统。换句话说,这也是日下部行长以防卫为目的的长期经营战略的体现。"

安田慢慢喝完了碗中茶。

"有道理。为保留自己银行的血统而合并,的确符合老牌银行的做法啊。"

"而且日下部行长是第三银行创建者大泽家族的公子,在保留银行血统这一点上,他比别的行长更加执着。"

"这一点我感同身受。您作为第三银行的头号编外顾问,如何看待第三银行和平和银行的合并呢？"

万俵屏住呼吸,紧张地问道。安田用怀纸①沿直线擦拭着茶碗的边沿,说：

"我原则上赞成合并。第三银行的合作企业中,不仅第三物产,很多企业长久以来都因为融资额度不足而苦恼。合并之后,银行规模增倍,融资待遇也将大为改善,这一点对我们来说很有吸引力。"

"您说的'原则上'是什么意思？是不是有什么问题？"

万俵反问道。安田没有立刻回答,而是看着炉子里的炭火,过了一会儿才说：

---

① 怀纸：折叠起来放在和服的怀中随身携带的两折的和纸,换盘子的时候或喝完茶擦茶碗的口印的时候使用。

"实际上,合并一事原本进展得比较顺利,但最近问题有些复杂。"

"哦,什么问题?"

说到这儿,万俵不由得双膝移动向前蹭了蹭。

"主要是合并之后的人事安排问题上,两行意见分歧较大。"

"目前看谁会当行长?"

"两家银行互不相让。从规模上看应该是第三银行当老大。但是平和银行的神田行长是著名的独裁行长。他提出,合并的前提,必须是他说了算,一步也不肯让。周围的人建议他当会长,有代表权,但他坚决不答应。不管怎么说,这是城市银行间的第一场合并。大藏省和政治家们纷纷从自己的立场出发,想要促成这场合并,导致现在问题越来越复杂。"

说起这些,安田情绪有些低落。

"说到政治家,听说田渊干事长最积极,永田派的银行局局长春田他们非常反感他。那么田渊干事长是怎么插手这件事的呢?"

芥川在小金井高尔夫俱乐部,通过"晨训"的方式从春田局长那儿打听到的消息,现在终于被万俵派上了用场。

"您连这个都知道?那我就告诉您吧。实际上第三银行的濑川副行长和田渊干事长过从甚密。这一点一般人就不用说了,就连内部人士也不知道。日下部行长是那种夸夸其谈的理论派,实践方面还欠点火候,因此濑川副行长就像是第三银行的内当家,行内大大小小的事都由他管着。田渊在当大藏大臣的时候,不知道是气味相投还是双方有意接近,反正自那时候开始两人的关系就非同一般了。"

安田对田渊与第三银行的关系娓娓道来,完全不知道万俵已经瞄准了第三银行。此时安田的每一句话都对阪神银行的合并计划至关重要。不知不觉中太阳已经开始落山了。榻榻米上安田与万俵的身影变得越来越长。

"看来,佐桥首相参选的时候,第三银行提供了相当数量的政治献金,就是因为这层关系啰?"

面对万俵的问题,安田点了点头说:

"好像是的。听说田渊干事长为筹措资金四处奔走,第三银行就为他出了一大笔钱,对此银行内部也颇有微词。幸好濑川副行长为人比较低调,表面上没有什么惹眼的举动,田渊和他的关系也一直没有暴露。日下部行长很不喜欢濑川和田渊的关系,甚至考虑过换掉濑川,结果没成,一直拖到现在。这次和平和银行合并的事情,在大藏省知道之前,早就传到了田渊干事长的耳朵里,也是因为有这层关系。"

"哦,真没想到濑川副行长和田渊干事长之间,还有这么一层不为人知的关系啊!"

万俵无语了。就在刚才,万俵行长还在暗自盘算着将第三银行作为合并对象,让第三银行和阪神银行共同的大股东——大阪重工的安田社长为自己摇旗呐喊,以实现取代平和银行和第三银行合并的目的。今天,万俵之所以早早来参加安田六十大寿的寿宴,就是因为有这个打算。因此,当听到安田说,第三银行的濑川副行长和田渊干事长一个鼻孔出气的时候,万俵行长深受打击。阪神银行与大藏大臣永田交往密切,选择永田的政敌田渊支持的银行作为合并对象显然不太合适,可操作性很小。

"天快黑了。"

说着,安田站起来想去点灯。

"不用了。我该告辞了。"

万俵以主宾的礼仪深鞠一躬,走出茶室,来到院子里。

离开安田太左卫门家,万俵大介坐上车向六甲山庄驶去。

十一月初正是观赏六甲山红叶的好时节。薄暮中,红叶点点,秋意浓浓,但万俵已无心观赏这美好的山间秋景。

车子从阳面的环山路驶向杉树葱郁的圣者道后,速度降了下来。现在是淡季,周围的别墅人迹全无,落叶满地。

车来到山庄门口。管理员夫妇已经打开门在等候。离开安田家的时候,万俵大介通知了山庄管理员。

万俵走进起居室时,壁炉的炉火烧得正旺,房间里暖和和的。

"辛苦了。我要想点事儿,给我准备点酒,其他什么都不要。"

万俵吩咐道。管理员夫妇推来装有洋酒和酒杯的小推车后,退了下去。

房间里只剩下万俵一个人。万俵在壁炉前的摇椅上坐了下来。熊熊燃烧的炉火将充满野趣的扁柏木墙面照得红彤彤的。屋外暮色沉沉,万籁俱寂。万俵拿起威士忌酒瓶,直接喝了一大口,又苦又涩。将长女嫁给大藏省官员美马中,让次子娶了自家银行的最大股东大阪重工社长安田的女儿,给当地的大企业贷款——万俵原以为"我的地盘我做主",猛然间发现,阪神银行和第三银行、平和银行一样,面临着深不可测的金融重组浪潮的冲击。阪神银行只不过是一家总行在神户的地方性的城市银行。万俵原以为瞄准了一个大目标,却不知是水中花、镜中月;花费了大量宝贵的时间去筹划,甚至沾沾自喜地以为已经钓着了大鱼,不料到头来却是竹篮打水一场空。万俵从未觉得自己是如此的愚蠢可笑。事已至此,下一步该怎么办呢?恐惧和不安包围着万俵。以小吃大的合并计划可行吗?万俵越想越没有信心。深深的挫折感和孤独感已经快将万俵吞灭了。万俵一动不动地盯着熊熊燃烧的炉火,想要克服心中的挫败感。过了一会儿,万俵站了起来,拿起屋角的电话,拨通了美马家的号码。

"喂喂,这是美马家。您是哪位?"

话筒里传来一子慢悠悠的声音。

"啊,一子,是我。你还好吗?"

万俵问候完女儿,就让美马接电话。

"他去见相子了,说是为了二子的婚事。"

"那你赶紧给他打个电话,让他立刻打到六甲山庄来。"

"可是我不知道他去哪儿了。"

"什么?作为妻子,你应该问清楚你丈夫的行踪!你和你妈妈一样靠不住!"

万俵不高兴地挂断了电话,重重地叹了口气。美马这个家伙!万俵咂了咂嘴,倒了杯威士忌,大口喝了下去。田渊和第三银行的关系,美马早就应该告诉自己的。作为前任银行课课长,同时又是永田派的大藏省官员,美马应该知道田渊的动向。还有,第三银行和平和银行合并一事,美马一点也不知情也是不可能的。可是,美马为什么没有向自己汇报这些事情呢?是对自己有意见,还是出于官员特有的本性——每个月好处照拿,但决不主动报告?万俵拿起柴火,扔进壁炉里。火星子飞起来,差点溅到万俵的脸上。万俵赶紧侧过脸。就在转头的一刹那,万俵看到阳台玻璃窗上的黑影,吓了一跳,但马上想起来,应该是大龟专务来了。刚才离开安田家的时候,万俵给西宫的大龟专务家打了电话,让他赶紧来六甲山庄。

"怎么回事?你怎么在那儿?从玄关进来不就行了。"

"玄关的门关着,我就绕到这边来了,看您好像在思考什么事情,就没打扰您。"

大龟走了进来,感觉到屋里气氛有些不正常。

"大龟,我发现第三银行养着一个意想不到的'情夫'。"

"情夫?您这说法有些不一般啊!"

大龟吃惊地说道。

"第三银行养着田渊干事长。只要他们之间有这层关系,不管安田社长帮多大忙,我们也别想和第三银行合并。到了现在这个地步,撤退的确让人有些遗憾。但如果确实没有可行性的话,咱们就要立刻改变原来的计划,寻找另一个合并目标。"

"我觉得与其立刻制定新计划,不如暂且静观一下事态的变化再说。"

大龟一如既往地慎重说道。万俵摇了摇头说:

"金融重组的情况不容乐观。如果第三和平和的合并成功,那么接下来第二轮、第三轮的合并浪潮将会陆续登场。日本城市银行的地图将发生天翻地覆的变化。等到那个时候,咱们就被动了,可能会被迫合并,这是显而易见的。所以,抓紧时间物色另一个合并目标至关重要。"

万俵斩钉截铁地说道。大龟被万俵的气势镇住了,问:

"那放弃第三银行,物色另一个目标的时候,您仍然坚持我行主导的以小吃大的合并计划吗?"

"当然。不过说句实话,现在我还没有合适的对象。当前最要紧的是先粉碎这两家银行的合并。要想让合并对我行有利,我行必须是第一家主导合并的银行。"

熊熊燃烧的炉火旁,万俵红光满面,志在必得。

"我明白您的心思。虽说永田大臣对他们合并的态度不太积极,但我觉得咱们最好还是当面问问永田大臣。"

"好的,我让美马尽快安排和永田大臣见面的事情。"

说到这儿,万俵突然换了个语气问:

"大龟,你怎么看美马?"

大龟有些不知所措地眨了眨小眼睛,说:

"您突然这么一问……我觉得,他挺干练的。"

"干练?的确如此啊。"

万俵的声音有种莫名的干涩。

在赤坂的"ZAMBRA"夜总会里,舞台上的乐队正在演奏拉丁舞曲,舞池周围的包厢里基本上都是外国人。

高须相子和美马中坐在远离舞池的一个角落里,边欣赏着乐队的演奏,边品尝着餐后的白兰地。

"还是东京有这么好的夜总会啊,可以充分享受夜晚的美妙时光。"

相子身穿土耳其蓝的裙子,胸口开得很低,手戴蓝宝石戒指,悠闲地抽着烟,享受着在关西享受不到的自由自在。

"在东京,你可以不用介意别人的眼光,随意玩啦。"美马对相子说。

"嗯,我觉得像在纽约一样轻松自在。不过,美马先生你在主计局的工作这么忙,连过节也要加班,让你陪我真是太不好意思了。万俵也很高兴呢,今天去参加安田先生的六十大寿了。"

"哦,他去参加安田先生的六十大寿了,你这边又在忙二子的婚事。为了联姻,你们俩还真是双线作战呢。"

美马似乎知道大介去参加寿宴的真实目的。美马接着说:

"上次那封信很有你的风格啊。你说要让万俵家的联姻树开出特别的花朵是什么意思?"

几天前,为了二子的婚事,相子曾经写信拜托美马帮忙。相子听了美马的问话,答道:

"你明明知道还问。"

"不知道啊。你那看似平淡的表达中蕴含着意味深长的内容,实在令人敬佩啊。"

"那我就直说了。二子的婚事,财界方面有很多不错的选择,但这次,我们希望和政界的实力派联姻。"

"你说的实力派,不是铁平的岳父大川一郎那样的党派政客,而是占据政界主流、官僚出身的实力派吧?"

美马微笑着将话题引向有利于自己的一面。

"嗯,所以我特地来东京请教你,拜托你出出主意。"

在昏暗的烛光下,相子盯着美马的眼睛说道。相子知道,面对这个掌管国家预算的大藏省主计局次长,即便贵为大臣,该低头时也得低头。美马的面子非常管用。

乐队开始演奏起探戈。舞池里跳舞的人多了起来。美马紧盯着其中一对黑人男子和日本女人,继续说道:

"关键是二子,上次二子到东京来住在我们家,我感觉她和你的想法差别很大啊。"

"这不是问题。你和一子那时候不也是这样嘛。"

"哎呀,怎么说呢,你对我们的事情了解得一清二楚啊。"

美马笑着,又为相子点了支烟。

"所谓秦晋之缘,大体上都差不多,以婚姻来换取出人头地的机会或掌握权力的契机,大家双赢,共同分享联姻的甜蜜果实罢了。"

说完,相子吐了口烟。

"说的也是。联姻就是精英的再生产。"

"你说得很对。联姻是血统优秀者与精明能干者的结合,是裙带精英的再生产。而且女儿比儿子的生产价值要高得多。嫁出去一个女儿,就可以实现和一个国家的联姻,简直价值连城啊。"

相子满不在乎地说道。美马饶有兴趣地看着相子。相子把脸凑过去问道:

"美马,你有没有什么好人选?"

"哎呀,你突然这么一问,我还真不好回答。这事儿和预算、银行等方面的问题不同,这可是关系到缔结秦晋之好的婚姻问题。"

美马思考着说道。

"你索性想想,佐桥首相的亲戚里有没有什么合适的人选?"

"首相的亲戚?你这个愿望相当远大、相当明确啊。"

美马被相子的话吓了一大跳。

"阪神银行虽然在城市银行中排名第十,但从万俵家的门第、资产来看,配首相的亲戚也绝不逊色啊。"

说到这儿,相子莞尔一笑。这时,美马想到了原首相秘书、现银行课课长井床治郎。

"那我就试着找一找吧。真有你的,能想到和首相家结亲!的确符合你的风格。有胆量,有野心,有魄力。"

"你能这样说我太高兴了。咱们就谈到这儿。跳舞去吧。"

美马放下酒杯,牵起相子的手,来到舞池。这时,舞曲已经从《假面游行》①换成了《夜之探戈》②。在身材颀长的美马的搂抱中,相子踩着久违的舞步,目光越过美马的肩头投向舞池。舞池并不太大,周围散发着浓郁的外国人的体味。有的外国人身体紧贴在一起,在长时间地接吻。相子突然想起和前夫理查德经常去一家小舞厅跳舞的情景。理查德是一家大学研究室的研究员。当时两人的生活极其简朴,但感情非常融洽。和那时候相比,如今的相子,吃着山珍海味,穿着绫罗绸缎,管着万俵家务,甚至有权决定万俵家子女的婚姻,但一切都不属于自己,都是在为他人做嫁衣裳。一种无法言语的空虚感突然涌上相子心头。空虚过后,留下的只有自嘲了。

"怎么了?想到什么了?"

---

① 《假面游行》:《La Cumparsita》,一首享誉全世界的南美探戈舞曲。
② 《夜之探戈》:《Tango Notturno》,探戈舞曲。

美马的声音非常温柔。相子抬起眼来,看到美马正盯着自己丰满的胸部。

"没什么,白兰地喝得有点多了。"

"靠我身上吧。"

美马在相子耳边悄悄说道。相子顺从地靠在美马身上。美马搂着相子,随着舞曲缓慢地摇动着身体。舞曲的节奏越来越刺激。相子抬头看着美马,双眼中满是迷离和渴望。

"怎么样,相子?再跳会儿?"

美马紧紧地拥着相子滚烫的身体问道。

"嗯,只要你愿意。"

相子软瘫在美马身上。美马将相子意乱情迷的身体搂得紧紧的,两人紧贴在了一起。此时的相子在美马的眼中愈发迷人、性感。一想到万俵大介可以恣意玩弄这样的尤物,美马不由得妒火中烧。

多纪连山纵贯丹波,一直延伸到但马境内。晨雾散去,多纪连山渐渐露出了她的本来面目。

万俵铁平和大同银行的三云行长,早晨六点开车从神户出发,到丹波来打野猪。两人经过环绕三田市的国道,从筱山山口穿过鼓岭,直奔多纪连山山脚的草山村。现在已经是十一月中旬。晨光中,山是茶褐色的,三岳山山顶上也已经有了一层薄薄的积雪。

万俵铁平穿着猎装皮夹克,亲自驾驶着车,看着车窗外扑面而来的群山说:

"您看您这么忙,我还强拉您出来打猎。"

说着,铁平开朗地笑了起来,露出洁白的牙齿。三云行长到神户来参加大同银行神户分行开业二十周年的庆典活动,日程安排得很紧。昨天,在三云行长视察阪神特殊钢公司高炉工地的时候,铁平顺便邀请他今天一起出来打猎。三云眺望着晨雾笼罩下朦胧而清秀的山景说：

"我想起当年在美国的时候，趁着圣诞节休假，咱俩一起去加拿大围捕驯鹿的事情。时隔这么多年，今天又能体会到那种畅快淋漓的感觉了。"

三云行长终于可以放松一下身心了。

"还要过一会儿才能到草山村。那儿有个老猎手，老人家和我祖父很熟，是打野猪的高手，今天我拜托他带我们进山。"

铁平充满期待地说道。车子驶下弯弯曲曲的鼓岭，驶进了一个小山村，在一家农舍前停了下来。农舍的玄关旁有个大狗屋，里面横躺着两只猎犬，背上的伤痕触目惊心，像是被野猪的獠牙划伤的。看到有人来，猎犬大声叫了起来。

"来啦！我正等着你们呢。"

一位年近七旬的老人从土屋里探出头来，请铁平和三云进屋。屋里光线很暗，一看摆设就知道主人是猎户之家。屋里一角放着一个上了锁的坚固的猎枪柜，炉火边铺着山兔皮坐垫。

铁平首先向老人介绍了三云。听了铁平的介绍，老猎手大垣市太说：

"哦，你也是银行的行长啊，铁平的爷爷也是阪神银行的行长，喜欢打猎，经常来这儿。来，吃点小豆粥暖和暖和。"

三云表示感谢之后，在炉边坐下。铁平心急地问："小豆粥就别客气了，找到野猪的踪迹了吗？"

要想打野猪，首先要找到野猪的足迹。市太老人脸庞黝黑，笑起来满是皱纹。老人说："哎呀呀，瞧你这个急性子，和你爷爷一模一样。我们家的小子们已经先进山去看了，很快就回来报告了。"

说着，没让老婆婆动手，老人亲自为客人端来了热腾腾的小豆粥。铁平和三云端起热乎乎的粥碗吃了起来。

"老爷当年也喜欢吃这个小豆粥,每次他来的时候天都还没亮。吃碗小豆粥填饱肚子,他就和我一起去山里打猎。他身体又棒,跑得又快,跟着我们这些猎户一起追野猪,还总是只带一发子弹。我们告诉他这样太危险,可他说,'我就装一发,打不中的话,我的枪就该哭了'。他摸着那把 James Purdey[①] 的枪托说的。"

市太老人沉浸在对往事的回忆中。

"那把 James Purdey 爷爷给我了,今天我带来了。"

铁平从身边的枪袋中拿出那支英国名枪。虽然已经有三十年的历史了,但枪口依然黝黑发亮,枪身处的雕刻如熏银般厚重、低调。三云也被这支枪吸引住了,拿在手上看着说:

"这就是号称'梦幻之枪'的 James Purdey!据说这种枪枪身的长度是由枪手的身高决定的,每一杆枪都是手工制作,制枪的开始日期和完成日期都清楚地标记在枪身上。看来制作这把枪花了三年三个月的时间,真是名副其实的英国制造啊!"

三云凝神欣赏着这把手工细腻的枪感叹道。市太老人也眯着眼看着说:

"人们都说一文 James Purdey 一文金啊。老爷应该还有一支 Holland&Holland[②],那也是让我们这些猎人们眼馋的珍品。"

"那支现在爸爸拿着。"

"哦,在你爸爸那儿。行长以前也带你和银平兄弟俩来打野猪,但这五六年一直没见,他是不是不打野猪了?"

[①] James Purdey:简称 Purdey,是运动及观赏用猎枪与来福枪的顶级名牌,特色为纯手工打造,为客户量身订制,选料及加工皆非常讲究,装饰极其华丽,洋溢着奢华的皇家气息。

[②] Holland&Holland:英国著名猎枪品牌,枪中的奢侈品。

"也不是。他好久没打野猪了,有时候会去打些野鸭野鸡之类的。"

听到铁平的话,三云眼中含笑地说:

"以前人们常说,朝臣公卿打鹌鹑,王侯贵族打野鸡,武将打野猪。按照这个说法的话,万俵大介是王侯贵族,而铁平就是武将了。"

"武将好啊。比起王侯贵族来,我的个性更适合当战国时代的武将。我现在也是以战国时代的武将初次上阵时的战斗精神在建造高炉。对了,三云行长您对我一直帮忙有加,非常感谢。"

铁平郑重地行礼致谢。三云也严肃地说:

"我支持你绝不是因为私交,而是看重你们阪神特殊钢公司优秀的技术和你的工作热情。说得夸张点,我们超越了一般银行的见识,对阪神特殊钢公司的未来寄予了无限希望,所以才决定贷款给你们。你们一定要好好干。今天咱们养精蓄锐,好好打次猎。"

三云的语调平静而有力。

"我和铁平的爷爷一样喜欢这粥,再来一碗吧。"三云说道。

铁平也要了一碗。市太老人高兴地说:

"好好,多吃点。既然打,就打只大的。我以前在十一月到次年二月这百十来天的打猎期里,打过百十来头野猪,而且都是去掉内脏后重三十四五贯①的大野猪,搞得我晚上睡觉的时候也光想着野猪。铁平,你的枪法长进了吗?"

"我也就在射击场练练枪,或是到附近的山上打打鸟什么的,一般般吧。三云行长您呢?"

"我已经好久没打猎了,还不知道怎么样呢。"

三云好像对自己不太自信。这时,一个年轻人来报告说,发现了野猪觅食的踪迹。市太老人双眼放光,说道:

---

① 1 贯 =3.75 千克。

"什么？在赤柴山有野猪觅食的踪迹？那你们赶紧走。野猪来了我还能打，但是爬起山来就恼火了。我已经吩咐过我儿子和那些猎手了。"

市太老人催着铁平和三云赶紧进山。

来到屋外，年轻人坐上轻便两用车，铁平驾车紧随其后，从草山村向十千米外的赤柴山驶去。

铁平和三云穿着高筒猎靴，大垣市太老人的长子市郎和当地的猎人们穿的是胶皮底布袜。众人将枪挂在肩头，在十头猎犬的带领下，在山中步行了半个多小时。除了偶尔有在乔木枝头飞来飞去的野鸟拍打翅膀的声音，清晨的大山死一般地寂静。在万籁俱寂的山中寻找野猪的足迹是打野猪的第一步。野猪会在夜间出来毁坏农田，晚上回到山里，在低矮的竹丛或岩石后面睡觉。猎人利用猎犬来发现野猪的落脚点。说是猎犬，其实是在跟随猎人狩猎时自然锻炼而成的杂种犬，有的额头上有伤，有的下巴豁开了，有的身上还有野猪的牙印。猎犬们在领头人大垣市郎的命令下前进。

走在最前面的猎犬阿花，突然在地面上嗅着什么。市郎等七名猎人睁大眼睛，仔细盯着阿花后面，发现地面上有个野猪脚印样的坑。一行人都紧张了起来，但阿花再没有什么特殊的反应。

"这好像不是昨晚的脚印。"

市郎如此断定。大家接着往前走。沿着山脊走了一段之后，山路变得越发险峻。苍松挺拔，翠竹如茵。透过松竹的缝隙，朝阳下的多纪连山若隐若现。猎人们肩上挂着枪，轻松得如走平地一般。铁平紧跟在猎人身后。三云时不时要落后一些。对于久未打猎又年过五旬的三云来说，肩挎铁平特意准备的 Remington 枪[①]、腰系弹带追

[①] Remington 枪：美国名枪，由雷明顿武器公司开发及生产。

赶野猪,并不是一件容易的事情。

"三云,把枪给我吧。"

"那就麻烦你了。"

三云把枪交给了铁平。铁平肩上挎着两支枪大踏步往前走。

突然,走在前面的阿花好像又嗅到了什么。众人走过去一看,地面上坑坑洼洼的,像是野猪踩过的脚印。领头的市郎仔细观察之后说:

"看大小应该是大猪的。"

长年打猎的猎人们一看就知道:脚印直径两厘米左右的是当年生的小猪,三厘米左右的是两岁左右的猪,五厘米的话就是大猪了。猎人还可以根据脚印周围的土,分辨出是丹波土生土长的猪还是外来的猪。

到了半山腰的时候,铁平也有些赶不上猎人们追赶野猪的脚步了,三云则不停地喘着气,一直在地面上嗅个不停的猎犬的呼吸也变得粗起来。突然,走在最前面的那头猎犬停了下来,其他猎犬顿时警惕起来,竖起耳朵,开始在竹林中嗅来嗅去。

"哦,终于发现了!"

铁平说道。三云也来精神了,站在铁平身后问:

"终于追上了。野猪的窝就在这附近吗?"

市郎仔细分析了地面的足迹之后说:

"好像是两头,这片山的野猪大多在山脊南侧的岩石背面睡觉,咱们从山脊顶部用猎犬把它们赶出来!"

说着,猎人们呈圆形散开,每个人守好自己的位置,准备轰赶野猪。市郎带了十头猎犬登上山脊顶部,其余七人四散分开,堵在野猪可能逃跑的道路上,形成了一个包围圈。三云和铁平在山脊西侧的山谷小道上进行伏击,这里是野猪被猎犬追赶出来之后最有可能经过的地方。

铁平和三云相隔一百米左右站好。等待野猪被猎犬赶出来需要很长时间,有时候甚至要等两三个小时,要耐得住孤独。

铁平坐在竹丛中,将祖父送给自己的 James Purdey 挂在杉树上。打野猪时切忌吸烟。铁平躺在竹丛里,伸开两腿,透过杉树的间隙看着蓝蓝的天空,深深地吸了口气,顿时觉得浑身上下有种痛快淋漓的感觉。铁平觉得,如果每天都能够这样自由自在地在山中打猎该多好啊。其实铁平并不是第一次有这种想法。上学的时候,铁平时常跟随祖父到北陆打野鸡、到丹波打野猪,那时候铁平就有过这种念头。铁平清楚地记得,有一次他跟爷爷说起想当猎人的时候,遭到了爷爷的严厉斥责。那天,祖孙三人在市太老人和五名猎人的陪伴下一起打猎,爷爷当着猎人们的面大声怒斥铁平:"你说什么?要当猎人?你是我的继承人!不,是万俵家的长子!"爷爷还气愤地用枪托使劲戳铁平。年幼的铁平吓得向一旁的爸爸求救,但爸爸只是冷漠地低头盯着自己,一言不发。铁平还记得,当时爸爸系着领带,戴着鸭舌帽,爷爷穿着脏兮兮的皮上衣和松垮垮的裤子,浓眉、大眼、厚唇,充满着猎人的野性。豪爽的爷爷和冷峻的爸爸形成了鲜明的对比。铁平知道,自己无论从长相还是体形、性格,都酷似爷爷,不像爸爸。用市太老人的话来说,铁平连打野猪的样子都和爷爷一样。所以,按照枪手身高定做的 James Purdey 枪,比起爸爸来,更适合铁平使用。

突然,铁平听到了树枝摇动的声音,立刻站起来,端好枪,才发现原来是野鸟从竹林中飞过。铁平爬上旁边的岩石,再次环顾四周,看到了树间三云的背影。可能是因为等的时间太长了,三云靠在树干上,像是在沉思。刚才在市太老人家,三云聊得很开心。但是,走在山里面的时候,铁平分明感觉到了三云心中的疲惫。会不会出什么事?一种不祥的预感在铁平脑海中闪过。铁平特意为三云准备了

Remington枪,重新上了油,认真擦拭了枪口的污渍,之后又进行了仔细的检查,应该不会有问题。

砰!

随着山脊上响起第一声空枪,猎犬们一起以迅雷不及掩耳之势猛冲下来。但是很快,大山又恢复了令人恐惧的寂静。五分钟过去了,十分钟过去了。忽然,山谷的一角传来嘈杂的犬吠声。可能是发现野猪了。铁平端好枪,抬头看犬吠的方向,只见一群猎犬飞快地从遥远的山脊飞奔而下,消失在树丛间。

砰!

砰!

砰!砰!

枪声在山中回响,旋即又死一般地寂静。是不是猎人们已经抓住野猪了?铁平有些失望,正要坐下来的时候,突然看到前方三百米左右的竹林猛烈地摇动起来,一头野猪正咚咚咚地奔跑过来。还有一头!铁平端起枪,看到大黑猪向三云处跑了过去,数头猎犬狂叫着紧追不舍。野猪飞奔过竹林,猎犬眼看着就要追上野猪,却被野猪的獠牙挑到一旁。野猪向着三云直冲过去。

砰!

三云开枪了。野猪向前倒在地上,但是子弹没有命中,野猪站起来继续冲向三云。三云第二次扣动扳机,但是枪竟然没有响。眼看着三云与野猪之间的距离越来越近,只剩下二三十米。三云慌忙第三次扣动扳机。枪还是没有响,明显是出故障了。铁平拼命向三云跑去。被猎犬紧紧追赶着的野猪并没有丝毫胆怯,跑在最前面的猎犬刚咬住野猪的头部,野猪尖锐的獠牙就已经戳进猎犬的肚子。惨叫声中,猎犬被野猪甩到空中。又一头猎犬飞奔过来,咬住野猪的前腿。看准这转瞬即逝的机会,铁平扣动了扳机。

砰!

枪声响起,野猪一头栽倒在竹林中。终于打中了!可就在这时,满身是血的野猪再一次从竹林里冲了出来。铁平赶紧飞身上树,躲过了疯狂的野猪,正想拼命再开一枪,背后传来了一声枪响。随着一声撕心裂肺的叫声,野猪咚地倒了下去。三云和铁平跑过去一看,野猪有小牛大小,前脚跟处的心脏部位正呼呼地往外冒血。这一瞬间,时间仿佛停止了流动。铁平和三云互相查看对方是否受伤。

"真险啊。"

铁平浑身是土,三云擦着满头大汗说:

"哎呀,太险了!刚才不知道怎么回事儿,弹夹的弹簧掉了,我还没有注意到,后来趁着你开枪,我才把备用弹夹装上。要是你不在,就真危险了。"

"哪里,要是你不开枪的话,我可能就被这家伙的獠牙刺中了。"

两人分享着共同战斗的喜悦。

"打中了吧?"

猎手们大声问道。看到铁平和三云举手示意,猎人们快步从山谷小道上跑了下来。

"是嘛,铁平去丹波打野猪了。"

万俵大介随口附和道。看到今天又只有宁子一人在玄关门廊处迎接自己,又没有看到相子的身影,大介非常不满。

"相子还没有回来?"

大介双手插在兜里问道。相子为了二子的婚事去东京找美马了,现在还没有回来。

"嗯,还没有。到今天已经五天,不,六天了。可能就快回来了。"

宁子平静地说道。

"可能回来？这可不行。相子不在，很多航空邮件和电话都没法处理，我也很不方便。你告诉她早点回来。"

大介进了客厅，脱去上衣。看到一旁的宁子根本没有帮自己脱衣服的意思，大介的话里就带了些指桑骂槐的味道。在今天这样一个身心疲惫的时刻，大介越发渴望相子那丰满的肉体。再想到五天前相子去了东京之后，到今天一个电话都没有打回来，大介心中隐隐有种"翅膀硬了要飞了"的感觉，身体的渴望也随之变得更为强烈。

"老爷，您是先沐浴还是先用餐？"

老女佣拿来绸缎长袍，边为大介披上边请示道。

"等会儿再说，先把报纸给我拿来。"

女佣的手已经完全失去了女人的柔嫩，干巴巴的，让那双手碰着很难受，大介赶紧自己穿上长袍。

"晚报在这边。"

看到丈夫心情不好，宁子惊慌失措地从桌旁的杂志架上拿来报纸，但不知道该如何缓解丈夫恶劣的心情。万俵没有说话，接过五份报纸，坐在沙发上，首先开始读英文报。报纸上没什么特别的报道。大介正一目十行地读报的时候，屋角的电话响了起来。女佣正好进来送红茶，接起电话说：

"是相子小姐打来的，好像是在茅崎宾馆打过来的。"

女佣并没说要谁接电话。宁子像是松了口气似的，正准备拿起话筒的时候，万俵说："我来接。我有事情跟她说，把电话转到书房。"

万俵将摊开的报纸放到桌上，走进起居室隔壁的书房。万俵此时的心情，宁子和女佣是无法想象的。万俵的双颊慢慢放松了下来，厚厚的嘴唇也微微有些张开，仿佛有女人正在卧室里等待着自己。

万俵在结实的西班牙皮椅上坐了下来，拿起了电话。

"喂，喂，是我。"

"真稀罕啊,这时候就已经回家了?"

话筒里传来相子的声音,弹性、滋润,像她的肉体一样。

"我说你怎么还不回来呢,跑到茅崎去了?我还担心你呢。"

大介的声音也柔和了许多。

"好久没出来放风了,结果忘打电话了。你是不是寂寞了啊?"

话筒里传来相子捂嘴笑的声音。相子敏锐地迎合了大介的语调,电话里的调情如同饭桌下的缠腿一样,让人春心荡漾。

"你好像很开心啊。看来偶尔出去放放风也不错。没忘记二子的婚事吧?"

"美马没给你打电话吗?五天前我和美马见了个面,拜托他留心一下佐桥首相身边有没有合适的人选。他当时吓了一大跳,答应帮忙找找。"

"美马来电话了,但没说二子的婚事。"

"那等我回去的时候,我再找他一次,叮嘱叮嘱他。见过他之后的第二天,我就和五井地所安田社长的夫人一起来这儿了。我趁着一起打高尔夫的机会,委婉地回绝了她以前介绍的大正电工林社长的长子。"

"做得好,美马那边不用着急催他。"

"为什么?"

相子反问道。

"银行方面有一些突发情况,这段时间要抓紧处理那件事,我得让美马帮我干些事。你也赶紧回来。不,明天我要去东京,明天夜里,你回麹町,好吧,一定哦。"

听到大介亲热的语气,相子热情地回应道:

"嗯,我会去的,咱们好久没在一起了。"

"嗯,那明晚见。"

大介说着,正放下电话的时候,听到身后有人问:

"爸爸,您方便吗?"

大介回头一看,门开了,铁平站在门口。万俵十分不快,觉得自己和相子缠绵的对话被铁平偷听了。

"怎么回事?你怎么一声不吭地就进别人房间?不懂礼貌也得有个度吧!"

大介严厉地批评道。

"门微微开着,我不知道您在打电话,正想进去呢。您打电话的时候,我一直在外面等着。对了,我今天去丹波打野猪了,看,野猪肉!"

皮肤微黑、神采奕奕的铁平微笑着,将一包野猪肉递给父亲大介。大介闻到了野猪特有的味道。

"刚一解禁你就去打猎了?大垣他们还好吧?"

"嗯,大垣爷爷年纪大了,爬不动山了,但精神很好。对了,爸爸,今天我和大同银行的三云行长一起去的。"

"和三云行长?他来这边了吗?"

"他因为神户分行二十周年庆典的事情来这边,昨天特地在百忙之中抽出时间到我们公司看了看高炉建设的进展情况。为了感谢三云行长平时的帮助,我邀请他一起去打野猪。"

铁平还向大介讲述了三云因为弹夹松了差点被野猪袭击的事情。说完之后,铁平转达了三云对大介的问候,说:

"三云行长问您好。"

"是嘛。三云他们那儿对阪神特殊钢公司的贷款方针后来没有变化吧?"

"没有。昨天看完高炉工地之后,三云行长高度评价说,阪神特殊钢公司的技术一流,从发展潜力和发展趋势来看,与旧财阀系的一流企业相比毫不逊色。三云行长还告诉我说,尽管他们行内有一些不同的声音,但是他本人为了特殊钢行业第一台高炉的顺利建成将不遗余力。他把自己的命运都押在阪神特殊钢公司上了。一想到阪神特殊钢公司的高炉如果出问题,就有可能影响三云行长的前途,我就觉得责任重大,当然这也激发了我更强的斗志。"

铁平双拳紧握,热血沸腾地告诉父亲。大介听了面无表情地说:

"银行家的这种社交辞令你还听得感激涕零的,你还真是个好人啊!还有,即便没什么优良客户,大同银行也不会把命运押在阪神特殊钢公司这种级别的企业上面,银行家没那么天真!三云行长跟你说这些话是不是有什么别的意思?"

大介眼角露出一丝冷笑说道。铁平生气地看着父亲说:

"爸爸,不管什么事情,您总是以这种眼光来看问题。三云行长不是那种人。我能感受到,他出于一种银行家的使命感,想要帮助阪神特殊钢公司获得更大的发展。"

铁平严肃地反驳道。

"哎呀,你不用这么较真。有了这个野猪肉,咱们可以一起吃顿饭了,好久没在一起吃饭了。"

万俵的语气突然变得温柔起来,脑海中闪过了一个念头:阪神特殊钢公司正是大同银行三云行长的阿喀琉斯之踵。在决定放弃第三银行、力争先于其他银行寻找到下一个合并对象的关键时刻,大介渴望掌握其他所有城市银行的具体情况,哪怕这个情况表面上看起来微乎其微。在这个时候,能够掌握同为城市银行的大同银行行长的贷款态度、致命弱点及软肋所在,对于大介来说,的确是一大收获。

铁平今天的一番话,日后对万俵的野心起到了决定性的作用。这一点不仅铁平,就连万俵自己也没有想到。

第七章

新桥"金田中"料亭的院子里湿漉漉的,树丛中,石灯笼的灯光在雨雾中显得格外朦胧。

万俵大介和女婿美马中一起坐在包间的外廊上,一边等着永田大臣,一边品尝着抹茶,欣赏着院子里的景色,盘算着接下来和永田大臣的谈话。

拉门外响起脚步声。

"是大臣来了吗?"

美马回头一看,原来是身穿整洁的结城①和服的老板娘。

"今天各位一起赏光真是太难得了。刚才秘书打来电话说,大臣刚刚开完国会,马上就过来。要不要再来一杯?"

"不用了,谢谢。你们这个院子收拾得真不错啊,只要看看雨滴从松枝上滴落的样子就可以明白园艺不一般啊。"

"承蒙您的夸奖,不胜荣幸。"

老板娘说完就退了下去。万俵盯着美马问:

"阿中,你真的不知道第三银行的濑川副行长和田渊干事长的关系?"

---

① 结城:日本地名,因茧绸和条纹纺织品而著名。

美马正看着院子里的石头,听到大介的问话,似乎有些意外,说:"也不是完全不知道,但是……"

"但是?你想说什么?你明明知道我把第三银行作为合并对象,这种事关第三银行本性的重要情报为什么不告诉我?你是我女婿,咱俩的交往不是一天两天了,我和安田太左卫门做亲家不到半年,结果他告诉了我这个消息,你想想我有多狼狈!"

"不是这样的。您的意思好像是我明明知道却故意假装不知道似的。当初我向您推荐平和银行,结果被您一下子否定了。您既然那么认定第三银行,我想您肯定对濑川副行长的事情心知肚明。没想到您现在会这么说。"

美马辩解道,声音有些干涩。

"你不觉得这个理由对你来说有些太拙劣了吗?你明明知道有田渊干事长在后面撑腰的银行不可能和我们银行合并,这一点你比谁都清楚。"

"所以我才一直认为您要和永田大臣商量排挤濑川副行长的办法。"

说到这儿,美马薄薄的嘴唇边竟然浮现出一丝笑意。美马接着说:

"爸爸,其实濑川副行长和田渊干事长勾结一事写在永田大臣对付田渊的资料里了,但一直没有公开,所以这不是我该多嘴的事情。我这样说您大概会消除对我的怀疑了吧?等会儿您和永田大臣谈话时,也可以暗示一下这件事。您觉得怎么样?"

美马说得比较含糊,但万俵从他那女人般暧昧的态度中感觉到一种冷漠。

"有道理。看来这个问题相当麻烦,那永田大臣……"

万俵正说到这儿的时候,门开了,永田大臣走了进来。

"哎呀呀大臣，感谢您在百忙之中拨冗光临。"

万俵郑重地行礼致意，永田大臣背靠壁龛坐了下来，说：

"不好意思，国会对策委员会开的时间长了些。"

永田大臣和万俵相对而坐，简单解释了自己迟到半小时的原因。永田大臣站着的时候，又矮又瘦，脸色偏黑，似乎少了一点一国大藏大臣的风采。坐下来之后，永田就显得威风十足，丝毫不逊色于对面身材高大、仪表堂堂的万俵大介，而他的三白眼更让人心生畏惧。此时，永田大臣就用三白眼看着末位上的美马，问：

"怎么，今天你也来了？"

"是的，岳父说难得一同问候大臣您，让我过来向您致意，九点半主计局还有个会，一直要开到深夜，一会儿我就告辞先走。"

美马双手放在膝盖上，恭恭敬敬地答道。

"经常见面，用不着这么正式。"

永田用手巾擦着脸，冷冰冰地说道。美马更加拘谨了起来。在本派老大面前，美马像是变了个人似的，畏畏缩缩的。

"晚上好！"

随着热闹的招呼声，五名梳着传统发型的艺伎拖着和服下摆坐了进来。房间里顿时热闹了起来。万俵拿起酒壶说：

"我先给您倒一杯。"

万俵为永田大臣先斟了一杯酒。永田一口气喝完之后又回敬了一杯，之后就由艺伎来斟酒。

"大臣，上个月，您在《东洋经济新闻》上连载的《我的自传史》，每一期我都认真仔细地拜读了，特别是您回忆当年因为坚持反对池田首相的经济政策而下野那一段，我记得那时候我和美马时常去拜访您，现在想起来真是感慨万千啊。"

万俵慨叹道。这时美马在一旁说道：

"那时候,我还是一个刚进银行局的小字辈。那年我们进大藏省的毕业生,都接受了当时的秘书课课长永田大臣您的面试。我们这批人,以及在我们之前一年、再前一年,同样接受您面试后进入大藏省工作的人,比如春田局长他们,一起组成了一个学习小组,自称'永田学校',学习起来其乐融融。大臣您下野的时候,我们都特别惋惜,大家聚集在永田町附近的酒吧,批评池田政府毫无财政理念。"

美马沉浸在对过去的回忆中。在万俵的记忆中,那段时间过得战战兢兢、如履薄冰。那时候,池田首相为了彻底粉碎永田的资金渠道,对捐款给永田的企业,从国税等多方面采取了严厉的措施。幸亏阪神银行的总行在神户,而不是在东京,算是躲过了这一劫。但那时候万俵还是夜不能眠,总担心有一天会来个什么特殊金融检查,彻底摧毁万俵家族多年的心血。

"好像当年有段时间我还躲在你老家的破庙里。"

永田大臣边吃边回头看着美马说道。永田和美马同为茨城老乡,当年永田需要隐姓埋名躲起来的时候,曾经住在美马老家的寺庙里。

"是啊。那时候,大臣仅仅花了一个月的时间就背下了法华经,我妈妈和哥哥都非常吃惊,觉得大臣就是和别人不一样。"

美马说到这儿的时候,永田大臣最宠爱的一个漂亮艺伎笑着问:

"什么?您背经文?哈哈哈哈。"

"有什么好笑的,桃太?"

永田眯着眼看着这个名叫桃太的小艺伎说。桃太看上去还不到二十岁,皮肤像水蜜桃般滋润水灵。

"您做和尚多合适啊,索性别做大藏大臣了,去当和尚吧。"

大家都笑了起来。

"桃太你这个小家伙,嘴巴还是这么不饶人。你要这么说,我也不是当不了和尚,但有个条件,你得做尼姑跟着我才行。"

永田大臣说着,搂住了桃太圆润的肩膀。

"要是大臣和桃太一起出家,那可真是一件奇事。桃太,你可一定要说到做到哦。"

年长一些的艺伎双手合十说道。屋里的气氛更加活跃了起来。这时美马趁机说:

"时间差不多了,我先告辞了。"

美马走了之后,艺伎们也一起退了下去。

宽敞的房间里只剩下永田大臣和万俵大介两个人,屋里彻底安静了下来,雨声及远处客人的嘈杂声清晰可闻,密室般的寂静包围着永田和万俵。

万俵首先打破了静谧,拿起酒壶,为永田大臣倒了一杯酒之后,单刀直入地问:

"大臣,您打算认可第三银行和平和银行的合并吗?"

"这个嘛,"永田大臣一口喝完杯中酒,不以为然地说,"他们两家银行都还没有正式向我递交报告,但两家规模差不多,总行分别在东京和大阪,正好可以互补,表面上看起来这对组合应该不错。"

说完,永田大臣吁了口气,身体靠在扶手上。永田傲慢的态度让万俵有些生气。万俵说:"问题是,大臣,您这么轻易就答应的话,我很难办。"

今年初春的时候,同样是在这家"金田中",万俵向永田大臣透露了以小吃大的合并意图,并拜托永田大臣帮助自己,永田当时也表示了默许。现在万俵是在提醒永田,不要忘记当时的约定。

"你说难办,但是人家双方商量好了想合并,我们有什么办法呢?"

永田玩弄着手上的空酒杯,三白眼中浮现出一丝笑意。万俵突然读懂了永田的表情。根据美马和芥川的情报,永田是不赞成这两家银行合并的,可是今晚永田故意不理会万俵的抗议,表示赞成合并。永田这样做的目的,无非就是想让万俵认识到这场交易的"价钱"。明白了这一点,万俵反而放松了下来。

"大臣,如果您认可了他们的合并,之后他们两家中的一家要是出现了什么意外、发生了什么争执的话,不就给整个金融界的重组浪潮泼冷水了吗?到时候大臣您会很为难的。"

万俵意味深长地打响了粉碎第三银行和平和银行合并的第一枪。

"意外?哪家银行?"

永田大臣不动声色地反问道。

"当然是老牌银行。"

万俵以"老牌银行"指代第三银行。万俵接着说:

"我听说,他们银行的日本桥分行最近出现了可疑贷款,大臣您没有听说过吗?"

"这个我也略有耳闻,但最近我比较忙,你说说到底怎么回事?"

永田故意装傻,想套万俵的话。万俵心知肚明,接着说道:

"听说他们在这两年里,非法贷款给一个叫丸桥什么的股东会混子,总额高达三亿五千万日元。三亿五千万!从常识来讲,这个数字已经远远超过了一个分行长的能力范围。很明显,这是一笔在银行上层的授意下进行的非法贷款。那么,作为一家老牌大银行,他们这样做似乎有些不可思议。我听说,好像是他们的某位副行长因为私生活问题,遭到这个股东会混子的要挟,而这笔非法贷款就是所谓的封口费。"

虽然过着妻妾同居的生活,可是万俵说起芥川调查的这些情况时十分坦然。永田大臣直起身子问:"濑川的那个女人好像是新桥一带的女招待。要是艺伎的话也就算了,和女招待有关系的话,问题就有些严重了。是吧,万俵?"

说完,永田意味深长地笑了笑。万俵心里咯噔一下,但一想到永田不可能知道相子的事情,就假装平静地说:"看来大臣您还是知道这件事的啊。不过问题是,如果说这笔非法贷款仅仅是因为找女人而受到威胁,并且一直拖到今天的话,那这个数额是不是有点儿太大了呢?"

"嗯,好像多了个零。"

"这是不是意味着这位副行长的非法贷款背后还有什么更深的背景呢?听说,濑川副行长和田渊干事长的关系相当不一般啊。"

刚才美马告诉万俵,关于田渊与濑川勾结的事情,在永田大臣收集的对付田渊的资料中已经记录在案,只是没有公开。因此,美马建议万俵在和大臣的谈话中挑明这件事情。

"关系不一般?比如说?"

永田故意轻描淡写地问道。永田想探一探在这件事上万俵究竟知道多少。作为一名官僚出身的政治家,狡猾是他们的本性。

"我听消息人士说,在上一届首相选举中,田渊干事长接受了第三银行的政治献金之后实力大增,可见那笔政治献金的数额相当大。我还听说第三银行给那个叫丸桥什么的可疑贷款,绝大部分被田渊干事长侵吞了。如果这些都是事实的话,不就成了关系银行本身信誉的严重问题了吗?"

"你知道得不少啊。但是,你好像还没有调查到'镰仓那个人'吧?"

三白眼的永田两眼放光地说道。永田的话让万俵有些不相信自己的耳朵,只觉得一阵惊愕与恐惧。"镰仓那个人"的名字和长相从来没有出现在民众面前,但一直在暗中操纵着日本的政治、经济和言论。

"'镰仓那个人'和第三银行也有关吗?您的意思是,如果继续深挖,绝不仅仅是三亿日元?"

万俵努力调整了一下呼吸问道。

"是啊。前段时间,我见了检察厅的某位领导,他说,田渊——镰仓那个人——濑川——第三银行,他们才是日本影子势力的主干。嘿嘿嘿。"

永田干笑着说。人称"永田检察"的永田大臣,控制着整个检察厅。万俵从他那令人恐惧的笑声中,读出了永田打算利用这件事对政敌田渊发动进攻的决心。于是,万俵决定抓住这一时机。

"大臣,我们阪神银行希望阻止第三银行和平和银行的合并。大臣您也同意这样做吧?"

万俵盯着永田问道。永田说:

"如果三亿五千万日元的非法贷款和第三银行的黑暗内幕密切相关的话,作为大藏省来说,当然不能鼓励这种问题银行的合并。但话又说回来,大藏省负有监督指导银行的责任,所以我们也不能自己主动把这件事公布出去。"

永田翻着三白眼说。万俵突然明白:永田希望把这件事以某种方式公之于众。

"您说得很对。大藏省怎么能这样做呢?还是让我们阪神银行来处理吧。"

万俵揣摩着永田的心思说道。永田没有回答,而是亲自拿起酒壶,为万俵倒了一杯酒。

"哎呀,大臣,不好意思……"

万俵恭恭敬敬地接过酒杯,立刻回斟了一杯。将第三银行违法贷款的事情公之于众,对于万俵来说,不仅可以阻止第三银行和平和银行合并,还创造了有利于阪神银行合并计划的局面;对永田来说,则可以通过这件事沉重打击政敌田渊的势力。这是一次双赢的干杯。

高须相子坐在窗边的椅子上,隔着中庭,看着夜雨中对面英国大使馆里郁郁葱葱的树木,回想着这一周发生的事情。

　　回想起六天前,在赤坂的夜总会跳舞时和美马的亲密接触,相子依然能感到一丝兴奋。合着慢节奏的舞曲,两人的身体紧贴在一起,缓慢摇摆。相子从美马身上感受到一种在万俵大介那儿感觉不到的甜蜜的性欲。相子差点在这种甜蜜中迷失了自己,但关键时刻相子还是控制住了。美马似乎也同样,在紧搂着相子、即将亲吻相子的最后一刻,美马抬起了头,松开了手。双方的地位和年龄终于将两人从欲望的漩涡中解救了出来,让他们回归本来的轨迹。

　　对于美马来说,万俵是他出人头地不可或缺的赞助商。同样,对于相子来说,抛开年龄不谈,在社会地位、资产、门第等方面,万俵大介和美马不可同日而语。这一点决定了相子和美马之间不可能发生进一步的关系。但是,相对于含着金钥匙出生的万俵家的人来说,相子和美马出身中产阶层,通过自我奋斗才得到今天的地位和生活。这是两人的共同点。跳舞后的第二天,相子决定请五井地所安田社长的夫人去茅崎打高尔夫,顺便婉拒安田夫人为二子做的媒。相子也邀请了美马,美马非常爽快地答应了。两人都明白,回绝安田夫人提亲只是个借口,一起过周末或许才是真正的原因。

　　门口响起汽车喇叭声。万俵大介回来了。相子赶紧到玄关处迎接万俵大介。两名书生和管理员夫妇已经在玄关处等候。

　　"您回来啦。"

　　意识到旁边书生的存在,相子以女管家的身份恭恭敬敬地问候道。

　　"嗯,辛苦了。"

　　万俵也是一副公事公办的口吻。万俵来到玄关大厅处,问其中一名书生:

"你妈妈的病后来怎么样了?"

"多谢您的关心。这段时间的周六和周日您都允许我回家,还派人去看望我妈妈,我妈妈都感动得哭了,让我一定要好好谢谢您。"

书生真诚地低头表示谢意。

"病好了就好。姬路的红叶现在很美吧?"

书生们都是从万俵的老家姬路来东京上大学的。为了不让书生们知道两人的关系,万俵大介故意对相子表现得十分冷淡。

听完书生们关于这段时间的来电等各种事情的汇报,大介问相子:

"前段日子让你办的二子婚事的事情,进展得如何啊?"

"按照您的吩咐,我首先礼貌地拒绝了五井地所安田社长的夫人的提亲,并向她解释了我们的想法。"

"那你赶紧说给我听听。"

万俵以一家之主对家庭教师说话的口吻问道。两人走进会客室,相子在桌子对面的末位坐了下来。

"有没有找到符合我们的条件的?"

"是这样,按照咱们这边的想法,我现在正在佐桥首相的亲戚关系中寻找年龄相符的合适人选。前些天我去茅崎,一方面是婉拒五井地所安田社长的夫人,更重要的是,在安田夫人的高尔夫球友中,有一位夫人是首相夫人的从表姐妹,我想借打高尔夫的机会接近那位夫人,就让安田夫人邀上了她。"

"原来如此。看来事情办得很顺利嘛。不错。继续努力!"

万俵大介站起身来又接着说:

"晚安。辛苦了。"

万俵大介在故意大声让书生和管理员夫妇都能听见的同时,用眼神告诉相子"等会儿过来",之后万俵独自向二楼卧室走去。

各个房间的灯都灭了,走廊里的灯也变得昏暗了起来。整个房子都静悄悄的。这时,万俵卧室的门被轻轻地推开了。

开门的是一身西服的相子。小别一周之后的重逢令相子脸上红晕连连。相子迅速脱去衣服,钻进了万俵的被窝,说:

"你的演技很棒啊,连书生都被彻底瞒住了。嘻嘻嘻嘻。"

相子开心地说道。

"你的演技也很棒啊。对了,二子的婚事真的像你刚才说的那样吗?"

大介抱着相子问。

"嗯,当然。实际上我听说首相夫人有个侄子正好年龄相当,就想拜托美马去找那位刚从首相秘书升任银行课课长的井床牵牵线,所以我就把美马也叫上了。另外还有首相夫人的从表姐妹——一位热心的外交官夫人也一道去了茅崎。大家也算认识一下,联络一下感情。"

"什么?美马也去了?"

万俵原本正在抚摸着相子,听到这儿忽然停了下来。

"嗯。有他在,我有底气多了。首先,我只是万俵家的女管家,不能越权,而美马是万俵家的大女婿,长得又帅,又会讨好那两位夫人。"

说到这儿,相子想起身材修长的美马潇洒地挥动球杆的样子,想起美马看似不经意的笑话逗得两位夫人开心又惆怅的情景。而此时让万俵耿耿于怀的却是,为什么日前在"金田中"的时候,美马对此事只字未提!

"的确,美马在这些事情上还是挺有用的。但是作为大藏省官员,周末陪一帮夫人去打高尔夫也不太合适吧。"

"哎呀,你怎么这么说啊?多亏有了美马,事情才进展得如此顺利。再说还不是为了二子！"

"是吗？他做这些是为了二子？他……"

万俵想到，当年长女一子出嫁不到半年，发现美马结婚前就有拈花惹草的习惯，一气之下跑回了娘家。联想到这种花花公子和丰满迷人的相子待在一起的情景，万俵不禁疑从心起。这份怀疑和对父亲与妻子关系的怀疑交织在一起，让万俵疑上加疑。混蛋！万俵摇了摇头说：

"一个礼拜了！"

说着，万俵粗暴地抱起相子的身体，从颈部一直吻到高耸的胸部。相子丰满的身体上开始出现了细密的汗珠，娇喘声越来越大。万俵自由自在地驾驭着相子的身体，在相子耳边悄悄说：

"相子，咱俩的关系……是不能让任何人知道的秘密，记住了吗？"

相子扭动着身体问：

"为什么现在……还说这个？"

"没什么……只是……提醒你一下……"

万俵一边享受着热烈的性爱，一边想着刚才和永田大臣谈到的第三银行濑川副行长的私生活问题。在大介眼中，濑川是个十足的蠢货。看看自己，相子随叫随到，但表面身份是自家的女总管，别人丝毫不会怀疑两人之间的关系。再看看濑川这个蠢货，竟然勾搭上新桥的女招待，又因此遭到股东会混子的威胁，最终深陷非法贷款的泥潭中不能自拔。银行家管理的是别人的钱财，自然要受到各方面的监督，要遵守各种各样的规矩。这些规矩压抑着、扭曲着银行家们的自然欲望，将人性的本来欲望变得猥琐、阴暗。但是万俵觉得，如果处理得当的话，绝对能够在满足欲望的同时又瞒天过海，这也是银行家的本领之一。万俵提醒自己：今后要像前十几年一样小心翼翼，千万不能让别人对自己的私生活产生怀疑,一定要坚持以一个公正严谨的行长形象展示在世人面前。想到这儿,万俵搂紧相子开放的身体,脸上掠过一丝微笑。

第二天上午九点十分,车子来到马场先濠边的阪神银行东京分行。
"行长,早上好。"
秘书在玄关处迎接万俵,并在电梯中向万俵汇报当天的日程安排。万俵点头听着,心里却在想着昨晚和永田大臣的谈话。
下了电梯,万俵向楼道尽头的行长室走去。等候已久的芥川也随之走了进来。
"您昨晚和大臣谈得怎么样?"
"收获颇丰啊。第三银行的非法贷款和'镰仓那个人'有关。"
万俵的这句话把芥川也吓了一跳。芥川知道,万俵所说的"镰仓那个人",虽然已经六十二三岁了,但染过的头发乌黑发亮,"一丝不苟"的大背头上连苍蝇都停不住。这个人经常在夜深人静的时候,神不知鬼不觉地把那些大企业的老总和实力派政客叫到镰仓的家中,是一个不折不扣的统治日本政界和财界的核心影子人物。
"怎么了?你在调查中没有发现'镰仓那个人'吗?"
"嗯,我没想到竟然有这么深的背景。一个股东会上的大混子,利用女色问题胁迫第三银行的副行长进行非法贷款。揭开这笔非法贷款的黑幕,竟然发现大部分贷款流向了田渊干事长,而且其后台老板是'镰仓那个人'!"
芥川觉得整件事让人难以置信。
"这个咱们就不要管了,到了这一步,咱们要做的是,把第三银行三亿五千万日元的非法贷款公之于众,彻底摧毁第三银行和平和银行的合并企图。"

"您的意思是,让报社记者报道这件事?"

"对,要注意的是,虽然只报道一回根本起不到除根的作用,但咱们第一步要做的就是,让记者报道出来。一旦公之于众,他们就成了砧板上的肉,挨不挨宰就由不得他们了。"

"但要是出了纰漏呢?"

芥川有点害怕镰仓那位的存在。

"我也想到了。正因为对手非同一般,我们才要更加谨慎行事,一不小心的话,就有可能引火上身。如何将危险程度控制在最低范围之内,这就要看你的本事了。咱们不是有关系比较铁的报社和记者吗?"

万俵点了一支雪茄继续问:

"你觉得,让哪家报纸来报道这件事比较合适?"

"首先必须是一家全国性报纸,其次就是考虑是选用关东的还是关西的了。第三银行总行在东京,我认为就让总社在关西的《每朝新闻》来写比较合适。这样一来,他们根本想不到是阪神银行的主意,肯定以为是关西最大的两家银行中的一家告的密。"

"可以,剩下的就看你怎么操作了。"

万俵想听听芥川的做法。

"那些经济记者都很厉害。我们必须装作不经意地把这个消息夹在一些无关紧要的消息当中透露给他们,让他们自己悟出其中的玄机。这件事我回头再仔细琢磨一下。"

芥川胸有成竹地说到这儿,忽然压低声音问:

"行长,这样做是大臣的指示吗?"

"他怎么会直接指示呢!不过,我体会到了大臣的想法。"

"也就是说,大臣的意思是,即便第三银行存在非法贷款的事实,大藏省也不会主动将这件事公之于众,所以咱们主动来解决一下这个问题?"

"差不多就这个意思吧。"

将第三银行非法贷款一事公之于众,摧毁第三银行和平和银行的合并计划,不仅可以为阪神银行的合并大业创造有利的环境,而且将极大地影响永田大臣的政敌——田渊干事长的资金来源。

芥川已经完全了解了万俵的意图,剩下的就是指挥自己的忍者部队,利用媒体发动一场成功的摧毁战了。

"那我现在就去布置下一步的行动。"

"注意,不要让咱们迄今为止投在媒体上的钱付之东流!"

万俵叮嘱道。

"我最讨厌竹篮打水一场空了,这次我要花小钱干大事!"

芥川以东京事务所所长的自信回答道。芥川正准备离开的时候,万俵又吩咐道:

"芥川,咱们在琢磨完永田大臣的意图,发动摧毁战的同时,还要记着别断了田渊干事长那条线。"

"当然,盂兰盆节和年底我们都去拜访过田渊干事长,近期我再找个由头去拜访一趟。"

芥川又顺便问道:

"行长,永田大臣芦湖别墅那边,咱们表示到哪个程度为好?"

"是啊,送块石头也是表示,建间茶室也是表示。这次永田大臣让我们负责摧毁第三银行,看来这件事咱们还得好好合计合计啊。"

万俵边说边按下内部电话,通知秘书课赶紧把今天上午的第一位客人带进来,因为已经比约定的时间晚了二十分钟了。

芥川走出行长室,来到总务课。

晨会好像刚刚开始,总务课课长黑井、负责大藏省方向的伊佐早五郎、负责日银方向的冠收、负责同行和媒体方向的平松云太郎四人正在整理各自搜集来的情报。芥川凝视着这些银行忍者的身影,最后将目光落在负责媒体工作的平松云太郎的身上。

回到所长室,为了平复一下兴奋的心情,芥川点了支烟,吸了一大口。

虽然芥川在万俵面前领受任务的时候自信满满,但是在具体实施的过程中,却要慎之又慎,因为不仅要考虑到田渊干事长的存在,更重要的是"镰仓那个人"也牵扯在其中。如果阪神银行告密的事情被发现,芥川不敢想象后果会有多严重。

要是被发现的话……芥川将吸了一半的烟扔到烟灰缸里,又点上了一支。离开行长办公室后,芥川就来到了忍者部队的总部——总务课,找到负责搜集媒体和同行情报的平松云太郎,让他一会儿来自己办公室。但一想到不良后果的严重性,芥川不禁有些犹豫:是让平松云太郎来干好呢,还是应该自己亲自出马呢?芥川打开放着机密文件的抽屉,拿出一份打印好的材料。这是一份私家侦探公司关于股东会大混子丸桥忠的调查报告。报告称,丸桥利用新桥女招待的事情敲诈第三银行的濑川副行长,两年间从第三银行日本桥分行共获得非法贷款三亿五千万日元。

芥川翻开贴有户籍复印件的调查报告,再次读了起来。

本　　名　丸桥忠

籍　　贯　广岛县

出生年月　大正十三年八月一日(1925 年 8 月 1 日)

最终学历　昭和十七年(1942 年)广岛中学毕业

工作情况　昭和十七年(1942 年)进入铁路公司工作,通过叔父的关系去往中国东北。

昭和二十年(1945 年)从中国东北回国,后五年情况不详。

昭和二十五年（1950年）进入东京兜町的老牌证券交易所"大万证券"工作；作为营业部业务员工作业绩突出，昭和三十四年（1959年）年就任该交易所法人部部长。

昭和三十五年（1960年）因挪用公款造成巨大亏空而被大万证券免职。之后利用在证券公司工作时掌握的金融信息成为股东会上的混子。因为和前大藏大臣田渊元三的秘书曾经是同学，两人有过一次接触之后，和田渊秘书的关系成了其吹嘘的资本。

昭和四十年（1965年）成立太阳土地开发株式会社，一边继续做股东会上的混子，一边从事房地产开发。

太阳土地开发株式会社的经营情况

所 在 地　东京都中央区日本桥通二丁目吉田大楼三楼

资本总额　450万日元

社　　长　丸桥忠

股　　东　丸桥忠及其妻幸江、亲属等

职员人数　不详

交易银行　第三银行日本桥分行

企业情况　主要从事那须高原的别墅开发

现　　状　公司成立之初似乎做过几档生意，但不到一年就经营失败，之后不存在任何实际经营项目。现在只有其侄女一人在日本桥的事务所留守。可以说，该公司尽管处于开业状态，但实际上徒具空名。太阳土地开发株式会社归根到底只是股东会混子丸桥的一个幌子，其本质是一家皮包公司无疑。

看完调查报告，芥川点燃了第三支烟。在收到这份报告书之后，

芥川之所以能够挖掘出第三银行日本桥分行给这么一家皮包公司贷款三亿五千万日元的情报,可以说是偶然中的必然。一次,芥川无意中从一个每半年就来要一次钱的股东会混子处听说了丸桥的消息,说是警视厅正在暗中调查太阳土地开发株式会社。听到这个消息后,芥川立刻请一名警视厅的熟人吃饭,从内部渠道打听到这笔三亿五千万日元非法贷款的存在。人称"东京探题"的芥川不仅在政界、官界有众多耳目,而且和检察厅、警视厅的关系也很好,所以能够率先了解到不为人知的绝密情报。为了保持情报渠道的通畅,芥川平时十分注重与各类人的交往。但是,就连那位警视厅领导也没有透露半点"镰仓那个人"的情况。

有人敲门。从敲门声芥川听出是平松云太郎来了。此时的芥川还没有最后决定这个烫手山芋是由自己来接还是交给平松云太郎。

负责大藏省工作的伊佐早五郎身材修长,风度翩翩,而这位平松云太郎长得矮矮胖胖,黑不溜秋,似乎叫"蜘蛛太郎"更合适。因为长着娃娃脸,平松云太郎看上去比较有亲和力。但是,一旦他张开情报大网,任何触网的猎物都别想逃脱这位"蜘蛛太郎"的追捕。无论花费多少时间,这位蜘蛛太郎都会紧追不舍,不达目的决不罢休。

"对不起,我来晚了。"

平松站在芥川面前,看起来刚理过发,头发很短,很精干,再加上娃娃脸,看上去十分年轻,不像一个经常熬夜搜集媒体、同行消息的忍者。看到平松的一刹那,芥川决定放手让平松来做。

"还是第三银行和平和银行合并的那件事,报社那边是不是还没什么动静?"

"是的,还没有。"

"但是,根据你们的调查,两家银行合并的可能性越来越大了吧?"

"是的,原来感觉平和银行好像不是太积极,最近好像越来越起劲了。"

遇事不慌不忙、沉着冷静是平松的特点。

"也就是说,第三银行日本桥分行三亿五千万日元非法贷款的事情大家还不知道,是吗?"

芥川用眼神指着桌上摊开的有关丸桥忠的报告说道。平松追随着芥川的视线说:

"那我就让他们知道这件事吧。"

平松以寻求确认的语气说道。"这件事"指的就是第三银行非法贷款一事。作为一名职业忍者,需要对上司的暗示心领神会。

"嗯,但是这件事比我们预想的要复杂,'镰仓那个人'也牵扯在其中。"

听到这儿,平松的娃娃脸顿时紧张了起来,问:

"看来得找个相当信得过的记者了。"

"《每朝新闻》可以。你打算找谁?"

"我想找浅田。行吗?"

"可以,但是一定要小心,千万不可引火上身。"

芥川郑重地叮嘱道。平松明白:任何一点纰漏都会导致严重的后果。

"我明白了。告辞。"

平松离开所长办公室回到总务课。总务课里已不见负责大藏省工作的伊佐早五郎的身影,负责日银情报的冠收也正往外走,正好和平松擦肩而过。只有黑井课长还在办公室,正在打电话。

平松云太郎拿起办公桌上的电话,准备打给《每朝新闻》的记者浅田。平松看了看钟,已经快十一点了,记者们现在应该都在记者俱乐部,只有打到那儿才能找到人。

"喂喂,浅田在吗?"

接电话的年轻记者没有回答,直接把电话给了浅田。

"我是浅田。……哎呀,是你啊,蜘蛛先生。"

一周中的一半时间两人都在一起,所以一拿起电话,浅田就听出了平松的声音。

"我听说了一件有趣的事情,中午饭的时候你有空没?"

平松单刀直入地问道。平松知道,对于《每朝新闻》这种大报社的记者,如果一上来不能勾起他们的兴趣,即便私交不错,他们也不会轻易上钩。

"什么有趣的事?"

"相当有趣。咱们在日本桥那家天妇罗店见面再谈吧。"

平松没有说具体内容,而是叮嘱浅田中午见面。第一句话让对方兴致盎然,第二句话让对方欲罢不能,这就是搜集媒体情报的银行忍者的过人之处。浅田记者想了想说:

"好的,十二点整见。"

平松云太郎比约定时间早十分钟来到离日本桥大街稍远的天妇罗店,直接上二楼等《每朝新闻》的记者浅田。

浅田记者是《每朝新闻》日银记者俱乐部的头儿,从业已经十五年,为人爱憎分明,但表面上比较随和。浅田绝不和自己看不上的人交往,但和平松关系不错。对于像浅田这样工作能力强同时又充满正义感的记者来说,比起那些借助于金钱和名头到处搜集情报的大银行的忍者,他们更欣赏像平松这样靠自己的努力一点一滴收集分析情报的人。两人见面的时候,浅田会问:"怎么样,你的蜘蛛网结得如何了?"两人时常边吃边聊。浅田会将从平松那儿听到的一些大记者们涉及不到的小消息进行综合分析,写出一篇入木三分的报道。而平松通过和浅田的交流,也可以知道一些阪神银行的忍者无法探知到的高级机密。记者和忍者的关系,可以分为单纯的情报交易关系和立足于互信伙伴关系之上的情报研究关系两种。浅田和平松的关系似乎应该属于后者。

楼梯上传来咚咚咚的脚步声,浅田记者到了。

"不好意思打电话把你叫来,请坐。"

娃娃脸的平松微笑着点头致意。

"你说的那件有趣的事情是什么?"

刚一坐下,浅田就以新闻记者特有的急性子和直率问道。平松等来拿菜单的女招待下了楼之后才回答说:

"是第三银行的事情。你听说他们日本桥分行三亿五千万日元非法贷款的事了吧?"

听到这儿,浅田的眼睛亮了一下,慢慢地吸了口烟问:

"第三银行的日本桥分行,三亿五千万日元?这数目也有点太大了,贷给谁了?"

"日本桥一家叫太阳土地开发的房地产公司,总资本四百五十万日元。听说那家公司表面上主要从事那须高原的别墅开发,但实际上没有任何开发活动,整个公司只有一名女办事员看门,是一家表面开业、实际停业的皮包公司。"

"老板是什么人?"

浅田一边品尝着刚刚端上来的天妇罗一边问。

"丸桥忠弥?不对,丸桥忠,好像是个股东会上的混子。你听说过吗?"

"不知道,小人物一个。"

浅田平静地继续说道:

"话说回来,这其中的缘由虽然我不清楚,但是,银行一方面可以给这么一个来历不明的人三亿五千万日元的贷款,另一方面面对一家中小型企业区区一百万日元的贷款请求,却以银行的钱都是老百姓的辛苦钱为由,冷酷地予以拒绝,导致他们陷入倒闭的境地。我看没有比银行更两面三刀的单位了。你说呢,蜘蛛先生?"

浅田嘲笑地看着平松。

"你的话总是这么尖锐。被你这么一说,这其中缘由我还真不好说了。"

"你好像从没有在我面前有什么不好说的吧?到底是怎么回事?"

"因为女人。第三银行的濑川副行长因为女人被股东混子丸桥忠敲诈了。所谓的贷款实际上是封口费,拖拖拉拉就一直累积到了三亿五千万日元。"

"什么?因为女人?越来越离谱了!这个濑川副行长,不是号称当代柳下惠吗?在酒席上连艺伎的手都从不碰一下的!"

浅田对濑川往日的虚伪表现十分气愤。

"听说那个女人叫小川美代,在新桥一家叫作'右近'的酒馆里做女招待,三十三岁,皮肤白皙,身材娇小。银行家也是人嘛,不可能不近女色。说实话,我当初听到这个消息的时候也大吃了一惊。濑川给人的感觉的确是严谨耿直,铁面无私。不过更让人吃惊的是这件事竟然会引发一笔高达几亿日元的非法贷款!"

平松不动声色间地继续火上浇油道:

"我不知道你是怎么想的。我感觉,一个没什么名气的股东会上的混子,竟然能够从第三银行骗取几亿日元的贷款,这有点天方夜谭的味道。"

"是啊。"

平松从浅田暧昧的回答中看出,浅田对第三银行的黑色内幕已经有所了解。平松接着试探地问道:

"听说,这个丸桥忠和田渊干事长的秘书私交颇深,是不是真的？实际上这次三亿五千万日元的非法贷款问题,有人说与田渊干事长有关,也有人说没有关系。"

平松一边品尝着天妇罗一边说。浅田的眼睛亮了一下,气愤地说：

"沆瀣一气,臭不可闻。又是个黑幕！"

平松知道对方开始上钩了,不禁心中暗喜,但表面上依旧不动声色地说道：

"到底是黑还是灰,就交给你来判断了。"

平松的语气非常郑重。

"这家银行自从濑川当副行长之后就变质了,通过调查此次非法贷款背后的真相,有可能揭开其中的黑幕。"

浅田自言自语地说道。

"你的意思是,这件事不像我想的那样仅仅是非法贷款的问题,还可以深挖下去啰？"

平松进一步煽风点火。

"不过,你们阪神银行也很奇怪啊,为什么对第三银行的事情这么感兴趣？"

浅田突然警惕地反问道。

"这种事情,哪家银行听说了都会感兴趣的。"

平松继续装傻道。浅田微笑着说：

"这倒也是,但肯定不仅仅是这个原因。是不是把第三银行的事情公之于众,对阪神银行有什么好处啊？"

浅田的话一针见血。

"哪儿的话。我们只想知道事情的真相,仅仅如此。"

平松努力想转移目标。

"如果只想知道事情真相的话,那你也用不着告诉我,让我报道出来啊。你们关键是想让我把这事儿写出来吧?"

浅田不置可否地反问道。平松迟疑了一下说:

"作为我来说,并不是为了要将这件事报道出去什么的。我将我知道的消息告诉你,如果你知道得比我清楚的话,你会告诉我更多的信息。仅仅如此。如果别的报刊报道了这件事,而我完全不知道的话,那我就麻烦了。这一点还请你理解。"

说着,平松把手放到脖子处,意思是说这件事关系到自己的饭碗。浅田坚持装糊涂,说:"是吗? 蜘蛛先生你可真够顽强的。要是这样的话,那就算了,不说了。今天这事我随便在报纸的哪个角落里提一下就行了。"

浅田的话直击平松的软肋。平松原想着,即便做不了头条新闻,也得热热闹闹地做个专题报道。浅田的话让平松没有了退路,只能亮出最后的底牌了。平松说:

"浅田先生,你别再开玩笑了。实际上,警视厅已经在暗中调查太阳土地开发株式会社和第三银行日本桥分行了。"

听到这儿,浅田立刻直起身来说:

"要是这样的话,不能拖了,得赶早报道出来。"

说完,浅田飞快地下楼而去。平松终于松了口气。十一月的寒冷夜晚,平松从背上到腋下完全湿透。

在开往羽田机场的车中,万俵和芥川小声谈着话。万俵在参加完全国银行协会的会议之后,又出席了一场客户晚宴,芥川送行长去机场,顺便向行长汇报第三银行的事情。

"行长,在全国银行协会的会议上,第三银行的日下部行长看上去怎么样?"

"大家讨论的时候他好像还不知道这件事,还是一副理论家的样子,滔滔不绝地讲个不停。在讨论快要结束的时候,他们总行来电话了。他出去接电话接了很长时间,等他回来的时候,脸色煞白,看来咱们这把火已经点燃了。"

听到这儿,芥川兴奋了起来,问:

"是不是《每朝新闻》对他们提出采访申请了?刚才,负责媒体方向的平松给我打电话说,《每朝新闻》派出了社会部和经济部的记者,避开其他报社的眼线,悄悄对第三银行,还有警视厅、大藏省、日银等进行秘密采访。"

"不知道他们会怎么报道这件事。"

万俵看着前方说。

"关键就在这儿。根据平松向我汇报的他俩交谈的情况,我觉得虽然登头条有点困难,但至少能在社会新闻版上占五六栏的版面吧。"

"对方是老牌大银行第三银行,政界、官界的很多实力派都因为政治资金问题跟他们有着千丝万缕的联系,第三银行会通过这些人,动用一切手段,甚至动用田渊干事长拼死抵抗。咱们决不能掉以轻心。"

听到万俵这样说,芥川沉默了一会儿说:

"但是,警视厅都出动了,田渊干事长也没法摆平了吧。而且,据我在检察厅的关系说,行长您昨夜刚刚见过的那位大臣态度非常强硬。"

因为怕给司机听到,芥川没有直接说出永田大臣的名字。

"问题是,如果'镰仓那个人'动起来的话……"

万俵再次想起'镰仓那个人'。那个仪表堂堂的男人,经常在深夜神不知鬼不觉地把那些大企业的老总和实力派政客叫到自己在镰仓的家中,暗中操纵着日本政治和经济的方方面面。此时,那位影子人物再次浮现在万俵的脑海里。

"芥川，咱们这边没留下什么把柄吧？"

万俵直起身再次询问道。虽然阪神银行已经爆料成功，但一旦对方得知这把火是阪神银行烧起来的话，按照镰仓那个男人的一贯做法，阪神银行就不是沾点火星子的问题了，有可能会陷入一场恐怖的大火灾。

"行长，这点您放心。《每朝新闻》的浅田记者和平松的交情不是一天两天的了，而且浅田记者爱憎分明，有着强烈的正义感。像他这种人，即便在工作上吃点亏，也绝不会泄露消息来源半个字。至于我手下那些人，我已经提醒过他们，这段时间一定要谨言慎行，静观事态发展，等待风波过去。"

"那就好。有时候自以为算计了别人，结果却被别人算计，对咱们银行的人也要严守这个秘密。这件事我连银平都没有告诉。"

万俵大介之所以下定决心冒险揭发第三银行的丑闻，一方面是为了阻止第三银行和平和银行的合并，为自己银行的合并创造有利条件；另一方面也因为万俵和永田是"一条绳上的蚂蚱"，一损俱损，一荣俱荣。为了永田大臣，也为了自己，万俵大介决定虎口拔牙。

朦胧的晨光透过百叶窗照进了卧室。大介睁开眼，看了看床头柜上的钟，还不到六点，比平时早醒了一个小时。大介一直牵挂着今天早上的《每朝新闻》是否会登出第三银行的事情，睡得不踏实。

大介翻了个身，想再睡一会儿。早报还要过一会儿才会送过来。昨夜万俵大介从东京坐最后一班飞机回来，到家之后却怎么也睡不着，头疼欲裂。大介又闭了一会儿眼，可能因为心里有事，还是睡不着。大介又翻了个身。旁边床上的宁子睡得很香甜。对于丈夫的紧张心情，宁子丝毫没有察觉，依然像布娃娃一样安静地睡着。大介突然觉得,比起能敏锐地感知自己内心想法的相子,后知后觉的宁子有时更让人轻松。

电话响了。大介拿起电话,是东京事务所所长芥川打来的。

"行长,早上好。我这边的《每朝新闻》早报已经送过来了,行长您那边也看到了吗?"

"还没有,怎么样?"

"五栏通栏报道,大标题,十分醒目。"

芥川兴奋而飞快地将报上的内容读给大介听。听着听着,大介的脸上也渐渐显出兴奋的神情。

"好的,我也马上看看。"

说着,大介挂断了电话。宁子已经醒了,整理着白色绸缎睡衣的领口说:

"我去取报纸。"

看着丈夫着急的样子,宁子有些惊讶。

"不用了,我自己去,这样快点。"

大介飞快地披上长袍,下了楼。报纸一般放在起居室的杂志架上。大介穿过大厅,走进静悄悄的起居室。

"老爷,早上好。昨夜您那么晚才回来,今天这么早就起来啦。"

一位年长的女佣问候道。

大介没有理会女佣的问候,问道:

"《每朝新闻》来了吧?"

"还没有。其他的报纸有些已经来了。"

女佣将五份报纸中已经送到的三份递给大介。大介站在那儿,翻看了一下相关标题,没有发现有关第三银行的报道。大介把报纸往桌上一扔,生气地说:

"《每朝新闻》真够慢的,会不会两份都送到银平家去了?"

邮差每天把万俵家所有的报纸和邮件等送到大门旁的邮箱里，之后由看门人夫妇分送到大介、铁平、银平家。因为大介家紧邻银平家，有时候也会送错。

"那我再去看一下。"

女佣小跑着去了银平家。大介等了很长时间女佣也没有回来。为了使烦躁的心情能够稍稍平静一些，大介走到阳台上，看着院子里的景色。对面就是天王山，各种各样的树木沐浴在朝阳中，所有的树叶都红了，娇艳似火，美不胜收。但是，第三银行非法贷款的报道之火似乎更能打动此时的万俵大介。

"老爷，让您久等了。"

女拥抱着报纸跑回来了。

"银平少爷那边也没有，我就去了下边的邮箱处，邮差正好送过来。"

女佣喘着气说。大介赶紧打开报纸。社会版正中间几个大大的黑体字"非法贷款"触目惊心。大介压抑住内心的冲动，像以往一样将报纸叠成四叠，和另外三份报纸一起夹在胳肢窝里，回到二楼的卧室。

宁子已经穿戴好，看到丈夫走了进来，正想打招呼，但大介看都没看宁子一眼，坐在中间那张床上，开始读起了《每朝新闻》的那篇报道。因为事关东京方面的银行，因此在神户版的《每朝新闻》上，该段报道位于中四栏上。

"非法贷款"三亿五千万日元
第三银行日本桥分行向股东会混子提供无担保贷款

据警视厅调查，第三银行日本桥分行在最近两年的时间里，向某位号称从事房地产业的股东会混子 M 氏提供无担保非法贷款,贷款总额高达三亿五千万日元。

M氏是混迹于各金融机构股东会上的混子,经常出入第三银行总行的总务部。昭和四十年(1965年),M氏成立房地产公司,主要从事那须高原的别墅开发。该公司的启动资金来自日本桥分行的贷款。该笔贷款是在第三银行总行融资部直接命令下实施的。之后,尽管该公司经营不善,日本桥分行仍然不断为其追加贷款,最终贷款总额高达三亿五千万日元,而且完全是无担保贷款。

据银行方面称,为防止公司倒闭形成呆账,M氏将其开出的票据、支票等不经过交易所正规途径抵押给银行,最终造成贷款的不断累积。这种贷款形式本来是企业濒临破产时,分行长为防止事态恶化的暂时之举,但M氏利用这种贷款形式,在两年时间里不断扩大贷款规模,最终贷款总额高达三亿五千万日元。最近,问题暴露出来之后,M氏才慌忙将其在那须高原的别墅用地(市价八千万日元)以及杉并区堀内的房屋(市价两千万日元)、股票等(总值约一亿三千万日元)拿出来抵押做担保。警视厅认为,这笔非法贷款很有可能是源于M氏的威胁恐吓。据消息灵通人士称,M氏的背后有某位政界实力派人物撑腰。随着调查的进一步深入,该事件有可能牵扯到政界,问题将越来越复杂。

第三银行濑川副行长说:"我行没有受到M氏的恐吓。"但据该行相关负责人说,为了防止事态恶化、出现呆账,该行才不断追加贷款,该行现正全力进行债权确保工作。

大藏省银行局银行课课长井床说,听说了这件事之后,该局也询问了第三银行相关负责人一些具体情况。事件正在调查中。

读完报道,万俵眼中充满笑意,对报道的内容非常满意。

阪神银行通过将第三银行的丑闻公之于众,一举摧毁了第三银行和平和银行的合并计划,同时也帮助永田大臣成功切断了政敌田渊干事长的资金来源。想来永田大藏大臣也会相当满意的。想到这儿,大介忍住兴奋对宁子说:

"宁子,今天早上我在卧室吃早饭,你去吩咐他们。"

说完,大介躺在床上,又读了一遍报道,不禁为报道中表现出的高超的写作技巧所折服。对于一般的老百姓来说,这只是一篇关于股东会混子非法贷款的报道,但金融机构的内部人士一眼就可以看出,这篇报道只表现了冰山之一角。作为老牌大银行,第三银行虽然近来业绩下滑,但仍然位居城市银行第七名。在报道出来之前,第三银行肯定已经做了很多报社的工作,找了很多关系,因此报道中丸桥忠的名字、丸桥皮包公司的名字都没有明示,濑川副行长因为女人受到丸桥要挟一事,以及隐藏在丸桥背后的黑暗势力等也都没有一一点出。但这种写法反而给金融界相关人士留下了更深刻的印象,让人们备感事情的深不可测。这也是阪神银行和永田大臣双方都非常乐意看到的结果。

宁子亲自将放有早餐的小车上推了进来,咖啡的香味顿时飘满房间。大介高兴地与宁子相对而坐,一起用餐。

万俵银平站在洗漱间的大镜子前,用电动剃须刀刮着胡子。洗漱间旁边就是浴室。洗漱台和墙面都是粉红色的,地面上的瓷砖是黑色的,明显是新婚小夫妻的装修风格。只不过,镜中的银平因为前一天醉酒,脸色苍白,毫无生气。

"老公,我泡茶了,你快点!"

餐厅那边传来万树子的催促声。银平没有回答,剃完胡子后,漫不经心地抹着乳液。

"老公,再不快点就要迟到了!今天又没车啊!"

万树子又着急地催了起来。昨夜因为喝得太多,银平把自己的座驾 Mercury 寄存在元町的停车场,打车回了家。今早银平必须坐电车去上班。虽然明知时间紧张,但一大早起来就听万树子"老公、老公"地叫个不停,银平不免有些心烦。

"来不及的话就不吃了,你帮我弄点橙汁就行了。"

"不吃早饭对身体不好,而且一天当中你不就陪我吃顿早餐吗?"

虽然已经结婚五个月了,可每天晚上银平都借口要陪客人吃饭,天天都很晚才回家,两人同床的次数本就少得可怜,最近更是近乎零。万树子的话中自然充满了怨恨。银平对万树子的唠叨非常反感,但又懒得反驳,于是敷衍道:

"那我就吃了再走,但坚决不能迟到。"

听到银平的回答,万树子的脸色立马由阴转晴,赶紧边泡红茶边问:

"老公,今天爸爸好像心情不好,是不是在东京累着了?"

万树子开始和银平聊起家常来。银平喝着橙汁,看了眼一旁的早报说:

"可能是感冒了吧。"

"没事就好。刚才阿梅有事去问那边的用人,听说爸爸今天早饭是在二楼吃的。"

自从看到那间卧室里并排放着三张床之后,万树子尽量避免在谈话中提及公公的"卧室"。

"偶尔生个病也没什么啊。"

银平随口答道,开始看下一份报纸。万树子将从面包筐里拿出

的羊角面包放到银平的盘子里,发现银平正在看《每朝新闻》,说:

"可是,说生病又有点奇怪,今天一大早阿梅还在睡觉的时候,那边就派人来问是不是两份《每朝新闻》都送到咱家来了。"

"是老爸让过来问的吗?"

"可能是吧,总不至于是相子吧。"

万树子脸上露出讽刺的神情。银平立刻看了眼经济版,然后又翻到社会版。社会版上大幅报道了第三银行日本桥分行非法贷款三亿五千万日元一事。

"哎呀,怎么又是银行非法贷款?真讨厌!"

万树子凑过头来看了一眼之后,显然对此没有丝毫兴趣,继续吃早饭。银平读着读着,脸上呈现出恍然大悟的神情。银平有种直觉:《每朝新闻》的这篇特别报道和父亲大介似乎有什么关系。虽然没有任何证据证明自己的判断,但银平联想到了一些与报道相关的事情。首先,阪神银行和《每朝新闻》交情匪浅;其次,东京事务所所长芥川最近频繁来往于东京和大阪;再次,三天前,银平在大阪"北酒吧"和速水一起喝酒的时候,遇到了一个速水认识的金融专业杂志的记者,当时速水借口打听股东会混子的整体情况,特意打探了其中某个混子的消息。将这些事情综合在一起进行分析,银平断定,至少三天前父亲就知道第三银行日本桥分行非法贷款三亿五千万日元的事情,而且也知道《每日新闻》今早会把这件事公之于众。令银平困惑的是:如果事件主角是阪神银行的竞争对手的话还说得过去,第三银行的总行远在东京,父亲为什么要牵扯其中呢?银平觉得父亲肯定有什么不可告人的目的。因为按照父亲的行事风格,一般不直接瞄准猎物,而是采用一种极其阴险、复杂的方式将猎物收入囊中。

"老公,你看报纸要看到什么时候?已经八点十五了,真的要迟到了!"

银平回过神来,匆忙换上外套走出家门。

银平快步绕过花坛,正下坡向大门走去的时候,身后传来了狗叫声。三只大狗摇着尾巴跑了过来。银平想起来,父亲也是这个时间去上班。

"银平,你的车呢?"

是父亲大介的声音。光听声音银平就知道,父亲不仅没有生病,而且心情非常好。银平无奈地回过头去,看到父亲和相子正下坡走过来。

"像以前那样,停在元町的停车场了。"

说完,银平又快步往前走去。

"你怎么一点儿都没变啊?真没办法。今天你就坐我的车走吧。要是行长的儿子上班迟到的话,就有点太不像话了。"

说着,大介大步追上了银平。大介对待银平的态度和对待铁平完全不同。面对银平,无论是批评还是训斥,大介的眼中都闪耀着慈父的光芒。

"那我就恭敬不如从命了。"

想到上班高峰时电车拥挤的情景,银平放慢了脚步。

"早上好,银平。"

身穿对襟毛衣的相子和银平打了声招呼,就牵着三只狗走到前面去了。相子今天心情明显不好。她还不知道《每朝新闻》的报道。只不过看到前天夜里在东京行邸和自己浓情蜜意的万俵大介,一回到神户就在卧室里和宁子一起吃早饭,直到快上班了才下楼,相子难免醋意大发。可惜大介完全沉浸在曝光成功的巨大喜悦中,根本无心哄相子开心。

"爸爸,您看了今天早上的《每朝新闻》吗?"

银平和大介并肩走着,突然问道。

"嗯,第三银行出大事了。"

听大介的语气,好像和这件事情毫无关系。

"爸爸,您和这件事没有关系吗?"

银平的语气忽然变得有些冷酷。

"混蛋,我怎么会和别的银行的丑闻有关呢?"

大介压低声音反问道。

"我只不过问问,没别的意思。"

银平依然脸色苍白,毫无表情。

"老公,你忘东西了。"

万树子叫着银平,轻快地跑过来。

"爸爸,早上好。老公,这是你胸袋里的手帕。"

说着,万树子将与蓝色条纹的深灰色西装相配套的蓝灰色绸手帕,放入银平的左胸口袋中。穿西服时,左胸口袋处微微露出同色系的绸手帕是银平的潇洒之处。

"太好了,终于赶上了。你们走好。"

看到相子走在前面,万树子就没有再往前走,而是站在原地目送公公和丈夫。大介的脑海中浮现出万树子的父亲、大阪重工社长安田太左卫门的身影。万俵大介之所以能发现第三银行的非法贷款问题,并最终将其公之于众,究其根本,还得感谢安田太左卫门。万俵大介一心谋求和第三银行的合并,十天前在参加第三银行的大股东安田太左卫门的六十大寿时,大介从安田口中打探出了第三银行领导们的真实想法,由此才引出了后面的事情。

大介回头瞄了一眼万树子——年轻美丽的儿媳妇。这个女人和儿子的婚姻给自己带来的好处,大得连大介自己都想象不到。大介的眼中不由得浮现出一丝笑意。可以想象,此时的大藏省银行局已经乱成一锅粥了。

当大藏大臣的黑色专车到达大藏省正面玄关处时,守卫恭恭敬敬地打开大门,迎接大臣的到来。大藏大臣永田刚刚结束了在首相官邸举行的内阁例会。

永田大臣刚一下车,坐在副驾驶位上的那位目光锐利的男子就快速绕到大臣身后,紧跟着大臣,站在玄关处迎接的另一名男子也敏捷地走了过来,站在大臣左侧。这两人都是警视厅派来保护永田大臣的贴身保镖。后下车的秘书站在永田大臣的右侧。三人形成三角形,将永田大臣保护在中间,一种戒备森严的气氛扑面而来。

永田大臣一行进入大藏省,坐电梯上了二楼,沿走廊走向大臣办公室。走廊两边分别是官房长官室、事务次官室、政务次官室。这条走廊被称为大藏省的"红地毯大道"。这里鸦雀无声,完全看不到机关里刚上班的时候,人们进进出出、慌里慌张的样子。大藏大臣的办公室在里面,紧挨着政务次官室。除非有正式客人,一般情况下大臣办公室的门都关着,来人从旁边的秘书办公室进出。

"大臣,十点半的记者招待会已经稍微有些迟了,您现在就去记者俱乐部吗?"

秘书请示道。每周二和周五的内阁例会之后,大臣都要在记者俱乐部召开记者招待会。

"等会儿,我有话要对春田局长说,你让他赶紧到我这儿来。"

永田大臣语气急迫地命令道。大臣连记者招待会都放在一边,可见事情之紧急。秘书赶紧到办公室去通知春田局长。永田大臣随即走进了自己的办公室。

大臣办公室面积近一百平方米,地面上铺着红色的地毯,屋里摆放着办公桌、沙发和大会议桌,正面办公桌旁插着日本国旗,象征着执掌一国经济行政大权的最高机关的威严。

永田大臣快步走到办公桌前,突然停住脚,三白眼看着窗外。永田办公室的斜对面是国会大厦,干事长田渊元三就在那里办公。今天的内阁会议开始前,先召开了国会对策委员会会议。想到田渊干事长愁眉苦脸、坐立不安的样子,永田眼中渗出一丝笑意。今早的《每朝新闻》揭发第三银行非法贷款的报道,对田渊来说无疑是一个沉重的打击。当然,永田对事情的曝光以及报道中的遣词造句都极为满意。永田大臣知道,和阪神银行万俵大介的同盟已经发挥了作用,接下来要做的就是,以《每朝新闻》的报道为突破口,彻查第三银行,彻底摧毁田渊暗中支持的第三银行和平和银行的合并计划。

　　"大臣,我来晚了。"

　　是春田局长的声音。永田大臣说:

　　"我还让记者们等着呢,咱们长话短说。"

　　说着,永田大臣坐在椅子上生气地问:

　　"今天早上《每日新闻》关于第三银行的报道是怎么回事?"

　　春田低头道歉说:

　　"非常抱歉,是我监督不力。"

　　"在报纸上登出来之前,你们为什么没有采取紧急措施,让第三银行负起责任来?"

　　"前段时间,银行课课长把他们的主管常务叫过来了,正在听取他们的解释呢。"

　　平常让各银行的领导们闻风丧胆的春出局长,此时也有些不知所措。

　　"既然报纸上已经登出来了,事情已经公布出来了,你们今天就把第三银行的负责人叫过来,让他详细汇报一下具体情况。"

　　"我明白了。我立刻就叫濑川副行长过来。"

　　春田对永田大臣格外严厉的态度有些吃惊。永田接着问:

"如果事情真像报道中写的那样就麻烦了。第三银行和平和银行的合并进展到什么程度了？"

"两家银行的常务级领导前天在大仓酒店举行了第一次见面会。"

"是嘛。最近第三银行的问题比较严重，从他们的行风来看，此次事件的发生也是必然。我看，第三银行和平和银行的合并一事，是不是应该慎重一些？"

永田大臣低声说道。听到这儿，春田明白了——永田大臣希望通过这件事情来粉碎第三银行和平和银行的合并。

"但是，大臣，双方银行的意思是……"

作为人称"合并家"的合并论者，春田局长想尽力促成这两家银行的合并，以此来打响金融重组的第一枪，提升自己的政绩。所以，此时的春田局长有些犹豫。但是永田大臣根本没有理会春田局长，说：

"不管怎样，我就先说到这儿。在今天的记者招待会上，记者们的关注点可能不是内阁会议上那些悬而未决的事情，而是第三银行的非法贷款。我的态度会很严厉，你也要有思想准备。"

永田大臣站起来，不容分说地命令道。春田知道：大臣的强硬态度已经说明了一切，如果再犹豫不决的话，只会表明自己是个没有眼力见的庸才，更何况永田是本派系的大佬。于是，春田赶紧说：

"我明白了。"

目送永田大臣带着秘书赶着去参加记者招待会之后，春田离开了大臣办公室。

为了避免被记者们团团围住，春田特地绕到记者俱乐部对面的电梯。一回到四楼的办公室，春田就告诉女办事员，接下来要召开紧急会议，不要让任何人进来。春田局长召集了审议官、总务课课长、银行课课长、检察部部长开会，讨论对第三银行日本桥分行三亿五千万日元非法贷款一事的处理意见。这个会议阵容稍微有些夸张，但要想把火点旺,首先得使劲煽风。

四人到齐之后,春田开始讲话:

"紧急召集各位,不是别的事情,还是第三银行非法贷款的问题。大臣看了报纸,知道了这件事,态度非常严厉。大臣指示,要站在整肃金融界贷款风气的高度,彻查此次第三银行的非法贷款事件。"

听到永田大臣对此次问题的态度,井床课长他们有些惊讶,面面相觑,只有松尾审议官面不改色。

"我也觉得这件事不是单纯的贷款问题,咱们应该借此事件,肃清银行经营中的一些不清不楚的问题。井床,你和第三银行的濑川副行长联系一下,让他今天下午两点之前到我办公室来一趟。"

春田严厉地命令完井床之后,又对检察部部长铃木说:

"有可能要进行特别检查,你要做好准备,但这件事千万不能让记者们知道,千万注意保密。"

铃木听了使劲点头。此时松尾审议官的表情有了微妙的变化。松尾审议官是田渊干事长当大藏大臣时的秘书,是田渊的心腹。此次会议的内容将很快通过松尾传到第三银行的耳朵里去。春田局长明知这一点,但还是把松尾审议官叫来参加会议了,目的就是通过松尾告诉田渊派,此次大藏省的态度非常强硬。

银行课课长井床和检察部部长铃木都去安排任务了,春田开始对总务课课长久米谈起对付媒体的策略和总体指挥的一些问题。这时,松尾审议官说了句"我有点事,去去就来",急匆匆地离开了局长办公室。春田心里暗喜:松尾肯定是去给田渊通风报信了。

第三银行副行长濑川忙了一夜之后,忐忑不安地乘车前往大藏省。因为一夜未眠,濑川脸庞浮肿,脸色发青,双眼充血,往常菩萨般柔和的姿态荡然无存。

车子穿过拥挤的赤坂溜池,很快就要到霞关的大藏省了。濑川心乱如麻。濑川不是从第三银行总行所在的丸之内方向过来的,而是直接从赤坂赶往大藏省。刚才,濑川还和田渊干事长在赤坂的一家料亭密谈,商量如何应对春田局长的召见。

据田渊干事长说,和昨天相比,大藏省的态度发生了一百八十度的大变化,变得十分严厉,甚至准备对第三银行进行特别检查。如果大藏省真的这么做,很有可能查出第三银行通过丸桥忠的太阳土地开发株式会社,流向田渊和"镰仓那个人"的政治献金,那可比三亿五千万日元的两倍还多。最糟糕的是,其他政治献金渠道有可能在检查中曝光。不过,田渊干事长认为,永田不可能一查到底,因为再查下去就牵扯到佐桥首相了,永田不过是装装样子罢了,雷声大,雨点小。但在见春田局长之前,濑川还是十分不安。

疲惫不堪的濑川脑海中闪过小川美代娇小白皙的身影。小川美代是新桥酒馆"右近"的女招待。濑川没有胆量养艺伎,只敢染指女招待。濑川万万没有想到的是,当初的失策不仅招来丸桥的要挟,而且导致整个事态无法收场。

昨天下午,在接受完《每朝新闻》记者的采访之后,濑川首先找人准备好担保物件,并派主管常务赶紧去银行局解释贷款的合法性;随后濑川又借助田渊和"镰仓那个人"的力量,和检察厅、警视厅上层打招呼,希望不要再继续追查下去;另外,濑川还找人和报纸、杂志等媒体通了通气。但是,《每朝新闻》社已经不可能封锁这篇报道,濑川只能想方设法找人在报道时手下留情,尽量不要给大藏省留下一个坏印象。

尽管如此,一夜过后,在《每朝新闻》的报道刊登出来之后,大藏省态度巨变,甚至提出要对银行进行特殊检查。濑川又想起田渊刚才说的一句话——"从现在的事态来看,肯定是有人在帮永田出谋划策,目的就是破坏第三和平的合并"。

一到大藏省,濑川就快步走向四楼的局长办公室。濑川有点担心遇到报刊记者或者其他银行的忍者,但女办事员似乎早已考虑到这一点,周围一个人都没有。

濑川一进局长室就深鞠一躬,说:

"非常抱歉这次的事造成如此大的影响。"

"我们并没有认为报道上写的全都是事实,所以把你叫来,想听你亲口解释一下到底是怎么回事。"

听到春田这样说,濑川眨了眨充血的双眼说道:

"那个叫丸桥的人第一次到我们总行贷款部来是在昭和四十年(1965年)四月。当时他成立了一家房地产公司,提出来想贷款四千万日元,以此作为启动资金和当时的周转资金。他和总务部关系比较熟,而且也有相应的贷款担保,所以总行就介绍他到日本桥分行,这就是当时的情况。第一年他公司的业绩很不错,存款不断增加,所以日本桥分行非常信赖他,答应了他后来的无担保贷款请求。但是半年之后,他公司的情况急速恶化,于是分行就向他催还总额两亿五千万日元的贷款。但他恳求再给他一次机会,还不断请求继续贷款,最终实际贷款总额达到三亿五千万日元。一个月前,分行认为不能再继续贷款给他,现在正在努力确保担保物权,没想到今天的报纸就报道这件事了。我们银行一定会尽全力保全债权的。"

春田静静地听着濑川的解释,点了点头,问:

"你们为什么会相信这样一个人,并且无担保贷款总额高达三亿五千万日元呢?你们银行的政策是不是过于宽松了?"

"非常抱歉。"

"是不是有哪位大人物介绍这个人到你们银行来的?"

春田的语气尖锐了起来。

"没有,没有人介绍。刚才我说了,他和我们总务部比较熟,所以分行就相信他了。"

濑川知道,自己的私生活问题以及与田渊的关系等,春田很可能已经心中有数了,但是濑川不会亲口承认这些事情。春田毫不客气地继续问道:

"这话越说越蹊跷了。报纸上不是说这中间有什么某位实力派政客,还有黑幕什么的,到底指的是谁?"

作为银行局局长,春田掌控着银行的营业许可权。在春田局长咄咄逼人的追问下,濑川无路可逃。

"写这篇报道的记者,好像指的是田渊干事长。"

濑川把问题都推到记者身上。春田嘲讽地说道:

"那个记者是不是还指别人了啊?"

春田言下之意是还有"镰仓那个人"。

"这个……我想不出来还有谁。"

濑川使劲咽了口唾沫,艰难地答道。春田也是未来志在政界的人,就没有再为难濑川,而是接着问:

"下一个问题,三亿五千万日元的使用问题。那个叫丸桥什么的房地产公司,开业一年后基本上就处于停业状态,那么,这笔钱他都用在哪儿了?"

"关于这一点,实在抱歉,请您再给我一些时间,我们现在正在全力调查。"

濑川用和田渊干事长约定好的台词回答道。

"在银行经营中,最怕的就是模糊不清、似是而非。这次你们银行的非法贷款问题,我听了你的汇报,感觉有些方面还不是很明朗。根据下一步的情况,我们可能会进行特别检查。"

春田局长目不转睛地盯着濑川说。濑川慌忙说:

"我今天接到通知就赶紧过来向您汇报了,可能还有一些问题没有彻底解释清楚,我们会尽快整理好材料,再次向您汇报的,在此之前请您先静观事态发展。"

濑川恳求道。春田没有理会濑川,而是说:

"你还是赶紧把今天的话整理成文字材料,抓紧时间交上来吧。"

濑川面部有些僵硬,低头一言不发。过了一会儿,抬起头来问:

"局长,我们和平和银行的合并,不会受到这件事的影响吧?"

这是濑川最担心的问题。

"当然。对于我们银行局来说,如果你们银行的领导能够对此事负责,妥善处理,那么你们和平和银行的合并将不会受到任何影响。"

濑川刚想松口气的时候,春田局长接着又说:

"问题是,就在你来之前十五分钟,平和银行的专务过来了,提出暂时推迟和你们的合并。我想平和银行的神田行长会在合适的时候正式通知你们的日下部行长的。"

濑川大惊失色,面部有些抽搐。

"永田大臣知道这件事了吗?"

濑川终于问出了最后一个关键问题。

"我刚才向大臣汇报过了。"

春田简单地回答道,意思是永田大臣已经知道这件事了。濑川的脑海中浮现出《银行法》第十四条。

第十四条"合并认可":银行合并如果得不到主管大臣的认可,视为无效。

第三银行和平和银行的合并计划,实际上已经宣告失败。

第八章

今年冬天,壁炉第一次生火。午后,宁子坐在起居室的沙发上,一直埋头于法国刺绣。相子一大早就出去了,二子在练钢琴,三子在大学里。宁子一个人待着,既不觉得无聊也不觉得寂寞,反而觉得这是最悠闲的时光。

宁子想绣一个卡特莱兰图案的靠垫。宁子将淡紫色和淡红色的线交织在一起,精心绣着淡红紫色的花瓣。第二个花瓣也绣完了。宁子正剪断线的时候,听到玄关处有人来了。来人和女佣交谈过后就径直向客厅走来。宁子以为是相子回来了,就继续埋头绣花。没想到推门进来的是丈夫的妹妹、阪神特殊钢公司的社长夫人石川千鹤。

"哎呀,千鹤,欢迎。"

宁子对千鹤的突然到访有些吃惊。千鹤像大介一样面容端正,但似乎更傲慢一些。千鹤笑着说:

"你还好吧?我正好到这附近办事,就顺路过来看看。相子出去了?"

"嗯,帮二子提亲的一位外交官夫人从东京到关西来了,相子说要去和她联络联络感情,今天一大早就去奈良了。"

宁子慢悠悠地说着,语气中对相子充满感激。千鹤靠在沙发上说：

"外交官夫人？这次提亲的是哪位啊？"

"这个……听相子说，好像是政界某位要人的公子，听说这次美马也帮忙了。"

宁子还不知道美马介绍的是佐桥首相的侄子。看到宁子结结巴巴的样子，千鹤说：

"你连谁向你的宝贝女儿提亲都不知道，嫂子，看来他们真没把你当回事！作为母亲，你这个样子的话，美马呀高须他们这些和万俵家本来没有任何关系的外人，就开始插手万俵家的婚姻大事了！如果任由他们这样随意摆布的话，最后大家都会陷入不幸的境地。我看近来高须相子的做法就有这种苗头，挺恐怖的。"

说到最后，千鹤有些激动。

"怎么会呢？如果二子不喜欢对方的话，下次就拜托相子回绝人家好了。"

先不谈铁平，一子和银平的婚姻都不太理想。作为母亲，宁子对此十分伤心。宁子虽然已经放弃和相子争夺女主人的权力，但还在尽力守护自己作为母亲的底线。这时，没有子女的千鹤表情突然变得冷淡起来，说：

"随你便吧，重要的是孩子是你身上掉下来的肉，高须怎么样，我不会说三道四。不过，后天要举行父亲十七周年忌的法事，所有事情高须都不许染指，这一点宁子你一定要搞清楚！"

千鹤以万俵敬介独生女的身份傲慢地说道。万俵敬介十七周年忌的法事将在万俵老家姬路的名寺"龟山御坊"举行。千鹤接着说：

"当然，这件事情我会和哥哥大介说，让他注意把握好分寸。还有，法事当天的祈福费呀以及招待来宾等事情你也处理不了，就由我这个当女儿的来做好了，你只要管好你自己就行了。你准备穿哪件孝服？"

千鹤喝了口用人端上来的红茶，俨然以"大管家"的口吻问道。

"为了参加公公的十七周年忌法事，秋天的时候，我在京都的'襟善'定做了和服。"

"是吗？什么颜色的？"

"花纹是松皮状菱形，颜色是公卿常用的紫色。"

宁子白皙的脸庞微微倾斜着答道。即便是一件简单的孝服，宁子都要表现出自己公卿的身份，这让千鹤觉得很不舒服。正巧这时女佣来查看壁炉的情况，千鹤乘机说：

"哎呀，快五点了，我走了。打扰了。"

千鹤说完该说的，问完该问的，急急忙忙地站起来走了。宁子追到玄关门廊处送行的时候，车子已经发动了。

宁子叹了口气，回到客厅，再也没心思继续绣花了，看着炉火发了会儿呆，想到要准备后天的孝服，就让女佣把服装间的钥匙拿了过来。西班牙风格的西洋馆和茶室风格的日本馆中间有个通道。宁子穿过通道来到服装间。日本馆的一半已经被改造成了银平的新房，只有客厅、佛堂、茶室、澡堂还保留着原样，而服装间就在通道过后的第一间。

宁子打开锁，推开木推拉门，走了进去。灰暗的房间里放满了衣柜，上面盖着印有家徽的油纸，樟脑丸的味道微微有些刺鼻。屋里阴冷冷的，宁子缩了缩肩，走到印有嵯峨家上藤丸状家徽的油纸盖着的衣柜前。其中三个桐木衣柜里放着宁子出嫁时，在东京绸缎庄特制的婚礼礼服以及会客和服、散步和服等，旁边的两个衣柜里放着婚后定做的衣服。宁子本想过来查看后天法事上的孝服，但进来之后，宁子好像完全忘记了自己的目的，呆呆地站在当年出嫁时带来的衣柜前，过了一会儿慢慢地揭开了油纸，打开了连金属把手上都刻有家徽的衣柜抽屉。在宁子很小的时候,嵯峨家就失去了往日的辉煌,唯一的财产就是公卿华族的血统。他们通过将女儿嫁给资本家来勉强维持华族生活。所以,宁子定做这些衣服的钱,一大半都来源于万俵家那笔庞大的彩礼。打开衣柜的一刹那,宁子还是不由得回忆起悠闲的少女时代的生活。那时候,宁子称呼爸爸为"家父",称呼妈妈为"家母"。想到过去的时光,宁子心里暖暖的。

宁子打开一层层包装纸,拿出里面包裹着的和服,将华丽的会客和服、时尚的散步和服等一件件搭在肩头。此时的宁子忘记了刚刚和千鹤聊天时的悲哀与痛苦,如同沉迷于给娃娃换衣服游戏的小女孩,浑身上下散发着纯净的童真之美。宁子好像不知道如何折叠似的,拿出一件,随意搭在肩上,拖在地上,然后又拿出一件。奢华的友禅绸和服、匹田绞缬染和服,如花般落在宁子周围。宁子像着了魔一样,双眼熠熠放光,不知道拿出来多少件。终于,宁子穿上了其中一件。这是一件绸缎会客和服,上面的白底红梅花纹图案是京都某著名染色专家的杰作,怒放的梅花仿佛让周围花香四溢。这是宁子最喜欢的和服。宁子将袖子展开,呆呆地看着,突然小声叫了起来——右侧身八口处裂开了一道大大的口子。宁子顿时脸色发青,双手颤抖着将和服脱了下来,使劲往柜子里塞。这道触目惊心的裂口让宁子回忆起四十年前恐惧的一幕。

那天是宁子嫁到万俵家后的第一个女儿节[①]。公婆居住的日本馆大客厅里摆放了许多玩偶,宁子受到邀请去过女儿节。想到女儿节是全家团圆的日子,宁子穿上了自己最喜欢的红梅和服。可是过去一看,大客厅里只有公公敬介一个人,其他的人都不在。宁子非常惊讶,再一看,祭坛上放着的玩偶和自己娘家代代相传的京都玩偶极

[①] 女儿节:三月三日是日本的女儿节,又称人偶节。每逢此时,有女孩的家庭就会摆出做工精湛、造型华美的宫装人偶来,以此祝福女儿健康成长并获得幸福。

其相似。询问之后宁子得知,这些玩偶都是公公专门为自己定做的。敬介还说,就是要让宁子第一个看到这些玩偶。说着,敬介亲自为宁子倒了一杯白酒。宁子喝完,脸颊绯红。这时,敬介靠近宁子,在宁子的耳边悄声说了句"你比皇宫玩偶还要美",强壮有力的大手就从宁子和服腋下的身八口处伸了进去。突然发生的一切让宁子吓得忘记了反抗。敬介嘴上说着"公卿家的女人皮肤像雪一样白",手上的动作更加粗暴了起来。宁子差点喊出声来,使尽浑身力气想要挣脱。就在这时,一声刺耳的衣服撕裂声吓得敬介收回了手。宁子疯一般地跑回自己住的西洋馆。丈夫大介站在起居室门口,用一种奇怪的冷漠眼神看着宁子。女儿节过后不到一个月,又发生了一件更加怪异的事情。宁子的眼中浮现出热气腾腾的日本馆大浴室……宁子双手捂住脸,拼命想要摆脱那令人窒息的回忆。

万俵敬介十七周年忌的法事在万俵家的菩提寺[①]——姬路名寺"龟山御坊"的正殿举行。初冬,寒气逼人,法事现场隆重而又庄严。

殿内正面的须弥坛前摆放着亡人的遗像,身穿绯红色七条衣的方丈是法事的引导僧,身穿五条衣的十四名僧人排列在内殿两侧,和着方丈的诵经声一起诵经祈福。朗朗的诵经声回荡在每一个角落,须弥坛的灯光照亮了整个正殿。

众僧在引导僧的带领下开始诵经后,法事负责人向亲属们说:

"请从丧主开始依次上香。"

身穿黑色条纹和服裙裤的万俵大介首先站了起来,一步步慢慢走到祭坛旁,抬头看着先父的遗像。照片中的万俵敬介,上半身略向后仰,鼻直口宽,精干的眼神似乎在睥睨众人。这是大介当年被训斥

[①] 菩提寺:某家的菩提寺即该家族代代皈依的寺庙。

时最害怕见到的表情,即便是现在也仍然心存敬畏。大介恭恭敬敬地上完香之后回到了自己的位置上。接下来轮到宁子上香。

身着公卿紫丧服、戴着白珊瑚念珠的宁子静静走向祭坛,由内而外散发着公卿华族的高贵气质。在烟雾与灯光交织的正殿中,宁子摇曳的紫色身影十分引人注目。宁子对着敬介的遗像深鞠一躬,脸色苍白,似乎难掩心中的恐惧。大介目光如利剑般盯着宁子。

接下来是铁平。看到铁平走到祭坛前,众人的目光不禁齐刷刷地聚集在铁平身上。铁平身穿黑羽礼服、裙裤,站在万俵敬介的遗像前。尽管胡子和头发颜色不同,但仍让人有种万俵敬介从照片中走下来的幻觉——铁平宽大的肩膀、挺直的鼻梁、精干的眼神,无一不酷似敬介。铁平抬头看了眼遗像,上完香之后就回到了座位上,不知道是否注意到了周围人的目光。接下来是铁平的妻子、银平夫妇、二子等轮流上香,但大介看都没看他们一眼。

诵经声越来越高,上香的速度也越来越快。大介作为丧主,一直正襟危坐着面对祭坛,锐利的眼神一直盯着父亲的遗像。

想起父亲,大介没有怀念,有的只是沉重的压迫感和苦涩感。作为播州地主万俵家第十三代传人,父亲抓住第一次世界大战的机会,兴建了万俵船舶和万俵铁工,后又用这两家企业挣得的第一桶金创建了万俵银行,并进而吞并了数家农村银行,为今天的阪神银行打下了坚实基础。所有人都认为,正是万俵敬介将万俵家从一个地方的小地主发展成为阪神一带的大财阀。但敬介的这份功劳,对于大介来说,却是一份沉重的负担。父亲以银行为重点,不断拓展钢铁、房地产、仓储等产业的规模。在大介眼中,父亲万俵敬介更像是一个事业狂、一个野心勃勃的企业家、一个怪物。大介是敬介唯一的儿子,敬介要求大介对自己绝对服从。敬介完全按照自己的想法来培养大介。但是,大介的性格中恰恰缺少了父亲的粗犷。与地主出身的父亲相比,大介更像母亲。母亲的娘家在近江,家境优越,世代为学者。在企业经营方面,父亲喜欢不断推陈出新,有时甚至敢于孤注一掷,而大介则完全不同。大介一般先进行周密严谨的计划,如果没有十足的把握,绝不会出手。大介的这种经营思想决定了他很少失败,但在性格豪爽的敬介眼中,没有失败就没有成功。因此,敬介十分瞧不起儿子大介,从不表扬大介。但敬介面对孙子铁平的时候表现得非常宽容。作为万俵家的长孙,铁平上大学之前说,对银行业没兴趣,喜欢钢铁业,想上工学部。爷爷敬介首先对铁平的想法表示支持,说:"铁平从长相到性格都和我一模一样,将来做企业家,肯定器量也不输于我。"敬介常常把儿子大介甩在一边,支持孙子铁平和儿媳妇宁子。如果说这些都是出于敬介对长孙的溺爱也就罢了,但大介总觉得事情好像并不那么简单。敬介临终时,呼吸都很困难了,还不忘叮嘱大介"要让铁平做继承人",说完就咽了气。十六年来,这一幕一直深深地刻在大介的脑海里。铁平是自己的长子,本就是万俵家的继承人,为什么父亲临终时还念念不忘地叮嘱一下呢?敬介这种违背常理的做法让大介疑窦丛生。

　　木鱼声暂时停了下来。大介看到亲友和万俵财团代表大都已经烧完香,只剩下为数不多的几个人在排队烧香,接下来该轮到当地自愿来凭吊的人了。虽然万俵家在姬路城只剩下祖上传下来的老宅子和墓地,但毕竟是播州第一地主,来参加法事的当地人很多。大介对来宾们一一点头致意。这时有个人走到大介面前,停了下来,深鞠一躬。大介一看,原来是大藏省银行局原金融检察官田中松夫。田中松夫从银行局偷拿了排名居中的四家城市银行的绝密资料,交给了阪神银行。作为还礼,万俵大介让田中松夫到阪神银行旗下的白鹭信用金库当理事。田中松夫的出现让万俵大介一下子回到了严酷的现实中。看着弓着背、长着一副穷酸相的田中,万俵决定抓紧时间为阪神银行寻找新的合并对象。

法事结束后,万俵全家和亲属一起在寺内的白书院共进斋饭。

宽敞的书院里,斋饭桌按 U 字形摆放,丧主万俵大介和长子铁平在末位就座。丧主大介首先致辞道:

"今天承蒙各位在百忙之中出席先父万俵敬介十七周年忌法事,托各位的福,法事顺利完成,在此请允许我代表先父,对各位表示衷心的感谢。粗茶淡饭,不成敬意。"

大介致辞之后,敬介的弟弟——白发苍苍的万俵喜三郎代表亲属讲话。

"法事圆满完成,寺院还精心准备了斋饭,请允许我再次为故人祈福!"

万俵喜三郎郑重地表达了谢意。

繁杂的礼仪结束之后,众人举起杯中素酒。觥筹交错间,气氛热烈了起来。坐在正面佛龛前的大川一郎说:

"万俵家不愧是播州第一家,人死了十六年,按理说一切都淡了,但万俵家的法事比那些三流政治家的要强多了。"

大川一郎又对斜对面的美马说:

"美马,听说主计局十二月最忙了,你能来真不容易啊。"

"今天是万俵家先人的大法事,再忙也得来啊,回去后再多熬几个通宵呗。"

美马故意大声说道,好让周围的人都能听见。大川听了,露出不屑的表情。一旁的一子也转过头去,对丈夫这种高高在上的态度十分不满。

"伯伯,我给您倒一杯。"

二子拿着酒壶来到大川面前。可能是穿着藤色和服的缘故,二子今天看起来比平时更有女人味。

"哎呀,是二子啊,今天比平时还要漂亮啊。听说给你提亲的都踩破门槛了,你一个都看不上,让你爸爸很头疼。你这么漂亮的姑娘,不早点嫁出去的话就可惜了。我告诉你,女人老得很快的,到时候就没人要了。"

说着,大川高兴地喝完了杯中酒。

"伯伯您也这么说?可惜我还没那个心思呢。"

看到二子不以为然的样子,阪神特殊钢公司的社长石川正治插嘴道:

"银平结婚了,下面就该轮到二子你了,姑父帮你找个好人家吧?"

看到丈夫认真的样子,千鹤接过话来说:

"你算了吧。听说二子的婚事,美马已经有了人选,相子正为此奔忙呢。"

千鹤话里有话地把美马讽刺了一番。懦弱的石川正治慌忙转换话题道:

"说到相子,怎么今天没见?"

"相子没必要参加今天的法事吧!何况爸爸还讨厌她。"

听到千鹤这么说,大家都不说话了。大介面不改色地说道:

"不管怎样,二子的婚事必须得到万俵全家和亲友们的一致认可,否则只会给她本人带来不幸。借此机会,我也顺便拜托各位。"

大介已经成功地将政治家大川一郎、官员美马中、财界人士安田太左卫门纳入万俵家的裙带势力当中。现在大介想借二子的婚事,让万俵家的裙带之树更加枝繁叶茂,为万俵财团带来更大的利益。当然,这种野心只能藏在心里,表面上的大介如慈父般关心着女儿的终身大事。

斋饭结束后,来宾们纷纷乘车回去,宽敞的院子一下子变得静寂无声,盛大的法事仿佛梦一般。

万俵铁平和老丈人大川一郎一起,信步向山门处停车场走去。大川一郎傍晚要在关西俱乐部和关西后援会的主要成员见面会谈。离会谈开始还有一段时间,大川正好和铁平在寺庙里人少的地方边走边聊。

"岳父,咱俩在这么冷清的地方聊了这么长时间,您冷不冷?"

铁平边大步往前走边问。大川一郎神采奕奕地笑着答道:

"不冷,好久没和你聊天了,真开心。咱们都这么忙,要没有这么个机会的话,还没时间聊天呢。"

"您别勉强自己的身体。刚才吃饭的时候。我听岳母说,前段时间您因为头昏得厉害,半夜还叫医生了。"

铁平担心地看着岳父。

"女人话真多,没什么大事儿。今年春天我受苏联对外贸易部的邀请,去苏联商谈贸易协定那件事,现在终于要定下来了。这段时间比较忙,再加上这个又舍不得不干,所以身体有些疲劳。"

大川竖起小指头,暗示搞女人比较累,脸上露出一丝淫笑。想到岳母刚才说的话,铁平总觉得大川的脸有些浮肿,眼神少了些光彩。

"岳母当然要操心岳父您的身体了。而且松见医生以前不是也说过嘛,您有高血压和动脉硬化,还是小心为好。身体是革命的本钱嘛。"

铁平知道,岳父大川公然在外面养着情人,一个月里有半个月不回家,所以铁平故意把问题说得严重些。大川苦笑着,仰头望着眼前山门上漂亮的屋顶瓦,停住脚步说:

"你有时间担心别人,还不如多操心一下高炉工程。据说通产省对下一年度钢铁行业的市场预期比当初估计的要差些。"

大川以前当过通产大臣,现在在通产省还有不少心腹。趁着这个机会,大川将内部消息透露给了铁平。

"我也想早一天建完高炉啊。现在炉体刚完工,像这座山门一样高耸直立。"

铁平也停下脚步,仰头看着山门说道。

"怎么样?估计能比计划早完成吗?"

"从资金整合等各方面来看,第一次做这么大的工程,有很多预想不到的事情,眼下看来能够按计划完成就已经很不容易了。"

"资金找你老爸不就行了?"

大川边说边继续往前走。

"但是,阪神银行一开始就咬定,高炉工程资金的贷款比例为30%,以后不管发生什么情况都绝不追加。"

"你老爸对自己儿子都这么严格,从某种意义上来说倒是很了不起。但我觉得这种做法有些太没人情味了,父子俩不至于这样吧?"

大川似乎有些看不惯万俵大介的做法,边上车边问道:

"高炉点火仪式什么时候举行?"

"明年六月份,到时候您一定要来啊。"

"当然。我当通产大臣的时候,曾经被邀请去参加帝国制铁的高炉点火仪式。他们社长带着大家一起点火的那一瞬间着实让人感动。我虽然不喜欢帝国制铁紧贴在通产省官僚屁股后面的那股子劲儿,但那个时候我还是由衷地为他们鼓了掌。所以,你们公司的高炉点火仪式,我无论如何也要参加。"

大川对阪神特殊钢公司半年后的点火仪式充满期待。临上车时,大川又叮嘱铁平道:

"加油!有困难随时告诉我。"

"谢谢。岳父您保重身体。"

铁平站在山门处,目送着大川乘坐的车子消失在视野中。

滩滨的阪神特殊钢公司的所有员工，连日来都在加班加点地工作，全体工人干劲十足。特别是炼钢车间的工人们，一直在不分昼夜地连续作业。所有人正处于年底最忙碌的时候。

万俵铁平一大早就忙着开会、待客，实在抽不出时间去工地。中午过后，铁平抽了个空，换上工作服，戴上安全帽，坐上吉普车，直奔第一炼钢车间。

炼钢车间如火车终点站般宽敞亮堂。车间中央是一台正在作业的高约四米、直径约七米的六十吨大电炉。另外两台分别为三十吨和十五吨的电炉，也都开足马力在作业。一般情况下，十五吨电炉只在加工特别订购的高级特殊钢时才会启用。十月初铁平去美国，和老客户——位于芝加哥的美国轴承公司签订了每年增加20%特殊钢供应量的长期合同。为此，公司里所有的电炉全部开动作业，全厂上下大干快上，一片忙碌。电炉熔钢、出钢的次数比以前明显增加。每到出钢的时候，起重机不断左右移动，转动盛钢桶，发出阵阵轰鸣。在各个出铁场上，工人们不断地把钢水从盛钢桶里浇铸到铸模里，红澄澄的强光与火花照亮了整个车间。

"六十吨电炉出钢！起重机启动！"

下面传来炼钢部部长金田洪亮的嗓音，同时，班长吹响了哨子。起重机发出巨大的轰鸣声，将盛钢桶移到六十吨电炉旁，滚烫的钢水闪着灼热的白光流了出来，周围的工人们顶着热浪，脸色通红地开始浇铸作业。

"喂，金田！"

铁平大声叫着。从下面吹上来的热风把铁平的脸也熏得通红。

"啊，专务，您来了！"

金田和一之濑四四彦向铁平点了点头。

"那个一百吨起重机,"

铁平刚开始说话,起重机又动了起来。轰鸣声将铁平的说话声完全吞没了。铁平只好大踏步走到两人身旁说:

"好像有点倾斜啊,轮子是不是有点单侧磨损啊?"

"您说得很对。我也觉得该换了,但是美国轴承公司到明年二月份的订单量还得四五天才能完成,我们正说让它挺过这几天呢。"

金田擦着满头的大汗答道。一之濑四四彦的脸也被烟熏得黑乎乎的。一之濑说:

"今天早上我上去看了看,轮胶损耗还没到十五厘米,四五天应该没问题。"

"如果没到十五厘米的话,应该还可以,但这两天损耗比较大,为了预防万一,还是让专家来看看比较好。一旦脱轨的话,那可是人命关天的大事。"

铁平叮嘱完后,离开了炼钢车间,命令守候在外面的司机开车去码头边的高炉工地。吉普车沿着厂内大道笔直地向码头开去。广阔的滩滨内海扑面而来,烟雾中隐约可见蓝蓝的天空。铁平深吸了一口海风。岸边的仓库里堆放着十二月份出口到美国的货物,其中包括运往美国轴承公司的那部分钢材。所有的货物都已经摆放整齐,等待着五天后入港的船只。铁平检查完之后,直奔高炉工地。

高炉工程已经进入第七个月。铁平来到工地附近一看:运送原料的翻斗车在凹凸不平的道路上来回穿梭,扬起滚滚尘土;焦急的车喇叭声、工人们的怒吼声和工地上的其他声音混杂在一起,整个工地就像战场般紧张刺激。对面是高耸的高炉,炉体外侧的铁皮已包好。三台热风炉和烟囱、铸造车间、转炉车间等的钢筋轮廓已清晰可见。看着这热火朝天的场景,铁平深感当初不顾阪神银行和通产省的反对,坚持建造高炉的决定是完全正确的。

铁平来到高炉旁边，工人们正将重约十千克的耐火砖一块块放到与高炉风口相连的传送带上，耐火砖将通过传送带被送进炉内。

"辛苦了。"

铁平问候完外面作业的工人，踩着踏板，通过离地面三米左右的高炉出风口进入炉内。炉顶是封闭的，探照灯和灯泡照亮了整个炉内，但上层比较暗，刚进去的时候有种身处巨筒内的强烈的压迫感。铁平站在高约六十米、直径约七米的炉底的正中间。近七十名瓦工正在用镘刀往一块块耐火砖上抹黏合剂，然后一层层地仔细叠放起来。铁皮内侧是厚约一米的耐火砖内壁。为了不打扰工人们工作，铁平边走边看内壁的情况。突然，铁平发现，那块刻有"雄翔"两个字的基石就埋在脚下一米左右的地方，砖上的两个字遒劲有力，气势宏伟，如同鸟儿在空中展翅高飞。

"专务，您又来了。"

瓦工头抬起头来和铁平打招呼。

"工作顺利吗？"

"当然，这次您对黏合剂的厚度没有意见了吧？"

工头说话一向直来直去。耐火砖砌得好不好，关键在于黏合剂的厚度。如果黏合剂比规定尺寸厚的话，耐火性就会相对比较弱，有可能引发高炉作业事故。铁平三天前来视察的时候，发现部分耐火砖存在黏合剂厚度不合格的情况，当场就让工人全部返工。

"可以了，就这样做。"

"明白。我知道高炉就是专务您的生命，我保证以前的错误绝对不会再犯。"

工头拍着胸脯自信满满地保证道。前些天，工头有些瞧不起年轻的铁平，两人发生了一些不愉快。不过所谓"不打不成交"，当初的不愉快反而帮助工头了解了铁平。现在工头就像变了个人一样，非常配合铁平的工作。

"万俵专务在这儿吗?"

出风口处有人大声喊道。

"在。什么事?"

铁平大声回答道。这时一个工人进来说:

"刚才川畑常务给工地办公室打电话了,说让您赶紧回办公大楼。"

川畑常务派人专门到工地来叫自己,肯定是有急事。铁平从炉底上到出风口,坐上吉普车回到办公大楼。川畑常务已经在二楼的专务室等着铁平,看上去有些惊慌失措。

"专务,刚才美国轴承公司来电报了。"

说着,川畑将英文电报递给了铁平。

RE OUR ORDER NO.TY501, PLEASE POSTPONE DECEMBER SHIPMENT(十二月份的货物请暂缓装船)UNTIL OUR FINAL INSTRUCTIONS.

"什么?让我们暂缓装船?"

铁平飞快地看了一眼电报,脸色大变,焦急地问川畑常务:

"到底是怎么回事?说让我们等通知,可是船五天后就要进滩滨了!"

"我也觉得事情来得有点太突然。"

"问题是,不应该没理由地突然来这么一通电报,毫无征兆啊!"

"我认为,美国轴承公司的产品不会销量骤减,美国钢铁市场的销量也不会骤减,更没听说欧洲的钢材在美国市场低价倾销。专务您两个月前去过美国,还和他们签订了增加订量的长期订购合同,您知不知道这中间出了什么问题吗?"

川畑首先表示这件事和自己没有关系。

"问题是,我去美国轴承公司的时候,他们丝毫没有表现出什么担心啊!商社那边有消息没有?"

"除了咱们的交易商社,我又打听了一两家商社,他们全都不知道。"

"那就赶紧和芝加哥联系一下,问问情况。"

铁平说完就给在芝加哥留守的特派员家打了个国际长途。因为时差关系,美国此时正是半夜,但铁平已经顾不上这些了。过了一会儿,电话接通了。

"喂喂,阿南吗?我是万俵。刚才美国轴承公司来电报说,让我们十二月份的货暂缓装船,这到底是怎么回事啊?"

铁平着急地问道。半夜被电话吵醒,阿南有些懵懵懂懂地说:

"我也是昨晚才听说的,我当时也很惊讶,问了他们的负责人,但没说清楚。因为时间关系,我准备早上再好好调查调查。"

"什么没说清楚?现在不是说这种不负责任的话的时候!五天后船就要进我们公司的码头了!暂缓装船,是产品种类要变化,还是出口量要变化?"

"好像不是这个意思。"

"那要让我们等多少天?"

"说是等等,但他们也没明确说等多长时间。"

特派员也不知道如何是好。

"有这么混账的事吗?!不管怎样,你想办法跟他们交涉,告诉他们,我们没办法答应他们,我们就按原计划出货!你那边有了消息,立刻和我们联系!"

铁平语气强硬地命令道。放下电话,铁平不禁有些担心。为什么平日里表现优秀的特派员,今天说起话来如此不知所云呢?

"专务,事情好像有些奇怪。"

在一旁听着电话的川畑越发不安起来。

"嗯,咱们现在只能等对方联系我们了,说不定还得去趟美国。"

"我做好准备。"

"不,到时候我亲自去。但在事态明朗之前,先不要告诉石川社长和财务主管钱高常务。"

"但是,事态这么严重,还是……"

川畑有些犹豫。铁平说:

"你照我的话去做,责任我来负。"

铁平说得很干脆,内心却有些不安。

第二天,铁平忙着准备去美国。昨天一天,铁平和芝加哥的特派员通了无数次电话,无数次询问美国轴承公司的想法,但一直没有什么进展。一天的时间眼看着就荒废了。事已至此,铁平只能亲自去芝加哥,直接和美国轴承公司面对面交涉了。

手表上的日历显示今天是十二月十六日,指针指向下午三点三十二分。铁平准备乘坐晚上六点半从大阪伊丹机场起飞的日航航班到东京,之后在羽田机场转乘晚八点三十起飞的美国西北航空公司的航班。铁平持有多次往返美国的护照,对于铁平来说,去美国出差和去东京并没有什么区别。铁平迅速把各种文件塞进包里。倒是早苗有些慌张,急急忙忙地帮铁平把衣服和日用品放到行李箱里。

"昨天收到电报,今天就出发,也太急了吧?五件白衬衣够了吗?"

"嗯,够了,电动剃须刀别忘了。"

"不会忘的,你的胡子啊,一天得剃两回。其他还有什么忘的没有?"

正说着,电话响了起来。是秘书课来的电话。

"专务吗?美国方面刚刚回电说,已经安排好您和他们的采购部部长见面的时间了。"

"是吗?这就好。"

说着,铁平放下电话,点上烟,吸了一大口。早苗一直在找机会和铁平说什么,此时终于趁着这个间歇开口说道:

"老公,刚才我妈妈来电话说,爸爸身体不太好,他还特别担心你,你能不能抽点时间去看看他?"

"可能不行啊,我想去也没时间。我会在机场给岳父打电话的。"

说着,铁平想起了前天的法事。在祖父法事的整个过程中,铁平几乎和父亲没有什么交流,倒是和岳父大川一郎谈了很长时间。听到岳父身体不好还在为自己操心,铁平觉得,比起父亲大介来,岳父大川更能让他感受到父亲的温情。

"老公,你在想什么?准备完了,你要不要去和公公打声招呼?"

早苗盖上衣物箱盖子问道。铁平摁灭烟头说:

"去趟美国没必要打招呼吧!回头你就和他们说,本来定好一个月后去的,临时提前了。"

电话又响了起来。早苗拿起话筒。

"姑父,您好。……嗯,比较急,已经准备好了。……好的,我这就让他接。"

是阪神特殊钢公司社长石川正治来的电话。铁平拿起话筒。

"铁平,我听说昨天美国方面来电报说让我们暂缓装船,现在怎么样了?我也不知道具体情况,光是担心,血压都高了。铁平,你觉得到底是怎么回事?"

对于铁平向自己隐瞒此事,石川明显有些不满。有名无实的社长身份使得石川做起事来小心翼翼的同时又牢骚满腹。

"您不用担心。我觉得可能中间出了一些小差错。……不,我不是为了昨天的电报特地去美国的。我原来就定好一个月后去洛杉矶的凯撒钢铁公司考察高炉操作的相关事宜,现在正好利用这个机会提前去。"

铁平故意轻描淡写地说道。

"哦,你还要去洛杉矶的凯撒钢铁公司啊。那你多加小心。"

石川正治好像终于放下心来,挂了电话。铁平之所以没有告诉姑父实情,是怕这件事传到父亲大介的耳朵里。

铁平看了看窗外。夕阳中,白塔白壁的西班牙式房屋的轮廓显得格外美丽。等到夜幕降临、万家灯火的时候,白天道貌岸然的行长万俵大介,就会开始妻妾同床的荒淫的夜生活。父亲游刃有余地穿梭在公与私、昼与夜的世界中,铁平总觉得身体里流动着与父亲完全不同的血液。处事不惊、深藏不露、喜怒不形于色,或许这是银行家必备的素质吧。铁平有种预感:自己是个视钢铁如生命的"钢铁人",而父亲是个冷静理性的银行家,父子之间正面交锋的那一天迟早会来临。铁平暗下决心:无论发生什么事情都决不能输给父亲。而要想赢得这场父子大战,首先就要妥善处理好此次美国轴承公司的单方面通告事件。

当万俵铁平的车到达伊丹机场的时候,川畑常务和一之濑厂长、一之濑四四彦以及秘书都已经在机场等候铁平。

"专务,我们去给您办理登机手续、托运行李。"

秘书和年轻的一之濑四四彦利索地拿上行李和机票,准备去柜台办理手续。

"四四彦,你也来了。"

铁平疲惫的脸上浮现出一丝笑容。

"是的,今天原本是专务您主持研讨会的,正好空了有时间。"

四四彦手上拿着装有铁平多次往返的护照和机票等物品的文件袋,故作轻松地回答道,眼神中却透露出一些紧张,估计四四彦已经从一之濑厂长那儿听说了电报的事。

"对了,今天还有研讨会呢。"

所谓研讨会,指的是公司内冶金方面的技术人员每周一次聚集在一起,研究探讨技术问题的会议。

"专务,您和美国轴承公司采购部部长见面的事情安排好了吧?"

一旁的川畑常务插话道。川畑觉得现在根本不是说什么研讨会的时候。

"他们已经回电了,应该没有问题。"

"既然他们答应和您见面,是不是意味着情况比较乐观呢?"

"这个嘛,美国人都是生意人,答应见面并不意味着未来就比较乐观。不管怎样,四天后货船就要进港了,无论如何,我都要说服他们按照原来的计划收货。这是我这次交涉的关键。"

铁平的语气非常坚决。

"那就拜托您了。两个月前您刚和他们签订了长期合同,这次您又亲自过去和他们交涉,他们也不会太不顾及咱们这边的情况吧?"

川畑常务回头看着一旁的一之濑厂长说道。川畑说这番话的,很明显是想摆脱自己作为营业主管的责任。而一之濑厂长以少见的严厉表情对川畑说:

"咱们现在应该考虑的是,万一出口到美国轴承公司的货物需要推迟几天或一周装船又该怎么办?现在又是年底,如果到时候能够按照美国方面的要求按时装船也行,问题是咱们到底能不能做到?"

一之濑厂长的意思是,在铁平去美国交涉期间,阪神特殊钢公司应该准备好应对措施以防万一。

"当然。这一点我会和商社方面联系好,做到万无一失。但是,如果只是延迟几天的话还行,要是推迟一周乃至十天的话,资金周转就会有些棘手,财务部那边肯定会有些问题。"

"川畑,这个你不用担心。我已经说过很多遍了,在我交涉好之前,对钱高常务保密,你们一定要慎重行事。"

铁平再次吩咐道。办完乘机手续回来的一之濑四四彦和秘书的表情都有些沉重。大家心里都清楚,钱高常务是在万俵行长的授意下,从阪神银行来到阪神特殊钢公司担任财务主管的。钱高对阪神特殊钢公司的财务情况盯得很紧,并且事无巨细地向阪神银行汇报,公司的职员们也都提防着他。

机场广播通知,十八点三十分飞往东京的日航航班开始登机了。

"专务,时间到了。"

跟随铁平飞往羽田的秘书正提醒铁平登机时间到了的时候,突然听到有人叫:

"哥哥!"

铁平回头一看,身穿山羊皮外套的二子正飞快地跑过来。

"二子,你怎么来了?"

铁平惊讶地问道。

"嫂子说你忘了东西,让我赶紧开车送过来。你看,感冒药、抗生素,还有维生素。"

二子上气不接下气地说着,将药袋递给哥哥。

"哎呀,谢谢,我彻底忘了。"

"哥哥,芝加哥下小雪了,气温也很低。嫂子让你千万别感冒了。只要有健康和自信,就什么也难不倒你,千万别难为自己。"

二子担心地看着高大魁梧的哥哥说。

"嗯,我知道。"

铁平对二子笑了笑,刚要走的时候,突然又转过身来说:

"我走了。对了,四四彦,我和美国轴承公司交涉完之后,就去洛杉矶的凯撒钢铁公司,到时候你最好也过来。你赶紧先把手续准备好。"

高炉建成之后,四四彦将负责高炉操作方面的技术问题,铁平想借此机会让四四彦去凯撒钢铁公司学习学习。

"工厂方面的事情,一之濑厂长你多操心,拜托了。"

铁平对一之濑说。一之濑厂长说:

"高炉工地和厂里的事情我会注意的,您就放心吧。"

一之濑厂长想让铁平放心地去美国。

看到铁平手拿外套潇洒地走出登机口、坐上摆渡车之后,众人走向连廊处送别。太阳已经落山,薄暮中机场处处灯光闪烁。

"一之濑,好久不见。"

川畑常务和一之濑厂长并肩走在前面,二子从后面追上了四四彦。

"我好像还是两个月前,专务从美国回来的时候,在机场见过你呢。"

四四彦还在想着铁平刚才说的话,一时不知道该如何和二子打招呼。

"是啊。是不是以后我想见你的时候就到伊丹机场来啊?"

外面的空气很冷,二子把衣领竖了起来,话语中透露出对四四彦的思念。四四彦靠着连廊处的扶手,浓眉紧缩,凝视着远处大步走向舷梯的铁平。二子已经从嫂子早苗处听说了哥哥此次紧急去美国的大体原因,因此对于四四彦的担忧感同身受,也走到扶手旁,抬头望着舷梯上的哥哥,大声喊着:

"哥哥,保重!"

铁平回头朝着众人的方向挥了挥手。

不一会儿舷梯撤走,飞机开始缓慢地在闪烁着蓝色和橙色引导灯的跑道上滑行,不一会儿就飞离跑道,消失在茫茫夜色中。四四彦和二子靠在扶手处,目送着飞机离开,直到机身上的红色警示灯完全消失在视野中。这时两人才发现,川畑常务和一之濑厂长不知什么时候早已经离去。

"哥哥刚才说,四四彦你近期也要去美国,大概什么时候去?"

寒冷让二子情不自禁地靠近四四彦身边。四四彦站在二子的斜对面,用自己的身体为二子挡住寒风,说:

"如果专务在那边谈判顺利的话,大概一周之后吧,具体日期还不清楚。"

"是嘛。公司的事情我问多了也不好,可不知为什么,这次我有些担心哥哥,谈判会顺利吗?"

"这个,专务亲自去应该没问题吧!关键是,专务还要操心高炉的建造情况以及建成后的技术开发问题等,在现在这样的关键时期,专务还要亲自出马处理营销方面的问题,实在是挺不容易的。我由衷地希望专务这次和美国轴承公司的谈判能够成功。这样专务回来以后,就能专心建造高炉了。"

四四彦尽量压抑着内心的激动说道。

"二子,你还挺关心你哥哥的啊!"

看到二子和自己有着同样的心情,四四彦的脸上浮现出了笑容。这是四四彦第一次对二子露出亲切的笑容。四四彦和二子虽然是同学,但是二子既是阪神银行行长家的千金,又是公司专务的妹妹,四四彦一直和二子保持着不远不近的距离。可是现在,四四彦的心理开始发生了一些微妙的变化。二子敏锐地感觉到了四四彦内心的变化,将目光转向机场各色各样的璀璨的灯光。

从羽田机场出发八个半小时之后,美国西北航空公司的航班到达西雅图,之后继续飞向芝加哥。

铁平看着窗外,西海岸乔治亚湾内的绿色小岛清晰可见。不一会儿,飞机再次冲上云霄。禁烟提示灯灭了之后,万俵铁平点燃了一支烟。到芝加哥还要五个小时。铁平深吸了一口烟,回想起两个月前和美国轴承公司签订增加 20% 供货合同一事。当时,在美国轴承公司采购部部长弗兰克·罗杰斯的办公室里,铁平和罗杰斯谈起了建造高炉的事情。铁平告诉罗杰斯部长,如果引进阿塞尔轧管机,那么阪神特殊钢公司的轧管功效将比美国公司高 50%,换句话说,美国的特殊钢公司一个小时生产十吨的话,阪神特殊钢公司一个小时能生产十五吨,而且通过使用真空脱气法,可以剔除产品中更多的杂质,生产出品质更纯的产品,更重要的是产品依然维持原价。罗杰斯听后激动地说"这可真是一个好消息",当场就续签了即将到期的购买合同,而且增加了 20% 的购买量。可是为什么仅仅两个月之后,美国方面就提出要阪神特殊钢公司暂缓装船呢?从羽田机场出发以来的十多个小时里,铁平一直在考虑这件事,却百思不得其解。铁平真的有些累了。

忽然,铁平觉得过道对面有人在看着自己。

"哎呀,万俵,果然是您,万俵铁平!"

一位剪着短发、眼角上挑、个性十足的女性看着铁平笑了起来。铁平一时没想起来这个女人是谁。

"好久不见了,我是小森章子。"

"啊,是你啊!你变化好大啊,我都没认出来。"

小森章子曾经是银平的女朋友。铁平记忆中的小森章子,短发、秀丽,神情中有种女画家独有的清冷。短短两年没见,眼前的小森章子,眼睛和嘴唇处的妆容都很有特色,浑身上下散发着独特的个性。

"你不是在巴黎吗?请坐。"

铁平有些意外,请小森坐到旁边的空位上来。

"嗯,到去年为止我一直在巴黎,现在我在纽约。我在西雅图的画廊办画展,刚刚从西雅图登机。"

"我到芝加哥出差,昨夜从日本出来的。"

"是吗?真巧啊。大家都还好吗?"

说是大家,小森主要是想知道银平的情况。

"还好,银平今年六月份也结婚了。"

刚一说完,铁平就发现小森章子的脸上掠过一丝痛苦的神情。章子假装拨弄了一下前额的头发说:

"看来,银平还是挺幸福的啊。"

章子意味深长地说道。铁平无言以对。结婚以后,银平依然天天泡吧,天天喝到很晚才回家,基本没和万树子一起吃过晚饭。万树子向早苗抱怨过这些事情,所以铁平也有所耳闻。银平和万树子的婚姻,虽然为万俵家增强裙带关系起到了很大的作用,但是银平若是娶了滩区小酒坊老板的女儿小森章子可能会更幸福。万树子的任性自私对表面冷漠、内心脆弱的银平造成了莫大的伤害。而小森章子是一个无论何时何地都和别人保持一定距离,既不会伤害别人也尽量不被别人伤害的女人。所谓旁观者清,在银平和章子交往的三年中,铁平对此看得一清二楚。银平最终没能和章子结婚,是因为万俵家的婚姻遵循着严格的规则,婚姻关系的缔结必须以扩大万俵家族的利益为根本宗旨,而高须相子是这一规则强有力的实施者和推动者。铁平忽然想起在伊丹机场,为自己送行的二子和一之濑四四彦说说笑笑的场景。二子曾经说过,"我要是结婚,就要找个像铁平哥哥一样献身钢铁事业的人"。铁平暗忖:二子指的是一之濑四四彦吧。如果他俩情投意合的话,铁平真希望他们不要再重蹈银平和小森章子的覆辙。

"你在美国的工作顺利吗?"

铁平关心地问道。

"嗯,挺好的。从画作的销售来看,纽约是最好的,我觉得从巴黎来这儿是来对了。纽约的画廊,每一天都充满着无限的活力。"

铁平从小森章子要强的话语中感受到一个三十多岁的单身女子在国外奋斗的孤独与疲惫。铁平知道,章子如果过得很好的话,用不着特地从大都市纽约到西雅图来开个展。

"Attention Please.(请注意。)"

空姐在广播中提醒乘客做好在芝加哥奥黑尔国际机场着陆的准备,并请大家系好安全带。小森章子赶紧站起来准备回自己的座位,说:

"那我就告辞了。您有空的话,一周后在拉萨尔街的密歇根画廊有我的个展,到时候您过来看看。问银平好。"

"谢谢,不知道那时候我还在不在芝加哥。要是在的话,我一定去。"

随着轻微的震动,飞机着陆了,发动机停止了工作。铁平看了看表,下午四点十分。铁平赶紧站了起来,穿上外套,拎上皮包,走出机舱。外面似乎还不到零度,寒风刺骨,地面上到处结着冰。

走出海关,铁平又看到了身穿黑外套、脚蹬长筒靴的小森章子。因为赶时间,铁平没来得及打招呼,径直向出口走去。

"专务,您累了吧?"

南特派员过来迎接铁平,从铁平手中接过行李箱和包,边向自己的车走去边说:

"我觉得和罗杰斯的会谈越早越好,后来我又和他们谈了一次,他们说可以一直等到五点半。要不咱们现在就直接过去吧？"

"那最好,现在就去。"

特派员的话让铁平一路的疲劳烟消云散,他精神抖擞地坐上了车。

车子从机场开出,很快进入约翰·F·肯尼迪高速公路,三十分钟后驶入芝加哥市中心,芝加哥商业交易所、十八层高的国贸中心、哥特式摩天大楼《芝加哥论坛报》总社大厦等高层建筑鳞次栉比。车子驶入高架桥后,铁平看到左前方密歇根湖的弯曲地带有大片的工厂群,浓烟滚滚。那儿有世界著名的美国钢铁公司和 Indant Steel 等大型企业,充分体现了芝加哥这座工业城市的蓬勃生机。

"这里看上去和日本的川崎或水岛的工业地带差不多,有没有环境污染问题？"

"说实话,这里的污染比日本还要严重。但您看了芝加哥古老的建筑就知道,这里的人过去一直用廉价的煤炭来取暖,建筑物都被熏得黑黢黢的,人们已经习惯了,不像日本人那样在意这个问题。"

南特派员边说边提高了车速。过了一会儿车子下了高速,从卡鲁梅街①向左拐,就看见了美国轴承公司的工厂和办公大楼。

下午五点十分,铁平到达美国轴承公司。

冬天天黑得比较早,薄暮中,下班的工人们穿着轻快的服装,开着福特、雪佛莱等老式车回家。南特派员在正门的值班室处停下车,跟门卫打了声招呼。老门卫看到铁平坐在车里,惊讶地说：

"哦！ Mr. 万俵,你又来了？"

铁平点头答"是"。

"你可真够忙的！"

---

① 卡鲁梅街：Street Calumet.

说着,门卫打开了大门。南特派员开车进入厂区。厂区面积约五十英亩,有五栋厂房,正对着大门左侧的奶油色大楼就是公司总部大楼。南特派员将车停在大楼玄关处,陪同铁平前往采购部部长弗兰克·罗杰斯的办公室。两人到了三楼罗杰斯办公室前的时候,一位中年女秘书说:

"请进。罗杰斯先生现在正在开会,请稍等。"

女秘书将铁平和南特派员引进罗杰斯办公室。办公室的墙壁是淡绿色的,中间是一张办公桌,上面摆放着罗杰斯家人的照片,一旁的边柜上装饰有远洋鱼的标本,看得出来罗杰斯部长很喜欢钓鱼。

门开了,罗杰斯高大的身躯和褐色的眼睛显得十分友好。

"很高兴见到你!万俟先生,你一路过来不累吗?"

四十七八岁的罗杰斯面色红润,向铁平伸出大手。两人亲热地握过手之后,铁平在沙发上坐下,双方开始进入正题。

"罗杰斯先生,我对你们突然发过来的电报非常惊讶。两个月前,咱们在这间办公室里刚刚签完了增加 20% 供货量的长期合同,现在你们为什么突然提出让我们暂缓十二月份的出货?"

"因为明年国防部飞机方面的预算好像低于我们公司原来的估计,我们要等到确切消息公布之后再调整存货,因此希望你们暂缓十二月份的出货。"

"哦,原来是国防部的预算变了。"

既然事关军需,铁平也无话可说了。这时,一旁的南特派员用日语悄悄在铁平耳边说:

"国防部预算调整是在六月份,这中间有蹊跷。"

"有道理。"

铁平点点头,继续佯装不知地问:

"我们要等到什么时候呢?"

"这得看我们的库存情况和市场的需求量,得等销售部部长的答复。"

罗杰斯的态度十分冷淡,和两个月前形成了鲜明的对比。

"您作为采购部部长,估计大概要到什么时候呢?"

铁平追问道。

"那是销售部部长决定的事情,已经超出我的职责了。"

罗杰斯的美国式回答将所有的责任推得一干二净,但铁平总觉得这中间有些问题没有说清楚。

"您刚才说原因在于国防部明年的预算变更,那么还有没有其他原因呢?"

看到铁平如此执拗,罗杰斯答道:

"实际上还有一个原因,那是企业秘密,现在还处在保密阶段。受到日本小型汽车品牌的冲击,福特公司也准备生产小型汽车,我们要等到他们的汽车零件尺寸定下来之后再决定具体的采购品种和数量。"

说着,罗杰斯耸了耸肩。

"那是你们公司的事情,和我们没有任何关系!你们美国轴承公司的产品采购难道如此随便?在日本,在我们公司码头,所有货物已经整装完毕,等待三天后装船。你说,我们现在怎么办?"

铁平句句紧逼,罗杰斯有些招架不住了,说:

"反正你们十二月份的货要推迟。"

"那我再问一遍,推到什么时候?"

"我刚才说过了,得等销售部部长的指令,再等一段时间。"

"这可不行,请你们给一个明确的答复。"

"大概一周之后可以有明确的答复。"

"你这么说我们就不好办了。既然你们突然要求我们推迟,那你们现在就给我一个明确的答复,我们公司的人还在等着我的电报呢。"

铁平和罗杰斯互不退让,铁平的语气越来越强硬。

"罗杰斯先生,两个月前,在这间办公室里,您亲手签下了合同,现在既然要推迟,那您也要承担相应的责任。"

"我理解,但是……我是在老板的指令下签的合同,也是在老板的指令下要求你们暂缓出货的,所以后面的事情我也得听老板的。"

"我现在就和你们老板谈,你帮我约一下。"

"老板已经回去了。"

"那我明天一定要见到你们老板。我从日本飞过来就是为了和你们美国轴承公司谈这件事的。"

铁平不容置疑地说道。

南特派员和铁平离开了美国轴承公司,驾车沿原路驶向密歇根湖畔的希尔顿酒店。夜晚的高速路上车比较少,又是四车道,南特派员将车开到时速六十千米。南特派员边开车边问铁平:

"我总觉得罗杰斯的样子有些怪。他一方面说让我们十二月暂缓出货,一方面又不说清楚具体时间,是不是想拖到最后取消订货啊?"

"大概不会吧,我们手上有合同。"

铁平强调道。阪神特殊钢公司和美国轴承公司每个月的交易额高达三亿六千万日元。铁平知道,明天和美国轴承公司老板的谈判只能赢不能输。不过,铁平还是觉得对方要求推迟装船的背后肯定还有其他原因。

"阿南,我能不能见到江州商事的芝加哥事务所所长?"

江州商事负责阪神特殊钢公司的贸易票据和装船业务。

"到宾馆后我立刻和他联系。他也很担心这次的事情,说等专务您来了之后想和您见一面呢。"

"那你就安排我俩在宾馆边吃边谈吧。"

铁平打起精神说道。窗外,夜色中的密歇根湖的湖面看不太清楚,但从湖面上吹过来的风使劲打在车前窗玻璃上。

清晨,密歇根湖的湖面似乎冻住了,微小的白色涟漪让人有种冰冷刺骨的感觉。

铁平在餐厅吃完早餐之后回到五楼的房间,准备好外出要带的东西后,凝视着窗外格兰特公园①对面弓形的湖面。在去餐厅之前,铁平已经剃过了胡子。此时的铁平下巴发青,眉头紧锁,神情有些疲惫。

昨天晚餐时,铁平和江州商事芝加哥事务所所长见了面,他们综合本地商社方面提供的信息,就美国轴承公司态度不明朗的问题进行了探讨,一直讨论到深夜。

江州商事芝加哥事务所所长认为,采购部部长罗杰斯提出的美国国防部下一年度的预算变化以及福特准备投产小型汽车这两个理由都很牵强。首先,美国国防部的军需预算因为越南战争的升级在不断增加,美国的轴承企业完全不存在调整存货的压力;其次,虽然底特律方面屡有传闻说福特即将投产小型汽车,但尚处于试验阶段,离正式投产还有一段时间。所长认为,如果非要说有什么让人担心的事情,那就是从十月中旬到十二月初,美国轴承公司的股价有些波动。但考虑到社会整体经济发展形势以及美国轴承公司夏季发布的新产品即将实现企业化生产这两点,股价出现波动是正常的,和推迟收货应该没有任何关系。两人讨论再三之后,铁平提出:"我去美国轴承公司的主银行看看,说不定能打听出点什么来。"所长一听,侧

---

① 格兰特公园:Grant Park。

着头思考了一下说:"专务不愧是银行家的公子。但美国银行和日本银行不同,他们多数情况下并不知道企业的内情。"不过所长还是帮铁平给哈里斯银行①的威尔逊副行长写了封介绍信。上午九点银行开业前,所长已经和银行方面联系好,让铁平和威尔逊副行长十点半见面。

电话响了。是南特派员。

"专务,我来接您了。"

"谢谢,我马上下来。"

铁平拿上文件包和外套,快步走出房间,来到楼下大厅。

南特派员开车沿宾馆前的格兰特公园从北密歇根大道②向北行驶。公园对面都是些高大的宾馆和办公大楼,中间点缀着一些高雅的古董店和时装店。不一会儿,车子在路口停了下来等待左转。铁平的目光忽然停留在拐角前一栋二层楼上挂着的招牌上,上面写着"密歇根画廊"几个字。

"原来她在这儿工作。"

铁平抬头看着典雅的欧式风格的画廊,小声嘟囔了一句。小森章子在飞机上告诉铁平,一周后将在密歇根画廊开个展,章子还特别邀请铁平到时去观看。信号灯变了,车子向左转,不一会儿就到了西梦露街的哈里斯银行。

哈里斯银行是芝加哥四大银行之一,银行大楼是一栋现代化风格的建筑,共二十五层,临街一侧全都是落地玻璃窗。铁平让南特派员留在车里,自己上了五楼。

铁平敲开一间标志有"Willson Vice President(威尔森副行长)"的房间,告知秘书自己的来意。秘书将铁平带进办公室。看到铁平

---

① 哈里斯银行:Harris Bank。
② 北密歇根大道:North Michigan Avenue。

进来,正在签署文件的威尔森副行长停下手中的笔,从 L 形的办公桌后面站了起来。

"你好!非常高兴能见到您,威尔森副行长。"

铁平用流利的英语向初次见面的副行长做了自我介绍,并解释说是江州商事芝加哥事务所所长介绍自己过来的。威尔森副行长打开介绍信浏览了一下说:

"哦,万俵先生您的父亲是阪神银行的行长啊!您有什么事?"

威尔森饶有兴致地看了眼铁平之后,以银行家惯有的平静问道。铁平直接将阪神特殊钢公司和美国轴承公司之间的贸易关系以及此次美国轴承公司要求阪神特殊钢公司暂缓装船一事告诉了威尔森。铁平说:

"我们公司很难认同美国轴承公司的说法,我怀疑美国轴承公司内部出了问题,所以特来向您请教。"

铁平探出身子说道。美国的企业一般情况下自身资金比较雄厚,贷款比较少,银行对企业的支配力远不如日本那么强,所以铁平可以直言不讳地问及企业的情况。威尔森副行长回答说:

"眼下轴承行业的市场环境非常好,我们对未来的市场预期也持乐观态度,因此对于你刚才的问题,我只能回答说不知道。"

威尔森的回答毫无任何实质性的内容。

"尽管业界情况整体上比较好,但美国轴承公司最近的贷款量是否有所增加呢?"

"完全没有。"

"那么我们公司的竞争对手——美国国内或者欧洲的特殊钢企业,是否存在与美国轴承公司合作的情况呢?"

"你们公司轴承材料的价格如何?"

"请看这份目录。"

铁平从文件包里拿出轴承材料的价格表，将其放在桌上。

"从这个价格表来看，欧美的公司毫无竞争力，我只能说你们公司并没有对手。"

威尔森副行长虽然对每一个问题都做了回答，却表现出明显的冷漠。银行家威尔森的这种态度让铁平想起了父亲万俵大介。铁平不禁有些急躁起来。

"最后一个问题，我听说美国轴承公司的股价在十月中旬到十二月初出现了波动，不知你们银行是怎么看待这个问题的？"

听了铁平的这个问题，威尔森副行长的脸色有些变化。铁平立刻抓住机会继续问道：

"美国轴承公司的股价虽说是小幅变化，但是这种短期变化的原因是什么呢？"

铁平想看一看威尔森的反应。

"你的问题，我们作为银行不方便回答。我能说的都说了，一会儿我还有事，就谈到这儿吧。"

威尔森副行长匆匆结束了会谈。看着威尔森行长突然变得僵硬的表情，铁平知道，美国轴承公司在经营上肯定出现了某种尚不为外界所知的重大问题。

离开哈里斯银行，铁平乘车来到拉萨尔大街附近的江州商事办事处。阪神特殊钢公司特派员就在这家办事处里办公。

江州商事的特派员出去了，办公室里只有一名在当地雇佣的打字员。

"专务，这咖啡不是太好，喝一杯吧。"

南特派员为铁平倒了杯咖啡。铁平喝着咖啡，回想着刚才和威尔森的谈话。铁平觉得，美国轴承公司股价变动的背后肯定有着不为人知的原因，现在的问题是如何以此为突破口，找出事情的真相。

铁平忽然想到,证券公司的人熟悉股价变动情况,自己在麻省理工学院留学时的好友詹姆斯·科顿正好可以帮忙。詹姆斯比铁平大一岁,专业方向也不一样,但两人都喜欢打猎。假期的时候,两人经常约着一起去加拿大打猎。毕业后,铁平回到日本进入阪神特殊钢公司工作,而詹姆斯则从一名福特公司的工程师转型为纽约华尔街证券公司的一名管理人员。两个月前铁平去纽约的时候,詹姆斯还邀请铁平到家中共进晚餐。如果有时间,铁平真想亲自去趟纽约,当面和詹姆斯聊聊,但下午三点还要和美国轴承公司的老板见面。铁平打开通讯录,找到詹姆斯就职的华尔街 Barnum 证券公司的电话。

"Hello!"

话筒里传来詹姆斯急躁的声音。

"Jimmy? 我是铁平。"

"Oh! 铁平,你又来纽约了?"

听说是铁平,詹姆斯的声音一下子柔和了许多。

"没有,我在芝加哥,这是办公电话。我有急事要你帮忙,你现在说话方便吗?"

四十岁的詹姆斯是证券公司的中坚力量,作为副总,工作非常繁忙。铁平不好意思打扰詹姆斯,但又迫切希望得到詹姆斯的帮助。詹姆斯敏锐地感觉到了这一点,问:

"OK,什么事?"

"是有关和我们公司有业务关系的美国轴承公司的事情。"

铁平简单地说明了情况之后,请求詹姆斯帮忙调查一下美国轴承公司自十月中旬至十二月上旬股价变动的原因。

"我明白了,我现在就去查。你等三十分钟再打过来好吗?"

"当然可以。我想问一下,听了我刚才说的情况,你的直觉是什么?"

"铁平,我不是吓唬你,我觉得美国轴承公司可能要被某家公司吞并了,或者说已经被某家公司吞并了。"

"真的吗?"

铁平不禁大声问道。

"我记得,美国轴承公司的股价变动当时在美国证券交易所(二板市场)轰动一时,我还是去查一下。"

说完,詹姆斯挂了电话。

"出什么事了,专务?"

看到铁平神情异样,南特派员赶紧问。

"他说美国轴承公司可能被某家公司吞并了。"

"不会吧?!"

南特派员也非常震惊。这时,刚刚回到办事处的江州商事年轻的特派员,交给铁平一封来自日本的电报。电报上是罗马字。

HANSHIN TOKUSHUKO NO HUNAZUMI
SOUKYUNI HENJI TORARETASHI
(阪神特殊钢公司装船一事,请速回电)

铁平看了一会儿电文之后,下定决心说:

"回电这样写:努力谈判到最后一刻,做好准备。"

南特派员惊讶地看着铁平说:

"专务,您的心情我能理解,但现在的情况是,咱们刚刚得到这样一个消息,事情的可能性越来越……"

南特派员想阻止铁平,但铁平神情坚定地说:

"就照我刚才说的发。"

说着,铁平看了看表,再次拨通了纽约詹姆斯的电话。

"Jimmy,是我,查得怎么样?"

铁平着急地问道。

"虽然我还不能完全肯定,但基本可以断定是怎么回事。我先问你,铁平,你作为专业技术人员,如何看待美国轴承公司在今年夏天发布的、在业界轰动一时的滚针轴承?"

"两个月前我过来的时候,对这个发明比较感兴趣,还和他们的技术开发部部长见面专门聊了聊,我觉得他们开发了一种划时代的研磨方式。滚针轴承滚轴小,不占地方,而且能高速运转,承重好,作为火箭、飞机发动机等航空宇宙器材的零件必将发挥巨大的作用。但这有什么问题呢?"

"好像他们的这个滚针轴承被 LSV 盯上了。"

"LSV 是什么?"

"全称是 Ling-Smith-Vought,是一家最近发展比较迅速的新兴综合企业。"

"什么? 综合企业?"

铁平脸色大变。综合企业是六七年前突然出现在美国的一种新型企业形态。从制造火箭的军工企业到普通的食品加工企业,综合企业见一家收一家,疯狂的收购促使企业如滚雪球般快速膨胀,六七年间就可拥有上百家子公司,销售额可以达到原来的两百倍,有的甚至上千倍。他们一般不使用现金收购,而是首先抬高本集团的股价,然后以股份交换的形式收购股价收益较低的公司。对于一些销售额数倍于它们的传统大型企业,他们也毫不畏惧地进行吞并,由此在美国业界刮起了一阵旋风。

铁平手拿话筒,陷入了沉思。詹姆斯继续飞快地说着:

"LSV 原来是一家以生产电子、航空宇宙器材为中心的二流公司。两年前,它在短短二十天内收购了威尔逊公司半数以上的股份。

威尔逊公司当时在美国肉类加工业中排名第三,同时还是世界最大的体育用品公司,它们生产的高尔夫用具世界驰名。LSV 在掌握了威尔逊的统治权之后,一下子跃升为世界五百强中的第十八名。所以,对 LSV 这样的综合企业来说,吞并美国轴承公司易如反掌。"

对于詹姆斯这样的证券界人士来说,这件事既不是重要事件,也不是突发事件。但对于铁平来说,这个消息无异于晴天霹雳。

"但是 Jimmy,LSV 真的吞并了美国轴承公司吗?"

"我没有确切的证据,只能说可能性相当高。刚才我调查了你所说的美国轴承公司的股价波动情况,发现在十月初每股还是三十美元,十月十号以后就慢慢升高,最高时达到每股四十七美元;他们的成交量平时也就五千股左右,但随着股价的提升,多的时候达到了一万股,甚至两万股。"

"可是,一两万股的成交量也没什么大不了的吧?"

铁平反问道。

"铁平,华尔街不同于日本的兜町①,过万的成交量是相当惊人的,所以说这个可能性是很高的。我看了看他们现在的股价和成交量,又回到以前的状态了。基本可以断定,LSV 已经悄悄完成了对美国轴承公司的收购。"

"可是,从美国企业界以往的收购案例来看,一般会先贴出通告,公开收购计划,不太可能像这样神不知鬼不觉地通过收买股票完成吞并吧?"

"铁平你说得很对。但有的企业是在悄悄地收购了对方 20%~30% 的股份之后,双方再坐下来谈判,最后完成吞并。若是这样的话,第三者是无法知晓的。如果美国轴承公司规模再大一些的话,LSV 可

---

① 兜町:位于东京,是日本金融证券机构集中地。

能会进行公开收购,但问题是美国轴承公司无法与 LSV 相对抗,只能要求对方出资,帮助自己实现滚针轴承的企业化生产,不情愿也没办法。你知道,瞅准时机进行吞并是综合企业的惯用手段。以上就是我三十分钟的调查结果。"

"我明白了。你这么忙,打扰了,谢谢。"

铁平致谢之后,放下了电话。铁平一直觉得美国轴承公司出问题了,但没想到对手竟然是震惊美国企业界的庞大的综合企业。铁平顿时觉得前途一片黯淡。

在美国轴承公司采购部部长罗杰斯的办公室里,铁平大声质问着罗杰斯:

"罗杰斯先生,我在日本的公司还等着出货,刚刚还来电报催我呢。我希望你们能够同意按照原定计划后天装船。"

"不行。昨天我已经说过了,必须等老板的指示。"

罗杰斯一脸可怜地重复着同样的托词。

"但老板是不是今天也不在啊?"

"是的,老板今天早上有急事去华盛顿了。对不起,万俵先生,三天后你才能见到老板。"

"太过分了!昨天我让你安排我和老板见面的时候你说没问题,怎么今天又突然变卦了呢?"

"问题是即便你见到老板,回答也是一样的。老板也会说,十二月份的货先等等再说。"

"你的意思是,原定后天装船的计划必须推迟?"

铁平追问道。

"是的,这就是我们公司的回答。"

罗杰斯的这个回答让铁平有些灰心丧气。想到阪神特殊钢公司的工人们眼巴巴地等着将产品装上船,铁平觉得美国式的在商言商、毫无人情的商业运作手段实在太冷酷无情。公司的仓库里堆积着等待出货的十二月份和一月份的产品,二月份的产品也已经完成了一半。一个月的交易额是三亿六千万日元,两个半月的产品总额加起来近九亿日元。虽然对方只是以贸易票据的形式支付了十二月份货款的80%,但如果合同取消的话,阪神特殊钢公司必须返还这笔订金,这样一来,资金周转将非常困难。

"这就非常难办了,我们只能按照你们的要求暂缓装船了,但希望你们能够承诺不终止合同。"

铁平艰难地说道。罗杰斯褐色的眼中闪过一丝犹豫,没有说话。

"罗杰斯先生,我听说你们公司发生了一件大事,综合企业LSV收购了你们美国轴承公司。这和你们要求我们暂缓装船有关吧?"

铁平的话让罗杰斯脸色骤变。

"你怎么会知道这件事?连我都没有得到具体通知。"

"我是从华尔街证券界人士那儿听说的,据说这个消息不会有假。你们为什么向我隐瞒这件事?"

"上层考虑到各种因素,觉得还没到公开这件事的时候,我们也没有办法。"

"那我再确认一遍,即便你们美国轴承公司现在已经在LSV的统治下,但你们和我们公司之间的合同还将继续,你们以后还会继续购买我们公司的产品,对不对?"

铁平进一步追问道。

"那是新老板决定的事情,我没办法给你任何承诺。"

罗杰斯开始闪烁其词起来。铁平看了眼南特派员,调整了一下心情,继续问:

"听说LSV原来是做航空宇宙器材的,他们旗下没有特殊钢公司吧?"

"听说在洛杉矶有。"

"也就是说你们以后可能不用从我们公司购买轴承原料了?"铁平惊讶地问道。

"也不能说没有这种可能性。"

罗杰斯沉默了。

"罗杰斯先生,我有件事要拜托您。希望您将我介绍给你们的新老板。我想见见你们的新老板,告诉他我们公司正在建设特殊钢行业的第一台高炉,预计明年六月完成。到时候,我们产品的价格将下降5%,希望他能继续购买我们的产品。"

听到铁平这样说,罗杰斯似乎被铁平的诚意打动了,点头说道:

"我会尽力的。但是,如果老板变了,我有可能也会被辞退,下次万俵先生再来的时候,或许我已经不在这家公司了,所以你也不要抱太大希望。"

"明白。只要能让我见到新老板,我会用我的方式说服他的。"

铁平知道,尽管自己的语气一直很强硬,但眼前的壁垒分明越来越大,越来越难以撼动。

铁平从美国轴承公司回到希尔顿酒店,已经接近下午五点。从一大早开始就马不停蹄地奔波,再加上沉重的心理负担,铁平身心俱疲。他只想赶紧泡个澡,好好休息一下。

取房间钥匙的时候,前台服务员将钥匙保险柜中的便条交给了铁平。便条上写着"我在大厅等你。小森章子"。环顾宽敞典雅的大厅四周,铁平看到短发黑衣的小森章子正低着头,忧郁地坐在角落里的一个落地灯旁的沙发上。铁平走了过去,招呼道:

"哎呀,没想到你能来。看来你对这家酒店很熟悉啊。"

"嗯,我以前听银平说,江州商事的芝加哥事务所里有阪神特殊钢公司的特派员。"

说到银平的时候,小森章子的脸上掠过一丝痛苦的表情。看到小森章子的模样,疲劳的铁平强打精神说:

"咱们到酒吧喝点儿酒,然后一起吃个晚饭吧。"

小森章子高兴地笑了起来,说:

"太好了。我好久没有和日本来的朋友一起吃饭了。"

说着,两人一起走向大厅里面的酒吧。

酒吧里没什么人。铁平和小森章子坐在柜台旁的椅子上,要了份加冰威士忌。室内热得让人出汗,但室外夕阳下的湖面寒气逼人,连远去的船灯也闪烁着寒光。

服务生端来了威士忌。两人干杯,互祝健康。

"你的个展是在下周一吧?今天早上我坐车经过密歇根画廊门口了。"

"啊!真的吗?你一定要来噢。"

"当然,只要还在这儿,我一定会去的。你在巴黎和纽约学了两年,肯定画得比以前更好了。要不给我一幅,我带回去送给银平吧。"

铁平好像突然想到什么似的,接着提议道:

"怎么样?咱们给日本打个电话吧,你和银平说说话,他准会吓一大跳的。"

"可是日本现在是上午九点,银平爱睡懒觉,刚睡眼惺忪地到银行,正是一天中心情最不好的时候,还是算了吧。"

小森章子撩了一下刘海儿说道。这个女孩虽然和银平在一起的时间并不长,现在却依然关心着银平。铁平觉得自己失言了,默默地喝完了威士忌,章子也一口喝完了杯中酒。

"你的酒量真厉害。"

"一个女人独自在国外生活,连酒都不会喝的话会孤独得受不了的。"

小森章子的脸上浮现出自嘲的笑容。

"你不是有工作吗？不管工作多辛苦,只要有价值,心情就会变好啊。"

铁平正劝说章子的时候,服务生快步走了过来。

"您是万俵先生吧？有一个来自日本的电话找您,已经转到这边了。"

服务生指着酒吧柜台旁的电话说道。铁平立刻站了起来,拿起话筒。让铁平感到意外的是,电话不是公司打来的,而是妻子早苗打过来的。

"怎么了？孩子出什么事儿了吗？"

"不是,老公,爸爸倒下了……说是腹部动脉瘤……"

早苗抽泣着说。

"什么？！岳父！病情呢？喂,早苗！病情怎么样？"

"病危。你爸爸也从神户赶过来了。你快回来吧！"

"我知道了。我现在就买票回去。"

铁平颤抖着放下了话筒。

昨夜,大川一郎因腹部动脉瘤紧急住进庆慈大学附属医院,因大量出血一时生命垂危,幸好今天早晨情况有所好转,中午过后状态还算好。

但是大川的病情不容乐观。大川仰躺着,吸着氧气,因失血过多,脸上毫无血色。血管外科的权威、主任医师相马教授带领三四名医生和护士守在病床边,密切关注着大川的脉搏、呼吸、血压、心电图等方面的情况。

赶来探望病情的万俵大介和大川的长子、次子以及大川派系的众议院议员代表一起,坐在一旁的沙发上,默默地看着病床上的大川。大川的妻子和长女早苗一直守候在床边,两个儿媳妇在隔壁的会客室接待前来探访的人。尽管病房处挂出了"谢绝探视"的牌子,但是探访者还是络绎不绝。听说大川突发疾病,田渊干事长代表佐桥首相一大早就过来探视,自由党的三大领导和大川派的阁僚、议员以及财界人士也纷纷赶来探望。

病房门开了。日本医师会会长松见走了进来。松见医生因为经常为大川看病,比较熟悉大川的身体状况,这次作为顾问加入了庆慈医院的医疗团队。

"怎么样?情况如何?"

松见医生瞪着大眼珠的样子和大川非常像。看着迷迷糊糊昏睡着的大川,松见医生小声问着相马教授大川的病情。坐在沙发上的万俵等人不由自主地竖起耳朵,想听听医生的谈话,可惜两人的谈话中夹杂着很多用德语表达的医学专用术语,普通人根本听不懂他们在说什么。

"嗯……嗯……"

昏睡的大川突然发出痛苦的声音。医生们赶紧靠近大川枕边。相马教授问:

"怎么了?疼吗?"

大川摇摇头说:

"想小便。"

大川的妻子和女儿赶紧拿出便盆。松见医生命令一名熟练的护士过来帮助大川,可是等了很久,大川还是没有尿出来。

"尿不出来啊!"

看到自己身体失去控制,大川的声音变得无力、沙哑、急躁,不过意识还比较清楚。

"不要勉强自己,一会儿自然就会出来。不要太使劲,否则刚开始恢复的血管又要破了。"

相马教授安慰着大川,让护士解开大川胸前的衣服,听了听胸部和腹部的情况之后,又用手提式 X 光机拍了照。这期间,大川一直无力地闭着眼睛,但呼吸非常困难,腹部涨得怕人。

万俵和松见医生比较熟悉,走过来小声问道:

"今天早上我听说等病情稳定下来就动手术,拿掉动脉瘤,植入人工血管,大概什么时候能做手术呢?"

"手术可能不行吧。相马教授也说,手术大概不行了。"

"您的意思是,病情进一步恶化了?"

"不是恶化,是整个大动脉都明显硬化了。本来手术就有风险,现在看来,淤积在左腹部的血液已经到了肾脏,现在不仅有腹膜炎,而且肾脏功能也逐渐受损,有尿意但是尿不出来就是这个原因。如果再次出血,情况将会非常危险,最好提前通知亲戚朋友。"

尽管松见医生的语气非常冷静,但万俵还是深感意外。不过奇怪的是,万俵并不伤心。倒是铁平这个时候不在日本让万俵非常生气!

"早苗,你过来一下!"

万俵把早苗叫到窗边,问:

"铁平什么时候回来?你和他联系上了吧?"

"当然。他从芝加哥机场来电话说,坐经由阿拉斯加的直航航班,预计今天下午一点半到羽田机场。"

早苗已经在医院看护了一夜,疲惫不堪。

"那就快到了。可是铁平走之前就知道他岳父身体不好,也不和我说一声,而且他自己也不过来看看,到底是怎么回事?"

万俵大介一脸不高兴地问道。

"可能因为他这次去美国比较突然,时间比较急吧。"

"时间急？既然这么急，为什么要瞒着我？这不是很奇怪吗？到底发生什么事情了？"

万俵大介从眼镜背后试探地看着早苗的反应。

"公司的事情我不清楚。我还是去问问飞机能不能准点到羽田机场吧。"

说着，早苗快步走出病房。这时，大川再次大声呻吟起来：

"唔，唔，唔……疼！"

万俵大介回头一看，病床上的大川弓着身子，压着腹部，痛苦地蜷缩着，挣扎着。

"老公！老公！"

站在枕边的大川夫人扯着嗓子喊着，搂着丈夫的身体，大川的儿子们也赶紧跑到床边。

"好像动脉瘤又出血了。家属请离开床边。"

相马教授严肃地命令着，指示一旁的年轻医生道：

"立即输血！准备静脉切开手术！"

"血压怎么样？"

松见医生问相马教授。

"八十和六十，胸部有啰音，好像比上次出血更严重，血液已经从腹部蔓延到整个胸部。"

收缩压下降，压差变小，心跳加速，这是出血性休克的典型症状。

几分钟不到，护士就拿来了十个新输血瓶，每瓶200cc，十瓶加起来相当于人体全部血液量的一半。三名外科医生切开大川两肘、两踝处的静脉，将输血瓶上的导管插入切开的静脉中，大量血液被输进大川的身体里。在场的所有人都明白，输血已经无法挽回大川的生命了。

当从芝加哥起飞的西北航空公司的直航班机到达木更津海面上

空时,乘务员提醒乘客系好安全带,准备着陆。铁平早已坐不住了。飞机晚点了四十分钟。

飞机终于在跑道上停了下来。舷梯刚一安好,铁平就第一个冲下了飞机。想到岳父大川的病情,铁平恨不能飞起来。

在海关行李台处拿上行李箱,铁平赶紧去办通关手续。

"我是大川一郎的亲戚,在芝加哥接到他病危的电话之后赶回来的,能不能请您快点检查?"

铁平焦急地请求道。

"啊,大川先生的亲戚。您还是快点吧,刚刚广播里说大川先生再次病危了。"

检查员只是象征性地打开箱子看了一眼。

"再次病危?谢谢。"

铁平艰难地说完这句话,走了出来。

"专务,您回来了。车在这边。"

阪神特殊钢公司东京分公司的秘书从铁平手中接过行李,快步走向停车处。

"大川岳父的病情怎么样了?听说再次病危了?"

车一开,铁平就问秘书道。

"是的,本来是暂时有所好转的,但一小时前又再次大出血。"

"那有没有恢复的可能?"

"根据医疗团队的说法,他们已经尽力帮助病人成功度过了第一次病危,希望这一次也能同样成功。但据说大川先生腹部中央大动脉上的动脉瘤的病根时间比较长,病情不容乐观。"

"病根时间长?"

铁平不禁哑口无言。想起自己急匆匆飞往芝加哥找美国轴承公司谈判那天,妻子早苗没等行李准备完毕就忍不住说:"老公,刚才我妈妈来电话说,爸爸身体不太好,他还特别担心你,你能不能抽点时间去看看他?"想到这儿,铁平觉得无比自责,悲痛万分。那时候自己满脑子都是公司的事情,对岳父生病的事情根本没有放在心上,现在想来,岳父那时候肯定已经清楚自己的病情,却还在为铁平建造高炉的事情担忧。铁平在心中暗暗祈祷:活着就好,只要岳父活着就好。车子飞快地驶向医院。

车子经过高速,到达芝白金的庆慈医院的时间是下午三点二十分。铁平坐上电梯直奔五楼的外科住院部,快步走向大川一郎入住的特别病房。走廊里到处都是来探访的亲友和媒体记者,一种异样的紧张气氛充斥着整个楼道。铁平感觉心像是要跳出来了一样。当铁平走进病房的时候,所有人的目光都聚集在铁平身上,万俵大介的眼神既气愤又冷酷。铁平没有理会任何人,径直走向被众多医生和护士们围绕着的病床。

"爸爸!"

铁平叫了一声之后就呆住了,再也说不出话来。铁平记忆中那个精力充沛、容光焕发的大川一郎已经消失得无影无踪,眼前的大川一郎在病痛的折磨下,面如死灰,昏迷不醒。

不一会儿,波动的心电图变成了一条直线,大川一郎的心脏停止了跳动,瞳孔反射也完全消失。

"病故!"

松见医生代表医疗团队向家属宣告病人逝世。

从筑地本愿寺大门到正殿的大道两侧,摆放着各界送的近五百对花圈。今天是十二月二十三日,下冰雹了,但等待烧香的祭拜者仍然排起了长队。

正殿正面的祭坛上摆放着大川一郎的遗像,四周装点着菊花。

天皇陛下夫妇赠送的一对大白菊花篮格外醒目。遗像旁的从二位勋一等旭日大绶章及副章向人们诉说着逝者的功绩。祭坛前,一名引导僧正带着二十几名助手为逝者诵经。大川一郎的亲属和各界来宾,包括佐桥首相、田渊干事长、永田大臣等阁僚,各党委员长、党员等共二百多人,神态庄重地站在僧侣们的身后,规模如同自由党的党葬,政界、商界的各路名人均有出席。

诵经结束后,负责主持葬礼的自由党副干事长宣布致悼词仪式开始。首先,官腔十足的佐桥首相神态庄严地慢步走向祭坛,全场鸦雀无声。佐桥首相开始致辞:

"巨星陨落,听闻大川一郎君突然病逝,内心倍感沉重。作为政治家,大川一郎君的丰功伟绩必将铭刻青史。他有着鉴往知来的洞察力和大刀阔斧的行动力,他的逝世,于国于党均是巨大的损失。他深受广大国民的爱戴与信赖。对于他的逝世,我们深表悲痛……他全身心地致力于日苏邦交正常化……"

佐桥首相对大川一郎生前的功绩与人品给予了极高的评价,完全看不出两人以前是政敌。佐桥首相致辞结束后,众参两院院长、各党委员长相继致辞。

万俵大介和妻子宁子并排坐在亲属席上,听着首相及各党委员长的致辞,感觉特别讽刺。尽管大川一郎生前是实力派政治家,但因为个性强,财界对他一直敬而远之,这也导致大川最终没能夺得政权。生前毁誉参半的大川一郎,死后被赞颂为高风亮节的政治家,被视为英雄般的存在。万俵大介对人死后评价发生的巨大变化,内心苦笑不已。但是,万俵大介不得不承认,因为长子铁平娶了大川一郎的长女,阪神特殊钢公司得到了飞速发展。在大川一郎当通产大臣、后又当建设大臣期间,万俵不动产依靠姬路的那片土地,在横贯中国地区的道路工程中大挣了一笔。虽然和大川一郎结下裙带关系导致万俵家受到一部分政界和财界人士的排挤，但是现在所有的利害得失都随着大川一郎的突然病逝而烟消云散。

致辞结束后，僧侣们再次开始诵经，来宾开始上香。

首先，坐在最前列的大川夫人静静地站了起来。失去丈夫让大川夫人悲痛难掩，但是党葬的隆重与盛大又让她有些畏惧。大川夫人走到祭坛前，向众位来宾深鞠一躬之后，在丈夫的遗像前点上香。接下来是大川的长子、次子夫妇，以及长女早苗和铁平上香。铁平接到岳父病危的通知紧急回国之后，一直忙于守夜、安葬、葬礼等事情，连着四天没有休息，已经疲惫不堪。此时铁平坚定地看着遗像中的岳父，心中暗暗发誓：无论出现什么情况，我都会建好高炉！接着，作为大川家的亲戚，万俵大介、宁子、美马中和一子等也相继站起来上香。所有亲属上完香之后，分站两边，准备还礼。接下来，作为治丧委员会的委员长，佐桥首相和夫人站起来一道上香。

万俵大介的眼睛突然亮了一下。身穿丧服的佐桥首相夫人，一直用手帕挡着白皙消瘦、有些神经质的脸庞。万俵大介记得，守夜那天，佐桥夫人和首相一起，第一时间过来吊唁，吊唁的时候佐桥夫人当众就哭了，现在万俵大介看到她又在哭泣。想到佐桥夫人的侄子是二子的提亲对象，两家将来有可能是亲家，万俵大介对佐桥夫人的举手投足特别关注。

不一会儿，正殿内参加告别仪式的来宾全部上完香，接下来是普通吊唁者上香。诵经声越来越高。袅袅香烟中，上香的人们将一万枝菊花供奉在大川灵前。有几个身穿丧服的女人看起来像是新桥、赤坂的艺伎。而一些因为政务在身没赶上参加告别仪式的政界、商界要人也夹在人群中献上了菊花。大藏省、财界的来宾由万俵大介和美马中负责还礼，而通产省和建设省的来宾则由大川一郎的长子和铁平负责——还礼。

在三个半小时的葬礼即将结束的时候,五十名江户时代消防员打扮的人,身穿藏青色裲子、细筒裤、藏青色布袜、草鞋,手拿消防队队旗,静静走入正殿。这些人是消防团的大小领导,为纪念江户消防纪念会名誉会长大川一郎,他们一起唱起了运木曲。

呀——嘞——欸——欸——咦——欸——哟——咦——

运木曲回荡在静寂的正殿中。

吹往极乐世界之风哟,一天带去了无数次问候……

五十人合唱的运木曲在正殿中回荡,展示着江户消防员精神的大旗在空中飘扬。这种葬礼结束方式非常符合大川一郎豪爽勇猛的性格。在哀伤的气氛中,雄壮的运木曲唱和声让人不胜悲凉。正当众人沉浸在悲痛之中的时候,万俵大介听见身后传来窸窸窣窣的声音,回头一看原来是美马中。

"爸爸,不好意思,现在是主计局预算审定工作最忙的时候,我先告辞了。"

美马低声说着,眼中完全没有悲伤,反而有种如释重负的轻松。因为大川一郎去世后,再也不会有人特意以亲戚的身份叫美马"阿中"了。美马的这种表现连大介看了都有些心寒。大介正点头和美马告别的时候,美马突然用眼神指着铁平说:

"奇怪,铁平在哭呢。"

从背影可以看出,铁平正强忍着内心的痛苦。听着动人的运木曲,想到失去了大川一郎这个强大的后盾,铁平预感到阪神特殊钢公司前途未卜,伤心欲绝。

第九章

除夕,随着夜幕的降临,志摩半岛陷入了一片黑暗与静寂当中。万俵大介站在宾馆窗边,俯瞰着漆黑的英虞湾感叹道:

"又一年结束了。"

听到大介的自言自语,相子说:

"今年发生了很多事啊。银平结婚了,年底大川一郎先生突然病逝,其他还有很多很多。"

想到大介日夜为金融重组操心,相子特意没有提及这一点。宁子对两人的心思毫无所知,而是接着相子的话伤感地说道:

"是啊,那么好的一个人,突然说没就没了。"

三个人各想各的,静静地看着窗外。过了一会儿,服务员送来了荞麦面。

"咱们趁热吃吧。"

相子提议道。于是,三人围坐在桌前,拿起了筷子。

"年年如此,眺望着英虞湾,吃着过年面真好啊。"

大介感叹道。从除夕到正月三日的四天,万俵一家都是在志摩观光酒店度过的。这是万俵家多年形成的习惯。对万俵大介来说,过年少不了过年面。

三人一起回忆着过去一年发生的种种事情,品尝着手工荞麦面的时候,二子和三子走了进来。

"来得正好,你们也来吃点儿。"

听到父亲的提议,小女儿三子说:

"我们在下面吃过了,不能再吃了,再吃下去长得太胖就没人要了。"

三子非常注意外表。大介笑着说:

"明年出嫁的是二子。"

"我要是想嫁了,什么时候都可以啊。"

二子开朗地接过了父亲的话,接着说道:

"爸爸,新年礼物就给我买南洋珍珠吧。我在大厅橱窗里发现了非常漂亮的珍珠。"

听到二子要新年礼物,三子也赶紧抓住机会说:

"我要戒指,我已经跟店员订好了。爸爸,您记着哦。"

有人敲门。

"请进。"

相子回应道。门开了,身穿大红色山东绸套装的万树子轻巧地走了进来,一旁的银平依然是整洁的黑色西装。

"爸爸,我们来给您拜年。今年承蒙您的照顾,明年还请多多关照。"

万俵家是典型的家长制作风,即便是父子之间,拜年时也依然中规中矩。万树子也学着丈夫的模样,向公公婆婆及相子拜年。大介微笑着说:

"谢谢你们一起来拜年。不要忘了,明年继续为了万俵家的荣耀而努力。"

繁杂的问候仪式刚一结束,三子就说:

"二嫂的套装好漂亮啊。新年三天你都打算穿什么?听说你带了三套套装过来。"

谈到服装的问题,时尚的万树子顿时神采奕奕了起来,说:

"元旦早上我准备穿纯白色的雪纺丝绒裙子,晚上是匹田会客和服。二日嘛,对了,咱俩一起去纪梵希时装店买的那套正装,然后……"

万树子正一一列举着的时候,注意到了相子的眼神,赶紧说:

"这是我嫁过来之后第一次在这边过年,想穿得正式些,这样才能配得上妈妈的和服。"

宁子平静地说:

"我还没定下来穿什么呢,我准备从带来的衣服中挑两件,和相子商量一下再定。"

"要不,咱们现在就一起来决定吧。"

二子和三子欢快地说着。女人们开始热热闹闹地谈起了服装问题。大介和银平坐到窗边的沙发上,开始聊天。

"怎么样?你离开银行的时候基本都忙完了吧?"

大介问的是今年最后一天银行的业务情况。除夕这一天,行长比较闲,中午过后就可以休息,而银平作为信贷课课长,一直要忙到傍晚才能下班。

"我们三点过后就忙完了,分行的可能还在忙,特别是三宫、元町等商业街那边的负责人,听说经常是在客户那儿听新年钟声的。"

银平依旧一副事不关己的语调。

"我不想让你一直当信贷课课长,想让你承担点更重要的工作。你有什么想法没有?"

"没有。都差不多。"

银平似乎对职务的话题不感兴趣,对银行的工作也总是少一点热情。大介瞄了眼万树子,岔开话题问:

"你们是不是该要个孩子了？"

银平对此不置可否。万树子脸红了，说：

"我也是这样想的。"

"也就是说，由银平来决定什么时候要孩子了？"

"可是他好像不大想要孩子，如果不是这样的话……"

万树子正想乘机把平日的不满告诉公公的时候，一旁的相子打断了万树子的话，说：

"这种事情也不是单方面说了算的。"

相子的言下之意是，万树子婚前与别的男人之间的秘密只有她一个人知道。万树子沉默了。

"那我就先告辞了。爸爸，妈妈，过个好年。"

银平站了起来，万树子、二子、三子也随之离开。

屋里再次安静了下来。宁子和相子开始整理新年的服装。因为第二天早晨要去打野鸡，大介从枪盒里拿出自己最喜欢的 Holland & Holland，用鹿皮小心翼翼地擦拭起来。

"爸爸，我拜年来迟了。"

铁平急急忙忙地走了进来，身后跟着早苗。

"工厂那边事情太多，刚刚才弄完。孩子们已经在车里睡着了。不过总算赶上除夕夜的钟声了。请爸爸明年继续多加指教。"

铁平规规矩矩地向父亲拜年。一旁的早苗脸上还带着悲伤的神情，对大介深鞠一躬道：

"爸爸，家父的葬礼，让您费心了。谢谢。"

"早苗，你也挺辛苦的，节哀顺变吧。事情都办好了吧？"

"托您的福，办好了。"

早苗的话很简短。因为大川一郎突然去世，大川家面临着继承税等诸多问题。

咚……咚……

正当大家沉默不语的时候,新年钟声响了起来。钟声来自志摩名寺国分寺。

"新的一年开始了。"

大介感慨地说道。众人一起倾听着庄严的钟声。

元旦的早晨。

黎明,澄净的曙光微微照亮了东方的天空,太阳快要从地平线上升起来了。

万俵大介和长子铁平、次子银平三人,把车停在横山山顶附近,等待着新年的第一次日出。站在山顶处,整个英虞湾一览无余。每年元旦,看完日出再去打野鸡是万俵家的惯例。去年在波涛汹涌的大王崎、前年在松树丛生的阿儿沙滩,父子三人都看到了巨大的火球般的太阳从地平线上一跃而起的情景。今年云层很厚,东方的天空低垂着薄墨色的云。

"看这个样子,今天看不到日出了。"

大介戴着打猎帽,穿着猎装皮夹克,双手插在兜中,眺望着远处的英虞湾。在透明的晨光中,英虞湾大大小小的岛屿和无数的珍珠筏渐渐轮廓分明了起来,但还是没有日出的征兆。

"今年看不到了?"

银平靠在自己的爱车上,忍住哈欠问道。

"今天日出确实有点晚了,但是阳光已经从那边的云层里透了出来,再等会儿吧。"

铁平指着天空中那条淡淡的橘黄色光束说道。大介和银平朝着铁平手指的方向望去,周边薄墨色的云层渐渐染上了玫瑰色,慢慢地,慢慢地,越来越红了。不一会儿,整个东方的天空变得一片通红,好一片光彩照人的朝霞。

"元旦见朝霞,不吉利。"

大介黯然地说道。

"为什么?朝霞不也很漂亮吗?"

一直抱着胳膊看着天空的铁平回头问道。

"你不知道吗?自古以来人们就说,朝霞不吉利。"

听到父亲这样说,神情坚定的铁平脸色突然变了。铁平正暗下决心,要从去年年底发生的一系列意外事件中振作起来,争取在六月份完成原定的高炉建设项目。偏偏在这个时候,父亲说朝霞预示着新年不吉利。

"怎么了,铁平?这可不像你啊,怎么吓得脸色都变了?担心什么呢?"

"没什么,只不过是第一次听说。"

"是嘛。你祖父以前老这样说,特别讨厌朝霞。如果元旦就有朝霞的话,万俵一家就会有厄运。"

大介话里有话地说道。晨光中,铁平瞪大眼睛看着大介,正想要反驳的时候,银平坐在车里,发动汽车催促道:

"咱们走吧!这么冷,又看不到日出。"

大介和铁平一脸不高兴地坐在后面。银平驾驶着汽车熟练地通过结冰的山路。

下山之后,车子直接驶向目的地大崎。大崎是英虞湾中的一个半岛,正对着贤岛,是伊势志摩一带野鸡最多的地方。万俵父子已经和当地猎友会的人约好在大崎集合,一起打猎。

四十分钟后,父子三人到达约定好的见面场所——志摩观光酒店对面的高地。此时太阳早已破云而出,明亮的阳光照在平静的海面上。猎友会的成员们已经拿着猎枪等待着父子三人。

万俵大介拿上座位后面的猎枪和弹夹下了车。

"行长,新年好。"

"我们都来齐啦,新年好!"

四名老猎人脱下帽子,向万俵大介致以新年的问候。

"新年好。今年还请多多关照。"

大介熟络地和猎人们打着招呼。这时,两只波音达犬从猎友会会长东野的车里跑了出来。

"不错啊,你们俩也变健壮啦!"

大介高兴地抚摸着这两只产自英国的猎犬。当这两只波音达犬还是仔犬的时候,大介就把它们托付给了东野,让东野帮着训练它们。两只犬现在体格健壮,肌肉紧绷,一身亮白色的皮毛上点缀着黑色的斑点,血统高贵,英姿飒爽,不愧是王侯贵族专用猎犬的后代。

"咱们赶紧走吧。"

东野走起路来脚步轻松,完全看不出已经六十多岁。两只波音达犬奔跑着在前面带路,众人扛着枪跟在后面。大介的猎枪是 Holland & Holland,铁平的是 James Purdy,银平的是 Remington,都是精工细作的珍品,都有些重,幸好坡道比较缓,扛起来还不是太累。

东野用朴实的语言向万俵父子汇报了十一月份开禁以来的狩猎成果,接着说:

"人做了亏心事就睡不好觉啊。看到那边池子里有野鸭,我们就去打,结果野鸭逃了,散弹打中了旁边的鸳鸯。鸳鸯是禁猎的,我们干了违法的事情。可怜那只公鸳鸯在被打中的母鸳鸯身边绕了几十圈也不走。鸳鸯都是一对儿一对儿的,一只死了,另一只也不走啊。"

东野有些伤心地说道。这时,另一位猎人说:

"我听说如果是公的被打中了的话,母的就会跑得无影无踪。母的,包括人在内,都是薄情寡义的东西!"

猎人义愤填膺的话让大家哄堂大笑。这时,跑在众人前面数米处的波音达犬停了下来,不断地来回嗅着路边的地面,突然弓起身子,嗖的一下就消失在灌木丛中。东野和万俵一行屏住呼吸,来到波音达犬嗅过的地方,仔细观察,发现地面上有三个清晰的野鸡足印。大家立刻跟在波音达犬后面进了灌木丛。嗅觉灵敏的波音达犬把鼻子凑在地面上,悄无声息地向草丛深处走去。忽然,波音达犬停了下来,全身绷得紧紧的,尾巴也竖了起来。波音达犬以这种姿势告诉主人:我已经发现了野鸡。在主人扛着枪过来之前,波音达犬会一直保持着这个姿势。此时猎物早已吓得缩成一团,一动不动。

"冲!"

在东野的指示下,波音达犬大叫着跳了起来。随即草丛中响起拍打翅膀的声音,一只野鸡惊慌失措地飞向天空。就在这一瞬间,

咚!咚!

万俵一行的枪声响起。紫色的羽毛在空中飞散的同时,一团黑色的东西头朝下跌落到远处的草丛中。两只猎犬大叫着跑了过去。不一会儿,猎犬叼着被射落的野鸡,骄傲地摇着尾巴,跑回万俵一行身边,并且按照东野的指示,把猎物放在大介面前。

"好!干得不错!"

大介表扬着猎犬,双手捧起身体尚未变冷的野鸡,心满意足地仔细看着。这是只雄鸡,眼珠溜圆,眼睛周围的羽毛红彤彤的,头部及全身的羽毛全是紫色的。作为新年第一个猎物,这只漂亮而高贵的雄鸡可谓实至名归。

一行人再次出发寻找下一个猎物。

"哥哥,你今天好像对打猎没什么兴趣啊?"

走在最后面的银平问哥哥铁平。

"也不是,我喜欢打野猪,可能那种雄壮的狩猎方式更符合我的

性格。另外,去年年底突然发生了这么多事,太累了。"

铁平叹了口气回答道。

"是啊,最近你看起来是比较累。是不是除了建高炉和大川先生突然去世,你还有什么心事啊?我听二子说了两句,你是不是在芝加哥遇到什么事了?"

银平随口问道。铁平看了看前方十米左右父亲的背影,说:

"也没什么。对了,说起芝加哥,我在飞往芝加哥的飞机上,遇到了在西雅图登机的小森章子。"

铁平不想让银平知道自己去芝加哥的真相,回国后也一直没有告诉银平小森章子的事情。听到哥哥这么说,银平的脸色唰地变了。

"从西雅图?为什么是在那儿?她不是在巴黎吗?"

"不是,她现在搬到纽约了。我遇到她的时候,她正好在西雅图开完个展,准备去芝加哥开下一个个展。她还是短发、清秀、漂亮,一点儿都没变。她让我向你问好呢。"

虽然铁平从小森章子的脸上看出了一个三十多岁的单身女人在国外辛苦奔波的疲惫,但他不想把这一点告诉银平。

"在西雅图那么偏的地方开个展?"

说完这句,银平快步走到铁平前面去了。看到银平如此心痛,铁平有些后悔提及小森章子的事情。随着时间的流逝,美国轴承公司前些日子提出的暂停十二月份出货的要求,现在看来越来越有可能演变为取消订单的结果,阪神特殊钢公司蒙受巨大损失的危险性越来越大。本想新年三天暂时忘记这些事情,但不安与疲劳再次沉重地压在铁平的心上。

铁平突然听到猎犬狂吠了起来,山那边好像有人在跑。为了赶走心头沉甸甸的压力,铁平也穿过灌木丛向小丘陵跑去。

忽然,一只野鸡在铁平眼前飞了起来。铁平下意识地扣动了扳机。

"危险！行长！"

有人大声叫着。

咚！

就在铁平的 James Purdy 枪响的一瞬间，远处浓密的树丛猛烈摇晃起来，什么东西一下子倒了下去。

"啊！行长！行长！"

"爸爸！"

是东野和银平在叫。铁平只觉得全身血往上涌，飞快地跑过灌木丛，爬上丘陵一看，父亲大介倒在地上。

"爸爸，你怎么了？你要坚强！"

铁平疯了一样想要抱起父亲的身体。

"你，你……我……"

大介呻吟着，撇开铁平的手腕。东野从背后扶住大介问：

"行长，子弹只是擦过帽子边缘。您哪儿疼？"

"耳朵疼，听不清……而且腰……"

大介觉得腰部一阵剧痛。

"不管怎样，先回酒店，如果耳膜破裂或是腰骨骨折就麻烦了，得去医院。"

东野提议道。银平赶紧跑过去开车。

大介躺在床上回想着几个小时前发生的事情，依然觉得有些耳鸣。大介被银平抱回来之后，正好住在同一家酒店的一名耳鼻喉科医生为大介做了诊断，结论是皮外伤。医生说，子弹穿过大介耳边时的风压使耳膜受到冲击，造成了暂时性耳鸣，腰部的疼痛也只是轻微的损伤，只需休养一段时间即可恢复。医生让大介服用了镇静剂。

睡了两个小时之后,大介醒过来,心情也平静了许多。

大介觉察到宁子、相子、铁平、银平等都围在床边,但大介并不想睁开眼睛,而是闭着眼睛仔细分析差点被铁平击中的前后经过——

第一只野鸡被打落之后大概过了三十分钟,波音达犬敏锐的嗅觉再次捕捉到了野鸡的味道,噌地爬上了丘陵,自己也穿过灌木丛跟在猎犬后面。两只猎犬绕着同一个圆圈嗅来嗅去,不一会儿同时发现了猎物,进入狩猎位置,严阵以待。这时,自己和银平、东野以及其他三名猎友会的成员也已经各就各位。铁平当时并不在附近。东野正要给猎犬下指令的时候,有人从下面跑了上来。

"危险!行长!"

东野的叫声和刺耳的枪声同时响起之后,天旋地转,自己一下子就倒了下去……

大介能想起来的只有这些。但是大介依然记得,当铁平跑过来想要扶起自己的时候,自己的脑海中突然闪过一个念头:或许铁平就是瞄准自己开的枪。虽然这种怀疑有些居心叵测而且可能性极低,但一想到父亲敬介按照身高定做的 James Purdy 如此适合铁平,想到铁平用那黑洞洞的枪口瞄向自己的后背,大介不由得怒火中烧,睁开了眼睛。

"爸爸,您觉得怎么样?"

一直寸步不离地守候在床边的铁平关切地问道。大介没有说话,看着旁边。

"哎呀,你醒了!"

相子快步走了过来。

"耳朵好点了没有?"

"嗯……没有刚才的那种感觉了,但还是耳鸣。"

虽然已经基本恢复,但看到铁平站在旁边,大介故意皱着眉头说道。

"哎呀,那可不行。要不要再找医生看看?"

相子夸张地表现出担忧的样子。

"那个,不用冰一冰或热敷一下什么的吗?"

宁子惴惴不安地问道。

"那样做的话会加速病情恶化,还是再让刚才的医生看看吧。要不就打个电话问问您的保健医生?"

相子表现出全权处理的样子。

"嗯,看看情况再说。大过年的,我不想为这种事麻烦别人。"

"您说得对。怎么元旦就出了这么不吉利的事情呢?您看,您的帽子从您站的地方飞出去十米远,您看看这帽子,我刚才可是吓得毛骨悚然,您看这裂口处。"

说着,相子将帽子拿给大介看。流弹打上去之后,帽子边缘出现了锋利的裂口,破成了碎片。

"这种东西赶紧扔了,看了都会短命。"

大介心有余悸地说着,一把将破帽子推开。

"爸爸,都是我不小心,请您原谅。"

从大介激烈的反应中,铁平感觉到父亲内心强烈的愤怒。

"这不是原谅不原谅的问题。你到底把我错认成什么而开的枪?这有点太不可思议了吧!"

大介满脸怒火地质问道。

"那时候猎犬叫了起来,我觉得你们大家都跑到那边去了,我也想跟过去。就在那个时候,我的眼前突然有只鸟儿飞了起来,我下意识地扣动了扳机,灌木丛挡住了我的视线,我没注意到爸爸您就站在对面……"

"这就有些奇怪了,你是从后面追过来的,当时哪怕你发现眼前有猎物也不能举枪就射吧！这样做不是违反了狩猎的基本规则了吗？你一开枪，流弹就有可能伤及你前面的人，像你这样的老猎手难道连这一点都想不到吗？"

"您说得很对。可能因为自去年年底以来一直睡眠不足，疲劳过度，作为一名猎手，我丧失了冷静的判断能力，看到眼前有野鸡飞起来就下意识地开枪了。"

铁平诚恳地承认了自己的错误。这时候，相子插话道：

"可是我听东野他们说，他们听到背后有鸟拍打翅膀的声音，回头一看就看见铁平拿着枪对着自己的父亲，他们赶紧大声阻止，但是枪还是响了，应该不会有这样的事情吧？"

相子明显是想火上加油。铁平脸色阴沉了下来，说：

"我的确听到他们叫我住手，但那时候我已经扣动扳机了。"

"你的意思是，即便是像你这样的好枪手，听到住手的声音枪口也调整不了方向了？要不就是你爷爷给你的 James Purdy 违背了你的意志，自己开了那枪？"

大介紧追不舍地问道。很显然，大介在怀疑什么，或是想试探出什么。

"爸爸，爸爸您到底想让我说什么?！"

铁平已经忍无可忍，快要爆发了。

"铁平，你爸爸病了，你怎么这么说话！"

宁子含着眼泪批评铁平。这时，一直默默站在窗边抽烟的银平说：

"这里不是忠臣藏的松之廊下，吉良上野介和浅野内匠头你一句我一句争论谁对谁错的表演，差不多可以到此为止了吧。"[1]银平的语

---

[1] 1701 年，赤穗藩主浅野内匠头在松之廊下砍杀吉良上野介，引发了著名的忠臣藏事件。

气像旁观者一样冷漠。

"妈妈,爸爸能说这么多话就应该没什么事儿了。去吃饭吧。"

银平轻轻拍了拍宁子的肩膀,正要走出房间的时候,身后大介大声喊道:

"铁平,你出去!"

大介冷酷的话语让铁平无言以对。

"我刚才说得有些过了。不管怎样,这件事是因为我的过失引起的,让爸爸受到这么大的伤害,非常抱歉。只要是我能做到的,您随便吩咐。您看要不要叫刚才的那个医生再过来一趟?"

"不用!你赶紧出去!我不想看到你!这是我现在唯一的愿望!"

大介冷酷地拒绝了铁平的提议。大介的话深深刺痛了铁平。铁平觉得,如果父亲骂自己一顿的话,自己可能更好受些。铁平垂头丧气地走了出去。

回到房间,铁平忘记了妻子早苗的存在,抱着头在屋里走来走去。想到刚才和父亲之间的对话,一种说不清是悲伤、愤怒还是落寞的感情涌上心头。铁平再次深切地体会到与父亲之间的隔阂。

为什么自己和父亲之间会有这样的隔阂呢?亲父子之间,长子与父亲之间,为什么会有一道看不见的帷幕呢?自己诚心对待父亲,可是父亲好像总是拘泥于什么事情,总是在想着什么问题,总是拒绝自己。这一切究竟是为什么呢?铁平思来想去也想不清楚。难道是因为父亲提出建造高炉时机尚早,而自己没有顾及父亲的意见强行开建高炉了?高炉开建之后,铁平就感觉到父亲的态度中有种莫名的冷淡。为此,铁平故意向父亲隐瞒了去年年底美国轴承公司要求暂停出货一事。如果是这件事引起父亲的不满,倒还说得过去,但是父亲应该还不知道这件事,所以这不应该是根本原因。那么阻挡在父亲和自己之间的到底是什么呢？铁平无数次考虑过这个问题，又无数次觉得有堵厚厚的墙挡在自己面前，挡住了问题的答案。铁平不停地在屋里走来走去。这时，早苗说：

"老公，别走来走去了，看你像动物园里被关在笼子里的熊一样，一回来就在屋里转个不停。"

早苗的话让铁平猛然清醒过来，回过头来看着妻子。早苗愤愤地问铁平：

"老公，我让孩子们到别的房间去玩了，我想知道为什么公公对你如此冷酷？"

刚才早苗意识到气氛不对，提前回到自己的房间。

"哎呀，不管怎么说，是我不小心，没办法。"

"尽管如此，公公责问你的方式也太过分了！不，不仅仅是对你，对我也一样。公公口头上对我爸爸的突然去世深表哀悼，前段时间也确实帮了我们家的忙，但我总觉得，在我爸爸去世之后，公公对我和以前有些不一样了，有些冷淡了。"

"胡说！是你想多了。"

"不是。我认为你爸爸骨子里就是一个冷漠的人。我是嫁到你们家的外人，他对我怎样都无所谓，问题是你是他的亲儿子，刚才你们俩之间的对话听上去根本就不像亲生父子……"

早苗还想继续往下说的时候，铁平说：

"不要再说了。我想一个人待着。"

早苗不愧是政治家的女儿，听到铁平这样说，强忍着眼泪走了出去。

房间里只剩下铁平一个人。铁平重新回想了一下今天早上发生的事情。自己确实是看到有猎物从眼前的草丛中飞起来才下意识地开枪的，当时根本没注意到父亲的存在。明明是亲生父子，父亲怎么会觉得自己是在瞄准他呢？如果是弟弟银平的话，父亲也会以同样的方式责备他吗？父亲的那句话——"要不就是你爷爷给你的James Purdy违背了你的意志，自己开了那枪？"——再次回响在铁平的耳边。

门开了，铁平感觉到有人轻手轻脚地走了进来，回头一看，原来是脸色苍白的母亲宁子。

"妈妈，对不起，因为我不小心，大家好不容易一起过个年，结果弄成了这样。您不是和银平一起去吃饭了吗？"

"没有，我担心你爸爸批评得太严厉了，你受不了。"

"没有，没事儿的。可是爸爸为什么会那样对我呢？是不是爸爸和去世的爷爷之间有什么问题？"

听到铁平的问话，母亲宁子的身体突然有些颤抖，看着铁平说："不应该有问题。"

"可是，奇怪的是，爸爸每次对我生气的时候总会提到爷爷，今天也一样，说是爷爷给我的James Purdy，所以我觉得好像有什么……"

铁平追问道。

"没任何问题。"

宁子摇着头，像以往一样陷入了沉思，脑海中再次浮现出四十年前那件恐惧的往事。

那天，女佣像往常一样来通知宁子去洗澡。宁子来到日本馆那间扁柏木造的浴室里，在浴盆中泡过之后，由女佣为自己清洗背部、双手、双脚乃至从指尖到私处的身体所有部位。作为公卿华族嵯峨家的千金，宁子自幼习惯了由女佣帮助自己清洗全身，包括私处。这一天，宁子也同样自然地张开双腿，让女佣为自己服务。女佣退下之后，宁子独自将身体浸泡在浴盆中。这时，宁子突然听到浴室木门打开的声音，磨砂玻璃的隔窗上映出一个穿浴袍的人影。想到好久没有和丈夫大介一起洗澡了,宁子既害羞又兴奋。宁子让自己发烫的身体放松下来,等候着丈夫大介。在白色的水雾中,宁子听到有人温和地说:"公卿家的女人果然肌肤洁白如雪啊。"宁子吓得大惊失色,原来来人不是丈夫大介,而是公公敬介。宁子看到了敬介情欲勃发的湿漉漉的脸庞。宁子想大声呼救,但敬介低声说"大介还没回来呢"。说着,敬介将宁子从浴盆中抱了出来,让宁子像孩子一样张开双腿坐到洗浴台上,然后以一种奇怪的体位与宁子的身体缠绕在一起。在极度的羞耻与恐惧中,宁子昏了过去。

等到醒过来的时候,宁子已经躺在浴室旁的一个房间里。宁子睁开眼,看到丈夫和公公分站在两边。

"你到底是怎么了?怎么在浴室里晕倒了?"

丈夫担心地问道。宁子无言以对,偷偷地看了眼公公敬介。敬介面不改色地说:

"我吓了一大跳。幸好我正从浴室前面的院子经过,要是没人听到呼救声的话,说不定宁子就淹死在浴室里了。"

敬介若无其事地讲述着自己听到呼救声之后,叫来女佣把宁子抬到房间里的经过。看着敬介神采飞扬的样子,宁子有种莫名的恐惧,不知道自己的身体是否已经被敬介玷污了,抑或因为自己晕了过去敬介没有得逞?那天夜里,丈夫大介比平时任何时候都要疯狂,似乎想通过狂热的性爱来解开浴室里的谜团。宁子有可能在浴室里被公公侵犯过,夜里又和丈夫做过爱,那天怀上的铁平到底是谁的孩子,宁子也说不清。

"妈妈,您怎么了?不舒服吗?"

铁平担心地问道。宁子慢慢抬起头说:

"在你爸爸身边,我什么都做不了,却总是很累。在你身边静静地休息一会儿,觉得心里舒服多了。"

宁子苍白的脸上浮现出一丝笑容,目不转睛地看着铁平酷似公公敬介的刚毅的脸庞和身体。

"妈妈没事我就放心了。妈妈,原谅我刚才问了不该问的话。"

尽管心中的疑虑并未完全消失,但铁平不想再难为妈妈,尽量装作轻松的样子。这时电话响了起来。

"可能是孩子,刚才就想去外面玩儿。"

铁平拿起电话。

"喂,哥哥,新年好。我是一子。我刚到,现在前台给你打电话。"

一子和美马中已经五年没在志摩观光酒店和万俵一家一起过年了。一子的声音听起来纤细悦耳,似乎还不知道今天早上发生的事情。

美马中坐在老丈人万俵大介的床边,惊讶地听着相子讲述早上发生的铁平误射大介一事。

"铁平射出的子弹是从您头部的哪一侧飞过去的呢?"

一身正装的美马中饶有兴趣地问道。一子转过头去,不愿意看到丈夫那副无风三尺浪的嘴脸。坐在一子对面的相子两条纤细的长腿交叉着,继续绘声绘色地说着:

"这个说起来可不得了,是从太阳穴旁边飞过去的。而且你知道吧,子弹是从后面飞过来了。要是你岳父站的地方再向左移五厘米,那结果会怎样,想想就够吓人的了。"

听上去,相子好像目睹了事情经过一样。

"真是千钧一发啊!像铁平这样的行家出现误射,相当奇怪。是不是出什么事了?"

美马故意压低声音问。大介从镜片后面盯着美马反问道:

"你什么意思?"

"您这么严肃地问我我都不知道该怎么说了。比方说啊,出去打猎之前,爸爸您和铁平之间是不是发生了什么不愉快的事情,或者……"

看到美马沉浸在想象中,一直一声不吭的一子终于忍不住了,说:

"老公,你不要再说了。铁平哥哥因为自己的失误给爸爸造成了伤害,不知道有多伤心呢。"

一子很少如此严厉地对美马说话。

"要是像你说的那样也行啊,问题是他还气势汹汹地为自己辩解。一子,你平常不和我们生活在一起,有些事情你不知道,最近铁平什么事情都和你爸爸对着干。"

相子彻底否定了一子对铁平的辩护。这时,大介不高兴地皱着眉头说:

"我不想再谈这件事了。对了,阿中,你向永田大臣拜年了吗?"

美马在来志摩半岛的途中,特地去了趟芦之湖,向正在那里休养的永田大臣拜年。

"对不起,我忘了向您报告了。大臣在去年年底的时候还说谢谢您呢。"

美马说的是去年年底万俵大介给大臣送礼的事情。

"太好了。大臣心情好吧?"

"嗯,和平常差不多。不过爸爸,今年金融界的形势将会更加严峻。"

"是吗?是大臣的原话吗?"

"怎么说呢,是我在拜年的时候偶然遇到银行局局长春田,我们一起喝酒的时候,他突然说出来的。"

美马好像还不确定的样子,说起来吞吞吐吐的。美马这种吊人胃口的说法,正好引起了大介的兴趣。

"和银行局局长春田一起吃饭好啊。问题是,去年他积极主张重组,结果第三银行和平和银行的合并还是流产了,太伤面子了。今年春田局长这个重组专家,不会还想让银行合并吧?"

大介想知道所谓的"形势严峻"具体指的是什么。

"这是大臣给局长的任务,不想干也得干啊。去年主要是造声势,并没有硬性指标说要干什么,今年开始要慢慢用实力说话了。"

美马瓮声瓮气地笑着说道。

"什么?实力说话?"

大介眼睛闪了一下,反复品味着美马的意思。去年一年,万俵大介都在谋划着"以小吃大"的合并计划,私下里也取得了永田大臣的认可,和春田局长的关系也在不断升温中。现在的关键问题是阪神银行还没有找到合适的合并对象,合并计划还处于摸索阶段。"实力说话"对于位居城市银行第十名的阪神银行来说,似乎有些沉重。

"哎呀,快到和二子未来的对象见面的时间了。"

美马看了看表说。今天下午三点,在楼下的休息室,小泉外交官的夫人陪着佐桥首相夫人的侄子和美马等人有一个非正式的见面,为双方的正式相亲做准备。

"哎呀,差点就迟到了,我和美马过去了。"

相子赶紧站起来说。

"嗯,注意礼节。"

大介在床上叮嘱道。

"一子,你也一起去吧。"

当着大介的面,美马特意邀请妻子一起去。

"我不去了,我陪陪爸爸。"

一子一口回绝了美马的邀请。

美马和相子走出房间。总统套房旁的走廊里一个人也没有。两人并肩走向电梯。无论从年龄还是从气质来看,两人都像一对般配的夫妻。

两人进入电梯。

"好想和你再跳一次舞……"

美马低声耳语道。当相子按下闭门键之后,美马那比相子还要白皙的手,很自然地与相子的手缠绕在一起。两个月前,因为二子的婚事,相子去了东京,两人曾在赤坂的夜总会一起跳舞。那晚的相子妖艳动人,令美马欲罢不能。

"可惜啊,这个宾馆里没有舞池。呵呵呵。"

相子低声笑着,任凭自己的手和美马的手缠绕在一起。

"没有舞池也没关系啊,想跳的话哪里都可以。"

美马正想凑过脸去的时候,电梯停了,门开了。两人立马松开手,各自站好,若无其事地一起向酒吧休息室走去。

"姐夫,在这儿!"

二子和三子在休息室里喊道。因为怕二子起疑心,美马他们把三子也一同叫上了。姐妹俩已经在和小泉夫人们一起喝茶了。美马惊讶地走到小泉夫人身边,说:

"新年好,去年承蒙您多多关照,希望今年还有机会和您一起享受高尔夫。"

尽管两人只是在茅崎俱乐部一起打过一次高尔夫,但美马就像在和相识十几年的老朋友打招呼。美马顺便又问了问小泉夫人的丈夫、原驻法大使、现外务省研修所所长小泉信之的情况。

"我丈夫因为要去向首相和外务大臣拜年,明天过来。"

小泉夫人答道。小泉是原驻法大使,小泉夫人的装饰也颇具巴黎风格,非常时尚。但因为长了一个小塌鼻,故得一绰号"哈巴狗夫人"。

"看来我只有明天再向您丈夫拜年了。二子,你们认识小泉夫人吗?"

美马问对面的二子和三子道。小泉夫人说:

"我们在这儿打桥牌的时候,她们姐妹俩一起来了。上次打高尔夫的时候,我听美马先生您提起过万俵家的小姐,我猜她俩就是,于是打了个招呼,果然没猜错。我们坐在一起刚开始聊天。哎呀,高须,你好!"

小泉夫人滔滔不绝地说着,又和站在美马斜后方的相子打了个招呼。相子以万俵家女管家的身份,恭敬地问候完小泉夫人,看着夫人身边坐着的两位年轻人问道:

"这是您家公子吗?"

"是的,这个一脸悠闲的是我儿子,那个个子高一点、神情紧张些的叫细川一也,是我们家的远亲,或者说是佐桥首相夫人的侄子更合适。"

小泉夫人显摆着手上的外国烟介绍道。

"听说佐桥首相夫人的侄子在帝国制铁工作,就是说的您吗?"

美马不露声色地问道,实际上是在向二子介绍对方的情况。细川一也答道:

"初次见面,请多关照。"

细川一也的眉眼像佐桥夫人,眼角稍稍上挑,戴着圆框眼镜,身穿英式双开叉西服,言行举止似乎有些做作。

"彼此彼此。我们也加入到桥牌中来吧。"

美马提议一起打桥牌。三子说:

"我们正准备坐小泉的跑车去兜风呢。细川说去养殖海苔的地方看看。"

细川一也说:

"说到这个问题,伊势这一带自古就有养殖海苔的传统,平安时代的《延喜式》①中就有肥后、出云、摄津、伊势、播磨等地向朝廷进献海苔的记录。伊势养殖海苔的历史可谓源远流长……"

细川一也还想继续说下去的时候,二子催促道:

"看天快变了,你回头再继续上课,咱们赶紧走吧!"

四个年轻人急急忙忙地走了出去。

等到只剩下小泉夫人和美马、相子三个人的时候,美马中说:

"不好意思,让您见笑了。"

美马以姐夫的身份道歉道。

"哪里,二子很聪明,想说什么就说什么,我非常喜欢她。不知道你们对一也是怎么看的?"

"非常优秀,而且我觉得和二子性格也合得来。"

相子赶紧答道。其实相子一眼就看出一也和二子性格不合。

"果真名不虚传,是个靠得住的年轻人,两人很般配。"

美马也积极地附和着。

"那我就想办法撮合他们了。我可是要么不做,一做就要做到底的噢!"

小泉夫人哈巴狗般的脸上堆满了笑容。

华灯初上的餐厅里洋溢着新年的华丽气氛。

人们身穿新年礼服,正襟安坐在各自的桌边。坐在里面靠窗一桌的万俵一家尤其引人注目。万俵大介居中,左边是宁子、铁平夫妇和银平夫妇,右边是相子、美马夫妇和二子、三子。女人们都身穿会客和服或是晚礼服,男人们全是黑色套装。全家十一口人一起共进

---

① 《延喜式》:日本平安时代中期的法律实施细则,是当时律令政治的基本法。

晚餐。孩子们并不在座。按照外国礼仪,孩子们已经提前吃完晚饭。

汤上完之后是芝士烤虾,原料是当地著名的伊势虾。万俵大介像以往一样熟练地拿起刀叉之后,其他人也一起拿起刀叉开始享受美味的伊势大虾。没有人再提及早晨的误伤事件,所有人的脸上都挂着笑容。在外人眼中,万俵一家的新年晚餐雍容华贵,其乐融融。

"美马和一子有五年没和我们一起过年了。孙子们也提前热热闹闹地吃完饭了。"

大介心满意足地看着家人说道。身穿高雅的淡紫色和服的宁子点了点头。美马放下刀叉说:

"我们好久没和爸爸你们一起过年了,真是难得。孩子们也可以高兴地疯玩了。"

美马接着又问坐在末位的三子:

"Mademoiselle[①],刚才和小伙子们兜风的感觉怎么样?"

三子身穿橙红色礼服,胸前的红玉项链闪闪发光。美马问话的目的是想探听二子对细川一也的看法,但毫不知情的三子答道:

"非常棒!那个叫细川的,身高一米八,英俊潇洒,东大法学部毕业的,在帝国制铁秘书课工作,性格开朗,听说他的姑父竟然是首相,简直是超级白马王子!是吧,姐姐?"

三子兴奋地说道。身穿蓝色礼服配大粒珍珠项链的二子,美丽的嘴角边浮现出爽朗的笑容,说:

"你打的分不低啊。但要让我说的话,他那身像是从服装店橱窗里跳出来的装腔作势的打扮要先扣去十分,他那衣服两边的开衩摆来摆去的,说起话来动辄就来一句'说到这个问题',整个一定义大师的样子,再扣三十分。"

---

① Mademoiselle:法语,未婚女性的意思。

二子的点评十分尖刻。三子对二子如此评价相当意外,说:

"这难道不是细川先生博学多才的表现吗?而且,他年纪轻轻的就穿着两边开衩的英式西服,我觉得他的打扮非常与众不同。看着风儿吹动他西服的样子,我的心都醉了。"

三子连比画带撒娇地说着,大家都乐不可支,只有美马和相子明白二子对一也毫无感觉,两人悄悄交换了下眼色。

"下一道菜是烤松阪牛肉,您看配什么葡萄酒好?"

大家正说笑的时候,大堂经理将装有多个品牌、不同年份的葡萄酒的小车推到大介身边,恭敬地问道。

"松阪牛肉还是配味道浓郁的勃艮第红酒好吧?"

大介从近十种葡萄酒中挑出一种问大家。美马说:

"是啊,最好是1965年的,听说勃艮第的红酒过了十年的话,酒精成分就会消失,味道会大打折扣。"

美马好像很在行的样子。三子说:

"爸爸,还记得在巴黎的马克西姆喝葡萄酒的时候,不是大堂经理,而是酒窖主任来向大家介绍了一通葡萄酒,介绍完之后,当被问及选用哪种葡萄酒的时候,连爸爸都不知道该选哪个了。"

大家又都笑了起来,只有铁平和早苗没有笑。相子注意到了他俩的表情,说:

"铁平,怎么了?打起精神来。你看看,连早苗也没精打采的,多喝点葡萄酒。"

白天,相子一个劲地煽风点火,鼓动铁平和大介对立,现在却表现出很关心铁平的样子。相子又将视线转向今年第一次参加万俵家新年聚会的万树子,说:

"万树子,你是第一次参加这样的晚餐会啊。从你今天衣服的品位,无论是和服,还是带子和系法,都能看出你有个出身大阪船场的妈妈,眼光就是不一样,实在是漂亮。"

相子特地提到万树子的妈妈是大阪世家出身,是想将万树子树成万俵家的新星,从而打压刚刚失去实力派政治家父亲的早苗。身穿高档匹田绞缬云形刺绣和服的万树子压抑着心头的激动,说:

"您这样说,我爸爸和妈妈听到了不知该有多高兴呢!说实话,这是我嫁到万俵家过的第一个新年,妈妈去年年底的时候给我打过好多次电话,叮嘱我千万不要出差错。"

"说到你父亲,去年年底我忙得还没来得及问候他,他还好吗?"大介问道。

"托您的福,很好。我爸爸还说,您忙于大川先生的事情,不要太累了,他担心您的身体……"

听出万树子又要说到早上的事情,银平赶紧说:

"你说得太多了。"

银平阻止万树子继续说下去。美马注意到银平的想法,乘机转换话题问:

"铁平,你好像说过阪神特殊钢公司的高炉要在六月份建好?"

"是啊,为此我们除夕也加班到最后一刻。这是事关我们公司命运的大工程,我们想尽量在预定时间内完成。可惜在这个关键时刻,我失去了岳父。他在批准高炉工程等很多事情上帮我们和通产省交涉,帮了我很多忙,他的去世实在令人伤心。今后我们公司在和上级机关打交道的时候,可能就需要美马你的帮忙了,拜托了。"

铁平眼神坚定地看着妹夫美马说道。一旁的一子赶紧接过话来说:

"这是自然。哥哥,美马一定会尽力的。"

"铁平,不要总说些自私的话。"

大介一句简短无情的批评让餐桌的气氛瞬间变得冰冷。二子赶紧开玩笑说：

"一子姐姐夫唱妇随这还是第一次吧，真厉害。我今年也要做好出嫁的准备了，也要向姐姐学习当好贤内助呢。"

二子的玩笑话让冰冷的餐桌气氛又有了一丝暖意，但是横亘在大介和铁平之间无形的鸿沟却越来越深。父子俩以不同的立场深陷在朝霞的凶兆中无法自拔。

新年伊始，大藏省正面拱门处，各银行来办事的高级车络绎不绝，直到傍晚之后才渐渐安静下来。

银行局局长春田坐在四楼局长室的转椅上，看着窗外暮色中飘舞的雪花。雪从午后开始下，现在霞关的机关大街上已是一片银白。春田局长心中翻来覆去想的是自去年开始的银行重组问题，决心今年一定要实现银行重组。

春田瘦削而严肃的脸庞重新转向桌上的文件。桌上放着银行局局长令——《关于放宽城市银行红利分配规定的通知》，待永田大臣批准之后就送交各城市银行知晓。自去年下半年开始实行的统一会计准则打响了金融界合并的第一枪。从那以后，原本暗箱操作的银行经营变得公开透明，各家银行之间的收益差别一目了然。为了让各家银行经营水平的差距更为明了，大藏省决定今年出台放宽分红规定的通知。该通知规定，将原本最高为9%的分红率提高到15%，目的就是实现分红的自由化。春田局长明白，这个通知必将引发新年银行界的"地震"。

桌上电话铃响了起来。

"永田大臣的电话。"

是大臣秘书的声音。

"您好，我是春田。"

"是我,还是那件事。刚才我在首相官邸打探了一下佐桥首相的意思,他说明年三月前开始就可以。"

话筒里传来永田大臣略微有些沙哑的声音。"那件事"指的就是春田办公桌上放着的红利自由化一事。

"那太好了。接下来就剩下说服主张后年三月实施红利自由化的五菱银行和五和银行了。"

"我已经定好明天和五菱银行的鹈川行长见面,我相信能说服他,而且富国、大友两家银行原本也没什么异议,基本上没什么问题。"

听得出来大臣很开心。虽说大藏省拥有可以撼动银行经营根基的行政权力,但无论出台什么措施,大藏省事先都会征得四大银行的同意。

"非常感谢大臣您的支持。参加制定计划的各位现在该去您的官邸集合了。"

"嗯。"

永田大臣挂断了电话。春田放下电话,赶紧将文件原件收进抽屉,看了看银行局领导动向的标志灯。原定六点半在大藏大臣官邸集合的审议官、总务课课长、银行课课长中,只有总务课课长久米的灯还亮着,其余的人应该已经走了。春田拿起外套,走出局长室。早已过了五点半的下班时间,女办事员也已经回家,只有年轻的事务官还在。

"局长,我让司机在西玄关处等您。"

"好的,如果有记者来的话,你就告诉他们,难得我今天早回家了。"

春田时刻防范着来大藏省探听情报的各路记者。春田刚走到走廊里,一名熟悉的记者看见春田拿着外套,笑着问:

"局长,您这是回去还是……?"

"今天正好没有会,又下雪,我想早点回家。赏雪独酌,别有风味啊。"

春田装作忙中偷闲的样子答道。春田是大藏省头号酒仙,听到春田要回家独酌,记者深信不疑,说:

"真羡慕您啊。如果我没有主计局预算冲突的报道任务的话,就可以用我们报社的车送您回家,顺便我也去您家陪您赏雪喝酒,再听您畅谈一下对金融重组的新见解。"

"太可惜了,主计局他们得干到半夜呢。小心别冻感冒了。"

春田以人情味十足的关心转移了记者的目标之后,下电梯到西玄关处上车离开。

雪还在不停地下着。天气预报说,这场雪可能是一场多年不遇的大雪。

当春田局长过了麻布二桥,到达三田纲町的大藏大臣官邸的时候,已经过了预订时间六点半。官邸周围都是些大使馆和旧财阀的社交俱乐部,长长的海鼠墙①让人想起古代大名的住宅。在郁郁葱葱的大树的掩映下,大臣官邸更显幽静深远。这座房屋的主人原来是侯爵,二战后,政府将房屋买下来作为大藏大臣的官邸。实际上,大藏大臣使用的频率并不高,倒是大藏省的领导们经常在这个掩人耳目的地方进行秘密商谈。

"欢迎光临。这么大的雪,车子不好开吧?"

春田下了车,进入内玄关。一名发型麻利、身穿和服的中年女性在宽敞的门廊处迎接春田。这位名为原田节子的女性曾是理财局原局长的办事员,五年前开始负责管理该官邸。

---

① 海鼠墙:墙壁建筑样式的一种。

"呀,总是给你添麻烦。你在我就放心了。大家都来了吗?"

春田边脱鞋边客气地问道。原田在给理财局局长当办事员的时候,曾经帮过春田不少忙。原田紧了紧微微有些老气的捻线绸和服的领口,答道:

"二十分钟前,总务课课长久米打电话说要晚点过来。松尾审议官和银行课课长井床已经来了。"

走过长长的走廊,原田将春田局长引至里面的客厅。为了防御外敌,这座曾经的大名官邸的走廊不仅昏暗,而且如迷宫般曲折幽长。春田跟在原田节子的后面,闻到一丝淡淡的香水味。春田瞄了眼原田的后脖颈处,脸上露出微妙的笑容。到客厅门口的时候,春田收起笑容说:

"久等了。"

松尾审议官和银行课课长井床已经在里面等候。春田坐到上座。

"局长,您觉得即将下发给城市银行的放宽分红规定的通知,将来会怎样?"

银行课课长井床单刀直入地问道。大藏大臣永田刚刚打电话给春田局长,表示同意该计划的实施,但是考虑到同席的松尾审议官是永田的政敌——田渊干事长的心腹,春田说:

"大臣还没有批复,可能还得再等一段时间。让我说的话,导入统一会计准则之后,各家城市银行的经营差距已经一目了然,所以咱们现在应该乘势追击,尽早改革分红制度,但是各银行的反对意见可能会相当多啊。"

春田局长的话是故意说给松尾审议官听的。这时,银行课课长井床苦笑着接过话来说:

"是啊,城市银行中除了存款量第二、收益第一的大友银行,其他银行都对红利自由化十分警惕,都很紧张。有家银行的常务甚至说,接受统一会计准则本身就是个错误。"

正在这时,纸拉门砰的一声被打开了,总务课课长久米走了进来。

"不好意思迟到了。因为国际投资银行的事情我去了趟证券局,好不容易回到银行局的时候,又被一个老记者抓住了,一个劲地问我说,局长以及各位银行局领导全都不在,是不是到哪个地方开什么秘密会议去了?我费了好大劲才甩了他。"

"甩掉了吧?"

春田问。

"差不多吧,即便被他嗅了什么跟过来,咱们还有原田。老将出马,没问题。"

久米看着正在指挥年轻女佣上菜的原田节子说。原田节子心领神会地点点头,给大家倒完啤酒之后就主动退出房间,以免打扰。

四人一起喝完杯中酒。为了润嗓子,春田局长又喝了一杯之后,说道:

"今年最主要的工作是完成金融重组阶段城市银行的合并。我们经常说,日本银行的数量太多,城市银行有十二家,地方银行有六十二家,再加上相互银行七十一家,总共有一百四十五家。问题是,即便位居城市银行第一的富国银行,在世界银行排名中也仅仅名列第十八位。这一点充分证明了作为日本金融中枢的城市银行的力量相当薄弱。当今世界银行业的趋势是大银行通过集约化充分发挥规模优势,在不远的将来,外国大银行将以其庞大的资本和合理化的经营方式抢占日本的金融市场。想到这一点,我们不能不心惊胆战。永田大臣对此也十分担忧,力主实现城市银行的大型合并。当然,我们以前也对金融重组的构想进行过讨论,今天,我们先做出一个银行组合的预案来。"

春田局长老调重弹之后问道:

"井床,组合预案做好了吗?"

听到春田局长的问话,银行课课长井床从包里拿出一份文件来,答道:

"这是我和两名课长助理,也是银行行政专家一起做的一份预案。当然,从理论上来说,城市银行的理想状态是先合并成六七家,接着再进行筛选,最终合并为三四家。我们现在做的只是一个预案草稿,请看。"

井床将手中的文件摊开。文件是用铅笔写在大藏省专用稿纸上的,乍一看像是笔记,其实却是一份绝密级文件。

①富国银行——大同银行 or 阪神银行

②大友银行——大友信托银行 or 伊势银行

③五菱银行——第三银行 or 八洲信托银行

④五和银行——第三银行 or 阪神银行

⑤中京银行——大同银行

⑥平和银行——北九州相互银行

⑦太平银行——北海银行

⑧坂东银行——神奈川银行 or 房总银行

春田局长先大体看了看,接着依次传给了松尾审议官、总务课课长久米。

"从总体上来看,这个预案还是妥当的。富国银行和大同银行,或者说富国银行和阪神银行合并的话,存款总量大概是多少?"

春田局长率先开口问道。这时,大家听到纸拉门外面好像有人,不约而同地停止了交谈。纸拉门被静静打开,原田节子又端来了啤酒。井床松了一口气说：

"富国和大同银行合并的话，是三万亿六千万日元，能进世界五强；富国与阪神合并的话，是三万亿三千万日元，可能在五强上下徘徊。"

"这样的话，五菱银行和第三银行合起来是三万亿八千万日元，规模更大，让它们两家合并的可能性怎样？"

总务课课长久米问银行课课长井床。

"同为财阀银行，这两家银行行风相似，客户关系平衡，而且两位行长私交甚笃，我认为合并的可能性并不小。只是去年秋天，第三银行即将和平和银行合并的时候，濑川副行长的丑闻被媒体曝光，直接导致了业界对第三银行诚信度的怀疑。如果不花些时间让第三银行进行整改的话，哪怕可以吞并第三银行，恐怕五菱银行也不会答应吧。"

井床课长答道。

在永田大臣和春田局长的共同指挥下，旨在壮大田渊干事长资金链的第三银行和平和银行之间的合并计划无疾而终。听了井床课长的回答，田渊干事长的心腹——消瘦而且微微有些驼背的松尾审议官放下手中的啤酒杯，说道：

"先不说什么诚信度的问题，合并最大的好处是实现营业网点的互补。如果五菱银行和第三银行合并的话，基本不能达到营业网点相互补充的目的。从这一点来看，我觉得大友银行和第三银行的合并更为实际一些。"

第三银行如今已难逃被吞并的命运，松尾审议官知道，即便自己不能为田渊干事长争取到理想的合并对象，也决不能便宜了永田一方，让富国银行和五菱银行更加壮大。银行课课长井床敏锐地体会到了松尾审议官的心理变化，说：

"大友银行和第三银行？挺有趣的组合。第三银行再怎么着也不会愿意附身于大友银行吧？看看大友银行吞并南大阪银行后的冷酷无情，没有哪家银行会愿意和它合并的。"

井床巧妙地反驳了松尾的观点之后，接着说：

"从重视营业网点的互补性来看，就像这上面写的，我们更应该推进五和银行和第三银行的合并。咱们来详细讨论一下他们双方的网点分布情况，可以发现东西非常平衡，从一定意义上来说，他们两家合并后可以成为一家巨型银行。在交易企业和信用卡业务等方面，两家之前完全没有合作经验，必须从头开始。因此，我们如果想尽快造成一种合并气氛的话，可以充分发挥和这两家银行都比较熟悉的阪神银行的桥梁作用，形成三明治式组合。"

银行课课长井床用红笔在文件上将三家银行组合在一起。春田局长看着说：

"嗯，这个组合不错。但是阪神银行和富国银行的合并更现实一些。他们两家已经开始在存款互收互付方面进行业务合作，而且阪神银行的外汇交易业务一直比较多。如果阪神银行和城市银行中海外业务最强的富国银行合并的话，会形成一家适应国际化趋势的与众不同的新银行。"

说到这儿，春田局长从口袋里拿出钢笔将富国银行和阪神银行连在一起。这时，总务课课长久米说：

"接下来谈谈三云行长去年刚刚赴任的大同银行的未来。这里提供了两种方案，大同和富国，或者大同和中京。我觉得，大同和中京的行长都是日银出身，他们两家合并可能会更顺利一些。问题是今后的总行设在哪里好呢？"

久米课长歪着头想了想之后继续说：

"但是，大同和中京一旦合并，就会出现一个强大的'日银银行'。

就是让行长同为大藏省出身的太平银行和北海银行两家合并,形成一家'大藏银行',估计和'日银银行'相比也是相形见绌啊。"

"问题就在这儿。当然也可以加上埼玉县的坂东银行,但总有种凑数的感觉。"

井床和久米两人就促成一家能和"日银银行"对抗的"大藏银行"的问题进行了讨论。一旁的松尾审议官时不时插上两句,脸上露出嘲讽的笑容。春田局长喝着原田节子精心准备的啤酒,心里盘算着别的事情。

由前四大银行吞并排名中后的银行,以提升银行的规模化的确是件好事。问题是如果银行规模过于庞大的话,大藏省想插手就比较困难了。因此,春田局长觉得,一方面要促成银行的规模化,另一方面也要保证大藏省的政令上通下达。而要达到这一目的,就必须打造一家能与民间大型银行相对抗的"公家银行"。这时,春田局长的脑海中浮现出《禁止垄断法》第十五条——关于公司合并的限制问题。

按照现行的《禁止垄断法》,公正贸易委员会所认可的某特定企业的市场支配率不得超过30%。但是,在金融支配规定严格的银行业,市场占有率应该要更低一些。若保守估计为20%的话,那么城市银行总存款量二十一万亿日元的20%为四万亿日元左右。看来即便未来某家大型银行的存款达到四万亿日元,也不违反垄断法。春田盘算着这些数字,缓缓喝完杯中酒,默默选出分属于日银派和大藏派的北海、大同、太平、坂东、阪神五家银行,将它们合并在一起,合并后的存款总量可以轻松达到四万亿日元,这样在环太平洋地带就形成了一家令财阀系银行闻风丧胆的巨型银行。但现实问题是这五家银行的合并困难重重。不过春田局长觉得这个构思值得探讨。

"局长,对于强化'大藏银行',您有什么建议吗?"

井床抬头问道。春田丝毫没有透露心中的大型合并计划,而是含糊地答道:

"是啊,是得好好考虑一下啊。"

春田暗下决心:力争在环太平洋地带打造一家巨型银行,并以此作为晋升大藏省次官的一大政绩。

美马中和原田节子并排坐在青山一家小酒吧的吧台边,喝着威士忌。酒吧在一栋二层小楼的二楼,采用的是会员制。七点刚过,酒吧里还没有其他客人,服务员们也是一副百无聊赖的模样。熟悉的老板娘和酒保知趣地远离两人,站在一旁。

今晚的原田节子和昨晚的装扮完全不同。在大藏大臣官邸时,原田节子打扮得简朴低调,此时的原田节子身穿华贵的和服,全身上下散发着浓郁的香水气息,眉清目秀的脸庞在酒精的作用下微微泛着红色。

"你这个时候出来没事儿吗?"

美马警惕地小声问道。

"嗯,今晚没有聚会,官邸里没人,没有刺激,无聊死了。"

原田节子似乎难以忍受官邸的无聊。

"刚才你在电话里说有绝密的事情告诉我,什么事?"

美马正在主计局忙着年度预算审定的时候,原田节子打电话过来说,有绝密的事情要面见美马。一开始美马以为是原田想见自己编的借口,试探地问了两三句之后,发现这个绝密的消息和银行有关,特别是和老丈人万俵大介的阪神银行有关,这才答应出来和原田见面。

原田节子似乎看透了美马内心的想法,说:

"好久没见了,咱俩有半年没单独在一起了吧?"

"也不是吧,主计局在大臣官邸聚会的时候,咱们不是也经常见面的嘛。"

"但是像现在这样,就我们两个人在一起,已经好久没有过了。"

原田节子意味深长地眨了眨眼睛。原田节子非常得意于自己的名字和曾经的名演员原节子就差一个字,而且两人的眉眼也十分相似。虽然原田节子已经四十七八岁了,但风姿犹存。年轻的原田在理财局局长身边工作的时候,有很多中层官员想征服这个美丽的单身女人,美马也是其中之一。因为原田喜欢香水,美马时不时买来名贵的香水,如 JOY 或者 GUERLAIN① 之类的送给原田,有时也邀请原田出去吃饭。一来二去,美马知道了原田原来是理财局局长的情妇。在那位理财局局长主动让贤之后,原田也随即辞职,后来不知道托了谁的关系,成了大臣官邸的管理员。原田虽然长相和原节子一样清秀,骨子里却是个水性杨花的女人,和美马也发生过一两次关系。而对于美马来说,之所以和原田保持不远不近的暧昧关系,好色是原因之一,更重要的一个原因在于原田管理着大臣官邸这个大藏省官僚秘密碰头的地方。美马早已把这中间的利害关系算计得一清二楚,一方面垂涎于原田半老徐娘的姿色,另一方面尽量保持着两人之间的距离。不知道多少杯威士忌之后,美马忍不住生气地说:

"你没必要总这么端着不说吧!到底怎么了?"

原田节子一只胳膊撑着吧台,一副破罐子破摔的样子说:

"怎么了?我心烦啊,说什么看起来年轻,过了四十五啦,还是个破官邸管理员,可悲啊。"

原田节子一口喝完了杯中酒,接着说:

"美马,你是想知道昨天晚上银行局在官邸秘密聚会的情况,才

---

① GUERLAIN:法国娇兰。

同意出来见我的吧？"

"这倒也是，但也好久没和你喝酒了，想和你喝两杯。"

"是吗？随便啦，管它是什么原因呢！反正我是带了一个绝密好情报给你。"

原田节子的大眼睛里已开始出现醉意，但仍然没有忘记压低声音，说：

"我看到他们前面放了一张表，不知道具体是什么东西，听他们在说什么某某银行如何如何之类的，他们提到了很多银行，我故意去给他们送日本酒，本来日本酒可以不用送去的。我注意听，听到了阪神银行的名字，说是和哪家银行形成三明治式组合关系什么的。"

"什么？三明治式组合？阪神银行？"

美马手中的玻璃杯差点掉到地上。去年以来，在岳父万俵大介的授意下，美马专门负责和永田大臣的交流沟通工作。对于正在谋划"以小吃大"的阪神银行来说，如果在银行局的秘密会议上被定成三明治式组合的夹层部分的话，事态将变得相当严重。

"你刚才说的是真的吗？不会是吓唬我的吧？"

"你要认为是的话就一笑听之，可惜这是我亲耳听到的。怎么样，吓着了吧？"

"嗯，有一点儿，你真不愧是前任理财局局长身边的女人啊。"

美马奉承完之后继续问道：

"他们还说什么没有？"

"说了。但每次我进进出出的时候，他们要不就不说了要不就声音特别小，听不清楚他们在谈什么。他们几个人在一起，肯定谈的是银行重组的事情。每次都是银行局局长春田、审议官松尾、总务课课长久米、银行课课长井床，有时候课长助理小田也会参加。"

美马的眼神犀利了起来。元旦那天，美马去永田大臣的休养地芦湖贺年的时候,恰好遇到银行局局长春田。从当时大臣和春田谈话的内容来看,美马推测今年大藏省将强制推行各银行之间的实力重组。现在看来美马当时的感觉是正确的。美马认为应该赶紧把这件事告诉岳父。位居城市银行第十名的阪神银行,已经被银行局置于一个与其意愿完全相反的位置上了!

"哎呀,真讨厌!我一说完你就不理人家啦。你这个人,永远都这么势利!"

原田节子依偎在美马肩上,风情万种地暗示道:白送到嘴边的肉,你怎么还不赶紧好好享受?美马知道:这个时候如果不假思索地拒绝的话,会让原田下不来台,以后也别想再从她那儿得到什么消息。于是,美马将白净的手放在原田圆润的膝盖上,低语道:

"我是从办公室里偷跑出来的,还得回去。没办法,现在是主计局最忙的时候,你知道的啊。"

"是吗?我不知道。无非又是你想溜走编的瞎话吧!"

说完,原田节子拿起酒杯,不顾美马的劝阻,咕咚咕咚地喝了起来,仿佛是想冷却燃烧的身体。

"你以后再拿香水来骗我也不行了!你们这些精英官僚的手段谁不知道!"

美马架着醉醺醺的原田节子,一路搀扶着,好不容易才把她弄上叫来的出租车。美马给了司机小费,让司机把原田节子送到杉并的公务员宿舍。平时原田节子和母亲生活在一起。做完这些,美马随手打了个车,返回大藏省。

过了晚上九点,大藏省各个局加班的人们大多关灯下班,只有三楼主计局依然灯火通明。美马坐电梯上到三楼。在主计局前的走廊里,准备通宵夜战的各省厅的课长们坐在椅子上,等候着第三次复活预算的谈判。看到美马,所有人都客客气气地打着招呼。美马礼节性地点点头,推开主计局的大门。屋里还有十余名主计官在加班。针对各省厅提出的预算方案,意图获得更多预算的省厅方和旨在削减预算的主计局方正在进行着艰难的攻坚战。靠近进口处的办公桌边,农林省的课长正在解释农地改良工程补助金的情况。美马扫了一眼办公区之后,走进自己的办公室。

美马的办公桌上堆满了各主计官审定完的报告。看报告之前,美马拿起桌上的电话,准备给神户万俵家打电话。就在这时,美马突然想起明天有个聚会,到时候能见到春田局长。既然这样,现在用不着着急给万俵大介打电话,等到明天探听清楚春田局长的意图,明确自己该干什么之后,再通知万俵大介也不迟。想到这儿,美马将手中的话筒放回原处。

由帝国制铁副社长、日本经营者团体联盟常任理事兵藤正一郎组织的"兵六①会",在新桥茶屋"田川"的内包间里举行。

参加者有十几人,包括通产省的重工业局、企业局、通商局,以及大藏省的主计局、理财局、银行局、主税局等局的局长、次长等,可以说集中了未来次官、大臣的所有人选。

主计局次长美马中也在其中。尽管该聚会精英云集,却被戏称为"兵六会"。当然,"兵六会"的"兵"源于组织者兵藤的"兵","六"即开始时间是下午六点。聚会的地点非常随意。尽管每次都定在每个月第二个星期二的下午六点开始,但是参加者因为工作迟到或缺席也是常事。聚会时的座次也没什么讲究,一般是先到先坐。因此,对于聚会者来说,这也是他们一个月一次的难得的随心所欲的快乐时光;对于兵藤来说,作为帝国制铁的政治部领导,组织这种聚会可

---

① 日语中的"兵六"是糊涂虫、蠢驴的意思。

以拉近和官员之间的距离。大家在一起聊的话题也都比较轻松,今晚同样如此。兵藤正一郎正晃动着八十千克的肥胖身体,大谈特谈柔道和大脑生理学的问题。

"大脑生理学并不仅仅是我的爱好。我在主管人事工作的时候,发现人事问题有可能决定人的一生。我们判定某个人的能力,不仅需要经验和感觉,还需要科学的方法。自从发现了这一点,我开始致力于大脑生理学,有人称之为'兵藤式人事管理法'。见笑!见笑!"

兵藤不仅在钢铁界,在财界也是呼风唤雨的人物。此时的兵藤尽情地胡侃乱吹,根本看不出平时的影子。这时,兵藤的老友、重工业局局长石桥端着酒杯说:

"哎呀,把大脑生理学的理论用到具体的人事管理上,兵藤你可真是不得了啊!通过科学的方法来测定每个人的强项,这样整个团队的能力将会成倍增长。咱们机关里面,如果能够不论资排辈,而是采用科学的用人方法,做到人尽其才就好了。"

石桥已经有些醉意,说到这儿的时候瞥了一眼美马。主计局局长今天没有来,石桥刚才的一番话是对大藏省人事制度的讽刺。大藏省内"非主计官不得为大藏官"的风气至今依然十分浓厚。若是平时,美马肯定会反驳一句,但今晚美马迟到了一些,又一心想着打听春田局长的想法,所以没有搭理石桥。

春田也来得比较晚,坐在靠近入口的地方,正高兴地和小艺伎们打情骂俏。

"讨厌啦,局长,您竟然说我大脑的魅惑指数高,那您今晚要不要试试?"

一个二十二三岁的艺伎挑逗地靠近春田,撒娇着说道。

"好啊!你先让你那位大老板写个出借证明,要不回头说我是非法借贷的话,我这个银行局局长就成坏榜样了。哈哈哈哈……"

看到春田心情大好的样子,美马确信:在大藏大臣官邸召开的以春田为中心的秘密会议,肯定已经制定了某项具体的措施。美马不明白的是,当年永田大臣遭到排挤、束手无策的时候,春田和自己一起去看望永田,两人也算是患难之交了;对于永田默认万俵提出的"以小吃大"的合并构想一事,春田也十分清楚。为什么现在春田却要阪神银行扮演三明治夹层的角色呢?美马决定今夜和春田坐同一辆车回去,到时候好好问问春田的真实想法。

"美马,来一杯吧?"

听到兵藤叫自己,美马赶紧端起杯。

"不好意思,这段时间一直通宵加班,今天来晚了。"

"没关系。听说预算编制从去年拖到今年,主计局很不容易啊。谢谢你这么忙还赶过来。"

兵藤一口喝完美马为自己倒的酒,接着说:

"大川一郎的三七也过了。想当年大川当通产大臣的时候,把我们公司当成眼中钉,害我们吃了不少苦头。但大川还是个有骨气的政治家啊。对了,阪神特殊钢公司的高炉建得还顺利吧?大川生前说,他那个专务女婿为这个工程赌上了整个公司。"

"是啊,铁平是冶金专业出身的技术专家型领导,从早到晚满脑子都是钢铁。"

说到这儿,美马突然想起新年在志摩观光酒店的时候,见到二子的相亲对象——帝国制铁秘书课的细川一也的事情,于是问道:

"您的秘书课里有个叫细川一也的吧?兵藤副社长,您从大脑生理学的角度评价评价他吧。"

兵藤的嘴角浮现出笑容,说:

"你是帮别人介绍对象吧?我建议你最好早点定下来。用大脑生理学来测定的话,在判断力、理解力、思考力等二十多项指标中,他的得分基本上都超过九十分,而且他还是佐桥首相夫人的侄子,方方面面打听他的人简直挤破了头!"

"哎呀,什么时候让我见识一下那位少爷啊!平常兵藤老板召集的人,全都是些资深大叔啦。"

一旁的艺伎撒娇地说道。宴会在一片热闹声中结束。

很多车等候在外面准备送客人离开。美马赶紧和春田坐上了同一辆车。两人的家分别在世田谷的成城和樱丘,正好路线一致。车子开动以后,美马问:

"你们前天在官邸赏雪赏得怎么样啊?"

美马的问题让春田有些意外,于是反问道:

"你怎么知道的?"

"人各有道嘛。你直接把你们讨论的那个银行预案表的内容告诉我吧。"

"你连这个都知道?就是这个表。"

春田很干脆地承认了,并从上衣内袋里拿出一个茶色的信封交给了美马。美马抑制住内心的激动,取出信封中的大藏省专用信笺,就着车内昏暗的灯光快速地读了一遍。预案是用铅笔写的,上面列有十二家城市银行的八种组合方案。看起来万俵大介的阪神银行被定义为百搭型银行,似乎和哪家银行合并都可以。美马又默读了一遍,基本记住之后,将文件放回信封还给春田。过了一会儿,美马问:

"春田局长,你自己是怎么想的?"

"我心里有个更大的规划,那是我的终极目标。"

车灯灭了,车内一片黑暗。一贯严肃的春田骄傲地笑了起来。

"比如,比如说啊,把北海道的北海银行、东京的大同银行、从相互银行转为城市银行的太平银行、埼玉县的坂东银行,还有阪神银行这种位于环太平洋地带、名列中后位的银行结合在一起,形成一个能与财阀系银行相对抗的大型银行,你觉得这个想法可笑吗?"

"不可笑,但是这个想法让我震惊。永田大臣也知道你的这个构想吗?"

"怎么说呢……"

春田的回答不置可否。作为前任银行课课长,美马知道这种综合性合并落实起来并不容易,但是,这种组合是以日银系和大藏系的银行为核心的,一旦组合成功,必将为永田大臣夺取权力宝座提供强有力的资金后援,如果贸然反对的话将导致自己无法在永田派立足。

车子驶入世田谷的樱丘,在春田家门口停了下来。这是一栋两年前新建的素雅的西式建筑。春田按响门铃,夫人打开了门。

"哎呀,真稀罕啊,美马你也在。新年的时候你那么客气,实在感谢。"

春田夫人是日本汽车公司社长的侄女,毕业于御茶水女子大学,是著名的贤内助。简短地打过招呼之后,夫人问:

"进来坐会儿吧?喝点热茶什么的。"

夫人的语气自然又不失分寸。

"不了,今天太晚了,改日再打扰。告辞。"

美马郑重地打完招呼,再次坐上车回家。

"你回来了。"

身穿大岛绸和服、系着胸带的一子恭恭敬敬地站在门口迎接丈夫回家。回想起刚才春田夫人精干的举止,美马觉得眼前的一子有些过于慢条斯理,已经远远落后于现代化的生活节奏。美马不由得气不打一处来,进了客厅之后,一把推开想帮自己脱外套的一子,气呼呼地进了书房。一子端来茶的时候,美马看都没看她一眼,拿起话筒给神户冈本的万俵家打电话。接通之后,女佣把电话转给了大介。

"喂喂,爸爸,您打野鸡时受伤的耳朵怎么样了?……嗯,好的,那太好了。有件事要告诉您。今天晚上我在'兵六会'上见到了春田局长,这个银行局局长简直是乱点鸳鸯谱。"

说到这儿,美马故意停顿了一下,想听听万俵的反应再往下说。

"乱点鸳鸯谱?你的意思是有什么对阪神银行不利的举动?"

听到话筒里岳父的声音有些紧张,女婿美马的脸上露出得意的神情。

"何止是不利,他们把阪神银行当成三明治组合的中间夹层了。"

美马把刚才春田让自己看的预案的内容告诉了万俵大介。

"那春田局长自己是怎么想的呢?"

"问题就在这儿。我也问了春田局长同样的问题。他有一个荒谬绝伦的构想。"

美马喝着一子为自己准备的焙茶,向万俵大介讲述了春田局长的环太平洋巨型银行构想。听到阪神银行也被划入这个构想之中,万俵大介陷入了长久的沉默。过了一会儿,万俵大介说:

"春田局长和你说到这一步,就是想让我上钩。他这是违约!"

万俵大介怒气冲冲地说完,啪的一声挂断了电话。

阪神银行的董事会议室里正在召开紧急董事会,议题是二月一日大藏省银行局下达的局长令——《关于放宽城市银行红利分配规定的通知》。

万俵行长坐在正中,左右分别是财会总管大龟专务和总务总管小松专务,接下来是融资主管涩野常务、业务主管荒武常务、国际业务主管舟山常务、事务效率主管新井常务。众人都神情紧张地看着眼前的局长令复印件。

关于放宽城市银行红利分配规定的通知

一、为了快速适应七十年代的经济全球化、自由化趋势,银行需广泛导入竞争机制,进一步提高经营效率,各行的收益能力、企业状态以及经营政策等有必要更准确地在红利分配中进行体现。

二、自去年九月开始实施统一会计准则,在同一基准下客观比较各行财务情况的体制已经形成。下一步,各行在考虑到社会公共性的同时,以 15% 为上限,按照以下算式计算出本行的分红率,从明年三月份开始放宽原来的红利分配规定……

财会主管大龟专务用肥胖的手指指着局长令说:
"根据这个算式计算我行的分红率的话,就像刚才财务部部长解释的那样,我行为 9.2%。再看看其他银行,大友银行是 13.5%,富国银行是 13%,五菱银行是 12.7%,五和银行是 12.4%。和这四大银行相比,我行的差距相当明显。但是,如果和存款量与我行大体相当的银行比较的话,差距并不怎么大。大同银行和平和银行的分红率为 8% 上下,我们反而更强一些。可见,我们的存款量虽然不如他们,但质量比他们高。"

姜还是老的辣。大龟专务的一番话既让大家有种危机意识,看到了本行与四大银行之间的差距,又起到了稳定军心的作用。融资主管涩野常务接着说道:

"自从导入统一会计准则之后,红利自由化只是个时间问题,但我觉得这个通知还是提前了一两年,可见大藏省在加紧推行红利自由化政策。"

涩野常务的脸色十分沉重。业务主管荒武常务接过话来说:
"实施时间是一方面,但我觉得更让人感觉到自由化进程加快的是15%的上限规定。据东京事务所所长芥川常务日前的情报,在城市银行中,只有富国银行的竹中常务预测到15%,听说其他银行都认为是13%。另外据银行局方面的情报说,他们也认为13%兼顾了银行的私企性和公共性。"

荒武的语气也非常严肃。绰号"敢死队队长"的荒武常务,长年奔走在各家分行,为职员们制定了严格的定额,督促他们多拉存款。如果分红率这一标志银行优劣的数据公诸于世的话,存款人肯定会选择利率高的银行。荒武觉得上限最高不应该超过13%,最好是控制在12%以内,这样阪神银行和名列前茅的几大银行之间的差距就小多了。

"正如荒武常务所说,15%这个上限对我们来说是个巨大的冲击,从这个数字我们也可以看出当局大力开展金融重组的决心。照这个样子下去的话,有的银行今年恐怕就要掉队了,城市银行重组之势将一发而不可收。"

最年轻的事务效率主管新井常务,毫不掩饰地表达了内心的不安。听完他的发言,大家都陷入了沉默。这时,坐在正中的万俵行长发言道:

"各位的担心都很正常。金融界局势严峻,这对包括我行在内的排名中后位的银行来说是雪上加霜,这一点不可否认。最近针对我们这些银行的合并对象有各种各样的传闻。传闻有可能加速银行经营情况的恶化,导致某些银行难逃被吞并的命运。但是,就我们银行来说,无论外面有什么样的风言风语,我们将继续贯彻独立自主的道路。作为行长,我日思夜想的就是,如何想方设法扩大我行的规模,夯实我们作为城市银行的基础,以此来回报各位的付出。在此,我希望各位,继续发扬斗志昂扬的作风,在银行经营方面,在九千二百名职员面前,发挥好你们的模范带头作用!"

作为私有银行的行长,万俵行长如同六驾马车的驾车人,掌控着马车前进的方向。在出席会议的人中,只有大龟专务知道万俵大介"以小吃大"的合并构想。万俵行长振聋发聩的发言令众人深受鼓舞。

会议结束后,万俵大介回到行长室,从雪茄盒中拿出一支雪茄。

"我帮您点吧。"

速水秘书拿出打火机说。

"嗯,谢谢。"

万俵使劲吸了一口。

"阪神特殊钢公司的万俵专务刚才来电话了。"

"什么?铁平来电话了?什么事?"

"他好像有什么事情要和您详细面谈,问您傍晚能不能腾出一个小时的时间?"

"铁平总是事到临头了才说,也不知是没有一点计划性还是只顾自己方便,总之有点太随便了,估计又是高炉工程的资金问题。你推到别的时间了吧?"

看到万俵行长抽着烟、爱答不理的样子,速水惊讶地答道:

"我本来想尽量满足他的要求,结果看了看日程表,四点半是《每朝新闻》的榎本记者来访,六点您要在大阪的滩万招待东方电器的岩野社长。我告诉他时间上有些来不及。万俵专务说改成和您电话里谈。我和他约定,等您开完会和他联系。要不要现在用您的这个电话打过去?"

速水清秀的眼睛直视着万俵问道。这时,秘书课通知,《每朝新闻》的榎本记者到了。虽然比约定的时间早了十分钟,万俵行长还是答应立即见榎本记者,拒绝了速水给铁平打电话的提议。

大阪的宴席结束之后,大介一回到家就进了日本馆的浴室。好久没在日本馆洗澡了。西洋馆的配水管坏了,今天只能在日本馆的浴室洗澡。

虽然换衣室的电暖气开着,但毕竟是二月份,竹天花板又比较高,大介还是觉得有点冷。大介开始脱长袍的时候,一名负责浴室准备工作的年长的女佣隔着板窗说:

"老爷,您今天喝了酒,我没有把水弄得太热。刚刚只有太太洗过,我已经完全弄干净了。"

大介让秘书课事先通知家里:今晚要宴请客户,回家会有点迟。

"要不要我为您搓背?"

"不用了,还是早点把西洋馆那边修好吧。"

习惯了西式洗浴的大介独自走进了浴室。近二十平方米的浴室里雾气腾腾,热水从扁柏浴盆里溢了出来。大介惬意地伸着腿,将身体泡在浴盆里。因为长年打高尔夫,大介的身体魁梧而健壮。看着这间宽敞的浴室,大介不禁又想起了父亲敬介。父亲喜欢泡澡,特意在院子里朝南的高地上建了这间浴室,从浴室的窗户可以俯瞰万俟船舶的船只进出神户港。父亲特别享受这种感觉。父亲喜欢西化且时尚的生活方式,唯独坚持在日本馆的浴室里洗澡,而且父亲还推荐大介和宁子用这间浴室。父亲觉得,只有日本式的泡澡才有生活情趣。

大介边回忆着父亲生前的点点滴滴边站了起来,坐到一旁的椅子上。突然,大介注意到有一根黑亮亮的女人的长发像蛇一样粘在白毛巾上。肯定是刚刚在这里洗澡的宁子留下来的头发。虽然女佣已经清扫过,但这根头发无疑是漏网之鱼。看着头发,大介眼中闪出异样的光芒。四十年前的那一幕又浮现在大介的眼前。

那是个周六,大介比平常回来得早了一些。刚进家,大介就觉得气氛有些不对劲,原来宁子在日本馆的浴室里晕了过去。大介赶紧赶到日本馆,看到宁子横躺在水池对面的那个通风的房间里,身上穿着白底藤花浴衣,身下铺着三床待客用褥子。宁子平日里就缺少血色的肌肤,此时像池中盛开的睡莲一样白皙透明,散发着公卿家少妇的柔嫩与优雅。大介看到父亲敬介坐在宁子枕边。大介对父亲表示了歉意。敬介说:"幸好我正从浴室前面的院子经过,要是没人听到呼救声的话,说不定宁子就淹死在浴室里了。"敬介将自己听到呼救声后,叫来女佣把宁子抬到房间的前后经过详细告诉了大介。大介至今还记得,自己当时对父亲的详尽说明有些意外。

难道那时候父亲和宁子两人,在这间浴室里像蛇一样缠绕在一起吗?这种想象再次充斥在大介的心中。应该说,这份疑惑四十年来一直根深蒂固地存在于大介的内心。其实,大介第一次对两人的关系有所怀疑是在宁子嫁过来之后,第一次过女儿节的时候。在那天之前,大介觉得,父亲对宁子的宠爱就是一般意义上的公公宠爱儿媳妇。因为宁子生长于公卿华族家,一直娇生惯养,父亲对宁子的宠爱就更甚一些。但是女儿节那天,看到宁子脸色苍白地从日本馆那边匆匆忙忙地跑回来,一边跑一边整理着凌乱的和服衣领,大介不由得疑窦丛生。大介没有亲口质问父亲和宁子,一方面是自尊心使然,另一方面是出于对父亲这个大权在握的一家之长的畏惧。那段时间,年轻的大介在难以言说的猜疑与嫉妒中备受煎熬。

大介拿起水桶,舀了些热水冲洗身体,当冲到第三桶水的时候,终于摆脱了毛巾上的那根头发带来的烦恼,又在浴盆中泡了一会儿之后才离开浴室。

透过日本馆通往西洋馆的走廊窗户,可以看见路灯下萧瑟的庭院。外面又开始下大雪了。大介想着浴室毛巾上宁子那根乌黑发亮的长发,来到了二楼卧室。今天大介将和宁子同床。相子去神户参加外国人聚会了,都已经十点了,还没回家。

打开卧室门,大介闻到一股熏香的味道。宁子正坐在梳妆台前梳着她那漆黑的长发。梳头的时候熏香是宁子长年以来的一大嗜好。

"洗澡水怎么样?"

宁子问道,黝黑的长发垂在白色丝绸睡衣上。

"太热了,一不小心差点淹死了。"

大介坐在宁子身后的床边,紧盯着镜子中的宁子说道。宁子的表情没有任何变化,继续梳着头。大介继续说:

"很久以前,父亲还活着的时候,你曾经在浴室里晕倒过。那天究竟是怎么回事啊?"

宁子的手停了下来。

"怎么回事?没什么啊……"

"那天你把大家都吓坏了,连父亲都惊动了,父亲还亲自照顾你,难道你不记得了吗?"

大介的语气变得强硬起来。宁子转过身说:

"那天天气很好,非常暖和,不知道为什么中午的时候我觉得有些不舒服,结果在浴室里就晕倒了。"

"为什么那天你是一个人洗澡的呢?一般不是由女佣帮你洗吗?"

"那时候女佣已经帮我洗完了,剩下我自己待着,突然就头晕目眩起来。我就叫换衣室里的女佣。我还记得她很快就来了,把我抱了起来。等我再清醒过来的时候,我已经躺在浴室旁边的房间里了,你和公公守在我身边。"

宁子一字一句地慢慢说着。大介觉得,宁子现在的解释,和当年父亲的解释,在关键问题上有着很大出入。

"这就奇怪了。父亲说,他正好经过浴室前面的院子,听到你在浴室中呼救的声音,难道他不是第一个救你的?"

"不是,我觉得是女佣。"

宁子的语气罕见地坚决,手中的梳子却滑落下来,长长的黑发遮住了脸颊。

"怎么着都行吧。你头发梳完了就赶紧过来。"

大介的语气突然变得温柔起来。大介又想起那天晚上两人在床上疯狂做爱的情景。大介本想通过做爱时宁子的反应来验证两人之间是否有过乱伦行为,但是宁子这个公卿华族家的千金对性一无所知,也没有任何害羞之意,对于大介的疯狂要求表现得百依百顺。结果大介没能证明任何问题。但是大介觉得,如果今天再试一次的话,说不定就能够试出那天父亲和宁子之间发生了什么。

大介把宁子抱上床,脱下她白色的丝绸睡衣和内裤,让宁子一丝不挂地躺着。大介将宁子的长发缠绕在自己的双手上,疯狂地做起爱来。宁子把脸扭向一边,任凭大介摆布。大介将宁子的身体掰过来,两人的身体如两条蛇般缠绕在一起。大介肆意折磨着宁子白皙而娇小的身体,宁子和四十年前一样,只是微微有些喘息,没有任何积极的反应。大介再次将宁子湿润的头发紧紧缠在手上,如玩弄人偶般玩弄着宁子的身体。

黑暗的卧室中汗味与熏香味交织在一起,刚刚结束的热烈的性爱似乎还余韵犹存。大介终于离开了宁子纤细的身体,甩开缠绕在脖颈间的宁子的长发,站了起来。宁子赶紧捡起滑落在床下的白色睡衣穿上,将性爱后更加湿润的头发束了起来。

"好久没这样了吧?"

大介站在床边温存地问道。除了和相子一起妻妾同床时,大介和宁子之间已经很久没有过如此热烈的性爱了。宁子有些害羞,低头不语。大介透过昏暗的灯光注视着宁子,问:

"那天咱俩也像今天这样,铁平就是这么怀上的吧?"

大介残忍的问话让宁子浑身颤抖起来。

"请不要说了,你这样的说话方式……"

"如果是咱们夫妻的孩子,怎么怀上都没什么好害羞的,你说是吧?"

大介拿起床头柜上的眼镜慢慢戴上,将残忍的笑容投向宁子,眼中没有一丝笑意。

"老公,求你了!请不要再这样玷污自己的孩子了!"

宁子转过脸去,想要逃离丈夫的质问。

"如果谈起出生就是玷污的话,那只能说他本身就不干净!"

大介说完,怒气冲冲地披上长袍走出卧室,下楼穿过大厅走进起居室。起居室里一个人也没有,但炉火烧得很旺。女佣特意为参加聚会晚归的相子留着炉火。大介从暖炉上方的烟斗架上取下自己最喜爱的登喜路直纹管烟斗,开始填入烟叶。这时,大介突然感觉到有些口干舌燥,叫了声女佣,可是没有人答应,估计用人都已经回房休息了。没办法,大介只好自己去餐厅里面的厨房找水喝。大介平时很少来厨房。宽敞的厨房里贴着瓷砖,给人一种冷冰冰的感觉。在白色的荧光灯下,摆放着好几个碗橱的洗涤台被擦拭得干干净净,电冰箱、烤箱的电动机发出轻微的声音。大介打开水龙头,接了一杯水,咕咚咕咚一口气喝了下去。刚要接第二杯水的时候,大介听到旁边用人们的浴室里传来水桶的声音,对面的房间里传来电视剧的声音。大介脸上露出厌恶的表情,回到起居室。

靠近壁炉暖和了一下身体之后,大介刚想给东京事务所所长芥川打电话,听到一只大丹犬大叫起来,其他两只很快也跟着叫了起来。透过窗户往外看,可以看见有车开了上来。尽管是在夜里,大介也一眼看出那是辆外国车,不是铁平的 Buick,也不是银平的 Mercury。大丹犬叫得更厉害了。车在西洋馆前停了下来。

"I sure enjoyed tonight, see you next Sunday, bye!（我今晚很开心，下周日见,拜拜！）"

大介听到相子在玄关门廊处和外国朋友告别。两个醉醺醺的人高声地、亲热地讲着不太高雅的英语,大介听了心中十分不快,正想走开的时候,

"Good evening,Mr.Manpyo."

身穿珍珠色貂皮外套、醉意十足的相子乘兴大声叫住了大介。

"怎么回事？醉醺醺的这么晚才回来,让用人们看到你刚才的样子怎么办？"

"你听到了？讨厌,偷听别人说话不是个好习惯啊。"

相子脱下大衣,挡住了大介的去路。大衣下无袖礼服裙的领口大敞着,丰满的胸部泛着红色。

"不要瞎说。我现在要去打个工作电话。"

大介生气地说着,往书房走去。

"现在打工作电话？您好像十分无聊啊。"

相子醉眼惺忪地笑着说。

"你是不是想找碴儿啊？女人喝醉的时候最丑。"

"哎呀,对不起啊,可是我并没有喝醉啊,只不过说了实话嘛。"

"不,你醉了。瞧你,好久没和美国人喝酒了,很兴奋是吧？是不是又想起了以前的事情？"

"以前的事情？你说的是我的美国前夫？可能是吧。"

相子莞尔一笑。这时书房里的电话响了起来。

"可能是东京事务所的芥川,你去接一下。"

"OK."

相子拿起书房的电话。

"喂喂……啊,是你啊, Good evening.……What?Oh,No,No,just a

minute."

相子的口齿有些含混不清,回头看着大介。

"是 Mr.Teppe Manpyo（是万俵铁平先生）。"

相子正要把电话交给大介,大介无动于衷地摇摇头说:

"是铁平吗？就说我不在。"

"啊呀,说你不在家？我知道了。"

相子对着话筒说:

"喂喂,你爸爸已经休息了。……啊？不知道啊,今天他和你妈妈在一起。"

相子口齿不清地说完之后,挂断电话,转向大介说:

"接下来您该去睡觉了,和您太太……"

相子的眼中闪耀着挑逗、妖艳的光芒,大介有些心慌。

"是啊,可是我现在得打个电话。"

大介拒绝了相子的挑逗,拨通了芥川家的电话。

电话那头响起了芥川的声音。

"喂喂,是我,今天早上,放宽红利分配的局长令已经送过来了,你那边反应如何？"

"最高上限定为 15%,各行都十分惊慌。大藏省说,这次红利自由化是为了促进各行金融行为的高效化,但大部分人还是认为,大藏省主要是为了落实自去年开始实施的金融重组计划。"

芥川向大介报告了东京方面的情况。

"目的的确在此,你尽快联系春田局长,安排我和他见一面。"

"行长,您要见春田局长？是为了局长令的事吗？"

"不是。据美马说,最近大藏省秘密制定了一个城市银行的合并计划图。"

"连这么绝密的情报都能弄到,不愧是美马先生。咱们银行怎么样呢?"

芥川赶紧问道。

"听说在所有的预案中,咱们都被列为待被吞并的一方。"

"这也太过分了吧。春田局长也应该从永田大臣那里听说了咱们行的想法吧,怎么会这样?"

"我觉得你这个东京探题的工作不到位占一半原因。"

大介直截了当地批评了芥川之后,接着说:

"还有个更重要的问题,春田局长有个自己的合并构想,就是以日银和大藏省管辖下的银行为核心,将环太平洋地带位居中后位的五家银行合并在一起,我行也是其中之一。"

"五家银行合并? 这只是春田局长自以为是的构想吧?"

"也有可能,但不管怎样我都要当面问问他,所以你要赶紧给我抓住春田局长。"

"我明白了。我会尽快落实这件事的,问题是怎么约他出来。"

"那是你的事了,总之你务必在一个礼拜之内,约他晚上和我见面吃个饭。"

"我知道了。一联系好我就通知您。"

"嗯,抓紧时间办。"

大介叮嘱完之后,放下手中话筒,断开书房和卧室的专用电话的开关,以免铁平再打过来。

大阪新町的"鹤乃家"前,宴席结束后送客的车一辆接着一辆。万俵铁平站在玄关处,和营业主管川畑常务一起恭恭敬敬地送客人离开。高炉完工之后,阪神特殊钢公司的钢铁产量将会大幅增长。为了给未来的产品打开销路,今天铁平等人在此招待公司的大客户——东邦轴承的副社长等五名领导。

客人的车子开走以后,川畑常务说:

"专务,您累了吧?您出席宴席,招待客户,将会大大有助于公司的营销。"

真诚地说完这句话之后,川畑告辞道:

"专务,我们先走了。"

川畑知道"鹤乃家"的老板娘是万俵敬介的小妾,所以知趣地和大阪分社的社长等人一道提前告辞。

铁平没有回原来的包间,而是来到老板娘的房间。光洁如新的大阪式宽横梁、又黑又亮的粗圆柱子、房间中央的长方形桑木火盆、门上挂着的印有商号的暖帘,所有的陈设都说明房间的主人是古老的花街——大阪新町的老板娘。

隔扇门开了。铁平以为是老板娘进来了,结果却是现在管理着东京"鹤乃家"的小老板娘芙佐子。

"今天晚上怎么没看到老板娘?"

铁平一直没看到老板娘到包间来。

"这四五天天气比较冷,妈妈去年的腰疼病又犯了,到城崎温泉治疗去了。昨天我送她去的,晚上我一个人先回来了。你还是老规矩来个茶泡饭?"

"嗯,要是有佃煮就更好了。"

说着,铁平坐到火盆前。

"老板娘,又麻烦您了。"

一旁准备离开房间的艺伎和芙佐子打招呼道。

"辛苦了,让花菊留下来就行了。"

芙佐子边说边往账簿上记录着艺伎的酬金。艺伎走了之后,芙佐子问:

"最近你们公司在东京我店里请客的时候,怎么一直没见到你啊?"

"这段时间太忙了,我自己公司的饭局,我也尽量能不参加就不参加,没时间。"

说到这儿,铁平想起阪神特殊钢公司和美国轴承公司签订的每个月三亿六千万日元的钢材出口合同,对方在去年十二月份提出暂缓出货的要求,现在已经二月份了,情况依然没有一点好转,公司流动资金日趋紧张。为了筹措资金,铁平午后给阪神银行的行长室打电话,想找父亲谈谈,结果却被秘书告知行长日程安排已满。铁平根本没和父亲说上话。刚才在宴席间隙,铁平再次给父亲家打电话,相子接了电话。电话里,相子醉醺醺地告诉铁平说"你爸爸已经睡了"。铁平分明听到相子身后父亲的声音。

"怎么了?茶泡饭已经准备好了,佃煮没了,红鲑鱼和海苔也行吧?"

小老板娘边往火盆上的南部铁壶①里加热水边问。

"好的,这些我都爱吃。虽然有点晚了,在东西端上来之前,咱们一起先温习一下清元曲吧?"

"那接着上次稍练一会儿吧。"

> 蝶儿翩跹惹人羡(合)叮叮叮
> 春草摇曳郊野边(合)叮叮叮

铁平唱词,老板娘用三味线伴奏。自去年十一月份以来,铁平一直没有练习,所以总有些跟不上拍。

"不行,小节没对上,都不像清元了,再来一遍。"

---

① 南部铁壶:日本盛冈地方出产的优质铁壶。

小老板娘再次弹起三味线,铁平和着曲调慢慢唱了起来。唱着唱着,铁平觉得身体中积累的疲劳渐渐消除,有种如释重负的感觉。这种感觉在家里、在妻子早苗那儿都从未得到过。这是一种由里向外的全身心放松的快感。小老板娘芙佐子身穿整洁的盐泽和服,眼角微微上挑,眼神清澈,正在专注地弹奏着三味线。看着眼前的芙佐子,铁平突然意识到:来东京"鹤乃屋"学清元只是个借口,真正的动机是想见芙佐子。

"不行,你今晚上好像有什么问题,实在不像清元,还是算了吧。"

说着,芙佐子放下了三味线。铁平擦了擦额头的汗珠,苦笑了一下。

"哎呀,看你都出汗了,去洗个澡吧,放松一下。"

芙佐子让女佣为铁平做好入浴准备。

浴室有五平方米左右。老板娘若是在,肯定会卷起袖子,边给铁平擦背边说:"老爷那时候也是这样洗澡的,背的宽度也好,背脊骨的样子也好,你们爷孙俩都太像了。"今晚老板娘不在,铁平只好自己抹上香皂准备搓背。就在这时,浴室门开了。铁平回头一看,小老板娘芙佐子卷着和服下摆、束着衣袖走了进来。

"今晚我代替妈妈帮你搓背。"

芙佐子利利索索地走到冲洗台旁。

"哎呀,不用了,在家我都是自己洗。"

铁平狼狈地说。

"我没有妈妈做得好,你忍耐一下。"

芙佐子一边熟练地为铁平搓着背一边问:

"我听妈妈说了你们家新年打野鸡时发生的事情。打枪还是危险啊,以后还是别打猎了,改成打高尔夫多好啊。"

芙佐子完全是出于对铁平真诚的关心,但是铁平没有说话。的确，新年那天打野鸡时发生的误伤事件，铁平现在想起来依然觉得后背发凉；但是从学生时代起，铁平就陪同祖父到北陆和丹波一带的山里打猎，打中猎物时的那种痛快感，铁平无法轻易割舍。

"我要是没了枪，就没什么乐趣了，不行。"

听到铁平的回答，正在搓背的芙佐子抿嘴笑了，说：

"说句实话，当年妈妈跟老爷这样说的时候，老爷的回答跟你刚才一样。你们爷孙俩真的是一个模子刻出来的。"

说到这儿，芙佐子往铁平背上浇了些水。搓完背，芙佐子离开了浴室。

铁平泡完澡，穿上浴衣，套上棉袍，刚想回到原来的房间，芙佐子说：

"舒服了吧？到这个房间来吧。"

芙佐子指着面向中庭靠里的一间屋。铁平打开纸拉门，里面有两个房间，茶泡饭等已经准备好。里面的房间虽然关着门，铁平却感到有一种娇艳之气。泡完澡，铁平觉得浑身轻松，打开隔扇门，里面铺着友禅染卧具，还有两个枕头。

"先把茶泡饭吃了再慢慢休息。我叫了个小艺伎陪你。"

考虑到铁平精力充沛，芙佐子特意这样安排。

"帮我回了吧，今晚不用。"

"难道你不是因为这个才来这里的吗？少爷你这么年轻，身体又这么好，光是太太一个肯定不够吧？"

芙佐子觉得这样做理所当然。铁平说：

"老婆现在在她娘家。我不需要。"

"要是这样的话，那就更有必要了。赶紧干完回去吧。要不，既然太太不在，今晚睡在这里也行。今天可是个小艺伎。"

芙佐子调皮地说道。

"我说了不要就不要,快,赶紧给我回了。"

铁平生气地用双手抓住芙佐子肩膀。芙佐子丰满的肩部和温润的肌肤让铁平的大手突然停了下来。铁平用力想将芙佐子顺势拉入怀中。芙佐子大叫起来:

"不行,不行,我是……"

在花街摸爬滚打多年的芙佐子,此时像初涉情场的少女一样激烈地反抗着。铁平一声不吭地使劲将芙佐子的身体拽了过来。芙佐子突然含泪叫道:

"不行,你和我是……"

"为什么不行?"

铁平双眼欲火中烧。

"我虽然名义上是妈妈的养女,其实是妈妈的亲生女儿。"

"欸?什么?亲生女儿?那为什么说是养女呢?"

铁平怀疑地反问道。

"因为老爷是银行行长,银行是以信誉为生命的。另外妈妈也害怕这件事被你们家人知道。所以在落户口的时候,我就落成了我奶奶的孩子,也就是妈妈的妹妹,后来以养女的身份来到妈妈身边的。"

"也就是说,你和我是差两岁的姑侄?"

"这还没什么,实际上你和我是……"

说到这儿,芙佐子突然沉默了。

"这还没什么是什么意思?"

"没什么,真的没什么。"

芙佐子脸色苍白,双唇紧闭。

"难道说我是爷爷的孩子,咱俩是同父异母的兄妹?!"

铁平也不敢再说下去了。

"你说什么呢?怎么能这么乱说?没有的事!"

虽然芙佐子强烈否定,但铁平心中第一次觉得,父亲就像陌生人一般。铁平终于明白了为什么打猎时的误伤会让父亲暴跳如雷;为什么自己建造高炉时父亲的融资态度如此冷漠;为什么自己今天往银行和家里打了两次电话,父亲连接都没有接。这份怀疑让铁平屈辱万分。

阪神银行东京事务所的伊佐早五郎坐在车里等着银行局局长春田。车子停在通产省正面玄关处的大院里。负责大藏省方面工作的银行忍者伊佐早五郎,今晚的任务是送春田局长去筑地的"吉兆"饭店,和万俵行长、芥川所长见面。伊佐早之所以没有把车停到大藏省,而是停在对面的通产省,就是为了避开其他银行的忍者以及新闻记者的耳目。

本来约好六点四十分出发的,可是现在已经快到七点了,连春田局长的影子都没有见到。伊佐早五郎有些着急。五分钟前,伊佐早五郎用通产省的公用电话给局长的事务官打了个电话,对方很不耐烦地告诉他,局长正在开会。伊佐早五郎赶紧将这个消息告诉了芥川。在冰冷刺骨的寒风里,把车停在大藏省正门对面,等待着不知何时才会出现的春田局长,这并不是一件轻松的事情。

"真够慢的,人影子都看不见。哎,阿传,把收音机打开。"

伊佐早五郎吩咐司机打开收音机,缓解一下烦躁的心情。

"怎么连伊佐早先生都这么不耐烦了?平常您不是哼着歌、打着瞌睡等人的嘛!"

熟悉的司机边开玩笑边打开了收音机。

"等人也分时间和场合啊。"

大家公认的优秀忍者伊佐早五郎苦笑着,想起这五天来,芥川所长为了请到银行局局长春田而使尽浑身解数的事情。

一开始,伊佐早五郎以为请春田是为了探讨放宽城市银行红利分配规定的局长令问题,后来得知万俵行长想"亲自聆听局长的高见",伊佐早立刻意识到这件事情的绝密程度堪比去年摧毁第三银行和平和银行的合并计划一事。正因为保密性高,约请春田局长也就变得十分困难。今天早晨总务课晨会结束后,芥川命令伊佐早下午六点四十分准时去接春田局长。伊佐早不禁对忍者首领芥川的手段深感佩服。

"伊佐早,你没有弄错见面的地点吧?"

七点十分过后,连司机都表现出了担忧。

"没有,在这里等也是他们所希望的,你不用担心这个。"

想到万俵行长和自己一样,不,可能比自己还要焦急地坐在"吉兆"的包间里等着春田局长,伊佐早再也坐不住了,打开车门走了出去。一阵寒风吹来,伊佐早下意识地缩了缩脖子,叹着气对探出头来的司机说:

"阿传,今天夜里的风真够刺骨的。"

正说着的时候,伊佐早的眼睛突然亮了起来。原来春田局长正从华灯初上的大藏省正门处走了过来。伊佐早赶紧快步迎上去说:

"局长,百忙之中打扰您,十分抱歉。"

伊佐早低声简单打了个招呼之后,赶紧打开车门让春田局长上车,自己坐到前排的副驾驶位上。虽然此时也有刚刚下班的通产省官员从一旁经过,但是动作迅速的伊佐早根本没有给别人任何发现问题的机会。转眼间车子已经消失在苍茫的夜色中。

车子在"吉兆"的门口停下之后,伊佐早默默下车打开车门。忍者的工作到此就结束了。玄关处,芥川正等着迎接春田。

"非常感谢您在百忙之中光临。万俵也在等您。"

芥川不卑不亢地带着春田走进包间,并请他坐在壁龛前的上座。

"那我就不客气了。"

春田向万俵大介打了个招呼就坐了下来。满头银发的万俵笑着说：

"春田局长，好久不见了。今天您能在百忙之中拨冗光临，十分感谢。"

虽然贵为一行行长，但面对执掌银行行政大权的银行局局长，万俵大介不得不表现得谦卑有加。

女服务员端来装有前菜的漆器怀石盆①之后，万俵亲自拿起酒壶说：

"我先给您倒一杯。"

"这太不好意思了。"

春田一口喝干之后，给万俵回敬了一杯。接下来，芥川边为春田倒酒边说：

"昨天我去小金井高尔夫俱乐部，那个很少表扬人的村上寅七，还对春田局长敏锐的球感大加赞赏呢。"

包间里没有艺伎，芥川的话起到了活跃气氛的作用。去年秋天，为了试探第三银行和平和银行合并一事的真假，芥川特意邀请春田局长到小金井高尔夫俱乐部做'晨训'，并请出高尔夫界权威人物村上亲自教春田局长打球，这种待遇是一般银行想提供也提供不了的。

"是啊，在村上的专业指导下，我终于突破了原来二十杆的魔咒，达到了梦想的十杆，真是太高兴了。"

春田对村上的指导表示了感谢。

"局长，您的高尔夫球技已经大有长进。对了，我听美马说，您有一个庞大的城市银行重组计划，今晚我想听局长您给我们讲解讲解

---

① 怀石盆：装有简单饭菜或点心的盆子。

您的环太平洋银行大型合并蓝图。"

趁着春田高兴,万俵大介直接切入正题。

"那件事啊,你们的情报够快的啊。"

春田指的是美马和万俵的关系。春田不应该不知道万俵大介"以小吃大"的合并计划,却在以大藏派和日银派空降的行长为核心的多家银行合并计划中加上了阪神银行,并进而通过美马故意透露给万俵大介,现在还说着风凉话……想到这儿,万俵大介就气不打一处来。想当年,永田大臣靠边站的时候,春田作为永田派一员受到牵连,长期坐冷板凳,后来被借调到外务省,长年被派往一些不被国际金融市场认可的国家,灰头土脸地在羽田机场出出进进。幸亏六年之后,永田重返大藏大臣的宝座,春田才咸鱼翻身,被召回国后,历任东京国税局局长、理财局局长、银行局局长,走上了大藏省官员的康庄大道。

"环太平洋城市银行大合并都有哪些银行呢?"

为了让尴尬的气氛活跃起来,芥川边斟酒边问。

"这只是我个人的想法,北起北海道,南到神户,我觉得北海、太平、坂东、大同银行和你们阪神银行五家合并比较理想。但现实问题是,不可能一开始就将五家银行合并起来,成立一家太平洋银行之类的全新银行,只能先采取五家联合的形式。"

春田边说边观察着万俵的反应。万俵不动声色地说:

"五行联合?这个有可操作性,但还是有问题。比如说,即便这五家银行形成横向联合的关系,但它们各自作为地方性城市银行的特色非常鲜明,那么如何处理这五家各自的特殊性呢?换句话说,北海银行需要优先向北海道地区融资,我们阪神银行也同样必须以阪神地区为先,如果形成横向联合的话,那么各家银行还能保留原有的特性吗?这一点我有些担心。"

"的确,这是最大的问题。但话说回来,虽然各家银行都有自己的融资地域,但近年来企业发展迅猛,不断有大型联合企业出现,单靠一家银行的资金已经不足以支撑一家大型企业。而且现在城市化进程越来越快,有专家预测,未来日本人口的 80% 将集中在环太平洋地带。这也就意味着全日本近八成的产业将聚集于此。环太平洋银行面对的就是这种情况下的企业资金要求,所以需要各家银行通力合作,在资金方面互通有无。总而言之,我的想法就是'非合并性合并银行'"。

一向冷静的春田讲述起这一宏伟构想来非常激动。芥川时不时附和着。万俵听完之后说:

"您的意思是,这样做的话,横向和纵向都能够得到很好的发展。那为什么不索性再多加些银行进来呢?比方说,让位于环太平洋地带中间位置的名古屋的中京银行也加入其中,不是更合情合理吗?您把它排除在外,是不是有什么别的打算?"

其实万俵对所谓横向与纵向都有利的"非合并性合并银行"之类的话题并不感兴趣。万俵想知道的是春田产生这一构想的真实动机是什么。如果五行联合的构想,目的并不仅仅在于加强行政管理的力度,而是为了对抗四大银行,或者说为了打造一家仰大藏省鼻息的所谓"大藏银行"的话,万俵大介绝不会稀里糊涂地上钩。

不知春田是否猜到了万俵的心思,春田回答道:

"如果银行数量太多的话不好统一规划。"

听上去春田好像根本没把它当回事。

"是吗?我觉得如果要考虑设立环太平洋银行的话,比起北海银行这种,怎么说呢,又偏远又没什么前途的银行,名古屋的中京银行似乎更靠得住一些。"

因为北海银行是大藏省系列的银行,所以万俵故意抬出日银系的中京银行。

"问题是中京银行虽然资金雄厚,但与地方经济圈联系过于紧密,如果将它加入其中的话,虽然会扩大整个联合版图,但势必带来管理上的困难。"

春田对日银系中规模最大的中京银行加入之后可能造成的日银势力过强的问题十分警惕。至此万俵终于明白:所谓五行联合的春田计划只是为将来设立大藏银行做铺垫。想到这儿,万俵大介决定先加入春田计划,和其他四家银行形成横向联合关系,享受合作的好处,之后再择机吞并其中一家,并最终脱离联合体。虽然这其中会有不少摩擦,但如果现在拒绝加入春田计划的话,一旦其他四家形成联合,阪神银行必将处于劣势,很容易被四大银行吞并。打定主意之后,万俵大介故意含糊其词地说:

"听完局长您的解释,五行联合的确是一种理想的形式。但是我们阪神银行正准备开展自己的合并构想,很难说加入就加入。"

"你们的心情我也不是不能理解,但你们没必要完全拘泥于以往的想法。我觉得与其和一家排名居中的银行进行不大不小的合并,还不如堂堂正正地和四大银行对抗,寻求生存之道。五行联合的方式对银行发展的大局有利。如果你们五家有此意的话,我会大力配合。"

春田局长暗示大藏省会对这场联合给予特别关照,想以此拉拢万俵加入自己的计划。这时芥川在一旁插话道:

"这倒不错。如果大藏省能支持联合的话,四大银行也不敢随便指手画脚了,而且联合起来的一方会更加稳固。要不咱们赶紧问问其他四家的意见吧?"

芥川的积极表态让万俵皱起了眉头。

"不要越权说话。这件事应该交给局长处理。"

万俵和芥川按照商量好的台词一唱一和地说着,万俵还故意当着春田的面批评芥川。春田接过话来说:

"话不能这么说。我作为银行局局长,不方便直接面对那四家银行。如果芥川预先给他们的常务们吹吹风,之后万俵行长再出马和他们的行长谈一谈是最好的了。"

"那我就以成立'银行局局长中心会'为议题,召集其余四家好好商量商量。"

万俵点头表示同意,脑海中浮现出四名行长的形象。北海银行行长原来是银行局局长;太平银行行长原来是大藏省次官;坂东银行行长属于从地方银行干起的元老派,而副行长为原大藏省官员;大同银行行长原来是日银理事。

在阪神银行行邸的起居室里,美马中正和二子聊天。二子特地来东京听阿图尔·鲁宾斯坦[①]在上野文化会馆举办的演奏会。二战前,行邸是万俵家在东京的住所,现在除了接待客人的宽敞的客厅,其他的房间基本都空着。

美马听完演奏会的情况之后说:

"原来你来东京是为了听在关西演奏会上没有的曲目,看来学钢琴也不容易啊。对了,明天你到我家住一晚上再回去吧?"

"明天有女子学院的同学会,我必须坐早上八点的新干线回去,住在这边更方便,这里离东京站比较近。"

二子答道。美马换了个姿势看着二子说:

"二子,这样看你还真是漂亮啊,妩媚动人,年轻又充满活力。"

看着二子二十四岁的优美身材,美马由衷地赞叹道。

[①] 阿图尔·鲁宾斯坦:美籍波兰裔钢琴家。

"姐姐比我漂亮多了。姐姐和我不同,像妈妈,气质高雅,具有传统日本女性之美。我和三子更像出生于地主家的爸爸,有些俗气。"

二子笑着说道。二子的眉眼酷似父亲大介。

"哪里,其实作为官太太,你们这种更好一些。她不管什么事情都太不食人间烟火了,慢条斯理的,我们俩老是合不上节拍。"

美马口中的"她"指的是一子。说到这儿,美马换了个话题,问:

"二子,你对上次那个年轻人细川印象如何?"

美马说的是佐桥首相夫人的侄子细川一也。过年的时候,细川和二子姐妹在志摩观光酒店"偶然相遇"。那次相遇其实是为两人今后相亲做准备的。

"那个人啊,印象如何是什么意思?"

"当然是作为结婚对象如何了。人家可是东大法学部毕业的,现在又是帝国制铁秘书课的精英职员,而且还是首相夫人的侄子。前几天我在帝国制铁兵藤副社长的'兵六会'上随便打听了一下他的情况,据说现在帮他介绍对象的人都要挤破头了。"

美马想引起二子的兴趣,二子却说:

"看来上次偶遇是姐夫和相子一起设计好的啰。那我就更不愿意了。我最讨厌攀高枝了。"

想起那个言必称"说到这个问题"的滔滔不绝的"定义大师",二子就打心眼里反感。

"怎么能说是攀高枝呢?这是哪里的话!你是万俵家的二小姐,论家庭、论资产、论容貌,哪一样不是万里挑一的,怎么可能是攀高枝呢!你看看从去年年初开始,有多少人来给你提亲,不都是被你回绝的。"

说到这儿,美马盯着二子问:

"二子,你不是有意中人了吧?"

美马的问话让二子突然产生了一种想见一之濑四四彦的强烈冲动。去年年底,因为大川一郎突然去世,哥哥铁平紧急飞回日本,四四彦代替铁平飞去了美国。后来,二子听说四四彦过完年就回国了,但一直没有机会见面。二子本想问问铁平哥哥四四彦的情况,但哥哥从芝加哥回来之后一直忙得团团转,再加上新年的误伤事件导致哥哥和父亲之间的关系降至冰点,二子也就没敢打听四四彦的消息。

"你要不要找个时间见见细川?他好像也弹钢琴。"

两人正说到这儿的时候,听到有车子从大门向玄关开来。是万俵大介回来了。书生和管理员夫妇慌忙去门口迎接。

"呀,阿中,你来了。"

大介很快走了进来。

"嗯,今晚在新桥正好有饭局,就顺便过来看看您,这不正和二子聊细川呢。"

"这门亲事不错,我想尽快把关系定下来。要是他方便的话,明天你叫上他一起吃个晚饭吧?"

大介乘势笑着提议道。听到爸爸的话,二子生气地说:

"不行,我对他根本没感觉,而且明天我还要参加女子学院的同学会。不行。"

说完,二子就跑了出去。

"春田计划怎么样?这件事是我在中间搭的桥,我还挺担心的。"

美马的话听起来很亲切,实际上有种以恩人自居的意味。

"嗯,春田局长果然是'合并家',他想以日银及大藏省空降官员任行长的银行为核心,实现环太平洋地带五家银行合并的宏伟计划,但如果全是日银系、大藏系银行的话,又难逃'太上银行'的感觉,所以春田希望阪神银行也加入其中。"

"爸爸您是怎么想的呢？"

"这得看事情的发展了。"

大介想趁着加入春田计划的机会，实现五家银行的互利合作，等到时机成熟，吞并其中一家银行。但是大介并没有将自己的如意算盘告诉美马。大介含糊地回答完之后，慢慢喝完了书生端来的水。美马不满地看着大介说：

"这次和上次不同，上次您想吞并第三银行却没有成功，这次我是直接问了春田局长之后再告诉您的，这一点还请您多多包涵。"

美马郑重地强调了自己和春田局长的关系，目的就是为了牵制万俵，以免其单独行动。

"这是自然。你是担心我做事时不考虑对你阿中仕途的影响吗？你也太杞人忧天了吧。"

万俵微笑着反驳道，心中暗忖：美马终究还是一个官僚气十足的男人。

阪神特殊钢公司的高炉工程已进入第九个月，高炉外表已具雏形，炉体如巨人般高耸着，四周是钢筋脚手架和起重机。现在已经开始安装炉顶气密设施。

万俵铁平头戴安全帽，身穿工作服，和厂长一之濑一起，从脚手架爬上炉内高约三十六米的过道，监督对高压高炉来说至关重要的气密装置大钟的安装作业。铁平和一之濑厂长聚精会神地看着。在高炉建设过程中，安装送气风口、垒砌炉壁耐火砖以及安装炉顶大钟小钟是最为关键的三道程序。其中安装大钟相当于为高炉安装心脏。因此，承担高炉建造工作的厂家也非常小心。大型起重机的吊臂将高约四点五米、重约四十吨的吊钟形大钟高高吊起，十几名工作人员用钢丝绳将大钟绑在炉心正上方的滑车上，滑车缓慢滑向炉体的大开口处。在指挥员的手势指引下,深灰色的大钟如泰山压顶般从铁平等人的上方缓慢降了下来。

铁平目不转睛地注视着大钟。如果耐磨钢材制成的大钟挡板的复层焊接做得不好的话,就会导致挡板与储料器之间的磨合出现问题,造成气密度降低、一氧化碳泄露,同时铁矿石和焦炭粉也会磨损工作面。今天,已经下降到铁平眼部高度的大钟挡板的复层焊接完全达到了铁平的要求。

"真棒啊!"

听到铁平的赞扬,高炉厂家的现场指导黝黑的脸庞上露出了笑容。

"专务,您是冶金专业出身的,刚才肯定相当紧张吧?当然,我们已经做过气密测试了。"

"测试是谁监督的?"

一之濑回答说:

"我和工务课课长一起监督完成的,已经确认没有问题。"

看到大钟下降到指定位置,一之濑的神情轻松了许多。

"专务,大钟安装完,高炉就算完成70%了。"

"是啊,快了。"

铁平环顾着滩滨边三十多万平方米的高炉工地回答道。早春的滩滨,海水还像隆冬季节一样呈深黑色,寒风刺骨,春寒料峭。眼下还比较荒凉的工地上,已经建起了三台热风炉和供水塔、铸造车间等,港口边正在兴建堆放矿石和焦炭的原料场以及运送原料的传送带,卡车和推土机等在尘烟中穿梭。海边东侧的一大块空地是留作未来建造第二台高炉用的。转过头来,铁平看到五栋已经投入使用的厂房,每一栋厂房都被熏得黑黢黢的。铁平的视线又停留在港口边的成品仓库处。因为对方要求暂停装船,原本销往美国轴承公司的十二月份、一月份以及二月份的一半产品至今还全部堆积在仓库里。铁平的心情又变得沉重起来。

"我先下去了,有点冷。"

回头和一之濑打了声招呼之后,铁平沿脚手架下到地面。

铁平刚回到办公大楼的二楼专务室,钱高常务就从斜对面的常务室探头探脑地走了进来。

"不好意思,打扰您了。"

小脸、蓄着胡须的钱高在铁平面前坐下来。

"客气了,我也正好有事要和你说。你要说的是美国轴承公司的事情吧?"

铁平喝了口职员端来的热茶,先开口问道。

"就是这事。不管怎么样,对方也有些太不像话了,要是重启合同倒还行,但是他们现在到底是什么意思?石川社长也一直非常担心这件事,让我一定要好好问问专务具体情况。"

钱高的话听起来过于客气,但又有些支支吾吾的。

"对方现在还没有明确的答复。"

"还没有?这就难办了。咱们一月份向大同银行借的两亿五千万日元快到期了。专务您那时候说,美国轴承公司领导交替,等他们制定好新的经营方针后就会重启进口计划,您让我想办法先筹措点周转资金,当时需要三亿两千四百万日元,其中两亿五千万日元是向大同银行借的,剩下的七千四百万日元是由阪神银行解决的。现在二月底过了,已经三月份了,对方还没有动静,大同银行已经有些担心了。"

钱高说道。按照惯例,在发货前两个月,阪神特殊钢公司可以从银行预支出口总货款三亿六千万日元的80%,即两亿八千八百万日元,剩下的20%,即七千二百万日元待货物装船后才可从银行贷入。因此，尽管去年十二月和一月两个月的货物一直滞留在仓库，但阪神特殊钢公司已经向大同银行和阪神银行预支了80%的货款，而对方提出暂停装船的要求之后，阪神特殊钢公司无法从银行获得剩下20%的货款。截至一月底，阪神特殊钢公司的资金缺口达三亿两千四百万日元，包括去年十二月和今年一月两个月出口货款的20%，共计一亿四千四百万日元，以及提前完成的二月份计划出口产品的原料及加工费共计一亿八千万日元。这个资金缺口是由钱高常务从大同银行和阪神银行借钱过来填平的。现在已经进入三月份，美国轴承公司方面的情况依然没有好转，阪神特殊钢公司的资金链出现严重问题。

"我一再打电话指示芝加哥的南特派员，还派川畑常务去了美国，一直在不断地打探对方的动向，不断地和他们交涉，希望他们重启出口计划。但因为他们被并入大型联合企业LSV旗下，事情进展得非常不顺利。不过只要他们重启出口计划，美国轴承公司将会是我们强有力的合作伙伴。所以，为了打开现在的不利局面，我们要继续耐心地交涉。这两天高炉建造的关键工程——炉顶部的安装施工即将告一段落，这边结束之后，我打算再去一趟美国。"

铁平似乎有些坐立不安了。

"可是专务，您亲自去也没什么意义了吧？"

钱高眯着眼说道。

"什么意思？"

铁平生气地反问道。

"您别生气。我绝不是想冒犯您。专务您一直没和我谈过这件事，我也一直不清楚这中间的情况。吞并美国轴承公司的LSV公司旗下不是也有轴承原料厂吗？要是这样的话，我觉得它就没必要再从别的公司进货了。"

钱高不慌不忙地逼问道。

"但是他们的规模和技术哪能和我们比？"

"现在不是比较公司优劣的时候，而且我听说美国轴承公司的采购部部长罗杰斯二月底已经被炒鱿鱼了。综合以上所有情况，您不觉得合同被取消的味道越来越浓了吗？"

"你知道的真不少啊，从哪儿查来的？"

"调查这种夸张的事情我根本没有做过，只是从某种渠道听说了两句。"

钱高敷衍道。实际上，二月中旬过后，钱高对阪神特殊钢公司和美国轴承公司之间的交涉没有任何进展深感怀疑，通过原先在阪神银行当融资部部长时的关系，私下向江州商事的财务部部长打听了一些美国方面的具体情况。

"话说回来专务，万一合同取消的话，咱们就得归还从银行预支的十二月份和一月份的货款共计五亿七千六百万日元。现在咱们每个月三亿六千万日元的销售额没了，资金周转已经非常困难。您准备怎么办？"

"我也考虑到了万一发生这种情况该怎么办。我让阿南和川畑常务看看洛杉矶一带是否有什么好的转售点。"

外销产品和内销产品的规格不一样，因此这批货物无法转为内销。

"但是转售点能那么好找吗？您为什么不早点把实际情况一五一十地告诉我呢？您也太见外了吧！"

"你这么说我也很难过。眼下正是高炉工程的关键时期，为了不影响全公司上下的士气，我日思夜想，希望能妥善解决这个问题。但是，如果大同银行已经有所担心的话，趁着现在美国方面还没有提出解除合同，赶紧请求他们给我们调拨资金。"

铁平直白地提出了要求。

"您突然这样说我可办不到。五亿日元的资金调配不是件容易的事情。我平时一直对您说要早点做好资金筹措计划、早点告诉我，否则我很难办，我就是担心发生这种情况。"

钱高对铁平技术优先、财务殿后的作风非常不满。钱高说完之后匆忙离开。钱高觉得，事到如今得赶紧去向阪神银行的万俵行长汇报了。

车子开到神户的荣町大街之后，钱高的脸上才恢复了些生气。这一带二战前就是金融街，电车道两旁都是战火中幸存下来的银行和证券公司。四年前，钱高从阪神银行总行融资部部长调任阪神特殊钢公司常务，在那之前，钱高一直在总行工作，这里有一种钱高熟悉的氛围。

阪神银行总行大楼是一栋巴洛克式建筑，东侧玄关处耸立着六根圆柱。车子停好后，钱高精神抖擞地走进玄关。警卫恭敬地向钱高敬礼。钱高当融资部部长的时候就认识这名警卫。钱高点着头、踱着方步往里走，却发现守卫久久没有抬起头来。钱高有些奇怪，回头一看，信贷课课长万俵银平一只手插在条纹套装兜里，正从背后走了过来。

"哟，这不是万俵课长嘛，好久不见！经常听人谈到您的工作业绩。"

钱高对银平比对自己公司的专务铁平还要彬彬有礼。

"好久不见。"

银平不冷不热地和前任融资部部长钱高打了个招呼之后，正要向营业部走去，钱高却走过来问道：

"您的午饭还是东方酒店的烤肉吗？"

现在刚过一点，看着银平悠闲的样子，钱高推测银平刚吃完午饭回来。"

"嗯,是的。钱高你也是吗?"

"不是,我在公司简单解决了一下就赶紧过来了。"

"阪神特殊钢公司出什么急事了吗?"

银平此时才开始正视钱高。钱高赶紧说:

"没有没有,怎么可能呢。我只是来向行长做例行汇报。告辞。"

幸好此时两人已经走到营业部门口,钱高赶紧打完招呼就走,银平也没有继续追问,而是直接进了营业部。钱高松了口气,来到三楼。

钱高正想去行长秘书速水那儿打声招呼的时候,正好看到速水从行长室出来。

"刚才麻烦你接电话,我约的是一点过,行长现在方便吗?"

钱高摸着下巴上的小胡须,以老前辈的身份略带亲切地问道。

"请,行长正在等您。"

速水表现得非常恭敬,钱高却并不喜欢速水。钱高经常偷偷地来阪神银行,向万俵行长汇报阪神特殊钢公司的经营情况。每次来的时候,钱高都觉得速水有些不太欢迎自己,清澈的眼神中总有种蔑视的意味。

万俵正在审阅文件,看到钱高进来,用眼神指示钱高坐到办公桌前的椅子上。钱高鞠躬之后坐下,说:

"您这么忙,我还打电话打扰您真是抱歉。本来这件事应该是融资主管涩野常务来向您汇报的,但是我刚才在电话里也说了,这件事和您的公子铁平专务密切相关,我觉得最好还是不要让别人知道,所以今天我就越权来向您汇报。"

虽然万俵行长亲自任命钱高监督阪神特殊钢公司的情况,但是子公司的常务直接向行长汇报工作还是有些违反常规,所以钱高先为自己的行为进行了说明和道歉。

"别说废话了,赶紧说正事,我很忙。"

万俵行长不耐烦地催促道。

"我们公司的大客户美国轴承公司好像要取消和我们的合同。"

"什么?取消?美国轴承公司,是芝加哥的那家吧?"

万俵的眉头皱了起来。作为阪神特殊钢公司的非常勤①董事,万俵行长对公司海外大客户的情况大体还是知道的。

"您说得对。去年十二月份出货之前,美国轴承公司突然来电报说让我们暂缓装船,结果一直拖到现在。我认为这实际上就等于终止合同,对方正式下达终止通知只是时间问题。"

钱高详细汇报了事情的经过。听着听着,万俵取下眼镜,边擦拭镜片边问:

"有道理,看来去年年底铁平就是因为这个事情才急急忙忙去的美国。你现在才来汇报是不是有点太疏忽大意了?还有,你们石川社长在干什么呢?怪不得别人都说他是个花瓶!"

"非常抱歉,我不是要为自己辩解,实际上石川社长和我都不知道停止装船的具体缘由。"

"什么?你的意思是铁平故意隐瞒事实?"

万俵的眼神变得凶狠起来。

"不是,我不知道他是不是故意,反正那时候专务告诉我说,美国轴承公司被LSV吞并了,公司领导换人,在他们确立新的经营方针之前,我们这边暂缓装船,专务让我想办法填补流动资金的缺口。但是说这话时专务特别乐观,再加上以前也曾有过延迟一个月的情况,我就相信了他的话,想法设法筹措了三亿两千四百万日元,暂时填平了资金缺口,但是……"

---

① 非常勤:非正规雇用,只在某些特定的日子出勤。

钱高抬眼看了眼万俵,接着将自己通过私人关系找江州商事财务部部长打听到的情况告诉了万俵。

"问题是,铁平为什么直到今天也没有将资金运作这么大的事情告诉你这个财务主管呢?"

万俵戴上擦得亮亮的眼镜问道。

"是啊,问题就在这儿。我觉得,去年十月,专务去美国签订了增加 20% 贸易量的合同,这次可能也想自己解决。我相信他没有别的意思。不管怎样,专务是那种直来直去而且责任心非常强的人。问题是,去年十二月份和今年一月份出口货款的 80% 我们已经从银行预支了,去年十二月份的是从大同银行预支的,今年一月份的是从阪神银行预支的。如果对方提出终止合同的话,我们就需要返还五亿七千六百万日元的预借款。而且建造高炉还需要大笔资金,怎么填补这五亿七千六百万日元的亏空,我左思右想想破了头也想不出办法来啊。"

钱高叹了口气,似乎十分为难。

"这钱我们银行不能出。"

万俵首先表明了自己的态度。

"但是,行长……"

"没什么但是不但是的,我们是主银行,是你们的总公司,这么重要的事情你们瞒了我们两个月,现在坚持不下去了跑过来求我们,也太自私了!我们银行每个月贷给你们七八亿日元做流动资金,其他的你们就去找别人借吧。"

钱高无言以对,过了一会儿才说:

"行长您生气我完全可以理解,我有渎职之责,今后我会尽自己的最大努力来弥补的。但是,如果别的银行知道我们的出口合同被对方取消,我们的贷款将用于返还前期预借款的话,恐怕没有哪家银行会借给我们。在公司高炉工程建设的关键时刻,如果泄露了这个消息,连高炉建设资金都有可能受到影响。希望行长您看在您的公子铁平专务的份上,网开一面,贷款给我们公司。"

钱高垂头丧气地恳求道。

"连你都说什么我儿子的公司?不像话!"

万俵大介严厉批评了钱高之后,又命令道:

"我说不贷款,这次对方取消出口合同是一个原因。更重要的是,现在看来,即便高炉建完了,你们生产出成本更加低廉的产品,失去了这样的大客户,你们的产品也卖不出去,这才是我最担心的事情。你们公司的生产经营计划存在着如此严重的隐患,公司的领导层却完全没有意识到问题的严重性,到头来整个公司都想当然地认为,出了事情反正有主银行阪神银行担着。你替我告诉铁平,让他找别的银行!"

第二天,万俵铁平在阪神银行的行长室等待父亲万俵大介。铁平接到电话通知:下午四点到银行。

"不好意思,让您久等了。今天是神户财界人士的一水会,行长去参加聚会了,我想很快就会回来的。"

行长秘书速水对超过约定时间向铁平表示歉意。

"客气了,给你添麻烦了。"

铁平上次一连给速水打了好几个电话,希望安排自己和父亲大介见上一面。

"您说的哪里话。本来我以为那时候正好有一段时间可以空出来,哪知道《每朝新闻》的榎本记者提前到了,真是抱歉。"

速水没敢告诉铁平,那天行长原本有时间打电话给铁平的,但行长说反正是筹资的事情,回头再说,就没和铁平联系。

"哪里,倒是我经常麻烦你帮我联系父亲。托你的福,我们公司的高炉已经完成了 70%。你要是有兴趣的话,哪天我带你和银平一起去参观参观吧?"

"谢谢。我们这些银行职员再怎么竭尽全力地工作,也不可能留下像设备呀产品之类的具体成果,有时候免不了有种虚空感。我很想去参观你们的高炉,到时候约上银平一起去。"

"欢迎你们参观。银平也没什么朋友,你算是他难得的一个能敞开心扉说话的朋友,今后还请你多给他一些别人不会给他的忠告,拜托了。"

铁平以兄长的身份说道。速水忙说:

"您这么说我可受不起。我们俩有时候会一起喝酒,有时候他也会说我不理解他,但我还会像学生时代那样,继续和银平做朋友的。"

速水诚恳地说道。这时万俵行长走了进来。

"您回来了。刚才万俵专务一直在等您。"

速水说完就退了出去。

"这段时间一直没见您。"

铁平先和父亲大介打招呼说。

"说起来这两个月咱们好像没怎么见过面。"

父子俩虽然住在同一个院子里,但自从新年的误伤事件之后,父子双方似乎都在有意无意地躲着对方。

"爸爸,您今天叫我来有什么事?"

"昨天你们的钱高常务突然到我这儿来,你知道什么事了吧?"

大介坐在沙发上,镜片后的双眼紧紧盯着铁平。

"他把美国轴承公司的事情告诉您了?我本来想亲自向您解释这件事的。"

尽管昨晚和今天上午,铁平都在公司遇到了钱高,但是钱高什么都没有说,铁平有些生气。

"你有什么不高兴的?从去年十二月份对方来电报要求你们暂停装船,到美国轴承公司被大型联合企业LSV吞并、LSV伞下有自己的轴承原料生产厂、他们原来的采购部部长最近被炒鱿鱼,所有这些事情我都是从钱高那儿听说的。我不知道你有什么打算,但你让我很没面子!"

"什么打算呀让您没面子呀,我根本不是因为这些才没向您汇报的,只是……"

"只是?只是什么?我虽然不在阪神特殊钢公司上班,我还是公司董事吧?这一点你不至于忘了吧?"

万俵大介步步紧逼。

"我知道,我本来是想尽量自己解决这件事,不想让您操心。可是事态一直没有好转,后来我觉得必须向您汇报了,就打电话给您希望和您面谈,但是那次我没能见到您,也没能和您说上话,结果就一直拖到现在了。"

铁平努力解释着,想澄清父亲莫名的误解和扭曲。

"哦,上次你急着要见我就为了这件事啊!既然事情这么重要,为什么你没有再多加强调呢?就那一天你急急慌慌的,等我回家睡觉了你还打电话过来,到了第二天又杳无音讯了,这怎么解释?"

大介抽着雪茄问。

"不是这样的。后来我又打过一次电话,但是您去东京出差了。我这边正好高炉工程进入关键期,这段时间特别忙,我也是没办法。"

铁平渐渐难以抑制内心的愤怒了。

"原来如此。那我问你,你为什么不仅没有告诉你们公司的财务主管钱高这件事情,还把社长石川正治蒙在鼓里?你不觉得这样做太独断专行了吗?今天一水会结束后,我批评石川作为阪神特殊钢公司的社长玩忽职守。结果他反而对我发牢骚说,他虽然听说了对方发电报要求暂停装船一事,也知道有两个半月的产品滞留仓库,但你一直没有向他汇报详细情况,他也觉得自己一直被蒙在鼓里。他说你做什么事情都这样,希望我这个当父亲的、我这个阪神特殊钢公司的非常勤董事能够提醒提醒你。"

"十分抱歉,主要是石川社长比一般人要悲观、软弱,很可能轻率地就把这件事泄露出去了,因此我才尽量少告诉他真实情况,并且尽量说得乐观一些。"

"那你心里到底是怎么打算的?钱高说,如果对方提前终止合同的话,你们将承担总计九亿日元左右的损失。这个危险,你作为接到电报后亲自飞去美国轴承公司谈判的专务是最清楚的吧?"

"既然现在采购部部长已经换人了,我也没什么可说的了。近期我无论如何也要去一趟芝加哥,面见一下新任采购部部长。我们公司的产品质量上乘,我觉得还是有希望的。钱高常务说,为了预防万一,如果这几天不准备好可调配资金的话,到时候一下子拿出五亿七千六百万日元是不可能的。今天爸爸您叫我过来,我还得麻烦您,虽然我知道这个要求很过分,但万一出现最坏情况的话,希望爸爸您能够帮助我。"

铁平深鞠一躬恳求道。

"昨天钱高也求我了。不行。"

万俵大介冲着天花板吐着烟圈,冷冰冰地拒绝道。

"可是爸爸,在这种情况下我没法去求别的银行。我会尽全力说服美国方面继续合作,尽量不给您添麻烦,拜托了!"

铁平再次恳求道。这时桌上的电话响了起来。大介从沙发上站了起来拿起电话。

"阪神特殊钢公司找铁平?紧急电话?好的,我让他接。"

大介把话筒交给铁平。

"喂喂,是我。……喂?你说得太快了,我听不清楚。出什么事了这么慌张?"

电话是营业主管川畑常务打来的。

"是的,我正和父亲谈话呢。有急事的话你就说,没关系。……什么?慢慢说。……芝加哥的南特派员来电报了。内容呢?……啊?终止!什么?美国轴承公司的新任采购部部长通知南特派员终止合同!"

铁平握着话筒的手颤抖了起来。

"我知道了。我请求爸爸贷款给我们之后就回去。你告诉大家不要慌!"

铁平说完,放下了话筒,调整了一下呼吸看了看大介,发现大介正盯着自己。

"您刚才听到了,美国轴承公司正式通知我们终止合同,正式文件随后就到。这样一来,我们公司从阪神银行和大同银行预支的五亿七千六百万日元就得马上还了。恳请您贷款给我们。"

铁平再次艰难地恳求道。大介沉默了一会儿说:

"我行作为出口前借款贷给你们的两亿八千八百万日元就转为国内一般贷款继续贷给你们,但是你们从大同银行预支的那部分我们就帮不了了。"

"可是我们一月底已经从大同银行借了两亿五千万日元……"

铁平刚说到这儿,大介就气势汹汹地说道:

"看在你们因为对方取消出口合同而被迫返还预支款的情况比较特殊,我才将那笔钱转为国内贷款的,但这笔钱要从本月的高炉设备资金中扣除。"

大介的这句话让铁平倒吸了一口凉气。大介继续冷冰冰地说:

"我们银行马上要接受大藏省银行局的检查,每一笔贷款的内容都必须清清楚楚。我有必要再次提醒你一句：商场无父子。"

万俵大介所谓的银行局检查只是个借口，其真实目的是不想因为贷款方面的问题影响"以小吃大"的银行吞并计划。

尽管东方宾馆前台的服务生们都在看着自己，万俵二子还是怒气冲冲地挂断了电话。

二子原定六点半和哥哥铁平、一之濑四四彦三人一起吃饭的，但哥哥突然来电话说因为和爸爸之间有些问题来不了了，让二子和一之濑两个人在这里吃饭。二子很久之前就央求哥哥铁平在东方宾馆的"天空厅"请自己吃晚饭，但哥哥总是说忙呀忙的一推再推。今天中午过后，铁平特意给二子打电话说，高炉炉顶装置的施工终于告一段落，今晚叫上一之濑一起吃个晚饭。

二子快步回到正在大厅等候的一之濑四四彦身边，跺着脚说：

"一之濑，哥哥让我们等了三十分钟，结果又来电话说有急事来不了了！"

四四彦看了眼手腕上的工程师专用大手表，说：

"可能是出大事儿了。饭什么时候都可以吃的。"

四四彦平静地说完，站了起来。

"不是的，哥哥说桌子都订好了，让我们俩就在这儿吃。咱俩一起吃吧。"

二子的语调柔和了许多，半带撒娇地说道。

"我不知道在这样的地方如何和女士一起吃饭。"

四四彦不喜欢和阪神银行行长的女儿、公司专务的妹妹，单独在这样一个豪华的地方享受和自己身份不相符的晚餐。

"那你觉得哪儿好呢？"

"哪儿？我一般都去唐人街那边的店，又便宜又好吃。"

"那你就带我去那儿吧。"

"可是唐人街是老街,非常杂乱,不适合你。"

"没关系,我对那种地方挺感兴趣的,而且我作为女孩子平时又没办法自己一个人去,你就带我去吧。走吧!"

说着,二子从沙发上站了起来。

从宾馆走到唐人街大概要二十多分钟。两人没有打车,步行穿过商业街大厦向元町走去。走到元町一丁目的时候,可以看见左侧的美利坚防波堤。灯光中漆黑的海面光影流动。两人又向前走了一条街,来到唐人街的入口。

唐人街上,挂着整只烤鸡的食品店和中餐馆、中药店、爆竹店等一家挨着一家,油香味儿和独特的中药味儿混杂在一起。偶尔也有战火中残存下来的古董店,美国游客在稀罕地看着店内的古董。两名围着纱丽的印度女人从二子和四四彦的身边经过。两人继续往前走,来到一条幽深、狭窄的小路,路边是面向外国水手和船员的廉价酒吧,酒吧墙上涂着色彩浓艳的油漆。昏暗的灯光下,两三名妓女淫笑着,正在招揽生意。看到四四彦和二子,妓女们也淫荡地说着什么,四四彦赶紧抓住二子的手,推开一家店门,走上狭窄的楼梯。

这是一家小餐厅,看起来比较古老,像是明治时代的食堂,里面摆放着十多张桌子,看不出有什么特别的地方。一个中国厨师和一个老熟客正隔着柜台谈论着什么稀罕的中国菜。

"这是什么店?"

"这家店的老板是日本人,以前是外国船上的厨师长,在1928年前后开了这家店。来这里的客人大多是上了年纪的熟客,这里用葡萄酒泡过的牛排和清汤非常好吃。"

说着,四四彦点了汤和牛排。

"真不错啊。你经常来吗?"

"嗯,经常来,我喜欢这种热闹的地方。去年年底,我去洛杉矶的凯撒钢铁公司出差的时候,还去那边的唐人街吃晚饭了呢。"

说到这儿,四四彦突然担心起刚才铁平的电话来,问二子:

"刚才专务打电话时的语气怎么样?"

二子喝着汤说:

"我也说不好,好像是有什么急事儿,好像哥哥和爸爸在一起,因为是从行长室打过来的。"

"那就是美国轴承公司的事了。难道……"

四四彦说不下去了。去年年底,四四彦去洛杉矶的凯撒钢铁公司学习高炉操作技术的时候,顺便去了趟芝加哥,见到了南特派员,对美国轴承公司的情况也比较了解。但是四四彦对本公司的产品充满信心,相信事情最后总会有转机的。

"怎么了?哥哥公司里是不是出什么事儿了?"

二子放下勺子问。

"没有,没什么大事。只是我一想到像专务这样全身心扑在钢铁事业上的人,还要出入银行为资金操心,心里就有些难受。如果专务能毫无牵挂地专心建造高炉就好了。我们之所以有信心造出特殊钢界世界一流的产品,不,是肯定能造出世界一流的产品,完全是源于专务优秀的技术能力和对钢铁事业的热情。"

想起高炉炉顶装置安装结束、高炉工程完成了70%,四四彦不由得热情高涨。听到四四彦又谈起了工作,二子巧妙地岔开话题说:

"一之濑,你可真讨厌,和女孩子吃饭时不谈工作是基本礼仪,亏你还在'女士优先'的美国待了两年。"

二子悄悄瞄了一眼四四彦。四四彦尴尬地笑了起来,说:

"所以我两年都没交到一个女朋友。"

"你理想中的女孩子是什么样的?说来听听吧。"

二子的这个问题让四四彦有些不知所措。

"首先呢,要理解我的工作,还有就是要聪明、低调,最重要的是善良。"

"那你讨厌哪种女孩子呢?"

"愚蠢、任性、自私。"

"那你觉得我属于哪一类呢?"

二子神情专注地看着四四彦问道。

"这我一下子还说不好。你这么聪明的女孩子,心里肯定早就明明白白的了,没必要一个傻问一个傻答。"

说着,四四彦将刀子插入刚刚端上来的牛排中。放弃了预定好的东方宾馆"天空厅"的晚餐,在唐人街这样一家小饭店里和四四彦相对而坐的时候,二子看到了一个不同于大哥铁平,也不同于二哥银平的个性鲜明的男人形象。虽然和哥哥相比,四四彦不太懂人情世故,不够风雅,却充满着坦坦荡荡的男性魅力和包容力。父亲和姐夫推荐的佐桥首相夫人的侄子细川一也的形象,在二子心中越来越渺小。

二子一边沉浸在对一个小时前两人世界的幸福回忆中,一边弹奏着肖邦的小夜曲,细长而柔软的手指滑过键盘,恬静之情萦绕四周。

在唐人街的饭馆吃完饭之后,二子和四四彦心照不宣地一起沿着东亚大街向山手方向漫步走去。晚九点左右,东亚大街两侧的高级时装店、裁缝店、宝石店、毛皮店一半以上已经关了门,街上冷冷清清,只看到一对外国夫妇在散步。看到这对在异国他乡的月色中漫步的夫妇,不知为什么,二子突然有种想流泪的感觉,抬头看了看四四彦。四四彦的眼神证明,两人心中有着共同的感触。

"二子,怎么弹到一半不弹了?接下来就是我最喜欢的部分了。"

二子突然听到身后相子的声音。相子走到钢琴边。

"我都不知道你来了,你真坏。"

"我是被你这优美的琴声吸引过来的,听得我不知不觉就入迷了。看来你最近练琴比较用功,感觉你的钢琴水平又上了一个台阶。尤其是今天,感情饱满,特别棒,好像有些什么东西不同于以往。"

相子靠着钢琴,盯着二子说道。二子将视线转向白色的琴键,右手随意弹着说:

"谢谢你的表扬。老师经常批评我过于注重技巧。"

"今晚你回来之前,细川一也来电话了,三子告诉你没有?"

相子装作很随意地问道。

"没有。有什么事吗?"

"哎呀,你这点简直和你爸爸一模一样,并不是只有在有事的时候才会打电话、写信的。"

"我知道。但是我就在过年的时候,在志摩观光酒店见过他一次,他突然打电话过来是不是有点太唐突了啊?"

"细川一也今晚正好在银座酒吧遇到美马,两人一起喝酒的时候回忆起新年在志摩相遇的情景,就想给你打个电话。可惜你正好不在,他就和三子聊了一会儿。三子说,他一个劲地问姐姐的情况,太不礼貌了。为此三子还非常生气呢。"

说到这儿,相子笑了起来。相子本想将二子的注意力转到细川身上,二子却假装没听出来的样子,说:

"三子在新年遇到他的时候就好像挺喜欢他的。用你的话来说,细川先生的家庭出身、资产、姻亲关系等都无可挑剔,结婚条件样样合适,要不你就促成三子和细川的婚事得了。怎么样?"

说完,二子坐直身体,准备继续弹琴。

"二子,你心里什么都清楚,就不要再装得像个小女生那样任性了。我告诉你我可等不及了。"

相子一下子就翻脸了,严肃地说道。

"什么意思?我早就说过,自己的婚事自己做主。你又不是我妈,不要管得太宽了。"

二子生气地反驳道。相子毫不退缩地说:

"你那个妈妈除了生下你又管过你什么?过完年后,你爸爸就让我赶紧促成你和细川的婚事。我为此特地去了趟东京,进行了慎重的婚前情况调查。你爸爸作为万俵财团的统帅,已经决定把你嫁给细川一也。我也从你自身和你的兄弟姐妹以及万俵家的姻亲关系等方面进行了综合考虑,觉得细川是你最合适的伴侣。细川家对这桩婚事也相当满意。不管你说什么,你的婚事基本上就算定下来了。"

"什么?太过分了!又不是战国时代的政治联姻,都这个时代了,怎么还可以无视个人的意愿,为了企业和家庭而联姻呢?!"

二子站起来,生气地说。

"好像你的意中人是上学时就经常来找铁平的一之濑四四彦吧?今晚你也是和一之濑一起吃饭的吧?"

"是啊,是一之濑。"

二子大大方方地承认了。

"要说吃饭的话,好像时间长了点啊。你们六点半到的东方宾馆大厅,吃完饭应该很早就回来了才对啊?"

相子好像对所有事情都一清二楚。

"你怎么知道的?我很生气!"

"这种事情其实无所谓,只是一之濑也不是个正大光明的人,非得趁着铁平晚回家的时候约你出去。"

其实,今晚相子正好和芦屋医院的院长夫人一起去东方宾馆看宝石展,正要回来的时候,凑巧看到二子和四四彦的身影。相子没有说实话,却反过来指责四四彦。

"不是这样的。本来今天晚上是铁平哥哥请我们吃饭的,结果他突然有急事没能来,就让我和一之濑两个人一起吃饭的。"

"哦,原来是这样。那你和铁平吃饭为什么要叫上一之濑呢?"

相子的意思是,四四彦只是阪神特殊钢公司一个普通常务的儿子,根本不配和二子他们一起吃饭。相子轻蔑的语气激怒了二子,二子生气地反驳道:

"可能是铁平哥哥为了满足我平日里的愿望吧!"

"也就是说,铁平早就在撮合你和一之濑的关系啰?"

相子抓住二子的话柄不放。

"不是,铁平哥哥没时间管这些事,这只是我自己的解释,或许哥哥只是想犒劳一下自己的下属。"

考虑到近来哥哥和父亲之间的关系比较微妙,二子努力为哥哥辩解,可是相子对二子的解释置若罔闻,而是接着说道:

"铁平无视你爸爸和我的原则如此行事,真让人意外。我得让你爸爸赶紧纠正铁平的想法,你们不要随意破坏万俵家的婚姻规则。"

相子说完就走了出去。从相子的神情来看,好像又开始谋划什么事情了。

大丹犬的吠声停止了,整个大院陷入了一片寂静。已经过了夜里十点,万俵铁平独自走在院子里的路上。平时铁平会直接让车开到东侧高处自家玄关前,但今天铁平在下面的大门口就下了车,打发司机回去之后,独自走在缓坡上,回忆着刚刚结束的阪神特殊钢公司紧急董事会上的事情。

因为美国轴承公司单方面提前终止合同给阪神特殊钢公司带来

重大损失,会议的第一个议题,就如何向美国轴承公司提出赔偿。大家详细讨论了去年十月铁平去美国重新签订的长期合同书。因为美国轴承公司是阪神特殊钢公司合作多年的大客户,因此合同书上并没有明确写明提前终止合同时的损失赔偿问题。考虑到国际贸易损失赔偿诉讼不仅耗时而且花费巨大,谁也不敢下决心提起诉讼。目前摆在阪神特殊钢公司面前最迫切的问题,是尽快找到合适的买家将积压的产品卖出去,以减少因美国轴承公司提前终止合同而带来的损失。会议最后决定,派营业主管川畑常务去美国,在洛杉矶的轴承公司中寻找买家,将产品转卖出去。因为外销产品的型号完全不同于内销,即便在国内找到买家,也只能卖个"白菜价"。如果川畑常务能够在洛杉矶找到合适的买家,就可以将损失降到最低。铁平本想亲自去趟美国,但是一之濑厂长提出,铁平是高炉建设的总指挥,眼下正是高炉工程的关键时期,铁平还是留在日本指挥生产为好。另外,阪神银行已经拒绝了阪神特殊钢公司的进一步贷款要求,铁平还得去找大同银行的三云行长,希望三云行长能帮助阪神特殊钢公司打开目前的资金困局。

  铁平的脚步越来越沉重,挫败感开始弥漫在心头。和美国轴承公司的合同是铁平自己签订的,收到暂停装船的电报后所有的举措也都是铁平自己决定的。如今出现这样的结果,极大地动摇了铁平作为一名企业领导的自信心。铁平停下脚来,听到了水流的声音,原来已经走到了石桥上。爸爸每天去上班的时候,都会站在这座石桥上,远眺阪神特殊钢公司的烟囱,一天又一天,百看不厌。眼下阪神特殊钢公司面临危机,爸爸却拒绝伸出援手,这让铁平实在无法理解。

  突然,身后传来车喇叭声,车灯也越来越近。

  "哥哥,怎么了?你怎么站在这儿?"

银平从车中探出头来问。

"我想一个人走一会儿。"

"要不我送你?"

"好吧。"

铁平坐到副驾驶位上。过了石桥是条岔路,左侧高处是铁平的家,右侧往里走是银平的新居。

"哥哥,到我家坐会儿吧,我有从爸爸那儿蹭来的特制白兰地。"

"好的,好久没和你喝酒了。"

铁平点着头,想起今晚本来约好和二子以及一之濑四四彦一起吃饭的事情。

车子停在银平家的二层小楼前,白墙和窗饰属于典型的南欧风格。万树子迎了出来,竟然很少见地穿着和服。

"你回来了。哎呀,哥哥也来了。请进。"

看上去万树子好像要和银平说什么事情,看到铁平过来就赶紧将他们引进起居室。起居室里铺着纯黑色地毯,摆放着红、黄、紫等颜色的意大利沙发。

"哥哥,喝茶还是别的?"

万树子亲切地问道。

"你不用管了。"

银平冷淡地说道。万树子无奈地走了出去。银平从洋酒车里拿出白兰地,倒了一杯。

"爸爸好像最近特别烦躁,是不是遇到什么难题了?"

铁平问。

"是吗?我没注意到啊。"

银平似乎对此毫不关心。

"最近我看经济杂志,上面登了一个有关金融重组的座谈会的消息,他们预测说阪神银行和富国银行合并的可能性很大,真的是这样吗?"

铁平认为这可能是父亲心情不好的原因之一。

"不会吧?要是和富国银行合并的话,不就完全被他们吞并了?"

"你这样说我就放心了。要是和他们那么大的银行合并的话,顶着两行融资系列合理化的美名,我们公司很容易就被大型钢铁企业吞并了。"

说到这儿,铁平喝了口白兰地。

"哥哥你怎么了?黑咕隆咚的,一个人无精打采地在院子里走来走去,这太不符合你意气风发的形象了。昨天,我在行里营业部门口遇到钱高常务,今天你又亲自去见爸爸,是不是出什么事了?"

听到银平的问话,铁平将手中的酒杯放了下来。

"美国的大客户提前终止了和我们的合同,高炉工程又需要大笔资金,我们现在是雪上加霜啊。我去请求爸爸贷款,结果被他冷冰冰地拒绝了。"

铁平向银平简要介绍了美国轴承公司发来电报要求暂停装船后发生的事情,银平面无表情地听着。铁平说完之后,银平开口道:

"哥哥,你也太天真了!去年十二月份你收到电报去美国,都已经察觉到吞并美国轴承公司的大型联合企业的动向了,为什么当时不赶紧采取措施并迅速筹措资金呢?看来爸爸生气也是情有可原的。"

"可是,对于陷入困境的子公司,阪神银行只同意把两亿八千八百万日元的出口前借款转为国内一般贷款,而且还要从这个月的高炉工程贷款中扣除,你不觉得作为主银行这样做有点太冷酷无情了吗?"

"是吗?银行家就是这样的吧。要是我的话,可能也只能做到这一步。"

银平的冷漠和今天下午父亲的冷漠如出一辙,联想到银平极其冷酷地摧毁太平超市,将其纳入没有流通部门的万俵商事的手段,铁平突然觉得,眼前风流倜傥的银平和老奸巨猾的银行家父亲的形象重叠在了一起。

"你老是说银行很讨厌,这是为什么?!为什么?!简直太过分了!"

感觉到兄弟俩之间的巨大差距,铁平将玻璃杯放到桌上,起身离开。

铁平回去之后,万树子很快就走了进来。

"你可真是冷酷啊,怎么和哥哥那样说话?"

"怎么了?你偷听我们谈话了?"

"不是的,我刚才想给你们拿点下酒菜来,走到门口的时候正好听到你们说话,我就不知道该不该进了。"

"随你便吧,我去冲个澡睡觉。"

银平正要去浴室的时候,万树子说:

"老公,我有话对你说。"

"又是你的那些事吧?明天再说吧。"

银平忍住哈欠说道。

"不行,今天必须说。"

"到底是什么事啊?"

银平不耐烦地停住脚步问。

"老公,我,好像怀孕了。"

"什么?你怀孕了?"

初次怀孕的万树子害羞地低下头,和服领口遮住了下巴。银平毫无表情地说:

"奇怪啊,你每次不都说没问题的吗?"

银平指的是避孕问题。

"是啊,可是我想要个孩子。"

"那你是骗我的了?"

"什么骗不骗的?我一开始也没怎么想要的,但是后来我想明白了,万俵家非常看重裙带关系,而孩子是不可或缺的,所以我觉得,不管你嘴上怎么说,有孩子的话你肯定会高兴的。"

"高兴?我对孩子……"

平时面无表情的银平此时的厌恶之情溢于言表。

"做掉吧。"

银平的这个提议让万树子的脸色变得苍白。

"为什么?!我们在经济、家庭、健康方面都没有问题,没有任何理由需要做掉。你为什么要这样说?你一点都不爱我,你不爱我却和我结婚,让我怀孕,又让我流产,你是个冷酷无情的人!"

万树子的声音越来越大,越来越歇斯底里起来。

"我不想再有一个像我这样的人,像我这样扭曲的万俵家的后代!"

银平的声音异常平静,头脑异常清醒。

大同银行的行长室朝南,光线很好,从天花板到墙面、办公用具都极尽豪华,却有些俗气,只有三云行长从日银带过来的岸田刘生[①]的《丽子像》反映出三云高雅的情趣,同时也稍稍挽救了一些室内的品位。

三云行长背对《丽子像》,和阪神特殊钢公司的万俵铁平相对而坐,听铁平讲述着美国轴承公司提前终止合同的经过以及阪神特殊钢公司的贷款请求。

---

① 岸田刘生:日本大正时代的洋画家。

"一月底我们资金短缺的时候,你们帮忙贷给我们两亿五千万日元,现在再次请求你们贷款,我也觉得十分歉疚。问题是我们现在必须返还出口前借款。两个月的出口前借款共计五亿七千六百万日元,其中从阪神银行借的一个月的出口前借款转成了国内一般贷款,但是去年十二月份从你们大同银行预支的两亿八千八百万日元我们无论如何也还不了了,所以希望你们能够贷款给我们。"

铁平恭恭敬敬地深鞠一躬,请求大同银行贷款两亿八千八百万日元。高鼻梁、长脸形的三云行长神色严峻地问道:

"事情到了这一步,阪神银行的万俵行长都知道吗?"

"当然,我亲自向他解释的。"

"那他为什么不愿意多帮你一点呢?遭遇出口合同单方面提前终止这种恶劣情况,主银行提供帮助合情合理啊!"

企业经营顺利时另当别论,一旦企业经营陷入困境,需要紧急资金援助,主银行应当义无反顾地提供帮助。三云行长明显对阪神银行的做法有些不满。

"您说得很对。可是我爸爸说,阪神银行疲于应付当地企业的资金需求,资金状况恶化,照这样下去的话,日银下一期的资金分摊额有可能会出问题,等资金状况改善之后就帮我们弥补损失,现在这部分资金先请大同银行帮忙解决。"

铁平艰难地解释道。虽然阪神银行答应将一个月的预借款两亿八千八百万日元转为一般贷款,但条件是这笔钱将从高炉的设备资金中扣除。面对三云,铁平觉得这件事无法启齿。三云紧盯着铁平眉头紧锁的样子。从铁平筹措高炉设备资金开始,三云行长就隐隐觉得,万俵大介和铁平这对父子之间存在着外人无法得知的某种微妙的感情纠葛。当时,阪神银行将一直以来的40%的贷款比例削减到30%,为了筹措被削减的十八亿日元资金,铁平这个技术专家无奈地奔走在协调融资银行和生命保险公司的路上,好不容易凑了八亿日元,剩下的十亿日元,束手无策的铁平只能来求三云行长帮助解决。那时候铁平一脸山穷水尽、走投无路的样子,一点也不像是主银行行长的儿子。

这次国外大客户在压货两个半月之后又提前终止合同,遭遇如此严重的情况,铁平又没有得到主银行的帮助,而是垂头丧气地坐在自己面前。看着铁平的样子,三云更加觉得自己的疑惑不是空穴来风。但是,万俵行长这样一名银行家,因为和铁平之间的某种感情纠葛而冷遇阪神特殊钢公司,似乎又有些违背常理。

"铁平,和你们建造高炉之前相比,从阪神银行转到我行的贷款比重好像越来越大了啊。首先,高炉设备资金那一块,最初的计划阶段,阪神银行是40%,我行是30%,但是实际结果是30%对30%;现在,因对方要求暂停装船而造成的资金短缺、由合同终止引发的出口前借款返还等资金问题,如果都要由我们大同银行来解决的话,足以证明你们的主银行在不断后退。按常理来讲,主银行撤退说明主银行或企业一方发生了相当严重的情况。你们阪神特殊钢公司难道没有什么原因吗?"

三云行长的语调非常平静,但眼神十分犀利。铁平沉默了一会儿,想了想,眼神突然亮了起来,说:

"如果硬要说阪神特殊钢公司存在什么问题的话,那就是不像以前那样听主银行的话了。"

"为什么不听主银行的话了呢?"

"如果照我爸爸的话去做的话,那就永远也别想建高炉。无论我如何解释,我爸爸都认为建造高炉是在拿命赌博。但我认为没有赌的决心,企业就别想获得大发展。"

铁平紧握着拳头,斩钉截铁地说道。三云微笑地看着铁平,铁平的这份执着自麻省理工学院时代至今,一点儿都没有变。三云不由得也产生了为阪神特殊钢公司赌一把的冲动。三云想道:自己从日银理事调任大同银行行长已经一年多,残酷的现实与就任时美好的理念大相径庭,无论自己想干点什么,那些自储蓄银行时代就在大同银行工作的元老派都会提出反对意见,导致自己这个新行长一事无成。如果说毫不在意那是谎话,但是抛开个人的功利心先不说,三云特别希望能够投身于企业发展的大潮中,而不仅仅是一个旁观者。就像比自己小十几岁的铁平全身心地扑在高炉工程上一样,三云觉得,既然已经从日银来到普通银行担任行长,就要在为企业贷款方面留下自己作为银行家的足迹。

当然,在对阪神特殊钢公司的贷款方面,三云一直都在力排众议,努力使大同银行作为和阪神银行平行的主银行,积极发挥融资功能。这其中三云和铁平的私交因素占了很大比重。既然现在阪神银行暂时后退,三云暗下决心:抓住机会积极融资,超越主银行,帮助阪神特殊钢公司发展壮大。当然,这样做的同时,也可以起到改善大同银行体制的作用。大同银行虽然架子比较大,但是还没有一家客户是一部上市企业。

"你们这次的贷款申请,是因为货物积压造成的资金短缺,对此我行的融资主管是否同意还不好说,但我们会就此情况进行商讨。我个人不仅要听你的意见,还要和你父亲万俵行长取得联系,听一听他作为主银行行长的意见。你看如何?"

听到三云的问话,铁平有些犹豫,似乎想说什么,但最终只是神情复杂地点了点头,说:

"只要三云行长您能同意我们的贷款请求就行。"

三云行长静静地放下电话,回想着和阪神银行万俵行长的通话。

刚才，万俵铁平代表阪神特殊钢公司向大同银行提出了贷款申请，三云行长就此事向万俵行长咨询了阪神特殊钢公司的经营状况。万俵行长明确表示，阪神银行作为主银行之所以没有能力帮助阪神特殊钢公司，是因为眼下地方企业的资金需求量比较大，银行资金状况不佳。至于三云行长担心的阪神特殊钢公司的经营状况，除了万俵铁平原来说过的问题，并没有什么别的新情况出现。至此，三云行长决心贷款给阪神特殊钢公司，接下来要做的是争取得到融资主管绵贯专务的同意。

三云看了一眼桌上的董事在位情况指示灯，想起了银行内部微妙的派系关系。自三云从日银空降到大同银行开始，行内就一直存在着三股力量：始于储蓄银行时代的根深蒂固的元老派，日银空降派，中间派。行内高管中的两名专务和五名常务同样分成三派，其中元老派代表——五十九岁的绵贯专务一枝独秀，力压群雄。

三云行长听到敲门声、咳嗽声。绵贯千太郎专务来了。小个头、大红脸的绵贯专务毕恭毕敬地坐在三云行长前面，身上的茶色套装像是新定做的，看上去价格不菲，脚上穿着红褐色的皮鞋，一身行头非常符合从储蓄银行时代慢慢奋斗上来的元老派银行专务的特点——有些俗气，但易于亲近。绵贯专务这样的人在中小企业主中人气颇高，但是和三云这样的出身日银又有着国外工作经历的人实在有些冰炭不投。不过话说回来，绵贯长久以来积累的人脉和丰富的一线经验对于每天的银行业务来说必不可少。

"行长，您是不是有什么急事儿找我？"

"不是别的事，还是阪神特殊钢公司贷款的那件事。刚才他们的万俵专务来见我，美国轴承公司取消了他们的出口合同，为了渡过资金难关，他向我们申请两亿八千八百万日元的贷款。"

三云向绵贯解释了铁平的请求。绵贯启动全身动物般的嗅觉，鼻孔张得大大的,全神贯注地听着。绵贯这种在商场摸爬滚打了多年的人,绝不会轻易相信别人的话。听完三云的解释之后,老练的绵贯专务凭着惯有的职业敏感问:

"原来他们的出口合同突然被对方取消了,而且他们的主银行阪神银行也帮不了他们!这有点奇怪啊。主银行出不了两亿八千八百万日元,把它强加给我们,这中间是不是有什么猫腻啊?"

"没有。我刚才直接给阪神银行的万俵行长打电话求证了。万俵行长坦言,最近阪神银行疲于应付当地企业的资金需求,手头比较拮据,希望我们能帮他们分担一部分,没有你说的什么猫腻。"

"是这样啊。那行长您的意见如何?"

绵贯没有直接表态,先问三云的态度。

"这次阪神特殊钢公司的资金短缺,不是因为经营不善,而是因为突然遭遇合同取消,是暂时性的资金紧张。我认为可以贷款给他们。"

三云明确表明了自己的意见之后,绵贯脸色大变,说:

"行长,两亿、三亿说起来简单,可是把这两亿、三亿分成五十份、一百份,贷款给咱们下面的中小企业,他们不知道有多高兴呢。比如我最近一直说的朝日肥皂公司那五千万日元的贷款申请,如果我们有能力贷给阪神特殊钢公司一家两亿八千八百万日元的话,那也应该贷给朝日肥皂公司。"

绵贯又翻起了旧账。朝日肥皂公司资本约二十亿日元,是一家二部上市公司,主营肥皂、洗涤剂等产品,大同银行是他们的主银行。

"这件事上次我也说过,肥皂、洗涤剂行业的鼎盛时期即将过去,在薄利多销的市场竞争中,他们只会走下坡路,而且今后会有更大型的石油化工企业进入这个行业。朝日肥皂公司是家族企业,缺少优秀的企业领导,从长期来看,我觉得有必要重新评估他们是否存在你说的那种发展潜力。"

三云平静地反驳道。绵贯阴沉着脸，一声不吭。二战前，当朝日肥皂公司还是一家街办工厂的时候，绵贯就开始负责给他们贷款。1953、1954年的时候，因为生产过量，整个肥皂业萎靡不振。绵贯预测到未来洗衣机的普及化趋势，贷款给一筹莫展的朝日肥皂公司购买洗衣粉专用生产设备，甚至建议他们采用家庭装的方式进行销售。朝日肥皂公司因此一跃成了业界的龙头企业，绵贯也赢得了"肥皂太郎"的美誉，在肥皂行业声望颇高。坚持贷款给小企业朝日肥皂公司的绵贯和下定决心扶植阪神特殊钢公司的三云之间，隔着一条难以逾越的鸿沟。绵贯眨巴着小眼睛说：

"我呢，还是觉得人离不开穿的，衣服越多，洗涤剂的需求量也就越大，所以肥皂业的前景没什么可担忧的。而且朝日肥皂公司的存款比率为六成，阪神特殊钢公司别说比率了，高炉建成运转起来之后，他们还会不断要求增加流通资金，根本不可能有能力存款进来。"

绵贯算得一清二楚。

"你说的也有道理。但是我们大同银行已经不再是原来的储蓄银行，而是城市银行，我们需要自己的核心企业客户。不管怎样，在接下来的十年二十年间，钢铁的世界性需求将会不断增加，这是毋庸置疑的。即便从你一再强调的成本核算来看，和向国外出口特殊钢的企业打交道，可以大大提高咱们的外汇收入。像咱们这种外贸交易比较少的银行，5%的职员创造的外汇收益可以将经常性收益提高10%。如果我们贷款给阪神特殊钢公司，作为交换条件，他们在高炉建成之后进口原料的外汇将全部通过我行来处理。所以单从强化我行的国际贸易部这一点来看，我也想贷款给阪神特殊钢公司。"

三云行长的语调平静而有力，让对外汇业务一窍不通的绵贯无可辩驳。但绵贯接着说：

"诚如行长您所言，当今社会方方面面都在快速国际化，外汇业务的扩大的确十分重要。但是金融界自去年开始实行了统一会计准则,今年又在推行红利自由化,各银行都在比收益,可能您会觉得我眼光短浅,但我还是觉得,钢铁行业需要巨额设备资金和运转资金,眼下咱们首先应该考虑的是获取可以到手的踏踏实实的利润。"

老练的绵贯专务说出来的意见滴水不漏。

"如果按照你说的去做的话,咱们的存款量没有问题了,但是缺少优质客户的根本性问题无法得到改善。我认为咱们现在还是应该继续贷款给从事基干产业的阪神特殊钢公司,和阪神银行成为平起平坐的主银行。"

"问题是,阪神特殊钢公司真的业绩不错的话,那万俵行长作为万俵铁平的父亲,怎么可能容忍我们银行与他们平起平坐?如果行长您还是坚持自己的意见的话,咱们是不是该派个人过去看看?"

绵贯仍然表示怀疑。

"如果可以的话,咱们和他们商量之后再派人吧。但这件事不急吧?他们又不是企业经营状况恶化了,只是暂时的资金短缺。"

听到三云这样说,绵贯说:

"既然说到这个份上,行长您自己决定就行了。"

绵贯千太郎把责任推给三云,起身离开。

房间里热闹非凡,艺伎们娇滴滴的打情骂俏声盖住了三味线的声音。大同银行的绵贯专务正在宴请自己的心腹。

"豆千代,这次你要是输了的话就有你好看啦!"

在酒精的作用下,绵贯千太郎的大红脸变成了猪肝色。绵贯脱下了西服套装,穿着白衬衫、短衬裤,正和一个二十岁上下的大胸艺伎玩游戏。神乐坂的艺伎们素来豪放。两人玩的是野球拳①。艺伎也

---

① 野球拳:一种在三味线和太鼓的伴奏下边跳边唱的猜拳游戏。

已经解开衣带,脱去外衣,就剩下一件长衬衣了。

"什么呀,阿千这次肯定是你脱光光啦!来吧!"

豆千代卷起衬衣袖子,亢奋地叫着。三味线响起,其他艺伎和绵贯的五个部下又开始唱了起来。

绵贯和豆千代和着歌声,夸张地摆开姿势,开始游戏。

"剪刀锤子布!"

"布!"

两人刚一亮出自己的手势,众人就笑了起来。绵贯输了。

"来吧,阿千,把你的骆驼毛衬衫脱了吧!"

在豆千代的催促下,绵贯挠了挠头,脱下衬衫,上半身完全赤裸。

"哎呀,专务,你看你,背上的针灸印又多了一个,真讨厌!"

豆千代数着绵贯肉嘟嘟的背上的针灸印说道。艺伎们笑成一团。

"让男人脱光光,豆千代你也不可爱了。就玩到这儿吧,休息一会儿。"

看到绵贯狼狈不堪的样子,绵贯的得力干将、业务主管小岛常务赶紧出言相助。

"嗯,还真有点冷,给我来杯热的!"

艺伎们赶紧从左右两边为绵贯穿上衣服,神户分行行长桥爪为绵贯倒了一杯热酒。桥爪行长是其中最年轻的一个,这次碰巧来东京开分行长会议。

绵贯专务坐在上座,业务主管小岛常务、总务部部长长谷川、总行营业部凑部长、浅草分行行长岸田、神户分行行长桥爪五人依次围着桌子坐开,艺伎们夹在中间。绵贯和卫队成员一一碰杯。

"喂,岸田,打起精神来喝!"

刚才大家兴高采烈地玩野球拳的时候,只有岸田一个人没精打采地坐着。

"是啊,今晚的聚会,也是我们绵贯卫队忠实成员岸田的送行会。来吧岸田,忘记烦恼,敞开肚子喝!"

小岛常务吆喝着,为岸田又倒了一杯。浅草分行行长岸田三月三十一日就该退休了。

"谢谢,不好意思,但是我……"

岸田接过杯子,欲言又止,表情有些凄凉。

"明白,岸田,你舍不得。"

坐在岸田旁边的总行营业部凑部长不停地点着头,说:

"在去年秋天的董事会上,我坐在末位上,当时我就想,空着的那个董事位置理所当然应该是岸田的,结果又从日银空降了一个发券局的部长,让他捞了个便宜。要是我们事先得到消息的话,就可以以工会的名义提出抗议,联合抵制日银在人事安排方面越来越多的空降行为。专务您当时真的一点儿都没听说吗?"

凑部长的话表现出对从日银空降到大同银行的三云行长以及一名常务和两名董事的无比厌恶之情。绵贯放下酒杯,压低声音说:

"这事儿那会儿我就说过,临公布前一天,三云大人把我叫去,说日银发券局的一个部长要下到我们行,希望我能理解。我当然很难接受,可是他说日银方面已经基本定下来了,而且连副总裁都说了要对这个发券局的部长多多关照。我们这些等着日银给钱的人还能说什么呢?你们看看我,还不是一个接一个地伺候着从日银空降的小行长?!"

听到这儿,神户分行行长桥爪斩钉截铁地说:

"可是专务,我们从日银借的钱也就一千亿日元上下,为了这点钱就要事事看他们的脸色,还不如索性来个破釜沉舟,跟他们干上一回!"

"对!咱们的行长虽然是日银空降下来的,但是咱们每个月从日银得到的钱还不是和平和银行、阪神银行一样多吗？而且他们的规模还不如咱们呢！日银派的那帮家伙动辄就说已经和总裁、副总裁打过招呼了,我去见日银营业部部长的时候,怎么从来没有让我有问题找他们？那帮家伙仗着日银是他们的娘家,三天两头往那边跑,特别是那个管外汇的白河常务,一个礼拜去三次,每次一去就是半天才回来,也不知道老去那边嘀咕个啥。既然这么舍不得娘家,索性他们的一半工资在日银领得了！"

作为业务负责人,小岛常务一向敢说敢做,狠狠地发了顿牢骚。这时,总务部部长长谷川一边摸着身旁艺伎的屁股一边抱怨道：

"白河常务都在赤坂、新桥的料亭接待日银的人,那些地方就像他的专用厨房一样,用起来随便得很。我们总务部也是敢怒不敢言啊。"

"欸,还有这种事？"

总行营业部凑部长放下杯子追问道。长谷川紧锁眉头答道：

"总务计划主管角野常务为了营业点的问题日夜操心,经常要宴请大藏省的人,可是白河的接待费接近角野的两倍！浪费也得有个度啊！哎,谁让人家和三云行长一样,出身高贵,哪是咱们能比得了的！人家只知道新桥和赤坂,偏偏神乐坂还有这么好的艺伎呢！"

长谷川趁机表扬了神乐坂的艺伎。才能姑且不论,神乐坂的艺伎对于客人的要求都会大大方方地答应,这倒是事实。

听了长谷川的话,豆千代挺着胸脯说：

"到底是总务部部长,说起话来就是不一样。那些日银出来的人,都是些无聊的假正经吗？"

"嗯,基本上都是些心思深藏不露的老奸巨猾之辈,心理阴暗,嫉妒心强。对了专务,您手下的那个融资部部长岛津就是个典型。"

"是啊,他们融资部的次长经常发牢骚说,那个家伙到现在还分不清借贷平衡表的左右呢！这种人经常大谈特谈经济景气如何如何，国际竞争力如何如何，等等，偏偏无视关键的会签文件上的存款交易及担保情况等。如果他们次长直接来找我解释，他还吃醋，叽叽歪歪的烦死人了。"

绵贯嘲笑着说道。小岛常务接过话来问：

"说到贷款，专务，上次融资会议上推迟结论的朝日肥皂公司怎么办？"

"这件事今天上午我和老大谈过了。老大的意见是，朝日肥皂公司没有一个强有力的领导，从长远来看，公司缺乏发展潜力，与其贷款给他们，还不如贷款给从事基干产业的阪神特殊钢公司。"

"他的意思是朝日肥皂公司没戏了？太过分了！我和专务您一起，一把泪一把汗，将朝日肥皂公司从二战后废墟中的一家街道工厂发展成今天的二部上市公司，这个日银空降的行长到底想干什么？！"

小岛常务气呼呼地说道，其他人也个个咬着牙、敲着桌子说：

"就是！为什么钢铁可以，肥皂就不可以？！日银这帮空降的家伙，连贷款对象的选择都远离普通老百姓的生活，什么基干产业，胡扯！"

当大同银行还是一家靠每天拉存款度日的储蓄银行的时候，这些人就已经开始在大同银行工作，像老黄牛一样忙忙碌碌，好不容易熬成了专务、常务、部长、分行行长。他们对于日银派的愤怒与反感可想而知。

"专务，贷款给阪神特殊钢公司的事情已经定下来了吗？我听说他们是因为对方取消了合同造成资金短缺才需要贷款的，这事儿是不是真的？"

总行营业部凑部长问道。

"是的,但是老大对我讲了一大通什么通过增加外汇提高收益率之类的大道理,说来说去无非就是想贷款给他们。"

绵贯气呼呼地说道。这时神户分行行长桥爪说:

"其实阪神特殊钢公司的财务主管常务已经向我们神户分行提出了贷款申请,可是他们的主银行阪神银行太自私了,我正想拒绝他们呢。看来万俵专务又直接找行长了。"

桥爪明显对两家领导之间的越顶决定非常不满。

"今天上午老大说,他也打电话问了万俵行长,说是因为当地企业的资金需求量比较大,阪神银行资金状况不佳,短期之内还得拜托我们银行帮忙。难道他们真的资金不足到没办法帮助子公司的地步了吗?"

"说起来倒是不断有大公司进驻滩滨和播磨临海工业地带,他们的资金需求量的确不小。但是万俵行长是个手段毒辣的政客型人物,他的话能信吗?"

桥爪警惕地问道。

"说得好!万俵行长是个手段毒辣的政客型人物,我一定要记住你这句话。"

绵贯微醉的眼中闪过一道光,又接着说道:

"哎呀,说起日银那帮家伙,害得我们喝酒都喝不尽兴了。来,豆千代,今天是岸田的送别会,你来为岸田献上一段贴面舞,我来唱!"

绵贯千太郎大声张罗着为老部下岸田送行。十天后岸田就要从银行退休了,退休后只能去浅草的一家个体商店混个董事当。

三云行长的车停在涩谷松涛的家门前,司机按下门铃,一名六十岁左右的老妇人打开了门。

"您回来了。"

"嗯,今天怎么样?"

"今天说是心情不错。"

"是嘛,那就好。"

三云行长问的是女儿志保的情况。女儿三十多岁了,因为身体不好回了娘家。九年前妻子去世之后,女儿成了三云行长每天的牵挂。

三云的家是古典的洋式建筑。三云行长走进玄关,经过客厅,打开女儿志保的房门。房间正对着院子。志保身穿淡蓝色长袍,正坐在床边的沙发上。

"爸爸,您回来了。"

志保微笑着和爸爸打招呼,瘦削的脸庞、清澈的眼神,酷似逝去的三云夫人。

"听婆婆说,你今天不错啊。"

"嗯,傍晚也没有发烧。爸爸,您怎么看上去有些累啊?"

"没有,没什么事儿。今天万俵铁平到我那儿去了。"

"哦,铁平?他的工作还顺利吗?"

志保曾经听爸爸讲过阪神特殊钢公司建造高炉呀奠基仪式之类的事情。

"就是有些问题,所以他才来找我。"

三云含糊地答道。志保从爸爸的神情中察觉到了什么,问:

"我还记得,他在麻省理工学院留学的时候,到我们家来打桥牌,每回都会谈起钢铁方面的事情,爸爸您还感叹地说他是锻造钢铁的'热情大师'呢。爸爸您要是能帮他的话,即便有点为难,还是多帮帮他吧。"

志保回忆起爸爸在日银的纽约事务所做参事、自己还在上大学时的情景。听了女儿的话,三云也说:

"那时候,铁平说我两杯酒下去,就开始吟诵若山牧水的诗歌,为此回封我为'纯情大师'呢。"

"是啊,那会儿妈妈身体还不错,妈妈还说,你们俩一个是热情似火的'热情大师',一个是清纯如水的'纯情大师',正好合得来。有一次,他和您一起去加拿大打驯鹿,你们打了只雌驯鹿,正要运回来的时候,发现雄驯鹿悲鸣着追了上来。看到雄驯鹿的样子,铁平实在下不去手,看来他是那种铁骨柔情的人啊。"

三云也想起了那次打猎时的情景。那时候,两人一起利用圣诞节假日去打猎,看到茫茫雪原上有两只奔跑的驯鹿,三云和铁平同时举起枪来,结果只打中了雌驯鹿。两人雇了当地人正准备把雌驯鹿运回来的时候,本已逃走的雄驯鹿竟然又恋恋不舍地追了回来。当地人举枪想打雄驯鹿的时候,铁平阻止了他。铁平说,猎人不应该射击那些明知会被猎杀却仍然不躲不逃的猎物。

"是啊,铁平外表刚毅坚强,内心温柔体贴,要是你也能遇上这么一个人的话……"

三云没有再说下去。志保的前夫是二战前司法界泰斗的二儿子、东京大学法学系的讲师,两人有一个孩子,后来因为志保身体不好离婚了。志保从美国高等专业学院毕业之后回到日本,但在大学毕业前一年因为身体不好休学一年。两人结婚时,男方已经知道志保身体不是太好。婚后第二年,志保生下女儿后,发现右肺上叶结核突然恶化,不得不去疗养,此时丈夫却无情地抛弃了她。想到这儿,三云心情十分黯淡。在三云四十八岁的时候,妻子就先他而去,为了照顾不幸的女儿,尽管生活上有些不便,三云也一直没有再婚。

"爸爸我好高兴啊,好久没和您一起吃晚饭了。"

皮肤白皙的志保歪着头高兴地说。平时总是志保和老用人两个人吃晚饭,冷冷清清的,今天爸爸难得有时间回家一起吃饭,志保特别高兴。

"是啊,这段时间天天忙着宴请。我去换个衣服,等我一会儿。"

三云离开女儿的卧室,沿着走廊走进书房。书房不到三十平方米,屋顶很高,壁纸已经有些褪色。作为一行行长,这间书房绝对算不上奢华。但仔细观察的话,房间里的柱子和横梁都是用整根木头做成的,散发着几十年的岁月沉淀之后的光泽与厚重。这里本来是三云行长父亲的书房。三云的父亲曾经是五井家的理事、贵族院的议员,母亲同样出身高贵,因此二战前三云家生活比较富裕。但是二战后一半的宅地被用来交了财产税。现在一千五百多平方米的地基上,房屋的实际建筑面积只有不到三百平方米。三云坐在书桌前,看着窗外。虽然地基只剩了一半,但是院子里的松树、罗汉松等一年年枝繁叶茂。看着树的年轮,三云回想起自己进入日银工作以来,先后在秘书课、海外事务所、调查局等精英部门工作,接着成为理事,在二战后日银第一次发行国债的时候,努力使国债发行得到了大藏省和金融证券界的共同认可,为此受到时任日银总裁的表扬。就在所有人都觉得,三云自己也觉得前途一片光明的时候,按照日银的人事规则,三云被空降到大同银行担任行长职务。十几年前,当三云被日银派驻纽约的时候,偶然和年轻的万俵铁平成为好友。今天,万俵铁平对钢铁事业的热情深深打动了银行家三云。三云决定像铁平一样奋不顾身地投身于某项事业。现在,三云再次回味起自己的这份决心。对于在日银的城堡中养尊处优的人来说,这样做是无法想象的冒险之举。一般情况下,只要存在着一丝失败的危险,银行家就绝不会冒险。而对于企业家来说,成功与失败的比率哪怕是七比三,或是六比四,都值得一赌。这就是企业家和银行家的根本区别。现在的三云想要超越银行家的局限。

老用人站在三云身后说:

"老爷,晚饭准备好了,小姐在等着您。"

"啊,我一不留神又让你们等了好长时间,赶紧帮我换衣服吧。"

老用人从书房旁的起居室里拿出结城捻线绸的和服,熟练地从背后为三云披上,利索地系上带子。当三云的妻子还很年轻、志保还很小的时候,老用人就已经在三云家工作了。

来到餐厅,三云看见志保也穿着青瓷色的和服,正在等着自己。桌子上插着淡乳色的蔷薇,散发着浓郁的香味。

"哎呀,乳色的蔷薇!我还记得你三岁的时候,看到院子里乳色的蔷薇,就说是奶油味儿的。"

回忆起女儿小时候敏锐的感觉,三云感叹不已。这时,一旁的老用人也附和道:

"是啊,小姐从小就对颜色呀香味呀特别敏感。"

老用人将汤分到盘子里递给志保,又说:

"这是小姐你爱吃的洋葱汤,暖身子,又有营养。你是个猫舌头,小心别烫着。"

老用人的关心就像母亲一样细致入微。

"婆婆你不要总是这样说话嘛,我都三十二岁了,要是有人在多不好意思啊。是吧,爸爸?"

"没关系,都是自己人。婆婆这么照顾你,爸爸才能放心上班啊。"

说着,三云拿起勺子开始喝汤。这时,蔷薇花瓣掉在了三云的汤盆里,原来是老用人的袖子碰到了盛开的花枝。志保刚要伸手取下那根花枝的时候,突然"啊"的一声叫了起来。花枝上的刺刺破了志保的手指,白皙的指尖上渗出了鲜血。三云马上拿起白色的餐巾摁在女儿的指尖处。想到病弱的女儿竟然被蔷薇花刺刺伤,三云心疼得不得了。

"爸爸,不用了,不好意思,我就是这么没用,不管做什么都挨批。"

志保指的是在前夫家里的时候。

"别在意,这点儿小事没什么不好意思的。来,我帮你把刺儿拔了。"

三云为女儿擦干血,拔出指尖上的花刺。这时,三云不禁想起万俵父子。虽说生意场上无父子,但想到万俵父子之间那种过于冷淡的关系,三云越发觉得他们之间肯定存在着什么不为外人所知的骨肉纠葛,而这份纠葛最终影响到了企业关系。

第十章

游艇扬着白色的风帆,在春日的霞光中,沿着濑户内海向家岛群岛驶去。这是万俵大介的私人游艇——"Viscount's Daughter(子爵的女儿)号",船体涂着素雅的清漆,船身长约十二米。船如其名,优美而高雅。

万俵大介戴着墨镜,一身白色的运动衣,躺在甲板的折叠椅上,享受着难得的周末悠闲时光,看了眼一旁的银平。银平今天同样是一身白色装扮——白色 Polo 衫配白色百慕大短裤,惬意地躺在折叠椅上,享受着今年第一次的航海时光。

游艇已经从姬路的码头出发约一个半小时,由神户商船大学的学生掌舵,在风和日丽的春光中沿西南偏西航线前行。不一会儿,前方隐约出现了淡绿色的小岛,那是播磨滩沿岸绵延七八公里的家岛群岛。

"终于快到了!"

大介看着久违的家岛群岛感叹道。上一次来这儿还是去年夏天。银平也坐了起来,看着前方,担心地问道:

"去年十月份台风袭击播磨滩,这一带遭受了很大的灾害,咱家的岛没事儿吧?"

二战前,万俵敬介买下了家岛群岛南端的一个无人小岛,岛上的渔民们因此称呼小岛为"万俵岛"。小岛现在成了万俵家在濑户内海游玩时的基地。

"是啊,还不知道怎么样呢!据对面松岛帮我们看岛的渔民说,上岛的栈桥被风吹跑了,他说等台风季过去之后帮我们修好。"

"哎呀,怎么又是采石船!老碰着采石船,咱家的'Viscount's Daughter'太可怜了。最后这段让我来掌舵吧!"

看到从家岛群岛过来的采石船,银平迅速站了起来,转到后甲板上。铁平上学的时候就喜欢打猎,经常跟着祖父敬介去丹波的筱山打猎;银平对父亲大介的游艇情有独钟,上庆应大学后,银平加入了游艇兴趣小组,经常和父亲大介一起驾驶游艇远行到九州或奄美群岛一带。大学毕业三年后,银平央求父亲卖掉了原来的旧游艇,换成了现在的"Viscount's Daughter"号。

这艘"Viscount's Daughter"号游艇原来的主人是驻神户的前任英国领事。领事任期结束、即将回国的时候,将这条游艇转让给了万俵大介,前提是永远不能在船体上涂油漆。因为油漆比清漆对海水的耐受性强,大部分游艇表面都涂着油漆。将游艇内外都涂清漆可以说是一种极其奢侈的行为。在听到英国领事的这个要求后,万俵大介有点犹豫,但银平坚持说"爸爸您就答应了吧",而且还自作主张地将游艇命名为"Viscount's Daughter"号。银平所说的"Viscount's Daughter"当然指的是妈妈宁子,宁子是原嵯峨子爵的女儿。大介对此非常反感,觉得银平取这个名字对相子来说有指桑骂槐之嫌。可是银平一意孤行,甚至在船尾亲手写上了"VISCOUNT'S DAUGHTER"几个字。

这种执着和坚持,以前从未在银平身上出现过,以后也从未有过,仅此一次。大介让大学毕业的银平到阪神银行上班的时候,以及帮银平决定婚事的时候,银平都毫无表情地说"爸爸您觉得好就行",

就像一个没有思想的木头人一样。唯独在游艇这件事上,银平固执地坚持自己的主张,这让大介百思不得其解。但是大介很乐意买游艇送给二儿子。长子铁平从未感受过大介的这种父爱。

"Viscount's Daughter"号迎着风,略向右倾,从家岛群岛中最大的岛——家岛本岛和男鹿岛中间穿过,向着松岛方向南行。游艇左右的各岛上,人们筑起了黑色的土墙阻挡海风,依稀可见贫穷的小渔村里,低矮的石屋一家挨着一家。不一会儿松岛就出现在右舷前方,松岛前方的小岛就是万俵家的无人岛。小岛宽约五百米,长约一千米,中间微微下凹,正好呈米袋形。

大介从躺椅上站了起来,遵循游艇礼仪,戴上船长帽,站在船首引导游艇进港。虽然是自家的岛,地形比较熟悉,但是海底岩石众多,不多加小心的话,很容易发生危险。大介仔细观察着海底的岩石情况,考虑到风向因素,命令游艇从东面的入口处进港。看到银平灵巧地驾驶着游艇稍向右倾进入港湾,大介船长大声命令道:

"收帆!"

银平和学生船员先收起单桅帆船的前帆,再降下主帆,将控帆索绑在帆桁上。船只继续缓慢地在风平浪静的港湾内前进了一段之后,下锚停泊。水声打破了湾内的寂静,水花四溅,但很快一切又恢复了平静。

当"Viscount's Daughter"号游艇拴好之后,大介亲自下到船舱的酒吧里,拿出一个装有葡萄牙酒的木酒桶。

"来,庆祝一下今年的第一次航海成功,干杯!"

大介高兴地给银平和学生倒上酒,向着海的方向高高举起酒杯。

"干杯!"

银平也一改以往的冷漠,兴奋地说道。干完杯,学生放下联络船,去检查小岛周边的情况,甲板上只剩下大介和银平父子。父子俩就着黑鱼子酱和芦笋喝起酒来。

"好像只有港湾处有些塌方,整个岛的情况比想象中好多了。说起来爷爷还真是个怪人,现在要说买个无人岛什么的好像没什么稀罕的,在二战前就完全不一样了。"

银平看着岛上绿油油的嫩叶感叹道。

"嗯,那时候大家都觉得你爷爷疯了,但是你爷爷对扩大自己的领地有着非同一般的欲望和执着,这座小岛也是一个证明吧。"

敬介时代地产的扩大,为今天万俵家的荣华富贵和企业的繁荣强大打下了坚实的基础。

父子俩再次陷入了沉默,各自看着自己喜欢的方向,数次碰杯。温暖的阳光下,海浪轻轻拍打着船舷,让人心旷神怡。

"银平,你真是个奇怪的家伙。"

大介放下酒杯说道。银平正在观察着海中成群的小鱼,听到大介这样说,问道:

"您突然这么说,到底我哪儿怪了?"

"你一坐上游艇,表情就变得柔和,而且威风凛凛的,和我年轻时一模一样。"

大介目不转睛地看着银平。

"爸爸您今天好像不一样啊,是不是这个产自葡萄牙的酒让您有点醉了?"

"我没醉,银平,你今年也要当爸爸了,以后可要注意自己的言行了。"

听到爸爸谈到万树子怀孕的事情,银平的脸上露出怪异的笑容。

"当爸爸?我跟万树子说过了,让我做父亲这个任务还是收回为好。"

当万树子第一次告诉银平怀孕的消息的时候,银平说不想要孩子,让万树子去把孩子做掉。现在银平把这个想法委婉地告诉了大介。

"你说什么?!难道你没有勇气继承阪神银行的大业吗?你赶紧收回刚才的话。只要你愿担此任,我就请求咱们银行的头号股东大阪重工的社长安田太左卫门扶持你。"

"我从来就没想过这件事。首先,尽管爸爸您是私有银行的行长,但今后的银行业不可能再搞以前世袭的那一套了。那种做法早就落伍了。如果您为万俵家族的利益着想的话,那您将来就让大藏省主计局次长美马姐夫来管理吧。"

银平喝完杯中酒,仿佛此事与自己毫无关联。

"不行,美马不可信,他那种人为了自己的野心,把银行卖掉都有可能。"

大介看了看手表,说:

"都三点过了,芥川该来了。"

东京事务所所长芥川常务将乘坐摩托艇,来向游艇上的万俵大介做半月一次的例行汇报。

不一会儿远处传来隐隐的引擎声,一艘摩托艇飞驰而来,在海面上划出一条白色的曲线。摩托艇上坐着的正是芥川。

摩托艇以时速八十千米的速度飞速靠近,转眼间大红色的摩托艇已经停在"Viscount's Daughter"号旁边。

"哎呀,辛苦你跑这么远过来。"

万俵站在甲板上招呼道。

"这么美丽的休闲胜地,我这身打扮实在太煞风景了,真是不好意思。我是从伊丹机场直接过来的,没来得及换衣服。"

芥川对自己一身黑色套装的打扮有些歉意,正想上游艇的时候,上身突然向前栽去。

"危险！抓住！"

银平赶紧伸出手去。

"谢谢，不好意思。"

芥川抓住银平的手上了游艇的甲板。在工作中，芥川是银行常务，又是东京探题，和总行营业部的信贷课课长万俵银平的交往非常自然。但是在这个度假胜地，芥川面对的是行长公子万俵银平，明显客气了许多。

"我开摩托艇出去转会儿，再见。"

银平让送芥川来的摩托艇驾驶员坐到一边，自己坐在驾驶位上，驾驶着摩托艇飞速向远处驶去。

"芥川，累了吧？把外套脱了，喝一杯。"

万俵指着身旁的躺椅，为芥川倒了一杯葡萄牙酒。

"哎呀，这酒很少见，您怎么会有这种酒的？"

"前年，我去巴黎开国际金融恳谈会，回来的途中顺便去了趟葡萄牙。葡萄牙中央银行的行长招待我坐游艇到罗卡角① 参观。我觉得在船上喝的酒特别好喝，就忍不住赞扬了几句。他告诉我说，这是葡萄牙人驾船首航时必定要喝的当地酒。他夸我懂得品酒，等我回国后，用船运寄了两打过来。"

"是这样啊，原来上次您说的当地酒就是指的这个啊。"

芥川边品尝边说：

"行长，我就直奔正题了。我向您汇报一下今天早上在大仓饭店召开的五行联合的第一次准备会的情况。"

一个半月前，万俵大介作为召集人，联系了其他四家银行的行长，举行了一次以春田局长为中心的早餐会，确认了五行联合的主导

---

① 罗卡角：Cape Roca，葡萄牙境内一个毗邻大西洋的海角。

思想。此后，五家银行联合组成准备委员会，进行下一步的具体磋商。

"首先是准备委员会的成员资格问题，一开始说由主管常务组成，后来决定不限职级，各行自行决定。大同银行是主管融资的专务，太平银行和坂东银行是主管业务的专务，北海银行和我行是驻东京的常务。"

"好的，你们具体谈了些什么问题？"

"今天毕竟是第一次会谈，互相之间都在摸底，气氛比较拘谨。我们遵循上次行长会的会议精神，决定首先落实比较容易实现的业务合作。最先提出来的就是工资的自动转账问题。如果环太平洋地带各企业的工资能够做到五行互收互付的话，将会产生极大的实惠。"

芥川拿着酒杯说道。

"的确，这将惠及整个环太平洋地带。其他还有什么？"

"存款的互收互付、共同联网等问题，各行都有本难念的经，不容易谈拢。一到稍微深入一点儿的话题，大家就都不说话了。我看啊，联合，联合，口头上叫得挺响的，但实际上好像前途不妙。"

"这样不挺好吗！我作为五行召集人，目的就是让大家手牵手，这就行了，剩下的就等着这些牵在一起的手慢慢渗出汗来。"

对于万俵大介来说，五行联合的好处并没有什么吸引力，最重要的目的是借着磋商的机会，找到其他四家银行暴露出来的内部问题，以方便阪神银行顺藤摸瓜。

"准备委员会定下来多长时间开一次会了吗？"

"一个月一次，在大仓饭店的同一个房间里召开。"

"行啊，你就忍着瞌睡去参加一下。有一点你一定要注意，会上讨论的议题，哪家银行不能立刻回答"是"或者"否"的时候，你一定要给我记下来。"

听到万俵这样说,芥川双眼放出光来,说:

"明白了。只有行内情况比较复杂的银行才不能立刻做出回答。"

"对,就是这个道理。今天第一次会谈,这一点可能还看不出来吧?"

"是的。但是,大同银行的绵贯专务和太平银行的野野山专务,他俩的态度特别不明朗。我感觉大同银行日银出身的行长和太平银行大藏省出身的行长,觉得五行联合定得太随便了,银行本身怎么可能这么简单地说合并就合并!当然他们一点儿也没有透露出这个意思。"

"是嘛,大同和太平?的确,大同的专务是从每天忙着拉存款的储蓄银行中爬上来的,太平的专务是从相互银行中爬上来的,都是老油条了。"

万俵大介打趣起这两个专务的出身。

"就是这样。以后我就注意听他们发什么牢骚,那些牢骚他们平时在银行里没法说,说不定还能从中得到意想不到的线索呢。"

芥川接着说:

"还有件事我一定要向您汇报。大藏省近期要对我们银行进行检查。"

"这消息可靠吗?"

万俵从躺椅上坐起来问道。大藏省的银行检查基本上每两年一次,从存款、贷款到具体资产,一件一件进行仔细彻底的检查,检查结果返回大藏省后以评估的方式记录在案,其结果可能决定银行的命运。检查一般采取突击检查的形式,由银行局检察部的金融检察官来执行。一般两年期限快到了的时候,各家银行的忍者们就开始四处活动,打探确切的消息。

"我觉得咱们银行该到时间了,就派负责大藏省工作的伊佐早五郎带着总务课所有工作人员,搜集与检查日期相关的各种情报。三天前,他们发现咱们上回接受检查的大量资料出现在某位检察官的桌子上。检察官一般在检查前都会查阅上次的资料,所以可以断定,大藏省对咱们的检查快开始了。"

"嗯,看来得赶紧通知各个主管领导整理好相关账簿。你要尽快搞清楚这次检查的问题点是什么,还有,主任检察官是谁。"

根据检查的问题点和主任检察官的专长,检查重点会有所不同。

"我明白。我已经布置下去了,一有消息马上向您汇报。"

听到芥川这样说,大介重新放松身体,慢慢躺下,仰望着天空。万俵知道,这次不仅不能让检察官发现银行的真实情况,还要让他在评估中对阪神银行大加吹捧。

"喂喂,是小池老师家吗?我是万俵家的高须相子。请问万俵二子是不是没去您那儿上课?……没来?打扰您了。"

相子一直在打电话,找遍了二子有可能出现的钢琴辅导班、法语辅导班、美容院、朋友家,都没有二子的踪影。相子看了眼表,已经一点五十分了。相子之前和细川一也约好,两点钟在万俵家和二子见面。就差十分钟了。相子有些坐不住了,又试着给大介的妹妹石川千鹤打了个电话。

"喂喂,千鹤,您好,我想问一下二子是不是去您那儿了?……没事儿,没什么大事儿,就是有点儿着急。打扰啦。"

相子怕千鹤啰唆个不停,赶紧挂断了电话。今天是周六。细川一也昨天到帝国制铁大阪分社来出差,打电话过来说,希望在上午的工作结束之后,下午两点左右来万俵家坐坐,大约待一个小时。当时二子没在家,相子代替二子高高兴兴地答应了下来。二子回来后,相子将这件事告诉了二子,并让二子做好准备。可是二子现在玩起了失踪。焦急不安的相子又拿起了电话。就在这时,下面的大门处传来了车声。相子无奈地放下电话,向玄关走去。

细川一也从车里走了出来——英式双开衩西服,圆框眼镜,满脸笑容,手捧大束康乃馨,身高一米八,英俊潇洒,东大法学部毕业,帝国制铁秘书……完美无缺有时候反而会让人有种滑稽的感觉。相子赶忙招呼道:

"细川先生,您好,欢迎光临。"

相子将细川领进客厅。身着和服正装的宁子也出来迎接细川。

"欢迎光临。好漂亮的康乃馨啊,朱唇欲滴般鲜嫩,真美了!那个……"

感觉到宁子要提到二子,相子赶紧打断了宁子的话,说:

"快请坐到这边来。"

相子让细川坐到西班牙风格的皮沙发上之后,问道:

"您对神户的印象如何?"

"神户背山面海,绿意盎然,最难得的是现在还保留着很多西洋公馆,非常少见。其中,英国人哈桑融合了日式建筑与西洋建筑的特点建造而成的西洋公馆最有代表性。我记得第一座西洋公馆建于明治五年(1873年)的海滨大道,后来搬到了北野町的山手。"

细川一也不放过任何一个展现自己博学多才的机会,但因为没看到二子的身影,似乎有些坐立不安。二子过了约定时间还不回来,这让相子又急又气,表面上还得找借口圆场。

"真不好意思让您等二子。二子今天中午去参加好朋友的婚礼了。"

"可是二子今天没穿礼服啊?"

宁子侧着头回忆着说。

"是啊,今天她作为新娘的好朋友祝词,为了衬托新娘美丽的和服,她今天特地没穿礼服。当然,她说好一定不会晚回来的。真是不好意思。"

看到相子小心翼翼地赔礼道歉,细川一也终于挽回了一些面子,说:

"原来是这样。是我没有计划好,临时出差来这儿,突然提出见面的要求,不好意思。"

"哪儿的话,是我不好,我明明知道二子今天的安排,昨天打电话的时候应该和您说清楚的,结果我一不小心忘了。"

"没关系,记错安排是常有的事情,请您不要介意。"

细川一也说着,调整坐姿,放松身体,喝起了红茶。看到二子迟迟不归,相子心急如焚。相子觉得,二子应该不会无故爽约,但二子迟迟不归还是让相子急出了一身汗。

有人敲门。相子松了口气,回头一看,来人并不是二子,而是一名女佣。

"有电话找您。"

"是不是二子打来的?"

"不是,好像……是别人打来的。"

女佣看上去好像有什么难言之隐。相子对细川说:

"细川先生,我过去接一下电话,失陪。"

相子走出客厅,拿起走廊里的话筒。女佣压低声音说:

"实际上刚才是小姐来的电话,她说她无论如何也回不来了,让代向细川先生问好,说完就挂电话了。"

"什么?这算哪档子事儿?从哪儿打来的?"

"我都没来得及问,对不起。"

"笨蛋!道歉有什么用!"

相子气愤地说。事到如今,相子也有些束手无策了,不知道该如何向细川一也解释二子的爽约。相子想起了媒人小泉夫人说的那句话——"那我就想办法撮合他们了。我可是要么不做,一做就要做到底的噢!"想到这儿,相子都不敢回客厅了,但又不能让首相夫人的侄子——昨天就提前约好的细川一也就这么干坐着傻等二子。思来想去,相子站在楼道里左右为难,最终还是硬着头皮回到了客厅。

"细川先生,怎么办才好呢?刚才婚礼方打电话过来说,大臣、知事、市长等来宾的贺词一个接着一个,婚礼推迟了一个小时,二子两点钟回不来了,希望您能谅解。"

听到相子这么说,细川一也一脸扫兴,没有说话。宁子不知所措地说:

"这和别的事情还不同,既然要做婚礼祝词,中途退席恐怕不太好。要不咱们就多等会儿吧。"

"是啊,如何情况允许的话,我也觉得应该多等一会儿。可是今晚我还必须出席东京的一个聚会,我想还是改日再来拜访二子吧。"

今晚有聚会的事情,昨天细川已经在电话里告诉了相子。听到细川的回答,相子终于松了口气,说:

"因为我的疏忽给您添了麻烦,实在抱歉。请向小泉夫人和您的姑妈佐桥首相夫人问好。"

相子的言下之意是,希望细川慎重处理这件事,不要造成什么不好的影响。

"要是姑妈知道我在出差的时候随意提出见面的要求,肯定会批评我的。"

细川的笑容掩饰不住没有见到二子的失落。相子强压着对二子的不满,和宁子一起目送细川一也离开,直到细川乘坐的车拐过玄关的花坛看不见为止。

车子离开之后,相子转身就向水池东侧的铁平家走去。院子里樱花盛开。听到脚步声,水池里的三十多条锦鲤成群地游了过来。相子目不斜视地走了过去。

走到阳台上时,相子看到起居室里正在上小学二年级的太郎的身影。

"阿姨,怎么了?"

太郎奇怪地看着平日里和自己不太亲近的相子。

"有点事,你爸爸在吗?"

听说铁平周六回家也很晚,相子想着铁平可能不在家。

"哎呀,我没看到你来,不好意思。"

早苗探出头来说道。

"铁平周六还照样上班吗?"

"是啊,他总是这样。但是刚才他来电话说,二子到他们公司去了,他俩要一起回来。"

"什么?二子?"

相子瞪大眼睛反问道。

"二子经常去铁平的公司吗?"

"嗯,时不时去让他哥哥请她吃饭或是要点零花钱什么的,铁平对此也挺高兴的。"

早苗说着,准备给相子倒茶。想到二子让细川一也傻等着,自己却跑到铁平的公司去了,相子就气不打一处来。

"不用倒茶了。"

相子压住心头的怒火说道。就在这时,玄关处传来了停车声。

"哎呀,真稀罕啊,你到我们家来了!"

铁平边打招呼边走了进来。

"你回来了。听说今天你和二子在一起?"

"嗯,她刚在那边下车。"

铁平边脱下外套递给早苗边答道。

"铁平,你是不是太过分了?!"

相子冷不丁冒出来的这句话把铁平吓了一跳。铁平看出相子是故意这样说的。相子继续气呼呼地说:

"你不用把我当傻子。昨天细川一也先生打电话和我约好今天过来,结果你和二子合谋放人家鸽子,你不觉得太过分了吗?"

相子越说越气。铁平终于明白了事情的前因后果。

"原来是这么回事啊!中午过后,二子突然到我那儿,说想吃饭,在职员食堂就行。我问她为什么突然过来,她什么也没说,就那么默默地吃完了饭。我觉得她有点奇怪,等到工作告一段落,我就赶紧带她回来了。你现在没头没脑地说什么我太过分啦,什么合谋啦,我才是有苦没处说呢。"

铁平直盯盯地看着相子反驳道。

"有苦没处说的是我!上次在东方宾馆,你不是准备和二子还有那个一之濑四四彦一起吃饭的吗?这边二子和细川一也的婚事好不容易刚有点进展,拜托你就不要横插一杠子了!"

"横插一杠子?那次也是二子求我叫上一之濑一起吃饭的,你没资格在这里说三道四吧。我现在就跟你说清楚,在一之濑这件事上,是二子主动的。"

"什么?二子主动?"

相子顿了一下说:

"那你对二子和一之濑的关系是怎么看的?"

"说实话,我觉得万俵家出一个自由恋爱结婚的反叛者也没什么不好,但另一方面我也不想她吃苦。"

铁平说得很直率。

"你就不要开这种玩笑了。请你遵守万俵家的婚姻规则,让二子远离一之濑。如果你做不到这一点,我就告诉你父亲。二子和细川家的这门婚事是你父亲定下来的。"

相子盛气凌人地说道。

早上八点半,万俵大介已经端坐在阪神银行的行长室里。这些天来,万俵每天上班都很早,忙于部署应对大藏省即将开始的检查工作。

"行长,早上好!"

肥胖的财务主管大龟专务走了进来。

"早。你最近来得也挺早啊。"

"在家待着也待不住,就早点来了。您有什么检查方面的新消息吗?"

一向不温不火的大龟着急地问道。即便银行没有发生什么大的恶性事件或是存在巨额不良贷款问题,大藏省的银行检查和国税厅的检查一样,让人有种难以言表的不安。

"坐!"

万俵用眼神指了指身旁的沙发,让大龟坐下说话。

"昨夜,芥川常务打电话到我家,检查项目和主任检察官的名字已经基本搞清楚了。"

"太好了。那这次检查的重点是什么?"

大龟身体前探,侧耳倾听万俵行长的话。

"共有五项:第一,鉴于近来社会经济增长乏力,重点审核中小银行的大额贷款审定;第二,深刻分析统一会计准则实施后银行的收益情况;第三,曝光与银行董事相关的人情贷款;第四,检查担保存款套现情况;第五,严查有无存款特别利息。"

"看来最重要的是一、二两项了?"

大龟问道。从第三项人情贷款开始,包括后两项——担保存款套现和特别利息都是例行检查项目。

"是的。第一项,重点审核中小银行的大额贷款审定,证明大藏省十分担忧今后景气回落、中小企业倒闭、业绩低迷等情况的出现。你想想,咱们银行在这方面有哪几家存在潜在危险?"

"我觉得,关西车辆、世界电器、姬路纺织、江州商事等需要特别注意。"

接到近期即将接受银行检查的消息之后,全行上下不分白天黑夜,加班加点地整理账簿,并将重点放在重新梳理贷款情况方面。因此当被问及潜在的问题点时,大龟常务立刻就答上来了。

"阪神特殊钢公司没问题吧?"

"我觉得到现在为止还没有问题。但为了预防万一,我让他们的财务主管钱高常务详细向我汇报了公司这两年的经营情况,除了由于美国轴承公司提前终止合同,阪神特殊钢公司返还出口前借款的贷款,我让他仔细研究了其他各项贷款的说明要点,以免被抓住把柄。"

因为阪神特殊钢公司与阪神银行的关系最为密切,所以大龟专务特地采取了万无一失的应对措施,但是万俵行长好像还是有些不放心,继续问道:

"那么第二项,统一会计准则实施后银行的收益情况,这一项有没有问题?"

"您指的是卖掉明石站前那块地之后将那笔钱纳入盈利的事吗?我觉得能解释得过去。其他还需要注意的,一是去年在争取政府给当地农民的世博会用地土地补偿款时,咱们许诺给大额客户的特别利息问题,另外还有上个月底西宫分行的五百八十万日元现金丢失问题。"

大龟专务压低声音说道。

"嫌疑人还没找到吗?"

万俵的语调突然变得极其不悦。现金失窃对银行来说不是一件稀罕事,每年都有十来件,总额达到数千万日元,而且丢失数额都是各银行自查自报的,实际发生的件数与金额肯定远远超过报上来的数字。纸币本身就是银行的商品,现金失窃是银行方面非常头痛的一个问题,并且这类案件的特点是很难锁定嫌疑人。

"十分抱歉,总行检查部正在就此事进行调查。从收款到金库只有三个人,嫌疑人肯定就在这三个人中间,但现在还没有最后弄清楚是谁。"

"眼下正值接受检查、整肃风纪之际,出现这种情况太不像话了!记住,一定要全力以赴抓住嫌疑人,把这笔资金漏洞给填上,绝不能让大藏省抓住一点把柄!大龟,这一点你应该比谁都清楚!"

万俵大介严肃地强调道。大龟使劲点了点头,问:

"这次的主任检察官是哪位?"

"森永俊次,高级公务员,课长助理。"

"也就是说比较年轻了?这位森永课长助理原来是干什么的?"

大龟知道,年轻人比较好对付,但面对这种精英官员的时候,在某些方面需要多加警惕。

"据芥川说,这个人原来是银行局的,进大藏省之后就进了银行局总务课,听说学了一段时间的金融政策,五年后以'学士署长'的身份调到山梨县税务署工作,两年后回到大藏省证券局担任股长,没多久又被派往国外,在 IMF 事务局工作,回银行局检察部好像没多长时间。"

"看来此人是个典型的精英官员了,哪一派的?"

"嗯,我也担心这一点,所以接完芥川的电话之后,我就立刻给美马打了个电话。"

"他和美马熟吗？"

美马若熟悉此人的话，此人应该与美马同属永田派，政治献金问题就没什么可担心的了；若此人属于田渊派的话，问题就有些复杂了，虽然阪神银行为预防万一，一直坚持做两手准备，悄悄给田渊政治献金。

"美马对森永检察官还比较了解，但他说现在看来他好像不属于任何一派。"

说到这儿，万俵想起了昨夜和女婿美马的通话。"爸爸，大藏省三十四五岁的官员，还没有哪个傻到要在自己脸上贴个标签说我是哪个派的，但过了四十还八面玲珑的话，就会被别人认为是两面派。三十多岁的时候，八面玲珑没有任何坏处，反而是一种最佳防身术，因为谁也不知道十年后大藏省是谁的天下。"美马说起话来总是鼻音很重。

这时，桌上的内线电话响了起来。万俵赶紧拿起话筒。是芥川打来的电话。

"喂喂，刚才主任检察官森永带着两名检察官到日本桥分行检查去了。"

芥川的声音有些紧张。在进驻总行检查之前，一般会先去分行进行突击检查。

"终于开始了。应该还有一家分行要被检查吧？"

"是的。我觉得副主任检察官有可能会带人到哪个车站附近的分行检查。"

"照这个样子来看，检查总行大概在什么时候？"

"大概在一周之后吧。主任检察官森永就像以前的美马一样，是年轻的精英官员，而那个叫作法华的副手人称'鬼法华'，是行家中的行家,咱们千万不能掉以轻心,需要精心准备才行。"

芥川的话句句敲打着万俵的心。

一周后的周二上午,两辆大车停在阪神银行总行东侧的玄关处。守卫们立刻端正好姿态。等候已久的融资部部长、总务部部长、秘书课课长也顿时神情紧张起来。大藏省银行局检察部对阪神银行总行的检查,从今天开始终于拉开了帷幕。

在新大阪站迎接检察官一行的芥川常务走在最前面,六名检察官依次下车,跟随芥川走上玄关的台阶,在众人毕恭毕敬的眼神中,径直乘坐电梯来到三楼的董事办公区。

当众人走到最里面的行长接待室前的时候,芥川常务说:

"请进。万俵行长和董事正在恭候各位的光临。"

芥川请各位检察官进入接待室。主任检察官森永带着五名检察官进去一看,在宽敞的接待室中,大龟、小松两位专务和涩野、荒武、舟山、新井四位常务以万俵行长为中心站成一排。

"检察官,这边请。"

最后进来的芥川让检察官坐上座。相对坐下之后,万俵对初次见面的检察官们客气地说道:

"各位远道而来,不胜感激。我是万俵。"

六名检察官中最年轻的、看上去精明干练的主任检察官森永干脆利落地说:

"我是银行局检察部的课长助理森永俊次。我们将从今天开始对贵行总行进行检查。这是《检查命令书》。请您过目。"

检查命令书

阪神银行行长万俵大介

兹任命大藏省事务官森永俊次为主任检察官,依据《银行法》第二十一条对贵行进行检查。

昭和四十四年四月十日
大藏大臣　永田格

万俵大介看了眼摁有大藏大臣手印的《检查命令书》,平静地说:
"我明白了。"

负责引导的芥川接着说:

"在检查开始之前,请允许我向各位介绍一下本行的主要董事。"

芥川向检察官一行介绍了大龟专务等人之后,森永也向阪神银行的行长和董事们一一介绍了五位检察官。其中,五十岁上下的副主任检察官和年仅三十五岁的精英官员主任检查官形成鲜明对比。此人已经从事银行检查工作二十多年,是银行检查方面的行家里手。

"我是法华。"

当森永介绍到法华的时候,法华微微点了点头,一副目中无人的样子。对这个眼神锐利、貌如水怪的"光头",万俵等人有些恐惧。

双方刚一介绍完,主任检察官森永就说:

"现在开始检查吧。"

森永似乎不愿意浪费一分一秒的时间。

"好的。我们已经准备好了别的房间,请跟我来。"

芥川站了起来。万俵也站起来说:

"那就请多多关照了。在检查期间,我行会竭尽全力保证各位工作顺利,请各位不要客气。"

万俵看着主任检察官森永和副主任检察官法华说道。万俵似乎话中有话,但是主任检察官森永只是简单地答了句:

"麻烦您了。"

检察官一行站起来走了出去。从今天开始的三周时间里,六名检察官将从贷款、存款、外汇、有价证券、不动产、资金调配等各个方面对阪神银行进行彻底的检查。

在芥川和涩野两位常务的带领下,检察官们来到三楼东侧一间由两个房间组成的大接待室。银行检查中最重要的一项是审查贷款情况,在开始的五天时间里,所有检察官将共同开展此项工作。

检察官们坐在堆积如山的贷款调查表和相关文件前开始工作,融资部职员在一旁陪同。检察官们首先以银行方面登记的各公司贷款调查表为基准,参考贷款和担保明细书及决算报告书,审查是否存在不良贷款的情况。没有问题的正常贷款为第一类;有问题的贷款,按照其不良程度细分为第二类(逾期贷款)、第三类(呆滞贷款)、第四类(呆账贷款)。这种分类审查在很大程度上成为决定银行优劣的指针,因此银行绝不会退让。换句话说,从现在开始,检察官和银行之间火花四溅的攻防战已经打响。

"你去把世界电器公司过去两年贷款的会签文件册拿来。"

正在审查大家电厂家世界电器公司贷款情况的副主任检察官法华对一旁的融资部次长吩咐道。

"是不是有什么问题?"

世界电器公司彩电模式转型失败,积压产品达几十亿日元,企业经营陷入困境。融资部次长心知肚明,却假装糊涂。

"去年下半期开始的一亿六千万日元的贷款好像出了很大问题,担保是不是也有问题?"

法华检察官拿着红铅笔敲着桌子问道。

"没有问题,他们工厂占地面积三千坪,每坪地估价八万日元,这两亿四千万日元做担保足够了。"

"每坪八万日元?贷款调查表上的确是这么写的,但我觉得这个价格有点不可思议。"

法华一把抓过年轻职员拿来的会签文件册,熟练地翻看起来,很快就找到了相关的会签文件,抓住重点读了起来:

"嗯……该公司此次申请贷款一亿六千万日元作为流动资金,模式转换失败导致该公司的产品积压总额不少于二十亿日元,实际总额应该超过三十亿日元……另外,该公司担保的评价额过大。暂且同意本次贷款申请,但今后的贷款要求需慎重处理……"

法华声音沙哑地读着,将会签文件册塞给融资部次长说:

"看来你们融资部也对这笔贷款存有异议,归到第三类。"

"这太严格了吧?那时候就不说了,最近他们通过家电进超市,企业经营情况呈现明显回升趋势,所以请您划到第二类逾期贷款里面吧!拜托了!"

融资部次长低声下气地哀求道。

"老百姓托付给你们的存款没什么可商量的。归第三类!"

法华毫不留情地反驳道,水怪一样的眼睛闪闪发光。就在这时,坐在法华对面的另一名检察官说:

"向美国出口的订单被取消了?也就是说,这些轴承都成积压产品了?"

这名检察官正在审定的是阪神特殊钢公司的贷款。融资部部长赶忙解释道:

"不是这样的。阪神特殊钢公司的轴承无论品质还是技术都很优秀,属于卖方市场,说是积压产品的话我觉得有点过虑了。"

美国轴承公司提前终止合同造成了阪神特殊钢公司的产品积压,但是金融检察官并不知道内销与外销的轴承规格完全不同,所以融资部部长解释起来非常镇静。

"我并不是说你们贷出去的钱回不来了,只是贷款的性质有问题,划入第二类逾期贷款。"

这位严格的检察官又拿起高炉工程的设备资金表说:

"这设备投资也太大了吧！特殊钢行业的市场波动非常大,一旦市场出现不景气,如此大手笔地孤注一掷,有可能导致公司的存在基础出危险！"

"但是,阪神特殊钢公司的高炉工程五年前就开始进行严谨的资金规划,而且也获得了通产省的认可。"

"通产省已经认可啦！我多句嘴,当钢铁市场出现波动的时候,你们一定要注意其他合作融资银行的动向,不要等到最后所有的责任都由你们主银行一家来背了。"

"感谢您的提醒,我们一定注意。"

看到检察官对阪神特殊钢公司的贷款如此警惕,融资部部长不免有些惭愧。就在这时,法华检察官又说话了:

"喂,这个山田兴产是家什么公司？"

法华沙哑的声音突然尖锐了起来,应该是发现了什么不良贷款问题。

"主要从事房地产、房屋出租业务。"

融资部次长努力掩饰着内心的不安回答道。

"哦,你们给位于东京麹町的这家总资本为三千万日元的房地产中介公司的贷款结余为二十亿日元,这个数字相当奇怪啊！你们怎么会给这么一家并不怎么需要流通资金的公司如此大额的贷款？"

不愧是人称"鬼法华"的行家高手,人如其名,看问题一针见血。

"这是那个,昭和二十八年(1953年)的时候,山田兴产在神田桥兴建近七千平方米的出租房时贷的款。"

"建筑资金是多少？"

"三亿七千万日元。"

"剩下的十六亿三千万日元去哪儿了?"

面对法华的穷追不舍,融资部次长已经理屈词穷,脸色开始发白。

"法华,这件事交给我来问吧。"

就在这时,主任检察官森永从背后插话道。

"哦,主任您来问?有什么问题吗?"

法华不高兴地反问道。

"没有,刚才芥川常务向我说明了这件事,回头我再跟你解释。"

森永言下之意是希望法华不要再追究下去。这笔钱是给大藏大臣永田的政治资金。在法华眼中,这位比自己年轻十几岁、对如何处理传票和账簿都不太了解的主任检察官,仅仅凭着所谓精英官员的身份,就被任命成了自己的领导,而且还和被检查银行的领导进行着见不得人的交易,所有这些让这个长期郁郁不得志的下级官员满腹怨恨。因此,当森永想横加插手的时候,法华作为副手并没有立刻退让。

从有马川边高地上的"飞云阁"温泉的窗户向外看,夹在六甲山和丹波高原之间的有马温泉街一览无余。傍晚的温泉街上白雾袅袅,薄暮中透着点点灯光。河边小道上有三三两两的身穿和式棉袍的游客和正去赶场的温泉艺伎。因为靠近大阪和神户,整条温泉街非常热闹。

宽敞的浴室中只有阪神银行的芥川常务和大藏省金融检察官法华两个人。两人眺望着温泉街的景色,各自想着各自的心事。泡了一会儿之后,芥川对一直沉默不语的法华说:

"那个,法华先生,我可能有点啰唆,那件事有很多内幕,我们已经向主任检察官解释过了,但是我们银行绝对没有把法华先生您这位二十多年的行家老手抛在一边的想法,绝对没有。"

芥川将身体完全泡在池子里,只露了个脑袋出来。

"内幕?你们的内幕,我到现在还没弄明白呢。"法华转过脸去,佯装不知。温泉水让法华的脸红得像水怪一样。法华已经感觉到这笔钱是万俵行长给大藏大臣永田的政治献金。但是一想到阪神银行先把这件事告诉了比自己年轻的主任检察官森永,法华就有些气不打一处来。法华站起身来,走到一边边用香皂擦拭着身体边说:

"我吃完晚饭后,就照大藏省的规定回公务员宿舍去,你帮我查一下交通时刻表。"

"您说哪里的话,好不容易来一趟有马温泉散散心,今晚上就留下来和我做个伴儿吧。"

"不行,我们绝对不能接受银行的这种接待行为,就是坐最后一班车,我也得回去。"

看到法华毫不留情地拒绝了自己的邀请,芥川突然走到法华身边说:

"您就别难为我了,就这样吧。"

说着,芥川低头鞠了一躬,拿过法华手中的毛巾,为法华搓起背来。法华终于受不了了,赶紧摇头说:

"万万不可,你是阪神银行的常务,怎么能给我当搓澡工呢!"

对于芥川来说,为了彻底征服这位人称"鬼法华"的检察官老手,做搓澡工、做无赖都没什么大不了的,只要能达到目的就行。芥川使劲为法华搓着背,说:

"您就高兴点儿,今晚就留下来吧。"

芥川表现得异常谦虚。

"你都这么说了,我哪能再回去呢。"

法华艰难地接受了芥川的邀请。

两人泡完澡、穿上棉袍回到房间时,酒菜早已准备好。

"欢迎光临。"

五名艺伎正列队等着两人。当然,这些都是芥川事先和老板娘打好招呼的。

"请。今晚由我们为您二位服务。"

年长的艺伎像是领头的,颇有些老板娘的风范,梳着传统的发型,和服衣摆也比较长,但还是有种温泉艺伎的落魄。在五名艺伎中,只有一名小艺伎睁着大眼睛看着客人,脸上似乎还留有野外阳光晒过的痕迹,但十八九岁的妙龄足以吸引客人。

"雏菊,快来给老爷斟酒。"

老艺伎推了一下小艺伎的肩膀催促道。

"这个前天刚满二十岁,不算违法。"

老艺伎是在炫耀小艺伎的年轻。光头法华的眼神变得猥琐起来。芥川赶紧抓住机会说:

"雏菊这个名字真适合你啊,老家是哪儿的?"

芥川是想进一步吊法华的胃口。

"在鸟取县和冈山县的交界处,那儿很冷,但是很好。"

小艺伎说起话来带着鸟取县的口音。

"老爷,请慢用。"

小艺伎熟练的倒酒动作和年龄似乎不太相称。法华一改严肃的模样,喝完杯中酒,满面笑容地问道:

"真可爱啊,都会表演什么?"

一旁的老艺伎回答道:

"她还不会呢,她是新人,只会瞎模仿一些,我来为老爷们助助兴吧。"

说着,老艺伎拿起三味线,弹起了宴会上常见的曲目《日本第一》，雏菊也跟着大伙儿一起唱了起来。

"老爷，您的名字叫法华，像和尚的名字，您是寺庙里的和尚吗？"

唱歌的间隙，雏菊天真地笑着问道。法华得意扬扬地答道：

"我要是和尚的话，那就是不守清规的和尚啦。幸好我不是，我在公司上班。"

"公司？那是做什么的公司？"

法华不知道怎么回答才好，芥川赶紧答道：

"他是房地产公司的社长。"

"是嘛！太好了，我们家有又便宜又好的地，您帮帮忙吧。"

"你们家有地啊，那我就让万俵不动产帮帮你。"

在这几天的贷款审定中，法华发现阪神银行和万俵不动产之间有着微妙的财务关系，此时故意含沙射影地说道。芥川一时语塞。就在这时，纸拉门开了。

"哎呀，法华，好久不见！"

来人是田中松夫，原为大藏省金融检察官，现为阪神银行下属白鹭信用金库的常务理事。过去的田中，穿着松松垮垮的旧制服，方脸庞上戴着副圆边眼镜；眼前的田中，身穿高档黑色套装，戴着金边眼镜，俨然一副中小企业董事的打扮。

"这不是田中嘛！我还以为是哪家公司的董事呢！没想到能在这儿遇上你。"

看到法华如此惊讶，芥川说：

"实际上是我叫田中来的，聚在一起机会难得嘛。"

芥川打量着这两个曾经的检察部同事说道。田中接过话来说：

"其实是我从常务那儿听说你要来这儿检查，就想趁机见你一面。你还整天忙着到处检查吗？我还记得呢，那时候我也是十年如一日，一年到头像个居无定所的流浪汉一样。不过话说回来，你火眼金睛'鬼法华'的名号可是越来越响了啊。"

田中边说边坐了下来。在酒精的作用下,法华的水怪脸已经有些红扑扑的了。听到田中这样说,法华抿嘴一笑道:

"谈不上鬼啊,我是佛,佛法华,你看我这都检查了半个多月了,光嗅到了味道,就是抓不到猎物啊。"

法华的言下之意是:虽然银行账目有很多疑点,但迄今为止还没有重要发现。田中松夫为法华倒了杯酒,说:

"是吗?你这个'鬼法华'不是号称三天搞定的吗?不过我告诉你,你长期在机关里待着,不了解外面的事情,我到外面才发现,这个社会并不仅仅有道理呀说法之类的就能行得通的。"

"有道理,社会嘛。你也变了。"

"可能吧。我这种没通过晋级考试的一般公务员,就像见站就停的慢车,人家精英牌特快列车,从后面上来一辆又一辆地超了我们。我现在在抓紧时间向社会学习。"

田中笑着说道。回忆起过去,田中似乎有些悔不当初。田中拍了拍法华的肩膀,说:

"今晚你就按照芥川常务的安排,好好享受吧。"

老艺伎心领神会地说:

"那咱们来玩'小河'游戏吧。"

"不要嘛,还要把屁屁露出来!"

其他的艺伎都叫了起来。当老艺伎弹响三味线的时候,四名艺伎一字排开在里屋门边站好。

> 过小河 稍稍提起下摆
> 过大河 快快解开衣带

热闹的欢唱声中,艺伎们卷起和服下摆,做出过小河的准备。渐渐河水变深,艺伎们长衬衣的下摆被卷了起来,露出了膝盖和大腿。突然,艺伎们一个转身,卷起了红色的贴身裙,四个屁股完全裸露在客人面前,两个紧绷绷的,还有两个松垮垮的满是赘肉。接下来,四名艺伎同时叫了一声,再次转过身,将黑乎乎的私处展现在客人面前。法华看到,只有雏菊的那儿如河边芒草般清新可爱。法华不由得咽了口唾沫。

"怎么样?就到这儿吧,您和那个去……"

芥川在法华耳边低语道。看到法华有些不好意思,田中说:

"那我就要旁边这个了。"

说完,田中先带走了一个,给法华做了个榜样。田中离开之后,法华也慢吞吞地站了起来,准备去享受雏菊年轻的身体。在老艺伎的催促下,雏菊跟在后面走了出去。当然,所有这些都是芥川和老板娘事先安排好的。

"老爷,您呢?"

"我啊,我看看她们跳舞就可以了。"

芥川对这些温泉艺伎根本看不上眼。想到这些拿着微薄工资的中年男人和一身尿骚味的温泉艺伎打情骂俏、颠鸾倒凤的情景,芥川脸上浮现出下流的笑容。但是,当芥川想到主任检察官森永断然拒绝了大龟专务晚上的邀请,并且董事面谈和行长面谈即将开始的时候,芥川再也笑不出来了。

"占用您的时间了。面谈到此结束。"

在董事接待室里,主任检察官森永严肃地盯着大龟专务说道。肥胖的大龟终于松了一口气。

"不好意思,我不大会说话,可能回答得不够好。还请您多多包涵包括我在内的八位董事。"

大龟专务面对大桌对面年轻的主任检察官森永深鞠一躬。董事面谈就是由森永和每一位董事单独面谈,面谈内容很广,从经营理念到日常业务,有时候甚至包括私生活,森永都要一一进行提问、讲评。在大藏省银行局的无上权威之下,进行审查的主任检察官森永显得高高在上,而接受面谈的银行董事们就像参加工作面试的学生一样,非常紧张。

"下面就是行长面谈了吧?万俵很快就到。"

大龟说。

"不用了。我过去。"

说完,森永站了起来。考虑到万俵大介是一行行长,而且阪神银行是万俵的家族企业,森永觉得叫万俵来见自己似乎有点欠妥。

"我来给您带路。"

大龟恭恭敬敬地走在前面,打开董事接待室斜对面行长室的大门。万俵赶紧从转椅上站了起来,迎接森永。

"不好意思让您亲自过来。您说一声我过去就行了。"

说着,万俵大介请森永坐到沙发上。年仅三十五岁的精英官僚森永大大方方、不卑不亢地说:

"打扰您不好意思,有两三个问题要请教行长。"

"您随便问,请。"

万俵不慌不忙,镇定自如,俨然一副英国绅士的派头。

"您作为行长,现在最头疼的问题是什么?"

森永开始了礼貌的提问。

"怎么说呢,还是职员的教育和人才培养问题。特别是考虑到不久的将来,金融机构也将面临激烈的国际竞争,培养具有国际见识和头脑的人才成为我行的一大紧急要务。这件事现在让我比较头疼。

我行现在采取的措施是,起用二战后进银行工作的人员为董事,并让他们负责管理国际业务。还有一个让我头疼的问题是我行获取中央省厅机关信息的渠道不够通畅。我行在神户,信息掌控方面相对比较滞后。当然,我行东京事务所的所长芥川常务经常向我汇报情况,但也很难做到万无一失。这一点以后还请森永先生多多关照。"

芥川就不用说了,万俵还指使女婿美马中搜集大藏省的高级情报。但此时面对森永检察官,万俵却谎称信息不通。

"下面一个问题,您如何看待即将于明年三月份实行的红利自由化?"

"从一开始实行统一会计准则的时候,我就认为银行的会计事务应该遵循公开原则。这次实施红利自由化之后,各家银行业务水平的差异、优劣将一目了然。我行有信心能维持与别的银行相当的红利分配基准。我也希望能借此重新全面彻底地认识我行的经营情况,将我行的经营成果以红利的形式回报给社会。"

万俵的话表现出,作为一名银行家,自统一会计准则实施之日起,他就预见到今天的一切。

"接下来请您谈一谈对金融重组的看法。"

"我一直认为金融重组十分必要。我担心的是,如果大银行利用金融重组进一步扩大规模的话,对于日本产业界未必是好事,甚至有可能招致世人的批评。所以我认为,与其一味地追求银行规模巨大化,还不如通过高效银行和低效银行的合并,为整个银行界输入活力,也为以后提高国际竞争力做好准备。"

万俵正计划着"以小吃大"的合并,并联合银行局局长春田组成了五行联合的合作组织,准备伺机从中挑选一个自己的吞并对象。但是面对森永,万俵只是泛泛而谈,丝毫没有吐露一点自己的计划。

"针对金融重组,贵行准备采取什么样的措施呢?"

"我很早以前就对银行界仅以存款量论高低的风气非常不满,一有机会我就教育员工,质量比数量更重要,业务效率的提高才是根本。合并说起来很简单,但是对于被合并的一方来说,事关能否继续生存的问题。从这点来看,我的想法不容易实现。不过,无论出现什么情况,我行都想继续生存,因此我们正在不断地积蓄力量,让自己变得更加强大。"

万俵的回答表现出了一名私有银行行长的自信。森永似乎被万俵的话吸引住了,接着问道:

"现在你们有什么具体的措施吗?"

"这个,非常非常难。在这件事上我想了很多,但所有事情的前提是要有一个合并的目标。如果银行合并仅仅是按照银行规模的大小以大吃小的话,那这种合并没有任何意义。我认为哪怕银行规模小一点,但只要它高效、完备,以小吃大也不是不可以。您觉得呢?"

万俵微笑着提出了自己的意见,回答得十分精彩。三个问题都表现出了万俵作为银行家的敏锐与理性。而且万俵冷峻端正的态度,丝毫不会让别人怀疑其私生活存在问题。

"我想问的就这么多。谢谢您的有趣的回答。"

听到森永这么说,万俵按了一下对讲机,让人端上茶来,表情轻松地问道:

"不好意思问一句,您是哪年进的大藏省?"

"1956年。"

"噢,好年轻啊。说句不敬的话,从您做事的样子看不出您还这么年轻。"

奉承完之后,万俵继续说:

"主计局次长美马是我的大女婿。当年美马到我们银行来检查,正是因为看到他年轻有为,我才决定让女儿嫁给他的。"

万俵表面上是在表扬美马,实际上是在吹捧森永。

"美马平时对我关照有加。他头脑清晰,沉着冷静,在我们同事中很有威望。"

森永顺势奉承了一下美马之后,说:

"说句不礼貌的话,美马先生的妻子非常漂亮。"

"哪里,她也就一般般。"

万俵对女儿的容貌表现得十分谦虚。

"不是我恭维,她确实非常漂亮。上次我去听管弦乐会的时候,曾经远远地看过一眼。美马太太长得不像一般的日本人,很有异国情调,非常合适穿西式服装。"

万俵不由得哑口无言。万俵知道,森永看到的并不是自己的女儿一子,而是自己的情人相子。但是银行行长的私生活也属于金融检察官的检查范围,万俵此刻不能流露出一点慌张。万俵只觉得口干舌燥,说:

"我一定会把您的赞美之词转达给我女儿,她一定会不胜感激的。"

万俵好不容易挤出这句话来,又乘势邀请道:

"今天占用了森永先生您这么长时间,晚上一起吃个饭吧。"

听到万俵的邀请,森永又恢复了主任检察官的严肃神情,说:

"不用了,我有点累了,而且今天晚上我已经和神户的大学同学约好一起喝酒。"

"那太可惜了。回头到东京,我再找个机会,叫上美马一起聊聊。"

说完,万俵从沙发上站了起来,亲自将森永送到电梯口,说:

"还请多多关照。"

万俵一边想象着森永会如何写评估报告,一边恭恭敬敬地和森永告别。

万俵铁平站在办公室窗边,面色凝重地看着窗外的厂区。在占地八十多万平方米的厂区内,从电炉车间、轧钢车间、钢管车间传出的电弧的震动声、金属声似乎都失去了往日的活力,运送原料和产品的卡车也少了很多,这一切反映出在不久之前,阪神特殊钢公司的经营状况已经开始恶化。

铁平再次拿起桌上放着的营销主管川畑常务提交的紧急会签文件。阪神特殊钢公司的大客户——日本汽车公司的特殊钢购入价大幅下滑。两个月前每吨八万五千日元的轴承钢降为每吨七万五千日元,而每吨四万五千日元的构造钢降为每吨三万九千日元。

"简直是乱降价!"

虽然恨得咬牙切齿,但是想到三月下旬以来急速恶化的特殊钢市场的现状,万俵铁平不得不接受这个价格。其实这一切的根本原因还是去年年底美国轴承公司的单方面毁约行为。为了找到新客户并转卖掉那些积压的出口产品,营销主管川畑常务上个月去了美国两次。但美国也因为经济不景气,特殊钢需求疲软,川畑常务最终空手而归。无奈之下,阪神特殊钢公司将亏空的全部出口生产量的30%转为生产内销产品,在国内销售。阪神特殊钢公司的倾销行为加速了轴承业的不景气,引发了整个特殊钢行业势不可挡的降价风潮。其结果就是,眼下阪神特殊钢公司内销量虽然有所增长,但在同行的低价竞争和客户的杀价购买之下,好不容易增加的一点点利润早已一文不剩。而且,如果这种不景气的情况持续下去的话,产品的销售价格将持续走低,生产越多,亏空越大。

"铁平,铁平!"

听到叫声,铁平回头一看,原来是社长石川正治姑父。

"你怎么了?我敲门你也不应,傻呆呆地站着。"

瘦高个的石川惊讶地问道。

"没什么。您找我有事?"

"也没什么别的事。下个月不是公司周年庆嘛,我听说扶轮社邀请中松宫皇子夫妇下月下旬来视察纵贯中国地区的铁路建设情况。听说皇子以前也很乐意参加民间企业的纪念活动,如果邀请他来参观参观咱们正在建设的特殊钢界的首座高炉,并顺便出席庆典的话就太好了。"

虽然作为"花瓶社长",石川社长说起话来有些底气不足,但听得出来他对这件事充满了期待。石川说完之后,铁平的眉头锁得更紧了。

"是很难得,但现在不是办庆典的时候。"

铁平的反对态度让石川正治有些惊讶。他顿了顿接着说:

"可是,公司再不景气,也不至于没钱招待皇子夫妇吧?咱们又不是特地去东京请他们过来,只是邀请他们顺便过来看看。"

石川社长还是有些不死心。

"姑父,作为社长,希望您能对公司事态的严重性有更清醒的认识。"

说着,铁平将手中川畑常务的会签文件塞给石川看。

"您看,一个月前日本汽车公司刚刚要求我们降价5%到6%,刚过了一个月,现在又提出降10%到13%。我们通过部长级磋商向他们提出了抗议,结果他们扬言说,东都特殊钢公司提出降价10%给他们,如果咱们阪神特殊钢公司降不到他们提出的价位的话,考虑到汽车制造业的市场竞争,他们只能选择购买东都特殊钢公司的产品。日本汽车公司是咱们的大客户、老客户,如果咱们拒绝了他们的要求,断绝了和他们之间的交易关系的话,咱们就得继续降价寻找别的销售途径。考虑到咱们现在要建造高炉,固定费用负担比别的公司要大,咱们只能答应他们的要求。不过,对日本汽车公司一家公司的降价,早晚会引发雪崩式的降价风潮。"

铁平向石川说明了事态的严重性之后,接着说道:

"因此,希望社长您在经费方面也能够节俭一些。请您谅解。"

铁平的态度没有丝毫商量的余地。喜欢打高尔夫、喜欢请客吃饭的石川止治脸上露出了不满的神情。就在这时,蓄着小胡子的财务主管钱高常务从门口探出头来,犹犹豫豫地说道:

"刚才大同银行神户分行的桥爪分行长来了,说是想见专务,我就带他过来了。"

说完,钱高回头看了眼站在门口的桥爪行长。

"突然来访,非常抱歉。石川社长您也在。感谢贵公司平时的关照。"

桥爪分行长恭恭敬敬地和大家打着招呼。铁平请他在沙发上坐下来,说:

"是我们经常麻烦你们。三云行长还好吧?"

"是的。前天开融资会议的时候,我在总行见到了行长。眼下整个特殊钢行业不太景气,行长对贵公司颇为担忧,还让我向万俵专务您问好呢。"

尽管石川社长就坐在一边,桥爪行长说话的时候却一直面对着铁平。桥爪分行长接着说:

"问题是,在融资会议上,针对特殊钢市场极度疲软的情况,希望贵公司削减接下来四个月的资金规划总额的呼声非常高。"

大同银行向阪神特殊钢公司的贷款包括:高炉工程的设备资金每月平均三亿日元,流通资金每月三亿日元。算下来,六月份到九月份四个月的资金需求总量为二十四亿日元。

"你这样说的话,我们很难办。市场情况如此恶化,在建好高炉、生产出成本低廉的产品之前,我们只能仰仗贵行的帮助。当然,我们公司在此期间也会尽量缩减间接费用和研究开发费用,认真研究应对措施。"

铁平说着,石川正治也在一旁不断地点头。桥爪分行长突然郑重地问道:

"你们有没有想过在市场情况好转之前暂停建造高炉?"

随着阪神银行的融资比例逐渐下降、大同银行的融资比例逐渐增加,大同银行对阪神特殊钢公司的影响力也今非昔比。

"可是再过两个月,高炉就可以完工了。"

石川正治为难地答道。

"这一点我们知道,但是高炉正式投入生产还得有一段时间吧?"

桥爪分行长丝毫不想退步。铁平强压住心头的怒火,问:

"抱歉,我想问一下,高炉暂时停工是三云行长的意思吗?"

"不是。不过在当时的融资会议上,很多人提出了这个意见,我只是说出来供你们参考。现在,不仅特殊钢行业不景气,整个产业界都不景气。如果这种现象长期持续下去的话,特殊钢的市场需求量将进一步下降,即便高炉建成之后生产出低成本的产品,但如果卖不出去的话,就会进一步加大企业的负担。您不觉得这会十分危险吗?"

桥爪分行长说的实际上是其派系领导、融资主管绵贯千太郎专务的意见。

"你说得很有道理,但是已经建成80%的高炉不可能停工。即便是设备资金的利息返还这一项,高炉投产推迟,资金回收也将相应推迟。早点建好高炉,降低生产成本,扩大销量才是正道。如果贵行融资部强烈要求我们停工的话,我会亲自去面见贵行的融资主管绵贯专务,请求他同意。"

铁平激动地向前探出身子说道。铁平并不知道桥爪和绵贯之间的关系。听到铁平这样说,桥爪的表情突然变得狼狈起来,赶忙说:

"哪里哪里,高炉的事情三云行长说了算,这个方针目前还没有任何变化,请你们不要担心。我只是顺便来问问贵公司,准备如何应对日益恶化的行业态势,没有别的意思。"

桥爪的态度忽然变得暧昧起来,说完之后慌慌张张地起身告辞。

桥爪走后,秘书过来收拾茶杯,顺便拿来了晚报。铁平打开晚报,不由得瞪大了眼睛。

第一版头条大大的标题——"大藏大臣发表经济紧缩政策",接下来是黑体字——"紧缩银根、钢铁、汽车、家电严重萧条",旁边是永田大臣的照片。看完报纸,铁平不禁有些忐忑不安。

从原驻法大使小泉家公寓的客厅往下看,可以看见绿油油的乃木神社。相子一直在和小泉夫人聊天。

"嗯,当然好。第一眼看到二子小姐的时候,细川一也就被她吸引住了。前一阵去大阪出差的时候,他不是还去拜访过你们嘛。所以我觉得这一对儿算是成了。佐桥首相夫人周子和我是从表姐妹,听说了这段姻缘之后,她还说关西名门万俵家很不错呢。"

当小泉夫人特意说起首相夫人是自己的远房表姐妹时,哈巴狗一样的塌鼻、扁脸似乎都挺了起来。相子穿着藏青色套装,别着珍珠胸花,一举一动都彬彬有礼,十分符合管理万俵家事务的女管家的身份。相子谦虚地说:

"佐桥首相夫人能这样说,真是太荣幸了。万俵家也认为既然两家婚事已经谈到这个阶段,接下来就应该安排双方正式见面了。我想今天就把具体事项确定下来。"

听到相子这样说,小泉夫人摆了摆手,一股浓烈的香水味顿时从她那法国乔其纱衬衫的袖口处四散开来。小泉夫人说:

"是啊,我也正为两家正式见面的地点而发愁呢。最近女性周刊杂志渐渐厌倦了演艺圈的婚事,开始将注意力转到上层社会来了。所以首相夫人的侄子和关西名门小姐的婚事很可能引发巨大的关注,在东京见面绝对不行。高须,你有什么好主意吗?"

"您说得很对,要不双方就在京都一带见面吧。在嵯峨的'吉兆',边享受纯正的京都料理边聊聊天,您觉得怎么样?"

"太好了,这样可以避开媒体,而且最重要的是一也的父亲特别喜欢京都。"

一也的父亲细川信也是日本著名的建筑家、文化功劳勋章获得者,一也母亲的娘家也经营着一家大型建筑公司。相子之所以提出在京都见面,不仅是因为京都氛围好,也是出于对一也家人的考虑。

"如果可以的话,希望一也的姑妈首相夫人也能一起过来,顺便到京都转转,您看如何?"

小泉夫人正打算点烟,听到相子的这个提议,突然停了下来,盯着相子说:

"您真是太能干了!用句时髦的外国话来说,你就是万俵家的CEO啊!在京都嵯峨郊外,边欣赏野外的新绿边相亲,这个主意简直太棒了!"

比起参加两家的相亲会,小泉夫人似乎对参观京都美丽的风景更有兴趣。

"高须,这会儿喝下午茶稍微晚了点,尝尝我亲手做的小饼干吧。"

小泉夫人欢快地提议道。

"夫人,您这样忙于写随笔的人还亲自做饼干?"

因为曾经长期在巴黎生活,小泉夫人经常给一些报纸、女性杂志投稿,发表一些外国生活随笔或礼仪介绍之类的文章。

"在巴黎那边,如果不能亲手制作美味的饼干招待客人的话,就不能算是一个合格的主妇。我这就去拿,您稍等。"

说完,小泉夫人去了厨房。相子看了看钟,已经五点了。相子本想定好相亲时间后就赶紧告辞,但不尝尝小泉夫人引以为傲的饼干就直接告辞又有些不太礼貌。相子闲来无事,顺手拿起钟点工送来的晚报,打开一看,头版大幅刊登了永田大臣关于调整经济政策的讲话。相子扫了一眼,继续往后翻,看到在女性专栏里刊载着小泉夫人的随笔——《法国人的灵魂》。相子读了读,有种文如其人的感觉,装腔作势的笔风如同小泉夫人装模作样的巴黎情调一般。

"哎呀,不好意思,让您久等了。"

小泉夫人端来一个银盘子,上面放着饼干和红茶。

"我刚才拜读了夫人的随笔,您的博学多闻真让人钦佩啊。"

相子感叹道。

"我写文章就像做饼干一样,乐在其中。"

小泉夫人嘴上谦虚着,脸上却掩饰不住得意的神情。趁着小泉夫人高兴,相子提议道:

"您看相亲的日子定在五月二十日以后怎么样?那时候京都的新绿是最美的。"

相子利索地定好了相亲的时间。

离开小泉夫人的公寓,在附近的小西餐厅吃完晚饭,相子迈步走向赤坂的夜总会。以前相子曾经和美马一起去过那家夜总会,外国客人比较多。两人约好今天在老地方见面。

报了美马的名字之后,服务生将相子带到里面的一个包间。看到相子走了进来,美马站了起来。

"那个哈巴狗夫人心情如何？"

"好得很。定好了在嵯峨的'吉兆'相亲，时间是这个月的二十号之后。所有的事情都是按照我们的想法定的。"

相子脱下了外套，露出里面大开领的无袖连衣裙，丰满的胸部呼之欲出。美马贪婪地看着相子的胸部说：

"关键是昨天夜里二子又打电话过来了，她让一子转告我，说她对一也没感觉。"

说着，美马端起了相子递给自己的鸡尾酒杯。

"要是听取每个当事人的意见的话，还怎么联姻？万俵和我定好就行了。银平和万树子现在不也挺好的吗？万树子都怀孕五个月了。"

相子一点儿也没把二子的话当回事，而是接着说：

"对了，万俵倒是对你和我有点儿生气。"

"我和你？他知道咱们在这儿见面？"

"不是。四月初的时候，咱俩不是一起去上野的文化会馆听过管弦乐嘛。最近到阪神银行检查的一个叫森永的主任检察官当时看到了我们。森永对万俵说，美马的太太不同于一般的日本人，特别适合穿西式服装。一听这话，万俵就知道他赞扬的不是一子，而是我。"

"你解释过去了吧？"

"当然。我告诉他说，我们原准备叫上小泉夫人一起去听音乐会的，顺便商量二子的婚事，可是那天她突然有事没能去，结果就只剩我们俩了。"

"可是在京都相亲的时候会不会露馅儿啊？"

美马担心地问道。

"交给我吧。我也是牵线人之一，我不会让他们涉及这个话题的。对了，行长面谈那天，万俵好像非常不高兴，是不是担心什么事情？"

听完相子的问话，美马脸上浮现出幸灾乐祸的表情。

"看来万俵行长还担心大藏省银行局的检查啊！对了，现在那些检察官正在撰写评估报告呢。"

说到这儿，美马放下酒杯提议道：

"咱们跳舞吧！"

美马牵着相子的手，走下舞池，踩着音乐，拥着相子，加入跳舞的人群中。

"既然老丈人这样介意，咱们还不如索性……"

美马紧紧拥着相子丰满的身体说道。相子没有说话，默默地紧贴在美马身上。乐曲变得更加激烈起来，天花板上的球形灯黯淡了许多。

美马突然手上用力，搂紧相子，猛地吻了上去。美马湿润的嘴唇吮吸着相子的唇，双手紧箍着相子的腰。这是一个热烈而持久的吻。

"怎么样？"

美马在相子耳边低声问道。

"还是万俵好些。"

相子故意反驳醉醺醺的美马道。

芥川常务一走进厕所就忍不住伸了个大懒腰。五行联合准备委员会会议兼早餐会刚刚在大仓饭店的一个隐蔽的包间里结束。为了不引起别人的注意，参会人员在会议结束后分头离开。

第一次准备会议于两个月前召开，今天是第三次见面会。从工资的自动存入到网络共享、存款的互收互付，再到合作融资，五行合作会议的议题相当广泛，但仅在工资自动存入一项上达成了共识，其余议题尚处于胶着状态。

芥川正准备再舒舒服服地打个哈欠、拉开裤裆处的拉链的时候，

突然听到有人叫:

"芥川!"

芥川原以为宽敞的厕所里只有自己一个人,没想到竟然会有人亲热地和自己打招呼。芥川的尿意给吓回去了一大半,看了看周围,发现原来是大同银行的专务绵贯千太郎站在里面的一个小便池前。芥川有些不知所措。绵贯专务一边毫无禁忌地畅快地尿着,一边和芥川聊着天。

"一大早就开这种烦人的会,累死了。"

绵贯对芥川哈欠连天的样子非常同情。

"哎呀不好意思,让您见笑了。昨天晚上被朋友拉去喝酒,一直喝到很晚才回家。"

芥川赶紧解释道。芥川无论如何也做不到像绵贯那样痛快淋漓地大声小便,于是摁下了冲水键,让冲水声掩饰自己的窘迫。谁知绵贯根本不以为然,而是说:

"哎呀,没事儿,本来早餐会这种东西就是模仿美国人的玩意儿,不适合日本人,首先就缺了沟通意见的渠道。"

在绵贯眼里,无酒不谈事,没有酒就没有了沟通的渠道。绵贯接着说:

"就说刚才的合作融资问题,什么挑选出五行共同的主要合作企业,借此机会平均融资比例之类的,就完全无视了银行与客户多年积累下的感情,如此简单地将比例上调或降低根本行不通。"

芥川已经尿完了,可绵贯还在边尿边说。这个大同银行的融资主管,若是谈及网络共享或新业务合作,肯定说不出什么来,因此他特意选了个融资的话题,在这个地方滔滔不绝,说个不停。芥川不禁有些厌烦。

"您说得很对,五行联合的最大目的是获得抗衡四大银行的强有力的资金支撑,一开始会比较困难,但俗话不是说'千里之行,始于足下'嘛。"

芥川委婉地回了一句,先回到洗手处。过了一会儿,绵贯终于尿完,站到洗手处的镜子前,看了看厕所入口处,低声说:

"你们那个阪神特殊钢公司,我也帮了忙的啊。"

芥川附和道:

"是啊,阪神特殊钢公司的确给贵行添了不少麻烦。"

"这就不说了。但是最近你们主银行对他们不理不睬的,倒是我们大同银行帮忙帮得有点过头了,这让我有点担心。阪神特殊钢公司真正的负责人万俵铁平专务,是你们万俵行长的长子。你们行长有点不高兴吧?"

绵贯窥视着镜中芥川的反应说道。芥川一下子没能理解绵贯的话意,不知道该如何回答,但芥川明显感觉到绵贯话中有话。

"怎么会不高兴呢?我们行和你们大同银行不同,长期资金不足,连直系企业都照顾不好,实在惭愧。您是不是有什么担心啊?"

看着镜中绵贯的大红脸,芥川也想套出绵贯的真心话。

"哪里,只是万俵行长如果没有不高兴的话,那是不是打算让出阪神特殊钢公司主银行的位置呢?"

"这个……我只负责阪神银行东京事务所的工作,对于融资方面的事情一窍不通。至于万俵行长的想法或是融资部的方针等等,我很难猜得到。贵行和我行的融资变化已经到了这个地步了吗?"

因为是第一次听说这件事,芥川显得十分惊讶。

"我们三云行长对阪神特殊钢公司的评价,那是相当高啊。"

绵贯说到这儿,暧昧地笑了起来。芥川看出绵贯笑得别有意味,正想继续追问的时候,厕所门开了,一个穿着时尚的艺人模样的人走了进来。

"不好意思,在这种地方拉你聊半天,我先走了。"

绵贯慌慌张张地走了出去。芥川再次照了照镜子,整了整领带,离开了厕所。芥川觉得,有必要找个时间和绵贯单独深谈一次。

从大仓饭店出来,芥川坐上等候已久的车子,向位于霞关的大藏省驶去。

车子穿过大藏省正面的拱门,停在玄关处。芥川下了车,径直走向四楼银行局检察部。

阪神银行在上个月,即四月十日至三十日,接受了为期三周的银行检查。检查的最后一天,检察官们向阪神银行的董事们口头传达了评估结果,但以正式文件形式下达给万俵行长的书面评估报告,将在检察官返回大藏省之后,经过商讨重新撰写。一般情况下,口头结果和书面结果会有很大的差距。因此,在检查结束之后的一个月内,银行忍者的任务就是不要让口头报告中指出的问题变成文字呈现在最后的书面报告中,并最终作为秘密资料保存在大藏省银行局的检察部里。

这段时间,阪神银行东京事务所总务课的黑井课长和伊佐早五郎悄悄地轮番来大藏省观察六名检察官的动向。现在已经到了最后关头。最关键的一步还需要东京事务所所长、忍者部队队长芥川亲自出马。

进入检察部办公室之后,芥川首先飞快地瞄了一眼办公室里的检察官和来客。办公室近七十平方米,堆满了文件盒和各种文件架。负责制定银行检查计划的管理课和实际开展检查工作的审查课的十几名工作人员都在此办公。芥川看到靠里的管理课课长助理的位置上没有人,说明主任检察官森永俊次没在。芥川又看了眼审查课,发现了眼睛贼亮的"水怪"法华检察官的身影。法华正在气势汹汹地教训坐在他办公桌前的中京银行总务课课长。当视线与芥川相遇的时候,法华的眼角边露出一丝暧昧的笑容。上个月在阪神银行检查的时候,法华察觉到了阪神银行给大臣永田提供政治献金的渠道。为了收买法华,芥川邀请他去有马温泉,并安排了一个似乎尚未开苞的小艺伎伺候他。后来芥川又带法华去过温泉几次,几番春宵苦短之后,"鬼法华"脱胎换骨成了"佛法华"。不过,在检察部的办公室里,芥川依然表现出对法华检察官恭敬有加的样子。芥川正要从法华的办公桌前走过去的时候,中京银行的总务课课长看到芥川似乎有些心虚,赶紧站起来仓皇而逃。芥川站在法华的办公桌边,再次深鞠一躬,低声问:

"我们银行的贷款怎么样?"

芥川问的是,法华是否已经适当降低了阪神银行不良贷款的总数。

"一百八十亿日元"。

本来应该是二百亿日元的,法华做了手脚,降到了一百八十亿日元。

"那阎王账本呢?"

阎王账本上记录的是董事面谈的得分情况,保管在大藏省银行局检察部里,属于绝密文件。因为被检查的银行方无从知晓最后得分,所以这也是各银行董事最想知道的。

"你们老板好像给森永主任检察官留下的印象不错啊。"

水怪的脸上掠过一丝笑容。

"承蒙关照。您去关西的时候一定要和我联系,那个艺伎还一直忘不了您呢。"

实际上,那个小艺伎说很讨厌法华,是芥川花钱买通了小艺伎。当芥川假意说到小艺伎对法华念念不忘的时候,法华还是禁不住心花怒放,但立刻又一本正经地抬着下巴说:

"就剩那位了。"

法华用眼神指了指管理课课长助理的位置。原来森永已经回来了。芥川赶紧走了过去。

"上次招待不周,敬请原谅。"

森永课长助理目光敏锐地看了眼芥川,说:

"是我们给你们添麻烦了。"

在阪神银行检查期间,事关政治资金方面的问题,森永都采取了睁一只眼闭一只眼的态度,但是除此之外,森永没有让阪神银行钻任何空子,确实符合一名前途远大的精英官员的处事方法。芥川在森永的办公桌前坐了下来,说:

"上次您口头指出的几点中,有一点还麻烦您听一听我们银行的解释。"

森永对阪神银行的口头评估意见是,"应该看到贵行在提高经营效率方面所取得的成绩,但是在吸纳存款方面,债务者的票据贴现押金和套利存款增长过于明显。为了保证今后资金总量持续稳定地增长,贵行需努力吸纳个人存款"。森永的意思是,阪神银行利用县内只有自家一家城市银行的条件,对当地企业的票据贴现押金和套利存款态度过于严格。如果这条意见被写进评估报告,那么在银行合并的时候,对方银行的客户会据此认为阪神银行是一家"恶毒的银行"。鉴于此,阪神银行迫切希望修改该条评估意见。芥川接着说道:

"您指出的这一点非常对,我们会立刻全力整改。问题是如果您把这一条写进正式的评估报告,我们银行的声誉将很难得到保证,所以这方面请您高抬贵手。"

芥川谦卑地请求道。

"我很难办啊,评估报告要遵循事实来写,这是我作为主任检察官的职责。"

森永的话表现了这个三十五岁的精英官员的骄傲自大。芥川脸上讪讪的,恭恭敬敬地深鞠一躬,再次请求道:

"我相信,两年后您再检查的时候,您会发现这次您指出的问题,已经得到了120%的改正。"

森永目不斜视地平静地看着芥川说:

"那就请贵行尽快提交关于票据贴现押金和套利存款的整改方案。等看完你们的整改方案之后我再决定怎么写评估报告。"

芥川心中暗喜。森永的意思是:只要阪神银行提交一份像样的书面整改报告,正式的评估报告中可以不提这一点。这也是森永考虑到大藏省精英中的精英、主计局次长美马中的存在之后的一个官味十足的巧妙回答。

"十分感谢。我们会尽快提交具体整改方案的。"

芥川再次深鞠一躬,起身离开。万俵行长今天早上已经来到东京。芥川觉得,这是自己带给万俵行长最好的消息。

在阪神银行东京分行的行长室里,芥川向万俵行长详细汇报了自己和银行局课长助理森永的谈话。万俵刚刚理过发,神情显得比平时更为庄重。默默听完之后,万俵抽着雪茄说:

"辛苦了,那就让荒武常务赶紧写一个让大藏省满意的书面报告。"

"好的,我立刻和他联系。"

芥川正想去和荒武联系时,万俵又不慌不忙地说道:

"不用着急,就是走个形式,等他们快写完评估报告的时候交给他们,正好他们还省事儿。"

万俵接着问道:

"还有,今天早上五行联合准备委员会会议开得怎么样?合作融资问题遭遇瓶颈了吧?"

"是的。昨天永田大臣发表了关于收缩银根政策的讲话,估计日银近期也要提高基准利率,因此五行的资金分配应该做到更为高效才对。但各行只想到未来银根会宽松,可能是担心将来存款积压找不到贷款对象,说什么贷出去的钱不容易收回来、以前的人脉关系不好处理等等,总之无法形成统一意见。"

芥川简单向万俵报告了早餐会的情况,似乎觉得有些棘手。

"你还是尽量做到不要让会议气氛冷下来,你找个时间,叫上银行局的银行课课长井床和总务课课长久米,招呼他们一起打打高尔夫。记住,一定要把会谈坚持到咱们找到合适的吞并对象为止。"

"我也是这么想的。但是,五家银行的专务或常务聚在一起吃饭或打高尔夫,而且银行局的官员也参加的话,会不会太显眼了,被别的银行看出问题?"

"这倒也是啊。"

万俵抽着雪茄,看着窗外。行长室位于五楼,面向马场先濠,站在窗边可以看到皇宫边的二重桥,甚至可以远眺新宫殿的屋顶。万俵将视线转向金融街,看到的是一幢幢外表庄重、精致的现代化大楼。万俵知道,惨烈的银行大战正在这些漂亮的大楼中上演。

"今天还有什么特别的事情没有?"

"没什么特别的事情。对了,会谈结束后,我在厕所遇到了大同的绵贯专务。他一个劲地问我,阪神银行是不是不想当阪神特殊钢公司的主银行了?"

"你是怎么回答的?"

万俵反问道。一想到特殊钢市场急速疲软、阪神特殊钢公司面临危机,而万俵铁平不做市场预判就突击建造高炉,万俵大介就气不打一处来。

"我原来不知道大同银行的融资比例已经和我们持平了,就随便敷衍了他两句。行长,他说的是真的吗?"

芥川似乎还有些怀疑这件事的真实性。

"是的。三云行长力挺铁平,全力支持铁平。"

万俵压抑着对铁平复杂而又矛盾的感情答道。

"绵贯专务也是这么说的。但是他竟然认为我们会从阪神特殊钢公司主银行的位置上退下来,这未免也太异想天开了吧!要是大同银行都是这么一帮家伙的话,那日银出身的三云行长还不得被他们逼疯了!"

"什么?三云行长发疯?他从日银理事的位置空降到大同银行当行长才一年,还像绸手帕一样柔软呢!"

在万俵眼中,三云行长像温室里的花朵般脆弱。万俵接着说:"再过两三年,在城市银行激烈的市场竞争中,三云行长会产生抵抗力,但他现在空降下来才一年,正是最脆弱的时候。"

"嗯,有道理,再过两三年他就该成'丝质抹布'啦!"

万俵饶有兴趣地继续问道:

"刚才你说到绵贯专务,他对大同银行贷款给阪神特殊钢公司是怎么看的?"

"这个我们没有深谈,我还不太了解他的真实想法。但从他拐弯抹角、欲言又止的样子来看,好像是不太赞同的。他问我们是否打算从主银行的位置上退下来,可能是担心阪神特殊钢公司成了累赘。要是阪神特殊钢公司真成了累赘的话,他想赶紧给自己找条后路、逃脱责任吧?"

芥川回忆着厕所里绵贯的神情和话语答道。

"要是这个绵贯专务反对贷款给阪神特殊钢公司的话,那他和三云行长之间的力量对比是怎样呢?"

"这个嘛,三云尽管是旧绸手帕,但背后有日银撑腰呢!而且他作为城市银行行长的见识,绵贯根本无法望其项背。怎么说绵贯专务也只是从储蓄银行时代一步步爬上来的,无法和三云行长面对面交锋吧!我倒是想找个机会和绵贯专务好好谈一谈,您觉得呢?"

芥川透过无边眼镜看着万俵问道。

"可以,你看着办吧。"

听到万俵不置可否的回答,芥川有些泄气地离开了行长办公室。

办公室里只剩下万俵一个人了。万俵将雪茄放在烟灰缸上,从转椅上站了起来,走到身后的书架前,从中抽出一本《日本绅士录》,找到"绵"字所在的页码,进而找到"绵贯"这个姓氏。万俵的眼睛停留在第三个名字——绵贯千太郎处。

绵贯千太郎 大同银行董事、专务

妻麻纱 明治四十年(1907年)1月10日生 冈芳藏次女

长子百太郎 昭和十四年(1939年)9月16日生 早稻田大学毕业 任职于建设省

长媳操 昭和十六年(1941年)8月6日生 朝日肥皂社长筒井义正的次女 日本女子大学毕业

次女淑子 昭和二十二年(1947年)4月16日生 学习院女子短期大学毕业

明治四十二年(1909年)2月3日出生于仙台,仙台高级商科学校毕业,昭和六年(1931年)进入关东储蓄银行工作,昭和三十年(1955年)任大同银行董事、融资部部长,昭和三十六年(1961年)任常务董事,昭和四十年(1965年)任董事、专务至今。

家庭住址:东京都大田区千岛四丁目

万俵又读了一遍,将所有的信息深深记在脑海里。

从着装到说话方式、对问题的看法,三云行长都和绵贯千太郎大相径庭。尽管对绵贯有种本能的厌恶感,三云还得继续和绵贯交流。但绵贯似乎没有感觉到三云对自己的厌恶,完全沉浸在和三云的交谈中,猪肝色的大红脸越发红了起来。

"行长,您可能会觉得我有点啰唆,但我还得再说一次,希望您批准朝日肥皂公司的五千万日元的贷款申请。在咱们银行成为城市银行之前,朝日肥皂公司就已经是我们的老客户了。他们能从当年的小街道作坊发展到今天,成为一家拥有二十亿日元资本和两千名员工的二部上市企业,非常不容易。希望您能同意由我来负责这笔贷款。"

绵贯委婉而坚定地表明了自己的态度。三云强压住心头的不满,说:

"我非常清楚朝日肥皂公司和咱们银行长久以来的合作关系。因此,这一年来,我十分关注朝日肥皂公司的效益情况,希望他们能够有所起色。但是经过冷静的思考,我仍然觉得不能把资金投向这样一家没有前途的企业,资金投进去只会徒增亏空。"

"先不说他们现在效益好不好的问题,您凭什么认为他们将来就没有前途呢?朝日肥皂公司在调整人员结构、减少老年员工比例的同时,正在进军男性化妆品市场。难道这些举措不正表明了他们努力通过经营多样化来彻底改变企业面貌的决心吗?"

"可是,大型石油企业正在进军肥皂、洗涤剂行业,而且世界最大的洗涤剂厂家美国 P&G 公司不久也将登陆日本。尽管朝日肥皂公司是该行业的老牌企业,但它终究只是一家家族企业,缺乏能够带领企业对抗大型资本和外资的、拥有现代化先进经营理念的管理者,所以我觉得，从长期来看，他们的前途令人担忧。"

听到三云这样说，绵贯气得嘴都歪了。

"您说他们缺乏拥有现代化先进经营理念的管理者是什么意思？您不会因为上任社长是从学徒干起来的、现任社长是高等商科学校毕业的才故意这么说的吧？"

绵贯觉得三云是在指桑骂槐，因为绵贯是仙台高等专科学校毕业的，而三云是东大法学部毕业的。

"我当然不是指学历。我的意思是，他们一味躺在过去已有的成就上，缺少现代化的经营理念。"

"但是，行长您看看您特别器重的阪神特殊钢公司，万俵铁平专务是东大工学部毕业的高才生、麻省理工学院的留学生、现代化的经营者，但他们还不是被老客户美国轴承公司单方面取消了订单？后来他们的倾销行为对特殊钢市场的不景气起到了火上浇油的作用，导致他们的高炉工程都受到了威胁，他们才前途一片黯淡呢！昨天的五行联合准备委员会会议结束之后，我顺口问了问阪神银行的芥川常务有关阪神银行和阪神特殊钢公司之间的关系问题，我总觉得他们之间的关系非常冷淡，不知道行长您是怎么看阪神特殊钢公司的？"

绵贯已经让自己的心腹、神户分行行长桥爪调查了阪神特殊钢公司的现状，并告诉阪神特殊钢公司，希望他们暂停高炉施工。但是此刻面对三云行长，绵贯装作毫不知情的样子。

"的确，阪神特殊钢公司的现状不是太好。高炉工程需要庞大的资金投入，他们比别的公司的压力要大很多。但是特殊钢并不只是买和卖的问题，拥有符合客户需要的特殊钢生产技术至关重要。因此，技术革新能力处于业内领先地位的阪神特殊钢公司非常值得信赖。而且从特殊钢市场的长期需求来看，根据通产省的市场调研，

1975年的市场需求量将达到现在的1.7倍。所以我们不应该仅仅着眼于眼前暂时的市场低迷,而应该长远地来看这个问题。还有,我们不能仅仅扶持阪神特殊钢公司,还应该将它周围的企业全部发展成为我们的客户。我觉得作为一名城市银行的领导,应该从宏观的角度来看问题。"

三云行长委婉地批评了绵贯在融资方面眼光短浅,过于保守。三云说完之后,绵贯满嘴冒着唾沫星子说:

"对于像我这样一步步干到现在这个位置的实干家来说,我们不懂行长您说的什么日本经济展望、国际金融动向之类的宏观问题,我们只相信眼前能看到的实实在在的东西。我觉得就钢铁来说,比起谈论世界性需求趋势,我更关心今天几毫米的钢板每吨能卖多少钱。进一步往下说的话,比起钢铁、电力、石油等基干产业,我更关心与老百姓生活密切相关的日常消费品企业,更关心这些企业的贷款问题。我认为不能以资本总额的多少和企业评价的高低来决定是否贷款给他们,而应该先看看他们内部的情况再决定。朝日肥皂公司就是这样才发展到今天的。您可能无论如何也理解不了一个从小街道作坊做起、和员工一起浑身上下沾满了肥皂粉的人的心情!"

绵贯自我感动地叹息道。绵贯的话反映出一个从底层一步步奋斗上来的人对中小企业无限的爱和对大企业莫名的恨。

"绵贯,咱们可不能做出人情贷款的事情来啊!"

听到三云这样说,绵贯气得大鼻子呼哧呼哧的,反问道:

"人情贷款是不行,但脱离现实的所谓高尚的理想主义的贷款就可以了吗?"

"话不能这样说,我是希望你今后能够避免在朝日肥皂公司的贷款问题上感情用事。"

三云终于说出了这句本来不想说的话。

"哎呀,原来您是这个意思!早知如此,您不用兜那么大个圈子,直接说不就得了!"

绵贯气呼呼地反驳道:

"朝日肥皂公司现任社长筒井的二女儿嫁给了我的长子,但这并不意味着我就搞人情贷款。我刚才也说了,他们将一家小街道作坊发展成现在的二部上市公司就是最好的证明。"

"但是,本行对朝日肥皂公司的贷款经常不通过融资部,而是由你这个专务单独决定的,这也是你最为人诟病之处,甚至会影响你的前途,我希望你今后能注意这一点。对朝日肥皂的贷款不要搞特殊,而是要通过融资部走正规的渠道来解决。"

三云的话直接点到了绵贯的痛处。绵贯脸色大变,说:

"您怎么能这么说呢?!听上去像是我想当朝日肥皂公司的社长一样?大同银行再怎么着也在城市银行中排名第八吧?我一个大同银行的堂堂专务,难道会贪图朝日肥皂的社长一职?我要是真贪着什么的话,您也应该说我梦想当下任副行长才对啊!当然,当副行长不是为我自己,是为了鼓舞大同银行中寻求独立自主的中层骨干的士气!"

大同银行的董事会召开在即,绵贯派的成员正在积极谋划让绵贯升任副行长。绵贯乘势接着问道:

"行长,这事儿您是听融资部部长岛津说的吧?"

融资部部长岛津原来是日银发券局的一名课长,后调任为大同银行的融资部部长。

"谁告诉我这件事情并不重要,重要的是希望你今后不要对朝日肥皂公司实行人情贷款。"

三云行长的语气严厉了起来。绵贯猪肝色的脸上突然露出了笑容,说:

"这次给朝日肥皂公司的贷款，行长您就同意了吧！您决定之后再交给融资部去实施。当然，上次融资会议上争执不下的对阪神特殊钢公司的下期贷款计划，即从六月份到九月份的贷款计划，我也不会再表示反对。"

绵贯想和三云做个交易。想到傍晚约好和阪神特殊钢公司的万俵铁平见面，三云强压住心头的不快，没有说话。三云和绵贯两个性格迥然不同的人，因为阪神特殊钢公司和朝日肥皂公司的贷款问题，对立日渐加深。

三云行长和万俵铁平乘坐的车离开日本桥本石町的大同银行，驶向涩谷松涛的三云家。虽然已经过了交通高峰期，但从日本桥去往涩谷方向的高速路三号线还是比较拥堵。

"真没想到咱俩谈完之后，你还能去看我女儿，她一定会非常高兴的。"

三云表情轻松地说道，和刚才在行长室时判若两人。

"是我不好，每次都为贷款的事情来麻烦您，给您添了不少麻烦。"

铁平今天来找三云行长，一方面是来向三云汇报阪神特殊钢公司被卷入市场倾销中出现的企业经营上的困难，同时也恳求大同银行不要削减下期的贷款资金，即六月份到九月份的高炉设备资金和运转资金，共计二十四亿日元。三云表示，银行的融资会议已经讨论通过了对阪神特殊钢公司贷款一事，希望铁平能早日亲手完成高炉工程。

不一会儿，车子来到涩谷松涛的三云家门口。老用人打开门。两人走进门廊。志保身穿淡茶色配胭脂色的条纹捻线绸和服，在玄关处迎接父亲和铁平。

"好久不见您了。"

志保微笑着,瓜子脸,白皮肤,眼神和父亲三云一样清澈。上次两人见面的时候,铁平还在麻省理工学院留学,志保在上专科学校。

"真的是好久不见了。听说你身体有点弱,没事吧?"

"没事儿。刚才听爸爸说万俵先生要来,我一下子就来精神了。真不好意思也没给您准备什么,请便。"

说着,志保将铁平引进客厅。客厅天花板很高,装饰古朴,正面墙上挂着岸田刘生的《丽子像》。在大同银行三云的办公室里也挂着一幅《丽子像》。仔细看的话可以发现,画中人楚楚动人,和少女时代的志保有几分相似。

"请坐。饭做好之前,先喝点开胃酒吧。"

志保从推车里取出开胃酒为父亲和铁平倒上,又端来了熏鲑鱼拼盘。

"哎呀,好久没吃这个了。当年在纽约,到你们家打桥牌的时候,经常在你们家蹭饭吃。那时候你妈妈身体还很好,常请我吃加拿大产的熏鲑鱼配柠檬。"

铁平回忆起了已经去世的志保妈妈。

"每次万俵先生来,妈妈都特别高兴,想办法做好吃的。因此今天我也向妈妈学习,做了熏鲑鱼。"

"是嘛,你记得很清楚嘛!对了,连这个盘子都和你妈妈用的一模一样啊。"

三云慈祥地看着女儿说道。铁平吃了一口熏鲑鱼说:

"嗯,真好吃。"

肤色微黑的铁平露出洁白的牙齿笑了。

"您能这样说我太高兴了,多吃点。"

志保也变得神采奕奕了许多。

"我听说去年秋天,爸爸和您去丹波的筱山打野猪。当时一头大野猪从前方三百米处向爸爸冲了过来,爸爸开了一枪没打中,第二枪和第三枪都被卡住了,在紧要关头,是铁平先生从旁边冲过来开了一枪,救了爸爸。"

"哪里,那次你爸爸只是没有注意到弹夹弹簧松了,我从旁边开枪的时候,你爸爸也很快装上了备用弹夹开了一枪,我们俩算是互相帮助。"

铁平微微有些不好意思地说道。

"可是那个时候,如果万俵先生您没有冲过去的话,爸爸就要被和小牛一样大的野猪的獠牙刺中了。这件事爸爸也说了好多次,在那么近的距离内,能够将枪口对准野猪射击,是需要很大的勇气的。"

志保非常兴奋,话也多了起来,额头上出现了细密的汗珠,脸色红得有些不太正常。三云伸手摸了摸志保的额头问:

"志保,你是不是有些低烧啊?不好意思铁平,志保你还是去休息吧。"

三云有些担心女儿的身体。

"没事儿,爸爸,难得这么高兴。爸爸,你就让我和你们一起说说话吧。"

"不行,去休息会儿。"

听到爸爸语气变得严厉,志保无奈点头道:

"那我先告辞一会儿。"

三云站在女儿身后,抱着女儿的肩膀,叫来老用人照顾女儿。

志保走后,三云一口喝干杯中酒说:

"女儿大部分时间都一个人待着,十几年没见你了,回忆起过去,有些过于兴奋了,请原谅。"

"哪里。我还是感受到了您太太去世之后你们家依然没变的温情。"

"谢谢。女儿虽然体弱,但是很善良,给了我很大的安慰,让我感到很幸福,但在工作方面还有很多不如意之处。你虽然为资金而苦恼,但我还是很羡慕你,能够竭尽全力做自己想做的事情。"

"多亏行长您给予我资金方面的帮助。刚才我在银行也说了,确实我们现在在销售方面出现了一些问题,但是包括高炉工程一线的技术人员在内的所有员工都在全力以赴。为了建造高炉,不要说一台电话了,就连一根铅笔、一张纸我们也要节约下来,我们要竭尽全力建成特殊钢行业的第一台高炉。"

说到这儿,铁平双眼炯炯有神,语气中对公司上下团结一心的干劲充满了自豪感。三云不由得想起了白天和绵贯的谈话。想到自己和绵贯的矛盾,其根本原因在于银行内部空降派和元老派之间固有的斗争。家庭的放松感让三云突然产生了倾诉的冲动,三云说:

"铁平,你有资金困难,但更有全公司的支持,能够向着自己的理想迈进。作为一名企业家来说,这是一种无可比拟的幸福。"

"三云行长,您是不是在人事方面遇到了什么困难?"

铁平关切地问道。

"说起来真是不好意思。我们银行内部分成三派,一派是从储蓄银行一步步成长起来的元老派,一派是日银的空降派,还有一派是中间派。三派一直都在明争暗斗。我的工作就是消除这种派阀之争。最近,融资方针方面的意见冲突加深了行内的对立,我都快招架不住了。"

三云没有继续往下说。

"我们公司的贷款是不是也给您添了很大麻烦?"

三云抬眼看着夜色中的院子,回答道:

"你不用担心。现在我和你都为高炉工程豁出去了。资金方面,我行会尽全力提供帮助。接下来,不管市场有多不景气,你也要积极投入到高炉建设中去。已故的大川一郎先生不知道有多期望高炉建成那一天的到来呢。"

三云的语调十分平静,在为铁平鼓劲的同时,也在鼓励着自己。

"是啊,岳父曾经说过,无论如何也要去参加高炉点火仪式!"

铁平再次下定决心,建好高炉。离开三云家后,铁平决定顺道去趟茗荷谷的大川家。

"老公,铁平来看你了。"

大川一郎的妻子面对逝者的牌位说道,仿佛大川一郎还活着一般。铁平面对牌位,敲钲,上香,合掌。

铁平抬眼看了看佛龛上岳父的照片。照片上的原通产大臣、自由党领袖大川一郎,眼神犀利,脸颊上有些赘肉,嘴唇比较厚,给人一种不怒自威的感觉。大川一郎活着的时候,从早上七点开始,来访的客人就挤满了玄关旁近二十平方米的接待室,两台电话响个不停,两名女佣和四名书生慌慌张张地忙着接电话。现在,一个访客也没有了,到处静悄悄的。院子里秀美的假山和精致的灯笼,这些大川一郎曾经引以为豪的东西也都变得了无生气。岳母和代身穿铁青色和服,端坐着说:

"谢谢你总是这么记挂着我们。知道你来了,他也会非常高兴的。随便坐吧。"

家里只剩下一名女佣。和代让女佣端上茶来。看到女婿来访,和代特别高兴。

"哪里,岳父生前对我关照颇多,我应该经常过来才是。最近事情太多,实在走不开。好久没来问候您了,非常抱歉。"

"工作还顺利吗?你岳父对你的事情总是特别上心,一说到高炉,就好像他自己在建高炉一样,兴奋得很。"

铁平没有想到,岳母和三云说的一样。铁平深切地感到,高炉能有今天,多亏了大川一郎的鼎力相助。当初,通产省重工业局局长对阪神特殊钢公司的高炉项目不太支持,认为建个转炉就行了,多亏大川一郎利用自己的政治影响力,从中斡旋,迫使通产省最后表态同意。大川一郎还在百忙中抽出时间来参加高炉动工仪式,并且和重工业局局长以及通产省的其他来宾一个个打招呼。去年祖父十七年忌法事的时候,大川一郎又提醒铁平说,通产省下一年度钢铁行业的市场预期不是太好,鼓励铁平加快建造高炉。现在想来,那是铁平和大川一郎的最后一次谈话了。

"如今,我更加深刻地体会到岳父的存在对我有着非同一般的意义,所以……"

铁平有些说不下去了。平静了一会儿之后,铁平担心地问道:

"家里的继承税等事情处理得还算顺利吗?"

"国税厅那边,你岳父生前帮过我们忙的那个人调走了,后面的人态度就完全变了。后来我们就拜托美马帮忙了,但还是不太顺利,儿子们也很头疼。"

凭借父亲的人脉,大川一郎的长子在大日本渔业公司工作,次子在远东贸易公司上班。兄弟俩都仰仗着父亲的威望生活,和铁平不太投缘,双方都没有主动找对方聊过天。大川一郎的大儿子,在父亲死后也没有搬过来和母亲一起住,在大川一郎去世七七四十九天和百天的斋事上也没有主动和铁平说话。

"我回头也和美马说说。如果有岳父当年的政治家朋友,或在那方面能说上话的人帮忙就好了。"

"你岳父突然去世,现在又面临选举,大家都顾不上……"

岳母含含糊糊地没有继续说下去。其实在大川一郎去世后,以大川一郎为会长的"大山会"的三十五名议员争权夺利,四分五裂,纷纷投靠了其他派别。大川一郎去世不到半年,铁平已经深切地体会到政客世界中的人走茶凉。看到气氛有些沉重,铁平换了个话题,问:

"妈妈,前些日子早苗回来有没有帮上您的忙?"

听到铁平的问话,和代脸色柔和了许多,说:

"她回来和我说说话,我的心情也好了很多。不管怎么样,自己的女儿是最贴心的、最靠得住的。"

和代的回答暴露出她和儿子媳妇之间的关系不太好。和代又担心地问道:

"早苗看起来好像精神不是太好,没什么事儿吧?"

铁平不知道该怎么回答。大川去世后,万俵家对早苗的态度发生了一百八十度的变化,比以前冷淡了许多,不管什么事情都把弟媳万树子放在前头。铁平知道,这种变化深深伤害了早苗。

"没什么。可能是因为这段时间我太忙了,回家比较晚,她有点累了。"

"哦,是这样啊,这样我就放心了。你岳父活着的时候,每次早苗回来抱怨你只管工作、不顾家的时候,他就批评并教导早苗说,男人就应该工作至上,男人为了工作时精力充沛而出去找女人的时候,妻子也应该高高兴兴地迎接晚归的丈夫。"

说起这些,和代笑了起来。和代接着问道:

"对了,前段时间听早苗说,二子好像要嫁给佐桥首相夫人的侄子。哎呀,女儿婆家小姑子的婚事我不该多嘴多舌的,我也只是听说了一下。"

和代支支吾吾地说着,回头看了看佛龛上丈夫的遗像。因为大川一郎和佐桥首相水火不容,作为政治家的妻子,和代自然对这件事有些顾虑。

"实际上我也不清楚,好像他们正在悄悄促成这件婚事。"

铁平嘴上说着,心中却产生一丝疑惑。如果大川一郎还健在的话,这门婚事会谈成吗?大川一郎的突然死亡是不是为这门婚事创造了机会呢?想到大川一郎葬礼那天,父亲面无表情上香的样子,铁平不由得怀疑:难道父亲在上香时就已经开始谋划下一个联姻目标了吗?想到这儿,铁平觉得后背一阵发凉。

"哎呀,看我啰啰唆唆的,已经十点了。铁平,今晚你就睡这儿吧,最近家里面也实在冷清得很。"

以前,大川一郎作为拥有三十五名议员的"大山会"的会长,一年到头家里都像开饭店似的热闹非凡。大川招待着络绎不绝的客人,觥筹交错间,谈笑风生,彻夜不眠。那时的和代就像饭店的老板娘,热热闹闹地指挥着数名女佣。想到年老的岳母身边突然变得如此冷清,铁平很难拒绝岳母的邀请,尽管铁平原本想找个宾馆好好睡一觉,消除一下连日来的疲劳。

"好的,我也好久没在家里睡了。"

为了安慰孤独的岳母,铁平爽朗地笑了起来。

下午五点之后,挤在记者俱乐部的新闻记者们开始在大藏省里转来转去。为防止《周刊日本》的记者内藤离开,阪神银行东京事务所的伊佐早五郎快步穿过二楼大臣办公室前的走廊,来到走廊尽头处的记者俱乐部。

记者俱乐部里原本聚集着来自全国综合性报刊、通讯社、专业性日报、广播界的各路记者。五点过后,大部分记者已经离开,俱乐部一下子空了许多,只有几名报社的小领导在下围棋、看晚报或聊天。

伊佐早后悔自己来迟了一步。趁着没人注意,伊佐早赶紧离开记者俱乐部，暗自盘算着：如果内藤在大藏省里转悠的话，应该会先去主计局、银行局、理财局中的哪一个呢？左思右想间，伊佐早按下了电梯按钮。

"呀，美马先生，您好。"

从电梯里走出来的是主计局次长美马中。

"哦，是你啊。"

美马冲伊佐早微微点了点头之后就走了过去。伊佐早时不时会在大藏省里遇到美马中，但若没有特别的事情，美马一般不会和伊佐早说话。毕竟伊佐早是美马中的岳父万俵大介的阪神银行的忍者，美马中必须避嫌。伊佐早对此也心领神会，一般不会主动和美马中打招呼，但现在为了尽快找到内藤记者，正好周围又没人，伊佐早赶紧问美马中：

"您在主计局看到《周刊日本》的内藤了吗？"

"没有。怎么了？"

每天到大藏省的记者中有很多非常优秀的，而内藤更是其中的翘楚，因此美马多问了一句。

"没什么，有个事儿要告诉他。"

看到伊佐早不想明说，美马盯了他一眼就走了。

伊佐早走进等候已久的电梯，决定先去四楼的银行局看看。伊佐早之所以急着找到内藤，是因为今天下午出版的《周刊日本》的"闲话霞关"专栏中，登载了内藤写的一篇报道——《大同银行，三专务制的背后》，伊佐早想从内藤那儿打听到有关该报道的更多内幕。

文章开头写道："以前一直有传闻说，大同银行空缺的副行长一职将由该行的第一专务绵贯千太郎担任，但在本次董事会上，绵贯专务的升职问题再次搁浅。而且，原本该行董事会制定的两专务制此次变更为三专务制，日银空降的国际业务主管白河裕常务升任为专务。因为此次人事变动,'绸手帕'三云行长和'棉抹布'绵贯专务之间的斗争将更加白热化。"报道戏剧化地描述了大同银行内部人事关系的变动,但仅凭如此短小的一篇报道很难看出事情的真相。若是平时,伊佐早会在见到内藤的时候顺便问问情况,但这次芥川所长交代他注意搜集大同银行绵贯专务的所有消息,因此伊佐早急着找到内藤,在不被别人发现的情况下尽快问出真相。

伊佐早刚一走出电梯,走廊对面一名准备下班的女职员就笑着招呼道:

"哎呀,伊佐早,这是我今天第三次见到你了。"

这名女职员在银行课工作。为了和她套近乎,伊佐早时常会送些手套、戏票之类的东西给她。

"没办法,我们这些小人物可怜啊。对了,你有没有看见《周刊日本》的内藤?"

"内藤啊,在井床课长那儿呢。原来你今天的目标是他啊!"

听到女职员一语道破要害,伊佐早赶紧冲她眨了眨眼睛,飞快地向银行课跑去。

银行课的课员们大部分已经下班走了,井床课长的办公桌前还坐着包括内藤在内的几名记者。

"三云行长有没有就此次人事动动向课长您解释?"

伊佐早听到一名年轻的记者在提问。伊佐早心中暗喜,假装若无其事地站在记者们身后。井床课长瞄了一眼伊佐早,没有批评他,而是继续回答道:

"他向我解释了。三云行长解释说,白河常务在日银国际局当部长的时候,是应大同银行的要求调过去当常务的,因为大同银行在外汇业务方面比较弱。四年来,白河常务一直致力于强化大同银行的国际业务,并且取得了预期的成效,此次升白河常务为专务,也是为了强化国际业务部的阵容。但是,关于绵贯千太郎继续担任专务一事,三云行长并未做出什么特别的解释。"

井床课长不痛不痒的回答丝毫没有受到记者的牵制。

"看来三云行长非常厉害啊。这次人事调整的唯一目的就是强化三云体制吧?"

听到其他记者的评论,内藤接过话来说:

"不是这样的。实际上,三云行长本来是想借此机会提拔长年辛苦工作的绵贯专务为副行长的,正好以此安抚元老派,没想到日银横插一杠子,他也没办法。"

"嗯,这个推理很有道理。"

井床课长装作半信半疑的样子,乘机变被动受访为主动提问。

"这不是推理。虽然我不能说明消息来源,但我可以告诉你们,在大同银行的董事会召开前一周左右,三云好像已经答应让绵贯当下任副行长。可就在董事会召开前夕,日银的松平总裁把三云叫过去了,给他施加压力,吩咐他把大同银行的副行长位置继续空下去。松平总裁是想把大同银行副行长的位置留给市川理事,把副行长这个位置先保住,回头再让市川接三云的班。这件事松平总裁早都算计好了。"

"有道理。"

井床课长点头表示赞同。这时刚才发问的年轻记者又问道:

"这样看来,在召开董事会的那天晚上,绵贯派一行先是在赤坂的料亭聚餐,后来又转到银座喝酒,这也是合乎情理的。那天我正好在银座喝酒,看到过他们。"

"他们原本是准备庆祝绵贯就任副行长的,结果庆功会成了伤心会!虽然内藤在《周刊日本》的报道中没有提到,但这个布袋和尚绵贯肯定以为梦想中的副行长一职为囊中之物,暗中做了一堆镶金边的名片放在办公室抽屉里,每天傻笑着盯着看呢!"

又一名记者开玩笑地说道。

"这倒是很有可能啊。现在看来绵贯当副行长的梦想彻底破灭了。可悲啊!"

"是啊,这下三云的麻烦又大了,绵贯该恨死他了,工作更不好做了。"

说到这儿,内藤站了起来。听到这一步,伊佐早觉得没必要再单独问内藤了,于是直接返回阪神银行东京分行。

东京事务所的灯还亮着。伊佐早穿过总务课,直接来到所长办公室。芥川说:

"等我打完这个电话,你再向我详细汇报,先在那边等会儿。"

说完,芥川拨通了直通电话。

"喂喂,绵贯专务在吗?我是阪神银行的芥川。"

电话是打到大同银行的秘书课的。芥川在等着对方回话的时候,用空着的左手从放邮件的夹子里抽出一份广告信,和纸做成的信封上印有一家火锅店的店名。

"喂喂,绵贯专务,不好意思这个时间给您打电话……哪里哪里,彼此彼此……冒昧地问一句,您今晚有空吗?"

芥川不停地说着,问着对方的情况:

"是嘛,我也没别的事儿。是这样,一个神户花隈的老艺伎,在日生剧场对面大楼的地下室开了一家火锅店,今天正好是他们开业的日子。说起有乐町①,十几年前,专务您是著名的大同银行有乐町分行行长,那时候我虽然也是分行长,但还是新手,您可是老前辈,对我提携颇多。您今天要是有空的话,咱们一起聚聚,故地重游一番。……是的。是的。不开玩笑,咱们定好了,七点钟在有乐町见面,我等您。"

---

① 有乐町:日生剧场所在地。

芥川和绵贯约定好之后,放下电话,看着伊佐早。

"在我出发之前,你好好跟我讲讲你打听到的消息。"

忍者部队队长芥川利索地催促道。

日生剧场对面大楼地下室里新开业的"花隈"火锅店座无虚席。神户牛肉的香味与热气弥漫在整个店内。

芥川走进靠里的三个包间中的一间,等待绵贯的到来。房间里的装饰颇具民间传统色彩,从壁龛立柱到小桌子都是用粗木制成的。芥川正看着的时候,拉门开了,老板娘端来了茶水。

"不好意思,照顾不周。"

老板娘三十五六岁,一口关西腔,风韵犹存,装束妖艳,一眼就可以看出原来是艺伎。

"哎呀,这儿可真是豪华呀,看来老板很有经济实力啊。"

"讨厌,千万别提老板,会妨碍我的生意的。"

老板娘嗔怪着,和芥川聊起了开店的不易。两人正说着话的时候,绵贯千太郎突然走了进来。平时哪怕不说话也让人感觉滔滔不绝的大红脸绵贯,今天看起来脸色很差,估计是受了《周刊日本》报道的影响。芥川故意高兴地说:

"不好意思突然邀请您。我可一直在等您哟。"

老板娘也说:

"欢迎光临。我们这儿最畅销的是神户牛肉和滩滨的桶装酒,还请您多多关照啊。"

说完,老板娘拍了拍手,命令服务员准备好酒和火锅之后离开。

火锅准备好之后,房间里只剩下了芥川和绵贯两人。芥川为绵贯倒了一杯酒,说:

"因为五行联合的事情以及其他一些事情,咱俩时常见面,但很久没有这样面对面喝酒了。上次喝酒的时候,咱俩还在有乐町当分行行长。那时候这一带还没有这样的大楼,咱们经常在国铁沿线的小巷子里的寿司店里喝酒。"

芥川沉浸在对过去的回忆中。绵贯也一口喝完杯中酒说:

"好日子在那个时候就到头了,现在媒体的势力范围真大,躺着也能中枪啊。"

绵贯愤愤不平地说道。

"是啊,的确如此。说到媒体,我看了这个礼拜的《周刊日本》,真是吃惊啊。这些记者写起我们金融界的事情,而且是领导层的事情,简直就像写娱乐圈的八卦新闻一样。记者的职业道德值得怀疑。"

芥川的表现像是同为受害者。

"看来芥川你也是这么认为的啊!我真想去告这个叫内藤的记者。"

"您的心情我完全能够理解。但是这个内藤不仅在大藏省,在财界和政界都非常吃得开,要是和他作对,可能会惹来很多麻烦。您还是先忍忍吧,什么时候有机会,我来给你们牵牵线,见个面如何?"

"你说得很有道理。但是不管怎么说,这次的人事调整深深地伤害了那些支持我的老部下。在董事会召开之前,他们都觉得这次我肯定能升任副行长,为将来成为元老派的行长奠定基础。"

"您的心情我理解,据说这次人事变动是日银施压的结果,是真的吗?"

"我只能说不能说全对,但也不能说不对,反正只要日银一沾手就由不得我们了。"

绵贯一边大口吃着淡粉色的牛肉一边嘟囔着。芥川也边吃边问道:

"我越听越深切体会到绵贯专务您处境的艰难。你们总行营业部凑部长,自专务您当董事起就一直跟随在您的左右,是您绝对的得力干将吧?"

芥川开始从绵贯的牢骚中探听绵贯派成员的具体情况。

"在中层干部中,他是一直追随在我身边的,是个血气方刚的汉子。在召开董事会的那天晚上,他又哭又闹,醉得一塌糊涂,害得我一直照顾他到快天亮。"

绵贯苦笑着说道。芥川感叹道:

"看来专务您的威望很高啊。我听说你们行里有个以您为中心的学习会,大概团结了不少您的部下吧?"

为了弄清其中有哪些成员,芥川进一步追问道。

"哪里,说是学习会有点太夸张了。也就是业务主管小岛常务、总务计划主管角野常务,中层干部中有凑部长和总务部部长长谷川,还有东京都内各主要分行行长等,都是以前一起奋斗过来的一帮子人,大家每个月聚一次,到神乐坂一带找个店喝喝酒,聊聊天。看着这些以前的老部下成长起来是我现在唯一的乐趣啊。"

绵贯辛酸地说完最后一句,咕咚一声喝干了杯中酒,接着又说:

"哎呀,芥川,你真是个好听众,既让我回忆了过去,又让我发了牢骚。今后的路还很长,咱们都好好奋斗吧。"

绵贯终于从沮丧中恢复过来,找回了大同银行专务的分寸,问:

"对了芥川,你找我是不是有什么事儿?"

芥川吓了一跳,答道:

"没有没有,正好这家店送了份广告给我,让我想起了有乐町那段时间的一些事情,就想叫您一起过来喝两杯。"

芥川并没有喝多少酒,却装作微醉的样子笑着答道。

"是嘛。那我能不能借着这个机会,稍微跟你谈点事情?"

绵贯的语气突然变得郑重了起来。绵贯接着说:

"芥川你可能也知道,我们行的老客户朝日肥皂公司这次收购了Royal化妆品公司,准备将经营范围扩展到男性化妆品行业。精华商事是Royal化妆品公司的批发商,而你们阪神银行是他们的主银行。值此机会,我恳求你们阪神银行发展朝日肥皂公司为客户,不知你意下如何?"

此时的绵贯说起话来精神抖擞,一改刚才萎靡不振的样子。在别人邀请自己叙旧的酒席上,竟然直截了当地要求对方关照自己银行的客户——绵贯这种厚颜无耻的行径让芥川有些震惊。芥川说:

"本人自当尽力帮助贵行的客户。问题是我和融资的人不太熟,我会尽快把这件事告诉融资主管的。另外,方便的话您找个时间让我和朝日肥皂公司的社长见个面吧。"

"太好了。实际上我的儿媳是朝日肥皂公司社长的二女儿,因为有这层姻亲关系,本来很有希望的贷款也被怀疑成人情贷款什么的,想办也办不成了。"

听到绵贯这样说,芥川忙说:

"哪里,我们的阪神特殊钢公司也经常麻烦你们,大家彼此彼此。"

"说到阪神特殊钢公司,最近听说钢材市场行情不断恶化,非常麻烦。万俵铁平专务这么年轻,很不容易啊。"

绵贯也想乘机打听点儿阪神特殊钢公司最近紧急申请贷款的内幕情况。

"俗话说得好,老鼠的儿子会打洞。万俵铁平天生就是个工作狂。但是,阪神特殊钢公司和我们银行,就像你们和朝日肥皂公司一样,有亲子关系,所以万俵行长反而无法迁就他们,非常为难啊。银行家都一样,不自由啊。"

芥川巧妙地避开了绵贯的话题,接着说道:

"今晚咱俩的主题就是叙旧。来,慢慢喝!"

芥川有种直觉:通过给朝日肥皂公司贷款,可以窥视到大同银行更多的内幕。

万俵粗暴地打断了秘书速水的话,说:

"我要说多少遍你才明白,我现在太忙了,没时间见铁平!"

"可是,万俵专务请求见您已经有一周的时间了。您说您很忙,但这几天的约见和宴会比平时还少些,特别是今天,晚上也没有安排,您可以腾出一两个小时的时间来见专务吧?"

速水看着万俵,眼神清澈。速水说的都是事实,万俵一时无言以对,瞄了一眼桌上的安排表说:

"你说得都对,但是没有安排的时候,正是我作为一名银行行长考虑问题和学习新知识的时候,这一点你明白吗?"

"我不想顶撞您,但是现在阪神特殊钢公司……"

速水努力地说到这儿的时候,万俵生气地说:

"别说了!你管得也太宽了!"

"对不起。"

速水深鞠一躬,离开了行长室。万俵气呼呼地坐在转椅上转来转去,心想:现在企业经营状况在一个劲地恶化,铁平还好意思来要下一期,即六月份到九月份的数额巨大的贷款。如果铁平不是自己的儿子,而且不是技术人员的话,早让他卷铺盖走人了。

桌上的直通电话响了起来。万俵不耐烦地拿起电话。是东京事务所所长芥川打过来的。

"行长,上次我和您说起过大同银行的绵贯专务,昨晚我俩见面了。"

"说到绵贯专务,《周刊日本》的那篇报道我已经读过了,看来这次的人事变动让他很没面子啊。你打听到真相了？"

"是的,行长……"

芥川压低声音,向万俵详细汇报了伊佐早五郎在大藏省探听到的消息,以及自己邀请绵贯专务到有乐町新开的火锅店吃饭时打听到的情况,包括绵贯对三云行长的不满和绵贯派主要成员的情况等。万俵饶有兴趣地听完之后,说：

"看来明年春天左右,绵贯专务就要被下放到他们的下属企业去了？"

"是啊,昨天绵贯专务还请求我们银行贷款给朝日肥皂公司。朝日肥皂公司是他一手扶植起来的,而且他和公司的社长还是亲家。可能绵贯已经决定调到那边去,所以现在才站在他们那边,力争扩充贷款渠道。不过也有可能是绵贯觉得,在这次的人事变动中,三云行长背叛了他,因此想要借助朝日肥皂公司之力卷土重来。说实话,眼下我还无法确定他的真实意图。"

"下次涩野常务去东京的时候,顺便听一听大同银行和朝日肥皂公司双方的说辞吧。"

"我明白了。那……"

芥川刚想挂电话的时候,

"等等,你刚才说他有可能是想借助朝日肥皂公司之力卷土重来,也就是说三云行长是反对贷款给朝日肥皂的啰？"

"好像是。绵贯昨天越喝越兴奋,说什么三云大人不懂买卖,甚至连贷款对象也按照行业的不同和经营者的层次分成三六九等,什么基干产业有潜力,日化产业就差一点,结果就是阪神特殊钢公司可以,而朝日肥皂不知为什么就不行,等等。他在那儿一直絮絮叨叨地说了两个小时,我算是服了他了。"

芥川对绵贯酒后的表现颇为不满。

"很好,我亲自会会这位绵贯专务。"

"行长您要亲自见他?"

"嗯,在见他之前,我先让涩野常务调查清楚朝日肥皂公司的经营状况。"

说完,万俵挂断了电话。

万俵从雪茄盒中取出一支雪茄点上,反复捉摸着绵贯千太郎的话——"阪神特殊钢公司可以,而朝日肥皂不知为什么就不行"。刚才万俵之所以告诉芥川,自己要亲自见见这位绵贯专务,是因为当时脑海里突然闪过了一个念头——如果这次答应了绵贯千太郎的要求,阪神银行同意贷款给朝日肥皂公司的话,说不定可以乘机控制住大同银行元老派专务绵贯的死穴。

万俵抽着雪茄,左思右想。去年十一月的一天,铁平向万俵大介讲起他和三云去丹波打野猪时发生的事情,当时万俵就有种直觉:阪神特殊钢公司是三云的软肋。如今,那份直觉再次生动地浮现在万俵的脑海里,并且和刚才听到的绵贯的话重叠在一起。

万俵用内线电话吩咐速水:

"赶紧给铁平打电话。刚才我仔细想了想,觉得你说得很有道理。"

万俵的语气听起来像是换了个人。铁平的电话很快就接通了。

"喂喂,是我。我好不容易挤出来一点时间,五点半可以见你。"

万俵平稳的语气反而让电话那头的铁平有些摸不着头脑。铁平说:

"爸爸,对不起,刚才您说今天没时间,我就约了别人,现在我正准备去大阪新町的'鹤乃家'。"

"什么?你在'鹤乃家'有饭局?"

"不是。老板娘腹绞痛三年了,最近有些恶化,一直卧床不起,我刚约好现在过去看她。"

"噢,你还特地去看老板娘?"

父亲当年的爱妾仅仅得了个腹绞痛,铁平竟然专程去探视,这让万俵大介心里很不是滋味。

"真的非常抱歉。今晚我回家后去书房找您行吗?"

铁平似乎非常过意不去。

"你不用那么着急去看她吧?"

"问题是最近我比较忙,已经爽约两次了。速水跟我说您今天没有时间,我就给她们打电话说一会儿过去看看。"

铁平的解释让万俵更为不快。但万俵说:

"你可真是说话算数啊。要不这样吧。我也很长时间没见老板娘了,这不正好她生病了嘛,想当年她一直照顾你爷爷到最后,我也不能人走茶凉啊。我和你一起去'鹤乃家'吧。"

"爸爸您也去吗?要知道您去,老板娘不知该多高兴呢!我现在就去您那边和您会合。"

"嗯,她喜欢吃什么?"

"喜欢吃若狭产的腌小加吉鱼,我都已经准备好了。"

"你想得真够周到的,像她儿子一样,顺便也帮我想想带点什么吧。"

说完,万俵挂断了电话。

父子俩乘坐的车飞快地经过名神国道①到达大阪新町。新町是老烟花巷,七点刚过,各家玄关处都挂上了长长的门帘,屋檐下亮起了灯,处处可见老式茶屋铺子的风貌。大介看着周围的街景说:

"最近,大阪南北的烟花巷都比较繁荣,新町却渐渐被人们遗忘

---

① 名神国道:连接名古屋和神户之间的国道。

了,但是这个近松①笔下始于夕雾伊左卫门②时代的烟花柳巷依然保持着其独特的风味。以前你爷爷说在神户逛烟花巷太惹眼了,就常带我到这儿来玩。"

大介和铁平并排坐在后排座椅上。回忆完过去,大介问铁平:

"你常来'鹤乃家'吗?"

"嗯,接待大阪方面的关系时经常来这儿。没有宴请的时候,有时也会顺便来吃碗泡饭。可能是上了年纪的缘故,老板娘最近见到我特别开心。"

铁平露出洁白的牙齿笑着答道。

车子在"鹤乃家"门前停了下来,男女招待一起迎了出来。

"欢迎光临。妈妈在等着你们呢。"

从东京来看护养母的芙佐子也打开玄关处的门帘迎了出来。

"哎呀,有一阵子没见你了,越来越有女掌柜的风采了。老板娘怎么样了?"

大介跟芙佐子打着招呼问道。

"不好意思,妈妈不能亲自出来迎接你们,她在里面等着你们呢。"

说着,芙佐子将大介父子引进里屋。打开拉门,老板娘身穿家常服,外披黑色和服礼服,正在门边等候着父子俩的光临。

"不是说您病卧在床吗?"

铁平惊讶地问道。

"没关系。老主人的继承人行长先生亲自来访,我再躺着的话就太不成体统了。"

说着,老板娘面向大介郑重行礼道:

---

① 近松门左卫门:日本江户时代的戏剧家。
② 夕雾伊左卫门:夕雾是名伎,与伊左卫门相恋。

"好久不见。平日疏于问候,非常抱歉。十分感谢行长允诺老身出席老主人十七周年忌法事。托老主人的福,老身晚年生活衣食无忧。今日行长亲临探望老身如此微不足道之人,实在不胜愧疚。"

身患重病的老板娘没有跪坐在坐垫上,而是遵循传统礼仪,双手置于身前,左右手各三指点地,深行一礼。

"哪里,先父生前承蒙你照顾。我这段时间也忙得很,连和铁平交谈的时间都没有。好不容易挤出点时间,他却告诉我已经约好过来看你。好久没见了,你身体怎么样?"

大介关切地问道。

"非常感谢。三年来一直腹绞痛,最近更加严重了一些。行长您和少爷一起大驾光临,让老身有种做梦的感觉。老身已经多年未见过行长了,行长年轻的时候,老主人还经常带您一起过来。不过,两位站在一起简直像……"

老太太没有再说下去。大介眼睛亮了一下,接过话来说:

"铁平像他爷爷,您觉得就像回到了从前?"

"是啊。当年我祈求老天爷保佑少爷能够顺利出生,去石切神社请愿上百次。现在少爷这么能干,真是让人欣慰啊,而且少爷还常来看望老身,善良宽厚……"

老板娘眼含热泪地说着,可能是腹绞痛发作了的缘故,忍不住用手扶着腰。大介忙说:

"你不用勉强,赶紧躺着吧。有没有找医生好好看看?"

看到芙佐子端上酒菜,大介问道。

"她不喜欢看医生,行长您帮我好好说说她吧。"

老板娘十分讨厌医生,此时接过话来说:

"我经常喝中药,没事儿。来,我来为两位斟杯酒。"

老板娘的声音突然变得年轻起来,移动双膝到大介身边开始斟酒,神采奕奕,完全看不出是身患腹绞痛卧床已久的花甲老人。老板娘为大介斟完酒后,又为铁平斟上酒,说声"请慢用"之后,在芙佐子的陪伴下知趣地退席离去。

房间里只剩下大介父子两人。大介手拿酒杯说:

"不愧是曾经的名伎,你看她后颈处的皮肤依然白皙,自有一种妩媚的风情,这就是所谓的风韵犹存吧。"

铁平也深有感慨地说:

"说到这个,小老板娘还有点吃醋呢,老说郁闷啊什么的。"

"小老板娘也很妩媚,也是个好女人。你像你爷爷,年纪轻轻的,却像那些上了年纪的男人一样喜欢玩艺伎。她那种类型是不是很合你的口味啊?"

虽然过着妻妾同居的生活,但在子女面前大介一直表现得不苟言笑,如同正人君子一般。面对父亲大介难得的随意,铁平抑制住内心的波动,换了个话题单刀直入地问道:

"哪里的话。爸爸,上次我申请的下期贷款,还望您批准。"

"嗯。我看了你们的资金周转表,好像相当困难啊。"

"是的。行业内的倾销大战越来越激烈。前些日子,七家大型特殊钢公司代表齐聚一堂,商讨组成联合企业以对抗市场萧条,但有的公司打小算盘,想占尽先机,大家很难达成一致意见。我觉得恶性价格竞争还将持续一段时间。再加上最近永田大臣制定了紧缩银根的政策,整个市场都比较低迷,特殊钢的需求量更是一路下滑,眼下企业确实非常困难。"

"在这种情况下,你还坚持强行建造高炉项目吗?"

"当然。不管怎样,现在已经胜利在望了,我想继续干下去。"

铁平的态度非常坚决。

"问题是,据你们的财务主管钱高常务说,大同银行也派人劝你们暂停高炉项目。"

"嗯,神户分行行长曾经表达过这个意思。但是,前两天我去东京的时候,拜见了三云行长,他说那只是融资主管绵贯专务的意思。尽管现在市场萧条,但三云行长还是希望我们按照原定计划完成高炉项目。他还鼓励我好好干。"

铁平端起父亲为自己倒的酒回答道。

"原来是这样。我记不清是什么时候了,对了,是你和三云去丹波打野猪的时候,你告诉我说,三云觉得阪神特殊钢公司将来一定会成为世界一流的特殊钢公司,他把赌注都押在你们公司上了。你当时特别感动,我还批评你说,你太天真了,银行家的誓言是不可信的。现在看来是我错了,三云行长真的在不惜一切地帮助阪神特殊钢公司啊。"

万俵回忆起两人过去的谈话之后,又为铁平倒了杯酒。新年误伤一事发生后,父子之间的关系一直比较微妙,比较生分。今晚一开始的时候,铁平仍然觉得父亲的心思有些捉摸不透,铁平甚至有些不快。但是现在,看到父亲打开心扉和自己聊天,主动听取自己的意见,铁平渐渐感受到了一种难得的温情。铁平回敬了父亲一杯,大介一口就喝完了。

"正因为这样,怎么说呢,阪神银行是阪神特殊钢公司的主银行,而且我这个做父亲的还是阪神银行的行长,阪神银行资金周转再困难,阪神特殊钢公司近期也有些过度依赖大同银行的资金援助,我想三云行长对此大概心里不会太舒服吧?"

"这些事情我都和三云行长解释过了,我觉得他也能理解。下期六月到九月的二十四亿日元的贷款三云行长也同意了。三云行长还开玩笑说,到了这一步他已经没有退路了,我俩一起赌在高炉上了,万一出了什么问题,只能为高炉殉情了。他的这句玩笑话让我深受震撼的同时,也备感压力。"

就在这时,大介的眼中闪过一丝邪恶的亮光。

"爸爸,您怎么了?"

铁平惊讶地看着父亲问道。

"怎么回事?是我的脸出什么问题了吗?"

大介怕被铁平看穿心思,慌忙拿起酒杯挡住了铁平的视线。

"没有,刚才爸爸您脸上……"

铁平不知道怎么说才好。刚才的一瞬间,铁平看到爸爸眼中有股蓝色的火苗在燃烧。铁平不知道,是爸爸心中闪过了什么念头,还是只是自己的错觉。

"你可真够怪的,是不是今晚太累了?"

听到父亲这样说,铁平也觉得刚才是疲劳加酒精作用下的错觉。铁平品尝着菜肴,继续激动地向父亲讲述着三云对自己的帮助。

"看来为了三云不至于殉情自杀,你也要不断加油努力啊。"

"这是自然。爸爸,我再次恳求您同意下一期二十亿日元的贷款。"

"这件事嘛,在前一段时间的银行检查中,他们批评我们阪神银行在资金储备并不乐观的情况下,对阪神特殊钢公司的贷款数额过大,所以这次我们只能出一半。"

"什么?一半?"

铁平瞬间脸色煞白。

"你听我说完,我们这次只能出一半,但是,市场萧条不知何时才能有所好转,光是高炉项目的资金计划这一项就有可能要重新修订。现在国内银根不断收紧,为了资金周转的安全,我正盘算着从国外引入外币贷款。"

万俵边吃边说道。

"您突然这样说,我……"

"由我们银行做担保,你们试着问问东美国银行,看他们那边行不行。只不过你们得先向大藏省国际金融局申请,得要他们批准才行。不过这也不是问题,咱们不是还有美马嘛,到时候让他打个招呼,插个队先办。"

"您说得有道理,但是……"

对于贷款方面的问题铁平不太了解,因此显得有些犹豫和担心。

"好啦,这件事就交给我这个行长来办吧。我对阪神特殊钢公司的未来的担忧并不比你爷爷少。今天咱们父子俩能如此敞开心扉聊天,完全是托了你爷爷的福啊,正好这个'鹤乃家'的老板娘是你爷爷当年的小妾。"

大介似乎深有感触地说道。此时的铁平做梦也想不到,父亲大介竟然会以阪神特殊钢公司为诱饵,来实现阪神银行"以小吃大"的野心。

万俵家沉重的大门吱吱嘎嘎地打开了,大介和铁平乘坐的奔驰车沿着缓坡驶向主屋的玄关处。

在车灯的照耀下,大介看到三只大丹犬听到了车声,正飞快地从远处跑过来。

"我好久没像今晚这么开心了,老板娘也很高兴,去看看她还是挺好的。"

大介愉快地说道。铁平也喝得恰到好处,高兴地对父亲说:

"最近和我喝酒的,不是来杀价买我们产品的客户,就是我低头去求人家借钱给我们的银行的人。我也很久没像今晚这么畅快地喝酒了。"

车子转过花坛,在主屋玄关前停了下来。门廊处,只有宁子一个人在迎接丈夫回家。

"您回来啦。"

宁子头发梳得一丝不苟,胸前和服带子系得规规矩矩。宁子对丈夫深鞠一躬之后,看见铁平从车里探出头来,惊讶地问道:

"铁平,今晚你和爸爸在一起?"

大介有时候和银平一起回家,但和铁平一起回家的情况极其罕见。

"嗯,我有点事找爸爸商量,我们俩一起去了大阪的'鹤乃家'。"

看到铁平这样高兴,宁子美丽而木然的脸上也浮现出了温柔的笑容。

"太好了,进来喝点茶吧。"

"明天早上还要早起,我就不进去了。"

"也好,早点回去休息吧。听说你公司那边特别忙,不要太勉强自己。"

"我知道。爸爸,今晚谢谢了。引进外币贷款的事情,还请爸爸多多费心。"

临别时,铁平再次叮嘱父亲。虽然阪神银行对阪神特殊钢公司的贷款额度削减到原来的一半,但是大介答应帮助铁平引进低于国内利息的外资贷款。

"嗯,我会尽力的。"

铁平乘坐的车开走之后,大介和宁子走进玄关,看到了相子。

"您回来啦。我刚才正在打电话,没能去迎接您。刚才是不是有客人来了?"

"没有,我正好和铁平一起坐车回来。"

"和铁平一起?真稀罕啊。"

相子讽刺地看了眼大介。刚一走进客厅,相子就轻松地告诉大介说：

"二子相亲的日子拖了很长时间了,现在终于定下来了,六月十号。小泉夫人刚打来电话说这件事。"

"这次不会再变了吧？虽然我们要优先考虑佐桥首相夫人的时间安排,但是当初定了五月二十号之后,改了一次不够,又改了一次,我们也不能一味地退让啊！"

双方第一次商定好的相亲时间因为佐桥首相夫人有事而一改再改,至今足足推迟了半个月之久,大介对此有些不满。

"佐桥首相夫人也有些不好意思,说不再变了。他们希望相亲的地点还是在嵯峨的'吉兆',边吃午饭边聊。我马上就做个佐桥首相夫人参观京都的日程安排表。"

相子似乎对首相夫人的到来十分期待和向往。

"关键是,二子到时候会不会答应？"

与兴奋的相子相比,宁子满面愁容。二子一直坚持说不想和细川一也结婚,希望推掉这门亲事。对于相亲一事,二子根本连问都没问一句。

"不用担心。她再怎么倔,日子定好了,咱们大家又都在为此使劲,她也就听天由命了。"

"听天由命？这也太残酷了吧！二子对铁平公司的一个叫一之濑的……"

宁子支吾着,没有继续说下去。

"什么？二子还和一之濑四四彦有来往吗？"

大介正往烟斗里装烟叶,听到宁子的话,停了下来,怒气冲冲地问道。相子急忙说：

"我一再提醒她,但是好像一之濑对她也非常中意,所以最好的办法是让铁平亲口告诉一之濑,让他不要再找二子。这件事我也和铁平说过了,但铁平不知道打的什么主意,好像还在鼓励他俩交往,真让人头疼。我总觉得铁平像是万俵家的定时炸弹。"

说话时,相子母豹子般的双眼中充满了仇恨。大介的脸上抽搐了一下。小女佣正好送来水果,大介让女佣把二子叫下来。

不一会儿,女佣进来转述二子的话说:有些感冒,已经睡下,请原谅。

"这个时候感冒了?骗谁呢!"

"二子这孩子像我,腺病体质,尤其是支气管比较弱。"

"随她去吧。睡觉前我亲自去告诉她,相亲的事情已经定下来了,可能她的想法会变的。"

大介说着,从沙发上站了起来,宁子和相子也就没有继续争执下去。

"我也去睡了。宁子,晚安。"

今晚轮到相子和大介同床。

上了二楼,相子在大介耳边说:

"你尽量快点。"

相子在大介耳边轻声说完之后,向两人的卧室走去,大介则敲响了另一头二子的房门。

"三子吗?门开着呢!"

听上去二子的声音非常清脆,根本不像是感冒了。二子的房间由两间十多平方米的小房间组成,西式装饰,音响的声音开得比较低,二子正靠在摇椅上听音乐。

"感冒怎么样了?"

听到父亲大介的声音,二子惊讶地站了起来。

"对不起,我不该说自己感冒了。"

"算了。和细川家见面的时间已经定好了,六月十号,我来告诉你一声。"

"相亲的事情,爸爸,我还有话要对您说。"

"嗯,你说吧。"

"请您回绝他们。"

二子靠近大介请求道。看得出来,二子已经思考了很久。

"我听你妈妈和相子说了你的心思。我理解,但是理解了我还是要通知你。"

"爸爸您什么意思?我觉得您一点儿也不理解我。"

二子责怪父亲道。

"二子,你这么聪明,万俵家的婚姻规则不用我再跟你说一遍了吧!你不要光考虑你自己,也得想想你哥哥铁平。"

"铁平哥哥不反对我的想法。"

"可能吧。但是你想过没有,如果铁平站出来赞成你和一之濑四四彦的交往,我作为万俵家的一家之长,绝对不会原谅铁平。你是女孩子,可以选择和一之濑私奔;但是铁平是公司的领导,如果我不原谅他的话,他该怎么办呢?"

"爸爸!你……"

"你是想说我太过分了?你这么说我也很难过,所以到现在为止我一直没有勉强你。不管怎样,你考虑考虑我、铁平、你妈妈,还有尚未出嫁的三子!你和一之濑结婚的话,一之濑家就不为难了吗?"

大介生气地说完之后,离开了二子的房间。

两个身影在床头柜昏暗的灯光中摇曳。

"你今天好棒……"

相子紧贴着大介,回味着刚刚结束的性爱,低声说道。

"你不也一样嘛。为什么啊?"

大介欣赏着两人身体中间滚落的汗珠问道。相子抿嘴笑着说：

"没什么，非要说原因的话，那就是二子相亲的事儿终于定下来了，而且咱们还成功邀请到了佐桥首相夫人。你是不是和我一样？"

相子指的是今晚两人高潮迭起，激情四射。

"嗯，可能是吧。"

大介嘴上答应着，心里想的却是另一回事。今晚在"鹤乃家"和铁平一起喝酒时的谈话给了大介瞬间的灵感，让大介今晚"性奋异常"。据铁平说，大同银行的三云行长将赌注押在了阪神特殊钢公司身上，力排众议贷款给阪神特殊钢公司，此举导致了元老派绵贯专务的强烈反对。铁平的话让大介脑海里产生了一个从未有过的想法——如果以阪神特殊钢公司为诱饵的话，是否能通过某种方法实现以小吃大，即阪神银行吞并排名比自己靠前的大同银行的目的呢？虽然现在看起来这种想法还没有什么可操作性，但若以铁平为跳板，说不定……想到这儿，大介越发斗志昂扬起来，色眯眯地提议道：

"把宁子叫来吧，三个人一起……"

"你怎么引她过来？不好办吧？"

"没问题，交给我。"

说完，大介拨通了宁子屋里的电话。

"是我。刚才我去二子房间跟她谈过了，有点急事我现在就要告诉你。……是的，非常急，你穿睡衣来就行，快点！"

大介不容分说地挂了电话，起身套了件睡袍。

不一会儿，卧室的门开了，宁子在白绸睡衣外披了件外褂。刚一打开门，宁子就感觉到了屋里云雨过后的味道，表情变得僵硬起来，呆站在门口一动不动。

"不好意思，你都睡下了还把你叫起来。二子相亲那件事，好不容易我才说服她了。"

为了消除宁子的疑心,大介故意平静地说道。

"是这样啊,那我就放心了,我先告辞。"

宁子松了口气,想要离开。

"等等。最重要的事儿我还没说呢。你站那么远,我怎么说啊?"

"可是,那个……这儿……"

宁子瞥了一眼床边披着薄如蝉翼的睡衣的相子,支支吾吾地说。

"哎呀,你是介意我啊。没关系,到这边来。"

相子故意装作无所谓的样子。宁子放松了警惕,走到大介身边。突然,大介伸出强有力的手腕,一把抱住宁子纤细的身体,将她摁倒在床上。

"不,不要……你们又骗我……"

宁子虽然拼死反抗,但还是被夹在大介和相子中间动弹不得。

三人汗涔涔的味道弥漫在卧室里。

"放开我……"

宁子叫着,想要逃离羞愧与屈辱。

"闭嘴!有人……"

相子低声威胁道。大介也警惕地看了眼卧室的大门。侧耳一听,大介也紧张起来。原来果真有人在小心翼翼地敲门。

"谁?"

相子生气地问道。

"请原谅这么晚了打扰你们,刚才万树子少奶奶那边来电话说,突然有些不舒服……"

门外传来老用人犹犹豫豫的声音。

万树子躺在床上,浑身大汗,下腹部至腰部的疼痛导致万树子的脸都歪了。

"快！快！叫妈妈！"

万树子大声斥责着一旁吓得不知所措的小女佣。

"我刚刚向主屋的夫人汇报过了,她很快就来。"

"不行！叫芦屋我自己的妈妈！"

万树子尖叫着。这时宁子和相子慌慌张张地走了进来。

"万树子,你怎么了？"

"婆婆,我,下腹剧痛,难受……"

"什么时候开始的？"

"晚饭后有点不舒服,三十分钟之前,突然,啊——！疼！"

万树子大叫着,身体缩成一团。

"相子,你赶紧给芦屋医院的院长打电话,可能要流产。"

宁子的声音不由自主地颤抖起来。相子给院长家打完电话回来说：

"医生马上就来。医生说,在他来之前你不要着凉,保持安静。"

说完,相子将万树子头下的枕头拿出来,让万树子平躺下来,为她盖好毛毯保暖,并吩咐女佣准备好脸盆和毛巾。

"万树子,院长先生马上就来,你再忍耐一会儿。银平还没回来？"

相子看了眼依然盖着床罩的银平的床铺问道。万树子眼睛有些湿润,点了点头。

"那你知道他去哪儿了？"

万树子摇了摇头。已经快十二点了,银平肯定又去泡吧了。都这个时候了,万树子还不知道银平的去向,而怀有五个月身孕的万树子白天依旧自己开车出去玩,一直到吃晚饭前才回来。看到眼前这一幕,相子明白,怀孕并没有改变银平夫妻俩的婚姻现状,两人之间依然问题重重。不过,相子觉得这些都不是问题,只要万树子肚子里的孩子不流产,不影响万俵家的姻亲关系枝繁叶茂就行。

万树子再次大声呻吟起来。

"疼!难受!不要!"

万树子的身体扭曲着,毛毯被踢到了一边,睡袍下摆向上翻起,鲜血从两腿之间流了出来,染红了床单。宁子吓得转过脸去,靠着旁边的椅子才勉强没有倒下。相子立刻让女佣拿来浴巾垫在床单上。

"万树子,不要闹!再忍会儿,医生马上就来了!"

相子正批评万树子的时候,听到芦屋医院院长到门口的声音。

院长一进来,就用准备好的脸盆洗干净手,让随行的护士赶紧脱下孕妇下半身的衣服,将污物与血迹擦拭干净。

"我给你检查一下,来,放松,两腿立起来,打开,对,再打开点……"

经验丰富的院长先让孕妇的精神放松下来,然后用右手打开万树子外阴部的阴唇,正要用左手指尖做妇科检查的时候,万树子突然撕心裂肺地大叫一声:

"啊——!"

只见万树子的下腹部往上隆起的一刹那,大量的鲜血滚滚地流了出来,中间夹带着一个拳头大小的塑料袋一样的东西。院长拿起那个血淋淋的袋状物,用手术钳打开一看,透明的液体中漂浮着一团粉色的肉块。

"很可惜,胎儿出来了。"

院长将取出来的胎儿放在器械盘上。打眼看上去像是团肉块,但仔细看的话,胎儿已经初具人形,头朝下软软地耷拉着,两腿蜷在一起。院长打开胎儿的双腿看了看,说:

"可惜啊,是个男孩儿。"

万树子呜呜地低声咆哮着:

"还给我!把我肚子里的孩子还给我!还我儿子!"

万树子双眼发直,头发蓬乱,伸手去抓器械盘。院长挡住她说:
"太兴奋了对身体不好。打一针镇静剂吧。"
院长抓住又哭又叫的万树子的手腕,为她注射了一针镇静剂。
"她还年轻,还能再生,现在需要安静休养。"
听到院长这样说,生过五个孩子的宁子接过话来说:
"万树子,不要难受了,孩子是神赐给我们的礼物,耐心等待神的下次恩赐吧。"
宁子眼含热泪,将万树子的手放回到毛毯里。相子却说:
"万树子,你自己也太不当心了。下次你一定要好好听院长先生的话。"
好不容易缔结的姻亲关系的果实中途夭折,这让相子有些失望。从未有过生育经验的相子,冷冷地瞥了眼器械盘中五个月大的胎儿,无动于衷。

浮华世家

下

[日] 山崎丰子 著 魏丽华 译 青岛出版社

第十一章

万俵二子和细川一也的相亲见面会在京都嵯峨一家名为"吉兆"的高级料亭的包间里举行。

岚山美景近在咫尺。观景的最佳位置即今天的主座由万俵大介和细川一也的父亲分享,佐桥首相夫人、一也的母亲、宁子等依次分坐在两侧。抬眼望去,整座岚山青翠欲滴,连房间里也绿意盈盈。

原驻法大使小泉的夫人作为红娘,笑容满面地开口说道:

"本来我应该以'今天是个好日子'作为开场白,但我不太会说那些客套话,我就按照国外的方式简单介绍一下吧。"

小泉夫人身穿完美无缺的圣罗兰鸡尾酒礼服,开始为双方做介绍:

"当事人双方都认识了,我就介绍一下初次见面的各位。首先,坐在主座的是万俵大介先生和细川信也先生。两位先生的两边是一也的姑妈、佐桥首相夫人周子和万俵夫人宁子,对面是细川夫人绫子,我旁边这位是总管万俵家事务、负责子女教育的高须相子。我丈夫正好去伦敦出差了,不能出席,非常抱歉。"

小泉夫人介绍完之后,等候在一旁的服务员们郑重地将第一道菜——装在玻璃器皿中的保津川生香鱼片端了上来。罕见的古代玻璃器皿和生香鱼片,让六月的空气也变得清爽无比,这实在是一种奢侈的享受。

首相夫人周子边拿筷子边说：

"因为我的事情，两次推迟了相亲时间，实在抱歉。第一次是因为国务卿萨姆森临时改变了访日日程，第二次是我要陪丈夫去轻井泽疗养，没办法。今天是我第一次来到绿意盎然的美丽的嵯峨野，感谢万俵先生的盛情招待。"

因为今天是万俵家请客，料亭方面从房间的布置到餐具、庭院的卫生，都倍加用心。首相夫人对此甚为感动。这时，文化勋章①获得者、独具艺术家眼光的建筑家细川信也感叹道：

"这个房间太漂亮了！为了主宾能将岚山风景尽收眼底，料亭方面去掉了一切不必要的装饰，整个房间就像个大亭子，竹编天井配粗松梁柱，真是别有风味啊。"

细川信也欣赏着四周的装饰，接着说：

"我听一也说，万俵先生家西洋馆里的家具自不必说，就连地板砖、门把手都是老太爷从国外购得之后用船运回来的，以后我一定要去参观参观。"

一也坐在二子对面，戴着圆框眼镜，五官端正，转向父亲说道：

"我觉得，万俵先生家客厅的墙面让我想起了格拉纳达阿尔罕布拉宫②的壁画，将摩尔人魔幻般的色感和图案感表现得淋漓尽致。"

一也从不放弃任何一个显示其博学多才的机会。这时，正襟危坐的万俵大介点头道：

"承蒙各位夸奖，其实也没那么棒，只不过在日本现存的纯西班牙式建筑中，我们家的房子还算值得一看，欢迎各位随时到我家来

---

① 文化勋章：日本授予对科学技术与艺术文化的发展提升有显著功绩者的勋章，每年11月3日由天皇亲自授予。

② 阿尔罕布拉宫：西班牙的皇家宫殿。

坐坐。"

尽管在那所房子里过着妻妾同居的变态生活,但万俵大介说起话来总是彬彬有礼,冠冕堂皇。小泉夫人打趣地问道:

"二子在那么漂亮的房子里长大,将来能适应住公寓吗?"

听小泉夫人的语气,这桩婚事似乎已经定下来了。二子身穿淡竹色水韵花纹单衣,腰系白底银色水韵花纹腰带。听到小泉夫人的问话,二子脸上浮现出一丝不置可否的微笑,没有回答,坐在斜对面的相子却狠狠地看了二子一眼。不一会儿,服务员给每位客人端上来一个盖碗。

打开京漆碗盖,众人异口同声地惊叹不已。碗盖内侧是用纤细的金粉笔一笔一笔画成的千羽鹤的图案,碗中海鳗肉如白牡丹般绽放,点缀着深泥池莼菜和花柚。盖碗汤是喜结良缘的吉兆。

"恭喜各位。为表庆贺之意,本店特奉上象征吉祥如意的盖碗汤,恭祝诸位万事如意。"

老板娘过来和大家郑重地打招呼,豪华相亲宴的气氛越来越浓。

首相夫人微微有些丹凤眼,白皮肤、细长脸,貌似狐狸,此时笑逐颜开地说:

"今天所有的一切都完全符合相亲宴的要求。一也是我最可爱的侄子,是我弟媳妇可爱的儿子。如此周到的安排,实在令人欣慰。"

外表温柔的一也母亲也感叹道:

"没想到关西还保留着如此有情趣的相亲礼仪,在东京已经很难寻觅到了。"

说到这儿,一也的母亲转过头来问宁子:

"您的娘家嵯峨子爵家,过去就在这附近吧?"

宁子身穿淡紫色的单衣,胸前高高系着金茶色的腰带,五官如同玩偶般精致。宁子侧头想了想说:

"应仁之乱①以前,我们家在这一带好像还有自己的庄园。应仁之乱以后,就只剩下皇宫附近的北小路室町的宅邸了。我娘家现在还在那边。"

"原来是这样。听说您娘家哥哥的妻子也是从公卿华族家嫁过来的,嵯峨家族全都是和贵族家联姻的?"

万俵家豪华的姻亲关系令一也母亲对公卿华族的好奇心全部集中在了宁子身上。

"是的,只有我和早逝的妹妹嫁到外面了。"

宁子含糊地答道。宁子姐妹的婚姻印证了嵯峨家如今的没落。敏感的小泉夫人赶紧接过话来说:

"不管怎样,公卿华族还是门第高,过去就是服侍在天皇身边的,和我们这些人区别太大了。细川家直到幕末还只是关东一介武夫,明治之后才开始踏入政界。一也的爷爷是贵族院议员,信也的哥哥节也现在是参议院议长,这一点大家也都知道。"

小泉夫人继续向大家介绍了一也的两个姐夫家的情况。一也的两个姐姐都嫁给了政界人士。在细川家族中,只有建筑家细川信也是个例外。

谈话间,盐烤香鱼装在砂锅里端了上来,装蓼醋的小碟子上印有尾形乾山②画的松树。相亲宴上的话题离不开双方的家人、亲朋好友和各自的兴趣爱好等。一也一如既往地夸夸其谈,二子基本没怎么说话。相子以女管家的谨慎和家庭教师的亲切,不断地催促二子加入聊天中,但是二子置若罔闻,满脑子想的都是和一之濑四四彦去唐人街小饭店吃饭的情景。

---

① 应仁之乱:发生于 1467-1477 年,一般认为应仁之乱之后,日本进入战国时代。
② 尾形乾山:江户时代的陶工、画家。

车子沿嵯峨野转了一圈,到达南禅寺龙村美术织物①的织宝苑时已是下午三点多。

万俵大介和细川信也去了修学院,只有细川一也和女客们一起来到这里。织宝苑一般不对外开放,但今天是首相夫人来访。当车子驶过沙子路进入大门时,织宝苑的负责人带着员工到玄关处迎接。

一行人先参观纺织工艺。在一间六十多平方米的宽敞的土屋里,并排放着五台手工织机,一些从业三四十年的老织工们,正在用自己的双手重现着一千多年前的古代纺织品上的纹样。

一万四千根细丝线纵向穿过织机,与横向穿过的各色丝线交织在一起,编织成色彩斑斓的花纹。将金线、银线等三十多种丝线交织在一起,织成一条色彩绚烂的和服筒带非常不容易,一名织工一天只能织十厘米左右。

看着织工弯腰坐在织机前,将小梭子、大梭子上色彩艳丽的丝线纵向穿过织机,首相夫人感叹道:

"真不容易啊。听说他们做这行已经做了四十年了。"

听到首相夫人的感叹,小泉夫人也走过来说:

"外国的哥白林编织是靠纵线形成花纹的,和我们正好相反。不过,看到整个纺织过程,再想想女人穿华服,实在有些残忍啊。"

参观完纺织工艺,众人来到展示厅。展示厅原来是三菱的岩崎别墅。织宝苑买下后,将其改建成一座精致的茶室式建筑,展示着正仓院②风格的纺织品和为外国客人设计的各种手包、领带等。卖场的一角有几名美国游客。众人簇拥着佐桥首相夫人一行穿过外廊,来到庭院深处。

"哎呀,这才是京都庭院!"

---

① 龙村美术织物:由日本染织工艺大师初代龙村平藏于1894年创立于日本京都。
② 正仓院:位于奈良东大寺内,是收藏寺内宝物的地方。

佐桥夫人眯着白狐狸似的丹凤眼感叹道。站在外廊上,远望东山幽幽,近看绿意融融,连苔藓都如同天鹅绒般赏心悦目。院子里有一个池子,池子里的水引自琵琶湖,近百条锦鲤在池中嬉戏。

"不愧是岩崎别墅啊!"

小泉夫人也感叹不已。这时,亲自担任导游的织宝苑负责人解说道:

"二战后,占领军曾经一度接管此处,后来别墅被出售用来抵作财产税,龙村先生将其买下并改造成现在的织宝苑。据我们了解,这间屋原来是岩崎先生的书房。"

屋内地板上铺着地毯,摆放着西式家具,大壁龛的整面墙上挂着号称"圣德太子军旗"的"四天王狩狮纹锦"。

"这是法隆寺最有代表性的织锦艺术品啊!"

首相夫人和细川夫人异口同声地说道。这时,陪着二子站在母亲旁边的一也说道:

"据说这幅织锦是从法隆寺梦殿的秘密仓库里拿出来的,有一千三百多年的历史了。听说为了复原这种法隆寺的织锦和正仓院里的宫廷织锦,自初代龙村平臧始,龙村家耗费了两代人的时光呢。"

一也再次在二子面前显示了自己的博学多才,本想借此博得二子的好感,无奈二子没有任何反应。

一行人坐在沙发上,圆滑的负责人拿出了密不外示的珍贵织品给大家看。

"这种花纹代表长生不老,是照宫公主结婚的时候定做的。当然,这是孤品。"

负责人拿出一条用一百几十种丝线织成的高贵典雅的腰带,回头看着宁子说:

"夫人从嵯峨子爵家嫁到万俵家的时候还是二战前,当时夫人穿的是小外衣加裤裙,小外衣等都是我们给准备的。"

负责人回忆起了当年嵯峨家的高雅。宁子有些害羞地说:

"是啊,那时候老主人还健在。"

"是的。那时候老主人还健在,而且还有很多技艺高超的织工。可是现在,就像各位刚才看到的那样,如何传承六十岁那一代织工的技艺已经成了很大的问题。"

说着,负责人拿出数条刚刚织好的腰带,全都是模仿正仓院的花纹或古代织品片段的珍品。相子看着首相夫人问:

"夫人,您挑一个喜欢的吧。"

和细川家联姻,意味着万俵家建立起了和首相家的裙带关系。为了达到这一目的,相子早就计划好了送给首相夫人的礼物。

走进北小路室町嵯峨家的侧门,宁子终于松了口气。无论是"吉兆"豪华的相亲会,还是织宝苑里高规格的参观接待,对于宁子这种习惯了深居简出的人来说,都是一种沉重的心理负担。将首相夫人、细川母子和小泉夫人等送到宾馆之后,宁子决定一个人回娘家看看。

在六点过后的暮色中,嵯峨家宽敞的房屋和荒废的庭院悄无声息。

"哎呀,宁子,你怎么了?"

听到有人叫自己,宁子仔细一看,嫂子俱子正站在内玄关的门廊处。

"啊,嫂子,我顺便过来看看。"

"你来得正好,静吕刚好下班回来了。"

宁子的父母去世之后,嵯峨家的继承人、宁子61岁的哥哥静吕仅仅担任着关西洋兰协会会长和京都文化财产保护委员会委员两个职务。

"好久不见了。上次见到哥哥还是去年葵祭的时候,在皇宫附近。"

这种老式房屋的地板很高,宁子提起和服下摆抬脚走了上去。进去一看,宁子不由得停住了脚步。从内玄关到最里面过去迎接钦差的房间,所有的纸拉门都大开着,面向庭院一侧的拉门已经破烂不堪,看上去就像废弃的神社的神殿。哥哥生活之窘迫可见一斑。宁子不禁有些心酸。

"家里太脏了,三十五间屋,光榻榻米就有两百多张,我们又雇不起人打扫,长子夫妇住在后面,很少和我们见面。这么大的老房子,实在没办法啊。"

宁子的嫂子同样是从贫穷的公卿家嫁过来的,对此已经习以为常。嫂子接着说:

"我们从去年开始就搬到离厨房近的中屋住了。那边晒不到太阳,冬天很冷,不过过一阵就凉快了。"

嫂子带宁子来到中屋。中屋由两个房间组成,一间有十二张铺席大,另一间有八张铺席大。哥哥静吕将紫色、淡粉色、黄色的洋兰花盆搬到昏暗的房间里,边用小镊子一根根拔去根部的杂草边对宁子说:

"你来了。上次你来信说今天二子在'吉兆'相亲,还顺利吗?"

"嗯,对方好像非常满意,我不太喜欢那种场合。从'吉兆'回来的路上,我顺便去了趟嵯峨野的厌离庵,在那儿我算是松了口气。"

厌离庵是歌人藤原定家的嗣子藤原为家当年隐居的地方,设有藤原定家的纪念碑,现在是尼姑庵,嵯峨家族中也有人在厌离庵出家。

"那儿怎么样了?"

"山门被竹条挡着了,不对外开放。现在变了,院子里的青苔也湿润润的,好久没有体会到嵯峨野的这种情趣了。"

"太好了。我还记得你和大介订婚的时候,父亲、我,还有你,咱们一起在厌离庵的茶室里点过茶呢。"

静吕回忆着当年的情景说。

"哥哥,我怎么会嫁到万俵家的?"

听到宁子突然问起四十年前的事情,静吕停下手中的小镊子,笑着说:

"你现在还问这事儿干什么?还不是万俵家的老主人和石清水八幡宫的神官关系比较好,才说成了这门亲事。"

当年石清水八幡宫的神官对下鸭神社的神官说,神户的万俵家想娶一个门第高的公卿华族家的姑娘,即便家境贫寒些也没关系。宁子不想嫁到神户去,但是父亲提出,家中经济情况已经捉襟见肘,如果把万俵家的巨额彩礼中的绝大部分留下来,正好可以维持住嵯峨家作为公卿华族的体面生活,除此之外,别无他法。静吕无奈,只有委屈妹妹嫁到了万俵家。

"是不是出什么事了?二子相亲的日子你应该高兴才对啊。"

长相儒雅的静吕担心地问道。

"没事儿,看到二子相亲,我突然想起以前的事来,随便问问。要是爸爸还活着的话,真想和爸爸撒撒娇。"

一天的疲惫让宁子突然有种想哭的感觉。

"没事就好。四月份天皇和皇后临幸京都皇宫时亲赐御烟和宫廷糕点,我去拿来。"

静吕用旧公卿贵族特有的语气安慰着妹妹。

长长的梅雨季节终于结束。晴朗的周日午后,二子在日本馆前的院子里和哥哥铁平一起喂锦鲤。数十条形态各异的锦鲤在兄妹俩的脚边聚集,嬉戏。每当饵食投进去的时候,水面都会溅起巨大的水花。

"我最受不了那位细川定义大师的是,在'吉兆'吃完饭后,大家一起去龙村美术织物的织宝苑,他们让我和他两个人在院子里散步。"

提到在京都和细川一也相亲的事,二子不禁有些激动。

"怎么啦?怎么又受不了啦?看来细川现在肯定在一个接一个地打喷嚏呢。"

铁平一边将锦鲤最爱吃的蚕蛹投进锦鲤嘴里,一边苦笑着说道。

"哥哥,你不要开玩笑,认真听我说嘛。在织宝苑的院子里,有个大池子比咱们家这个大一倍左右,里面有近百条锦鲤。给它们喂食的时候,它们全都聚集过来了。好美啊,我觉得不比那些展厅里摆放的织锦差。问题是那位细川大师,居然开始了锦鲤知识普及课,说什么这是红白,那是大正三色,那是德国鲤鱼,等等。瞧他那个熟悉程度,简直就像是锦鲤评审会的评审员,什么'辨别红白类锦鲤好坏的标准在于锦鲤头部和鱼鳍部位红色花纹的外观,好的红鲤头部必须要有大块红斑,但是如果鱼的眼部和下颚部有红斑的话就不行,而且红斑还必须左右对称',什么芝麻大点的小事到他嘴里全成了百科全书,真让人受不了!"

二子惟妙惟肖地模仿着细川一也显示自己博学时嗓门高八度的样子,铁平看了忍俊不禁。

"原来如此。这就是让你头疼、让你在相亲后三天不起床的原因啰?"

"哎呀,哥哥你这么忙都知道了?谁告诉你的?"

"早苗说的。听说周围的人都不知道其中的内情,还在担心你的身体呢。不管怎样,算是平安无事地订完婚了。"

铁平似乎也松了口气。

"我可没说过同意噢！小泉夫人来电话的时候，是相子自作主张地答应了，和我无关。"

二子不容分说地抗议道。铁平停止了喂鱼，目不转睛地盯着二子。

"哥哥，我正要和你商量这件事。要是我跟爸爸说回掉这门亲事的话，真的会给哥哥添很大麻烦吗？"

"给我添麻烦？为什么说给我添麻烦？"

铁平在一旁的石头上坐下来反问道。虽然兄妹俩不再喂食了，但是三十多条锦鲤仍然张大着嘴，红色和金色的鱼鳞在阳光下闪闪发光。过了一会儿，鱼儿一条条地游走了。

铁平的问题似乎难住了二子。二子将视线转向水池，沉默不语。

"你还是喜欢一之濑四四彦吗？"

"嗯。"

铁平从二子棱角分明的脸庞中读出了她对一之濑的思念。

"你要是这么喜欢他，相亲前你就该和爸爸说清楚，干干脆脆地回绝掉。正式相亲意味着结婚，这是咱们这个社会的常识，难道你不知道吗？"

"爸爸正式通知我相亲一事定下来的时候，我拒绝了。但是他好像知道一之濑的事情，爸爸说，他能理解我的心情，但是如果我拒绝和细川相亲，哥哥你就会有麻烦了。"

"为什么我会有麻烦呢？"

迷惑不解的铁平再次问道。

"爸爸是这么对我说的：'如果铁平站出来赞成你和一之濑四四彦的交往，我作为万俵家的一家之长，绝对不会原谅铁平。你是女孩子，可以选择和一之濑私奔；但是铁平是公司的领导，如果我不原谅他的话，他该怎么办呢？'我觉得爸爸的意思是，阪神银行就会停止对阪神特殊钢公司的贷款。虽然爸爸说得很过分,但是他那么一说,我也就不能拒绝相亲了。"

二子压抑着激动之情说道。铁平的脸色变得复杂起来,责备二子道:

"你多虑了。可能爸爸一心想让你和细川见面才故意找了这么个借口,不要把爸爸想得这么卑鄙。"

"我也不想把爸爸想得那么坏啊!但是如果因为我的婚事,让哥哥和爸爸之间的关系更加恶化的话,我会很难受的。"

"别说什么更加不更加的,我和爸爸之间……"

铁平想起了前几天和爸爸在"鹤乃家"敞开心扉聊天的情景,此时二子的话又让他产生了一些不好的联想。铁平沉默了。就在此时,铁平家的小女佣从池子对面跑了过来。

"老爷,刚才一之濑四四彦先生来了,说有图纸方面的急事找您。"

"哦,对了,本来说好给公司打电话的,我给忘了。我马上就来。"

说完,铁平又对二子说:

"现在高炉工程进入最后的冲刺阶段,一之濑礼拜天也在加班,时间很紧,等我这边的事情办完了,你过来吗?"

铁平以兄长的口吻关心地问道。二子有些兴奋,又有些犹豫。

"说实话,我还是担心爸爸说的那件事,还没有最后下定决心。哥哥,你什么也不要告诉一之濑,让我们两个人单独聊聊。"

铁平点点头,赶紧向通往家中的小路跑去。

二子独自坐在刚才哥哥坐过的石头上,呆呆地看着茶室式日本馆的屋顶。过了一会儿,二子的视线又转向了东边,那里是银平夫妇的家。二子突然想起了万树子。昨天女佣说漏了嘴,二子才知道原来万树子已经流产了,失去了怀了五个月的胎儿。前几天相子告诉二子:"万树子最近持续低烧,原因不明,精神极度焦躁,最近一段时间你最好不要去打扰她。"二子对相子的话深信不疑。现在想来,相子之所以向二子隐瞒万树子流产一事,是因为二子本来就不喜欢细川一也,一旦二子知道万树子流产的真相,极有可能拒绝去相亲。二子觉得,决不能容忍相子在处理家人不幸时这种恣意妄为的行径。

"二子,好久不见。"

听到身后四四彦的声音,二子一下子站了起来。

"你好,听说这段时间你们的高炉施工比以前还要忙?"

"嗯,因为里里外外有很多事情,我们想尽快完成建造计划。你看,我忙得连你邀请我听演奏会的时间都没有,真不好意思。"

四四彦挠着干松的头发抱歉道。

"哎呀,这锦鲤真的很漂亮。刚才专务跟我说,这池子里还有令你们祖父引以为豪的锦鲤。他说你正好在池边喂鱼,就让我过来饱饱眼福。"

四四彦看着池子里的锦鲤继续说道。

"要是拍手的话,鱼儿想着有食吃,全都会游过来。咱们试试吧。"

说着,二子拍了拍手,鱼儿立刻聚拢了过来。

"太漂亮了。看来电炉中熊熊燃烧的钢铁的橙色,以及这种锦鲤的颜色,所有这些都是充满生命力的颜色。怪不得专务这么自豪呢。"

四四彦感叹道。

"四四彦,我最近,相亲了。"

二子突然说道。二子没头没脑的这句话,让正在欣赏锦鲤的四四彦不知说什么好。

"……恭喜你了。"

四四彦压抑着内心的波动,努力平静地说道。

"为什么要恭喜我?就像现在一样,我和那个人也一起在京都的院子里看锦鲤了。他虽然也是钢铁公司的,却无论如何也不会从锦鲤的颜色联想到熊熊燃烧的钢铁的颜色。"

说起相亲,二子满腹牢骚。二子突然问道:

"我能等你等到高炉完工吗?"

"等?"

四四彦似乎有些不敢相信自己的耳朵。二子抬起头来羞涩地看着四四彦。四四彦满脸喜悦。

午后的阳光从卧室的蕾丝窗帘中照了进来。万树子披着睡衣,靠在床上,把服饰杂志扔到羽绒被上,呆呆地看着天花板。

二十天前的那天夜里,万树子流产了,并且从第二天开始高烧不退,下腹部的疼痛和局部出血持续了一周,引发了骨盆腹膜炎。现在除了偶尔的低烧,其他症状已经基本消失,静养之后,身体状况正在逐步恢复中;但万树子依然感觉全身倦怠无力,内心焦躁不安,还没有从失去五个月大的胎儿的悲伤中走出来,特别是想到流产那夜银平的表现,万树子就气不打一处来。那天深夜,银平回来的时候,宁子和相子已经走了,卧室里只有银平和万树子两个人。万树子告诉银平自己流产了,银平面不改色地问了句"你身体怎么样?"就上床睡觉了。虽然失去了孩子,但银平没有丝毫的悲伤。银平以前就说过不想要孩子,现在孩子没有了,银平似乎轻松了许多。银平的这种冷漠深深地伤害了万树子。万树子已经忍无可忍了。

门开了,身穿毛衣的银平溜达了进来,拿起忘在床头柜上的打火机,点燃香烟,一句话不说就往外走。

"老公。"

"怎么了?有事吗?"

银平抽着烟问。

"你这种人,我流产了,孩子也没了,你好像一点儿都不在意啊!"

万树子开始责问银平。

"一开始我就说过不要孩子、最好流掉的。"

银平冷漠地答道。

"你可真够无情的！五个月了，还是个男孩儿，你竟然这样说！我流产还不是因为你！"

"你流产怎么能怪我呢？只能怪你自己不小心。你这么说我很不舒服。"

银平把责任推卸得干干净净。

"不！就是因为你！你每天晚上都说有饭局，天天很晚才回来，我一个人好孤独，只好去参加派对，去找人玩儿。你要是银行没有饭局的时候能早点回来，咱俩能像新婚夫妇一样在一起吃顿晚饭，我也会像一般的孕妇一样爱护自己，乖乖地待着。全都是因为你，全都是你的原因！"

万树子的声音越来越大，逐渐歇斯底里起来。银平依旧抽着烟，面无表情。银平的表现进一步刺激了万树子。

"你就盼着我流产！所以你知道我怀孕的时候，泡吧比以前还要厉害！对！就是！是你害死孩子的！"

说着，万树子抓起羽绒被上的杂志，扔向银平。精致的彩页向上翻卷，巴黎时装插图散落在银平脚边。

"发疯也要有个限度！"

银平死死地盯着万树子。眼前的万树子，身披橙红色高级丝绸睡衣，目光疯狂，歇斯底里地大叫着，完全是一个因豪门联姻而受伤的可怜女人。联想到自己，自己和万树子又有什么区别呢？银平不禁心中一阵凄凉。

有人敲门。女佣探进头来。

"芦屋的安田夫妇来访。"

"哎呀,爸爸妈妈一起来了,赶紧带他们到这儿来!"

听说父母来了,万树子的表情明显舒展开来。

安田太左卫门和妻子佳江一进屋就问:

"怎么样了?"

安田夫妇非常担心女儿的健康。

"今天爸爸也来了,太好了。这段时间给你们添麻烦了。"

在女儿万树子流产后的一周时间里,母亲佳江每天都来探望女儿。在这个过程中,母亲明显感觉到女儿嫁到万俵家并不幸福,并且主要原因在于女婿银平。此时看到银平在家,佳江故意客气地说道:

"星期天本该是你们休息的时候,我们俩突然来访,非常抱歉。"

万树子的父亲太左卫门则温和地笑着说:

"一家人没必要这么客气。这段时间让银平操心了,毕竟他是个男孩子。"

"哪里,让二老担心了。今天承蒙二老一起过来,我这就去通知我爸爸。"

"不用了,我们只是随便来看看女儿,不用通知万俵先生了。"

尽管太左卫门推辞,银平还是拿起了卧室的电话,通知了父亲万俵大介。万俵大介说很快就过来。

"我爸爸很快就来,咱们到那间屋去吧,让万树子在这儿休息比较好。"

银平带着安田太左卫门夫妇来到正对着院子的起居室。

起居室约六十平方米,铺着黑色地毯,摆放着红、黄、紫、绿、蓝等多种颜色的意大利沙发。隔着院子里的绿色草坪,斜对面就是万俵大介的主屋。

不一会儿,只见穿着和服的万俵大介穿过草坪,从阳台走了进来。

"哎呀,安田先生,你们夫妻俩一起来访,真是让我不敢当啊。内人正好出去参观洋兰了,要是知道你们要来,我就不让她去了。"

"哪里。是我们打扰你们了。原本只想过来看看女儿,所以事先也没和你们打招呼,不好意思还惊动您了。"

安田太左卫门夫妇和万俵大介、银平父子隔着桌子相对坐下之后,都不说话了。虽然大家都知道有些话必须说,但又都觉得很难先说出口。安田佳江感敏锐地感觉到气氛有些尴尬,只好先以娘家母亲的身份道歉道:

"这次因为女儿不注意,好不容易怀的孩子,而且还是个男孩子流产了。对此我们十分抱歉。"

说完,佳江深鞠一躬。万俵大介低头回礼道:

"这件事我们也有责任。"

安田太左卫门看着银平说:

"银平,你可能对万树子有些意见,但今后还请多多照顾她。"

安田的言下之意是:在流产一事上,银平应该承担一半的责任。

"还有一件事,她本人还不知道。昨天芦屋医院的院长告诉我,骨盆腹膜炎很有可能导致不孕。"

太左卫门的语气十分沉重,银平不禁低下了头。万俵说:

"我也听说了,说实话,我很失望。如果真的像芦屋医院的院长所说,万树子今后不能生孩子的话……"

万俵没有说下去,陷入了沉默。太左卫门接过话来说:

"还可以再请别的医院的医生看看。万一不行的话,万俵家长子铁平还有个男孩。总之,今后还请你们多多关照我女儿。"

太左卫门明显对女儿的未来有些担忧。万俵不慌不忙、一字一句地说:

"我非常希望银平能有自己的孩子,最好是男孩子。"

万俵希望将来次子银平,而不是长子铁平继承自己的血脉以及万俵家的家业。如果银平不能有自己的孩子,万俵将会非常失望。但是,万俵激动过后很快就冷静了下来,因为实现以阪神特殊钢公司为诱饵吞并大同银行的目标,离不开安田太左卫门的帮助。万俵决定,明天董事会结束之后,将自己的想法稍稍透露一些给大龟和芥川,正式向大同银行开战。

上午九点半从伊丹机场飞往东京的飞机上,大部分是行色匆匆的公司职员。阪神银行的大龟专务和芥川常务坐在最前面一排,旁边正好没有人,两人可以放心地低声交谈。

大龟专务肥胖的身体吃力地前倾着,身穿黑色西装的苗条的芥川常务紧靠着大龟。芥川问:

"是十一点去大藏省吧?今天主要是为了红利自由化?"

"是啊。大藏省借口说,红利自由化政策迫在眉睫,想听一下贵行对今后三年收益的宏观预测,实际上他们是想探听一下各行的分红率,全部调查完了之后再进行汇总分析,制定出相应的措施,使各行的差距不至于太大。所以他们最近把各银行轮流叫到大藏省去。"

作为财务主管,大龟此次被银行局的松尾审议官叫去面谈。

"话说回来,每回去大藏省,我都觉得非常压抑。这一点你想必深有体会吧?"

"没有,我们这些人一年到头几乎天天去大藏省,都是去问候人家、打探消息的。"

芥川谦虚地答道。芥川年轻时就善于做规划及事务性工作,干起来得心应手。

"橙汁,请。"

空姐微笑着递给两人两杯橙汁。飞机好像已经飞到伊势湾上空,透过窗户往下看,碧波荡漾的大海镶着一道绿油油的边线。大龟咕

咚咕咚喝完橙汁,接着说道:

"芥川,昨夜行长说的那件事,说实话,我当时都有点怀疑自己的耳朵。"

大龟又想起昨夜受到的震撼。昨天,在董事例会结束之后,万俵行长将大龟和芥川单独叫了出来,告诉他们说,自己已经下定决心将大同银行作为"以小吃大"的吞并对象。

"行长的直觉就是与众不同。大同银行内部因为争夺副行长一职,日银空降派和元老派之间明争暗斗。这件事行长其实也是最近才听说的,可他现在就已经下定决心了,真可谓当机立断啊。"

面对芥川的乐观,大龟表达了不同的意见:

"即便大同银行内部拉帮结派,人心涣散,他们还有一个日银空降下来的行长,背后有日银的支持,我想吞并起来恐怕没那么简单吧。"

大龟一向谨慎从事,对于万俵行长的计划,一直心存怀疑。

"要说吞并的话,现在可以说有五成把握。行长昨晚指示我们,彻查大同银行的经营情况、人事情况、工会情况,将吞并的把握提高到七成。"

"提高到七成的把握有多大?"

"首先,咱们刚刚提到大同银行副行长的任命问题,如果日银再空降一个副行长下来的话,那么大同银行的内部斗争将更加白热化,也就更适合咱们使用离间计。其次,咱们还可以采取某种方法将大同银行元老派的中心人物拉到我们这边,正好他们元老派的头儿绵贯专务请求我们阪神银行给朝日肥皂公司贷款。咱们可以借此机会,控制住绵贯专务的软肋。这样七成胜算不就到手了吗?"

芥川双眼放光,接着说道:

"根据融资主管涩野常务对朝日肥皂公司的调查,好像情况比我们预想的要好。绵贯的儿子娶的是朝日肥皂公司社长的二女儿,所以他的话肯定有水分。"

大龟点头说:

"朝日肥皂公司总部在东京,他们的情况我不大清楚。不过我听涩野常务汇报说,这家公司无论资产还是收益都属于稳扎稳打型,没有潜在危险。我担心的是,像绵贯千太郎这样的元老派,虽然和朝日肥皂公司有裙带关系,但仅仅因为我们给朝日肥皂公司贷款,他就能倒向我们吗?"

作为万俵大介的左膀右臂,大龟无论如何也不相信绵贯千太郎专务会背叛大同银行,但是芥川和绵贯在有乐町的火锅店曾经边喝边聊了一个晚上。芥川明白,绵贯反对三云行长并不仅仅出于个人原因,更重要的是,作为大同银行元老派的头儿,绵贯被迫伺候了一个又一个日银空降下来的行长,长年累月积累的怨恨现在终于要爆发了。

"问题是这样的。万俵行长是咱们银行的所有者,是阪神银行名副其实的统治者,但大同银行和我们不同。绵贯在大同银行辛辛苦苦工作了将近四十年,任劳任怨,被迫侍奉着一个又一个比他年轻的日银空降下来的行长,所以,虽然同为专务,他的这种郁闷你是无法想象的。"

芥川的解释让大龟无话可说,但是大龟接着又说道:

"我还有一个担心。的确,大同银行仅仅规模比较大,实际上只能算是储蓄银行的升级版,又有内讧,吞并大同银行本身并不困难,但我刚才也说了,大同背后还有日银撑腰呢。这一点咱们必须时刻牢记在心中。"

大龟停顿了一下,看到过道对面的同排座位上,一名身穿高档套装的商社职员模样的中年男人打开手提箱,开始翻阅外文文件。大龟再次压低声音说：

"万一日银察觉到咱们阪神银行瞄上了大同银行的话，每个月拨款给咱们的时候，日银就会想尽办法挑刺，说什么咱们贷款对象不行、贷款偏向、存款偏少等等，借此削减拨款数额，明里暗里欺负咱们，所以咱们一定要小心从事。记住，日银掌握着各城市银行的生杀大权呢。"

大龟依然有些不安。芥川说：

"这是自然。我对日银教皇的那一套手段深有体会，我会小心谨慎地调查日银和三云行长的联系情况以及日银的遥控情况，仔细推敲对大同银行的作战方案。"

说着，芥川看了看窗外。飞机已经到达木更津上空，正在下降过程中，应该很快就在羽田机场着陆了。芥川计划着回到东京事务所之后，如何向负责日银方面工作的总务课课员下达特殊使命。

阪神银行的忍者冠收，看着眼前城堡般高耸的日银大楼，神情前所未有地紧张。

无论是大楼左右两侧显示中央银行威严的青铜屋顶，还是城堡般高耸的石壁，对于已经担任负责日银方面工作的银行忍者两年的冠收来说，都已经不再像两年前那样有压迫感。今天早上，刚在总行开完董事会返回东京的芥川所长，一回来就把冠收叫了过去，交代给冠收一项特别任务，并叮嘱冠收说："你要把这件事当成交给行长的报告来完成。"冠收深感此次任务意义非凡。

穿过城门般威严的大门，冠收来到铺着石板路的日银内院。这里鸦雀无声，听不到外界的任何噪音。冠收迈上正面台阶，走进宽阔的大厅。玄关旁数名守卫齐刷刷地将目光聚集在冠收身上。日银一贯戒备森严，据说其警备等级仅次于皇宫。这两年冠收几乎天天到日银报到,和守卫早已混了个脸熟。让守卫记住自己的长相、免证进出,是成为一名负责日银方面工作的银行忍者的最低要求。在这一点上,冠收拥有先天优势——身材高挑,戴着一副深度黑边眼镜,走起路来缓慢从容,和其他银行忍者敏捷灵活的形象形成了鲜明的对比。日银的守卫们很快就记住了冠收。

穿过内玄关,冠收从长年由两名警察守卫的营业局前的走廊向右拐。拐角处同样有守卫。

"您好。请问您去哪儿?"

守卫礼貌地问道。

"我去总务部计划课。"

冠收回答完之后,守卫严肃地说了声"请"。从这里往里走就到了日银的中心地带,众多智慧与出身一流的精英职员聚集在此,可谓群星荟萃。

下午三点是营业局的停业时间,冠收听到了敲梆子声。沿着中世迷宫般曲折蜿蜒的楼道向电梯方向走去的时候,冠收看到一个熟悉的人影从昏暗的走廊对面走过来。来人是考察局的一名调查官。

"调查官,您好!祝贺您叔父升任五井商船社长。"

对于平常接触较多的官员,银行忍者们会通过私家侦探公司等机构对他们的家庭情况进行详细的调查。等到见面的时候,忍者们就可以轻松地和对方谈及家人的情况,避免了空洞的问候。这已经成为忍者们的一种必备礼节。这位调查官的父亲原来是五井财阀的理事。听到冠收的祝贺,长相精致而白净的调查官笑了。

"谢谢。下个月薰子要在东京开独奏音乐会,马上就要从巴黎回来了。最近家里事情比较多。"

薰子是调查官的妹妹、旅居巴黎的著名钢琴家。

"大家都期待着令妹的独奏音乐会,只是音乐迷们都慨叹音乐会门票实在是一票难求啊。"

　　冠收一本正经地感叹道。面对冠收的奉承，调查官没有丝毫羞涩，大大方方地打了个招呼走了。

　　冠收来到三楼，推开电梯间旁总务部厚重的玻璃门，六十多平方米的房间里摆放着三十多名职员的办公桌。总务部负责制定金融政策，被称为日银的智库，众多出身及才能兼优的人聚集在此。

　　冠收看了眼计划课课长冴木的办公桌。冴木的办公桌靠近里面的部长室。冴木正在打电话。冠收在一旁专为来客准备的椅子上坐了下来。自从日银创建以来，这些古朴的圆桌和皮面椅子一直原封不动地放在这儿。女职员为冠收端来了茶水。日银女职员的一举一动都静悄悄的，别具日银特色。

　　"谢谢。"

　　冠收边喝茶边竖起耳朵听冴木课长的电话。冴木时不时地说出总裁呀总裁的意见什么的，因为计划课课长的职能就是和总务部部长以及总裁秘书一起，以总裁的意见为核心，制定各项重要措施。因此，对于那些有国外工作经验、四十到四十五岁的精英人士来说，总务部计划课课长是最梦寐以求的职位。换句话说，总务部计划课课长必定是同期翘楚。冴木从东大法学部毕业之后，以第一名的成绩进入日银工作。作为储备干部，冴木在条件优越的部门得到了重点培养。去年秋天，冴木结束了在伦敦的三年外派工作，回国后直接就任计划课课长。作为前任日银副行长冴木正之助的三子，冴木课长的晋升之路堪称完美。

　　"哎呀，这不是冠收吗？咱们今天约了吗？"

　　冴木课长打完电话，刚要站起来的时候，看到了一旁的冠收。冴木长得像父亲，长脸，没有赘肉，五官如雕像般分明，给人一种精明能干的感觉。

"没有，没约。最近到处都在传闻日银即将提高基准利率，冴木课长您是主抓这件事的，我来问问您的想法。"

"这都是哪儿跟哪儿啊？我还没考虑呢。"

冴木点燃一支 KENT 牌香烟回答道。对于一般的城市银行来说，大藏省银行局负责对银行进行行政指导，所以银行忍者们不管去打听什么消息，都得卑躬屈膝地采取"匍匐前进"的姿势。但是日银不同，特别是日银的总务部计划课，带有情报局的色彩，他们也想从银行忍者口中探听到一些消息，因此双方说起话来相对比较随便。这时，不爱抽烟的冠收眨巴着眼睛继续说：

"据坊间传闻，总裁前些日子出席了经团联的常任理事会会议，说服财界方面在目前的情况下，配合日银提高基准利率。我还听说在三天前，大藏大臣也对一些熟络的报社记者说，应当尽早提高基准利率。每次听到这些消息，我们这些从日银借款的城市银行都会提心吊胆，不知道什么时候利率会提高，什么时候窗口管制会更严格。"

冠收的表达略微有些夸张。

"如果总裁已经说服了财界的话，那么冴木课长您这儿是不是已经准备好了利率提升草案了呢？"

冠收紧盯着冴木问道。

"我还是第一次听说总裁参加了经团联的常任理事会会议呢。大藏大臣到底是以什么为依据，告诉新闻记者要尽早提高基准利率的呢？我真是理解不了。"

冴木静静地吐着烟圈，假装对冠收说的情况一无所知。基准利率是由日银决定的，大藏省对此说三道四的行为令冴木颇为不满。不过，虽说基准利率的升降是由日银来决定的，但实际上是由日银的总务部计划课先进行立案、计划，最后交给首相和大藏大臣裁决。因此，高傲的日银人不愿意提及此事。

趁着冴木心情不佳、不愿说话，冠收赶紧喝了口已经凉了的茶，接着问道：

"咱们换个话题，听说市川理事最近要去欧洲出差，这次去的时间长吗？"

表面上看起来，冠收在办完正事之后换了一个轻松的话题，实际上冠收的行动才刚刚开始。今天冠收是来向日银总裁身边的冴木课长打探大同银行副行长的人事安排问题，冠收想知道冴木了解多少内幕情况。

"大概三周左右吧，还是那个马克汇率问题。"

"是嘛。但是在银行界的传言和报刊记者的报道中，理事的出差又成了一个热门话题。"

"噢？大家都说些什么呢？"

冴木反过来问道。

"大家都认为市川理事此次出差是想避开媒体的关注。因为《周刊日本》的报道中说，大同银行的三云行长在不久前的董事会上，把元老派绵贯专务晾在一边，副行长的位子依旧空着，目的就是等到明年春天留给市川理事，大同银行的派系斗争越发表面化。市川理事成了记者们追逐的对象，所以大家都认为他这次出差是为了避开记者。"

"的确，自从《周刊日本》的那篇文章发表之后，市川理事就成了大红人，不管做什么都谣言满天飞。"

冴木微笑着，委婉地否定了冠收的说法。冠收也笑着说：

"即便市川理事空降到大同银行当副行长，也没什么不可以的吧。一说到空降，大家都一边倒地持否定意见，我倒觉得，站在充分发挥优秀人才的作用这一角度上看，不能一概否定空降的作用。"

虽然内心强烈反对日银的空降政策，但是为了套出对方的话，冠收只能违心地附和对方。

"我也深有同感。特别是大同银行,自从成为城市银行之后,日银进入他们银行的中坚层干部已经逐渐成长起来了。但是据三云行长说,要彻底解决大同银行自储蓄银行时代遗留下的老问题,还是任重道远啊。"

在日银首脑层的心目中,大同银行依然是日银的殖民地。冠收从冴木的话中得知,三云也为此问题来征询过日银领导层的意见,于是决定乘胜追击,接着说道:

"三云行长是一个典型的理想主义者,做什么事都全力以赴。如果明年春天市川理事能够担任大同银行副行长的话,三云政权也能稳定下来,也会更加长久。"

"这些事情就不是我们这些小人物考虑的了。前一阵总裁也警告过三云,不要太理想主义,不要让日银派和元老派之间的摩擦再度升级。不管怎样,这件事之后,大同银行中的元老派会抓住每一个鸡毛蒜皮的事情找碴儿的。"

冴木的回答避实就虚,但冠收还是从冴木的回答中听出了日银方面的担忧——如果大同银行的内讧继续严重下去的话,将会影响日银空降政策的实施。

"不好意思,我总觉得总裁和三云行长看起来比较亲密啊。"

冠收毫不掩饰自己想探听日银总裁和三云行长之间关系的企图。

"总裁对日银出身的所有后辈都非常关心。"

冴木冷淡的回答让冠收有些意外。不过,冠收在意外的同时,又敏感地觉察到这是一个有趣的线索。冠收开始考虑重新调查三云被调往大同银行的前后经过。

离开总务部计划课,再次在迷宫般的走廊里左拐右拐之后,冠收走向日银记者俱乐部。

日银记者俱乐部位于远离大门的一个角落里。明治时代,报社记者的待遇仅仅高于黄包车夫,今天的日银记者俱乐部依然给人这种感觉。但是一贯吹毛求疵的报社记者们,对于日银的这种待遇意外地选择了沉默。冠收苦笑着,走过一楼正面营业局前的走廊,正要拐往记者俱乐部的时候,突然停下了脚步。冠收看到正面玄关大厅处的守卫们正向松平总裁一行庄严地行礼。松平总裁带着三四名手下目不斜视地向等候在外面的车子走去,颇有一种睥睨天下的王者风范。松平总裁年轻时就被作为日银的"王子"培养,十年后终于成为血统纯正的日银总裁,结束了两任外来总裁统治日银的历史。因此,松平总裁在日银内部的威望非常高。作为日银教皇,其威望遍及日银每一个角落。

正在考虑三云行长和松平总裁关系的冠收,突然看到久违的总裁,情不自禁地停下了脚步,直到总裁乘坐的车子发动之后,才快步向记者俱乐部走去。

早已过了晚报的发稿时间,各报社古老的办公桌旁已经看不到什么人了,但是冠收的目标、《每朝新闻》的记者浅田还在,正抽着烟和手下记者聊着天。冠收走到浅田身后说:

"浅田,谢谢你前天教我打高尔夫。"

阪神银行东京事务所时常会请一些关系比较好的报社和杂志的记者到天城高尔夫球场打球。听到冠收的声音,坐在转椅上的浅田转过身来笑着说:

"哎呀,你太客气了。不过,你的运动神经真够迟钝的,我可算是见识了。"

浅田一向心直口快,想什么就说什么,此时想起那天冠收打高尔夫时笨拙的情景,似乎还有些不敢相信似的。不过冠收对此也无话

可说,因为自己确实不擅长运动。冠收问:

"实际上我还是挺努力的,你觉得我没什么希望吗?"

"没希望。"

浅田毫不犹豫地表达了自己的看法之后,接着说道:

"不过,你谈起现代经营学和文学来还是头头是道的,比那些高尔夫忍者强多了。"

冠收害羞地推了一下黑边眼镜,说:

"多谢表扬。我正要请教你点儿事,咱俩一起去边吃寿司边聊吧?"

"是基准利率的事吧?今天不行。昨天晚上我们为一个调到大阪工作的同事送行,喝了一个通宵,现在头还一阵一阵地疼呢。"

"怪不得你今天看起来脸色不是太好呢。那严肃的话题就后天再谈吧。咱们现在去'bouquet'吧,听说那儿的混合果汁醒酒有特效。"

可能是因为昨夜喝多了实在难受,浅田接受了冠收的邀请,向手下交代完事情之后,起身和冠收一起离开。

走出城堡般庄严的日银大楼,外面初夏的阳光依然灿烂,身穿白衬衫的职员们和迷你短裙的女孩们正阔步走在阳光下。冠收不由得眯起眼睛,和浅田一起慢悠悠地走进中央大道路口前的"bouquet"饮吧。

这家小店明快、高雅,从日银走过来只需两分钟,日银的职员们中午的时候都喜欢来这儿放松一下。不过现在已经是下午四点多,店里空荡荡的,没什么客人。两人在靠里的一张桌子旁坐下,点了该店用蔬菜、水果和鸡蛋混合制成的招牌果汁。

"刚才,我在玄关门口看见了松平总裁,真是威风凛凛啊。听说总裁插手大同银行副行长的人选,没让元老派专务升上去,是真的吗?"

冠收身体前倾，压低声音问道。前年，浅田曝光了日银金库丢失三百万日元现金一事，引起了全社会的轰动。本来非日银内部的人是不可能知晓那件事的，但就在这家饮吧里，浅田无意中听到日银的几个一般职员悄悄谈论此事，结果一调查就成了轰动一时的大新闻。此时尽管周围没有人，冠收还是压低了声音。浅田将服务员端来的果汁一口气喝了一半，同样低声说道：

"看来大同银行副行长人事安排一事，城市银行界对此非常重视啊。"

"那是，说不定今天的大同就是明天的自己，我们自然不能无动于衷了。"

"我觉得，松平教皇权力欲很强，人事安排肯定逃不脱他的控制。"

"有种说法是，三云行长听取了大同银行内部元老派的意见，本来准备提拔绵贯专务为副行长的，结果还是没能摆脱日银的控制。"

"三云行长还没在大同银行站稳脚跟，缺少日银做后盾的话，很难有所作为。在三云行长的领导下，大同银行在贷款方面规范了很多，你们这些和大同银行排名差不多的城市银行是不是有些嫉妒啊？"

浅田脸上露出了嘲讽的笑容。

"差不多吧。市川理事空降的可能性有多大？"

冠收想探听出计划课课长冴木没有明确说明的问题。

"市川理事明年春天外调几乎是板上钉钉的事情。至于他空降的职位，听说原本定的是大阪证券交易所所长，但是现在大同银行内讧升级，所以他很可能被派往大同银行救急。"

浅田喝完了杯中的果汁。

"我还想问一个问题，可能有些不合时宜，当初三云行长为什么会被空降到大同银行？表面上看起来，在金融重组的大潮下，大同银行需要一名通晓国内外金融局势的视野开阔的行长,而在日银理事中,三云属于理论派,正好适合这一职位。但是,二战后首次发行国债的时候,三云曾经大显身手,立下了汗马功劳,在我们这些人眼中,三云将来至少是副总裁。他是不是和松平总裁之间有什么个人恩怨?"

冠收的声音越发低了许多。

"你的感觉相当敏锐啊。这也算是过去的事情了,现在说说也无妨。三云太太去世后两年,当时的松平理事的小姨子死了丈夫,想再婚,正好找到了三云,但是三云以女儿身体不好为由拒绝了这门亲事。这原本就是缘分问题,一般也没什么可说的,但松平的小姨子非常中意三云,所以问题就变得复杂了。"

"原来如此。自安珍和清姬①那个年代开始,女人作祟真是可怕之极啊!"

"对啊。不过话说回来,你们万俵行长对别人家的人事变动,特别是排名居中的城市银行的人事变动好像兴趣颇浓啊。"

浅田的话吓得冠收脸色都变了。冠收觉得谈话的主动权一直掌握在自己手里,没想到浅田突然冒出这么一句话。

"别人家的人事变动?不就是大同银行的嘛!这还不是因为自从阪神特殊钢公司建造高炉以来,大同银行帮忙贷了不少款,所以我们行长才会关心他们的人事变动嘛。"

浅田没有理会冠收的辩解,而是接着说:

"去年秋天,有关第三银行副行长的桃色新闻的消息,就是你们那儿的平松云太郎向我告的密。听完他的告密,我才写的报道。后

---

① 安珍和清姬:流传在纪州的传说。僧人安珍从奥州到熊野参诣,在纪伊国寄宿时遇到名为清姬的少女。清姬爱慕安珍,在遭到背叛后化身成蛇,将躲藏在道成寺钟里的安珍烧死。

来我听说第三银行本来想和平和银行合并的。可惜我没有确实的证据,那件事就算了。不过通过那件事,我有了一个发现,好像你们的万俵行长瞄上了东边的银行,而且是比阪神银行大的银行!"

浅田说完,会心地一笑,起身离开。浅田记者一席话,客观上帮助冠收弄清楚了任务的大体轮廓。

在马场先濠边阪神银行东京分行五楼的行长接待室,可以远眺绿意盎然的皇宫。芥川带着大同银行的绵贯专务走了进来。万俵大介起身迎接道:

"哎呀,不好意思把你叫过来。"

大红脸的绵贯千太郎摇着头说:

"哪里,哪里,您太客气了。本来应该我做东,请行长您的。"

绵贯通过芥川,请求阪神银行贷款给自己亲家的公司——朝日肥皂公司,所以绵贯有些过意不去。

"请随便坐。在五行联合准备会议上经常承蒙你的帮助,听芥川说,你可是中心人物。"

万俵想让严肃的气氛活跃一些。

"哪里,我只是痴长了几岁,帮大家打打杂而已。虽然准备会开了一次又一次,但是进展比较缓慢。大家想着从基础的业务合作开始谈起可能更容易些,现在好不容易谈妥环太平洋地带企业的工资在五家银行互收互付的问题,我总觉得进展不太顺利。"

"各家银行都有自家的情况和立场,很难步伐一致。不过只要五行联合,就能实现对抗四大银行的目的。为了这个目标,还希望你今后和我行的芥川多多努力。"

看到秘书端来茶,芥川说:

"我先告辞。"

芥川走后,接待室里只剩下万俵和绵贯千太郎两个人。万俵仔细打量起眼前的绵贯。绵贯长着一个和身高不太相符的大红脸盘,鼻翼外张,嗅觉灵敏,好像时刻在追寻猎物的踪迹,待人处事态度圆滑,全身上下散发着一个久在商场摸爬滚打的人特有的机灵和狡猾。绵贯喝完杯中的雨露茶,开口说道:

"芥川是我的老朋友了,我也没客气,拜托他在朝日肥皂公司的事情上多多帮忙,没想到行长您亲自关心这件事,真让我愧不敢当。"

说完,绵贯深鞠一躬。万俵依旧正襟危坐,说:

"芥川跟我说了之后,我立刻吩咐融资主管去调查了一下。他向我汇报说,朝日肥皂公司的三百亿日元的资产中有一百五十亿日元是自有资本,年销售额大约五百亿日元,利润保持在6%上下,近五年的销售额增长率为20%左右,情况还比较好。我想问的是,五亿日元的积压商品以及与销售点相关的十亿日元左右的坏账是怎么回事?"

万俵一针见血地指出了问题点。绵贯鼻翼扇动着答道:

"首先,五亿日元的积压商品,是因为去年夏天公司开发了一种洗涤和漂白二合一的洗涤剂,但是在使用过程中发现,这批洗涤剂的漂白点过于明显,无法消除,从而造成产品的库存积压。不过,在洗涤剂行业中,这种规模的产品积压很常见,不会影响公司的发展。另外,与销售点相关的坏账问题,主要是因为前段时间公司盲目扩大销售,网点过多。对此,公司正在采取彻底的措施,估计很快就可以解决。"

绵贯边解释边想:阪神银行竟然调查得如此仔细,连销售点都调查到了,看来得多加小心才是。于是绵贯主动问道:

"说到洗涤剂行业,很多人都认为随着外资的引进和大型资本的登陆,国内洗涤剂行业前途渺茫。对此,万俵行长是如何看的呢?"

"我认为洗涤剂行业对所谓外资引进、大型资本登陆等有些过于敏感。我觉得本质上还是观点的不同。一种观点认为,随着外资和大型资本的登陆,整个洗涤剂行业将遭受灭顶之灾;还有一种观点认为,洗涤类商品和人们的日常生活密切相关,只要有长久的品牌效应和强有力的特约销售组织,就不会那么简单地被打败。我认同后一种观点。"

听到万俵的回答,绵贯似乎深有同感,身体前倾,说:

"实际上我也是这么想的,但我们银行的三云行长和我的想法不一样。他认为肥皂行业是化工业中最脆弱的,根本无法对抗外资和大型资本。另外,他作为日银出身的行长,在决定贷款对象时,有些等级意识,看不上日用杂货类的肥皂、洗涤剂等,而是将贷款投向钢铁等所谓的基干产业。说实话,我对他把大笔贷款投给阪神特殊钢公司的做法很有意见,我不明白为什么钢铁可以而肥皂就不可以。为此,我和他之间曾经发生过激烈的争论。"

"说到阪神特殊钢公司,因为我行的资金供应不足,一直承蒙贵行的帮助,十分感谢。"

万俵郑重地表示了谢意。绵贯说:

"我问您一个非常不礼貌的问题。眼下特殊钢行业深陷危机,尽管有传闻说他们要组成一个对抗萧条的大型联合企业,但阪神特殊钢公司近期对我们银行提出的贷款申请似乎过于急迫。作为主银行,贵行准备如何处理呢?"

万俵微笑着答道:

"特殊钢行业日渐萧条,国内又在收缩银根,因此我们考虑从外国银行引进外币贷款,由我行担保,我们正在向东美国银行提出申请。"

"看来阪神银行不愧是外汇高手,您作为实力派行长果然反应迅速果断啊。"

绵贯深表钦佩。万俵接着说：

"但是，绵贯，外币贷款需要大藏省国际金融局的批准，还要排队等批文。幸好主计局次长是我女婿，我让他给我插个队，快点办，所以你一定要保密哦。"

万俵巧妙地堵上了绵贯的嘴之后，接着又说道：

"这样一来，阪神特殊钢公司的资金调配问题可以通过引进外币贷款的方式解决，绝对不会给贵行添麻烦，还请贵行多多关照阪神特殊钢公司。作为回报，我们愿意贷款给朝日肥皂公司。"

听到这儿，绵贯嗅觉灵敏的鼻子突然动了一下。绵贯嗅出万俵大介的意思是，两家银行交换贷款对象。

"我顺便问一下，绵贯，这件事不用告诉三云行长吗？他回头会不会有意见？"

万俵表现得非常谨慎。

"要是和他商量的话，那事情就没完没了了。他是个理想主义者，只知道追求理想，一遇到现实问题就拖拖拉拉的，麻烦得很。"

"你这个评价真够严厉的。像三云这种日银出身的行长，对近期的金融重组还是有他自己独特的想法的吧？"

"有自己独特的想法？这听起来不错，他说什么，如果不改变经营内容的话，就会被金融重组的浪潮吞并，就会在国际竞争中落败，听起来好像我们行明天就会被比自己强的银行吞并一样，尽是些耸人听闻的说法。银行怎么可能轻易地破产、轻易地被吞并呢？您说是不是，万俵行长？"

说起三云行长，绵贯不由得激动起来，对三云行长的厌恶之情溢于言表。从绵贯的话语中万俵看出，三云和绵贯之间的对立比想象中的还要严重。

"看来你是反对银行合并的啰?"

万俵开始探听绵贯个人对合并的看法。

"这并不是上头说什么就是什么的问题。当然,企业的本能是希望越大越好。我觉得根据对方的情况,合并也不是不可以。但是如果完全听从三云行长的理论的话,很有可能为了追求虚无缥缈的海市蜃楼而最终掉到海里。合并并不是说说漂亮话就行的。"

"你说得很对。绵贯,你觉得合并的决定因素是什么呢?"

"简单地说就是地位。不管合并好处有多少,相互补充性有多好,如果地位问题不解决好的话,合并就是空谈。为争权夺位而斗争是企业合并的大前提。地位问题解决之后才能合并。"

"有道理,地位问题解决之后才能合并。"

万俵已经看出来,绵贯千太郎是个追逐地位的人。今天,万俵和绵贯商量朝日肥皂公司的贷款问题只是一个幌子。为了吞并大同银行,万俵需要亲自接见绵贯专务,并通过绵贯打探出大同银行内部存在的问题。

绵贯千太郎哧溜哧溜地喝着最爱吃的鳗鱼肝汤,心满意足地眯起了眼睛。早已过了午饭时间,大同银行的职员食堂里稀稀拉拉的只有几个人,旁边也没有了那些讲究礼仪的抠里吧嗦的日银出身的职员,绵贯可以无所顾忌地享受天天吃不厌的鳗鱼套餐了。喝完一碗鳗鱼肝汤,绵贯又要了一碗。

绵贯将一大份鳗鱼套餐、凉菜、腌菜等吃了个精光,喝完汤,将碗底的鳗鱼肝呼噜一下吞进肚里,用牙签清洁了一下牙齿,心满意足地回忆起上午和万俵行长谈论的朝日肥皂公司贷款一事。

绵贯觉得,万俵行长既不同于从储蓄银行时代一步步奋斗到现在的自己,也不同于从日银空降到大同银行的三云行长。万俵是个典型的银行家。自己这种从储蓄银行时代奋斗上来的人,喜欢不断地积累存款,并贷款给知根知底的中小企业;日银空降下来的三云行长,优先考虑的是日本经济的发展动向和行业的发展趋势,更重视银行的公共性;阪神银行的万俵行长,在保持金融界领导者的形象的同时,事事以利益为先,在商言商,处理问题极其冷静理智。万俵在表示同意贷款给朝日肥皂公司的同时,暗示绵贯要积极支持大同银行贷款给阪神特殊钢公司。万俵的表现让绵贯不禁有些胆战心惊。绵贯知道,在所有的城市银行行长中,万俵大介算得上是心狠手辣之人。

绵贯剔完牙之后,咕嘟咕嘟喝了两口茶,边起身向外走,边想着如何说服三云答应交换贷款。正要走出食堂的时候,绵贯迎头碰上了总务部次长影山。

"专务,您果然在这儿!"

"你这么大声吓我一大跳,什么事儿?"

"对不起。您上午不在的时候,出了点儿事。"

影山低声说道。影山是绵贯的心腹。作为总务部次长,影山可以在第一时间将各部门的情况告诉绵贯,同时也可以将绵贯的命令快速通知给绵贯卫队的每一名成员,所以,影山是绵贯名副其实的联络官。

"出事儿了?又是那帮日银派小子捅什么娄子了吧?"

绵贯扇动鼻翼,迅速嗅到了事情的本质。

"不是那帮小子,这回是老大自己。前一阵儿,老牌糖果公司大正糖果公司倒闭的时候,三云行长在某个会议上谈到资本自由化问题时,说什么日本的糖果行业马上就会垮台之类的,结果这些话给登在今天的早报上了。这可得罪了咱们银行的老客户,全国糖果协会会长、山田制果公司社长山田怒气冲冲地跑过来兴师问罪了,那阵势简直吓死人了。幸好当时三云行长又去日银了,不在行里面。所以说,银行行长又不是经济专家,发言还是慎重为好。"

总务部次长影山在绵贯耳边简要描述了一下事情的前因后果。

"这个老大真是让人头疼啊。我回头给山田制果公司的社长打个电话。"

"您一定得打电话。山田社长也说,绵贯专务肯定理解我。我找了您半天也没见到您。"

"我去见阪神银行的万俵行长了,拜托他贷款给朝日肥皂公司。你猜结果怎样?"

绵贯用手指做了一个"OK"的手势。

"欸,真的?他们对阪神特殊钢公司的贷款最近也……"

影山刚要往下说的时候,绵贯看到了三云的身影,赶紧用眼神暗示影山,说:

"嘘!俗话说,说曹操就怎么的呢?三云大人来了。你去把朝日肥皂公司 OK 的事情告诉大家。"

"我现在就去落实专务您的指示。"

影山假装领完任务,向三云行长深鞠一躬之后快步离开。

"哎呀,行长,您刚过来吃饭啊?"

绵贯故意问道。三云身穿朴素的灰色套装,搭配着同色系的领带和手帕。对于绵贯和总务部次长之间欲盖弥彰的关系,三云已经有所察觉,随便答了句:

"嗯,你刚吃完吗?"

绵贯嘴角散发着的鳗鱼味儿让三云有些恶心。

"是的。咱们正好都没有按点吃饭,如果您方便的话,一起喝点茶聊聊吧。"

看到绵贯恭敬有加的样子,三云觉得绵贯在打什么主意,但一时又找不到合适的理由拒绝,只能无奈地点点头。三云走到食堂最里面铺着纯白色桌布的行长专用桌前坐下,绵贯也在一旁坐了下来。

"我要清汤加烤小虾。"

三云对服务员吩咐道。

"你好像有什么话要对我说。正好旁边没人,说吧。"

三云将正要打开的餐巾纸又叠了起来。

"那我就恭敬不如从命了。昨天晚上,在柳桥的一家料亭里,我送完客人回去的时候,碰巧在走廊上遇到了阪神银行的芥川常务。我们俩经常在五行联合会议上见面。他说他们那边的饭局也结束了,正好万俵行长也在,他就叫我过去,万俵行长请我一起坐了坐。利用这个难得的机会,我们谈成了一桩生意。"

听到"生意"这个露骨的表达,三云皱了皱眉。绵贯接着说:

"这桩生意也不是什么别的,还是朝日肥皂公司贷款那件事。朝日肥皂公司一揽子收购 Royal 化妆品公司时需要申请大额资金贷款,现在我成功地将其中的一半推给了阪神银行。"

绵贯得意地说道。

"现在正是紧缩银根的时候,阪神银行竟然同意贷款十亿日元,而且是给朝日肥皂公司?这好像有点说不通啊。"

"不好意思,行长,社会上对朝日肥皂公司的评价好像并不像您评价得这么低,特别是阪神银行,对大众消费品行业颇有兴趣。当然,行长您一直在真诚地帮助阪神特殊钢公司,万俵行长也想借此表达对您的谢意。我都没有想到这件事情会如此顺利。这下好了,一直拖着解决不了的朝日肥皂公司的贷款问题终于算是告一段落了,今后在阪神特殊钢公司贷款一事上,我会全力配合行长。"

"不必如此。在上次的融资会议上你刚刚说过,之所以反对给阪神特殊钢公司贷款,是出于一种本能的预感,觉得他们公司比较危险,是不是?"

"我不是这个意思。看到行里面意见对立得比较厉害,我就突击补习了一下特殊钢行业的知识,后来我才明白,阪神特殊钢公司决定在业界率先创建由高炉主导的生产体制,率先生产出成本低廉的特殊钢材,的确是有先见之明,阪神特殊钢公司的未来将会十分辉煌。我虽然明白得晚了点,但现在好歹还是明白了这个道理。三云行长,还是您赢了。"

"贷款上说什么赢呀输的不合适,关键是……"

三云神情严厉,刚想继续说下去的时候,绵贯插话道:

"怪我用词不当。我和万俵行长谈完之后突然明白了一个道理,咱们内部因为肥皂呀钢铁什么的互相扯皮是一种非常愚蠢的行为。既然未来发展趋势都好,肥皂和特殊钢就该共存共荣。总而言之,对于阪神特殊钢公司的贷款申请,咱们就以特别贷款的方式处理吧。"

狡猾的绵贯不想让三云意识到贷款的交换性。

阪神特殊钢公司董事会的气氛既压抑又沉重。

本次会议的召开是为了在市场萧条的情况下打开产品销售的新局面。如今特殊钢产品的价格如同高速旋转下坠的飞机一样直线下降。社长石川正治一副神经质的样子端坐在正中。万俵铁平专务看了一眼财务主管钱高、营业主管川畑、设备主管兼厂长一之濑等三名常务说:

"的确,公司现在处境堪忧。但是,如果我们缩手缩脚的话,就会影响到胜利在望的高炉工程。我们必须找到积极的解决办法。"

万俵铁平希望打破沉闷的会议气氛。这时,留着小胡子的财务主管钱高说:

"我以前说过很多次了,五月中旬,轴承钢由每吨八万五千日元降到七万五千万日元,结构钢由每吨四万五千日元降到三万九千日元。如果这个月每吨再分别降五六千日元的话,即便缩短开工时间、减少产量,但人工费等其他固定费用没有变,这部分的亏损、价格下降的亏损,再加上银行利息,说实话,照现在这个样子下去的话,我对渡过难关一点信心都没有。另外,银行方面也令人深感担忧。看到市场情况不断恶化,大同银行和长期开发银行都曾经建议我们暂停高炉工程,毕竟高炉需要的设备资金太多了。"

营业主管川畑接过话来说:

"现在即便造出好产品了,也不一定能卖出去。像现在这样低价倾销、恶性竞争下去的话,买家说多少就是多少,卖得越多,亏得越多。尤其是咱们公司,还有个高炉在建项目,比别的公司的固定费用负担要高很多。所以我认为,与其勉为其难地寻找解决方法,还不如暂停建造高炉。"

负责一线销售的营业主管提出了一个相当消极的建议。铁平听不下去了,说:

"我觉得,特殊钢市场的萧条不会持续太久,咱们还是应该按计划建完高炉,形成生铁一条龙的生产体系,尽快达到降低成本的目的。在市场萧条的情况下,更易凸显工费等问题,因此我们应该一举拿下高炉!"

铁平眼神坚定,彻底否定了消极的意见。一之濑厂长也一改平时温和的模样,脸色通红地说:

"专务说得对。如果现在暂停完工在即的高炉项目,如何实现设备保全?而且,高炉所需原料已经被装上了船,正横渡太平洋向咱们的码头进发。如果现在停下来的话,会极大地损伤工人们的积极性,况且重启会花费更多。"

一之濑厂长的发言刺痛了一向主张利益优先的财务主管钱高。

钱高反驳道：

"在没有借款的条件下，你这样说是没问题的。但咱们公司因为建造高炉已经负债累累，在如今市场不景气的情况下还勉为其难地坚持投资高炉设备，真是岂有此理。我连这个夏天的奖金补助从哪儿来都头疼呢！"

愤愤不平的钱高又转过头来问社长：

"刚才我们都陈述了自己的意见，社长您是怎么看的呢？"

身材瘦长的花瓶社长石川正治说：

"我非常理解专务的心情，但财务方面说资金有困难也很有道理，也不能完全不顾及资金方面的问题。"

看到石川社长含糊其词、不知所措的样子，铁平生气地说：

"资金方面的责任由我来承担就行了。迄今为止，为了筹措资金，我已经跑了大同银行等好几家银行了。还有，刚才说到的什么夏季奖金的问题，眼下资金周转如此困难，咱们作为领导，就从自身做起，不要奖金了。咱们还要呼吁全公司发扬节俭精神，彻底压缩各项经费支出。"

看到铁平决心已下，钱高赶紧说：

"哎呀呀，不用这样啦，我这个财务主管，这点事还是能搞定的。我说的是每个月好几个亿日元的高炉设备资金……"

钱高正闪烁其词的时候，有人敲门，秘书走了进来。

"非常抱歉，有电话找钱高常务。"

说着，秘书将电话记录递给钱高。按常理，只要不是相当紧急的事情，开会时是不可以接电话的。既然秘书来通知钱高，可见事情非常重要。钱高瞄了一眼记录，吩咐秘书道：

"会议一结束我就回电话过去。请帮我转告一下。"

钱高再次转头看着铁平说：

"哎呀,专务您这么激动就没法谈下去了。只要资金周转没问题,我对建造高炉一点意见也没有,问题是咱们的主银行阪神银行说不再贷款给我们,我也没办法啊。"

"不对。父亲说会帮助我们。虽然阪神银行没有余力再贷款给我们,但阪神银行会作保,帮我们引进外币贷款。"

"哦?这是什么时候定的?"

钱高惊讶地问道。

"上个月二十号左右。阪神银行方面正帮我们做大藏省国际金融局的工作,我甚至觉得,咱们应该提前建完高炉呢。"

看到铁平干劲十足的样子,一之濑说:

"突击作业的话,大概可以缩短一个月的工期。如果专务决定突击作业,作为设备主管,我会尽全力说服高炉承包人员。"

"问题是,如果突击作业的话,就要彻夜加班,工费就要超预算了吧?"

钱高立马反问道。铁平斩钉截铁地回答说:

"这是自然。但是如果早一天形成生铁一条龙生产体制,补回工费超支部分完全不是问题。因此,我的最终意见是,不暂停施工,采取突击作业的方式赶工期。社长,您觉得呢?"

看到铁平决心已定,石川社长紧绷着脸,沉默了一会儿说:

"既然专务作为高炉工程总指挥,已经下定了决心,我这个社长也不得不同意突击作业了。"

石川将所有的责任全部推给了铁平。铁平和一之濑的眼中充满了喜悦。营业主管川畑沉默不语。钱高翻眼看着铁平说:

"我自己一个人没办法摆平资金问题,刚才专务您也表态了,那今后就请专务多多帮忙了。"

钱高一直惦记着刚才的电话,会议刚一结束就离开了。

钱高在阪神银行东玄关处下车之后,径直上了电梯,直奔三楼的行长室,鬼鬼祟祟的像是被别人看见。

刚才打电话的是行长秘书速水。速水让钱高五点之后到银行来一趟,万俵行长有急事找他。除去每个月的例行工作汇报,每次万俵行长说有急事要见钱高,言下之意就是不要让铁平知道。当然,万俵行长并没有亲口说过要瞒着铁平,但钱高明显能感觉到万俵行长的心思。

"对不起,行长,我来晚了。会议刚一结束我就赶过来了。"

站在万俵行长面前的钱高不像是阪神特殊钢公司的常务,更像是阪神银行的融资部部长。

"辛苦了。今天会议开得怎么样?"

万俵用下巴示意钱高在办公桌前的椅子上坐下来。钱高恭恭敬敬地坐下之后回答说:

"非常抱歉。我在会上一再强调了眼下市场的不景气和资金方面的困难,建议暂停高炉项目,但是遭到了专务的坚决反对,专务竟然决定突击作业、缩短工期。"

说完,钱高深深地低下头,等待着万俵的严厉斥责。

"随他去吧。反正我们银行是不会再贷款了。"

"可是如果主银行退出的话,其他银行……"

万俵无动于衷地说:

"在其他银行面前,假装已经按照原来的份额贷款了不就行了。"

"欸,您的意思是虚拟贷款?"

钱高倒吸了口凉气反问道。万俵没有回答,看着窗外。

刚才还亮堂堂的天空此时已经变得昏暗。万俵大介坐在窗户右侧,逆光中的侧影如雕塑般棱角分明。钱高突然觉得,掩映在黑暗

中的万俵大介如同怪异复杂的外太空生物,超越了自己的认识能力。钱高实在受不了这种压抑的气氛,开口问:

"那个……"

钱高刚一张开口,万俵就取下雪茄说:

"重要的是,在其他银行的眼中,本行照常贷款给了阪神特殊钢公司,但实际上,那笔钱是绝对用不了的。"

万俵大介一字一句地说道。万俵的意思是,阪神银行每个月按照原定的数额贷款给阪神特殊钢公司,但钱高要做到不用这笔钱,而把它原封不动地存起来。换句话说就是虚拟贷款,是一种违法行为。

"行长,您为什么要这样做呢?"

钱高战战兢兢地问道。万俵有些不高兴了,说:

"你还不明白?!阪神特殊钢公司现在已经四面楚歌了,却还不暂停高炉项目,甚至要搞什么突击作业!接下来他们首先要解决资金周转问题,但是我们银行已经没办法再为他们提供贷款了。不过,一旦我们降低贷款份额,大同银行等其他银行就会相继收手。我也不想这么做啊,但现在只有这个办法了,只能走形式贷款这条路了。"

"您说得很有道理,但是在刚才公司的会议上,专务说您已经答应帮他引进外币贷款。"

万俵行长的说法与铁平完全不同,钱高不知如何是好。

"是的。我们银行无法再提供贷款了,但我们可以提供担保,引进外币贷款,帮你们解决资金困难。"

"那么,从什么时候开始引进呢?"

"你也知道,大藏省国际金融局办事总得有个先来后到吧,不可能说办就办。"

"那眼下阪神银行削减的那部分资金缺口怎么办呢?"

钱高摸着小胡子,不知所措地问道。

"向大同银行多借点。"

"这说起来容易做起来难啊。先不说大同银行的三云行长,我听说,他们的融资主管绵贯专务反对向我们公司贷款。"

"我知道,我已经和绵贯专务谈好了。"

对于万俵行长何时、如何与绵贯专务谈妥这件事的,钱高非常怀疑,但又不好明问,只好说:

"我该如何向万俵专务解释虚拟贷款这件事呢?"

"不需要解释。他又不懂财务,又过于追求正义,跟他说了反而麻烦。还有,这件事也不要告诉石川社长,告诉他只会使他的血压升高。只要你这个财务主管心里有数,配合行动就行了。"

万俵以不容置疑的语气吩咐完之后,又问了句:

"今天的事情就是这些,明白了吧?"

看到万俵准备结束谈话了,钱高站起身来准备离开,但又忍不住惴惴不安地问了一句:

"那个,行长,我还是有一点不太明白。"

"什么?哪儿不明白?"

"您刚才说阪神银行不借、让别的银行借,做虚拟贷款这一点我还是……您是不是觉得阪神特殊钢公司已经成了万俵财团的负担,想放手不管了?"

"我没有这个意思。但是现在钢铁行业一片萧条,只怕铁平孤掌难鸣,难以改变大局。"

万俵平静地答道。

"您是不是从哪儿听到什么了?"

想象着公司被大型企业吞并之后的惨状,又想到自己的大儿子才上高中,钱高不由得心惊胆战起来。

"没有。不过,我在东京听说,一些没有高炉的中小钢铁企业提出,与其花大价钱勉为其难地建造高炉,还不如联合起来建一个钢坯中心,而且帝国制铁等几家大型高炉企业答应提供帮助。所以说,阪神特殊钢公司眼下还不会出什么问题,毕竟它是我儿子的公司,你不用过于担心。"

钱高从万俵的话中读出一种令人不寒而栗的东西。钱高一直有种感觉,万俵行长和长子万俵铁平专务之间缺少父子温情,父子俩似乎不太合得来。尽管万俵行长声称万俵铁平对财务不太熟悉、让钱高帮助铁平,但是每个月除了定期的工作汇报,一有什么事情,万俵行长就偷偷将钱高叫到行长室,悄悄听取钱高对阪神特殊钢公司情况的汇报。这种做法本身就反映了父子关系不太正常。钱高甚至觉得,万俵父子之间的感情摩擦已经影响到了公司贷款,但又不好细问,只好说:

"行长,我先告辞。"

钱高深鞠一躬,正要转身离开的时候,"钱高。"万俵又叫住了钱高。

"阪神特殊钢公司这段时间的股价是不是跌得很厉害?"

"嗯,已经跌破七十日元了。"

"这样下去的话,明年春天还能增资吗?怎么着也得维持在七十日元上下才能增资啊。"

"这也是我头疼的地方,我还想和大龟专务商量一下这件事情呢。"

"你们俩一定要商量一下。阪神银行持有8%的阪神特殊钢公司股票,我个人有4%,对吧?"

确认完之后,万俵又问道:

"大同银行眼下是多少?"

"大约3%。有什么事吗?"

"让他们再追加些股份怎么样?"

万俵语气很轻松,眼神中却流露出不容置疑的力量。万俵行长亲自指示让大同银行追加股份,这种反常的行为令钱高万分不解。

钱高走后,万俵大介吩咐秘书速水,让涩野常务立刻过来。对阪神特殊钢公司实施虚拟贷款,需要阪神银行融资主管涩野的配合。

"行长,听说您有急事找我,什么事?"

涩野常务急急忙忙地走了进来。

"我一会儿还有晚宴,咱们长话短说。从下个月开始,咱们停止向阪神特殊钢公司提供贷款,这件事你要记住。"

"行长,这是为什么?"

万俵行长意外的嘱咐让涩野备感困惑。

"因为阪神特殊钢公司置市场萧条于不顾,不听从主银行的劝告,不仅不暂停建造高炉,还要搞什么突击作业,实在是莽撞至极。"

"突击作业?这也太胡闹了吧!不过,如果照行长您说的那样,咱们阪神银行停止提供贷款给他们的话,大同银行等其他银行必定也会收手。那样一来,阪神特殊钢公司将会负债累累,别说建高炉了,恐怕连日常生产经营都会陷入危机吧?"

涩野不知如何是好。阪神特殊钢公司搞突击作业的确有些莽撞,但万俵行长的指示也算不上理智。

"不用担心,咱们减少的那一份,大同银行替我们出了。"

万俵心平气和地说道:

"根据你对朝日肥皂公司的调查结果,我们同意贷款给朝日肥皂公司,作为朝日肥皂公司的主银行,大同银行也应该相应地增加给阪神特殊钢公司的贷款,所以阪神特殊钢公司不会受到什么实质性的损害。"

"您的意思是,咱们给朝日肥皂公司贷款的前提是,他们给阪神特殊钢公司贷款？"

"我们没有在合同上写明是交换贷款，但我已经和他们的绵贯专务谈妥了这件事。"

"可是行长，咱们作为主银行不再继续贷款的话，不但其他银行会有所猜疑，而且阪神特殊钢公司也不会保持沉默吧？"

"这是当然。所以我们要在其他银行面前装成已经贷款给阪神特殊钢公司的样子，但实际上我们从今以后不再增加任何贷款给他们。至于这个手续该怎么操作，你来决定。"

万俵没有亲口命令涩野做虚拟贷款，而是让涩野想办法办好这件事。

"那就只有让他们不要用我们的贷款了，别的也没有什么办法。"

"嗯，具体说说你准备怎么办？"

"这个，咱们先按正常手续贷款给他们，但要他们将这笔款子一次存到特别存款账号里，月底咱们通过特别结算把这笔钱扣下来，这样阪神特殊钢公司以为贷款还在，而我们银行的账面上看不到有贷款的痕迹。"

"但是，阪神特殊钢公司的账户上每个月都有一笔不能用的钱，这会不会有些不自然？"

万俵不动声色地问道。

"所以要让他们每个月把贷款存到特别存款账号里，月末通过特殊结算抵消掉，每个月这样做就没问题了。"

银行将不明进账或者当天无法处理的进账统一存进特殊存款账号。阪神特殊钢公司每个月的贷款出现在特殊存款账号上之后又会被消掉，之后再出现，再消掉，周而复始。

"具体实施就交给你负责。阪神特殊钢公司方面，我已经吩咐了钱高好好配合你的工作，你叫上他，具体商量一下下一步的措施。"

"您的意思是,这件事对石川社长和万俵专务……"

"刚才我已经说过了,阪神特殊钢公司不会受到任何伤害,你也没必要节外生枝。"

万俵意味深长地说道。

"我明白了。我会让手下严把口风,这件事仅限于融资部次长、总行营业部部长,以及直接进行账面操作的信贷课课长知道。"

涩野神情紧张地起身离开。万俵独自在转椅上转了半圈,抬头死死地盯着墙上万俵敬介的照片,眼睛里闪着异样的光芒。

美马中好久没来万俵家了。万俵大介回来的时候,美马正在客厅里和丈母娘宁子以及相子、三子聊着天。这次美马是到近畿财务局出差,顺便来万俵家住一晚上。

"姐夫,再喝点啤酒。"

三子高兴地为姐夫美马又倒了杯生啤。美马端起满满一杯啤酒,担心地问道:

"二子刚才上了楼就没下来,怎么回事?"

刚才二子出来和美马打了个招呼,当美马提到细川一也的时候,起身回二楼的房间里去了。相子一口喝完杯中的啤酒,说:

"你不用担心。她这样任性又不是一天两天了。"

三子接过话来说:

"可是,二子姐姐好像非常头疼和细川一也的婚事呢。我跟她说,细川先生又英俊又体贴又聪明,有什么烦恼的?结果她说,三子,要不你和他结婚吧。要是姐姐真的这么想的话,我还真想替她出嫁呢。"

三子很自然地说道。

"替她出嫁?你说话也太随便了!"

宁子身穿单衣和服,端坐在一旁听美马几个的谈话。三子刚一

说完,宁子就责备起女儿来。相子也说:

"是啊,开玩笑也得有个尺度,纳彩礼的日子都已经定下来了。"

"真的?哪天?"

"一般是相亲之后一个月左右的黄道吉日,已经定好七月十号了。到时候咱们全家要一起迎接媒人小泉夫人,三子你也要做好准备。"

"我知道,到时候对方会带订婚戒指来吧?是钻石的吧?"

"嗯,当然。但细川先生是建筑家,和做实业的安田先生还有你爸爸不一样,相对会简朴一些。"

相子的语气听起来像是要嫁女儿的母亲。五天前,相子去东京,从媒人小泉夫人处听说,细川家的彩礼为三百万日元,订婚戒指是一枚一点五克拉的蓝宝石戒指,新房是位于南平台的高级公寓,是细川一也的父亲细川信也设计的。去年银平迎娶大阪重工的安田太左卫门的小女儿万树子的时候,万俵家给安田家的彩礼更多,订婚戒指更高档,而且还将万俵家大院里的一栋独立的房子改建成了南欧风情的新居,送给新婚夫妇居住。和万俵家相比,细川家未免有些简朴,难以令万俵家满意。但是,万俵将女儿嫁给佐桥首相的侄子,意味着万俵家和东京的政界、财界的实力派人物建立了千丝万缕的裙带关系。与此相比,彩礼等根本不值一提。

"那么,婚礼大概什么时候进行呢?"

面对宁子温和的发问,相子以嘲讽的语气答道:

"前几天我从东京回来的时候不是跟你说过了吗?细川先生希望十一月份就完婚,我们这边考虑到,光是婚礼的着装,从染色、刺绣、缝制到腰带的制作等等,至少需要三个月,另外还要购买家具、准备生活用品等,没有五个月办不好一个像样的婚礼。一子出嫁之后,这是万俵家十几年来第二次嫁女儿,你不能再像铁平和银平结婚时那样稀里糊涂的了。"

美马说：

"听你这么一说，我也想起了和一子结婚时那种如临大敌的感觉。我那位在农村寺庙当住持的爸爸和从同一宗门嫁过来的妈妈，吓得出了三斗冷汗。他俩说，这么排场的婚礼太折磨人了。那时候多亏了相子，幸亏有你帮着操办啊。"

那时候相子还很年轻，还没有完全超出银平和二子、三子的家庭教师的身份。回忆起过去，美马看相子的眼神也变得黏糊起来，丝毫不介意一旁宁子的存在。

"我是不是啤酒喝多了，怎么想睡觉啊？本来还想写毕业论文的，看来今晚是不行了。姐夫，我先回房间了。"

三子说着，摇摇晃晃地站了起来。

"你这么东倒西歪的，危不危险啊？"

宁子担心地看着三子。美马也说：

"我是不是也喝多了，说不定也会从楼梯上掉下来。"

看到美马要跟着三子站起来，宁子赶忙阻止道：

"阿中你坐着，我送她回去。"

宁子拦住大女婿，追上了三子。

客厅里只剩下美马和相子，美马乘机走到相子的沙发边，坐在沙发扶手上，把手搭在相子脖子上。

"别在这儿开这种玩笑。"

相子担心会被进来的女佣看见，赶紧闪到一边。美马讪讪地说：

"你还真是胆小啊。在这个家里，你还是怕万俵大介嘛。"

相子因为二子的婚事去东京的时候，每次都会和美马见面。两人在夜总会跳舞，甚至热吻。

"这不是害怕不害怕的问题。"

"是吗？你的意思是还有别的问题？这不像你的风格啊。你不是挺享受现在的生活吗？"

美马意味深长地瞄了眼二楼的卧室，揶揄着万俵大介妻妾同床的生活。

"你有本事过这样的日子吗？"

相子正色问道。美马扫兴地从相子身边离开。这时，玄关处传来了停车声。万俵大介回来了。相子赶紧出去迎接大介。宁子也从二楼下来了。

看到大介走进来，美马装作若无其事的样子，以女婿的身份郑重地问候老丈人道：

"爸爸，您回来了。今晚承蒙您的邀请，打扰了。"

"哎呀，你好久不来了，欢迎欢迎。本来想晚上和你一起吃饭的，结果有个饭局实在推不掉啊。"

万俵在美马对面坐下，似乎对没能和美马共进晚餐非常遗憾。万俵接着问道：

"听说理财局的旗次长要担任下一任近畿财务局局长了？"

"嗯，他是个传统武士型人物，您要多加小心。"

美马讲起即将于七月份担任近畿财务局局长的旗次长的人品、履历和家庭关系等等。

"我们就先告辞了。美马，你慢用。"

相子指挥女佣重新端上啤酒之后，和美马打了声招呼，催促宁子和自己一起离开。相子知道，大介和美马见面，肯定有一些重要的事情要商量。

客厅里只剩下翁婿两人的时候，美马说：

"爸爸，上次您让我办的阪神特殊钢公司外币贷款的事情，在电话里我没太听清楚。您的意思是，让我现在把申请交上去，但最好让国际金融局拖到明年再批,是这个意思吧?"

一般情况下,申请人找关系的目的都是希望能够提前得到批准,万俵大介却反其道而行之,所以出于慎重,美马特地又问了一遍。

"就是这个意思。现在整个特殊钢行业陷入最低谷,而且又恰逢银根紧缩,阪神特殊钢公司想尽快导入利息相对较低的外币贷款,但是我们银行内部还有一些其他的问题,所以想推迟到明年。"

万俵大介言简意赅地解释了一下其中的原因。

"我知道了。在现在这个情况下,铁平的高炉建得比较吃力吧?"

"嗯。我让他暂停一段时间,他不听,我也没办法。幸好大同银行帮了很大忙。但最近大同银行的内讧也闹得沸沸扬扬的,我还是有点担心啊。大藏省对大同银行的空降派和元老派之间的争斗是怎么看的?"

万俵大介假装随意地问道。美马端起酒杯说:

"这个,怎么说呢?大同银行的问题,岳父您通过五行联合会议,肯定比我知道得清楚吧?"

美马明显想岔开话题。

"代表大同银行参加五行联合会议的正是没被提升为副行长的绵贯专务,所以我也听说了一些消息,另外从日银总裁亲信身边也传出一些消息。但是大藏省是监督机关,如果大同银行内讧升级、发展成第二个中京银行的话,大藏省会有什么对策呢?我想知道的是这个。"

"大同银行和中京银行是日银的两大据点,如果真的到那一步的话,我想日银肯定会采取措施,强化日银的控制,镇压元老派的。"

美马的言下之意是,大藏省并不看好大同银行元老派的力量,而这对阪神银行来说无疑是天大的喜讯。因为大藏省一旦发现日银的空降政策失败,就会抓住机会取而代之。

看来,支持以绵贯为首的元老派驱逐日银空降军、吞并大同银行,这步棋走得越早,成功率就越高。

"爸爸,您的小鱼吃大鱼的计划怎么样了?"

美马还是一副娘娘腔的鼻音。

"我们被纳入五行联合之后就很难办了,好像被春田局长套上了一副枷锁似的,浑身上下动弹不得,就像被吸进了春田构想的'人藏银行'中,让人忐忑不安。"

万俵半真半假地说道。

"不至于这样吧?别人我不敢说,但爸爸您没什么好担心的吧?"

"当然担心了。一旦出什么问题我得赶紧逃跑。五行一体?纯粹胡扯!所以啊,二子的婚事得抓紧办啊!"

万俵难得地纵声大笑起来。

万俵家的早晨难得这么热闹。在玄关门廊处,宁子、相子、二子、三子以及女佣们一起送万俵大介和昨夜留宿的美马中去上班。

美马对一大早就一身和服正装的宁子说:

"妈妈,打扰了。您到东京的时候,一定到我们家来看看一子和孩子们。他们非常想念您。"

听到女婿美马的邀请,宁子侧着娃娃般白皙的脸庞说:

"这次没招待好你。一子夏天容易中暑,等阿宏放假,就让他们到六甲山山庄来度假吧,到时候你也一起过去。"

"谢谢。二子、三子再见。"

美马微笑着和站在宁子身边的两姐妹告别之后,和大介一起向大门走去。车子像往常一样停在坡道下面的正门处。

"昨天晚上睡得好吗?"

相子边走边问道。相子落后于两人半步,牵着三只大丹犬,和平时一样把大介送到车旁。相子的问题让美马一时不知该如何回答。昨夜,一想到大介和相子相拥而眠,美马就翻来覆去地睡不着。但此时美马还是强装笑颜,说:

"出差太累了,我一倒头就睡着了,一觉睡到今天早上听到山鸠欢快的叫声。我算是明白了,爸爸看上去这么年轻,不仅仅是因为长年坚持打高尔夫球,还有一个重要原因是这儿的环境太好了。"

美马一边向坡下走去,一边看着占地三万多平方米、处处绿意盎然的院子说道。万俵大介似乎没有注意到美马话中的酸味儿,说:

"你们在成城的房子周围又建了不少房屋,所以我建议你们还是换个安静点的地方住吧。物品什么的,就交给万俵不动产负责好了。"

正说着,一辆车从三岔路的坡道上慢慢开了过来。铁平刚好开车去上班,看到父亲和美马,立刻停下车来打招呼。

"美马,见到你太好了。昨晚我十二点多才回家,太晚了,本想向你道谢的,也没来得及找你。这次非常感谢你。"

"欸,谢什么?"

美马惊讶地反问道。

"我们想引进外币贷款,解决阪神特殊钢公司的资金问题。我听爸爸说,你帮我们向大藏省国际金融局打过招呼了,让他们帮忙尽快批复。给你添麻烦了,非常感谢。"

铁平由衷地感谢道。听到铁平的说法和昨夜万俵大介的嘱咐大相径庭,美马赶紧含糊地答道:

"哎呀呀,最近的批准程序越来越严格,我也不知道能不能帮上忙,别客气。"

"我知道你很忙,没时间到我们公司看看。你看,走到这下面的石桥处,视野就开阔了,能看见我们正在建造中的高炉。你和爸爸一起看看吧。"

说着,铁平大步走到前面引路。

石桥下的流水是从后山的山谷中引过来的。站在石桥上,芦屋、冈本、御影的住宅区的景色尽收眼底。从住宅区往前看就是烟囱林立的滩滨临海工业区。

"我们公司在临海工业区的东边。你看,那个海岸边高耸直立的是高炉,旁边圆筒状的高高的是热风炉,热风炉对面是转炉车间,转炉车间对面是鼓风机车间……"

铁平热情地将自己一年多来呕心沥血建设的、如今完工在即的高炉工地指给父亲和美马看。但是,从石桥望去,高炉工地上的一切只有黄豆般大小。大介面无表情地听着,甚至有些不耐烦。一旁的美马也像看塑料模型般无动于衷。

铁平既没有听到父亲的鼓励,也没有听到美马提问,不禁有些失落,但还是振作精神说:

"爸爸,您看,和以前相比,工程进度快了很多吧?原料场上的铁矿石也越来越多了,离高炉完成开工就差一步了。"

"一步是多少?"

大介蓦地关心起工程进度来。

"一周后我们就要开始突击作业,我们的目标是十月份完成所有的设备组装,十一月一日举行点火仪式。"

铁平信心满满地答道。

"是嘛!十月份完工啊!"

大介重复了一遍,突然加快脚步向正门处等候着的车子走去。美马、铁平以及牵着三只大狗的相子,各怀心思跟在大介身后。

万俵二子穿过三宫站前的人流,向新闻会馆走去。今天,二子和一之濑四四彦约好见面。因为高炉突击作业,这段时间四四彦天天加班,周末也很少休息,还好今天四点过后就可以下班了。

初夏的夕阳照在人行道上有些晃眼。着绿色连衣裙、绿色轻便鞋的二子,脚步轻盈地走着,回头率颇高。当二子来到新闻会馆前面的时候,离约定的时间还差十分钟。两人约好五点钟在会馆里的外文书店见面,正好四四彦可以购买一些技术方面的专业书。二子走进空调开得冷飕飕的店内,正要走向英文文学作品专柜的时候,看见了四四彦的背影。四四彦正站在钢铁专业书的书架前翻看着。

"你来得好早啊。不好意思让你久等了。"

二子低声和四四彦打了个招呼。四四彦挠着干松的头发说:

"看着这些书,哪本都想要,真头疼啊。"

四四彦苦笑着说。

"你订完书了吗?"

"嗯,订完了。咱们走吧。"

四四彦和二子并肩走在繁华的三宫大街上。今天是周六,满眼望去,周围全是下班的职员和公司白领。

"四四彦,咱们到外国人会馆那边散步去吧。我有话要对你说。"

四四彦点点头。两人从生田神社旁向回教寺院方向的坡道走去。回教寺院的圆顶和四座尖塔在夕阳的映照下闪闪放光。远处是绵延的六甲山脉,山上层峦叠翠,浓淡有致。

从山脚向里走,四周静悄悄的,热闹的三宫大街被完全抛在了身后。初夏的风吹起了二子的裙角。就像几个月前在东亚大街上并肩漫步时一样,二子和四四彦自然而然地肩并着肩,默默地向坡道上走去。

这一带自古以来就是外国人的居住区,非常安静。其中有些住宅建于明治中期,房顶上的瓦已经摇摇欲坠,紧锁着的百叶窗饱经风雨的洗礼,很显然已经长久无人居住。这一带几乎看不到什么人影,只有两人的脚步声悄悄回响在宁静的黄昏里。但在二子听来,这脚步声比世界上的任何音乐都要美妙动听,一声声,一声声,刻在了二子的内心深处。

"四四彦,上次你到我哥哥家去的时候,我告诉你我相亲了。我们家的人根本不听我的意见,光想着赶紧把婚事办了,他们已经定下七月十号接受彩礼。"

四四彦惊讶地停住脚步,看着二子,问:

"也就是说已经定了?"

"他们是想就这么定了,但我不想。上次我已经说过了,我会一直等你等到高炉完工。"

二子说着,看着四四彦的眼睛。但是四四彦继续默默地向坡上走去,来到没有人家的山崖旁,俯视着黄昏中的神户大街,之后又将视线转向阪神特殊钢公司所在的滩滨临海工业区。

"四四彦,你答应让我等到高炉完工吧。铁平哥哥也说,如果我真的想这么做的话,他会帮我和爸爸说。但是在高炉完工之前,他不希望家里闹矛盾,所以哥哥让我先忍耐一段时间。"

听完二子的诉说,四四彦不由得浓眉紧锁起来。

"万俵专务和咱俩的事没什么关系吧?不过,考虑到你们家的具体情况,还有,为你着想的话,我觉得咱俩结婚有些勉强。"

"怎么勉强了?我刚才出来之前,一直在和我二嫂聊天。我深切地体会到,婚姻必须情投意合。"

"你说的二哥,就是在阪神银行工作的那个吧?"

四四彦惊讶地问道。

"嗯,二哥的家事,我不能多说。"

二子含糊地说着,脑海里挥之不去的是万树子凄惨的身影。不幸的豪门联姻,造就了万树子徒有其名的婚姻生活;好不容易有了身孕,却在胎儿五个月时遭遇流产,导致终身无法生育,每天只能百无聊赖地打发时光。

"我至少不想让别人同情地看着我,整天无所事事,空虚的婚姻生活如同干瘪的鲜花一般。我绝不要过这样的日子。我已经决定了。哪怕会给周围人带来一些麻烦,我也要自己决定自己的婚姻,自己决定自己的生活。"

二子毅然决然的话语让四四彦有些感动。

"都快纳彩礼了,你为什么还这样说?"

四四彦还是不敢完全相信二子的话。

"我想取消这门婚事。实在万不得已的时候,我会自己去跟他们说的。"

说完,二子靠在四四彦的胸前。四四彦情不自禁地用双手捧着二子的脸颊,说:

"二子,我很开心,但现在我满脑子都是高炉,一周后就要开始突击作业了。说实话,在高炉完工之前,我没办法静下心来考虑咱俩的事情……"

四四彦压抑着对二子的思念,和万俵铁平一样,再次谈起了高炉。

绵贯千太郎拿起办公桌上的电话,高兴地说着:

"哎呀呀,芥川,你还这么客气。……万俵铁平专务要过来道谢,万俵行长又特地带话过来,实在让我受宠若惊啊。前几天万俵行长还在百忙之中亲自接见我,承蒙行长关照,实在是不胜感激。近期咱俩还会在五行联合会议上见面的,到时再联系。"

挂完电话,绵贯放松地靠在椅子上。室内墙壁是朴素宁静的淡茶色,工艺品柜子上的玻璃罩里放着一个金箔宝槌,一面墙上挂着奈良某名寺长老的手迹,另一面墙上挂着日本画家荻须高德在巴黎创作的一幅画作,与整个房间的风格不太协调。此时的绵贯千太郎,得意地望着这间高端、大气、上档次的办公室,满心喜悦。

秘书进来通报说,万俵铁平来访。

"三云行长和前一名客人交谈的时间比较长,我正发愁怎么办的时候,万俵专务说先来见您,我就带他过来了。"

听秘书报告完,绵贯看了眼门口,万俵铁平已经到了。

"哎呀呀,不好意思,你怎么把万俵专务带到我的办公室来了?赶紧带到董事接待室去!真不会办事儿!"

绵贯大声斥责着秘书,赶紧站起来打开专务办公室旁边董事接待室的大门,迎接万俵铁平和钱高常务。绵贯的过度热情让铁平有些不太适应。铁平真诚地表达了对绵贯的感谢,说:

"我和三云行长是旧交,每次来大同银行,我都去三云行长那边,和绵贯专务见面不多,这一点还请专务谅解。感谢专务此次在特别贷款一事上的关照。"

铁平并不知道,大同银行对阪神银行的贷款是以阪神银行对朝日肥皂公司的贷款为交换条件的。钱高常务也说:

"平时我们经常麻烦贵行,这次又烦请贵行给我们公司特别贷款,这中间少不了绵贯专务您的鼎力相助,贵行的支持令我们感激不尽,信心倍增。"

万俵大介暗中授意钱高,今后阪神银行对阪神特殊钢公司的贷款要采取虚拟贷款的形式,同时鼓动大同银行积极追加贷款。为了完成万俵大介的特别任务,钱高常务表现得极为夸张。绵贯赶紧说:

"你们如此郑重的感谢让我诚惶诚恐。刚才阪神银行的芥川常务还特地打电话过来,转达了万俵行长的谢意,这实在让我愧不敢当。"

"父亲让芥川常务传话？"

铁平有些诧异：自己并没有告诉父亲要来大同银行致谢。

"是啊，儿行千里父担忧，实在让人感动啊。不过话说回来，我早就听说万俵专务能力超群，在特殊钢界首建高炉，看来万俵专务经营企业的能力不亚于万俵行长。真所谓'企业即人①'啊！"

绵贯和三云以往就像针尖对麦芒，可是今天，绵贯像是变了一个人，酸溜溜地奉承着铁平，并以动物般敏锐的嗅觉搜索着铁平的才能。

"哪里，我只是觉得特殊钢生产企业应该拥有自己的一条龙生产体系，这样才能降低成本，提高国际竞争力。我认为这首先是企业家的社会使命使然。"

铁平的话表现了一名年轻企业家的气度，但在绵贯听来，铁平不过是个书生气十足的书呆子，和三云行长属于同一类人，这类人根本不是自己的对手。但绵贯嘴上继续对铁平表扬有加：

"专务到底是干技术出身的，对制造质优价廉的产品有种天生的使命感。专务的一番话让我们这些干银行的深有感触啊。"

正说到这儿的时候，三云行长来了。

"不好意思，刚才的时间拖得有些长，让你们久等了。"

说着，三云在铁平对面坐了下来。

"在银根收缩的关键时刻，承蒙贵行为我公司追加特别贷款，我们的感激之情无以言表。"

铁平充满感激地看着三云。三云表情严肃地对铁平说：

"这次贷款，我本人经过了长时间的慎重考虑，另外，统一行内各派意见也费了不少工夫。庆幸的是，我得到了绵贯专务的鼎力支持，

---

① 企业即人：松下幸之助说过"企业即人，成也在人，败也在人"。

如此贷款才能最终得以实施。"

三云的语调平静而严厉。大红脸的绵贯满面笑容地说:

"行长您来之前我刚说过,阪神特殊钢公司的优势就在于其领导是专业技术人员出身,要是销售出身的话,是绝对不会下决心建造高炉的。现在高炉完工在即,遭遇如此市场萧条,专务肯定非常不容易。不过如果将来市场回暖和高炉开工时间吻合的话,无论在国内还是在国际,阪神特殊钢公司的地位都会如日中天。"

绵贯现学现卖了一下刚刚学到的一点钢铁行业方面的知识。阪神银行刚一答应贷款给朝日肥皂公司,绵贯就立马转过身来吹捧阪神特殊钢公司。对于绵贯的这种"实用主义",三云暗自苦笑。铁平说:

"你这样夸奖,更让我难以启齿。实际上我们今天过来,除了表达对贵行的感谢,还有一个请求。"

接着,铁平直接提出了请求:

"我公司计划明年春天增资。在增资之前,希望贵行增加对我公司的股票持有份额。"

万俵大介早已指示钱高鼓动大同银行增资,所以钱高立马抓住机会插话道:

"贵行现在拥有我公司3%的股份。在我公司明年春天增资之前,贵行最好再增加2%到3%的股票持有额。这样一来,咱们两家在股份方面也成一家人了。恳请贵行多加关照。"

为了套近乎,钱高故意将双方说成"一家人"。

"增资环境如何?"

三云问铁平。

"在市场萧条之前,因为要建造特殊钢界首台高炉,我公司的股票价格高达每股一百五十日元,但现在下跌到每股七十日元左右。说实话,增资的环境不算好。"

听到铁平这样回答,钱高赶紧说:

"虽然现在的股价是每股七十日元,但是一旦高炉完工、投入生产,证券界估计说,我们的股价每股会突破二百日元。大同银行作为我们的准主银行,如果能够以每股便宜五日元,即每股六十五日元购进二百万股的话……"

绵贯扇动着鼻翼,试探地问道:

"二百万股?你们公司的股票不至于还剩余这么多吧?"

钱高摸着小胡子,掩饰着内心的慌乱,说:

"是原来购买了我们股票的某家公司,因为一些内部原因,想转让一些股票,现在正好价钱也合适,所以我想你们应该可以接受。"

"那个某公司是哪家公司?"

"这件事千万不能告诉别人,是我们公司的主承销商[①]山川证券。他们近期要接受大藏省的检查。您也知道,如果主承销商持有股票过多的话,就有操纵股价的嫌疑,会被追究责任的,所以他们不得不放弃一些我们公司的股票。如果贵行能接收其中的二百万股的话,也有利于保全我们公司的名誉。"

银行是稳定股东,所以钱高极尽阿谀奉承之意。

"你的意思是,迄今为止一直是山川证券在维持着你们七十日元的股价啰?"

"也不是这个意思,如今市场这么不景气,如果把这些股票一下子全抛到市场上去的话,肯定股价会跌破七十日元,那么公司的增资环境将会进一步恶化,山川证券对此也非常担心。"

"不好意思,我想知道你们的主银行阪神银行的意见如何?"

绵贯一边刨根问底,一边回忆着刚才芥川的电话。难道芥川的

---

① 主承销商:在股票发行中独家承销或牵头组织承销团承销的证券经营机构,是股票发行人聘请的最重要的中介机构。

"多多关照"也包括股票这件事？这时，铁平答道：

"阪神银行已经持有我们公司8%的股份，已经接近大藏省规定的10%的限度，不能再继续买入，所以我们只能恳请其他相关公司，恳请大同银行多加帮助。"

三云思考了一会儿，以商量的语气问：

"绵贯，你觉得怎么样？"

"行长，您决定。"

绵贯的语气突然变得毕恭毕敬起来。不置可否是绵贯此时最聪明的选择。

"那么，每股多少钱、共买入多少股，这件事回头由相关人员商量决定。不管怎样，我行会尽量满足贵公司的要求。因为如果增资不顺利，将会严重影响高炉的运作。"

听到三云这样说，铁平激动得满脸通红，由衷地感谢道：

"承蒙贵行如此厚爱，我们不胜感激。这样一来，我终于可以没有任何后顾之忧，全身心地投入到高炉项目中去了。"

三云也坚定地看着铁平，仿佛自己也是高炉建设大军中的一员。一旁的绵贯千太郎的眼神看起来有些复杂。

三云和铁平两人在麻布六本木的"鹤乃家"的里间喝酒。院子里洒了水，湿漉漉的，灯笼微弱的光散发着初夏的凉意。

小老板娘芙佐子知道三云是铁平的重要客人，亲自服务，利索地端上酒菜，招呼道：

"初次见面。欢迎光临鹤乃家。希望今后能有机会多多为您服务。"

芙佐子打完招呼之后，为三云斟了杯酒。

"真不能小瞧你啊，铁平，竟然藏着这么一家熟店！"

"哪里，您误会了。实际上，这位是我祖父一直比较宠爱的老板娘的女儿。"

铁平慌忙解释道。铁平接着说:

"对了,不好意思,今天增资的事情又请你们帮忙了。"

"不要客气,只要是建造高炉需要的,我都会鼎力相助的。"

三云拿起酒杯静静地说。

"您这么说,更让我难以自容了。我老是觉得给您添的麻烦太多了,太依赖您了。我最近经常在反省这一点,但是每当资金方面出现问题的时候,我又不由自主地去找您。"

铁平羞愧地说道。

"哪里。说实话,我也不知道自己做得对不对。眼下市场一片萧条,如果我劝你暂停突击作业,甚至劝你在不得已的情况下缩短开工时间或是裁员的话,是不是对阪神特殊钢公司更好呢?"

三云似乎也有些迷惑。

"哪里的话。我记得您曾经说过,扶植企业是银行的使命。"

"有时候,扶植是通过消极的阻止来保住企业的平安。不管怎样,我和你一起将赌注押在高炉上了。我不知道,作为银行家来说,这是否是一种正确的选择。或许像你父亲那样,即便是自己儿子的企业,也不讲任何情面才是对的。"

"父亲作为银行家,所有的行动都建立在冷静的算计之上。我不想多谈我的父亲,但我觉得,今后的银行家仅仅追求利润能行吗?"

铁平放下筷子问三云。

"典型的银行家,一般不会冒一丁点儿风险。银行保管着大家最重要的资产,银行家这样做也无可厚非。这是银行家的一个基本态度。但我认为今后的银行家仅仅如此恐怕不行。哪怕会有风险,只要存在着有利于企业发展的元素和可能性,就应该大胆去做。在这一点上,你父亲和我完全不同。"

说着,三云放下酒杯,又真诚地问道:

"铁平,我问的这个问题可能涉及你的隐私,不太礼貌。你和你父亲关系好吗?"

铁平沉重地说:

"我记得您以前也问过这个问题。父亲老是以资金不足、当地企业资金需求量大为理由,降低主银行的贷款比例,在我们遭遇出口订单被取消的困境时,也没有主动贷款给我们。综合以上种种现象,您有所怀疑也很正常。我自己也认为,父亲这样做并不是出于银行家的严谨,而是一种冷漠。以前因为资金问题和父亲争吵的时候,我就对他说过,他是嫉妒我建高炉。"

听到这儿,三云惊讶地看着铁平,说:

"'嫉妒'这个词有些过了吧?我没有儿子,不知道身为父子的企业家之间是否会互相嫉妒。但我高中时代的一个朋友,父子俩都是画家,当儿子的前卫画作得到高度评价的时候,做父亲的曾经说过'有些嫉妒'。你和你父亲同为企业经营者,但是两人的工作种类不同,工作场所也不同,会产生嫉妒吗?在工作之外,在家里面,你和你父亲之间是不是有什么矛盾?"

"没有。我和父亲在家里的事情上不存在任何争执。只不过,说句无聊的话,我从长相、性格、声音到说话方式,都和去世的祖父非常相似,父亲好像对此不太高兴。"

"这种情况不是很常见吗?和父母不像,而是像爷爷或是奶奶的孩子很多啊。我女儿也不像我,和她妈妈长得一模一样,特别是她穿着和服低头的那一刹那,常让我有种妻子又回来了的感觉。"

三云开心地笑了起来。

"但是,我父亲和别人不一样,好像对此特别在意。今年过年的时候,我们在志摩打野鸡,就像上次和您去丹波打野猪时一样,野鸡突然从一个意想不到的方向飞了过来,我下意识地扣动了扳机,没想到父亲当时正站在前方的树林中,子弹擦过父亲帽子边缘,吓得我魂飞魄散。当时父亲对我说,你这样的老枪手怎么会误打中我?而且还是用你爷爷给你的枪!"

"哦?他说,用你爷爷给你的枪?"

三云难掩内心的惊讶。万俵大介竟然将儿子的误伤看成是故意瞄准自己!看来万俵大介和万俵铁平之间,或者说,万俵家内部有着不为外人所知的黑幕。三云强装欢笑说:

"哎呀,喝多了,净说些傻话。咱俩好久没有吟唱牧水的诗歌了,一起来吧!"

当年在纽约的时候,三云每醉必唱若山牧水的诗歌,因此得名"纯情大师"。

> 秋夜独饮,酒浸白玉齿

牧水的诗歌在不知不觉中抚慰着铁平的内心。

开完一上午的会,吃完午饭,万俵铁平拿起电话,给正在六甲山山庄度假的孩子们打电话。电话里很快传来正在上小学三年级的太郎的声音。

"爸爸,你什么时候来?只有妈妈和京子,捏知了也不好玩儿。二子姑姑还问,你爸爸怎么还不来?"

太郎埋怨道。

"好啦好啦,我今天就过去。告诉妈妈,晚上我们一起吃烤肉,等着爸爸哦。"

说完,铁平挂断了电话。

夏天的时候，万俵全家住在六甲山别墅。父子三人从山庄到各自的单位上班大约需要四十分钟的车程。父亲万俵大介和弟弟银平自入夏以来一直住在山庄。因为高炉建设进入关键的突击作业阶段，特别是这四五天每天都加班到深夜，所以铁平暂时还住在冈本的家中。今天，工作暂告一段落，再有两个月高炉也将完工，铁平决定今晚回山庄。

铁平从椅子上站起来，望着窗外。夏日骄阳下，各车间的屋顶散发着灼热的光芒。因为市场不景气，部分车间没有开工，但是金属声仍然不断。三十多万平方米的高炉工地就在工厂东侧的滩滨边。站在办公室窗边无法看到高炉工地的情景，但是铁平知道，八百立方米的高炉已经完成了90%，转炉和热风炉正在建设中，码头边，堆放铁矿和焦炭的原料堆以及运送原料的现代化传送带已经初具规模。铁平不禁回忆起高炉开建以来遭遇的种种困难。

首建高炉的技术困难就不用说了，美国轴承公司突然取消订单造成产品积压，资金周转出现问题，而三月份以来的市场萧条至今没有好转的迹象，更是雪上加霜。尽管公司股价下滑，资金压力巨大，但铁平仍然没有暂停高炉建设，反而决定进行突击作业、提前完工。铁平的这一决定离不开大同银行三云行长的鼎力帮助。办公室里开着空调，非常安静。想到马上就可以回报三云行长了，铁平满心喜悦，点上一支烟，慢慢地吸了一口，决定今晚约上一之濑父子一起去山庄，和二子以及孩子们一起，享受户外烤肉的乐趣。铁平刚想给一之濑父子打电话的时候，突然，窗户玻璃开始剧烈地颤动，地面传来咚咚咚的震动声。铁平以为是地震，但又觉得震动声伴随着巨大的爆炸声，而且声源似乎就在附近。铁平赶紧打开窗户。

"怎么回事？刚才是什么声音？"

铁平问道。

"不知道,好像是什么爆炸了。"

一名飞奔出来的职员刚说完,传来了刺耳的警报声。是保安用的紧急警报。

"专务,高炉工地发生爆炸!"

秘书来向铁平报告。

"什么?爆炸!什么爆炸?"

"不知道。是现场的建设本部报告的。"

"知道了,我去看看。"

铁平一把抓过安全帽和工作服,飞身坐上门口的吉普车。两台厂内备用消防车尖叫着从铁平身旁疾驰而去。工人们从各个厂房出来,骑着自行车向出事地点飞奔。

到了高炉工地附近,铁平看见高炉和热风炉旁烟尘滚滚,完全看不清楚具体情况。铁平又向前靠近了两百米左右。这时,爆炸声再次响起,咚,咚,咚,黑烟夹杂着煤气的臭味儿,一股股热浪扑面而来。铁平将吉普车停在消防车旁。四处都是撕心裂肺的叫骂声、呼喊声。透过烟尘,铁平看见热风炉处火焰冲天。

"热风炉爆炸了?!"

"是的,专务,危险,不要靠近!有很多人受伤!"

"什么?!有人受伤?!"

铁平透过烟雾凝神细看,原来是热风炉发生了煤气爆炸,观察孔四周的铁皮被彻底炸裂,炉内的砖块四散崩开,周围地面上倒着十几名工人。

"为什么不赶紧救他们?赶紧去救!"

铁平大声命令着,正要跑过去。

"能救的都救了,热风炉周围五十米非常危险,如果再次发生煤气爆炸的话,就全完了!"

承包高炉工程的现场指挥一开始坚决不让铁平过去,但和一名从浓烟中跑出来的男子简单交流之后,大吼道:

"不会再发生煤气爆炸了!赶紧救出受伤的工人!灭火!"

周围待命的工作人员、阪神特殊钢公司的工人们立刻跑到那些在地上痛苦地挣扎的伤者身边,将他们抬上担架。他们有的衣不蔽体,全身被大火烧伤;有的被观察孔的门击伤;有的头部血流不止。所有受伤的人都生死未卜,全身衣服血淋淋的,破烂不堪。

"喂,阿林,阿林,坚持住!不要死!"

一名工人呼唤着担架上的伤者。铁平跑过去一看,伤者的衣服被烧得漆黑,已经濒临死亡。

不一会儿,救护车、消防车、警车鸣着警笛呼啸而来,投入到运送伤者和救火的行列中。大火点燃了周围的木材和电线,时不时火花四溅。化学灭火剂不一会儿就完全控制住了火势,警察们拉起了"禁止入内"的警戒绳。不久,事故课的人到了现场,搜集了四散的砖瓦、散乱的铁屑,以及沾着血迹的布片,用来调查事故原因。

铁平站在警戒绳外,脸上的汗水和灰尘交织在一起。这时,刚刚在别处指挥救援和灭火的一之濑厂长,满身煤灰地跑了过来。两人的面孔都有些扭曲。

铁平强撑着瘫软的身体,叫来高炉承包方的现场指挥,询问事故原因。

"为什么热风炉会发生煤气爆炸?"

现场指挥的工作服已经破成了布条,茫然垂着头说:

"发生这么大的事故,我非常抱歉。我们的工作人员为了准备明天的炉内砖瓦烘干作业,打开了热风炉的观察孔,没想到热风炉上方连接供水筒的水管正在进行焊接作业,火花掉下来引发了火灾,瞬间就发生了爆炸。"

热风炉里的耐火砖如蜂巢般层层堆积。在高温条件下,煤气燃烧,砖块变热,炉内空气同时变热,热风进入高炉熔解铁矿石,最终制造出钢铁。

"问题是,如果要发生爆炸,炉内必须充满煤气,达到爆炸极限点。为什么炉内会充满煤气?"

"这一点我也没明白。可能是连接炉外侧的煤气燃气炉的阀门松了,导致煤气泄漏,达到爆炸极限,正好工作人员打开观察孔,外面焊接的火花掉下来引发了火灾。"

"燃气炉的阀门为什么会松?阀门不是不能随便动的吗?"

一之濑严厉地问道。

"有可能是阀门本身有问题,也有可能是有人误操作打开了阀门。因为当事人受伤,现场的设备又毁坏了,现在还不清楚真正的原因。"

当事人有的已经死亡,有的受伤。铁平呆呆地看着警戒绳内的惨状。如何吊唁事故中的死者?如何开展今后的重建工作?所有的一切像大山般压得铁平喘不过气来。

"铁平,发生这么大的事故,你准备怎么办?"

万俵大介脸色铁青,严厉地质问铁平。已经过了晚上八点。阪神特殊钢公司爆炸事故发生后,阪神银行总行从一楼的交易大厅到调查、融资、总务等各部的办公室,全都灯火通明,所有人都在紧张地做着善后工作。大介和铁平相对坐在行长室里,气氛相当沉重。

"非常抱歉。我现在只盼望着不再有人死去。"

铁平闭着眼答道。

"死者还在增加吗?"

"因为全身烧伤被送到神户医院的我公司现场负责人傍晚医治

无效身亡。截至晚上七点,共死亡四人,重伤五人,轻伤十三人。"

铁平咬紧牙关,强忍着内心的痛苦。

"怎么会这样?!你第一时间去警察局道歉了吧?"

"是的,我去看望了死者家属和住在医院的伤者之后,才来这儿的。"

铁平满是血丝的眼中泛着泪光。为了不让家属看到死者悲惨的死状,所有的遗体都用白色绷带包裹着。家属们抱着遗体号啕大哭,那悲痛欲绝的哭声还在铁平耳边回响。

"铁平,你没听见我的话吗?警察局那边怎么说的?"

大介怒气冲冲地质问道。铁平回过神来说:

"兵库县警察局和滩滨警察局我都去道过歉了。鉴于事故中有四名死者,他们组成了阪神特殊钢公司事故调查小组,准备彻底调查事故原因。他们命令我们公司尽快查明事故原因。另外,为了保全现场物证,热风炉周边的工程建设施工需要暂停两个月。"

"两个月?重要的是当局到底是怎么看事故原因的!我听说刑警们早就开始询问现场附近的施工人员,阪神特殊钢公司方面有没有什么过失?"

大介目光锐利地盯着铁平问道。

"热风炉烘干作业的准备工作由五菱重工的承包商负责,我们公司的人员只需到场即可。我认为我们不存在任何过失。"

"可是,你刚才说,阪神特殊钢公司的现场负责人死了!俗话说,死人不会说话。如果五菱重工把责任转嫁到你们头上怎么办?这一点你一定要好好想清楚!"

"父亲,不可能!"

父亲残酷的话让铁平皱起了眉头。

"没什么不可能的!这么多人反对,你还是一意孤行,急着想完工,搞什么突击作业!这一切都是你决定的!不管事实真相如何,警方首先会怀疑你在施工安全方面存在责任。这还不够麻烦的吗?!"

面对身心疲惫的铁平,大介从头到尾没有一丝安慰。铁平终于受不了了,说:

"父亲,大同银行神户分行还要求我对事故情况进行说明,另外我还要去给死者守夜,我先告辞。"

说着,铁平转身就要离开。

"铁平,我还有重要的话没说呢。"

大介想拦住铁平,铁平却头也不回地走出了行长室。

铁平快步走过长长的走廊,正要走向电梯的时候,行长秘书速水走了过来,说:

"大门玄关处挤满了记者,我让您的车停到职员专用门旁边的停车场了。您从那边楼梯下去的话会好些。"

说完,速水将铁平悄悄引到楼梯边。铁平对细心的速水表示感谢后,从职员专用门快步走向停车场。车子开动以后,铁平看到,阪神银行的大门口停满了各报社的采访车,车上插着报社的社旗。阪神特殊钢公司的爆炸新闻,已渐渐从社会版转到经济版。铁平知道,高炉工程危在旦夕。

铁平强打精神,和一之濑常务一起为阪神特殊钢公司高炉工地的现场负责人多田增太守夜。

多田增太在此次热风炉煤气爆炸事故中全身重度烧伤,不治身亡。警方检查过遗体之后,遗体上下被裹上了白色的绷带,放入了棺材中。为了能让从九州赶过来的父母见上儿子多田增太最后一面,棺材大开着,没有合上。多田增太有三个孩子,长子上初三。多田的妻子、孩子和其他亲属围坐在棺材旁。突然发生的惨剧让他们悲痛万分,憎恨的目光集中在铁平和一之濑身上。铁平再次双手伏地,低

头致歉:

"公司发生如此严重的事故,甚至有人为此付出了生命,我知道任何道歉都无济于事。我代表公司向各位表达我衷心的歉意,需要我们公司方面做什么,请尽管吩咐。"

表情沉重的铁平刚刚说完,一直呆坐着像是流干了眼泪的多田太太突然大声痛哭起来:

"我不要钱!把人还给我!是你们杀了他!还给我!"

头发蓬乱的多田太太,冲过来抓住了铁平前胸的衣服。铁平没有反抗,默默地垂着头。对于在这次惨剧中失去丈夫或是儿子,或是其他亲人的遗属们,任何道歉都显得那么苍白无力。一之濑也道歉道:

"不管您怎么说,错误都在我们,造成这一事故的责任在我,在我这个厂长。"

多田的弟弟之前一直守在棺材旁,短袖领口处已经被汗水浸透了,此时叉着腿站在铁平面前说:

"我刚才一直没说话,一直听着呢!你们这些人只会来来回回地说什么对不起,抱歉!你们以为这样说说就行了吗?这次事故是不是你们搞什么突击作业的结果?我哥哥这个现场负责人就是你们的牺牲品!啊?你说,事故原因到底是什么?!"

"这个,警方也正在进行调查。热风炉正在准备烘干作业,煤气燃气炉的阀门不知道什么原因松了,导致炉内充满煤气……"

铁平刚说到这儿的时候,多田的弟弟叫了起来:

"你是想说我哥哥作为现场指挥有问题?你要是这么说的话,我哥哥就成不了佛了!"

"我不是这个意思……"

"别狡辩了!警方的调查也都是胡扯!责任都在你们公司!你

们赶紧回去,商量好一个令我们满意的慰问金和赔偿金方案,其他的事回头再说!"

多田的弟弟叫嚷着,唾沫星子四溅。铁平极力控制着自己的感情,和一之濑一起站起来,向遗体深鞠一躬之后,转身离开。两人浑身上下、从内到外已经被汗水浸得透湿。

走到外面,铁平想独自待一会儿。铁平让一之濑先回去,独自坐上了车。事故发生之后,铁平马不停蹄地忙着向警察道歉、看望伤者、去银行解释、吊唁遗属,一件事接着一件事,一刻也没有休息。此时,深深的疲劳感包围了铁平。那些失去了丈夫或者父亲的遗属们的愤恨而冰冷的目光,似无数根利剑刺在铁平的心上。车子在不知不觉中驶过房屋拥挤的尼崎,沿着阪神国道向冈本的家中驶去。

铁平进大门的时候已经快十二点了。父亲他们居住的主屋还亮着灯。得知事故发生后,家人们紧张地从六甲山庄赶了回来。铁平沿着院子里的坡道向上开,在玄关处停了下来。门开了,二子飞奔出来。

"哥哥!没事吧?吓死人了。"

二子担心着哥哥铁平,三子也哭丧着脸站在二子身后。

"让你们担心了。爸爸呢?"

"还没回来呢。"

铁平的心情再次跌到了谷底。下午铁平去阪神银行行长室道过歉了,但因为忙着去大同银行神户分行解释情况以及慰问遗属等事情,所以当父亲说"铁平,我还有重要的话没说呢"的时候,铁平没有理会,转身就走了。现在父亲仍在银行,阪神特殊钢公司在高炉建设过程中发生如此重大的事故,父亲会如何处理呢?铁平正想转身去阪神银行看看情况的时候,听到走廊里传来了慌乱的脚步声。妈妈宁子在银平的搀扶下走了出来。

"铁平,你平安无事地回来了。"

"妈妈,让您担心了,已经没事儿了。"

铁平牵住好不容易站稳的妈妈,走进客厅一看,相子站在那儿,似乎等候已久。

"铁平,这次影响真够大的,今天电视上、广播上报的都是你们公司的爆炸事故。你爸爸那样劝你,你偏不听,非要干,结果造成如此重大的事故!先不说给你爸爸的银行造成多大麻烦,佐桥首相夫人的侄子细川一也家纳彩礼的日子好不容易才定下来,偏偏在这个关键时刻出这么大的事儿!"

怒气冲冲的相子不分青红皂白地说道。

"你说什么呢?这种时候说什么彩礼,也太荒唐了吧!"

二子生气地说道。

"二子你闭嘴!铁平,刚才千鹤来电话了,说石川社长受刺激倒下了,情况不太好,她非常担心。他有高血压,万一出了什么问题,那么你不仅要给工人守夜,恐怕对石川社长也得……"

看到相子不依不饶的样子,宁子忍不住说:

"不要说了!发生了这么恐怖的事情,连累了大家,这时候铁平才是真的连死的心都有啊!"

宁子双手捂住脸,为铁平辩护着。相子冷笑着说:

"想哭的应该是作为主银行行长的你的父亲,他现在肯定在银行……"

相子刚说到这儿,银平插话道:

"你不用说这么多吧!哥哥,嫂子一直在家担心地等着呢,你赶紧回去吧。"

看到周围的女人哭哭啼啼的,银平想带哥哥赶紧离开。

"妈妈,您不要再为我担心了。事故会处理好的。"

心力交瘁的铁平支撑着极度疲惫的身体,和银平一起离开主屋,向水池对面高地上的家中走去。

夜晚的露水和八月的热气使得院子里闷热异常。铁平不顾汗珠滚落,默默地向前走着。银平看着哥哥说:

"哥哥,今晚就不要再想这件事了,好好睡一觉。这是我平常用的安眠药,给你。"

银平从POLO衫胸袋里拿出药片递给铁平。

"嗯,今晚好好睡,明天还得考虑高炉重建的事呢。"

"什么?你现在就想重建高炉了?"

银平惊讶地看着哥哥问道。

"这不很自然吗?发生事故的热风炉工地已经被警察围起来了,两个月禁止入内,所以我们得尽快着手制定重建方案。重建需要资金,你虽然不是直接负责人,但作为总行营业部的信贷课课长,你一定要帮我。"

面对铁平的请求,银平沉默不语。

"怎么了?爸爸是不是有什么别的打算?"

铁平又问道。刚刚得知父亲还在银行未归时的不安,再次袭上铁平心头。

大同银行的董事会议室内,神户分行行长桥爪笔直地站着,正在向各位董事汇报昨天阪神特殊钢公司发生的热风炉爆炸事故的情况。

"我得知发生爆炸事故是在昨天下午三点左右。当时我正在办公室和客户谈话。突然次长慌慌张张地跑了进来,说电视上正在报道,阪神特殊钢公司的高炉工地发生煤气爆炸,死伤者众多。我马上给阪神特殊钢公司打电话,但是所有的电话都占线。没办法,我赶紧开车过去。到那儿一看,现场的灭火工作以及受伤人员的救助工作已经差不多告一段落,热风炉破裂,炉内的砖块被炸得粉碎,散落一地,到处都是伤者的衣服碎片以及血迹,吓得我目瞪口呆。"

大同银行召开紧急董事会,要求桥爪到东京汇报此次事故的具体情况。回忆起昨天的场景,桥爪仍然十分激动。

三云行长坐在 U 形桌的正中,融资主管绵贯、财务主管夏目、国际业务主管白河三位专务,以及业务主管小岛、人事主管山之内、事务效率主管中原、总务计划主管角野四位常务,全都神情紧张地听着桥爪的汇报,但各有各的心思。

"在确认事故现场之后,我立刻去找了相关人员,调查了热风炉爆炸事故造成的损失额及对今后资金情况产生的影响。首先是热风炉自身的损失。由于炉体遭到损坏,热风炉必须重建,可能需要花费三亿五千万日元。一般情况下,在高炉完工之前发生事故的话,损失由高炉承建方来承担,所以对于阪神特殊钢公司来说,这笔损失可以忽略不计。接下来就是给事故中死亡者的抚恤金、伤者的慰问金了。承包商方面的工作人员由他们自己承担,阪神特殊钢公司只需要承担现场遇难的负责人的抚恤金就可以了。这次爆炸事故最严重的后果是,高炉投产运行推迟半年所造成的经济损失,以及高炉工程预借款的利息负担对市场萧条中的阪神特殊钢公司的影响。这一点我们必须慎重考虑。"

桥爪分行长汇报完了,谁也没有说话。过了一会儿,第一专务绵贯首先开口道:

"我越听越觉得这次事故相当严重啊。以前我就觉得阪神特殊钢公司比较危险,现在看来果然如此啊。"

大红脸的绵贯伸着脖子,说起话来阴阳怪气的。三云行长严厉地看着绵贯,说:

"现在不是说这种话的时候。桥爪,本行对阪神特殊钢公司的贷款余额是多少?"

桥爪拘谨地坐在末位上答道:

"高炉的长期设备投资是九十亿五千万日元,短期贷款是十八亿二千万日元。"

"你估计高炉推迟半年投产所造成的资金短缺大概是多少?"

"准确的数字可能需要经过一段时间的调查才能清楚。昨晚我问了阪神特殊钢公司的万俵专务和钱高常务,他们说大约五十亿日元。其中阪神特殊钢公司自己能够筹措到手的资金,包括推迟应付票据时间、变卖不必要不急用的不动产、变卖库存产品等,加起来顶多二十亿日元。"

听了桥爪的说明,绵贯进一步问道:

"也就是说,他们还有三十亿日元的资金缺口需要银行调配。那他们的主银行阪神银行准备怎么做?"

"据阪神银行总行营业部部长说,作为主银行,他们理应出手相助,但同时希望我们作为副银行能够提供援助。各银行还需要组成事故处理委员会来进一步商谈处理意见,光问是很难问出实话的。"

桥爪附和着绵贯,闪烁其词地答道。三云说:

"先不论事故的大小,高炉本身及其附属设施都接近完工,阪神银行在这方面应该没什么问题。应该引起我们重视的是阪神特殊钢公司领导层的态度。他们会不会因为事故中出现了伤亡,慑于舆论压力,不敢继续建造高炉?或是在资金调配方面变得软弱?这方面桥爪你感觉如何?"

三云担心地问道。

"我觉得不能说他们的领导层没有动摇。我听说事故发生后,石川社长在办公室晕倒了。另外还有一种悲观的说法,认为此次事故将造成他们公司的销售额进一步下降。我觉得现在依旧干劲十足的好像只有万俵专务一个人。"

因为知道三云和万俵铁平的关系,所以桥爪回答起来十分小心谨慎。

"是嘛!万俵专务没有被打倒,还有从头再来的信心。这样我就放心了。"

三云似乎松了一口气。绵贯故意咳了一声,说:

"行长,我没记错的话,应该是六月份吧,因为特别贷款一事,万俵专务特地到我办公室来表示感谢。当时我们俩聊了一会儿。他说,为市场提供低成本的产品是当代企业家的社会使命等等。我当时听了特别惊讶,他说话的口气就像社民党的年轻议员一样。从我的经验来看,像他这样的企业领导,一帆风顺的时候生龙活虎的,一旦不顺了,那就是倒栽葱。我总觉得这次咱们还能再相信他吗?"

万俵铁平为特别贷款一事来向绵贯表示感谢的时候,绵贯为了获得阪神银行对朝日肥皂公司的交换贷款,极尽吹捧之能事,把铁平夸得像朵花。如今绵贯的态度发生了一百八十度的彻底变化。这时,绵贯的心腹、业务主管小岛常务赶紧附和道:

"我也注意阅读了一下各报刊关于此次事故的报道。所有的报道都指出,此次阪神特殊钢公司热风炉爆炸事故的原因在于其鲁莽的突击作业。庞大的设备投资让阪神特殊钢公司无法承受市场萧条的压力,最终选择了这条不归路。我行与他们的主银行阪神银行一样,给予了他们巨额贷款支持。媒体的这种批判确实值得我们反省。我行一直以来都坚持发挥储蓄银行的特点,稳扎稳打。这次我们也应该回归我们的基本方针,就像一直在第一线、比较了解情况的桥爪分行长所说的那样,在对阪神特殊钢公司贷款这件事情上,我们必须慎之又慎。"

听到小岛这样说,坐在上位的白河专务皱起了眉头。白河从日银国际局部长空降到大同银行担任常务,并在六月份的人事调整中,直接超过第一常务小岛荣升为专务。

"刚才三云行长已经说过了,现在高炉完工在即,这种论调没有任何意义。关于此次事故,报纸上的报道很多,其实这是一起现场工作人员违规操作引发的偶然事故,和公司经营情况恶化等本质性的问题没有任何关系,所以我认为没有必要改变我行的贷款方针。不管媒体怎么说,我行应该以一家城市银行该有的态度,冷静处理此事。"

白河批评了绵贯等元老派因受媒体的影响而摇摆不定的态度,对三云行长的意见表示了支持。

"我们的确应该冷静处理此事。但是,特殊钢行业看不到任何市场好转的迹象,阪神特殊钢公司的现状是缩短工时、赤字不断。如果我们依然以所谓城市银行的态度来高调支持他们的话,万一他们出现什么情况,我们如何面对那些汗流浃背地到处拉存款的一线职员们,以及那些来我们银行存款的客户们?"

绵贯沉着脸说道,大鼻翼鼓鼓的。白河专务看了眼三云,说:

"您说的万一,指的是什么?可能当着融资主管绵贯专务您的面这样说有些班门弄斧,但我觉得,先不谈国内市场的恢复,我认为,秋天过后,特殊钢的出口增长指日可待。我的证据是,美国钢铁行业的罢工呈现长期化的趋势,包括 US 钢铁在内的各家美国公司都在筹备从日本购买备用产品。我相信,阪神特殊钢公司的高水平产品将在出口竞争中充分发挥其固有的优势。"

白河专务专业性的意见让绵贯一下子无话可说。绵贯只好问道:

"夏目专务,你的意见呢?"

夏目坐在绵贯对面,抱着胳膊,一言不发。作为银行家,夏目既没有特别的见识也没有特别的业绩，但是，在大同银行还是一家储蓄银行时，夏目是行内唯一一位东大毕业生。夏目被升格为专务完全是因为学历优势。夏目和从高级商科学校毕业的元老派的绵贯并不投机，但和日银空降派也不亲密，而是自成一派，游离于两派之间。因为性格温和，夏目所代表的中间派成了空降派与元老派之间的润滑油。

"我认为啊，对阪神特殊钢公司的贷款，先静观一段时间，看看此次爆炸事故给他们的企业经营带来什么样的影响之后，咱们再决定怎么办。"

夏目不慌不忙地说完之后，三云做了总结性发言：

"的确，现在咱们在这儿争来争去没有任何意义。当然在资金方面，咱们应该比以往更加小心谨慎。不管怎样，阪神特殊钢公司是我行一直以来支持的企业，是一家很有发展前途的企业，我们应该用心保护它，这个基本态度不能变。"

会议到此结束。

此时，在大阪的北滨①，阪神特殊钢公司的股价从每股 72 日元猛跌到每股 60 日元。

---

① 北滨：大阪证券交易所所在地。

第十二章

绵贯千太郎打了个惊人的大喷嚏后醒了过来。对于脱去外套、仅穿着一件衬衫就睡着了的绵贯来说,新干线绿色列车①中的空调温度似乎有些低。绵贯接着打了第二个喷嚏,看了眼窗外。列车正行进在琵琶湖边。

一个月前,朝日肥皂公司收购了 Royal 化妆品公司名古屋厂。作为朝日肥皂公司主银行的融资主管专务,绵贯此次特地到名古屋视察工作,顺便去趟京都,和阪神银行的万俵行长见面。想到和万俵的见面,绵贯的心情有些复杂。在阪神特殊钢公司热风炉爆炸的第二天,绵贯就联系了阪神银行驻东京办事处的芥川,要求面见万俵行长,探讨阪神特殊钢公司的问题。但阪神银行方面以万俵行长公务繁忙为由一推再推,直到事故发生一周之后,芥川所长才回话说,"如果八月十五、十六日您来关西出差的话,咱们就顺便在京都的鸭川河边见面,到时可以边观赏大文字篝火边慢慢聊"。

好不容易等来了这么个结果,但如果为此特地去一趟京都的话又有些过于醒目了,于是绵贯借口去视察刚刚收购的 Royal 化妆品公司名古屋厂,顺便拐到京都去见万俵大介。不过,阪神银行一开始

---

① 新干线绿色列车:设施比普通列车的设施要高级一些。

迟迟拖着不给答复,现在又突然提出到京都边看篝火边谈,这一前一后的巨大反差让嗅觉灵敏的绵贯有些不安,总觉得阪神银行似乎居心叵测。但是一想到可以在鸭川的茶屋里,边享受舞姬温柔体贴的服务,边欣赏大文字篝火,绵贯就禁不住心神荡漾起来。

绵贯看了眼手表,快到京都了。

在鸭川边的茶屋向加茂川河滩方向搭起来的凉台上,坐满了边看大文字篝火边吃吃喝喝的人们。在店门口的老式提灯下,舞姬和艺伎热热闹闹地进进出出。

在靠近三条大桥的一家名为"京清水"的茶屋的凉台上,万俵大介和芥川迎来了绵贯千太郎,舞姬和艺伎在一旁服务。舞姬们按照老艺伎的吩咐,一个接一个轮番向今天的主客绵贯敬酒。

"老板,欢迎光临,您多喝点。"

"我也来敬一杯,您多喝点。"

看到在自己面前一字儿排开的六名舞姬和艺伎,绵贯不禁喜笑颜开,感叹道:

"哎呀,这个看大文字篝火的场面好气派啊。"

芥川赶紧说:

"您高兴就好。我们一直想趁着看大文字篝火的机会请您过来。"

万俵也说:

"每次都是绵贯你亲自过来,真不好意思。来,我先敬你一杯。"

万俵首先敬酒。绵贯忙说:

"你们太客气了。我正好到 Royal 化妆品公司名古屋厂视察,顺便就到京都来了。"

"Royal 化妆品公司那边怎么样?"

万俵问道。此次朝日肥皂公司收购 Royal 化妆品公司,收购资金的一半是从万俵的阪神银行贷的款。

"合并中最让人担心的人事问题现在看来还不错。朝日肥皂公司原来是单一的洗涤用品生产企业,合并之后开始涉足化妆品行业。当然,这一切离不开万俵行长的鼎力支持。朝日肥皂公司的筒井社长对您深表谢意。我也会继续用心,进一步致力于公司的发展壮大。"

"只要有绵贯专务在,朝日肥皂公司一定会蒸蒸日上的。Royal这个名字相当不错啊,给人一种很有档次的感觉,肯定会热卖的。"

芥川赶紧附和道。

"这次Royal化妆品的男模特儿,好帅啊!"

看上去最年轻的舞姬笑着说道,红红的小嘴唇如花蕾般鲜艳欲滴。另一名眉清目秀的舞姬说:

"是吗?比起那些花样美男,我更喜欢身材魁梧的肌肉男。你说呢,姐姐?"

被称作姐姐的艺伎正在收拾衣领和下摆,听到问话之后说:

"你们别瞎说,不要对别人生意上的事情妄加评论。"

艺伎圆滑地笑着,为绵贯倒了杯酒。

"没关系,没关系,你们多多帮我们宣传Royal化妆品才好呢。"

"真的吗?那我赶紧向我哥哥推荐Royal化妆品,他正好问我哪种发用化妆品好呢。"

刚才的那名艺伎摇头晃脑地说道。绵贯故意开玩笑问:

"你哥哥不是个秃子吧?"

和舞姬、艺伎们插科打诨了一阵子之后,绵贯看准时机,冷不丁地靠近万俵,低声问:

"行长,上次的事故对今后有多大影响?"

绵贯终于将话题转到阪神特殊钢公司上来了。万俵将目光转向黑黢黢的大文字山说:

"情况比当初预想的要严重得多。说实话,我们非常头疼。"

"真的吗？您别吓我。芥川，你说呢？"

"实际上我听负责融资的涩野常务说，贵行可能比我行还要麻烦一些。"

芥川的回答同样含糊其词。

"看来，今天你们邀请我来这儿，就是为了谈这件事啰？"

绵贯问万俵。

"这里谈不方便，咱俩换个地方单独谈。"

说着，万俵走下凉台，走进包间。

包间里开着空调。为了欣赏大文字篝火，屋里点着蜡烛，没有开灯。万俵和绵贯面对面坐了下来。领班送来酒杯和酒壶之后就退了出去。

"万俵行长，咱俩要单独谈什么？"

昏暗的烛光中，万俵依旧面不改色，而大红脸绵贯的神情明显比较紧张。

"我先不礼貌地问一句，在阪神特殊钢公司事故发生后的第二天，你们大同银行召开了紧急董事会。方便的话，你给我讲讲你们那次会议的内容吧。"

"说实话，会上的意见分成了三派。以三云行长和国际业务部白河专务为首的日银空降派认为，此次爆炸事故只是一个偶然性的事故，虽然会对公司的经营造成一定的影响，但大同银行没必要改变以往的融资方针；以我为代表的元老派，包括业务主管小岛、人事主管山之内、总务计划主管角野三位常务，认为此次事故原因在于阪神特殊钢公司轻率鲁莽的突击作业，今后银行方面在阪神特殊钢公司的融资问题上应该慎重行事；以财务主管夏目专务和事务效率主管中原常务为代表的中间派认为，应该静观事态变化，看一看事故对企业经营究竟会产生多大影响之后再决定对策。"

"不好意思,照你刚才所说,贵行董事会成员明确地分为空降派、元老派、中间派三派,这三派的比例是,空降派两人、中间派两人、元老派四人,是吗?"

"也可以这样说吧。不好意思,让您见笑了。"

绵贯有些后悔自己说得太多了。

"哪里,何来见笑一说。我想和你单独谈的,也正是这个问题。"

万俵慢慢端起酒杯,说:

"看来,绵贯,以你为首的元老派属于多数派,只要董事会的最终表决依据多数服从少数的原则,不管三云行长如何打算,在阪神特殊钢公司的问题上,应该是你想怎么办就怎么办吧?"

"我想怎么办就怎么办?您的意思是……"

绵贯突然说不下去了。透过昏暗的烛光,绵贯看到万俵眼中散发着异样的光芒,这令人不寒而栗。绵贯第一次意识到,万俵大介即将放弃身受重伤的阪神特殊钢公司。绵贯甚至觉得,万俵大介在点燃大同银行对阪神特殊钢公司的投资热情之后悄悄抽身,其最终目的是吞并因阪神特殊钢公司的不良贷款而深受重创的大同银行。一想到自己参与的朝日肥皂公司和阪神特殊钢公司的交换融资也是万俵的吞并环节之一,绵贯不禁毛骨悚然。

"行长,你想要的不是肥皂,而是银行吧?"

面对绵贯的追问,万俵回答说:

"咱们又不是女人,想要的东西,不是那么简单就能弄到手的,这和想要那些伎女完全不同。"

万俵用眼神指着凉台上的舞姬们说道。透过包间外的门帘,可以看到舞姬们正围着芥川打闹逗笑。

"只要是万俵行长想要的东西,恐怕没有弄不到手的吧?"

"那得看老板娘怎么打算的了。"

万俵意味深长地答道。这时,凉台上人声鼎沸了起来。

"快来啊,送神火开始了。"

舞姬们舞动着长袖叫道。

在斜前方大文字山山腹处的篝火被点燃的一刹那,京都街道上的霓虹灯一齐熄灭,漆黑的夜空下,大字形篝火熊熊燃烧,十分壮观。

"您要的就是那个吧?"

绵贯看着篝火说道。万俵点了点头。熊熊燃烧的送神火呈"大"字形。这个"大"字既指代大同银行,也象征着万俵大介长久以来"以小吃大"的心愿。

"绵贯,听说以前房屋没有这么拥挤的时候,花街有个雅致的约定,就是将大文字的'大'字映在酒杯中,大家轮流喝。要不咱们今天也照着这个习俗来喝,如何?"

面对万俵的提议,绵贯似乎有些犹豫。密谈过的两人就像同床过的男女一样,不可能装作什么都没有发生的样子。想到自己已经深陷万俵的圈套,绵贯将错就错地说:

"看来迄今为止,我算是碰巧帮上忙了。"

听到绵贯这样说,万俵第一次露出了笑容,说:

"绵贯,我会把你的事情放在心上的,会满足你更多的要求。来,干杯!"

万俵的意思是,如果绵贯加入自己一方,今后副行长的位置就是绵贯的了。绵贯终于下定了决心,一口喝完了杯中酒。

"咱们到外面凉台上,叫上芥川一起喝吧。"

来到凉台上,绵贯将身体探出栏杆。继大文字山的篝火之后,金阁寺山的左大文字篝火也燃烧起来,照亮了京都的夜空。

"啊,点燃了,点燃了!'大'字!"

绵贯异常兴奋地大声喊叫着,双手拍着栏杆,边拍边喊。

月底是阪神特殊钢公司财务部最忙的时候。下午四点,出纳窗口处领取应付票据和支票的各公司事务员依然络绎不绝。

财务部部长安井一边看着穿着白衬衫、忙忙碌碌的二十多名下属,一边恳求一直坐在自己办公桌前的承包商——戎齿轮公司的戎社长早点回去。

"你看,发生这么大一个爆炸事故,你们也很困难,这一点我可以理解。但是,现在市场一片萧条。我们公司统共也就不到七十名员工,和你们公司比起来,我们是名副其实的小公司,日子更不好过。一百二十天的票据,你们还让我们再拖一百五十天,这不是要我们的命嘛!"

戎齿轮公司在阪神特殊钢公司的下级承包公司中属于中等规模。这位戎社长名如其人,脸蛋圆鼓鼓的,为了凉快使劲向外扯了扯短袖衬衫的领口,探身向前请求着财务部部长安井。

"这一点非常抱歉,前几天,我们公司的负责人已经说明过情况了。作为我们公司的客户,无论商社还是承包商,都已经表示了理解,希望贵公司暂时忍耐。"

安井部长态度很客气,但说法有些模棱两可。

"我都这么求你了,你还要我们再忍耐一百五十天!看来我只有死心了。你们公司还撑得下去吗?"

戎社长看了看手上一百五十天后才能支付的应付票据,又看了看财务部部长安井,担心地问道。

"你有什么证据说这话?!"

看到安井部长真的生气了,戎社长有些心虚,说:

"哎呀,事故发生之后,谣言满天飞,所以我们有点担心嘛。不好意思,抱歉。"

戎社长慌慌张张地将票据塞进收款包里离去。

看着他的背影,安井想:如果不发生热风炉爆炸事故,尽管市场不景气,公司财务还能再支撑一段时间,可是现在真的是四面楚歌了。万俵专务的高炉突击作业命令让安井备感苦涩。在市场不景气的情况下,一旦公司的支付能力恶化,就会谣言四起,公司信用度就会下降。以往公司还可以想办法从银行借款勉强应付,但爆炸事故发生之后,公司的资金周转困难想掩饰也掩饰不了了。

安井深叹一口气,对斜对面的次长说:

"东京精工的票据,五菱银行方面是不是还没有回音?"

安井一直很担心这件事。

"欸,还没回音吗?我还以为他们早已经和部长您说过了呢。"

次长惊讶地答道。

"嗯,到现在还没有联系的话,应该是不用担心了,不过我还是打个电话确认一下吧。"

看到时针已经指向下午四点,安井赶紧让接线员接通五菱银行神户分行的电话。阪神特殊钢公司每个月都会向东京精工公司赊销价值三千万日元的高级特殊钢。一般情况下货款都是以九十天票据的形式来支付。这份月初收到的应付票据,通常在月底通过东京精工公司的交易行五菱银行神户分行来贴现。这个月阪神特殊钢公司的财务部也同样按照此惯例来安排资金周转。五菱银行神户分行也是江州商事的交易行。正好八月底江州商事有一笔两千五百万日元的应付票据需要贴现,所以阪神特殊钢公司计划从东京精工公司的那笔钱中扣除一部分给江州商事。但是三天前,五菱银行神户分行突然来电话说,本月阪神特殊钢公司的票据贴现业务办不了了。

五菱银行神户分行提出的理由是:阪神特殊钢公司银行账户上的余额只剩下一千万日元,而且热风炉爆炸事故发生之后,阪神特殊钢公司资金周转困难,考虑到五菱银行对阪神特殊钢公司的贷款余额为五亿日元,五菱银行决定先静观事态发展再决定下一步的对策。针对五菱银行的这一说法,阪神特殊钢公司提出:尽管现在自己的账户上只有一千万日元,但是公司在五菱银行还有两亿日元的定期存款,希望五菱银行能够照旧贴现。经过交涉,五菱银行神户分行行长勉强点头答应,但说最终答复还得等两天。考虑到银行一贯比较注重形式和手续,安井觉得这件事应该不会再有什么问题。但一想到五菱银行一直没有任何联系,安井不禁又有些担心。

电话响了起来。接线员正要接通五菱银行神户分行行长的电话时,对方打电话过来了。

"不好意思,我正在让接线员给贵行打电话呢。"

安井高兴地说道。

"是嘛。前天你说的东京精工公司三千万日元的票据贴现的事情,总行指示,停止贴现。"

话筒里传来五菱银行神户分行行长硬邦邦的声音。

"什么?!那江州商事今天到期的应付票据怎么办?"

震惊之余,安井怒气冲冲地问道。

"怎么办?你们现在说这话有点晚了吧!你们后来也没和我们联系,而且前天我也通知过你们了,贵公司账上存款余额只有一千万日元。没办法,我们只能暂时拒付,已经退还给它的开出行富国银行大阪分行了。"

"拒付?这,这也太过分了吧!前几天你还答应了的,你说话不算话吗?!"

看到安井部长怒不可遏的样子,财务部所有的员工都站了起来。但是话筒里传来的声音一直彬彬有礼。

"我们非常理解贵公司目前的困境。我们也想尽力满足贵公司的要求,但是总行通知如此,所以这一点还请贵公司谅解。"

"混账！你们为什么不早点说?！分行长,你这是存心要毁掉我们公司吗?！"

心慌意乱的安井激动地大叫了起来。

"您这是哪里的话？三天前我本人也想努力避免这种事态的发生,所以我们一直坚持不懈地和总行磋商。可是贵公司在那之后一个电话都没有,你现在这么说让我很意外。"

"但是,今天都已经是结算日了,这都下午四点了,你现在说什么希望我们理解,是不是有点太不通情理了？如果贵行不能结算资金,那我们就赶紧想别的办法。请贵行停止拒付江州商事的票据。拜托了！"

"你们的心情我们完全能够理解。不过,票据交换时间已过,如果我行不拒付的话,就将蒙受损失,因此我们已经将票据退还给了开出行富国银行。所以接下来,贵公司需要明天上午十点前到富国银行大阪分行赎回江州商事的票据。十点前赎回的话就不算拒付。"

五菱银行神户分行长公事公办地说道。

"这我知道,但还请……"

安井正央求对方的时候,有人从背后抢过他手中的电话。原来是钱高常务。接到财务部职员的报告后,钱高常务急忙赶了过来,一直在旁边听着,现在脸色苍白地紧握着手中话筒说:

"喂喂,我是钱高。我在旁边大体听明白了事情的前后经过。贵行能不能停止将票据返还给富国银行？拜托了。"

"哎呀呀,常务您亲自接电话,真不好意思。我刚才已经和贵公司财务部长安井解释过了,这是总行的指示,我个人无能为力。"

"但是,你答应了的事情,为什么你们总行会不同意呢？这一点我很难理解。"

钱高的声音渐渐严厉起来。对方沉默了一会儿，说：

"常务您这样说的话，那我就借这个机会，越权解释一下总行和我们分行的真实想法。实际上，我们投入资金协助贵公司建造高炉的时候，就多次通过安井部长提出，希望贵公司给我们介绍一些指定存入业务和外汇业务，可是迄今为止你们那边没有任何回音。而且此次贵公司发生如此严重的爆炸事故之后，只派了一名年轻的职员跟我们简单地打了个招呼，根本没有向我们说明事故的详细情况和今后的重建方针等。所有这些事情加在一起，让我们不得不认为，阪神特殊钢公司根本没有意向和我们银行合作。三天前我们就向贵公司表达了我们的想法。"

分行长的解释十分令人不快。

"如果事故的说明方面我们做得不到位的话，那么在此我向贵行表示衷心的歉意。但是三天前，在接到贵行的通知之后，安井在向贵行道歉的同时，也表达了我公司希望继续和贵行合作的愿望，当时您也接受了……"

钱高毫不松口，继续追问道。

"那是安井部长理解错误。我当时告诉他了，需要请示总行之后才能最终决定。总行认为，现在正处于银根紧缩期，一些老客户都顾不过来，阪神特殊钢公司除了主银行阪神银行，还有平行主银行大同银行的鼎力支援。你们可以多和他们加强联系嘛。"

听到这儿，钱高明白，阪神特殊钢公司平时与五菱银行联系不够积极主动、事故发生后解释不及时充分等多种因素，造成了今天五菱银行总行态度强硬、公司危机感加剧的局面。

"贵行是不是无论如何也不会收回江州商事的票据了？"

钱高只能最后一搏了。

"是的，到这个地步，只能由贵公司亲自去开出行解决了，不好意思。"

分行长冷淡地说完之后,挂断了电话。遭到拒付的票据将通过票据交易所返还给开出行。

钱高放下电话,和安井面面相觑。即便阪神特殊钢公司现在拿出两千五百万日元赎回被拒付的票据也无济于事了,明天上午整个金融界都会知道——阪神特殊钢公司的票据曾经被拒付。

"常务,怎么办?"

安井茫然地问道。钱高对安井使了个眼色。两人走进隔壁的会客间,咚的一声关上了门。

"这下麻烦了,得赶紧准备赎回金,又不能求阪神银行帮忙。"

万俵行长曾经命令钱高做虚拟贷款,将贷款责任转嫁到大同银行头上。想到这儿,钱高摸着胡子,不知道该怎么办才好。按照钱高的指示进行实际操作的安井也同样不知道如何是好。

"还得去大同银行吧。"

"嗯,我现在就去。"

"那我也……"

"不用,你去了容易引人注意。"

"但我实在坐不住啊,都怪我没和五菱银行敲定好。"

"当然你也有责任。但万俵行长当初让我们做虚拟贷款的时候,就已经预料到阪神特殊钢公司会有今天,只是现在这个局面来得早了点。不管怎么样,你先留在公司,稳定人心。"

"我知道了。要不要赶紧向在东京的万俵专务报告?"

安井的这个问题让钱高有些犹豫。

"看来没办法了,必须报告了。报告之前,你先帮我抓住大同银行的桥爪分行长。"

钱高快速命令道。

当钱高于四点三十五分到达大同银行神户分行时,桥爪分行长正在办公室办公。百叶窗已经落下,职员们正在紧张地忙碌着。

"月底正忙的时候,突然来打扰,不好意思。"

钱高慌慌张张地走进桥爪的办公室,首先表示了歉意。

"咱们就不绕弯子了,常务您亲自过来,又说有紧急的事情,到底是什么事?你们的财务部部长安井打电话来说,让我今天务必抽时间见你。"

在月底这个敏感时期,钱高的突然到访令桥爪非常警惕。

"五菱银行神户分行拒付我们的票据……"

"什么?!怎么回事?!"

桥爪吓得手上的香烟差点儿掉了下去。钱高简单介绍了事情的前后经过之后,说:

"这件事情的确非常丢人。我们公司也很震惊,向五菱银行的相关负责人解释了我们的想法,但现在我们唯一能做的就是赎回被拒付的票据。我今天来就是希望贵行能够给我们开具两千五百万日元的日银支票。明天一大早我们拿着支票去富国银行大阪分行赎回被拒付的票据。"

听到钱高的请求,桥爪的脸上露出了厌烦的神情,说:

"这种情况下你们去恳求你们的主银行阪神银行更合情合理吧?"

"事故发生之后,我们已经从阪神银行借了不少钱了,所以这次还希望贵行能帮帮我们。"

"你这不是胡来嘛!让我们拿钱给你们赎回别的银行拒付的票据,你这样让我们很难做。而且,你们公司都被银行拒付票据了,看来情况已经相当糟糕了,而你竟然提都没提一句。"

"这一点我刚才已经解释过了。这件事完全是因为我们公司和五菱银行之间的沟通存在问题,我们丝毫没有要对贵行隐瞒实情的意思,所以我才厚着脸皮来请求贵行。希望桥爪分行长大人大量,大发慈悲。"

看到钱高常务低三下四地恳求自己,桥爪一时不知如何是好。如果拒绝这两千五百万日元的贷款要求的话,那阪神特殊钢公司就来不及赎回票据,万一发生什么问题,自己作为直接责任人,责任重大。但是,这件事按道理说应该由阪神银行负责,如果人同银行越俎代庖的话,可能会留下一些不清不楚的后续问题。思来想去,桥爪觉得,先报告绵贯专务,商量之后再定为好。这时,钱高说:

"桥爪分行长,我今天之所以来求您,是因为上次我去你们总行感谢贵行对我们公司特别贷款的时候,绵贯专务跟我说,如果有什么难办的事情,尽管找分行长您商量。"

钱高翻眼看了看桥爪。桥爪发现自己被钱高看透了心思,虎着脸说:

"请你稍等。贷款额虽然不大,但按规定我得先问一下总行的意见。"

说着,桥爪走了出去,过了十分钟左右回来说:

"这件事我们银行就帮你们处理了,但是我们回头会检查你们公司的财务状况。"

说完,桥爪开具了两千五百万日元的日银支票。日银支票和现金具有同样价值,被拒付的票据只有用现金或者日银支票才能赎回。钱高恭恭敬敬地接过支票说:

"你们这次帮了我们大忙了。万俵专务去东京了,我马上向他汇报这件事。"

说完,钱高赶紧起身告辞,以免夜长梦多。钱高注意到,桥爪还没有发现阪神银行虚拟贷款的问题。

在东京的大同银行总行,三云行长一直在给五菱银行总行打电话,想找到五菱银行总行的融资主管松村专务,拜托他们不要将神户分行拒付的阪神特殊钢公司的票据转到票据交换所,但一直没找到。三云行长看着万俵铁平说:

"看来麻烦了。如果明天早上在开出行赎回票据的话,虽然可以避免拒付,但是一旦票据以拒付的形式被返回到开出行,你们公司在金融机构的信用就要受影响了。咱们必须想办法不要让票据转到交换所。"

三云对未来的担心让万俵铁平羞愧不已,他深深地低下了头,说:

"贵行贷款给我们,帮我们赎回票据,您又如此操心,真让我羞愧难当。"

热风炉爆炸事故发生之后,因为担心客户对公司失去信心、取消合同,万俵铁平特地来东京拜访各家大客户。这时,钱高常务打来电话,向铁平汇报了票据一事的前后经过。铁平立刻赶到三云处。想到自己不在公司,钱高常务就不向主银行阪神银行请求资金援助,万俵铁平又气又恼。

三云再次拿起电话。五菱银行的松村专务和三云行长在日银共事的时候关系就不错。

"喂喂,松村,我是三云。有件事要找你帮个忙,我刚才一直在给你打电话。是这样的。我们银行的客户阪神特殊钢公司的票据,在你们的神户分行,因为一点小误会被拒付了。我们已经帮他们承担了赎回资金,希望你们银行暂且当作活期透支来处理,不要拒付。票据金额倒是不大,关键是现在正值高炉施工阶段,传出去的话对他们今后的资金筹措会有很大影响,所以希望你们能灵活处理这件事。当然,这份票据的所有问题最终由我们银行来承担。"

三云看到时钟即将指向五点,赶紧长话短说。话筒那头的松村似乎有些为难,沉默了一会儿才说:

"我知道了。虽然你们银行愿意承担责任,但从技术上来说现在来不来得及处理还是个问题。不管怎样,我赶紧和他们联系。"

说完,松村挂了电话。三云放下话筒,拿出手帕擦拭着额头上的汗。

门外有人大声咳嗽了一声。门开了,进来的是绵贯千太郎。

"行长,和五菱银行谈得怎么样了?"

绵贯担心地问完之后,又安慰铁平说:

"专务您是不是很担心啊?您放心,有三云行长和松村专务在,不会有问题的。"

绵贯吩咐秘书重新沏了一杯茶端上来。就在这个时候,电话响了。三云立刻拿起话筒。是松村专务的电话。

"喂喂,我是三云。怎么样?"

三云焦急地问道。

"接完你的电话我就赶紧和神户分行联系了,把情况告诉了分行长,但晚了一步,票据已经被塞进今天的最后一班运送车,车已经开走了。实在没办法,不好意思,请原谅。"

松村非常抱歉没能帮上忙。每天各家银行的数万张票据、支票等都由运送车收集之后送到交换所。一旦票据装上车,再想拿回已经没有可能了。

三云默默地放下电话。铁平神色黯然。看来阪神特殊钢公司被拒付票据一事很快就会传遍钢铁界和金融界。

"五菱银行真过分!"

绵贯鼻翼扇动着,满口义愤填膺,脸上的神情却完全是另一回事。

万俵铁平离开大同银行总行,驾车驶向麻布六本木的"鹤乃家"。

独自驾着车,羞愧感和歉疚感一起涌上铁平的心头。明明有个当行长的父亲,自己却一而再再而三地麻烦三云行长。父亲没有给自己任何帮助,反而是三云行长一直在帮助自己。铁平觉得自己愧对三云行长。到了"鹤乃家"的玄关处,小老板娘芙佐子迎了出来。

"好久不见。身体好比什么都强。"

这是爆炸事故之后,铁平第一次来"鹤乃家"。芙佐子没说别的,而是把铁平引到尽里面的房间。院子里洒过水。正对着院子的外包间里传来艺伎和客人的欢声笑语。里间屋开着空调,非常安静。

"正好到了吃晚饭的时候了,想吃点什么?"

"什么都不吃。只要酒,冰镇的。"

听铁平的声音,明显心情不佳。

"不行,你看你累得满眼都是血丝,光喝酒的话对身体不好。"

芙佐子吩咐服务员备好酒菜。酒菜端上来之后,芙佐子说:

"来,请。"

铁平抓过一旁的玻璃杯,倒了一杯,一口就喝了下去。刚喝完,铁平就觉得头疼欲裂,忍不住皱起了眉头。

"怎么了?哪儿不舒服?"

"没事儿,可能是因为这几天东奔西走的,睡眠不足。"

"不能这么乱喝,看样子你是太累了,要不你先睡一会儿吧?我马上给你铺床。"

芙佐子关切地说道。爆炸事故发生之后,调查事故原因、看望死者家属、探讨热风炉重建计划、筹措资金,这两周来一件事接着一件事,铁平已经筋疲力尽了,不过感觉到头疼还是第一次。

"今天我就喝到这儿吧。我小睡一会儿,你给我叫个小艺伎来。"

"不行,那才对身体不好呢。"

芙佐子批评道。极度疲惫的时候,铁平就想要女人。

在等着收拾隔壁房间的床铺的时候,铁平很快冲了个澡,换上了浴衣。房间里的寝具是用越后上布①做成的,轻轻柔柔的。铺上摆放着男用和女用两个枕头。铁平头枕着男用枕头四脚朝天地躺下,想在艺伎来之前先小睡一会儿。就在这时,芙佐子端水进来了。

"洗完澡喝点凉水。"

芙佐子白嫩的手臂从凉爽的平罗纱和服袖口处露了出来。铁平没有接过凉水,而是一把抓住了芙佐子的手。芙佐子的身体摇晃着,水洒到了被子上。

"你看,水洒了。"

芙佐子平静地盯着铁平说。

"你为什么要躲着我?之前我听说你不是老板娘的养女,你是她和我爷爷的亲生女儿。不过,这也没什么问题吧?"

铁平使劲拉过芙佐子,手突然伸进了芙佐子的领口里。芙佐子雪白的肌肤和丰满的胸部露了出来。铁平抓住了芙佐子的乳房。

"你自己不知道自己在说什么吗?你和我是有血缘关系的姑侄!不要!"

芙佐子身体颤抖着,拼命想甩开铁平的手腕。

"真的是姑侄吗?说不定关系更近,所以你才这么害怕的吧?"

铁平回想着祖父的面容,抓住芙佐子紧紧追问道。芙佐子脸色大变,说:

"你说什么?!我不是以前告诉过你吗,没有那回事!放开!"

"我不放!告诉我实话,你和我什么关系?"

铁平双眼放光,面红耳赤,心想:只要明白了这一点,自己的出

---

① 越后上布:新潟县出产的一种麻织品。

生之谜就可以真相大白了！但芙佐子坚决不说。

"说！说！告诉我实话！"

铁平使劲摇晃着芙佐子的身体，声音越来越高。不知不觉中，铁平发现自己的声音已经变成了悲痛的哀诉。

"你不说？那……"

铁平使劲将芙佐子压在身下。芙佐子胸口完全露了出来，黑发披散在床上。

"不行！千万不行……"

芙佐子声嘶力竭地叫着，甩开铁平，跑了出去。

阪神特殊钢公司票据暂遭拒付的消息如燎原之火传遍钢铁界与金融界。半个月后，阪神特殊钢公司的各家融资银行一起召开了碰头会。会议表面上设置了一个爆炸事故处理委员会，召集者为半官半民性质的长期开发银行。实际上，在拒付事件发生之后，趁着各家银行惶恐不安的时候，大同银行的绵贯千太郎组织策划了此次会议。在京都鸭川河旁，绵贯和阪神银行的万俵大介在欣赏大文字篝火的时候，推杯换盏间已经定下密约。现在绵贯只不过在实践当时的密约罢了。

会议在关西银行协会的会议室举行。透过窗户可以看见外面的大阪城。三十多家银团贷款银行中的七家主要银行的融资主管参加了会议。

长方形会议桌正面坐着的是会议主持人、长期开发银行的常务东乡，按照融资量的大小，左右依次为阪神、大同、五和、第三、大友、五菱银行的代表。东乡常务看了看众人，说：

"我们长期开发银行不是阪神特殊钢公司的主银行，今天我之所以冒昧地来主持这次会议，主要是源于阪神银行和大同银行的盛情邀请,还请各位多多关照。"

东乡常务客气地致辞之后,阪神银行的涩野和大同银行的绵贯都郑重地点了点头。坐在末位的是五菱银行的融资部部长,据说融资主管突发急病,临时请假。

"首先请阪神银行说明一下事情经过。"

在东乡的邀请下,涩野开始发言道:

"爆炸事故已经过去了一个半月。我首先要告诉大家的是,原有的电炉车间的生产销售等工作都已经恢复正常,和事故发生前没有任何变化。当然这离不开在座各行的大力帮助。在此我仅向各位表示衷心的感谢。

"事故发生后,阪神特殊钢公司整理上交了资金计划。其中,直接损失额,即向事故中的死者支付的赔偿额,包括死亡抚恤金、慰问金等共计五千万日元;间接损失额,即因为高炉停工造成的两百亿固定资产的利息和折旧费等共计十六亿日元。两项合计十六亿五千万日元。至于这笔钱的偿还时间,因为市场萧条,产品价格现在下降了三成多,应该已经降到谷底了,半年后,当热风炉恢复工作、高炉启动之后,预计市场价格将回升一成左右。这样算来,阪神特殊钢公司每月盈亏大约两亿日元,十六亿五千万日元的损失,大概在高炉投产后八个月可以弥补完毕。

"其次,从金融角度来看,根据公司方提供的资金计划表,当前损失造成的反冲约十二亿日元,设备资金还需四十亿日元,总计五十二亿日元的资金短缺还需要各银团贷款银行一起商议解决。

"以上就是我要说的阪神特殊钢公司的资金重建计划。其中的一些细节可能各位多多少少有些异议。作为主银行,我们希望各位尽量按照以上所说情况鼎力相助。"

涩野说完,再次向大家深鞠一躬。长期开发银行的东乡常务接着说：

"我们希望能够按照涩野常务刚才的说明来决定银团的融资方针。各位有什么要问的吗？"

各银行代表都低头看着会议桌，沉默不语。过了一会儿，大同银行的绵贯率先发言道：

"我来问一两个问题吧。首先，刚才涩野说，特殊钢行业的市场萧条已到谷底，今后市场会渐渐回暖，半年后价格将提高一成左右。这个观点好像有些过于乐观了，这不大像涩野的风格啊。我仔细研究了一下钢铁联盟和通产省的市场指标，我个人觉得，目前社会上对特殊钢的需求量已达到饱和点，供求关系的不平衡，半年、一年之内恢复不了。"

绵贯鼻翼翕张，得意扬扬。看到平常对此一无所知的绵贯今天滔滔不绝的样子，其他银行的董事们都露出了惊讶的表情。其实，为了这次会议，绵贯让下属帮自己做足了功课，今天算是现学现卖。不过，看到大家对自己的表现如此意外，绵贯越发得意了起来：

"怎么样，大友银行？你们大友不是号称'大友调查'嘛，你们对市场预期肯定比较了解啦，你们觉得我这个预测怎么样？"

大友银行的常务答道：

"是啊，钢铁行业，特别是特殊钢行业的市场预测非常难啊。"

大友银行的常务不置可否地答道。对于融资量排在第四名之外的银行来说，远离问题客户是最好的选择。因此，大友银行尽量不发表自己的意见，以免得不偿失。绵贯对其他银行的集体沉默熟视无睹，身体前倾，继续说道：

"而且，阪神特殊钢公司去年十二月遭遇大客户的出口违约，造成大量产品积压，其损失量应该更大才对。所以我认为，涩野说的，高炉投产之后八个月弥补完损失是根本不可能的。第三银行和五和银行,你们难道不觉得出口违约事件严重影响了阪神特殊钢公司的重建吗?"

"你说的出口违约,对方是哪家公司?"

五和银行的代表惊讶地问道。

"欤,你不知道?芝加哥的美国轴承公司啊!"

"是嘛!我这还是第一次听说呢。到底会有什么影响,现在一下子还不好说啊。"

不知道是真的第一次听说还是算计好了故意装样子,总之五和银行和第三银行异口同声地表示暂时难以断定。但绵贯的兴致丝毫没有受到影响,使劲咳嗽了一声之后接着说:

"说实话,我最担心的是,事故发生之后,阪神特殊钢公司股价暴跌。今天早上忙着过来开会,没来得及看股价栏,昨天终盘是多少?"

绵贯看着主持人东乡问道。

"五十一日元。"

"又跌了六日元!事故前还是七十二日元,事故后跌到六十日元,再往下跌到股票面额以下的话,明年春天三十亿日元的增资就靠不住了。万一不能增资,银行贷款就又要追加三十亿日元了。"

绵贯看着正对面的涩野说道。

"绵贯的担心很有道理。但我相信,现在股价已经跌至最低点,一旦阪神特殊钢公司的高炉投入生产,开始发挥其他公司无法比拟的优势,那么事故发生后暂时被抛售的、下跌的股票会自动复原的。"

"问题是高炉什么时候才能开始投入生产。要是再发生像上个月底那样闹得沸沸扬扬的票据拒付事件的话,那可真是吓死人了。五菱银行,那到底是怎么一回事儿啊?"

绵贯不动声色地将话题转到票据拒付事件上来了。当大同银行的神户分行行长和绵贯联系的时候,绵贯命令他不要将拒付票据的赎回资金问题踢给阪神银行，而由大同银行为阪神特殊钢公司提供日银支票。此时的绵贯完全是明知故问。坐在末位的五菱银行融资部部长一下子愣住了，说：

"啊，上个月底票据的那件事啊，那完全是个意外，是因为我们和阪神特殊钢公司之间的沟通有点问题，后来很快就解决了。"

为了不让其他银行觉得自家银行拒付区区两千五百万日元票据的做法过于无情，融资部部长特意强调了事情的偶然性。今天，五菱银行的融资主管没有来参加会议也是因为这个原因。不过，令各行代表百思不得其解的是，阪神特殊钢公司平行主银行的融资主管绵贯专务今天为什么故意揭短。绵贯好像嗅到了代表们的心思，忧心忡忡地说：

"好像今天只有我一个人在说个不停啊！说句实话，今天我之所以谈这些，是因为阪神特殊钢公司的石川社长因为高血压一病不起，现在公司实际上的管理者是年仅三十九岁的万俵专务。"

听到绵贯这样说，所有人的表情都僵硬了起来，会场一片寂静。大家都知道，在银团的正式会议上批评贷款对象的管理者是一种禁忌。如果有人胆敢违犯禁忌，只有一个原因，那就是该公司的现状不容乐观，所有人必须严加警惕。

会议主持人、长期开发银行的常务东乡敏锐地察觉到会场气氛的异样，赶紧说：

"各位的意见好像已经表达完了，接下来咱们进入下一个议题怎么样？咱们来讨论一下今后对阪神特殊钢公司的融资方针吧。有不同意见吗？"

东乡看了看各位代表。这次又是绵贯首先发言：

"但是，事故的大小以及票据暂时拒付等问题都不是小事儿，这次咱们应该在调查阪神特殊钢公司财务情况的基础上决定今后的对策。这样做不仅对阪神特殊钢公司,对我们银团也同样必要。是不是?"

"的确,这个意见非常好。这件事就请主银行阪神银行来做吧。"

听到东乡这样说,涩野为难地答道:

"说到调查,我们银行缺少专业的调查人员,我想请擅长调查的长期开发银行来做如何?"

听到涩野推脱,绵贯赶紧附和道:

"阪神特殊钢公司和阪神银行关起门来是一家。让长期开发银行出面的话,阪神银行更轻松些。而且从调查的客观性来看,比起我们这些城市银行来,长期开发银行更合适。"

对今天的会议疑窦丛生的各行代表,都对阪神特殊钢公司财务状况调查一事没有异议。整个会议从头到尾都由心怀鬼胎的绵贯操纵着,说是"绵贯独奏会"也不为过。

三天后,返回东京的绵贯千太郎和心腹齐聚"绵贯会"。绵贯早早来到神乐坂的料亭"若本",头枕着艺伎的膝盖,让艺伎掏耳朵。绵贯脱了外衣,解了领带,松了腰带,衣衫不整地将头压在小情人艺伎的大腿上。

"啊,真舒服,豆千代,这边这边。"

绵贯半眯着眼睛叫了起来。

"讨厌!别乱叫,别人还以为出什么事儿了呢。"

豆千代慌忙停下手,轻推着绵贯的肩部。

"这儿比较偏,没人会注意到的。豆千代,刚才那个地方,再给我掏掏。"

豆千代挺起大胸脯,边为绵贯掏耳朵边说:

"掏得太过了的话,又会像以前那样起脓包的,因为您的耳朵有耳漏。"

豆千代用白纸将耳扒上粘着的黏糊糊的耳垢擦拭干净。绵贯心满意足地闭着眼睛,突然问:

"豆千代,你有没有想过找个'行长'老公?"

绵贯的表情非常严肃。

"社长哪儿都有,行长就稀罕得多啦。是不是有人要我啊?"

豆千代风骚地扭着身体。豆千代和绵贯的关系开始于两年前。虽然不是那种又买房又给钱的包养关系,但是绵贯请客的时候必会叫上豆千代,两人每个月也会在一起过好几次夜,当然绵贯也时不时地给豆千代一些生活费。确切地说,绵贯是豆千代的恩客。

绵贯的手滑到了豆千代的双腿间,说:

"当然这不是短时间的问题,也不是我没想着你,不过快了,我就快成副行长了。"

"也就是说,阿千你将来不是朝日肥皂公司的社长,而是大同银行的行长啰。是真的吗?真的吗?"

豆千代半信半疑地问道。

"你就当是真的,好好为我服务吧,但是这件事谁也不许告诉。记住了!"

绵贯一边叮嘱豆千代,一边将手往豆千代的大腿根处伸。豆千代也放荡地躺了下来。就在此时,拉门一下子被打开了,原来是自封为绵贯卫队联络官的总务部次长影山来了。

"怎么回事?哼都不哼一声就进来了?正掏耳朵呢。豆千代要给吓着了,不得把我的耳膜给戳破了?"

绵贯大声斥责着影山,以掩饰自己狼狈的样子。其实影山先在门外叫了一声,没人答应,所以才开门走了进来。但影山并没有辩解,而是煞有其事地解释说:

"非常抱歉,我想着七点钟聚会不能迟到,就急急忙忙闯进来了。"

不一会儿,业务主管小岛常务、总务部长谷川部长、总行营业部凑部长、融资部谷崎次长等都来了。艺伎们也热热闹闹地加入其中。

绵贯背对壁龛而坐,其余人围坐在四周。大家互敬了一圈酒之后,绵贯的得力干将小岛常务首先问道:

"专务,阪神特殊钢公司怎么样啊?刚听说三天前成立了事故处理委员会,长期开发银行开始调查他们的财务状况了,好像进展很快啊。作为平行主银行,咱们银行也不能闲着吧?"

看到小岛担心的样子,总行营业部凑部长一边接过艺伎为自己倒的酒一边说:

"仅仅一年半的时间,咱们银行就跻身为平行主银行,主要责任在三云行长身上。但是专务您作为融资主管,是不是也会受到牵连?我们都很担心呢。"

其他人也频频点头。绵贯看了看众人,说:

"我先在这儿谢谢各位了。对于阪神特殊钢公司的高炉建设计划,我从一开始就持反对意见,这一点行内无人不知、无人不晓。而且对外近百亿日元贷款额的决定权,也远远超过了我这个融资主管的权限。现在长期开发银行正在进行的财务调查,无论是怎样的结果,像三云身上的那种疑点,我一丁点儿也没有。"

自从绵贯和阪神银行的万俵行长就朝日肥皂公司和阪神特殊钢公司的贷款达成交易以来,绵贯不仅一改以往坚决反对贷款给阪神特殊钢公司的态度,而且很快同意了追加特别贷款,为此遭到了心腹们的反对。但此时绵贯只字不提这些事情,而是把所有的责任都转嫁到了三云行长头上。绵贯的话让小岛常务等人非常惊讶,但又不知道说什么好。看到绵贯自信满满的样子,酒过三巡,众人按惯例开始了对以三云行长为代表的日银空降派的批判。

"阪神特殊钢公司发生爆炸事故以后,咱们的三云行长就像霜打了的茄子,特别是最近,一有空就在行长室恋恋不舍地看着日银方向长吁短叹。看来长期开发银行着手开始调查,对他打击不小啊。"

总务部部长长谷川绘声绘色地说道。绵贯一口喝完豆千代斟的酒,说:

"三云大人在日银的时候就是调查口的,没承想做了城市银行的行长后,自己第一个看重的企业、以所谓银行家的使命感全力以赴的企业,却成了调查对象,这一点就够让他惊慌失措的了。我从关西银行协会事故处理委员会回来后,就去向他汇报了会议情况。三云大人没有表现出沉痛,而是强装镇定地听完了我的汇报。汇报完之后,我故意把打火机忘在他那儿,等我回去取的时候,看见他正哆哆嗦嗦地给事故处理委员会的主持人、长期开发银行的常务东乡打电话呢。"

绵贯眉飞色舞的描述引来了哄堂大笑。

"对了,我们那位岛津部长,从三云行长那儿听说了那件事之后,就一直闷闷不乐的,昨天还闹了个大笑话。"

融资部次长谷崎开始挖苦起自己的上司——日银空降下来的岛津部长。谷崎说:

"他是擅长国际金融理论,这一点我并不否认,但问题是他到现在都分不清财务状况表的左右,而且还不好意思问。昨天他从阪神特殊钢公司的文件中抽出了各类财务报表,在那儿左瞄右看,看了好长时间。他可是和三云行长一起去阪神特殊钢公司指挥贷款工作的融资部部长,自然要想方设法收回债权,同时还要考虑如何重振企业,所以我觉得他多看一会儿、慎重一些也无可厚非。但过了一会儿,那家伙脸色铁青地抬头看着我。我赶紧跑过去,以为出什么大事儿了。他说,你看,阪神特殊钢公司的财务问题远不是小问题,借入资本总额三百亿日元,存款却只有七亿日元。我心里想,这怎么可能呢?一看,果然,他读错行了,把七十亿当成了七亿!"

谷崎的声音中透着酒意。众人再次大笑起来。虽然大家都明白,酒桌上的话都有些夸大的成分,但是对于这些元老派来说,大同银行的今天是自己辛辛苦苦打拼下来的,那些日银出身的空降派却横刀夺爱,是可忍孰不可忍。这时,晚来的总务计划主管角野常务问道:

"专务,如果长期开发银行在调查中发现了问题的话,那咱们银行的董事会就该追究三云行长的责任了吧?"

绵贯的大红脸一下子耷拉了下来。为了遵循和万俵大介的密约、实现大同银行和阪神银行合并的目的,绵贯需要从内部瓦解大同银行。为此,绵贯首要要拉拢自己这一派的成员。但是元老派的这些成员,一直梦想着驱逐日银空降派,实现大同银行的独立自主。他们不可能同意大同银行和比自己排名靠后的阪神银行合并。因此,绵贯认为,第一阶段要做的是:充分酝酿驱逐三云行长的氛围。想到这儿,绵贯故意深叹一口气说:

"如果阪神特殊钢公司真的陷入危机的话,咱们的董事会就别提了,大藏省马上就会施加压力,敦促咱们行改变以往的经营思路的。"

绵贯的话让所有人脸色大变。

"如果因为阪神特殊钢公司贷款一事,咱们行被大藏省盯上了的话,那咱们这些反对贷款的人岂不是吃了大亏了?咱们应该趁早采取措施,早点让三云行长退位。"

最年轻的影山的话起到了火上浇油的作用。这时,融资部次长谷崎也激动地附和道:

"对,咱们就趁此机会赶走没用的日银帮,成立绵贯内阁!现在正是大同银行一万名职员实现梦想的最佳时机!"

小岛常务也坐不住了,说:

"专务,前一阵儿您没升上副行长,这次咱们就大干一场,拉上中间派夏目专务等人,实现驱逐三云的目的! 再不动手,大同银行就不仅仅是日银的了,很有可能也成了大藏省的空降地了!"

小岛常务似乎已经急不可耐。绵贯一边使劲儿点着头,一边趁着背后是壁龛的有利位置,抚摸着豆千代丰满的臀部。

高须相子将写有二子婚礼用品的清单放在桌上,焦急地盯着宁子说:

"七月二十号订婚到现在已经两个月了,只有两个和式衣柜、两个窄袖便服衣柜、两个长方形衣箱、一辆手推车、珠宝盒、一套家具这几样定下来了,其他的一点也没有进展。我整天忙着和小泉夫人等人联系,宁子你是京都人,至少做和服之类的事情你可以帮帮忙吧。这事儿我都说过多少遍了。"

虽然已经是九月中旬,但天气还比较热。宁子身穿整洁的越后上布做成的和服单衣,欲言又止地说:

"关键是二子不配合,想定也不好定啊。"

"这可不行。我早就和二子说过了,可她去轻井泽一周了还没回来。咱们得抓紧,要不然好不容易定下的亲事就麻烦了。"

"不过,二子也该回来了,要不再等等?"

"可是婚礼定在明年三月三号。长袖和服、会客和服等包括腰带都用龙村织品的话,一件件做的话需要四五个月吧? 另外再加上其他需要准备的,要都像你这样不着急不着慌的话,我可负不了责任。"

说到这儿,相子突然觉得,阪神特殊钢公司爆炸事故发生之后,忙碌异常的万俵大介的心思好像有了一些不同寻常的变化,看来自己统管家事得更加小心谨慎才对,千万不可掉以轻心。

电话响了起来。相子拿起话筒。

"喂喂,不好了。万树子太太刚才说,她要回娘家。"

银平家的小女佣慌张地汇报道。

"我这就过去,你先拦住她。"

相子命令道。

"万树子说要回娘家,我去看看。"

"什么,回娘家?这突然又怎么了?是不是和银平闹矛盾了?"

宁子惊慌失措地想要站起来,相子阻拦道:

"你去也没用。"

相子根本没有把宁子的婆婆身份放在眼里,独自匆匆出门,向院子那边的银平家走去。

进入玄关,相子看都没看一眼手足无措的女佣,径直向万树子的卧室走去。打开门一看,衣柜的抽屉大开着,双人床上、床头柜上到处扔满了衣服,万树子正气嘟嘟地将随身衣物塞进旅行箱里。箱子里不仅有一堆内衣和衬裙,还夹着皮珠宝盒和长方形的钟表盒。

"你要去那儿旅游啊?"

相子故意轻松地问道。万树子头也不回地说:

"不去旅游,我打算今天就回娘家去。"

"哎呀,你突然要回娘家这可不好办啊。银平他知道吗?"

"不知道,跟他说也没用。最近他都不好好和我说话,我们俩就没怎么见过面。"

万树子似乎完全不管不顾了。相子知道,万树子流产后,银平不仅没有改掉泡吧的毛病,而且回家的时间越来越晚。但是万树子突然提出回娘家,肯定还有别的什么原因。

"出什么事了?这也不是一天两天的了,怎么突然就收拾起东西,耍孩子气呢?"

相子本想开个玩笑应付过去,不料万树子突然脸色大变,大喊了起来：

"谁耍孩子气！今天早上他那样对我，我绝对饶不了他！"

说到这儿，万树子年轻丰满的身体一下子趴倒在床上。

"饶不了他？是银平在外面勾搭女人？"

"那种事情我早就习惯了。这次更冷酷更可恶！昨天我去找芦屋医院的院长检查流产后的预后情况。京都洛北大学的一名妇产科教授告诉我说，如果做输卵管愈合的剥离手术的话，还是有可能再怀孕的。早饭的时候，我就跟他说我想做手术。结果他说，用不着非得这样做，真想要孩子的话，随便弄个人工授精就行了！他当时是叼着烟说的，说得很坦然！很坦然！"

相子不禁为银平的冷酷所震惊。听说为了保护精子提供方，医生一般会将四五个男人的精液混合起来注入女人的子宫。银平明明具有生育能力，却坦然地提出让妻子接受陌生男人的精液。这种想法不是冷漠，而是疯狂！不过，如果现在万树子和银平离婚的话，势必会影响到明年春天二子的婚事，同时万俵家也会失去阪神银行头号股东大阪重工社长安田太左卫门这个重要的亲家。

相子掩饰着自己的险恶用心，努力说服万树子说：

"安田家、万俵家的子女是不可以像艺人或普通人家的子女一样，说离婚就离婚的。你必须慎重考虑父辈间、家庭间的关系，不能想干什么就干什么。今天你就安安静静地在这儿待着，回头我会和银平好好谈谈的。"

相子刚一说完，万树子就歇斯底里地大叫起来：

"你是想让我当家族联姻的牺牲品吗？你现在和他谈有什么用？他的身上流淌着万俵家族的妖魔之血！他爸爸就是那种受伤了也不会滴一滴血的人！他也一样！阪神特殊钢公司发生爆炸事故，死伤那么多人，那天夜里，他就和大哥谈了十分钟，回家之后像没事人一样坐在那儿轻松地听音乐！和他这种人结婚,我不仅没有得到幸福,而且现在连孩子都生不了了！如果我把所有的事情都告诉我爸爸,他一定会同意我离婚的！"

"你是不是准备把万俟家卧室的秘密都说出来啊？要是这样的话,那我就把你结婚前和某个男人发生过关系,甚至堕过胎的事情都告诉你爸妈！"

"你胡说！谁告诉你我怀过孕的？"

万树子脸色苍白,使劲摇着头。

"不是我胡说。这是一家很有信用的私家侦探公司经过详细调查之后得出来的结论。那份调查报告现在还在我的房间里放着呢,要不要拿来给你看看？"

面对咄咄逼人的相子,万树子沉默了,过了一会儿终于下定决心,抬起头来说：

"没办法,但我还是要回娘家。"

万树子咚的一声盖上了箱盖。婚前秘密被曝光的威胁让万树子的手颤抖了一下。相子敏锐地观察到了这一点,说：

"那就随你便了。"

听到相子这么说,万树子大声叫用人过来拿起旅行箱,说了声：

"你多保重。代我向大家打个招呼。"

说完,万树子走出玄关。看着万树子的背影,相子自信地认为,万树子害怕自己婚前的秘密被曝光,绝对不会把万俟家卧室里三张床的秘密说出去,过些日子还会乖乖地回来。但万树子的离开还是让相子不免有些失落。因为对于相子来说,这是第一次指令失效。

推开银座和光百货店的大门,万俟二子先于姐姐一子向里面的卖场走去。快打烊了,店里顾客很少,非常安静。

"二子,手套在二楼呀!"

一子在后面轻声提醒道。

"哦,对啊,我以为还在轻井泽呢。"

二子笑了起来,宽帽檐下的皮肤晒得黑黑的。这一周二子和琴友们一起在轻井泽度假,归途中顺便来东京看大姐。一子身穿浅葱色结城单衣,一边慢步上楼一边说:

"你一直就爱丢手帕呀手套这些东西,就像男人爱丢伞一样。"

听到姐姐的埋怨,二子耸了耸肩。今天二子从成城的姐姐家到银座,在不到一个小时的时间里,丢了一副蕾丝手套。

来到手套柜台,二子发现了和丢失的那副手套非常相似的一副米色蕾丝手套,于是告诉了售货员自己的尺寸。

"您说的是这款吗?请您试试。"

女店员从柜台中拿出手套递给二子。这是一款瑞士产的手套,织工细密,非常适合二子修长的手指。透过手套,橙色的指甲油看起来非常漂亮。

"就这个了,我就这么戴着回去。"

二子点头之后,一子付了钱。

"哎呀,姐姐,merci beaucoup[①]!"

"不客气。咱们和美马约好六点一起吃饭,不能再磨蹭了。"

昨天夜里二子住在姐姐家。姐夫美马说,今天正好可以早点下班,晚上请二子在东京会馆的 Prunier 吃晚饭。

下到一楼,姐妹俩刚要从箱包专柜往出口处走的时候,一子突然停下了脚步。

"姐姐,怎么了?"

[①] merci beaucoup:法语,非常感谢的意思。

"银行局春田局长的太太。"

一子用眼神指了指六七米远的柜台旁。一名中年女性正从和光的包装纸中取出一只 OSTRICH[①] 手包,和店员说着什么。二子不屑地看了一眼一身灰色套装的春田太太说:

"哎呀,肯定是中元节或年底的时候,一些有求于他们的人在和光订了礼物,让商场的人直接送到他们这些高官家,送的东西又都差不多,只好拿来换了。听说换礼物的太太们络绎不绝呢。你看她那个 OSTRICH 手包肯定也是这种情况。"

"二子,别瞎说,不礼貌。"

一子低声批评道。

"可是姐姐,你们家不也一样嘛。从没拆封的进口衬衫料子,到领带、袖扣、香水、手包、钟表等等,和光送过来的中元节礼物一大堆,只不过姐姐你不拿过来换罢了。"

二子满不在乎地说道。一子赶紧抓住二子的手腕走出和光,坐上出租车,向附近的东京会馆驶去。

"姐姐,我不想和细川结婚。"

二子突然看着前方不高兴地说。

"什么?你真的这么想的吗?"

"嗯,当然是真的。我决定了,今天吃饭的时候要和姐夫谈一谈。"

"都到现在这个时候了你还这样说!昨天晚上我给妈妈打电话,她还高兴地说,你的事情定下来了,她也算是松了口气。美马可是介绍人,你要说这话的话,他会生气的。"

一子对妹妹喜欢阪神特殊钢公司的一之濑四四彦的事情也略有耳闻,所以没有过多指责妹妹。

[①] OSTRICH:意译为"鸵鸟",世界知名箱包品牌,最初专门制造以鸵鸟皮为原料的高级皮革,上世纪初起始于意大利托斯卡纳地区。

"要是姐夫生气的话,明天我自己去细川家,亲口告诉他们。我之所以没有从轻井泽直接回冈本,而是到东京来,就是为了早点解决这件事。"

"二子,彩礼都收了,婚礼的日期也定下来了,你还要反悔吗?"

"是的,我……"

看到二子心意已决,一子脸色苍白,双手捂着脸说:

"别说了。这么重要的事情在出租车上说,我都快晕了。"

"姐姐,对不起。我在家只把真心话告诉了铁平哥哥一个人。原本我打算高炉建成之后再跟爸爸说的,谁知道会发生爆炸事故。哥哥现在的处境非常困难,我也不适合再和哥哥谈这件事了,但相子还在紧锣密鼓地筹备婚事,我实在受不了了,只能找姐姐了。"

二子似乎已经无法掩饰内心的激动。一子泪汪汪地看着妹妹说:

"我也是被迫嫁给美马的,一点儿也不幸福,所以我也想帮你。但我希望,你今天不要和美马说这件事,咱俩再商量商量。"

对丈夫并不信任的一子极力劝阻妹妹不要将真心话告诉丈夫。出租车到了东京会馆。姐妹俩平静地走上二楼的 Prunier。

一子向服务生通报了美马的名字之后,姐妹俩被带到了窗边的一张餐桌旁,窗外皇宫的景色尽收眼底。

"看,天鹅!"

薄暮中的皇宫护城河上有一只天鹅。

"让你们久等了。"

美马来了。

"姐夫,让女士等你不太礼貌哦。"

二子瞪着美马,刚想调侃一下,突然脸上的表情变得僵硬起来。原来细川一也就站在美马身后。一子见状也非常惊讶。美马赶紧开玩笑说:

"二子,你今天比平常还要漂亮啊,是不是已经知道我要把细川带来啊?"

美马好像也被二子的美丽吸引住了,时不时偷瞄两眼。在橙色乔其纱连衣裙的映衬下,二子晒得微黑的肌肤显得更加靓丽。细川一也先跟二子打过招呼,然后在二子身边坐了下来,圆框眼镜下端正的脸庞上充满了笑意。

"二子,你去轻井泽了?听说你们全家今年提前从六甲山山庄回来了,我正想邀请你到我们家在轻井泽的别墅住住呢。"

"细川家的别墅是他的建筑家父亲亲自设计的,极其精致典雅,具有浓郁的欧洲乡村风情。要不你再去一趟轻井泽?"

美马怂恿道。

"多谢你的好意,但是我明天必须回家。"

"也是啊,待嫁的新娘也不能老在外面玩。"

美马赶紧为二子毫不客气的回答打圆场。美马让服务生拿来菜单,决定今晚的主菜以时令鲈鱼为主,并和细川一也商定了喝哪种葡萄酒。看到美马和细川像一家人一样亲密,二子更觉得不快。

"二子,铁平后来怎么样了?"

美马边点烟边问。

"哥哥每天四处奔走,忙着重建高炉呢。我真担心他那么忙,身体受不了。"

听到二子这样说,美马的脸上露出暧昧的笑容。美马早已听说了阪神特殊钢公司的票据被暂时拒付之后,各融资银行倍加警惕,成立了事故处理委员会的事情。美马看着细川一也问:

"在上次的'兵六会'上,你们兵藤副社长狠狠批评了阪神特殊钢公司,让人耳不忍闻啊。"

美马开始说起"兵六会"上的事情。帝国制铁的兵藤副社长召集通产省、大藏省的局长、次长等精英官员,每月在新桥的田川茶屋会餐一次,人称"兵六会"。在帝国制铁秘书课工作的细川一也说:

"副社长是那种爽快的人,想说什么就说什么,我们这些人经常忙着为他收拾残局,很是头疼。"

细川一也对自己秘书精英的身份颇为骄傲。

"但这次副社长说得很有道理。兵藤副社长认为,特殊钢不同于需求量大的普通钢。所谓特殊钢,顾名思义就是非常特殊的钢材,其需求量原本就有限。因此通过建造高炉提高特殊钢产量的想法,本身就是错误的。兵藤副社长还认为,与其通过批量化生产降低特殊钢的生产成本,还不如多花些钱,生产出比宝石还要结实的高级钢材,这才是正道。"

"有道理。阪神特殊钢公司想通过建造高炉,让产品走向世界,在某种程度上就是希望达到批量化生产的目的。看来现实和理想还是有一定的差距的。"

说话时,细川手扶镜框,频频点头。

"的确如此。但是花大笔贷款建造的高炉又没法毁掉。我问兵藤副社长,帝国制铁接手如何?兵藤副社长嘿嘿嘿地笑了起来。"

"我赞成。这样的话,我和万俵先生的联系就更紧密了。"

细川看了眼二子说道。

"太过分了!你们俩根本就没有考虑阪神特殊钢公司的每一名职员,他们正在为了热风炉的重建而废寝忘食!你们纯粹是自说自话!我听说阪神特殊钢公司建造高炉的最初动机,就是为了打破帝国制铁的垄断。帝国制铁仗着自己公司规模大,随意减少,甚至停止生铁供应。阪神特殊钢公司根本不需要帝国制铁的关照!"

二子的大眼睛里满是泪水。她留下满桌菜,离席而去。

万俵铁平头戴安全帽,身穿工作服,和炼钢部的一之濑四四彦一起站在热风炉爆炸事故现场。热风炉的外铁皮爆裂,里面的砖块彻底破碎,飞散的原材料和电线一片狼藉,"禁止入内"的警戒绳还没有撤去。

"专务,热风炉重建工作什么时候开始?时间长了怕影响工人的士气。"

"警察说为了保护现场,需要停工两个月。两个月之后咱们就开工。"

"那就只剩一个礼拜了。"

"嗯,希望如此。"

铁平说着,不由得担心起眼下的资金困难来。银团今后的融资方针,要等财务状况调查结果出来之后,由银团贷款银行组成的事故处理委员会来决定。在这之前,虽说是按照以往的规矩来办,但是银团中融资量少的银行,开始一家接着一家减少贷款额了,因此本月底的应付票据的结算陷入困境。今天早上,营业主管川畑常务和财务主管钱高常务在鼓励部下的同时,亲自到各相关客户单位,希望他们延长支付日期。

"专务,即便高炉完工,热风炉没建好的话,高炉也没法投入生产,所以热风炉的重建要尽早。"

四四彦焦急地说。铁平明白这一点,但巧妇难为无米之炊,眼下最棘手的还是资金。现在,不仅公司的设备资金被转用为流通资金,连购买原料和机械的应付票据的日期也都必须拖延支付。公司资金状况岌岌可危。

万俵铁平在现场转了一圈,回到办公大楼的时候,遇到了去商社筹措资金的钱高。

"怎么样?他们同意了吗?"

铁平边进办公室边问。钱高无精打采地看着铁平说：

"我去了伊东商社和日红商社，拜托他们分别延期九千二百万日元和九千八百万日元的票据，结果被他们呛了一顿，说什么阪神特殊钢公司每个月的交易额有二十亿日元，现在连一亿日元不到的票据都支付不了，这不是存心为难商社嘛！"

实际上资金欠缺还远不止这些。眼前有二十亿日元的资金缺口，而九月三十号还有四亿三千万日元的应付票据必须结算。钱高正请求相关的大型商社同意阪神特殊钢公司延期支付。

"你怎么跟他们解释的？"

"我说这个月我们的产品出货晚了，货款要下个月才能进账，希望他们能够稍微多等些日子，而且我们签有合同。结果他们说，延期部分的利息要按每天四钱来收。"

"什么？每天四钱！"

铁平不由得大声反问道。每天四钱的利息相当于银行的两倍。

"没办法，商社从银行收回扣。但咱们现在头尾难以兼顾，我就同意按每天四钱付利息，结果他们又笑话我说，你们现在这么困难啊！既然这样，延期支付期间，你们拿有价证券来做担保，不然的话就免谈。他们简直太过分了，跟秃鹫一样！"

钱高愤愤不平地说道。铁平说：

"没办法，就给他们有价证券吧。"

钱高惊讶地看着依然对财务毫无概念的铁平说：

"要有的话就不会这么为难了，有价证券早都用来担保了。"

"是吗？那怎么样才能结算月底的这四亿三千万日元的票据呢？"

铁平觉得公司已经危在旦夕。钱高也沉默不语。

"对了，公司的存款呢？"

"早已经用作流通资金了。"

"我再看看资产表。"

铁平还想找出一条资金活路来。

"要是有办法的话,我早就发现了。您想看就看吧,没用。"

钱高有些心虚。按照万俵大介的指示,钱高已经做了虚拟贷款。不过铁平执意要看,钱高也没办法拒绝,只有让财务部的职员将资产表拿过来。

铁平拿着资产表,按照固定资产、投资资产、盘货资产、流动资产的顺序一项项往下看,希望从中找出可以处理、可以换成现金的款项。突然,铁平的目光在流动资产的各项存款处停了下来。上面近五亿日元的存款数目远远超出了铁平的记忆。

"钱高,怎么会不够呢?你看咱们在阪神银行的存款还有近五个亿。这是怎么回事?"

铁平似乎松了一口气,但同时又有些惊讶。钱高眨了眨眼睛,好像也不清楚是怎么回事。

"哦,这个啊,这是因为月底的大户结算推迟了,所以看上去存款暂时增加了。"

"但是,这笔钱同样能用是不是?"

"不是,这钱月底进月初出,暂时能看到,但你要认为它真的存在就麻烦了,钱这个东西就是这样。"

钱高似乎不想再谈下去,赶紧把资产表收了起来。

"那就只有厚着脸皮去求阪神银行了。我亲自去。"

铁平站了起来。

铁平推开阪神银行行长室的大门。万俵大介坐在转椅上,如雕塑般毫无表情地看着铁平。

"你为什么直接来找我?在事故处理委员会调查你们公司财务状况的时候,你这样跑过来,别人还以为我在搞人情贷款呢。你这样做让我很难办。"

父亲冷冰冰的态度让铁平有些犹豫,但还是鞠了一躬坐了下来。

"我今天来就做好了挨批的准备。现在的情况是,这个月底四亿三千万日元的应付票据我们公司已经没有能力结算。我们请求伊东商社和日红商社等已到结算期限的五家商社延期,但是五家都没有答应。我实在没有别的办法了,只能请您救急。"

"总额四亿三千万日元?算下来一家还不到一亿日元?伊东商社和日红商社和你们也算是老交情了,怎么也拒绝了?"

"嗯,他们说有担保才行。"

"这是自然。没有人会没有担保就借钱给你。你就没有别的什么办法了吗?"

"我仔细研究了一下资产表,已经没有什么可以动用的资产了。"

"也就是说,你们已经山穷水尽了!"

子公司的困顿并没有让大介眼中露出一丝悲伤,反而有种猎物到手的快感。

"我们真的已经是金融饥饿状态,除了支付员工工资的钱,我们已经没有一分钱可以自由支配的了。"

铁平的声音像是从嗓子眼里挤出来的似的。

"我想您肯定想严厉地批评我,但现在我只祈求您能相信高炉启动后我的表现,希望您能够帮助我们渡过月底票据结算的难关。"

"相信?你要我相信你,你首先得表现给我看啊!你都已经毫无信用了,还说什么让我相信你,这不是强人所难吗?"

万俵大介毫不客气地一口拒绝了铁平的请求。

"不管您怎么说,我现在需要的是维持公司生存的资金。我需要资金。如果您拒绝贷款给阪神特殊钢公司专务的话,那请您贷款给您的儿子,您的将全部生命都赌在特殊钢事业上的儿子!"

铁平真挚的请求没有让大介有一丝动容。

"你这个理由就更不能成立了。我还没糊涂到因为父子关系就贷四亿三千万日元给你的程度。要是像上个月那样,再次发生拒付事件的话,我们主银行也很难办。我也不是不想帮你,但是不能凭空帮你。"

"可是,我已经想尽办法了,想提供担保也没有可提供的……"

铁平没有往下说。

"还是你这个企业经营者不行。只要你拿来你们公司的老客户江州商事的母公司五菱商事的保证书,阪神银行就可以贷四亿三千万日元给你们。"

"五菱商事能给我保证书吗?他们肯定也听说了五菱银行拒付一事。"

"所以说你没脑子。关键在于你怎么去说这件事。你先设定好工厂财团的抵押权的顺序,然后告诉他们说,今后阪神特殊钢公司对美出口事宜将全权交给他们负责,另外还赋予他们为你们公司提供一定量原料、器材的权力。他们那种贪得无厌的商社,稍微算一下这中间的好处,立马就会答应。"

大介很高兴地为铁平支了个招。

"谢谢您的建议。我现在就去五菱商事。"

铁平松了口气,觉得公司终于有救了。铁平做梦也没有想到,这其实是万俵大介以阪神特殊钢公司为诱饵吞并大同银行的一步棋。

资金筹措工作稍有眉目,铁平立刻去看望姑父石川社长。石川社长在爆炸事故发生之后,一直因为高血压卧病在床。

车子刚一停在芦屋川旁的石川家门口,大门就从里面打开了。院子布置得十分精致,一棵枝繁叶茂的老松树将这座传统的茶室式建筑揽在怀中。

铁平从玄关沿着宽宽的走廊向里走,来到姑父的房间。房间的纸拉门大开着。骨瘦如柴的石川依然面色潮红。姑姑千鹤坐在一旁。

"哎呀,铁平,你这么忙还过来。"

千鹤满面笑容地招呼道。千鹤酷似哥哥万俵大介,容貌端庄。

"您怎么样?一直想来看您,总是抽不出时间,非常抱歉。"

医生指示说,石川必须保证绝对静养,不能有任何精神刺激,不能操心工作上的事情。

"谢谢你的关心。事故发生后,他的血压最高上到二百三十,现在已经降到一百六十。头疼、心慌这些症状也好多了,现在吃着降压药静养就行了。"

听了姑姑的话,铁平放心多了。石川正治却说:

"不行,我头还疼,脑袋上像盖了个盖子,肩膀也不舒服得很,你给我揉揉。"

千鹤无奈地和铁平一起扶起丈夫,为他按摩肩膀。石川正治说:

"不好意思,公司正困难的时候,所有的事情都让铁平你一个人担着。"

石川本就是个小心谨慎的人,这次的事故彻底击垮了他。

"您别这么说。公司全体员工上下一心,都在努力工作。您现在最重要的是养好身体。"

铁平宽慰石川道。

"可是,你们什么都不告诉我,我什么都不知道,但还是担心得不得了。公司怎么样了?"

石川神经质地皱紧眉头问道。

"庆幸的是,现场的工人就不用说了,连事务系统的工作人员都团结一心,等待着重建热风炉的那一天。"

"资金方面怎么样?银行方面有没有不放心我们、不帮我们了?"

石川正治还不知道银行拒付的事情。

"总会有办法的。前一阵各家银行一起开了个会,现在由长期开发银行负责调查我们公司的财务情况。"

听到这儿,石川的脸色变了。

"欸?财务状况调查?现在公司情况如此恶化,他们这一调查,肯定不会有什么好事儿。银行肯定是想搞垮我们,一定是这样!"

"您别瞎想。公司倒了,贷款银行的面子上也过不去啊。在上次的银团会议中,他们也提出在调查清楚我们公司的财务状况的基础上,提出一个根本性的解决方案。财务状况调查并不意味着悲观性的结论。"

"你别说了,我才不会这么容易上当呢。他们就想搞垮我们!你看大介还是主银行行长呢,却让别的银行来调查。这样子下去完了,我要辞职!"

"姑父,您不要着急。在公司如此关键的时刻,如果社长提出辞职的话,肯定会影响到全体员工的士气,所以还请您谨言慎行。"

铁平批评石川道。

"什么?我谨言慎行?我当初可是坚持暂停高炉建设的,是你固执己见,非要缩短工期、突击作业,最后才酿成了事故,害了公司。我要辞职,辞职……"

说到这儿,石川有些上气不接下气,呼吸越来越急促,脸色越来越红。千鹤赶紧让丈夫躺了下来,说:

"铁平,你干吗要谈公司的事情呢?我不是告诉过你坚决不能谈工作上的事情吗？都怪你！"

千鹤严厉地斥责铁平。尽管姑父正生着病，但作为社长，现在却提出要辞职，另外，姑姑还将责任推到自己头上。铁平忍无可忍地盯着姑姑，无言以对。铁平知道：阪神特殊钢公司的重担已经完完全全地压在了自己一个人的肩上。

离开石川家时已经过了晚上九点。铁平直接驱车回家。好久没有早点回家休息了。

车在玄关处停下时，早苗迎了出来。

"今天挺早的啊。不过孩子们都已经睡下了。"

铁平每天回家都很晚，这段时间一直没有见到孩子。

铁平走进正对着院子的客厅，打开玻璃窗，天王山清爽的山风扑面而来。

"给我个酒杯。"

说完，筋疲力尽的铁平一屁股在沙发上坐了下来。

"老公，姑父情况怎么样？"

"血压降到一百六十了，稳定下来了，但近期恐怕还不能到公司上班。"

"所有的事情都得你一个人扛着了。"

"嗯。"

铁平一口喝完杯中酒，想起傍晚去阪神银行找爸爸贷款时的情景。看到儿子公司资金短缺，都已经揭不开锅了，当父亲的不仅没有一句安慰的话，而且连四亿五千万日元的贷款也不愿意答应，还让儿子拿来五菱商事的保证书再说。这样的父亲，的确堪称优秀的银行家，但没有一丝血脉温情，有的只是冷酷的算计。一种深入骨髓的悲凉再次涌上铁平的心头。

"老公,你工作上的事情我不太懂,总之你不要太难为自己。这段时间你看上去好疲劳啊。"

早苗有些担心丈夫的身体。

"不要光喝酒,要不稍微吃点什么?"

"不用了,我没食欲。喝完酒,我就去睡了。"

铁平有气无力地说着,站了起来。

铁平冲了个澡,躺在床上。虽然没喝多少酒,但铁平觉得困得不行。

不知道过了多长时间,铁平突然听到耳边传来咚的一声爆炸声,房间里血肉横飞,血流成河。

"救护车!叫救护车!"

铁平在床上大声叫了起来。

"老公,怎么了?醒醒!"

铁平被早苗摇醒了。原来是场梦。梦中热风炉煤气爆炸,就像那次事故时一样,烟尘滚滚,火焰冲天,血肉横飞。从噩梦中惊醒过来之后,铁平发现自己大汗淋漓。铁平对一旁担心地看着自己的早苗说:

"做了个梦,没事儿,睡吧。"

为了让妻子放心,铁平用毛巾擦干身体,赶紧在床上躺了下来,闭上眼睛,却再也睡不着了。

"有人吗?"

"鹤乃家"的老板娘站在万俵家的院子里,用温柔的大阪口音问道。没有人答应。

"有人吗?"

老板娘站在西班牙风格的西洋馆和日本馆中间的碎石墙的便门

处,微微弯着腰问道,仍然没人答应。老板娘虽已是花甲之年,但看上去皮肤白皙,风姿犹存,身穿单家徽和服,手抱小绸巾包,后面跟着一个提着大包的伙计。

便门咔嗒一声开了,小女佣探出头来。

"您是哪位?"

"'鹤乃家'专程来拜访。"

"鹤乃家?是元町的点心店吗?"

"不是,是大阪新町的'鹤乃家'。麻烦你向你们老爷通报一声。"

"老爷?您指的是行长吗?"

"欸,不好意思,我顺口就说成老爷了,就是行长。"

小女佣奇怪地看着眼前陌生的老女人和伙计,悄悄对一旁的女佣说了句什么,然后说:

"我去里面问问。"

小女佣正要往里走的时候,看到高须相子从日本馆和西洋馆中间的回廊上走过,赶紧跑过去汇报说有陌生人来访。相子疑惑地来到日本馆内玄关处一看,惊讶地说道:

"哎呀,这不是大阪'鹤乃家'的老板娘嘛!"

万俵敬介活着的时候,每次家里举办春秋两季的游园会,老板娘都会过来,对外称是来帮忙的,所以相子认识老板娘。老板娘也听万俵敬介说起过相子,说她是个哈美而且自大的家庭教师。

"是高须先生吧?好久不见。"

"好久不见。您还好吗?"

"托您的福还挺好的。先生您也在这儿工作很长时间了吧?现在还在教小小姐念书吗?"

"三子今年上大学四年级了。"

"啊,那该教铁平少爷的孩子了,教育父子两代人真够辛苦的,不过您还是这么年轻漂亮。"

看到老板娘感叹的模样,小女佣捂着嘴偷笑了起来。不过,老板娘越是真诚,相子越觉得有伤自尊。

"您突然来这儿有什么事?"

"我想见见行长。"

"请您把具体事情告诉我,家里的事情我负责。"

相子颐指气使的态度让老板娘非常惊讶。

"我带了锦鲤过来。"

"什么?锦鲤?"

"一位老客户给了我一条珍稀锦鲤,正好今天是老主人的忌日,老主人特别喜欢锦鲤,我就想拿来献给老主人。"

老板娘用眼神指着伙计提着的大包里的水桶说道。

"那您进来吧。寺庙里的人刚回去,行长在日本馆。你过来带路。"

相子吩咐完小女佣,快步向西洋馆走去。

从内玄关向里走就到了佛堂。佛堂大约十五张铺席大小,点着长明灯,香烟袅袅。每月忌日的小范围纪念活动早已结束,只有万俵大介和宁子无所事事地坐着。女佣过来报告说,老板娘来访。

"老板娘来了?她怎么突然来了?"

大介嘴里嘟囔着,心里却对父亲忌日老板娘的突然来访产生了一丝警惕。宁子看着好久不见的老板娘说:

"欢迎欢迎,请进。"

老板娘泪眼迷离地说:

"十分感谢你们能让我这个外人进来祭拜。"

老板娘在佛坛前双手拄地,膝行向前,从小绸巾包中拿出贡品,庄重地点上香。

祭拜完之后,老板娘擦干眼泪说:

"前段时间我因为腹绞痛卧床不起，十分感谢行长您亲自来看我。今天我不请自来，是因为有位比较了解锦鲤的老客户，送给我一条叫作'山吹黄金'的名贵锦鲤，正好今天是老主人的忌日，能够在这个时候得到这种珍贵的锦鲤也是一种不可思议的缘分，所以我就拿过来了。"

万俵大介看着水池说：

"锦鲤？想当年，父亲每天早上起床之后都会先去喂鱼，然后才开始一天的工作。"

万俵大介回忆着父亲生前的样子说道。

"当年他到'鹤乃家'去的时候，早上醒来第一件事就是给家里打电话，嘱咐给锦鲤喂食。我还经常听他提起一条叫作'将军'的墨染纹锦鲤，那条鱼还健在吗？"

"嗯，已经五十年了，还活着呢，简直成精了，不过很少能见到。"

"听说铁平小少爷从小时候开始，只要一拍手，那条鱼就会出现。"

老板娘端起茶来说道。宁子突然说：

"那个，您特意送来锦鲤，我就把我精心养殖的兰花送您作为回礼吧。我去趟温室就来。"

宁子没头没脑地说完这句话就走了出去。大介继续看着水池说：

"'山吹黄金'非常名贵，赶紧放到池里去吧。"

大介换上鞋，沿着院子里的踏脚石向池边走去。老板娘吩咐完等在内玄关处的伙计，也向池边走去。

伙计身穿带有"鹤乃家"标志的短上衣，将桶运到池边，取下盖在上面的塑料纸。一条长约五十厘米，从头到尾、从鱼鳍到鱼鳞、全身上下都金光灿灿的锦鲤在桶里使劲摇着尾巴，像是要跳出来一样。

"呀！好漂亮的锦鲤！"

大介被这条锦鲤吸引住了。正当伙计要把锦鲤放到池子里去的时候,大介说:

"等等,我把池子里的锦鲤都叫过来。"

大介向着水面拍起手来。水面上荡起波纹,水草摇动起来,三十多条锦鲤成群结队地游了过来。为了唤来"将军",大介又使劲拍了拍手,但是那条背上黑漆光亮的墨染纹巨鲤一直没有现身。

"那个,这条鱼怎么办?"

看到桶里的金色锦鲤跳个不停,伙计担心地问道。

"嗯,放了吧。"

"山吹黄金"被放进了池里。在红色、黄色、红白色、斑点状的锦鲤群中,这条"山吹黄金"的金黄色鱼鳞熠熠生辉。"山吹黄金"开始在池子里游来游去。

"你好不容易来一趟,要是铁平在的话,还可以把'将军'叫出来看看。今天虽然是星期天,铁平还在公司加班。"

听到大介这样说,老板娘突然像想起什么似的,问:

"说到少爷,他最近是不是心情不大好啊?"

"怎么了?"

"具体也说不上来,就觉得他最近有点……"

"所以我才问你他怎么了?"

大介边看着"山吹黄金"离开鱼群,在水池周围慢慢地游来游去,边问道。

"上次他到'鹤乃家'去的时候,喝得酩酊大醉,调戏我们家芙佐子,听说他还问芙佐子是不是和他有血缘关系。"

"什么?他问是不是和他有血缘关系?"

大介眼中闪着异样的光芒。很明显铁平已经对自己的身世有所怀疑。

"芙佐子当然坚决地告诉他说,怎么可能有如此可笑的事情!最近他可能是有心事,听说一喝酒他就痛苦得控制不住自己了。我有点担心,是不是因为夏天的爆炸事故对他的打击太大,身体出问题了?"

听到这儿,大介终于明白了今天老板娘来找自己的原因。老板娘知道铁平这个时候不在家,才特意借口送"山吹黄金"过来,和自己谈铁平的事情。想到这儿,大介不由得气不打一处来。大介觉得,这个世界上只有自己一个人有怀疑铁平身世的权力,但是,这种残酷的优越感现在已经遭到了挑战。大介又想到,铁平明明已经对自己的身世有所怀疑,前天还跑到行长室,以父子之情请求贷款。这一件又一件事情,点燃了大介心头熊熊燃烧的怒火。

"对不起,怪我多嘴,扰了您的兴致,请原谅。"

看到大介的脸色越来越阴沉难看,老板娘赶紧道歉。

"哪里,我是看'山吹黄金'看得入迷了。铁平的事情,老板娘不用担心,我会管的。今天有劳你了。"

听到大介这么说,老板娘赶紧告辞道:

"那我拿上兰花告辞了。今天能够祭拜老主人,我也没什么可遗憾的了。"

老板娘真心诚意地和大介告别,带着伙计从院子向内玄关方向走去。

当老板娘的身影消失在花丛中之后,大介回到屋里,快步向西洋馆的书房走去。一进房间,大介就拿起话筒,给大同银行的绵贯千太郎家打电话。电话接通之后,大介压低声音说:

"星期天打扰你不好意思,平时打到银行也不方便。上次拜托你找的文件、进行的调查等,看现在的形势必须得抓紧了,希望你能尽快交给我。拜托了。"

说完,大介挂断了电话。

在万俵大介的催促下,几天后的一个傍晚,绵贯千太郎在他的玻璃罩里放着金箔宝槌的专务办公室里,悄悄挑选着藏在办公桌抽屉最里面的各类文件。绵贯千太郎将要交给阪神银行的文件都是大同银行的绝密文件,包括其他银行无从知晓的、只交给大藏省银行局的书面报告,还有连大藏省都没有的顶级绝密文件。作为专务董事,绵贯拥有其中大部分文件的复印件,"大文字密约"之后,绵贯编了个理由,从各部门负责人那儿又要来一些复印件。

文件厚约五厘米。绵贯将文件装进一个没有银行名字标志的大文件袋中,在便签上记下这些文件的存根目录。

损益表(过去六期)
业务报告表(过去六期)
主要客户一览表
大额贷款对象一览表(含存贷款量)
需注意贷款一览表
人员年龄、性别构成表
工资状况(常规工资、奖金)及董事报酬一览表
有价证券保有种类一览表
大股东名单
分行长会、工会等行内各团体动向

绵贯再次将放进文件袋里的文件检查了一遍,突然有种莫名的恐惧感——将这些绝密文件交给阪神银行,就意味着将大同银行完全出卖给了阪神银行。尽管绵贯对日银空降派颇有怨恨,但回想过

去的岁月,绵贯还是有些不舍。1931年,绵贯以优异的成绩从仙台高等商科学校毕业之后,满怀鸿鹄之志来到大同银行的前身——关东储蓄银行开始工作。当时银行的客户都是低收入阶层,银行职员每天为多拉一日元存款而四处奔忙。作为高等商科学校的毕业生,绵贯虽然在总行工作,但依然每天拿着储蓄箱,到浅草、品川等商业街的街头,连一千两千的存款都不放过。

就这样奋斗了四十年,在金融发展的时代大潮下,如今的大同银行存款总量已达九千二百亿日元,在城市银行中位居第八位。大同银行的发展史,也是绵贯的奋斗史。绵贯对大同银行的热爱超过其他任何人。而且绵贯身边还聚集了一帮人,正在积极筹划驱逐日银空降派,争取大同银行的独立自主。绵贯的这帮心腹们,大概做梦也想不到本派的领头人绵贯会暗中出卖大同银行,促成大同银行和阪神银行的合并。绵贯不禁有种强烈的负罪感。但绵贯转念又想:即便自己振臂一挥,带领元老派奋起驱逐以三云行长为首的日银空降派,仅仅依靠这一帮人有限的力量,最后只能落个两败俱伤的结果。这样做太不值了!

想到这儿,绵贯的负罪感渐渐消失。大同银行和阪神银行合并之后,将有望在城市银行中位居第五。第五大银行副行长的位置正在向绵贯招手。

有人敲门。绵贯赶紧将桌上摊着的存根目录和文件袋塞到抽屉里,将融资部的会签文件放在手边,然后说了声"请进"。进来的是三云行长。

"行长,您亲自来我办公室,真是不敢当啊。您要有事,叫我过去就行。"

虽然办公桌上已经没有了可疑物品,但绵贯还是慌张地站了起来。三云缓步走到绵贯办公桌前。

"你正在学习吧？我听说你最近为了改进本行的工作,收集了很多数据进行研讨。我真为你感到骄傲啊。"

三云丝毫没有讽刺的意思,真诚而高兴地表扬了绵贯。绵贯吓了一跳,心里嘀咕着,不知道哪儿走漏了风声,嘴上赶紧说:

"最近金融形势千变万化,像我这样的老古董也坐不住了。不过也说不上是学习,主要是让年轻人给我讲讲,听听,纯粹是老人瞎胡闹罢了。行长,您找我有事儿?"

绵贯谦虚地问道。

"也没什么别的事。长期开发银行对阪神特殊钢公司的调查已经一个月了,结果还没有出来。在事故处理委员会中,你是本行的代表,我来问问你情况。"

三云似乎对调查结果有些担心。

"我这儿也没什么消息。长期开发银行是半官半民的性质,不太在意时间问题,他们一般都是慢工出细活,慢慢调查,最后给大家一个令人信服的结论。咱们这些城市银行要是像他们一样就麻烦了。明天我去问问他们的东乡常务。"

"那就拜托了。我明天下午去视察北海道、东北的几家分行,出差几天。正好从你办公室门口过,我顺便进来问问,告辞。"

说完,三云转身走了出去。直到三云行长修长挺拔的身影消失不见,绵贯才关上门,接着写完文件存根目录。整理完所有文件之后,绵贯把文件放进大文件袋里密封好,再将文件袋放入皮包中,夹在腋下站了起来。绵贯看了眼表,五点半。

绵贯首先要去有乐町的涮锅店,将文件交给阪神银行东京事务所所长芥川,之后还要去和大同银行员工工会的熊本委员长见面。

银行合并的时候,工会的意见非常重要。从现在开始,绵贯需要做好熊本委员长的安抚工作。

绵贯在日生剧场对面的大楼前下了出租车,随着人群往前走,来到大楼地下室的一家名为"花隈"的店前,推开玻璃门走了进去。这是一家民族风格浓郁的饭店。还没到晚饭时间,店里十分安静,服务员无所事事地站着。

"欢迎光临,他在里面等着您呢。"

眼尖的老板娘认出了绵贯,赶紧将他领到靠里面的一个包间。芥川在里面坐着,面前小茶几上的茶杯空着,看来已经等了很长时间了。

"让你久等了。"

绵贯面无表情地走进房间,在芥川对面坐下。芥川说:

"麻烦您在百忙之中抽时间过来。本来今晚我应该陪您喝一杯的,但是,刚才我在电话里也说了,万俵让我一拿到文件就送到神户去。不好意思,那个……"

芥川看了一眼绵贯的包。绵贯也想赶紧把东西交给万俵,这样自己也可以松口气。绵贯从包里拿出厚厚的文件袋,说:

"请把这个交给万俵行长。我再啰唆一句,这些都是秘不外宣的绝密文件,请你们一定多加小心。万一这件事走漏了风声,我就别想在社会上立足了。"

绵贯盯着芥川再次叮嘱道。看到文件,芥川不禁双眼放光,说:

"谢谢。交给我吧。"

就在芥川伸手想将厚重的文件袋拿过来的时候,绵贯突然问:

"字据呢?"

绵贯交出文件的条件是,万俵先给绵贯一张保证书,以书面形式保证日后绵贯当副行长。

"哎呀,我光想着文件了,不好意思。这是万俵千叮咛万嘱咐交代的,请您收好。"

芥川本来不想把保证书拿出来的,绵贯既然提到了,芥川只好从胸口的内兜里拿出一个白色信封交给了绵贯。打开密封的信封,里面放着一张万俵行长的名片。名片背面是万俵亲笔写的几个毛笔字:

多谢关心
严守约定

虽然只有简单的几个字,但绵贯看得非常出神。这是一张盖有万俵大介印章的"万俵字据"。

芥川匆忙离开之后,绵贯千太郎再次看着用大同银行的绝密资料换来的万俵亲笔字据。虽然只有"多谢关心 严守约定"几个字,但能从老奸巨猾的万俵大介处得到这一纸盖章字据,绵贯觉得自己已经非常成功。只要有了这个,就不怕万俵大介过河拆桥了,万不得已的时候,还可以拿出来拼个鱼死网破。

"请到这边。"

外面传来老板娘的声音。为了避开芥川,绵贯特意嘱咐老板娘将熊本安排到别的房间。听声音,绵贯知道是大同银行员工工会的熊本委员长来了。绵贯赶紧将万俵的收据装进上衣口袋,装作一溜烟刚赶过来的样子,神色匆匆地走进熊本的房间。

拉开纸拉门,绵贯看到熊本委员长刚好坐了下来。熊本虽然还没到四十岁,却已经明显发福了。

"让专务您久等了,不好意思。今天运气不好,老是打不上车。"

熊本有些愧疚地挠着头说。

"哪里,我也是刚到。其实咱俩一起从银行出来,打一辆车过来就行了,但就怕别人看到我们在一起会说三道四。"

听到绵贯这样说,熊本用毛巾使劲擦了擦浅黑色的脸庞,说:

"他们那是纯粹胡扯！我从四月份当了专职工会干部到现在,除了在正式的劳资会谈上见过专务,已经好久没见过您了。"

绵贯当融资部长的时候,熊本是绵贯的部下。另外,绵贯还是熊本的媒人。所以,熊本也是绵贯的心腹之一。正是凭了这层私人关系,绵贯今天才将熊本叫出来,打听工会最近的动向,为大同银行与阪神银行的顺利合并打好基础。和其他企业的工会一样,银行工会也属于御用工会,包括行长在内的全部银行职员中,只有10%是非工会会员,其余90%都属于工会会员。工会的高覆盖率决定了在银行合并这样的重大问题上,没有工会的支持是不可想象的。对于企业经营者来说,平时像小猫般温顺的工会,在事关合并问题时,就成了打盹的狮子,随时可能醒来发起进攻。

酒端上来了,小茶几上涮锅的材料也已经准备好。绵贯为熊本倒了杯酒,说:

"当了委员长,你的人际交往空间更大了。当初我推荐你当委员长的时候,你还有点犹豫,一个劲地推辞,怕自己干不好。真干上了,你看你比以前的人干得都好嘛。我很高兴啊。不过,你也要注意自己的身体啊。"

听到绵贯对自己的肯定,熊本满面笑容地为绵贯回倒了杯酒,说:

"我从上学的时候就开始练摔跤,所以对自己的身体还是相当自信的。不过,这个月月初,我竟然得了一次感冒。我已经八年没有感冒过了,把我老婆给吓坏了。我倒是很开心,终于和别人一样了。"

熊本豪爽地大声笑了起来。绵贯也放心地笑了,心想:这家伙和以前一点儿也没变。四月份当工会委员长之前,作为大学毕业生,熊本的事业之路平平稳稳,不快也不慢。但从工作的第一天开始,有关熊本的非凡的战斗力和超群的体力的传闻就未断过。特别是在人行的第二年,那时候熊本还在大田分行工作,听说有家农户准备将近万平方米的土地作为建筑用地出售,熊本就到那家农户的土屋里待了三天三夜。农户家的老大爷非常讨厌大银行,但在熊本的坚持下,老大爷被彻底征服了,将出售土地所得的全部近三千万日元的现金交给了年仅二十四岁的熊本,存进了大同银行大田分行。这件事登上了大同银行的行内杂志。从此以后,熊本成了大同银行的明星人物。

涮锅煮开之后,绵贯让服务员退下,房间里只剩下绵贯和熊本两人。

"最近工会怎么样?说实话,这段时间我不太了解工会的实际情况。我是你的媒人,当年又帮你们家孩子取了名字,对你我还是知根知底的,今天就想听你给我上上课。"

绵贯极其自然地打开了话题。

"我怎么有资格给专务您上课呢!现在的年轻人想说什么就说什么,工会大会和代表大会的气氛都很活跃。"

熊本边吃边答道。神户牛肉还没有完全涮熟,就被熊本放进了嘴里。

"这是个好现象啊。大家都关心什么呢?"

"现在物价这么高,大家要求增加基本工资、解决住房问题的呼声非常高。很多人提出,行里应该提高住房贷款的额度,增设公寓房,至少年轻人结婚后能立马住进公寓房,对住不上的人应该相应地提高租房补贴,等等。专务,您知道现在东京年轻人结婚后,租房子要花多少钱?"

"一万五六千日元吧。"

"我不和您开玩笑,两万以下的房子根本租不到,一般都要两万四五千日元。现在年轻人结婚的年龄越来越小,一万日元上下的补贴根本不够,自己还要倒贴一万四五千日元。而住在行里提供的公寓房里的人,每个月的房租只要四五千日元。而且年龄越大,工资越高,这样下去,贫富差距势必越来越大。"

说着说着,熊本的语调变得像在劳资会谈上演讲时一样。

"有道理啊,这是个必须考虑的实际问题。另外还有什么?"

绵贯一边为熊本倒酒一边问。酒风豪爽的熊本喝起酒来就像喝水一样,一口喝完一杯,继续说:

"除了住房问题,接下来就是劳动时间过长的问题了。员工们越来越忙了,最重要的原因在于工作量增加了但是人手没有随之增加。女员工每个月要加班十到二十个小时,男员工三十个小时很常见,而那些管理干部需要超时间工作六十到七十个小时。因此我觉得行里应该制定有效方案,让员工能尽早回家。女职员提出,银行没有发展自己兴趣爱好的时间,因此求职者正在减少。管理干部发牢骚说,忙得完全顾不上孩子教育。但战争结束前就在银行工作的那部分员工,只要说是为了银行,都会无怨无悔地默默工作。年轻人不同。我很担心,再过十年,我们这些人还能领导这些以自我为中心的年轻人吗?如果上层再不认真考虑员工问题的话,就更麻烦了。"

"哎哎,别吓唬我啊。我们对你们扎实的工作一直评价很高,也想对你们有所回报。但是,为了在激烈的银行竞争中立于不败之地,我们必须积蓄内部力量,夯实经营基础,所以领导夹在中间,也左右为难啊。"

绵贯诉完了领导的苦衷之后,接着问:

"从你们工会的角度来看,咱们银行的领导层如何?日银一直空降干部到我行,各派之间的关系也不太融洽。"

"关于这一点,专务您肯定最不容易。说实话,我每次去参加各分行的工会会议时,年轻人都提出了很多尖锐的意见。比如,咱们银行的领导层会不会出问题?日银还会不会继续空降人下来?空降派会认真考虑行里的事情吗?"

听到熊本说到这儿,绵贯又为熊本倒了杯酒,说:

"是吗?我倒是想过这些,但没想到下面对空降派的批评如此尖锐啊。"

"是啊。那些在日银温室里长大的干部,怎么可能理解咱们踩着臭水沟去拉存款的辛苦?他们稳坐在领导位置上,说什么国际金融局势如何、金融政策如何之类的。他们这种光会嘴上功夫的人,怎么可能得到年轻人的拥护?他们没法理解专务您给朝日肥皂公司贷款的决定。那些头上没有沾过肥皂粉的人,根本没有资格当咱们行的领导。"

说到激动处,熊本咚咚咚地敲了几下茶几。绵贯知道,熊本绝不是那种表面奉承、背地里使坏的两面派。从熊本刚才的一席话中,绵贯更加确信,在驱逐"日银驻军"这件事上,工会绝不会拖后腿。

"熊本,不管多得罪人的话,你都能坦坦荡荡地说出来。只有你这样有担当有骨气的人,才能向领导谏言。但现在执行部和工会办事员中,是不是也有一两个日银支持派?"

为了探听出工会中日银支持派的情况,绵贯接着问道。

"现在的执行部没有。在我之前两任的委员长草加,现在在工会的影响力还比较大,他属于那种日银协调派,和我们有点儿……"

说到这儿,熊本委婉地笑了。草加和熊本完全不同,比较低调,属于理性派,现在担任国际贸易部次长,在日银空降派、国际贸易主管白河专务的手下工作。绵贯一边盘算着想个巧妙的办法调走草加,一边问:

"熊本,我当融资部部长的时候,经常和你在小酒馆喝酒,那时候你特别爱唱《首都西北》①这首歌,好久没听你唱了,唱来听听吧。"

绵贯突然有些怀旧。熊本惊讶地放下酒杯,盯着绵贯问:

"专务,您这是怎么了?"

"哎,今天可能是咱俩最后一次面对面喝酒了。"

绵贯哀叹道。

"什么!专务,真的吗?为什么?"

熊本激动地问。

"你刚才的话终于让我下定了决心。我怎么能将大同银行的未来交给那帮头脑简单的'日银驻军',以及那些明哲保身,只想熬到退休拿退休金回家养老的人的手里?我要向日银驻军宣战!哪怕失败,没有了容身之地,我也绝不后悔!"

绵贯的决心让热血汉子熊本感动不已。

"专务,谢谢您把心里话告诉我。只要您振臂一呼,工会这边的工作就全交给我了。我绝不会让专务您孤身奋战的!"

熊本带着几分醉意宣誓道。绵贯对熊本的支持表示了感谢,同时坚信:驱逐"日银驻军"之后,在和阪神银行合并的问题上,熊本肯定还会站在自己这一边。

万树子身上裹着蓝色丝绸套裙,站在三面镜前。设计师手拿针垫,飞快地粗缝着。

"哎呀,您变瘦了,腰围只有六十二厘米了。"

"是啊,一劳神立马就有效果了。"

"您别开玩笑了。您天生就是享福的命,哪有什么可操心的呢。"

服装店的设计师今天特地过来为老主顾万树子试样子。设计师

---

① 《首都西北》:早稻田大学的校歌。

接着说:

"把腰身再收一些,裙摆方向大喇叭幅度再大一些的话,轮廓会更好看。"

"对,这才像晚会上华丽的套裙。"

"您什么时候要?"

"最好是下周六,我想穿新裙子出去。"

万树子一边煞有其事地说着,一边留意着里间的动静。其实万树子根本没什么晚会要参加。

万树子已经回娘家一个月了。今天早上,相子打电话来说,晚饭过后会来拜访,方便的话想见一见万树子的父亲。现在相子正在和万树子的妈妈佳江谈话。

走廊里传来脚步声。万树子看到妈妈佳江走了过来。

"还没好吗?人家都等了半天了,你赶紧过来。"

"我不想见她。我讨厌见她。"

"可是,她是你公公派来的,你不能这样。我跟她说你要先躺一会儿,但也不能让她等太长时间。你赶紧准备一下!"

佳江说到这儿的时候,正在粗缝的设计师说:

"正好试完了,请您脱下来吧。"

设计师飞快地在衣料上别上别针,绕到万树子身后,帮助万树子脱下裙子,以免被别针扎伤。万树子身上仅剩下一件长衬裙,肌肤丰满水灵,一点儿看不出流过产。看着女儿的身体,佳江有些恍惚。万树子套上针织裙,佳江在前面引路,催促着万树子一起去客厅。

客厅里,正装和服装扮的相子,坐在原来放佛龛的地方。看到万树子走进来,相子微笑着说:

"好久不见。身体怎么样?"

万树子回家后的第二天,在万俵大介的指示下,相子拜访了安田家。安田家借口万树子身体欠佳,建议让万树子在家静养一段时间。

"嗯,托您的福,还好。"

万树子不冷不热地答道。

"那太好了。还是静养有效啊。身体好了的话,你也该准备回去了吧? 二子和三子都说,嫂子不在,好寂寞。她们都盼着你回去呢。"

相子的一举一动表现得彬彬有礼,和万树子准备回娘家那天的阴险狡诈形成了鲜明对比。

"还有,你公公说,你可能有自己的想法和理由,但还是希望你能尽早回家去。"

听到这儿,万树子的神情突然僵硬了起来。

"哎呀,你这是怎么了? 是不是对你公公有什么不满?"

万树子低头看着地面,摇了摇头。

"那是对婆婆不满?"

"不是,婆婆是好人。"

"那你到底是对万俵家哪儿不满意呢? 你说说看。"

尽管和万俵大介共同营造着妻妾同床的生活,相子问起这个问题来依然面不改色心不跳。相子这种贼喊捉贼的态度让万树子恐惧不已。因为手里握着万树子婚前不检点的证据,所以相子表现得非常自信,知道万俵家妻妾同居的秘密不会被万树子揭穿。这时,佳江在一旁说:

"刚才我已经说过了,万树子对万俵家的公婆没有任何不满,主要原因可能是银平缺少对万树子的关心。"

听到妈妈这样说,万树子抬眼问:

"我回来以后,他怎么样?"

银平听说万树子决心离婚、已回娘家的消息后,一脸轻松地说,这样做她可能会幸福。相子当然不能告诉万树子实情,而是说:

"你这么长时间没在,银平也很孤单,希望你早点回去呢。"

"那他为什么自己不来呢?"

"他最近工作太忙了。"

"忙,忙,忙是他的借口。妻子突然跑回娘家了,一个月了,他一个电话都没打过来,所有事情都交给别人去办,他也太冷酷无情了吧!而且,万俵家纵容他这种行为,对我也太不公平了!"

"万树子,你怎么能这样说话呢?你爸爸和我都不允许你这么说话。"

佳江严厉地批评了女儿。

"我和你们说了多少遍,你们还不明白。那是个对婚姻和家庭没有任何感情的无情无义的人,是他让我不幸、让我不能再生孩子,他就不是个正常人!"

万树子开始爆发了。

"万树子,你不能再生孩子,银平当然有一半的责任。但你自己也得反省一下自己的问题,是不是因为你不小心才导致流产的?"

相子的语调非常平静,但话里有话地提醒万树子婚前存在不检点的行为。万树子一时有些语塞,但仍然不依不饶地说:

"我就想让银平亲自过来。"

"你的意思是,银平亲自来的话,问题就可以解决?"

万树子没有说话。妈妈佳江说:

"孩子这么任性真是抱歉。不过我们还是觉得应该满足万树子的这个愿望。这些天我和他爸爸也商量过了,他爸爸也觉得,关键问题是让银平亲自来一趟,除此之外没有别的办法。"

相子内心十万个不愿意,但想到如果过于强势的话,会影响万俵家和安田家的亲家关系,最终会动摇自己在万俵家的地位。于是,相子说:

"我回去后将你们的意思告诉银平。请多保重。"

说完,相子郑重地告辞离开,坐上等在外面的车,返回万俵家。

万俵大介坐在书桌,相子走了过去。

"怎么样了?"

万俵大介一边点烟一边问。

"没说成。让我等了半天,好不容易才出来,出来就一句话,银平不亲自来接的话就不回来。"

相子接着告诉大介,据佳江说,万树子的父亲安田太左卫门对银平的态度也很强硬。

"银平也真够让人头疼的,但是万树子必须得回来。我去跟银平说,让他去接。"

大介边说边想:在和大同银行的合并计划成功之前,一定要和阪神银行的头号股东大阪重工社长安田太左卫门搞好关系。

"您今天晚上是不是有什么客人?"

"嗯,芥川有急件要送过来,估计快到了。"

芥川告诉万俵大介,已经从绵贯千太郎处拿到大同银行的绝密资料,正准备从羽田机场坐七点的航班过来。相子从大介看似平常的语调中察觉到一种从未有过的紧张感,于是主动说:

"我先告辞。"

相子扭动着腰肢走了出去。看着铁锈红渐变色和服下相子的曼妙身姿,大介突然想起今晚是和相子同床的日子,正有些心神荡漾的时候,女佣来汇报说,芥川到了。

芥川在客厅和宁子打过招呼之后,来到书房。

"不好意思来晚了。最近的飞机经常晚点。"

"绵贯很快就把东西拿过来了?"

"是的，但是他很精明，要走了字据。"

芥川指的是原本不想给绵贯的"万俵字据"。

"那个董事情况调查表，您已经看过了吧。"

芥川看了眼上着锁的书桌抽屉问道。

为防止走漏消息，万俵大介委托了三家私人调查机构，对以三云行长为首的十六名大同银行董事进行了详细的调查。调查结果前天已经寄到万俵家。调查涉及他们各自的履历、亲属、社会关系、兴趣爱好、资产、银行内外的评价、交际范围、与特定企业及特定个人之间的密切关系以及在银行内的人脉、和绵贯的亲密程度等。

"我认真看了一遍。好像有一两个董事和来历不明的股东会混子或某个特定客户关系比较密切，但是并没有特别需要关注的对象。除了三云行长，其他人都好对付，都是些平庸之才。"

"我完全赞同。九年前，三云行长的夫人就去世了，但是在私生活方面他一直洁身自好，真的是无可挑剔，简直太让我佩服了。"

芥川并不知道，眼前的万俵行长在宽敞的私宅中过着妻妾同床的生活。听到芥川谈及私生活，万俵有些不高兴地说：

"你用得着佩服那些无聊的事情吗？赶紧开始讨论。你先把各年龄层的人员构成和工资情况表拿出来。"

在万俵的催促下，芥川从厚约五厘米的密封着的文件袋中，快速取出万俵要求的文件递了过去。银行合并的时候，处理多余人员及调整工资水平是最棘手的一件事。

万俵锐利的目光追随着密密麻麻的数字，说：

"从人员构成来看，大同银行和我行差不多，中老年员工比较多。虽然在合并之后不能立即展开多余人员的处理工作，但这件事做起来会相当耗时间，所以咱们应该尽快拿出一个计划预案来。"

芥川也探身向前看着那些数字，并将万俵的指示记录下来。

"下面是工资状况。大同银行的平均基本工资是六万四千一百一十一日元,比我行的六万五千八百三十一日元低一千七百二十日元。一般来说,合并之后工资水平要向高的一方看齐。每个月咱们的人事费大约要增加一千七百万日元。芥川,你算算,加上奖金,总共要增加多少?"

万俵大介将平均工资与各工龄段工资一览表递给芥川。芥川算了一会儿,说:

"平均奖金大同银行是十八万八千五百二十四日元,我行是十八万九千三百五十日元,差八百二十六日元,应该不会增加太多。但是人事费的实际计算需要专业的知识。我觉得这件事是不是该和人事部部长说说了?"

听到芥川的建议,大介说:

"这两三天我亲自和他说吧。接下来是干部问题。合并后的第一年,所有职务一概不动,专务还是专务,常务还是常务;第二年开始,减少一成左右;到了第三年,如果不起用新人的话,就会影响新银行内部的士气和干劲,那就减少三成,以二比一的比例,从阪神和大同选用新人加入干部队伍中。"

大介说到这儿的时候,女佣端来了夜宵和饮料,在另一张桌子上铺上桌布,将食物放好之后,带上门离开。

夜色笼罩着万俵家。不一会儿,其他房间的灯陆续地灭了,唯有大介和芥川所在的书房一直到深夜都灯火通明。

第十三章

万俵大介站在阪神银行东京分行的行长办公室,远眺着秋意正浓的皇居中的树林。

十天前的夜晚,东京事务所所长芥川带着大同银行的绝密资料,来到万俵大介位于冈本的家中。那天晚上,万俵大介和芥川熬夜阅读、讨论了那些资料,直到凌晨两点才休息。第二天,万俵、芥川和大龟专务一起,在行长办公室继续探讨了合并的利与弊问题。

合并最明显的好处反映在营业点和客户数量的增加上。在所有的城市银行中,大同银行的营业点数量名列第二,经营网点遍及全国各地。对于地方银行色彩浓厚的阪神银行来说,营业点的增加是合并的最大好处。两行合并之后,新银行的业务局面将完全符合城市银行的要求。

门开了,芥川走了进来。

"行长,让您久等了。大同银行二百三十五家分行的实地调查资料已经收集完毕,请您过目。"

芥川将手中卷着的地图在万俵办公桌上铺开。这是一张五十万分之一比例的精确的日本地图。图上以六大城市为中心,密密麻麻地画着红圆圈和蓝圆圈。红圆圈标注的是阪神银行分行所在地,蓝圆圈则是大同银行分行所在地,可谓一目了然。万俵从转椅上站起

来,凝神看着两家银行分行的分布情况。芥川身体前倾,说:

"关于主要城市中大同银行各分行的情况,我和总务课课长黑井分头进行了实地调查,就其周边环境、分行与总行之间的距离、发展潜力等进行了逐一确认。写在纸上的地址是一回事,周边环境的实际情况,不去亲眼看看是发现不了问题的。同样是在东京的京桥,虽然仅仅隔了一条街,有的分行就处于后街,还有的虽然地处街道拐角处,市口很好,但建筑情况老化。总之,店面价值差别相当大。"

说到这儿,芥川拿出一张一览表和大同银行所有分行的彩色照片。一览表上详细记录了大同银行二百三十五家分行的周边环境,以及与阪神银行各分行之间的距离。除了芥川和总务课课长黑井实地调查的分行,阪神银行又以准备下一年度店铺规划资料的名义,让其余分行长将各分行情况汇报上来。

万俵迫不及待地仔细看着这些资料。

"和我行重复的分行有多少?"

"大致看来,京滨地区有十家,京阪神八家,四国九州三家,一共二十一家的样子。"

"二十一家?这多余的分行怎么处理,看来必须抓紧时间规划新营业点了。"

说到这儿,万俵走到正对大手町金融街的窗户前。金融街上,银行一家挨着一家,龙争虎斗,竞争日趋激烈。在大藏省严格的行政管控之下,每家城市银行一年只能新增一个营业点。实施统一会计准则和红利自由化之后,城市银行之间的差距越来越大。为了促进城市银行的合并,大藏省在半年前出台了一个银行局局长令,规定合并后的城市银行,允许增设与重复营业点数量相等的新营业点。因此,如果阪神、大同合并成功的话,将率先享受到各家银行梦寐以求的这一优惠措施。

"快两点了,行长您是不是准备出去啊?"

芥川看着时间问道。

"已经这么晚了。今天不能迟到,我现在就出发。"

"您是去地域开发委员会吗?"

地域开发委员会是万俵担任政策委员的几家委员会中的一家。

"不是。阪神特殊钢公司的财务调查结果出来了,我要去趟长期开发银行。"

"调查结果不是应该由七家主要银团贷款银行负责融资的专务、常务组成的事故处理委员会来公布吗?"

"现在好像出了点问题。"

"您的意思是,调查结果里面有意想不到的坏消息?"

因为事关眼下的银行合并,芥川低声问道。

"我得亲自去问问才知道。今天是长期开发银行的宫本行长、大同银行的三云行长和我三个人的秘密会谈,这件事你不要告诉涩野常务。"

万俵叮嘱完之后离开。

五天前,长期开发银行的宫本行长突然打电话到阪神银行总行行长室,说,"阪神特殊钢公司的调查结果已经出来了,有些事情不能在专务、常务级传达,我想和您,以及平行主银行大同银行的三云行长一起,先悄悄碰个头,劳烦您来我行一趟。"无论是在接到电话的那一刻,还是准备去面谈的现在,万俵都镇定自若,没有丝毫慌张。

庆祝朝日肥皂公司成立五十周年的招待会,在新大谷宾馆的芙蓉厅召开。招待会从中午开始,来自机关、同行、营销商、银行的近三百名客人出席了招待会。招待会上,有人喝鸡尾酒喝得满脸通红,有人大声地和女招待打情骂俏,充分体现了洗涤行业从业人员的豪爽与奔放。

人群中,来自朝日肥皂公司主银行大同银行的三云行长,受到了隆重的接待。程式化的致辞结束之后,因为和朝日肥皂公司的董事们没什么共同语言,三云想早一点儿离开会场。

"哎呀,行长,您在这儿啊。"

绵贯汗津津的大红脸从热气腾腾的人群中冒了出来。宴会一开始,绵贯就像条鱼一样在会场内游来游去,和每个熟人打招呼,如同朝日肥皂公司的老大一般。

"今天的宴会办得真热闹啊!朝日肥皂公司是咱们行的老客户,今天的庆典肯定让你感慨颇多吧。"

三云单手拿着酒杯说道。绵贯满脸笑容,得意地说:

"是啊,行长,朝日肥皂公司从当年的一家小肥皂作坊发展到今天,历经了种种磨难,非常不容易啊。现在想起来,最让我怀念的是,当年在隅田川边,我和那些肥皂工匠坐在工厂的小铁皮屋顶上,面前摆着十几个脸盆做实验,把肥皂粉的成分分析来分析去。那时候我也很年轻呢。"

绵贯沉浸在当年的回忆中。这时,旁边一位和绵贯年龄相仿的朝日肥皂公司的干部说:

"那时候的事情,我们也同样难以忘怀啊。今天的绵贯专务,当年和我们一起站在四面透风的土屋里谋划公司的发展。专务原本只会拨算盘的手,被肥皂粉和漂白剂糟蹋得粗糙不堪。现在想起来,真是感激不尽啊……"

这位干部感动得说不下去了。

"但那时候很快乐啊。靠了机用洗衣粉,公司获得了快速发展,成了二部上市公司。倒是在那以后让人烦心的事就没完没了。业绩好了,绵贯就会被莫名其妙地怀疑是不是搞人情贷款了;业绩差了,又会被别人认为这种家族经营的肥皂公司没有发展潜力,让绵贯最好不要再贷款了。但是高兴也得过,悲伤也得过。公司收购 Royal 化妆品公司之后,眼看着股价就要突破一百日元大关。今天的五十周年庆典,恰如秋日的天空,晴空万里,没有一丝云彩啊。"

绵贯兴奋地说着,言语中不乏对三云的指桑骂槐。绵贯的话虽然多多少少有些夸张,但大体都是事实。对于正为阪神特殊钢公司的事情烦恼不已的三云来说,这些话字字如针,扎在他的心上。

"我该告辞了。"

到了该去长期开发银行的时间了。

"您这就要走了吗?您不刚来嘛,怎么着也得待个二三十分钟吧?社长和副社长马上就要来答谢各位了,您就捧个场吧。"

绵贯觉得三云太不给面子了。

"两点钟我还有非常重要的事情,现在就得走了。"

三云有点担心赶不及的样子。

"哦?您今天有比参加这儿的招待会更重要的事情啊。"

三云没有理睬阴阳怪调的绵贯,径直走了出去。

三云离开闷热的会场来到楼下的玄关处,清凉的空气扑面而来。坐上等待已久的车子,三云的心情渐渐沉重起来,不知道接下来在长期开发银行等待自己的会是什么。三云想起了五天前宫本行长亲自打电话过来的情景。宫本行长说完事情之后又补充道:"这次只有我们俩还有阪神银行的万俵行长三个人密谈,最好不要让别人看见,到时候我就不去接你了。你把车停到地下停车场之后,直接坐电梯上来,到行长接待室。"

三云紧张地看着前方。

万俵大介乘坐的车缓缓驶进位于虎门的长期开发银行地下停车场。万俵看到大同银行的三云行长,正准备从前面的一辆黑色奔驰车上下来。

"呀,三云,今天辛苦你了。"

万俵打了个招呼。三云表情沉重地回了一句:

"正好一块儿啊。"

两人一起坐上了客用电梯。三云在电梯中一言不发,表情凝重。万俵暗中观察着三云的表情,如同在伏击猎物。

电梯在五楼停下。五楼是董事办公区。秘书看到万俵和三云,立刻将他们带到行长专用的一间隐秘的接待室。

宫本行长很快就走了进来。

"哎呀呀,今天叫二位过来,实在抱歉啊。这边请。"

宫本行长身材矮小,长相温和,为人宽容,作为长期设备资金银行的行长,在城市银行中威望很高。遇到有纠纷的场合,宫本行长一般能起到非常大的调和作用。

"行长,这次阪神特殊钢公司的调查,麻烦你了。"

万俵以主银行兼母公司负责人的名义说道。三云也致意道:

"平时多有烦扰,这次又给你添麻烦了。"

宫本行长坐在中间,三云和万俵相对而坐。

"今天我之所以悄悄把你们两位行长请来,是因为阪神特殊钢公司的财务调查结果比预想的还要不好,直接关系到企业的生死存亡。"

宫本行长说到这儿,万俵低下头,似乎觉得有些不光彩。三云竭力掩饰着内心的不安,问:

"那么,具体的调查结果是……"

宫本行长翻看着手中的文件说:

"我把调查结果的主要内容摘录在这儿了,咱们边看边说。"

宫本行长将写有要点的文件交给了三云和万俵。

"上次的热风炉爆炸事故造成的直接损失和间接损失,超过了公司方预计的十六亿五千万日元,达到十八亿日元上下,而被美国公司取消出口合同又造成了约十亿日元的产品积压。除去这些负债,更为严重的问题是,在阪神特殊钢公司的固定资产中,这两年的投资额为两百亿日元,但每个月的收入仅仅增加了五亿日元,而且大部分设备处于闲置状态,看来资产价值大打折扣。加上固定资产、库存等,迄今为止阪神特殊钢公司共投入四百八十亿日元,其中自有资金为六十亿日元,其余均为外来资金。换句话说,公司是由七倍于自有资金的外来资金来维持的。一句话,阪神特殊钢公司的资本构成非常不健全。"

宫本行长一气说完之后,似乎有些介意万俵的反应,问:

"万俵行长,我是不是说得太严厉了?"

万俵头也不抬地继续看着文件说:

"哪里,请继续。"

宫本行长继续说道,按照现在的市场情况,阪神特殊钢公司每个月的亏空为一亿五千万日元左右,并处于不断累加状态。在接下来的一年内,市场回暖的可能性很小,公司从亏空转变为盈利的可能性基本不存在。说到这儿,宫本行长严肃地指出:

"在如此严重的情况下,此次调查结果显示,各行的融资比例相当混乱,特别是当着你们二位的面,我很难说出口的是,你们两家银行的贷款步调非常不一致。"

三云惊讶地问道:

"贷款步调不一致?什么意思?请您具体地谈谈这个问题。"

"我的意思是,你们两家原定的融资比例已经发生了变化。阪神银行的贷款余额为九十亿日元,大同银行为一百亿日元。大同的融资比例提高了,阪神的融资比例降低了。"

"什么？阪神的融资比例降低了？怎么可能？"

三云难以置信地看着万俵。这完全是万俵命令阪神特殊钢公司的钱高常务进行虚拟融资的结果，但三云对此事一直毫无察觉。宫本行长没有说话，明显不想卷入他们之间的纠纷。

"万俵，这到底是怎么回事？"

三云目光如炬地盯着万俵。

"我也不知道这个数字，也很吃惊。是不是你们行投入太多了？"

万俵一脸无辜的样子。

"我们行投入太多？别开玩笑了。在我们大同银行的资金表上，加上特别融资，你们也比我们的比例要高。这到底是什么时候、因为什么原因颠倒过来的？你难道不觉得很可疑吗？！"

看到三云步步紧逼的样子，宫本行长息事宁人地解释道：

"我觉得，是不是阪神银行因为资金问题，融资暂时没有到位？"

万俵赶紧接过话来说：

"我也觉得只有这个原因了，如果因此造成与大同银行的贷款步调不一致的话，完全是我的责任，非常抱歉。"

万俵端正身姿，对着三云深鞠一躬。三云依然对其深表怀疑。阪神银行虽然是阪神特殊钢公司的主银行，却不断削减贷款额，一有什么事情就推给大同银行，让大同银行帮助阪神特殊钢公司解决资金问题，就连前不久的被暂时拒付票据的回购资金，阪神银行也不愿意出一分钱。想到这儿，三云不禁怀疑，万俵大介是所有事情的幕后黑手。

"我还有件事情不明白。万俵行长好像对阪神特殊钢公司的经营有一些特别的见解，能否借此机会毫无保留地给我们讲一讲？"

"我哪有什么特别的见解。只不过作为主银行行长，作为父亲，竭尽全力而已。"

万俵厚颜无耻的回答，让三云不由得怒火中烧。

"贷款比例都反过来了，你还说什么竭尽全力？"

三云忍不住质问道。宫本行长赶紧劝道：

"哎呀呀，贷款差也就是十亿日元，阪神银行再贷一次款，问题不就解决啦。不过，我还有件意外的事情要告诉二位。在这次调查中我们发现，除去刚才我说到的负债，阪神特殊钢公司还借有每天十钱、年利率36.5%的高利贷，并且还有虚构销售额的问题。"

"什么？借高利贷？！"

万俵和三云异口同声地反问道。企业从民间非正规的金融机构借高利贷是银行最忌讳的事情。

"我们查了经费明细账，发现阪神特殊钢公司在支付了大额利息的同时，没有对应的银行名称的记录，因此我们断定，一亿五千万日元的高额利息是账外债务。还有，在市场疲软的情况下，地方营业所为了增加销售额度，虚报了三亿六千万日元的虚假销售额。综合以上情况，只能说阪神特殊钢公司已经危在旦夕了。"

温和的宫本行长此时表情也严厉了起来，继续说道：

"在这种情况下，如果阪神特殊钢公司破产的话，就会产生共计五百五十亿日元的债务。我们银行方会背上巨额坏账，而下级承包商也将陆续破产。为了避免这种情况的发生，我们应该考虑申请《公司重整法》。"

宫本行长看起来有些着急。万俵依然毫无表情，而三云的脸色越来越凝重，说：

"我觉得为时尚早。换个角度看的话，刚才对固定资产的评价，是否也是阪神特殊钢公司的优势呢？一旦高炉完工，所有设备开动起来，公司立马会如下山之猛虎，生机勃勃，势不可挡。以万俵专务为代表的优秀的技术团队，会考虑如何使所有的设备和技术都重新焕发生机的。万俵,你觉得呢?"

三云直截了当地向万俵提出了拯救阪神特殊钢公司的意见。万俵抱着胳膊想了一会儿,说:

"非常感谢三云行长。但是现在其他银行都唯恐躲闪不及,上次贵行为他们支付了回购票据资金之后,他们又来我这儿求过好多次。今后如果继续支援他们的话,只有贵行和我们阪神银行两家银行了。照这样子下去的话,万一哪天阪神特殊钢公司垮台,三云你准备怎么办?"

面对这个问题,三云也无言以对。考虑到事态的严重性,宫本行长说:

"阪神特殊钢公司如果破产的话,会导致业界的巨大混乱。咱们把石川社长和万俵专务叫来,听听他们公司方的重建计划之后,再决定今后怎么办吧。在这之前就告诉事故处理委员会,延长调查时间。"

宫本行长最终如此决定。

万俵铁平无法相信三云行长所说的一切。

"行长,怎么会这样呢?主银行阪神银行和贵行的贷款比例发生了逆转?这一点我无论如何也想不通。这种事情绝对不可能发生。"

万俵铁平一开始完全不相信话筒里三云所说的那件事,但听着听着,万俵铁平渐渐有些恐惧。

"我明白了。我现在就叫财务主管常务过来,问一下到底是怎么回事。如果事实果真如此,我会立刻去贵行总行。请您给我一点时间。"

铁平放下电话,立刻命令秘书把钱高常务叫来。钱高走进专务办公室的时候,察觉到铁平的脸色非常难看,问:

"专务,那个,您有什么急事吗?如果不着急的话,我正约了人,过一会儿我再过来行吗？"

"我有很重要的事要问你,坐那边。"

铁平指着小公桌前的椅子命令道。

"阪神银行和大同银行的贷款余额,现在分别是多少？"

"我还以为是什么事呢,原来是这件事啊。前天我告诉过您,阪神一百一十亿日元,大同一百亿日元。出什么问题了吗？"

钱高摸着小胡子,一脸无辜地答道。

"没错是吧？真的是这样？"

"专务,您的眼神太让人害怕了。被您这么盯着,我感觉像在被已故的万俵敬介行长训斥似的。"

钱高做贼心虚,不敢看铁平,故意开了个玩笑,但是内心的不安导致他寒酸的脸庞有些变形。

"钱高,阪神银行一百一十亿日元、大同银行一百亿日元的资金借入表是不是做给大同银行一家看的？给阪神银行及其他银行的表上,大同银行是一百亿日元、阪神银行是九十亿日元,主银行的贷款比例反而低了。这究竟是怎么回事？你给我解释一下！"

看到铁平怒目横眉的样子,钱高脸色越来越苍白。过了一会儿,钱高下定决心说道：

"非常抱歉。实际情况是,阪神银行的贷款因为他们自身的原因总是推迟,导致公司本来就已经捉襟见肘的资金周转更是雪上加霜。为了公司的发展,为了能从大同银行得到更多的贷款,我就做了假账,隐瞒了阪神银行推迟贷款的事实。结果这三个月以来,大同银行的贷款比例就在不断地增加。"

"也就是说,你在用阪神银行的虚拟贷款来欺骗大同银行？刚才三云行长打电话过来告诉我这件事时,我还坚决否认,说绝对不可能有这种不清不楚的事情发生,没想到你竟然如此对待三云行长！"

"什么？三云行长说这事了？他为什么知道这件事？"

"你别问了。先说说，为什么把我也蒙在鼓里？阪神银行为什么推迟贷款？这是你一个人的主意吗？"

火冒三丈的铁平叉着双腿站在钱高面前。

"阪神银行推迟贷款是他们自己的问题。他们说一定会贷款给我们的。看到专务您因为热风炉爆炸以及后来的重建工作疲惫不堪，我不想再让您为此烦恼。这都是我一个人的主意，没和任何人商量，也没有任何人命令我这样做。"

看到铁平气势汹汹的样子，钱高吓得语无伦次起来。

"那我问问是不是真的是你一个人的主意！"

铁平说完，拿起桌上的电话。

"您给谁打电话？"

"给我爸爸。我不能就这样去三云行长那里。"

"您为什么要给万俵行长打电话？行长什么都不知道！请您不要打电话！"

钱高突然抓住铁平的手腕，想要夺过话筒。铁平使劲甩开钱高的手，让秘书速水接通父亲的电话。但是对方回答说，万俵行长一大早去东京了。

"钱高，你还有没有事情瞒着我？我马上就坐飞机去东京。现在是关系到公司生死存亡的关键时刻，希望你不要向我隐瞒任何事情，全部说出来！"

钱高默默地摇了摇头。铁平告诉三云自己要去东京，并让人赶紧去买飞机票。现在赶去的话，六点半左右，铁平就能到大同银行总行。

大同银行的行长室灯火通明。三云焦急地等待着铁平的到来。

结束了在长期开发银行举行的三行行长的秘密会谈之后，一回到大同银行,三云行长就叫融资部部长把银团贷款银行的资金借入明细表拿了过来。经过仔细查看,三云发现明细表上明白无误地写着阪神银行一百一十亿日元、大同银行一百亿日元,阪神银行的融资比例居首位。可是,长期开发银行的调查结果却是大同银行位居首位。这样看来,很明显,阪神特殊钢公司向大同银行提交的资金表是伪造的。但是,阪神特殊钢公司为什么要单独伪造一份不同的资金表提交给大同银行呢?融资部部长发现三云行长的脸色不对,以为出了什么事情。想到自己一直力挺阪神特殊钢公司,三云没敢告诉融资部部长资金表有问题,而是含糊其词地说是因为想起了别的事情。但是三云心中明白,这件事情全行上下迟早都会知道,到时候,围绕着阪神特殊钢公司的贷款问题,自己和绵贯千太郎的矛盾将更加白热化。

内线电话响了。机灵的秘书悄悄地将万俵铁平领了进来。神色匆忙的铁平一进行长室就说:

"我来晚了。我来向您说明一下之前电话里提到的那件事。"

一向精干的铁平此时脸色有些发青。

"阪神银行的贷款到底是怎么回事?"

三云尽量平静地问道。尽管已经想到有可能是阪神银行提供虚拟贷款,但三云从心底里不希望这是事实。三云的平静让铁平心如刀绞,不知道怎么说才好。

"实际上,……行长您打过电话之后,我就赶紧调查了一下,发现原以为已经到账的阪神银行的贷款,其实没有到账……"

"也就是说,你们公司把没有收到的贷款,也算进资金借入表里了?!"

三云严厉的质问声在铁平耳边回响。

"非常抱歉。因为阪神银行说很快就会把钱打过来,所以您手边的报表才会是这样一种情况。"

"这件事你原来就知道吗?"

"我很愚蠢,竟然没有丝毫察觉……"

铁平羞愧万分。

"要是你不知道的话,我也没什么好说的。如果你们是故意这样做的话,那只能是一种卑劣的虚拟贷款行为,是对我行的欺骗!尽管你是搞技术出身的,对财务方面不太熟悉,但作为专务,对于如此重大的问题,你竟然丝毫没有察觉,说句不好听的,你要不就是太无能了,要不就是太狡猾了!"

三云的话越来越尖锐。

"到底是谁做了虚拟贷款?"

三云继续追问道。

"是我们公司的财务主管常务。他说因为阪神银行贷款延期,迫于无奈,为了从贵行多借些钱,这三个月来他才违心地做了虚拟贷款的假账。"

"财务主管常务一个人就能把这个假账做得这么漂亮吗?"

三云的眼神明显表现出怀疑。

"让我说的话,阪神特殊钢公司方面,至少有财务主管常务和财务部部长,阪神银行方面有融资主管常务和总行营业部部长、信贷课课长,他们这些人一起联手行动,才能做成如此巧妙的虚拟贷款。但我不能理解的是,他们为什么要做虚拟贷款来达到增加大同银行贷款额的目的?"

听了三云掷地有声的推断,铁平的脸色唰地变了。如果阪神特殊钢公司和阪神银行联手做了虚拟贷款的话,那就意味着父亲万俵大介是幕后推手。那么,万俵大介这样做肯定是有所图谋的。他的计划、他的目的又是什么呢? 还有,如果真像三云所说,阪神银行的信贷课课长也参与其中的话,那就意味着弟弟银平对这件事也是心知肚明的。想到这儿,铁平觉得一阵悲凉,而这种悲凉凉入骨髓。

"你们公司在财务方面还有别的问题。你们从民间非正规的金融机构借高利贷,还伪造销售额。"

"什么?借高利贷?伪造销售额?这到底是怎么回事?请您告诉我。"

铁平似乎难以相信自己的耳朵。

"高利贷是每天十钱的利息,共计一亿五千万日元,伪造销售额三亿六千万日元。"

三云行长的这句话对于铁平来说,无异于晴天霹雳。银行是最忌讳企业借高利贷的,这一点铁平非常清楚。

"行长,您是怎么知道这些事情的呢?"

"我从内部人士那儿听说的。你连这些都不知道,说明你不是一名合格的企业领导!而我这个行长,竟然将赌注押在你身上,这也说明我是一个不合格的行长。我被骗了!"

三云突然双拳紧握,肩膀愤怒地颤抖起来。

"不是这样的,行长……"

铁平已经无语了。

"什么不是这样的?你能全身心地建造高炉,的确很了不起。但是,你的事业并不仅仅是炼钢!迄今为止,为了筹措资金,你已经来我这儿很多次了。我应该早点发现阪神特殊钢公司财务上的漏洞。没想到你们竟然做虚拟贷款欺骗我行!真不知道你们主银行的行长、你的父亲万俵大介,是怎么看这个问题的!"

"接到行长您的电话之后,我立刻给爸爸打了电话,但是不巧他在东京,我还没有见到他,但我会尽快找到他问清情况的……"

铁平说不下去了。即便见到父亲,能否解开这个谜团还是个未

知数。看到铁平颓丧的样子,三云脸上浮现出怜悯的神情,但还是明确地说:

"不管怎样,你要尽快见到你父亲,找到解决办法。在现在的情况下,我行很难再和你们来往了。你们赶紧催促阪神银行把贷款打到你们公司的账上,以实际行动来表现你们的诚意,否则一切免谈。"

三云一改往日的温婉柔和,态度干脆利落。

万俵大介参加完赤坂和新桥的两个饭局之后,没有回麹町的行邸,而是坐车去往世田谷的一子家。

微醺的万俵大介放松地靠在车子的座椅上,闭着眼睛,迷迷糊糊的。突然,万俵大介脑海中浮现出白天在长期开发银行参加三行行长秘密会谈时的场景,一下子清醒过来。万俵大介没有想到,阪神特殊钢公司的财务情况已经恶化到需要借高利贷度日的地步。不过,从长期开发银行的调查结果来看,大同银行的贷款额和钱高汇报的基本相同,事态正一步步地向着万俵预想的方向发展,实现目标指日可待。

车子驶入成城町的住宅区,停在篱笆环绕的一子家门口。一子出来迎接父亲。

"爸爸,您刚才还特地打电话来,真是不好意思。美马还没有回来。阿宏还没睡,在等着您呢。"

爸爸好久没来了,一子非常高兴。这时,阿宏从内玄关走了出来,叫了声:

"外公好。"

阿宏穿着短裤、高筒袜,对爷爷行了个礼。

"都这么晚了,你还在等我啊?明天上课能行吗?"

万俵大介看着长相酷似美马中的阿宏问道。阿宏跟在大人后面

走进客厅,说:

"明天考试,反正我得复习。"

"小学生都要学到十点以后吗?"

"外公,您的想法都过时了。要想像爸爸那样考上东大,从现在开始,我就要和别人拉开距离。"

说完,阿宏一本正经地问:

"外公,您是因为二姨结婚的事情来的吗?"

"是啊。阿宏,你喜欢二姨吗?"

"特别喜欢。但是二姨说她不想结婚,为什么呢?"

阿宏疑惑地问。

"阿宏,该睡了,要不然明天考试该受影响了。"

二子在一旁催促道。阿宏道完"晚安"之后就乖乖地去睡觉了。

"二子前一阵来这儿,好像非常讨厌和细川的这桩婚事,勉强她能行吗?"

一子担心地问道。

"什么勉强不勉强的,现在也不能悔婚了。你也好,铁平也好,如果任着二子为所欲为,担心这担心那的,她会越来越不知好歹。"

"但相子一开始的做法有点太咄咄逼人了,好像二子必须嫁给细川一也似的。"

一子虽然语调平静,但明显表现出对相子的强烈不满。

"不管是对她本人,还是对万俵家,细川都是最合适的,所以相子这么做也无可厚非。难道你和铁平一样,希望二子和阪神特殊钢公司的那个叫什么一之濑的技术员结婚吗?"

万俵大介不满地问道。

"嗯,因为二子自己是这么想的。"

一向懦弱的一子罕见地明确表达了自己的真实想法。大介严厉地说：

"我绝对不会将二子嫁给阪神特殊钢公司的技术员，所以你以后也不要再提这件事情了，记住了吗？"

"为什么阪神特殊钢公司的技术员就不行呢？我问了铁平哥哥，一之濑四四彦是东大工学部毕业的，还曾经在麻省理工学院留过学。您不觉得他很优秀吗？银平和万树子结婚不到一年就关系破裂，您应该尽量让二子幸福。"

一子眼泪汪汪地说道。

"一子，你说得差不多了吧！"

大介正大声斥责一子的时候，客厅的门开了，美马走了进来。一子赶紧装作什么事也没发生的样子说：

"哎呀，我都没去门口接你，对不起，我现在就去倒茶。"

说着，一子走了出去。美马亲切地招呼道：

"好久不见了，爸爸。国会的预算会开了好长时间，回来晚了，让您久等了。"

"哪里，好久没见阿宏了，和他聊了会儿天，真高兴。对了，明天到佐桥首相官邸拜访的事情安排好了吗？"

因为万俵家即将和细川家结为亲家，万俵大介准备去拜访一下佐桥首相。

"首相这段时间非常忙，定时间非常困难。我好不容易找了原来在大藏省工作、现在担任首相秘书的秋野，求了他半天，最后才定下来明天下午三点半，不过只有十五分钟的见面时间。"

美马话里话外都显示着自己作为主计局次长的实力。

"那就谢谢了。明天，日经联的地域开发委员会会议结束之后，我就去找你联系好的帝国制铁的兵藤副社长谈那件事，之后就赶去首相官邸，应该来得及吧？"

万俵大介憧憬着明天的行程安排。

"如果您和兵藤副社长的谈话时间不是太长的话,完全来得及。爸爸,您真的准备放弃阪神特殊钢公司吗?"

美马半信半疑地问道。

"你怎么现在还问这个?我不下定决心的话,会让你联系帝国制铁的兵藤副社长,和他面谈吗?"

"您说得很对,但是它怎么说也是您长子的公司嘛。"

就连美马也无法认同万俵大介的想法。半个月前,万俵大介对美马说:"阪神特殊钢公司看来已经保不住了,帝国制铁以前不是说过,他们下属的一家钢铁公司想和我们合并嘛。你方便的时候,找个机会问问他们,现在还想不想合并。"在随后兵藤副社长主持的"兵六会"上,美马悄悄和兵藤说了这件事。兵藤拿出写得满满的日程表,提出在日经联的地域开发委员会会议结束之后,和万俵大介见面。地域开发委员会的委员长是兵藤,万俵是委员会的委员。选择这种场合交谈,不容易引起别人的怀疑。

位于大手町的日经联大楼十二层的会议室大门从里面打开,十七八名财界人士手拿资料走了出来。

从下午一点开始的地域开发委员会会议刚刚结束。本次会议的议题是国土的有效利用与偏远地区的开发问题。参加会议的都是一流企业的社长或副社长。每个人看起来都自信满满、个性十足。会议结束之后,大家一起随意地聊着天。地域开发委员会的委员长、帝国制铁的副社长兵藤,移动着八十千克的肥大身躯,和身边的每一个人亲热地打着招呼。兵藤被称为"日经联的官房长官",是联系财界与政界的桥梁性人物,其身份让人不敢小视。这时,五井物产的社长走到兵藤身边,说:

"产业振兴协议会筹集资金那件事,因为眼下市场萧条,大家好像都不太主动。您能不能帮忙给各公司打个电话?"

"知道了。我回头打。"

兵藤敷衍了事的样子万俵大介也看到了。万俵一边想着即将和兵藤举行的秘密会谈的内容,一边悄悄地走楼梯下到十层。两人约好在十楼兵藤常用的三号会员谈话室见面。没过多久,兵藤也顺着楼梯走下来。

"久等了。"

说着,兵藤推开三号会员谈话室的门请万俵进去,并让服务生准备蛋糕和红茶。房间为北欧木质装饰,稳重大方。两人隔着桌子相对坐下。窗外,穿梭于楼群之间的车辆看上去如玩具车般大小。蛋糕和红茶端上来之后,兵藤咬了一大口蛋糕,笑着说:

"现在经济如此拮据,太让人头疼了。阪神银行也帮帮忙吧。"

因为银根紧缩、市场萧条,经济拮据成了财界人士的日常话题。钢铁公司资金需求量尤其庞大,作为副社长,兵藤的话完全是有感而发。万俵没有吃蛋糕,而是边喝红茶边说:

"市场不景气,银行一样头疼啊。幸好我们银行的客户还没有受重伤的,我们的资金周转还算平稳。前天我让女婿跟你说过,眼下我们这边只有阪神特殊钢公司有些'头疼脑热',所以今天我想和您谈谈这个问题。"

因为双方都比较忙,所以客套话一概省去,直奔正题。兵藤也严肃起来,问:

"你准备谈什么?"

"五年前,贵公司下属的昭和特殊钢公司曾经提出,想和我们阪神特殊钢公司实行对等合并,那时候阪神特殊钢公司势头正旺,前景也不错,我想让它再独立发展一段时间,就回绝了你们这边的提议。

如果你们现在还有这个想法的话,咱们可以再续前缘。"

万俵大介像是在做媒一般,平静地一一道来。

"美马和我说了之后,我立刻向社长做了汇报,但是不行。我很想帮上这个忙,但是社长说,如果你们不把那些应该处理的事情处理好的话,这件事没法谈。等到你们处理好了,还是可以考虑的。"

兵藤的意思是,如果阪神特殊钢公司能够还清欠下的巨额外债,一身轻松,这件事可以继续往下谈。

"有道理。我们的确有很多问题需要处理。等到具体的处理有了眉目之后,我再和你们联系。"

万俵的回答非常轻松。

"但是问题不是那么好解决吧。如果像你说的那样,阪神特殊钢公司仅仅是稍微有点头疼脑热的话,还另当别论,问题是现在高烧不退、病入膏肓了啊!"

兵藤毫无顾忌地说道。万俵大介明白,兵藤已经对阪神特殊钢公司的情况进行了深入的调查。可能八月底五菱银行拒付票据一事,以及九月中旬阪神特殊钢公司突然向从未有过来往的五菱商事申请二十亿日元资金贷款一事,兵藤都知道。但如果现在承认阪神特殊钢公司已经病入膏肓的话,岂不正中了对方低价收购的圈套?想到这儿,万俵大介不慌不忙地说:

"我觉得对事态严重性的评估,你这个从事钢铁业的和我这个从事银行业的有分歧。你也知道,阪神特殊钢公司是先父创立的,其潜在资产是得到社会公认的。"

"那为什么你们作为主银行对阪神特殊钢公司的融资比例,竟然低于平行主银行大同银行呢?"

兵藤追问道。

"这个啊,是因为我们阪神银行内部的事情,暂时推迟了融资而已。"

万俵嘴上敷衍着,心里大吃了一惊。看来兵藤连长期开发银行的调查结果都已经掌握得一清二楚,真不愧是财界幕后大佬,其能力不可小视。

兵藤不慌不忙地吃完一个蛋糕之后,接着平静地问道:

"公司的经营状况咱们先不说了,我想问的是,你为什么要放弃这样一家拥有一流设备与技术的公司?"

"究其原因就像你经常说的那样,特殊钢行业原以为会迎来高速增长期,但行业内企业乱象丛生,这次的市场萧条必然会带来特殊钢行业的企业重组。在这种情况下,即便我现在勉为其难地下定决心重振阪神特殊钢公司,其未来之路依然难以预料。与其如此,还不如现在就让在特殊钢行业排名第一的阪神特殊钢公司和排名第三的昭和特殊钢公司合并,只有这样做,才能让阪神特殊钢公司重获生机。"

万俵大介煞有其事地说道。兵藤沉思了一会儿,问:

"你们作为阪神特殊钢公司主银行的想法,我已经明白了。但这件事我们和你们两家就能定吗?"

兵藤不仅胆大,而且心细。

"当然,现在阪神特殊钢公司的问题,不是我们一家银行说了算的,还需要征得大同银行的同意。不过,这个基本没什么问题。"

"那和大同银行的谈判就交给你了。我再问一句,你这样做的要求是什么?"

面对兵藤赤裸裸的提问,万俵毫不犹豫地答道:

"希望贵公司多多关照我们阪神银行。在对贵公司的融资总量上,我行现在排名第八。我希望通过我们之间的合作,阪神银行至少能提高到第三、第四的水平。"

"没想到万俵你这个城市银行中唯一的私有银行行长,竟然会在意在我们公司的融资排名？"

兵藤突然自大地笑了起来。帝国制铁作为日本最大的钢铁公司，各金融机构都以与其合作为荣，而帝国制铁贷款额度的决定权集中在兵藤手中。钢铁即国家，兵藤自然有理由骄傲。万俵虽有些不快，但想到如果阪神银行能在帝国制铁的融资序列中升至第三或第四位的话，加上大同银行的融资量，合并后的新银行将有望成为日本最大的企业投资银行。

"我们的这个要求贵方同意吗？"

万俵又问了一遍。兵藤没有直接回答，而是说：

"万俵，如果合并成功，新公司的社长是不是想让你儿子万俵铁平当啊？"

"不，我没有考虑这个问题。我现在想的不是儿子，而是如何使阪神特殊钢公司生存下去。"

万俵的回答理智而巧妙，这个仅有两个人的房间却因为万俵的这个回答而更加寒气逼人。

"哦，这的确是以冷静著称的典型的万俵式回答。不像我们这些凡人，一牵扯到儿子的事情，就怎么也想不开了。"

对于万俵的回答，兵藤有些惊讶，也有些难以置信。兵藤盯着万俵，最后说道：

"你的想法我已经明白了，今天就先谈到这儿吧。"

说完，兵藤站起身来，万俵也一同离开，两人一起坐上了电梯。

"你女儿的婚期定下来了吗？我们的细川一也是个大有作为的年轻人，今后还请你多多关照啊。"

"言重了。婚礼定在明年三月三日，还请你多多关照。"

兵藤点了点头，问：

"你接下来去哪儿？"

"我去首相官邸一趟。"

万俵爽快地答道。万俵知道,昨天铁平也来到了东京,现在恐怕正在银行焦急地等着自己。但是眼下万俵还不想见铁平。

万俵乘坐的车向永田町首相官邸驶去,对面车道上,三辆警备车依次缓慢驶过。听说学生傍晚将举行示威游行,为预防万一,国会周边戒备森严。机动队员两三人一组,手持硬铝盾牌和无线对讲机,分守在各个主要路口。

当车到达永田町一号街的首相官邸时,从正门处的警官值班室里走出一名身穿制服的警官。万俵打开车窗,报上姓名。警官通过值班室电话和官邸内取得联系之后,确认了万俵大介的身份。整个确认过程结束之后,沉重的蔓藤花纹的大铁门才慢慢向两边打开,万俵的车子开了进去。

车子在两边是棕榈树的弯道上徐行。万俵在门廊停车处下了车,向两边威严挺立的卫士和便服警官微微点头之后,走进铺有红地毯的大厅。大厅高大宽敞,一个人也没有,静悄悄的,窗纱低垂,微微有些阴暗。

万俵突然想到,在这栋官邸里,曾经发生过无数个血腥的政治事件。即便血迹已无处可寻,但在过去的四十多年中,这栋首相官邸一直上演着尔虞我诈的权谋算计和你死我活的权力斗争。与斜对面白色的国会大厦相比,在某种意义上讲,这栋首相官邸才是日本真正的政治中枢。

"是万俵行长吧?"

空旷灰暗的大厅某处传来静静的脚步声。万俵回头一看,一名三十岁上下的秘书模样的人站在自己面前。万俵点了点头。秘书说:

"这边请。我带您过去。"

秘书的声音平稳而低沉,简单地说完之后,率先沿着大厅正面铺有红色地毯的楼梯走了上去。光线比较暗,看得不太清楚,但万俵还是注意到大厅左右似乎有好几段上下楼梯。官邸的职员有上百人,但这上百人在哪儿、在干什么,万俵完全感觉不到。四处静悄悄的,像空无一人一般。

到了二楼,左手边有间接待室。一名脸上皱纹很深的总管模样的男子瞥了一眼万俵,目光锐利。秘书对他使了个眼色,万俵被放行,首先被带到了秘书室。这里是事务秘书的办公室,有六七名职员在默默地工作。那位带万俵进来的秘书说了句"请稍等"之后,就回到了自己的位置上,好像任务已经完成,余下的事情与己无关了。

万俵有些不知所措。想到今天的见面是美马通过从大藏省借调过来的首相秘书秋野联系的,万俵准备找秋野问问情况。就在这时,隔壁房间厚厚的大门开了,万俵被恭恭敬敬地请了进去。这里是首相秘书办公室,面积近百平方米,进深很大,左手边是首席秘书的办公桌,尽头处摆放着三张办公桌,分别属于从外务省、大藏省、警察厅借调过来的秘书。

"您是万俵行长吧?我是秋野。"

秋野秘书将名片递给万俵。万俵听美马讲过,秋野原先一直在大藏省主计局工作,在借调到首相官邸之前,任主计局主计官。联想到现任银行局银行课课长井床以前也当过首相秘书,万俵郑重地向这位初次见面、年仅四十二岁的秋野秘书问好,并对今天的安排表示了由衷的感谢。顾忌到办公室里其他秘书的存在,双方都没有提及美马。

"不好意思,首相三点四十五分要离开官邸,麻烦您将谈话时间控制在十五分钟之内。"

秋野客气地对万俵提出了严守时间的要求之后,推开了旁边那道厚重的门,这道门明显比刚才那道更加厚重。万俵看到,这才是首相的办公室。

佐桥首相背对窗户、面向办公桌坐着,双手搭在椅子扶手上,斜后方挂着一面国旗。

"在您百忙之中,冒昧打扰,敬请原谅。"

万俵不失风度地微笑着向佐桥首相问好。

"请坐吧。"

佐桥首相用他标志性的大眼睛指着办公桌前的椅子说道。在关西出席财界人士举办的宴会时,佐桥的眼神给人一种柔和亲切的感觉。但是,两人相对而坐的时候,万俵感觉到一种无形的威严和压力。万俵突然有些自卑。虽然自己是城市银行中唯一一个私有银行行长,但充其量只是一个位居全国第十的地方性城市银行的小行长而已。

在指定的椅子上坐下来之后,万俵说:

"今天我来也没有别的事情。我的二女儿已经和细川信也的长子一也缔结婚约,我们家和首相家也算是成了亲家。婚礼定于明年三月三日进行。如果到时候首相在国内的话,请一定拨冗光临。"

"哦,你太客气了。细川信也是我妻子的弟弟,说起来年轻人还真到了结婚的年龄了。"

佐桥首相淡淡地回了一句,比万俵预想的冷淡多了。因为首相夫人不能到场,万俵家和细川家正式相亲的日期改了两次。为了迎接首相夫人,万俵家在京都嵯峨的"吉兆"举办了隆重的相亲仪式。难道首相还不知道这些事情?抑或是首相夫人虽然告诉过首相,但首相早已经忘了?万俵的自尊心有些受挫,目光转向首相身后的窗户。窗户上装有六层防弹玻璃,能够阻挡来复枪的子弹。窗外是宽敞的草地。虽然和背靠天王山、占地三万多平方米的冈本万俵家相比,窗外的院子算不上什么,但在这个院子里,直升机可以自由起降。

佐桥首相前年出访美国、去年出访亚洲其他国家的时候,都是从这里直飞羽田机场的。

万俵将视线重新转回佐桥首相身上。万俵知道,今天的主要目的是来向首相汇报女儿和首相夫人的侄子细川一也的婚事的,不是像乡巴佬一样来开眼界的。为了在即将到来的阪神银行与大同银行的合并中占据主动,在合并公开的时候得到首相的支持,万俵今天就要不动声色地为未来打下伏笔。

"首相,眼下的经济不景气还会持续下去吗?"

"怎么说呢,这个问题,万俵你可能更清楚吧?"

佐桥首相就像在国会答辩时一样,巧妙地将问题搪塞过去,但这正中了万俵的下怀。

"不管是银行界还是产业界,情况都越来越严峻。如果今后国家官员不彻底改变原有的想法,为业界重组创造一个良好的行政环境的话,问题会越来越多。"

"嗯。"

"说不定哪一天我也会面临这个问题,到时候还请……"

万俵意味深长地停住了。佐桥首相没有想到,在不久的将来万俵真的会面临这个问题。首相随意地点了点头,关切地问道:

"阪神银行的存款量排第几啊?"

十五分钟的见面时间快到了,佐桥首相突然变得亲切起来。首相之所以变得亲切,是因为政府相关人员以外的人是不可能白来首相办公室的,日后还要进一步"加深感情"。万俵平静地答道:

"现在是第十。"

万俵差点说,近期我会送给您一份计划书,这份计划书可以让我们银行的排名跃居第五。但话到嘴边,万俵还是忍住了没有说。看佐桥首相的样子,好像他才发现,原来阪神银行的排名如此靠后。万俵接着说：

"平时我行经常受到永田大臣的关照，实在感激不尽。"

佐桥首相当然听懂了万俵的言外之意，说：

"永田啊，你有事就找他吧，不用客气。"

"谢谢您。承蒙您在百忙之中接见我。告辞。"

万俵深鞠一躬站了起来。"永田啊，你有事就找他吧，不用客气。"对于万俵来说，佐桥首相最后说的这句话简直抵万金。万俵知道，下次向永田大臣明确提出阪神银行和大同银行合并一事的时候，只要把佐桥首相的这句话告诉他，永田大臣就会更加关照自己。

万俵没有按着进来的路返回，而是直接穿过首相办公室对面的会客厅，来到另外一条走廊。拜访首相的来客都不走回头路，这样可以避免不必要的麻烦。

晚餐时，万俵家的餐厅里传出了久违的笑声。

万俵大介白天先是和帝国制铁的兵藤副社长见面，之后又去拜访了佐桥首相，傍晚才坐飞机回到家中。坐在晚餐桌前，万俵大介心情大好。大介坐在正中，两边是宁子和相子，二子和三子相对而坐。大介一边品尝着鲜嫩滴血的菲力牛排，一边说：

"二子，你的婚礼肯定会非常隆重。今天我特地去拜访了首相官邸哦。"

"哇，太厉害了，听说为了预防突发事件，首相官邸里设计得像迷宫一样，是真的吗？"

比起二子的无动于衷，三子显得好奇心十足。

"倒不至于像迷宫，但是在意想不到的地方会有楼梯出现，走廊也是曲里拐弯的。首相办公室装有防弹玻璃和铁制的防弹门，给人一种不一样的感觉。"

大介边说边想起了在那栋戒备森严的建筑里,作为一国首相,悠闲自在地坐在权力宝座上的那个男人。万俵对那个男人实在没有好感。那个人有着政客的冷酷与狡猾,善于玩弄权术,掌控着官僚组织,不动声色地用金钱收买政敌,手段极其卑劣。但是万俵大介现在必须和这个卑劣的政客联手。大介用纸巾擦去唇边的油脂,放下了叉子。相子眨巴着大眼睛问:

"您和首相的见面怎么样?"

"他的日程排得满满的,只有十五分钟的时间。我告诉他婚事定下来了,邀请他到时候出席。"

"也就是说,首相夫妇要来参加二子的婚礼了?太棒了!银平和万树子结婚的时候,也请人代读了他们的致辞。"

相子期待着亲自导演的婚庆舞台的大幕徐徐拉开的那一刻。

"二子的礼服一共准备了三套,白无垢配白色罩衫,换装是匹田长袖和服和晚礼服。要不要再增加一套备用的衣服?"

"那样的话,二子会太累了。"

妈妈宁子担心地说。

"这点累肯定得受着。小泉夫人打电话过来说,参议院议长,也就是一也的伯父细川节也对这桩婚事也非常高兴,据说各实力派大臣以及其他杰出的政治家都会来出席婚礼。"

相子的声音不知不觉地亢奋起来。三子对此羡慕不已。大介喝了口红酒,兴致也越来越高,说:

"二子,你可真幸福啊。我这次见了帝国制铁的兵藤副社长,他对细川一也的评价相当高。说不定我们会和帝国制铁在工作上建立更加密切的关系,这么好的姻缘实在难得。"

一直沉默不语的二子看着父亲的眼睛,说:

"我还是想解除和细川的婚约。"

听到二子坚定的请求,大介放下了酒杯,顿了一下,但很快就大笑了起来,说:

"你说什么?你不用这么害羞,爸爸也知道,即将出嫁的女孩子总是比较敏感,容易莫名其妙地感伤。"

"不,爸爸,我不是因为感伤才这么说的。我真的……"

看到二子认真的样子,大介笑得更大声了,说:

"好啦,好啦,我知道了。我看,你们蜜月旅游就去巴黎吧,尝尝银塔餐厅的鸭子,坐在塞纳河边,远望着灯光下的巴黎圣母院,品尝着法式浓汤等系列美味菜肴,邻桌还坐着一位高雅的伯爵夫人,去享受一下那迷人的感觉吧!"

万俟大介很少在餐桌上说这么多话。

"哎呀,您是不是醉了?"

相子风情万种地问大介。

"没有,我没醉,今天的晚餐很好。"

大介对二子未来的蜜月旅行又提出了很多建议。吃完餐后的冰冻果子露,大介站了起来,说要去银平那边坐坐。

沿着南侧的缓坡向上,走到西洋馆和日本馆中间的水池旁,大介停下了脚,抬头看着铁平的家。铁平还不知道父亲已经回到神户,现在还在阪神银行东京分行或麹町的行邸固执地等待着父亲。大介心中不由得产生了一种残忍的快感,并再次下定决心:在按计划解决阪神特殊钢公司的问题之前,无论出现什么情况都不见铁平。

大介从水池旁走过,来到银平住的南欧风格的房子前,看到客厅里亮着灯,就从院子直接上了阳台。银平正躺在沙发上,翻看着经济杂志。大介打开玻璃门走了进去。

"我还以为是谁呢,是爸爸啊。"

银平懒洋洋地坐起身来。

"真难得啊,你这么早回家。"

"不是的,是因为连着大醉了四五天,现在还昏昏沉沉的呢。"

银平嘴上这样说,但桌子上放着白兰地酒杯,看起来还在喝酒。

"爸爸,要不要来一杯?"

"嗯,来一杯吧。"

大介拿着酒杯问:

"怎么样,差不多可以去接万树子了吧?"

"怎么又是这件事!我的回答没有变。我不会恬不知耻地去接她的。"

"但是人家说了,相子和宁子去都不行,如果你不亲自去表现下诚意的话,她是不会回来的。所以你得亲自去。"

"她说走就走,还要我表现什么诚意,太滑稽了。我不去。"

"你要是对万树子这么不满的话,我也不难为你了。你玩得差不多就行了。但这段时间,我不允许你和万树子离婚。"

大介以命令的语气说道。银平脸色发青,直视着大介问:

"爸爸,我和万树子离婚影响有这么大吗?是因为二子的婚期近了吗?"

"不仅仅是这个原因,"

大介语气沉重,凝视着酒杯中琥珀色的白兰地,过了一会儿接着说:

"银平,我们银行近期会合并。"

听了大介的这句话,银平为之一怔。

"原来是这个原因。和谁合并?"

"大同银行。不过,这次合并实际上是我们吞并大同银行,你不用担心。"

"我不担心?问题是这怎么可能?"

银平以专业银行人士的口吻问道。

"这件事我现在还不能告诉你。但你要知道,为了实现以小吃大的目的,我精心准备了两年左右,通过美马,做通了大藏省银行局,包括永田大臣的工作,接下来就需要我们银行头号股东大阪重工社长安田太左卫门的支持了。所以我们现在不能和安田家闹僵。有可能我会和你一起去,这次,你一定要把万树子给接回来。"

大介的话语中充满了关心和体贴,这是在面对铁平时从未有过的。

球正中高尔夫网中心。万树子回头看着二子,得意地说:
"二子,看我还不错吧!"
"嗯,你学了多长时间了?"
"也就半个月左右。这附近有个开放的练习场,我现在正跟着教练学习一些基本的打法。我想早点离开练习场和室内球场,到真正的球道上去打球。"

万树子说着,裙摆飞舞,又打出一球。虽然有的球打歪了,但大部分都能打在正中。随着球杆挥舞,球落在布上啪啪啪的声音,回响在安田家宽敞的草坪上空。

二子坐在稍远一点的椅子上,边吃点心边说:
"好球!照这个样子下去,你很快就可以上球道了。"
"可是我那个教练,每次我一提到要去球道,他就说让我再等等,一点都不爽快,真急死人了。"

就在这时,万树子打跑了一个球。自万树子提出让银平亲自来接的要求已经过去了一周,银平却连一个电话都没有。想到这些,万树子有些心神不宁。

"万树子,你今天给我打电话,有什么事吗?"

二子直截了当地问道。万树子的电话没有打到万俵家,而是打到了二子学习钢琴的地方。万树子在电话里留言说,"好久没见了,想一起聊聊"。上完钢琴课,二子就来到了安田家。

"二子,你打不打？"

万树子没有回答二子的问题,而是将球杆递过来。清澈的秋阳在不知不觉中已经微微有些昏暗,高尔夫网标靶的轮廓开始有些模糊不清。二子站好,击球。

"这种五号铁杆,稍微有点重。"

二子打了两三下说。

"是嘛。银平怎么样？"

万树子终于开口问道。

"就那样吧。万树子你真的不想回去吗？"

"我正考虑呢。但是我们家,特别是我爸爸的态度变强硬了,他说银平太没有诚意了。"

"这么说也是没办法的事。但万树子你自己不想见到银平哥哥,和他谈谈心吗？"

"我才不呢。要是他主动提出来的话还可以考虑,让我主动去找他,没门儿。"

"是因为生他的气呢,还是因为爱？"

"什么爱不爱的,我和银平之间,早都没有感情了。"

万树子破罐破摔地说道。

"要是没有爱情了,那你还在考虑什么？我真是搞不明白了。"

听到二子这样说,万树子的脸色有些变。

"我也不知道,所以才烦得要死！我真是生不如死！我跟你一样大,才二十四岁！"

万树子歇斯底里地喊完之后,突然开始呜咽。二子一阵心痛,又束手无策,只能呆呆地站在一旁。

"哎呀,天都这么暗了,你们怎么还在打啊?"

万树子的妈妈佳江从草坪对面走了过来。二子赶紧挥动着手中的球杆,掩饰地答道:

"我们都没注意到,打得太入迷了。"

佳江走到两人身边,说:

"二子,晚饭就在我们家吃吧,已经快准备好了。"

佳江对二子的到来非常高兴。

"谢谢。但我今天还要去三宫办点事,我得告辞了。"

"这么晚了你还要去三宫?你要是去购物的话,明天再去吧。今天就在这儿吧。"

万树子哀求道。

"我不是去购物,我已经和别人约好了,今天是我一个琴友过生日。"

二子随便找了个理由,离开了安田家,去三宫和一之濑四四彦见面。

二子在三宫站下了车,连跑带走地奔向鲜花之路旁的神户市政府前。一之濑四四彦和二子约好,下班后开车过来,七点左右在这儿见面。

当二子来到市政府前花坛处的时候,四四彦的蓝鸟车从前方开了过来。

"不好意思我来晚了。刚才我正要下班的时候,突然有点儿事。"

说着,四四彦打开了副驾驶座的车门。

"要是因为工作来晚了的话,我就原谅你了。"

二子调皮地笑着,坐到副驾驶位上,说:

"我好想看夜色中的大海,咱们去舞子海岸吧。"

四四彦似乎有点犹豫,但还是调转车头,沿着海岸行驶。远远望去,海面上大船的船身在暮色中呈现出黑色的剪影,海风夹杂着淡淡的汽油味儿飘了过来。

"我听哥哥说,热风炉终于重新开工了?"

二子看着身旁的四四彦问道。海风吹动着四四彦干松的头发。

"警方需要取证,让我们等了很长时间。现在能重新开工,真的很开心。等到热风炉里的特殊耐火砖铺好,复原工程就能一气呵成了。高炉已经完工了,再过四个月左右就能投入生产了。"

四四彦的话,表现出一名技术人员对工程未来的无限憧憬。

过了盐屋,海边国道上的车一下子少了很多。四四彦提高了车速。星星点点的灯标在黑暗的海面上浮动着,对面的淡路岛依稀可见。

车子驶入舞子海岸,路边是绵延的沙滩和松林。四四彦将车开到海边沙滩尽头。在寂静的星空下,波涛拍打沙滩的声音格外响亮。

四四彦和二子静静地坐在车中,看着大海。

"四四彦,我和你的事情,原本哥哥说要帮我向爸爸说的,但我想自己说,好吗?"

二子终于下定决心,看着四四彦,说出了埋藏已久的想法。

"也就是说,你和帝国制铁那边的婚约已经解除了?"

四四彦觉得,二子既然这样说,应该早已解除了婚约。

"还没有。爸爸昨天从东京回来,还很高兴地说,邀请了佐桥首相和帝国制铁的兵藤副社长等人出席婚礼。"

"事情既然已经发展到这个程度了,你怎么还像在说别人的事情似的!你老说是周围的人强迫你结婚,我真理解不了。"

四四彦生气地批评二子道。

"可是,哥哥和你不都说等到高炉建成之后再说嘛!我一直等着啊。四四彦,你的心没有变吧?"

"没有,但是……"

"但是什么?"

四四彦神情严肃地透过前窗玻璃,看着拍打在沙滩上的浪花,没有回答。

"四四彦,你怕我爸爸吗?"

"你爸爸?我怕的是,事情都到这一步了,如果你还坚持解除婚约和我结婚的话,到时候你要遭受多少非议啊!"

"我有思想准备。我不能容忍自己无视眼前真心爱着的人,去和别人结婚。我做不到!"

二子终于说出了压抑已久的心里话。说完,二子将脸埋在四四彦的胸前。四四彦双手捧起二子的脸,两人的嘴唇重合在一起。远处涛声依旧。这是两人的初吻,一个长长的初吻。二子在四四彦的臂弯中闭着眼睛。过了好一会儿,两人才分开。四四彦说:

"我会尽快把这件事告诉万俵专务,然后去你们家请求原谅。"

说话时,四四彦的眼中闪耀着热烈的光芒。突然,四四彦想起了什么,问:

"刚才你说,万俵行长昨天从东京回来了,没错吧?"

四四彦确认道。

"嗯,昨天六点半左右回来的。怎么了?"

二子有些惊讶。

"奇怪啊。昨天晚上七点左右,因为高炉的事情,万俵专务在东京给我打了电话。他在电话里说,为了资金问题,他必须面见万俵行长,正在东京四处找他呢,还没有找到,当晚回不来了。万俵专务是这样说的。"

"也就是说爸爸故意躲着哥哥?"

"可是,为什么会这样呢?"

"四四彦,这次的婚约让我担心一件事,阪神特殊钢公司会不会被并入帝国制铁旗下?"

"你想多了吧。我们建高炉,不就是为了避免将来发生这种事情吗?"

四四彦对二子的担心有些不以为然。

"要是这样就好了。上次我和帝国制铁那个人,还有我姐姐、姐夫一起吃饭的时候,姐夫和那个人说,如果帝国制铁和阪神特殊钢公司能够建立起更加亲密的关系就好了。当时我一听就甩手走了。但是昨天晚上爸爸说,他和兵藤副社长见面的时候也谈到了这个问题。这两件事综合在一起,我总有一种不祥的预感……"

面对夜色中漆黑一片的大海,四四彦不由得咬紧了嘴唇。

周六下午,万俵大介来到芦屋,看望因高血压在家卧床休养的石川正治。大介的妹妹千鹤到玄关来迎接哥哥。沿着走廊向里面的卧室走去的时候,千鹤说:

"你这么忙还过来。正好公司的钱高常务也来了。"

"哦,钱高来了?铁平来过吗?"

大介看着精心修整过的院子问道。

"嗯,不管怎么忙,铁平每半个月都要来一次,每次都是很累的样子。他没事儿吧?"

"什么没事儿?"

"当然是身体啰。我们家这个倒下了,要是铁平再倒下的话就麻烦了。"

"身体啊,铁平生来体格强壮,不用担心。"

大介不以为然地答道。

转过走廊,打开里面卧室的拉门,大介看到石川正治盖着三层缎子被,床头立着个小屏风,钱高规规矩矩地坐在石川的枕边。

"老公,哥哥来看你了。"

听到千鹤的声音,正在和钱高发牢骚的石川慌忙坐起身来,钱高也赶紧往旁边坐了坐。

"你躺着别动。是不是比以前好点了?"

万俵坐在枕边,尽量轻松地问道。瘦骨嶙峋的石川,脸颊上依然带着高血压患者特有的潮红。

"托您的福,好歹不用住院,但听说瘦人得高血压更危险,医生让我静养。公司的事情我很担心,但还是上不了班啊。"

石川虚弱地笑着,语气中有着明显的焦虑。对于石川来说,万俵大介是妻子的哥哥,但自己首先是阪神特殊钢公司的社长。

"你又不是职业社长,不用想那些事,好好静养。今天血压多少?"

千鹤回答说:

"今天医生过来看的时候,说是一百七十。"

"还是有点高啊。昨天,我们家在姬路的护林员像往年一样送来了新采的松茸,回头我让他们送点过来,你们尝尝烤松茸。"

大介特意安慰石川道。

"哎呀,已经到了松茸的季节啦!我最喜欢吃烤松茸了,一定要尝尝。对了,您今天是不是有什么事情要和我谈?"

病人总是比较敏感。

"你看看你,怎么老是这么操心!这样病怎么能好呢?是不是钱高又说了什么不该说的?"

大介盯着钱高,钱高赶紧说:

"没有,我只是来看看社长,什么也没说。"

钱高一副无辜的样子否定道。

"的确,无论是钱高还是铁平,以及那些来看望我的其他董事,都说由事故处理委员会处理爆炸事故,长期开发银行负责调查公司的财务状况,说公司的资金筹措由相关银行协调,一切都很顺利。他们全都是一个调。但为什么大家看上去都没精打采的呢?特别是铁平,每次来都是身心极度疲惫的样子。大哥,您不要瞒我,告诉我实话,是不是阪神特殊钢公司已经危在旦夕了?"

说到这儿,石川一下子坐了起来,枕边药袋中的降压药散落在榻榻米上。

"不要着急,放松些。说阪神特殊钢公司没有问题那是谎话,整个行业都处在谷底,哪个钢铁公司都一样。我们近期就会出台根本性的解决措施,你只管好好养病就行。"

说着,大介让石川平躺下去。石川紧张地盯着大介,问:

"根本性的解决措施?阪神特殊钢公司还会像以前一样得到母银行的关照吧?"

石川对此非常担忧。钱高没敢看石川,但万俵突然变得盛气凌人起来,说:

"这种事你用不着担心!你累了,我这就告辞。你好好睡会儿吧。钱高,你也走吧。"

大介站了起来,钱高打过招呼之后也离开了石川的卧室。

"哎呀,你们这就回去吗?我特意泡了茶。"

千鹤打开外廊的玻璃门,端着抹茶走了进来。

"不用了,我和钱高有话说,借客厅一用。"

大介和钱高两人走进客厅。从客厅可以看见院子里的百年老松树和假山。两人隔着紫檀小茶几相对而坐。千鹤放下点心和抹茶之后就离开了。

万俵和钱高默默地吃着点心,喝着茶。茶碗空了,万俵还是没有说话,而是细细品玩着手中的茶碗。

"那个……速水秘书告诉我,让我今天到这儿来……"

长久的沉默之后,钱高忍不住开口说道。万俵只是微微点了点头,目光依然没有离开手中的茶碗。

"行长您是要告诉我,在后天长期开发银行组织的三行行长的碰头会上,我和专务需要一起出席这件事吗?"

钱高有点着急了,再次开口问道。长期开发银行要求石川社长、万俵专务和钱高三个人一同参加,但石川社长因病无法出席,只有万俵铁平和钱高可以参加。

万俵终于抬起眼来,看着钱高说:

"当然是后天那件事。你做好准备了吗?"

大介声音很低,但咄咄逼人。钱高吓得脸色都变了,问:

"行长,长期开发银行会问我什么事情?我什么都……"

"问什么我不知道。但是在后天的会议上,我行会比较被动。"

万俵的语气就像在说别人的事情。

"可是,我想最先被追究的,应该是做虚拟贷款,让大同银行增加投资那件事吧?那完全是按照行长您的指示去做的,我只是按照您的指示做了假账,这跟我个人没有任何关系……"

钱高抬起头恨恨地看着万俵。万俵指示钱高做虚拟贷款,甚至在担保方面也要求钱高按照以往的融资额度确保担保的匹配性,当时钱高已经察觉到万俵对阪神特殊钢公司的企图。此时,万俵面不改色地问道:

"要是行长会上问到这个问题,你打算怎么回答?"

"这个……当然说是我一个人的主意了,但结果不会变成这样吧?"

钱高双手做出被拷的样子,滑稽而可悲。

"这是当然。你也太蠢了!但借高利贷那件事不太妙啊!"

"那也是因为资金匮乏,有可能再次出现票据被拒付的情况,我去请示行长您,结果……"

钱高没有继续往下说。当时,钱高对万俵说,现在别的银行也不借给我们了,看来只有借高利贷了,万俵不置可否。钱高知道,现在再提这件事已经没有任何意义了。

钱高已经从万俵处得到一笔钱,可以保障一家老小未来的生活。那笔钱对于万俵家的女人来说,只能买两三个钻石或宝石戒指,但对于要供养三个高中生的五十五岁的钱高来说,那是未来的保障。

位于东京虎门的长期开发银行的行长专用接待室的大门紧闭着。

长期开发银行的宫本行长、阪神银行的万俵行长、大同银行的三云行长依次坐在大圆桌边;阪神特殊钢公司的万俵铁平专务和钱高常务,端端正正地坐在三位行长的对面。针对此次财务调查的结果,阪神特殊钢公司于一个小时前开始进行情况说明。

宫本行长一改平日温和宽容的样子,表情严厉地问道:

"刚才我已经说了,本次阪神特殊钢公司的财务调查结果不容乐观,银团方面必须下大决心了。我想问的是,作为阪神特殊钢公司的负责人,你们是如何看待公司现状的?"

宫本行长看着铁平问道。因为连日的疲劳,铁平的脸色有些暗淡。铁平端正坐姿答道:

"现在公司的局面极其艰难,这一点我非常清楚。我希望能够得到贷款,让高炉开动起来,通过一条龙生产,降低产品成本,改善经营状况。为此,无论多么苛刻的条件,我都会接受。"

铁平表达了内心的想法之后,看了看斜前方的父亲。铁平请求面见父亲很多次,但都被拒绝了,最终只能在这个公开场合见到父亲。

"你的决心不错,但现在你们公司的财务状况和你的美好心愿背道而驰。关于这一点,我想问两三个问题。"

说到这儿,宫本行长停顿了一下,问:

"你知道阪神银行和大同银行之间出现了协调融资混乱的局面吗?"

"协调融资混乱"是一个非常绅士的表达方式,实际上指的就是虚拟贷款。

"这个情况,前些天三云行长问我的时候我才知道。现在石川社长卧病在床,我是公司实际上的负责人。在此,我对自己的疏忽大意表示深深的歉意。"

"那我问问财务主管钱高常务。在阪神特殊钢公司向大同银行提交的报告中,你为什么要凭空提高阪神银行的融资额?这是很严重的职业道德问题。作为财务工作者,你应该知道得很清楚吧?"

面对宫本严厉的责问,已经被万俵打过预防针的钱高恭恭敬敬地答道:

"非常抱歉。因为阪神银行的贷款推迟到账,公司资金紧张,为了能从大同银行多贷些款,我就想了这么个主意。"

三云行长目光如炬,直视着钱高问:

"只有这个原因吗?你是不是利用财务主管的身份,想在阪神特殊钢公司濒临破产的时候避免牵连阪神银行?"

"我完全没有这种想法。公司倒闭?这种事情我们想都没有想过!等到高炉启动,我们的负债就会减少,公司的日子就会好过起来,这一点大家都可以看到。做假账完全是我想暂时渡过资金难关的不得已之举。"

看着钱高低三下四拼命解释的样子,三云将目光转向了万俵,毫不留情地问:

"我这话说得可能有些不客气,但我实在很难理解,作为主银行行长,万俵行长竟然对这件事一无所知!是不是有什么别的打算啊?"

万俵面不改色地说:

"我行融资滞后,是因为行内有些具体原因,这一点我们已经得到阪神特殊钢公司的理解。但是,我们并没有指示阪神特殊钢公司向大同银行申请获得相应数额的贷款,完全没有。"

万俵平静地答道。

"那我再问一下钱高常务。你们既然在阪神银行有相当数额的存款,为什么还要去借高利贷呢?"

"我们将虚假销售记入账内,销售额有了很大的水分,另外,在做虚拟贷款的时候数字对不上了,为了填补暂时的亏空,就借高利贷了。"

听到钱高的解释,长期开发银行的宫本行长说:

"即便是这样,你也应该把借高利贷的事情告诉主银行,到一定时间你总得还账吧?"

面对宫本行长的责问,钱高答道:

"的确,我应该找时间告诉主银行,但借高利贷这件事情很不光彩,我也不好意思说。在我犹豫不决的时候,公司的情况开始急速恶化,高利贷的钱也还不起了。"

"你一直向我行隐瞒你们这种荒谬的状态,难道不是一种故意欺骗的行为吗?!"

三云怒气冲冲地责问道。钱高无言以对。铁平突然抬起头来,说:

"包括我在内,我们公司丝毫没有欺骗贵行的意思。因为我的无能,公司的经营状况不断恶化。在此,我恳请各位能够帮助我们渡过难关,无论如何也要让高炉开始工作。拜托了!"

铁平情不自禁地向父亲万俵大介身边靠过去,但是万俵大介无动于衷地看着铁平。宫本行长说:

"你的想法我们已经了解了。下一步阪神特殊钢公司怎么办,我们还要进行进一步的协商,请你们先退场。"

万俵铁平和钱高走了出去。茶杯里又重新续上了茶,屋子里的气氛异常压抑。三位行长各有各的心思。无论钱高如何狡辩,三云行长也不能消除对万俵大介的怀疑;万俵大介关心的是如何使局面变得对自己有利;作为长期开发银行的行长,宫本行长唯一的愿望就是协调好阪神银行和大同银行的关系。

过了一会儿,宫本行长打破沉默问道:

"怎么样?阪神银行有什么打算?"

宫本行长让主银行行长万俵先发言。

"从感情上来说,我也想继续支持阪神特殊钢公司。但是银行的钱是民众的,在未来情况不明朗的情况下,如果我们一味增加投资的话,不仅会给我们银行带来损失,还会招致全社会的责难。因此我建议,趁此机会,彻底整编、缩小阪神特殊钢公司。"

听到万俵不含一丝个人感情的冷酷建议,三云说:

"万俵,在听闻你无与伦比的理智的想法之前,有句话我想告诉你。阪神特殊钢公司的万俵专务的确在财务方面是个外行,这也在一定程度上造成了他们资金周转上的漏洞。但是万俵专务迄今为止对企业的态度,我觉得是无可挑剔的。正因为看到万俵专务真挚的态度,和其背后阪神银行强有力的支持,我行才秉着支持基干产业发展的宗旨,与阪神银行携手合作。但是今天,我发现所有的事情都疑点重重,这让我难以释怀。"

三云尽量压抑着内心的愤怒,平静了一会儿,接着说:

"我个人已经开始丧失对阪神特殊钢公司的热情。但是,我仍然赞同阪神特殊钢公司拥有特殊钢行业第一台高炉、实现一条龙生产的想法。为帮助他们实现这个梦想,贷款给他们这件事本身并没有错。因此我觉得,我们双方应该搁置争议,共同谋划阪神特殊钢公司的明天。"

听到这儿,万俵突然身体前倾,说:

"三云,我很高兴能听到你的心里话。对你刚才所说的,我万分抱歉。你说,扶植企业是银行的使命,这一点我完全赞同。但正因为万俵铁平是我的儿子,我才担心会偏袒他。在阪神特殊钢公司的问题上,我不断提醒自己,我是一个银行家,而不是一个父亲。没想到我这样做给你们添了很多麻烦。对此,我深表歉意。"

万俵深鞠一躬,但三云已不再相信万俵。面对万俵口头上的道歉,三云说:

"先别道歉了,还是赶紧说说今后怎么办吧。长期开发银行的意见如何?"

面对三云的询问,宫本行长说:

"说实话,作为长期设备资金银行,我们并不是因为现在出现这个情况才这样做的,参照阪神特殊钢公司的担保额,这已经是我们的上限了。"

宫本行长尽管是协调人,但还是果断地拒绝了三云棘手的融资要求。

"看来,三云,只有你们大同和我们阪神一起解决阪神特殊钢公司的问题了,其他银行不会再进行融资了。咱们不用顾及名声,我建议,索性乘此机会,依据《公司重整法》,做一个彻底的解决。"

万俵明确提出了自己的想法。

"但是,阪神特殊钢公司是基干产业公司,又在业界排名第一,如果采用《公司重整法》的话,社会影响会非常大,很可能会引起连锁反应,引发相关企业的倒闭。而且从长期来看,如果这是一家没有潜力的企业就算了,但仅仅因为暂时的不景气、经营状况恶化就放弃他们,万俵,你不觉得这个结论有些草率了吗?"

"你说得很对,但现在的问题是资金。实在没有办法了,只能采用《公司重整法》了。如果不进行整编的话,在没有资金外援的情况下,阪神特殊钢公司的结局会很惨。当然,如果有日银或大藏省的特别关照的话,就另当别论了。三云,你有什么办法吗?"

万俵想让日银出身的三云想办法弄到日银特别融资。三云说:

"我找日银总裁商量商量。"

三云的回答正中万俵的奸计。

一大早,三云独自吃完早饭,为避免吵醒病中的女儿志保,他悄悄回到自己的房间,准备换衣服去上班。

书房隔壁的起居室一侧,摆放着西服衣柜和整理柜。西服衣柜中整齐地悬挂着熨烫过的西装。衣筐里换下的白衬衫和内衣,老用人随后会收拾好。三云习惯每天早上换内衣。九年前过世的妻子曾经嘲笑过他有洁癖。这么多年过去了,三云依然如此。三云换上了干净的内衣,穿上了裤子和白衬衫。这时,志保走了进来。

"爸爸,今天真早啊。"

志保穿着深蓝色的家居服,显得皮肤更加白皙透明。

"早。我今天去银行之前要先去另外一个地方。"

三云系上领带,穿好外套。志保说:

"爸爸,领带有点歪,还有,您忘了胸袋里的手帕了。"

这种失误对三云来说相当少见。

"您怎么了？爸爸，这段时间您脸色不太好。"

志保从整理柜中拿出纯白色的麻纱手帕放入父亲的胸袋中，长长的睫毛难掩志保眼中的担忧。

"哎呀，没什么，就是有点忙，累着了，不用担心。"

三云安慰女儿道。昨天，在长期开发银行举行的第二次行长会议结束之后，三云就向松平总裁提出了紧急申请，想去拜托日银对阪神特殊钢公司进行特别贷款。今天早上九点前，三云要赶到日银去见松平总裁。

"老爷，车来了。"

老用人过来通知三云，银行的车到了。

"爸爸您走好，别太累了。"

志保担心地说着，一直把爸爸送到玄关处。

坐上车，三云陷入了沉思。三云知道，日银对阪神特殊钢公司进行特别融资的可能性非常小，况且松平总裁和自己的关系也算不上融洽。如果七年前三云迎娶了当时还是日银理事的松平的妻妹的话，现在两人的关系就不会这么别扭。当年，松平对三云说："我这个妻妹丈夫去世了，她特别钟情于你，别人提亲她都不同意，你一定要答应啊。"三云考虑到妻子刚刚去世两年，女儿志保又生病，就拒绝了松平的请求。三云的拒绝严重伤害了自尊心超强的松平，再加上后来松平的妻妹又得了神经性疾病，松平和三云的关系彻底恶化了。

车子八点四十五分到达日本桥本石町的日本银行。三云在正面玄关处下车，守卫们恭恭敬敬地迎接这位曾经的日银理事。

三云来到总裁室所在的二楼。昨天和三云通过电话的绫部秘书从总裁室里走了出来。

"三云行长，您昨天特地打电话过来，真不好意思，总裁只有早上有时间，十分抱歉。"

作为总裁的心腹,绫部的权力和理事的差不多大,甚至可以说比理事的权力更大。但是面对前辈三云,绫部表现得恭敬有加。

"哎呀,怪我事先没打招呼,突然提出申请。总裁方便吗?"

"请进。"

绫部秘书推开了总裁室的大门。客人一般都在总裁接待室等待总裁接见。但三云是日银出身的自己人,再加上三云提出希望密谈,绫部秘书特意安排在总裁室见面。

总裁室面积近百平方米,高大宽敞,墙面装饰和室内物品的布置参照正仓院古画上的模样,靠里面的一角放着一张大办公桌。瘦削的松平总裁穿着一身黑色西装坐在办公桌前,高傲地盯着三云。

"总裁,今天因有要事向您汇报,特来打扰。"

三云恭敬地问候道。松平总裁鹰钩鼻下紧闭的嘴唇微微动了一下,问:

"是阪神特殊钢公司的事吗?"

三云不由得倒吸了口凉气。难道长期开发银行的宫本行长怕承担责任,已经提前向总裁吹风了?

"您说得对,就是这件事。"

松平总裁站起来,慢步走在天津地毯①上,来到客用沙发前,与三云相对而坐。

"我知道我这个请求非常冒昧,但是总裁,您能否对阪神特殊钢公司使用《日本银行法》第二十五条?"

三云直截了当地提出了自己的要求。《日本银行法》第二十五条规定,在主管大臣的认可下,为保持与发展信用制度,日本银行可采取必要的业务措施。这是日银特别融资的法律依据。

---

① 天津地毯:天津生产编织地毯的历史悠久,天津地毯品种繁多,风格多样,驰名中外。

"三云,提这样的要求不像你的作风啊。你应该知道,不到万不得已的时候是不能使用日银特别融资的。山川证券它本身就是金融机构,一旦倒闭,将给证券市场带来巨大的混乱,可能引发金融恐慌,我们当时实在没办法,才使用了第二十五条。对于一般性企业,日银不可能轻易使用该条款。"

"您说得很对。但阪神特殊钢公司属于基干产业公司,万一破产,相关企业,尤其是下级承包企业将会发生连锁反应,其波及范围会相当大,将会引发与金融恐慌一样的社会不安。"

"但从形式上来看,不还是要日银救助普通企业吗?以前从未有过这方面的先例。你说说,到时候我们怎么解释这件事?"

松平总裁的语调非常冷淡。三云脸色变得苍白起来,说:

"总裁,这件事情既关系到阪神特殊钢公司,也关系到我们大同银行。之所以这么说,是因为我们大同银行对阪神特殊钢公司的贷款总额,超过了他们的主银行阪神银行,达到了一百亿日元。而且我们还担保旗下的相互银行、信用金库等给他们贷了款。万一阪神特殊钢公司倒闭的话,大同银行必须承担相应的保证金,这将严重威胁大同银行的生存。"

松平总裁继续沉默,没有说话。

"因为我的无能,导致今天这种不良局面的产生,我的行为有损日银的声誉。敬请总裁您批准使用《日本银行法》第二十五条。"

三云恳求道。松平总裁问:

"阪神银行准备怎么处理这个问题?"

"阪神特殊钢公司的实际负责人万俵专务是阪神银行万俵行长的儿子,因此万俵行长好像比较为难。万俵行长的意思是,现在只能按照《公司重整法》重整公司。不过,我总觉得万俵行长暗地里好像在策划什么事情。"

听到这儿,松平总裁抬起头来,凝视着高高的圆形屋顶上的某一点,陷入了沉思。这是松平总裁思考时的习惯。三云说,万俵暗地里在策划什么事情,会是什么事呢?松平总裁的脑海中浮现出万俵大介的样子。万俵只是一个地方性的城市银行的行长,但总让人有种冷酷怪异的感觉。突然,松平总裁想到了万俵背后的大藏大臣永田。三云说的事情到底会是什么呢?仅仅从三云的话中,松平总裁还理不清事情的头绪。难道和永田关系密切的万俵大介故意诱使三云增加对阪神特殊钢公司的贷款?这个念头让松平总裁有种毛骨悚然的感觉。松平决心,不管三云如何,自己绝不能掺和进去。

"三云,你说的我都明白了。问题不仅关系到阪神特殊钢公司,还有大同银行。但我刚才已经说过了,如果日银向阪神特殊钢公司进行特别融资的话,从表面上来看仍然没有改变向普通企业融资的事实。那么日银为什么要向这家企业提供特别融资呢?难道是因为大同银行贷款过量,而其行长是从日银空降过去的?如果这样做的话,日银很有可能在国会上受到质疑,而大同银行对阪神特殊钢公司的不良贷款超过主银行阪神银行一事,因为监督不力,日银也将承担一半的责任,接下来我也将被追责。三云,你还要求日银特别融资吗?"

松平用崇高的道义原则巧妙地回绝了三云。作为日银出身的行长,三云无法辩驳松平总裁,只有沮丧地低下了头。针对阪神特殊钢公司的所有救助,至此全部宣告结束。

离开总裁室,三云黯然走在终年不见阳光的昏暗的回廊上,感觉自己正坠向万劫不复的深渊。

万俵大介乘坐的车子从东名高速公路①的御殿场入口驶入箱根

---

① 东名高速公路:东京至名古屋的高速公路。

方向的车道。路上一辆车也没有。箱根外轮山的红叶分外诱人。

车窗半开着,十月下旬,山里已经有些寒意,寒风吹进来,吹得腿上凉飕飕的。上午十一点半从东京麹町出发,车子已经开了两个半小时,万俵心情大好,一点儿也没觉得累。

"能按时到达大臣的山庄吧?"

万俵问司机,脑海中浮现出永田大臣的身影。

"是的,过了前面的乙女峰,再过三十分钟左右就能到了。三点钟能到。"

万俵点了点头,关上车窗。国会的日程结束后,永田大臣来到芦湖山庄休养。万俵决定拜访大臣,利用阪神特殊钢公司命悬一线之机,向大臣表明阪神银行计划吞并大同银行的意图。

车子翻过了海拔两千米的乙女峰。万俵回头一看,雄伟的富士山傲然耸立在眼前。六合目[①]附近,蓝天与白雪交相辉映,积雪为山坡勾勒出的宏伟的曲线,一直蜿蜒到山脚。万俵沉醉在美丽的富士山山景中。富士山是日本的象征。能在仰望富士山的地方,见到掌管一国经济命脉的大臣,并与之探讨二战后首例城市银行合并问题,万俵大介深感荣幸。

永田大臣位于芦湖的山庄,坐落在箱根神社旁郁郁葱葱的杉木林深处。草顶房的大门旁有当地警察负责警备工作。万俵刚一下车,大门就开了,里面的人已经知道有客人来访。山庄是去年五月建成的,当时为了庆贺山庄落成,万俵赠送了一块鞍马石[②]。

万俵沿着石子路往里走,永田的妻子在民风十足的玄关处迎接万俵。

[①] 富士山由山脚到山顶分为十合,由山脚下出发到半山腰称为五合目,由五合目再往上攀登,便是六合目、七合目,直至山顶的十合目。

[②] 鞍马石:京都鞍马山产的石材。

"您远途劳累了吧？请进。"

永田夫人和永田一样操着茨城口音，待人接物很爽朗，不像一般的大臣夫人。永田夫人将万俵引进客厅。

客厅采用了传统日式设计，坐在客厅中，可以俯瞰整个芦湖。屋子中间有个地炉，地炉上有把铁壶，铁壶里的水悠闲地沸腾着，咕咚咕咚作响。万俵在地炉前坐下，用人端来了茶。

"好久没见夫人您了，倒是经常听我女婿谈起您。听说您从春天开始吟诗了。"

"我还让他保密来着，美马真不像话。永田嫌我烦，老说算了算了的。幸亏有春田和美马鼓励我，我才坚持到现在。"

"大臣让您算了，看来大臣也是大男子主义啊。听说吟诗有利于身体健康，您一定要坚持下去。"

万俵大介笑着说道。万俵之所以能够和永田夫人如此轻松地聊天，完全是因为过去永田受排挤的时候，万俵在美马的陪伴下，经常去看望永田。

纸拉门上显出人影，是永田大臣来了。永田大臣进来后，夫人就离开了。永田大臣个子小，身穿大岛绸对襟和服。

"大臣，不好意思到如此静谧的疗养之地打扰您。此处的建筑风格实在令人感叹。"

万俵对蒲叶编织成的屋顶、山毛榉做成的壁龛柱、赤木松做成的地炉外框赞不绝口。永田不置可否地笑了笑，说：

"顺便看看你送给我的那块石头吧。"

说着，两人来到外面的回廊处。万俵看到院子的缓坡上种满了杜鹃花和石楠花，对面就是碧波荡漾的芦湖，抬头向右上方望去，富士山高耸入云。万俵不禁在心里嘀咕：这么好的地方永田是怎么弄到手的？

"鞍马石放在那边的杜鹃花丛里了。"

永田用眼神指着院子里放着的两块石头中的一块。这块鞍马石高约四尺,非常少见,和一旁的秩父石[①]相映成趣。

"太棒了!旁边的秩父石也很不错啊。"

"哪里,那块石头只是比较大而已。太冷了,咱们进屋吧。"

永田说着,回到屋里,关上拉门,坐在地炉前。两人欣赏院石的时候,用人又往炉子里添了些木炭。此时炉火烧得更旺了,炭灰呈现出青海波纹样,给人一种清爽的感觉。

万俵看着对面的永田大臣说:

"您正在休养,我就长话短说。我想说的是阪神特殊钢公司的事情。照现在的情况来看,公司再继续生存下去比较困难。我决定这两三天内去拜访一下大同银行的三云行长以及通产大臣,按照《公司重整法》申请政府救助。"

永田大臣默默地看着沸腾的铁壶,沉默了一会儿,抬起三白眼问:

"已经不行了?银团也不愿意再继续融资了?"

永田进一步确认道。

"银团都不愿意继续融资了。"

万俵的回答非常简短。永田抱着胳膊,再次陷入了沉思。

突然,从院子的某个地方传来了一声尖锐的鸟叫声。是野鸡。万俵想起新年,在志摩半岛的时候,自己差一点被铁平误射中的情景。野鸡的叫声听上去就像铁平的悲鸣一样。万俵顿时觉得背上有一股寒意。这时,永田像下定了决心似的,说:

"好吧,我同意对阪神特殊钢公司的处理意见,但是,你们必须将

---

① 秩父石:埼玉县秩父郡产的石材。

损失降到最小,尽量减少连锁反应。"

永田大臣以命令的语气接着说道:

"阪神特殊钢公司倒闭是没有办法的事情,但相关融资银行会怎么样?如果银行因此陷入危机的话,可能会波及普通存款人,最终大藏省也将被追究责任。"

作为大藏大臣,永田自然有这种担心。万俵立刻心领神会,说道:

"大臣,我今天正想向您汇报这件事。"

"你的意思是,你们银行不行了?"

"不是。庆幸的是,我们银行受到的影响比较小。问题是大同银行。大同银行可能会因此性命难保。"

"什么?大同银行?为什么?"

永田用火钳拨着炉子里的炭火,催促大介说下去。

"大同银行之所以会被阪神特殊钢公司拖垮,我认为根本原因在于他们的两个动机:一是他们想博得支持基干产业发展的美名,二是他们想借此拓展欧美市场获利。当时,阪神特殊钢公司需要的融资已经超过阪神银行一家能够提供的规模,所以,当大同银行提出希望融资给阪神特殊钢公司的时候,我们就开始和他们携手进行融资。后来,特殊钢行业越来越不景气,大同银行仍然没有改变积极融资的方针,说实话,对他们的做法我很担心,但是我又不好对别家银行的融资方针说三道四。事情发展到现在,根据这次长期开发银行对阪神特殊钢公司的财务调查,大同银行的融资额竟然超过了我们主银行,由此可见他们陷得有多深。"

万俵装作悲痛的样子,恬不知耻地继续说道:

"如果阪神特殊钢公司与我完全没有关系的话,那大同银行他们自己融的资,我完全可以不管。但问题是,我儿子是阪神特殊钢公司实际的领导。这段时间我常常失眠,道义上的责任压得我喘不过气来。我觉得,我们阪神银行必须对大同银行做些什么才行……"

说到这儿,万俵故意停顿了一下,盯着永田的眼睛,似乎想要看透永田内心的想法。永田的三白眼中闪过一道光,寒酸的脸上浮现出一种可怕的神情,但那种神情转瞬即逝。很快,永田又恢复了面无表情的样子,故意装作没听懂的样子问道:

"大同银行怎么说也是城市银行,万一出现什么情况会很麻烦。你是不是打算对他们进行业务帮助?"

"业务帮助恐怕只有隔靴搔痒的效果吧,解决不了根本问题。"

"那你是打算把它包下来?"

"如果大臣同意的话……。前天,因为我二女儿结婚的事情,我去官邸拜访了佐桥首相。首相吩咐我,什么事情都可以和永田大臣您商量。"

万俵抓住机会提到了佐桥首相。永田微笑着说:

"万俵,你一直在考虑你那个'小鱼吃大鱼'的计划吧?但这件事一旦落到实处的话,大家肯定会议论说,两家银行在规模上不平等。到时候你准备如何让大家心服口服呢?这可是个难题啊。"

永田似乎觉得解决这个问题非常困难。万俵有些意外,问:

"银行局方面有什么别的计划救助大同银行吗?"

"大同银行不愁嫁,银行局当然有一两个组合方案,这倒不是什么问题。我要说的还是刚才的那个不平等的问题。"

永田的言下之意是,银行合并的许可权最终掌握在自己这个大藏大臣手上。看到永田一直死咬着两家银行规模不平等的问题不松口,万俵知道,永田之所以不肯轻易点头答应,主要是想看看万俵愿意为此付出多少血本。摸透了永田的心思之后,万俵透过关着的玻璃门,看着院子里的石头说:

"大臣,那块鞍马石和秩父石的形状和颜色完全不同,可能谁都不会想到要把它们放在一起,但事实是,当它们放在一起的时候,竟然产生了意想不到的效果。您觉得银行合并是不是也是这个道理呢?"

"也可以这样说吧。这个院子里还可以再放两块。"

永田似乎在自言自语。两人如同在打机锋。万俵希望借助大藏大臣的权力实现长久以来"以小吃大"的梦想;永田希望通过这件事,从万俵那儿得到超过价值两三百万日元的鞍马石百倍以上的好处。

"您说得很有道理,回头我到熟悉的那家石头商那儿去找找,找到了给您送来。"

万俵平静地接受了这桩的交易。至此,双方成交。

"不知不觉我都在这儿待了这么长时间了。刚才那件事,回头我就派手下去向银行局局长春田汇报。您看可以吗?"

"嗯,这是必要的。只要不存在事务性问题,阪神特殊钢公司完全可以转危为安啊。"

说着,永田用火钳在炭灰上随意画着"大"和"小"两个字。

高须相子将车停在芦湖游览车道上。湖对岸对角线方向,就是万俵大介去拜访的永田大臣的别墅。今天上午,为了二子和细川一也婚房的事情,相子去了媒人小泉夫人在赤坂的公馆。和小泉夫人商量完之后,相子接到万俵大介的电话,说好久没在箱根散散心了,想一起放松一下。于是,相子从东京独自驾驶着一辆租来的汽车,来到箱根。

正值旅游淡季,路上基本上看不到车。相子下了车,站在车道旁的草丛里。清澈的秋日天空下,翡翠般青幽幽的芦湖深不见底。湖对岸的山上已经有了冬日的气息,随处可见星星点点的黄色树叶。

在靠近湖边的地方,黄叶子终于变成了火一般的红叶。从山顶到湖面的细微的颜色变化,以及人迹罕至的幽静,让相子想起了瑞士山间的琉森湖。

那时候,相子和前夫理查德去瑞士度蜜月。施维茨州是瑞士德语名字的发源地,琉森湖跨过施维茨州。湖岸线蜿蜒曲折,四周群山环绕,山影倒映在绿盈盈的湖水里,小船归来又离去的声音回荡在静悄悄的湖面上。那时候,相子年轻而有活力,理查德在大学研究室工作。两人的生活并不宽裕。坐在湖边,凝望着朴素而宁静的湖面,两人约定,要生个孩子,要让生活越来越幸福。

从山谷吹来的风越来越冷,相子脚边浓密的芒草在风中如银色的波浪般摇曳。相子将皮外套的衣领竖起来,围上围巾,回到车里,驾车驶向仙石原的箱根观光宾馆。

当相子到达宾馆的时候,万俵已经到了。相子在前台取房间钥匙的时候,瞄了眼万俵大介预订的五〇一号房间的钥匙盒,发现钥匙已经被拿走了。相子和万俵每次在外面住宿的时候,都会分开来订房间,这样可以掩人耳目。

电梯在五楼停了下来,相子直接去了万俵房间。

"进来!"

万俵在里面说道。屋里开着暖气,万俵已经洗过澡,换上了宾馆的浴袍,正坐在窗边的长椅上,悠闲地读着杂志。

"你来得真快啊。怎么样?大臣心情如何?"

"嗯,大臣非常高兴,好像特别喜欢我送给他的那块鞍马石。"

不用听万俵谈什么具体的事情,仅仅从万俵每天的心情、只言片语、身体状况或夜里床上的表现,相子基本可以推测出万俵在想什么、做什么。

"你那边怎么样?"

"我这边也很顺利。我和小泉夫人一起去看了南平台公馆的完工情况,到底是一也的父亲细川信也先生设计的,果然与众不同。公馆内部装修用了大量的木纹壁材和柱子,温馨而又高雅。听说他们隔壁住的是最高法院前大法官重光夫妇。不过,现在最让我头疼的是,二子越来越任性了,我也没办法了。"

相子长叹了一口气。

"你都没办法了?这不像你的风格啊!"

万俵笑了。

"你别笑。最近,二子外出的时间忽然多了起来。有一天她回家比较晚,我就问她去哪儿了,她说去看万树子了。我就给万树子家打电话,顺便问了问万树子最近的情况。结果人家说她傍晚就回家了。她好像在频繁地和一之濑四四彦见面。"

"不会吧?这都订完婚了,连婚期也已经定了,她要是还和一之濑见面的话,有点太过分了吧!"

"我也是这么想的。二子和铁平有点像,只要拿定了主意,就非做到不可,任性得很。我还真有点担心呢。"

漂亮的结婚用品一件件准备完毕,新房也收拾得差不多了,二子脸上却看不到一丝待嫁新娘的喜悦。相子对此非常生气。

"你多虑了。比起二子来,我更担心一直赖在娘家不回来的万树子。"

"你不是安慰银平说,要是他不愿意自己一个人去接的话,你就陪他一起去。有你这句话撑腰,银平更不把这件事当回事儿了。不过话说回来,万树子也太把自己当回事儿了,说什么必须银平亲自带着诚意去接她回来,否则就不回万俵家。"

无论是万树子还是二子,都没有听从相子的安排,这让相子心中十分不快。她俩万一出点儿什么问题的话,将会直接影响到相子作为万俵家婚姻主管的地位和利益。

"想起这些事我就烦透了!"

相子有些泄气了。

"你这么说的话,我就难办了,你知道吗?"

嘴上这么说着,万俵心里想的却是另一回事。一旦银行合并成功,新银行成立,相子和万俵之间的关系将无法继续维持下去。虽然万俵舍不得放弃这个集智慧与美貌于一身的女人,但作为新银行的行长,万俵大介必须结束现在这种妻妾同居的生活。

"相子,你就在这儿洗澡吧。"

"可是我要换的衣服还在那边房间里放着呢。"

"别换衣服了,晚饭前先睡一会儿吧。"

万俵的声音有些挑逗。窗外已经一片漆黑。薄暮中隐约可见的富士山也早已消失在夜色中。

相子洗完澡,丰满的身体上只围了一条浴巾就钻进了万俵的被窝。相子感觉到万俵的身体明显发烫,显然比平时兴奋得多。每当万俵在工作上实现了某种野心的时候,相子都能感觉到他身上这种非同寻常的亢奋。万俵的双手游弋在相子的背部,嘴唇从颈部吻到乳房。随着相子身体的扭动,万俵更加疯狂地爱抚着她的全身。相子喘息着,抬起头,说:

"今晚应该轮到宁子。"

这句话进一步催化了万俵的欲望。相子的身体像蛇一样和万俵缠绕在一起。

昏暗的房间里,酣畅淋漓的性爱已经结束,但相子似乎意犹未尽,扭着身子,用脚去撩拨万俵的脚。万俵有些累了,没有反应。

"还是宁子那洁白的三寸金莲更有吸引力,是吧?"

相子略带醋意的话让万俵大介想起了父亲敬介。父亲曾经说过,公卿家女孩子的手和脚就像棉花糖一样柔软、洁白。大介的脑海中浮现出父亲油光发亮的脸庞。就是这个男人,侵犯了自己的新婚妻子! 不知不觉中,父亲的脸庞和铁平的脸庞重叠在一起。后天,摊牌的时间就到了!

天快亮了,万俵铁平还没有睡着。今天就要在主银行阪神银行宣布银团对阪神特殊钢公司的最终意见了。换句话说,今天就可以知道阪神特殊钢公司未来将何去何从了。

为了避免吵醒睡在旁边床上的妻子早苗,铁平悄悄打开床头柜上的灯,从水瓶里倒了杯水,又服下了一片安眠药。前段时间,因为资金问题,铁平压力巨大,为了晚上能睡个好觉,养成了服用安眠药的习惯。短短几个月的时间,药量增加了许多。

"老公,你还是睡不着吗?"

早苗醒过来了,担心地问铁平。

"嗯,睡不着。"

"别想太多了,公公对你再怎么冷漠,也不至于见死不救吧。"

早苗安慰丈夫道。

"我知道,但是……"

铁平抬头看着昏暗的屋顶。

"但是? 你想说什么? 你整天光想着你的钢铁,从来没时间在家陪陪孩子,一年到头都在忙工作,这一点公公也应该看得到吧?"

早苗把脸埋在枕头里哭了,头发披散在肩头,肩膀微微颤动。铁平忽然有些愧对妻子,最近一段时间一直疏于关心妻子,但铁平并不想过去搂住妻子,安慰妻子。

"快睡吧,我有点困了。"

铁平关了灯。

"老公,如果现在我爸爸还活着的话……"

早苗依然不能释怀。的确,如果自由党的实力派代表人物、曾经的通产大臣、数度担任国务大臣、在官僚中享有巨大威望的岳父大川一郎还活着的话,阪神特殊钢公司不至于沦落到今天这个地步。但是,现在哀叹岳父的逝去已经没有任何意义,铁平只能相信自己的父亲万俵大介了。抱着一丝期望,铁平昏昏沉沉地睡了过去。

上午八点,铁平先去了趟阪神特殊钢公司,然后来到阪神银行总行。融资主管涩野常务通知铁平上午十点到行长室。

铁平在东侧玄关处下车。灿烂的秋阳下,铁平使劲眨了眨因失眠而充血的双眼,突然有些头晕目眩,但他依然振作精神大步走上台阶。

三楼董事接待室。行长秘书速水接到下面的通报,出来迎接铁平。

"在等您。请进。"

速水的语调非常平静,但那清澈的眼神中带着一些紧张。铁平默默地走向行长室,速水打开门。

在行长室内,大介坐在办公桌前的转椅上,融资主管涩野常务坐在斜旁边的椅子上。

铁平站在父亲面前。

"这段时间让您费心了,十分抱歉。今天,我来听取银团的最终意见。"

"坐那边吧。涩野常务你先说。"

万俵大介简短地说道。铁平在指定的椅子上坐下来之后,涩野常务开始说话:

"下面,我就依据五天前在长期开发银行举行的行长会,以及三天前在关西银行协会召开的由七行专务、常务组成的事故处理委员会的结论,陈述一下我们主银行方的意见。"

涩野常务平时说话总是小心翼翼的,今天像是换了一个人。

"首先,我说一下长期开发银行的宫本行长、大同银行的三云行长,再加上万俵行长,这三位行长会谈后的最终意见。在全力救助阪神特殊钢公司这一共同前提之下,三位行长进行了深入的分析和探讨。鉴于阪神特殊钢公司的赤字已经超过一百亿日元,而且今后赤字还有可能进一步扩大,长期开发银行表示,作为长期设备资金银行,他们已经不可能再进一步追加融资。随后,三云行长和万俵行长一起探讨了申请政府救助,即日银特别融资的可能性。三云行长作为日银出身的行长,直接向松平总裁提出了特别融资的请求,但被松平总裁驳回,理由是日银从未有过向非金融机构的民间企业提供特别融资的先例。

"至此,三位行长达成一致意见,认为阪神、大同两家银行的融资已无力支撑阪神特殊钢公司,最终意见交由七行专务、常务组成的事故处理委员会决定。在得知日银特别融资的申请被驳回之后,事故处理委员会中认为阪神特殊钢公司已经不存在救助可能的意见占了上风,并将最后的决定权交给了我们主银行。"

涩野将其他银行不愿意继续提供融资归咎于三云行长在争取日银特别融资一事上的失败。铁平心里很清楚,在救助阪神特殊钢公司一事上,出力最多的是三云行长。但铁平抿着嘴没有说话。

涩野常务继续说:

"接下来,我来谈谈我们主银行的意见。既然事情已经到了这一步,我就有什么说什么了。第一,从阪神特殊钢公司现在的情况来看,我们认为公司经营已无法继续。第二,今后公司领导层的问题。石川社长卧病在床,我们认为万俵铁平作为专务,要想克服困难、带领公司走出困境,有些太年轻,资历不够。"

涩野明确批评铁平领导能力欠缺。铁平眉毛上挑，刚想发问，涩野接着说：

"基于以上两点，现在的关键是如何解决公司现存的问题。十天之后，公司就有一笔十九亿日元的票据需要支付，在银团收手的情况下，如果这十九亿日元被拒付的话，公司就要破产，相关企业将会发生连锁反应，一家接着一家破产，其结果就不仅仅是阪神特殊钢公司的问题了，将会引发社会性的混乱。鉴于以上情况，我们奉劝公司方，依据《公司重整法》，在将债务问题暂时搁置的同时，寻求财产保全。"

万俵大介依旧让涩野常务发言，继续保持沉默。铁平满脸怒气地问道：

"我不能接受适用《公司重整法》。前天，在东京举行的商社联盟的集会上，商社方提出，十天后的十九亿日元的票据结算，只要银团方提供担保，他们就可以延期。他们愿意帮助阪神特殊钢公司自主重建。涩野常务，你也应该听说了商社联盟向银团提出救助申请的事情吧？"

"我听说了。但是银行需要保护存款人的利益，不能提供任何担保。我们认为，阪神特殊钢公司只能依据《公司重整法》进行重建，没有第二条路可走。"

"请问，按照《公司重整法》，阪神特殊钢公司今后的经营会发生什么样的变化？"

"这件事要在提出公司重整申请并进行整编之后再讨论。我们主银行会从一直以来和我们保持良好合作关系的帝国制铁引进人才。从原材料的购入到产品的销售，只要跟上帝国制铁的脚步，阪神特殊钢公司的重建就指日可待。"

涩野话音刚落，铁平就从椅子上站了起来。

"这和归入帝国制铁旗下有什么区别！你们想把阪神特殊钢公

司卖给帝国制铁吗？"

铁平火冒三丈，厉声质问父亲与涩野。万俵大介连眼睛都没有眨一下。涩野一时有些语塞，说：

"万俵专务，帝国制铁的事情回头再说。现在我们劝你申请《公司重整法》的保护。你对公司的热爱我们都明白，但是你愿意因为你个人的固执，牺牲三千名员工以及相关企业的利益吗？"

涩野直指铁平的软肋。果然，涩野的话让铁平举起的双拳失去了进攻的目标。铁平呆呆地站着，一动不动。

"你能接受我们银行方的劝告吧？"

涩野抓住机会问道。

"不，我觉得迄今为止我没有做错任何事情。今天公司之所以身处逆境，最主要的原因，一是热风炉的意外爆炸，二是你们作为主银行停止对我们融资，造成我们资金短缺。只要你们继续融资一段时间，我相信，高炉开工之后，我们可以靠自己的力量重建公司。希望你们能够像以往那样支持我们公司，直到我们重新站起来为止。"

铁平仍然拒不接受申请《公司重整法》保护，而是希望得到主银行的继续帮助。涩野说：

"万俵专务，已经太迟了。你先休养一段时间。只要你申请完《公司重整法》的保护，重建的事情就交给我们来解决。"

涩野说完了最后一句话。铁平突然转向父亲问：

"让我休养，是行长您的意思吗？"

万俵大介没有回答。

"涩野常务，让我辞职是我爸爸的意思吗？到底是怎么回事？！"

铁平失控地喊了起来。

"铁平，男人重要的是该放手的时候就要放手。我们阪神银行决定，你先休养一段时间！"

铁平的耳边传来父亲冷酷的声音。看到最后一丝希望也被父亲扼杀了,铁平彻底失望了,说:

"我可以服从银行的意见退出。但我有个请求,不要重整公司,救救公司!拜托了!"

铁平身体前倾,向父亲恳求道。万俵大介的脸上突然显出厌恶的神情。

"婆婆妈妈的!铁平,你祖父的亡灵要永远附在你身上吗?"

铁平惊呆了,完全没有想到父亲会这么说。抬头看着墙上祖父的肖像,铁平觉得,自己与祖父万俵敬介就像一个模子刻出来的一样。这一刻,铁平内心深处残存的一点点父子之情也灰飞烟灭了。

"爸爸,你……"

铁平说不下去了,全身颤抖地盯着父亲。

深受打击的铁平回到阪神特殊钢公司之后,没有直接去专务室,而是向一之濑常务的办公室走去。铁平觉得,现在只有一之濑常务可以理解自己所遭受的打击,并且能够指明阪神特殊钢公司未来的前进方向。但是一之濑不在办公室,秘书说去工地了。原本已经定好,等铁平从阪神银行回来就召开紧急董事会,病中的石川社长也要来出席。可是,作为厂长兼常务,一之濑像其他董事一样坐也不是站也不是,于是索性去了工地。铁平也坐上吉普车向工地驶去。

但是,在高炉工地,铁平还是没有找到一之濑,只有已经完工、正等待启动的高炉孤单单地耸立在一旁。曾经发生爆炸事故的热风炉也正在修复。如果没有这起热风炉爆炸事故,现在高炉应该已经开始投产,生铁正被源源不断地生产出来。想到这儿,铁平不由得咬了咬牙。铁平将目光投向原料堆旁的港口方向,看到港口边站着的正是一之濑。

听到吉普车的声音，一之濑回过头来，看到了铁平。

"专务！"

一之濑叫了一声，没有再说话。看到从吉普车上下来的铁平双眼充血，一之濑已经完全明白了。

铁平站在一之濑面前，说：

"我不甘心！他们劝我们接受公司重整……"

说到这儿，埋藏在铁平心中所有的委屈与愤怒全部涌上心头。一之濑也抑制不住激动的心情，说：

"专务，我的心情跟您一样。专务，您为了建造高炉，不仅要管好技术和设备，还得东奔西走，亲自筹措资金，耗尽了心血。我不明白的是，如果说，站在阪神银行行长和阪神特殊钢公司专务两种不同的立场上，结果只能如此的话，难道作为父子，就不能有别的办法了吗？我真是想不通啊。"

"我也想不通。作为公司领导，我对自己的无能与错误进行了深刻的检讨，并请求父亲帮我，但他根本不理我。虽说生意场上无父子，但是父子之间最起码的亲情也必须舍弃吗？我想不通父亲为什么是这样一个态度，我甚至觉得这一切都是一场阴谋！"

说到这儿，铁平恨恨地看着大阪湾旁帝国制铁尼崎制铁所的烟囱。

"你说什么？父亲算计儿子？"

尽管一之濑知道万俵大介和铁平之间的关系不太亲密，但很难接受铁平的这种说法。一之濑说：

"老主人在去世之前托付我说，铁平年轻，有什么事儿你要多帮他。我愧对老主人，没能帮上专务的忙……"

一之濑的眼睛湿润了。

"专务，现在不是咱们心浮气躁的时候。为了保证中午的紧急董事会万无一失,咱们不能自乱阵脚。"

冰冷的海风从两人的身后吹来,一之濑不断地鼓励着铁平,为铁平打气。

回到公司办公楼,石川正治已经抱病前来,其他董事也已经在董事会议室集合,紧张地等待着专务铁平。

铁平坐在社长旁边,神情悲痛地说道:

"我没有放弃最后的希望,一直在和银行方面交涉,但他们决定不再融资,让我们接受公司重整。"

石川社长倒吸了口凉气,眼看着脸色越来越潮红。

"我一直卧病在床,不知道公司状况已经恶化到这个程度,我很痛心。现在咱们一起商议商议,一起应对接下来的一切。"

石川社长上气不接下气地说道。铁平接着说:

"我认为,只要高炉能够开始工作,进入一条龙生产阶段,成本就可以降低,公司就有救。为此,我可以引咎辞职,只要公司能够生存下去就可以,但我的请求没有得到银行方面的同意。迄今为止,我一直请求大家和我一起,一切为了高炉,只要能建好高炉就行,我也将自己的全部赌在了高炉上,但现在公司不得不面临再生重整。我非常对不起各位,对不起所有员工……"

铁平低下了头。一之濑忍不住说道:

"专务一直在尽全力奋斗。只不过我们运气不好,煤气爆炸、特殊钢行业不景气、资金匮乏,这些倒霉事全都凑到了一起。如果专务要承担责任的话,那我们三个协助专务的常务也有责任。"

听到一之濑常务这么说,留着小胡子的财务主管钱高常务绷着脸说:

"我觉得我已经尽力了。自从美国轴承公司取消订单之后,我一直费尽心思为公司筹措资金,没承想又发生了热风炉爆炸事故。如果没有那场事故的话,公司还不至于沦落到今天这个地步。但是你们一直都信奉技术第一,有什么事情从来不先和我商议,在引进新设备的时候,也是先把事情定下来,然后再把资金问题推到我身上。你们的这种做法也是造成今天这个局面的原因之一。"

钱高觉得,财务问题一直以来不被公司领导层重视,借此机会,他将所有的积怨全部说了出来。

"但是,我现在依然认为建造高炉这件事情本身并没有错,所以我不仅在技术和设备方面,在融资方面也一直很努力。但是事到如今,我们已经没有别的办法。既然这样,我和社长引咎辞职。希望留下来的各位,能够为了阪神特殊钢公司的早一天复兴而出言献策。为此,我们忍所不能忍,同意公司重整!"

铁平艰难地说完之后,会场一片寂静。过了一会儿,一之濑出于技术人员的执着问道:

"适用《公司重整法》之后,高炉建设计划还能继续坚持下去吗?"

钱高说:"你知道启动高炉要多少钱吗?你以为高炉像汽车一样想开就开?原料、周转资金,这些都是问题。按照《公司重整法》的惯例,一般情况下是先将以前的债务搁置起来,然后缩小设备规模,减少员工人数。"

钱高对于技术人员对财务制度的无知十分不屑。销售主管川畑也接着说道:

"如果按照《公司重整法》进行重整的话,公司的形象将会严重受损。作为产品销售企业,如果公司的信用和产品的信用骤然下跌的话,就非常难办了。"

川畑对公司的未来非常担忧。整个会场的气氛死一般压抑。

"我认为,与其破产而亡,还不如忍受一时名声不佳,接受公司重整,搁置债务,早日重建技术精良、设备一流的阪神特殊钢公司。我现在恳请大家同意。"

　　铁平的话让在座的所有人都低下了头。铁平已经有了充分的心理准备,静静地站了起来。铁平知道,接下来要准备申请适用《公司重整法》的相关文件并将其提交给法院,同时还要采取措施,防止承包商发生连锁破产现象。

第十四章

阪神特殊钢公司即将破产的消息如旋风般传遍了神户的街头巷尾。

早晨还仅限于小范围的传言,到了中午就得到确认。三宫、元町一带的政府机构、商业街,国营铁路、私营铁路的各个站点内,都相继贴出了"阪神特殊钢公司破产"的快报。快报前挤满了人,黑压压的一片。

"喂,快来看,阪神特殊钢公司破产了!"

"真的吗?社会不景气,这么大的公司都不行了!"

"夏天那场爆炸事故,死了人,肯定是鬼魂作祟,遭报应了!"

人们专心读着快报,各自发表着不同的见解。

阪神特殊钢公司破产
申请适用《公司重整法》

阪神特殊钢公司(总公司位于神户,总资本六十亿日元,社长石川正治,员工三千人)因经营不善,负债总额达五百五十亿日元。今天上午九点三十分,阪神特殊钢公司向神户地方法院提出适用《公司重整法》的申请已被受理。该法院将在审核阪神特殊钢公司的申请内容之后,于十二月初开始适用重整法。

阪神特殊钢公司是特殊钢行业的龙头企业，其下级承包企业近三百家。此次事件必将对业界，特别是关西业界，影响巨大。

根据该公司提交的《公司重整法》适用申请书，公司经营不善的原因共计约十点，包括①设备投资过大；②产品价格不稳定；③签约率低；④生产过量导致产品大量积压；⑤资金严重匮乏；⑥原材料价格上涨……因为以上种种原因，十一月十五日到期的十九亿日元的票据，阪神特殊钢公司已无能力支付。

今后，阪神特殊钢公司的主要投资银行将与大股东帝国制铁共同商讨公司重建事宜。以阪神银行为中心的七家银行已组成协调融资银团，致力于公司的重建与防止连锁反应的发生。

社会一片不景气，阪神特殊钢公司的破产，是二战后最大规模的公司破产。再加上临近年底，破产让人们觉得寒意逼人。

阪神特殊钢公司所在的滩滨临海工业区，比市中心还要嘈杂。厂里乱七八糟地停满了车辆，有报社、电视台的车，还有下级承包商的客货两用车、卡车等，场面十分混乱，空气中弥漫着一种紧张感。

一楼财务部挤满了债权人，火药味儿十足。

"还磨磨蹭蹭干什么！把你们领导叫出来！领导！"

"你们适用重整法，欠的钱就不管了，你们没事了，我们怎么办？一千五百万日元的票据就成废纸了？你们不还钱，我就把你们厂里的钢材都搬走！不信你们试试看！"

面对四面八方的怒吼声、斥责声，财务部的员工们脸色苍白，不知所措。

"非常抱歉，我们一定会将各位的损失降到最低，还请各位多多谅解……"

"谅解？别开玩笑了！你们这些下面的人说话不算数，把你们社长叫来!我跟他说!"

对方的声音越来越大。说话的是戎齿轮公司的戎社长。戎齿轮公司在阪神特殊钢公司的下级承包公司中属于一家中等规模的公司,但其生存完全依靠阪神特殊钢公司。

"石川社长因为高血压住院了……"

"什么?我们还不知道是生是死呢,他倒躲到医院去了!走,去把他拽出来!"

在戎社长的煽动下,债权人群情激昂起来,眼看事态就要难以控制。这时,在里面打电话的财务部部长安井慌忙跑了出来。

"戎社长,年轻人解释不清楚,非常抱歉。石川社长病情危重,您有什么事情就对我说吧。"

安井部长赶紧安抚道。戎社长从夹克衫口袋里抽出一个信封,说:

"安井,看看这个!这是播州相互银行今天早上送过来的挂号信!"

信上写着,希望戎齿轮公司于今天中午之前购回其背书①的阪神特殊钢公司三千七百万日元的票据,否则银行将采取相抵措施。

"我昨天去播州相互银行贴现你们的票据,结果他们说昨天不贴现了,我还觉得奇怪呢,做梦也没想到你们阪神特殊钢公司会破产!结果我回家之后,晚上八点左右,分行长给我打电话了,说希望我千万要赎回阪神特殊钢公司的票据。我想着一大半已经贴现了,现在突然让我这么做是什么意思,我还跟他吵了起来,结果今天早上我就收到了这封挂号信。如果银行方采取相抵措施的话,我们公司的存款、不动产等所有资产,包括我个人存款及我老婆名义下的不动

---

① 背书:法律术语,指的是在票据上签名,票据所规定之权利由背书人转让给被背书人。

产,所有值钱的东西全部都要被抵押给银行了!我的职员和他们的家人都活不下去了!你们快给我想办法!"

戎社长一把抓住了安井部长前胸的衣服。这时,一个穿着拖鞋就赶过来的、工作服上油迹斑斑的承包商叫道:

"我们这些更低一级的二级承包小企业更可怜!为了和你们的产品配套,光是购入机床、工具等的贷款还有八十多万日元没还!要是没了工作,我们连六千日元的房租都付不起!你们是想让我们全家自杀吗?你们这些杀人犯!"

面对承包商痛心疾首的哭诉,财务部部长安井低着头,无言以对。

一楼债权人怒吼震天,二楼董事会议室的走廊里鸦雀无声。董事会议室里正在举行记者招待会。二十多名来自报社社会部以及电视台的记者聚集在这里,采访灯与镁光灯无情地聚焦在万俵铁平的脸上。从接到主银行阪神银行提出的重整建议那天起,时间已经过去了六天五夜。万俵铁平每天都通宵达旦地和财务部、销售部的职员们一起制定重整计划,终于在今天早上九点半亲自将制定好的计划提交给神户地方法院。铁平双颊塌陷,面如死灰,强打精神面对记者们的狂轰滥炸。

"万俵专务,你认为阪神特殊钢公司债台高筑并最终破产的原因是什么?除了适用《公司重整法》,就没有别的办法了吗?"

记者们一上来就像审问犯人一样,质问着万俵铁平。

"最大原因是高炉建设期间正好遇上了特殊钢行业不景气,资金严重匮乏。当然,我曾经尽全力避免重整,但是没有办法。"

近在咫尺的镁光灯刺激着铁平布满血丝的双眼,铁平不停地眨着眼睛。

"说到高炉,八月份还发生了爆炸事故,造成了很多伤亡。特殊钢公司建高炉,这件事本身是不是有些勉强啊?"

"为了生产出低成本的产品,在今后的国际竞争中立于不败之地,建造高炉非常必要。"

"但是,在你们建造高炉的过程中,有二十多名员工死伤,不到半年,你们又因为负债五百五十亿日元而破产,三百多家相关企业被你们弃之不顾。难道你仍然认为高炉建设计划没有问题吗?"

"对于在事故中死伤的员工,以及在本次重整中牵连到的债权人,我无法用语言表达内心的歉意。但是,到了今天这个地步,我更希望因为爆炸事故而拖延完工的热风炉能早日复原,高炉能早日启动。我觉得那才是对逝去的员工最好的祭奠,也是对受本公司牵连的各位债权人的最好补偿。"

铁平坚定地答道。

"也就是说,你对盲目扩大设备投资没有丝毫反省之意?"

"我真是没想到啊,楼下那些飞奔而来的债权人的怒吼声难道你一点儿也听不见吗?你是不是觉得弱者就该忍气吞声?!"

记者们开始齐声批评起铁平来。

"出现今天这样的结果,完全是由于我的无能。我深感自身责任重大。但我还是想说,建造高炉这件事本身并没有错。"

"那么,对于那些不能享受再生债权的小承包商的损失,你是不是准备拿出你的私人财产补偿他们?"

考虑到万俵铁平是大资本家万俵大介的长子,记者们的提问十分尖锐。

"我打算尽全力补偿他们,现在正在准备。"

铁平掷地有声地答道。这时,一名经济记者问:

"谁会是财产管理人?"

"现在还没定。"

"据说,你们的主银行阪神银行希望老牌的帝国制铁接手,而你好像不同意。这是怎么回事?"

"没有这回事。我们所有的事情都会和主银行商量之后再决定。"

铁平把快到嘴边的话又咽了回去。记者招待会结束了。新闻记者们惦记着发稿的截止时间,急急忙忙地离开了,似乎每个人的头脑中都有了诸如"无能的二世祖领导""技术型领导的瓶颈"之类的新闻标题。采访灯已经关了,董事会议室里人去屋空,只有筋疲力尽的万俵铁平浑身瘫软地靠在椅子上。

万俵大介的所有注意力都集中在办公桌的电话机上。刚才芥川来电话说,阪神特殊钢公司申请适用《公司重整法》的消息在东京引发了很大的反响,大藏省和日银对此都非常震惊。

直通电话响了起来。

"是芥川吗?"

万俵拿起话筒就问。

"不是,是我,我,喂喂,我是绵贯千太郎。"

话筒里传来了大同银行绵贯专务兴奋的声音。

"啊,是你啊。我正想给你打电话呢。你那边怎么样?"

绵贯清了清嗓子说:

"我正要跟您汇报这件事呢。三云行长去大藏省汇报大同银行的担保情况以及现状,顺便去承认错误了。因为大同银行比主银行的不良贷款还要多,估计三云这次要被狠狠地批一顿了。另一方面,我们大同银行内部也因为贷款超过主银行而人心惶惶,对三云不满的声音越来越多。"

"绵贯,你们要赶紧抓住机会做工作,使绵贯派获得多数人的支持。你们一定要慎重。有变化再联系。"

万俵刚放下话筒,电话铃又响了起来。这次是芥川打来的。

"行长,刚才去日银打探消息的阿冠和我联系了。他说,中午十二点,日银总裁要发表针对阪神特殊钢公司申请适用《公司重整法》一事的讲话,电视上要转播。"

芥川向万俵大介通报了日银方向的忍者传回来的最新消息。

"是嘛。还有十五分钟。我已经让大龟专务去近畿财务局和日银大阪分行了。你赶紧去大藏省和日银,在代表主银行道歉的同时,顺便打探一下他们下一步的动向。刚才绵贯给我打电话说,大同银行的三云行长去大藏省了。我这边的事情告一段落,就立刻去东京。"

说完,万俵放下了话筒。这时,融资主管涩野常务走了进来。

"行长,听说午间新闻要播放日银总裁的讲话。"

"嗯,芥川刚刚向我汇报了。"

"我现在赶紧去向主要客户说明一下情况,就剩几家了。"

为避免被报社记者发现,从昨天深夜开始,阪神银行的董事们分头去大股东公司和主要客户的负责人家中说明情况,请求他们的谅解。"

万俵命令秘书速水将便携式电视机拿过来。

中午十二点,电视上开始播报午间新闻。画面上出现了日银总裁松平标志性的鹰钩鼻和紧闭的嘴唇。松平总裁的声音又细又尖。

"我对此次阪神特殊钢公司申请适用《公司重整法》一事深表遗憾。希望各有关方面携手合作,共同努力,尽量不要影响相关企业和金融机构。我们日本银行愿意提供相应的帮助。

"通过此次事件,我深切体会到,公司的经营者应该以更严谨、更负责任的态度来经营企业。同时,金融机构应该准确把握企业的实际情况。虽然金融紧缩政策被认为是导致阪神特殊钢公司破产的原因之一,但我认为,在此次事件中,设备扩张过度的经营方式是主要原因。"

松平总裁的谈话到此结束。可能是万俵大介与永田大臣的事先沟通起了作用,日银总裁在讲话中,对阪神特殊钢公司的经营方针进行了严厉的批评,但没有点名批评主银行阪神银行,仅仅以"金融机构"这一模糊表达督促银行方面加强自我约束。另外,松平总裁虽然拒绝了二云行长的特别融资要求,但在讲话中表示愿意提供相应的帮助。

内部电话又响了起来。是总务部部长打过来的。

"行长,刚才《每朝新闻》《日本新闻》等五家报社的社会部记者要求采访您。"

"社会部记者?我一点钟要去工商会议所,你告诉他们,我只有十五分钟。"

万俵不想接受不熟悉的社会部记者的采访,但又不好拒绝。

五名社会部记者在董事接待室采访万俵行长。《日本新闻》的记者首先发问:

"阪神特殊钢公司已经申请适用《公司重整法》,作为主银行,你们已经充分了解该公司的实际情况了吗?"

"当然。我们对公司的情况进行了充分的调查,一直到最后一刻,我们都在指导他们尽量不要申请公司重整。但是银行方继续支援他们的话,会对很多债权人不利,所以他们只能申请适用《公司重整法》。这样做是阪神特殊钢公司自己的意思,我们作为主银行只是表示同意罢了。"

万俵特意强调的是,申请适用《公司重整法》是阪神特殊钢公司单方面的决定,没有和主银行商量过。《每朝新闻》的记者接着问道:

"在阪神特殊钢公司陷入重整状态之前,作为主银行,你们没采取什么别的办法吗?"

"考虑到作为基干产业公司的阪神特殊钢公司的社会责任和立场,我们主银行一直以来都在竭尽全力地帮助他们。但是阪神特殊钢公司自己丧失了继续发展的愿望,我们也没有办法。"

"作为主银行,你们今后准备采取什么措施?"

"我们将全力以赴,避免牵连承包商等相关企业,尽快成立特别办公室具体商讨此事,尽量防止出现相关企业破产的情况。"

"最后一个问题。阪神特殊钢公司的实际领导者万俵铁平和阪神银行的万俵行长您是父子关系,所以很多债权人都不敢相信会出现今天这种局面。对此,您是怎么想的?"

抓住读者的眼球,是社会部记者的职业宗旨。

"作为银行行长,我无可奉告。"

万俵拒绝回答。

新闻采访结束之后,万俵立刻赶往工商会议所,解释阪神特殊钢公司申请适用《公司重整法》一事。速水为万俵准备好了材料。尽管从一大早开始就忙个不停,万俵却看不出丝毫倦意,在玄关处坐上车离开。

车子走后,速水从一大早就开始紧张的神经终于可以放松一下了。速水活动了一下有些僵硬的身体,正准备返回秘书室的时候,感觉到有人拍了一下自己的肩膀。他回头一看,原来是万俵银平。

"怎么样?你那儿够忙的吧?"

银平说话的样子和平常没有什么两样。

"行长从一大早就忙着指挥行内的工作,和东京方面联系,接受新闻记者的采访。你也一样吧?"

"嗯,作为信贷课课长,我忙着去向主要客户说明情况,还没吃午饭呢。你要是也没吃的话,跟我一块儿去吧。"

"不行,我还去不了。对了,阪神特殊钢公司那边怎么样了?万俵专务这么年轻,就要面对如此艰难的考验。"

速水有些担心铁平。

"我哥哥他就是个笨蛋,差不多就行了的,非要那么拼命!"

"万俵专务坚信自己作为一名企业经营者的理想,将全部的身心都扑在了钢铁事业上。如今企业出现危机,专务迄今为止所有的努力和奋斗都被一笔勾销了,只给他留下一个失败的企业经营者的标签,这也太残酷了。"

"是啊,企业只在乎结果。你作为银行人,也应该明白这一点吧。"

"但这件事不同。"

"怎么不同?"

两人的谈话戛然而止。万俵大介意欲吞并大同银行的计划,速水和银平都知道,但都没有再说下去,而是各自分手去干自己的事情了。

三云志保静静地打开门。

"晚上好。不好意思,打扰了。"

门灯下站着的是万俵铁平。

"哎呀,万俵,最近很辛苦吧。赶紧进来。"

志保闪动着浓密的睫毛说道。

"你一个人在家吗?不好意思。"

想到生病的志保亲自来开门,铁平有些愧疚。

"婆婆有事儿出去了。"

志保将铁平领进客厅。在高大而宽敞的客厅里,依旧是原来的枝形吊灯和古色古香的家具。铁平坐在椅子上,长长地叹了口气。自从阪神特殊钢公司向法院提交适用《公司重整法》的申请之后,从昨天开始,铁平既要和工会协调各种事情,又要防止承包商发生连锁破产反应,一连串的事情让他忙得脚不着地。早上起来的时候,铁平觉得腰都要累断了。但是不管怎么累,铁平都要来东京向大同银行的三云行长当面道歉。早上坐飞机到东京之后,铁平直接到大同银行找三云行长,但三云行长一直没在行里。没办法,铁平只能先去通产省,代表公司向通产省次官和重工业局局长道歉的同时,说明善后思路。离开通产省之后,铁平又去拜访了阪神特殊钢公司在东京的客户,向他们说明了事情的前后经过。做完这一切,估计三云行长该回家了,铁平来到了三云家。

三云身穿和服走了进来。仅仅几天没见,三云行长的两鬓已经斑白,脸颊也明显凹陷了下去。铁平一阵心痛,说不出话来。志保端来了茶和水果,察觉到父亲和铁平之间不正常的沉默,说了句:

"请慢用。"

志保低垂着眼睛走了出去。

客厅里只剩下铁平和三云两个人。铁平站起来说:

"我不知道该怎么表达自己的歉意。"

铁平深鞠一躬。三云默默地看着疲惫不堪的铁平,过了一会儿,说:

"铁平,作为大同银行的行长,站在工作的角度上,我不可能因为你道歉就原谅你。作为行长,我在家里见你也不合适。"

三云的语调平静而严厉。

"我明白。作为公司领导,我不够成熟,给您添了很多麻烦。而且,大同银行因为我们公司而受到的伤害竟然比主银行还要严重,对此我无比痛心。因此,无论如何我都得来见您,亲口向您表达我的歉意。"

"不成熟的不仅仅是你,作为城市银行行长,我可能也不成熟。"

眼下,不仅大同银行一百亿日元的贷款收不回来了,更令三云耻辱的是,在最后的关键时刻,他竟然遭到阪神银行万俵行长的算计。

"阪神银行的行长、我的父亲,对您做了很多难以原谅的事情……"

铁平刚说到这儿,

"别说了,这件事……"

三云苦涩地摇了摇头,说:

"铁平,很不幸我对你的帮助失败了。但我依然认为,向阪神特殊钢公司高炉项目贷款本身并没有错。像帝国制铁这样的大型钢铁公司认为,特殊钢公司拥有自己的高炉是件错误的事情。我不同意这种看法。将特殊钢公司定位为大型钢铁企业的下级承包商是错误的。特殊钢公司如果能够拥有自己的高炉,实现一条龙生产的话,就有可能开发出大型钢铁公司想象不到的拥有新用途的新产品,就能提高对日本特殊钢行业的贡献度。这是我一贯的看法,一直没有变。"

三云至今没有动摇自己的信念。

"我也一样。而且大型钢铁公司仰仗着自己有高炉,随意改变生铁的供应量,他们的霸道行为让人忍无可忍。我之所以下决心建设特殊钢行业的第一台高炉,就是因为帝国制铁尼崎制铁所在向我们公司供应生铁时,完全按照他们自己的意愿,想供应就供应,不想供应就不供应。但现在,我所有的努力都白费了,实在令人懊恼!"

铁平咬着牙痛苦地说道。三云也心有不甘地说:

"现在这个结果的确令人遗憾。但是十年、二十年之后,我们现在投下去的两百五十亿日元的资金,将以数倍的价值、以日本特殊钢行业大型资产的形式,在滩滨熠熠生辉。我的投资并没有打水漂,未来必将展现活力,只不过眼下时运不济罢了。"

三云将压在心头的话一吐为快。

"不,不是时运不济。如果阪神银行的融资能够按计划到位的话,就不会是现在这样子。一方面,三云行长您在积极支持我;另一方面,他们一直在拖我的后腿。我没想到,这竟然是父亲的主意!"

铁平自言自语道。三云痛心地看着铁平。想借助父亲的帮助却反遭陷害,全身心奋斗的企业却面临破产。交织在铁平内心的万般痛楚,三云感同身受。

铁平突然问:

"三云行长,这次事件会不会影响您的去留?"

"我的去留倒不要紧,重要的是现在行内人心涣散,我很担心大同银行的未来。"

大藏省银行局对此次事件中大同银行贷款超过主银行一事,态度异乎寻常地严厉,而三云原以为会支持自己的日银却一直不见有丝毫举动。

"我的去留,回头我整理一下自己的心情再决定。铁平,希望你能够全身心地致力于眼前的公司重整。"

三云平淡的话如一阵清风吹进了铁平的心里。

"三云行长,我……"

铁平刚说到这儿,

"铁平,再见!"

三云蓦地站了起来,转身离开,留给铁平的是大同银行三云行长的背影。

门开了,皮肤白皙的志保走了进来。

"不好意思,爸爸不能送您了,我送您吧。"

"不用了,志保你还是小心身体,夜里的风比较冷。"

"我就送您到门口。"

志保走到玄关处,为铁平放好鞋。院子里的灯照着从玄关的门廊到大门处灌木丛的石板路。灌木丛上的露水让人备感寒冷。志保将和服领口紧了紧。铁平边走边说：

"我愧对你父亲的厚爱，给他添了很多麻烦。今后我可能不能再来拜访你们了。"

听到铁平这样说，借着院子里昏暗的灯光，志保抬头看着铁平，说：

"您别在意。于公，爸爸作为行长可能态度比较严厉；于私，他对您的未来非常担忧。"

"担忧我的未来？"

铁平说不下去了。

"是的。所以，不管怎么困难，您一定要保重身体……"

听声音，铁平知道，志保哭了。

"谢谢。你也一样。请好好关心你父亲。"

铁平出了门，坐上等在外面的车，直奔羽田机场。

飞机在大阪伊丹机场降落之后，铁平下定决心，不管父亲如何推辞，今晚也要面见父亲。虽然浑身上下像灌了铅一样沉重，但铁平觉得，绝不能任由父亲摆布。

下飞机后，铁平坐上车回家，吩咐司机将车子停在父亲的主屋前。铁平下了车，走进大厅一看，起居室里灯火通明，但一个人也看不到，妈妈和妹妹都不知去哪儿了。

"你回来啦。"

楼梯上传来相子的声音。当视线与铁平相遇的时候，相子赶紧说：

"哎呀，原来是铁平啊。"

相子停顿了一下，很快又脚步轻快地走了下来。

"这次的事情很麻烦吧？不过，幸好你下定了决心。"

在阪神特殊钢公司申请适用《公司重整法》之后，铁平还是第一次见到相子。听起来相子对铁平非常同情,但眼神中难掩幸灾乐祸的笑意。

"你这个时间来,有什么事儿吗?"

"我有事找爸爸。好像他还没回来,我在起居室等他。"

铁平说着,吩咐女佣端来白兰地。

"你这样做不好吧。你父亲今天晚上因为要处理阪神特殊钢公司的后续问题,回来会很晚,明天一大早又要起床。你先回去吧!"

相子自作主张地安排道。

"你闭嘴。我妈妈在干什么?"

铁平问女佣。女佣正不知所措地站在铁平和相子中间。

"太太因为担心专务您公司的事情,心脏病犯了,在卧床休息呢。我正准备去给太太送热汤。"

"是嘛。那你把白兰地给我放桌上,我去妈妈房间看一下。"

铁平正要上楼,听到外面传来汽车声。铁平从大丹犬的叫声判断,爸爸回来了。相子和女佣赶紧去玄关处迎接万俵大介,铁平在起居室里等着。

大介进来的时候,脸色很不好看,估计相子已经悄悄告诉大介,铁平来了。

"爸爸,我有急事要告诉您,不好意思这么晚了还来找您。"

"你不是应该没什么急事了吗?真有急事的话,后天再说吧。我明天要去东京,向大藏省、日本银行、通产省一个个解释、道歉。"

"既然这样,那我更得今晚说了。今天晚上不说的话,我就没法面对自己。"

孤注一掷的铁平死死地盯着父亲,不由分说地拦住了他的去路,就像一头突然闯进屋里的受伤的野猪。

"要真是这么急的话,我就暂且听听吧。我都累死了。"

大介明白,如果再一味拒绝的话,铁平可能会惹出大麻烦。大介向起居室里面的书房走去。

刚一坐下,铁平就说:

"今天,我去东京面见了三云行长。我没想到自己竟然将三云行长逼到了这一步,任何语言也不能表达我的歉意,我的内心充满了自责。"

铁平的声音越来越低。大介面无表情地从烟斗架上拿起一根直纹烟斗,说:

"别说啦!申请适用《公司重整法》是各协调融资银行一起商量决定的,除此之外也没有别的办法了。如果你觉得只有三云行长一个人是悲剧人物的话,那你看看我这个主银行行长哪还有出头之日!"

大介冷酷无情的话语让铁平浓眉倒竖。

"爸爸,我不会被骗的。"

"说话别这么没头没脑的,你不会被骗什么?"

大介一边点着雪茄,一边平静地反问道。

"爸爸,你让阪神特殊钢公司申请适用《公司重整法》,目的在于神不知鬼不觉地把子公司这个包袱扔给帝国制铁。为了达到这个目的,你以银根收缩为借口,停止了贷款,导致因建造高炉需要大笔资金的阪神特殊钢公司资金匮乏。难道公司不是你故意毁掉的吗?!"

铁平布满血丝的双眼似乎要喷出火来。大介的脸色微微有些变化,说:

"作为公司领导,你把你自己的责任放在一边,竟然这样说我?在万俵财团中,阪神特殊钢公司是仅次于阪神银行的大企业。你竟然说我故意搞垮公司,把公司转让给帝国制铁!你怎么会有如此荒唐的想法?"

"爸爸,我要揭穿你滴水不漏的假惺惺的银行家的把戏!我听通产省的人说过,你很久以前就和帝国制铁的兵藤副社长商量,准备将阪神特殊钢公司转让给帝国制铁,而且美马中也参与了这件事,对不对?!"

面对铁平的步步紧逼,大介稳如泰山。

"哦?这件事我还是第一次听说。你是听通产省哪个部门的人说的?"

"这我不能告诉你。"

"看来你是从见不得光的渠道得到的消息啊!大概是那些股东混子、业界小报的记者看到阪神特殊钢公司破产,随意编出来的吧?太可笑了!不过,连大藏省主计局次长美马都被编进来了,这也有点太过分了吧!"

"不,二子也证明了我的说法。"

二子告诉哥哥铁平,美马夫妇约她和帝国制铁秘书课的细川一也一起在东京会馆吃饭的时候,美马和细川提到帝国制铁和阪神特殊钢公司的关系,说如果这两家公司关系更进一步的话就会更好。二子还告诉铁平,大介后来还专门去找兵藤副社长面谈了。

"你竟然相信一个还不懂人情世故的二十多岁的女孩子的话?是不是因为公司重整,打击太大,你有点精神不正常了?"

大介抽着雪茄,嘲讽地说道。

"爸爸,你作为主银行行长,劝我申请适用《公司重整法》时对我说,要像个男人一样接受现实,现在爸爸,你也应该像个男人一样承认这件事。你故意让阪神特殊钢公司陷入危机,是不是与我的出生秘密有关?"

铁平的话音刚落,大介端正的脸庞立马扭曲了起来。

"爸爸,我不是你的儿子,是祖父和妈妈的……"

"住嘴!铁平!"

大介疯狂地叫起来,将叼在嘴里的烟斗扔向铁平。烟斗砸在铁平肩膀上。铁平出乎意料地平静,用拖鞋踩灭地板上的烟草说:

"请回答我的问题。"

大介双唇紧闭。令人不安的沉默笼罩着整个房间。坐在椅子上的大介,看起来就像是左右铁平人生的巨大黑影。过了一会儿,大介缓缓地张开嘴说:

"铁平,你是万俵大介的长子,没有别的身份。"

大介的声音冷冰冰的,没有一丝感情色彩。即便父亲与妻子之间真的存在不伦关系,这个男人也绝对不会亲口承认这一点。这并不是出于对妻子的爱,也不是出于父子之情,而是因为如果承认了这件事,就等于承认了自己作为男人的失败。这才是根本原因。

铁平已经不再需要父亲的回答了。铁平甚至觉得,将万俵大介当作亲生父亲是一件虚无缥缈的事。想到这儿,铁平就像面对一个与自己毫无关系的人一样,决绝地说:

"刚才说到的帝国制铁那件事,我不会让你对阪神特殊钢公司为所欲为的。"

"你说什么?我已经命令你休养了。今后不允许你插手阪神特殊钢公司的任何事情!"

面对大介的斥责,铁平站了起来。

"不管你说什么,在重整公司的财产管理人决定之前,在重整开始之前,我还是阪神特殊钢公司的专务董事。你已经让三云行长陷入如此困境,现在又想把公司转让给帝国制铁,阪神特殊钢公司三千名员工的未来岌岌可危。我坚决不同意!"

铁平斩钉截铁地说道。但是大介不为所动地说:

"你身心过于疲惫,需要休养。今后你还要生活,我已经帮你想好了一个新工作,就去当万俵仓库的副社长吧。"

万俵大介想以此收买铁平。铁平终于忍无可忍了,说:

"爸爸,你要把我逼到……"

铁平说不下去了,顿了一下,接着说:

"我要去告你。"

铁平的话让大介脸色大变。

"儿子告爸爸? 真够荒唐的。你凭什么告我?"

"你是阪神银行的行长,同时也是阪神特殊钢公司的非常勤董事,这一点你大概还没忘吧? 我要以背信罪①起诉你。你作为董事,做了对不起公司的事情!"

铁平的话无异于架在万俵脖子上的刀。

申请适用《公司重整法》之后的第三天,阪神特殊钢公司停工了。熊熊燃烧了五十年的钢炉之火熄灭了。巨大的烟囱孤零零地耸立在曾经烟雾缭绕的滩滨上空。

失去了电炉车间震耳的轰鸣声和压延车间尖锐的金属声,八十多万平方米的工厂大院里死一般的寂静。各车间的工人们离开了岗位,三三两两地聚集在一起,担忧着公司的前途和未来的生计,不安的情绪在不断地蔓延。

炼钢部的一之濑四四彦像往常一样,穿着整齐的工作服走向电炉车间,努力压抑着内心的哀痛与愤怒。和其他同事一样,公司申请适用《公司重整法》的消息,对于四四彦来说,无异于晴天霹雳。四四彦一直不敢相信这个消息,直到全体工人被召集到空地上集合,万俵专务亲口告诉大家的时候,他才开始接受这个事实,怅然若失。

---

① 背信罪:罪名源于德国和日本,也就是违背任务罪,指为他人处理事务,以谋求自己或者第三者利益,或以损害委托人的利益为目的,实行违背其任务的行为,致使委托人的财产受到损失。

万俵专务站在台上,看着台下的每一名员工,向大家解释了公司不得不申请适用《公司重整法》的经过。令四四彦想不通的是,高炉启动在即,为什么公司就不能再坚持一下呢?这一年半以来,全体员工团结一致,忍辱负重,珍惜每一滴油、每一片钢,为什么万俵专务、厂长兼常务的父亲以及其他董事们不能再争取一下呢?四四彦忽然有种被欺骗的感觉。万俵专务最后说道:"公司陷入今天这个局面,我无法用言语表达我的歉意。希望诸位在此生死存亡的关键时刻,忍耐再忍耐,努力再努力。今后无论发生什么事情,只要阪神特殊钢公司优良的技术、一流的机器设备,以及各位团结一致的精神还在,阪神特殊钢公司就将永存。"看到万俵专务声泪俱下地鼓励大家,四四彦体会到了他内心无比的痛苦,眼泪不禁夺眶而出。

失去了橙色的火焰和扑面的热浪,电炉车间显得昏暗又冰冷。四四彦在车间里走了一圈,想找到炼钢部部长金田,却没有发现他的身影。工人们都在神情不安地悄悄议论着什么。

"公司今后到底会怎么样啊?三天前,专务说适用《公司重整法》进行重建,让我们不要担心。但这和破产有什么两样呢?回头一减员,没几天咱们就得卷铺盖滚蛋了!"

电炉像口空空的大锅一样悬挂在空中,下面七八名工人围着工长在聊天。

"要是这样的话,咱们还在这儿等什么呀?得赶紧出去找工作!"

"对啊,听说营业部部长在公司破产前就知道了消息,取走了存在公司里的所有钱辞职啦!"

看到年轻人七嘴八舌、六神无主的样子,老工长瞪着他们说:

"你们这帮人,还有没有点骨气?这种时候咱们才要体现出和那帮坐在办公室的胆小鬼不一样的地方!作为一线工人,咱们必须坚持住,表现出咱们一线生产工人的骨气!"

"话是这么说,可一破产,大家就会被取消合同,原材料也会被债主拿走,像现在这样一停工,接下来就会减薪,现在咱们住的公司宿舍也会被债主没收,咱们都会被赶出去!我老婆今天早上还担心这事儿呢。"

听着耳边工人们的议论,想到三天前大家还在齐心协力、共同奋斗,四四彦完全可以想象公司破产后,树倒猢狲散的惨景。

公司之所以从今天早上开始停工,是因为昨天夜里十一点多,原料提供商开着好几辆卡车,自称是阪神特殊钢公司的债主,将自家公司提供的所有合金材料尽数运走。现在,所有的干部都出去解决这件事了。工作本来是工人们最后的心理支柱。停工后的阪神特殊钢公司如同风中残烛一般,苟延残喘。

车间进口处人声嘈杂起来。四四彦回头一看,万俵专务来了。万俵专务的安全帽戴得很低,身穿工作服,大步向电炉方向走来。四四彦睁大了眼睛。四处聊天的工人们也都站了起来。

铁平强打精神,坚定地看着围绕在自己身边的工人们说:

"大家还好吗?公司成了现在这个样子,给大家添忧了。"

铁平刚说到这儿,就听见后面有人不满地叫道:

"道歉有什么用?你来干什么?"

现场一片沉默。虽然心里像被针扎着一样疼,但铁平还是调整心情说:

"为什么没有冒烟了?电炉的火灭了,其他车间的工人会怎么想,难道你们不知道吗?"

铁平如往常一样厉声责问道。一名工长辩解道:

"原料提供商昨天夜里把钼和镍等重要原材料都运走了,所以……"

"这件事,刚才金田部长和器材部部长已经向我汇报过了,我让一之濑厂长去做供应商的工作了。炼钢部连这点事都经不住吗?"

面对铁平严厉的批评,另一名工长说:

"可是专务,废铁也只剩下十天的量了,帝国制铁已经很久没有给我们生铁了,生铁也只剩下四五天的了。"

铁平剑眉倒竖,问:

"什么?帝国制铁没给我们生铁了?从什么时候开始的?"

"申请重整法之前就停了,算起来应该有十二三天了。"

"是嘛!他们违约了!我要向帝国制铁提出严重抗议!其他的原料,我会和供应商以及银团商议,尽快妥善处理这个问题。总之,不能让电炉的火熄灭了,不能让烟囱里没有烟冒出来。哪怕一天就一两炉料,也要坚持出钢。"

铁平正鼓励工人们的时候,

"专务,谈妥了,扣押的材料一会儿就送回来。"

是一之濑厂长的声音。一同赶去的炼钢部部长金田也如释重负地站在一边。工人们的眼中重新出现了生机。

"来吧,开始炼钢!"

在铁平的命令下,工人们迅速各就各位。

"材料投入,准备!"

炼钢部部长金田的指令声回荡在整个车间。三十吨的废铁包被起重机高高吊起,高约四米、直径约七米的电炉慢慢张开了大嘴。

"位置良好,开始投入!"

随着金田部长的第二声指令,伴随着巨大的轰鸣声,废铁被投进了电炉里。一之濑四四彦跑进一层半的操作室,在金田部长的指示下按下了电炉的按钮。

一个小时转瞬即逝。废铁达到一千度以上的高温,就融化成了黏糊糊的锭钢。接下来工人们将送入高压氧对其进行精炼,然后经过脱硫、合金混合,就可以出钢了。这中间还需要一个多小时。

在热气腾腾的操作室里,铁平和四四彦一起观察着检测仪的指针。这时,一之濑厂长走上来说:

"专务,又开始冒烟了!其他车间的工人和办公大楼的人,都站在过道上看着呢。"

一之濑厂长平静地说着,温和的双眼中泛着泪光。

"是嘛!四四彦,走,出去看看!"

两人来到电炉车间外面一看,前方长约一百米的通道上,挤满了工人。所有的工人们都抬头看着大烟囱。停工七个小时之后,烟囱又开始冒烟了。铁平和四四彦也抬起头来。电炉车间的烟囱是阪神特殊钢公司的象征。现在,精炼钢铁所产生的黑红色的烟雾正从烟囱中喷涌而出,如一条巨龙翱翔在滩滨上空。

"专务,干吧!无论发生什么情况,都要坚持到底!"

闻讯跑过来的工会主席向铁平伸出手说道。工会主席也是从一线工人一步步成长起来的。铁平紧紧握住了工会主席被烫伤过的大手,激动地说:

"阪神特殊钢公司的烟囱里天天都会冒出烟来!为了你们所有人的未来,我会竭尽全力!为了公司的重建,希望你们也齐心协力!"

"我明白。我们工会也会加强和一线负责人的沟通,协助完成每天的生产计划。但是有一点,我们坚决反对向帝国制铁投降!"

其他工人也七嘴八舌地说道:

"对!对!那帮家伙只会装模作样地说钢铁就是国家,我们绝不能输给他们!"

"阪神特殊钢公司的高炉眼看就要完成了!我们自己能重建!"

工人们的心声让铁平心潮澎湃。

"大家放心!阪神特殊钢公司不会并入帝国制铁!"

铁平掷地有声地说道。看到眼前这些为了阪神特殊钢公司的未来而努力的工人们,听到工人们请求自力更生、重建公司的心声,再想到父亲万俵大介偷偷勾结帝国制铁、故意搞垮公司的恶劣行径,铁平更加坚定了起诉万俵大介的决心。

万俵铁平拜访了位于大阪梅枝町的仓石裕律师事务所。铁平和仓石裕是滩滨高中的同学,又一起考入东京大学。两人还是猎友。

当铁平推开五楼事务所大门的时候,已经是下午六点多了。事务所办公室里堆满了文件盒,三名文员有的在整理文件,有的在打电话。铁平向进口处的一名文员通报了姓名。

"请来这边。"

文员打开了隔壁房间的大门。

"呀,好久不见。这段时间也没见你打猎啊。"

仓石笑着招呼道。仓石面容瘦削,双目温和。仓石的办公室有二十多平方米大,靠窗的位置放着一张大办公桌,上面摆满了案例集、论文集以及各种法律书籍。

"不好意思我来晚了。正要出门的时候有点事耽搁了。"

铁平解释道。

"这次真够麻烦的。我万万没想到会是你那儿。咱俩好久没聚了,一会儿一起吃个饭,边吃边聊,你给我具体讲讲刚才电话里提到的那件事。"

仓石想给铁平鼓鼓劲。

"谢谢,不用了,现在我没心情出去喝酒,就在这儿说吧。"

面对朋友,铁平坦诚地说出了自己的想法之后,在沙发上坐了下来。

"好吧。那你要谈什么事?"

"我想打官司,想找你商量商量。"

"哦,那你打算告谁?"

铁平犹豫了一下,说:

"我们家老爷子,万俵大介。"

"什么?你告老爷子?"

仓石有些难以置信地看着铁平,又问了一遍:

"怎么回事?你要起诉你们家行长老爷子?"

上高中的时候,仓石经常去万俵家玩,知道万俵大介是个威严的父亲。现在听到铁平要起诉自己的父亲,仓石惊讶不已。

"连你也惊讶,看来谁都会惊讶的。但是,我不得不告他。不过,我不是以儿子的身份告父亲,而是以企业经营者的身份起诉另一名企业经营者。"

说着,铁平将阪神特殊钢公司破产的前后经过详细地告诉了仓石。铁平说,作为阪神银行行长,同时也是阪神特殊钢公司的非常勤董事,万俵大介为了达到摆脱阪神特殊钢公司的重担,并将其转让给帝国制铁的目的,故意加速公司破产进程,导致公司最终陷入申请适用《公司重整法》的境地。

仓石以律师的冷静听着铁平的讲述,时不时地做着记录。铁平讲完之后,仓石整理了一下记录的内容,思考了一会儿,说:

"你的意思是,万俵大介作为阪神银行行长、阪神特殊钢公司的非常勤董事,故意实施了一些不利于阪神特殊钢公司的行为,致其陷入经营危机。因此你准备代表公司,以特别背信罪[①]起诉他。"

[①] 特别背信罪:在日本的《商法典》中,第486条规定有特别背信罪。对于股份公司的发起人、董事、经理及相关的职员在触犯《刑法典》中的背信罪时,应对其加重处罚。背信犯罪常常在公司的经营活动当中发生,如外交易款、回扣、用途不明款等。而不法贷款,即金融机关的信贷业务人员不取足担保而进行贷款的不良贷款行为,在日本也是作为背信罪来处理的。日本除了《刑法典》中规定了普通背信罪,《商法》《有限社会法》《保险业法》还规定了多种特别《背信罪》。

"对。他瞒着我们,秘密策划将阪神特殊钢公司转让给帝国制铁。因此,当我们资金周转出现问题的时候,他不但不帮助我们,而且还落井下石,做虚拟贷款,引发拒付票据事件,置我们于绝境。"

说起这些,铁平满眼怒火,气愤之情溢于言表。仓石律师说:

"从法律上说,万俵大介将公司转让给帝国制铁并不意味着背信。当公司陷入危机的时候,大树底下好乘凉,投靠大公司的做法是人之常情。如果你想以此认定他存在背信行为的话,可能有点轻率了。"

仓石点燃了一支烟,接着说道:

"问题在于,如何把将公司转让给帝国制铁一事与起诉的罪名联系起来。转让这件事本身不是坏事。但是,如果万俵大介作为阪神特殊钢公司的董事,一步步将公司置于死地,导致其因为经营不善而破产,那么这种行为就属于特别背信罪。"

仓石从专业人士的角度向铁平阐明了法律上的问题之后,又问:

"除了你刚才说的做虚拟贷款,还有别的吗?"

"还有引入外币贷款的事情。那时候我们建高炉差二十亿日元,他表面上劝我引入外币贷款,暗地里却故意拖延申请程序。正好那段时间发生了爆炸事故,外币贷款这件事也就不了了之了。但如果当时我们的申请顺利批下来的话,就不会出现后来的资金困境了。"

"还有其他损害阪神特殊钢公司的事吗?"

面对激动不已的铁平,仓石冷静地提出一个又一个问题,如同在布置一个棋局。

"还有借高利贷。他们虚拟贷款,导致公司资金匮乏。当时我们请求阪神银行贷款,却遭到了他的拒绝。结果我们不得已向民间金融组织借高利贷,给公司造成了巨大损失。"

"哦?你们还借高利贷了?"

仓石有些震惊,停顿了一会儿,说:

"人们都说万俵大介是个冷峻的银行家。但我记得,有一次你过生日的时候,我去你们家,印象中你父亲是个很有家庭感、爱护儿子的和蔼的好父亲。这次,你是不是误会他了?"

仓石有些担心地问道。

"没有。那是他装给你们看的,骗人的。我计划建造高炉的时候,他就反对。后来他虽然同意了,但中途又削减了原定的贷款额度,为此我只能去找大同银行的三云行长,给三云行长添了很大的麻烦。而且他还背着我和帝国制铁商量转让的事情!作为阪神特殊钢公司的专务,我绝不能原谅父亲的所作所为!"

铁平坚定地说道。

"也就是说,起诉人不是你万俵铁平个人,而是阪神特殊钢公司代表、专务董事万俵铁平,被起诉人是阪神特殊钢公司非常勤董事万俵大介,起诉的罪名是特别背信罪。问题是证据!说实话,我觉得证据有点弱。"

"为什么?"

"因为,虚拟贷款、拖延外币贷款程序、逼迫你们借高利贷等事实要作为起诉证据的话,必须有账本和文件做证明。你要把申请适用《公司重整法》时提交的文件复印件都拿给我,我从中挑出有用的做证据。但最关键的是,你有没有证据证明万俵大介谋划或者教唆、指示了这些事情?"

"我们公司的财务主管常务钱高可以作证。"

"钱高常务恐怕不行吧。他原来是阪神银行的融资部部长,是作为阪神银行的监督方被安排在你们公司做常务的,从常理来讲,他的话的可信度值得怀疑。最好能有个更可靠的证人。"

仓石抱着胳膊想了想之后,再次提醒铁平道:

"万俵,从你刚才的谈话中,我明白,你下定决心要起诉你的父亲,是因为你难以原谅他作为企业家的所作所为。但这毕竟是儿子告父亲,对于社会上可能出现的风言风语,你做好思想准备了吗?"

"当然。我起诉父亲并不是出于私怨。作为一名企业经营者,我同样对自己的无能和不成熟进行了深刻的反思,深刻地认识到在此次事件中自己应该承担更大的责任。但父亲故意将公司陷于破产的境地,导致迄今为止一直为建造高炉而辛辛苦苦的三千名员工突然失去了未来生活的保障,而且阪神特殊钢公司还将被帝国制铁轻易地吞并。这些事情是我无法视而不见的。作为阪神特殊钢公司的专务,于情于理,我都应该阻止帝国制铁吞并我们公司。这是我对公司和所有员工的最起码的歉意的表达,也是我作为专务的最后的职责所在。为此我已经做好了思想准备,不管别人说什么,我都要起诉万俵大介。"

铁平一再强调,控告父亲不是出于私怨,而是因为公愤。

"我明白了。像你这样的男子汉,这样充满真挚热情的人,能够有这样的思想准备,下定决心做这件事,那我自然也会尽全力帮助你。我刚才也说了,现在证据方面还有点弱,你还要抓紧时间找证据。我也把刚才的谈话整理一下,理一理思路。"

一开始慎重有余的仓石,在铁平的热情和正义感的影响下,欣然接受了铁平的请求。

离开仓石律师事务所的时候,天已经彻底黑了。高楼上霓虹灯闪耀,路上的车灯如光带般流动。铁平没有打车,而是向梅田新道方向走去。残酷的现实最终逼迫铁平走上了起诉父亲这条路。想到父子俩终将在法庭上相见,铁平心如刀绞。

万俵大介像往常一样从九点开始接见客人,每拨客人十五分钟,十一点稍事休息。

万俵大介歇了口气,走进行长室的专用卫生间。门刚一关上,把手旁的橙色小灯就亮了起来,秘书办公室提示板上的同色灯也随之亮起。这样既便于秘书处理行长如厕时的来电,又可以预防意想不到的情况发生。

眼前的灯亮了。看来有人打电话进来了。上完厕所,万俵拿起了办公桌上的内线电话。

"行长,正在住院的石川社长打电话来了,说有急事找您。"

秘书向万俵大介汇报道。因为公司申请适用《公司重整法》一事,石川正治血压升高,病情恶化,正在芦屋医院住院治疗。万俵大介赶紧让秘书把电话接了进来。

"出大事了!拦住他!赶紧拦住铁平!"

话筒里传来石川惊慌的声音。

"出什么事了?拦住?拦住铁平什么?"

"起诉!铁平要向神户地方检察厅起诉你!"

"什么?起诉我?铁平现在在哪儿?"

"去神户地方检察厅了。你要抓紧时间!"

"他什么时候从你那儿走的?"

"四十分钟,不,五十分钟之前吧。他已经准备好了诉状,只是来通知一下我这个当社长的。和他在一起的不是我们公司的辩护律师,他和一个年轻的律师一起去神户地方检察厅了。"

"你为什么不拖住他,赶紧向我汇报?"

"我一直在努力劝他,但后来血压高了,晕乎乎的,我也……"

石川张口结舌地刚开始辩解,电话那头的万俵大介已经砰的一声挂断了电话。万俵大介觉得手不听使唤地抖动起来,嘴唇也不由自主地颤抖起来。晴天霹雳!一周前的那天夜里,铁平曾经挑衅地对万俵大介说,"我要去告你"。但万俵大介万万没有想到,铁平会真的这样做! 万俵大介拿起桌上的外线直通电话,拨通了阪神银行的法律顾问曾我律师的电话。

曾我是神户律师会的会长、日本律师联合会的理事。

"是您啊,行长。您有什么急事吗?"

"嗯,有件非常紧急而且绝密的事情。"

万俵大介压低声音,将石川正治刚才说的事情告诉了曾我律师。

"你赶紧去一趟神户地方检察厅,千万不要让他们把铁平告我这件事泄露出去。另外,你赶紧调查一下,他是以什么理由起诉我的。"

听完万俵大介的叙述,老道的曾我律师也有些吃惊,说:

"我知道了。我现在就去神户地方检察厅,让他们不要泄露消息,同时打听一下诉状的具体内容。"

"最好弄份诉状的复印件。"

令万俵大介心神不安的是,不知道铁平是以何种理由和罪状起诉自己的。

"诉状不能复印,也不让看。但我有办法打听到诉状的内容。"

检察官出身的曾我律师自信地说完,挂了电话。接下来,万俵给东京事务所的芥川打电话,告诉他铁平起诉的事情,命令他赶紧坐飞机过来。然后,万俵又按下了内线对讲机。话筒里传来秘书速水清澈的声音。

"行长,您叫我吗?"

"把大龟专务给我叫过来!"

"大龟专务刚才去大阪的客户那边了。"

"那你赶紧跟那边联系,让他事情一办完赶紧回来。"

三言两语说完之后,万俵大介挂断了电话,才发现手心里全是汗,额头上满是细密的汗珠。

两个小时之后,曾我律师出现在行长室。大龟专务也刚好回来,得知此事,吓得脸色煞白。五十七岁的曾我律师面色滋润,看上去比实际年龄年轻。曾我一脸严肃地说:

"诉状刚刚递上去,我找了一个以前当检察官时关系比较好的事务官,打听了一下诉状的内容。"

曾我拿出笔记本放在眼前,接着说:

"主要内容是,万俵大介作为阪神特殊钢公司的非常勤董事,为了将资金匮乏的该公司转让给帝国制铁,故意采取了一些不利于该公司的措施,导致其陷入经营危机。具体情况如下:一、进行虚拟贷款,损害阪神特殊钢公司的利益;二、故意推迟外币贷款申请手续,造成融资不利;三、逼迫因上述原因资金短缺的该公司借高利贷,导致该公司经营状况急速恶化。基于以上三点,万俵铁平以特别背信罪提起控诉。不过,万俵铁平不是以个人名义起诉的,而是代表阪神特殊钢公司,以阪神特殊钢公司专务董事的名义进行起诉的。"

曾我刚一说完,万俵大介就叫了起来:

"他还真会找碴儿!抓住我阪神特殊钢公司非常勤董事的身份,想告我背信罪!岂有此理!卑鄙的混蛋!"

平日里喜怒不形于色的万俵,当着下属和律师的面,大发雷霆。曾我律师忙说:

"问题是,诉状上提到的三点,您是否有过这方面的计划或是指令?另外,假如您有过这类指令,那您是在明知虚拟融资等三点会损害阪神特殊钢公司的利益的情况下做的,还是无意为之?这些都将成为争论的焦点。"

听到曾我的提醒,万俵情绪更加激动,说:

"这些事情全都跟我无关!我从没指令过,也从没谋划过!"

万俵彻底否认自己和诉状中提到的事情有关。大龟说:

"行长,先不说这些了,既然他们已经起诉,我们就不能不当回事。我觉得咱们现在应该尽快采取措施,千万不要让消息走漏出去。"

虽然铁平起诉的不是阪神银行的行长,而是阪神特殊钢公司的非常勤董事万俵大介,但是一旦消息走漏出去,阪神银行的面子和信誉肯定会受到影响。曾我律师也说:

"既然行长您说没有做过这些事情,那我们也可以以诬告罪进行反诉讼。但要是那样做的话,必然会引起社会舆论哗然。因此我觉得,让对方撤诉是上上策。我建议您和铁平好好谈一谈,动之以情,晓之以理,多给阪神特殊钢公司一些优惠措施,比如在重整计划中给予他们一些现实性的优惠条件等。我觉得一起坐下来谈谈最有利于问题的解决。"

面对曾我的提议,万俵沉默了一会儿,说:

"大龟,不好意思,你去跟铁平谈吧。我现在不想看见他那张脸。"

"但是,行长,我觉得最好还是你们父子俩敞开心扉谈谈。可能我这话说得有点过分,我觉得之所以会出现今天这种情况,是因为您平时与铁平专务只进行工作上的交流,而像普通家庭中的父子一样谈心的机会太少。所以我建议您趁着这个机会,以一个父亲的身份亲自去找铁平谈谈。"

万俵没有说话。大龟靠近万俵,正想继续说下去的时候,芥川慌慌张张地走了进来。

"行长,铁平起诉是真的吗?"

芥川还是不敢相信这件事,但是听完曾我律师的介绍,号称忍者部队队长的芥川也无语了。

"芥川,你有什么好办法没有?"

万俵转向芥川问道。

"我也觉得只有撤诉这个办法。现在全社会的眼睛都在盯着二战后规模最大的破产事件——阪神特殊钢公司破产一事。人们最为关注的是,有主银行阪神银行做后盾,为什么阪神特殊钢公司会破产?这个问题在东京的政界、财界、媒体上吵得沸沸扬扬。在这个关键时刻,万一走漏消息的话,我们根本没办法控制媒体,这件事将成为阪神银行以及万俵行长的一大丑闻。"

芥川有些犹豫,但还是点到了万俵的软肋。芥川接着又问曾我律师:

"这份诉状会不会很快从神户地方检察厅转往东京检察厅?"

"这一点我也有些担心,所以我打算去找找关系,借口对方撤诉的可能性很大,让他们先压一段时间。"

"那我就放心了。要是转到东京检察厅的话,他们和官界、政界有着千丝万缕的关系,事态将会变得更难控制。这要是传到大藏省银行局的耳朵里去的话……"

芥川没有说下去。万俵的眼睛亮了一下。万俵的目标并不仅仅是将阪神特殊钢公司转让给帝国制铁这么简单。让大同银行不断向阪神特殊钢公司追加贷款,再故意整垮阪神特殊钢公司,最终一举吞并元气大伤的大同银行,这才是万俵大介的终极目标。

"好吧,我尽快和铁平谈。"

万俵终于答应了。曾我律师说:

"你们双方谈妥之后,双方律师再协调,我再让他们撤诉。回头见。"

说完,曾我起身离开。大龟和芥川也走了出去。

万俵调整呼吸,直接给阪神特殊钢公司的专务办公室打电话。

"喂,铁平吗?是我。刚才石川社长给我打电话了,我想这中间有很多误会。石川社长在病中也非常担心这件事。你来一趟吧。"

万俵尽量心平气和地说道。铁平说:

"我觉得到现在这个地步,我们已经没必要再见面了。你和我之间已经结束了。咱们法庭上见。"

说完,铁平挂断了电话。"法庭"这个词刺痛了万俵大介的神经。

万俵大介在办公室里走来走去,想起一周前的那个夜晚,铁平对身世的怀疑与今天这个局面的产生有着密切的关系。虽然万俵大介没有亲口承认,但铁平既然已经有了疑心并且当面提了出来,万俵大介就必须避免和铁平在法庭上相见。否则,阪神银行的信誉、万俵家的名声都将被玷污,而且还会影响到明年春天二子的婚事,万俵大介费尽心机构建起来的美梦将毁于一旦。想到这儿,万俵大介不由得怒从心头起。但要想美梦成真,眼下最重要的是让铁平撤诉。万俵大介决定亲自去阪神特殊钢公司找铁平。

万俵大介乘坐的车开进了滩滨阪神特殊钢公司的大门。上次来公司还是一年半前,也就是去年六月,万俵大介来参加高炉的奠基仪式。

申请重整公司的手续已经开始启动,厂区内少了一些活力,但十栋厂房依然排列整齐,电炉车间的大烟囱正向外冒着黑红色的浓烟,那是精炼钢铁的象征。尽管重整给公司带来了很大冲击,但万俵没有看到电炉车间一天不冒烟。万俵突然对铁平满腔的热情和勇气有些敬畏。

车子停在办公大楼的玄关处。万俵不想引人注意,没有通知秘书,径直走向专务办公室。

"哪位?"

听到敲门声,铁平问了一句。万俵没有回答,推开门走了进去。铁平惊讶地看着父亲。

"我应该告诉过你,我们没有谈的必要了吧。"

铁平不想见父亲。万俵在沙发上坐了下来,说:

"没想到你真会去起诉。难道咱们不是父子吗?"

说着,万俵看了一眼铁平桌上堆积如山的与《公司重整法》相关的书籍和文件,以及墙上贴着的高炉工程进度表。工程进度表显示,在接近点火仪式的地方,红色坐标戛然而止。

"怎么样,来一支?"

大介从兜里拿出一支雪茄,剪掉圆头,递给铁平。铁平毫不犹豫地拒绝了,问:

"你有什么事?"

"起诉的事。为什么你递交诉状之前不告诉我一声?我可是做什么事都想着你的。"

"你想着我,所以才造成今天这样的结果。你策划将阪神特殊钢公司这个包袱转让给帝国制铁,为此你想方设法置公司于死地!"

"这是你的误解,所以我才亲自来找你。首先,你有什么证据证明我想把阪神特殊钢公司转让给帝国制铁?"

"你已经知道我在诉状上提出的……"

铁平刚说到这儿,就被万俵大介打断了。

"别张口就你你你的。你是不是心里还想着上次说的那件事啊?"

大介有些不快,但铁平没有理他,而是接着说:

"我在诉状上列举了虚拟贷款等三件事情,这三件事能够证明你故意陷害阪神特殊钢公司。"

"原来如此。诉状的内容,刚才我已经听我们的法律顾问说了。你举证这三件事想说明什么呢?如果你不能证明我万俵大介亲自计划、教唆了这些事情,又有什么用呢?法律讲究的是证据。难道你有什么确凿的证人?"

铁平一时语塞,但接着说:

"阪神特殊钢公司的三千名员工,希望在适用《公司重整法》之后,不加入帝国制铁,而是自力更生,重建公司。为了帮助他们实现这个愿望,我起诉你策划将公司转让给帝国制铁,我只能通过法律的途径阻止你的行为。"

面对掷地有声的铁平,大介微微有些心虚,说:

"你要是如此为员工、为承包商着想的话,我倒有个想法。你先赶紧撤诉。你撤完诉之后,我会给阪神特殊钢公司的员工和承包商以下优惠。"

大介知道,铁平对员工和承包商有着深深的负疚感。

"首先,由本行按照票面额的六七折收购作为抵押的有价证券,其他剩余部分的抵押转让给承包商,这大概有个八九亿了。"

铁平没有说话。

"其次,哪怕削减对其他企业的贷款,本行也优先贷款给承包商,而且是低息贷款。"

铁平还是没有说话。大介接着说:

"再次,对于那些失去了客源的承包商,本行动用客户关系为他们介绍新的客源。"

"……"

"还有,阪神特殊钢公司的员工如有想跳槽的,我们帮助介绍到本行的老客户处。"

"这是作为主银行应该做的吧。我的要求是,阪神特殊钢公司在成为重整公司之后,仍然能够独立自主。我撤诉的唯一条件就是推翻公司并入帝国制铁的计划。"

铁平斩钉截铁地说出了自己的想法。大介心里盘算着:一旦适用《公司重整法》,阪神特殊钢公司的债务就可以束之高阁;让帝国制铁吞并阪神特殊钢公司,阪神银行将受益多多;自己已经和帝国制铁的兵藤副社长商谈过数次,在合并条件上基本已经达成一致,现在让铁平一搅和的话,自己多年来"以小吃大"的银行合并夙愿将危在旦夕。大介急在心里,笑在脸上,说:

"既然你如此坚信我阴谋将阪神特殊钢公司转让给帝国制铁,那我也没必要再费口舌辩解了。但是,你在没有任何证据的情况下,一味地偏听偏信,没有搞清事实真相,就去起诉我这个当父亲的,你的所作所为只会引起世人哗然,只会伤害万俵家绵延十四代的声誉。你想一想明年春天就要举行婚礼的二子和尚未出嫁的三子。最重要的是,你母亲一旦知道了这件事,会受到多大的打击,有可能会因此一病不起。所有这些事情,希望你能三思而后行。"

万俵打出的亲情牌让铁平无言以对。过了一会儿,铁平说:

"比起万俵家,现在对于我来说,更重要的是阪神特殊钢公司员工的利益。而且我既然这样做了,就已经下定决心,尽快离开万俵家。"

"什么?离开万俵家?早苗和孩子们怎么办?"

大介的眼神透露出内心的慌乱。铁平如果离家出走,就意味着在一家之长万俵大介统治的万俵家族中,出现了一名叛逆者。

"你没必要离家出走吧?如果你打算拿出自己的财产去补偿那些债权人的话,我可以让万俵不动产买下你的房子,你用那笔钱来补偿他们,然后你继续租住就行了。"

"不行,这样做违背我的原则。我会向早苗解释这件事,让她和孩子先住到娘家去。"

铁平坚定地说道。大介知道铁平决心已下,难以挽回了。但是,考虑到现在大同银行内部,绵贯专务正配合自己秘密推进和阪神银行的合并工作,大介必须争取到足够的时间直到绵贯派成功。想到这些,大介心急如焚,却尽量平静地说道:

"是嘛。既然你已经下定决心了,我也没有什么好说的。但我还要再说一遍。等到阪神特殊钢公司的重整程序开始启动的决定批下来,财产管理人正式进驻的时候,你就会明白我有没有策划将阪神特殊钢公司转让给帝国制铁。在这之前,请你暂时撤诉。到时候,如果事情真像你想的那样的话,你再去告我也不迟啊。"

大介狡猾的说辞并未打动铁平。铁平还是摇了摇头。

万俵铁平已经很久没在晚饭时间回家了。看到爸爸回来,两个孩子欢呼雀跃。

"爸爸,你今天回来得真早!要是爸爸每天都这个时候回来,京子就太高兴了!"

正在上小学一年级的京子看到爸爸眉开眼笑。上三年级的太郎也说:

"爸爸,每天不行的话,每周一两次也行。爸爸,咱们家今晚吃烤肉!"

孩子们还不知道爸爸公司里发生的事情。这一个多月来,铁平不是睡在公司,就是深夜才回家,已经很久没和孩子们一起吃晚饭了。

"爸爸最喜欢烤肉了。你们先去餐厅,爸爸去换个衣服就来。"

孩子们蹦蹦跳跳地去了餐厅。

"哎呀,你今天这么早回来,是不是那边有什么事儿?"

看到早归的丈夫,早苗用眼神指了指公公住的方向问道。

"没事儿。我就想早点回来陪孩子一起吃顿晚饭。"

"那我今天得好好露一手。让女佣帮你换衣服吧。"

早苗高高兴兴地回厨房去了。

铁平换好衣服来到餐厅一看,桌上放着烤肉架,大盘子里整齐地摆放着里脊肉、大虾、蛤蜊、蔬菜等。孩子们的胸前已经系好了餐巾。

"爸爸,快坐下,爸爸不来,就不能烤肉。"

"好的,今天爸爸烤给你们吃。京子想吃什么?"

"我要虾和青椒,我不要葱。"

"我要肉和干贝。"太郎说。

"好的,好的,多吃点,就能长得比爸爸妈妈还要高了。"

铁平看着孩子们垂涎欲滴的样子,欣慰地说道。京子皮肤白皙,长发用发带扎了起来,像个小大人,非常可爱;太郎虽然才上小学三年级,但比同龄人体格健壮,而且非常勇敢,从不胆怯。

早苗将自己拿手的白汁酱分给孩子们。

"爸爸今年还没去打野猪呢,寒假的时候带我一块儿去吧。"

太郎一边嚼着肉一边恳求道。

"你还太小了。爸爸的爷爷第一次带爸爸去的时候,比你现在大多了。"

看着孩子们高兴的样子、妻子幸福的笑脸,想到在万俵家大院的这个屋里,一家四口团圆的快乐时光已所剩无多,铁平有些心酸,放下了筷子。

"老公,怎么了?你是不是吃过饭了?"

"没有。你赶紧多烤点。"

铁平故意装作高兴的样子说道。早苗将大盘子里的肉和蔬菜放到烤架上。嗞嗞的烤肉声让孩子们兴奋不已。

吃完饭,孩子们睡下之后,铁平把妻子叫到书房,说有重要的事情商量。

"老公,你这么严肃,怎么了?"

早苗惊讶地问道。铁平看着妻子,说:

"对不起,你暂时带着孩子回娘家住一段时间吧。"

"什么？你说什么？让我带孩子回娘家？"

"是的。今天，我去神户地方检察厅起诉父亲的背信行为了。"

早苗似乎难以相信自己的耳朵，问：

"为什么？为什么你去告公公？"

早苗的声音在颤抖。

"在此次公司破产一事上，出了一些迫不得已的情况。你是女人，具体情况我不能告诉你。"

"但是，在起诉之前，你没和公公好好商量一下，找个解决的办法吗？"

"要是行的话……"

铁平没有说下去。

"你和公公之间的关系为什么这么冷淡呢？你是不是有什么事瞒着我？"

铁平没有说话，摇了摇头。

"可是，亲生父子为什么要对簿公堂呢？我实在不能理解，父子之间会有什么事情非得这么做不可！"

铁平很想大声告诉妻子：父亲为了实现其野心，机关算尽，手段恶劣，迫不得已自己才去起诉他。但铁平最终还是抑制住了内心的冲动。

"公公会怎么做呢？他不会保持沉默吧。"

"是的。他知道后很快就到公司来了，提了很多条件让我撤诉，但我拒绝了。至于拒绝的原因，我也不能告诉你。"

"你至少和银平商量过吧？"

铁平再次摇了摇头。

"为什么？银平和公公同在阪神银行上班，对你公司的事情也比较了解，而且你们俩是亲兄弟啊！"

"在工作方面,银平和爸爸一样,认为商场无父子,再加上平时不管什么事情,他都是一副事不关己的样子。不过这也是他的一种生活方式吧。"

铁平低声接着说道:

"为了我奋斗了半辈子的阪神特殊钢公司和三千名员工,无论发生什么事情,我都不会撤诉。既然我已经下定这个决心,我就得从这栋房子搬出去。这栋房子是我结婚的时候,父亲送给我的。尽管他说我用不着这么做,但我觉得不搬不行。平时我总是把工作放在第一位,让你跟我吃了不少苦,我非常对不起你。这次,你带着孩子先回娘家吧。"

作为丈夫,铁平第一次低头恳求妻子。早苗想了一会儿,抬起头来说:

"老公,放心吧。爸爸以前常常教导我,妻子千万不能在关键时刻拖丈夫的后腿。我会照你说的,带着孩子离开这个家的。"

不愧是原自由党领袖大川一郎的女儿,此时的早苗显得刚毅果敢。早苗又问道:

"你怎么办呢?"

"我住到公司宿舍去,全力制定重整计划,等到重建有眉目了,我就去接你们,咱们一起找个新房子住。"

听到铁平的回答,早苗脸色变了,说:

"不行。我明天就可以带孩子离开这儿,但你不能和我们分开。不管住在什么地方,我们一家人都要在一起。"

早苗的语气非常坚定。

神乐坂料亭"若本"院子里的灯笼已经亮了起来。绵贯千太郎坐在外屋里,自斟自饮,闷闷不乐。快到中午的时候,阪神银行东京事务所的芥川常务突然打电话过来说,取消原定的饭局。这让绵贯整个下午都很不舒服。

芥川原定中午和绵贯千太郎在有乐町那家常去的涮锅店会面,商量一下在阪神特殊钢公司破产一事上大藏省和日银对银行责任的看法。绵贯打算边吃边听芥川讲他掌握的情况。可是,快到中午的时候,芥川突然来电话说,有急事要坐飞机去大阪,改日再聊。绵贯不知道芥川说的急事有多严重,但临时取消和别家银行专务的约定,明显是一种相当不礼貌的行为。绵贯对芥川的做法非常生气,而敏锐的嗅觉又让他有些不安:芥川如此匆忙行事,莫非是神户的阪神银行总行出了什么大事?

眼下,阪神特殊钢公司刚刚提出适用《公司重整法》的申请,而且社会上有种传言,认为阪神特殊钢公司的主银行阪神银行抛弃了阪神特殊钢公司,冷酷地将其置于重整的境地。在这样的情况下,绵贯的担心情有可原。大同银行和阪神银行的合并工作即将展开,对于绵贯来说,现在发生任何突发事件,都将导致局面难以收拾。

绵贯突然闻到身后有浓郁的脂粉香,回头一看,豆千代身穿艳丽的和服,撩着裙摆,正悄悄地打开拉门往里看。

"是你啊,豆千代,怎么了?"

"瞧你,见了我就说怎么了,这段时间你一直没有找我,我想着你是不是跳槽① 了。"

豆千代扭动腰肢,对着绵贯频送秋波。要在平时,绵贯早都控制不住了,这会儿绵贯只是色眯眯地看了眼豆千代的腰部,说:

"得了,别撒娇了。这段时间我忙死了,没时间和你亲热。今晚我还有事和小岛常务谈,你先走吧。"

---

① 跳槽:原本是旧时的妓院行话,指嫖客丢弃原来的妓女另结新欢。

"怎么啦？突然对工作这么上心！"

中庭对面的走廊里传来领班找豆千代的声音。豆千代不情愿地走了。

绵贯烦躁地拿起酒壶，刚想再来一杯的时候，走廊里传来脚步声，小岛常务知趣地走了进来。

"对不起，我来晚了。我刚刚去了趟千叶的老客户那边。"

小岛坐了下来。黑皮肤、高个子的小岛因为长着一副马脸，人送外号"黑马"，和威士忌的品牌同名。小岛其实很注重打扮，总爱穿横条纹彩色衬衫，系宽领带。作为拉存款业务的一线指挥员，这种不着调的搭配反而缩短了小岛和下属们之间的距离，为小岛赢取了较广的人脉。

酒菜端上来之后，绵贯让服务员等退下，说：

"辛苦你跑到千叶去。来，先干一杯！"

说着，绵贯为小岛倒了杯酒。小岛一口喝完，问：

"专务，您今天晚上单独把我叫出来，是不是有什么特别的事情要吩咐？"

作为绵贯卫队的一员，看到今晚只有自己和绵贯相对而坐，小岛觉得有些非同寻常。

"嗯，对于阪神特殊钢公司破产以及申请适用《公司重整法》的事情，我们行的老客户有什么看法？"

"大家都觉得非常意外。阪神特殊钢公司的总公司和生产基地都在神户，而且后面还有阪神银行撑腰，大家都不解的是，为什么大同银行会深陷其中？看来，三云行长的行为极大地影响了大同银行的信誉。您作为融资主管，很可能也会受到牵连。"

小岛义愤填膺地说道。因为整日里东奔西走，又要陪客户打高尔夫，小岛的长脸被晒得黑黝黝的。

"这个混账行长这次让我丢脸丢到家了。幸好我早就跟大藏省方面强调过,对阪神特殊钢公司的融资,我从一开始就是消极被动的态度。对日银,我也早就解释过这一点。但是,小岛,你千万不能掉以轻心!"

"您的意思是,难道专务您……"

小岛满脸通红,下意识地看着绵贯的脖颈处。

"笨蛋!谁会做三云这种人的替死鬼!"

绵贯气势汹汹地否定了小岛的猜疑。

"小岛,你能不能全力以赴地支持我?"

绵贯突然又没头没脑地问道。小岛是绵贯卫队的总管,同时掌握着银行一线的情况,小岛的态度在很大程度上决定着绵贯和万俵大介的密约能否实现。小岛比绵贯小三岁,今年五十六岁,毕业于东北大学,年轻时像老黄牛一样四处奔波拉存款,整天早出晚归。十几年前,新宿一家衣料超市的老板遭遇车祸。超市是从一家小绸缎庄发展起来的,老板是小岛的老客户。小岛听说老板出事后,第一时间赶到医院,并当场表示要为老板献血。小岛的举动让老板全家深受感动。从那以后,老板对小岛的信任度倍增。如今,当年的衣料超市已经发展成为业界第六大超市,并且涉足保龄球等娱乐产业。老板将公司六成以上的存款都放在了大同银行。绵贯对小岛这种忘我的工作态度十分欣赏。在融资和储蓄两条银行最重要的战线上,绵贯和小岛这对最佳拍档配合默契,相映生辉,为大同银行的发展壮大立下了汗马功劳。

绵贯盯着小岛,说:

"你不要吃惊,冷静地听我把话说完。一个月前,阪神银行的万俵行长和我,就两家银行的合并问题进行了会谈。这一个月以来,我左思右想,最终下定决心走合并这条路。你会支持我吧?"

绵贯单方面提出了自己的请求。实际上,两个月前,绵贯就已经和万俵大介达成交易,并且将大同银行的绝密资料交给了万俵。绵贯没有实话实说。

但突如其来的合并话题还是让小岛有些惊慌失措。

"这么大的事情,您突然这么一说,我……阪神银行真的愿意和我们行合并吗?"

"这件事决定着银行的命运,没什么真真假假的。阪神银行的万俵行长,无论在见识上还是在能力上,都是金融界响当当的人物,这一点你也知道。万俵行长认为,阪神银行和大同银行,同为位居中后位的银行,早晚会被金融重组的风暴吞没,所以绝不能束手待擒,而是要主动作为。这次阪神特殊钢公司破产,两家银行均深受重创,给别人提供了可乘之机。万俵行长说,我们还不如趁此机会合并,共渡难关。"

"刚才您说一个月前,也就是说,那时候他已经知道阪神特殊钢公司要破产了?"

"万俵行长在爆炸事故发生之后就觉得阪神特殊钢公司危在旦夕。可是看看咱们的三云行长,还搞什么特别融资呀,增加股票持有量、改善增资环境什么的,整个一没脑子。你明白了?"

提起三云,绵贯十分不屑。小岛却严肃地说:

"但是专务,我不赞成和阪神银行合并。专务,您想想,咱们长久以来的愿望,不就是摆脱二战后二十多年日银空降派的统治,走独立自主的发展道路吗?咱们不是为了这个目标,才驱逐三云、排斥日银派的吗?"

小岛的声音不由自主地高了起来。绵贯有些不高兴了,说:

"小岛,你的心情我可以理解。我主管融资,你主管储蓄,咱俩就是大同银行的两驾马车。正因为咱们带着一万名员工累死累活地干,

953

大同银行才能在激烈的市场竞争中稳坐城市银行第八位的交椅。这一点谁都不能否认。那些从日银空降的行长老爷们,在全国银行协会以及经团联的聚会上,舒舒服服地坐在沙发上,高谈什么国际金融论、景气变动论,你想想,没有我们的劳动,他们说的还不都是空话!所以,我很窝心,你也一样。"

"那您为什么突然提出和别的银行合并呢?"

小岛还是没有想通合并一事。

"因为要想驱逐日银派,光靠咱们自己的力量还不行。说句老实话,不借助外部的力量,咱们根本不行。"

说着说着,绵贯的眼神越来越狠,大鼻翼一张一翕。

"小岛,你冷静地想一想。外部的力量,无非就是两种。一是借助大藏省的人事力量,一是和其他银行合并。对于咱们来说,当然要选择后者。如果要合并的话,我深信,阪神银行是我行最佳的合并对象。"

绵贯的决心和自信似乎镇住了小岛。小岛没有说话。绵贯接着说:

"我要拜托你的是,在接下来的半个月内,做通行里董事们的工作,争取得到董事会半数以上的认可。三云毕竟是现管,所以千万不要让三云行长、白河专务、融资部部长岛津董事等日银空降派察觉。记住,一定要速战速决。"

听到这儿,小岛的脸颊不自觉地抽搐了一下,他低声问道:

"专务,这算是政变吧?"

绵贯点了点头。双方的眼神表达了志同道合的心愿。

"小岛,拜托了。"

"我一定会全力以赴完成专务的嘱托。"

"你从明天开始行动。人事主管山之内常务那边由我来说,你跟总务计划主管角野常务说一声。至于如何拉拢夏目专务等中间派以及其他董事,后天,我和你,再加上山之内、角野,我们四个人一起商量。"

绵贯边计算票数边说。小岛问:

"专务,算我多嘴再问一句,阪神银行那边不会有问题吧?万俵行长是阪神银行的所有者,以手段毒辣著称,我们大同银行比他们大,他为什么非要和我们合并呢?这一点我总觉得有点不放心。"

看到小岛如此担心,绵贯从上衣口袋里拿出一张厚实的名片,放在小岛面前。小岛看见是万俵行长的名片。绵贯将名片反过来,上面写着八个字——多谢关心　严守约定。

字是用毛笔写的,旁边还盖有万俵大介的印章。这是绵贯用大同银行的绝密资料换来的"万俵字据"。因为绵贯一直贴身带着,名片的四个角已经有些起皱,而且有股汗臭味儿。

小岛看了看绵贯,又看了看万俵的亲笔字据。

"怎么样?这下你放心了吧。"

"这个关心是什么意思?"

"什么?没什么特别的意思。他这是感谢我能和他坐下来讨论合并的事情,他保证在我行下定决心之前绝不走漏风声。"

实际上,万俵的意思是,一旦合并成功,就让绵贯担任新银行的副行长。小岛沉思了一会儿,问:

"行长的位置谁来坐?"

"眼下没办法,得由万俵来当。虽然咱们比他们排名靠前,但是咱们把三云赶走之后,也不能撇开万俵,自己来当行长吧。不过,这也只是暂时的。虽说是平等合并,但终归是咱们强,合并之后,领导权在我们。等我当上行长的时候,你就当副行长。"

听到绵贯这样说,小岛兴奋得满脸通红。

十二月十八日,神户罕见地下起了大雪。西北风从前一天半夜开始肆虐大地,风刚一停,彤云密布的天空中就下起了恐怖的鹅毛大雪。

这一天,神户地方法院批准了阪神特殊钢公司提出的适用《公司重整法》的申请,并决定从上午十点开始公司重整工作。法院指定了一名财产管理人及三名代理人,一行四人随即赶往位于滩滨的阪神特殊钢公司。

当一行人乘坐的车辆到达阪神特殊钢公司正门玄关处的时候,雪下得越来越大,能见度只有一米左右。漫天飞舞的大雪似乎在哀叹,这家曾经梦想拥有高炉、成为世界第一特殊钢企业的公司,如今沦落到被迫接受重整的悲惨境地!

在前来迎接的总务部部长的带领下,一行人来到三楼礼堂。石川社长带领着十三名董事以及一百五十名部长、课长,列队等候他们的到来。

走廊里鸦雀无声,财产管理人一行的脚步声由远及近,异常响亮,在礼堂门口戛然而止。礼堂内紧张压抑的气氛瞬间到了极点。万俵铁平代替石川社长站在礼堂门口,迎接财产管理人一行。当一行人出现在万俵铁平眼前的时候,万俵铁平惊呆了——财产管理人竟然是帝国制铁尼崎制铁所的和岛所长!

"今天,神户地方法院委派我为财产管理人,其他三人是我向法院申请的代理人。"

财产管理人和岛一字一句地说着,向铁平出示了神户地方法院的两份书面文件。一份文件是同意阪神特殊钢公司开始重整手续的决议书,另一份文件是财产管理人委任状。铁平快速浏览了一下委任状。

兹决定重整公司阪神特殊钢公司的财产管理人及其代理人如下：

财产管理人　帝国制铁常务　和岛龙二

财产管理人代理人　阪神银行调查官　花村勉

大同银行监察官　崎田安义

五菱银行大阪分行次长　渡边正夫

铁平抬起头，紧咬嘴唇，压抑住内心的不快，默默地将和岛引到台上左侧就座。认识和岛的干部们的脸上都露出了不安的神情。看到这一行人落座之后，除了病中的石川社长，台上其余十三名公司领导依旧保持站立不动的样子，台下站着的一百五十名部长课长，再次深刻地体会到了现实之残酷。

财产管理人和岛走到台上正中间的位置，打开公文朗读起来：

"根据神户地方法院的裁定，自今天上午十点开始，阪神特殊钢公司成为重整公司。今后，我作为财产管理人，将带领三名代理人一起负责本公司的财产管理和运营。

"本公司破产，为数万债权人以及股东带来了很大的麻烦，所有的债务都凝聚着他们一点一滴的汗水。现在，债权暂时被搁置，将会导致相关企业的从业人员失业、工资被拖欠、被降薪等不利情况的发生。在此特殊时期，若本公司员工安于现状，对他人的痛苦熟视无睹的话，于情于理都说不过去。因此，各位应该厉行节约，共同致力于公司重建，尽早还清债务。

"前途虽然坎坷，但只要各位团结一心，共谋重建，我相信未来必将一片光明。为此，我希望各位，忍耐，忍耐，再忍耐！"

和岛对重整公司的职员们提出了严格的要求。

"下面,我讲讲重整计划的具体实施细则。在讲细则之前,首先必须重建公司的干部队伍。下面,被念到名字的干部,请即刻卸任,退出会场。"

和岛严肃地命令道。

"社长石川正治。"

石川正治本就是一个有名无实的社长。听到自己的名字被第一个念到,石川正治摇摇晃晃地站了起来,在总务部部长的搀扶下,走下台去。

"专务万俵铁平。"

读到万俵铁平的名字时,和岛的声音比刚才高了一些,似乎在对这个公司的实际领导者、公司破产的直接责任人表示谴责。铁平不由得浓眉倒竖,看了眼财产管理人和岛,又回头看了看身边的一之濑常务。作为厂长,一之濑应该会继续留任常务。铁平未尽的理想,只能托付给一之濑了。

铁平和一之濑对视了一会儿之后,走下台阶。万俵铁平紧握着双拳,一步步走下台时肝肠寸断的样子,代表了阪神特殊钢公司的沦陷。一滴眼泪从一之濑厂长的眼角滚落了下来。一百五十名部长课长百感交集地看着万俵铁平走下台,走过自己眼前。突然礼堂里响起呜咽声。铁平不由得停下脚步,本想回头看,但还是忍住了,继续往前走。

在万俵铁平之后,财务主管钱高常务和营销主管川畑常务也相继被解职,只有负责设备、生产的厂长一之濑一个人被继续留任。从万俵铁工开始起步的、拥有五十多年历史的阪神特殊钢公司的生命走到了尽头,这已是有目共睹的不争的事实。

离开礼堂,万俵铁平回到办公室开始整理抽屉。铁平刚要戴上安全帽,最后一次巡视一下车间,和一线工人们告别的时候,听到有人敲门。铁平答应了一声。和岛走了进来。铁平十分惊讶。这个时候和岛应该作为财产管理人,在礼堂向大家讲述重整开始后的具体实施方案才对。

"你有什么事要告诉我吗?"

"是的。很重要的事情。银行方的说明由花村代理负责,我过来是有要事亲口通知你。"

和岛走到铁平面前,说:

"你以特别背信罪控告本公司非常勤董事万俵大介,今天,我作为公司财产管理人已经撤诉。"

"什么?撤诉?混账!"

铁平不敢相信自己的耳朵,不敢相信会发生这样的事。

"你不是作为万俵铁平个人,而是作为阪神特殊钢公司的专务董事提起的诉讼。但你现在已经不是公司的董事了。我作为公司现任经营管理者、财产管理人,在来公司之前,已经去神户地方检察厅撤诉。这是撤诉书。"

说着,和岛将手中的撤诉书递给万俵铁平。铁平倒吸了口凉气。撤诉书上明明确确地盖着神户地方检察厅主任检察官的印章。

"事情你已经知道了,我得回礼堂了。"

和岛说完,转身离开了铁平的办公室。

屋里只剩下铁平一个人。铁平将撤诉书撕了个粉碎。太卑鄙了!当初万俵大介提出了很多诱人的条件要求铁平撤诉,铁平只有一个要求——不要将阪神特殊钢公司转让给帝国制铁,让公司走独立自主的重建之路。万俵大介当时也明确表示考虑铁平的要求。同时,阪神银行的法律顾问曾我律师也数次来和铁平讨论撤诉一事,每次也同样约定争取公司独立重建。万俵铁平一直等着,既没有撤诉,也没有公开诉讼的事实。可是,让万俵铁平万万没有想到的是,就在地方法院批准公司开始重整的今天,帝国制铁常务兼尼崎制铁所所长和岛竟然作为财产管理人粉墨登场,以财产管理人的身份撤了诉!

巨大的打击让铁平浑身瘫软。铁平好不容易靠到窗边,大口地喘着气。如果现在万俵大介出现的话,铁平不知道自己会做出什么可怕的事情来。万俵铁平已经出离愤怒了。

"专务!专务!"

有人在窗下叫铁平。铁平往外看,几十名员工在抬头看着自己。铁平调整了一下心情,重新戴上安全帽。铁平知道,绝不能在员工面前表现出失去理智的样子。屋外,漫天的飞雪已经停了,刺骨的寒气像针一样刺痛了铁平的脸颊。

"专务,专务您被解职了,是真的吗?"

礼堂里还在讲述着财产管理人的重整计划。听闻铁平被当场解职,三四十名员工围过来,义愤填膺地问道。

"公司到今天这个地步,作为董事要负责任,这是理所当然的事情。"

工会委员长说:

"可是,财产管理人不是帝国制铁尼崎制铁所的和岛所长吗?我们工会坚决反对并入帝国制铁。我们不是向您表达过这个强烈愿望吗?"

工会委员长非常激动,其他工人也同样怒气冲冲。

"这一点我也非常意外。但是,财产管理人是由法院选定的,现在再纠缠于这件事情的话,将会影响公司重建的进程。幸好一之濑厂长留下来了。离开公司,我也很难受。但是留下来的一之濑厂长,以后的每一天都将如坐针毡。在此,我希望各位团结在一之濑厂长的周围,争取电炉之火永不熄灭。我虽然离开了阪神特殊钢公司,但我的人生价值永远不变,那就是守护各位点燃的钢火和炉烟。"

铁平的一番话感人肺腑,让工人们无言以对。

"我一个人再最后在厂里转一圈。"

说着,铁平坐上了停在玄关前的吉普车,刚要踩下油门的时候,一之濑四四彦从人群中跑了过来。

"专务,专务您不在公司了,我也没法待下去了。"

四四彦的语气十分坚决。

"不,你要留下来,帮助你父亲。"

"专务您走了,公司并入帝国制铁门下,我再也没有了献身钢铁事业的热情。"

四四彦坚定地摇头说道。铁平深知四四彦的个性,没有再说下去,而是一踩油门向高炉工地驶去。

工地上静悄悄的,看不到一个人。高约六十米的已完工的高炉以及修了一半的热风炉、转炉、铸床车间的厂房、运送原料的传送带等巨大的新型设备,屹然耸立在从滩滨方向吹过来的猛烈的寒风中。铁平走下吉普车,爬上岸壁,整个高炉工地尽收眼底。铁平凝神看着这些融入了自己生命的设备,这些凝聚着自己所有的智慧、汗水和心血的设备,在即将迎来成功的最后一刻,它们被无情地从自己的身边夺走。

铁平实在不忍继续看下去,将视线转向了大海。白色的波涛在狂风的作用下不断冲击着海滩,最后化作白色的飞沫散去。铁平从浪花中看到了自己。面对大海,铁平不禁潸然泪下。

集装箱货车横靠在万俵家东侧高地一角的铁平家门口,工人们正不断地将行李运出来装上车。

十天前,万俵铁平将其名下的八百坪土地,以及建筑面积为九十六坪的勒·柯布西耶式住宅,卖给了万俵不动产,两项所得一亿四千万日元被用来偿还阪神特殊钢公司的债务。土地及房屋售出之后的第二天,万俵铁平开始着手搬家。大家具几天前已经运走了,现在只剩下一些随身用品和日常用品。早苗一边指挥着小用人和搬家公司的员工,一边看着已经空空荡荡的家。那天夜里,铁平告诉早苗,自己已经向神户地方检察厅起诉了父亲,一家人不适合再在这个院子里住下去。铁平提议,自己先住到职工宿舍去,早苗带着孩子暂时回娘家。从那一天起,早苗就做好了搬家的思想准备。但早苗坚决反对一家四口分居两地。在那之后的第二天,铁平就搬到了职工宿舍。当早苗去看望铁平的时候,发现铁平胡子拉碴,正埋头于公司的重建工作。早苗明白,丈夫决心已下。

耳边传来孩子们的嬉闹声。

"京子,咱们来玩抓强盗的游戏。你从行李上面向我射击。"

说着,太郎在行李堆上跳上跳下。刚上小学一年级的京子一直沉浸在搬家的喜悦与好奇中。三年级的太郎曾经惊讶地问妈妈:"为什么我们要去东京?"现在兄妹俩又高高兴兴地玩起了抓强盗的游戏。看着孩子们开心的样子,早苗突然有些担心未来的生活。父亲去世之后,哥哥们一直住在外面,宽敞的大川家只有母亲一个人。房子虽然宽敞,但是想到太郎和京子,早苗不禁有些心酸。

"早苗!"

听到有人叫自己,早苗回头一看,婆婆宁子脸色苍白地站在阳台上。

"妈妈,怎么了?快进来!"

早苗惊讶地打开玻璃门。宁子看着空荡荡的屋子,说:

"你们还是要走啊。别走!"

宁子痛苦地说道。早苗赶紧关上客厅的门,不让孩子们听到。

宁子接着说：

"求求你们别走。万树子走了，你们也走了，我怎么办？"

宁子颤抖着，趴倒在没有地毯的光秃秃的地板上。早苗扶起婆婆坐到椅子上，说：

"妈妈，您一定要坚强。您要是不坚强的话，他不知道该有多痛苦！"

"铁平那么体贴人，为什么明天就要离开这个家了呢？"

早苗不知该如何回答宁子痛苦的请求。宁子还不知道铁平起诉父亲的事情。早苗知道，即便现在将阪神特殊钢公司沦为重整公司的前后经过，以及这中间丈夫和公公之间的恩怨纠葛等所有的事情都告诉宁子，也没有任何意义了。再者，如果当初宁子坚强一些，拒绝高须相子介入自己的婚姻生活，拒绝妻妾同居，万俵家也不会出现如今这种畸形的亲子关系，更不会出现父子争斗的局面。想到这儿，早苗更加深刻地体会到了丈夫内心的凄凉。

高须相子检查了起居室暖炉的温度，打开落地灯之后，说了句：

"我先上去了。"

高须相子知道万俵大介今晚的心思，先上楼睡觉去了。

万俵大介坐在窗边的沙发上，透过树木的缝隙，定定地看着铁平家的方向。铁平今天处理完阪神特殊钢公司的事情，明天就要带着妻儿离开这个家了。万俵不禁回忆起这十七天来不为人知的惊心动魄。

十七天前，铁平向神户地方检察厅提起了诉讼。从那以后，万俵大介每天都让法律顾问曾我律师找铁平商量撤诉的事情，以便在立案之前争取更多的时间。正在这时，大藏委员会的议员一行组成了金融调查团，来到神户调查阪神特殊钢公司破产一事。调查团在神户的三天时间里,万俵大介每天都如履薄冰,生怕铁平起诉的事情被调查团知道。同时万俵大介以重建阪神特殊钢公司为由,不断催促法院早日批准公司重整、选定财产管理人。一般情况下,财产管理人由主银行的法律顾问担任。但万俵大介提出,此次的财产管理人不仅要在一线指挥公司重建,而且要起到安抚承包商等相关企业的作用。万俵大介强力推荐帝国制铁尼崎制铁所的所长担任财产管理人一职。这样一来,财产管理人顺理成章地成了重整公司的社长,阪神特殊钢公司也随之被并入帝国制铁的门下。同时,铁平以阪神特殊钢公司董事专务的名义提起的诉讼,在铁平被解除职务之后,财产管理人随时可以提起撤诉。万俵大介可谓一举多得。

万俵大介感觉有人走了进来,回头一看,银平一只手插在口袋里站在旁边。

"什么时候回来的?你们家灯还没亮呢。"

"刚回来,顺便过来看看。"

银平酒气熏天地说道。

"又喝了不少吧?"

"嗯,不过还没醉。"

银平本就苍白的脸色,酒后显得更加苍白。

"爸爸,这次你做得绝对有点儿过了。"

"什么意思?"

"铁平哥哥这件事。您搞垮了公司,还让帝国制铁的常务当财产管理人,这有点太过分了。这段时间我看到您,有点害怕。我觉得您就像战国时代的大名,为了自己的野心和战略目标,可以抵押自己的孩子为人质,有时甚至狠心杀害自己的孩子。"

"是铁平先对不起我的,是他先去神户地方检察厅告我的。"

铁平控告自己一事,大介只告诉了银平一个人,家里其他人都不知道。银平的脸上浮现出苍白的笑容。

"爸爸您只在对自己有利的时候,摆出父亲的姿态,至少在面对哥哥的时候,您是这样的。但是,无论您的目标有多远大,您若无其事地搞垮自己儿子的公司,以及哥哥因此去神户地方检察厅告您,这两件事都让人不可思议。反正我是理解不了。"

银平以旁观者的口吻说完之后,问:

"哥哥今后准备怎么办?"

"我给他准备了万俵仓库副社长的位置,被他一口拒绝了。后来我又通过曾我律师,推荐了另外两三个职位,也被他拒绝了。"

"他把土地和房子都卖了,又没有找到新的工作,今后怎么办呢?"

"我想和他谈谈,可他最近都不在家,不知道他到底是怎么想的。"

铁平拒绝了所有的提议。万俵大介猜不透铁平到底在想什么。

冬日的清晨一片寂静。铁平走在下了霜的草地上,脚步声惊醒了池中的锦鲤。铁平的脸倒映在摇动的水面上,看上去像是另一个人。原本坚毅果敢的眼神如今变得空洞茫然,原本生机勃勃的脸庞如今瘦削憔悴,毫无生气。这张脸的主人,因为在即将迎来成功的最后一刻,失去了视若生命的企业而万念俱灰,形如枯槁。

随着池中海藻浮动,三十多条锦鲤群聚过来,铁平的倒影消失在水中。铁平爬上池边的高地。

远处阪神特殊钢公司的烟雾隐约可见。大概是电炉烟囱中冒出来的烟吧。黑红色的烟雾呈抛物线状向海边飘去。铁平觉得,从时间上来看,烟雾似乎有些稀薄。是工作计划调整了,还是电炉出事故了?铁平不禁有些担心,却又突然意识到,自己已经不再是阪神特殊钢公司的领导,再也不能像以前那样视察生产第一线,督促和激励工人们了。铁平再次感受到痛失自我的悲哀与无助。

铁平将目光转向院内。因为是周日,又刚过早上七点,院子里静悄悄的。无论是主屋的窗户,还是银平家的百叶窗,全都紧闭着,他们都还没有起床。但是主屋东南角,妈妈房间的百叶窗已经打开,蕾丝窗帘也完全拉开了。妈妈一个人睡的时候,总是起得很早。

铁平来到妈妈房间。妈妈的房间由两个日式小间组成。妈妈已经穿戴整齐,背对着插着纯白色菊花的壁龛,正在熏香。

看到铁平,宁子顿时热泪盈眶。

"你瘦了好多,那些事我也听说了一些。"

"妈妈,让您为我担心了。我来跟您告别。"

"你还是……"

"对不起,这次我下定了决心,决不更改。"

铁平坚定地说完之后,接着问道:

"妈妈,在离开家之前,有句话我想问您。我真的是万俵大介的长子吗?"

铁平眼睛一动不动地盯着宁子。

"你到底……为什么会问这个?"

宁子倒吸了口凉气反问道。

"我很早之前就因为这件事而苦恼,希望您今天一定把真相告诉我。孩子身世的真相只有母亲最清楚。告诉孩子真相也是母亲的义务。"

宁子的眼中闪着异样的光芒。

"铁平,你是我的孩子,是我生的孩子!"

"我想知道的是,谁是我的父亲。请您回答我。"

"原谅我!请你原谅我!"

宁子柔弱的身躯瘫倒在铁平身上。原谅什么？原谅和祖父之间的乱伦,还是原谅不知道是祖父还是父亲的孩子？如果是后者的话……想到这儿,铁平有种怒火中烧的感觉,耻辱与愤怒交织在一起,吞噬着铁平的内心。铁平甚至有种莫名的冲动,想搧宁子一巴掌。

铁平强忍住内心的冲动,嗵地站了起来。

"铁平,等等！"

"妈妈,您保重！"

已经无可挽回了。虽然身后母亲依然在抽泣,但铁平没有回头,毅然决然地走了出去。

铁平刚到楼下,起居室的大门开了,大介站在门口。看到铁平大踏步地走过来,大介似乎有些戒备。铁平站在大介面前,说：

"我彻底输了。你一直到最后都在陷害我！"

铁平的语调超乎寻常地冷静。

"陷害？这个说法有点不妥吧。我作为一行行长,万俵财团的统帅,只能这样做。总有一天你会明白的。"

"我只不过是来告个别。十点三十分,我就要坐新干线送孩子们去东京。过一会儿早苗和孩子们也会来告别。"

"把孩子们送到东京后,你准备怎么办？"

"还没想好。我会一个人待一段时间,好好想想再决定。"

"那也行。你先休养一段时间,我这儿也为你准备了两三个工作,到时候再谈吧。"

大介亲切地说道。

"哥哥,别走！和爸爸和好吧！"

突然,三子哭着喊了起来。一旁的二子同样泪如雨下。

"干什么哭哭啼啼的,还会再见面的。"

"见面？什么时候？什么时候再见？"

"那个,总会再见的。"

铁平扭过脸去。二子擦着眼泪说:

"哥哥,无论发生什么事情,您也不要放弃您的钢铁梦,一定要让阪神特殊钢公司重新回到您的手中!"

二子的声音清澈有力。

不一会儿,早苗带着两个孩子来跟大家告别。出发的时间到了。

"银平在干什么?二子,去把他叫来。"

大介刚说到这儿,银平从阳台上走了进来。

"哥哥,我开车送你们到新大阪站。"

银平手上拿着车钥匙说。

"不用了。我已经叫车了。银平,妈妈就交给你了。只有你会一直待在妈妈身边。"

铁平含糊地说完,向车子走去。这时,一直没和铁平说话的相子开口说道:

"铁平,保重身体。你的房子我会好好照看的,你什么时候回来都可以。"

铁平转过身来说:

"我不会再回来的。高须,你也应该离开这个家。"

说完,铁平催促早苗和孩子们上车。为了安慰哭闹的京子,二子也坐了上来。

"哥哥,我想送送你们。"

"不用了。我离开万俵家,你们在这个院子里送别一下就可以了。四四彦也辞职了。他要去美国。"

说完,铁平坐上车,关上车门。

车子载着铁平一家四口向下面的大门驶去。铁平看到,父亲和弟妹们在门廊处目送着自己,二楼窗边是妈妈苍白的脸庞。车子缓慢地从万俵家的院子里驶过。当车子驶到石桥时,铁平让司机停车。站在石桥远望,正下方的滩滨阪神特殊钢公司一览无余。对于铁平来说,与阪神特殊钢公司诀别,比离开万俵家更让他心如刀绞。

第十五章

大同银行秘书课的挂钟指向下午六点过,标志董事在位情况的指示灯一盏盏灭了。每周一的下班时间一般比较晚。上至行长,下到常务,在董事办公区办公的八名董事中,除去在美国出差的白河专务,第一个下班的是业务主管小岛常务。六点十一分,小岛常务的标志灯熄灭。人称"黑马"的小岛,瘦长的身躯微微前倾,慌慌张张地从秘书课前走过,像是急着去请客户吃晚饭。

接着,总务计划主管角野常务的灯也灭了。角野常务脸上堆满事务性的笑容,陪着经济杂志的记者边聊边往外走。五分钟后,绰号为"和尚专务"的财务主管夏目专务一脸敦厚,慢悠悠地向电梯走去。

表面上看起来这一切和平常下班时没有什么两样。只有绵贯的心腹秘书课课长知道,这些表面平静的银行领导,包括董事在内,在一两个小时之后,将陆续以各自的方式到达大田区千岛四丁目的绵贯千太郎家。

六点三十分,行长室的灯灭了。秘书课课长赶紧来到走廊。三云行长挺着腰板,从地毯那一端静静地走了过来。从日银理事空降到城市银行当行长还不到一个任期,因为阪神特殊钢公司破产一事,三云已经两鬓斑白。大同银行给已经破产的阪神特殊钢公司的贷款总额,竟然超过了其主银行阪神银行。作为行长,三云难辞其咎。三云行长脸上,天天愁云密布。

秘书课课长恭恭敬敬地将三云行长送到电梯口。三云同往常一样,眼神坦荡地看着秘书课课长说:

"辛苦你了。"

三云根本没有意识到,几个小时之后,不仅绵贯派的董事,就连以夏目专务为代表的中间派的董事,都将聚集在绵贯家中,密谋发动政变,推翻以三云为代表的日银派。

送走三云之后,秘书课课长快步向绵贯的办公室走去。

"怎么样?三云行长走了吗?"

绵贯有些不安地问道。

"是的,刚走。今晚按照日程没有饭局,他应该直接回家。"

"是嘛。三云行长回去了,白河专务又在纽约,剩下来只要不让融资部部长岛津察觉就没问题了。那边也按计划进行着吧?"

绵贯不放心,又问了一句。秘书课课长点了点头。同为日银空降派、负责国际业务的白河专务,去纽约考察市场情况了,为大同银行在纽约开设第一家海外分行做准备。兼职董事、融资部部长岛津正埋头准备向已成为重整公司的阪神特殊钢公司的财产管理人提供债权文件。白河专务出差,岛津部长忙碌,是导致三云行长没有察觉到绵贯等人行动的一大原因。

"我回去了,剩下来的那些人你来对付。"

绵贯说完,关上与秘书课相连的在位指示灯。

绵贯千太郎的家坐落在东急池上线千岛町站北边的一条住宅街上,距离车站约两条街。绵贯家占地六百多平方米,包括一栋用整棵扁柏建成的传统两层小楼和一间白色大土墙仓库,高大的院墙环绕四周。八年前,绵贯当常务的时候,这套房子被抵押给银行融资部做担保,绵贯低价将其买下。绵贯特别中意这种带大仓库的房子。

夜色中,白色的大仓库成了一个明显的地标。大同银行董事以上的干部们,一个接一个地悄悄来到绵贯家。等所有人到齐,已经八点半过了。

里屋放着两个小茶几。绵贯和中间派领导夏目专务并排坐在壁龛前,旁边是绵贯派的业务主管小岛、人事主管山之内、总务计划主管角野三位常务,以及总务部部长长谷川董事、总行营业部凑部长,还有匆匆从大阪赶来的大阪分行行长山田。夏目派的成员主要有事务效率主管中原常务、计划部部长三岛董事和国际部东部长。大同银行十六名董事及以上的干部中,除去日银空降派,今晚只少了名古屋分行行长一人。

因为是秘密聚会,绵贯的妻子送来从寿司店订的饭团、日本酒、啤酒、洋酒等,就立刻退了出去。

"各位,咱们先来干一杯!"

在绵贯的积极倡议下,众人举起杯,一饮而尽。绵贯看了看大家,说:

"前几天,夏目专务和小岛常务就我行和阪神银行的合并问题,秘密征询了各位的意见。我想大家对此问题都已经进行了慎重的思考。我先来谈一谈我的看法。阪神特殊钢公司已经成了重整公司,而我行对他们的巨额贷款超过了他们的主银行阪神银行。现在债权已经冻结。为了让我行能够健康地发展下去,我觉得和同样受伤的阪神银行合并是我们的最佳选择,也是唯一选择。两行合并是一对一的平等合并。我行排名比阪神银行靠前。我相信,这对于我行的干部来说是非常有利的。合并根本不存在什么屈辱不屈辱的问题。"

绵贯首先强调了和阪神银行合并的好处。绵贯的心腹小岛常务接着说道:

"我也同意专务的意见。阪神特殊钢公司破产给我行造成的损失以及对我行信誉造成的损害,将会极大地影响我行今后的发展经营。如果我们继续将银行的经营权交给以三云行长为代表的日银空降派的话,银行的未来将极其危险。我觉得现在正是和阪神银行合并的最佳时机!"

小岛一气说完之后,绵贯派的干部们纷纷附和起来。

"问题是,和其他银行合并,咱们银行的未来就能保证比现在稳固吗?"

夏目不擅长喝酒,手上拿着茶碗,冷不丁地插了一句。一旁的绵贯慌忙放下酒杯,说:

"你的担心很有道理。但是,对方排名比咱们低两位,这次的合并是我行主导的合并。"

绵贯力图消除夏目的担心。夏目接着说:

"问题是,尽管我们处在日银的支配之下,但在从储蓄银行发展成为城市银行的二十多年的时间里,我们形成了大同银行独有的体制和人脉。现在虽说是对等合并,但如果和这么一家在传统、体制、思维方式等方面完全不同的关西系银行合并,我们所有的一切又得从头开始,这对于银行和职员来说,真的是件好事吗?"

夏目尖锐的问题,让众人哑口无言。在一个熟悉了几十年的职业环境中,一步步辛辛苦苦构建起来的地位和价值,在合并之后将化为乌有,明天会怎样,没有人知道答案。夏目说出了工薪阶层本能的不安。

除了绵贯,所有人开始在脑海中重新思考合并一事。当议论重新开始的时候,出现了拒绝合并、反对合并的声音。

"从以往的例子来看,两家企业实现对等合并,完全融合成一家企业,最少需要三十年。咱们和阪神银行合并成一家新银行,短时间内人事关系会非常混乱。新银行的职员们要成长为干部需要三十年的时间。既然需要这么长时间,咱们用不着非得现在就做吧?"

"而且咱们这个时候应该问一问三云行长他的想法吧?我不是支持三云行长,只是说都不说一声,咱们偷偷摸摸地和阪神银行通好气搞合并的话,以后想起来会良心不安的。"

看到数名干部缩手缩脚的样子,绵贯急得后背都湿了。如果话题朝着拒绝合并的方向发展下去的话,那么绵贯赌上四十年心血谋划的合并蓝图将化为泡影。那样的话,作为银行的背叛者,绵贯只能自食苦果了。

不知不觉中已经过了午夜十二点。绵贯挺起上身说:

"各位的意见我大体都清楚了。但是,我行的现状不容轻视。照现在这个样子发展下去的话,下次就不是日银了,大藏省就有可能派人下来了。"

听到绵贯这样说,屋子里的空气一下子凝固了起来。

"大藏省派人下来?真会这样吗?"

小岛常务和夏目专务异口同声地问道。

"阪神特殊钢公司破产之后,作为融资主管专务,我被银行局局长春田叫去问话的时候,听他有意无意地透露出这个意思。咱们不趁着这个机会站起来的话,接下来,大藏省将取代日银控制我们。我觉得各位应该考虑到这一点。为了维护我行的主体性,我们应该下定决心和阪神银行合并。哪怕新银行成立之后,咱们需要二十年、三十年才能排除掉阪神银行的影响,那也没有关系。合并之后,咱们可以一跃成为仅次于四大银行的第五大城市银行,会有一个全新的开始。"

为了催促大家赶紧下定决心,绵贯接着说道:

"说实话,我知道各位非常担心一件事,这件事情非常重要,那就是合并以后各位的职务问题。担心是理所当然的。如果今天在座的各位同意和阪神银行合并的话,我保证,专务还是专务,常务还是常务,董事还是董事。"

听到绵贯的高声担保,众人你看看我,我看看你。银行可以从排名第八跃升到第五,自己的职位又可以得到保证,大家还有什么理由反对呢?

"专务,真的常务还是常务吗?"

人事主管山之内常务又问了一遍。

"是的。常务还是常务。"

夏目专务也问:

"那我可以当新银行的专务了?"

"当然。专务还是专务。"

绵贯又承诺了一遍。

"那为了大同银行的长足发展,还是和阪神银行合并吧!"

夏目的提议得到了其他干部的赞同。绵贯立刻站起来,将壁龛上准备好的砚台、印泥、公文纸放在桌上,神情严肃地看着所有人,说:

"刚才各位提出了许多意见,进行了充分的讨论。我认为各位已经达成一致意见,同意和阪神银行合并。我再问一句,没有不同意见了吧?"

绵贯再次确认道。以夏目专务为首的十名干部神情紧张,默默地点了点头。

"那好。谢谢大家。但是,现在咱们瞒着三云行长,单方面决定了和阪神银行合并。万一这件事走漏了风声的话,咱们就成了大同银行的叛徒。因此,咱们需要签订攻守同盟,保证无论发生什么事情都不改变咱们的想法。各位觉得怎么样?"

对于绵贯的提议,众人一致表示同意。

"那咱们就照老规矩,十一个人一起签订一份盟约。我冒昧地第一个签名,摁印。各位一个个传下去,签上名,摁上印。"

所有人屏住呼吸,看着绵贯千太郎第一个签下自己的名字,并摁上了一个大大的拇指印。

"夏目专务,请!"

看到盟约传到自己手里,夏目专务也兴奋起来,颤抖地签下名字之后,摁上了拇指印。

"接下来,小岛常务!"

盟约轮流传下去,在鸦雀无声的紧张气氛中,毛笔在公文纸上签名的沙沙声清晰可闻。

十一个人签完名之后,盟约又传回到绵贯的手中。绵贯检查了一下众人的签名和手印,并让旁边的夏目专务也看了看。

"在座各位都已经签完名。对于大同银行的各位骨干来说,今天是个值得纪念的日子!"

绵贯派政变的号角已经吹响。

一辆车在玉川上水的河堤上向上游方向疾驶。车上坐着的是银行局局长春田。

这一带武藏野的景色还依稀可见,房屋很少,高大的榉树已经光秃秃的了。车灯照耀处,河堤两侧的樱树如剪影一般。虽然刚过下午六点,周围却已是暮色沉沉。

车子沿河堤右转,道路很窄,仅够一辆大车通行。又开了一百米左右,车子停在了路尽头。树木十分茂密,从外面看不见里面的样子。外面有一扇柏木门。借助路灯可以看见门牌上写着"贝塚"两个字。打眼一看以为是私人住宅,其实是一家旅馆。

春田刚下车,吱扭一声,门从里面打开了。服务生一直在等候着春田的到来。

"请跟我来。"

服务生手提烛台为春田照亮脚边的路。走过一段沙粒小径,绕过茶室风格的旅馆主楼,春田被带到了后院。那里有一栋单独的房子。整个旅馆占地三千多平方米,布局精致幽雅,如同私人住宅一般。其实这里原本是某旧财阀金屋藏娇的地方。十年前,屋主去世之后,生前的一些老关系户时常借此宝地聚会、住宿。这里离东京市中心只有三四十分钟的车程。屋主喜欢上水道旁的樱花树,所以当年特意选了这么一处僻静的场所建房子。东京政界、官界、财界的人,但凡知道这个地方的,都喜欢来此聚会。春田也不是第一次来。今晚阪神银行在此宴请春田局长。

服务生打开格栅门。大龟专务和芥川常务快步来到昏暗的玄关处迎接春田局长。服务生将春田脱下的鞋摆好,恭恭敬敬地退了出去。

进入房间,芥川对春田深鞠一躬,说:

"感谢局长的光临。"

大龟也弯下肥胖的身躯敬礼道:

"感谢局长一直以来的关心。可能别的地方会比这里方便一些,但为了保密,劳烦您远道来此,非常抱歉。"

十月下旬,万俵大介在芦湖湖畔的山庄拜访了永田大臣,将阪神银行吞并大同银行的计划向永田大臣做了汇报,并得到了永田大臣的首肯。今天,大龟和芥川一起在此招待春田局长,就是为了代表阪神银行,向上级监督机关的领导春田局长,正式提出两行合并的申请。

看到春田背靠椅子坐好,大龟说:

"局长,今天要向您汇报的事情不适合边吃边聊,我就先直说了。

您不同意本行和大同银行合并吗?"

大龟一上来就问了最想问的问题。春田严肃地看着大龟和芥川,说:

"这件事,大臣吩咐让相关人员讨论讨论。作为我个人来说,在你们向我汇报之前,我无法下结论,所以我暂时还没有告诉银行课课长井床和总务课课长久米。"

春田将烟灰弹到烟灰缸中,接着说:

"大臣说,因为是排名靠后的阪神合并排名靠前的大同,所以需要考虑双方的平衡问题。但是,我认为大小和规模等问题,贵行通过增资和大幅增加存款就可以解决,我倒没有把平衡当回事。我认为首当其冲的一个问题是,你们两家合并有什么好处?"

春田说起话来官腔十足。大龟抓住时机,身体前倾,解释道:

"您说得很有道理。说到好处,第一是营业网点的互补。两家合并之后可以形成覆盖全国的营业网点,重复网点只有二十一家。按照以前的银行法修正案,完全可以实现全国调动,在贵局的指导下,达成更理想的网点配置。第二是融资对象的互补。大同银行的融资重点在住房、商社、超市、娱乐等方面,而我行的资金大多用于当地的钢铁业、石化业等重工业企业。两行合并之后,一方面可以形成平衡互补的客户群,另一方面,一些资金需求量比较大的大型企业客户,原先单凭一家银行的资金无法满足其需求,按照原来的融资额度,不管是大同还是阪神,都只能排在这些企业融资银行的第三或第四位,两行合并后,双方的融资额加在一起,新银行可以一举跃升为那些大企业的主银行。"

"有道理。从合并后的好处来看,的确是件好事。但关键问题是,对于你们的合并计划,大同银行方面能接受吗?真的不会有问题吗?"

永田大臣数次指示春田，加快推进阪神银行和大同银行的合并进程，但春田心里一直有自己的想法。大同银行的三云行长是日银出身，背后有日银支持，日银怎么可能眼看着排名靠后的阪神银行吞并大同银行而坐视不管呢？而且，去年十一月份，第三银行和平和银行的合并无疾而终，如果这次再重蹈覆辙的话，春田作为银行局局长的行政能力将会受到质疑。

芥川似乎完全了解春田的担忧，说：

"局长您的担心很有道理。我行也不是随随便便地就想和大同银行合并的。其实合并这件事源于两家银行在阪神特殊钢公司贷款一事上的密切联系。合并是一个水到渠成的结果。之所以这样说，是因为在大同银行内部，有相当数量的干部对贷款给阪神特殊钢公司心存疑虑。特别是在热风炉爆炸事故发生之后，三云行长的融资方针受到行内的广泛质疑。大同银行的人再三来我行打听阪神特殊钢公司的实际情况。作为主银行，我们每次都直率地表明了自己的看法。在阪神特殊钢公司申请适用《公司重整法》之后，他们又来和我们商量大同银行的发展问题。就在这一次次的商谈中，双方自然而然地谈起了合并问题。这一点千真万确。"

芥川讲述了合并计划产生的经过，强调阪神银行绝对没有密谋大同银行的意图。

"也就是说，这次合并是大同银行的反三云派主动发起的了？"

春田明知芥川说的话未必是事实，却故意装作深信不疑的样子反问道。实际上春田还是想促成两家银行的合并。

芥川回头看着大龟专务，说：

"要说谁主动的话，应该是他们吧。"

芥川煞有其事地说道，一旁的大龟使劲点着头。

"都有哪些人啊？"

春田问的是反三云派人员的名单。

"实际上,我们认为今天这次会谈,应该两家一起来说比较好。大同银行方面的代表在另一间屋等着呢。要不把他叫过来吧?"

芥川的话让一向神机妙算的春田也吃了一惊。是在这里见呢,还是应该换个地方?春田有些进退两难。春田总觉得阪神银行和大同银行的合并动机不纯,似乎隐藏着某种不可告人的目的。作为银行局局长,春田一方面不想没事惹一身骚,另一方面又想尽快确认双方是否真心愿意合并。但在即将升任次官的关键时刻,春田局长难免有些犹豫。过了一会儿,春田下定决心说:

"可以。是谁啊?"

春田的话音刚落,纸拉门就打开了。

"是我,绵贯千太郎。"

绵贯自报家名,从隔壁昏暗的房间里悄悄走了进来。绵贯没有丝毫害羞,也没有丝毫胆怯,反倒是春田有些不知所措。绵贯膝行到春田身旁,平趴在铺席上,边叩头边说:

"一直以来,因为阪神特殊钢公司贷款一事,我们给局长添了很多麻烦,十分抱歉。"

绵贯夸张的动作让一旁的芥川和大龟也颇感意外,面面相觑。绵贯抬起大红脸继续说:

"今天,我谨代表大同银行的一万名员工,向局长表明大同银行最真诚的想法。先请局长过目。"

说着,绵贯从马甲的内口袋中拿出一个信封,恭恭敬敬地递给春田。

"这是什么?"

春田打开来一看,不由得倒吸了口凉气。

盟约

　　我们大同银行自关东储蓄银行时代起,迄今已有六十五年的历史,有着优良的传统。在日益激烈的市场竞争中,在诸位前辈和一万名员工坚持不懈的努力下,我们成为城市银行并发展到今天。

　　然而,以三云行长为首的日银空降派独断专行,向阪神特殊钢公司提供了大笔贷款。如今阪神特殊钢公司已成为重整公司。日银派的独断专行导致我行深陷危机。在此危急存亡之际,为了尽快恢复我行的名誉及信用,更为了永远保住大同银行的血脉,我们愿意和阪神银行合并,因为这是目前我们唯一的,也是最佳的选择。我们发誓:不达合并目的不罢休。

　　为此,我们披肝沥胆,共结盟约。

　　　　　　　　　　　一九六九年十二月二十日
　　大同银行专务董事　绵贯千太郎(拇指印)
　　大同银行专务董事　夏目健吉
　　大同银行常务董事　小岛彦雄
　　大同银行常务董事　山之内孙次郎
　　大同银行常务董事　角野武
　　大同银行常务董事　中原文一
　　大同银行董事　长谷川进
　　……(以下四名)

　　这是三天前的深夜,在绵贯千太郎家,十六名公司领导中的十一名签字画押的盟约。

　　"这个……"

　　春田一时不知说什么才好。

"我们已经无法继续唯唯诺诺地忍受日银派的控制了。这是我们大同银行所有有良心的人一直埋在心底的肺腑之言、泣血之声。希望您能够同意我们和阪神银行合并。拜托您了！"

绵贯滔滔不绝地说着，嘴里的热气不断地喷到春田的脸上。春田尽量将身体后倾，心里想：什么良心不良心的，完全是一伙叛军。但春田嘴上说：

"你们的想法我已经清楚了。但问题是，你们置自己银行的三云行长于不顾，拥立排名不如自己银行的阪神银行的万俵行长为新行长，这种合并方式不合常规啊，你们行的一般职员会同意吗？"

绵贯无言以对。虽然之前绵贯已经请自己的心腹、工会委员长熊本喝过酒、吹过风了，但是一般职员是否会同意这种"政变式合并"，绵贯还有些底气不足。

房间里顿时安静了下来。不知什么时候外面刮起了风，树叶哗啦啦作响，玻璃窗和纸拉门被吹得嘎达嘎达地响，让这个偏居一角的房间有种阴森森的感觉。

"绵贯，你好像对说服一般职员没什么信心啊？"

春田的最后一击让绵贯大受刺激。绵贯说：

"哪里。一般职员才是最反对日银派的控制的。大同银行作为城市银行的资质比阪神银行要浅。我想，职员们对在保留自家血脉的同时，引入名门的新鲜血液是不会持反对意见的。而且最重要的是，合并之后，只要勤奋工作，人人都有出头之日，人人都有可能成为未来的行长、副行长。"

绵贯认为，尽管合并后行长一职被阪神银行夺走，但工资待遇等劳动条件的改善，对于年轻职员来说诱惑力更大。绵贯又重新自信起来。

春田点点头，再次看了看眼前的大龟、芥川、绵贯三人。看来阪神和大同两行合并的细节问题已经安排妥当,自己可以和永田大臣一起,放心地促成合并一事。接下来要做的就是,抓紧时间让三云下台。

银行局局长春田在大藏省局长会议结束之后,和官房长进行了短暂的会谈,然后回到了四楼的局长室。

推开办公室的大门,女职员将刚刚转过来的会签文件和电话记录交给了春田。春田扫了一眼,吩咐道:

"十一点,大同银行的三云行长要来。在我和三云行长交谈的过程中,不要让任何人打扰我们。如果有报社记者和其他银行的人找我,你就说我不在。"

会签文件和电话都不需要立即处理。春田坐在办公桌前的转椅上,一边回想着昨晚和绵贯的意外交谈,一边琢磨着如何对付三云。春田以大同银行对阪神特殊钢公司的贷款问题为借口,将三云行长叫了过来,实际上是想逼迫三云辞职。怎样才能让三云行长干脆利落地辞职呢?春田有些头疼。

内线电话响了起来。女职员告诉春田,三云行长到了。

"哎呀呀,您看您这么忙,我还叫您过来。"

春田殷勤地迎接着三云。两人面对面在沙发上坐下之后,春田将厚厚一沓文件摊在桌上。这些文件是大同银行向阪神特殊钢公司贷款的相关文件。阪神特殊钢公司成为重整公司之后,银行局要求大同银行将这些文件整理上交。

"这几天,根据你们提交的材料,我就贵行对阪神特殊钢公司的融资方式进行了综合研究,有几个问题引起了我的注意,今天特地请行长过来说明一下。"

春田丝毫没提昨晚的事情,而是以监督机关领导的身份问三云:

"首先是大同银行对阪神特殊钢公司的最终贷款余额,调查结果是多少?"

"一百五十亿九千万日元。"

"眼下阪神特殊钢公司已经成为重整公司,您估计再生担保权和再生债权各有多少?要放弃的债权大概有多少?"

"由于电炉归入工厂财团,再生担保权大约有一百亿日元左右,再生债权估计有五十一亿日元左右。至于放弃的债权,还要等财产管理人的协商结果。从以前姬路特殊钢公司破产的先例来看,不可避免地要被砍掉五六成,我估计我行要放弃的债权大概是二十五亿日元到三十亿日元。"

听到三云的回答,春田说:

"三云行长您是日银出身的,但您的想法太乐观了。昨天阪神银行的回答比您悲观多了。他们认为债权放弃率可能要超过七成。我们银行局也认为,运气好的话七成,但很可能会超过七成。"

"砍去七成以上?"

三云倒吸了口凉气。

"您好像过于乐观了。就算是砍去七成,贵行要放弃的债权也有三十五亿七千万日元左右。这么大的损失,你们今后打算怎么弥补?"

春田步步紧逼地问道。春田采取了典型的官僚式做法,凭借手中板上钉钉的数据,严厉追究对方的责任。三云一脸忧愁地看着春田说:

"债权偿还预计收益三十亿日元,剩余的不足部分,我们打算通过出售本行的不动产或其他资产来填补,或者降低分红,具体怎么做还很难决定。减少分红会影响银行信誉,必须经过董事会的审议才能定。"

"信用问题当然非常重要。关键是,不能因为偿还债务而连累存款人和股东。你们好好商量一下这件事,定下来之后向银行局做个汇报。"

春田跷着腿继续说:

"话说回来,这次的问题,数额是一回事,作为城市银行来说,我觉得你们的做法过于随意,对企业的看法太肤浅,最终导致了今天这种事态的发生。当企业经营状况开始恶化的时候,你们为什么没有暂停融资,并进行深入的调查研究呢?我听说,阪神银行在得知特殊钢行业市场恶化的时候,就开始担心阪神特殊钢公司的经营情况,每天跟踪他们的生产库存、销售等情况。贵行怎么连这一点都没做到啊?"

"不是这样的。我行也命令神户分行进行了调查,对他们公司的情况是有一定程度的了解的。"

"也就是说,在明知对方公司业绩不断下滑的情况下,你们依然继续追加贷款啦?阪神银行当时就根据调查结果,暂时拖延支付了原定的资金。"

春田局长指着资金表追问道。三云抬起头,严肃地说:

"问题就在这儿。当时,阪神银行告诉我行,他们会按原计划融资。我们根本没有想到他们是虚拟贷款,目的就是诱使我们提高贷款数额。"

"但是三云行长,您本身也有问题吧?如果你们当时能够注意保持和主银行的信息交流,这种事情一眼就看出来了。作为城市银行,上当受骗这种事本身就不光彩,意味着能力太差!"

借口三云行长的问题,春田无情地批评了日银的"贵族病"。春田接着说:

"另外,你们的贷款担保太随便。贷款需要相应的担保,这是银行的基本常识。如此简单的提醒义务,为什么你们没有做到呢?"

"在高炉设备资金的贷款担保方面,高炉完工时会组成新的工厂财团,进行担保设定,在这件事情上我行不存在疏忽懈怠行为。"

"话虽如此,但正因为阪神特殊钢公司将设备资金用于填补资金亏空了,商社团才拒绝将高炉设备交付给阪神特殊钢公司,您说是不是?"

三云无言以对。春田抓住时机,进一步追究道:

"从以上几点来看,很明显,此次问题并不是简单的贷款问题,而是贵行的经营本身存在问题。贵行在对阪神特殊钢公司融资一事上,人事混乱问题凸显。对于银行来说,人才就是资产。这是一个非常严重的问题。您作为行长,准备如何承担这个责任?"

春田的态度越来越严厉。作为银行局局长,春田指出某一银行行长在经营态度和人事安排上存在问题,并进一步要求其承担责任,意味着该行长已经失去了继续履行职责的能力,应该引咎辞职。

"我深感自己责任之重大。等问题解决的那一天,我会考虑辞职。"

三云语调平静,心里早已做好了辞职的思想准备。

"我觉得,你辞职并不能解决大同银行的根本问题。"

"什么意思?"

"我想说的是,大同银行的根本问题就是日银的根本问题。"

三云终于明白了春田指责自己的真实意图。大藏省准备利用三云的失败,驱逐大同银行的日银势力,趁机将大同银行置于大藏省的控制之下。三云觉得,必须立刻向日银总裁松平汇报这件事了。

"怎么了? 三云行长?"

总裁秘书绫部看到三云没有预约就突然来访,惊讶地从椅子上站了起来。

"不好意思我没打电话预约,有件十万火急的事情我必须现在就向总裁汇报。"

看到三云失去了一贯的风度与平静,绫部秘书预感到事情非同一般,问:

"听说您去大藏省了?"

三云惊愕地看着绫部。都说绫部是总裁的得力心腹,看来绫部的情报网遍布大藏省各机关。

"三云行长您说的急事,是不是这次阪神特殊钢公司的事情对大同银行的影响?"

绫部继续问道。大同银行是日银空降点,也就是日银的殖民地。大同银行有什么风吹草动,日银人都非常关心。三云默默地点了点头。

"看来大藏省想借机把这次的问题扩大化。"

绫部眼神犀利地看着三云,接着说:

"总裁正在和长期开发银行的副行长谈话,一会儿马上要去工业俱乐部。我想办法给您安排一下。"

说完,绫部推门走进斜对面的总裁接待室。虽然只等了短短的几分钟,但三云觉得漫长的煎熬感压得自己透不过气来。

绫部秘书从接待室出来说:

"总裁等会儿见您。请您在此稍等。"

绫部打开接待室隔壁总裁办公室的门,让三云进去等着。

在高大的圆形屋顶下,彩色的玻璃窗遮挡了外面的阳光。高耸的石墙和石板路的庭院隔绝了外界的噪音。这种寂静,让人如同待在中世纪的城堡之中。联想到自己曾经在这里工作了二十多年,如今离开这座权威之城还不到两年,就发生了这么多的事情,三云有种被釜底抽薪的感觉。

门开了。身穿黑色套装的瘦削的松平总裁走了进来。

"听说你刚去见了春田?谈得怎么样?"

松平知道春田是大藏大臣永田的心腹,春田的存在不可小视。

"春田局长叫我过去,严厉追究了我在阪神特殊钢公司不良贷款一事上的责任,并问我,作为大同银行的行长准备如何负责。他的话让我非常担心。"

"哦,担心什么?"

"我感觉他好像打算从大藏省派人过去,接替我担任大同银行的行长。"

"什么?从大藏省派人?"

松平总裁的脸色变了。

"三云,你是不是想多了?"

松平又问了一遍。

"不是。作为银行局局长,他今天的态度格外严厉,与阪神银行相比,他批评起大同银行来毫不留情。他甚至提出,此次事件不是单纯的贷款问题,而是经营态度的问题。"

三云将自己和春田的谈话详细告诉了松平。松平认真地听着。当听到春田谈及三云的进退问题时,松平的眼神越来越凝重。

"你把当时春田说的话再给我重复一遍。"

那句话虽然令三云备感屈辱,但三云还是又重复了一遍。

"我告诉他,等我行的再生债权保全等问题告一段落,我会考虑自己的去向的时候,春田局长说,你辞职并不能解决大同银行的根本问题。他是这样说的。"

"看来他是话中有话啊。但单凭这句话就断定他们打算立刻安排大藏省的人进去好像还为时太早。你以前就有个坏习惯,考虑事情容易一根筋,想得太多。"

"不。他还提到大同银行内部人事混乱。自始至终我都有种强烈的感觉,他们想把我赶下台,然后扶植大藏省的人。"

听到三云这样说,松平总裁沉默了。大同银行在日银空降点中排名靠前,让出大同银行,对于日银来说,就等于把城堡前的据点拱手让给了对方。对于公卿华族般高贵的日银人来说,大藏省的官员如蛮夷般粗野。如果被这帮野蛮人攻占了自己的城堡,事态将非同小可。上次三云来恳求松平总裁给阪神特殊钢公司特别贷款的时候,松平的脑海中不时浮现出永田大臣的影子。考虑到永田大臣的存在,最终松平总裁以一个冠冕堂皇的理由拒绝了三云的请求。但这次如果大藏省直接派人接替三云担任大同银行行长的话,将直接影响到松平总裁自身的利益。松平觉得,不能再后退了,要是再后退的话,日银内部的人肯定会认为,松平是一个连空降点都保护不了的软弱总裁。而一旦被贴上软弱的标签,松平在城市银行行长面前的威望将荡然无存。

想到这儿,松平总裁决定直接找春田谈谈,听一听他怎么说。对于松平来说,大同银行的命运和三云行长的去留都不是问题的重点,如何处理好这些事情与自己这个日银总裁的关系才是重中之重。松平抬起脸,尖尖的鹰钩鼻冲向天花板。这是松平思考问题时的习惯动作。此时的松平暂时忘记了三云的存在。

三云天真地以为,松平总裁一言不发地看着天花板,肯定是在思考大同银行的命运和自己的进退问题。想到自己的失败影响了日银,三云自责不已。

"总裁,既然银行局局长话已至此,我也无意再担任大同银行行长一职。请总裁决定下一任行长人选。"

三云请求日银派人接替自己。松平总裁严厉地看了三云一眼,说：

"不用这么着急吧。当不当大同银行行长,也不是三云你一个人说了算的。大同银行的历任行长都是日银派人担任的,你要是这么慌慌张张地主动提出辞职的话,不等于向大藏省露怯了吗?"

面对松平的指责,三云说：

"那我的进退就由总裁您来决定吧。"

说完,三云鞠躬走出了总裁室。

三云走后,松平总裁拿起办公桌上的电话,让接线员接到大藏省银行局局长办公室。听到电话那头春田的声音之后,松平说：

"喂,我是松平。大同银行三云行长的事情,我觉得必须考虑一下了,但我一直没有找到合适的候选人。等我有眉目了,咱们见个面。"

松平口气非常随意,目的就是要让春田明白,下一任行长还得由日银的人来担任。松平想借此试探一下春田的反应。

"哎呀呀,总裁您亲自给我打电话,真是不敢当啊。这件事情,我们没有意见。"

春田的回答礼貌又不失圆滑。松平进一步说道：

"这件事在电话里说不清楚,回头我想找个时间慢慢和你聊。"

听到松平的邀请,春田说：

"这是大同银行内部的事情,而且,三云行长作为此次事件的责任人,有义务解决一系列后续问题。我觉得应该等所有事情告一段落之后再说。"

春田的回答,既巧妙地为自己一方争取到了足够的时间,又起到了阻止日银任命新行长的作用。

在开往神户的新干线列车上,万俵二子来到车内电话间。在听

到对方的声音后,二子大吃了一惊:

"一子姐姐!我正想是谁找我呢!刚才车内广播说有我电话,啊,喂喂,你怎么知道我坐这趟'光'号的?"

下午,二子从东京都内的宾馆向成城的姐姐家打电话的时候,姐姐正好不在家。

"阿宏不是接着你的电话了嘛。他告诉我说,二姨要坐三点半的'光'号回去,我这才打电话找着你的,太好了!"

透过话筒,二子感觉到一向沉稳的姐姐今天有些激动。

"喂喂,姐姐,什么事?"

"二子,你可真沉得住气啊。喂喂,刚才,冈本家里打电话过来了,说你一个人悄无声息地跑到东京来,取消了和细川一也的婚约。"

列车的晃动让二子趔趄了一下。二子赶紧抓住电话台,严肃地说:

"这个时候提出来虽然有些对不起他们,但我还是取消了婚约。"

话筒那头,一子的声音变得更加激动起来。

"你怎么也不跟我说一声?!你直接去和当事人说要解除婚约,这也太不礼貌了!喂喂,你听见了吗?"

"嗯,我听得见。迄今为止我已经无数次请求爸爸解除婚约,但他根本不听我的,我只能这么办了。"

"我听说,那个媒人小泉夫人气急败坏地打电话到冈本家里,那阵势连相子都害怕了,赶紧打电话过来问你的行踪。你要是现在反悔的话还来得及。要不然的话,你从京都下车回东京。你现在回去,爸爸正在气头上呢。回东京的话,正好铁平哥哥也在。喂喂……"

作为姐姐,一子非常担心妹妹的处境。车内广播说,再过十分钟就到京都站。二子将话筒紧贴在耳朵上,说:

"铁平哥哥已经不在茗荷谷的大川家了。"

"铁平哥哥怎么了？"

一子惊讶地问道。

"我见过细川之后，就去了大川家。哥哥不在。他们到东京收拾好东西后的第三天，哥哥就走了，说想一个人待着，也没说去哪儿。早苗都哭了。一子姐姐，你有没有什么线索啊？喂？喂？"

"他们到的那天，我过去了，他就像丢了魂儿似的……到底去哪儿了呢？……"

因为列车震动，二子有些听不清一子的话。

"喂喂，姐姐，喂喂，我回家之后再给你打电话。"

二子放下了话筒。

回到隔壁的座席，二子看着窗外。在淡淡的暮色中，琵琶湖畔闪烁的灯光诉说着京都刺骨的寒意。孤寂的二子回忆起白天，去丸之内帝国制铁总部拜访细川一也时的情景。

细川一也戴着圆框眼镜，身穿英式双开衩西服，像往常一样打扮得一丝不苟，来到一楼接待室见二子。正好到了午餐时间，细川邀请二子到附近的 Palace Hotel 的小餐厅吃饭，走过去需要六七分钟。细川边走边谈论着两人的欧洲蜜月旅行计划，炫耀着自己的博学多才。

当两人走进 Palace Hotel 大厅的时候，二子说有重要的事情要和细川谈，最好找个安静的地方说话。细川有些惊讶。两人在大厅的一个角落里面对面坐了下来。二子直截了当地告诉细川，希望取消两人的婚约。二子的话，深深伤害了细川的自尊心，细川的神情变得僵硬起来。细川问二子理由。二子回答说："我不能告诉你理由。不过，经过慎重考虑，我觉得自己不适合成为你的终身伴侣。"细川沉思了一会儿，接着问："是不是你们家出了什么事情，导致咱俩不能结婚？"二子摇了摇头。"是不是和你哥哥的公司破产、我们公司的常务成了他们的财产管理人有关？"三个月前，细川和美马、一子夫妇一起吃饭的时候,美马和细川在谈到阪神特殊钢公司经营情况开始恶化时,提出如果让阪神特殊钢公司并入帝国制铁旗下的话,对双方都有好处。当时二子气愤地站起来说,阪神特殊钢公司绝对不会并入帝国制铁旗下的,说完二子就甩手而去。

面对细川的这个问题,二子没有回答。细川也赌气不说话了。过了一会儿,细川说:"如果在阪神特殊钢公司的问题上,你和你哥哥一样,认为自己属于受害方的话,那你们就想错了。何况,是否结婚取决于我们双方是否心灵相通,如果因为那些不相干的事情影响你的决定的话,我才需要重新考虑你适不适合成为我的终身伴侣。我会遵照礼数,让媒人小泉夫人通知你我的意见的。"细川竭尽全力想挽回因女方悔婚而丢掉的面子。

京都站的乘客下完之后,车厢里一下子空了许多。还有十几分钟才能到新大阪站。回家之前,二子想先去西宫的一之濑四四彦家一趟。二子打开与山羊皮外套配套的手提包,从中找出地址簿,将一之濑家所在的街名和门牌号记在心里。

到了新大阪站之后,二子坐上出租车。出租车沿阪神国道向西宫驶去。当二子找到凤川的一之濑家时,已经是晚上七点多了。二子手拿外套,按响门铃。里面传来木屐的声音。身穿家居和服的一之濑厂长打开门,看到二子,非常惊讶。

"不好意思,夜里突然来访。"

二子赶紧解释道。

"在这儿站着要感冒的。我老婆去亲戚家帮忙去了,没法招待你,先进来吧。"

一之濑厂长将二子领进玄关之后,冲着里面喊道:

"四四彦,二子来了,你把客厅的暖炉点上!"

听到父亲的声音,四四彦穿着毛衣冲了出来。

"二子,你怎么了?"

看到二子疲惫的样子,四四彦担心地问道。

"你先把暖炉点上。我去端杯热茶来。"

一之濑厂长催促着说道。

"不用了。我刚从东京回来,还得赶紧回家,我说两句就走。我来是想问问哥哥的事情。"

二子站在内玄关处,看着一之濑厂长,心中一阵刺痛。因为重整公司的事情太多,在短短几天的时间里,一之濑厂长的白发就增加了许多,人也显得十分憔悴。

"万俵专务怎么了?"

一之濑厂长边将四四彦从里屋拿来的煤油炉放到二子身边边问。

"听说哥哥带着家人到东京后的第三天,说想一个人待着想想事情,也没说去哪儿就走了。我有点放心不下哥哥。你们如果能够猜到哥哥的去向,请告诉我。"

听了二子的话,一之濑父子俩脸色都变了。

"我一直以为专务和家人一起待在东京呢!"

一之濑厂长嘟囔道。四四彦说:

"专务去东京的前一天晚上,我还给他打了电话。当时他根本没说这事啊!当时,我想去新大阪站送他,就问了问时间。他说去东京是私事,不让我送。听他的意思好像是谁也不想见。"

"我知道了。那我告辞了。让你们担心了,非常抱歉。"

二子失望地准备告辞。一之濑厂长强压着内心的不安,安慰二子说:

"专务心中有期待,所以想一个人待着。问题是眼下正是专务身心受伤的时候,他还不告诉大家去哪儿了。我会好好想想的,你不要太担心。"

说完,一之濑厂长吩咐四四彦把二子送回家。

二子再次对自己的突然来访表示歉意之后,坐上了四四彦驾驶的蓝鸟车。车子沿夙川驶向山手,从芦屋穿过御影,向冈本方向开去。一路上,四四彦默默开着车,一直没有说话。二子突然觉得一天的疲惫一下子涌了上来,但还是强打精神说:

"在来自帝国制铁的财产管理人接管的再生重整公司里工作,你爸爸相当辛苦吧?看到他,我想起了中国古人一夜白头的故事,心里好难受。"

二子看着窗外,冰冷的月光照在湖面上,一闪一闪的。

"爸爸倒是没说什么,但我知道,他们完全无视公司以前的风格和生产方式,所有的事情都被套上了所谓的'公司重建'的高帽子,爸爸夹在财产管理人和一线工人之间,每天都度日如年。最令爸爸难受的是,他们完全违背了专务的心愿,无限期推迟了高炉的启动时间。"

四四彦手握方向盘,眼中冒着怒火。

"无限期拖延?!热风炉修好了不就可以完工了吗?为什么?"

"启动高炉,需要巨额运转资金。在公司重建有眉目之前,他们不会启动高炉的。这是财产管理人定下的方针。"

"可是,启动高炉、实现一体化生产不是更有利于公司吗?"

"无论是专务还是爸爸,当然也包括我,都认为这是重建公司的捷径。但是,帝国制铁因为市场不景气,产品积压过多。他们想让阪神特殊钢公司使用他们的生铁。"

"也就是说,哥哥造的高炉,只能摆在那做样子了?"

二子倒吸了口凉气。四四彦没有说话,咬着牙,拼命忍耐着内心的不满。

车子开到芦屋的时候,四四彦平静地说:

"我这个月底就要离开阪神特殊钢公司去美国了。"

"我听哥哥说了。你准备去美国哪儿?"

"麻省理工学院的导师推荐我去匹兹堡的美国轴承技术开发研究所工作。"

"我也有事要告诉你。我今天直接去找了帝国制铁秘书课的那个人,告诉他我要取消婚约。"

二子刚说到这儿,四四彦猛地踩下了刹车。紧急刹车让两人的身体都失去了平衡。

"真的吗?"

四四彦的眼中满是感动。

"我就是为了这件事才去东京的。现在我家里肯定已经乱成一团了,我……"

二子说不下去了。四四彦紧紧搂住了二子。

赤坂某高级公寓楼八楼,原驻法大使小泉家。在宽敞的客厅里,暖气不冷也不热,鱼缸里的热带鱼成群结队地优雅地游来游去,小泉夫人肩搭灰鼠披肩站在鱼缸旁,场面非常和谐。若是平时,高须相子肯定会大加赞赏一番,但今天实在没心情评头论足。

"哎呀,我得出去了。你要多长时间?"

小泉夫人冷冰冰地问道。

"非常抱歉。我打过电话了,以为您现在没事呢。不管怎样,我都得赶紧过来当面向您赔礼道歉。"

坐飞机从羽田机场赶过来的高须相子,小心翼翼地赔着笑脸。尽管看打扮小泉夫人似乎要赶着出门,但高须相子还是坐了下来。

昨天晚上,小泉夫人突然给万俵家打电话,说二子直接去找了细川一也,要求解除两人的婚约。这个突如其来的消息,让相子目瞪口呆。小泉夫人十分激动,在电话里一个劲地指责二子太不懂礼貌,太过分,并要求万俵家说明情况。相子只好说,二子还没有回家,等二子回家之后问明情况,一定会给小泉夫人一个答复。

"昨天到底是怎么回事?按常理,细川家和我们,谁都想不到会出这种事!"

小泉夫人强压着心头的愤怒质问道。相子赔着小心解释道:

"昨天接到您电话的时候,我无论如何也不敢相信会有这种事。等到二子本人回来之后,我们才知道您说的的确是事实。她的父亲万俵以及其他家人都非常震惊,不知道该怎么道歉才好……"

看到相子支支吾吾的样子,小泉夫人皱着哈巴狗一样的塌鼻子说:

"现在道歉已经没有任何意义了。我们想知道的是,你们彩礼也收了,明年春天的婚期也定了,这个时候解除婚约对双方来说都是非常严重的问题,弄不好会成为周刊杂志上的丑闻。你们既然这样做,难不成是你们家人或是亲戚中有人对和细川家结亲心怀不满吗?"

"根本没有这回事。"

相子立刻否定了这种说法。

"那么,我一直认为二子是个知书达理的好姑娘,她怎么会既不和家人通气,也没和我这个媒人说一声,就自己突然跑去找细川一也取消婚约呢?"

小泉夫人不由分说地问完之后,从一个精巧的女性专用烟盒中拿出一支烟点上,接着说:

"这话不大好说出口。我想问的是,万俵家里面或是我们不知道的什么方面,是不是有什么问题,致使二子本人不想和细川一也结婚,或是不能结婚?"

小泉夫人边抽烟边追问道。小泉夫人的话让相子想到了一之濑四四彦,不禁有些心慌。相子说:

"二子自己应该没有问题。昨天晚上,她的父母,还有我,一起商量了又商量,总觉得这件事可能是个误会。"

"误会?什么意思?"

"二子的哥哥万俵铁平,原来是阪神特殊钢公司的专务。现在公司破产了,财产管理人是帝国制铁的常务,她哥哥被解职了。二子和哥哥的感情非常好。这件事情对二子造成了非常大的打击。她觉得,如果自己嫁给在帝国制铁工作的细川一也,就相当于嫁给了哥哥的敌人。冲动之下,二子就做出了常人难以理解的行为。"

"是这样啊!到底是关西大实业家的女儿,竟然把自己的婚姻和哥哥公司的破产放在一个层面上考虑!……但这也不能成为理由啊。难道高须你就是这样教育他们?不管有什么事,我这个媒人不是在这儿吗?她竟然无视我的存在,自己跑去找当事人提出解除婚约,这也太美国式了吧?我可是索邦大学毕业的,我尊重的是法国式的严格的家庭教育。"

去法国留学的人都瞧不起美国,小泉夫人的话中就充满了对美国的蔑视。相子非常生气,但又不能发作,只好低头说:

"这次的事情,我作为家庭教师教育不到位是其中一个重要原因。我会和二子好好谈一谈,等她想通了之后,我们会向细川家和一也道歉的。请给我们一点时间,再等一等!"

相子恳求道。昨天夜里,大介和相子轮流说好话劝二子,可二子态度十分坚决,甚至说,"如果作为万俵家的一员,我不能解除和细川的婚约的话,那我就离开万俵家"。大介一边指示相子赶紧去道歉,一边告诉相子,自己一定会说服二子的,细川家现在正在气头上,小泉夫人也不会有好脸色,相子一定要"骂不还口",尽量争取时间挽回局面。

"哎呀,高须,你特地来东京一趟,说来说去就是等等等等的。这件事要是传到一也的姑妈佐桥首相夫人的耳朵里去,她可不会善罢甘休的!"

小泉夫人特地称呼自己的从表姐妹为首相夫人。

"希望你们不要误会。我们不是非得强迫你们结成这桩婚事。细川一也的爸爸是文化勋章的获得者,是日本最著名的建筑大师。一也妈妈的娘家经营着一家大型建筑公司。一也本身是东大法学系毕业,又在帝国制铁秘书课工作。不是我们自夸,给一也说亲的人都挤破了头。万一真要解除婚约的话,那也得由我们提出来。这也算是你们对细川一也的一点补偿吧。"

小泉夫人的话如针般刺在相子心上。

"解除婚约?不会的。不,要真是这样,首先我……"

相子没有说下去。相子有种预感,如果这次细川一也和二子解除婚约的话,作为万俵家裙带关系的建设者,自己将损失惨重,在万俵家的地位也将受到威胁,说不定将失去立足之地。想到这儿,相子下定决心,无论如何也要阻止二子离家出走成为第二个铁平,无论如何也要让二子和细川一也的花烛盛典顺利举行。

"我们绝对不会做有损各位荣誉的事情。请再给我们一点时间。"

说完,相子没等小泉夫人回答就起身告辞。

十二月下旬的夜晚,寒气刺骨。回想起白天小泉夫人谈论二子婚事时说的那些话,相子不由得怒火中烧。尽管万俵再三命令自己要忍耐,但一想到因为二子解除婚约的荒唐行为,自己被迫去向小泉夫人道歉,而小泉夫人借机大放厥词,自己只能觍着脸赔笑,相子就忍不住火冒三丈。

不知不觉中,相子已经走到英国大使馆门前。大使馆后面就是阪神银行的行邸。相子没有打车,而是选择了步行,就是想在清冷的夜风中走一走,调整一下心情。

相子从行邸的侧门走进玄关,跟管理员夫妇打了个招呼之后,走进了一楼东侧自己的房间。房间不到二十平方米,有桌子、床和梳妆台。在这里,相子既可以处理东京的一些事情,又可以自由地放松心情。刚从外面进来,相子觉得屋里的暖气热得让人出汗。相子脱下大衣和套装,坐到梳妆台前。薄如蝉翼的长衬裙勾勒出相子丰满的身材曲线。每个月两次的全身美容,让相子的每一寸肌肤都保持着细腻滋润。因为没有生育过,相子的乳房依然坚挺,散发着女人独有的味道。看着自己的身体,相子自信还有足够的魅力吸引万俵大介。过一会儿万俵大介就要回来了。相子从衣柜中拿出一条黑灰色紧身连衣裙换上。大介今早坐飞机来东京,计划早点结束晚宴,回来见美马中。

书生过来通知相子说,美马来了。

"美马先生在客厅等着。您过去吗?"

"嗯,我这就过去。"

相子再次看了一眼镜子中自己低调而优雅的装扮,来到客厅。

"美马先生,让您久等了。行长很快就回来。"

当着书生的面,相子非常客气地和美马打着招呼。书生端来茶,退了下去。美马问:"晚饭和细川吃得怎么样?我实在抽不出时间,不好意思。"

拜访小泉夫人之后,相子立刻给帝国制铁秘书课打电话,询问了细川一也的时间安排,邀请他到银座的马克西姆餐厅吃饭。相子本希望美马一起去的,但美马忙于编制预算,实在脱不开身。

"细川一也是个非常要面子的人。我一个劲地为二子的行为道歉,他碍于自尊心和面子,一直逞强说大话。不过,他骗不过我的眼睛。我看得出来,他对二子还没死心,我准备给足他面子,解决好这件事。"

"要是这样的话,最近我抽个时间,带上一子去趟细川家和哈巴狗夫人家。看来岳父大人连自己的小丫头都对付不了啊。听一子说,铁平离开大川家,不知道去哪儿了。"

"这个人简直毫无责任感。所有的事情说到底,都是铁平惹的祸。阪神特殊钢公司因为他而破产,万俵家族因为他的出走而开始分崩离析。真不知道他给二子带来了多坏的影响!最近尽是些不顺心的事儿,想起来我就生气。"

相子气呼呼地说道。

"你差不多也该重新考虑一下自己的出路了。"

美马意味深长地劝着相子。正在这时,门口传来车声。书生急急忙忙地跑到玄关迎接万俵。

"呀,阿中,让你久等了。"

万俵走进客厅,吩咐书生准备饮料。

"哪里。这段时间我一直没日没夜地和农林省就大米价格问题进行谈判。等会儿我还得赶紧回办公室。"

"是嘛。你这么忙,还让你操心二子的事情,不好意思。"

"这个婚约是按照爸爸您的心愿,由我拜托原首相秘书、银行课课长井床牵的线。帝国制铁的兵藤副社长对此事也非常关心。万一出了什么问题的话,我也会很难办的。您也知道,大藏省内各种各样的裙带关系盘根错节,不知道什么时候就可能得罪了人。"

美马话里有话地绕了一大圈。万俵愁眉苦脸地说:

"我也不想给你添麻烦。现在这样,只有把一之濑四四彦的父亲一之濑厂长叫来,让他劝他儿子了。"

看来连万俵都觉得这件事非常棘手。美马说：

"我刚才听高须说，铁平现在还去向不明，真让人担心啊。您有没有找找他去哪儿了？"

"当然，所有铁平可能去的地方，我都打电话问了，没找到。"

"是嘛。他很坚强，应该不会有事儿。但这次我总觉得有点心神不宁。"

美马听说了铁平起诉父亲万俵大介的经过，因此特意提醒道。其实，万俵大介远比美马担心铁平，一种不祥的预感一直笼罩在万俵大介的心头。但万俵大介一点儿也没有表现出来。

"对了，爸爸，今天，社民党的中根正义议员给我打电话了。"

美马严肃地说道。

"哦，是那个大藏委员中根议员吧。什么事？"

"他告诉我说，今天大藏委员会理事会已经决定追究银行方在阪神特殊钢公司破产一事上的责任。"

"什么？今天的理事会决定了？"

万俵脸色大变。

"这家伙是大藏委员会的理事，消息不会错。幸运的是，提问代表就是中根。"

中根正义是来自神户的社民党众议院议员。因为是老乡，在大藏委员会的理事中，万俵大介和中根的联系尤为密切。逢年过节就不用说了，平时万俵大介会隔三岔五对他有所表示。

"真够可笑的。从平常的交往来看，中根正义至少应该先告诉芥川一声。"

"这才是他们这帮人的策略。他要是先告诉爸爸您的话，那只有您一个人欠他的情了。像现在这样，他先告诉我了，我和您都得记着他的这份情。他这是耍了个小心眼。"

点破了中根的动机之后，美马接着说：

"但我表面上还是对他非常热情，在电话里表示了感谢，并且跟他说我会尽快告诉您。我还问了问他今明两天的安排。他果然说，明天下午六点以后有时间。看来他是安排好了才打电话过来的。"

万俵脑海中浮现出外表颇具绅士风度的革新派议员中根的形象。每年过年的时候，中根议员都会到阪神银行总行来恭贺新年。

"美马，这个情报非常重要。我赶紧告诉芥川，让他明天晚上安排一下，和中根议员好好谈谈。"

美马提醒道：

"事情发展到这个地步，二子和细川的婚事，意义更加重大，牵一发而动全身啊。咱们一定要想方设法让这桩婚事回到正轨。"

相子一直没有说话，眼神里散发着母豹子般的杀气。柜子上大钟的威斯敏斯特钟声宣告已经到了晚上九点半了。

"我告辞了。不管怎样，既然议员打电话通知我们了，我们就得好好准备，以保万无一失。"

美马如同女人般通红的嘴唇边浮现出一丝微妙的笑容。他起身离开，返回了大藏省。

阪神银行东京事务所所长芥川从抽屉里拿出印有阪神银行名称的信封，打开再次检查了一遍。信封里是一叠厚约六毫米的一万日元新纸币。芥川熟练地将纸币呈扇形打开，空气中散发着淡淡的墨水味和新纸币的味道。芥川用指尖两张两张地数着，数完之后，重新放回素色的信封里，用订书机封好口，随手放进上衣口袋里。

外面已经有些昏暗。大手町金融街的大楼里，荧光灯竞相闪耀。芥川拿起话筒，叫负责搜集大藏省情报的伊佐早五郎过来一趟。

"你刚去见了银行局总务课课长久米？"

伊佐早刚一进来，芥川就问道。

"三点多去见的。听说在昨天的理事会上，大藏委员会的议员们，强烈主张传问阪神银行和大同银行的行长。"

考虑到大藏委员会有可能提及融资银行的责任问题，伊佐早五郎早就瞄准了和大藏委员会关系密切的银行局总务课，一天到晚泡在总务课里打听消息。昨夜，万俵行长打电话告诉芥川，大藏委员会的中根议员透露消息说，委员会即将传问阪神银行和大同银行的行长。为确保此消息万无一失，芥川又指派手下的银行忍者悄悄从大藏省方面证实了这一消息。

"总务课有没有让融资主管代替行长来接受传问？"

"总务课提出，如果让两家银行的融资主管来接受传问的话，政府方面只需要银行局局长春田出面就行了，大藏大臣就不用亲自出面了。但总务课和大藏委员会理事交涉之后，这个意见最终被否决了。"

"提问代表是中根正义议员，这一点没错吧？"

"是的，我已经证实过了。"

"你五点半到第三议员会馆去迎接中根议员，带他到涩谷圆山町的'初音'。"

听到芥川的命令，伊佐早凭借忍者特有的敏感，推断出选择这个地点见面，绝不仅仅是为了避人耳目，更是为了迫在眉睫的沟通工作。

"我明白了。那我就不用银行的车了，打车去接他。"

说完，伊佐早走了出去。

沿道玄坂向上走到尽头，右手就是圆山花街。一家家精致的小店铺一字排开。听说这一带有很多拿着枕头快步如飞的艺伎，一到点灯时分，因倾慕这些艺伎而来的客人们，被飞速吸入了一面面黑墙之内。

芥川在"初音"二楼一间靠里的包间里,等待着中根正义的到来。中根正义比约定时间晚来了五十分钟。中根正义是律师出身的议员,一脸文质彬彬的样子,虽已五十岁上下,却还系着一条印花领带。

"议员,百忙之中打扰您,非常抱歉。来,请,请。"

芥川诚惶诚恐地请中根上座。中根背对壁龛,盘腿坐下。

"你们银行越来越麻烦了。"

中根意味深长地说出了第一句话。

"哎呀,这次行长也很头疼,他说这次只能靠中根先生您多多帮忙了。"

芥川一脸苦恼地请求道。酒菜上齐之后,芥川让服务员都下去,自己亲自为中根斟酒。

"这件事,我已经告诉了主计局的美马。在昨天的理事会上,事态相当严重啊。"

中根故意夸大理事会上的情况。

"您这么说,我们就更没底了。您说的严重,是指理事会的议员当中,有某党派的某位议员,想借此大做文章吗?"

"自由党的川北议员、公正党的柳议员等,倒还没什么大问题。问题是,我党的另外一个人,主张严厉追究主银行万俵行长的责任。"

芥川心里咯噔了一下。大藏委员会的理事一共有六人,其中自由党两人,社民党两人,民主党一人,公正党一人。

"您说的另外一个人,是荒尾留七议员吗?"

荒尾议员出生于东北地区的农民家庭,在家排名第七,以前在村里的邮局工作,后来升任工会干部,参加选举,成为坚定的社民党议员,是大藏委员会中公认的"大炮"。

"荒尾议员凭什么追究万俵行长的责任呢?"

"他说了很多理由。最主要的是，从新闻报道来看，阪神特殊钢公司破产一事存在诸多疑点，特别是在银行方的投资责任问题上，媒体只报道了大同银行的三云行长一人存在不负责任的投资行为。那么，主银行当时在干什么？副银行如此支持阪神特殊钢公司，主银行为什么没有伸出援助之手，反而中途逃跑？因此，他提出，应该责问万俵行长，让他说出事实真相。"

"哦，还有人这样误解我们！"

芥川边装傻边殷勤地为中根倒酒，心里却在盘算着：看这样子，万俵行长去大藏委员会接受传问比较危险。

"中根先生您作为提问代表，和我们有着多年的交情。您对万俵行长的为人也比较了解。我们只要在大藏委员会会议上有什么说什么就行。问题是，现在社会上有人认为，万俵行长是个冷酷无情的银行家，好像荒尾议员也有着这样的误解。万俵行长在大藏委员会会议上为自己辩解也不合适，能不能让我行的融资主管代替行长去接受传问？"

"这恐怕不行吧！理事会既然已经有所疑问，本人再不到场的话，荒尾可能真会去你们银行上上下下翻个底朝天的，到时候你们能受得了吗？"

中根气势凌人地说道。作为大藏委员，中根手上掌握着数家银行的黑幕。芥川从中根的态度中看出，他同样希望万俵行长亲自接受传问。作为大藏委员会的提问代表，传问阪神银行和大同银行的行长以及大藏大臣永田，展现自己的能言善辩与刚正不阿，不仅可以为大藏委员的身份贴金，还可以将委员会的议事记录和新闻报道散发到选举区去，提高自身的名望。中根正义早已经将其中的利益得失盘算得一清二楚。芥川虽然对政客们这种低俗的小九九十分鄙视，但嘴上还是说：

"您说得很有道理。要是行长不去的话,反而会招人怀疑,还不如堂堂正正地去接受传问更好。不过,我们有个条件,希望大同银行的三云行长不要托病缺席。"

"那是自然。偏向一方是违背我作为议员的良心的。"

中根"正义凛然"的笑声暴露出其文质彬彬的外表下隐藏着的卑劣的本性。

"议员先生,不好意思,我问一个细节问题。我想知道您这次将重点传问哪一方面的内容?方便的话,请您透露两三点。"

芥川装作很随意的样子问道。

"这个问题,大藏省的人应该会和你联系的,回头你们就知道了。"

中根装模作样地回避了芥川的问题,眼神急不可耐地转向嬉笑的艺伎们。芥川假装没有注意到中根的暗示,而是执拗地问道:

"当然我们会和大藏省的人逐一取得联系,会小心准备的。但我还是想知道,议员您最关心的问题是什么?"

"这个,要等我搜集各方面材料,进行仔细研究之后才能定。年底了,我也忙得不得了,很难找时间坐下来好好研究问题啊。"

"那我们就假定一些问题,列出几项来,再做个简单的书面答案,顺便表达一下我行的看法,做完之后请您过目,您看可以吗?"

芥川抓住时机,步步紧逼。说是书面答案,听起来像是资料汇编,其实就是为那些不爱学习的议员整理好一个备忘录,上面列出一些预想问题和答案,换句话说就是预想问题集。有些水平比较低的议员拿到手之后看都不看一眼,到时候一字一句地照搬照读,有的甚至连答案也一并读了出来,闹了大笑话。不过,律师出身的中根还是装腔作势地说:

"好的,你们要有这么个东西,我也好有个参考。"

看到中根接招,芥川马上说:

"明天我给您送过去,仅供您参考。另外,还请您给荒尾议员也看一看。"

"这恐怕不行。到时候荒尾提出一系列难题的时候,我还头疼怎样才能把你们的见解巧妙地融合进去呢!"

中根俨然已是阪神银行的大恩人。

"我明白了。我们就靠中根议员您了,劳烦您在荒尾议员面前,帮我们多多美言几句。"

芥川说着,从上衣内袋中掏出一个茶色的信封,放到中根面前。

"好吧。那我先收着。"

中根就像拿起桌上的牙签一般,坦然地拿起信封,随手放进了口袋。

刚过七点,三云已经吃完早餐,换完衣服,坐在书桌前。银行的车还要等三四十分钟才会来。

书房二十多平方米,屋顶很高。房子已经有些年头了,自三云父亲那一代开始使用,在几十年的岁月里,粗大的柱子被磨得又黑又亮。三云坐在桌前,准备给卧病在床的好友写慰问信。这段时间三云太忙了,忙得没时间去看望一个月前因患胃癌而住院治疗的学生时代的好友。每天一到银行,除了必须完成的行长的日常工作,还要接待来客,各种会议、见面一个接着一个,等到好不容易有时间了,却早已过了医院的探视时间。想到自己连探望朋友的时间都没有,三云不免有些落寞。三云希望以后的日子能够活得悠闲一些,能够随时去探望卧病在床的好友。想着想着,慰问信也快写完了。这时,老用人送来了茶。

"志保怎么样?"

志保因为感染风寒,三四天来一直有些发低烧。

"今天早上也是三十七度三,早饭就喝了点橙汁,没吃燕麦粥。"

"那可不行。我走之前先去她房间看看。"

说着,三云在信封上写好地址,放下笔,嘱咐老用人把信寄出去之后,来到了志保的房间。

志保的房间朝南,面向院子。房间的一边放着床,花架上盛开着奶油色的蔷薇花。看到父亲进来,志保强打精神坐了起来,披上外衣,说:

"爸爸,今天这么重要的日子,我却不能送您到门口。"

说着,志保的眼睛湿润了起来。今天上午十点,三云将和阪神银行的万俵行长一起,在众议院大藏委员会,就阪神特殊钢公司破产的相关金融问题接受传问。

"志保,你什么都不用担心。"

"可是,报纸上都写着两行行长被大藏委员会传问呢,我都……爸爸,万俵铁平怎么样了?一直没消息吗?"

在阪神特殊钢公司申请适用《公司重整法》的第二天,铁平亲自到三云家登门道歉。当时三云的态度非常严厉,说:"作为大同银行的行长,站在工作的角度上,我不可能因为你道歉就原谅你。作为行长,我在家里见你也不合适。"自那天之后,铁平就杳无音信了。

"没有消息。听说他搬离了他父亲家的那个大院。"

"什么?那他去哪儿了?"

志保的脸上露出了担忧的神情。

"不知道。铁平和我们没有什么关系吧。倒是你,没有食欲也得强迫自己吃点东西,这样才能恢复体力。你看,又开始干咳了吧!"

三云轻轻拍着三云的背部,觉得志保越来越像亡妻了。

"爸爸,这儿。"

志保用白得透明的指尖,为三云整了整胸前口袋里的麻纱手帕之后,坐在床上和父亲告别。

三云八点四十分到达大同银行总行玄关处,比平时早了一些。秘书紧张地出来迎接,说:

"绵贯专务一直在等您。"

三云坐上电梯,快步向行长室走去。空气中有种紧张的气氛。绵贯似乎已经等了很久似的,看到三云,赶紧迎上来说:

"行长,我派负责搜集大藏省情报的职员探听到了消息,据说今天大藏委员会的传问重点是向阪神特殊钢公司融资的经过,以及我们作为副银行,贷款总额超过主银行的时间和理由。我觉得不会有什么大问题。不管怎么说,如果我们今天过不了大藏委员会这一关的话,大藏省银行局也会因为监管不力而被议员们追究责任。他们也希望平安无事,这一点和我们是一样的。"

绵贯表面上是在安慰三云,实际上,昨天夜里,绵贯已经秘密和阪神银行的芥川见了一面,知道万俵行长提前做通了将在大藏委员会会议上做提问代表的中根议员的工作,并且给了他一本预想问题集。为避免被追责,万俵行长私下已经打通了各个环节。但是,大同银行没有采取任何应对措施,三云行长甚至连阪神银行的举动都一无所知。阪神银行想把阪神特殊钢公司破产的责任彻底转嫁到三云行长一人身上。

有人敲门。脸色苍白的融资部部长岛津走了进来,说:

"行长,对不起。如果我能干一些的话,行长您就不会被大藏委员会叫去传问了。今天我陪您去吧,说不定还能有点什么作用……"

同为日银空降派的融资部部长岛津,说话时双手在不停地颤抖。三云说:

"岛津,放松些。谁都不想去大藏委员会,但事情既然到了这一步,咱们堂堂正正地去就是了。在阪神特殊钢公司的事情上,有些问题我还没搞清楚。趁着这个机会,咱们就实话实说,我打算明确地告诉他们,我没有看透阪神银行虚拟融资的骗术,导致了后来事态的进一步恶化。"

三云的话吓得绵贯差点跳了起来。绵贯赶紧阻止道:

"行长,您要是说到虚拟融资这件事的话,反而会给我行脸上抹黑的,所以请您不要提这件事。"

三云平静地说:

"事到如今,没什么丢脸不丢脸的。我觉得最重要的是说实话。我要亲手解开这其中的谜团。我已经做好心理准备了。"

"可是,行长,您今天答辩的每一个词每一句话,都关系着我行一万名员工的信誉和未来。有些事情尽管是事实,但说出来的话可能不好。不管怎样,提问方虽说是大藏委员,其实也就是个现学现卖的议员。我觉得咱们的回答适可而止就行。"

绵贯之所以这么说,是担心和芥川串通好的事情会出问题,而三云却善良地认为绵贯是出于对大同银行的员工们的担心。

"绵贯,真是抱歉让各位员工担心了。你告诉他们,放心地努力工作。"

三云真诚地说道。

"我知道了,这一点您不用担心。希望您在答辩中能时时刻刻想着这一万名员工。祝您一切顺利。"

绵贯顺着三云的心思叮嘱道。

"行长,差不多到时间了。"

在绵贯的催促下,三云站了起来。

绵贯的心腹、总务部部长长谷川站在走廊里,手上拿着厚厚的资料袋,陪同三云行长一起去大藏委员会。

在三云坐车从日本桥本石町出发前往国会前，万俵大介已经带着芥川，坐着黑色奔驰车，从丸之内的阪神银行东京分行前往国会。

虽说已是年底，但众议院大藏委员会异乎寻常地热闹。来自自由党、社民党、民主党、公正党的35名大藏委员，全部出席了今天的会议。整个会场呈现出近来难得的"景气"。

自由党的吉见委员长坐在主席台正中间。台下左侧的参考人[①]席位上，依次坐着大藏大臣永田、银行局局长春田、大同银行行长三云、阪神银行行长万俵，右侧坐着的是政府相关人员。委员席后方的记者席、旁听席平时空空荡荡的，今天也人满为患。可见此次大藏委员会会议的社会关注度相当高。

会议从上午十点开始。社民党的中根正义委员作为质询代表，首先就阪神特殊钢公司的贷款经过，分别听取了阪神银行的万俵行长以及大同银行的三云行长的陈述。接着，中根议员就副银行大同银行的投资比例超过主银行阪神银行的前后经过，进行了详细的询问。传问进入关键阶段。

"我想问万俵行长，促使你控制对阪神特殊钢公司融资量的直接原因是什么？"

中根委员站在委员席第二列中间、标有"中根正义"名字的位置上，表情严肃地问道。中根的桌上故意摊放着很多资料，其中夹杂着昨天夜里芥川交给他的预想问答集。万俵站在参考人席上答道：

"直接原因是，从今年三月份开始，特殊钢行业呈现出长期不景气的迹象，于是我们要求阪神特殊钢公司领导层暂停高炉项目，但他们没有听取我们的意见。阪神特殊钢公司在去年十二月遭遇大客户

---

① 参考人：按照日本众参两院的规则，委员会就某一事项进行审查或调查的时候，需要所谓的参考人出席，并听取其意见。参考人一般具有某方面的专业知识或信息，会提出参考性意见。

美国轴承公司单方面取消合同订单,造成大量外销商品积压,无法转销,公司资金周转困难。在这种情况下,阪神特殊钢公司再不进行甩卖的话,产品积压将会越来越严重。而且,他们的高炉项目每个月光是利息就有两三亿日元。公司已经处于危险的境地。我们强烈要求阪神特殊钢公司改变高炉建设计划,但是他们不听。鉴于双方经营方针差异巨大,我们决定不再按照原定计划进行融资。"

万俵行长平静地辩解道。这个回答和中根议员手边的预想问答集中的答案一字不差。

"看来,在阪神特殊钢公司陷入危机之前,资金情况已明显恶化。作为一家资本金为六十亿日元的公司,强行投入超过其资本金四倍的庞大资金,用于扩大设备,实在过于草率。但话又说回来,万俵,阪神特殊钢公司是阪神银行的下属企业,而且该公司的实际领导是你的儿子吧。既然这样,你为什么要将主银行的位置让给其他银行呢?这好像不大合乎常理。请你解释一下。"

中根表现出一名革新派议员不留情面、穷追不舍的精神。坐在记者席和旁听席的阪神银行、大同银行之外的其他银行的忍者们,全都竖起耳朵准备听万俵的回答。

"中根议员你说得很有道理。首先我想请你理解,我行并不是主动让出主银行的位置的。尽管阪神特殊钢公司是我们的下属企业,而且公司领导是我儿子,但银行保管着广大民众珍贵的存款。作为一名银行家,我必须时时刻刻保持理性。这是银行家的基本道德。我们作为主银行,对该公司的经营方针存在疑问,故意控制融资量,内心是希望阪神特殊钢公司能慎重行事。但没想到他们从此倒向了副银行大同银行。事实上,我们过了很久之后才发现,阪神银行已经不再是阪神特殊钢公司的主银行了。"

万俵意识到包括大藏委员在内的所有人对此问题有着强烈的好

奇心,故意哭丧着脸,巧妙地强调了阪神银行融资方针的正确性。面对万俵的谎言,一旁的三云行长满眼都是愤怒。大藏大臣永田微闭着三白眼,嘴唇抿成一字型,看不出是否在听。银行局局长春田盯着墙上挂着的历代大藏大臣的肖像,脸上没有任何表情。

中根委员若无其事地翻着预想问题集问:

"接下来我想问三云行长。你作为银行家,为什么要贷款给一个亲爹都不管的企业?你判断的基准是什么?"

中根开始质问三云。

"大同银行,三云祥一!"

主席台上的吉见委员长催促三云回答。三云从参考人席上站起来,说:

"刚才,我已经谈到向阪神特殊钢公司融资的基本想法。我相信,特殊钢生产企业拥有自己的高炉、实现一条龙生产是非常有必要的,而且阪神特殊钢公司技术优良,他们完全可以有更大成就。尽管阪神特殊钢公司遭遇了订单取消、市场疲软等不利因素,但其高炉建设计划是建立在对未来清醒认识的基础之上的。可是,他们的主银行竟然毫无根据地敌视高炉项目,并于中途弃之不顾,这一点是我行完全没有想到的。"

三云平静而有力地阐述了自己的观点。

"也就是说,你对阪神特殊钢公司的高炉项目没有丝毫怀疑了?"

"如果说没有丝毫怀疑的话,那是谎话。但只要其公司领导万俵铁平专务毫不动摇地坚持到底,只要有足够的资金支撑,我相信,高炉计划必将顺利完成。"

"但是,作为一行行长,你曾经深信不疑的公司破产了,这又是怎么回事呢?你刚才轻飘飘地说,你们对阪神特殊钢公司的最终融资余额为一百五十一亿日元,其中担保有多少呢?"

"九十八亿八千万日元是电炉工厂财团的担保,剩下的五十二亿二千万日元,等高炉完工后,再组成新工厂财团重新设定担保。"

"也就是说,五十二亿二千万日元是无担保贷款。可见你的融资态度相当随便。没见过你这样糊弄普通存款人的。而且,据我调查,今年六月三十号,在阪神特殊钢公司经营情况不断恶化的情况下,大同银行又购买了阪神特殊钢公司两百万股的股票。三云行长,这又是怎么回事?"

中根委员右手卖弄般挥动着大同银行购买股票的票据。这时,记者席和旁听席开始喧哗起来。三云一动不动地看着中根委员说:

"当时,阪神特殊钢公司方面提出,希望我们作为安定性股东,多购买一些股票。从他们以往和我行的交易关系来看,我认为多买这部分股票不会有问题,于是就决定购买了。"

"听你说起来似乎很有道理。但是,你们购入的时间点不对吧。作为高炉设备资金调配的一环,阪神特殊钢公司计划明年三月份增资,这一点我已经调查清楚了。但是,近段时间以来市场萧条,阪神特殊钢公司的股价一直徘徊在七十日元上下。为了改善他们的增资环境,你们才增持股票的。这恐怕才是事实真相吧?如果真是这样的话,你作为银行家,已经违反了《证券交易法》,暗中操纵股价。可怜那些市场上的投资商们,跟风购入,在阪神特殊钢公司破产之后,他们对着那些一文不值的股票,只能欲哭无泪了。对此你又做何解释?"

中根气势汹汹地质问道。三云万万没想到会遭遇如此恶意的挑衅,一时语塞。

"我完全没有想过要操纵股价。我也不认为两百万股的增股触犯了《证券交易法》。"

三云反驳道。中根没有理会三云,而是接着说:

"那我再问一下万俵行长,阪神特殊钢公司有没有请求你们增股?"

"阪神银行,万俵大介!"

吉见委员长叫着万俵的名字。万俵站起来答道:

"六月中旬,阪神特殊钢公司也曾经请求我们增股。但是,我们当时正在说服他们暂停高炉项目,所以没有答应他们的请求。"

"如今,主银行地位发生逆转的前因后果已经清楚了。主银行阪神银行在力劝阪神特殊钢公司暂停高炉项目的时候,如果副银行大同银行也能努力说服阪神特殊钢公司年轻的领导者的话,或许可以避免如今惨痛的破产局面的出现。"

中根如此总结道。

"委员长!"

三云额头青筋直冒,面向委员长请求发言。但中根阻拦道:

"我还有很多问题要问三云行长,但时间不够了。下面进入对下一名参考人的提问。三云行长您有什么意见回头再讲。"

中根单方面阻止了三云的发言。要想给人们留下一个三云无能的印象,要想让人们认为三云是阪神特殊钢公司破产的罪魁祸首,阻止三云发言是最有效的办法。而作为参考人,三云如果强行发言,会被视为蔑视国会议员,会遭到严厉的处罚。三云的嘴唇不由自主地颤抖起来。

"委员长!我要紧急提问两行行长!"

声音来自大藏委员席的最前端。原来是和中根同属社民党的荒尾留七委员。

中根有些不悦。大藏大臣永田和银行局局长春田也满脸不耐烦地将视线转向这个被称为大藏委员会的"大炮"的荒尾留七。不过,在这间闷热的会议室中,此时最紧张的莫过于万俵大介。万俵大介身后的芥川也脸色大变。阪神银行原想通过中根议员将预想问答集转交给荒尾议员，但没有成功。

"我想先请教一下万俵行长。"

荒尾委员原是东北地区的一名邮局职工，后来升任工会干部，通过选举成为社民党议员。作为一名从基层奋斗上来的草根议员，荒尾身强体壮，斗志昂扬，一上来就指名要求万俵回答问题。万俵不免有些心虚，不知道荒尾会提出什么问题。更让万俵恐惧的是，刚才和中根委员按计划联手展现给众人的美好形象，会毁在荒尾的手上！因为一旦真相暴露，和三云相比，万俵将万劫不复。

荒尾委员的脸庞被晒得黑黝黝的，他神情严肃地盯着万俵问：

"我刚才一直在听你的回答。你说，你和阪神特殊钢公司的专务万俵铁平虽然是父子，但是作为一名银行家，你拖延了融资。这话听起来确实不错。但是，作为一名银行家，当客户企业陷入困境的时候，就应该想方设法不让企业破产，诚心诚意地帮助企业走出困境。但我从你的所作所为来看，当阪神特殊钢公司业绩好的时候，你借钱给他们挣利息；当他们遇到困难的时候，你就翻脸不认人。即便是亲父子，当银行无钱可赚的时候，你仍然弃之如敝屣！这难道就是万俵行长你所说的银行家的社会责任吗？"

荒尾的发言撕下了银行家伪善的面具。委员席上传来了奚落声，有人喊着"是的""是的"。万俵紧绷着脸回答道：

"议员你是这样理解的。但作为我来说，无论何时，保护好存款人的利益是我的第一准则。这一点我儿子也很清楚。"

万俵尽可能不多说一个字。

"那我再问一个问题。就阪神特殊钢公司的经营问题，你和该公司的万俵专务进行过何种程度的认真探讨？"

"我们是父子，争论起来性格冲突比较大，但为了防止阪神特殊钢公司失控,我还是尽最大努力劝阻他,可惜他不听我的。"

"但阪神特殊钢公司是有大股东的吧？如果你真的认为公司危险的话,为什么不召集大股东开会,告诉他们实情,想办法通过他们让阪神特殊钢公司的领导层反省呢？你表面上说什么性格冲突,实际上一直在找机会逃跑,找机会甩掉这个包袱,是不是?!"

"不是,完全没有这回事。"

"没有？你把你的手放在胸口,凭良心好好想想。你找了很多理由为自己辩解,但在我们眼中,你的银行只想赚钱,赚完就跑,换句话说就是吃霸王餐,而且还是父亲吃儿子的。从这个意义上讲,我对后来被迫背上包袱的三云行长深表同情。"

荒尾狠狠地批评了万俵。旁听席上,各行的忍者们全都低下了头,而报社记者们都在饶有兴趣地快速做着记录。

"接下来我问问三云行长。刚才,我虽然说对三云行长表示同情,但我想问的是,亲爹都不管的公司,你为什么要管呢？难道你们大同银行和阪神银行之间存在交换融资？打个比方,你们照顾不了的企业,阪神银行替你们管,以此作为交换条件,你们大同银行帮助阪神特殊钢公司。我想知道的是,你们之间是否真的存在这样的易货贸易？如果真是因为这个原因你才接受阪神特殊钢公司的话,那你们到底是如何看管老百姓的存款的？你们银行的存款,是老百姓起早贪黑、辛辛苦苦、一分一分挣下来的,对他们来说,除了命,这些钱是最重要的了。你们觉得老百姓会认可你们的这种融资方式吗?!"

荒尾委员面向三云质问道。

"大同银行,三云祥一！"

吉见委员长命令三云回答。三云脑海中掠过朝日肥皂公司的影子——难道绵贯千太郎在外面胡说八道了？

"我们之间不存在任何易货贸易。"

三云断然否定道。

"那你们大同银行对阪神特殊钢公司的贷款责任在于你这个行长了？"

"的确是我决定继续向阪神特殊钢公司融资的。但是，有件事我要先说清楚。那就是，阪神银行以虚拟贷款的形式，故意诱骗我行贷款。我不知道他们这样做的原因是什么。但是，在这件事上，我一直怀疑万俵行长。"

三云拷问的是万俵大介作为银行家的道德底线。

"什么？虚拟贷款？这是一个不容放过的大问题。万俵行长，你为什么要做出这种恶劣的欺骗行为，诱骗大同银行追加贷款？这样看来，阪神特殊钢公司的破产，是主银行主观故意的计划性行为。你们存在撤回贷款的嫌疑。万俵，这是怎么回事？"

荒尾委员声音嘶哑地拍着桌子叫了起来。现场一片哗然。万俵觉得两腿发软，盘算着该如何回答。

"各位委员，肃静！阪神银行，万俵大介！"

意外的事态让维持秩序的吉见委员长的脸上也露出了兴奋的表情。

"我的回答如下。对我行所谓虚拟贷款的怀疑，我认为是三云行长的误会。问题根结在于阪神特殊钢公司。阪神特殊钢公司担心如果我行延迟融资一事被大同银行知道，大同银行就会削减融资额，所以他们故意做假账给大同银行看，伪造我们阪神银行仍然按照原有额度贷款的事实。各位如果有疑问的话，可以询问阪神特殊钢公司的财产管理人。"

万俵知道，这时候如果自己露一点点怯都会被对方抓住不放。因此万俵挺直腰杆，毅然决然地反驳了三云的说法。荒尾委员一时有些不知所措，但三云丝毫不为所动，要求发言。

"委员长!"

中根委员在三云之前举起手来。

"中根正义!"

委员长同意了中根委员的发言请求。

"没有多少时间了,我还有一些问题要问。在这之前我先补充问三云行长一个问题。刚才你提到什么虚拟贷款,关键问题在于你被阪神特殊钢公司骗了。可见,不管是对企业未来的把握,还是对企业领导的判断,说句失礼的话,我觉得你都不具备一名城市银行行长的资格。你对此反省了吗?"

中根委员将阪神银行提供的预想问答集中的问题,巧妙地加入到了提问中。三云脸色苍白地说:

"我有很多想说的。事到如今,我一直在反省。但是今天,在国会这个特殊的场合,我还是想说……"

三云刚想说虚拟贷款的幕后指使是万俵的时候,中根大声说:

"不用了,我们已经明白了。在国会这个特殊的场合,重点是你已经认识到这个问题的产生是因为大同银行的无能,并且已经开始对此进行反省,这就够了。"

中根不由分说地强行打断了三云真诚的诉说。

"接下来我要问大藏大臣永田。你觉得在此次事件中,大藏省是否存在监督责任?"

中根委员表现出乘胜追击的样子。

"大藏大臣,永田格!"

在吉见委员长郑重的叫声中,永田大臣缓缓地睁开半闭着的三白眼,站了起来,像秋后的螳螂一样瘦骨嶙峋。

"我很遗憾,我们监管不力。我觉得今后为了避免此类事件的再度发生,有必要严格执行银行检查制度。"

永田大臣礼貌地用官场套话答道。对于永田来说,中根的提问连蚊子叮都算不上。但作为提问代表,面对大藏大臣,中根不免有些得意。中根接着问:

"此次事件对银行财务造成的影响,大臣是怎么看的?是否会引发经营恐慌?"

"阪神特殊钢公司作为重整公司,现在已经开始走上重建之路。据我所知,只要重整公司运营得当,重建指日可待,所以阪神特殊钢公司的破产不会对银行经营造成致命性的打击。至于所谓的经营恐慌,对阪神特殊钢公司的下级承包企业和其他相关企业,两家银行都在尽全力补救。我相信危害不会再蔓延下去。"

"那么,大藏大臣,你认为银行对一家企业的融资额最高达到多少比较合适?以前就存在大额融资的管理问题,这次你是否会考虑以阪神特殊钢公司破产为例,制定具体的管理法案呢?"

"这是一个值得探讨的问题。数年前,我曾经让银行局研究过美国的相关管理法案,眼前还没有具体的想法。"

狡猾的永田大臣巧妙地转移了话题。

"春田局长,美国的大额融资管理法案的具体内容是什么?"

"银行局长,春田透!"

"我的回答如下。美国规定,针对一家企业的投资最高不能超过自有资本的10%。这个能否引入日本,目前还在调查研究中。我国和美国的国情不同。眼下,我们对于银行的经营责任,主要以严格指导、自主限制为主。"

银行局长郑重而熟练地回答道。

"的确,银行的经营责任是个问题。永田大臣,在此次事件中,银行作为负责保存民众珍贵存款的金融机构,出现了如此轻率的举动,那么,大藏省是否有追究金融机构负责人责任的相关措施?如果有的话,其依据又是什么?"

中根继续抓住永田大臣不放。永田大臣回答道:

"依据《银行法》第二十三条,按照违反法令、侵害公共利益的条令进行处罚。具体条文由银行局局长解释。"

春田局长赶紧解释道:

"第二十三条条文的内容是,'银行违反法令、章程或责任大臣的命令,或危害公共利益时,责任大臣可停止其业务或改任董事、监察,亦可取消其营业专利权'。"

"那么大臣,在此次事件中,针对两家银行,你打算使用银行法第二十三条吗?"

永田大臣瞪着三白眼说:

"这个问题,以及阪神特殊钢公司的债权债务问题,现在都还没有最终结论。等结果出来之后,如果银行局认为他们不适合银行经营的话,我们当然会采取严厉措施。"

听到永田的回答,中根满意地点了点头。吉见委员长在台上宣布道:

"本次大藏委员会会议到此结束。"

万俵脸上浮现出九死一生后的放松的神情。一旁的三云脸色煞白。听完永田大臣最后的发言,三云终于明白:今天的大藏委员会会议从一开始就定好了基调。

第十六章

万俵铁平带着一头猎犬,独自行走在清晨白雪覆盖的山路上。

横贯丹波中部的多纪连山已是白雪皑皑。其中三岳山的山路已经结冻,空气像冰一般寒冷而坚硬。走着走着,山路陡然变得险峻起来。铁平肩扛James Purdey猎枪,用柴刀撇开路上的树枝,一步一个脚印地向山上走去,手脚的指尖都冻得失去了知觉,每向前走一步都非常困难,口中的呼气很快结成了冰。对于现在的万俵铁平来说,肉体的折磨至少是一种心灵的慰藉。

铁平停下脚步,抬头看着山顶。雪花从北山的斜坡开始飘落。铁平的脑海中浮现出阪神特殊钢公司交接那天雪花飞舞的情景。为了忘记过去,铁平沿着危险的山路继续前行。前方是一处山谷。猎犬抬起头,疑惑地看着铁平。铁平小心翼翼地从冰冻的岩石上走了下去。过了山谷,连路都没有了。

突然,猎犬将鼻子凑在冰雪覆盖的地面上使劲嗅着,毛发倒竖起来。原来地上有类似于山兔的足印。铁平托着枪,跟在猎犬身后。忽然,近前的凹陷处传出轻微的声音,一只野兔从枯草丛中跑了出来。

咚!

铁平扣动扳机,只见茶褐色的山兔在空中翻了个滚,落在了草丛里。猎犬飞快地将滴血的山兔叼了过来。铁平抓住山兔的双耳,刚想继续往山上爬的时候,听到有人踩着枯枝向自己走来。铁平立刻紧张起来。

"谁?"

有人问道。猎犬摇了摇尾巴。

"我是住在市太爷爷家的万俵!"

"哦,是万俵少爷啊。我听到枪声,以为出什么事儿了,赶紧过来看看。"

来人是市太老人狩猎时的助手,手上拿着猎枪,一大早上山来观察野猪觅食的痕迹和足迹,为白天打野猪做准备。看到铁平手上提着兔子,助手说:

"我在山顶上发现了野猪的脚印。从大小来看,应该是头成年大猪。我正准备赶紧回去汇报呢。"

说着,助手催着铁平一起下山。

"少爷,您每天一大早就出来,精神真好!您习惯走山路了吧?"

铁平搬离冈本的大院,把妻儿送到妻子的娘家之后,对妻子说,想一个人待一段时间,没有告诉妻子去向,独自一人来到了多纪连山山脚下,住在草山村的猎户大垣市太家。铁平的祖父当年就和市太老人有来往。

两人下到山脚下,坐上客货两用车回到市太老人家。十头猎犬正在土屋里享受着麦子、大米和猪内脏混合在一起的美餐。炉边酱汤热气滚滚。猎人们正在等助手的消息。听到助手说发现了野猪的脚印,以市太老人的长子市郎为首的猎人们齐声欢呼起来,开始吃饭,做准备。

市太老人让铁平坐在炉子正面,说:

"哎呀,少爷,赶紧把湿衣服脱了。那只山兔我来给你收拾。赶紧暖和一下。早上起来去山里走走也好,可每天早上都去的话,身体吃不消啊。太累了。要是老爷还在的话,该怪我了,是吧?"

市太老人总是三句话不离老爷。老人觉得,不论相貌还是体格、性格,铁平都酷似当年的老爷万表敬介。当铁平提出想在这儿小住一段时间,并且不想让家里人知道的时候,老人没有问原因,将自己养老的小屋打扫干净,给铁平居住。

铁平接过市太老人递过来的酱汤碗,边吹热气边吃。这时大门开了,像以往一样,昨天的晚报和今天的早报被一起送了进来。一个正在横框处吃早饭的助手将报纸随手放在炉边。铁平一边等着第二碗酱汤,一边看了眼晚报。突然,铁平停下了手中的筷子。

大藏委就阪神特殊钢公司破产一事
传问大同、阪神银行行长

标题很大,在第一版左上方。铁平一把抓过报纸,快速阅读起来。

昨天,大同、阪神两行行长被众议院大藏委员会传问,因阪神特殊钢公司融资一事受到了严厉的问责。与阪神银行行长万俵大介相比,因存在放任融资、不良借贷等行为,大同银行的三云行长被严厉追究领导责任。

读到这儿,铁平感觉到一种全身被撕裂般的疼痛。刚想通过折磨肉体而忘却的记忆,一下子又重新回到眼前。

"少爷,该出发了。"

说话的是市太老人的长子市郎。市郎脚上穿着胶皮底袜子,肩上扛着猎枪。其他猎人和助手们带着十头猎犬也已经收拾停当,站起来准备出发。铁平有些精神恍惚,没有说话。

"怎么了?少爷?"

市太老人惊讶地看着铁平问道。铁平缓过神来说:

"对不起,你们先去吧。我知道那个地方,等会儿我来找你们。"

铁平艰难地说完,再次打开报纸,仔细阅读起第二版的详细报道。铁平知道,肯定是父亲万俵大介使了奸计,诬陷三云行长,三云行长不幸中计,遭受重创。"三云,不管是对企业未来的把握,还是对企业领导的判断,我觉得你都不具备一名城市银行行长的资格。""大藏大臣,大藏省是否有追究金融机构负责人责任的相关措施?"……那些受到父亲操纵的政客们弹劾三云行长的声音,回荡在铁平耳边,挥之不去。铁平已经受不了了,强行封闭在内心深处的伤口,被硬生生地撕裂了,鲜血喷涌而出。铁平闭上眼睛,想要努力平静下来。不知不觉中,铁平拨通了屋里的有线电话,报上了东京三云家的号码。还不到早晨八点,三云行长应该在家。好不容易电话通了。

"喂喂,是三云家吧?请行长接电话。我是万俵铁平。"

话筒里传来老用人的声音:

"您差了一步,他刚走。喂喂,请稍等。"

换了一个人接电话。

"喂喂,万俵,我是志保。您在哪儿?"

铁平犹豫了一下,说:

"我在丹波筱山朋友家。我刚看了报纸,知道了昨天大藏委员会的事情,我打电话过来是想向三云行长道歉的。"

志保顿了一下说:

"爸爸已经有思想准备了。他倒是对您的杳无音信非常担心。请您告诉我您现在在哪儿。"

志保的声音细细的,静静的,像一股暖流流进了铁平的心中。铁平有些犹豫,但还是告诉志保,自己在去年十一月和三云行长打野猪的地方。

三云进入大藏省正面玄关,从楼梯向二楼的大臣办公室走去,边走边回想着刚才正要离开大同银行的时候,女儿志保从家里打过来的电话。女儿的声音非常急切:

"刚刚,万俵铁平来电话了。他好像隐居在丹波的筱山。他看到报纸,知道了昨天大藏委员会的事情,觉得非常对不起您,内心非常自责。他这么说的……爸爸,您就原谅铁平吧!……"话筒中,志保竭尽全力地诉说着。想到爱女志保如此善解人意,及时将铁平的消息告诉自己,想到志趣相投的万俵铁平如今隐居在丹波的山中,女儿和铁平的身影在三云的脑海中重叠起来。

上楼梯左转,依次是官房长办公室、事务次官办公室、政务次官办公室。走廊里非常安静,完全没有一大早官厅常见的忙乱。昨天,大藏委员会会议结束之后,三云刚刚回到银行,银行局局长春田的电话就打了过来。"明天早上,永田大臣要见您。希望您在上午九点十五分到大藏大臣办公室。"在被大藏委员会传问之后的第二天,而且是上午九点十五分,报社记者们还没来得及到大藏省的时候,永田大臣要接见自己,三云觉得,大臣肯定要严厉批评自己。

三云来到大藏大臣的办公室前。正好九点十五分。三云敲了敲隔壁秘书办公室的门。秘书将三云领进大臣办公室。

大臣办公室面积近百平方米,非常宽敞,摆放着一张大办公桌、一个客用沙发和一张会议用大圆桌,悬挂着一面国旗。

大藏大臣永田坐在国旗前的沙发上。令三云意外的是,银行局局长春田、银行课课长井床陪同在座。

"这次给银行局添了麻烦,而且让大臣也操了不少心,实在抱歉。"

对大藏大臣永田作为参考人出席昨天的大藏委员会会议,三云深表歉意。

"辛苦你跑一趟。"

永田大臣脸上没有一丝笑容,指着对面的椅子让三云坐下。

"关于大同银行给阪神特殊钢公司的贷款成为不良贷款一事,我读了很多报告,也听了昨天大藏委员会的传问,好像最后归结于大同银行的体制出了问题。对此,你准备如何处理?"

"我准备整理好阪神特殊钢公司的坏账之后,等大同银行重新走上正轨,就引咎辞职。"

三云端正坐姿回答的时候,注意到一旁的银行课课长井床在做记录。

"问题是大同银行能像你想的那样走上正轨吗?根据银行局局长的报告,大同银行此次受的伤比想象中的要重,光靠你一个人的力量,能修复伤口吗?我觉得,这次的问题不是行长辞职就能解决的,所以我才叫你过来一趟。"

永田大臣话中有话,意味深长地说道。

"关于这个问题,我们已经连续召开了几次董事会,探讨善后对策,正努力整理出一个头绪来。"

永田没有说话。银行局局长春田接着说:

"通过这次事件,我们痛切地感到,就像大臣刚才指出的那样,贵行在融资方式以及人事、组织等体制方面非常脆弱。在进行大额融资的时候,你们经常跟在其他银行后面,总是处于'二号银行'的位置。但如果你们一直坚持这种保守的融资方式的话,可能还不会出问题。不过,要想成为钢铁等基干产业公司的主银行,起到领导作用,照现状你们肯定是不行的。我们很担心,你们作为城市银行还能不能独立支撑下去？前些天，我们问了日银松平总裁的意见，他也觉得你们依靠自己的力量恐怕比较难。"

"我觉得不会。我向松平总裁逐次汇报了事件的经过，他还给我们提了很多建议，让我们尽量独立自主，依靠自身的力量重振大同银行。"

三云斩钉截铁地答道。

"他可能是为了鼓励你吧。总裁的确是对春田那样说的。"

永田根本不理会三云的话。春田接着说：

"是的。我问总裁，应该如何改善大同银行的经营状况，以及日银可以提供哪些帮助等。总裁并没有具体说日银应该如何帮助大同银行，而是说，眼下大同银行深受重创，无法独立发展下去。我觉得可能是因为这件事关系到日银出身的三云行长，所以总裁没有明说。"

"如果单靠自己的力量不行的话，就不能借助外界的力量吗？"

永田的三白眼盯着三云问道。

"您的意思，难道是让我们和哪家合并？"

三云有些震惊。他虽然做好了挨批的思想准备，但是万万没有想到大臣会建议大同银行和其他银行合并。

"三云，我对这次发生的事情非常担心，也咨询了一些金融界的有识之士，的确也有一两家银行提出想和你们合并。春田那儿可能还有别的规划吧？"

"是的，有很多银行非正式地表达了合并的心愿。我也从各个角度进行了研究。正好阪神银行提出，在此次阪神特殊钢公司融资事件中，阪神银行作为主银行负有道义上的责任，愿意帮助大同银行整理大笔坏账。我觉得趁此机会，让大同银行和阪神银行合并，倒是一个不错的想法。"

春田郑重地向永田大臣建议道。永田说：

"嗯，这也是个办法。"

老奸巨猾的永田装作第一次听说的样子，以免三云产生怀疑。此时的三云忽然有种豁然开朗的感觉，连日来脑海中的雾团终于散去，所有的一切都露出了真面目。想到那些为了大同银行的发展而日夜操劳的员工们，三云心中一紧，抬头看着永田大臣说：

"大臣，我想说的是，我行现在还没有一名董事提出，要通过和其他银行的合并来渡过难关。即便我个人有此愿望，大同银行的一万名员工也不会同意按照大臣的话去做的。"

三云拒绝了大臣的要求。一旁的春田局长脸色不太好看，做记录的银行课课长井床也停下了手中的笔。如秋后螳螂般瘦骨嶙峋的永田慢慢从椅子上站起来，说：

"三云，这个话题有些突然，你也有些意外。你不用现在就回答我。回去后开个董事会，好好讨论讨论再给我答复。但你一定要明白，我这么做完全是出于好意。"

永田翻着三白眼，犀利地看着三云。春田说：

"今天就到这儿吧。"

永田和三云的会谈，仅仅持续了二十五分钟，就被永田单方面宣告结束。

从大藏省回到大同银行的三云行长，立即召开紧急董事会。

早已知道三云行长今天早上九点十五分被大藏大臣叫去的专务、常务们，都在等着三云回来。大家很快齐聚董事会议室。

三云神情紧迫地说：

"我召集大家开这个紧急会议，没有别的事情。刚才大藏大臣永田叫我过去，奉劝我们借着这次的事情，和阪神银行合并。这件事太突然了，事关大同银行的命运，我个人无法答应大臣的提议。银行局提出这样的建议,对我行来说是非常危险的。我想听听各位开诚布公的意见。"

三云原以为自己说完之后,在座人员会十分惊讶,结果却是全场一片静寂。三云原以为会暴跳如雷的绵贯专务、业务主管小岛常务、人事主管山之内常务、总务计划主管角野常务等元老派成员只是抬眼看了看三云,中间派的财务主管夏目专务和事务效率主管中原常务也都一言不发,只有和三云一样同为日银空降派的国际业务主管白河专务脸色煞白。三云从沉默中体会到了非比寻常的意味,于是看着中间派的夏目常务问:

"夏目,你有什么看法?"

一向温和的夏目眨了眨眼睛,似乎要掩盖内心的慌张,说:

"行长,我觉得您没有立即答应他们的要求,作为行长来说是非常明智的决定。"

"先别说这个,我问的是你对咱们和阪神银行合并的看法。"

三云又重复了一遍刚才的问题。这时,一旁的绵贯插嘴道:

"大藏大臣当着银行局局长的面,提议让我们和阪神银行合并,我觉得这件事不一般,不能一下子彻底否定,应该好好讨论讨论。"

三云严厉地看着绵贯,问:

"绵贯,你觉得大藏大臣的建议很有道理,是吗?"

"我没有这样说。只不过我们是在大藏省的监管下开展业务的,我不想搞僵和银行局的关系。大藏大臣提出的意见,咱们就硬生生地给顶回去,这样做好吗?既然大臣这样说了,我觉得他还是有他的想法的吧。"

"不管他有什么想法,我都觉得这个提议有些过分。对一个公共性的金融机构,没头没脑地突然提出合并的建议,我觉得过分的是大臣,而不是我们。绵贯,你是想乖乖地接受这个建议吗?"

三云的态度非常坚决。

"不,我觉得这件事需要好好讨论。咱们银行是在大藏省的许可下开展工作的,既然大藏大臣表露出这样的意思,我想这大概意味着机关当局觉得这样做比较好吧。"

老奸巨猾的绵贯不置可否地说道。

"听你的意思,你是赞成和阪神银行合并了?"

"哪里的话。只不过看眼下的金融形势,我觉得我们行早晚得走上合并这条路。当然,我并没有说非得和哪家银行合并。刚才听了行长您的话,我觉得,这次咱们应该冷静地接受大臣的建议。这样做对我们大同银行来说并没有什么坏处。"

"你凭什么觉得没有坏处?"

"因为如果非合并不可的话,我也正好想到了阪神银行,所以……"

绵贯吞吞吐吐地说到这儿的时候,绵贯派的业务主管常务小岛接过话来说:

"行长,我一直在听你们的谈话。我觉得如果您下决心合并的话,阪神银行是个不错的对象,值得考虑。"

这时,同为绵贯派的人事主管山之内常务也说:

"从人和这一点来看,咱们银行是从储蓄银行一步步发展成为今天的城市银行的,咱们的职员都吃了不少苦,在这一点上,咱们和地方性城市银行阪神银行的职员有共同之处。我觉得这个建议值得考虑。"

看到绵贯派"你方唱罢我登场",日银派的白河专务忍不住爆发了。

"你们知道你们自己在说什么吗?! 你们平常不总说,咱们银行的特点就在于密切服务大众,就是走独立自主的道路吗?你们到底怎么了?大藏省不就说了几句严厉的话嘛,咱们用得着这么紧张吗？这样下去咱们不正好上了别人的当了吗？！"

白河专务激动地批评着绵贯派的元老们。整个会场顿时火药味十足。三云脸色涨得通红，说：

"我正是因为考虑到各位长久以来的心愿，才没有答应大臣今天的提议。当然，从如今金融重组的大局来看，我也在考虑银行合并的事情。但我觉得，大藏大臣突然提出让我们和阪神银行合并，这件事颇为蹊跷，我感觉听起来像是，阪神特殊钢公司破产了，你们两家受牵连的银行就凑合到一块儿过吧。我认为，这种毫无原则的合并，其结局必将是悲剧性的。要合并，就必须是志存高远的高品质的合并。"

白河专务立刻表示了赞同：

"我赞成。如果和一家银行合并之后，又很快被其他银行超越的话，这样的合并就没有任何意义，对大同银行未来的发展没有任何好处。"

白河专务说出了日银派的最终主张。绵贯的大红脸涨得通红，他突然正色道：

"你们能考虑得如此深远十分难得。但是，大同银行的名称即便不在了，它的精神还可以永存嘛！"

三云脸上青筋直冒，说：

"你是想出卖大同银行吗？"

面对三云的指责，绵贯鼻翼扇动，毫不示弱地说：

"你们这些人，一代代地从日银空降下来，你们到底为大同银行做了什么？你们没有为大同银行做任何事情！我们这些奋斗了四十年的大同银行的元老的意见是，舍华求实，合并！如果你们能早点有所作为，能多为大同银行着想，或许大同银行就不会沦落到今天这个地步！"

看到绵贯针锋相对的样子，白河说：

"你说什么？大同银行正因为有我们的存在，才强化了国际业务部，充实了最初只有六名员工的调查部，为今后的国际竞争奠定了基础，并最终形成了符合城市银行特点的银行体系。"

白河想把中间派的夏目专务拉到三云派来，于是接着说：

"夏目，作为三名专务之一，我想听听你真实的想法。"

绵贯已经私下拉拢了夏目，承诺让夏目担任新银行的专务。夏目说：

"白河和绵贯你们两位各有各的想法。因为阪神特殊钢公司贷款的问题，我行如今面临危机。在现在这个情况下，我们如果同意大藏省方面提出来的合并方案的话，就有了相应的后援，起码将来我们大同银行不至于落个粉身碎骨的下场。"

夏目话音刚落，人事主管山之内常务突然站了起来，态度强硬地说道：

"行长，实际上除了白河专务，今天在座的其他人，以绵贯专务为代表，已经下定决心和阪神银行合并。"

"什么？真的吗?!"

三云震惊地环顾四周，除了白河专务，其他人都默默地点了点头。三云顿时脸色煞白。绵贯知道三云已经深受打击，于是乘势接着说：

"实际上，我们本来想在大藏委员会的传问结束后就告诉您的，但没想到大藏大臣又找您谈话。很遗憾我们没能在大臣找您之前告诉您。我们的意见已经定了。"

瞅准白河专务去纽约出差的空当，绵贯派谋划好这件事。原本热火朝天的会议室顿时寒意逼人。

"你们为什么不早点把话说清楚呢？"

三云努力压住心头的怒火问道。绵贯恭恭敬敬地回答说：

"我们担心告诉行长您,您不同意,但我们又认为和阪神银行合并有利于我行的发展,我们将促成合并视为拯救大同银行的途径。我们怕您认为我们逼宫。没办法,这拖来拖去的,事情就成现在这样了。"

绵贯的回答,让三云不禁心生一线希望,问:

"我再问一遍,各位真的赞成绵贯专务的意见和行动吗?"

听到三云悲痛至极的声音,所有人都不敢正视三云的眼睛,而是将视线转向了绵贯专务。绵贯慢慢站起来,说:

"行长,这事儿有点不好开口。实际上我们早已立下字据,确认了各自的意见。"

说着,绵贯从上衣的内口袋中拿出那份盟约,打开来,放到三云面前。十六名董事及以上的骨干中的十一名,在盟约上签下了自己的名字。三云只觉得天旋地转,仿佛突然坠入了万丈深渊。

"如果您还不认可的话,可以召集所有董事,一起投票表决。"

三云摇了摇头。

"既然有盟约了,就没必要再投票表决了。我在从日银到大同银行来当行长的时候,就已经想好了,等到合适的时候,将行长职位让给大同银行的元老。我很惭愧,由于我无能,没能做到这一点。这次因为阪神特殊钢公司的事情,大藏省强迫咱们和阪神银行合并,我原想和诸位敞开心扉说说心里话的……"

说到这儿,三云顿了顿继续说:

"但是,我现在知道各位的心思了。我就到此为止了,剩下的交给各位。"

说完,三云决绝地站了起来。绵贯一伙的政变宣告成功。三云独自静静地向大门走去。大家屏息凝视着三云离去的背影。

万俵大介今天比平时醒得早一些。醒来的万俵大介,抑制不住满眼的笑意。这是梦想成真之后发自肺腑的笑容。

昨天夜里,大同银行的绵贯专务来电话说,政变成功,三云行长最后说了句,剩下的交给各位了,独自离席而去。这个消息让万俵兴奋了一夜。万俵看了看表,还不到七点。卧室里的暖气不冷也不热。万俵看了看两边的单人床。丰满诱人的相子和玩偶般娇小白皙的宁子都还在酣睡中。昨夜,听到大同银行政变成功的消息,万俵兴奋不已,再次享受了妻妾同床的愉悦,全身上下每个毛孔都释放着兴奋。万俵准备在年内,先悄悄取得阪神银行和大同银行的大股东们的谅解和工会的同意,等到明年一开春,就向社会公布两家银行合并的消息。而眼下要做的第一件事,就是争取得到阪神银行头号股东大阪重工的社长安田的支持。

"哎呀,你已经醒了,礼拜天醒这么早。"

相子睁开眼睛说。

"嗯,该起床吃早饭了。我已经约好了上午去拜访安田太左卫门。"

相子赶紧起来,给万俵披上棉袍,自己也披上了一件。宁子还沉浸在被迫妻妾同床的羞耻中,低头小声说了句"我先走了",快步离开了这间并排放着三张床、依然残留着昨夜动物般性交气味的卧室。相子根本没有理会宁子的举动,而是揣测着大介的心思说:

"你要是去安田家的话,银平要不要一块儿去?要不然的话不太好吧?"

相子拿起床头柜上的电话,给银平家拨了过去。小女佣接电话说,银平还在睡觉。相子让女佣去把银平叫起来。当话筒中传来银平的声音的时候,相子将话筒交给了万俵。

"银平吗?是我。我今天上午十点要去安田家。你最好和我一起去,正好把你和万树子的事情解决了。"

银平似乎还没睡醒,非常不耐烦地说:

"不要为了这种事情星期天一大早叫我起床。我不去。"

"但是,今天我去找安田,是有重要的事情要谈。你最好和我一起去,和万树子聊聊。"

万俵大介强调了今天的事情非常重要。

"我不知道你有什么重要的事情,反正说什么我也不会去的。当初你们不由分说地让我和万树子结婚,现在想让她回来的话,你把她带回来就行了。我无所谓。"

说完,银平挂了电话。万俵无奈地放下话筒。相子的脸色也很不好看。

万俵的车到达山芦屋安田太左卫门家的时候,正门已经打开。万俵下车朝玄关走去。

"爸爸,欢迎!"

万树子罕见地穿上了和服来迎接万俵,眼睛却偷偷看向万俵的身后。万树子梦想着银平会一起来。

"银平那家伙,总是睡懒觉,再怎么打电话催他,他也不起来。"

听到万俵这样说,万树子睁着大眼睛摇了摇头,说:

"没事儿。我知道他绝对不会来接我的。"

"不会的。今天不是礼拜天嘛。"

万俵大介安慰万树子道。

"爸爸,不是每天都是礼拜天的。"

万树子对银平的毫无诚意非常气愤。

"请往这边走。我爸爸刚才就在茶室等着您了,妈妈也很快就过来。"

沿着院子里的石子路,万树子将万俵大介带到篱笆对面的茶室。

万俵在茶室外的洗手盆处漱过口,从小门进入茶室。安田太左卫门正端坐在炉子前面等着万俵。万俵在主宾的位置上坐下。

"休息日,打扰了。"

"哪里,哪里。我一年到头都起得早,周末喜欢到茶室坐坐。很高兴今天能在茶室招待您。"

安田表情温和地说着,娴熟地拿起小方绸巾和长柄勺,从茶釜中舀出滚开的热水,放到筒状萨摩产陶制古茶碗中,沏上茶。万俵照规矩慢慢品完茶之后,欣赏着萨摩古茶碗浓郁的乡土气息,说:

"银平到今天都没来登门道歉,我也很头疼。非常抱歉。"

安田没有接话,而是问:

"您的长子铁平现在怎么样?虽说他领导的阪神特殊钢公司破产了,但不论是人品还是见识,他都非常优秀。我听说,尽管他已经离开阪神特殊钢公司了,但工人们还是非常仰慕他的为人,遵循着他'不要让阪神特殊钢公司的烟囱一日无烟'的命令,在全力以赴地开展困难重重的重建工作呢。"

"多谢夸奖。他这段时间去东京了,早晚会开始新的工作,到时还请多多关照。"

万俵没有告诉安田,铁平已经离开万俵家了。万俵无数次和铁平可能去的志摩半岛、丹波筱山、东京和大阪的"鹤乃家"等地联系,但一直没有铁平的消息。

"听说二子的婚礼定在了三月初三?"

"是的,托您的福,谢谢。"

二子根本不听父亲的劝告,坚决不同意和细川一也的婚事。不论是二子的婚事,还是银平和万树子的不合,在运筹帷幄银行合并伟业的万俵看来,都不过是些烦人的小杂事。但这两件杂事又都和银行合并息息相关,令万俵不敢轻视。

喝完第二杯茶后,万俵说:

"今天我来拜访,是有件事要告诉您。最近,我行和大同银行已秘密达成合并意向。您是我行的大股东。今天我来向您汇报这件事,顺便请求您的支持。"

听到这儿,正在点茶的安田停下手,惊讶地看着万俵。万俵继续说:

"本来我应该早点征询各位大股东的意见,但近来金融界乱七八糟,前途不明,很多事情没有头绪。现在告诉您可能有点晚了,有点事后汇报的感觉,不好意思。但我希望,这是一个您乐于看到的结果。"

"既然您同意合并,看来是一对一的对等合并了?"

"当然。从融资对象来看,我行以重工业为主,大同以流通业为主,两家正好互补。合并之后,资金量可以得到大幅提升。我相信,合并后我们能更充分地满足老客户的需求。"

"但是,你们肯定会把总行迁到东京去。您现在是这么说,但将来你们的业务重点会慢慢转到东京去吧?"

"不,我们将在东京吸收存款,拿到这儿来用,也就是说,只进不出。"

万俵的脸上浮现出银行家的笑容。

"新银行的行长是谁?"

"我。"

"但对方可比你们阪神银行排名靠前,三云行长能答应吗?"

"三云行长一病不起,大同银行人心涣散,因此只有我来当这个行长了。"

"也就是说大同银行的领导层已经同意您当行长了?"

安田谨慎地确认道。万俵的脑海中浮现出绵贯等人政变的一幕。

"大同银行也有人反对合并。另外,对于新银行的行长人选,当然也有反对意见。这些都是可以想象的。但最后,他们达成了一致意见,这点请放心。"

万俵停顿了一下,接着说:

"在此有件事我想请求您的帮助,就是引导合并舆论的问题。阪神银行和大同银行都因为阪神特殊钢公司破产一事受到牵连。一旦合并的消息公布出去,媒体和各经济团体肯定会议论纷纷,质疑为什么一方处于领导地位,另一方被吞并?到时候还得请您多多帮忙。"

万俵为此次合并投入了相当多的时间和精力,在大藏大臣永田身上也费尽了心思。现在万俵最担心的就是社会舆论。一直侧耳倾听的安田开口说道:

"您的意思是,让我来引导一下舆论方向,就说合并的直接原因并不是阪神特殊钢公司的破产,而是大同银行本身存在问题,阪神特殊钢公司只不过是个导火索,是这个意思吗?"

在温暖的冬日阳光中,茶室里的气氛瞬间变得紧张起来。

"给您添麻烦了。您是我行最大的股东,又是关经联[①]的骨干,我想肯定会有很多人问及您对此事的看法,所以还请多多关照。"

说完,万俵深鞠一躬。

"我知道了。舆论的事情就交给我吧。我原以为,今天您是来谈万树子的事情的。万树子从你们家回来已经三个月了,我本想着,至少银平该来接万树子回去,新年两人可以有个新的开始。不过现在,我不打算让万树子回你们家了。"

安田把工作上的事情和女儿的事情分得一清二楚。

在新桥的待合茶屋"田川",忘年会[②]结束的时间到了,玄关处热

[①] 关经联:关西经济联合会。
[②] 忘年会:日本组织或机构在每年年底举行的传统聚会。大家一起回顾过去一年的成绩,准备迎接新年的挑战。

闹了起来。

自由党长老会的成员们在艺伎的陪伴下,又去二次会了。过了一会儿,走廊里再次传来了喧闹声。原来是帝国制铁的副社长、日经联的常任理事兵藤正一郎主办的"兵六会"结束了。体重约八十千克的"巨人"兵藤副社长,在大藏省、通产省的局长、次长等十余人的簇拥下走了出来。

"不管怎样,今年是考验我们钢铁行业的一年。你们这一年都得到了磨炼,希望明年大家能过得轻松些。"

兵藤喝得红光满面,站在玄关前,欢送着各位精英官员。这时,通产省工业局局长石桥说:

"谁被磨炼了?刚才小艺伎同情地对我说,局长,您的头发变少了啊。哎呀,这让我情何以堪啊!"

石桥的话逗得众人大笑起来。兵藤和每个人握手告别。

主计局次长美马中,跟在银行局局长春田后面和兵藤道别。兵藤的大手握着美马的手说:

"呀,美马,明年你就要有个好连襟了。你可要好好爱护他啊。"

兵藤指的是自己公司秘书课的细川一也。美马心中一紧,赶紧说:

"这是自然。今年劳烦您多多关照了。"

美马所说的关照,指的是兵藤在阪神特殊钢公司一事上发挥的作用。说完之后,美马和春田上了一辆车。两人的家分别在世田谷的成城和樱丘,正好是同一个方向,因此,每次"兵六会"结束之后,两人一般都合乘一辆车回家。车子开动之后,春田半开玩笑地说:

"你也真够忙的。"

春田接着问:

"听说帝国制铁接管阪神特殊钢公司的事情已经定下来了。具体的合并方案是怎么样的？公正交易委员会可是瞪着眼盯着呢。"

美马说：

"帝国制铁接手之后，我们计划暂时减资，让帝国制铁持有大部分股份。因为阪神特殊钢公司和帝国制铁旗下的昭和特殊钢铁公司是业务合作关系，从特殊钢的市场份额来看，不会涉及垄断。不管怎样，财产管理人接手还不到十天，具体的细节还得等重整计划案制定之后再说。这事先不谈，倒是局长您刚才说的那件事……"

美马瞄了一眼司机，压低了声音。刚才在"田川"的洗手间，春田悄悄告诉美马，永田大臣的政敌田渊干事长似乎察觉到了阪神银行和大同银行合并一事。

"真的被田渊干事长察觉到了吗？"

"听说银行课课长井床被田渊干事长叫过去，问了很多问题。"

"看来，他是从松尾审议官那儿听到什么了。"

松尾审议官是田渊干事长的眼线。

"不对，松尾不可能知道。我们小心了又小心，表面上根本看不出来。据井床推测，课长助理滨崎有些可疑。"

"滨崎？太让人吃惊了。他是什么时候被田渊派收买了的？"

五十岁的滨崎去年好不容易当上课长助理，是个一般公务员，为人清高又温和。美马无论如何也想不到他会被田渊派拉拢过去。

"据井床说，他老婆娘家和田渊干事长都是广岛二区的，他老丈人今年秋天去世的时候，当地的田渊选举事务所送了厚礼。"

春田边向窗外吐着烟边说。美马默默地点了点头。最近田渊干事长下了大血本，动用各种关系，活动相当频繁，越来越成为横在永田派前面的一大障碍。田渊一步步构建的情报网，无论对美马还是春田，都是一大威胁。

"局长，要不现在去大臣家吧？"

"我也正有这个打算呢。一不小心的话,很容易被田渊派毁了啊。"

说着,春田吩咐司机开往永田家所在的杉并区下高井户。

在初台下了高速公路之后,车子又开了十分钟左右,到达下高井户。永田大臣家在住宅街一角,占地近千平方米,是传统的日式房屋,看上去相当陈旧,作为一国大臣的住所,似乎有些过于简朴。当年,永田因为冲撞了前首相池山而受到冷遇,从那时候起,永田就一直住在这里。

"啊,好像是《每朝新闻》的车来了。咱们在这儿下车吧。"

借着出租车的车灯,美马一眼就看到一辆挂着《每朝新闻》报社社旗的车停在永田家门外。于是两人在距离永田家两百米左右的地方下车,步行到后门。摁响门铃之后,一名书生探出头来。

"啊,谢谢。"

书生认识春田和美马,赶紧把门打开。

"只有《每朝新闻》的记者在吗?"

"是的。大臣刚刚回来。"

说着,书生带着两人穿过院子里的树丛,来到永田书房隔壁的房间。

"《每朝新闻》的谁来了?"

春田问来迎接的秘书。

"榎本记者。今天大臣和大藏省记者俱乐部的人一起去忘年会了,记者俱乐部的榎本记者送大臣回来的。"

"他们现在在这个?"

春田做出喝酒的样子。

"嗯,是的,您二位是不是有急事?"

"是啊,但又不能打扰他们。"

"那我假装告诉大臣有电话,请他到书房来一趟。"

说着,秘书走了出去。过了一会儿,走廊里传来脚步声。

"怎么了?你们俩一起来了?快进来。"

永田让两人进书房,在书桌前的沙发上坐下。

"阪神、大同合并的事情,好像传到田渊干事长的耳朵里去了,我们担心您不知道,所以赶紧来向您汇报。"

春田简要地解释了一下合并一事被田渊察觉的前后经过。

"哦,被他察觉了?看来得加紧了。"

永田眯着眼睛,抬头看着天花板。

"你们俩觉得怎么办才好?"

"干事长明显就是想搞破坏,所以咱们得抓紧时间,及早将对方的行动遏制在萌芽中,否则就麻烦了。"

说到这儿,春田看着永田身后的抽屉。抽屉里有一个上了锁的文件盒,里面装的全是和田渊干事长以及政界的影子大佬"镰仓那个人"相关的秘密资料。

"这个?这个我打算明年总裁选举时用。"

说着,永田摇了摇头。

"反正大同银行那边已经搞定了,咱们就故意把这个消息捅出去,让报纸报道出来,把生米煮成熟饭。您看如何?"

说完,春田看着美马,问:

"阪神银行那边也做完股东的工作了吧?没问题吧?"

美马俨然是万俵大介的代表一样。

"嗯,好像已经准备好了。"

"那就没问题了。大臣,现在来的这个榎本记者怎么样?"

春田的意思是让榎本报道这件事。

"嗯,日银方面已经摁住了吧?"

"是的,前些日子我跟您汇报过,日银总裁一开始表示,三云的后任必须由日银来任命,但大藏委员会会议结束之后,他就说完全交给大藏省了。"

从春田的语气中可以听出,他对日银总裁十分不屑。

"那好,就让榎本来干吧。他没问题。"

今年夏天,榎本从《每朝新闻》的大阪总社重返东京总社的经济部工作。从永田坐冷板凳的时候开始,榎本就一直追随着永田,是个相当厉害的记者。

"怎么操作?"

春田和美马事到临头都有些犹豫。永田直接打开书房门,喊道:

"榎本,春田和美马来年终问候了,你过来,再来一次忘年会!"

听到喊声,榎本记者从走廊对面的会客室里走了出来。

"深夜来年终问候,有意思啊。"

榎本醉醺醺地笑着,看了看春田和美马,似乎已经敏锐地感觉到了什么。

一年到头编制预算,今天终于到了最后一个工作日[①]。昨天直到深夜,主计局外的走廊上依然人头攒动,但现在已是一片寂静。今年的预算编制又得拖到过年之后了,年前是完不了工了。

主计局次长美马整理完堆积如山的预算资料,松了口气。但一想到一年比一年严重的米价问题,美马实在提不起精神来迎接新年。

突然,《每朝新闻》的榎本记者走了进来。

"看来只有今天能安静一会儿啊。"

看到榎本,美马一下子紧张起来。昨天夜里,在永田大臣家,春

---

① 12月28日为日本各机关一年内的最后一个工作日。

田和美马见到了榎本。凭着职业的敏感,榎本觉得春田局长和美马一起出现在永田家,后面必有新闻素材可挖。现在,榎本就来找美马挖新闻了。

"昨天夜里谢谢了。听大臣讲了那么多以前的事情,真让人怀念过去啊。"

美马一边为榎本倒了杯别人送的昂贵的威士忌,一边回忆着昨晚听永田畅谈在大藏省工作时的逸闻趣事的情景。榎本记者说:

"是啊。当年大臣在军部的威慑下当主计官时的故事,什么时候听都让人忍不住捧腹大笑啊。对了,今年预算的症结是不是还是米价问题?你们主张的大米限购措施有可能实现吗?听说自由党方面反对的声音比预想的要激烈得多啊。"

说着,榎本在美马桌前坐了下来。

"但是,去年我们已经实行了冻结购入价的措施,今年无论如何也要实行限购。要解决每年粮食管理特别资金的大幅赤字问题,除了限购大米,没有别的办法。"

美马强调说。

"可是,你们的老大大藏大臣永田不是常说,'我们无比热爱农民'吗?"

"是这样。但是榎本,无论如何冻结购入价、设置奖金奖励那些减少种植大米的农民,政府无限制地购买农民种植出来的大米这种现行的预算方式,依然是预算赤字的症结所在。为此,主计局局长也在耐心地和自由党交涉。"

说到这儿,美马心里有些着急,不知道榎本今天来办公室找自己是不是因为昨夜上钩了。就在这时,榎本问:

"对了,阪神银行怎么样了?"

"怎么样了?什么怎么样了?"

榎本毫不掩饰的提问,让美马有些心虚。

"你就别跟我装傻了,你应该有事可以告诉我吧?"

"这个,我说恐怕不合适吧。"

美马越发支支吾吾起来。

"那么,我去春田局长那儿,肯定能听到好消息,是吧?"

榎本乘势追问道。美马摸不准榎本已经领会到何种程度,一时不知该如何回答。直接把榎本推到春田那儿去倒是简单,但榎本不仅在政界,在财界也很有人脉,美马盘算着如何借机卖个人情。

"你可真是千里眼啊,没听我岳父说什么吗?"

美马知道,榎本在大阪工作的时候,和万俵大介关系密切,所以特意把话题指向万俵。果然,榎本立马两眼放光地问:

"是不是金融重组的问题?"

"比这个还……不知道春田还在不在?"

美马不动声色地透露了一点信息。美马刚说了一半,榎本已经激动地站了起来,快步跑了出去。

看着榎本的背影,美马终于松了一口气,嘴角浮现出一丝不易察觉的微笑。美马暗示榎本春田在局长室,实际上春田现在去自由党总部进行年终问候去了。美马把"火"点起来之后,春田今晚应该会邀请榎本到家里去,向他透露阪神银行和大同银行合并的消息。

银行局局长春田的家位于世田谷樱丘,是一栋建于两年前的朴实的西式建筑,玄关处已挂上了新年稻草绳。

春田局长和榎本记者在客厅相对而坐。榎本已经等了春田很长时间。一见春田,榎本就执着地问个不停。

"局长,阪神银行要合并是真的吧。对方是富国银行吗?"

一年前,榎本记者在《每朝新闻》大阪总社经济部工作的时候,阪神银行和富国银行曾公开表示,两家银行要进行彻底的存款互收互付业务合作。从那时开始,榎本就感觉到,万俵大介对金融重组有着非同寻常的深谋远虑,因此一直暗中注视着富国银行和阪神银行的一举一动。

春田边抽烟边说:

"不是富国。"

"是排名在阪神银行后面的哪家银行吧?会是哪家呢?"

"不一定是排在后面的。"

一贯不苟言笑的春田此时笑了起来。

"也就是说,阪神还是被吞并了?"

"也未必吧。"

"春田,我想赶上早报,你就不要再为难我了。排名在阪神银行前面,而且阪神不是被吞并,那就是……"

榎本看了眼钟,已经九点多了。榎本一边担心着早报的截稿时间,一边飞快地动着脑子,问:

"对了!对方是不是大同银行?只能是因为阪神特殊钢公司破产而深受重创的大同银行了!看来我得赶紧去找三云行长!"

榎本一语中的。

"三云好像病了。"

春田貌似不在意的回答,已经证明了阪神银行和大同银行的合并是真有其事。如果对方不是大同银行的话,春田应该说,你去见三云没有任何意义。此时春田特意说出"三云病了"这句话,实际上是在暗示这场合并的本质。榎本双眼放光,说:

"局长,所谓秧针胜刀枪、以弱胜强,说的就是阪神和大同的合并啊。这可是我们报社的头条。局长,谢了。"

榎本对春田给了自己这样一个独家特大新闻表示感谢之后,立马起身告辞。

榎本飞快地坐上等候在外面的汽车,用街边的公用电话通知了《每朝新闻》经济部的主任。九点四十分,阪神和大同银行合并的消息被列为早报头条新闻。

《每朝新闻》经济部立即选拔了八名精干的记者,组成特别行动小组,瞒着其他报社,一边夯实该消息的各种背景,一边采访相关人员。

在早晨飞往东京的飞机中,几乎所有乘客都被《每朝新闻》的头条新闻吸引住了。《每朝新闻》在头版头条,大幅报道了大同银行和阪神银行合并的消息。

万俵大介在大龟专务的陪伴下,坐在机舱前排位置。万俵大介无法抑制内心的激动,硕大的新闻标题从周围人摊开的《每朝新闻》上跃入万俵大介的眼中。该篇报道的标题超过了九栏。

大同、阪神对等合并　存款额跃至第五位

大同银行(行长三云祥一,资本金二百三十亿日元)和阪神银行(行长万俵大介,资本金二百一十亿日元)的领导层近期决定,两家银行达成一对一的对等合并,两行不日将召开董事会,公开宣布这一消息。双方商定,合并后的新银行名为"东洋银行",预计明年四月一日成立,新行长由阪神银行的万俵担任。这是二战后城市银行间的首次大型合并,两行合并之后,将跃居城市银行第五位。本次合并必将对金融界产生巨大冲击,引爆银行合并的浪潮。日本金融界即将进入动荡期。

在具有煽动性的导语之后,报道就两行领导层商定的主要内容及各自的规模、特点、历史进行了阐述,并刊载了永田大臣和春田局长的讲话。

大藏大臣永田：两行合并可以充分发挥规模优势，满足国民经济的需求。这一举措符合金融高效化的宗旨，是契合时代要求之举。希望今后通过双方的不懈努力，新银行能够得到长足的发展。

大藏省银行局局长春田：他们正式提出合并申请之后，大藏省立刻进行了仔细研究，决定同意他们的请求，全力支持双方合并。

很明显，大藏大臣和银行局局长都双手赞成此次合并。昨天夜里十点，美马慌慌张张地打电话告诉万俵，银行局局长春田刚刚将两行合并的消息透露给了《每朝新闻》的榎本记者，请万俵做好应对记者采访的准备。万俵立刻和大同银行的绵贯专务取得联系，并且通知了阪神银行东京事务所的芥川，要求芥川和绵贯碰个头，商量一下细节问题。绵贯虽然擅长银行业务，但在应对记者方面，万俵对他不太放心。在得知得到这条特大新闻的是《每朝新闻》的榎本记者后，万俵稍稍放心了一些。万俵比较了解榎本。榎本是从《每朝新闻》大阪总社经济部调到东京工作的，业务能力非常强，应该不会走漏消息。尽管如此，万俵仍然一夜未眠，一直等着看早报的报道。一旁的大龟同样因为疲劳和兴奋，满眼都是血丝。

芥川带着秘书一起到机场来接万俵他们。一坐上车，芥川就说：

"行长，两行共同记者招待会上午十一点开始，在大仓宾馆的有明厅。从早上五点开始，来自各报社的电话就响个不停，看来今天的记者招待会不会太轻松。"

早已习惯应付媒体的芥川，今天也相当激动。

"应该是吧。当地报社的记者也气急败坏地打电话到我这边，质问说,阪神银行的总行明明在神户,为什么这次却让东京的报社占了先,太过分了。等到第五个电话的时候,我就让人告诉他们,我到东京去了,没在神户。不过,大龟这次被吵得够呛。"

"是啊,媒体问个不停,银行内部职员也被合并的消息吓坏了,都炸了锅了。看到报纸的职员就问分行长,分行长就给我以及其他总行领导打电话。我的喉咙都快冒烟了。"

大龟的额头上还在冒汗。

"一般职员和干部们的反应怎么样?"

"因为对方比我们排名靠前,大家有些担忧。今天晚上我们准备召开分行长会议,向他们阐明此次合并的宗旨,请求他们的理解。同时,荒武常务还要面见工会的三个领导,请求工会的理解和支持。"

大龟兴奋地答道。万俵接着问芥川:

"大同银行方面没问题吧?"

"在那天政变后,三云行长就向董事会提交了辞呈,在事态平息之前,他先到庆应医院住院休养一段时间。今天的记者招待会,由绵贯专务代替三云行长出席。"

芥川还向万俵汇报了昨天夜里去绵贯家送记者招待会预想问题集一事。

"嗯,咱们做了这么多准备,应该没问题了。有问题的话就由我来应付了。"

万俵已经做好了思想准备。在今天的记者招待会上,除了《每朝新闻》的记者,其他报社的记者因为没有抓到这条特大新闻,肯定会气势汹汹地提出很多相当尖锐的问题。

大仓宾馆的有明厅里,来自报社、电视台的记者共五十多人会聚一堂,连电视摄像机都架上了。在暖气、人群和镁光灯的共同作用下,十二月二十九日的有明厅闷热异常。

阪神银行的万俵行长和大同银行的绵贯专务端坐在正面桌前。第一次参加记者招待会，绵贯的大红脸通红通红的，他时不时地咳嗽两声，紧张之情溢于言表。一旁的万俵大介，银发一丝不苟，坐姿轻松，面带微笑，与绵贯形成了鲜明的对比。不过，两人的反差正好象征了此次合并的实质。

万俵大介慢慢站起来，首先对年关召开记者招待会给大家带来不便表示了歉意，接着，朗读了阪神银行和大同银行的合并意向书。

意向书主要讲述了两行领导层达成的基本共识：1. 为应对经济国际化趋势，金融机构也需要走向大型化，扩充强化自身的经营基础；2. 为应对大众化社会进程，为普通顾客提供更为精细的服务，两行需要通过合并来充实全国的营业网点；3. 为应对快速发展的金融自由化，在国际金融业务中发挥世界性银行的作用，银行必须拥有广泛的海外据点和丰富的资金保障。万俵大介列举的这三点，都是些程式化的表达，毫无新意可言。万俵大介刚一读完，记者团就开始提出质疑。

"合并到底是从什么时候开始的？最初是哪一方先提出来的？"

"今年三月，银行局局长春田召集城市银行中排名后五位的银行召开定期例会。那时候我们谈起了各自的经营方针、业务合作等情况，一致认为，为了应对复杂的金融形势，排名居中后位的城市银行应该团结起来，强化自身能力。既然双方意见如此一致，合作起来肯定一帆风顺。所以说，我们两行的合并就是一件水到渠成的事情，就像恋爱之后就结婚成家了一样。"

万俵微笑着答道。

"就是，我们双方并不存在谁先提谁后提的问题，而是心心相印。"

说话时，绵贯满脸大汗。这时，率先报道本条特大新闻的《每朝新闻》社的死对头——《日本新闻》社的记者问：

"但是,从合并时间上看,你们双方因为阪神特殊钢公司一事在国会被追责,并最终促成了你们的合并,这才是事实真相吧?"

该记者的提问一针见血。万俵瞬间有些心虚,说:

"不是这样的。阪神特殊钢公司的事情只是一个结果,实际上,我们双方一直在协调融资方面合作得非常愉快,我们绝对不是因为受到阪神特殊钢公司的牵连才同病相怜地走到一起的。"

这时,一名专业的经济记者问道:

"我想请教绵贯专务。通常情况下,合并时资金量大的继续存续,资金量小的解散,你们这次正好相反。为什么?"

"这个嘛,只是形式上的手续问题。关键是两家银行都脱去了过去的外壳,合并诞生了一家新银行,并不存在一家怎么另一家的问题,证据就是,新银行的总行定在我行总行了。"

绵贯太紧张了,说起话来有些语无伦次。其他记者立刻开始穷追猛打。

"为什么这个值得庆贺的场合,你们双方共同发表合并声明的时候,不见三云行长的身影呢?"

"在记者招待会开始之前我就说过,三云行长现在生病住院了,他本人也为不能亲自到场而深感遗憾。"

"生什么病了?"

"受寒感冒了。这段时间因为处理阪神特殊钢公司的事情,再加上忙合并的事,三云行长过于劳累,病倒了。"

说着,绵贯拿出皱巴巴的手帕擦拭着脸上的汗水。

"他在哪家医院住院?"

记者们的问题集中到三云缺席这件事上。

"庆应医院。现在他谢绝会客,所以我不能告诉大家他的病房号,不好意思。"

还没等记者们问病房号,绵贯就主动说出来了,而且非常郑重地鞠躬致歉。

"三云行长生病的事情先不说了,合并后的新行长是万俵行长,副行长是绵贯专务,那三云行长的职位呢?"

"三云行长正在生病……"

绵贯正不知如何回答,一旁的万俵赶紧说:

"我们请三云行长当会长。"

"但是在这个干部名单上,没有会长一职啊?难道三云行长今天的缺席和这个有关?"

记者们的追问毫不留情。

"不是。三云行长提出,因为健康原因,不能胜任行长一职,让我来当行长。会长一职他也以同样的理由拒绝接受。这关系到三云行长私人的健康问题,还请各位谅解。"

万俵巧妙地以私人健康为理由,阻止记者们继续提问和三云相关的问题。听到万俵这样说,记者们也不好再纠缠下去。

"你们两家合并的好处是什么?"

新一轮问题重新开始。万俵自信满满地说:

"第一,双方合并之后诞生了一家在城市银行中排名第五的大银行,银行规模得到巨大提升;第二,新银行网罗了全国各地的营业网点,而且从双方的传统客户对象来看,我行主要面对重工业,而大同银行以流通业为主,双方互补性非常好。我相信,双方合并之后,新银行作为一家大型银行,职能健全,资金雄厚,将在未来的国际竞争中立于不败之地。"

在照相师的要求下,万俵向绵贯伸出手去,绵贯的大手紧紧握住了万俵的手。

寄身于丹波筱山市太老人家的万俵铁平，闷闷不乐地看着天花板。

铁平从报纸上得知，在国会的大藏委员会会议上，三云行长因为阪神特殊钢公司破产一事，单方面受到了非常严厉的追责。从知道消息的第二天开始，铁平就拒绝看报纸、看电视，不再关心世间发生的一切事情，寂寥地打发着一天又一天。透过房间窗户看多纪连山的雪量和天气，成了如今铁平唯一关心的事情。

"少爷！"

纸拉门外传来市太老人的声音。铁平将脚伸进暖炉里，直起身子。

"烤年糕了，这是刚刚捣出来的年糕，少爷您先尝第一口。"

老人拿着盆，盆里装着香喷喷的年糕。

"谢谢，我回头再吃。"

市太老人摇了摇头，说：

"您老是说回头回头，最近你突然没什么食欲了，又不怎么吃东西。后天就是元旦了，新年回去看看东京的太太和孩子吧。他们都等着您呢。您要是回去，他们不知道该有多高兴呢。"

听到市太老人的话，双颊凹陷、眼神坚定的铁平脸色黯淡了下来。作为一家之长，将妻子和孩子扔在东京的大川家，铁平深感自己是个不称职的丈夫和父亲。想到太郎和京子稚嫩的声音——"爸爸，早点回来哦"，再想到竟然将年幼的儿女抛在一边不闻不问，铁平不禁心如刀绞。幸亏妻子早苗像岳父大川一郎一样坚强，这让铁平勉强有一点心理安慰。

"不了，这个新年，我打算在这儿过。是不是给你们添麻烦了？"

"哪里，哪里，哪来的麻烦，我只是想到你们家里人……"

年近七十的市太老人说到这儿，突然有些担心地问道：

"少爷,您是不是有什么特别大的心事儿?少爷您公司的事情、工作的事情,我都搞不懂,但您好像心事重重的。"

"没有,我只是担心我那家破产的公司,不知道它后来怎么样了。"

铁平含糊地答道。

"这时候要是老爷在就好了。老爷当年去打野猪的时候,只带一发子弹,我劝过他好多次,太危险了,但他说他就带一发,要是一发不中,那就对不起他的猎枪了。老爷是个刚毅的人,而且特别喜欢少爷,他要是活着的话,一定能帮您的。"

市太老人感慨地说道。虽然不知道内情,但神户的万俵家多次来电话询问,铁平都坚持跟市太老人说"不要告诉他们",市太老人能感觉到,铁平和父亲万俵大介之间肯定出了什么大问题。

"万俵叔叔,信!"

市太老人的孙子大叫着,给铁平送来了一封加急信。铁平惊讶地拿在手上一看,原来是三云志保的来信。那天早上,铁平读到报纸上关于三云行长被大藏委员会传问的报道之后,深感不安,立刻给三云家去了电话,但差了一步,三云已经去了银行,志保接了电话。志保问铁平在哪儿,铁平犹豫了一下,告诉志保,自己在去年十一月和三云行长一起打野猪的地方。现在志保给自己寄加急信是出什么事了吗?市太老人离开后,铁平赶紧打开信封。志保优美的字迹映入铁平的眼帘。

突然给您来信,打扰您休息,非常抱歉。

非常感谢前些日子您打电话过来关心我爸爸。爸爸这个人您也知道,这次事情的前因后果他都没有告诉我。今天,白河专务来我家了。爸爸当年在日银的时候,和白河专务是同事。我问了白河专务才知道,大藏委员会会议结束后的第二天,爸爸就被永田大臣叫去了。大臣在追究爸爸责任的同时,强迫爸爸同意大同银行和您父亲的银行合并。爸爸坚决反对,并主动辞去了行长一职。而且我还得知,暗中操纵此次合并,并在今天的报纸上突然公开发表大同、阪神银行合并消息的人,正是您的父亲。

  我以我的角度,看着爸爸每一天的所作所为。爸爸将自己的全部精力倾注在您的高炉建设项目上,虽然结果不尽如人意,但是爸爸付出了全部的理想和热情。可如今,为了不妨碍银行合并的顺利进行,爸爸只能对外宣称生病住院。对此,我感到无比的愤怒。我觉得,在某种意义上,无论是您还是我爸爸,都心有不甘。还请您平静地迎接新年的到来。

  深山雪厚,保重身体,希望能在春天到来的时候再见到您。

志保

  铁平读完信,忍不住喊了起来,太过分了!铁平无法相信,三云辞去了行长一职,大同银行和阪神银行合并!铁平立刻来到带地炉的客厅,拿起有线电话,报了阪神银行总行的号码。铁平想向弟弟银平确认一下情况。虽然已经是除夕前一天的傍晚,电话还是很快就接通了,接到了信贷课课长的办公席上。

"喂喂,银平吗?是我。"

话筒里传来了银平惊讶的声音。

"哥哥!喂喂,是哥哥吧!你现在在哪儿?大家都很担心你,特别是妈妈,她每天都为你担心呢!"

铁平问:

"大同、阪神合并了,是真的吗?"

"现在你还说这些干什么啊!你在哪儿?"

银平再次询问铁平人在哪儿,铁平没有回答,而是接着问道:

"你是不是很早之前就知道了这件事?喂喂,是不是?"

"大约两个月前,爸爸告诉我的。"

"也就是说你在阪神特殊钢公司破产之前就知道了!你为什么不早点告诉我?"

铁平质问道。

"你这个问题太愚蠢了。我是阪神银行的信贷课课长,银行合并是企业秘密。喂喂……"

"也就是说,爸爸作为阪神银行的行长,从某一时间开始,故意减少对阪神特殊钢公司的融资,同时让大同银行的三云行长追加融资,以阪神特殊钢公司的高炉项目为诱饵,最终成功地吞并了实力超过自己的大同银行!"

铁平的声音因为愤怒而颤抖。

"也可以这样说吧。"

"你们……"

铁平紧握着话筒,说不出话来。

"你不要和老爷子一般见识,很烦的。"

"银平,三云行长怎么样了?"

"现在生病住院了。听说他已经向董事会提交了辞呈,新银行的行长由老爷子担任。也就是说,三云行长被体面地赶下台了。"

铁平一时无语。过了一会儿,铁平接着问道:

"阪神特殊钢公司怎么样?"

"五天前裁了大约一千人,当然这些人最后也没有拿到奖金。阪神特殊钢公司归入帝国制铁已经是板上钉钉的事情,重建很快的。"

银平轻描淡写地说道。铁平已经彻底说不出话来了。

"喂喂,哥哥,这些事情回来再说吧。过年你要回来吧?"

"不,不回。"

"那我去找你。"

"你不用来。"

铁平挂断了电话,拿起电话柜下面堆着的报纸,回到自己的房间。

多家报纸的早报头条,都绘声绘色地报道了大同银行和阪神银行合并的消息,并且刊载着阪神银行行长万俵大介和大同银行专务绵贯千太郎微笑握手的大幅照片。万俵大介姿态端庄,油光发亮的脸上露出了会心的笑容;绵贯高兴得合不拢嘴,厚嘴唇有些下垂。

铁平呆呆地看着报纸。大同银行和阪神银行合并一事完全超出了铁平的想象。现在想来,作为阪神特殊钢公司的主银行,阪神银行从某一时间开始突然削减融资,一有什么事情,万俵大介就让自己去求大同银行,导致大同银行的融资额度激增;万俵大介还指使钱高做虚拟融资,导致阪神特殊钢公司的经营状况进一步恶化。所有这些都是为了满足银行家万俵大介吞并大同银行的野心——看来,自己一直在被父亲算计。铁平被彻底击垮了。

最让铁平接受不了的是,自己投入了所有才华与精力,甚至可以说是迄今为止自己全部生命结晶的高炉建设事业,竟然成为父亲一系列阴谋诡计的切入点!再想到阪神特殊钢公司破产的时候,自己曾经天真地认为,阪神银行就是想把阪神特殊钢公司这个包袱转让给帝国制铁。自己虽然后来以背信罪起诉父亲这个阪神特殊钢公司的非常勤董事,但当时根本没有看穿父亲的阴谋。铁平深感自己作为一名企业家,太天真!太无能!两年来,一直被父亲玩弄于股掌之上,这种屈辱感吞噬着铁平。事到如今,已经无可救药了。

铁平一夜未眠。那是一个无边无际的黑夜。

第二天是除夕。雪停了。丹波盆地的天空蓝幽幽的,清澈透明。

"啊,少爷,您这是要去哪儿?"

市太老人站在屋檐下,拿出新年用的工具,拭去一年的尘埃。看到铁平身穿猎装皮夹克,肩上扛着 James Purdey 猎枪,脚上穿着在土屋中刚编好的打猎用的鞋子,老人顺口问道。

"好不容易雪停了,天气这么好,我想去山里随便走走。"

说着,铁平从土屋转到走廊。

"那您把枪放家里吧。在丹波筱山,一年中只有除夕这一天不杀生。"

"这倒也是,不过我的枪只在遇到危险的时候起威吓作用。"

铁平微笑着冲老人点了点头,露出了洁白的牙齿。市太老人本来还想劝铁平不要带枪,但当满脸皱纹的老人看到铁平这么多天来第一次对着自己微笑的时候,话到嘴边又咽了回去。老人说:

"您去散散心也好,今天我们当地的猎人都不会进山,您不要走太远,早点回来。"

这时,机敏的猎犬们以为铁平要去打猎,全都使劲挣着铁链,摇着尾巴,大声叫着,想跟铁平一起进山。

"我走了。"

铁平没有带猎犬,坐上了停在杂物间门口的客货两用车。市太老人的长子市郎和儿媳妇、孙子们都在忙着大扫除,准备新年饭菜,谁都没有注意到铁平。

铁平驾车穿过草山村的村道,驶向十公里外的赤柴山。路上,铁平没有遇到一个人、一辆车。好不容易太阳出来了,积雪在阳光下闪闪发光。这是一个安静的除夕早晨。

车开到赤柴山山脚下,铁平停下车,扛起祖父送给自己的英国名枪——James Purdey 猎枪,向山顶慢慢走去。山道上的积雪有十多厘米厚,踩上去沙沙作响,铁平走过后留下了一行行清晰的足印。

刚开始一段,山路还比较平缓,不一会儿就变得陡峭。铁平的呼吸变得急促起来。但铁平没有放慢脚步,而是大踏步继续向上走。皑皑白雪压在大松树上,山竹长得比人还要高。透过松树和山竹等树木之间的缝隙,可以看到俗称"丹波富士"的白茫茫的多纪连山。

铁平突然停下脚步,好像听到了什么声音,不是鸟儿的翅膀声,也不是树间的风声,好像以前听过这个声音,好像是人的声音。铁平喘着粗气,侧耳听了听,然后转过身去。身后只有雪地上的白光和足印,四周静悄悄的,万籁俱静。铁平以为是幻听,刚要继续往前走,身体却突然变得僵硬起来。铁平分明听到,父亲万俵大介正在身后某个遥远的地方放声大笑。

为了摆脱幻听,铁平沿着险峻的山坡继续向上爬去。去年十一月,铁平曾经和三云行长一起来这一带打野猪。当时市太老人的儿子市郎发现了在山顶岩石下睡觉的野猪,让猎犬将野猪赶到三云和铁平伏击的地点。铁平一边回忆着当时的情景,一边向当时和三云伏击野猪的地方走去。铁平一步一个脚印地走进了杉木丛中。阳光被挡在了杉木丛外,光影朦胧。冰天雪地的彻骨寒冷将铁平的手脚冻得失去了知觉。铁平大口喘着气,继续向前。附近连一只鸟都看不见。堆满积雪的树枝上偶尔会啪嗒一声掉下来一坨雪,这在万籁俱寂的山中,显得格外刺耳。

不一会儿前方变亮了,清澈的阳光如箭般照进树丛中。峭立的山峰向左右展开,浓密的杉木丛也随之变得稀疏起来。

铁平穿过树丛。清冷的风吹过,在冰冷的天空下,新雪覆盖着绵延的山谷。雪地上的反光让铁平不由得眯起眼睛。铁平从肩上卸下枪,看了看四周。去年和三云伏击野猪的岩石堆应该就在附近。铁平正四处观望的时候,突然一阵头晕目眩,身体一下子失去了重心。

铁平下意识地用 James Purdey 猎枪支撑住身体。就在这摇摇晃晃的时候,铁平终于看见了要找的岩石堆。铁平捧了一把山竹上的雪放入口中。冰冷的雪瞬间就在舌头上融化成水,滋润着铁平干涸的喉咙,一直落到胃里。铁平又含了一口雪,再次打起精神,稳稳地向前方高处的岩石走去。

岩石旁边有一棵高大的杉树,树上积满了雪,就像盖着一层纤尘不染的白布。铁平筋疲力尽地躺在岩石上。昨天一夜未眠,今天又走了一个多小时的山路,铁平有些吃不消了。

渐渐地,铁平觉得背上发凉,皮夹克湿冷冷的,寒气在全身肆虐。铁平一动也没有动,想起了三云行长。三云行长被从大同银行行长的位置上赶了下来,今后的路该怎么走呢?自己如果能够早点看透父亲的奸计,就不会让三云行长陷入今天的困境。自昨天开始一直盘旋在铁平心头的深深的自责感,再次如烈火般炙烤着铁平的内心。

万籁俱寂的山中传来山斑鸠的哀鸣,那就像是母亲宁子的呜咽。铁平的脑海中浮现出离开冈本万俵家时,母亲脸色苍白地伏在自己的膝盖上,哀求自己原谅的情景。母亲是想让自己原谅她和祖父之间的乱伦关系呢,还是想让自己原谅她也不知道自己究竟是父亲的儿子还是祖父的儿子?铁平取下手套,举起冻僵的双手,凝视着阳光下流淌着鲜血的手指。

铁平就这样久久地看着手指。不知道过了多长时间,山谷对面的山脊处积起了厚厚的雪云,山风似乎要把雪云吹走。铁平觉得自己快要冻僵了,从背部到手脚开始失去知觉。铁平坐起身来,使劲搓着双手,一度中断的思绪又回到父亲万俵大介的身上。万俵大介是一个为了满足自己的欲望不择手段、利用金钱为所欲为的冷酷男人。下次他还会故伎重演。但下次……铁平憔悴的眼中,透出一道无比凄凉的光。

山斑鸠的叫声更近了。咕咕咕咕咕,带着浓浓的哀怨。铁平慢慢地在岩石上盘腿坐好,用渐渐恢复知觉的手拿起祖父送给自己的James Purdey猎枪。擦拭过的枪口漆黑发亮,枪身处的雕刻好像用熏银工艺处理过,散发着古朴、厚重的味道。枪托是按照使用者的身高和胳膊长度订做的。铁平将枪换了个方向,用枪口抵住下颚,双膝夹住枪托,脱下鞋子,再脱下一只脚上的袜子,用那只脚扣动了扳机。

咚!一声凄厉的枪声,回荡在山中。

万俵铁平的自杀极尽壮烈——用James Purdey的枪口抵住下颚,用右脚拇指扣动扳机,当场死亡。

来赤柴山烧炭小屋的当地猎人,第一个到达铁平的自杀现场。除夕当地禁止杀生,猎人听到枪声的时候觉得有些可疑,于是沿着雪地上的足印追踪过来,不料却看到了悲惨的一幕。

听到猎人的报告,山脚下村派出所的警员赶紧和筱山警察署联系。搜查课课长带队,负责管理猎枪的保安主任、痕迹鉴别人员等一行八人响着警笛急速赶到现场。目睹过无数次猎枪事故的刑侦人员,也不禁为现场的惨烈而震惊。

铁平仰面躺在被鲜血染红的雪地上,早已气绝身亡。警察赶到时,距离铁平自杀已经过去了两个小时。子弹从咽喉处射入,穿过后头盖骨飞出,大量的鲜血在白雪的映衬下显得格外醒目,零星的血沫和皮肉飞溅在一旁的大杉树的树干和枝叶上。

James Purdey猎枪倒在地上,和铁平的身体呈相反方向,枪口朝着铁平脚趾方向。铁平的脸上和手上满是血沫,只有扣动扳机的右脚脚趾苍白僵硬。

深感震惊的警员们在搜查课课长的指挥下立刻开始保护现场。身着警服的警员们以尸体为中心,将周围半径十米的地方用绳围了起来。这时,三名刑警开始调查四周的足迹和废弃物,两名身穿蓝色宽松夹克、手戴白棉手套的痕迹鉴别人员开始给尸体拍照、记录凶器的位置。是他杀还是自杀,抑或是枪支走火,这是警察们必须明确的首要问题。

"是你第一个发现的吧?"

身穿便服的搜查课课长站在警戒绳处,看着正在接受村派出所警员讯问的猎人问道。警察已经在山脚下设置了检查哨,禁止无关人员进入。

"嗯,是的。我吓得心都要跳出来了。"

猎人好像还没有从惊吓中缓过神来,说话时牙齿还在哆嗦。

"你是几点听到枪声的?"

"哎呀,具体时间我记不清了,八点半,不,九点左右"。

"有几声枪声?"

"只有一声。是那种打野猪的一号弹发出来的声音。"

"你连这个都听得出来?"

"我们都打野猪,听声音都能知道是打野兔的散弹,还是打野猪的子弹。"

"你听到声音后就到这里来了吗?"

"是的。今天是除夕,禁止杀生。听到从野猪出没的西山脊处传来咚的一声枪响,我觉得有点奇怪,但我真没想到会有人死在这里。"

猎人兴奋地说着,越说越快。搜查课课长平静地听着,问:

"你为什么要特地爬到这里来呢?这条雪道离你的烧炭小屋有一个小时的路程吧?"

听到这儿,猎人吓得脸色都变了,说:

"警官,您可不能这样说。我来这里,是因为现在的年轻人经常瞒着猎户会,偷偷摸摸地干坏事儿,我想抓个现行好好教育教育他们。您可别怀疑我。首先,这个人我见都没见过,好像是从外面大城市来的。"

猎人正极力解释。

"课长!"

岩石堆方向传来一个年轻警员的喊声。

"我们发现了贯穿头盖骨的子弹,嵌到杉树上了。"

警员指着岩石旁的大杉树说道。在距离尸体大约两米远的树干上方,一颗直径十八毫米的子弹深嵌在两个人都抱不过来的大树干上,周围还有血迹和白色的脑浆。

"和死者本人携带的猎枪子弹对比结果如何?"

搜查课课长问正在检查尸体情况的警员。

"死者本人没有带子弹夹,弹仓里一颗子弹也没有。"

"什么?一颗也没有?有没有发现遗书什么的?"

"没有,没有发现遗书,也没有任何能证明身份的东西。但是从整体情况来看,基本可以断定为自杀。首先,您看他开枪时的子弹轨迹。"

负责痕迹鉴定的警员说着,指着尸体脚尖方向让课长看。开枪时,因为后坐力比较强,死者的右脚周围十几厘米的积雪处形成了一个大坑,露出了下面的岩石,枪托底部有和岩石摩擦形成的尖锐的划痕。

"从岩石处枪托的划痕来看,如果他本人不扣动扳机的话,是不会形成现在的样子的。这要是在榻榻米上,榻榻米也会凹陷下去。其次从硝烟反应来看,死者的下颚和手上的反应是一致的。"

的确,火药的硝烟和残渣在死者烧烂的下颚和手上都可以看到。这时,一旁管理猎枪的保安主任也说:

"而且从伤口的样子、尸体躺倒的方向以及枪的位置、血液、皮肉飞散的方向来看,基本可以断定死者是将枪抵在下颚处,直接零距离射击的。因为如果是枪走火的话,身体会和枪口有一定的距离,现在死者下颚往上都飞掉了,一片血肉模糊。这种自杀方式,没有一定的射击技巧和胆量是不行的。"

保安主任半是自言自语地分析道。搜查课课长盯着尸体脚边倒着的猎枪说:

"这附近没怎么见过这么漂亮的枪啊!是什么枪?"

"因为工作的缘故,我也见过不少枪,但这种枪我还是第一次见。我看了看枪托,这是被称为"梦幻之枪"的英国产的 James Purdey 猎枪,是绝对的珍品。这把枪还是特别定做的,上面还刻着制枪的年月日呢。"

"也就是说,有这把枪的不是一般人啊!"

搜查课课长说着,凝视着死者的脸庞。血糊糊的脑浆从死者后头盖骨处飞散出来。他觉得,死者虽然满脸是血,但从粗犷的眉毛、挺直的鼻梁、紧闭成一字形的双唇来看,生前一定是个意志坚定、坚毅果敢的人。这个没有留下遗书、枪里只装了一发子弹、悲壮地结束了自己的生命的男人到底是谁呢?搜查课课长继续目不转睛地盯着死者的面庞。就在这时,联络课的警察气喘吁吁地走了过来,长靴上沾满了雪。

"课长,我们通过山脚下停着的那辆客货两用车的车牌号查到了死者的身份。他是神户人,叫万俵铁平,暂住在草山村打野猪的名人大垣市太老爷子家。市太老爷子在他儿子的陪伴下,正往这边赶呢。"

"万俵铁平?好像在哪儿听过这个名字。"

"是的,听说他是上个月破产的阪神特殊钢公司的专务。"

"嗯?那不就是前天报纸上大幅报道的、电视上宣传的、和东京大同银行合并的阪神银行万俵行长的公子吗?!"

搜查课课长的脸上露出惊愕的神情。

两个小时前,天空清澈透明。现在,天空一片蔚蓝,积雪闪耀着耀眼的光芒。对面山脊处,灰色的厚厚的雪云不断膨胀,并慢慢地低垂下来。阳光被阻挡了,寒风呼呼地吹着,山里的温度越来越低,天空开始下起了小雪。

雪花飘落在铁平血糊糊的脸上,飘落在被血染红的岩石上。不一会儿现场勘验结束,万俵铁平的尸体被抬到了担架上。

市太父子还没有上来。两名警察抬起担架,沿着雪道开始下山。那把 James Purdey 猎枪被负责痕迹鉴定的警察用布包着拿在手上,以免指纹被擦掉。

雪越下越密,落在警察们的肩上和担架上。

大同、阪神两家银行高层的首次见面会,在大仓宾馆的一个房间内进行。

见面会从除夕的上午十点开始,中午安排有午餐会。本次见面会安排得比较急促。昨天《每朝新闻》大幅报道了两行合并的消息之后,两行临时决定:尽快正式发表公告。

阪神银行方面,万俵行长带领十四名董事出席;大同银行方面,代理行长绵贯带领十四名董事出席。双方人员介绍完毕之后,万俵行长开始发表讲话。为了缓和现场的气氛,万俵神情端庄,微带笑容。

"这次我们双方因为缘分走到一起。首先请允许我对各位的气度及洞察力表示衷心的敬意和感谢。新银行名为'东洋银行',意味着咱们双方的合并,不存在谁主谁从的关系,是我们共同携手创建了一家崭新的银行。"

万俵看着众人说道。两家银行的董事们互相揣测着对方的心思,担心着合并后自己的职位,但表面上一团和气地听着万俵的讲话。

房间门开了。秘书紧张地将一张便笺纸放在万俵手边。万俵瞄了一眼,突然不说话了。

令郎铁平在筱山自杀了。

万俵倒吸了一口凉气,紧握着那张便笺纸,神情痛苦,全身冰冷。
"我在大家的帮助下……度过了动荡期……双方……"
万俵觉得舌头打转,脚底发软。一旁的大龟、芥川,以及大同银行的绵贯、分坐两侧的双方其他董事都不解地看着万俵。万俵好不容易稳住心神,在桌下捏紧拳头,艰难地张开嘴,继续讲话:
"新银行的发展离不开各位的大力协助。在此,我特别希望大同银行的各位,能够像以前支持三云行长一样支持我的工作。很遗憾今天三云行长因病无法出席,但是三云行长的心意将通过代理行长绵贯专务表达出来。"
万俵结束了自己的讲话。绵贯站了起来,开始代表大同银行致辞。绵贯春风得意地张着大嘴说个不停,可是万俵根本没有听见他在说什么。万俵将那张写有铁平自杀的便笺纸给大龟和芥川看了看。两人看后都脸色大变,万俵用眼神提醒他们不要慌张。场上响起掌声。绵贯致辞结束。万俵赶紧鼓掌,并接着说:
"在如此欢庆的时刻,非常抱歉,因为临时有点急事,我得先告辞。"
说完,万俵竭力抑制住内心的激动,离开了会场。

万俵从羽田机场乘坐中午的航班到达伊丹机场,总务部部长和总行秘书速水在机场大厅等候万俵。万俵独自坐上车,沿着三田国道去往筱山。
筱山警察署向冈本的万俵家通报了铁平自杀的消息。相子立刻将消息告诉了速水秘书。万俵在从羽田机场出发之前,给冈本家中打电话,告诉相子:敏感时期家人很容易成为媒体的目标,除了银平,谁也不准去现场。同时,万俵命令总务部部长联系东京的芥川,想方设法封锁消息,千万不要让媒体知道。

在双方董事首次见面会上发言的时候,万俵接到了铁平自杀的消息,一时不知所措,情绪有些波动,但现在,万俵已经逐渐恢复了平静。万俵想知道铁平为什么自杀,是在筱山的什么地方自杀的,是怎么自杀的。昨天银平告诉万俵,铁平打电话给银平,愤怒地说,父亲以阪神特殊钢公司的高炉项目为诱饵,阴谋吞并大同银行,不仅害了自己,而且害了三云行长。在打完电话的第二天,铁平就自杀了。铁平的死,是看穿了自己这个父亲的野心,想用自杀来阻止自己实现合并的愿望吗?如果是这样的话,铁平说不定会留下遗书之类的东西。想到这儿,万俵有些不安和恐惧,而且这种不安,远远胜过了对铁平之死的心痛。

"喂,你不能再开快点儿?"

万俵生气地大声催促着司机。

"明白。但外面下雪了,车子容易打滑。"

不知不觉中,车子已经进入国道一七六号线,远处的多纪连山被笼罩在茫茫雪云中。

一到国铁筱山站附近的筱山警察署,万俵立刻被带进署长办公室。

"不好意思,在除夕给贵署及各位添麻烦了,非常抱歉。"

万俵首先表示了歉意。署长说:

"哎呀,出了这么大的事儿,您太客气了。我们已经把遗体运下山,安置在署内。"

这时,一旁的搜查课课长说:

"刚才他弟弟已经到了,正守候在遗体旁呢。请这边走。"

课长带着万俵向警察署后的太平间走去。

太平间是栋简易的水泥房,上面是白铁皮屋顶。推开门,万俵看到银平和市太老人呆坐在冰冷昏暗的房间里。看到父亲进来,脸色苍白的银平低头走了出去,似乎不想和父亲待在一起。市太老人双眼红肿,跪下来大声哭着说:

"没想到会出这么大的事儿……如果我好好看着他,少爷也不会这样……"

市太老人供奉的香烛和新年年糕摆放在遗体前的木台子上。

万俵走向仰卧在担架上的铁平的遗体,犹豫了一下,停下脚步,掀开了白布。就在白布掀开的一刹那,万俵惊呆了。只见铁平被火药烧烂的咽喉处,在搬运的过程中再次出血,鲜血在下颚处凝成血块,染红了从头盖骨流出的白色脑浆,满脸血肉模糊。遗体的惨状,让万俵不禁背过脸去。

搜查课课长体谅到家属的心情,重新盖上了白布。

"为什么会这样?"

万俵终于开口问道。

"这也是我们警察署想要搞清楚的问题。刚才我问了他的弟弟,听说他已经离家出走很久了。是不是发生了什么事情?"

"没有,没什么特别的事情。我一直以为他住在儿媳妇的娘家大川一郎家。他有没有留下遗书之类的东西?"

"没有,没有遗书。我们觉得他抛妻别子、离家出走和他的自杀动机有着密切的关系。他为什么要离家出走呢?"

搜查课课长再次问道。

"在从东京过来的四个多小时里,我也一直在思考这个问题。铁平因阪神特殊钢公司破产一事而苦恼不已,他想一个人待一段时间,平复一下心情。铁平平时责任感就非常强,可能最终他还是无法摆脱自责的心理,选择了自杀吧。"

万俵站在遗体旁解释道。

"现场情况是怎样的?"

万俵接着问道。

"他死得像个男人,非常有勇气。他的 James Purdey 猎枪中只装了一发子弹,一枪毙命。"

搜查课课长将铁平坐在大雪覆盖的岩石上自杀的情景详细告诉了万俵。万俵认真听着课长的每一个字、每一句话,心中不由得涌起一股对铁平的憎恨之情。万俵觉得,铁平用祖父给的猎枪自杀,装弹方式也与祖父一样,明显是想和自己这个当父亲的过不去。就在这时,太平间的门开了,一个年轻的警察走进来报告说:

"课长,刚才县警察本部来电话说,枪托的硝烟反应呈阳性,现场的血型为 B 型。"

搜查课课长立刻将情况记录了下来。万俵惊讶地反问道:

"你们没有弄错吗?他本人的血型应该是 A 型啊?"

"不会。我们的鉴别人员在现场取了鲜血之后,第一时间用警车送到县警察署的科学检测站进行鉴定,不会有错。是不是您记错了?"

"可是铁平的血型一直被认为是 A 型。"

万俵解释说,二战末期,为了预防 B29 轰炸机的轰炸造成伤亡,铁平的学校组织了集体验血,当年铁平的名字下面标注的是 A 型。搜查课课长说:

"啊,这是战争期间常见的错误。不仅是你们家,在我们警察署也经常遇到这种情况。如果你们家属有异议的话,我们警察署就再确认一次。我亲自去问问县警察署的鉴别人员。"

说完，课长走了出去，很快就回来了。

"没错。您长子的血型是 B 型。"

搜查课课长的话让万俵如坠冰窟。正因为以前一直认为铁平的血型是 A 型，万俵才为铁平是 A 型血的父亲敬介和 O 型血的妻子宁子之间的孩子，还是 AB 型血的自己和 O 型血的妻子宁子之间的孩子而苦恼不已。这种日积月累的怀疑、苦恼和憎恨，最终导致大介冷酷无情地将铁平逼上了绝路。现在铁平已经自杀。铁平的血型不是 A 型，而是 B 型。毫无疑问铁平是万俵大介自己的亲生儿子！万俵精神恍惚地走向覆盖着白布的铁平遗体，掀开白布，亲手为铁平拭去咽喉处惨不忍睹的血迹。

天王山下的万俵家日本馆，除了屋顶，其他地方全部盖上了白布。大门至日本馆约六条街长的坡道两边，也都拉上了黑白竖条相间的布幕。万俵铁平的葬礼在一片肃穆中进行。

因为铁平是自杀，又正逢正月二日，葬礼只适合在家中举行。祭坛设在日本馆大厅正面，铁平的灵柩安放在大厅中，上面盖着绣有万俵家家徽的白布。仪式的引导僧是来自万俵家菩提寺的姬路龟山御坊的住持，其他十六名僧侣分列左右，诵读经文。

在祭坛左边的亲属席上，坐着今天的丧主、铁平的长子太郎。太郎刚刚转到庆应幼小上三年级。太郎穿着校服，和妹妹京子一起，分坐在妈妈早苗左右。接下来是万俵大介、宁子、银平、二子、三子、美马中、一子、石川正治、千鹤等亲属。大部分人都身着黑色丧服，只有宁子按照公卿华族的传统，穿白色绉绸丧服，戴白珊瑚念珠，显得格外引人注目。宁子摇摇欲坠的身体，在次子银平的搀扶下，勉强没有倒下。

虽然仪式规模不大，但毕竟是阪神银行的行长、万俵财团的统帅万俵大介的长子的葬礼。右侧来宾席上,既有当地政界、财界的五十多名实力派人物,也有万俵财团的干部们。特地从东京赶来的大同银行的三云行长也在其中。

在僧侣们的诵经声中,万俵大介抬头看着祭坛灵柩上方悬挂着的铁平的遗像。遗像中的铁平,浓密大眼,目光坚定,面容刚毅,双唇紧闭,神采奕奕。

万俵大介的心中不免一阵凄凉。铁平的血型不是 A 型,而是 B 型。铁平是自己的亲生长子。这个事实如刀子般割碎了万俵大介的心。回想起当年得知铁平的血型是 A 型、铁平很可能是父亲和妻子乱伦的孩子时,那种无以言表的屈辱和打击似乎就发生在昨天。万俵大介不禁问自己:如果当初对铁平的出生没有怀疑的话,还会故意让阪神特殊钢公司破产,以实现自己作为银行家的野心吗?或许为了阪神银行的未来,哪怕铁平是自己的亲生儿子,自己也会坚持完成阪神银行和大同银行的合并。只不过面对亲生骨肉,自己应该不会以冷酷无情的手段逼他走上绝路的……

在强烈的自责中,万俵为没有将铁平培养成为阪神银行的继承人而悔恨不已。铁平具备成为万俵财团统帅的资质,有能力引领财团向前发展。阪神银行和大同银行的合并,不仅仅是为了阪神银行的未来,也是为了万俵财团的未来。想到这儿,痛失继承人的挫折感,笼罩着一家之长万俵大介的内心。

诵经声停了下来。万俵回过神来。

"请亲属上香。从丧主开始。"

僧人向亲属席深鞠一躬。年幼的丧主太郎在早苗的陪同下站了起来。太郎酷似铁平,肤色微黑,眉眼处透着倔强。太郎紧闭着双唇,不让自己哭出来,在祭坛面前双手合十,说:

"爸爸,您不是答应我一定会回来的嘛!"

太郎终于忍不住大声哭了起来。一直表现得十分坚强的早苗也泪如泉涌。其他人的眼睛也都湿润了。

接下来是万俵大介上香。万俵大介站在上香台前，双手合十，久久不动。说不清道不明的懊恼之情填满了万俵大介的内心。在大多数人的眼中，此时的万俵大介是一个失去了继承人、失去了长子的悲痛万分的父亲。不过，万俵大介分明感觉到身后有一道冷峻严厉的目光，那目光像剑一样刺在万俵大介的背上。万俵大介知道，那目光来自遭到自己算计、失去了行长一职的三云，三云正盯着自己。万俵大介面容沉痛地上完香，转过身，避开三云的目光，催促宁子上香。

宁子在银平的搀扶下，摇摇晃晃地站了起来，拖着纯白色的绉绸和服的衣摆，走向上香台。除夕的晚上，铁平的遗体被运了回来。当宁子看到遗体旁的 James Purdey 猎枪时，忍不住尖叫了起来。离开冈本那天，铁平向宁子问起了自己的亲生父亲，但宁子没能给铁平一个清晰的答复。宁子觉得，自己是害死铁平的罪魁祸首。强烈的负罪感让宁子哭干了眼泪。宁子在祭坛前行完礼，低声哭泣着说：

"原谅我！"

说完，宁子瘫倒在地上。亲属和来宾们都担心地看着宁子。银平扶起母亲回到座位上。只有坐在万俵家最后面的高须相子，表情漠然地看着宁子。

众人接着上香。二子、三子之后是美马中。当美马从万俵大介那儿听说铁平自杀的消息时，第一反应是"真够烦人的，这事儿瞒不了媒体，但你们至少不能让他们搞成爆炸性新闻"。对于妻兄之死，美马这位大藏省主计局次长没有丝毫悲痛，程序化地上完香之后，就退了下来，将位置让给了因失去大哥而伤心不已的一子。

所有亲属上完香后，就轮到来宾上香了。知事、市长、县议长等政治人物依次上香，当地的社民党议员中根正义也在其中。中根每年正月四日都会参加阪神银行的新年庆贺仪式,今天也没有缺席葬礼,算是代替四日的贺年了。中根在和身后的三云擦身而过的时候,笑着对三云说:

"呀,精神不错啊!"

中根似乎已经彻底忘记了在大藏委员会会议上对三云行长无耻的追责。三云对中根厚颜无耻的笑容视而不见,走到铁平的灵前静静地上了一炷香。烟雾升起,在铁平灵柩上空画了一个圈。三云的眼中满是悲伤。

阪神特殊钢公司原干部们的身影同样牵动着人们的心。帝国制铁派来了财产管理人,阪神特殊钢公司成了重整公司,原来的董事只有一之濑厂长被继续留任。一之濑厂长强忍悲痛,在铁平灵前保证道:

"专务,我会让烟囱天天冒烟的!"

原营销主管川畑和原财务主管钱高也深鞠一躬,在为铁平祈福的同时,不禁有些自责:尽管自己在高炉建设项目上和铁平有意见分歧,但如果一直支持铁平的话,可能就不会发生今天这样的惨剧。如今,钱高和川畑分别在万俵仓库和万俵商事"坐冷板凳"。回想起从前阪神特殊钢公司在铁平充满热情和活力的领导下飞跃发展的时光,两人悔恨不已。

不久来宾们的上香也接近尾声。万俵大介催促早苗和太郎站起来。接下来丧主需要站在由青竹与白木围成的礼场正中,向上香的来宾表示感谢。

从拉着黑白竖条相间布幕的大门处开始,来上香的人们排起了长队,长得看不到尾。脸色苍白的"鹤乃家"的老主人和芙佐子也在其中。在人群中,有很多身穿藏青色或灰色便服的人,一看就是阪神特殊钢公司的一线工人。工人们在上香台前长久祈祷,似乎忘记了后面还有很多人在排队等待。每当这时,站在一旁还礼的早苗都忍不住流下了眼泪,而万俵大介一直保持神情端庄。

万俵正准备给不知第几十名来宾还礼的时候,发现一名身穿黑色驼丝绵便装的男人突然走到自己身边。

"我是仓石。"

万俵一下子没有反应过来来人是谁。

"我是铁平的朋友仓石律师。"

仓石的话让万俵的身体颤动了一下。铁平曾经以背信罪起诉阪神特殊钢公司非常勤董事万俵大介,当时仓石是铁平的律师。万俵表情僵硬了起来,说:

"新年伊始,承蒙你来参加葬礼,实在抱歉。"

万俵大介的语气非常客气。

"哪里,我只是作为朋友没有尽到自己的能力,今天特地来向铁平道歉了。"

说完,仓石面带怒色离席而去。仓石的出现,给万俵的内心留下了一丝阴影,让万俵久久难以释怀。

一个多小时的上香终于结束。到了出殡的时间了。

日本馆的玄关处,亲属与来宾肃穆地分立两侧,铁平的灵柩被静静地抬了出来,安放在灵车上。紧跟在灵车后面的车上坐着的是丧主太郎和早苗、大介,第二辆车上坐着的是宁子、银平、京子等。其他亲属也分别坐上车,跟在灵车后面。灵车慢慢启动,后面跟随的车排成长队,背对天王山,慢慢地向下面的大门口开去。

突然,灵车在院内坡道正中的石桥上停了下来。所有的亲属和来宾都倒吸了口凉气,有种不祥的预感。原来是万俵大介指示司机在石桥上停一下,让铁平在这个能俯瞰阪神特殊钢公司的地方,再看上一眼自己的公司。

滩滨边,精炼钢铁的滚滚浓烟,正从阪神特殊钢公司高大的烟囱里飞向天空,和铁平生前的每一天一模一样。灵车继续前行。

铁平的灵柩被送走之后,来送殡的人们也四散离去。三云独自站在万俵家空旷的院子里。

万俵大介等家属护送灵柩去了火葬场,剩下的一些人在忙着收拾大厅的祭坛以及供奉的花篮等物。没有人注意到大厅外院子里的三云。

三云看到了院内东侧高地处铁平原来的家。三云对铁平之死万分痛心,也非常自责。当初铁平在报纸上看到自己被大藏委员会传问的新闻后,给三云家打了电话。三云觉得,如果在志保告诉自己之后,自己能够及时给铁平打个电话或是发封明信片,说不定铁平不会走上这条不归路。想到这儿,三云有种去看看铁平曾经的家的冲动。三云走过大池塘边,穿过有百年树龄的大松树,来到草坪旁的勒·柯布西耶式房屋前,轻轻推开玄关门。门悄无声息地开了。

三云向屋内走了一步。屋里有一股霉味,只有朝南的阳台上的百叶窗开着。冬日的阳光照了进来。地板上没有地毯,有三张小椅子。三云在其中一张上坐了下来。想到以前万俵铁平坐在这间屋里,享受着天伦之乐,充满热情地规划着高炉工程;想到自己曾经将银行家的理想寄托在这个信念坚定而又充满活力的青年实业家身上,而他却永远地离开了自己,悲痛之情再次涌上三云的心头。三云无法理解的是,为什么万俵铁平会突然开枪自尽?新年的各大报纸上刊载的都是早已编好的报道,只有社会新闻的一个角落里,简单地报道了铁平自杀的消息,说怀疑是因公司破产而引发的精神抑郁导致的自杀。但是,三云认为,万俵铁平绝对不会因此而结束自己的生命。

不知道过了多久,突然,三云看到地板上倒映着一个人影。三云下意识地一下子从椅子上站了起来。那个人影好像也被吓了一跳。三云回头一看,原来是一身正装的万俵大介站在昏暗的房间入口处。

"啊,三云,原来是你啊。"

"不好意思,我冒昧地进来了。"

三云致歉道。

"哪里,我也是无意中走了过来。"

说完之后,万俵重新端正姿态说:

"非常感谢你远道而来参加葬礼。我想铁平最希望见到的人就是你。那边已经准备好了斋饭,请。"

万俵以父亲的身份致礼道。

"不用了。我该回去了。我是想听你讲讲铁平最后的情况,所以在这儿多待了些时间。"

三云的眼神无比的忧伤。

"作为父亲我不想提这个啊。铁平用枪口抵住下颚,用脚趾扣动扳机,一枪结束了生命,这是非常男子汉的自杀方式。"

"原来如此!但是,他的意志如此坚强,怎么会选择自杀呢?"

"你也知道,铁平的责任感非常强,对阪神特殊钢公司破产一事一直不能释怀,再加上他又得知年底有很多员工失业,以及其他一些情况,最终导致他以死谢罪吧。"

"真的只是因为阪神特殊钢公司破产吗?是不是有什么更深层次的原因导致他最终自杀呢?"

三云对万俵的解释不太认同。

"没有。铁平认为自己在阪神特殊钢公司破产一事上责任重大,又深感对不起你。"

三云的眼神变得犀利又严峻。

"如果是因为这个的话,那就是说,我作为银行家的无能和你作为企业家的野心共同逼死了铁平！"

三云声音颤抖地说道。万俵脸色有些变，含糊其词地说：

"换个角度的话，也可以这么说吧。但是，商场无父子，我也没办法啊。"

三云一直怀疑，阪神特殊钢公司的破产是万俵有意识的行为，阪神、大同银行的合并是建立在牺牲铁平的基础之上的。于是，三云继续追问道：

"难道为了所谓的企业发展，就可以牺牲亲情、抛弃基本的人性吗？我一直认为，没有人情味的企业，早晚会摔跟头的。"

三云义正词严地表达了自己的看法。万俵说：

"三云，我是阪神银行的行长，同时也是万俵财团的统帅。毋庸置疑，万俵财团的核心是阪神银行。阪神银行在强手如林的城市银行中，排名属于中下游，长此以往，只能坐以待毙。因此，我作为统帅，当然会不择手段，见缝插针，抓住机会，消灭对手。"

三云凝视着万俵，平静地说道：

"万俵，孟子说过，'行一不义，杀一不辜，而得天下，皆不为也'。"

若想得到天下，不可行一件不义之事，不可杀一个无辜之人。万俵不仅私生活违背伦理道义，而且还将无辜的铁平置于死地。三云的这句话一针见血，深深地刺痛了万俵。

不知不觉中，从南侧那扇开着的百叶窗中照进来的阳光已经变得昏暗。空荡荡的屋子里只有万俵和三云两人相对而坐，沉默不语。两个人生观、生死观迥异的人，在对峙，在对决。

过了一会儿，三云静静地说：

"对于铁平之死，我悲痛万分，更何况你作为父亲，失去了如此优秀的继承人。"

三云的话再次刺痛了万俵。是万俵自己亲手结束了自己的继承人的生命。

　　三云依依不舍地环顾着铁平曾经生活过的这间屋子,走到那扇打开的百叶窗前,望着远方。夕阳西下,暮色中,隐约可见阪神特殊钢公司的黑色轮廓。

　　再见了,铁平！三云在心中最后一次和铁平告别,然后转身离去。

终 章

夜晚的羽田国际机场候机室里，人们怀揣着各自的喜怒哀乐，准备飞往世界各地，而送行的人们叽叽喳喳，好不热闹。

在人群中，有几个人显得格外安静、美丽。他们是即将乘坐泛美航空公司的飞机，前往一之濑四四彦所在的宾夕法尼亚州匹兹堡市的万俵二子，以及为二子送行的姐姐一子、妹妹三子和哥哥银平。铁平去世已经两个半月了，但兄妹们仍然沉浸在悲痛中。铁平死后，二子和细川一也解除了婚约。万俵大介终于同意了二子和四四彦的婚事，以家中有人自杀为由，向细川家提出了解除婚约。这样既保全了细川一也的面子，也满足了二子的心愿。

"在姬路墓中的铁平哥哥，现在肯定也在说，二子，高高兴兴地去吧，代我向四四彦问好。"

二子感慨地说道。二子身穿白色礼服，领口处戴着妈妈宁子送的兰花，清爽而优雅。前天，二子特地去了趟万俵家的菩提寺——姬路的龟山御坊，给铁平哥哥上坟，顺便告诉哥哥，父亲终于同意了自己和四四彦的婚事，自己马上就要去美国和四四彦一起生活了。

姐姐一子长得像妈妈，瓜子脸，白皮肤。一子此时也点头说道：

"铁平哥哥最高兴看到二子结婚了。要是铁平哥哥还活着，不知道该多高兴呢。"

说到这儿,一子突然意识到丈夫美马没有来为妹妹送行,赶紧道歉道:

"对不起,二子,美马说他有事儿,实在脱不开身。"

看到姐姐满是歉意的样子,二子笑着说:

"没事儿,姐姐,倒是我光顾着自己幸福了,好像有点不太好。"

二子反过来安慰姐姐。二子知道,姐姐的婚姻生活并不幸福,姐姐是万俵家构建裙带关系的牺牲品。

"没事儿,我有孩子,孩子是我的全部。阿宏和阿润还说要来送二姨,我说太晚了,没让他们来。他俩都很可爱。"

一子感叹完之后,又接着问道:

"二子,你们真的就两个人单独举行结婚仪式吗?"

传统的一子还是有些无法接受妹妹的决定。

"嗯,是的。一开始爸爸坚决不同意,他说等到四月一号新银行开业典礼之后过一段时间,到五月份的时候,他带着妈妈和银平哥哥、三子一起到匹兹堡来,到时候叫上爸爸在美国的朋友一起聚聚,办个像样的婚礼。可是我们俩就想单独举行一个简单的仪式。这是四四彦最盼望的,而且他爸爸也同意了。"

二子将哥哥去世的消息告诉了四四彦。四四彦来信说:"没有比在国外接到自己最尊敬、最信赖的人去世的消息更让人痛心的事了,我独自坐在教堂里,为专务哀悼、祈福。"四四彦的信不长,但饱含着对铁平的哀思。正因为铁平去世,四四彦提出,两个人单独举行一个简单的结婚仪式就行了,而这同样也是四四彦的父亲一之濑厂长的心愿。一之濑厂长在铁平灵前发誓说,一定要让阪神特殊钢公司的烟囱永远冒烟。

"生活方面没问题吧?你们新婚小家庭的生活必需品怎么办?从芝加哥坐飞机到匹兹堡要两个小时吧?"

四四彦在匹兹堡的美国轴承技术开发研究所工作。考虑到四四彦的经济情况,二子家人从日本用船邮了一些东西过去,但作为姐姐,一子还是担心妹妹在国外的新婚生活。

"姐姐,我们会住在一间两居室的公寓里,不需要什么结婚用品。要家具的话,到匹兹堡的百货店去买就行了,日常生活用品超市都有卖的。"

二子轻松地答道。妹妹三子说:

"我好羡慕你啊。结婚还是要自己选择对象。我得赶紧让相子女士不要为我找婆家了,太危险了,差点来不及了。"

三子一本正经的话让大家禁不住笑了起来,但笑声中有着不可回避的沉重。

银平一直没有理会姐妹们,而是独自在一旁抽着烟,眺望着墨蓝色灯光忽明忽灭的跑道。这时,银平忽然转过身,看着二子说:

"匹兹堡不像你原先熟悉的波士顿那样热闹。那里聚集着很多大型钢铁厂,属于钢铁城市。一之濑四四彦在世界著名的美国轴承技术开发研究所工作,致力于研究开发新钢铁,每天工作完之后,回到郊外的家中,妻子为他操持着一个健康、安心、舒适的小家庭,这个小家庭会渐渐融入美国社会中。这也是一种生活方式啊。祝福你们。"

银平轻轻拍了拍二子的肩膀。

"银平哥哥,你以后准备怎么办?"

一个月前,银平正式和万树子离婚。

"我嘛,我的事,等铁平哥哥一周年忌过后再说吧。"

银平含糊地答道。银平一直以旁观者的身份看着哥哥铁平走上了自杀这条路,而姐妹们并不知道其中的内情。铁平之死成为银平心头抹不去的痛。银平想等心头的伤痛痊愈之后,再考虑自己的事情。

"Attention Please!"

候机室广播开始提醒旅客登机了。

"泛美航空第一八五号班机,二十一时二十分从羽田机场起飞,经旧金山和芝加哥到达纽约。请各位乘客抓紧时间登机。"

候机室里的乘客纷纷和送行的人告别,走进了玻璃围着的乘客专用候机室。

"我走了。告诉爸爸妈妈,到了那边,我会第一时间给他们写信的,让他们不要担心。"

二子坚决不同意爸爸妈妈来羽田机场送自己。一子眼看着又热泪盈眶了。三子伸出手去握着二子的手说:

"姐姐,祝你幸福!今年夏天说不定我会去你那儿玩。"

银平也说:

"注意身体。我到连廊那边看着你。"

说着,银平往连廊走去。连廊处,人们挥手和亲友告别,投光灯的光环笼罩着泛美航空公司飞机的机身。二子的座位好像在从前数第十个窗口处。

不一会儿飞机开始轰鸣。银平、一子和三子从连廊处探出身体,使劲挥着手。第十个窗口处,白色的兰花在挥舞。无论是离开的人还是送行的人,都流下了眼泪。铁平之死,促使弟弟妹妹们踏上新的人生旅程。

在赤坂的夜总会"Sambura"的舞池里,相子靠在美马中身上,踩着慢节奏的舞步,看了眼右手腕的手表,说:

"九点二十。万俵二子终于飞走了。"

相子的舞步开始有些乱,神情也有些急躁。美马搂紧相子的腰,安慰她说:

"别想了,这可不像你。"

相子不想跳了,回到包厢坐着,点了杯威士忌,大口喝了起来。喝着喝着,相子又想起了二子和细川一也取消婚约的事情,心情越发烦躁起来。

在相子眼中,首相夫人的侄子细川一也和二子的婚事,对于万俵家来说是无与伦比的选择。为此,相子和媒人小泉夫人进行过多次商讨,又安排首相夫人一行到京都嵯峨举办了豪华的相亲会。为了彩礼和婚礼日期等事,相子无数次往返于东京和神户之间。而且,当二子自作主张地找到细川一也要求解除婚约的时候,相子又亲自去找小泉夫人,忍受着小泉夫人不堪入耳的侮辱,赔着笑脸一个劲地道歉,请求原谅。相子之所以甘愿为万俵二子的婚事东奔西走,原因只有一个,那就是通过让万俵家的姻亲之树更加枝繁叶茂,巩固她作为万俵家子女婚姻设计师的地位。但是相子迄今为止所有的努力,都随着铁平的自杀而付之东流。避免和有家庭成员自杀的人家缔结婚姻关系,这是上流社会的常识。铁平头七刚过,相子就通过小泉夫人向细川家提出解除婚约。细川家爽快地同意了,趁机结束了这段别扭的关系。相子又喝完了一杯。

"别着急,不是还有三子没结婚嘛!"

"不行,铁平死后,万俵家发生了一些看不见的变化。"

昏暗的烛光下,相子叹了口气。

"你想多了。你看,二子和细川家解除婚约一事也解决得挺顺利的,咱俩虽然和这件事都有关系,不也没什么事儿嘛。"

美马说得很轻松。但是,一个月前银平和万树子的离婚,让相子至今难以走出失败的阴影。

"你多好啊,大藏省官员,可以左右万俵家,现在大同银行和阪神银行合并了,你的地位越发巩固了。"

相子落寞地看着杯中琥珀色的液体说道。

"你不也一直在为万俵家缔结姻亲关系出谋划策嘛。万俵家就靠着你和我,咱们两个外人支撑着里里外外嘛。再说了,铁平一死,银平就成了万俵家的老大了,他还有个再婚的大事儿呢!"

"是啊。但我觉得有点儿累了,想休息一段时间,什么都不想干。"

"这也好。对了,老丈人他们什么时候从冈本搬到麹町这边来?"

四月一号,新银行东洋银行正式成立,行长万俵大介的家也将随之搬到麹町来。

"好像这边的房子装修迟了点,可能一直要到新银行成立前才能搬过来吧。"

"那你到底准备怎么办?我听说你要留在冈本,时不时也会来东京吧?"

美马将脸贴近相子问道。背靠天王山、占地三万多平方米的便利条件,保证了万俵大介可以在冈本过着妻妾同居的生活而不为外人所知。但这种生活在东京的麹町是不可能实现的。相子将和继续在神户工作的银平一起留在冈本。万俵也会每个月到神户出差一周左右,顺便住在冈本的家中。尽管相子有些失落,但为了能长久地和大介生活在一起而又不为人所知,她别无选择。

相子端起酒杯说:

"你为什么对我未来的生活这么关心啊?"

"是我多管闲事了呗。你说要在冈本继续以往的生活,但现在外面的人都盯着呢,老丈人又那么小心谨慎,他真的会那样做吗?很难说啊。"

美马似乎对万俵的安排十分怀疑。

"不可能。万俵离不了我。"

长年妻妾同床的生活让相子深信,万俵大介难以割舍自己。

"你可真自信啊。我倒觉得,你应该趁着这个机会开始更自由的新生活。"

说着,美马女人般白皙的手抓住了相子的手。

"呵呵呵,你的这个建议真贴心啊。我要是和你享受无上自由的新生活,万一被万俵发现了,你打算怎么办啊?"

"没关系。只要我还是大藏省的精英官员,哪怕被他抓住现行,我料他一句话也不敢说。"

美马满不在乎地说道。美马觉得,万俵大介要利用自己获取大藏省的高级机密,因此,即便发现了自己和相子之间的暧昧关系,万俵也只能装聋作哑。可是在相子眼中,即便处理男女之间的情事,美马也不改一贯的令人生厌的官员做派。

"那你为什么老约我见面呢?"

"要让你对我有心,得花点儿时间嘛。对了,麹町的房子正在装修,今晚你住宾馆吧?"

美马色眯眯地低声问道。

"如果今晚万俵不来东京的话,我倒是预定了一个双人间。但咱俩之间不会像你想的那样的。"

相子若无其事地推开美马的手,说了句:

"告辞。"

相子站了起来。

相子无数次有过和美马发生关系的念头,但每次都错过了好机会。现在相子觉得,和美马这样的男人发生关系,既不能暖和身体,也不能温暖心灵,只会让人从里冷到外。

相子回到麹町的时候早已过了十点。相子在露背的晚礼服外套了一件外套,又将口红抹淡,美丽的相子一下子就变成了朴素能干的女管家。相子按下内玄关的门铃。

"您回来了。二子小姐还顺利吧?"

出来迎接相子的书生问道。相子原定去羽田机场送二子。

"嗯,很顺利。行长回来了吗?"

"是的,刚回来,正在洗澡。行长说,等您回来,要问问您小姐出发时的情况呢。"

书生说完,退了下去。

这里两周后将成为万俵的新家。墙面已经重新粉刷过了,地毯也换上了新的,整栋房子让人感觉到一种从未有过的明亮与温暖。但是,在这栋没有自己卧室的房子里,所有的明亮与温暖,带给相子的只有伤心。起居室里新搬来了北欧风的椅子,带有原木的花纹。相子刚一坐下就站了起来,烦躁不安地向一楼东侧原来的房间走去。

刚一打开房间的灯,相子就呆住了。原来的桌子、椅子、梳妆台等家具全都不见了,厚厚的地毯上摆放着两张红木新床,一看就知道,这里即将成为万俵大介和宁子的卧室。相子不由得妒火中烧,咬紧了牙关。

"相子,你在这儿啊?"

身后传来万俵的声音,相子没有回头。身披长袍的万俵绕到相子面前,说:

"我原来准备继续用二楼的卧室的,但按照设计师的意见,改到这里来了。"

"随你便,怎么都行。去起居室吧。"

相子尽量平静地说道。

"嗯。正好我有话要对你说。起居室更方便些。"

万俵走在前面,两人回到起居室。

"你突然这么郑重的样子,要和我说什么?如果是问我二子的情况的话,我从一开始就不想去送行,什么情况我都不知道。"

"我白天在银行见过二子了。她出发时的情况,刚才一子打电话告诉我了。"

万俵停顿了一下,接着说:

"我要和你说的,也不是什么别的事情,是我作为新银行行长的生活问题。在新银行成立的同时,作为财界中人,我的舞台也将随之转移到东京。在东京,我的公私生活都将是透明的。而且我们是以小吃大的合并,在这个敏感时期,媒体等周围所有人的眼睛都盯着我呢。即便他们不盯着我,作为城市银行排名第五位的新银行行长,我也得承担起相应的社会责任,起到道德表率作用。"

万俵的声音渐渐高昂起来。长久以来的野心终于变成了现实,为了让今后的一切走上正轨,万俵力求在所有问题上都不出一丝一毫的差错,所有的一切都力争完美。

"这样一来,我就不能和你继续以往的生活了,哪怕是在冈本的家里。"

"你说什么?这话好像有问题吧?你告诉我说,在冈本的话,可以瞒住别人。原来你只是想暂时稳住我,目的就是为了今天跟我挑明这件事!"

"不是。在新银行刚刚合并的时候,我以为这不算什么事情。但是在铁平死后,各种谣言四起,家庭关系被别人讨论来讨论去。如果再照这样下去的话,肯定会出问题。这是我思前想后、犹豫再三得出的最终结论。"

万俵一字一句地说道。

"你以这个理由让我赶紧和你分手有点讲不通啊!要是你想分手的话,应该有很多种方法和形式!"

"问题是,据芥川说,去年到我们银行来检查的主任检察官森永已经察觉到了。"

"可是,那件事不是没出问题吗?"

在银行检查的最后一天,行长面谈结束之后,森永检察官对万俵说,美马的太太非常漂亮,不像一般的日本人,特别适合穿洋服。听完森永的评价,万俵就明白了:森永看到的美马太太,不是一子,而是相子。但是万俵若纠正森永的说法,就得向森永解释相子的存在。于是当时万俵选择了将错就错,对森永说,我女儿要是听你这么说,一定会非常高兴的。

"但是,最近森永检察官从新宿的大藏省家属区搬到美马家附近了。搬过去的时候,他见到了一子,知道我当时撒谎了。"

万俵苦恼地解释道。

"他顶多把我当成了美马的女朋友,怎么会想到我是你的情人呢?"

"当然,他应该还不知道这一点。但是万一他知道了你的存在,那将是无可挽回的致命伤。这段时间,我必须保证身边绝对干净。"

万俵将一个白色的信封放到相子面前。相子惊讶地拿起信封。在手指接触到信封的那一刻,相子问:

"你这是……"

不用问,信封里面装的是钱。

"你觉得这样就可以彻底清算你和我这十几年的关系了?"

相子的眼神中渐渐充满了怒气。

"但是,现在只有这个办法了。"

万俵含糊地说道。

"如果你认为我是个可以用钱打发的女人的话,那你就大错特错了!"

"那你说怎么办?"

"不管怎样,我不会离开你。"

相子一个劲地摇着头。

"但新银行是不可动摇的。"

"不管新银行对你有多重要,我随便一个举动,都能给你造成大麻烦,是吧?"

"你这是在威胁我吗?相子,你不应该是不明事理的女人。这里面装着一千万日元的现金,而且我已经为你物色好了住的地方,万俵不动产下面的一处高级公寓,在大阪近郊。"

"要是我坚决不答应呢?"

听到相子的这句话,万俵的眼神变得冷酷起来。

"相子,我不想把话说得太难听。之所以森永检察官会怀疑,从根本上来说,还是因为你高调地和美马走在一起,也就是说你是自作自受。"

"但是我和美马之间没有任何不清不楚的关系啊!"

"这还用说吗!我想说的是,你不能把自己的过错束之高阁,现在又这么咄咄逼人。这一千万日元,是我计算了所有事情之后得出来的数字,难道你对这个金额不满意?"

万俵的声音中只有银行家的冷峻,没有丝毫温情。

"你这个人太可怕了。为了满足自己的野心,不仅父子关系,就连男女之情,都可以用完就一刀两断!"

相子仍然难以接受万俵的做法,将眼前的信封推回到万俵一边。

"我不走!不管怎样我都不走!"

万俵眼睛一眨不眨地盯着相子说:

"你不是我的妻子,咱俩又没有孩子,你坚持不走是不是有点可笑啊?这么不理智可不像你啊。"

万俵干脆利索地断绝了两人之间的关系。万俵冷酷无情的话语在相子耳边回响。妻子、孩子,这些都是相子长久以来的梦想。惨痛的失败感像雪崩一样压碎了相子的心。相子忍不住背过身去,表情痛苦,眼泪夺眶而出。但是相子还是强迫自己,擦干眼泪,平复心情,转过身来,对万俵说:

"对于你来说,我不应该仅仅是个情人。这就权当是我这十几年的退休金吧。"

相子尽力保全着自己的面子。

四月一日下午一点半过后,日比谷大街上的高档车排成了长龙,一直排到帝国饭店门口。车上的人都是来参加阪神银行和人同银行合并后新成立的东洋银行的开业典礼的。

在帝国饭店孔雀厅入口处的金屏风前,新银行行长万俵大介和副行长绵贯千太郎带领着二十八名董事,身穿礼服,满面笑容地迎接着来宾。

万俵大介恰如其分地微笑着,一旁的绵贯千太郎乐得合不拢嘴。一跃成为第五大城市银行的副行长,绵贯的大红脸兴奋得火红火红的,每回一次礼,他都要拿手帕擦一下额头上的汗珠。

"恭喜新银行成立。"

全国银行协会会长——富国银行的严行长走到万俵面前说道。

"哎呀呀,严行长,今后还请您多多关照。"

万俵一边客气地回着礼,一边暗中思忖:担任全国银行协会会长是银行家的最高荣誉,以前从未奢望过的这一职位,今后说不定可以轻松收入囊中。万俵的野心再度膨胀起来。

过了一段时间,来宾们的阵容越发豪华起来。虽然首相没有出席,但政界方面,通产大臣、经济企划厅长官、自由党三大领导、众参两院的大藏委员们陆续莅临;官界方面,以两行合并的幕后推手、银行局局长春田为首的大藏省、通产省的次官及各局局长陆续抵达；日银虽然在此次合并中吃了哑巴亏,但副总裁、理事也都早已来临。

"万俵,祝贺。希望新银行诞生之后,咱们之间的合作能够更进一步。"

在财界人士中,那些早已瞄准新银行丰厚的资金实力的大企业领导们,对万俵表现出前所未有的热情,过来亲热地打着招呼。兼任日经联和经团联要职的那些中央财界的社长、专务们的问候,让万俵心里美滋滋的。

日银总裁松平的到来将万俵的满足感提升到了一个新的层次。松平总裁在秘书的陪伴下趾高气扬地走了过来,一副唯我独尊的样子。万俵赶紧向前一步,恭恭敬敬地说：

"承蒙总裁亲自光临,愧不敢当。"

松平总裁以雕一般犀利的眼神看了看万俵,没有说话,径直走进会场。明显可以看出,松平对大同银行这一日银历代的殖民地被吞并非常不满。此时的万俵却体会到一种无以言表的巨大的胜利感。

来宾们陆续到达之后,一旁的绵贯擦着汗,将肥胖的身体靠近万俵,小声问道：

"大藏大臣好像还没来啊,肯定会来吗？"

绵贯有些担心。马上就到新银行行长向来宾致辞的时间了。如果永田大臣不来的话,今天的仪式就少了点睛之笔。

"我觉得该到了。"

万俵嘴上说着,心里有些嘀咕：如果永田大臣迟到还可以理解的话,那么女婿美马中迟迟不来就有些奇怪了。

大藏省二楼的大臣办公室。主计局次长美马虽然惦记着新银行的成立仪式,但还是深鞠一躬,在永田大臣面前坐了下来。

"叫你来也没什么别的事情。在去参加新银行成立仪式之前,有些话我要先告诉你。"

永田大臣将瘦削的身体靠在大办公桌后的转椅上。美马不禁有些担心:在新银行成立之际,永田大臣把自己叫到办公室,难道是万俵没把永田大臣的工作做好?美马正想到这儿的时候,大臣说:

"希望你今天以下任银行局局长的身份去参加新银行成立仪式。"

大臣的这句话,让毫无思想准备的美马有些怀疑自己的耳朵。

"可是大臣,我作为主计局次长升任银行局局长,是不是越级了?"

按照大藏省的晋升程序,一般情况下,主计局次长先升任理财局局长,或者调到经济企划厅当领导,之后再升任银行局局长。永田大臣没有理会美马的困惑,而是接着说:

"今天早上,重藤次官正式提交了辞呈,大藏省里已经内定由春田接任次官。春田上任后,希望由你来接任银行局局长一职。"

七月份的人事变动在即,银行局局长春田升任次官早已是公开的秘密。但美马觉得,大藏省无视严格的人事排名,将自己越级提拔为银行局局长,这中间肯定有什么特殊的理由。

"这件事我已经和春田谈过了。这次新银行的成立,你也立了大功。抛开万俵行长的女婿这一身份,作为下任银行局局长,你认为东洋银行未来的发展是否会顺利?"

永田大臣的三白眼中略带一丝微笑。

"大臣,您这个问题是什么意思?东洋银行刚刚成立,所有的一切都还拭目以待。"

"是吗?说白了,他们也就是两家弱势银行合并在一起,新银行只不过是规模变大了一些,没什么前途。而且,合并后的新银行还继承了各自原来的问题,在重复网点的配置转换与多余人员的人事安排上,问题比以前还要严重,而且这些问题靠那些没用的董事们是解决不了的。首先,万俵行长自身的问题就太多。"

永田大臣毫不留情地说道。

"您说的问题,比如说?"

美马神情紧张地问道。

"阪神特殊钢公司破产之前的融资问题,该公司原专务、万俵大介长子万俵铁平持猎枪自杀的问题等。如果万俵只是一家地方性城市银行的所有人的话,这些问题都不是什么大问题,但作为中央性城市银行的行长,他不光彩的一面就有些太多了。"

"可是,您既然认为新银行存在如此严重的问题,为什么还要同意他们的合并呢?"

美马不服气地争辩道。

"你不明白吗?这样做是为了打响金融重组的第一枪,是因为城市银行之间的大型合并必不可少。春田圆满地完成了行政指导的大任,也因此升任次官。你作为下任银行局局长,要努力解决今天新成立的东洋银行的诸多问题,致力于创建一家名副其实的世界性大银行。而为了达到这个目的,你要让东洋银行和四大银行中的一家再度合并。"

永田大臣的声音,阴沉沉地笼罩着整个屋子。美马震惊得说不出话来。永田接着往下说:

"在四大银行中,能够压制住刚刚成立的东洋银行的,只有五菱银行。作为下任银行局局长,你的任务就是促成东洋银行和五菱银行的合并。当然,这件事我已经和五菱沟通过了。"

"大臣!"

美马哑口无言。美马完全没有想到,永田大臣的计划竟然是,先让阪神银行和大同银行合并为一家新银行,再让新银行和更强势的五菱银行合并!也就是说,先把猪养肥了再吃掉它!美马不禁有些毛骨悚然。

"怎么了?看你惊慌失措的样子!你今后打算竞选议员吧?还是打算进东洋银行?"

"不,我将来从政的愿望没有改变。"

"那你在担任银行局局长的时候,更要做点大事,为将来打牢基础,力争在当银行局局长两年、次官一年,总共三年的时间内,实现东洋银行和五菱银行的合并。"

说到这儿,永田的三白眼死死盯着美马。永田的意思是:如果美马担任局长期间能够促成东洋银行和五菱银行的合并的话,下任次官就是美马的了。对于意在政界的美马来说,担任次官的经历将成为竞选时最有利的名片;而接近永田所说的强大的财阀银行,意味着未来可以获得强有力的资金援助。

备感压力的美马,紧张地避开了永田大臣的视线,眼前浮现出万俵大介在帝国饭店孔雀厅里因大功告成而心满意足的样子。

"大臣,我接受您的意见。"

美马接受了永田的教导。

万俵大介站在金屏风前,向着源源不断的来宾们回着礼,心里微微有些担心。早已过了预订的时间,永田大臣和美马还没有出现。一旁的绵贯同样不安地迎接着来宾。当时钟指向下午两点半的时候,总务部部长悄悄走到万俵身边,问:

"新银行行长的致辞不能再拖了吧?"

万俵点点头,缓步走进会场。

孔雀厅里聚集了约一千名来宾,热气腾腾。万俵穿过人流,站到正面麦克风前的时候,看到会场入口处的人们自动分成左右,中间留出一条通道,在记者们闪光灯的不断闪烁中,大藏大臣永田走了进来。万俵松了一口气,向大臣方向深鞠一躬,走到麦克风前开始致辞:

"今天,以大藏大臣为首的各位政界官界财界要员在百忙之中拨冗出席东洋银行的成立仪式,作为东洋银行行长,请允许我首先对各位的光临表示衷心的感谢。东洋银行是由大同银行和阪神银行平等合并而成的新银行。我决心带领银行上下,团结一心,充分发挥新银行的各项职能,早日为日本经济的发展做出我们应有的贡献。同时,为了应对今后的国际竞争,我们全行上下还要齐心协力,为将东洋银行建成世界性的大银行而努力奋斗。希望各位今后能一如既往地支持我们的工作。谢谢。"

万俵的致辞虽然简短,但气势恢宏,大有挑战四大银行之势。会场上响起了热烈的掌声。永田大臣走到万俵身边,喜笑颜开地说道:

"万俵行长,恭喜。为了庆祝东洋银行的诞生,我带头敬这杯酒。"

永田大臣对新银行的诞生表示了非同一般的支持,全场欢腾。万俵的脸上露出喜悦的神情。

"为了东洋银行的诞生,干杯!"

在永田大臣的高声倡议下,开香槟酒的声音此起彼伏。众人高高举起了手中的酒杯。

"大臣您亲自举杯,让我不胜荣幸。"

万俵激动地说道。看到以自己为中心,众人举起香槟酒杯觥筹交错的场景,万俵的心都快醉了。就在这时,万俵注意到了站在永田大臣身后的美马。万俵原以为美马会走到自己身边表示祝贺,不料美马一直躲在永田身后。看到万俵对自己微笑,美马身体向后退,脸上露出不自然的笑容。万俵有些奇怪,再次凝神看了看美马,却发现美马正若无其事地对自己微笑。万俵无论如何也想不到,美马那短暂的不自然的笑容,源于背叛自己这个老泰山的恐惧。

万俵也不知道,新银行已经被安排好三年后再次合并的命运。此时的万俵,不停地和来宾们碰杯,不停地和来宾们握手,不停地接受着来宾们的祝福。

万俵家已经被夜幕包围,只有主屋的餐厅灯光闪耀。餐厅中间的橡木大餐桌上装饰着宁子精心培养的紫红色卡特莱兰,高贵优雅,瑞士产的餐布上摆放着西餐用的银质刀叉。大介坐在正中,左右分别是宁子和相子。曾经坐满了万俵家兄弟姐妹的餐椅此时空空荡荡的,一个人也没有。枝形吊灯从天花板上吊下来,光彩照人。高窗的彩色玻璃熠熠发光。宽大而豪华的餐厅,此时却给人一种冷飕飕孤零零的感觉。

结束了在帝国饭店举行的开业典礼之后,万俵从东京回到了神户,准备参加明天在神户的东方酒店举行的新银行开业典礼。

用人端上了第一道汤。大介拿起汤勺之后,宁子和相子也相继拿起勺子,静静地喝起汤来。

"听说今天的开业典礼非常盛大,可喜可贺。您费了不少心思,非常辛苦吧?"

宁子身穿藤紫色和服,胸前高高系着碾茶色的腰带,美丽而优雅,说起话来京都味儿十足。

"嗯,大藏大臣举起了第一杯酒,作为名副其实的新银行行长,接下来我会越来越忙,责任越来越重。"

大介似乎还沉浸在白天的兴奋当中。大介接着说:

"宁子,今后你会很不容易。咱们的家要搬到东京去,而且又没有了相子的帮助。"

今天的晚餐是三人在一起的最后一顿晚餐,万俵想趁机安慰

一下即将离开的相子。相子身穿玫瑰色桑蚕丝裙子,戴着大珍珠项链,说:

"今后万俵家不会再有豪华的新年晚餐会了。"

按照往年惯例,每年从除夕到正月三日的四天时间里,万俵全家会占据着志摩观光酒店的最佳桌位,大介坐正中,左右分别是宁子和相子,然后依次是铁平夫妇、银平夫妇以及二子、三子两位美丽的小姐。全家人身穿新年盛装,高调亮相新年晚餐会。随着相子离开万俵家,如此引人注目的晚餐会也将不复存在。这对相子来说,至少是一种安慰。这时,宁子接过话来说:

"相子不在的话,我会很孤独,而且还要搬到东京去,我一个人能行吗?"

对于未来,宁子还是有些不太自信,但想到从今以后,十几年被迫的妻妾同居甚至妻妾同床的生活终于可以结束,可以离开这栋留有对公公不堪回忆的房子,可以在东京的家里轻松地坐在女主人该坐的位置上,宁子的心中还是充满了期待。不过,一想到铁平之死,宁子又忍不住热泪盈眶。铁平的离去成了宁子心头永远的痛。今天早上,宁子收到身在匹兹堡的二子的来信。二子说,已经做好了和一之濑四四彦两人单独举行婚礼的准备。想到三子的婚事和银平的再婚需要自己亲自处理,宁子倍感母亲责任之重大。春天的新学期开始后,三子将在东京雅典娜法语学校上学,现在已去东京做入学准备。银平为了筹备明天的新银行开业典礼,今晚很晚才能回家。

"相子,这个时候我觉得,如果你也有自己的孩子该多好啊。"

宁子很自然地说出来的这句话,像刀一样戳在相子的心上。相子不禁自问:辛辛苦苦地教育别人的孩子,为他们找到门当户对的另一半,让万俵家的裙带之树枝繁叶茂,所有这一切对自己来说意味着什么呢?的确,通过亲手缔结强有力的姻亲关系,可以获得万俵家家事的支配权,可以间接促进万俵家事业的繁荣,可以带给自己权力欲望的满足感,可这一切对自己来说又有什么意义呢?再看看宁子,虽然失去了长子铁平,像玩偶一样无所事事地待在万俵家的深闺中,却将重新稳坐女主人之位。相子突然有种撕碎桌上的卡特莱兰的冲动。

"相子,你对千里桃山台的公寓还满意吗?房子朝南,阳光好,房间格局也不错吧?"

说着说着,万俵想起了相子作为家庭教师刚来万俵家时才华横溢、朝气蓬勃的样子。与当年相比,现在的相子虽已不再年轻,却拥有成熟妖艳的身体。想到今晚之后,自己将永远失去那充满诱惑力的肉体,失去妻妾同床的快乐,万俵大介的脑海中不由得浮现出在那间三张床并排放着的卧室中,三个人的身体交合在一起时的各种姿态。万俵忽然有些恋恋不舍起来。但是,男人要想满足事业上的野心,就得舍得失去。与吞并一家银行的快乐相比,一个可以随意享用的女人的肉体,顶多相当于一幅昂贵的绘画作品,没什么大不了的。

用人端上鲈鱼慕思。大介为宁子和相子倒上葡萄酒。

"相子,这段时间你什么都不想干吗?像你这样的人,什么都不干的话,太可惜了。"

宁子叹了口气说道。在万俵的安排下,相子未来的生活衣食无忧,所以还没有决定今后做什么。相子唯一的亲人、担任高中老师的弟弟高须彻劝相子再婚,但相子不想受到日本烦琐的家族制度的束缚。这样一来,相子只有再去国外,找一个悠闲自在的地方享受人生了。

"看来我又要和外国人结婚了。"

相子举起酒杯,艳然一笑。宁子听了有些吃惊,大介的脸色明显阴沉起来。饭桌上的气氛变得沉闷。

突然,屋里电话响了起来。相子拿起窗边小桌上的电话。是美马打过来的。

"哎呀,美马,前天谢谢你了。我们现在正在享用最后的晚餐。你明天什么时间到?"

主计局次长美马明天要过来出差,届时将作为大藏省官员的代表,出席神户的新银行开业典礼。

"什么?这件事你向万俵说吧,我把电话给他。"

万俵站起来,接过电话。

"喂喂,是我,谢谢你出席今天的开业典礼。明天拜托了。"

万俵高兴地说道。

"明天的典礼,我参加不了了。"

"出什么事了?"

"近畿财务局那边的工作老完不了,我实在没时间去神户。"

"实在挤不出时间来吗?你只要露个面就行。听说七月份的人事变动后,春田局长铁定要升任次官了,银行局局长要换人了,我还想和你慢慢聊聊人事变动的事呢。"

听到大介这么说,电话那头的美马沉默了。

"喂喂,阿中,你怎么了?"

"没事儿。不好意思,我明天去不了了。"

说完,美马挂断了电话。美马平时的声音是那种略带鼻音的娘娘腔,但今晚听上去不太一样,有些生分和淡漠。联想到白天开业典礼时美马的神情,万俵大介感觉到美马并没有真心为新银行的成立而感到高兴,而是有些做作,有些不自然。

万俵站在窗边往外看。宽敞的院子里,地势较高处是铁平曾经居住的地方,一栋勒·柯布西耶式房屋。虽然没有灯,但依然可以看见白色的建筑轮廓。在铁平的葬礼结束后,万俵大介让早苗带着孩子回来住,但早苗说孩子转学比较麻烦,想带着孩子暂时住在娘家。铁平家旁边的南欧式建筑是银平的家。虽然点着灯,但万树子已经和银平离婚,银平也不常待在家里,房子冷冷清清的,让人看了不由得心生寒意。万俵突然觉得,这座占地三万多平方米的宽敞的庭院,就像墓地一般荒凉,远处传来的隐隐约约的声音,听起来就像幽灵在呻吟。

万俵的脑海中再次浮现出铁平持猎枪自杀的惨状。

"老公,怎么了?"

宁子看着万俵大介惊讶地问道。

"没什么,可能是有点累了。"

万俵含糊地说道。银行合并的成功是以铁平的生命为代价的。这是万俵大介终生无法磨灭的事实。想到这儿,万俵觉得,曾经的满心喜悦,如今显得那么阴冷、恐怖。

万俵回到桌边,再次拿起叉子,默默地继续用餐。宁子和相子也没有说话。在冷冷清清的餐厅里,再也没有了华丽的万俵全家热热闹闹地团圆的场景,只有三个人的刀叉声孤零零地在屋顶回响。

后 记

《浮华世家》这部小说历时两年零七个月,连载于《周刊新潮》杂志。创作这部小说,对我来说非常不容易。到被称为"金融界圣地"的银行取材,比我想象的还要困难。在取材的过程中,我深切地感受到,金融界的封闭性比医学界更强。取材和学习金融基础知识花去了我半年多的时间。我曾经一度怀疑,在正式动笔之前花费这么多时间是否合适?但正是有了这一段时间的取材经历,我才得以窥视银行与政界、官界之间千丝万缕的联系以及其中的人间百态。

需要申明的是,这部小说中的银行、官员、政治家们都不存在特定的原型。即便小说和现实有相似之处,也纯属偶然。小说完全是虚构的。

连载结束之后,我又进行了进一步的取材和修改,最终分成了上中下三册出版。在此,我对各位的辛苦付出、对我的秘书野上孝子给予我的帮助表示衷心的感谢。

山崎丰子

1973 年 2 月

译后记

　　日本著名女作家山崎丰子的代表作《浮华世家》由日本新潮社于1973年出版发行之后,深受读者的喜爱,曾几度被翻拍成电视剧和电影,在日本可谓家喻户晓。2006年,东方出版社出版了著名日本文学翻译家叶渭渠、唐月梅先生的合译本。此次青岛出版社名著新译,当编辑将此重任托付于我时,说实话,我的内心充满了不安,唯恐有愧于作家、作品。在《浮华世家》之前,我虽然也有幸翻译出版了几部作品,但如此长篇巨著的翻译,无论在时间上还是在能力上,对我来说都是一场艰辛的考验。思量再三,挑战名著的冲动终于战胜了诸多顾虑与胆怯。在接下任务后的一年多的时间里,翻译这部作品占据了我大部分的业余时间。当校完最后一稿时,我甚至有种灵魂出窍的感觉。一年多的历练,让我再次体会到了文学翻译的"欲罢不能"。我甚至觉得,文学翻译是另一种形式的修行。我一遍遍地阅读原著,忘记了自己的存在,走进了小说中人物的内心世界,幻化成另一个他们,和他们一起流泪、一起开怀。我竭尽全力地为每一个日语词语寻找最适合它们的中文伙伴,常常在苦思冥想之后突然有种"却在灯火阑珊处"的感觉。我想,佛家的大彻大悟也不过如此吧。

　　《浮华世家》聚焦于一个名为万俵大介的银行家的家庭,描写了 20 世纪 60 年代日本的经济和社会万象。20 世纪 60 年代,日本经济高速发展。1964 年,伴随着东京奥运会的召开,新干线开始通车运营。1968 年,日本成为仅次于美国的世界第二大经济体,距离明治维新正好一百年。日本民众逐渐摆脱战争的阴影,开始享受安逸、富裕的生活。国家经济水平的提高,为各行各业的发展带来了机遇的同时,也带来了挑战。正像小说中描述的那样,在当时的日本,无论是金融业还是钢铁业,都存在着合并重组的问题——要么吞并别人,要么被别人吞并。要想在残酷的商战中立于不败之地,企业领导者不仅要有长远的眼光、卓越的能力,还要会活用各种有形无形的资源,编织一个四通八达的关系网为自己保驾护航。在巨大的商业利益面前,没有永远的敌人,也没有永远的朋友。为了共同的利益,可以出卖亲情、友情、爱情。所有的一切都成了一种交易。就像作品名《浮华世家》所表现的一样,荣华富贵皆浮云。野心满满的主人公万俵大介,在机关算尽之后虽然暂时梦想成真,但长子自杀、次子离婚、次女远嫁、情人分手,再次被吞并的命运还在不远的未来等待着他。

经历了一周多的雾霾之后,今天终于下起了毛毛细雨。终于可以放松地吸口气了。

是为译后记。

魏丽华

2014 年 2 月 28 日于洛阳谷水西